传统文化修养丛书

尺牍新钞（全三集）

初集 尺牍新钞

（清）周亮工 选编

乔继堂 点校

上海科学技术文献出版社
Shanghai Scientific and Technological Literature Press

图书在版编目（CIP）数据

尺牍新钞：全三集 /（清）周亮工选编；乔继堂点校．—上海：上海科学技术文献出版社，2022
（传统文化修养丛书）
ISBN 978-7-5439-8566-7

Ⅰ．①尺…　Ⅱ．①周…②乔…　Ⅲ．①书信集—中国—明清时代　Ⅳ．① I264.8

中国版本图书馆 CIP 数据核字（2022）第 082569 号

策划编辑：张　树
责任编辑：王　珺
封面设计：留白文化

尺牍新钞（全三集）
CHIDU XINCHAO (QUAN SANJI)
[清] 周亮工　选编　乔继堂　点校
出版发行：上海科学技术文献出版社
地　　址：上海市长乐路 746 号
邮政编码：200040
经　　销：全国新华书店
印　　刷：商务印书馆上海印刷有限公司
开　　本：889mm×1194mm　1/32
印　　张：39.75
字　　数：960 000
版　　次：2022 年 9 月第 1 版　2022 年 9 月第 1 次印刷
书　　号：ISBN 978-7-5439-8566-7
定　　价：398.00 元（全三册）
http://www.sstlp.com

弁　言

《尺牍新钞》，正文卷首题名《赖古堂名贤尺牍新钞》（目录卷首无“名贤”二字）；后续两集，则分别题名《赖古堂尺牍新钞二选藏弆集》、《赖古堂尺牍新钞三选结邻集》，简称《藏弆集》《结邻集》。各集扉页题署，均为简称；另有宣示套语，如“诸名家鉴定（合订），赖古堂评选”之类。不过，这“宣示”绝非大言炎炎、不着边际，无论尺牍作者之“名贤”，订定者之“名家”，以及“评选”（遴选并评点），均可谓不折不扣、名副其实。

赖古堂，明末清初周亮工室名。先生字元亮，号减斋、栎园等，学者多称“栎园先生”。室名“赖古”，当取义仰赖古人、古书，周氏钤印，即有“上赖古人书”（《藏弆集》卷十一文后）。先生博学多能，诗古文辞之外，金石、书画均造诣精深，又是藏书、刻书大家。所著诗古文收入《赖古堂集》，并有《读画录》《印人传》《闽小记》《书影》《字触》《同书》等专题著述及笔记传世。先生着意“阐幽”，对“表扬近贤”不遗余力，且侧重“当世不名之士”（《赖古堂文选·凡例》），遂有赖古堂古文之选、尺牍之钞。《赖古堂文选》历时二十年而成，选文三百余篇，作者均明末清初人，其中无文集传世者近四十家，其文献价值可想而知。《文选》刻于康熙六年，而其时尺牍已刻二选。

尺牍三集题名，《新钞》之意，当在突出其“新”，所谓

“凡经梨枣，一字不登”；读者寓目则全属新见，所谓“见所未见”（《新钞·选例》）。《藏弆》近今藏本，扉页有长方图章，竖行文字，云：“弆音举。汉陈遵善书，与人尺牍，皆藏弆以为荣。”由此可窥本集命意——只是意指所向，并非书法之优美，而乃意蕴之精醇。《结邻》则取义唐李卫公（德裕）“结邻”之砚，而侧理、隃糜以及不律，与砚类同，文士无不与之为邻。尺牍亦然，所谓“操觚之家，鲜不寓目”（杨商贤《结邻集》序），谁不染翰？又况先师垂训“不孤必有”，唐句抒怀“天涯若比”。“邻”之于人，岂可或缺？乃杜于皇所揭“先生将与同人共古砚而敦石交”之“意”（见杜序），吾人进而推及于天下同志（“志同道合”之谓）者，若不谓之确解，亦当视为愿景。至于后续之四选，业已拟作《牧靡》（见《结邻》卷前大业堂“告白”），取名于草，其草解毒，则其于一己而医鄙陋、祛高蹈，于天下而挽颓风、敦末俗之意，不亦昭然如揭？

栎园先生友道笃厚，雁羽频繁，鱼书时至，藏札甚夥。其述《新钞》选评缘起，谓是长夏遣病。揆之人情事理，良然，又未尽然。尺牍所自，“非其懿亲，即其胜友”（《结邻》杨序），读之不啻面懿亲、对胜友，岂不乐哉？良可却病。而朝代更迭，身世浮沉，必多切肤之感；加以世风颓靡、文风流弊、老成彫谢种种，又无不激发仁人君子有所作为。一介文士，无能为他，取切近者，便以文报国；又超越一己，裒辑诸贤，刊印行世，示天下以大雅，引人心于正道。先生之论辑尺牍，且一而再、再而三（乃至三而四），意当在此，意必在此。

《新钞》刊于康熙元年，《藏弆》《结邻》，则分刊于康熙六年、九年。此刊行年份，均依所见刻本序言、凡例题署确定。而四选《牧靡》未见刊行，其因先生康熙九年辞世欤？否则，是选亦必有可观，惜哉！栎园先生倾尽心力采访、刊刻同人著述，其勤谨、其持久，令人钦敬。而业已起步之四选，(《结邻·凡例》小注有云：“毛、柴诸作，嗣刻《四集》。”)竟无以继踵玉成，不独新篇未及蒐采，即便旧有应复散佚，岂不哀哉！富贵之人，学识寡浅，刻书特易，而文人学士则难乎其难，古昔如是，今亦如是，真可“古今同慨”了。

诸集序言，《新钞》援用刘彦和（勰）《文心雕龙》“书记篇”（有删节），意在“明体”，可谓借重得当。《藏弆》之序，陈迦陵（维崧）手笔（亦有删节），骈四俪六，光华烨熠，稽考古来，察究晚近，不独明尺牍之体，而条举“所为难”者三端，则更是凸显本集之可贵。《结邻》之序，多至四篇，均出名手：李映碧（清）、杨商贤（彭龄）、杜于皇（濬）、钱湘灵（陆灿）。四人皆栎园先生友好，集中不乏诸人尺牍，又多参预抄评之事，可谓“知言”。故诸序梳理尺牍历史，阐说有关体悟，抉发编选微义，穷原竟委，深刻尽致，不啻栎园先生与诸同人之“尺牍观”。三集序言，由用旧到新撰，由单篇到四首，仅此而言，(不论“后出转精”，或许“后出转多”。)吾人决其四选《牧靡》“必有可观”，然而惜哉！

栎园先生暨同人之“尺牍观”，究其大者，则曰：尺牍与别种文体，虽对象有别，然亦文之一种；既为文之一种，便不当自外于曹子桓（丕）所标举者：“经国之大业，不朽之盛事。”(《典论·论文》)吾人读至二选《藏弆集》卷一顾大章、丁乾学、米万锺、孟兆祥诸牍，便可明瞭：

> 以大章一人之命，易五十人之命，大章尚便宜；况以一官易五十命耶？(顾大章《启尚书王公》。刑部司官恐得罪原参衙门，不肯详审，系狱二百人大半饥瘐而死；顾为其余五十多人雪冤，所留仅真犯三人。)
>
> 等死耳，死佞，宁死忠乎！(丁乾学《与客》。逆阉构陷，

欲致其死，丁宁死不屈。）

仆即欲富贵，少年时稍垂项没肩，上卿开府，遂已十数年。今老矣，岂有三十年共娄，垂老献笑者乎?!（米万锺《与客》。邻居阉珰欲求其字，米始终不肯。）

家事小获，何能博国事大失耶？（孟兆祥《与客》。子成进士，有客道贺，时在癸未，明末甲申前一年也。）

数通尺牍，大义凛凛，掷地有声，虽三言两语，却也千古生色。故尺牍虽为小道，（甚或更其小者，《结邻》杨序云："文辞，小道耳；尺牍，又其小者。"）亦须"有关大道，裨益古心"（《新钞·选例》），"维持末俗，敦笃同声"（《结邻集·凡例》）。此虽不必笼括全部尺牍，然结集行世者，则不应悖此宗旨。藏之一己，与公之于众，毕竟不同，故而尺牍编选准则，实乃尺牍观之体现，亦为编选细则之统率。至于后者，相关例言具体而微，详读细味可知。

《新钞》《结邻》，序文之后，均列例言（《藏弆》未见）。《新钞》曰"选例"，二十则，举凡缘起、蒐采、甄选、裁夺、评点、协力种种，无不条列具述。《结邻》则曰"凡例二十二则"，集名取义之外，于内容之正变、雅俗、庄谐、通专，形制之长短、繁简、骈散，编辑之微有删削、略无改窜，作者之身份（儒释）、具名、简介，无不顾及，可谓极尽发凡起例之能事。明其体例，不唯有助于阅读、领会、研习，亦可释然于某些标记之缘故；（如《结邻集》卷十五倪嘉庆字笃之、释大然即笑峰和尚，同一人而前后紧随两见。）至于可供选尺牍、选诗文之借鉴，作者当时未必有此，后人于此则未可漠然视之。勿谓末节不存大义，如其绍介作者不具官衔、科第之例，于抵制、消减至今犹然之官文化，虽曰滴水，谁必其不能穿石？

尺牍之选，明季趋多，入清接踵，晚近未衰，文人多所染指。利用传世文献而一无新篇，裒辑当下作品而舍其已刻，孰高孰下，姑置不论。而编选之法，或可赅为两端，一则分类，一则浑然。分类之选，粗略如叙事、论议、抒情，（姑且不论其中有未尽可归入栎园所谓“尺牍”者。）分与不分，区别无多；细碎者分门别类，类下系目，或且多至数十，势必割裂整篇，以就其类目，则不过“利浅学之渔猎，便不文之袭取”（《新钞·选例》）而已。栎园先生之选，旨在“陈胜赏”，不取分类，盖以为分类“不若浑之为得也”（《选例》）。其编次，“随选即登，总无定例”，虽曰“一本无心”（《选例》），却时见会心之处，如地域之相近（此类甚多），族姓之关合（如魏冰叔父子兄弟），师弟之联系（如魏兆凤与彭士望师弟，及同为“易堂九子”之彭士望与曾传灿）。而吾人以为，“列柴于前，即系毛于后”，以见“往复相生”（《结邻集·凡例》），则最是尺牍合集良法；试想，同代之人，其往来尺牍前后系联、往复相生，岂不大有可观？端在有心人悉心经营耳。

三集刊行后，风行一时，曾多次刷印；且秉持“已刻一字不录”“已刻一篇不载”之旨，抑或因应形势，复有改版新刊。其中后者，二选《藏弆集》最为突出，所见两本，抽改多达三十三家百又九通，差异不可不谓“甚巨”。以钱牧斋（谦益）为例，甲本所辑七通（卷十一），乙本无一辑入，原因当即“已刻”。牧斋《初学集》崇祯十六年刻成，《有学集》康熙三年初刊，均在《藏弆》刊行之前。而甲本所录《答唐训导》，《初学》卷九十可见（题《答唐训导汝谔论文书》）；《答徐巨源（书）》《复徐巨源书》两通在《有学》卷三十八，《与方尔止》则在卷三十九。（其余三通，篇幅无多。）所以迟至乙本才“不载”，多半是牧斋两集流通不广、未曾寓目的缘故（当时印刷远非“现代”、地球尚未成“村”）。当然，照顾版面也是抽改、挖补因素之一，毕竟刻板印刷时代，版面调整颇难随心所欲。

文字差异，自然源自版本不同。三集究有多少版本，无意探求，亦非必要。所见有北图（今国图）藏本（略称“甲本”），及清华图书馆藏本（略称“乙本”）；此外尚有道光间《海山仙馆丛书》本（称“别本”）。甲、乙两本，初选、三选，几无差别；二选《藏弆》则差异较大（如上述）。民国年间上海杂志公司《中国文学珍本丛书》本，声言“据赖古堂原本排印”，却未尽然（或正源自别本），如《新钞》多王士祯数通，而甲、乙本均无；《藏弆》大部略同乙本，又不无小别；而脱漏、误植，间或有之。此次点校，一依甲本，初选、三选所见不同者（亦未见重出），则随集附录，以陈胜赏。

集中尺牍，均有主名，并其字号、籍里、著述（乃至个别人物关系），均略有绍介。然三集裒辑、刊行，跨年近旬，尺牍作者之名，或有变易，或有更正。如同一张某，初集名“张鹿征”，二集、三集则为“张遌”“张怡”，由其“字瑶星，原名张鹿征”，可确定乃一人异名。此类今仍其旧，或加脚注说明。各集又有数通未能具名，而题曰“佚名”者，以及虽见主名，而字号、籍里、著述阙如者。此类若可查得，则径予补出（如吴应箕）；尚多阙如，只能“俟以他日”。此外目录、正文介绍有所不同，则以正文为宗，并择善而从；人名字号明显错误，并有确实据依者，亦径予改正（如张贲孙）。至于一人重出之“再见”，有未能标明者，如《新钞》王铎卷五已再见、卷十则三见，亦仍其旧而已。

集中尺牍标题，偶有甲、乙两本小异者。如《藏弆》卷四陈周政致栎园书，甲本题《与周元亮》，乙本题《与周栎园》；又如卷七纪青家书，甲本题《与儿》，乙本题《示儿》。就受书主体而言，本无实质区别；究及人物关系，后者于礼、于俗，显然更为适切。虽不能明其因原抄错讹而正讹，还是因于礼不合而调整，今均择善而从乙本，并脚注说明。至于有些版本之“钱某”“与某”（均指虞山钱牧斋），显属后出，意在回避，（钱谦益仕清，言下又不无微词，乾隆帝谓为“失节”，著作遂遭删禁。）则仍从原本。至于文题与今所见不同者，如金声《告邑人送何二尹书》，后世选本“书”或作“文”，则均不作处理。

尺牍本文，或文中引语，偶有与通行文本相异，或略有删削者。此种情形，古书、古文，屡见不鲜，若非作者有意为之，即属临文记忆不确。此类于阅读理解无多影响，故而对习见异文，只是酌情用（ ）随文注出；而对删削节略，其影响文意者，以［ ］随文补出，否则即或明知有异，亦将仍其旧贯。略举两例：《新钞》卷十二魏大中《答游肩生》文末两句：“怒涛怪浪，立海滔天，以迄今日，而犹滞于荒凉寂寞之滨。每一念及，不胜咄咄之诧，反以长安珠桂厪虑［，不亦细］耶?”补出“不亦细”，文意更为精确，文气更加畅顺，故补之为愈。至如《藏弆集序》末尾：“古者飞书驰檄，［尽篷戎旃；］记室军谘，雅多才俊。［两军相遇，必以辞令为长；］一使相将，尤以语言为尚。”四六文而如此删削，当出于版面考虑，实属无奈。至于魏武《东西门行》之失“却”，释家《大智度》之无“论”，识者尽知，姑置不论。

所辑尺牍，出于众手，用字不一，意料中事；况抄录亦非一人一时，差异难免，遂使歧出更形复杂。最为突出者，乃人名用字，即一人之名、字、号，常见异体，乃至通借。如林嗣环字铁崖，又作“錬厓”；若两字不同配搭，形诸文字便更为多样。又如黎士弘字愧曾，“愧”多写作“媿”；杜濬字于皇、号茶村，“村”常写作“邨”；栎园先生号减斋，“斋”又写作“亝”。至于冒辟疆，大名鼎鼎，（谁人不知董小宛?）而“疆”亦时或作“彊”。此类并非仅见，又易致误会；加以说明，一旦邂逅，也便释然。至于某篇之中而一字二体，（如徐芳《答萧明彝》一通中“雒”与“洛”等。）虽不必谓之“变文避复”，要亦渊源有自，仍之而已。

异体、通借（假）之字，古籍常见，而此三集，古体尤夥。择而存之，可见吾国文字之丰富、优美。（譬如“眉”字，卓文君“眉如远山”于以毕显。）而况吾国表意文字，蕴含丰富文化信息。不妨小小抬杠：无关疏密之门“帘”，何以得见“海棠簾外影”（唐顾复《河传》句）?“弔”与“吊”，各有所指，“画”得岂不清清楚楚？人心之“憔悴”，或许正源于花草之“蕉萃”，而形容面色岂不“顦顇”更为恰切？唯是或不经见，或易误解，则随文括注“同×”“古同×”“通×”（仅于各集正文首见），以利顺畅阅读、准确理解。至于其他异体字，有习见而无多意味者，如“羣”“峯”等；有未必习见而点划易位者，如“帆”“扳”，则均予规范。此虽不无个人意见，亦信读者当能鉴亮。此外偶尔所见明显误植，则随文以〔〕注出正字；然疑未定者，则加以“?”号，高明自可判断。

习熟古籍，可知通借（假）之字何其之多。常见者，诸如岐与歧、奕与弈、藉与籍（类似部首通同尚多）、辨与辩、颖与颍，乃至摸与模、尝与常、嬴与赢……无不可假借。予人印象，似乎通借（假）不过是在弥缝错讹，大有“一‘通’吃天下”之概。此属时代使然，不当无谓究诘。而在今日，则模糊不得，故酌情能改径改，亦不作注解。至如子云之“扬雄”或“杨雄”，今时似可定于一宗，而历来聚讼纷纭，且不乏大家考定当为后者，则刻鹄类鹄、刻鹜类鹜可也。

文字避讳，自古而然，至清尤甚。前代避讳，私讳之外，天下共讳，君主之名而已。清朝不同，君主之名，固然要避；普通“胡虏”“夷狄”等字，亦须讳言。故而清刻之书（《四库》为最），“玄”“夷”等字，要么缺其末笔，要么另字替代。三集尺牍，自不能外，元圃、元霜，习见不必多疑；伭女、伭猿、伭武湖，少见未可多怪。即便名高如伯夷、夷甫（晋人王衍字“夷甫”），也未能讨得丝毫便宜，一律作了“伯彝”“彝甫”，更何况“夷险”“夷然”等等。对于此类，原刻而习见者，不作处理；本彼而改此者，加注原字；容易误会如“彝”之类，亦均随文加注。自然，避讳也不无出乎初意之得，比如集中王阮亭大名之“禛—正—祯”，便可借以判断刻本大概年代（应然却未必尽然）——这是题外话了。

书中眉评，多属评点当前尺牍，又未尽然。其例外者，或提点相关人物行实、交谊，或联系当下时事、风尚；或就作者整体文风评说，或就古今情事同慨生发。此类虽属“外传”，却也必要；谓之“生事”或可，谓之“多事”则非，缘其究属题中应有之意（“照映苦心，阐扬逸行”，《新钞·选例》）。至于评点当下尺牍，指向全文者有之，指向段落、文句者有之；多则数十字，少则一二字。此本一概移置文后，明确指向者，文下划线，并以◇标记；此外涉及全文（以及其他）者，均不划线，以○标记；若是短篇，指向易见，亦如后者处理。

《尺牍新钞》刊行后，识者争相购置，一朝入手，便视为枕秘；二选、三选面世，亦复如是。（晚近以来，又有多种影印、排印本，可见热度不减。）此种情形，集中尺牍，及《结邻》诸序等，可为佐证。而若可一语概之，则何为得当？安静子（致远）致栎园《谢惠〈尺牍新钞〉》中，谓唐人李玄卿（勉）赞叹灵隐曰“标致”，“若此选之亭亭秀出，盖亦书中之灵隐矣”（《藏弆集》卷二）。吾人则以为：“标致”差近得当，却不若“可爱”之为愈。杨商贤《结邻集序》云：“先生识度，在文辞蹊径之外，斯所以可爱而可传也。”其所以“可爱”，乃在“语之真”，“凡语之真者，能言莫及，而况又在能言之士乎？微独先生爱之，其孰不爱之?!”吾人濡染有日，亦曰：孰不爱之?!

栎园先生《新钞·选例》有云：“是集全在为通才而陈胜赏耳。”“通才”比较“浅学”“不文”而言，姑置不论；“陈胜赏”，则意在提供文学赏鉴读本（而非习作范本）。此次点校，用意不违此旨。惟是本人学浅功荒，难免疏漏、错谬，尚望大雅不吝是正。

壬寅年夏至后三数日河畔继堂随记

总目次

上册·尺牍新钞

卷　四

卷　五

卷 六

卷 七

卷 八

卷　九

卷　十

卷十一

卷十二

附　录

中册·藏弆集

卷 四

卷 五

卷 六

卷　七

卷　八

卷　九

卷　十

卷十一

卷十二

卷十三

卷十四

卷十五

卷十六

附　录

下册・结邻集

卷 五

卷 六

卷　七

卷　八

卷　九

卷　十

卷十一

卷十二

卷十三

卷十四

卷十五

卷十六

尺牍新钞序

大舜云："书用识哉!"所以记时事也。盖圣贒（贤）言辞，揔（总）为《尚书》，《尚书》之为体，主言者也。扬雄曰："言，心声也；书，心画也。声画形，君子小人可见矣。"故书者舒也，舒布其言，陈之简牍，取象于《夬》，贵在明决而已。

三代政暇，文翰颇踈（疎）；春秋聘繁，书介弥盛。绕朝赠士会㠯（以）策，子家与赵宣以书，巫臣之遗子反，子产之谏范宣，详观四书，辞若对面。又子叔、敬叔，进弔书于滕君，固知行人挈辞，多被翰墨矣。及七国献书，诡丽辐辏；汉来笔札，辞气纷纭。观史迁之《报任安》，东方朔之《难公孙》，杨恽之《酬会宗》，子云之《答刘歆》，志气槃桓，各含殊采；并杼轴乎尺素，抑扬乎寸心。逮后汉书记，则崔瑗尤善。魏之元瑜，号称翩翩；文举属章，半简必录；休琏好事，畱（留）意词翰，抑其次也。嵇康绝交，实志高而文伟矣；赵至赠离，迺少年之激切也。至如陈遵占词，百封各意；祢衡代书，亲踈得宜，斯又尺牍之偏才也。

详揔书体，本在尽言。言㠯散郁陶、讬风采，故冝（宜）条畅以任气，优柔以怿襄（怀）；文朙（明）从容，亦心声之献酬也。若夫尊贵差序，则肃以节文。战国以前，君臣同书；秦汉立仪，始有表奏；王公国内，亦称奏书。张敞奏书于胶后，其义美矣。迄至后汉，稍有名品，公府奏记，而郡将奏〔奉〕笺。记之言志，进己志也；牋（笺）者表也，识表其情也。崔寔奏记于公府，则崇让之德音矣；黄香奏牋于江夏，亦肃恭其遗式矣。公幹牋记，丽而规益，子桓弗论，故峕（世）所共遗。若略名取实，则有美于为诗矣。刘廙谢恩，喻切以至；陆机自理，情周而巧，笺之为譱（善）者也。原牋记之为式，既上窥乎表，亦下睨乎书，使敬而不慑，简而无傲。清美以惠其才，彪蔚以文其响，盖牋、记之分也。

夫书记广大，衣被事体，笔劄（札）雜（杂）名，古今多品。是以揔（总）领黎庶，则有谱籍簿录；医历星筮，则有方术占式；申宪述兵，则有律令法制；朝市征信，则有符契券疏（疏）；百官询事，则有关刺解牒；万民达志，则有状列辞谚。并述理于心、著言于翰，虽艺文之末品，而政事之先务也。[1]

故或事本相通，而文意各异，或全任质素，或杂用文绮，随事立体，贵乎精要。意少一字则义阙，句长一言则辞妨，并有司之实务，而浮藻之所忽也。肰（然）才冠鸿笔，多踈尺牍，譬九方堙之识骏足，而不知毛色牝牡也。言既身文，信亦邦瑞，翰林之士，思理实焉。

赞曰：文藻条流，讬在笔札。既驰金相，亦运木讷。万古声荐，千里应拔（拔）。庶务纷纶，因书乃察。

梁通事舍人东莞刘勰彦和撰

---

① 此序援用刘勰《文心雕龙·书记篇》，而有所删削，如此处即有删节；亦微有改动，如起首处《尚书》原作《书》等。原本此序与《藏弆》之序，均摹隶书手本刻版，多古体字等，今均尽量予以保留，并随文括注今字。

尺牍新钞选例

文章一道，惟经国大业，阐性微言，日进览观，味等菽粟。至于文人赠答之篇，一时挥洒之制，新致宜标，陈言务去。故有一时名作，非不斐然，及乎数见，遂尔不鲜。是集不敢陈所已陈，期于见所未见，启朝霞之灿烂，披晨蕋之芳鲜。凡经梨枣，一字不登；悬之国门，群惊刱见。

谋文无定，通变趋时，踵事而增，后来居上。每见选家搜採翰牍，上至汉京之诏令，《左》《国》之词章，莫不收入琼编，侈为秘录。止取源流之远，何关毫素之良？是集断自数十年以来名家，不特远古所宗，不须赘设；即传闻之彦，弗更遐稽。盖以数十年间，风气大开，阐扬不及者颇富。邓林之名材，未经蒐採；荆山之秘宝，尚待攻求。从此辑成，自然巨丽；古今错杂，终觉不伦也。

尺牍家言，更易蹊畦者，以其事本酬酢、辞取从谀也。兼以王、李分镳，袁、徐继响，崆峒恢体制于前，太原扬风徽于后。初成创则，渐以因陈，家守一编，遂矜绝丽。徒为烟墨之污，止见芜蓁之塞。是集篇无定格，幅不同规，要于抒写性情，标举兴会，可谓独空前往、游方之外者矣。

道士眠食之言，瞿昙面壁之旨，自有耑家，非关染翰。故是集槩不轻入，傥或妄见飞裁，反至流为绮语。集中尚载莲池大师数则者，亦曰“与子言孝，与臣言忠”，犹之乎风华之朴茂者云耳。

圣真淹远，不落诠谈，静气参求，始探奥秘。间有一二研理之家，辨析疑义，论难歧端，然一涉往复，便启争凌；既有胜情，遂生犄角，于圣贊精义，亦复何有？徒使翰墨之林，为迂腐学究之播煽而已。《西铭》《太极》之书，鹅湖鹿洞之语，具有别集，不杂是编。

自好尚波流，淫辞风煽，砥持艺苑者，自宜逿（归）之于大雅，范之以正则。子瞻海外之文，悉抒理趣；昌黎毛颖之传，亦秉史裁，岂可以尺牍小道，而不之绳检也？故是集虽尚风趣，不事儒迂，几（凡）所登选，亦必有关大道，禆益古心。不特桑濮之音，槩从屏置；即月露之句，尽谢甄收。

志别有时序之悲，言情有物华之感，即事偶然，不能冥默。兹风既扇，遂若典型，落落星霜之句，矜并徐庾；悠悠霄壤之辞，奉为江鲍。通体全无意义，一节亦媿《雅》《风》。是集非置不录，即用微删。若欲不废寒暄，不妨别为拟讬，又何必乞灵于往牍，取办于陈篇也哉！

启事通怀，万端难尽；分门别类，一节可稽。尺牍之选，往往如是，所以利浅学之渔猎，便不文之袭取也。不思一牍而中涵数事，究将依附何门；即使区别果安，岂能纤徵（微）悉合？若欲少加移就，终当恃我才思。是拙手既难全勦（剿），巧笔又何用悬疣，不若并浑之为得也。且是集全为通才而陈胜赏耳，傥欲借文浅陋，自有合俗简编。

尺牍为一时挥翰之文，非关著作。或兴会所至，濡染逾涯；或繁赜交纷，拖沓累幅。至有名章俊语，每以一句之疵、一字之纇，少为减价者。不妨稍加删割，要之无伤大体。

裁书见志，取喻己怀，如病者之自呻，乐者之自笑，安能隔彼膜而披其衷，讵可剜他肤而附其骨？故以此假人，不能快我心；以此代人，不能畅人意。何逊衡山之作，徒涉放淫；韩愈文昌之篇，实缘盲废。历稽古彦，亦甚寥寥。故代倩之章，弃而弗录，及因拟古，亦姑例置也。

文人制作，以诗古文为大业，尺牍家言，既非吟咏之音，又异纵横之笔。然绸缪雁羽，多属风人；寄讬瑶函，类称尔雅。析《唐风》之正变，可返汉魏宏裁；推吏部之起衰，便洗陈隋滞响。兼以书溯钟王、画衷李郭，商宫徵，夺元人之席；较黑白，流太傅之馨。诚为风雅至论，不仅藻翰翩翩。

一书之成，必须博採；众家不备，讵足大观？合二十二家，所藏卷帙，何啻汗牛充栋。凡系翰牍，必事甄收；加以旧家秘本，废簏残篇，莫不曲意搜求，恣心採访。甚至友人所存往复之笺，虽半纸数字，亦必倾笥借录，以罄幽奇。聚千腋以成裘，酿众英而为蜜，数十年间名人钜公之构，可谓侈矣。犹有海内硕彦，不无挂漏之嫌者，以未走尺一、遍檄同人故也。倘不吝琼瑶，惠而锡我，嗣成续集，伫候好音。

察万象者，非一目之眀；举百钧者，非一臂之力。是役也，始自载阳，成之陨箨。余固不无微劳，而分治之功，亦不可没焉。人期一卷，则简别惟精；卷不百篇，则论衡不易。芟繁标异，备极苦心。故某卷属某汇订者，即载某氏于前，不忢（忘）所自也。

文人聚讼，自古为然；尺牍纷争，于今更甚。自何、李倡道于前，艾、陈沸腾于后，近世因之，遂相慕效。一字之讹，一言之异，动生牴牾，论难百端，至十易翰札，而犹未知所抵者。不过争吐笔锷之飞翔，大肆文澜之湍激耳。不知一理而两端具足，殊涂而归旨斯同。妄持偏见，终类井蛙；竞起狂锋，究同管豹。启门户之渐，造水火之端，酿祸贻讥，莫此为甚。原其所始，未尝不可两存而并是也，岂不多事之甚也哉？故是集尤严绝之。

昔人云："自古文人，多陷轻薄。"谓其华与实违也。今则不然，即此笔墨之间，便征心术之险。是以盗名巧若穿窬，衒直工同龙断。生未谋面，忽有太史之报任安；死既无知，才见鲁连之规乐毅。因成败之既定，冒泾渭之全分。鬼蜮同情，戈矛易向，深将何极，孰谓可欺？此等之篇，概不入选矣。因知是非之无定，毁誉之难明，尊己卑人，槩为删逸。

是集非标榜之书，间有评语，或照映苦心，或阐扬逸行，多则数十言，少则一二则（字?），期于抒其所见而止。故意之所至，不能为五日一石、十日一山；意所不至，不尽如五步一楼、十步一阁。

一人之牍，必系之一帙者，可以辨其源流，见其品第。至于次序，随选即登，揔无定例。既非全纪世次，有初盛中晚之分；又非编次缙绅，有通隐显逸之别，故前后一本无心也。

雅诰初兴，间有偶语；文华既盛，渐抑单行。大略骈俪极于齐梁，踈古全于汉宋，两家争喙，历世同驱。而近者书记一流，便分歧路，全用对待。汇于四六函之中，通体错综；收之尺牍集内，强生区别，妄画畛封。不思上世表笺，亦以单行尽意；则今人裁答，何妨偶语抒华？盖庙堂制作，必殚雄风；而骀宕风流，兼呈丽则可也。

闺秀之篇，集中鲜载。惟顾夫人大家规范，周淑媛道韫雅风，急登数则，获表双奇。其馀非抒闺怨，则报幽期；非申花月之盟，则订香茗之约。或青楼艳质，思衒价于捉刀；或绣口令才，竞讬名于染黛。玉室遥忆，终类神山；翰墨导淫，徒沉慾（欲）海。故宁失之严，勿失之滥也。

彦和抽文心之秘，《雕龙》抉简牍之精，后世言辞翰者，莫得踰其范焉。故是集即用原文，以当弁首；无烦属序，徒系支言。前贤眀体之书，若为今人预制；近代发函之作，先获哲彦宣源。推是义也，岂独一书？凡有作者，皆当定例。

康熙元年岁在壬寅六月望日赖古堂识

目　录

卷　一

卷　二

卷　三

卷　四

卷 五

卷 六

卷　七

卷　八

卷　九

卷 十

卷十一

卷十二

附　录

尺牍新钞卷之一

昇州 高　阜康生、罗　耀星子/选
豫仪 周在浚雪客、周在梁园客/钞

高攀龙

景逸，无锡人。《高子遗书》。

答吴安节年伯

圣学全不靠静，但各人禀赋不同，若精神短弱，决要静中培拥丰硕。收拾来，便是良知；散漫去，都成妄想。益验念菴先生无“见（现）成良知”之说也。

〇极得力于静，故知之，亦可言之。

答袁宁乡

敝邑之士，于台下津津去思，无不曰长者、长者。此益见台下之真，宁乡之政，不占“有孚”矣。不佞妄谓人生作令，率尔放过，真是宝山空回。一生令名，百世血食，方寸有无穷之慊，子孙有无穷之报，不过三年中一念自持而已。[1] 台下当

① 原书眉评，统评全篇者，不加下划线，以〇标记；特评某处者，加下划线，以◇标记。篇幅小而易于理会者，依前款处理；个别评点较长或举述之处，只划线开头部分，指示而已。

已深味于斯。

◇方寸之慊，不妨插入四者之中。

与叶园适

足下狷而知裁，骎乎中行矣。两年两与足下连宵之话，退而自惟，每愧不及足下，闇然内充，令人心融气平。弟望此境而未见也。第足下精神气魄，太近收敛，其弊欲入于佛老，不可不察。朋友相与，须尽力砭其失，方有进处。弟施矣，足下不可不报。大块百年中，偶尔相遇，毋相孤负也。

◇毫厘千里之辨，不可不慎。

答刘心统侍御

天下原是一身，吾輩（古同“辈”）合并为公[①]，即天下如一气呼吸。何谓“合并为公”？人人真心为君民也。为君民心真，则千万人无不一，故曰“如一气呼吸”。三晋得门下，得保障矣。属吏最优最劣，切愿一闻。此二项不爽，中人当不日而化。知门下心所同然也。

与华润菴邹荆玙忠馀

赵太宰一世人杰，每事出格，庸人噤而不敢动。贤知器而不能静，再得一年在事，吏治民生，必有可观。其言曰：“君子在救民，不能救民，算不得帐。”诚然。然此事或尚可为，培得元气，感天之和气。转祸为福，此痴人痴心也。

◇真知学者真知仕。

---

① 为方便阅读理解，原文未必习见的异体、古体及通假字，以“同”“古同”“通”等随文括注相应文字。

与邹荆玙

当道有人，海内遗逸，相继汇征。此亦佳事，可喜在此，可危亦在此。譬如优人，满堂红袍，尽数登场，便将散场。若贤主佳宾，兴浓量大，再做一本方好耳。

〇达人冷眼，方能觑破。

与黄凤衢

年丈横被风波，然转高声价矣。夫天意岂直高年丈之名，乃玉成年丈之实。百年浮荣，转盼过眼，迟暮思之，惘然无得。若将向外精神，反归自己，讨个定帖，乃千生万劫，转迷成觉之日也。此个路头，干涉非小。但在顺境中趁着兴头，难得回头；逆境中没了世味，方寻真味。故弟尝谓：造化每以逆境成全君子，以顺境坑陷小人。以弟验之，即今半生受用，实缘圣主一谪。年丈异日，当有味斯语，幸勿以弟言为迂而忽之。

与卞子静

年来愈觉得身心之事，当汲汲求之，不可丢在无事甲中。一切求闲好静，总是无事生事，亦成当面蹉过。圣人之学，下学上达，惟是孜孜矻矻，好古敏求。只一“求”字，便可做二六时中工课也，何如？

答刘念台

杜门谢客，正是此时道理。彼欲杀时，岂杜门所能逃？然即死，是尽道而死，非立岩墙而已也。况吾辈一室之中，自有千秋之业，天假良缘，安得当面蹉过？大抵现前道理极平常，不可著一分怕死意思，以害世教；不可著一分不怕死意思，以害世事。想丈于极痛愤时，未之思也。

◇公一生得力处。

与徐捡老房师

科场事发，一时公论，已阐到九分有馀。盛则必衰，明则必晦。譬如时已向寒，一番热，适重一番寒耳。此阴阳之定机，不知当轴于时，何以妙其用耳。

◇惟唐虞不然。

陈 衎

盘生，侯官人。子涓、濬、润、泳，俱有文名。《大江草堂集》。

与何季穆

信宿园林，归来觉寓舍多不称意。人情易移若此，可谨也。

○有感有悟。

与何彦李

雨花堂细草绵软如茵，坐卧其上，不见泥土，他山所无也。摄山往祖堂，磴道幽甚。清凉寺前，草坡平旷，极宜心目。弟于数处，皆时游憩，内养不足，正藉风景淘汰耳。

◇良然。

与钟仪部（伯敬先生）

求诗文而采声名，自是常态。若方兄之仰望台慈，则名实相副，非时套者矣。然作志、传，必一一择其人，又必一一不涉过情之语，则蔡中郎无复郭有道之叹矣。人子欲以长者一言显其亲也，言与泪下，此一念可嘉也；一念可嘉，遂予之矣。

仲尼“不为已甚”者，伏惟俯鉴鄙言，惶仄惶仄。

与王彦升

闽都视燕齐，如在井底，加之兵荒，又是智井，弟则智井中断钗也。年将五十，颓然迟暮矣，即欲秉烛游，顾安所得烛乎？兄丈德业日新，无繇款奉，徒有伊郁，万祈顺时保重为慰。

◇须于言外得之。

上董夫子

昔陆公平泉予告，语唐公荆川曰：“某如人家教学先生，乞归便得归去；公如好郎中，主人病势未愈，安肯放回？”伏惟师台今日，是国家一大医王，讵得便谢主人？

○用谚语偏雅。

与俞少卿（仲茅先生）

明公暂居下僚，一方独寄，视往年徘徊卿寺，默默养重，不更舒畅耶？譬天地之润物，无过川泽矣。川居高势峻，虽所之长远，而润物之功薄；泽居卑势缓，蛟龙是处，雾露是兴，而润物之功厚。故川则有至、有弗至焉，泽之德惠无穷也。明公以为然否？若急利欲、趋荣赫者，则以衔言为迂且拙，失笑反走矣。

○每善设喻。

与邓彰甫

小赋不知堪入巨目否？万祈斧正，方可就梓。此书良是百花董狐，但批评圈点，为时套滥觞，似当速去。且所谓“批评”者，一则能抉古人胸中欲吐之妙，以剖千古不决之疑；一则援引商略，判然详尽，以自见其赅博。如论汉魏，而下证晋唐；如谈诗赋，而兼覈子史之类也。倘语意平常，不如无批；轻薄率易，尤为可厌矣。至于选取权衡，当宽于古而严于今。适见所采故实，多不全用古语，此尤不可。古人文字，不取则已，取则勿剪削之。彼作者苦心、脉胳关纽，实暗藏字句之中，稍经裁断，便索然矣。临楮干冒，惶仄不既。

答李明六

数米祝鸡，静中乐事。人心苟有自得，爪生发长，亦是一番境界。惟至人，固能坦然也。

〇此境未易，然眼前不无。

曾异撰

弗人，晋江人，侯官籍。《纺授堂集》。

复潘昭度师

《大序》中谓："《诗》之纤艳不逞者，皆情之衰。人人能知诗，则天下无复事。"此古今未发之论。窃谓天下无情外之理道，凡忍于犯伦伤义，皆世间极寡情之辈。盖古今忠臣孝子，不过其情至于君父者。使世皆深情于夫妇、昆弟、朋友之人，则亦必无"谷风"之怨、"阋墙"之争，与夫二夫失节之事。所云"人人能诗，则天下无复事"，正以人人深情，则天下无事，自然恩厚而笃于伦也。

与赵十五

十五双腕能画，不得纵力于诗。使千百年后，少吾代赵十五一位者，皆此两手王摩诘、倪云林，绝妙山水为祟；使十五折肱瘘臂，无手可鬻，便得入山闭户，从此十数年，李白、杜甫未可知，何至出贾浪仙、孟东野下哉！弟与兄俱老矣，至四十年以上，尚茫茫然不计筭（同“算”）百世而下，位置何所，无乃蜉蝣不知旦暮者乎？

〇闽侯官县赵十五名璧，陈叔度名鸿，皆工诗。没而不能堥（古同“葬”），予为堥之西郊，题其墓曰“词人赵十五陈叔度墓”。寥落无所之之士，时渍酒其下。

答曾长修书

足下以为人宁可无诗名，不可辱诗之理色，甚善甚善。某于诗，理与色俱无之，信口出声，忾然而叹，哑然而笑，泫然而泪；未省此叹者、笑者、泪者，为色乎，为理乎。以色而笑叹、而悲泪，则优人之排场也；若以理而笑、而叹、而泪，则其勉强假借，又甚于优，不但不成诗，而亦不成理矣。今之人辱诗之理、色，而理、色亦可辱诗。来书所云“以廉耻护送诗道”者，无理亦无色者也。

复曾叔祈书

前者手教之及，某适薄游梅溪，归而读之，作数日喜。时方小春，梅使未发，是以报章迟之。顷者又接来翰，不知何日得与叔祈，西窗剪烛，尽其所怀？每叹腐史，于张子房叙其博浪之豪爽，圯下之温文，与夫辟谷仙游之霞举，其赞之不容口；至想像于其状貌，不知史迁此际如何想慕？迁之生后于子房，所云状貌，亦不过得于传闻。伊人宛在，暗中摸索，愚谓此中大有回味。乃不佞于叔祈，无论生同时，又为一家之人。今手札之往来者三，乃吾竟不知叔祈作何状。彼此怀抱中，各有一“我家某某”，明明于心目之前；但须一相见，各出一意中所悬想暗索之人，印而合之。想明秋把臂时，当亦哑然一笑也。

〇工于写照之文，笑啼都见之纸上。

◇善于摹空。

又

愚意今之帖括，当如古人引诗之例，随其兴会而解之。愚近喜读《左氏传》，凡左氏引《诗》，皆非《诗》人之旨。然而作者之意趣，与引者之兴会，偶然相触，殊无关涉，精神百倍。此非诗人之情，而引诗者之情也。后之训诂注疏者，自舍其情，而狥圣贤之貌；而今之为帖括者，并舍圣贤之貌，以狥虖训诂注疏者之貌，转转相摹，愈求肖而愈远矣。

与黄东崖先生书

在里閈中，二十年梦想，竟未敢自通于左右。生平颇能自广，殊非以乘车载笠之故，不欲曳裾于先达公卿间，意颇非今世之浮游而附声气者。尝谓：吾人心中，不知《史记》为何书，虽司马子长复生，日与之居处笑语，只以增其人“藏之名山”之懊恨耳。故虽日把先生诗文，而不敢一通书问，留未尽之晤语，摸索于“心目宛在”中，不更意远而味长乎？

今者始以拙藁自贽，而以家母之行略请。夫天旌下及于寒户，而执笔纪载，斯亦太史公之事也。而亦以见某之进而求见于当世之名公大人，非吾母之故，则郑重其事，虽以二十年梦思，而不敢慁有道之晋接；非如世之食名而来、取名而去者，徒以亵元礼之门、尘李郭之舟也。附上缣素一方，倘为家慈载笔，悬之纺授堂中，不但为先生之教孝，亦使人谓异撰寡妇之子，虽垂老碌碌无所见，其于先生，犹不在“礼弗与交”之列耳。

与卓珂月

某自十数年前，则知海内有珂月卓子。欣赏奇文，每掩卷作《蒹葭》“伊人”之思，辄欲奏记自通。已又念近日时刻中诸君子，所记载交籍，不啻招降纳叛，而世之附名其中者，虽不尽弭耳乞盟，然意已近之。此无论非志士所以自处，而泥首而缚，受之不武，只为坛坫之辱，尤非所以处吾珂月也。是以门士王生，再游武林，某但致小刻二种，以志神交；入林把臂，宁俟他日，未敢数行上渎耳。

又今世失路生，每作书相问讯，满纸怨望，嗟卑叹老，问天詈人，强相愤慰，此尤非珂月所乐闻。而又世之造作书牍，以定交于当时才名之士者，大率抵掌论文，汗漫千百言，将以夸多示辨。某窃自揣，欲与珂月言者何文乎？吾代时文不足言，欲与珂月言古文，则自具千古之眼者。是以某俱不欲有所言，以取珂月鄙笑，而但以母氏之行略请，卓子想哀其孤而许之。

◇“造作”二字妙。长篇累牍，循之无事，按之无情，皆造作之罪。

答陈石丈

每阅墨艺房书，辄有弃日之叹。以为前世司马子长、杜甫诸君，何幸而不为此？彼亦人耳，使我无科举之累，得肆力于文章，固未能胜之，亦未必尽出其下。以此为应制帖括事，每一举笔，辄谓：我留此数点心血，作一篇古文辞、数首歌行，直得无拘无碍，而又庶几希冀于千百年以后，何苦受王介甫笼络？如此意况，似于富贵功名一道，极相嫌恨。虽未甘谢去巾衫，飘然为隐士逸民，又似不可强，昔人所谓“抑而行之，必有狂疾耳”。天下事必且日甚一日，此后极难题目，正须我辈为之。弟衰惫，无受鞭蹄足矣，兄不可不自励也。

问余希之足疾（赓之弟）

兄近来足疾，知未脱然，颇疑兄不能慎疾。我辈少年时，耗费精气，无异破家荡子；中年得病，此债主持帐簿登门时也。但能忍节嗜欲，稍偿一二，彼亦有时而去。然宿负未完，一二月后，不能不再来问我。使着实省啬积聚，逋欠填满，一去遂不复来矣。兄之足，弟之肺，殊为同病。留此一双脚，他日小则拜跪上官，胼胝民事；大则跨马据鞍，驰驱天下，极为要用物事，不可不善养之也。

◇此尚难为双脚，不若宋人“努力扶持”之词，可以为足下慰。

与丘小鲁

某未衰而老，颠毛种种，每顾影自叹，唇腐面皱，于八股中，而又似不愿处其罗笼之内。私念我辈，既用帖括应制，正如网中鱼鸟，度无脱理。倘安意其中，尚可移之盆盎、畜之樊笼，虽不有林壑之乐，犹庶几苟全鳞羽，得为人耳目近玩。一或恃勇跳跃，几倖决网而出，其力愈大，其缚愈急，必至摧鬐损毛，只增窘苦。如某，得无类是？缚急力倦，正不知出脱何日耳。小鲁何以教之？

与施辰卿书

作理题，正当如剥笋，皮壳不尽，真味不出。今之深于说理者，不但不剥其壳，且包封数十重厚皮茧纸，浪说“煨而食之”之雅，此则不但无笋味，人亦不知其为笋矣。至于某某诸竖儒，妄言先辈，但以寥寥数语，言不敢尽为合作，此又似不食笋肉，但掇皮煮汁，略一沾唇而止者。鄙意如此，所作者不能如其所言；但以破今时之失，未为不是也。

◯弗人著述，赖令嗣道昕，尽为刻布。道昕为诸生，有文誉，颇能继述家学，弗人不死矣。

与施渔仲书

兄飘然高蹈，如赤松子仙游，视萧相国汉廷械系，不哑然一笑乎？然闭户著书，正在此时。无帖括之累、头巾之缚，史迁、杜甫，唯吾意之所之，此吾辈善占便宜妙着也。若以为隐居放浪，业已谢去巾衫，遂可从诸少年作狭邪世外之乐，则是张子房不辟穀、访黄石公，而学魏公子之饮醇酒、近妇人。此古人郁郁不得意，而求死不得者之所为。兄今方为天下第一等快活之人，作第一等高尚之事，无错认题目，倒行逆施，效日暮途远者云云也。

◇人世之快，无踰此矣。

王志远

玄亭，漳州人。《钑镂稿》。

与徐耀玉职方

藩宣之司，久失其职，既不能如仗钺持斧者之雷厉风行，又不能如分竹鸣琴者之朝施暮暨，动皆掣肘，竟成何事？下檐以来，靡日不思拂衣，而尚平未果、鸡肋犹在，而虚语麋鹿之志，则虽知己不信也，以为操牍及之耳。

与陈眉公

门下名满天下，不得其门者，谓直当百尺楼上置耳。闻诸家弟，门下恂恂常常，不缦不缋，见之但使人意消，不使人气索。某尝疑老聃氏之教孔也，去其骄志与淫态；已乃使人一见，惊以为龙，至口张而不能噜，殆非真老聃也。以所闻家弟，门下乃能“不犹龙”。夫能“不犹龙”者，乃不能使人不得不以为真人矣。

曹学佺

尊生、能始，闽县人。《石仓遗集》。

与友

禅有理障，有魔障，与绮语无干。观昔词人刘勰、陆羽，生长丛林，所著文心、茶品，雕缋满眼，不涉禅只字。即支道林、庐山远，非老法师乎？言固字字文也。今人以“单刀”“一棒”等语窘人，宁不厌呕！

〇今之大善知识刻《语录》者，但载彼家言，尚令人堕其云雾；一刻诗文尺牍，便醜态毕露。以为不事文字，则何如不刻为愈也？

又

论诗譬诸书者、弈者、讴者，若无传授，任一己聪明，则必趋于邪路，终身不能精进。然稍就规矩，效法古人，其难乃若登天；勿畏其难可矣。

与徐兴公

释道有藏，独吾儒无藏，可乎？仆欲合古今经史子集大部，刻为《儒藏》。

〇愿力即宏，工资非易，宜公此举，终格格然。《十二代诗选》，即为公“诗藏”可。

与陈开仲

盛唐诸公妙处，全在用拙。拙则浑雄大雅，而无乘捷斗巧之病。予观应急之诗，一时不能即就，辄以巧思胜之；若用拙，非从容暇豫不能。

〇楷书忙时，可作草书，非极静不工，同一关棙。

又

伯敬《诗归》，其病在学卓吾评史。评史欲其尽，评诗欲其不尽。卓吾以之评史则可，伯敬以之评诗则不可。

〇公有句曰："解得钟谭无意味，方知太始有遗音。"又云："宇内皆成变雅诗。"盖伤之也。公于竟陵夙交，非有意訾之。

与徐存永

国初集如陶主敬、张翠屏、宋潜溪、杨东里诸公，每有赠送郡邑幕僚之作，驿宰仓巡，皆所不废。虽其人自足取重，而亦见前哲之留意吏治民生，不以微忽。

答吴方伯

亡儿颇称适用之器，而造物者亟收之。此固以一篇极大题目相难，而弟略以一篇平淡文字应之，曰不得已而已。但弃世棼而修梵行，此弟之素志，又非有所托而逃也。

王　熙

子雍，胥庭，宛平人。

著述缘公启（为陈默公焯刻著作）

盖闻天祐斯文，自产千秋之宗主；人肩大道，宁躭（同"耽"）一代之浮荣。故贤圣惟发愤而诗乃成，即后儒必穷愁而书可著。《春秋》须羽翼，丘明之双目难存；《史记》待昭垂，司马之全形忽废。他如张文昌以乍盲而工乐府，卢照邻缘久疢而擅吟坛。若斯之徒，殆犹小技，矧夫守先待后，析天人性命之微言；述往思来，备今古兴亡之准鉴，非邀休暇，岂获专勤？

桐城今司马默公陈氏，九液蕴灵，六匡诞秀。七岁遍诵经传，笺研百氏以无遗；十龄辄庀史材，身任三长而不让。衡制艺于吴下，张杨（娄东、金阊）愿撤皋比（平声）；正骚赋于云间，陈李齐投缟带。入兴朝而膺恩拔，在廷争觏其光仪；甫乡荐而掌祕书，政府咸资其手笔。虽大魁中沮，至今犹叹为真状元；迨释褐南归，举世仍呼为好才子。是以熙父任祭酒时之赠诗也，则曰："注残经史年犹少，历尽艰虞气更新"；大冢宰静海高公之贻句也，则曰："无双经学黄江夏，第五科名杜紫薇"。期待各已如斯，通显奚难立致？

乃造物巧为成就，夺去子野之聪；令儒术大振今时，悉倚离娄之目。寸阴必惜，用是日斯迈、月斯征；万卷堪娱，遂至冬不炉、夏不扇。书成廿种，载可盈车。抉六籍之奥义于二经，其功约而倍；寓一朝之褒讥于四部，其指隐而彰。扫山阴、徐姚之禅唾，门庭断自程朱；溯嘉隆、弘正之诗源，流品分从赵宋。西京以下，未尝无赋，《赋会》出而世识真骚；八家以后，敢曰无文，《文会》行而人裁伪体。若不共襄剞劂，何以仰谢圣贤？

熙等职在清曹，分应独任，但略计锓板之费，动须数千，势必赖大雅之流，各资涓滴。与其结佛缘以霑利益，何如种文福以厚箕裘？且默公氏，官仅数旬，居无五亩，彼于峒亦人耳，能将百万，为高士买山；即郗超小夫乎，屡费千金，为故人治宅。今陈子既以诗书为生活，则吾党亦用梨枣代田庐。伏乞诸老年台先生，随分乐捐，声施不朽。噫嘻！杜微失听，犹来君相之求；徐积病聋，实赖苏黄为友。况有功于孔孟，讵止笃夫情亲？谅切同心，敢申虔恳。

◇骈俪之文，难于婉动。此殆是苏长公。

◇佛子募缘，动施千百，令之作此等事，便无一人应，皆“功德”二字惑之也。不知文字中，功德正自无量。

谢肇淛

在杭，闽县人。《小草斋集》。

寄郑孟麐

家室至，得手书甚慰，兼悉近况。水部自不恶，而河上翁尤不恶。俗言纷纷，但患贫耳，而贫非不佞所患也。老母在堂，不乏菽水；先人敝庐，足以蔽风雨；百亩之田，足以供饘粥。视一二善宦者诚贫，回首作措大时，已过之远矣。吾尝谓：人生苟存一知足之心，何官不可为？何地不可居？如不知足，则卿相不已，必思帝王；帝王不已，必思神仙；神仙不已，必思作玉皇大帝，而元会运世、百六阳九之期，于心尚以为未足也。历观古今人所为知止知足[①]，不贪得、不竞进者，皆虚言耳。

以敬通、仲翔，塞门不仕，左对孺人，右顾稚子，此天下之至乐，而犹然怨天尤人，赍志长恨，至谓死之日，“以青蝇为弔客”。使天下有一人知己，死不恨；宁知知己之有无，于自家本来面目，分毫有何干涉？此仆所尝[②]考镜千古，而不胜窃笑者也。

---

① 此处“为”通“谓”，“所为”即“所谓”。“可为”亦有类似情形：下不一一说明。

② 此处“尝”，原本作“常”。常、尝旧时通假，今则易起误会，故可酌定者径予改动。

寄徐兴公

仆之不作二千石，而持节河干，非逃富也。自揣生平，骯髒之性未除，猖狂之名，已满天下，一旦复亲簿书钱谷之事，如砧鱼俎肉，任人鲙截，一不便也。疎散之人，动辄振触，法网既密，虚文复繁，一不留意，谴诃加之，安能以有限之精力，敝之无用之地？二不便也。二十年制科，须鬓半白，一旦低眉折腰，争诸年少，亢则失人，随则失己。目今骢马使者，盛气行部，目中宁复有老太守哉？三不便也，体既好闲，性复嗜睡，每至日高，始离床榻，午饭方罢，便作羲皇华胥间想，闻剥啄之声，辄恨其影响之弗幽，况于冒暑雨、犯霜露，戴星露冕于郊坰之间，以候当道颜色、亲米盐细事乎？四不便也。文弱之人，酷酖（同“耽”）书史，行立坐卧，不能相离，而欲一旦弃置柔翰，倾倒簿书，譬之纂组，纤纤之女，令之亲操井臼，五不便也。性不耐暑，每岁入伏，疮疡遍体，四支糜溃，脓血狼藉，直至秋末冬初，方获脱痂，巾舄靴履，九夏一切不御，况能步趋唯伏，韝紊长跽，鞠躬屏气，如三日之妇哉？六不便也。族戚既广，交游汎澜，仰给衣食，十人而七。一闻铜虎之符，莫不延颈望济，千里裹粮，户外之屦既满，幸舍之席无赢。穷乏得我，昔人比之失其本心。况游橐未饱，怨谤遽腾；青蚨方飞，白简随至，又安能以一身之名节，为他人填谿壑也？七不便也。

有此七者，展转胸中，计之烂熟，故得河干之役，遂其本怀。然此情可为知己道，难与一二俗子言也。安平孤署，介于河滨，节制千里，不为不尊。日高视事，日息而入，心无钱谷出入之计，目无案牍平反之事，耳无桁杨夏楚之声，不为不适也。所少者赤仄耳，然上视二千石，则诚不如；回思穷措大、冷司李及南刑曹时，岂不过之哉？

◇此尤居官所难。

京邸与人书

长安二三月间，土膏变动，煖气上腾，家家户外沟渎，一时翻浚，秽渖狼藉，平铺交衢，人马践之辄陷。衣体臭腐，经月不消，触鼻入喉，靡不眩逆呕哕，寖成瘟疫。四月以后，即苦暴暑，斗室如爨，床几皆难着手。袒跣偃卧，则青蝇嬲之不置，青衣平头，麈箑交挥，才得合睫，复闻剥啄声。官署政事，无纤毫可经心目，而投刺报谒，置酒召客，及赴人召，日日相续，晷晷相牵，无寸隙也。生平不喜见尊贵客，及礼法宴会，而人道以此为重，稍自疏远，动成雠衅。罻罝未举，而微禽先惊，每一自念，惘惘如失。人生行乐耳，年过五十，须鬓渐星，驹影电流。河清宁复可俟？而陆沉絷绊，如皋禽处樊，长鲸在沼，蹙蹙四顾，不得遂其搏〔抟〕霄横海之志，良可叹也。

林之蕃

孔硕，侯官人。

与周减斋

得大著，吟咏千百遍。自宋元至今七百年，无此作矣。之蕃虽愚且钝，曾经一番苦心，出一身白汗，因得知先生之诗最真。唯知之最真，故心悦诚服，非阿所好也。吾辈一生精神，成此一部集，已与日月争光，更何所求哉！二三十年功名，转盼成空，荣辱毁誉，是非得失，总是梦中之梦。今日洗脚上船，正好作明心见性之事，始是英雄。究竟古语云：“即今休去便休去，欲待了时无了时。”先生高明超子瞻，之蕃下劣，宁敢效佛印饶舌；然窃比于春梦婆，发居士一笑也。

宋　珏

比玉，莆田人。《遗稿》。

与邦衡书

醉中袖羼提室诗归，谬为评校，未卒业而酒醒矣，故半部独为无纇之璧。然醉之所云，不甚无会，或过当耳。大抵诗以言志，情贵副境，缘情肖物，各极其致，乃为佳也。而或欣笑之时，不能强为不平之语，而言哀已叹，顾念增爱，此时即幽独自诉，心口相语，已落二景。况昨者之景，已陈于前，而今者之情，复新于后，安能追数前欢、申造旧悲？故但可略易片言，不宜便更前句，以不拂夫尔时得心书纸之意耳。

◯致度偶似建安，不同刻袭。

◯齿颊冷然。

宋祖谦

去损，莆田人。

与胡元润

徐青藤有言："吾老年作画，如登州海市，时而有，时而无。"仆固不工画，近日拈笔，辄如泰山没字碑。

又

写生，赵昌意在似，徐熙意不在似。意不在似者，太史公之于文，杜少陵之于诗也。

与盛丹

昔人论作米家云山，当用淡墨、焦墨、积墨、破墨、泼墨。非独米字为然，古名家作画，无不如此。李营丘惜墨如金，董宗伯尝有言："作画不惟惜墨，亦当惜水。"古人皆以渴笔取妍，今人乃以为云林一家法，不然也。

与胡元青

东坡论书，谓"笔略到而意已具"。足下画，即笔不到处，意已先之矣，故于贪笔墨之功者不同也。

与郭去问

见足下《落日照大旗图》，尺幅之中，酸风凉激，不必十载征人，即一往已堪白头矣。

又

每展足下画，便思放杖投足。此自足下精神，能取人于毫楮之外也。

与陈章侯

昔人云："传神写照，在阿堵中。"老莲写文姬，便令缣素有声有泪；镶文夫子，以俪都尉，仆以之拟《河梁》之篇矣。

与周栎园先生

吾师此册，真是披沙捡金。东坡云："我携此石归，袖中有东海。"他人狼藉堆头，拾得蜣螂弹耳，虽多亦奚以为？

又

方叔归，述雪舫盛事，如自旃檀林来，举体皆香。

又

不增华，不改叶，不累藻，不掩情，北雪大槩，不丽而馨矣。小序不能赞一词，所谓“未能身历其险，聊复仰看其高”耳。

又

吾师生平著述之多，同三藏法师讲论，笔受草本，可满一屋。谦欲买纸一百车，系笔一千管，尽钞师书。

与吴薗次

君家填词，蘅蕙吐于行间，亦能顾曲之误；畹兰採于字里，不数辨挝之工。君真四声之功臣，而十法之领袖也。若使飞卿有知，亦当点首地下矣。

与林銕崖先生

先生悯世人心骨沸熟，故以此出世傥洋语涤之，即子瞻“姑妄言之”之意也，然谦固不敢妄听。

与罗星子

古端砚一方，奉换足下宋板《胡传春秋》。倘得如愿，此石腠理中，有一部《阳秋》矣，勿轻视之。

与陈伯玑

求墨于足下者众矣，而独以赠予，此不可解也。或曰：“伯玑之嗜予，犹予之嗜墨也。”此语可为吾两人写照，敢持以献，聊当报琼。

与张子京

足下以墨惠予，且曰：“予留以殉葬者，今赠子。”足下真善行其惠哉！语曰："欲者不多，则与者忘少。"弟于墨贪矣，而足下辄乐施焉。伤廉伤惠，吾侪于笔墨间，不暇避矣。

与王寿格先生

尝忆姚现闻先生上蒲州书："方今君子之破小人，不当以口舌胜之，而当以功业胜之。"此二语，至言也，敢持以献公。

与黎愧曾

十五年始通一音问，政如层城桃花，一度蓬莱水，一番清浅，不足讶也。

与吴冠五

渠殆薛伯宗耶？不然，那得此徙痈法。

又

仆所作《寒鸦赋》，幸足下一序，非足下目击，不知仆以泪濡墨。

与高云客

足下谓仆八分书，学家叔祖比玉。仆固不厌家鸡，然何至舍古抚今？然家叔祖二十时，便已入汉人之室，仆不迨也。

韩廷锡

晋之，更名锡，侯官人。

与李明六

《韵经》领人，注《孝经》实大快事；而注出明六手，又一大快也。弟愚意以为，注有二法，一训经，一发经。训经者，训其字义而寘其经义，非遗意也，留其意不发，以俟读者自得之也。此是注经第一手，如郑玄之于《诗经》是也。发经者，借经文以写自己见识，读之若一字无与于经者；统而会其大意，则字字与经相长也。此虽不及训经者义长，而为力则难，而为意亦不浅，如向秀之于《庄子》是也。惟宋儒，乃合训诂、解义而一之。然训诂与古同，而解义与古异。何也？盖即经以解义，非依经以解义也，故除却经文注，即不成章矣。故弟尝谓，汉晋解经如现相，宋代解经如写真，盖谓此也。

尝欲用训诂法于《诗经》《乐经》，而用解义法于《易经》《书经》《礼经》《春秋》，盖有志而未及为之也。因兄注《孝经》，故书以请教。屋事固在道理之外，然世间之事，必道理顺者而后忍耐。此自庸人能之，何用贤者乎？然谦让乃兄家家法，固无俟弟赘也。

◇今乃知汉人笺注之高。

◇定评可传。

◇古今不易之论。

与友人论文

文有虚神，然当从实处入，不当从虚处入。尊作满眼觑着虚处，所以遮却实处半边，还当从实上用力耳。凡凌虚仙子，俱于实地修行得之，可悟为文之法也。

答林九还

别兄既久，清风朗月，能无玄度之思？时时如梦中相对也。兄亦曾于此国土觅弟否？山中一室，仅如斗大，寘膝〔厀〕（古同“膝”）之外，无所复馀。虽极迫狭，然弟素无坐性，缘此亦得少止耳。自初春到此，已更两季，饱食罢，无复一事，卧绳床上，看树头猴子跳踯聚散，便了一日，无分豪进益，甚足为知己辱也，奈何奈何！

承示“功名一念，比前稍淡”，谈何容易耶！古今多少铁汉，平日口里咬破顽石，一到功名场中，便打折骨头。兄虽是出世男子，然而于此一言，弟实未能尽信也。姬游再为雨阻，弟与姬无缘邪？抑姬深拒俗客也？今亦志绝矣，兄与樵门不必行可也。

◇诗家荒冷一派。

◇不如此，不颓放，不妙。

山中寄衡之伯兄

别日甚草草，然知不得不别，故遂决耳。弟今年所居又胜去年，不用兄忧也。况坐处想已决策在塘头，但不知能脱然家累否？日迈月征，所事未就，兄宜痛割俗缠可也。弟家计日促，数年以后，男女长大，不知作何处寘。然事到绝顶处，定有一番出豁。刻苦读书，尽我本分，至于世事，听之于天。处世正如登山，且拣目前稳处寘脚，前面纵有险阻，俟到时商量耳。此段迂阔，愿与兄共之。

◇醒甚。

山中答孟韩妹

二哥在山中，已是长素，忽寄若干肉至，得无羊踏菜园乎？然不欲虚妹一片至情，为妹一饱食，然后复素。佛是千古有情人，彼不加我犯戒之律也。闻大哥又有越行，奶在家中，当闷不过。妹有便小袖，时时使去一看。盖媳妇痛姑，终不如儿之痛母也。

二哥一身未了事，须一第了之。自以生无福相，不十分刻苦，造物不肯轻以相与。是以自闭穷山，作一段苦头陀行径。

虽然，奶老矣，膝下爱子，越在山中，我辈少年人，犹自不堪，况老人乎？每一念此，叹息而已。妹可体二哥此意。馀不尽。

◇奇旷绝俗。

◇一味真。

王　铎

觉斯，孟津人。《拟山园选集》。

答牧斋

妬造物私以青缕管厚足下也，足下之外，谁复才负渊岳，与足下七雄中，推为秦楚者乎？仆，御皃港弱兵也，殳矛缺短，实不敢执小旗鼓，而见足下孙吴之垒。

与质公

大梁张林宗，诗家董狐，伐毛洗髓于此道，足下料旹（同“时”）晤对。服子慎，東广微，夏侯孝若，任彦升，殆其俦匹欤？

答玉涵

未晤辄刺刺，应自憎。肰（古同“然”）天下必联膝擘拳以为好，则未必然。

答石垒

今始知天大矣，蟭螟蛮触，何处矜口？

与李君

囊中山诗僳负，觉重否？邮而致我。

与　友

芳花缤纷，明月逍遥，仆四十馀年襟期，袁公标格，各自足矣。黄鹤楼中，复有何人吹玉笛乎？

何　楷

玄子，龙溪人。

答冒辟疆

人不可言病，言病则真病至矣。弟前此固有讬而逃者，而不意其果病也。饮食不化，步履艰难，竟夜不睡，终日如在呓中，苦甚苦甚！展诵佳卷，精邃凝穆，直承元钵。南国即多才，求其养如木鸡、体追台阁，断未有逾台兄者也。弟笔研久荒，然宝气所呈，犹望而识之，非欲慢然贡佞，唯倾耳以聆好音而已。

魏裔介

贞菴，柏乡人。

与纪伯紫

素心晨夕，良晤在怀，忽复迈征，咏《采葛》之章，为之三叹。老社翁高怀不羁，真气迎人，每向长安物色，不敢再屈一指也。所教井陉、获鹿，以连晋阳之险，盖弟昔于役之所谙矣。其山嵯峨，其水激荡，较之吴越，虽稍粗放，然而奇矣古矣！若乃弔淮阴、左车之旧迹，揽唐宗、宋祖之遗伐，尹铎保障，越石清啸，俯仰古今，得无有动于中乎？恐烟云满贮古囊，不止“此行堪白首，终日厌青山”之句也。

弟少而多病，长而寡学，虽欲策其驽钝，勉竖功业于时，而才疎志劣，毫无补益。此方寸地，近愈成灰矣。先人遗薄田数顷，瓦庐数十间，在泜水之北，其中亦粗有亭台沼榭。明岁春杪，便图乞恩于圣明，躬耕陇上，且以求尽昔日所闻于大君子者耳。老社翁嗜痂之好，乃比之于昌黎，弟诚媿死矣；若乃东野之达，则老社翁实足以相后先也。

杨思圣

犹龙，钜鹿人。

与纪伯紫

长安论诗，如昨日耳，每每从往来者，问纪先生行踪。南望少微，知竹杖芒履，逍遥于杏村龙潭间，素甆（同“瓷”）徐引，高歌岸帻，何复别有蓬瀛！

弟遂奔走风尘，几成俗吏。太行登顿，世路险巇。去岁簿书兀兀，如失舵孤舟；今弟复攘攘粟刍，如求林饥鹤。老社翁闻之，当为一叹息也。然而面虽积垢，此心缀于笔墨，终未能断。新作肯寄示乎？固庵之便，特附候音。知己久离，把臂倾倒，弟不能不欣羡固庵耳。

张如兰

德馨，江宁人。官骠骑，赠宫傅。扶舆公、紫淀、季筏君父，瑶星祖。《同野先生集》。

与刘生

足下神游竹素，寄情皷（古同“鼓”）吹，览是编也，沿媚泽，涉山辉，栗栗落落，触目皆宝。其诗家之嚆矢乎？愚以为此外尚不可穷诘。玉于玉，玉于不玉，吾心又有蓝田也，是在学者善养隋和哉。不然，拾巩琲而舍火齐，琢楚璞而星弁会，此技止此矣。唯足下图之。小诗附郢。

熊文举

雪堂，南昌人。

与康小范

握别长安，倏忽八年，跂仰黼黻于丹霄之上，惄如饥渴。今皇网特张，名贤奋翼，巍峨大对，直上金庐，此其时矣。难弟夙尘契谊，而豚儿又附兰谱，青云在望，激昂如何！

不佞自弃田间，久婴痼疾，盖三疏而后得请。年来潦倒穷愁，今春病几不起。而当事辄以小草相迫，是进之不能步夔龙之踪，退之不能恬猿鹤之梦，谁谓箕山颍水为俊物乎？别久怀深，所欲敷陈于知己者，期期其未悉一也。临书惝恍。

与纪伯紫

二十七年之别，一旦相逢，怀往悼来，如麻姑同上元夫人，叹蓬莱清浅也。俗氄蝟集，面目可憎，何时得与诸老友，放杖浩歌于荒寒寂寞之滨？弟虽钝笨，尚可索林梅陶菊也。谢教不庄，仰惟原宥。

与减斋

老年翁宣力岩疆，功高鼎釜，而不孝灰心林壑，梦断尘缘，属风霾澒洞，未有那居。且严闱有命，誓墓难坚，一出逡巡，四疏迂直。愧无涓埃之效，遂抱终天之痛。即恩隆守制，盖抢地誓死阙下，而后得之。已矣！不可为人，不可为子，奄奄蜍志，虽皋鱼立槁，犹恨晚矣。

王穀子孝廉，附函未达，武夷其有回雁峰哉？闽海沸羹，江乡风鹤，怀来悼往，总不胜情。幸老年翁纶羽所临，鲸波顿靖，差足为文士才人吐气。然麋香草檄，霜鬓论兵，六七年于此，《北山》“偕偕”之诗能咏乎？

今春与士业社兄，望衡对宇，宛其一洲，所谓伊人，时劳蒹遡。而良书远颁，美于黼绣；煌煌哀些，荣及泉扃。盖一日捧诵踸陈，幽明悉为感涕。何老年台重念鲜民，而锡类惠施之过渥也？俾也可忘，胡然罔极！

闽疆积苦积劳，九阍昭格，百尔君子，亦知从事独贤，愿竟弘猷，伫光麟阁。不孝衔哀草土，亦既练而小祥，蒲柳早衰，《蓼莪》罢赋，行将结茅匡庐，万山深处，作打钟扫地头陀，以毕馀年。

曩昔千秋自命，谬欲有所结譔著述，追拟古人。属烽火连绵，心计迕错，所抄书卷，尽付秦灰。鲍锦不还，江花久萎，虽有一二剞存，无可为鸿钜道者。佳诗海涵地负，愈出愈奇，盖才本于情，情深而才具赴，每一落纸，便觉欲飞欲舞、可泣可歌。时贤作诗，本无其情，才复茶弱，即累牍连篇，凑字栉句耳，未足与议也。必传何疑？容志片言，以附不朽。

纪映锺

伯紫，江宁人。《真冷堂集》。

与周减斋

竟陵有言：英雄失意泣，得意亦泣。日者捧读偶遂堂近刻，知字字是泪，字字是英雄本色。又知风波畏途，步步引入圣贤兢业地位，真不敢作诗读矣。经年苦别，一见便披拂此鸿宝，快幸何如！稍俟一二日卒业完赵，亦愿附传不朽耳。

尺牍新钞卷之二

温陵 林嗣环铁崖、长汀黎士弘愧曾/选

豫仪 周在浚雪客、周在梁园客/钞

徐世溥

巨源，新建人。《榆溪集》。

上虔抚潘昭度先生辞荐辟书

二月十五日，蒙南昌县发下手谕，以不孝世溥应荐者，伏读震怛，手足颤掉。始尝窃闻，坚不谓信，乃今果然，三复无措，恐伤知人之明，不收感恩之实，有难处者二，必不可者六；近有所闻，不安而未可信者一。敢冒昧悉布之。

夫不肖一介下士，师台因欲周知地方利病，延及蒭荛，固辞不允，始践往役之义。垂将二年，硁硁守愿，庶几无罪。洎师荣陟，去德日远。昨冬诏旨初下，省中即传有是举，纷纷藉藉，哗于道路。亲友闻之，皆来见问，不肖答曰：“无是也。”大中丞聪而慎，且深知我愚。聪而慎，必不以愚人应明诏；知我愚，必怜而曲全之，其为乌有不待言。乃或不信，疑有隐情，辄复旁讯，自熊生人霖辈，对人皆为不肖辨（通“辩”）之，往往至于面颈发赤，其执以为无有如此。今也一旦所传皆实，必以不肖阴有干求，阳为不知，前此质语，皆为饰词。怀诈之嫌，无以自白，难处一也。宇下深识高蹈之士，年长于溥、材力倍之者，尚有数人；其间诡昧歆羡、钻营冀得者，盖可数计；就中裵徊，在欲与不欲之间者，亦复有之。一以为海错，一以为鸡肋，一以为腐鼠。不肖气浮性戆，举止狂率，发言措足，动生尤谤。师台一朝荐及此人，憎者益恚，求而不得者转生嫉媢，高蹈之士复引为口实。亏名增诟，兄弟不知，咥其相笑，无若《氓》之弃妇然，难处二也。

不肖生二十九年矣，在母怀仅七月而免，气体孱弱。幼从塾诵，谷药相半，以迄于今，须未鬑鬑，发已拔白。每答一笺，舌心为燥，簿书繁剧，决不能任，抑而为之，必至生疾，不可一也。十四五岁时，先君携至山庄，不辨䅎黍。既冠析爨，一切米盐之事，拒家人毋相闻。每仆婢争讧，交诉于前，竟日不能辨其曲直，无一语遣发，但令各去。藉令坐堂皇听讼，何以折狱？不可二也。所以忍饥寒、竭羸力，而不废学者，亦欲徼幸制科，慰父母志愿。尝私妄念，诚得与春明一第，即陈情不仕，归田著书，以自娱乐，此梦寐之所不忘也。先人见弃，未一观场，即应荐辟，宿昔授书遗经之意，安忍恝然背之？其必不可三也。

今天下何时哉？驰驱三四千里，令不得对，罢归即属万幸。假令选置残破，流离未集，国课不蠲，起疮痍之馀，捶挞敲剥，令出租赋，实所不忍，势亦不能。急则民变，不则必受参罚，甚而逮勘，破家累后，四不可也。若在边远岩邑，席不及煖，布置未备，猝有非常，即损躯以殉耳，无益于国，徒损鸿毛，五不可也。即以师台之福，获在善地，而野性未驯，骤令受事，如猿处囊，通身不便，万不能以父母遗体，朝夕跪拜，迎送不知谁何之人。凌风涛，犯雾露，戴星履霜，行殆以护冠带，非所能也。昔韩愈乞晨出于张仆射，陶潜赋《归去来辞》，此皆古贤高致。不肖远无二公之才而有其野，今若上韩公之书，即恐开罪仆射；赋《归去来辞》，则刺史追檄随至听参矣，其不可六也。

近郴州袁生来言，咨中及艾生南英云云。夫艾生博闻强直，远在不肖上，特以敢言多怨。然当壬申之岁，师台再三见召，不敢应命，而卒为师台邀致溥者，非艾生与？若以不肖为无状耶，失人之过，不在艾生。今也荐溥而斥南英，此又不肖之所不安也。袁生云：咨称不肖面折艾生于师台座中，不肖固未尝与艾生合堂同席，且师台之所以取不肖者，必非为其能面折人而骂坐也。袁生其浪传乎？

违先志则不孝，应命而致偾事则不忠，负师台之恩则不义。备此数者，不得立于天地之间，尚何面目复图执笔墨，侍恩师左右乎？部咨且至，祥禫有期，伏惟师台矜其愚，鉴其诚，力为辞免，则不肖幸甚。风有《将仲》三章，雅有《鹿鸣》《四牡》，皆不肖之至情也，伏冀垂督。

〇赤牍必以大家为宗。艳则失之纤，板则失之腐，何仙郎辈山人墨客之牍耳。即王百穀，近亦成通套矣。故予特举巨源此等文，以为正鹄。

◇若万茂先，便不作此语，犹是少年盛气。

〇词旨激昂，虽与叔夜之书并传可也。

◇寔（同“实”）情在此数句。

〇潘公荐巨源于乙亥岁，戊戌岁巨源谢世。巨源此书出，当时疑为矫情，殆二十四载终不出，始知巨源此书灼有真识，非徒托空言以自夸大者。

答黄商侯论保举书

往年于行卷中，得读兄文，嗣与贵郡诸公游，则益习兄为人。近从李大司马左右，不啻闻之稔，而服之素矣。心虽仰止，草野之性，常不欲无因自达。兄乃俨然先教，又申贶之，开缄一行，即及先人，仁者之言，幽明俱感，读未竟，已心铭矣。

今天下纷纷多事，圣明日下旁求之诏，诚欲获如兄者，庶足建显烈以慰延伫。顾弟何人，亦附后车哉？少本驽劣，长而惰游，承先人之庇，衣食才足；随俗学文，所传于师者，不过比偶八股、讲章数部而已。于世态人情，十不知一；于古今成败，百不知一；于当世之务，救时之略，无一知者。大中丞过听虚声，谬以入告，与兄同称，非其伦也。昨接大司马书，骤闻此事，惊悸欲绝。人亦孰不愿报主？诚自知其不能也。

方今天下之患，不在于求贤之途狭，而患养民之道微；不在于百为之不振，而患振刷之未得其方。夫小臣救过不暇，势必媚大臣以求宽，故操切而权愈下移。权在下，则拙者、憎者，易于求疵；巧者、爱者，可以高枕，故综覈而功罪仍不当其实。如是则事何以立？事不立，患益多，不免日求足用，以为集事之计。赋日重，民日贫，四方盗贼，安得而不多？蠲免无受赐之实，加派有不返之势；言者有不测之恐，优容复有意外之量。是故威失其所以为威，而惠失其所以为惠。譬如有人，百节皆病，不思致疾之由，休养焉以审药饵；乃顾日求不知谁何之医于四方，将使新进之医，持未达之药，治不谙之病，而责旦夕之効，愚未见其可也。

当万历之世，宴安优游，如人醉饱无事，耽卧湿处，以致经络痿靡而不觉痛。兵事之始发难也，直犹恶疮发于臂膊而已，当事者不知就毒攻毒，内固元气，外施针石，而遽骚动天下，以奉一隅，师未出而气先夺。此如疽方赤肿，庸医遽曰：“是不可起之疾也。”主人惊惧不顾，而骤服峻剂，剂未必达疽，而脏腑先受伤。迄今十七八年，浸淫亏损，以至疥癣疡痈，噎胀消渴，走气刺痛徧作矣。于此之时，旧任疗者，习其病苦，不劝以休养元气，缓审所宜，而欲求骤进之医，各持一针，各砭一穴，各丸一艾，各灸一方。假令今者中丞之荐，万不获辞，则兄将为之灼艾乎？针穴乎？立方乎？此弟所谓不可也。

科目之来久矣。当开国草昧之时，而曰荐辟不如科目，是谓谬愚。至于今三百年，功名之路既一，其格日以益尊，举天下聪明才俊之士，竭力奔赴于中矣，岂复有舍是而趋万一或由之途者哉！敢问兄将以为荐辟，他日能与科目并重耶？抑未可知也。今之科目，太医院之医也；由荐举出者，草泽之医也。太医院医，位分定，格势成，寅寮各相为以为纪纲，苟不至于杀人，虽冠带褫而头项可存。草泽之医，固院中所挤也，乍进一方，今日服之，明日不効，旁进数语，而主人之怒，有不可测者矣。

夫积习固不可变，而成格固不可移。顷者主上尝有志于重武矣，临陛而策之，金盔之赐，袍马之荣，隆于文榜。然垂今六年，镇总参游，不闻能自行一事、自建一言。其仰文臣也，奔走趋奉，无改曩时。夫非主上固欲扬之，诸公敢故抑之也，积威约之渐，所从来者久也。然则将来荐举之轻重，视武臣而已。天下耽耽，孰不苦心竭力，以营一第？随例而谒试，得隽为科甲；随例而听选，人人可以为翰林、太守、令尹。何者？例然则莫之求多也。譬如行媒讲婚，随例纳采，至期奠雁，但非男子，无不可为妇者。今曰荐举，则越溪之购西施，汉殿之推王嫱也。苟非夷光、明妃，其面立见，吾恐众方群起而笑之。此弟所以万不敢出也。

中丞公不先见谕，使弟骤受惊扰，三日以来，不知所出。吾乡先达如刘子高，极邀眷注，杨文贞位登师保，皆贵郡往事，仁兄勉之矣。近见朱礼垣疏中，已以百里之说悬待孝廉，以广文待诸生被荐者矣。仁兄今冬北上，得捷甲榜，或特简清要，亦未可知。如弟不才，忾学宫已将十年，少加自爱，再十年，旅进应考，徼倖不被宗师降黜，安往而不得广文哉？

使旋聊布腹心，仁兄以为何如？嘉贶敬拜鸡笋萸豉，至机杼菁华，非孤子所敢服也，附谢不尽。

〇言外颇有不满商侯意，肤商侯固非巨源匹。

◇甚中崇祯末年之弊。

〇巨源此书，全仿大苏。

◇当时纷纷以举荐为非是，不如此一二语，足以破的。

〇此书学《国策》，故近苏氏父子。

◇亦是。

◇妙喻，却有地步。

◇惨痛语。

〇商侯似急于进取者，故此书无少含蓄。

◇韩、柳诸书多求进，以世方向治也。使巨源为此言，安得不兴世道之叹！

答钱牧斋先生论古文书

暮冬拜教，并得所寄《文粹》，反复来章，高言如绮。不肖于先生，固以当世所宗，向往不敢后人，而长者下交，抑何懃懃不遗若此耶？六君子序，此殆先生发愤之言、寄托之辞也，以眉山自况，以金陵譬当国者，旨幽而显，言毅而辨，断曲而有直体，闻之者足以戒，其是谓乎？

来教曰："龙门、昌黎，安身立命在何处？"窃观古之作者，莫不期于自达其性情而止，要以广读书、善养气为本，根柢至性，原委六经，所以立命；贯穿百氏，上下古今，纵横事理，使物莫足碍之，所以安身也。子长之《自叙》，退之之《答李翱书》，其致可槩见矣。如必曰某处为龙门所安身，是即非龙门；某处为昌黎所立命，是即非昌黎矣。那吒析骨还父，剔肉还母，始露全身。为文之境，何以异此？此非故为推堕滉漾，不可致诘，实以平日用功经悟，所见如斯。以先生下问，辄复罄陈求正，固未知有当否也。

若云诸家各有门庭，则各以其所熟为其所出。窃尝论之：韩出于《左》，柳出于《国》，永叔出于西汉，明允父子出于战国，介甫出于注疏诸文，子固出于东汉诸书疏。当其合处，无一笔相似，故韩无一笔似《左》，欧无一笔似史迁，书家所谓“书通即变”，如李北海不似右军，颜鲁公不似张旭也。当其率尔，时露熟态，往往望而知为某家文章，亦如米元章所谓“如撑急水滩船，用尽气力，不离故处”，若董玄宰之不能离米，米元章之不能离褚也。鄙意如此，不识先生以为何如？若别有所谓安身立命者，则愿明以教我矣。

承教韩魏公高文典册，不当谓其不文，深感切劘。此盖不肖戊辰岁所作，于时笔稚心粗，如此之类，失言尚有数端。既而悔之，微先生言，亦久知其非也，重以嘉教，敢不祗承！

来教曰：“寄庐小笺，偶兴之书也。”偶兴如此，足以传矣，苟非其人，而能若是乎？

夫绎《国风》者，常失之浅；解《雅》《颂》者，常失之深。杜子美忠君爱国，颠沛不忘，感时讽事，援引极博。后世多不能究其出处，是以不能明其指意所存，致牧斋而始发之。然窃谓考据确核之中，勿涉凿凿附会之态，则作者之意，更不患其求明而反晦，此又溥所效于先生耳。

春初贼氛震邻，日行山野，思为归田之计。敝乡民贫赋重，而追呼颇急，萧墙之忧，未知税驾何所。得长以静昼，焚盥致书姑熟，即无量之庆矣。

◇所自得如此，宜其独树一帜。

◇亦是通论。

◇此近人注杜通病。

答杨维节博士论著述书

辛未辱枉车骑，昨夏复拜教言，则仁兄之先施者厚矣。留都如故家敝园，轩爽之气，自在分野；明秀之色，自在山川；矜冶之态，自在人物；繁丽之容，自在廛陌。然而其云烟风气之间，有荒寒焉，有旷远焉，故有入焉而荡，亦或以戒；入焉而乐，亦或以悲。荡者溺其繁冶，戒者蹙其矜丽，乐者以其轩爽明秀，而悲者以其荒寒旷远也。同是园趣，而荡与乐者生于大，悲与戒者生于旧。能通此志，虽收金陵于斗室、寄长干于千里可也。

弟穷居浅见，生平足跡，仅至此间而止。然鄙意更欲纵观五岳九边，非如昔人常谈，徒邀向、平高尚之名，袭太史公奇诞之迹耳。天地之大，以疆界为面目；譬如人貌，以面目为疆界。故夫不睹其全，则性情不现、经济不发，岂可直与竖儒争驰博耶？夫人之质，各有所宜之地，其所治亦各有所宜之时。如兄台与弟，皆非宜处金陵者也。

顷四方云攘，羽檄交驰，秦晋豫黔齐楚之地，无不被兵，纵有挥斥济变之才，无繇自见。况弟非其人者，惟有读书一道，是其所宜，用是竭力而攻之。仁兄幸践王路，正当留心世务。时人竞言经济难，夫经济岂必尽责之天，亦患志力不坚、事情不熟耳。老将入军，直如健妇持家，醯酒盐豉，一一娴便，岂非熟之效耶？然则吾兄坐金陵而读书，尚非其时也。

承教欲治五经、二十一史异同二书，甚善。但弟谓穷经一事，虽曰翼圣扶衰，亦是粉饰太平之事。正如坐金陵，摩娑古玩，须让闲者为之。士大夫事势不熟，经济不开，患在不通古；不通古，是以不达今。然则吾兄且先治《廿一史异同》，以当览五岳之情状，访九边之形势，此则显者之所宜也。

浃岁苦无便使，不成报章，希恕狂简。附去归壶一执，《尚友编》一册，吾兄或瀹茗而论古人，庶几时时念弟也。

○百安曰：“‘钟山松老云霞漫，近日金陵可不宜。’予句也。读此有同叹。”

○处今之世，博古诚不如通今。

寄侍御李匡山先生书

奉教忽焉经岁，《蒹葭》“伊人”，自是朋辈相怀，终以一水为恨。若不肖于先生，直高山仰止耳。忆山房寒食，听雨夜谈，于时禅心诗境都绝，归来益厌嚣杂，此即学问未深之一端也。范景仁生平不喜梵书，而晚年终日危坐，黄鲁直谓“蜀公却是学佛作家”。张天觉精心释教，乃其立朝反覆攻击，此果雪山之所收耶？世人无识，凡一切断荤入山，即谓之禅。他日尝语弘明伯曰：“以匡山先生为禅者，不知匡山者也；以匡山先生为非禅者，亦不知匡山者也。”不肖之言如此，然亦未敢自以为知先生也。出家是大丈夫事，非将相所能为。夫非将相所能为者，岂可以之为禅？而亦岂可以为非禅哉？

不肖于世间，所谓嗜欲者俱淡，然其淡也，乃比世之多欲者乃更浓。此自反而知之，知之而未能自治者也。子夏心战而癯，彼固以心战为劣，若某，政复恨少此一癯耳。每当爱静之时，辄思入山，已而曰：此生于爱，不生于山；或苦喧之际，亦思入山，已而曰：此生于恶，不生于山。盖厌离欣慕，二者虽殊，然其为情则一也。不肖未能免此，故尚未敢从先生遊也。

天下多事，昔如多病，今复如多药。以药治病，尚苦不当，况以药治药，其病之不逐日而深者几希。先生将何以策之？

◇突入妙！

◇老寔语。

○深于学问人，即深于禅人。

与钱牧斋先生书

后学世溥，再拜牧翁先生阁下：

三月九日，得接丙申仲春十八日所赐手书，何其奖予之深、指示之切，反复循环，实非小子所克当也。当虞山之世，未有以斯文自任者也；以斯文自任者，必未尝知虞山之万一。不知虞山，由于无淹古之学，无贯古之识，且无希古之心。是以目尘为山，泻墨如水，此醯鸡之翔乎瓮中，而自以为飞之至耳。俗学锢蔽，则以根沤帖括，志在口耳；抚槃扪籥，谓见曜灵；奎蹄曲隈，侈居大厦。此蜣螂之转丸，自以为苏合耳。之二虫又何知？乌足道哉！乌足道哉！

窃不足以挂齿牙也，若夫兼併古人，则有故焉。无柁之舟，与波上下；糊竹为毬，随风轮转，良由无主于中，是以数变于外，一也。抑人固有工乎临摹，而不能命笔者。近如俞可进，乳银写《黄庭》《曹娥》《西昇》《清净》，靡不似也，而自运即不成书。此由天限，能为从而不能为主，二也。

顷年山居，颇谙草木之性。物亦有善变易染者，惟茶也，近兰即似兰，近桂即似桂。人亦宜然，顾所自置何如耳。似兰似桂，而茶已失其故我；一一多似，而茶之为茶者尽亡矣。自优孟不能为两人之衣冠；米海岳少时，不免“集古字”之诮；太史公所以贵于自成一家言。今曰兼左马、合韩欧、并李杜者，嬉笑甚于怒骂也。象人之喻，则淮南规孟贲之目，大而不可畏；画西施之面，美而不可悦，“君，形者亡焉”，五语尽之矣。太史公于《五帝本纪》，首言“好学深思，心知其意”，又曰“择其尤雅驯者”，此十四字，龙门心法也。今人雅不能驯，驯即不雅，好学而能深思者鲜矣，况能心知其意乎？

小子不敏，窃有一言，效于宗匠。夫不足膏斧质者，杀之只成其名；若犹在可教也，伏惟弘大雅之量，推善诱之恩，曲引而直教之，使后进英才，有识路之乐，而无望古之惊。相成百世，犹私淑于虞山焉，不亦贤圣之盛心、仁者之教思也乎？杜子美曰：“不薄今人爱古人。”爱古人易也，不薄今人，则具眼所难也。汉阳李文孙昌祚，长汀黎愧曾士宏，此皆有希古之心而能识者，小子敢以进焉。

上下百馀年，纵横万馀里，独以孺子为可教，信不敢当也。行年亦五十矣，千子既远，谁定吾文者？生平经史著述，当吾世不可不请正于虞山。秋获有赢，便图买棹。后学世溥谨再拜复，不宣。

◇易染由于无主，古今同病。

与陈伯玑

欧天叙归，得手教，欣然如面也。弟在靖安有诗云："羁旅客中客，乱离身后身。"念此为我兄又复潸（同"潸"）然。人至为客，亦已悲矣；旅人又不得即次，岂不可怜哉？文章山水，要不能于穷途领略，但博得几句酸语，则生事又复关心矣，将来亦思一长策乎？冰玉冰炭，旁人枉劝。弟顷语遂老云："若无壁上观者，王离、项羽，战亦无趣。"此可为喷饭也。

与友人

当神宗时，天下文治向盛，若赵高邑、顾无锡、邹吉水、海琼州之道德风节，袁嘉兴之穷理，焦秣陵之博物，董华亭之书画，徐上海、利西士之历法，汤临川之词曲，李奉祠之本草，赵隐君之字学，下而时氏之陶，顾氏之冶，方氏、程氏之墨，陆氏攻玉，何氏刻印，皆可与古作者同敝天壤。而万历五十年无诗，滥于王、李，佻于袁、徐，纤于钟、谭。

又

今天下文章声气，可谓盛矣。虽然，日午月望，有道不居，将来必有以文章得罪，数百里不敢通尺书者。

○不十年而复社之祸起，巨源之言卒验。

宋懋澄

幼清，华亭人。《九籥集》。

与樊一

少苦羁绁，得志但愿畜马万头，都缺啣辔。

〇可补《世说》。

与周五

今有贾胡，自云乘马，足不动而日千里，价值寻常而人不顾者，恶其不信也。

与刘二

弹夜光与碧汉，不可以为星；沉昭华于清流，不可以为月。

〇士衡《演连珠》语，未见如此旷绝。

答蒋孝廉劝禁酒

先于此中，颇称耐久，灯下相亲，恩同姬妾，便致媾嫌。不若处仲后房，一时驱尽也。

〇设喻不伦，孔北海所不及。

简袁先生

梅花百树，枝枝善眼仙人。遥礼佳城，恍然净土。玉壶在艇，功德淋漓，敢不稽首以谢。

简周先生

深院凉月，偏亭微波，茶烟小结，墨花纷吐，梧桐肃肃，与千秋俱下。

与郑二

马字浮云，足系之千钧，则不过款段矣。

〇二则讬想一而义有别，不须着解，自深人悟。

又

明驼负重，驾须由人，使舍人自负，不一钧而漉汗矣。

又

此君白雪，微有寒态，请雕商刻羽，以助煖律。

与杨大

贫贱少业而多苦，富贵少苦而多业。能无苦以绝业，处境任之而已。

〇大道理说得透。

又

吾视天下，犹剩物残编，不足烦我四大。

〇幼清先生为辕文先生尊公，云间文章之盛，实自先生开之。故虽尺牍断章，皆堪踏藉古人。

又

诗文非怨不工，我于世无憾，遂断二业。

与酒人

痛饮可以全神。年来胃不受酒，觉思虑之烦。

与洪二

自七岁以至今日，识见日增，人品日减。安知增非减，而减非增乎？

〇达论。

与卜十

近读《素书》，至“苦莫苦兮（于）多愿”。嗟乎！孰能以多愿为苦乎？某也不才，请从乎此。

与皇甫七

吾畏见风波，由胸中无此。

〇知胸中有此者，自不畏见耳。

与顾八

此君爱煖爱凉，争餐争色，一力士成擒矣。

又

自去年以来，万事了不动心，惟见美人，不能无叹。

〇叹得妙。

与吴大

丈夫读书，欲以资通达、定经权。若惜字怜篇，儿女事也。

〇所见者大。

戏陆三

小窓秋月，竹影之间，时杂幼清，不若元常轩后，止见万竿相摩，了无一人影也。

〇第一人心境。

又

年来神散，读过便忘，然必欲贮之腹中，犹含美馔于两颊，而不忍下咽。我之于书，味之而已。

〇真读书种子。

与范大

村居遇雨，来往绝人，自晨昏侍食之外，虽妻子罕见。居植修竹，间有鸟鸣，女墙低槛，疑近山岫。昼则雠校史书，夜则屈伸一榻。谢绝肥甘，疎远苦醴。胸中无思，或会古今得失，一顿足而已。如此数日，天亦将晴，人亦将至，我亦将出，不可以不记也，因就灯书之。

◇潇洒至此。

与麻二

元美之驳用修也，确矣，然而不免有胜心也；诋献吉也，似矣，然而不免有忌心也；誉于鳞也，诚矣，然而不免有党心也。

〇今谈诗家，辄诋七子。夫七子未知孰造其极，而谓此七人者非诗友，不可也。彼以气类横行，不知天之高、地之下也。“党”之一字，千古不易。

与戚五

鸷鸟当秋，临风整翮，饱禽肉而高飏，顿洗羁绁之辱，何为复受人招？

又

闻足下六月，着犊鼻裈，相将平头採莲，此乐不减箪瓢陋巷。

又

人生累我，岂惟妻子？皆为古人所累耳。

○创言独得。

与庞千里

禹平水土，利毛、羽、裸之虫，而不仁于介族。

○天地有憾，一篇大论。

与段二

人畜役于思，草木役于时。

○谁能跳出？

与唐七

士恨不生战国，斮张仪而咤鲁连。

○正论以雄霸出之。

与鹿三

视佛法如看天畔树，树外有天，天不限树。人竟不能于树外见天，以为天尽于树。

○似从《水经注》中入悟。

又

自芜城至白门，高高下下，战争之地，其草不生，果然。

又

于鳞于诗文，辄曰“拟议以成其变”。惜乎！吾见其拟矣。

与荀二

王右军誓墓文，以质宣情，以命定气，实获吾心。至于耻下怀祖，而状罪诸郎，不免尤悔。

〇“以质宣情”，晋人能了得此句。然离却下句，并此句亦未全了。

顾梦游

与治，江宁人。《酒隐堂集》。

与梅杓司

仁兄天才旷逸，弟所仰首而望，愧莫能追。顾蒙损挹垂交，若惟恐失之者，自惟衰废，何以得此于天下士？分手以来，感悚交集。顷接尺素，崇奖非宜，益深跼蹐。君子称人，贵于其伦。仁兄故欲以中原赤帜，强付之弟，顾弟非其伦也，奈何奈何？

新诗寄我，宛对冰壶。意中将有酬句，病思荒落，辄复败之。以此出入怀袖间，俟其兴会自至，当觅寄耳。惠玦颇佳，向未敢拜，必欲弟伤廉耶？敬谢。

〇简雅。

〇全以骨韵胜人。

又

弟自四月抵扬州，一病至今，未能脱体，困乏到不可耐处。所喜洲滩雀角，不烦词讼而曲直大分，可望售脱矣。机缘小凑，便可复为闲人，未知造物遂肯佚我否也。闻吾兄吴遊归，无几时，又将买舟以出。窃计山田不堪再荒，不堪再卖，所冀决意闭门，与古人相对，学问日进，不忧声名不起。废故业而失盛年，将来悔之何及？吾辈非泛泛交，不得不为知己苦口，幸不以为怪。力疾殊不能悉。

〇似任率而实矜练。

〇绝似晋人，于晋人中又为王逸少。

与龚野遗

老病增馋，以口腹累高士，罪岂可忏耶？承选拙诗，幸侍者先录一帙见示，有未安处，犹及生前改窜也。一气不属，与仁兄异路矣，奈何奈何！

〇观此，知与治真以诗文为性命。今日刻与治遗诗者，似宜略加慎重。

与就园先生

抱疴习懒，经年废吟。去秋以来，频客南徐，情绪极恶。而山水友朋，互相感触，此事那能便废。积数十首，寄正先生。率易荒陋，何当宗工？或谓桐焦可削，不敢自外斧斤也。

与周雪客

往在北固，连值好月，即景怀人，每夕成咏，追录以正足下。是时方为催科所窘，虎吏狞兵，性命呼吸。爱我者颤心雪涕，仆方作此闲暇生活，皆笑为檗下弹琴。回想忽易六秋，而患难未脱，病逾一载，真有性命忧矣。此月月色，殆过北固，每夜移榻相向，竟不能更成一语。病之苦人，甚于患难，可为发叹也。

杜 濬

于皇，黄冈人。《茶村集》。

复王于一

承问穷愁，何如往日。大约弟往日之穷，以不举火为奇；近日之穷，以举火为奇，此其别也。

与蒋前民

书画、古董之类，有一轮回焉，多变而为爨下之柴、釜中之火。近则洗然一空，变无可变，书画涅槃、骨董圆寂矣。一笑。

又

足下与于一诗，俱已过细，尚未过麁。过麁更微于过细，行当知之。

答某公

辱示云云，殊为可异。愿公胜之以静，而辩之以默耳。仆尝有言：自古小人之祸，君子激之；君子之名，小人成之。至于成君子之名，业已受小人之祸，天下事因之破坏者不少矣。区区愚见，得之十年读史，辄敢以为左右献。

与范仲闇

世所谓真诗，不过篇无格套、语切人情耳。弟以为此佳诗，尚非真诗也。何也？人与诗，犹为二物故也。古来佳诗不少，然其人要不可定于诗中。即诗至少陵，诗中之人，亦仅有六七分可以想见。独有陶渊明，片语脱口，便如自写小像，其人之岂弟风流，闲靖旷远，千载而上，如在目前。人即是诗，诗即是人，古今真诗，一人而已，可多得乎？闻公方读陶诗，试以此意相印。

○读近人诗，竟一集，不识其为何等人。非关其人与其诗二，缘其人与其人太不一也。

与茅止生

酒间闻老兄论张江陵，在伊尹之下、霍光之上。此非书生眼孔，然亦非名流高论，要是平日留心经国甘苦痛痒人语耳。止生真可与言，弟从此不复默然矣。夜来太费并谢，西有已西、龙友已东耶。

◇止生此论亦公允，非矫激也。

答王雪焦

纷纷悠谬，但投诸无量虚空中，岂复有踪影耶？行李过寺，即图快谈。禅房灯影青，当再邀和篇也。

金　声

正希，嘉鱼籍，休宁人。

与谭友夏

弟之朴樕，小大无当，谬承推奖，使人益惭。年来益复无似，惟学问一事，耿耿于怀，恨不得胜师良友，日亲时接。以此亦欲见翁兄，一罄区区之意。

别有转恳，为死友刘与鸥，向为一二嫉妒之人，豕鬼张弧，控持朝议，至今孤忠苦节，尚在隐现之间。弟念半为此灰，念今天下文章一道，远接古人，而可以必传者，惟我翁兄。得借椽笔，一传赞，一古风，与鸥死骨可以不朽，人心蒙瞀，庶几有瘳。

与鸥存日，廪无儋石，家徒四壁；其没也，老母孱妻，稺子弱弟，茕茕不自保。度翁兄笃念，不待弟词之毕也。与鸥之殁，生平知交，诚多气义，而路人视者，亦间有之。乃其闻风感怀，为慷慨悲歌、痛若切身者，往往出于不相识面之人。惟翁兄谅其子弟无力自请之苦，而又恕弟因缘阻隔，不能为与鸥匍匐躬恳之情，慨然执笔，幸甚！

◇名人笔墨，关系如此。

○正希为先友者至矣！存此，以见前人交谊如此。

告邑人送何二尹书

邑方多难，赖仁明公祖父母，戮力卵翼。需才方殷，有二尹如何君，而不得留佐治邑，父老人士，日相与咨嗟慨叹，彷徨奔走，而互相诛责，问何故而不竭力图所以留尹者。尹离蜀十馀年，念母心劳，即日卖刀市书，典弓鬻衣，而徒步以归。度其势不可留，即得请于当事，而为题留，尹亦必不留。尹已决归，而邑人日徒咨嗟慨叹，彷徨奔走，空望其留，而毕竟端视其卖刀市书、典弓鬻衣，徒步以去，而亦何以为心？呜呼！

尹生西蜀，去吾休六千里外，但奉天子命而来尹此，乃视邑如家，邑宄盗如其家宄盗，患苦如其家患苦，而险难罔顾，怨责不避，以为吾邑人搔剔疏决。而入则未尝取给吾邑人一钱，出则未尝啜享吾民间一饭，终朝饘粥，并日菜羹，而竟从吾邑中弃其官。今卖刀市书、典弓鬻衣，而徒步以去，此岂其有夙负于吾邑人，而今应平白为吾邑勤苦，而吾邑人宜平白而坐受其勤苦若此，以为吾邑上自士大夫，而下及徒贩，少有人心者，皆如此焉动念矣？

虽贤者夙负高志，自不屑意，而自休达蜀，六千里道路上，见者、闻者，其当以吾休之士大夫，与父老人士为何如人？虽今日仁明公祖父母，其勤施于吾民也，初不为报，而夙念尹居官任职，苦其身以为吾邑民如此，而今冷眼见吾邑民重利尹之留，而不利于其去，毕竟乃以咨嗟慨叹，赠尹六千里之行，而坐视其卖刀市书、典弓鬻衣乃如此，其以吾邑人为何如人？其不视吾邑人如草木、如鸟兽，而虽有深爱厚仁，不无亦少愀然而冷、坦然而淡乎？

俗情贪货利、惮廉节，而见尹既如此，合邑之人，为尹叹惜，而亦徒以叹惜如此，其不益惮廉节如登峻山，而趋货利若赴流水，邑人士志习其得不日以劣，而民心其得不日以偷？礼义廉耻，是谓四维，吾为兹惧。谨告长者，维桑与梓，共深念之！

〇庄敬曰："崇祯癸未，特举廉卓，推知陈子龙、汤来贺、周亮工、夏允彝等十人，附休宁县县丞何起凤，即此公也。从来举卓异，未有仅十人而以县佐应者。何君膺此异数，又得正希先生此文，虽未及大用，亦足不朽矣。世多不知何公名，予为邑人故，特表出之。"

◇笔笔转折，务尽其情事。正希制艺胜人处，亦在此。

◇结得郑重。

与友人

予文不逮人，而负其耿耿，倔强自遂，不避谈笑，不畏蹭蹬抑落，此实区区所长。自乙卯丙辰，始能成文，乡里小儿，岁时相视为笑柄，弟固不屑意。乃至辛酉得落卷，开卷则见卷首书"一毫不通，观场则甚"八字，卷中横涂直抹，其意恨不欲杀欲割者。友人劝弟匿勿示人，弟不肖，初未尝动念也。

◇不避谈笑易，不畏蹭蹬抑落难。

〇以正希之文，尚有"一毫不通"之批，天下事何所不有？

莫廷韩

秋水，云间人。《遗稿》。

与徐麓庵

读来札，知况味亦复未佳。佛氏称缺陷世界，正须以清凉心地，为对治之药可耳。所云“二生物化”，此皆屠沽儿为酒肉死，百不当一，如古之祢衡、卫玠、王训、李贺乃可，至今悲之。

复璩敏仲

中年哀乐易感，触事销魂，虽复强颜应世，而内怀愤愤，每一念至，卒卒欲无明日。

寄欧仑山

赤乌碑，经千馀年已无影响，而六朝已前间有之，如南中三段石，是皇象书，亦沅江九肋鳖耳，不多见也。故老言，今留都通衢作石板，车马蹂跞者，多六朝古碑。世有陵谷，得还旧观，不知逮耳目否也？一笑。

〇《天发神谶碑》，吴皇象书，又定为苏建书，在紫岩山后，归天禧寺。嘉靖年间，移入尊经阁。今现存万年少篆书，多仿此。

又与殷无美

经春离索，想彼此同怀。比来雅抱何似？斋头著述，足销穷愁。渊明酒豪而困于贫，时复有王江州、颜始安诸君其人，为具资斧否？

与　客

此卷吾竟不能定。李北海不辨右军真赝，此道自昔为难耳。眉公至耶？天怜吾徒岑寂，使此山樵，从天而下。

〇数语耳，韵折生动，引人胜地。

与王元桢

吴会有莫生，安得楚又有王生也？人言足下才，走未之唯唯；及见足下论撰，又欲低头矣。足下自信于莫生何？

〇傲得韵。

与刘与可

二绝婉丽近人，亲于觌面。才士类多有情，语不虚也。

与黄望洲

雨中抱郁，且人境尘喧，悲秋之士，极难为情也。稍朗霁，西出图面。不尽缕缕。

与徐文卿

春雨虽佳，恨断吾相知往还耳。不审斋头作何事也？旦夕不晴，当须一面。案上置何书，且愿闻之。

与曹芝亭

扇恶不能作佳书，如美人行瓦砾中，虽有邯郸之步，无由见其妍也。一笑。

与友人

读书夜坐，钟声远闻，梵响相和，从林端来，洒洒窗几上，化作天籁虚无矣。

又

月色满地，烂若涂霜，深更推户，阒无人迹。良夜胜情，此为奇绝。

又

古梅放花时，以盘石（同“磐石”）置彝鼎器，焚香点茶，开内典、《素书》读之，正似共百岁老人，捉麈谈霞外事。

又

东南有武林西湖，是大地中一盆池小景。此地虽邻城郭，而林水迂迴，溪山清远，纵遊屐纷纷，正如彭蠡大薮，群鹜翔集，不能为有无多寡耳。

又

仆平生无深好，每见竹树临流、小窗掩映，便欲卜居其下。

张　风

大风，上元人。《双镜庵集》。

与偶遂堂主人

陶先生曲林馆，作三重楼，乃后以此碍上升。是知吾儒、玄释，统尚谦抑。仆卑伏斗室，正如蜗牛窝，丹药难成，恃以冲举者独此耳。

与张瑶星论畵

此事有悟亦有证。悟得十分，苟能证得三分，便是快事。

前辈有言：我所恨者，未具此手，先具此眼。又云：眼里有筋，腕中有鬼。都是说见到、行不到，乾慧之无济乃尔。

与郑汝器

畫（古同“画”）要近看好，远看又好，此则仆之观画法，实则仆之心印，盖近看看小节目，远看看大片段。画多有近看佳，而远看不必佳者，是他大片段难也。昔人谓北苑画多草草点缀，略无行次，而远看则烟村篱落、云岚沙树，灿然分明。此是行条理于粗服乱头之中。他人为之，即茫无措手。画之妙理，尽于此矣，绝非近日承学家所指之董也。

〇大风以辛丑秋赴玉楼召，遗书有《双镜庵诗稿》《上药亭诗馀》《楞严纲领》《一门反切》四种。病中付郑汝器，命为刻行。而“一门反切法”甚简，但用音和一门，使学者一调音韵便得，可以不习等韵，而人通韵学，是大风生平最得意书。汝器不负亡友者，想当为之次第刻布。

与程幼洪

善棊者落落布子，声东击西，渐渐收拾，遂使段段皆赢，此弈家之善用鬆也。画亦莫妙于用鬆，疎疎布置，渐次层层点染，遂能潇洒深秀，使人即之有轻快之喜。

陈　翰

字克张，长乐人。《陈孝廉遗稿》。

与薛蒻园

木天不能容公耶？蛾眉出宫，作米盐新妇，真可叹也。

与雪舫先生

章侯诗，谨为较阅，不无窜改数字，聊效他山之攻。昔憨山和尚，为紫栢大师举火云："不意此老这一件赃私，还落在老憨手里。"翰谓此亦老莲一件赃私也，遂不敢轻易放过。

〇克张所著诗文甚夥，子幼，不能为刻遗书。闽南同志，当为留意。

稽永仁

尔谐，吴门人。

与黄俞邰

近有一绝异事：周计百使君，司李赓南，读《才子书》，慕圣叹为人，遣使赍舟车之费，往迎之。圣叹适有唐诗选，未赴也，然业已心许之。越明年，使君梦一人，披发跣足，耸身案上，蒙面而泣曰："我圣叹也。"使君晨起，谓客曰："圣叹休矣。"遣使再至吴门，始知使君梦中之夕，即圣叹绝命之晨也。嘻，异矣！仆为之作纪梦诗、追悼诗，足下和之。

〇圣叹尚有《历科馀墨》。《才子书》已刻五百叶，今竟无续成之者，可叹。

薛所蕴

行屋，河内人。《桴庵稿》。

与　某

文信国集杜诗，自序云："凡吾意所欲言［者］，子美先代为言之。……乃知子美非能自为诗也，自是人性情（情性）中语，烦子美道耳。”读足下诗，盖深服乎其情至矣。

黄　经

济叔，一字山松，如皋人。

答因树屋主人

乃公处，经不可以先往。经在难，故人固当先经耳。

〇济叔诗、书、图章种种，俱臻极境，自立卓然。观此二札可见。

又

乃公处，欲投以书。戴笠之谊，不可先于乘车，遂援笔而止。

尺牍新钞卷之三

黄山 吴宗信冠五、侯官高　兆云客/选
豫仪 周在浚雪客、周在梁客园/钞

周　婴

方叔，莆田人。初名中规。《远遊篇》《卮言》。

与黄若木

阳轮不驻，阴吕潜移，靡草才萎，寒梧遽下。一岁之晷，惊其迅速，百年之景，知复几何！抚枕兴哀，难为胸臆，惟别之后，欢情顿绝。何者？景兴旷世，见望于方回；威卿轻侠，贻谯于新息。故或始素而终黝，有前荃而后茅，羽积轻丛，舟沉轴折，猜嫌不释，肝鬲未剖。夫漉泽滥渊，则蛟龙不游；探巢蔑卵，则长离增逝。吾不能振鳞冥海、奋翼苍梧，徒以为其嗟可去、其谢可食，托彼鳝穴，嗅此鸱御。高楼有儋梯之窘，幽谷无迁乔之望。夕景欲戢，则应门纳钥；晓河未落，则当关疾呼。綮类支祁，梏同贰负，抚事一郁，如何可忘？

但百六之厄，未尽于此。夫拔山之力，不抵鬼伯之催；步天之智，难藏将终之魄。辄亦临命而歔欷，弥留而泣下。今疾在肠胃，寖于骨髓，夜不得卧，昼恶闻声。丛辰数筴，告我不长；日者发书，其卦遇《剥》。如使泰元之师或信，弘农之著无爽，惧征西之命，逢长顺而凋零；黄门之算，向灵床而奄忽。辞好即恶，命也如何！

嗟乎！神州者，骨骸之遽庐；岱宗者，精魄之区域。去来常数，甖蓟何为？所恨壮图行乖，远犹摧陨；白马谁赴，朱生奚托？洛城之魂，空思旧里；虆亭之鬼，终恚他乡。相去千里，生死长辞，秉笔为书，涕泪横集。

〇似方叔居人幕中，宾主不惬，以语若木者。

重答黄光（字若木，莆田人）

涂遵武夷，时与贵人遊焉。灵溪清浅，停陂鸿洞；镜流见底，沉鳞虚悬。长萝修竹，映发芳洲；鹤子雁雏，回翔曲渚。聆青猿之传响，看白鹇之群飞。仰视侧观，高峰隐天，叠巘亏日；势步仞而辄变，形顾盼而靡记，使人思渺渺而独徂，气飘飘而上厉。散赏极娱，一往忘反，又何知蛮触之力争，蜯鹬之心竞乎？所之既倦，相与集乎万年之宫，霄客蛇行而先路，羽士鹤立而夹侍，将飧遊者，陈馈八簋，别客而进荈茗，度宾而殊鸡鹜，咸心倾于贵介、视蔑乎逢掖矣。夫以人间寂莫之士，山阿幽逸之人，混儒墨，轻王侯，犹复反侧其情，高下其手，况乎燕雀之侣，驵侩为心，慕背揣乎熙凉，驩咄易于旦暮，滔滔皆是，奚怪其然哉！

〇深山缁羽，为阴晴所不到，而阴晴最甚。

与阳春令黄兆修

前令侯君，即闽之昭武人。闻其心含仁恕，致尚勤恤，据俗而动，罔以毁誉撄怀；不贪为宝，靡以指膏自润。柴桑旋反，终乏三径之资；莱芜去官，犹却一斛之餽。信吾乡之宿德，彼国之遗爱。循良不孤，儒雅系踵，虽巫马之代子贱，各不相师；而秀之之承虞公，差得无事。伏惟足下，弘奖名教，搜採前徽，察搢绅之同辞，餐民志之椒兰，远使须昌路侧，式树汉文之碑；太丘城中，方圆仲弓之像，庶芳猷有述、茂则长垂。斯亦明质之令典，树风之雅化矣。属因思至，聊疏所知，倘在妄尘，勿以为阔。

○莆田黄若木光、周方叔婴，皆能为六朝语，奇编丽赋，枕藉齐梁。若木晚举于乡，为来安令；方叔以岁荐，仅为上犹令，皆不竟其施。若木之集不传。方叔所传，有《远遊篇》十二卷，《卮言》十卷，然副墨散失，世不得见之矣。予存方叔数札，使东南之士，知近人中未尝无徐庾、潘陆也。

谢谭海澄

明公视仆，既无亲习之故，非有平生之好，若凫乙翻翔于天末，夔蛥跉踔于泥中，本不关情，何缘介意？而仆又于时寡术，资身无策，夙齿备尝狼狈，秋龄不免流离，冻馁所驱，大业靡竟。人非王粲，托迹荆州；交异长卿，邀遊邛邑。循躬知惧，对客抱惭。明公犹纳之洪流、收以大度者，岂不以费有把臂之雅，故答其缓颊之殷哉？

仆赋命多邅，遭代仍蹇，不图此子，奄化异物。运斤之质既逝，因针之契不追，讵宜怀畴昔之意气，干尊严之恩泽乎？明公谊烈干霄，襟期盖世，延陵宝剑，心已许于徐君；楚市黄金，诺不渝于季布。虽仆栖迟宇下，游泳波馀，而罇尊未惮于过斟，宫镜不疲于屡照，敢忘大德，以賁鸿私！所恨宿草陈根，怀哉曷既；素车白马，行矣将驰。命驾之谋，思随梦远；受廛之愿，道为势牵。辄沥悃以辞归，爰告诚而陈谢。倘宿好不逴，会面可期。犹望玄燕降睇，重过故垒；青骊结乘，或驸旧轩。率尔睽携，自知悠忽；瞻言墀侧，不觉嗫嚅。

◇谓铅山费无学也。费著述甚富，与方叔称同调，方叔多主其家。

陈际泰

大士，临川人。《已吾山房新订集》。

复张天如

久居城中，友生嬲之不置，如男子张君嗣，附之疲倦欲死，奈何奈何？相隔既遥，不能如山间麋鹿常相聚，每有西风，何能无叹！

寄韩求仲太史

不肖弟方授书时，即知海内有求仲先生，而深嗜其书，以为天际真人，既而果以文字，冠冕一时。而地在必争，谗者胜之，此何预吾求仲事？能迟十年宰相，而不能夺千秋之业，与千秋之名。且求仲即不为状元，即不为宰相，岂能减其毫末于此哉？每与毛伯论此事，动笑嘈嘈者之无识也。苏子瞻千古文豪，而李定、舒亶事，犹承人下窾而力毁之，至谓“买科”，徒作千古奇话而已矣。

答闽中罗美中

弟无似，诚不自意孤行一道，宇宙之大，翕然从之，四海之风，为之丕变。弟文凡万首，行世者亦三千首。贵乡陈仲谋贻书弟云：“海内得大士片纸只字，皆已掇巍科、跻膴仕。儿孙满天下，而祖父母尚自留滞人间，是天下极不平之事。”此意不知美中谓何耳？豚儿孝威、孝逸，颇好学能文，俱可一日十馀义。天迟弟如此，弟将以取价之道寄诸儿，而未敢必也。然而老秃翁所藉以娱暮齿者，具是矣。

◇大士自命不小。

甲戌登第后家报

威、逸二儿，可勉励攻苦。兄弟俱有隽才，不宜自满自弱，失上天所以予之之意，与负老父所以望之之心。尼儿要曲体我怀，好行其德，学做好人，勤俭雅慎，助成老父一个贤乡绅。决不可忘其寒落忠厚之旧，大言大语，美衣美食，为所不当为。六十老翁，竟何所至？思之思之。

陈孝逸

少游，临川人。《痴山集》。

与罗杓菴

弟辈潦倒半生，孟浪无似，纵有古人古书，百万盘胸，逢人说之，人诵道之，亦有何名何实？藉使下辟之、上庸之，亦关何利何害？贱弟兄内顾其聪明志力，闭之深山，足有所修述，成一家言。徒以饥寒累之，不获遂愿；又声色毁誉，不能顿割绝，而无所事事。秋间姑且破釜沉舟，持三日粮，为射贼擒王计。必不効，而后杜门却轨，发伏藏，涤笔砚，张文设字，椎古詈今，操一时权衡，而拟议其得失。盖亦有所长，未可谓悲忧愤闷之所为出也。弟辈素悃尔尔，对翁兄前，正不敢欺隐耳。

○真话。

柬某

六千君子，逐鹿围中，高才捷足，何所蔑有？又况云迷五色，试官将不能与奇鬼争权。不肖亦年年送故人耳。拙卷经大笔窜削数字，顿易旧观，然辄以解元许孺子，得毋惊杀三军？

恐当场豪杰，皆欲捕长者之舌矣。笑谢不一。

答朱子强

誉言帀（同“匝”）楮，何宠之深也。弟年纪寖大，尚持数行文字，从少妙辈，问妍媸于不必知己之人。此正如老女嫁国奢，言“不辱”者，强颜尔。

柬萧伯玉大行

天眷幽人，得纵意于文章山水，虽云中仙子，未必有此清福，而况胸有丘壑者乎？闻日月之记，高与尺齐，是当播之天下，使风流蕴藉者读之。孝逸虽无远神，尚饶孤韵，受书而行，如载春浮以东，令我时时见三莪先生于湖头深牧间也。

○伯玉诸日记，皆楚楚有致，宜少游深许之。伯玉以“春浮”名园，“深牧”名菴。

答刘孝若

王大将军，一旦开后閤，驱出婢妾数十人并放之，意气何似！常开平每战，必斩所幸美人头，然后临士对敌。千古英雄人物，正诡不同，而刚决则等。吾曹丈夫，于天下何所足系累，乃复刺刺昵昵，向儿女耳边语耶？来教获我心矣。

◇此或开平偶一为之，后人误传耳。不然，安得如许妇人，供其宰割耶？今之枭弁，语以称病相戒，不妄杀人；冬不治墙，恐伤蛰虫，诸事必不肯信。语以此等事，必以为大英雄应当尔尔，或反生效法心。我辈笔墨，不可不慎也。

与陶尧生

“一部《十七史》，从何处说起”，今日对尧生，正欲道一句不得也。递岁来，陵锋蹈戈，握蛇骑虎，七尺之躯不必死，弟之心则几死者数矣。孔北海所谓“忧能伤人”，此子不复永年者也。

答管子敬

曹孟德壮岁雄飞，功名、儿子，大慰平生。《东西门行》，顾复云尔，何也？烈士暮年，自悲短景，正是贪恋功名、儿子岌岌且去之耳。欲将婕妤妓人，从铜雀台上，哭望西陵，其意殊可悯也。奸雄人由此一念，故事事不肯罢手，所以能杀天下。尊见若何？

寄李力负

今日接得道兄字，真如古骨董。我辈面肉，不易作一处合；所可合者，纸言墨语耳。故交殆尽，稍闻旧人，同志相守，喜不成寐。况道兄风义文章，岁臻日上，悉于躬庵舌谱，柴桑真不在浔阳矣。弟愤嫉甚，不死于凶，亦死于恚。谢翱善哭而弟不能，祢衡善骂而弟不敢，意者出于哭与骂之间，骚郁甚而佯狂，佯狂甚而痼疾。如是之人，有生理耶？道兄笔墨有灵，他日幸借一挽，其恩甚大。

与邓止仲

紫芝眉宇，阔复数年，尝思此人，如在天际。客夏数度入贵郡，一寓章山寺宿，所甚愿见者吾止仲。看今日人士，了无可语。其不可语，不必在学问、文章、山水之间；数端而外，别有神明，惟社兄独解此耳。

答黄子师

世不知蜀忠武之木牛流马，乃得之诸葛夫人也。来书惊才绝艳，直是女子中李长吉。独念仁兄自负一世豪名，犯此勍对，正在枕蓐间，两贤相厄，殆矣哉！谁尝为黄郎解围者乎？

寄徐仲光太史

海内幽人，何止千数，第如进贤冠中，颇难得耳。我公襟眼皎然，玉岭清霄，在于足下，热胆求仙，摇头即佛。此乃男儿入世出世事，世乌足以知之？傅平叔僧〔赠〕吏部诗，特致尊览，并系以恶句为笑。两弟于仲光面孔无素，而能神倾若是，汤临川所云“人生何必深”也。

柬竺庵

细省和尚言语，着我痛处。偌大世界，无真正为人朋友，若和尚者，乃真相知相爱也。某非等无知无识、自暴自弃之人，只缘打算不过，看那边事大，怕难怕苦。时下不得潇洒快活地位，如但要我头颅，到不难一刀断付。易的是死，不易的是死几度却还生也。

某二十年无甚罪恶，明室暗室，心中口中，从不肯着个“欺”字。独无猛力坚胆，向前做件事来；亦以庸人满眼，其品地识解，无可规我矩我、愤我悱我之处。大家安于悠悠谬谬，以至须眉如许，茫然烟沙，岂不恸绝！然和尚即能规我矩我、愤我悱我，愿且缓之，恐千尺钓竿，钓不出这个浪子，何如？

昨柬二三兄弟，声声和尚高姿俊骨，如此如此，非必推尊长老，凡为若辈冷敲热骂，引向里学熏修耳。此似自己挑不起，反捉他人替挑担子也。笑笑。

◇此是真实语，莫看作弄虚脾。

答魏宣子

逸不能知韵事，而家有其书。古来惟大禹一人，声可为律耳。喉之不同，胥如其面，以今议昔，犹后议今。周德清讥沈约南蛮之音，不知国鬼六溜，甚于之知王黄也。存而不论，若何？

柬孔登小

知髯公浩气横空，遗世特立，辟之冬岭孤松，独秀千寻。嗟夫！鲁国男子，当如是矣。“养高兼养闲，可望不可攀”，此非任华致青莲语乎？弟懑中作愤，尝有屈平江上之声，然卑卑无奇，能能自喜，终未若髯之音唳绝伦也。

与萧明彝

孝逸极支离人也，然而豪气不除，深情一往，儒心侠骨，眼里诸生，似未有见逾者，以此差为胜流所录。尝闻翁兄浩魄雄襟，既已神思奔会；又知于内典，更有证入，益增媿惶。弟生平自许不徒许，其媿亦不徒媿，便欲瓣香皈依，以开诱其不逮。乃去岁仅从驿前，一拱而过，忆玄德、伯符，相望于公路东西阶之间，何必有间也。

◇岸然自命。

与傅平叔

长卿病，天子使所忠急索书。内人曰：无书。时为一卷书，则岱山社首事也。彼非以其书条封禅，冀后学封禅其书耳。平叔遂慨然不必如长卿，顾所惠汪洋之记，笔才绝与囊书近，亦似柳州之许京兆、萧翰林意致。枕间办此，平叔不死也，安有神气万里，为鬼伯缚取者乎？且诵且快慰。其他杂焉诸篇，心锋殊锐，处处作拗折势，入庸儿喉子，食不下咽矣。岂知当吾世不有蔡中郎、袁石公，舍近躯而远想谁何，平叔亦已眼空馀子哉！

逸鼓波斯之熬不尽而藏不止，日大力、文止二先生，不遇逸拾遗补亡，几不黄叔度有行无文也。生平结习，独注是耳。大程云：“读书亦玩物丧志。”弟谓不然。好色人之所欲，彼有其具，天则诲之，必与蛾眉为仇者，予无乐乎丈夫也。使今日竟捐结习，置身空洞，则不如亟埋土中。平叔不于此时悉率新旧，颁寄同方，更待弟死，或平叔死？为知己不必尽知己者，部署褒衿，若逸之于大力、文止二先生也乎？夜郎王不知汉大，于阘䟴中国自雄，《痴山集》类尔。譬之杨德祖俊人，一旦斟酌于正平，“小儿”相呼；以虬髯客之悍，见李公子灰心而去，材魄气馁，不可诬已。

◇所姓，忠名。

〇大力、文止二先生遗稿，赖少游搜葺而传。

寄王于一

父友尽矣，突见于一之面，尚有典刑也。别去不敢时思耳，思社翁未尝不思于皇也。念此一二老成，巍然于天倾地缺、沧桑改易之后，甚慰甚慰。又阅迩来手指，如虬松古柏，岳岳名家，真能不作近代语，故是可人。笥箱诸稿，盍长短简付？定吾文者，正自不易；目中觅解事，亦必不得。逸有数种书，虽无奇致，或可沙砾间拨取文石，恨无副草远寄耳。

答无生

逸有丈夫之心，而为儿女所累，虽此腔甚热，此底不欺，然于世间仁义豪杰之为，不能纵臂展脚而行一事，朱家、郭解，亦笑人矣。

陈孝威

兴霸，临川人。《壶山集》。

与吴次尾

今之能言家，破制削法，而评阅者，亦复逞臆横议，争讼一时。弟深以为世道人心之变，至此而极。何则？风俗之朴，其时人心，群居和一，而不矜尚贵争。及其衰矣，合从连衡炽，而六国入秦；顾厨俊及标，而汉祚为墟。即至濂洛诸君子，倡明理学，厥功不细，而韩侂胄犹诬为伪学而残噬之。繇斯以观，竖一说者伏一敌，至乎各竖其说，并对一敌，而天下事不可为矣。

今时流辈持论，大率渊源无素，爱奇者闻诡而惊听，浮慧者观绮而跃心，迂疎者以浅俚为古朴，填砌者以六朝为冶丽。此繇胸智不多，未更老成故也。又好诋诃前辈，旁人甚怜其愚，而造之者扬扬以为得意。以文士之戈矛，酿兵争之祸，历观古来，应若指掌。足下主盟坛坫，须当痛惩流弊，克己求物，不以所能愧人，不以所不能憎人，则于世道名教，关系不浅。

◇意若借以讽次尾。

与傅平叔

会兄寝苫块中，犹且牢役古昔，复呼痴山，送难飞毫于白云青嶂之间，何快可似！弟心妒杀，实媿杀也。痴山嗜奇物，一肚呆皮，裹如许古董，时复妩媚。而弟不量菲薄，方思与平叔分霸，并驱中原，岂非“江东无我，卿当独步；我若无卿，亦一时之杰”耶？

古文词一道，虽本朝数百年以来，时有作者，指盖未敢多屈。非惟索手难，索眼岂复易也？汤季云、郑玄近，颇是解人；游公大，足称俊士。弟所存者，双眸炯炯，而腕力不堪为主人作佣，奈何？

◎大士仲子兴霸有《壶山集》，季子少游有《痴山集》。李石台近刻大士《己吾集》，附兴霸、少游集于后。金溪郑邑隽曰：“‘己吾’名篇，先生云孟德起兵己吾，意将置威、逸于五官、临淄间耶？”

章世纯

大力，临川人。《遗稿》。

示门人刘士云

与人居，当有剩于温厚，毋见端于秋冷。死羊皮尚为煖于人，生人之情也，不能为温和于世乎？

又

人者理之所疎，情者人之所亲，故计情而可矣。事之安心者，其可行者也；其忤心者，其可止者也。吴虞初曰："孰为天理？人情而已。"事不合于人之心，此不为昧天绝理者哉？

又

善恶之行，有光有臭。獬豸触邪，正见其光；象嗅不直，正闻其臭。

又

富贵非恶也，尝以便恶；贫贱非善也，尝以便善。桀、纣不为天子，安知不但恒人也？苏秦、蔡泽不困厄，安知不但庸士也？

〇每一则，当作一子书读，不当以尺牍目之。

又

有金生者，遗人牛羊，以金冒角，而衣之毡锦。龚献甫闻之曰："此难以与世交矣。过为情数，开多责之门。此其与人十金，不当一金也。夫涧中之鲋盈尺，而人以为大；江中之鳣数尺，而人以为小，人亦以素分相索耳。”

○献甫语，亦隽冷。献甫名廷献，金溪人。

与门人饶子正

财者，变化万物者也。愚者在财而知，直者当财而曲，诚者在财而伪，此之谓财。

又

人当庇人，不当为人所庇。为人所庇，即能自立，亦半人耳。庇人者，尚馀半在人，其相去远矣。

○舌本间略一屈曲，便有无数理致引人。

又

家庭之接，当勉率礼节，以辅持天性。能勉强，则自然者亦应之。夫详于义数者，非独旌饬朴心，亦将导迎不及。故节文所以习敬，习敬所以养爱，养爱所以成恩。若鄙朴而无章，箕踞偃仰，以荡然于严亲之侧，亲虽得亲于我，不得尊于我。所以孝弟者，亦恃半而往者耳。故圣人多言勉强，少称天然。

又

家无贤父，则不可复无贤子也；无贤兄，则不可复无贤弟也。不幸无上，不可无下；不幸无前，不可无后。

又

人之论人，皆存己其中，誉人以贤，无以置己之不肖矣。故不肖必好诬贤，多得人之不肖，所以宽身也。唯贤者为能广因其类。夫贤之藉贤以宁己也，亦犹不肖之取不肖以恕身也。故君子多誉，小人多毁。与君子言，天下必多君子矣；与小人言，天下必多小人矣。

○道理亦只在人目前，一经其手，便隽永耐人百思。

又

教兄而可以及弟，后者常听于先矣；教子弟而可以及奴仆，下者常听于上矣。

又

人生役役，驰而就死，非安而受，其自至也。

○危语使人悚。

又

神龙何德于万物乎？动则务为雨泽；虺蛇何怨于万物乎？动则务为毒雾。不为恩仇万物，皆有见使于性，其皆有不能自已者耶。

又

星卦等术，验不验相半，鬼神之道也。不明之人，不有鬼神矣；尽明之，无以为隐，亦不成为鬼神矣。

曾文饶

尧臣，广信人。

问友人病

足下病，不可求速愈，欲速药必过剂，为害甚大。夫药非能去病，能杀其势耳。势杀则骎骎乎不能终日，邪气日衰，元气日长。故病去而身安，否则元气受伤矣。故曰：大毒治病，十去其六；小毒治病，十去其七；常毒治病，十去其八；无毒治病，十去其九，不欲至尽也。肉不可使胜食气，药不可使胜元气。夫老稚相反也，药病相反也，然而老过成稚，药过成病。凡事忌尽，虽病亦须留馀地与之也。

与萧伯玉

今人为文，大约如屏幅，间架现成，但须糊裱耳。此文迴（古同“迥”）出蹊径之外，然非深心读之，觉平平也。

○苏公云：“渐老渐熟，乃造平淡。”故文家妙境，平淡最难。

文德翼

用昭，灯岩，九江人。

与陈石丈

明月入怀，毕竟幽冷，不如朗日在胸，以赤腹投人也。

○可想见灯岩胸次。

艾南英

千子，临川人。《天佣子集》。

答杨淡云书

兄气谊文章，无愧古人。弟不能以兄之行己自持，而能以兄之古谊，发为评衡，提揭后辈，使作为文章，无愧古人，则亦兄所以自持之意也。兄之自持，以古道为已任，朋友一道，于今始见五伦。计兄之志，惫精神，糜岁月，不以为苦。弟之于文，亦复如是，妒者谤之，爱者忧之。

然弟以为，制藝一涂，挟六经以令文章，其或继周，必由斯道，今有公评，后有定案。吾辈未尝轻恕古人，后来亦必苛求吾辈。使有持衡者，衡我明一代举业，当必如汉之赋、唐之诗、宋之文，升降递变，为功为罪，为盛为衰，断断不移者，则兄以为今日，置我辈于功乎、罪乎？

今将明吾道，必使吾辈文章，推而上之，有祖有宗，与先辈大家合，又与圣贤合；然后推而下之，有子有孙。若如今所推，秽恶勦袭，空疎腐败，其为说也，推而上之，无祖无宗，伊尹生于空桑矣；推而下之，无子无孙，吾见斯人之不血食也。如是而犹欲谤弟疑弟，此非待弟之过，亦觉天下之小。三百年国家之功令，千馀年先圣之是非，为一辈无知者，败坏至此，既无一人任之，任之者又从而谤之疑之，呜呼甚矣！

《今文定》《今文待》二刻，继之《房删》之后，亦犹用药者，先用大黄硭硝，泻去肠胃积秽，然后以参术正其元气。《房删》者，弟之大黄；《文定》《文待》，弟之参蓍也，何人能阸弟而止之？已付吴中大贾，可呈兄案头矣。

〇千子多骂座之书，故尽逸之，仅存此一则。

〇制义一道，得千子起而正之，当时不无妒者谤者。至今日而《文定》《文待》，家传户诵，守为金科玉律，始知千子之功，自在天壤。彼纷纷胡为者，吾友康生曰："不拚性命、出死力，与世人相争一场，其书断不能千古。"旨哉斯言！

陈弘绪

士业，新建人。《石庄初集》《二集》，《鸿犕集》，《恒山存稿》。

与冯跻仲

当世名流，卓然足自表见者，屈指不过二十辈。其馀率多樊英、殷浩，闻其姓字，或亦赫然；与之狎处，往往使人自咎其倾注之过。

〇令此辈通身汗下。

答梅惠连

江汉、豫章之文，世之窃其词句者，皆得以取荣名、掇上第，而江汉、豫章能文之士，大半偃蹇屈抑于泥涂之中。仁兄引刘安以为喻，至谓安之鸡犬，皆得升天，而安反久滞于地上，其言曲而中，凄然足以感人。

〇天则让他升，毕竟脱不得鸡犬相。

与巨源书

弟病犹昔，但呕血差少耳，少则更可虑也。昨始检得故方，以麻油炒东向女贞木嫩条，煑酒服之。小力买麻油，为市贾所绐，杂以桐油，夜半食脘，如为鬼掌所扼，俄而吐泻交作。沉疴既未得痊，而虚服一碗毒药，薄命可叹如此。

《礼因》昨已检出，此书若成，当在朱子《家礼》之上。《家礼》暮年乃就，晦翁自云：其间合礼会文字，皆只起得一个头，欲望后来诸公，勉力整理。今读之，实多有未安处。年翁束荆炊藿之暇，正应用力于此。大抵期于今人可行，而亦不失古意为善。如古不墓祭，而又有"冢人为尸"之文；古居丧废业，而又有垩室著书之事；古婚礼三周御轮，三月而后庙见，晦翁与其门人，亦且笑之疑之。此等固应斟酌时势以立论，庶不致托之空言。若二氏礼与俗礼有可采者，俱不妨错综变化，以创为因。如朔望斋，实系六斋、十斋之类，诸儒未见有行之者，年翁直以朝日夕月义，引之斋戒沐浴，使知迎阳答阴，达识妙想，遂令此事永久不废。

昔张僧繇诣江陵天皇寺，画卢舍那佛像，因并作仲尼、十哲。明帝怪，问："释门内何以著儒?"僧繇曰："他日正当赖此耳。"及后周灭佛法，焚天下寺塔，独以此殿有宣尼像获全。弟固知年翁之微旨有在也。推此而冥器楮钱、礼忏拜七，虽无益而可以厚吾亲，俱宜尽情竭力，以求无憾，况其未必无益者乎？蜡祭之致鹿与女，方相氏之黄金四目，直是戏事，而犹相沿迄千载；其可以厚吾亲者，反委之"先王未闻"，而遂以辟异端、息邪说，沾沾自喜，何其悖也！望年翁悉破拘挛，观会通以立教，俾尽仁人孝子之心。

至于"礼从宜，使从俗"，与夫"礼，时为大"，《戴记》已明言之。古之日月，今之日月；古之水火，今之水火；今之古礼，古之俗礼也，要于去太去甚而已。尊作原帙收藏弟处，兹以录本附上。《芋谈》"师友类"，竟散失强半，致匡山先生、士云诸兄，轶事不传，甚为悒悒，亦祈闲中续成之。

◇胜畏夫人饮一器溺者。

◇合二氏礼，与俗礼斟酌之，始可行远。此是通论。

◇宋儒便不肯为此等论，然究不能禁人之不行，不如斟酌损益之为当。

复严子岸书

弟比来一切灰冷，虽笔砚图史之好，生平所不能消磨者，亦皆等之遗爪弃发，不复流连。但躭静厌闹一念，未勉障碍特甚，乃知处喧无恶、涉事无恼之境，真未可为狂慧借口也。中原杀运，未知何时底止。主上迪畏焦劳，殆同日昃不遑之怀；而普天类皆泄泄梦梦，江以北肝脑涂地，江以南犹复酣歌恒舞自如。以弟度之，劫数渐次相加，政恐不免及于我辈。此时惟有捍劳忍苦，衣粗食淡，力持忠孝，以挽回害气，庶可感动天心于万一耳。戒杀之举，自是忏悔首着，弟已将仁兄所寄诸书，谋之同社梓行，当不敢虚吾兄之慈悲也。

◇有得之言。

○不幸士业言之中矣。事机亦只在目前，庸者昧昧耳。

再上司理李公恳辞荐辟书

捧读台谕，仰识老公祖俯念沉沦，嘘植不遗馀力。夫士为知己者死，况重之以章服之荣，畀之以井邑之寄，弘绪非有胸无心者，何能不捐躯图报？

但弘绪家有八旬之母，小草一出，便不能躬亲菽水之奉；而令长之职，又非他官可得给假借差者比，势必六载报满，然后得少伸定省之私。耄耋之亲，风烛可虞，此其不能恝然者一。又先大夫暨先母，殡于西山，宅兆未协，寝食俱为皇皇，既为王事驱迫，势不能复顾私图。马鬣之封，竟无期日，春霜秋露，痛楚何穷？此其不能恝然者二。弘绪幼怀攻苦之志，濡首铅椠之业，废箸售奇，辍餔寻异，积之日月，得书四万馀卷。拟欲偃仰此中，竭其负山之力，勒成一家之言，虽不足鼓吹休明，亦庶几稍存笔墨于人世。吏檄既来，著述遂废，此其不能恝然者三。

至于时势极难措手，资格易以限人，则又弘绪之所审度最定者。伏惟老公祖之于弘绪，不减慈父之于弱子，辄敢尽吐衷曲，万乞婉达于抚台，恳其俯允辞免，感生成之德，更非笔札之所能尽耳。

○辞荐辟书，巨源痛切，士业简当，各率本怀，而已定出处。

与刘伯宗书

顷在明圣湖，颇穷冷泉、韬光诸胜；留烟霞、石屋一带，候仁兄杖屦东来。不期山灵妒人，夙疴陡发，前驱至而弟已挂帆行矣。有此良晤，自应有此缺陷，世岂真有骑鹤扬州之人哉？归来百端併集，参苓之力，不能争风雨寒暑之劳。拟欲谢绝一切，与老头陀辈，煨榾柮，啜稀糜，了此残腊，竟不可得。只陶泓楮先生，日远日疎，差减畴昔之役耳。

上督师阁部书

曩者弘绪朴遬无似，强项几至杀身。荷皇上出之缧绁，复加录用，脱械之日，匍匐谢恩于大明门，退遂屏跡闭户，不敢一谒当世要路显者。阁下于么麽贱吏，未有生平之素，而惓惓称城守微劳不置。伏念潦倒之人，猥辱阁下注存如此，又安敢以泄柳、段干木自高？及获见颜色，而阁下慇恻之意，虚受之怀，悉出贱吏揣测之外。因是益忘其愚戆，而欲有所尽言，遂以请释成侍御宝慈一事，反覆甚力。当是时，阁下不以绪为騃不晓事而督过之也，应之曰："某已具疏申救矣，不得且复，子故待之。"绪出而告于诸君曰："杨公诚非无意于侍御者，待之而已。"

今弘绪南涉江淮，东浮苕霅，又北崎岖庐阳，岁且一易寒凉、再易暑雨矣。有自长安来者，问之曰："成侍御已还柱后惠文否乎？"曰："未也。""已出犴狴否乎？"曰："尚系如昔。"弘绪唏嘘泣下，不能自止。已又问曰："公曾有再疏、三疏，谠言危词而力救之乎？"则又对曰："无之。"于是弘绪不得不仰而疑、俛而叹。夫以阁下之爵位闻望，不应失然诺于厮养走卒，岂至失然诺于一介之士？必其连篇累牍，而未蒙我皇上纶綍之霈也。不然，则造膝而陈，密揭而请，而外庭莫之或闻也；又不然，则戎马之倥偬，军储之旁午，欲有所恳祷而未暇也。乃昨阅邸报，则侍御近又奉驳，究主使之抄传矣。阁下得君之专如此，每有敷奏，呼必应、吁必俞如此，度阁下不为力救则已，阁下果能谠言危词，其势宜无不可得之造膝、通之密揭，以邀如纶如綍之霈者。

若夫贤士大夫之用舍祸福，其关系又岂后于戎马军储？阁下诚有意人才，更不宜缓此而急彼，而使圣朝有庾死直臣之事。然则弘绪数端之疑，俱为无当，而阁下必别有所见，遂迟久未发，致悔于畴昔之然诺也。阁下前此之申救，何其见义勇往；而后此之寂寂，又何其与初怀悖谬，而甘蒙不白于天下后世乎？

昔正德中，太宰杨公为王给谏昂论劾，武宗震怒，欲加以罪，杨力救，得从薄谴，旋又上疏恳留，卒不获命。未几，王公云凤巡按宣镇，贻书于杨曰："留王昂一疏，大为人所传颂。不闻唐介初贬时，潞公有此也；执事于是，加人一等矣。然介虽贬英州，不数年而复殿中侍御史。今王昂既不获还之青琐，则推荐超升，在执事顷刻之笔端耳。每恨李文达近称贤相，然恶罗伦，沦落以死；摈斥岳正，坎坷终身；极贫之陆布政，反不得超擢。今文达之富贵安在哉？一时快意可略也。前辈影样之多，后人是非之公，可畏也。"书传京师，争录诵，指为名言。

夫外调非有囹圄之苦也，降遣非有锒铛桎梏之辱也。云凤犹以未获超擢为恨，其书词严峻剀切，敌以下或不能堪，而凤言之亹亹，太宰亦不以为忤己。绪恒以是叹先辈之不可及。设遇淹系之人如侍御者，王公之言之剀切，又当何如？今即柱后惠文之冠，未可骤还，而囹圄之苦，锒铛桎梏之辱，何至漠然坐视？此亦所谓"在阁下顷刻之笔端尔"。

记弘绪幽拘之日，亲见侍御，橐饘不给，菅屦不完，坐一敝漏囚室，拳缩而读《春秋》，率至夜分忘倦。顷弘绪叨沐浩荡，鸟飞鱼沉，且得窃升斗之禄；乃侍御系逾两载，不复知所谓人间世者，何形何状，苟非木石，能不雨泪长嚱？念弘绪报阁下之知，莫如此事为大，辄敢不避斧钺，踞而渎之左右。阁下其幸毋曰："予方日夕从事戎马军储，奈何以不急慁乃公！"

则幸甚。

◯神似韩、欧。

◯绝有机锋文字。

◯如波涌云。

◇全从空中作势，无一正说。

◇收拾前三段，变化不测。

◇引事又进一层。

◇通体以纵为擒，至此结穴。

◇他人必将以此作起。读至此，知起处全用逆势耳。

与杨维节书

弟数时读书甚乐，但苦病耳。然因病得暇，因暇乃得读书，既已受其乐，岂可复辞其苦乎？生计萧然，往往垂橐，亦复觉有少趣。何者？弟性不甘寂寥，阿堵在手，便思扰扰。若长此萧然，实减无限驰逐。吕申公每至窘时，辄诵“好衣不近节士体，梁谷似怕腹中书”之句，便尔逌然。愿与台兄共受享斯语也。

闭户之馀，繙阅诸集，见所载古人得意著作，求之不得，每至负痛竟日。台兄居金陵四达之地，所获秘本应多，幸有以示我。传台兄留心经济之书特甚，有可开豁胸智者，当于其目相闻。大抵诸子百家、稗官小说，偶尔纪载，类多裨益于用世。彼分门别户，抄袭陈言，号为“经济书”者，反未必有补于经济也。何如何如？

兵家之书，刘歆别分一略，古今最难措手者，惟有此事。台兄得其著述几何？虽方略不必仰借于故纸，然亦不能不资其触发也。宋吴武顺王璘，所著兵法二篇，弟求之累年矣，望台兄多方觅之。

弟自三月以后，以病移居远郭，所假小斋颇佳。湖光与天相併，草色与烟相乱，云来几上，树入簾间，大足供我啸傲。弟得徜徉此处，而贱恙犹未见有霍然之势，甚矣二竖之顽也！

◇真读书有见之言。

◇他人止见一会一耳。

与周栎园书

倾仰龙门，积有岁月。值干戈满地，山河间阻，私念生不逢辰，于人世一切，俱已久置度外；惟寤寐所服膺如老社台者，庶几得一瞻望眉宇，虽九死而可以无憾。今时势如此，琐琐寒酸，何由裹半月粮，拜大君子剑舄于数百里之远，以慰夙昔调饥已？念古贤士相与，不得见其人，则或假之尺帛，托之邮传，以通其绸缪缱绻。而老社台方居周召之任，当军旅之冲，又安得以馀暇，而赐笔札于所未谋面者；某又安敢以潦倒闲人，冒渎典记，自伤君子之门，遂不复有鄙人之姓名矣。乃者手谕自天而下，亹亹千百言，高情雅谊，淋漓楮颖。老社台垂念于蓬蒿贱子者，何其敦以切、崇以至也，自非木石，安能不感佩而泣下哉！捧诵迴环之馀，谢何能尽？

古文一道，作之难，而知之尤难。丁敬礼致叹于后世之知其美恶，较不如其自知之深，曹子建诧为名谈。敬礼文不传于世，诚未辨其美恶何如；然其累唏呜咽，顾影自怜，要必有酣适于衷而形之舞蹈者，岂遂无片语只字之可垂？而后世竟寂寂无闻，则无怪其低徊傲睨而长太息也。

古侠烈之士，感知己之恩，至于陷胸断胫，而不恤其所怀者，或性情之相合，或议论之偶同，遂以为不可再遘于天壤。乃若文士竭百年精力，潜心濡首，以期有所表见，而要眇之音，不获钟期之赏；奔轶绝尘之步，不邀九方皋之盼，则亦徒然攻苦而已。然则文士之致感于知己也，岂特如侠烈之士云尔哉！

今得老社台主持选政，一时作者，真可快然于俯仰矣。吾乡自千子、茂先、巨源而外，尚有贺可上之宏肆，丁士奇之简朴，陈伯玑之秀洁，刘痛子之奇快，周白山之酣畅，康小范、贺子翼之高爽。今其人或存或亡，亡者既已荒烟冷雾，存者亦复风絮雨萍，无从觅其集以寄。而茂先、云将原刻，久已化为煨烬；舒鲁直褐塞轩稿，亦归乌有。曾声伯名裕者，闻其藏稿，尽为土寇抛掷沟泥；武子遗文，亦不知尚有存否。诸君子幸而早逝，幸不覩十馀年来兵燹之酷烈；然其残编乱帙，荡然零落无馀，则又不啻委七尺于兵燹也。气运渐转，道路渐以通达，当把弱翰、赍侧理，问诸藏书之家，冀有所得，即抄录驰寄，但不能限之以日月耳。

得读《诗话楼佳刻》，神魂已缭绕于樵川莒溪，况台命肫笃如是，敢复如曩昔，惮数百里之远，而不一泥首于棨戟，以抒其仰止耶？天启中，敝友曾尧臣，一日忽从鹭洲，驾舴艋诣会城，茂先问其来，故曰："吾思枫亭荔子，急往图一饱啖。"时已近秋闱，诸友竞挽其船相尼，尧臣乘夜静解缆遽去，竟不及与试事。尧臣以一荔子之故，而高致如此。今有人焉，诗则仙掌玉露，文则蓬岛兰肴，旷古所不数见，而枵腹之人，不一醉饱于其侧，无以对吾尧臣于夕梦矣。

拙刻附正。胸次万端，嗣图缕既。

◇出士业手，虽寻常寒暄，亦迥然有古色。

◇寻常往复之书，备极开锁照映之法，士业真不可及。

◇苏武子遗稿，赖顾与治刻之秣陵。

◇尧臣高致，此事可入《世说》。

与黄俞邰

开缄如读古人之书也，甲申而后，吾见亦罕矣。仅宁都温伯芳兄，差堪与俞邰项背，然亦孔明所谓"未及髯之逸伦绝群"也。

收採异书，正鼎革之际要务，然须如汉武帝、宋太宗，以万乘之力，乃能聚其所好；孟蜀之母氏，宋之欧阳子、赵明诚，要终不能敌也。《易》《诗》《春秋》《语》《孟》，沉酣其中，游泳其外，一生用之不尽。此实实反而说约者，幸勿以为老生常谈也。

虞山钱先生，古文为当代第一，藏书闻亦冠东南，顷乃亦烬于陉隧。岂张司空所谓“积油万石，自然生火”乎？郑所南《心史》，越四百年而出于井中。物之精英，必有光怪。故鲁壁无书则已，有则必为丝竹钟磬之音；汲冢无书则已，有则必不待发而出。岂非所谓“石沉海底，火性千年不灭”乎？悟此则蒐辑遗书，固后死之责；即不网罗放失，亦可以无天丧斯文之惧矣。如何如何？

◇沧桑变后，奇书散尽，不得不为此言，然却是正论。

◯古人遗书，佳者必传，不传者正未必佳。吾见宋元遗集多矣，可传者正自寥寥。

再与栎园书

戊子之变，某避地于西山之乌晶，右臂为石所伤，每一痛发，辄视寸管为丈八矛。知己恩深，竟不获以涂鸦恶札，布悃诚于掌记，悲酸何极！然清夜终不能以自安，聊复扶痛作此，惟老社台鉴之。

跽诵佳句，高奇秀逸，兼右丞、少陵之胜，数百年所未有也。安得尽发枕中之藏，日坐卧其下，庶几少有进益，不能不翘首于五云耳。

某自乙酉入山，辇载所藏书，不下数万卷，铁骑一来，屯劄于敝居石河，一勺一粒、一丝一缕俱尽；而所藏书，悉被割裂挦扯，制作纸甲数千，煤痕丹点，离离駃騠之背，馀以支枕藉地，数万缥缃，沦于一旦。生平所辑，有《明文类抄》一书，三十年访求于南北，诗文罗网几尽，卷帙与《文苑英华》相等，今亦付之流水矣。又以诸经自《大全》、注疏之外，凡文集、语录，类书、小说，与历代史传，发明经旨，为先儒所未及者，广搜旁摭，汇为一书。《易》则附以占法；《诗》则附以鸟兽草木考证；《春秋》则附以传录异同，如陆淳以克段于鄢为郚，石经以齐崔氏出奔为崔夭之类；《礼》则补所未备，如汪宽《经礼补逸》之类。其鄙见稍有管窥，亦论次于后。今仅存《易经备考》四册，又复失去《系辞》，然此四册颇有可观，欲乞玄晏片言，托以不朽。先此预白，异日襆被延津，当长跽面请也。此外尚有杂著数种，沧桑以来，饘粥不继，苦不能觅人缮写呈政，怅怅如何？

众香兄遂作古人，为之雨泪。密之兄踪跡杳不相闻，今当无恙否？念之念之。武子令弟，不识存亡，此兄竟无一线之传，真可悯也。昭武偶有兵噪之变，道路复梗，稍俟宁息，即图造谒。率谢不既。

◇此真奇观，书虽不传，然有心人尚可仿此意为之。

◯吴众香名雏，歙人。苏武子名桓，新建人。两君皆文人，皆无嗣，为之惋叹。

傅汝舟

远度，江宁人。《遗集》。

与廖傅生

夜来寒月皎淡，望水簾月色，同化芦花，入枕但闻淅沥。叶响草声，疑雪疑雨，终莫能定。梦去犹在水晶国，棐籴千百颗招凉珠。

尺牍新钞卷之四

侯官 许　眉介寿、昇州 王廷栋隆吉/选
豫仪 周在浚雪客、周在梁园客/钞

张九征

公选，京口人。

与王阮亭

三日夕读大篇，几成不寐。淳于之叹子建，李密之遇秦王，气夺神移，莫知所以。窃怪诸名士序言，犹举历下、瑯琊、公安、竟陵为重。夫历下诸公，分代立疆，矜格矜调，皆后天事也。明公御风以行，飞腾缥缈，身在五城十二楼，犹复与人间较高深乎？譬之绛灌随陆，非不各足英分，对留侯则成伧父；稽锻阮酒，非不骨带烟霞，对苏门先生则成笨伯。留仙之裙，霓裳之舞，非不绝代，对洛神之惊鸿游龙，则掩面而泣；屋漏之痕，古钗之脚，非不名世，对右军之鸾翔凤翥，则卧被不敢与争。然则明公之独绝者，先天也，弟知其然，而不能言其然。杜陵云："自是君身有仙骨，世人那得知其故。"此十四字，足以序大集矣。

《自题丙申》一篇，全身写照，睥睨前人。公安滑稽而不典，弇州工丽而不远；竟陵取材时文，竞新方语，既寒以瘦，亦俗而轻，何有于谐声丽则乎？明公征言，独有千古，诸名士犹囿七里雾中耳。京口题名壁上七则，造语似郦道元，而逸气仍属青莲。弟欲归分篏各山麓中，老公祖世传墨妙，肯以大襞纸挥洒，使与贞白苏米，分主诸山乎？柳子厚愚谷小记，宠惠粤西；子瞻月夜泊舟石钟山，遂尽写其情状，第为柳与黄之人者，无辞于朴遬耳。所有绪言，副之别楮。

〇阮亭诗歌古文，标新颂异，独绝一时，真不愧此评。

与陈伯玑

两月未得荔公信，辄为弹指诧异。过京口时，弟适入乡，未及把臂。有社翁追随调护，觉交道犹在人间耳。诸湖上主人，面目严冷，王遂东所云“一味做官，半言难入”者耳。王于一忽焉客死，遗文散落，不知有收拾者乎？此亦老社翁之任也。

弟尝谓世间有最不可解事：徽贾西商，啖名慕贵，辄挟行卷诗集，丹黄梨枣，润饬精工，不一二行，令人狂闷呕吐；而穷巷著述，鸿文钜章，求一授梓，渺不可得，沉于寒烟，没于覆瓮，才鬼无灵，文章无口，自唐宋以来，不知其几千百人矣。造物者，何不爱美好如此耶！

于一集，栎园曾任之，弟亦以托之贻上，唯先生留意，或同顾与治作一集，如何？岁杪旅次冗恶，接台札，如沃我于梅花树下，酌中泠泉也。附谢不一。

〇与治遗诗，于一遗文，幸已行世。

董　黄

得仲，华亭人。

答吴锦雯书

自别西陵，时怀季重。尺素三年，已置石头城下；相思两地，仅存明月诗中。何期云间之鹤，忽坠瑶函；原上之鸰，载唧嘉令？坐对季方，如逢陈纪；交欢文若，展忆慈明。但令乏临邛，徒劳马卿之辙；人非细柳，空羁剧孟之车。况乎田蚡坐上，但有酒人；彭宠幕中，从无侠客。恐敝季子之黑裘，无补庄生之涸辙。则敝邑之羞，亦良朋之恨也。

至于劫灰未尽，芊城之荆刺参天；羽檄交驰，沧海之烽烟匝地。机云池馆，鹤唳空闻；王谢台楼，燕巢靡托。此日青闺，已经蝶散；当年红粉，半属尘销。纵有徐吾之妹，百镒莫睹其容；仅存宋玉之邻，千金难令其笑。足下情同穆满，空想赤乌；才是子桓，徒怀绛树。倘念绿珠，可贮真珠百斛；如迎碧玉，须将赵玉连城。但恐白头吟罢，未许茂陵之聘；桃叶来归，空伫秦淮之渡。宁敢宾戏？聊代解嘲。

◇融洽心之句。

◇杀风景之言，翻为胜境。

盛于斯

此公，南陵人。初名钱，字铿侯。《休菴遗稿》。

与减斋

后世非无说客，无说主耳。试看列雄纵横时，其一代人品为何如？若今纨裤儿，读《国语》《史记》，且不能句读矣，尚何说哉！

与力园

方子春散乐一部，遗弃东海中，世竟失其谱。尔后琴师所传《水仙操》，实不过于客窗环珮同藁子耳。获足下“天琴”一选，何必住蓬莱三月哉？

〇此公以前尺牍以“盛钱”名者，皆落《谋野集》云雾中，故一字不录。

与金冶王

斯福薄，不敢妄及。顾此生得一少年，如张绪、卫玠、王子晋，能饮一斗不醉；得一老缁、老黄，能痛饮酒，记天宝遗事；得一迟暮佳人，能歌《离骚》，舞三尺剑，醉诵《南华·秋水篇》。如此十年，则少年者且魏魏矣；老缁、老黄，亦欲各求出世大路矣；迟暮佳人，亦欲寻到头伴侣矣。斯何人，敢不办西行装束乎？世态如此而已，生平如此而已。

与傅远度

贫者士之常，此是为范史云作解嘲耳。

与吴宾贤

歌不必定要遶梁遏云，但要得当年作者意。或喜，或怒，或唏嘘，或慷慨，或低徊婉转，宜各悉其态；不然，虽子夜玲珑，无取也。

与周园客

学问越遊越长，古来自经传以及子史，原不是屋底一个说的。

与汪舟次

奇书古揚，不遇赏鉴家，宁落咸阳一劫？

倪元璐

玉汝，鸿宝，上虞人，家会稽。《应本》。

答卓莲旬

得半日闲，周读枕秘，天下文章尽于此。本难名颂，客又嬲人，总之不欲以世手云雷之形，唐突彝鼎；惟当小鸟发明，比诸陈师锡则已耳。然犹冀放限一月，容到家小了尘件，即为之，遂是入山开宗第一章也。大章之逼汉人，在其神骨；或望其气，以为眉山，此盲人也。感至爱，欲于无拣择中，稍形去取，竟有不能。得失寸心知，台兄岂当以我为佞？诗及各体，悉作是观。

又

顷凌遽东渡，不得小俟高轩，归来梦寻，未至迷路也。台兄文心道韵，气幅才條，自吾眼中，未见其辈。聚元璐等百馀肝肾节骼，铸不成莲旬半毫，此人人之言也。若夫声分投合，亦关缘会。菖蒲与痂，皆为奇嗜，然人必以刘邕为讥，无有议姬文者。由此言之，元璐幸甚，莲旬定受元璐累无疑耳。

尊藁获如天书法藏，缘过江，松楸方了，又为儿辈经营娉娶，尘劳万端，金陵之约，以此愆稽。廿外有舍亲史维城原寓金陵者，暂归复出，当使奴子随之晋候，并报隆命。郎君龙文始变，盼瞬冲飞，世称三苏由此耳。附去张太史史论一套，吴叔大墨精一函，此亦佩刀之义，引贺郎君以良史材，翺翔子墨之林，当尔时宁忘斯语。

王猷定

于一，南昌人。《遗稿》。

答周减斋

风雅之在今日，危于一线。先生以苦心绩学，上溯有唐，暨汉魏、屈宋，又进而《三百篇》。穷源星宿，书簏几杖外，殷然留金石声。若寡昧如定，束发有志，白首纷如，连年贫病交缠，心血枯耗，且每对古人，益不敢轻下一笔。自悟三十年读书，方悟“惭愧”二字。

承示大业，铿然钟吕，而欲以糠粃为导，可乎？适由家问至，骨肉死丧，惨伤肝脾，而又不敢重违大君子之命，勉作数语，着秽佛头，惶悚甚矣。

唐　堂

肯堂，叔升，金溪人，祥符籍。《遗稿》。

与高康生

塑像之法，鼻不厌其大，而后可减也；目不厌其小，而后可增也。文字立极，如是而已。

与冯伯宗

伯敬柬友夏曰：“曹能始近日诗文，有浅率之病，亦是名成后不交胜己之友、不闻逆耳之言所致。”而近日范仲闇，又谓自《诗归》行，无一人敢向伯敬言，误伯敬不浅。此非名人递相消也，人苦不自知耳。

与减斋舅氏

舅氏之明达俊伟，宜救八闽之艰危，毋图一身之贵秩；宜秉正而自持，毋随人而作止；宜以丰功令望，可辉耀于天下者自期，毋以高爵厚禄，可夸翊〔诩〕乎众庶者自待。此非特区区之私望也。凡事利一身而有害于千百人者，身虽利，子孙必蒙其害；利千百人而无利于一身者，身虽不利，其必归于子孙。舅氏宜深念之，勿谓甥迂论。

〇肯堂刻诗凡八集，惜行世未广。程伯建曾选其集，刻于都门，仅数十页。予方与康生诸君为之合订，不久可问世矣。

与吴冠五

诗文工拙，难言久矣。其要，大率以虚字活句斡旋，则入目易；以实字板腔填积，则成章亦拙。曾闻苏文忠见诸子谋业，凡虚字少、实字多者，必涂抹掷还。此为文之法也，愿与足下共志之。

与周雪客

牡丹毕竟以长干丰叶者为佳。今人求花之大，而不顾其干，有干不满尺，而花过尺五者，此中人以为胜。弟谓天下事，岂可使根本弱于枝叶哉？花，人面也；干，人身也。譬如以美女丰盈之面，加诸三尺之身，见者且怪其臃肿矣。故毕竟以干大者为佳。足下以为然不？

与程石门

“等闲缉缀闲言语，夸向时人唤作诗。昨日偶拈庄老读，万寻山上一毫厘。”此唐祐《读老庄》诗也。每见词人自矜一艺，顿忘天地之大，真为可耻。吾辈不可不自警也。

卓发之

左军，一名能儒；字无量，一字莲旬，钱塘人。《漉篱集》。

上叶曾城师

以真正命世豪杰如师台，不令主持国运，而困之丘壑，每一念及，辄为寤辟号呼而不可止。某流寓南中，为背城借一之计，乃三折肱、两折足，兼而有之。因思天下精诚之极，可以贯金石、孚豚鱼；不平之鸣，可以呼父母、诉上帝。惟文章中不白之冤，至于魂离魄散，委弃沟壑，而不可以告人，此天下至痛！而乃有行谊较然，可以照耀天壤，犹未免为世所疑如台臺者，又于文章外，增一种痛哭情事矣。

○发之落笔，天真烂漫，不饰边幅，自是人间散圣。

与颜开美司理

闻子宓弟作古，则尤深憾于造物也。追思少年同学，此时已有为名臣钜卿者，有自摈辅而林下者。子宓才具，犹当横驾其上，而云泥判绝如此。然其中亦有老死未遇者，有才一擢第而辄盖棺者，有诏狱而死者，有褒恤崇祀者。不独荣悴生死，有如飚尘；即妍媸好醜，亦千载曾无定论。青史衮钺，与市井小儿，是非大略相类，则又不觉破涕而笑也。

与丁叔潜水部

音尘销灭，又更两载。今春归省，过化城旧馆，阒无一僧，颓椽败瓦，委荒榛蔓草间，颇有稷苗之悲。舟人指水一方，已属他姓，庭树寂寥，枝条欲折。大略今日鼯穿鼠窜、烟鞶露泣之地，皆我两人当年花朝月夕、啸謌（古同“歌”）寤宿处也。昔之所乐，今之所哀，人言“声无哀乐”，此地亦当无哀乐尔。昔日红颜，半就衰老，且有墓木翛翛（萧萧）者；市上少年面目，多不相识。虽铁石作肝，能不销铄！自非皈心西土，逆旅此邦，不能不闲思往事也。

〇文章妙处在真耳，真则笑有笑靥，啼有啼痕。彼假作悲喜者，亦何关痛痒耶？

又

弟寝处此中，逃名划迹，置身才与不才之间，尚不能以樗栎自免，何有于梗楠栝栢耶？无论天步艰难，无能为炼石之补，而性与物忤，动辄见咎，铅刀真不能一割，老骥真不堪先驽马也。仁兄所云“无乃类山公之引用叔夜耶”，然叔夜尚自惭孙柳，而弟神楼安养，更欲向孙柳顶上行，无烦以腐鼠相嚇也。

〇此较稽公《绝交书》，广大多多许。

与金台法师

计向年聚首时，亡儿才十五龄；嗣后亡儿方堕落名场中，今又十五年矣。我辈一缄未达，已历过少年文人一番生死，朝露夕槿，不足为喻也。世智辨才，都成障难，自此恐遂沦坠，大法王将何以津渡亡者，令其一种净域生缘？若止超生人天，非所愿也。

与管乾三

学道如逆流之棹，进寸退尺；光阴如顺风之帆，瞬息万里。是以累卵之危，而几上天之难也。今狂禅棒喝，欲遍天下，每思乾三为东注之砥、空谷之音，乃自丁卯倚公一函之后，未得复通。今尺素再达，颜面未覩，而儿辈马尘驹隙，已历一世，苦海中便如促一劫为一日。乾三踞师子座而建大法幢，自可于此中延一日为一劫也。

与李太虚太史

世宙萧飒，人间可哀，士生此时，如归花落叶，无所棲托。台臺以一片至心热肠，弘奖风流，策引后学，凡荷青眼一顾，不啻广厦万间，非独林宗、子将而后，罕见其俦。窃意尼山之辙，鹿苑之轮，止是千古热肠，一种度世博爱之意，不能自已，故有如许栖栖皇皇、蹈汤赴火之态。若如世间人，只作自了汉，不但世界无与撑持，而从来贫士失职而志不平，寥廓如在远行者，其将以谁为归宿耶？得台臺即起而当国，以旋转气运，则斯世尚如月之未晦、岁之未暮也。

闻南藏已印就，台臺以命世之宏才，千秋之大业，探本于无生之妙谛，非止苫寝中，以此为夜壑之宝筏；抑亦调燮时，可以当昏衢之慧炬也。昨过姑孰，以未得追随杖履为恨。数诗附呈郢削。

◇使人三叹。

与　某

近方汇集散佚诸藁，先以一卷求正，乞为一一评骘，指摘瑕颣，以当负剑辟咡之诏，庶不负亲炙宗匠一番耳。但台臺方严提正令，以告天下，自彭泽、辋川而外，不着一字；青莲、少陵，判属别教；长庆、昌谷，摈作邪因。而门下士，乃有离奇轮囷、不中绳削者，舐之则口烂而为伤，嗅之则狂酲而不解，将无弃置道傍，而不复顾视耶？倘哀其堕坑落堑，为说大总持，以拥护而提奖之，自当令瞢瞪者皈依耳。

与汤海若先生

某生十龄，而得读先生《经义》，至唾震泽、毗陵为腐儒；又五年而读先生《牡丹亭记》，至与《楞严》共函，藏之箧中，与同卧起。嗣后便索《玉茗堂集》读之，每读一篇，辄下酒一斗，迄今又十年矣。常欲一命豫章之驾，如赵至之狂走亡命，而索叔夜于洛阳。乃经历多难，偃蹇名场，羊触狼跋，蹩躠靡骋。至今遐想风器，媿彼童子之求侣，何以忽膺齿牙馀论，有“秣陵珠树”之语耶？遥闻声而相思，非后学所敢望于先辈也。

昨秋蹶足燕市，今复转徙白门，颇多悲愤之什，令其先不佞而见先生。窃以国朝诗人，王、李诸家，如桃梗土偶、石女木童，略具冠簪面目耳；会稽、公安，乃欲日凿一窍，而滥觞浸淫，如徐娘多情，感人益薄。然则二百馀年风雅大家，不得不推先生。若上自周秦、下迨汉唐，其中旷世文人，世所诵述以为宗祖者，某不敢于此中位置先生。盖某于此中，每每蹂躏如宿莽，其魂销心折而不能自禁者，大半沦落不偶，当世唾弃，以为不祥之物者也。倘以先生为古人，则以先生而踵古人之后尘，此贱近贵远之论，与东家之讥正等耳，某乃诵之，先生乃受之耶？

盖自商周、秦汉、六朝、唐宋，无不各标一代之奇，各极一人之致。而必欲为古之某某，是欲以生王之头，而易死士之垄也。夫杂剧効元人之颦，犹必为新声创调；经义効宋人之颦，犹必为微辞妙义。不欲袭填词之旧句、宿儒之陈言，而况登千秋之坛坫、震一代之聋瞽者乎？

某窃不自量，欲一洗从来世代升降之陋见，为文自出手眼，直抒性情，以幽忧之疾，成感愤之言；因危迫之缘，发广大之愿。而举世无可告语，一求证于先生。夫特达之知，千古所难，而根柢之容，壮士所耻，遂复以此自通。《蓟丘》一集，乞芟薙掷还。昔人所云“附青云以施后世”，固是名士一障，但物类相感，每如磁石吸针、鱼形叩石，则今日订正拙集者，非先生其谁归？

◇同《楞严》共函太罪过，当一部《性理》读可也。临川言：“君所讲性，吾所讲情，情性正自难分。”

与洪戴之

弟以老生落第，最是人间苦谛。然堇虫习堇，翻不觉苦，年年被放，只是春兰花堕、秋深叶陨耳。

○情语，亦旷语。

与黄海岸公祖

以祖台现宰官身，行世间法，握如意珠以济人，驾大宝舫以拯溺，一切人天，凡有希求，无不餍足。而寒家奕世，沐浴膏泽，如以鼹鼠而饮恒河，尤觉腹中充满。然人人施恩，犹可图报，若祖台则施者同于梦幻，亦令受者等于泡影，或即以六如破除三有，是则名为真报恩乎？今方开堂出世诸老，如麻似粟，而魔罥炽然，莫可救疗。方拟追随祖台，作涂毒鼓前摻（古同“操”）挝之吏，足令诸方闻声者丧身失命，乃遄归白门，留此愿王，用竢异日。

遗墨数卷，乃亡儿精灵所存，今日付之梨枣，如聚敛魂魄于蒿里也。祈祖台以法语为玄晏，以不思议力之言说，而为世智辨才之津筏。向蒙慧剑，割削一过，如集龟毛为城，而攻以兔角之梯；今乞法音，唱叹一番，如聚空花为茵，而照以水月之光也。非真正出世人文，安能即文字相而空诸文字乎？幸即掷来，以慰跂予之望。

◇以可涕事，作可喜语。

与薛岁星

网罗放佚旧稿，复得二册，皆亡儿手迹也。今即以哭亡儿文，併入此中，字字皆成血泪矣。弟文向来如汉水沉金，亡儿则竹头木屑，无不为我收拾。然可留者未必存，存者未必可留。是以未见令人思，既见辄自憎，今又以自伤，不复能展视矣。或中有一二差胜者，仗法眼拣出，其馀尽汰去可也。亡儿得大传，便足不朽，如获返魂之香、尸解之药，枯骨都有生气。尚欲求挽诗数首，便当汇作一集。数日内专候掷示，即归哭亡儿矣。

◇善为情语，引人无端出涕。

又

欲求大笔，为亡姬作一志，用以塞悲。正断肠时，胸怀乱不能理，不得不稍拈事实，以供採择，笔端未免乱如复乱、断如复断也。幸暂谢一日之牍，以成千秋之业，感当奕世。

又

自去秋小儿殁后，弟游故乡，如入荒村蔓草间。今此中一席，复失偕隐之侣，如良朋宴会间，忽然离席破座，中宴散去，主人安能复举卮酒自娱乐耶？遂不得不变为一瓢一笠之局。自此与仁兄接尘连袂之遊，又不可屡得。或当如王、裴之仙遊，瞥见于樱桃园畔耶？亡姬一志，乞以天产神镂手，别凿世界，使我惊怖震慄，庶可夺却悲心耳。

◯素华云："沈椒羽言：'三十年学道人遘此，当如氷如雪。'余谓此时正当生大惊怖，发大勇猛。若止如氷如雪，恐只是顽皮肤不着痛痒耳。"

又

大儿遗文，欲求仁兄芟薙一过，成就亡儿身后绝快事。酷暑中对灵帏前，遴次两世哭穷之文，此何等胸怀耶？然欲焚弃笔砚，不得不耐此一番苦毒，刻成即置高阁，不复着眼矣。

与徐野君

弟流寓此中，大类少卿入胡，殊无桑梓之乐，恨不得时与足下挥麈而对。乃于佳句中得接言笑，似于并州客舍，复睹咸阳风气耳。

答叶曾城师

文章自有定价，而遇合则有机缘，昔人多作此论。若今师台所云，似乎利钝之途，亦有可据；而就某横计，则谓是非之案，亦复何常？即如千古文人之文，举世奉为天球拱璧者，我辈或视为刍狗；而我辈意消心死者，世或蒙蒙不辨也，故云为文而为一世之人好。吾悲其为文，则岂独利钝不足凭，虽是非亦无定论，又若此矣。此庄生所以标“齐物”之宗，释氏所以作“平等”之观也。

〇读此可为痛哭。

又

师台下讯蒭荛，出自至性，盖古大臣风，非千秋文人所及也。乃不肖生平读书，如旷埜看月，止领略其光明照耀处耳；非如照公，于章句留心，所谓“摘叶寻枝我不能”也。或过于芟削则有之，若谀人则从来无有。

师台近作，以圣贤而为英雄之文，庶几乎荀卿子矣。倘其中果有蟾兔之缺，则知无不言；若小小故实未确，字句未谐，则但以简点之责，属之照公可耳。或牡而黄，或牝而骊，此一种淆讹处，相马者本未尝见，非与照公有谀直之异也。

◇自是各有神会处。

与倪鸿宝先生

小集乞涂抹一过，若薙氏之芟草。向来东语西话，久已荡为飞尘。偶为亡儿撮漉，复成聚沫，既执鞭弭，以望接引，定不希假借、避斧锧也。倘师台不暇着眼，便当摧烧之，当风扬其灰耳。此外亦谁可告语耶？

答寒氏侄

昨艾千子来云：后进嗜古而学力不纯，生吞活剥，如一片古锦中，未免杂以新布。余指所衣葛答言：金坛之布，正以纯葛为贵，若杂以缣素，虽美弗尊。此又于千子所持，下一转语。今寒氏新莿，必能上逼商周，为千子所推重，如古纯锦；又必能直抒性情，为余所推重，如金坛纯葛，方免近时陋习耳。

○今世文人，求纯锦已自难得；若纯葛，则绝响矣。

家　书

男生平每以人力夺造化，此造化所忌也。当其人定胜天，未尝不足斡旋缺陷。然东边斡旋，西边随复崩裂，斡旋甚小，而崩裂甚大，不如安坐而听天为得也。

与大儿书

古来功名之士，功成名遂而身不退，如淮阴、文种，固是世所不满；即醉梦汩没于富贵场中，而老死牖下，亦非英雄所甘，其必以子房、少伯一流为可愿矣。当其为赤松之遊，驾鸱夷之棹，沼吴灭项之事，已如云烟过眼，不可复问。然则做却一番，与不曾做却一番，究竟有何差别？何不一往竟作赤松、鸱夷，则吴之沼与未沼，项之灭与未灭，亦总如梦中饥饱、枰中胜负，现在且不可得，而况过去耶？倘谓遇合迟速不同，不妨需以岁月，待功成名遂而后退，不知此语躭悞（同“误”）却英雄多少。若自今以始，猛与一刀割断，此真勇烈丈夫，非将相所能为，翻觉子房、少伯辈，迂迴逗留，多却几许闲事矣。

◇说得任事人心肠冰冷。

又

真实探取最上一乘，则善恶亦无定论。如人之君子，而或为天之小人，造诸善业，而反多诸过患。故云楼言：“学道无倖屈。”余谓功名亦无倖屈，不独功名无倖屈，而文章亦无好醜；不独文章无好醜，而自性亦本无善恶也。若得以鹿门眷属，大家团圞头，共说无生话，便是千古第一家庭乐事。何必陨涕啼血，如羁累相向耶？

◯字字微妙快活。

又

古人言生子才俊，未必可喜，此是何意？家有才俊之子，是人生第一可喜事，何为反有此言？时时回想此言，则一切矜夸自喜之意，爽然自失。只此便是得力处，无竢他人策励也。又当知此乃真实伤感之言，非是爱彼愚痴子弟。正向才俊人顶门上下一针，睡梦中劈面一喝，迫拶他再进一步耳。

◯近日因才俊之子破家伤身者比比，乃知此言真实伤感。

与罗瑕公

《茶记》韵绝，可敌坡公《酒经》。弟劝驾而成千秋之业，亦虎丘之功臣。山中人得依法採焙，自此可疗林峦渴疾，瑕公又螺髻之开山也。连朝有闷绝事，非一旗一枪，所能戡定。枚叔能来此，以要言妙道说而去耶？

〇闻瑕公是读书人，家有好竹，著有《箨壁掌录》，惜未见之。

卓人月

字珂月，钱塘人。《蟾台集》《蕊渊集》。

答詹曰至

所谕西江、金沙之异同，真足片言折狱。弟鲁钝之人，闻诸君争论，如床下之斗，不辨蚁牛；天首所飞，罔知凫乙。矮人善笑，聋人亦善笑，弟以此二者自居而已。

〇西江所持极正，金沙当时蛮触耳，久而论定，所以金沙之书不传。

答曾弗人

人月读台兄之文，慕台兄之人，盖十年于兹矣。不自意其得交于高弟子王无择，遂得领略《纺授堂全集》，且并其形容之严严、謦咳之岳岳，而留连于耳目之间，盖又三年于兹矣。然犹以为有间也。倩女之魂，一在床上，一在舟中，未至堂上，未得合而为一。乃于今之夏五，忽无择携手书至，当其出于无择之手，入于人月之手，则人月与台兄之魂合矣。夫而后喜可知也。徐而读之，则不徒为惊世骇俗之论，而务为切肌刺肝之言，抑又何弗人之于我深也！

夫今之时文，则予已知之矣；今之为时文之人，则予既已知之矣，何忍言？何敢言？又何屑言！其言之卑者，为饥鹰相附之态耳；其言之高者，为斗虎不下之局耳。且夫天下之事，其可为者正多，时文云乎哉？即文之一道，其可为者正多，时文云乎哉？乃不顾一代之功令，不惜一生之精神，濡尾灭顶，而为时文中趋炎倚势之小人；濡尾灭顶，而为时文中好刚使气之君子，则吾不知其可也。

善乎仁兄之教月曰："时文、古文，一切置之，而为母氏行略缀一言于后。夫时文、古文，同醉同浊，孰能过而问焉？求一片清醒道场，庶几在诗耳。抑诗独非文乎？介子推谓其母曰："身将隐，焉用文之？"今弗人将出而用世矣，文曷可少也？莱子之奉亲也，上堂诈跌为小儿啼，有啼则有笑、有讴吟矣，则文之以诗，又曷可少也？弗人试举人月之诗，跽诵于母氏之前，其为噍杀之声，可以失声一号者有之；其为啴缓之声，可以破涕一笑者有之。他日者，人月命千里驾，升堂拜母，母劳之以酒曰："是吾曩耳其《节孝歌》者也。"当此之时，又岂但吾两人目不相识而声相闻者，握手欢然若故旧而已哉?!

◇引得无端，脱尽尺牍蹊径。

◇前指金沙，后指千子。文人可怜，乃至于此。

◇囫然一声，诗之始也。

与薛谐孟

弟昨归时，所持仁兄诗古文词，为表兄沈鲁馀见而心死，遂欲一识荆州，以慰宿愿。鲁馀四始之业，久已夺旗蝥弧而先登，且又具正平、北海之气宇，自许非小，顾独折节于大匠之门，盖交亦有神，不自知其所繇然也。仁兄磁珀在手，岂曲针腐芥之是取；若鲁馀者，其亦可以当高贤之一顾矣。为是附缄，以致先旃之意，诚欲使庄、孟忽然相见，为士林一快耳，非有他也。

与辛帝

凡人作诗文，毋论佳恶，其识想所结，必有一种轻熟之境。当其作之，或异时异地，示之或异人，即有重复句意，人都不觉，并己亦不觉矣。昔吴王僚初见子胥，与之语三日三夜，词无复者。今人著书盈尺，尚不足以供他人三日夜之读，岂可漫不简点？正须出之不穷，如鲛宫珠；又能一见不再见，如麟角凤毛，斯可为喜耳。

〇每见苏、张诸人，亦大有复语；又如《庄》《列》、内典，亦时有之。文品高下，又不在此。

与吴来之

盈盈一水，相隔不遥，而以所居僻陋，鸿便甚希，久不获布一语于左右。然弟生平廓落迂疎，当其不言，胸中未尝有不可言之言；及其既同而言，亦无以加于未有言之初。此虽与吾兄交甚浅，而亦于有以知其深耳。

〇似于来之，夷然不屑。

陆彦龙

骧武，仁和人。《燹馀稿》。

报苕溪吴舜举书

前玉昆、旦生，丐仆序言，方在潦倒，凡有所需，槩为谢绝。独以诸昆愀憝，谊不得辞，聊叙湖山宴会，率尔成篇。不事溢美之言、谀谄之辞，天性然也。

顷见弁刻，增易数语，大异元稾。陈思、敬礼，相为定文，古人之风，岂可多及？虽出雅意，使仆掩其本醜，增所借辉，然粗絺疏绨中，杂以纯锦，反伤质素耳。幸为厘正，于计甚善，不则掷元稾还之。王荆公不妄狥人之请，以琐事增入志铭，与仆同意。况文匪《三都》，吾惭玄晏，亦毋事此纷纷也。为传此语，不罪不罪。

〇仁人之言，笔长词惠，岂必沾沾溢美，然后为荣也？不能深知文体，徒此相恩，不取作者之厌乎？

报鲲庭书（庚辰孟夏）

南溟一徙，为吾辈吐气，闻之喜动，非特不寐。今上特擢新贤，振古隆典，以足下之才，夙夜讲究经济大略，自足鼓动风云，上感梦协。况平台便殿，时时接对，在廷诸公，平日塞默不得言，此正建明得志时。足下勉旃！仆且旦暮望之矣。

黄石翁近事若何？石翁海内人望，朝廷丰采所属，当事眈眈，愿得而甘心者，乘此间相与，引绳批根。脱使非意罗织，致起大狱，如东京钩党时，系天下安危不小。仆等束首草野，亦日祝天王圣明而已。

别后潦倒支离，犹赖有同盟伯季，时时过从，痛饮高吟。因念足下独留京师，拜政之馀，自当肆力诗古文辞，远追建安，近逼嘉靖诸子。虽非时所急，然以英雄兼才子，差足豪耳。有所述作，邮以示我，并国势治乱倚伏，人士进退大略，悉以语我。

〇昔人谓东坡家书，率意皆成至文。此则一饭不忘君，皆朝廷重务关切，至此可见骧武用心也。

报雪川吴旦生

屡辱手教拳拳，连篇累牍。不即答问，以仆钝质不支，兼疎懒成癖，稽生七不堪，竟坐其六，其一惟不能搔虫耳。所属大集一序，忽忽数阅月矣，然仆临文之际，亦坐是懒癖。又窃自迂怪，值兴则日可十数篇，诗数十章；然当机应塞嘿，虽悉索叫呼，日数十辈，如催科责负，益厌苦不出矣。况重以对客报谒之烦，赠言詶（古同"酬"）谢之事乎？无昔人百函并发之才，而时给众务，此所以重自踬耳。自春及今，四方属诗文者，蝉联不得脱。长夏无事，避客卧山中，举觞独酌，辄命笔洒洒，藉酒气喷薄中出之耳。殊病率略，然素不工文，即回肠呕心，徒自苦无益也。藉使者报命，记室留之。

◇能事自不受人促迫。

茅 维

孝若，归安人。一名僧昙。《十赉堂集》。鹿门先生子。

与王宇泰太史书

不肖才驽思钝，多历踣蹶，雄心销折垂尽，顾梦寐贤豪之思，穷而愈坚。门下方为九州之被，如仆单布襜褕，固易纳之缄孔中，敢介季常诸君，自通门下。

与愚阳和尚书

蒙示九戒中，不执语、不执见二谛，殊有微妙。然而初学人，必须有所遵奉科条，由守入化。倘一旦尽掀佛祖面目，突信一种凌虚造圣要眇之谈，得则为至人溷迹，寒拾重来；失则为天魔鬼母，更堕黑海。鲰生影响学佛人也，何敢为大和尚判此希有公案？惟愿慎之重之。鄙心无已，聊呈一偈，真是持布鼓过雷门，悚息悚息！

◇即真正学佛人，何尝不在影响中。

寄叶相公

鼎札至今春始达，稍悉相公里居之概。不以西河馀痛，损其行乐高怀，所云“时出郊外，看小儿放风鸢，便以高低为荣辱”，诚是旷论。我明以上相归田，春秋鼎盛，立朝绝恩怨之猜，退休寻韦布之乐，书之史册，富、范诸公，便不足专美于前。不肖维闱中事，已得而复失，命也，久已安之。春秋惟是闭门课子，及寻山水、莳花竹诸不紧要事。交知青云之士，疎密听其自然而已。

〇一岁三迁，二十四考，究竟一放风鸢耳。即令钻入九霄，终有断线之日。

与李本宁先生书

不肖匏落无成，今兹北上，倘邀惠明公，释褐秋荐，京邸邮筒，时时可达。不然者，九秋铩羽，直当以匹马入秦，叩明公于贺兰之西矣。男儿三十无成，不一出九塞，安能坐老三家村中，与黄口竖子伍？羸然布衣，所挟亦自不浅，绝不敢为冯驩弹铗面孔，干累知己。因兹便羽，辄先言之。

与周季侯明府书

不肖方在埭溪，卜筑一椽，为半生小歇脚。辟境颇良，只少郄（郗）嘉宾为办百万隐赀。然坐此结构清疎，不至如戴家剡曲，严整如官舍，亦政赖窘中滋味耳。

与汤冷褎宿父兄弟书

江右山川清淑，人豪代起。乃今匡庐、江汉之灵，独钟君家。尊公清标伟节，奇字古文，将左摄渊、云，而右挟李、郭。为政南服，豪杰奔走者，如登广乘咸池，星雾乱目，不辨其奇。不意两公子复出而汗血驹也，翩翩弱冠，慧心朗韵，犀利少双。顷者得纵观两公子汗青之业，文之秀矣，动如笙匏，置之绿字丹书，不复可甲乙。不佞虽以一脔尝鼎，望而知奇，暹然知晨旭之耀扶桑，难为崦嵫矣。勉旃公子！日新富有，灼理傅才，行且躏两司马而上，何数遮须国小儿乎？

不佞弱不好弄，壮益匏落，无偶于世，两败枋头，累然一广武君耳。然私心嗜古日甚，必不敢当吾世而失尊公。自五湖望苍括诸峰，紫气团团如盖，恨不能鞭苍龙而一望海若。今两公子行矣，束牲之盟，何以期我？幸为我致尊公。孔北海鲁国男子，快在识豫州；今仆于门下，犹淮阴之泗上长也。两公子虽归，将从乃公倾武库而寓目，千里比肩，岂无其期哉！

○此与义仍两公子者。孝若曾以所为杂剧，属虞山宗伯序，已而语人曰："虞山轻我。近舍汤临川而远引关汉卿、马东篱，是不欲我代临川也。"其奡兀如此。然其推服临川至矣。

与陈嵞公

入夏暂学闭关，益懒酬对。驰思足下，如暑月凉风，招摇不能去怀抱。

与李玄白书

秋风鲈鲙，季鹰思逃官而就之。我辈幸负七尺骯髒，为龙为虎，他日谢之不可去，犹今日博之不可得也。御板舆于北园，採黄花于东落，讵庸知不胜风尘中马蹄乎？

答朱大復

家侄韶稚英伟，称其家儿，第虞锋铦太露，易致缺折。是在一二父执严束之，非痴叔所能口舌争也。今兹出而谗谀满座，恐愈益蹶张矣。门下不忘死友，其善成此孺子。

○谓止生也。锋铦太露，是止生一生病痛。

沈守正

无回，武林人。《雪堂文集》。

与柴延喜

世道日凉，交情不古。《谷风》有弃予之歌，《伐木》绝嘤鸣之好。五交三异，未尽其变，翟公书门，翻为常矣。间有嘘枯借煖、绝少分甘，亦必两贵相援、两穷相倚。若炎凉骤改，华素俛分，昔之侧肩，忽成攘臂。详推斯义，无殊贸易。至于山阳闻笛，西州恸门，抚今悼往，已不易得。但存孤惜旧，责其宏济，即不至耽睦耳之欢，挥无情之涕，虚往实归，凄入肝脾，何益死者？若风雪推孝标之衣，饮泣剖郈成之宅，其人绵邈，如在空谷。不知此等，在今人以为奇事，在古人直是寻常。

仁兄于归生，则又在数流之上矣。所以然者，弟于季思，即未尝连床摩首，从子往休复之末行，小称气分，奉世来遊讲下，便有休戚与共之谊。纵竭躬碎心，以谋其不逮，自是后死之责。如仁兄者，生慳半面，死已宿草，徒凭纸上之陈言，耳边之芳誉，拔之顽稚，授以衣冠。昨其兄昌世书来，感切高谊，至不啻口，自云九世以前，来兹以后，代奉神君。是日弟政较莪广堂，多士云集，伸纸再读，泪流盈睫。非感叹归生之一青衿，政以当此交朋薄恶之日，乃有急义尚贤如仁兄者。东南义问，从此如百川之赴海矣。

○古谊谁敦？言之齿冷。鹦猩之交，不如其无。

◇此真人世所难，刻之以讽世。

寄凌巨先

仆此行，所谓“六州四十二（三）县，不能铸此错”。今不久舍此归，再作商量。

与王献叔

始作已佳，今更神绝矣。奈小巫之夺何？

又

蕙何多英也，谢。

又

此中数载，受门下之爱最深。别后相思，当与江瑶同隽永耳。来贶益不敢当，谢谢。

又

雨中为足下作小画，急欲求教，故未及燥而即遣之。

支大纶

心易，檇李人。《华平先生集》。

示　儿

丈夫遇权门须脚硬，在谏垣须口硬，入史局须手硬，值肤受之愬须心硬，浸润之谮须耳硬。

出京辞同年

生以狂妄，上触权奸，概从窜逐。如白头媳妇，屡易翁姑，无论食性难谙、旧嫌易隙，而华色既衰，即务为婉娈恭媚之容，酒浆织纫之劳，亦且醜之矣。况诸姑、小叔，啧有烦言，又有不可必者乎？此所以自古孤孽，终于衔怨以殁齿，而生之决意长往，以自同于凿坯灌园之侣者也。

闻启祥

子张，仁和人。《无誉斋杂识》。

示子弟

文有正位，不可太粘，亦不可太离。张宾王常阅友生一义云：“他人说得少愈多，子说得多愈少耳。”张元长云：“作文如打鼓，边鼓须极多，中心却也少不得几下。”二老真狐精也。

◯妙语使人心折。

严调御

印持，仁和人。

与萧伯玉

云棲慧公，今之支公也。观其婆娑树下，倚徙床上，虽穆无一言，而颓然天放。唐宋以下，恐无以位置斯人耳。

汪汝谦

然明，休宁人，家武林。

与周靖公

人多以湖游怯见月，诮虎林人，其实不然。三十年前，虎林王谢子弟，多好夜遊看花，选妓征歌。集于六桥，一树桃花一角灯，风来生动，如烛龙欲飞。较秦淮五日灯舡，尤为旷丽。沧桑变后，且变为饮马之池，昼遊者尚多蜎缩，欲不早归不得矣。

尺牍新钞卷之五

江左 王士云望如、豫章陈允衡伯玑/选
豫仪 周在浚雪客、周在梁园客/钞

王 铎

觉斯，孟津人。《拟山园选集》。

答秋涛

轰饮驩甚，便欲击缶以代秦声。拙字蚯蚓形耳，足下何爱之若此？自顾之，无异枯核之登华俎。

答拙存

深山大泽，君龙蛇也。乃不遐弃于蝈蚳，则蝈蚳何以自饰其醜色？

答吴隆嬂

竟日啖饭，仆薄福，觉太康矣。家中得一善鉴，遣力献之。足下有古人之德，宜函古炤（同“照”）。

答图南

夜灯比较古人，掇元华，吮玉腴，以喂枯肠，枣诡龙骸，不一而足。使仲蔚蓬蒿之屋，迴互生色。

答亲友

今者河边新柳，山下春烟，王母洞桃花，光武陵杏子，濯濯肰与床头芳醪斗色矣。不能与足下举杯相酬于明月绿水之区，可胜悒闷！

答九阳

嵩山兰花正开，与二三友，石淙之下，餐朝霞，吸晚翠，题诗岩上，可当我春风一度。铎非绅组情深、烟岚道浅者。

答后予睡足

仆自作遊人，昼则驱马，夜复篝灯搦管，何异朝菌荣枯、蚊蚋聚散，竟为造化所笼，谓之何哉？林虑有佳山水，俗不溷浊、不犷悍，得一区以为焚香繙书地。王子宜置丘壑中，安能久低眉与鹑口争食乎？

与房海客

麤笔何当于足下？要亦蟹螯郭索潭底，不见崇岸。足下登日观峰，东瞰沧海，红树烂漫，空翠飞扑。此时切记不可展视，恐山灵姗哇现相仆梦，不张口唾仆乎？

答粹然

伯子林裁乐器，声甘而心苦。仆之繁于应，亦然。

与蒅山

足下主何隅乎？宣城山中，水泉激澎，如数万烈雷，掔转长松怪石之下，佐以清醑，丹菊黄茅，烟霞性适，一舫夜泛，月下短箫，知足下不负秋水白云也。虽然，唧诏飞来鱼矶，可奈何？文天祥曰：“惟恐逢恩，一日移去。”

答益吾

必欲燕石，饰之宝剑首乎？容磨其岨，勉而从事。

〇此等音节，置之两汉中，宁复辨？

答季重

昨费墨可二螺。钟山紫气，排闼而入，为我送青萦白，棹声拨水，烟波相接。吾辈得意之事，画省兰台，能胜此无？

〇孟津于山水间，一往有深情。

答观水严六衷原

荡阴风月无恙否？遥望北斗在袖，足下之情渥矣。太行、林虑，秀色烟楼，须得文人友于。今君家兄弟，收山趣而谱混沌也。来诗音生字里，山涛骤至，蛟龙满前，非仆当之，必至潆倒。

答舍白

道中餋，何其厚耶！宿邯郸，恰似卢生骑驴，入枕孔中光景。斜魄炤户，疑足下摇珮苒苒来。

答存我

数年见足下鲜劭经亮，谦挹缜泽，足下岂止才人乎？峨嵋、剑阁，山色应逐人来。足下暴袐简于羽陵，授大文于龙威，洒雨广野，无处非润，蜀且再覩文翁矣。

答石惠

足下何过采仆春华耶？惟予以宽期，否则腕脱矣。大集筋常侍、度玄晖、气襄阳，香泽乃锦瑟五十絃，夜郎今始知汉之大。

答孙北海

家口众，不给，作乞米帖，不免致羡于侏儒。世味颓然，云水栖心，婵缓于人跡不到处，仆心绪在泌洋洋一篇矣。

答周元亮

乖隔闽峤，俱经大劫，蠛蠓过太虚不必言。足下诗不入轻薄促弱，骨格独迈。昨夜痛饮，右箫左觞，非敢如处仲击壶，而感慨悲歌，风雨鸡鸣，何啻呜咽也。我辈一宵，便足胜他人伪交十年。画册轻秀，尚少奇古深厚生创，已题数语。仆今尚乭尾，何日三万顷太湖，蒨峭广博，收吾两人笔底，大海磅礴，作惊涛簸天语耶？

唐时升

叔达，嘉定人。《三易集》。

与王澹生吏部书

兄宏材大度，所至搜访人才，讲求职事，自是当代伟人。第愿于声音笑貌之间，常加谨慎。瑯琊门第赫赫，所谓“公侯之子孙，有山河之气象”。况又早著才名，取高科，居要路，虽卑己尊人，人尚疑之。《诗》言“威仪抑抑”，《尔雅》云：“抑抑，密也。”无所之而不加简饬，乃谓之密耳。萧子明举扇一挥，谢万如意指四座，足下宜深以为戒。世固有目摄之恨，至于刺骨者。闻在兵部，同寮皆畏而不亲；畏而不已，乃成疾恶矣。幸无忘鄙言。

〇语语箴规，先进忠厚，不可及。

杨于庭

道行，全椒人。《续集》。

与李鹏岳少参

曩从玉绳、具纫门下，簪履之念，兹又缄书分俸，而俨然使临之，至奖藉不肖，谓庭所以取数于天者赊。凡此，皆庭所不敢任，而昔人所谓“孔北海乃复知世有刘备耶”。时事翗张，诸贤蹁蹮，与丈出处，幸各勉旃。近味《南华》“嗒焉丧我”之言，入西方氏无相三昧，其于岑寂，差自勾当耳。

杨希淳

道南，江宁人。《杨太学遗稿》。

与吴幼安

吾乡口语难调，而吾兄复尔多故，恐不若索居为便也。一二同心见过，正自不妨款洽；略涉他辈，便当敬而远之。盖饮食虽系细故，而口腹之徒，视此为重，见款者既有得炙之欢，不与者当生染指之恨。况夫矛戟之危，常生樽俎；枘凿之隙，每伏笑谈。加以吾兄腹肠洞豁，心在口上，稍尔濡醉，不觉议论风生。知者谓其无他，不知者以为口实。蜂虿有毒，所宜慎护。昔人谓太丘道广，广则难周。如幼峰兄辈，自可时时过从。此外惟宜引满独酌，咏《史》《汉》一二篇。间有吟什，止可示一二知己，既不宜发扬己美，亦不可评驳他作。此则兄自知之，不必言也。

◇幼安亦自可人。

李逢阳

维明，江宁人。《李仪部遗稿》。

与黄龙冈年兄

仆旧尝语人曰：一官有一官职事，何择崇卑？今之官，即甚卑冗，亦只是人不称官，非官不称人也。丈于此时，以不可知者付之天，而以当自尽者责之己，即胸次亦自泰然，胡止官常克举而已。如何如何？

秦　镐

京，河南汝阳人。《头责斋集》。

与邑人

镐市宅一区，鬻金百两。恨贫无长物，飘飘片瓦，皆从卖赋赢来；幸交有故人，落落数椽，亦自买山赠到。愿以佐公家燃眉之急，聊以摅野人炙背之私。虽大厦崚嶒，不资寸木；然长涛漭瀁，亦纳支流。倘使贸而为丝，纤细诚微，可备襦领袴腰之用；若销而为銕（同“铁”），锱铢虽眇，足充矛头盾鼻之需。不厌其卑，乃成其大。镐辟如老衲子，合顶浮屠，以孤掌鸣成众掌；又辟如野道人，捨身险堑，将一心化作万心。谨启。

○秦先生以一字字，文行卓然为中州冠。晚为当时踈（同“疏”）于朝，与江左刘宗伯、江西万时华同应征辟，坚不就，作诗辞去：“颍水半瓢岩月细，桐江一线野云宽。堪咲（古同“笑”）年来多一事，逢人都劝我为官。”流寇陷城，骂贼求死不得，绝粒而死，年八十有二。题墓石云：“人间贫孝子，地下老书生。”可想见其人。予刻张林宗先生并秦、阮两君诗为《中州三君子集》，张、阮集已行世。秦集近徐存永遊汝南，始从羊长玉所抄至，不久成合璧也。

辞建坊

镐启：前者建坊之请，业已非分求辞；今兹宪檄之颁，又尔佥谋议举。庀徒伊始，戒事有期。伏念金屋辉辉，嫫母贮颜而忸怩；响廊㚢㚢，西施振屧以从容。履坦无虞，负乘可惧。或以镐处父母兄弟之间，微涉艰苦，此譬之荼与檗，甘苦自知，令人食之无味；或以镐当山水友朋之际，小有唱酬，此譬之蚓与蛩，喧寂自解，令人听亦无音。乃居然竖嵯峨于晚风残照之馀，遂靦焉标姓字于大市通都之内。石亦有语，山岂无灵？如无故而加鞭，神应谴责；倘非情而下拜，鬼且揶揄。在安民愁欲引刀，将闻之而逃，必且涂名易姓；在轮扁耻为执凿，即呼之而至，而难得手应心。且居高者危，稳莫稳兮翠筱千竿匿影；况吾老也贱，乐莫乐兮黄茅一把盖头。谨开臆以陈辞，省得名虚起谤；冀矜愚而转达，免教宠过生灾。朗岳好存，龙山无恙。问何峰堪侔岘首，愿留为邦良守令堕泪之需；看几片可代燕然，请截为乡贤大夫勒铭之具。谨辞。

钱　栴

彦林，嘉善人。《彷村别墨》。

与　友

迫人饮，饮者寡；任人饮，饮者多。故君子之教人，但为人具佳酿，不为人严觞政。

李流芳

长蘅，嘉定人。《檀园稿》。

与夏华甫

为兄作此册，稍存笔墨之性，不复寄人篱壁。但当世耳食者多，识真者少。聊借千载上诸君子之名，以恐喝之。效颦学步，非予本怀，令摹古者见之，当为一笑；然后世有知此道者，亦或相赏形似之外耳。

高　兆

云客，侯官人。《遗安草堂》。

与周减斋先生

兆身滞海峤，不获如魏劭，自鬻邸舍，左右先生，已无颜色上对古人；而徒于射乌楼下，仰覩海月孤悬，哀笳夜起，与三十万家堕当年之泪，先生亦何必有此高生哉？旧恩萦念，语易伤心，不敢复有所云。请室风雪，应更多寒，伏惟夫子加餐加衣，以待阳春，千万千万！

与纪伯紫

奉别以来，苦忆几令玄发白。悔当日风雨中，不审细珍重，浪以谈笑掷分阴也。过南浦，过旅堂，知皆有书，迄今仅见富沙驿一札，那能不令人起河山之恨！此时计大兄在真冷堂亲菊事，当不寂寞。但石头父兄子弟日过从，索观南海文犀瑇贝，不知大兄何以示之？

园馆无善状，惟八月十一日，接栎园先生及旅堂、孟夏书，为最吉祥事。敝地人民益无聊。弟残冬嫁小妹，发春卜葬两亲后，将去故乡矣。安蔬夜雨之约，幸早为计。大兄顷复有遊地否？何日至旅堂，幸委琐示之。

弟常作诗，竟不能成送大兄诗，正如三年不能作诗怀旅堂也。交情至真处，遂觉入文字不易，然终当作之。

张鹿征

瑶星，江宁人。

与程端伯先生

十年以来，颓放山谷，虽海内名硕、鄙里达尊如先生，而未获时勤教益，疎懒之罪，逾嵇越阮矣。孝翁寓斋，一奉笑语而后，阔焉久之。先生翔步霄汉，而弟匿影空山，云泥既殊，鳞翼久绝，其为瞻恋，罄竹莫申。

迩来落魄无似，托钵东牟，故人挽留，援止而止。从开来壁间，见白云砦图，外师造化，内辟心源，非独时流所未梦见，较前身画师，未知孰胜也。所作卧遊图，当不下数十弖(同“卷”)，千古大观，长安纸贵，琪璧驷马，未之能先。弟虽棲心物外，诸念断绝，而怀想翰墨，不啻调饥。望以一二纸见寄，非敢言心慕手追，领略万一，但得焚香静对，骨戛青玉，身入镜中，于愿足矣。若更出新篇数十首，申藤疾扫，以惠故人，熟读详玩，如共晨夕，则陇蜀兼收、邢尹并集。未知馀生有此厚福否耳？草野倨侮，幸不为嫌。

答刘元夫

险阻场中，稍稍得性命之学，一被蒙头，百缘放下，贫贱患难，无入不得。方信冤亲平等，皆是导师也。闲中无复妄念，惟山水朋友，犹滞胸臆耳。

与董董樵

辱与社兄同声共气，性命关切，景仰高山，藏之肺腑。得如农手札，知先庄节获受教于太翁先生，世讲之谊，更益肫挚。亟欲一晤芝眉，慰其饥渴。而闭置新妇，出入不得自主，兼值冗剧，不可以请。古岳伟人，当面蹉过，惭恨无极。

弟经年颓放，自同土木，掛脚藏头，忍饥待尽。而以索处寡居，郁郁无语，因思放眼山水，豁其孤愤，随风飘堕，聊复尔尔。人自见其朱门，贫道如遊蓬户耳。然踽踽之踪，寄人篱落，昔惭下惠，今愧孙登，得无为大君子所鄙夷耶？

形迹阻隔，悃款莫通，辄录数诗，上尘洞瞩，亦可谅其区区也。

与刘公勇

契阔兰襟，有怀如岳。闻丁酉秋冬之际，车骑久驻白门，而弟以萍踪流浪，失此良觌，抱叹何言！道兄六翮既振，双珠在掌，人世令福，固已占尽。亡友遗胤，独力周旋，此在流俗，诧为希有，而大豪杰视同毫末耳，然足令馀子愧死矣。

弟鹿鹿鱼鱼，如蓬如梗，偶以台宕入梦，担簦南游。不谓荆棘弥天，龙蛇满泽，山水胜境，化为迷阳，一双蜡屐，高挂壁上。世间不如意事，大约如此。困顿归来，贫与病俱。箪瓢如颜子，而无负郭之田；襟肘如曾参，而无养志之子。老妇病卧，呻吟米桶之中；诸父穷居，愁对衡门之下。学不日益而身日衰，道不加高而魔加炽。为人自为两穷，出世入世交病。清夜迴光，通身汗下。道兄何以指我迷耶？

○王穆如遗一女，公勇具妆嫁之。南国同人，咸义此举。

上紫淀老人

从惊涛雪浪中，得天然砚子两片，其质如玉，其光如镜，其受墨如驰，而舐笔如濡，端、歙不能及也。恨坡公未及知，使鼍矶浪得名耳。敬上一片，以助横扫疾书之兴。

答姚寒玉

玄墓十里，西溪千树，时时不去胸臆，不谓从寒道人十指幻出也。一春花信二十四，纵有此香无此格，非高人，定不能为写照耳。茶熟香清，老衲在座，来听无生话，何如？

茅元仪

止生，归安人。《石民四十集》。

与纪竹远

昨岁出门，自分决死，不谓又作一年淹，再得握手。此骨终付无定河边，不能在世间作醉生梦死人。风雅不磨，付之千秋耳。以足下之才，寥落如此，此武曌之所以叹也。幸自珍爱，以需其时。弗激弗颓，此道人死决语也。诗真可称新调，足下何所不宜？真令我媿死矣。

胡　介

旅堂、彦远，钱塘人。《河渚集》。

与康小范

荀茶奉敬。素交澹泊，所能与有道共者，草木之味耳。

钱谦益

牧斋，常熟人。

与冒辟疆

武林舟次，得接眉宇，乃知果为天下士，不虚所闻，非独淮海维扬一俊人也。救荒一事，推而行之，岂非今日之富郑公乎？闱中虽能物色，不免五云过眼。天将老其材而大用之，幸努力自爱。衰迟病发，田光先生所谓“驽马先之”之日也，然每见骐骥，犹欲望影嘶风，知不满高明一笑耳。双成得脱尘网，仍是青鸟窗前物也。渔仲放手作古押衙，仆何敢叨天功！他时汤饼筵前，幸不以生客见拒，何如？

嘉贶种种，敢不拜命。花露海错，错列优昙阁中，焚香酌酒，亦岁晚一段清福也。

〇虽小言，每多胜境。

与减斋

抚躬责己，归命宿世，此理诚然诚然。不肖历阅患难，深浅因果，乃知佛言往因，真实不虚。业因微细，良非肉眼所能了了；多生作受，亦非一笔所能判断。惟有洗心忏悔，持诵《大悲咒》《金刚》《心经》，便可从大海中翻身，立登彼岸也。

荔枝名酒，从刺促中将寄，不惟念我之厚；而好以整暇，善败不乱，亦可以占后福矣。寄到之日，正远归荒邨，与荆妇明灯夜谈，徧酌儿女，共一忾叹。因知丧乱残生，妻孥相对，良非容易事也。

新诗灯前雒诵，怨而不怒，信大雅之音也。皋桥银筝，尚裹红泪，须归棹盘桓，再赓鲁阳之什耳。三家村中，都无片楮，捃拾非报，未尽驰念。

金人瑞

字圣叹，一名彩，吴县人。《贯华堂集》。

答王道树

松树子便已如法种讫，今初离立如人也。诚得天假弟二十年，无病无恼，开眉吃饭；再将胸前数十本残书，一一批注明白，即是无量幸甚，如何敢望老作龙鳞岁月哉！

○圣叹妙舌，不可无一《水浒》。之外所批《西厢记》、唐诗，并小题文字，非不种种妙绝；苦是一枝笔，所谓“数见不鲜”也。若当时只行《水浒》一种，便令海内想煞。

与家伯长文昌

诗非异物，只是人人心头舌尖所万不获已，必欲说出之一句说话耳。儒者则又以生平烂读之万卷，因而与之裁之成章、润之成文者也。夫诗之有章有文也，此固儒者之所矜为独能也；若其原本，不过只是人人心头舌尖万不获已，必欲说出之一句说话，则固非儒者之所得矜为独能也。承云新作，便欲入许用晦之室矣。

杨嘉祚

寨云，泰和人。

与萧伯玉

珠固不宜走毡也，然宜走盘，出盘则有失珠之患矣。

○寒云精赏鉴，弃官与伯玉为林棲之友。惜无由见其集。

张　燮

绍和，龙溪人。

与黄俞言

垓埏虽大，苟无真意气往来其间，便觉天地亦属顽冥；而生机之不毁者，独有鸟鸣嘤嘤一带而已。

萧士瑀

次公，泰和人。

与　兄

他人与人书，终日言而未尝言。如弄珠铃者，上不住空，下不堕地，中不著手，乃为妙耳。兄书乃棒打石人头，朴朴论实事，将动而血指耳。

○近人与人尺牍，滔滔数千言，按之，究不知其意之所在。皆弄珠铃手棒打石人头，“朴朴”之声，亦名“渊渊若金石”。

又

庄周有言：“畏涂者，十杀一人，则父子兄弟相戒也，必盛卒徒而后敢出焉。”衽席之上，饮食之间，不戒而疾共杀之，入于畏涂而恬弗怪也。虽美疢滋毒，然节慾忍嗜，犹可以免。惟文人才士，笔端舌端，杀机最隐，招祸最毒。古人之训：“口可以食，不可以言”；又曰：“陷水可脱，陷文不活”。兄留意焉。

◇即子由“指舌相示”之意。

李　盘

小有，原名长科，兴化县人。

与李仲休

我辈当从孝友二伦立脚根，从生死关头开眼目，从贪淫世界竖脊梁。凡立身行己，利物济人，皆吾本分内事。即使磨蝎终身，必不改柯易节。一切前因后果，如回之夭、宪之贫，庆之富、跖之寿，置不问可也。

与唐宜之

殷棠川先生，辑古来循吏、酷吏之报，题曰《鉴惩录》，先文定见而悦之。隆庆戊辰，与棠川同主礼闱，进士授外吏者来辞，先文定各授以此书。以故戊辰之榜，不独文章爵位，赫奕一时，而吏治尤照耀先后焉。夫师弟相别，以一书授受，似非甚难之事。而入官之始，如入暗室，忽得一灯，心地既端，举步必正。数年间一方民命，得以衽席，特在吾一举手间。前人之用心如此。

〇小有念念扶掖，书书导引，人自吉祥，语皆善事。天既报以多子，而清白之后，至于朝夕不谋，天真不堪问矣。其子半居金陵，半居高邮，四方不乏小有之友，苟留心垂恤，觅之甚易，宜略加之意，毋尽诿之于天也。

与张尔唯

千里之畿，剑会萍逢，接尘聚首，合莫多于燕；五方之众，星分雾散，祖道岐亭，离亦莫多于燕。然合以旬朔，不胜离以岁年；合之佳娱，不胜离之凄断。则燕离之思愈深，燕离之调倍苦。弟八上燕京，叹数奇而嗟遇啬，悲歌慷慨之意，须臾不释于胸中，益以离愁，谁能遣此！燕市荒凉，燕台寂寞，燕山黛色，燕水寒流，燕月孤明，燕云惨结，君亦老于燕者，其为我序之。

张幼学

词臣，泰州人。《塞上游》。

与　客

夫老死乡曲，达士所鄙，顾远游之难，亦不可不知也。风霜雨雹，来集无时，难在天；崎岖险阻，风波盗贼，难在地。至于人情，诡过山魈，毒逾沙蜮，其难有倍于天与地者。而吾人以一叶之轻，漂摇振荡于其中，不几以父母之身，试于摧枯振落而无难者乎？浮云落日，人生有涯，孟氏正命之旨，诸葛静俭之说，盖不可不三复云。

〇游道日难，而好游者日益多，蛇倒蜕，鬼见愁，偏有好登其上者。

孙弘祖

令弘，秀水人。《朴语》。

答沈甥君善

知甥已南还，燕台得骏，复失之于我君善耶？读祝发像集句，想见甥貂裘大敝时。苏长公言李端叔一生坎坷，正赖妇贤德，能委曲顺适，以忘百忧；不尔，人生岂复有嘉味？仆每感斯言，略评往事：卓文君能令人病，荀奉倩妇能令人死；徐淑能令人怜，谢道韫能令人服；乐羊子妻能令人廉，王孺仲妻能令人淡；苏季妇能令人愤，卫室人能令人闷。愤与闷，可奈何？愿甥且作有发僧，绣文君，铸道韫，七宝庄严王、乐诸媛，于火宅中设莲花供可耳。至于悠悠世人，所谓“闭门即山”，自可少与周旋。

○与其愤闷，宁死！

答冯茂远贺儿入学

弟衿尚青，儿复着此，正恐恋恋故人，何足云贺？第綵贶殷勤，谊不能辞，爰题二幅：范文正公做秀才，便以天下为任；向文简公耐官职，岂为此举自多？于迎日列之马首，如佩长者诲言耳。

○期许甚大。世之看一领青衫如位极人臣者，诵此二言，以当药石。

答沈德瑜

兄知我嗜酒乎？正自不得不嗜耳。罗襄阳有言：龙君乞食，今乃可得。明日已复无须兄念我。

答归彦先

伯淳先生，谓天壤下独我孤零。非天壤下无人，人自藕孔中生活，耳目口鼻，局蹐而不堪对耳。

○藕孔中偏多修罗。

示后人

比来王谢子弟，俛仰诸贵人，诸贵人亦往往鱼肉之，置田营第，如取诸寄。嗟嗟！李卫公平泉痴泪，行复自及，晓人当如是耶？

○来者复为谁？空悲昔人，有故自达。

周 容

茂山，宁波人。

与史立庵

枨闑司出入，而户则有枢；轮辐行遐迩，而车则有轴。性情者，诗与文之枢与轴也。车有轴，而轮辐可夷可险；户有枢，而枨闑可启可闭。故人有性情，而诗文归于一致矣。

于奕正

司直，宛平人。

与顾与治

今人寒腹短识，辄不自量造语，仆耻之。仆所披览既遍，更得快遊以归，闭门涵泳而后出，子以为有当乎？今虽间为诗，吾胸中觉有格格未出者，是吾候未至也。

〇《帝京景物略》出司直手，其遗诗，与治为刻之金陵，古文辞不可得见矣。

艾 宁

子敉，江宁人。

与王玉式

潦倒半生，落落寡遇，自书史、山水、杯茗之外，无适性焉。抱东篱之志，避北山之讥，春雨迷离，旬馀不出。偶诵渊明《饮酒》诗，夷犹自得，如与深饮剧谈，漫尔言和，未暇计工拙也。幸教之。

〇子敉雅人，故多自适之语。

高　岑

蔚生，江宁人。康生弟。《萝楼稿》。

与罗星子

闻足下遊武夷归，仆妒多于羡。仆虽未至武夷，然二十年来，时有一武夷，往来于或梦或醒间。足下遊武夷者，仆将为遊遊武夷者，试问足下：十万峰中，某为昆仑嫡胎，某为五岳外史？某者奇矫若龙门，某者秀矗如眉山？某骨侠为黄衫客，某形幻为红线姬？某者为龙泉宝锷，光焱可以烛霄；某者为荆山良璞，精气灿若白虹？或为瑯环秘笈，或为禹穴灵文？或者奥结为岣嵝碑，巉刻为籀斯笔；或气象高华如琼台，芳菲烂漫如绣谷？某孤孑为天龙一指，某怪诞为古皇九头？某如九曲夜光，玩者大费巧思；某如八阵营垒，观者叹其奇材？某如鬼剜神镂，龙飞狮舞，倏尔乘槎天汉，为张骞之支机石；某飘然屏风上行，如郮侯之锁子骨？足下幸一一语仆，仆将为遊遊武夷记。非必乐舌潘笔，合成奇观，而遊者不必记、记者不必遊，仆欲为从来作遊记者，少开生面耳。

〇前人有《非非国语》，今人有《正正杨》，未闻有《遊遊武夷》者，真匪夷所思。

〇从来无此遊记。

与吴远度

足下移居近仆，共灶蒸梨，同畦剪韭，深欢素心。但隔篱有人，遂使我豪举顿失，经时踌躇。

〇蔚生以画名，世人得其一水一石，如获黄颔臛，由其多书卷气耳。

孙枝蔚

豹人，关中人。《溉堂集》。

与王贻上

承惠示山水间诸作，初读之目炫心骇，既则形神萧散，便欲作天际真人想，先生真移我情矣！

太白云："郎官爱此水，因号郎官湖。"仆尝推广此义，谓永嘉、宣城山水，当永属二谢；柳州山水，当永属子厚；金陵，当永属太白；下此如石淙、冰溪，当永属东野；今大江南北，自广陵抵姑苏诸胜地，便须永属阮亭先生，当无异议者。然永嘉诸地，昔得数公，皆风流特起，前无大敌。一旦据而有之，无敢争者，此易为力耳。今京口则六朝、三唐名士题咏之地也，即平山亦久为欧、苏诸君子所有。乃欲起而夺席拔帜，为千馀年重开生面，譬如"既生瑜，又生亮"，亦天地仅事矣。不谓先生忽开如许奇局，遂占尽风月，鹰扬虎视，前无古人；而所谓古人者，亦且拱手相让，不止放出一头地而已，异哉！擅兹乐事，良可贺也，亦可妒也。

仆初归，重以多累，不获奉教左右，深足为惭。然知先生亦殊苦应酬，不敢又闲溷阍者。他日访游历所至，愿野服相从，与渔樵数人，听鼓吹入山之曲，或不为高人所拒，则至愿也。永叔云："使君厌骑从，车马留山前。行歌招野叟，共步青林间。"然则孙山人又安可少耶？

知己之前，狂言可存，然安知闻者不采为佳话？至于种种，不愿多及也。

◇贻上著作，真可前无古人、后空作者。

◇豹人固自超。

范　骧

文白，海宁人。

与就园

顾、陆而下，倪、黄而上，风流未坠，不特气韵高，亦缘本领大耳。昔人欲以五百卷益令穰画心，便是此意。

江念祖

瑶止，休宁人，家武林。

与减斋

黄子久从北苑树基，而老笔纵横，饶有荆、关遗意。今人以虞山片石画子久，以荆、关谀云林老人，似未得二家宗法也。

胡　介

再见。

与陈平远札

一年三秋空过，便是一年空过。此一年亦在我三万六千日中消算，如何坐令空过？弟数日决意西归，捉兄一放浪于山巅水涯中耳。定山欲挐舟奉访，或共载而至。定山自佳，与之语，犹有高视远眺之意也。

与孙玄襄札

闻平立长往，知门下益增离索之感矣。我辈以朋友为性命，是贫贱轗轲中之粱肉黼黻、台池鸟兽也。并此夺却，如鱼失水、如鸟焚林矣，何以生活？大苦大苦！

○如彦远，乃真以朋友为性命。

复王铁山师

昨在邗关，得重侍色笑，接膝数言，于水见河、于山见岱矣。伏蒙垂教谆恳，非中有关切，岂能至是？然介辱门墙二十年矣，少更患难，长阅沧桑，江海横流，确乎孤立，未尝轻动于富贵也。况今三十过头，十年学道，肯轻一掷，以负生平，恐辱远志。故附及之。

与扣冰和尚书

悬冰三尺，从老人雪霜胼胝、滴水滴冻中来，非鹿山老灰心冷面，未易担荷。昨捧读老人书，知付嘱得人，开慰无量。恨带水溯洄，未能即拜下风。然春草如烟，寒梅成雪，知同风未隔也。先布崩稽，徐图挂搭。

答龚总宪书

灯火横塘，苍茫分手，登车返棹，心结万端。思后晤何时，相逢何地，真黯然也。嗟乎！介失路之心，不能自明，而先生明之；介失路之计，不能自存，而先生存之。至杂佩之解，兼粲中闺；临歧之言，洞出肺腑。人疑介孤耿之迹，于龙松独深，顾孰知知己之谊，有令人不能去心者乎?!

南行之役，自省惭恨，得藉手买山，蒙头草木，结河渚数椽，以待知己，频年倒行逆施之迹，庶几得自见本末耳。嗟乎！以龙松之高韵，而久局要津；以河渚之孤踪，而常停歧路。前有古人，后有来者，岂能郁郁久此乎？吴阊握手之言，介中心藏之矣，愿与先生交勉之。

研德、畴三，吴门之两玉树，门下见之，定把臂入林者也。半千自是我辈人，气不谐俗，非时贤所识也。过芜城时，试留盘桓，知其萧远耳。

复唐中翰祖命书

芜城别路，犹在梦中。回首容辉，忽忽三岁，故交零落，河山黯然，触绪伤怀，万念灰冷。年来即诗文撰著，亦视同蜣丸，惟思草木蒙头，向泥菹石火中，了半生未了之愿而已。恨买山之计未成，犹未免随俗俯仰，浪掷光阴，为可痛惜耳。

耕坞年齿已大，子瞻所云“不宜复作少年调度”也。亦宜少留意此事，以酬夙昔，何如何如？

昨晤宣城梅渊老，知有道将还故里，又闻新有西河之痛，衰年迟暮，何以堪此？为怅怏累日。惟有道达怀善遣。须知彩云易散，泡影难真，自顾亦然，何况枝叶？不宜缠绕，复增太和之戾也。

别谕其人，虽喜追逐我辈，以为名高，然胸无至情，而眼孔如豆，那能作得度外事来？还宜自惜头面。率报草草。

与龚半千论诗书

仆自延岳堂下，见柴丈人画卷，胸中已浩浩落落，愿见其人，愿与其人为友矣。迟之五六年，戆叟渡江来，备道柴丈人好我之雅。客岁过芜城，入门握手，欢若平生。觉尔时形神，内外各无留滞，始叹昔人所云“譬诸草木，吾臭味也”，于柴丈人见之矣。

承选定瀨内名家诗，而远索旅堂藏稿，今已再三。仆沉吟迟久，非敢为知我者惜此敝帚也。区区之意，窃见数十年来之言诗者，同异相轧，去之愈远。宗钟、谭者破碎，宗七子者囫囵；有衣冠而无运动，争体面而乏神明。仆之为诗，似别有本末，似且宜堆壁覆瓿，俟后世之或知我耳。且每感昔贤“身既隐矣，焉用文为”之义，平生偶有所作，未尝出以示人。

又念人之著作，老而多悔。仆行年四十矣，以自观二十年前之作，已心憎面赤，读不能下矣；观十年之作，满志者十不过二三，不安于心者，十犹四五矣。即今年而观上年之作，秋冬而观春夏之作，满志者终不如不安于心者之多也。繇此以推，天倖假之以年，倖而得从师友学问，更十年，更二十年，以观今日之满志者，安知不又为异日之不安于心者与？且或心憎面赤，而读不能下也。

语云：“良工不示人以璞。”则不独自匿其文者之当慎，即自爱其文者之当慎也。

兹承有道面命至再，昨戆叟促之至再，今牧公坐待录稿，至留湖寺三阅月矣。仆重违故人之意，只得录旧稿十之六七奉正，幸柴丈痛加绳削，以收朋友相成之益。此弟之悔书也，幸毋即附诸君子剞劂，布之瀨内，以重弟之心憎面赤，幸甚。

◇如此，诗安得不进？

招减斋

草野荒寒，从不敢作地主饮。明日已订林銕翁，与一二同学，追随先生，作竟夕盘礴。道驾幸早过荒斋，并携卧具来。瓦盆木榻，贫家风味，亦不妨亲历之耳。

复龚中丞定山书

介自江右还，闻阁下有执桐之慼，感平生见顾之重，正拟涉江泥首太夫人座前，并与阁下握手写心，一申契阔。栎翁至，知复蒙慰留，陈情不得，淹迹京华。嗟乎！众人以异数为荣，我知先生南望伤怀矣。

介与定山，去蘧大夫知非之年，止三四岁矣，亦当思一闲着，求一退步。且先生试回首四十年来，凡人间世沧桑陵谷、升沉平险，以至尊官要津、盛名好色，凡风流得意之事，风波失措之时，定山阅历，疑无不尽矣。以今观之，都如一梦；更四十年，亦只如此。

尝忆唐人“不待管絃终，摇鞭背花去”之句，为有道人迅绝耳。定山智慧如水，肝肠如雪，安得止以慧业文人自了也？此是闲着之第一着，然非决绝退步人，难得下此闲着耳。留意留意！

◇春梦婆。

留启戆叟

今日与耕坞，坐柴丈人桐阴下竟日。耕坞为予书胡万赠答诗，柴丈人为跋《隰西倡和册》，予为二子题小炤，又成七言诗一首。于时风物高闲，茶清酒冽，吾不知跼高蹐厚中，何从有此一日天地也。恨戆叟河西佣辈，不得同此浩荡耳。旅道人将归河渚矣，叟来当出此示之。

与栎园司农

江路容辉，柳条载碧，与先生忽忽别经春矣。记垂死榻前，握手慰问，仓遽为别，至今耿耿。时从铁老处，询知眠食无损，怀抱有加，深慰怀仰。介病起，益伤身世，遂专意卜居卖药之计，以放顿家累。不谓一枝初寄，悬壶未成，而逋负已及半千，迫岁周章，都无人理。铁老每过，相为愁叹而已。今春追呼四集，只得踉跄出门，复伥伥无所适从，大似禅和子参竹篦子话，触背俱非，语默不得，老鼠入牛角矣。自顾失笑，不堪为先生道也。

堵廷棻

芬木，无锡人。《九友堂集》。

与栎园

画罗汉不在怪样，正使眉目一如恒人，而道气沉鸷，生人敬畏心，为足尚耳。兰溪贯休十六轴，亦曾见之，而心无所矜也，只觉其丑狞耳。

又

世之光采日生，人之性情不竭，寻常真正诗料，古人何曾合络将去？会心者自能随地拈来。白云烟水，万里百年，驱遣得宜，何妨清思。今人动讥勦袭，若先生诗，人能剽袭其单言俪字否？

又

琴川说行，逐云间者，亦皆却顾，即为公安、山阴、竟陵者可知矣。以踵习之流极，议作者之滥觞，照眉之㶉已粗。苎邨之不颦不绿，昔人所以恨于临摹者，谓其毒甚于诋诃也。真色人难学，毕竟有遮掩不住处，逗人青眼。吾于先生集，得其亭亭玉立、不染一尘处。

又

人有耳目开阔处，有心思深入处，步步引入，节节移情。若塾师阅初开笔文字，视其思绪所动，辄击节而丹黄之。拓其微照，与为大观，非但苦心，真有妙用。此先生以蒲柳之姿，锡以芳兰之誉也。云司中声若敲冰，炽然积炭，每当柏沉月黑、奇香绕卧时，辄抱此书、哦好句，以润泽其胸臆。知己会心之句，且当骨肉盘桓，无言提命矣。

与吴冠五

老莲画梅，故作支离肥白。曩常问之，答曰："须悬五六步看耳。"遂授以法，媿不习也。

与高蔚生

昔人谓画牛非清玩，不知极细润之台阁人物，其中之牛甚多。正不如夕阴朦胧，玩此黑牡丹，隐隐似闻短笛声也。

陈士奇

弓父、平人，漳州镇海卫人。

与陈昌箕

读书眼欲黠，如贾胡，到处辄止；心欲俭，如惜福人，饭间粒坠，必拾入口。

申涵光

凫盟，永年人。

与马颀公

踞蹐长安斗室间，出户尘沙堎堁，左右市肆，杂列秫糟、膻豕、脔炙，气逆不得舒。遽归块坐，庭幙阒落如野僧，更无磬鼓一二，老仆羸卧不起，几于自执扫爨，秋霖绵沥宵昼，怀抱可知。读蓼毚诗而旷然也，如澄潭，如苍嵩，如晓星颗粒，如尊鼎斑纹。古人刳心刻肾，而蓼龛以馀力及之，则力有馀也。梁园之厄，杞沦蓁莽，流离困踬，了无生理。而奇山怒水，古树幽禽，遇蓼龛，俱不敢有遁情、有匿旨。哦咏翛然，驴背累累，则蓼龛之所得可知也。蓼龛教我矣。

金 堡

道隐，钱塘人。《清渊集》。

辛巳与同年生

吾有所深怨者，欲得而甘心焉，则将与天下之人共誉之，使出入将相。将相非报怨之具也，然而为将相者，其近于生也寡矣，则不俟吾十年淬剑矣。足下为卑官，而亦为人所欲甘心。以吾论之，吾欲与足下修怨，则当列上治状，俾足下久任伛偻达官、犇走过客，拮据钱谷，屈曲鞭朴，即足以死足下；足下即未死，亦复魂窘神丧，胜于鼎镬刀锯。今令之脱然释重负，拙也。驱麋鹿于长林丰草间，麋鹿既幸矣。孔多之言，不胜其多而无所损，乃足下犹有戒心，何也？

○致道隐为写此等言，当日时事可知矣。

黄端伯

元公，海岸［道人］，建昌新城人。《瑶光阁遗集》。

与黄子安

久雨不晴，个个拖泥带水，直待云开日现，正眼豁开，方好向虚空里打筋斗也。别峰相见，自有作家，请足下圆前话。

尺牍新钞卷之六

晋安 蒋玢绚臣、黄山汪楫舟次/选
豫仪 周在浚雪客、周在梁园客/钞

李陈玉

石守，一字玉郎，吉水人。《退思堂集》。

与钱尔斐孝廉

门下雄文蔚采，一见知为国士。顷闻捷音，披衣起舞，古人快知己之遭，《大雅》有吉士之庆，仆之欣慰，不言可知矣。会城诸事杂沓，应酬初毕，即应束装，以备北行。

大业方新，胜友如云，吾侪政就今日做起，择交谨身，省事惜费，全副精神，要向宁静澹泊一路，不带雪霜，不足以办天下之事。不佞潦草十年，向时虽刻意如此，所恨易流之性，未能脚底净尽，每一静勘，不胜痛悔。门下卓品清绝，业已饶此，而不觉婆心之赘也，亦不自解其真切翻为迂矣。

◇道家所谓“筑基”也。墙脚稳，到头不怕。

◇人人有此悔，早知觉，便可免。拈出此语，为后人晨钟暮鼓。

与同年

历观古来成大功、享盛名者，皆非有口之士；其有口者，十九皆凶败之人。夫发言无序，坐起屡更，眨眼戟眉，扬袂动足，躁兢人也。舌带讥刺，目视左右，用诨为正，以笑寓嗔，险刻人也。枝生蔓引，微切冷挑，乍细乍亮，其声不一，深心人也。躁兢者可以理解，深心者可以情通；惟险刻者，止可默敌，无以语胜。何也？彼其溜视左右者，以讥刺为能博乡曲之誉也，小人之常态，里妇之鄙行也。若往而与角胜，适为所借矣。

〇不当言者勿言，不必言者勿言。訒言之法，尽此二语。躁兢、深心，虽自有分，究是一多口之人耳。

复诸缙绅为谢凤老举名宦

谢凤老生平本末，敝乡人士蓍蔡奉之；桐乡之士，则尤表表。捧诵尊揭，具仰厚道，墓木拱矣，而睠怀不衰。自非忠信礼教之邦，乌有此身后之公论哉！念前人而惭后人之多愆也，顾何以洗濯末路，以无负三事有道耶？

〇无限委折，世间有此妙腕！

复钱孝廉尔斐

生人间世，原入是非场中，圣贤妄庸，一切议论凭人。犹如剧场优伶，蜂发嘲咲诃骂处，皆有趣味。庄、列二生，得此为深。前事直堪喷饭耳，但令作者如当家老婆子，只要无事，不妨平平结案耳。

〇当家婆子无他异，只是大事化为小事，小事化为没事耳。

复门人吴求履

作令如入螺蛳彀（殼?）中，愈入愈曲；又如行十八滩，一上一叹苦。考成在即，钱粮旧逋，为他人受过尚可；为他人代偿，此实难矣。区区一令，乃烦天下士作愁债之客、愁米之妇，大屈事也。

○螺蛳壳中掀眉竖脊，十八滩上顺风扬帆，方是大经济人。

与庐陵刘广如父母

吏道愈久愈难，真是苦海中著篙。年父母大才为之，犹是弄丸承蜩；若弟驽下，所谓跛子登山，愈上愈蹶也。民生日蹇，宽则废事，严则速谤，年父母当有以教我。

复座主朱茂翁老师

县事如春砌芰草，随芰随生。应接繁琐，至今日，颇似灸艾者，累十丸后忘其痛矣。据目前差可相安，或者久而见信乎？然时时奉老师练魔之教，时时惟恐懈惰也。

○大令堂上，真是伏牛山炼魔场，至七日后，生平万态，无不毕露矣。

复友人

阅来教，所处甚当。凡事三平两满，便是世法极妥、放手极高处。若两家过为执言，所伤多矣，非弟所乐闻也。

复沈孝廉临秋

闽海风土郁葱，秀不及三吴，淳不及江右；而文学都雅，人士有情，则三吴、江右不及也。大驾长遊，得以搜罗山川，考验人物，九曲三山之间，入草稿必多矣。

○此真公允之评。人士确实有情，非涉久远、历患难，不知也。

复友人

凡两讼者，各据所见，无不凿凿。听讼之耳，何由鉴别？惟从其弥缝极工处，便知其极破绽处。盖天下之人，无故而多一语，此语必有所为；其极工处，乃其极拙处。若夫理直者，其言自简，了无曲折，反有拙漏，故望而知其诚伪也。

◯天下事破绽处，多从弥缝出见。不独听讼为然，然却是听讼良法。片言折狱，正从其弥缝处折之耳。

复友人

二三鸱张，殊为可恨，业已痛数，胜于鞭笞矣。我辈犹龙，岂鳅鳝鰕蟹所能困耶？天下事大度置之，则魍魉自破；与之争较，未免地步自下一层。

与钱孝廉彦林

君家仲子，千里神物，读诸刻，如入华山五瓣青霞中，一切俱非世境。荒荒大古，又复娇生响屧，譬之五瓣尽处，得玉女洗头盆也。久谢六朝典制，童心再痒，聊复为之，所谓“见此子精神百倍”也。

与门人廖田生

读书半生，一旦作令，譬如修行人，不成佛，不生天，堕落鬼神道中。虽复掌人间生死，东岱南岳，职掌匪轻，究竟仰视天曹鼻息耳。仆已厌弃。门下来岁，必十年之字，愿勿嫁入此中也。

◯天下好女儿，汩没此中者何限。

复友人

从来椰榆鬼弄，终未必胜人也。尽其在我，听其在天。痴人欲杀偃师，明眼人知是木偶机关耳。尊谕可以此意相解矣。

〇近日木偶偏能杀人。

与某友

向时面谈，具悉此中关捩。但秋风落叶，偶然过耳，亦复与太虚无关，政不须指定何人。

〇省事。

复友人

别谕世情之幻，政足掀髯一笑。敝郡前辈，馀风不远，冷眼自定，热脚徒忙耳。

〇雪淡。

复支比部宁瑕

子瞻学玄学而不能久，亦如不肖谈玄学而不能行也。顾下下人，常好为上上人献策。以台臺之空洞英明，自是绝尘仙品，聆下士小言，得无杭州人听川、贵人说西湖光景乎？粲粲而已。

复曹太史允大

小刻原是学究语，不足尘溷大方。过蒙提撕，锡以衮言，不无兽头加茅屋之讥矣。谢非可言，惟有佩服无斁，仰承明德。《诗》有之："庶几夙夜，以永终誉。"陈玉所以上报名章耳。

〇要知好茅屋，亦有怕恶兽头时。

复杨扶曦年兄

三湘七泽，声名烂然，知老年兄负屈百里也。如弟碌碌，多凶多惧，此百里似一太极圈子，几时才可跳出？安心于圈中，尽本分事，然蚁封盘马，虞其蹶矣。

◯猢狲入布袋，愈跳掷，愈系缚。不如安心布袋中，等待出路也。

复支曰旦年兄

向夜愧不成礼，但月色可人。江流无声，风生树杪，更上高台四望，千家正寂，万籁废吟。作令三年，拘束苦极，今始得濯魄冰壶，则年兄之移我情也。

与魏子一

平生好文尚友，以作吏而俗。譬如昔有禅者，一跌失其智慧。昨览诸君子妙制，岂但见猎，兼亦唤醒根因、撩我夙慧多矣。僭为评赏，恐案牍之目，掩图箓之光矣。

徐　芳

仲光，南城人。《藏山初集》《二集》。

与汤惕菴

芳尝读古人书，碑铭序传之属，觉其人之生平，与其精神面目，剡剡如欲出焉。叹人之于世无不朽者，独行与名之能久存于世如此也。而其所托以久存者，亦必其人与文之奇伟卓荦，足重于世，则后之人，皆乐求其书而读之；读之而得其碑铭序传，与所托碑铭序传之人，而其生平之精神面目，亦与之俱见焉。苟非其人，虽其名与行之自有可称，而所托之文，不足取重于世，其书固不传；即令传之，而后之人，无有肯取而读之者，则其湮灭歇绝，固与世之一善无述者等也。

故古人之书，自历代史编而外，惟欧、韩、苏、曾数公之文，最为显重于世。又叹以彼其时，所列于碑铭序传之人，其行谊不必皆为后世所绝，徒以幸生数公之时，得厕名其笔墨，遂令后世诵慕景想若是。今天下无数公之文，即有之，未必兼有数公之人，则虽其行之稍有可称，无所托以必不朽，欲令后世之有所闻，其可得乎？

天下之湮灭而歇绝者，可胜道耶？独老年台之文，蹑数公而颉之，与之为肩背，而其人则又数公所未易及，则向所谓“奇伟卓荦”者，今乃遇之矣。先君子之行，不肖辈不敢以私誉，老年台亦尝一二悉之，而又得窃附于夙昔之末谊，则庶乎可以自托而无所弃矣。向所咨嗟于欧、韩数公之文与人，而幸生其时，得以其名厕者，先君子于斯可以无羡矣。虽伏在草莽，不得进于史编之列，其所得恃以无恐者，知必有在矣。不惴谨备行实一帙，家乘一册，冒陈清览。虽猥琐不足採，幸少存其槩，俾得厕名笔墨之末，他日读老年台之书而得之者，将不胜馀荣焉。

○如此方正是欧、苏之文，无一笔不肖，却无一摹仿之迹。

◇逐段照应，而气已足，制势全在前段。

◇须玩其数“矣”字。

答萧明彝

失晤遂已再岁，旷阔滋甚矣。然人谓之莫往莫来，弟谓之数往数来，此必有辨也。承示卓上人与子淳兄论难书，甚畅而悉。子淳固志于道者，岂真墨守门户，不肯相下，无亦其所见固自有同异耶？若弟则户外盲也，盲不识日，至以终古经天之物，转展于叩槃扪籥，况其精微浩渺者乎？甚矣！老社兄下问之辱也。

若所云异同之际，固思之，大抵斯道现前，无虞于参差诡秘，而人之诣力，不能皆一。譬之炤琉璃者，青入见青，白入见白，乃至闪忽幻变，百状具出。不但儒与释判若敌国，即儒与儒、释与释，其支离牴牾，更有不可纪极者。盖自孟氏以后，至今数千年矣，而其断断互龁者，日未有已也。欲破之，岂势之所易得哉？

今夫雒邑，天下之中也，燕之人至焉，粤之人亦至焉。其间阛隍涂轨、邸第村郭、山川风土之属，燕之言如是，粤之言亦如是，粤人不耻其袭于燕，燕亦不得犄于粤也。何则？雒同，则所见者，固不得以燕、粤异也。如使取雒邑图之，聚涂之人讼焉，此云是，彼或意为非；此云美，彼或意为恶矣。父不能得之子，兄不能必之弟矣。何则？彼于雒，固未至也，其所谓阛隍涂轨、邸第村郭、山川风土者，仅得之疑似髣髴之图耳，乌能测其所以然哉！故所见至，则燕、粤之口如一人；所见不至，则父子兄弟之说不相入。

今夫道，犹中天下之洛也；诸家之论，犹聚天下之人而言雒也。然而有至、有不至焉，其至焉者，吾知其相悦以解矣；其未至者，吾亦乌能强以所至者，饫其心而关其口哉？故弟迩来有一极简易法，欲使人勿认儒、认释，而直认心、认性。何则？儒与释殊名，不殊者性也。吾自认吾性，且不向宣尼寻辙迹，而何有于纷纷者乎？假令生成周以前，宣尼未生，释迦之教未入，吾宁无扩然证入之路乎？如不自认吾性，而门户是依，断断然争之，争之不当，只滋之蔓矣；争之而当，而宣尼自宣尼，佛亦自佛也，乌能以彼所得者，入吾心而附益之哉！而此一儒、一释者，不横胸而佐之鲠耶？不自至洛，而日与人争洛之是非，抑末也。卓上人之见，与子淳之见不同，而皆未能无儒与释之畛，盍俱化之，使至虚乎？

〇虽原道之言，却是一篇好文字，得之书牍，犹为不易。

◇与后一段，故是喻言，为此段作反势。

◇正意尽此，馀俱旁侧言之耳。

◇正如公明清酒三升以后。

◇有关锁，全是八大家。

◇粉碎虚空，却有着落。

答刘子淳

日在烦埃酷暑中，思得吾兄松下风涤之，阔甚，不能致也。宗教棒喝，本谓扫除一切语言文字，使人直下认取；然机锋相对，其授受又在理道见解之外，想此中亦必有一印合之处。弟器识浅钝，实不能识，故恒缩首自匿，姑为其所可为而已。吾所诣之未至，而徒仰棒喝于人，犹句读小儿，而乞大成之学于先师也，滋劳无益矣。如其已至，则所谓大成者，吾自能知之也，奚必先师哉？

宣尼之时，及门之士三千人，其闻道者，颜、曾以外能几焉？夫学之贵自得也明矣。宣尼犹不能以道与人，况其他乎！凡弟之逡巡退抑，不敢轻持面见当世高明之士者，意如此；非能有所挟持，如来示所云也。目下正迁馆嘉禾，卒卒无暇，所属斋记，容澄心以应。其他异同之争，付之一默可矣。口辩与心得原殊，无论未透，纵能令晰极秋毫，于吾心受用处，尚未有与也。何时得晤？使人邑邑。

◇可破群疑。

◇晋人终日挥麈，不知所说云何。

◇真笃学人，所见如是。

又

自季良死，而吾辈远近，无不咨嗟悼惜，或为流涕者。不惟吾辈耳，山野市贩之人，至于樵农臧获，亦无不咨嗟悼惜，颂其贤而悲其促者。夫人生于世能几？其死而能令举邑之人，为之咨嗟悼叹，万口如一者复有几？季良于是乎不死矣！不然，令季良于世无一善可述，苟且以无祸于世，更二三十年，而季良亦且老而死且至矣；而举邑之人，终无为之咨嗟悼惜者，或从而讥诃笑骂之。如是而其生也行肉耳，其死也槁土耳，安见所称福且寿者哉？季良于是又可以死也。

〇妙在意如读古人文字。

〇人人摹史迁，人人摹韩、欧，能到此地位否？

寄绥安聂桂侯

孑黎何辜，斩艾未厌？目近今之变，几无辞于天之不仁也。昔之高门阀里，会通大都，既以烬冷烟飘，无复存矣。幸而有荒裔一片地，山之窔奥，泽之阻旷，溪岩之邃複，虎狼蛇虺魑魍之馀土，可伛脊而伏，与夫残膏剩脔之细碎，刀几所未到、到而未厌者，则祸衅必蘖于其间。聚族而蹂之，擎其的而呼之射，若天于此有重狱焉，阴为周内播弄，必胥取而辟之斯快者。吾求其所以辟之罪而不得，而以为天之嗜杀为已甚也。如谓非天之杀之也，则彼杀人者何善，乃独肆然无患？以虐则生，以弱则死，天非不仁，则是于世之善恶，懵然无所计较，听其自生自死而已。如此而何贵于天乎？又不然，知其不可杀而生之不得，知其可杀而杀之又不得，是天之颓惰恇怯、狥势委利，与人无异。目覩虐者之踯躅吾前，而无以制之；忍一世之弱而就死，而莫之救也，愈益无贵天矣。是三者，即有善解，终不能免一也。

敝乡干戈荼毒，自夏徂今，盖酉戌来所漏而未尽者，今尽之矣。昔之避兵者以山，今日之兵，乃自深山中窟之，小深则小毒，大深则大毒，其势固无数耳。贵县西北近隘，于祸想复不免。尊居最南，知当无恙。山中行旅旷绝，无从觅近状，屡欲遣一候，道梗弗获。因离思合，觉向来把臂，真大快事，悠悠失之，乃重自负耳。

◯极似柳柳州之文。

◯何尝不修辞，与世之修辞者有别。

◇学道人乃亦为此骚急。

◇真不可解，安得以其天也而附会之。

◇序得简质。

寄郄陆奕

日浸以驰，别浸以久，数十里山川，限人如此。古人对良友者，或如饮醇，或如倚玉。弟自审数奇，生平常有枵饥枯瘠之鬼，尾逐为祟，则于吾兄，宜不多接。而是鬼于人，深苛无类，不但妬其醇与玉，并醇与玉之类而亦妬之，则视昌黎“五穷”，抑又加一等矣。寒山淡寂，舍侄辈非聋即喑，无可共语，以吾兄豪情，处此良苦。昔姜子平入山，日惟畜蜂豕为事。夫蜂豕何佳而顾业此？达人寄怀，将无不可。吾兄能作是观，则此辈尚得窃比于深山木石之列，供白眼玩弄未可知。如或法说生公，抑又无择也。衷郁百端，不能手口一二。

◯笔笔韵古。

◯媚极。

答逸菴

士以隐名，不患人侮，而患人之不见侮；侮则忘，忘则隐之地得矣。梁伯鸾一代伟人，乃至为人赁舂，踽踽庑下，其萧条屈辱，又不知尔许状。今僧虽困，卑不至人佣，劳不至舂杵，未为失我也。又我辈涉世，自有中道，固不得苟且以随流，亦不得孤刻以异众。明镜善炤而物不仇，以美恶之来，一过不复有也。

今上人于所交遊，大抵迮多可少，始虽胶漆，继必冰炭。岂尽人之无良，无亦责人者过详、自处者过隘乎？行有不得，不可不反而求之也。往陈眉（古同“眉”）公以僧门为一大养济院，心甚韪之。无论他人，即如我辈今日，正其一种。既尔比肩系籍，又足较长短于其间耶？上人盍小耐之？委虵养晦，是方内方外同一安稳法。过此二三年，东西南北，又可再卜所向也。

◇坡公喜为醉人所侮如此。

◇一切贫士，皆当以此自责，不则亦当以此自况。

◇语本刻画。

◇听之使人气平。

答张蕙嵘

此番楚毒备极，僵寝者数月，殆亦一厄数。而仆于八月初，又复感风疾，迄今弥月许，而昏瘁如故。举体颓堕，起处若学步小儿，寸移尺徙；晓夜欬逆，口中齿豁过半，一吞百啮，酷类老叟。自叹年未四十，而诸色衰相，无不具足，是人于天地内，不知能得有几年活矣。他无所念，惟读书未足，与天下佳山水，多所蹉负为歉耳。

因遂妄想：丈夫生长于世，事业既无所成就，而著书立说，求一言之不朽者，以自传于后，此事又非卑菲之质，所可几倖，则惟是山水之间，可以放寄牢愁、开扩胸臆，不至以跳丸日月，掷之促刺枋榆耳。生平一汎长江，三历西湖，而皆一过而不能有。九华、五老诸峰，仅于烟云闪忽中，接其半面而已。至于天目、虎丘、浮玉诸胜，皆于跬咫之前失之，岂非数哉！此行一息未先朝露，扁舟只杖，与汗漫焉，亦固失晨之补也。

抑又妄想：古之人官于其地，其所务者，不止堂皇簿书，作俗吏事，类能极其兴会所至，汎滥讨剔，发其奇秘。如永叔于滁，子瞻于黄，子厚于永，其笔墨所遗，尚足使人流玩弗置。贵乡古雄边地，大行、王屋之奇轧，天下闻人硕士，踵属于世。当年草草朞月，如盲如痿，于向所谓名山异迹，未能稍稍有所揽涉；诸同人辈，倾盖得之，转盼失之，岂非人生一大憾事？故常寝梦形见，月以数计；阖目延眺，光影历历。此亦精神冥结，不获分解者也。

仆幸薄有微艺，星相蓍卜，皆尝晓习，迩尤深于堪舆之学，自谓于今世界，虚无伦匹。此数技者，又皆方外所不禁废。苟得一日绝羁而去，驰骋盘薄，虽不能宿粮三月，长途单旅，以是数者，济一钵之穷，当不至困也。而频年梦想，因得寻而践之，恣其摉（古同“搜”）讨，期于满适，又得以备闻昔日之罪状，稍抉其矇翳。向来知与枯菀荣落之不同，舆地人民、盛衰变态之各异，足历目涉，各尽所意，亦一旷逸之举也。

此意蓄缩良久，于故知前，乃一及之。目前踪跡异宜，未敢造次轻有所谒。他时握手韩王第一峰，杯茗剧谈，畅乃百倍，又不知旦夕烟霞，得曳高人之辙否也？

◇曲径通幽，豁然别有天地。

◇平叙中都如议论翻澜。

◇又起一峰，与前段相生而出。

◇此处不似接上，而后来忽合，乃知步步傍定、惟恐若失者，正是法力之小耳。

◇前后故是一意。

答邓日生

生平泪不轻堕，十年来惟国变、先君子丧，暨令府君而三耳。当时旁观唧唧，以为此潸然者，从何处得；仆亦自讶自问，然不自知，或者令先君知之也。若詹詹小言，尤愧荒俚失次。夫肝膈之与喉舌，其肤里相去，已不啻数折矣，况腕指乎？况又移之毫墨之间乎？

接手教，感孝思之无穷，复自恻其有情，不克自致也。所示令先君相成隐志，此段心期，真非犹夫人之父子。虽然，令先君之事毕耳，有生必死，年兄无过戚也。且年兄昆季在，即令先君在矣。年兄取令先君之生平者勉之，即令先君生平也；更取令先君之摩切于三十年来者益勉之，即令先君之终身而摩切之也。木之相木，无有二根；灯之相灯，无有二火，岂亲若身而顾有二体乎？令先君所不了，年兄了之。若为半数，令先君所待竟，年兄竟之，则全数矣。

乃仆因有蓄极思吐者。从来送死之礼，葬为大，祭次之，所以绥死者之藏，而隐其魄也。古诸侯以及士庶之丧，无有过时而不葬者。过时而不葬，谓不能葬，《春秋》讥之。其或有过而未葬者，虽出三年，人子之服不变，所以著其情而必其时也。今世之俗，详于祭而略于葬，甚者先世遗骸，叠累非一，身有高堂邃宇之安，而乃不能为其亲营尺寸之土。冲风苦雨、严冰烈日之吹荡冻炙，而莫之顾恤，如此而于古之委壑者何异乎？大家如此，小民之穷窭不知礼义者，奚所法乎？而吾于祖父如此，即吾之子孙，有复奚责？万一而有水火盗贼、意外倾崩震撼之患，其为疚戾，将奚赎乎？此虽人情积惰，昧于轻重缓急之所致，亦世俗阴阳拘忌之说，有以中之。如年兄者，知断断焉衷于礼，而不为俗所惑者矣。

与令先君有骨肉生死之谊，于事之重且急者，固不可以无言，伏惟炤谅。

◇洋洋大篇，起用如此一笔，真不知其何自而来。

◇偏能写得如此的的。

◇统是一意，披人甚深。

◇宜知。

◇率世如此，恬不为怪，故借仲光之言提醒之。

与陈伯玑

弟常言：天部所辖数种，最雨无情，使人冷落凄清，有朝无日，有夜无月；又偏与花为妬，与春为仇，与离人迁客为恶缘，与竹杖奚囊为敌国。古来篇咏，悼恨不一，我辈十年来韶光，强半负此。若使天路可梯，当奖率同人，肤愬上帝，永遣此物，一意晴朗，使水水山山，一年三百六十，岂不快事！

○仲光小品，亦复风趣。若是文人之事，何所不可。

○如读《骚》，如读长吉诗。

答傅瀛滨

每焦愁索莫中，接吾兄一谈，或时手吾兄数字，便尔色起神王。如织屦儿同南阳耕夫，踞图指画时，不复知身在草庐风雪中也。嗟乎！吾侪何可一日无瀛滨。吾侪如鸟中子规，自是天地间愁种，愈多则愈愁；至如瀛滨，则催花莺燕也。

◇尺牍中妙境。

答萧明彝

两接手谕，具悉老社翁为寿昌殷切之至意；弟于此，亦几大声疾呼之。顾呼愈急而应愈缓，则固不可如何。而弟于此犹有歉者，以其所以呼之道未尽也。

昔时有騃子者，其母疾，亟问之人。人曰：“是惟割股可捄（同“救”）之也。”騃子曰：“不难。”鼓刀而出，衢有卧者，曳其足而刲之。卧者惊咷“杀人”，而騃子掩其口曰：“忍之。割股捄亲，殊美事。”衢之人噱之皆失声。夫知捄亲之为美，不自割而割人，宜人之不能听也。

今弟窭，实不能自有所割弃，而日以不情之事号之人，无乃与刲衢人之股以除亲疾者，同一可噱乎？人之自爱其股，固其情；而柴立之骨之不足于供，又其势，不知病者将复奚策也。

◇设喻之奇，类韩公子。读至此，未有不喷饭者。

○尺牍中，乃有先秦人文字。

答傅平叔

十年梦想，一曙得之，亦以一曙失之，喜快相寻，未有若是不测者。归来辟匿空山，僵卧再月。念西溪一步地，薄分尚难领受，何况天边五老？

台札至，读之温生于背，霍然坐起。若弁言过锡，此自为大集中添一首绝妙文字，如弟卑卑，何足胜此！晋人有善叔宝，而耻其美之不若者，使叔宝载，而已为之尾。则之野，野人辍耕舍负，踟蹰瞻盼，各失所以；行国中，而国之人若沸焉，而其追驰恋慕者，涂为阗而毂为轵也。而是人乃遂骄语于人曰："吾行之倾人如此！"其谩亦甚矣。所以然者，叔宝先之也。而是人者，不能以美致人，而能以叔宝为饵，则人将自致焉，即谓是人之能倾人亦可也。今弟以平叔之言为叔宝，庶几生色哉；而其尾之载者，或亦得析其荣以分其盼乎？

人谁乐以美孙（逊）人？而其所以骄人之意，固不害其为自知焉。彼叔宝者，固不难以其馀美乞之也。今时之麄知书、薄负才者，莫不有意于古文词与学为诗，而其所谓诗与古文词者，尚未知其为何等物，乃遂覥尔骋逐于世。岂欧韩、李杜，千百世而一人，而今挺生之众，与其诣就之易如此，亦见其不知耻也。如吾平叔、少游者，乃可自命为古文词与诗，而自弟所揽接天下士，不谓无能古文词与诗者，卒亦无以过吾平叔、少游。若是，则斯道所当取裁而就则者，将在是矣。而弟虽鄙劣弗类，亦尝致力于是，敢自护其愚而不以进哉？吾兄以为近，则近之矣；如不然者，固当弃所得而学焉。又不知吾兄所谓近者，果近之与？亦姑取其诚而恕其责耶？

◯绝无一时之笔。

◇全从笔端伸引而出，何尝见有点墨。

◇令人自媿。

◯有吐纳百川之势。

答竺庵

昔李松求人血以涂病鹤，行东都之市，遍目中所遇，未尝见全人也；即松自炤，亦马首。夫松固唐一良宰相也，至比于前人之数，松即欲自讳其马首于嵩鹤之睫，然且不可得，况其他之鱼鱼而鹿鹿者乎？善乎布袋和尚言：“一个人世，岂易得耶！”前时亦以此意，略为炤索，四望阒寥，较松为甚。不得已，专觅一二有心人，分途物色之，冀遇一袒臂翁，丐一针之血，亦足以报也。乃去后多时，寂不见应，岂人之秘其财，固甚于血，抑东都之市，尚未有人耶？又岂有人，特未遇耶？如仆茕茕窭处，近复有先君之役，举体疮痍，医而剜肉，在大师尚曰等个人，而至如仆者，将又奚等？嵩鹤如逢，应笑其全人之未矣。

◇在尺牍中，便不妨，且有致。

◯求人之财，如索其血。一滴血舍不得，便是禽兽；析骨剜肉，便是佛祖。唐人作李松、裴沆传，皆是此意。

崔　禔

五竺，宁德人。

武夷与黄帅先

吾顷泳水中央，不知双脚踏穿白云翠霭，几千万叠。

吴 宏

远度，金溪人，家秣稜。

与减斋

“万壑响松风，百滩渡流水”，是赵文敏最得意巨轴。今为娄水王尚贤收藏，仆未之见，而以意为之。世间尤异，亦自梦遊几度，然后见更妙。

〇远度笔墨，实欲超文敏而上之，慧心妙舌。如此绘事，绪馀耳。

与吴冠五

天地间，有冻不怕之吕米桶，烧不死之介之绥。黄金台，土阜而已。

丘象随

季贞，山阳人。

与慕鹤鸣大令书

弟犹忆浪迹圣湖，看花仙邑，忽忽三岁矣。云天引领，南望为劳。门下游刃繁剧，逸群绝伦，天曹一席，延竚已久，咫尺云霄之上耳。视家兄浮沉岭海，何止云泥耶！

愚兄弟落落寡交，唯与西陵胡彦远，称异姓兄弟。记明公履任时，论列江左人贤，愚兄弟屈指彦老，为第一人。比闻颇为明公所礼重，然游从已数年，闻彦老踪跡不一至公庭，三年从无一白事。明公阅人多矣，亦足以想见其为人，而知愚兄弟之非阿私所好也。

顷闻其买山未成，方经营一廛百亩，以为养亲之地。其故人中如曹秋岳、龚芝麓两中丞，与愚兄弟各有解囊之助。然沟水行潦，止可餴饎。门下能分廉吏之俸钱，如郄公之于安道者乎？传作湖山佳话，都门诸公，多彦老石交，一时感颂盛事，或不止愚兄弟已也。非公不至，倾身下贤，古人正有相成之美耳。此书并未尝使彦老知也。

吴国对

默岩，全椒人。

与王贻上

读七题名，如乘骐骥，处处制以衔勒，而逸气自在。乃得之简书严程之馀，兴会所至，当不止为一时佳话。君家损斋《遊京口记》云："平生登览，尠有穷日。自幸不为俗吏所缠，归舟对妻孥，犹津津道不能休也。"此游此语，可相伯仲。而题名以简胜，正留无限烟岚在口角外也。伏枕人，惟有右手持药碗，左手把王子题名，举眺天末，向金焦、北固诸峰影，嗒然而已。

刘荣嗣

半舫、简斋，曲周人。《古欢堂集》。

与成先生（戊辰）

闻新上聪明天纵，其视臣下，每有不足之意，召对既行，诸臣无一语当圣心。上曰："这就是召对了么？"真可谓有君无臣。故意云龙风虎，别有际会，必非见在诸公，可当五百名世之任。因与蓬玄先生，纵谈他日致治之相，至吾师，齐下一指，不觉相视而笑也。持局者，视不胜犹胜也。处今日之时与势，而不知变计，又何怪乎倾心吐胆于崔、魏，失身辱国而不知耻哉！旭日既旦，虽有阴翳，不能不破，吾师似亦不必久待也。经筵启沃，所关不小，片词得解，群箨不振而自落矣。驾舆何日？可胜翘企。

◇此语大堪痛哭。当时竟无纪之者，故特存于此。此集所存，有不可以尺牍观者，诸如此。

答卢德水

读书而病，与饮食应酬而病孰愈？乃弟尤愿年兄以读书却病，勿以读书取病也。寂寥闲谈之中，饶有一种苦趣。以诗书作声歌，以古人当朋友，以节劳减食当医药，此亦尘世修仙之诀矣。弟尝言读书时好处，即在读书之时；若到发迹之后，其味索然。于今每忆当年好处，真如陶靖节作《桃源记》，想像追思，不可再得也。

回王受人

别久矣，以我思君，知君思我。至谓开府秉钧，颂祷则套，期望则幻，不意知我，作此妄语。唐瞎子又刻唐诗十集，评语大有可观；只恨其念念欲驳《诗归》，示人以不广耳。清泉白石，得暇搜句，想其囊中珠玑，正复不少。珍重密藏，不肯令只字落人间，乃索伧父败絮耶？不敢奉命。大觅谨领，片芹为报，琼来桃往，殊失《诗》人"匪报"之旨。弟尝自称曰"贫道"，此之谓矣。

◇时公为东昌道。

又与陈眉公

某待罪京华时，搜昔贤遗迹，属在郡内者表章之。借名公钜笔，以显前修，为刘去华、郦道元、张茂先、贾浪仙四人。去华则思老记而书之矣，浪仙弟僭为记而孙伯观书，俱已刻石。道元、茂仙，已有作者，但未脱稿耳。

近过吴桥，晤范质公道及，乃云四君中，去华第一；尚有一人，气节可配去华，而功烈过之，兼长文墨，折节下士。世或以武人掩之，若操阐幽之权，论著何得独后？且当此时而求先鞭用世，与定力回风者，不及此人，即贞珉无色矣。弟心动，应声曰："得非张桓侯乎？"

噫！记去华，惟思老；记桓侯，非眘公先生其谁！敬因希伯，敢告记室，如蒙慨诺，并祈大笔书赐，即烦希伯刻石，明春携以见贻。弟无足数，桓侯亦可谓古今不可少、不能多之人矣，更得鸿篇，双埀（古同"垂"）不朽。

〇京兆五贤，存张桓侯。吴桥之论，固自奇特。

与杨昆岑总漕

漏屋漏舟，亦颇相当。若台臺旌旗蔽日，鼓角动天，三军之士，俛首听令，智勇之将，伺敌而歼之，捷报辕门，凯歌雷震，岂中朝儒懦之宦，伛偻兢惕，一醉无时，咲啼不敢者，可望万一哉！弟且匍伏河滨，从榧人问，水增半尺，便喜慰非常，向渔网买三寸鲤鲫，救馋口涎不到地。甫探头蓬窗外，即浑泥洒面，引襟袖拭污，斑痕狼藉累累，又何敢向高牙大纛，侈言自在耶？日俟戎车旋轸，一望见颜色，粗了公事报天子，仍北视河道于临、德等处，从闸官丞簿中作夜郎王耳。

〇若干形容，□是诗人之笔。

与路皓月

人生顺逆，命定之矣，踌躇计较无用也。所谓“君子落得做君子，小人枉了（自）做小人”，彼从功名起见者，何尝必得功名哉？章通政发倪鸿宝揭帖，而倪不损；刘梧阳发通政私书，而章以百足立殭，岂非天哉？亲翁又何过虑为？漕抚参于蕃，至于提解入京，毒矣，而于蕃得免于颍州之难；凤阳守被劾，且留候代，而贼至被杀。祸福之来，又岂人力可得而趋避乎？馀俟当得再报。

〇简斋先生诗文妙天下，诗则卢德水钞行矣，文尚未镌。予从公孙云麓州守处，得见先生尺牍，先抄数则以行。先生片札只字，足为典则，憾不能备录也。云麓工诗，颇不愧祖武。

与张恒山

弟治河无状，羁身徒苦，方员并画，南北交驰，人言日至。市有虎而母投杼，安得不速老耶？河幸通，运且过半，其人躭躭未已也。骢马豸冠，甘作鹰犬，谁谓宰相无权哉！伎俩如鬼，祸福如神，除却治天下，侭可称才。弟悔不三舍避之。再承念，谨以实对。

与恽道生

足下高眠霄汉，俯视尘凡，顾独恋恋念敬仲不置，则敬仲亦可自幸非俗矣。

佳畵迥然笔墨蹊径之外。摩诘自命前身画师，以至宋、元诸家，本朝文、沈，无不以文人得画名。读书破万卷，岂独为诗用耶？五唐人皆唐诗别调，清虚冷隽，尘外自喜。一经高人洗发，韵致更觉新妍。古人颜面，时贤眼孔，应俱转动。鉴拔之权重矣，服服谢谢。

回练任鸿

侯年兄来，得手教，极感相成至意。任事而得祸，弟久已甘之。顾虑倾人者，中以秽垢，所关于爵禄轻，所关名节大耳。此番若无诸君子在内，弟岂有瓦全之理？乃今年兄行矣，侯年兄又已出都，弟且不暇自念，而为世道虑，不能释也。论者不察，动曰“调和”，曰“虚公”，天下安有君子、小人并进为调和，而半阴半阳、不消不长，可以为虚公者？使人皆明白其行事，忠直其肝胆，君子何乐乎分行别类，如水火之必不相投耶？弟里居习懒，去邪扶正，非所有事，年兄其实图之。

初见大作，惊喜过望。顾如弟之诗与字，何足问哉！而不敢不呈丑者，于年兄之前，五内俱剖，奚有于是矣？

陈周政

子鹍，营山人。《蝶菴存稿》。

答王普瞻书

近世诗人，眼孔小极。已投献于李、谭之门，作彼重儓，复何望哉？

齐中无事，读右丞等诗，不如看齐梁小儿为得也。病起喜看昌黎、长吉、义山。昌黎文章，少中用者，独诗绝玅（同“妙”）耳，何古今但诵其文已也？长吉童年调嘴，胸无墨汁，玉楼见召，自是天上不用读书人。如蔡少霞写山玄卿文，真长吉本色，安得不夭？然集中幽异恠（同“怪”）诞之语，说鬼正其神处，说苦正其乐处，亦可喜也。义山不然，有来历，有根据，虽用僻事，而一一可考，唯苏子瞻可以继之。来教“瑰奇”二字，岂足尽之乎？

即子瞻之诗，亦未易读。彼其傀儡古人，调和众味，命意使事，迥出意表。盖从义山一派，窥出《三百篇》荇菜罍觥、匏叶冰泮微意，风雅正派，正在于此。而独被“不逮”之诮，鲁直辈可谓有眼睛乎？

来教谓义山《锦瑟》诗，拈首二字为题，即“无题”义，最是。盖此诗之佳，在一絃一柱中思其华年，心绪紊乱，故中联不伦不次、没首没尾，正所谓“无端”也，而以“清和适怨”传之，不亦拘乎？

◇荒诞得妙！应是先生醉后之笔。

◇韵折。

◇非泛然为是说者。

◇《骚》《雅》。

与杜六符书

此间惟修行学道有精进、无退转，此外皆当习六鹢法矣。一切有为，比之泡影，是非至论，安有束带名场，侧身挨过刀山剑树，而但以太虚浮云视之耶？台兄之归，正宜庆、不宜弔也。弟谋升斗养，遂遭黑风飘落鬼国，苦趣备尝；看无官人，皆若上真散圣。六符先生，旷怀朗识，其肯以彼易此哉？

日夜图归，倘得遂初，拟携手嶻嶭之巅，俯观下界作何起落，此吾两人谈心时矣。薄芹远将，伏唯叱存，聊代虢𧇊一片。

再与王普瞻书

莫知其所来，莫知其所至，风也。说者谓起于青萍之末，盛于土囊之口。口所以言，亦所以食，食者吞之，言者吐之，胸膈之间，逼而成响，非强作也。夫人呵则为气，呼则为风，谁谓诗独士大夫有之乎？但士大夫之风，不失之阴霾，则失之谑浪。是晋、唐而降，皆卫庄公矣，岂不哀欤！

病起无事，判花才毕，取《国风》讽之，欣然有得，颇觉古人情性，跃然目前。旬日之中，笔墨丹铅，遂至狼藉，名曰“风轮”。昔人睹飞蓬而为车，今敢谓车之即风乎？亦曰三神山，非羽轮不到耳？其成文而不可注之简首者，有三十五篇，已付梓矣。此碎语也，名曰“风轮小品”，先致请教，不审有当否？

姜图南

汇思，钱塘人。

与张绣虎

足下出九死，竟生耶？人生如驹隙，死日苦长，生未必佳于死也。吾移济南，足下来游岱宗，登日观峰，观东海日初出，豁然清眺荡涤。死生场中，殷忧烦虑，何必出死？

李　雯

舒章，华亭人。

答陈大樽

被放以来，两接手书，故人拳拳，弥增感叹。雯身世相迫，已到穷崖，不得津梁，更思反步。此今日之戚戚，所以倍笃于往年也。

弟成人兄弟六人，五年之中，已折其二。自理发茎，十白其三，须亦有三四茎白者。镊之既去，旋复更生。诚恐桐柳之姿，望秋欲替，既无竹帛之勋，复废名山之业。修名未立，身同委灰，则出处之事，都为儒冠误尽。此雯所谓“一夕而九思，临殆而不知匕箸”者也。

忆曩时比肩并起之彦，不过六七人，今惟伟南及雯，将为硕果。而伟南道心弥腴，雯也世趣愈恶，颛颛居一室之中，四面环责，皆蓄至深之望，怀不怜之心。顾此微贱之躯，乃蝮蛇怪鸟，为天地间憎恶之物，以形为累，不得转化。近复以脾湿发疮，肢体挛如，臂不得掉，步不得扬。仰卧看屋梁，侧面对蘧蒢，时呼舍弟捕秋草上青虫，致诸蚍蜉群斗阶上，曳足观之，一为解颐。天下之可欲，有大于青虫，而人之竞得，有甚于群蚁者。我未知造物者，亦一睨而视之耶？抑细琐而不见耶？思之不得，日影移尺而休焉。

其无聊也如是，正欲伸遣愁疾，思得出门。顾此措大面孔，无处施散，亦患无结伴相从者。今幸有我兄为地主，镶文为旅伴，便足振策一来，寄其感兴。镶文偶有平江之行，俟其归时，即与同载，计到越中，以明月为期耳。

鲁元之穷顿，久为兄所怜，今来会稽，学钓任公子，得无助之修其饵纶乎？

○虽本魏晋，而汉宋之气不减，且自成一家。舒章真不可及。

○才子之文。

◇姿态横生，小品擅胜处，全在此等。

又

委作《蝉鹊图赞》，率而成之，苦不清邵。夫蝉之为虫，隐纤柯，食清露，性不伤物，而物或伤之。此如中散学道而被刑，将毋高简致患耶？螳性贪忌，宜遭贼祸，正似钟士季见杀，不足悲怜。向使二虫相搏，仓卒未殊，而鹊也择肉而羞之，则螳之斧，未能毙蝉，而鹊之喙，必先碎螳。是蝉可再生，是螳为必死，此又可为先发杀机之戒也。

庄生之世，以今望之，犹为上古，人事之变未极，故但著见利忘害之言。以雯思之，其义不止于此，欲与足下共畅之。因小叙中不可沓拖，此意犹郁，故复绪论及之，以为谈谐。

〇议论正而不涉道学。

与吴子远书

夏秋之交，屡得晤言，胸怀少开。自八月以来，则前后六年困苦，骈集一朝矣。顷小价自长安归云：密之到舍弟逆旅，闻弟复被落，顿足浩叹，欲作书而不能成字。知己之情，抑何沉笃。悲夫！岁月如驰，人生能几堪顿足？又不知自此以往，足又应几顿耶？

足下于弟，又一密之也。陈冤诉屈，本是无味，但遇故人，此怀顿发，又复不能自已。今日解遣，惟有马文渊两言："穷当益坚，老当益壮。"既而思之，又殊不类。盖文渊本扶风豪士，自陇蜀至洛阳时，计其年又仅三十许，然已历说王侯，遨遊万乘，披襟武帐之间，抵掌云屋之下，安可谓"穷"哉？丈夫遇明主，为上将，折冲千里，封侯万户，马革裹尸，乃其由来许国之愿，又复不关年齿矣。向使伏波生于今日，穷在青毡之上，老在棘墙之下，聚米之志不及展，跕鸢之景不及见，行无下泽车，出无款段马，使马栈下黄口小儿，三年一揶揄之，吾不知能更作此语否？即作此语，又谁为闻之而谁为传之耶？嗟乎！

儒冠之祸，使吾父子相望，僮仆相侮，妻妾谇语，朋友旷疎。独行无聊，咄咄书空，目乌鹊上宾，以旭日为慈母，望乞儿若神仙，视鸡狗如龙象。当此之时，无论人类，凡有血气者，皆勿若之矣。史称冯敬通坎壈于时，常有凌云之志。然敬通少时，亦尝将十万之众，拒两国之命，扼掎豪贵，捕斩剧贼，亲强项于世祖，然后为大汉弃妇。使雯得此而后贱，便已陟遊帝庭，奚啻凌云而已哉！擯斥不繇明主，屡违不以讥谤，冥顽不灵，忽然坐老。昔王昭君恃其颜色，不事延寿，遂以丹青见汙，沉沦永巷。会有和亲之事，奋然请行，以为苟得一见至尊，远擯绝域，至死不恨耳。今圣主之求贤，奚止如汉元帝之好色；而延寿之徒，比肩接踵，岂复能扬蛾眉、回龙盼耶？

子远足下：遇已穷矣，日已暮矣，身无黄金买丹青矣。惟冀足下之俦，登天门，造紫庭，谬以姓名一达天子，然后退而躬耕，浩然长往，使煌煌圣朝，有一人隐士，垂之史册，炤耀无穷。此诚鄙夫得意之日，没齿蓬蒿，荣于槐棘矣。

◇意平而致朗，便觉警特。

◇辞家便不能如此澹宕入情。

◇使事似与前段略同，断结处更进一层。

◇言之伤心。

何 谦

非鸣，昆山人。

与张公亮

往弟之燕、适齐，过晋魏，所遇诸人，盖有不问及江南贵公卿而问公亮者。造物以“名”与“位”两字，簸弄生人，而君得其一。君之屡挫，得无天以是逞其忌而示之罚乎？然吾闻天之忌名人，必使之委顿穷悴，历婴劳劬，而后厌其心。既厌其心，则必回嗔作怜，以为吾之生才亦原不易也，而后大任之。君近者可谓委顿穷悴之极矣，天其或者回嗔而作怜乎？

尺牍新钞卷之七

骊山 王元衡寿格、闽南 徐延寿存永/选

豫仪 周在浚雪客、周在梁园客/钞

万时华

茂先，新建人。《溉园初集》。

答李复初

读大刻，渊古已殊旧观，佳序淋漓，更惊异撰。至于诗坚七字之城，字据二王之垒，文人胜事，兄遂欲一一将去。昔人以朱异为不廉，复初似欲过之矣。

声诗一道，我明二百馀年，不可谓无人，然正嘉以前，多宋元蔽气。北地、信阳崛起，后之为诗者，遂至规仿初、盛唐，不敢为开元、大历后半语。久之声响虽似，气格愈卑。徐文长起隆、万之间，江、袁中起，钟、谭后竞。数君子非苟作者，彼实自为唐诗，不欲如世之规仿为唐诗者。今诵其言，合者十七，离者十三，才固有及有不及也。乃今之不欲为唐初、盛诗，而强学为数君子诗者，又至裂吻赘牙，间杂浅俚，合者什一，离者十九。彼不能为数君子，而强欲为数君子之诗，气格已卑，声响并失。向之学为初、盛唐诗者，如今人摹拟王、唐之文，失之必为庸弱；今之学为数君子之诗者，如今人摹拟归董、陈、艾之文，失之必为秽乱。

兄云不欲步步唐人，恐反失唐人真面目，此已得今日作诗三昧。但愿兄熟读汉、魏人，及陶、杜诸公作而善用之，参徐、袁诸君子之意，破世之规仿为初、盛唐诗者；无习徐、袁诸君子之局，蹈今之为数君子诗者。大都学诗，如名手临摹古画法书，初纸乍脱，尚自依稀；从临本转相传写再四，而后渐失故形。不若更就其原本脱之，乃复佳耳。

弟自蠡测，辱下问，遂不觉娓娓盈纸。

◇平心之论，最为折衷，不似今人一味骂倒。

◇能如此，不臻天下大家不已，不可谓调停之说也。

◇诲喻雅妙。

与李龙侯

弟不肖，章水荒寒，悬车束马，坐困明时，虽与龙侯数年仰止，尚无由宾堵一见。每读史，武帝见《大人赋》，恨不与生同此时。帝于长卿，千古知遇，然当年此语，几同伧父。弟乃于龙侯，知有同生圣代之喜，邗沟章水，竟阻话言，此犹五十步之笑百步耳。

苏武子数岁以来，怀琴出入，未遇赏音，近乃获称龙侯之友，蒯缑在客，仁及车鱼。广陵去淮阴近，向称漂母之饭王孙，正以其双瞳炯炯，照及衰寒，过此封齐而王千里，虽隆准，何足与阿媪争只（通“咫”）尺之惠于王孙。弟曾作《送人淮上》诗，有“遥思乞食王孙者，千古书生尽感恩”之句，则弟之感兄，乃当过武子耳。

时闻近况，知奉倩之悲，踵以衰绖，倚庐深墨，愿龙侯自爱。武子属作嫂氏挽诗，数月苦病，病乃在苦思作孽，遂不能与笔墨为缘。且知兄至性淳淳，方生哀疚，亦不欲遽目（古同

“以”）断鸿凄鹤之语，增其摧绝耳。不次不庄。

◇（首段）叙阔亦别。

◇武子馆于龙侯家者数年，有《寒碧诗》一帙，今无由见矣。

◇大家之笔，未始不风韵。

苏 桓

武子，新建人。《遗稿》。

上马劬思先生书

桓启，老师阁下：桓尝读书至韩退之，每上书宰相，自言其抱道好学，及困苦阨郁之情，辄泫然太息。谓才如韩公者，古今所间见，何至为此书也？又读书至孙明复尝见范文正公，公曰：“秀才何不自重？时谒显贵，无益也。”明复乃告公以亲老家贫，凡往来道路、不惮劳苦者，万一以为亲耳。公为蹙然，使居太学，月得钱以奉母。后十馀年，明复讲学泰山之下，声闻东南，则繇公存之也。窃又感文正公之子见石曼卿，言二丧在浅土，即以麦五百斛贻曼卿，归语公，公谓当以麦及舟与之。其父子仁厚，发于天性如此。

桓则窃伏自叹，既无韩公之才，孙、石之学，而困苦阨郁之情，迺百倍之；家亦有亲之丧，弟妹皆长大未婚嫁，而徒饥寒乡党之下，为亲戚交遊所厌弃。虽日嗜古学为文词，顾独不遇于时焉。然又不能俯仰里巷，往往遊于通都，即尊严如阁下，贵为天子公卿，辄不自量，间上所治制秇（古同“艺”），以溷阍人；而阁下复与进不弃，或荐引之。此即古人之待昌黎诸君子不过也。

尝窃闻之：“士穷见节义。”乃向者三君子之所为，得无非耶？观后所树立，尚廉耻，立志操，一介不苟者也。而或数上书宰相，或数谒显贵，或以亲丧告人，何哉？盖其志欲行道向学，而不自裕于力，不得以有成，所以不惜鸣号于知己之前者，有以哉！虽所上书宰相，贤否不可知，要世有如范文正公父子者，则亦可以情告矣。

桓不自量，窃思发愤向学，以自成其志。顾常迫于饥寒，而又有亲之丧，弟妹复长大，不得尽婚嫁，此即诸君子处此，或亦不能无言于知己之前欤？伏惟阁下仁惠被于遐迩，忠亮著于朝廷，而又好士不倦，即鄙贱如桓，教诲饮食，亦无所不至矣。此岂可自默默耶？因录所为古文词十篇，附以《蓟西杂咏》二十七章，伏冀阁下政事之暇，赐垂览焉。又自惧其唐突，乃引古之人事相类者，以自宽释；然终恃阁下之有似乎古之人也，遂敢尽其愚。

◯武子初名绍轼，随父家京师。旅众试于大京兆，为吾乡王公半菴首拔，众嫉之，移归南昌，发愤读书，以古学名，年三十馀没于家。仅存遗文二卷，顾与治刻之白门；诗竟不传，惜哉！

◇此处大有地步。

报陈龙媒

桓白龙媒足下：西硐伤离，遽焉易岁，彼此岑寂，浩叹何如！承惠远书，自怜怜弟，悲不堪读。既念足下及弟所以为吾者，当必有在；但患读书少，名根深，世事纠缠，如病在体，悲乐纷来，不以其正耳。

弟家南州，僦居买粟，遭谗覯闵，千倍足下。下第以来，日对寒溪，拥怀苦吟，突烟间绝，自谓春气，不复荷被。雪霜既去，卉木遂荣，俯仰之间，时已初夏矣。士君子失意落节，磊块不堪，咄嗟展转，难以言譬。稍获知遇，趾昂气粗，好恶横中，苍白易外。古称达不变塞者，今无人焉。愿同足下勗此。日月四时之候，环处其胜，吾所为吾，当不为时移耳。

伏念苑泾多贤，山水甚佳，足下讲道读书于蓆门茅屋之下，此已荣遇，他更何言？羽便敬笺奉报，无繇会合，千万珍重。

◇写景之中，遂寓情事，真诗人之文。

◇意在不言。

与梅朗三

客秋辱垂教甚切，缘邸次多事，未及裁答，死罪。伏承纠绳拙诗，益以矩墨，引领宛水，每想一见，尽所欲言。不意芜关，获侍左右，得尽生平，为快未有。契阔迄今，常深思慕。

弟于诗，寔无寸长，但缘儿时爱作偶语，率意所会，间有小作。此正候时之虫，蛩蛩喁喁而已。其于《风》《雅》《骚》《选》之原，漠然不识何似。初见时人追法袁、徐诸子，心颇不以为当；又不乐世人摹长吉者，便用长吉字句。以故啸歌之馀，偶为临仿，琱画纤巧，无裨于道。既焉悔之，响往柴桑，至其澹然无营，更与贱性相适。间读李、杜，爱其劲拔奇耸之致，出人意表，藉以发舒愤闷，少慰岑寂。初未敢求奇自见，卓然思存今古之间也。

伏惟足下诗文之妙，近世希有。窃揣其意，所营文章歌诗，皆不欲在汉唐以下，为志甚伟，弟深壮之。至弟鄙薄，谬受奖许。白门怆别，思之凄然。每江上烟暝，群山馀雪，辄手足下诗篇，放歌中流，觉昔人“济之江淮，必使蛟龙绕舟”之语，不我欺也。近作何似？邮便乞相示。庭生、龙媒、治先诸兄道意。

◯武子有《蓟西杂咏》《寒碧草》，因与治言其诗不胜文，遂尽焚之，今无由见矣。

黄虞龙

俞言，晋江人，家白门。海岳先生子，俞邵兄。《二陵杂著》。

别苏何苏

竟别矣，乃不敢时时过，恐黄花翠竹，桐叶枫心，都增我别愁尔。自念吾党，居以笔墨相守，行则以笔劄相寄，固不寂寥。不然，居乐也，乐形骸乎鹿豕也；行悲也，悲皮毛乎儿女也。故于濒行日，但录所作以别。他日临风而吹，卧月而听，雪舟露笠之馀，一弹三弄，大地草木皆动，何必握手始为聚也。

〇俞言著述颇富，落笔和风沁物，朝气凌人，与黄俞邵有“双丁”“二陆”之目。惜乎中道摧折，未尽其施。

与陈眉公

泛泖湖，日色淡融，水意平远，目青山小小如几案间物；已复天水连绵，一望无际；久之，汀洲半点，鸥凫可亲。推窗凝睇，夙怀顿饱。致问眉公，此去蓬壶几里？

与廖傅生

古能诗者未必能文，能赋者未必能诗。今则白丁黄口，拾人牙后，自命兼才，倘一失足，丑态毕露。故陆机有云：“文适多体，欲便不清。”此语竟似为仆袜材下一便宜法也。

与邹公履

谁于香烟初发，宝幌乍张，歌舞正浓，宾朋方畅，丝肉迭奏，鼎沸满堂，时时朗诵，“不是一番寒彻骨，怎得梅花扑鼻香”之句，然后倩善筑者悲歌易水，泣数行下？于是筵馔尽彻，宾朋不悦，履剑参差，伎伶失色，四座无言，寂如长夜。我于此时，忽觉自会。

◯曲罢酒阑人散，正腊月三十日亥时，怕人怕人！

示俞平

读千赋则善赋，观千剑则晓剑。苏子曰：“疵病不待人指摘，多作自能见之。”

与李君（李善图章）

若使君家，丞相命章，阳冰操笔，北海奏刀，自当绝妙古今，然而为之后者其难乎？君苟能臻能、具二品，亦可以不玷门风矣。吾恐能、具二品，大不易解。

与　客

古今能文章之士，皆胸中无物，眼底无人。无物，故河山大地，以至虫鱼花鸟，都足供其笔端；无人，故先秦两汉，百家诸子，只是我寻常交往。少则证羲画之爻，多则衍天龙之义。酒籍肉帐，悉成佳编；怒骂嬉笑，无非至论。昔之坡仙，今之卓老，庶几近之乎？

与缪太质

不是真正刚如百炼人，不能为达，故广陵可绝散，而箕踞之锻必不可起；不是真正柔如绕指人，不能为达，故猪溷可同饮，而投梭之齿亦可折。

与宋比玉

张元长云：“男子无杀，天下之大戒。”余初甚骇此论。及读庞公语云："护生须用杀，杀尽始安居。"故阿罗汉名"杀贼"。然则收根尘之贼者，亦善用吾杀而已矣。

◯以杀止杀，以贼攻贼，却是以麴酿酒。

与俞平弟

林和靖以梅作妻、鹤作子，可谓千古绝韵。吾以为不如尚玄之宅，生白之室，快心之书，触心之香，沁脾之茗，浣尘之水，写韵之琴，离垢之竹，牵爱之石，豁性长命之佛经、道藏，医俗之名文法书。惠风朗月，时要我贤内、佳儿，可令妻子作梅鹤。

与闻子将

湖南之遊，非得仙舟胜友、芳时贤主如昨日者，几不成善趣矣。苏堤一带，飞来半尖，丹枫点于南屏，翠柏环于小筑，而孤山岳坟，雷峰保叔（俶），各各标奇露秀。兄诗所谓"半榻湘云一簾水，可知人在画中行"，是耶、非耶？仆坐烟波历乱中，已神眩目瞶，不能尽说矣。有未尽者，劳兄为拈出。仆生客之言，不足信也。

◯子将诗楚楚如是，世竟不传。

与宋比玉

夜来月色，映空庭如积水，令人至不敢蹈。弟通夕为之不寐。俄而鸡鸣钟动，怅然久之。

与　客

迎大人于姑苏，大人先之任国子，谓姑苏、白下，一水可达，遂不携一卷。在舟中数晨夕，作千百回肠转，不得片字相昵。见肉帐酒籍，忻然披阅，正如张睢阳罗雀掘鼠，便足一饱。客有嘲余者曰："读书如黄钟大吕，俞言乃王蓝田食鸡子耶?"一时绝倒。

◇好书人，实实有此景。

与傅远度

三月春暮，江南草长，飞花去树，流莺乱啼。行酒郊坰，遊女云集，旖旎妖娆，目睛为夺。而山色波光，淡宕绝人，无形无影之中，残春忽送，新夏若来。一岁关心，无过此时。

◇春夏之际，尤难为怀。

与葛震甫

昨在郭圣仆会中，见近时诸名辈，正平平无奇耳，乃知见面不如闻名也。坐中有伧，哄然厉声曰："只要千秋人敬重，休管物议沸腾。"不知一时既胜物议，那讨千秋敬重出来？况所经物议者，又未必皆负冤屈。此处却不照管，虽才凌沈宋，亦何取乎？余尝举似孙、子京，子京曰："奈深人逃躲何?"余应曰："宋比玉既言之矣：世间自有明眼人在，自然逃躲不得；即使逃躲得一时，千秋后依旧时有明眼人翻他的案，依然逃躲不得也。"

○枫落吴江冷，比比而是。

与刘今度

黄贞父先生谓：柑樜有渣，螃蟹有壳，皆是食物一恨。某对：捣汁和酒，剥肉调羹，如何？先生笑曰："《南华》节录，《史记》纂要，愈令人恨恨矣。"

○秀才读《史记纂要》，见全本《史记》，云是伪书，则知剥肉捣汁，未必非上策。

与邹满字

古来奇逸之士，皆胸中负如许无状，喀喀欲吐而不得吐。故发之歌咏、行之词赋，或使酒骂坐，或拥少挟伎，或呼卢陆博。虽云习气未除，总之英雄不得志，则用以自秽耳，宁有真实哉！

与顾与治

某性懒著述，间有涉笔，脱即燔去，颇不留草。居恒自笑，身非乌帽红袍，何以刻文集？令人称为山人诗文，不堪为美女夹鞋样，只合送官府封书帕，是不亦醜乎？此语稍闻于何稚孝先生，先生乃以书让我曰："斯言出，使世人谓子只理会八股取乌帽红袍的秀才，不会作诗文压倒山人的汉子矣。且得如子作百千万纸，至于百千万部，岂不世界中绝新光景、绝奇意象？又何必燔去，然后始异今之纸蠹木灾、沿门觅乞者哉！"

◇大言使人意旷。

郝　敬

楚望，京山人。《小山草》。

与王百穀

翰墨虽游戏，亦颇能祟人。尼、瞿二老，副墨过多，年算皆不及耋；惟柱下长生，捡其文字，才五千言。若捡翁，不知过几五千。近时王司寇、汪司马，老作蠹鱼，干死案头，岂二竖伤人？翰墨为祟耳！翁眼如曙星，口如悬河，省穑用之，皆是不死之物，而以狼戾于隃麋陟釐无当也。相爱之至，效其喽喽如此。

○人言柱下文字，只是不犯手。竟五千言，无一人姓名，亦是其怕沾染处。

○公著述汗牛充栋，乃为人言如此，似以百穀风云月露之词为无当，欲返之经耳。

寄缪大质茂才

大质足下：天地阨，环宇窄，流光驶，生死迫。羡足下能以一斗酒，销磨块垒，箕踞蓬头，侬侬作吴语数声，捧腹一笑，世上机穽都尽。每暗中摸索，白昼观想，真崎嵚历落可笑人也。

与田肖玉

吾里中士子，异言异服；妇女披缁、持槵子，修西方；其老人年耄，酒色衰惫，则问鼎器、拜黄冠，讲婴儿姹女、养汞烧丹；市井下户，炊半菽熟，先饭沙门求福果，而饥饿其父母与儿女；家庙则奉佛修罗、天神人鬼，而黜祖考。世教民风，既至此矣，请足下勿更益薪。改步而趋就平易，使下里愚氓，信足下无他，则人我荡荡平平，偕之大道。希圣希天，何以加此！

吴懋谦

六益，华亭人。

与张友鸿

先生席世贵，享盛名，而能与憔悴专一之士，较其毫厘分寸，其出于性而全乎学耶？

张□□

象冲，高州人。《石龙鸣草》。

上伍国开师

身倚横天之剑，手弯明月之弓，有事则大箭所加，旄头夜落；无事则彩毫色动，上苑花愁。师许之乎？

〇此何人耶？能作尔语，从伍铗山游，故非凡士。

李继白

梦沙，临漳人。《望古垒（古同“斋”）集》。

与同社

余暨汉公醇子，读书于魏武雀台高处，追七子之风流，弔西陵之歌舞。漳流断岸，激浪横舟，渔罟归来，夕阳山紫。且风风雨雨，可作诗中佳画，得句索笔墨急书之，适且快意，一时之第与不第，非所计也。

〇唐人《红线传》“铜台高揭，漳水东流，晨鸡（钟）动野，斜月在林”四语，妙绝古今。梦沙此札，何减唐人？大河南北词坛宗匠，允推梦沙。

与张晓人

近代何、李之后，矫以竟陵，两相救则相成，两相胜则相绌。终复鼻祖长沙，未为极是。而云间之选，虞山之书，其安所适归乎？

恽　向

道生，香山，武进人。

与栎园

逸品之画，笔似近而远愈甚，笔似无而有愈甚，嫩处如金，秀处如铁，所以可贵，未易为俗人言也。先生远辱致书，敬为小册十种。苦停舟而待，不能效古人五日、十日，然拙速巧迟，亦是语病。《嘉陵山水》无粉本，顷刻而成，亦惟意之所在而已。想当发笑。

○章侯、道生，没而名愈重，以其多读行数书耳。世间不识字人，如何作画？

伍瑞隆

国开、铁山，香山人。《怀仙亭草》。

寄王喜赓

燕市醉别，遂仗剑出都门，不复顾世事。过东山，偶感柳色，情端复起，忆我携手，亲如盟兄者，不自知其泪之下也。方信古人无别泪，无非小丈夫；若我辈者，焉得不泪乎？

○情至之语，不觉颓唐。

又

隆愚贱末品，自顾何人，师台俨然加以布衣交好之谊。隆生平只能守孤尚，闭门独坐，开门独行，不特当路少所干谒，当其得意迈往，妻孥之不相见者，动历旬日。魂梦之所不能通，遊扬之所不及到，师台从何而物色之，若以为斯道中不可少之人哉？

细捧鼎函，字字肝腑。区区苜蓿下吏，既恐其志业之无成，复虑其衣食之不足，腆赐至再，雅注隆极。隆伏而思之，则天之雨露风雷、地之汶淮济洛所不及也。韩昌黎一代山斗，三及宰相之门而不得报；子厚之于权补阙，子由之于刘长安，皆狂言疾呼，以惊听者之耳，而后得一遇，其视今日何如哉！东坡谓黄鲁直曰："观其人以求其为人，必轻外物而自重者。今之君子，莫能用也。"然则隆之得遇于师台，其古道乎？典刑在远，山斗何依！卓锡泉边，芙蓉山下，门墙之感，可禁精魂。

〇伍铗山与金道隐、陈章侯，庚辰结社都门，意气豪迈，不可一世。观此，犹想见此老倔强之态。此等人，使其作广文，大奇。

〇昌黎三书，毕竟醜态不幸流传至今，为人藉口。地下有知，不知作何等愧悔。

又

病中得台臺一序、二诗，遂以当药。方信大道术人，造化在手。字画尤祈各损佳赠，草茅下士，当其情之所钟，辄欲唾手。正如婴儿在怀抱中，呼号啼哭，以索梨栗，为之亲者，或且不堪，而终不可以为罪也。

〇广文向直指作此言，狂态可掬。

上葛介龛直指

伏蒙台臺传谕，将高州府新修志书，聘隆订正删补。伏念古今信史，《春秋》尚矣。扶风之作，已亚龙门；陈寿之编，又劣班固。六朝、唐宋，类出崇公伟匠之手，而不能不遗讥文移、取嗤朝报，况今日哉？

今日不能为马、班，世代限之也。况一方之文献，不尽《诗》《书》、秦汉之言，而旬日之经营，又非谈、迁、彪、固之业，欲一操觚，而阖郡许为信史，岂隆之能哉！伏惟台臺定其体裁，授以旨义，使捉笔之际，一一遵行。隆自当矢公矢慎，以成盛典。至于梁园授简，滕阁留宾，类略世法之烦，以发文心之净，并乞台臺曲赐宽宥。凡奔走晋谒所不及者，悉少矜而恕之。李白所谓“接之以高宴，纵之以清谈”，良有以也。

苜蓿小吏，野性未除，不觉言之狂妄，罪当万死。然常情为下官者，一语抢地，头与足俱。隆独抗声论列于直指之前，不复知有忌讳，则台臺之优容下士、怜才无已之盛心也。严霜之下，不废春风；士乐开诚，人怀奉法。上为国家养董狐之器，下为高凉开一代之文，台臺之大有造于西，宁有既哉！

◇首何仇于天，而日与之远；何亲于地，而日与之近？近每思纬真之言，辄为失笑。

范文荧

仲闇，内江人。

刻李钟合选与友人

伯敬胸中无多趣，只有此一点意想，在冥杳间要将山水情态，强逼而出，青天白日之下，便有鬼气中人。

○自仲闇《李钟合选》出，伯敬扫地矣。

又

伯敬好裁，而笔下不简，缘胸中不厚耳。内薄则外窘，故有绷曳之病。故言裁不若言养，养到行止自如，伸缩皆无浮理矣。

○“绷曳”二字，曲尽竟陵。

与张文寺

心思苦得有益，道理想得无为。竟陵盖有不必深、强欲深，原不深、强视为深之病。

○竟陵为诗文，先办一静悄心肠，所以渐入鬼境。

陆　堦

左城，仁和县人。

为外母与外父书

窃闻鸟名比翼，尝栖连理之枝；褥号合欢，更系同心之结。瓜葛连于井上，萍藻寄于水中，莫不松柏为期，丝萝永托。况夫系由名胄，获配良人。鸡鸣警旦，敢傲齐姜；蔓草裁诗，还同冀缺。方欲固磐石于千年，侍锦衾于百岁，而干遇旃蒙，支逢作噩。初平学道，曾遊宝婺之山；（乙酉春，有婺州之行。）王粲登楼，犹有秦川之望。不意运匪登三，数丁阳九，瑯琊兴赤眉之师，钜鹿起黄巾之众。北望湖滨，青鸾未合；南奔岭表，玉象长分。义安主之幔前，花曾湿泪；衡山侯之幄里，香且从风。犹以江南阻绝，尚羁开府之辕；蓟北初平，自返少陵之棹。而一下石头之帆，遂应李官之选，（时授高凉司李。）白马山前，征轺远引；归鸿亭上，双鲤难通。异秦嘉之给使，目玩帝城；岂许迈之求仙，心留金阙？

至于今者，息足琵琶之洲，避世菖蒲之涧。（隐于粤东郊外。）门外七松，自名处士；庭前五栁（古同“柳”），人号先生。

而屡出秋胡之金，数聘茂陵之女。延娱延娟，更摇鹊扇；桃根桃叶，并拥兰桡。（时尚有二妾。）室鲜千金，谁买长门之赋？锦非五色，难回刺史之车。岂才本相如，应离沟上；何罪非李婉，如徙乐浪。况夫弱息，犹在冲龄，初习方名，未娴翰墨。虽情同赵至，时闻释卷之悲；而家似邴原，不免过邻之泣。此皆华司徒之严整不闻，谢太傅之雍容尚远。故邻迁太学，犹欲断机；客过新淦，未遑剉荐。至于远棲异域，遥念乡关，雍门之飞鸟秋风，少卿之胡笳牧马。望乡台上，心伤鸿雁之来；扬子江头，肠断秦淮之客。人之情也，能无悲乎？

而且粤岭瘴深，蛮乡心嫉。相逢仲祖，应来介葛之讥；即遇郝隆，亦有娵隅之慨。白云黄木，恐异丹楼；火种刀耕，难同荷插（通“锸”）。岂如迁疫疠之邦，返莺花之国？苎萝娇女，仍近鸥夷；汉水名姝，相随交甫。而性非郡主，委髲犹怜；事异王公，骑羊不怒。庶几张翰之志已全，尚平之愿可毕。于是长辞市里，老避墙东，椎髻布衣，愿就灞陵之隐；伐樵採若，同入会稽之山。虽步兵之厨难得，而居士之屩可售。何至陶潜失职，行乞道中；仲山埋名，佣工街上？

若谓身留南浦，橡栗自资；客在湘东，马裘已敝。一唱思乡之吟，永绝故人之问。不知路出南州，常闻磨镜；人来吴市，漫学吹箫。苏季子之负书，赵长平之步担，我思古人，宁殊今日？倘欲希金张之贵，慕陶猗之赀，始贺骊驹，方归桑梓，则心迷象郡，梦断虎林。生遊荔枝之洲，死葬莲花之寨。楚国招魂，岂知归路；秦人收骨，未识何期。恸哭苏城，孰敕虎丘之祭；棲沉蜀壤，谁全马鬣之封？

初染翰而神伤，继挥毫而魂绝。所以琼楼春日，心怜萸岭之花；金井秋风，泪落桐山之叶。（萸岭、桐山，皆粤地名。）烧玳瑁之簪，悲同寡鹄；坠鸳鸯之瓦，惊等离鸾。虽窗外合欢，未能蠲忿；即庭中萱草，谁肯忘忧？爰作素书，用凭青鸟，是知紫台远去，犹还青塚之魂；黄鹄思归，尚有乌孙之咏。岂女子有情，独丈夫无志哉！

◎左墄此书，如入远山，径路迂迴，草木蓊蔚，时有悲愤惨境入人耳目。

◇事若安南，辞同织锦。

◎反覆开陈，血泪迸落，读此能不动情？

梁以樟

公狄，宛平人。

与龚半千

亟欲过幽居，孤桐静竹间，茗话半日。奈解缆匆匆，不得消受清福，命也如何！佳畫须密于无天、旷若无地，赖此以过残夏也。留一使在道院以待。

◎半千落笔，上下五千年，纵横一万里，实是无天无地。

胡从中

天仿，淮安人。

与龚半千

闻足下四月一日，闭门谢客，不具衣冠，就树凿窗，扫床独宿，为休夏百日之愿，不识果否？果尔，吾恐十洲五岳，尚罕其人，谁信城隅有此恬淡之士也？所读何书？闲中仍拈弄笔墨否？仆思将一童子，载米茗盐豉之类，仍借居比邻小堂，月好则共谈，久雨则赌弈，亦不敢数数过也。秋风稍凉，又复归去。足下能许我乎？特讯。

诸九鼎

骏男，钱塘人。

与胡彦远

比者江淮兴尽，遂逡巡济上，思欲一寻齐鲁诸胜。九月三日，已抵真源。先生官署，土山之隙，有轩子三间，仆得棲托其内，陈列经史诸文集，烧烛朗吟，宿鸟惊起。时更人唱筹，如衣猿冻雁，与书声相杂，遂以为常。日或无事，登土山，有石如砥，每坐其上。槐子恋恋，霜雪不摧。隔垣柏树虬立，时有长尾山雀，啅啅其间。树隙即千佛岩，苍翠掩映，拱如立屏。仆顾而乐之，竟遗忘其身之羁困也。

偶得伯紫《喜栎园南还》诗，因忆曾饮旅堂，新虫叫露，夜月泥人，宛如今昨。与张表叔同和此诗，仆既重栎园之为人，率笔直书，不食顷而十章俱就。张叔为之掀髯一笑。后三日，张诗亦成，遂书寄旅堂，使知我辈寂寞中，尚有如许胜事也。

黎士弘

愧（媿）曾，汀州人。旧字愧孙。《托素斋集》。

与曾弗人

诗虽小道，仆凡所为瘁心力于斯者，岂朝夕哉？当其意匠揣摩，开窗览卷，每一抽思，辄环庭疾走。至两足如槌，十指如脱，仍复起坐呼灯，伸毫涂窜。由今思昔，岂独家累轻闲，亦遭时太平。士得闲心卒业，即就苦犹甘耳。

今四海鼎定，士之才者，驱车拥盖，驰一旅之师而过人国。有司供帐，稍不如意，命一卒讙呼，城中十万户，皆菜色引领。其卑者，亦佩刀带剑，用缯帛如沙土，乘醉卧道上，傲睨行路人。将使一困顿诸生，立于其前，操卷出袖，牵人而告曰：我元白，我李杜。吾知引噺不暇，谁复听之乎？然既已知其无用，而犹且执笔长唫（同“吟”）若仆者，真可谓不识时务之人矣。

〇愧曾可为三折肱于此道矣，宜虞山与徐巨源称为“后来一人”。

俞琬纶

君宣，姑苏人。《自娱集》。

与姚孟长

再客太末，善病如初。风光欺髩（古同“鬓”），每镜自惊。山樱野蕨之思，无日去念。

〇一二语，楚楚有致。

与周玉绳

别时未春草也，今且枯杨吹黐矣。引颈拂霄，恍犹搴袂，皋兰清露，尚有馀芬。所恨过去风光，疾如飞激；未来日月，淹若蚍蜉。屈指后期，再亲云上，真晷刻三秋也。昔人谓“拙病宦情少”，叹息此言，语真味长。常想人生何处不可以容七尺？乃有此一业境，非苦非甜，入之不禁额烂，脱之无奈丝牵，令人日老于壁上，可叹也！

又

三衢橘柚之乡，久客于此，一身酸涩。

〇冷隽至此。

与缪当时

渊江涛，春明栎，与年丈醒里平分、梦中交换，然而通问之书窅然。盖自有心期，而竹素桃文，非所言赠也。弟懒骨懒情，与仕途相谬，受事来，虽有一念朴诚，斤斤细节，颇见知于上下，而情与事违，病以愁积。两月前，以万不能忍，亟草文移改教，而畏而思逃，逃乃益絷。幸同玉绳诸年丈，预为之地，天涯兄弟，向中禁仙求吹兰蕙香者此耳。

又

让人一步，高人一筹。火星在身，不得不振。稍与火远，切莫吹动，恐我吹去，风逆还烧耳。

〇一部《阴符》。

与　客

人生苦境多已，至我辈复为举业笼囚，屈曲己灵，揣摩人意，埋首积覆瓿之具，违心调嚼蜡之语，兀度兰时，暗催梨色，亦可悲已。

与陈古白

弟自出榜后，殊自惭愧。才华如古白，尚困鳞池中。我胸中若得古白半分锦绣，则今日一第，亦傲以为当然矣。

与王太玉

弟如食蓼虫，身在苦中，不知人间有何许事。屈指不远，稍还堂下侏儒之债，便以六年三径之资，营汉阳乐事老其生。年兄飞黄日，乃弟守黑时矣。此语足券，非世俗言也。

与林若抚

冰入炉火，有消而已，必不变而为火。此寒德也。

答友人

凡不得意文，皆思路不开时所作。蹋壁苦唫，灯昏据案，神瘁欲僵，气愤欲泪，如此苦境，谅我与子俱尝过矣。故不忍弃去，俱付之梓。才不才，皆吾子也。秀颖者，吾爱之；彼以驽而受贱，憎恶不已，继以敲朴，吾怜之。吾于怜之者，尤睠睠焉。

答友人

家大人尝语小子曰："吾为文，宁唇颊烂，不袭唾涎；为官，宁面皮烂，不受眉眼；为乡宦，宁姓名烂，不入官衙。"

唐 时

宜之，乌程人。《巾驭乘选集》。

答钱彦林书

窃惟心志之与才情，如主与婢，婢不妍，平时无以为欢也，然不欢而止矣。闺中少妇，对之解颐，然主人得之也深，而婢恃之也素。主婢相狎于不分之境，至其悍然横行，而犹能持之者，此唯刚主能之耳，然婢与主人俱伤矣。

今夫人行文，心欲往而意辄入之，意欲然而笔辄达之，欲不自喜，不可得也。亦曰吾喜吾才耳，庸何伤？比其忽啼忽笑，主人为彼使而不知；纵然知其不是，亦不能禁。惟极刻责人，时时用工夫人，差能禁之。心与识相战而不能降，周身之血气，俱受其困。譬如主人与爱婢反目，家之大小骚然、不能宁居，平日之家人所以视乎婢者重也故。夫与其猖狂而禁抑之，莫如当得意时自爱，其嚬笑后，虽微抑之而不甚怨。

又

弟日来与湖广李愚公谈文，霸王力拔山兮气盖世，手用大刀，浑身俱在两手，况能分其孰为左手、孰为右手哉？然彼时霸王皮肉之中，肝经血气，必不混行于肾；肺经血气，必不混行于脾，虽周流贯串，而脉络当自井然。

吾乡之文，脉络井然，而患无拔山之力；楚中之文，有拔山之力，而脉络患其不井。弟观尊义，出乎我乡之类，拔乎三楚之萃，大抵具拔山之力，而于井然之地，不无少忽。又或者恃彦林之才情，以欺圣贤；又或者恃彦林之才情，以欺彦林。彦林以骨肉待我，弟不敢路人自待也。

与　友

蚕不得桑，不能吐丝。然使执他虫而饭以桑，则其所变化，亦不过粪土焉而已。

与　友

身怨心枯，心怨身羸，身心交怨，吾将抱此枯羸，仰诉于帝，易一副佣保骨，善饭而强。帝若不许，则并致其须眉。天边一隺（古同“鹤”），芦边一雁，饥餐饱飞，谁为笼系？惟帝其允。呜呼！古人问天几千言，何曾接得老天一回字？我今抱此枯羸，欲向天公换佣保、换隺、换雁，聊作此痴梦耳。

〇黄俞言曰：“宜之清狂，绝类桑民怿。就试京师，将一猕猴为侣，兹又欲化为隺、雁，可为孤高无偶矣。”

与袁州平

记州平教弟者曰："男子出世，不与乾坤撑持一番，虽文章做到极处，终如妇人女子。低眉裣衽，巧针细线，何足夸贵。"盖劝弟揣摩以逢时也，顾未几而州平之刖。犹夫人也，无征之言，将不信乎朋友；岂惟朋友，即弟亦且有疑焉。

当时苏秦游说天下，国家何处坚、何处瑕，皆历历有实据。纸上城池，有何气力？几竿而乱，一扫而灭。其孰从而揣之？六国人主，止此六副肝肠，某君可诱，某君可奉，某君可惊，皆历历在吾掌中，可走其腹，以故言无不中。今三年，易当事十六七双眼睛，易十六七副肝肠。且当事者临文，如公庭断狱，唯其左右，非有宗庙社稷存亡呼吸之虑。诱之未必喜，奉之未必尝，惊之未必惧。其孰从而揣之？

霍渭厓为主考出，人问场中好尚何如，渭厓曰："尚命。命好而文好，应有收好文者；命好而文歪，应有收歪文者。命歪者反是。"人皆服其公确。余谓此言，犹未尽此中之利病。就使十六七双眼睛，皆收好文，其取舍当不一也；就使渭厓先生所取阅之卷而重阅之，其取舍又当不一也。其孰从而揣之？功名一道，天、人、我，鼎足用事，其孰从而揣之？

顷见人作灯戏，扮明皇遊月宫故事。一蒲草之身，而半为明皇、半为马，何荣辱之殊致，其孰从而揣之？嗟呼州平！我辈俱作灯帷中戏具，牵扮未了，须共商一持久之长策。

◇州平此语，亦自可人。

答张梦泽先生书

病骨飘零，绝无归处。且寄身枯寺，寺中有床而无被，旅中有被而无帐。今向僧家借一鱼缸，昼夜坐卧其中。友侪怜而止我，时戒以勿言。假使昔人以缸为床，则我今日有床而无缸，诸君又当怜我无缸矣。有床乃知无帐之苦，无床何所求于帐哉！幸评此况，较文字何如也？

〇宜之后判凤阳，鸿宾先生赠诗有“帝陵秀又添龙护，客路清惟有鹤随。”则知宜之之品，早已定于鱼缸中。

与徐穆公

西湖之妙，余能知之，而西湖之病，余亦能知之。昔人以西湖比西子，人皆知其为誉西子也，而西湖之病，则寓乎其间乎〔矣〕。可见古人比类之工，寓讽之隐，不言西湖无有丈夫气，但借其声称，以誉天下之殊色，而人自不察耳。不独此也，即“天半峨眉”，昔人以为誉此山者，无以加焉。由今思之，隐然有引之以入于妇人之数，而不许其独为丈夫者。公穆其能首肯焉否也？

答方孟旋书

大教云；大石师莫作好人想。想以先生根气深重，故作此言。如弟辈，则未敢承当此语。以时自审，似勇猛而必迟疑者，礼义廉耻之心也；似恬退而必驰骛者，酒色财气之心也，安敢据其似而忘其必乎？先生功行，固非时比，若细细推求，恐亦未能竟斩绝耳。然则时时作好人想，犹恐堕落，何敢遂不作此想耶？但不望报，不邀名，时以如来不受福德为心，其庶几乎？

又

先生日逐疲于应酬，以时杞计，亦以精神可惜。神静则就于里，精息则滋于生。学道、生子二事，皆必使精神有馀地，而后自然赴于其中。若碌碌应酬，纵然不竭不困，必不能转而他之也。愿高深垂听焉。

又

昨时归寓，气甚短，因而念先生气亦甚不足。多言伤气，人皆知之；思之损气，惟时久病乃知之。所以老氏塞兑虚心，并为实腹之地。文字之债，幸坚壁谢之。欠人银债，轮回必还；欠人文债，东君应无此小帐簿也。文之行也，虽不能止乎礼义，亦当发之乎情。情之所动，而文行焉，虽病犹有甘处。若夫无情之词，不几为妓家送别之泪乎？健人犹不能堪，况其病乎？

◇负此债者，偏急于金银，奈何？

与　友

古人之于言也，言其馀而已矣。子曰："学而时习之，不亦悦乎?"言"学"、言"习"、言"悦"，千言不可尽也；尽学、尽习、尽悦，亦非子之言也。言学、言习，不如言"而言之"、言"不亦言乎"；言"不亦言乎"，不如言"子曰"；言"子曰"，又不如言"子曰以上之圈也"。如生旦未登戏场，举步将离戏阁，而其胸中之所欲言者，浩浩乎已在座上矣。此归奇于扐之际也。

答薛更生书

闻兄与蕙道人，为了观谋入山之地。弟谓了观春秋未老，肤泽光悦，若使壮心不死，境静则根益动。莫若趂（古同"趁"）此色力，行脚四方，行行作务。但使苗枯花谢，了然无依，然后一片蒲团，可了十千世界耳。

○绝顶识见。

与李仲章

学者胸中多有古人书，要亦大利、大害之所系也。王介甫一代儒者，然假使其为秀才时，不熟读《周礼》，宋之天下，不受其剥害。

与友人论诗

里巷歌谣之作，男女咏歌，各言其情。计当年，当有有其音而无其字者，而先王译之以为经。夫文理之极深者，无过于圣人。至其译田夫野老之语，终不敢少用其学问，以掩其本色。殆以田夫野老为草藁，而先王为清藁，一派空濛之气，遇于无形，而斯以为诗也已矣。唐人深不如先王，浅不如田夫野老，诗之广于唐而衰于唐，何惑乎？

○无奈今之誊录生，偏欲改人文字。

与沈雨公

余尝上下古今，几为才人怨妇，掩卷踌躇，有设身极不能处之处。如明妃初遇单于之夕，摩诘见胁禄山之时，秉烛徬徨，不能寤寐，良久乃能破闷。盖亦幸而留诗词一道，以泻其悲愤无聊之气。假使古之才人，生于结绳之前，更无有笔墨以发其淋漓之感，百世之后，谁与闻之、见之也哉？

周积贤

履道，华亭人。

与弟西临

五十岁作赋，又一年作骚，颇有可观。四五年间，可得百馀首。后经兵掠，遂尽亡之，亦不复作。直以所长在此，故慎自爱，见闻不足，恐小用之耳。昨乃梦为赋，辄著《通玄赋》以自况，敏而不工，无乃为长卿所笑。

钟震阳

百里、玄洲，宣城人。《偶居次集》。

与某

何事不可为，乃恶是为耶？兄云为恶者，需才与势。窃以为势重才高者，必不为恶。神龙威凤，一出而万汇改观，夫非造物之才势乎？若豺虎之皮，人将寝处之，乌呼势、乌乎才耶？承台谕，即当尽法。

张贲孙

绣虎，钱塘人。①

与周减斋论诗

五言排律，对仗精工，要须奇变。仆生平憎黄金白玉、翡翠珊瑚等字，故闭目不看类书。然辟空撰对，虽即席百韵何难？今人辄挟奚囊，平居专凑无情之对，装积已满，则借题填典故耳。虽雕镂刻画，宝相庄严，终是匠工，了非元气。又仆最躭少陵，而五言排律，犹有遗议。叙事不忌村，使气不怕蛮，只让杜老一人，后人学步不得；即昌黎《石鼎联句》，殊失大雅，不可再也。

又

自北地宗法少陵，几于神似，信阳颇以为讥；至《空同

① 原文作“张贲”，误。张贲孙，字绣虎，又字绣武。《藏弆集》乙本不误。

集》，有戏效唐初体诸作。文人相轻，自古已然。兼採两家之长，斯为入室。于皇常言：今人拟古诗，如童子描朱，点撇粗成，之无未辨；又如俗伶歌曲，檀板频敲，宫商绝响，岂其然乎？倘外具体貌，中含情致，文质相宜，秉经酌雅，世有作者，吾其庶几遇之。

康范生

小范，安福人。

与周减斋论王于一古文

自丧乱以来，高明之士，救死不暇，遑事笔墨；后来之俊，又无所师承，以意求合，学欧、曾而气索步蹇，摹晋、魏而肤腴神枯，遂至两失，无复一是。得于一出，毅然以大家为法，而其才其学，又足以副之，真可谓救时之具矣。

顾以余论之，如于一所为，极难耳。万、陈诸子，当海内承平、文事方盛时，即吾乡会城，先正尚存，典型犹在，而同郡以及临汝、吉阳诸郡，皆家奉敦盘，人立旗帜，与海内能文之士，声气四驰，桴鼓相应。故诸子伸楮挥豪，兴会飚举，大而高文典册，小而触物纪事，并机流神王，情深文明。至于一独遭世故，流离他乡，又寓广陵五方杂处之地，贾人子朝投千文，暮索其庆弔之辞，于一或待以举火，辄勉应之。同里隔塞，老成凋谢，即幸而存者，窜伏穷谷，音问莫通。四方知交，咫尺阻绝，其偶一至广陵者，辄匆匆交臂而行，亦未暇远有所论定。嗟乎！于一当此幽忧茕独之际，而能肆其力于古文辞，真可谓志耑而气锐矣！

尺牍新钞卷之八

华池 王延阁若士、武塘胡介彦远/选

豫仪 周在浚雪客、周在梁园客/钞

丁雄飞

菡生，江浦人，家秣稜。《兰书》。

与刘生三

仁兄抱老年伯母之戚，弟亦复天谴，夺以慈帏。我两人青衫欲破，白雪满身，情绪悲丝，何日向虎丘龙潭，相持一痛哭也？老年伯与家严，同以慈悲愿力而出，乃世路人心，不可问矣，岂乐行时哉？林下之味，数百亿堂上也。承欢色养，弟与仁兄勉之。

邀六羽叔赏玉兰

玉兰雪为胚胎，香为脂髓，当是玉卮、飞琼辈，偶离上界，为青帝点缀春光耳。皓月在怀，和风在袖，夜悄无人时，发宝瑟声，伫爚茗柳下，候我叔父，凭栏听之。

○菡生文心，正自如此。

邀六羽叔泛秦淮

野蔬村酿，不足道也。第微雨飘舟，小杯细语，觉秦淮艳地，自有一种清境，留与我辈。牙板金樽，徒增俗气耳。

〇晴则皓魄当空，几船箫鼓；阴则轻云阁雨，数株烟柳，秦淮正自可梦。

复徐仪明

仪明足下，壮气凌霄，清思映玉。弟于《北征》诗，见“莺花感慨”之句，知足下为有心男子。第冗与病会，不能抠衣问奇，纸帏瓦枕，徒借足下作梦料。

昨得芳函，知己之感，已勒兰谱。读《卧雪刻》，壮怀幽韵，如龙吟鹤唳，自是瑞世大音。詹詹蝶语，只可向香蕊丛中，与百花问答耳，见足下当噤不能言，何足下之不鄙夷也？

〇涵生于此处，正自不凡。

与张行秘

煮冰烧炭，嚼胆餅梅花，造物到底以清福畀人，断不谓岁残，遂草草了事也。因念去冬薰长干塔，坐徙南丈室，吃粥作诗，天地冷如冰，吾辈意气热如火。今不能续，叹叹！

〇造物念我辈一岁花花草草，装点到底。不似富贵人家延客，始勤终怠。

又

少年永日，更难消遣，诗书攻之，徒增烦结。惟藕花兰蕊，淡茗香醪，湘簟绣枕，拥小姬清言雅谑，是为上策。弟近日书卷抛斜，惟此数事，寸心火热。

萧士玮

伯玉，泰和人。《春浮园集》。

与钱牧斋

山中图史足娱，兼得好友，相与晨夕，此福当矜慎享之。异时坐中书堂，四体不得暂安，口腹不得美厚，身肩天下之忧苦，思欲一唱《渭城》不暇矣。玮居家一无所为，然后世或以懒废，误入高逸，未可知也。

◇谓梦阳也。

与李懋老

居家大都无所为，惟饱飡青山、卧听流泉而已。从此欲种秫酿酒，作祝鸡翁耳。丈夫一发不中，自当摧撞折牙，以息机用，苏而复上，何为也？

○伯玉每一临管，辄如美女倦绣，冷艳怜人。

与次公

洪觉范驰情风雅，陈莹中云："于道初不相妨，譬如山川之有烟云，草木之有华滋，所谓秀美精进。"近王元美亦云："生意方茂，且放东君发舒一场。华落叶脱，当归根本，会须有时。若早自閟结，政恐万宝生成时，更吐华萼，如之何？"此皆结习未忘，聊以自便耳。余心知其病，然复好之不已。穷年枉智思，掎摭粪壤间，真浅之乎丈夫也。

广陵与故人

芍药惟此间为最，兀坐公署，不得一瓣到眼。如此名花，只陪徽州贾子，呷盐茶、豆粥饭、五加皮酒，挟新桥笨娼，唱四平腔调自豪耳。邯郸才人，嫁厮养卒，可胜叹惋。

○近见一妓与客书："青楼姓字，愧在卢前；鸳帐姻盟，乃与哙伍。"乃知长须广腹儿，便多受用。

与万茂先

忧病之馀，闭门高卧，季秋强起，始入深牧菴，为学道计。然看云弄石，抚松听泉，亦损闲心。夫暂时忘照，即同失候。古人剪爪拭涕，犹且不暇，况有闲工夫为俗人怡悦地，可愧也。

与　弟

往在维扬，看惠崇山水卷子，秀逸之极，时往来于怀。今日开牕，见岍湖诸山，宛如久羁逢亲旧也。

与万吉人

得归即乐，何必太速耶？筭程量日，但兴劳虑，无益耳。孔彦深尝遊山，遇沙门释法崇，偶留同止，遂停三载，家人莫测所往，此果何人耶？

○一停三载，亦太高兴。

与闻子将

从永兴抵横山，树老泉咽，村迂竹偃，苍寒无际，以目力所极为际耳。江邦玉草堂亦可居，然山穷水止，迫晚意尽。此中结庐，只宜在法华、永兴间，留横山一带，以为遊息之地。如陶士行饮酒，限已竭而欢有馀，乃佳耳。

○山水间别有静会。

初度日与弟

四十九年，梦幻泡影，利害婴身，如以毛置掌，了不觉知。此后当作置睫想，庶有开交之路耳。列缺之光，一瞬而逝。长我者，少于我者，亲知已去数人。长沙岑禅师，摩亡僧顶曰："此僧却真实，为诸人提纲商量也。"

◇此棒太狠。

与杨寨云

调公如枝鹿，见时贵辄骇去，乃独喜与余两人周旋不寘。视此海鸥，渐有可下之色矣。

与次公

辅理性情之书，须使之常交于胸中；导慾增悲之语，自宜少近。正如经云："五种辛菜，热食发淫，生啖增恚，当刬其助因耳。"此语少年或以为迂，不知我乃折肱良医也。

○真学道人语，真读书人语。

与闻子将

众生福业，日趋减薄。宋元逸集，力索之不得。弟之福，已不及前人；后人之福，应不及弟，亦何由读弟之书乎？

○上元夫人言：月规较古少减。乃知众生福业，不能复增。

与何非鸣

昨晤黄水簾，言戊辰近事，娓娓可听，且有回生之机。弟云：昔有韵士，置一小楼，颇据湖山之胜，赵吴兴顾而乐之。后有富翁，为筑重阁，以蔽其前。吴兴复至，夷犹不怿，手署一扁曰“且看”。近日生机，亦且看耳。

与潘昭度

宗玉将归，须命过春浮，一极谭文章之事。文与可袜材一派，必得其人，然后授之。过邮亭而不使人知，亦是前贤美事。然当世如有刁主簿其人在此，又为第二义矣。

〇宗玉为昭度先生令子，有文名。

与次公

途中宴会，大苦人。诸伶似偶，有声如牛。肥皮厚肉，浓茶细酒，才到喉间，盘诘数四，终苦面生不纳。入此中人肠胃，便如轻车熟路。徐家肺、沈家脾，人人一具。不知宿生植何殊福，乃博得此一种不可思议脾胃也。

〇为之喷饭。

又

到家已近，为风雨所阻，欲归不得。江上看山，意兴都尽。昔人云：“青山秀水，到眼即可舒啸，何必居篱落下，乃为己物?”此全不识痛痒耳。

〇落笔便入晋魏之室。

与马季房论诗

律细格老，与年俱进，皮毛脱落，乃见真实。善畜马者，初不令其跳踯，每夜必紧其啣勒，不容亲水草。旬馀浮臕（同“膘”）尽消，筋力怒张，日驰数百里不倦，饥渴不能为之困。作诗而多芜音累气，皆由浮臕未尽耳。

林增志

任先，瑞安人。

与李小有

莲大师此刻，如饵小儿，不令过饱；如相瞽者，不使疾趋。其向上一着，隐跃舌端，终不说破，固已金针暗度矣。

◯任先闻已披缁入深山，不可得见矣。

张可度

罽筏，更名二严，江宁人。扶舆文寺公弟，瑶星叔。

与周栎园

严观自古卿相之尊，必有布衣之士，与之颉颃相上下，虽出处各适所趋，而霄壤两相为映，如寇平仲之于魏仲先，张德远之于苏云卿是已。近代宋鹅池、徐文长、陈白云遗稿，若非遇太室、中郎、伯敬三君子，取沟中而黼黻之，拾爨下而宫商之，几淹没而名不彰矣。今先生夙身慧业，当代伟人，怜才之念，上通于天。严亲见先生蒐罗四方之遗佚，而表章之赖古堂中，奚止数十百家，亦既海内所归心哉！

有家兄紫淀者，学虽未至于大家，守则犹严夫处子，今不幸修文地下。生平著述，除文字不录外，其五七言诗歌，有数十馀万言，与目前号为名家者，亦自有别。目前名家，备一音止耳，而紫淀之诗，有事关国计者，有念切民瘼者，有扬扢贤圣者，有凭弔仙佛者，尽《诗》《书》与礼乐，皆神用而天行。但其生前无立名之意，身后又安得有传世之心？而千载奇逢，适值先生同居里闬。

严推先生乐善之念，普观四海，折节吹嘘，有一士弗耀于光明，若己推而纳诸涂炭，其扶持风雅，有如此者。严不揣以紫淀之敝帚，妄欲先生剞劂之，借明公之法力，存作者之苦心，使六朝江左间，留此一段佳话，传之将来，必有起而诵先生于不朽者。所谓"太末虽微，附骥尾而千里；三都赋就，经玄晏而流行"。不识可否？

但其稿皆草创，别无副本，今欲缮写成帙，请正大方。倘蒙许可，幸令靖公二先生，与纪伯紫兄，同严校录编次，然后上尘台览。若先生谓伯玉不得为君子，则长安中有龚孝升、赵洞门、陈湣水、郭卧侯、叶天木诸先生，皆与紫淀有文字一日之雅，或先生倡率而共成之，幸甚。

○文寺墓木已拱。蜀筏客死泉南，赖黄鸥湄先生返其丧。近蜀筏内子复没。勿论文寺遗集散失不存，并蜀筏著作亦不可复问。再披此书，令人深慚地下。文寺别字紫淀。

◇文寺真不愧此语。

○收拾文寺遗集，责在瑶星；刻布之任，则在诸君子。

又

近世董玄宰论书，南宫北苑，必严宗派。此禅家所谓"从门入者，不是家珍"。古人左图右史，要以发舒胸中高远闲旷之趣耳，宁暇计某家山、某家水耶？唐舒元舆记《桃源图》云："烟岚草木，如带香气。熟视详玩，自觉骨戛青玉，身入镜中。"此言庶几近之。先生与涉江氏，深入此道三昧者，其以不肖言为然否？

◇古人造语，字字香气。不似今人，搬前移后，东借西移。

涂伯昌

子期，南昌人。《涂子一杯水》。

与客论诗

自口中唾，亦惟自口咽之；一吐于地而复拾取，则必呕逆狼藉，吐出而止。乃日取他人之残涶，咀嚼其中，而恬然领受，何脾胃之与人殊也！

与幼晋

偶有所作，反覆躭玩，乐而忘疲。自惭为诸生日久，伤心往事，掷尽烧之；已求火炙灯，而婆娑宛转，又复不忍。昔人有终身击一筑，客以千金易之，竟不可得。善弈者溺水，珍玩都捐，手挟棊枰，出没波澜中，至肉破骨伤，不忍弃去。予每笑之，乃不知其癖若此。

○“事到可传皆具癖，人非有品不能贫。”刘简斋句也。筑客、弈客，非具此奇癖，安能入我辈笔墨中。

李如一

贯之，江阴人。《得月楼存馀》。

与缪西溪

国家不患无相，所以枚卜相臣者，在格君心、肃官僚、慑窥伺、下膏泽。此上等事，须从暗室屋漏来，玉堂上岂是食肉养高所在？祖宗培植几百年，始有老妹丈一流人，切莫蹉过上等好光景也。佛婆子云：“当权若不行方便，如入宝山空手回。”“方便”二字，不可作“慈悲”解。俾自己行上等贤哲事，是方便自己；俾天下受上等平康福，是方便天下，只要做得彻耳。

〇肯方便天下者固少，肯方便自己者，寻一个来？

又（时文贞公被逮）

重泰山以白君父之前，正命也；轻鸿毛以从虎狼之后，亦所以为正命也。千里之行，方寸裁决，平生学力，于是乎在。王炎午疑文山而作文，遍粘经行之处。今弟信西溪而致柬，敢尘怀袖之间。痛切，痛切！吾亦不久于世必矣。

〇贯之博综，多著述。辑其大父太学翁《戒菴漫笔》，与同邑诸君杂著，颜曰《藏说小萃》，极有可採。

刘梦震

长公，丹徒人。

与李小有

尊刻如优昙，光烨照澈大千。凡暗室冥坐，各与以一枝灯；暍路喘息，各与以一瓯茗，功德乃不可有二。

陈龙正

惕龙，嘉善人。《幾亭合集》。

与　友

上古之人我相轻，肯听人言，大本明；能取人善，日久自然日进。今人习气深重，既不能辨择是非，又胸中踞定一我相，任他人美意良箴，未肯降心悦服。惟是读古人书，原来我种种病痛，皆已搀前道破；种种医方，又说得现现成成。古人非指摘我，譬如悬设律令，我自犯条。古人又不在面前，虽有偏心胜气，何处惹动？于是愧汗欢喜，一时并集，不觉释回而增美矣。故不服善者，尤赖读书。

〇予常言："过于信人者，尊其说，益自废矣；过于信己者，激于人，愈自坚矣。"故善读古人书，始免二者之病。

与胡刚中

幸为男子，贵而科第，奈何不办第一流事以配之，顾令自负其灵贵乎？变化气质，是登科第后第一事。

与高彙旃仪部

令伯宗宪先师，谱其家世，人足不朽。显亲之道，子孙贵于他人多文，弟曾于谱末，阐斯义矣。今台翁见有忠宪之身，于鄙文何有？

〇造语妙，却是正论。子孙不肖，他人极力文之，何益？

又

夫仁人之好学者，不毁人易，不誉人难；不誉生人易，不誉死人难。所是之分数，不忍谬其权衡，而反忍颠是以为非乎？故信谁毁者，观其谁誉益决。不顾此意，则俗夫之誉墓而已。

复钱仲驭

学者欲决不堕落，惟在能信；欲道理八面玲珑，惟在能疑。善思则疑，躬行则信。信则人品真实，疑则心事精微。吾侪已几于能信矣，所未足者疑耳。

与　友

“名士”之称，起于诸葛之巾服临戎也。勋略震世，名都将相，蝉蜕轩冕，履贞蹈素，不改士风，故懿叹而称之，重在“士”、不在“名”也。简颖吟哦，邮筒往复，动矜名士，重在“名”、不在“士”，毋乃未识“名士”之义耶？昔之名士，人号之；今之名士，自呼之。昔之名士，离士位者当之；今之名士，守士习者居之。

复塞菴阁老

弟分闱一事，扰扰弥年，痛自推究，当由矜根尚存。时或贾忌，人情未厌，则神鬼以事磨之，玉成之际，消息微矣。对人亦自反，对天亦自反，实觉有所未尽，遂相感召。若云胸怀荡荡，无复夔夔，去暴弃几何？

○矜根即名根，至死难除。

与　人

今人即甚为人者，亦云身所偶及，自勉而已，何与吾事，乃为不知谁何之人，经营善后耶？是名“旁观”。旁观既熟，生人痛痒，渐与己隔，苟便于己，虽害人亦将为之。故行方便既熟，欲不行而不能也；不行方便既熟，不第不行而止也。仁心不可不养，方便不可不行。慈惨殊途，其初分，特一念恳挚、淡漠之间耳。有心者，其忍忽诸？

○自了汉究竟到害人地位，以其与人隔久矣。

与　友

成人之美，非独益此一人，因以受益者若而人；成人之恶，非独害此一人，因以蒙害者若而人。君子、小人，以身之馀善、馀恶及人，可见也；其所成之人，又以其馀善、馀恶及人，不可胜测也。馀善、馀恶不可测，故馀庆、馀殃不可穷。知此意，何忍不劝人为善？何敢陷人于恶？

○确论，使人悚然。

陆　培

鲲庭，仁和人。《旃风堂集》。

与王右白

夜来予中河肫〔鲀〕之毒，躯命且殆。据胡床以手下腹，矜气骄杰，饱厉欲死。方言宜芦蔗，仆人四出购之，获枝节析而为饮，击其腹，犹砉砉然大不可也。发箧取足下诗，诵之毕，乃疾愈。呜呼！吾乃今知《风》《雅》之遗，可以劾人疾痛哉！

退之为《祭鳄》之文，鳄随徙去。儒者尊奖绝甚，号曰“至诚”。然腐鱼之肉，曾不若生鱼之知也。驱已朽之骨，绝期日之淹，足下高退之一等矣。《七发》既奏，太子霍然。魏武阅孔璋之檄曰：“此愈我疾。”固知窥岐伯方、览神农《草》，不若登资翰墨，膏沐诗书，为得寡疾之规、怡身之旨也。

○想异，笔矫。

与姚纯甫

鲈鳅比目，乘流而跃，至海大鱼，凝峙若山。失水者误泊其背，峰峦可登。纵饮酣会，勒石咏诗，放舟而还，鱼卧不觉动静之异也。出云致雨，崇朝滂沛，在此不在彼。

○此集中有似经者、似史者，此可当一子。尺牍中有此奇观！

与骧武

龙舒方密之，优于天官易数，精射覆，人以公明、曼倩，不能远绝。其弟直之，亦工是术。客匿黄钱一，命筮之，直之曰：“金体四文，既圆且方，流布天下，钱文为光。”竟中钱。座客莫不欢悦，谓化密之教也。然闻密之断决，十中六七，直之中其九，岂非等精妙、绝师训者哉？

○直之天才横溢，不让密之。力矫健，能腾身上屋，履如平地。吾党推为兼才。中道夭折，同人惜之。

与吴天署

米中釜，衣中裁，木中尺寸，音中黄钟，已矣。过此，满而溢，华而侈，木秀风摧，商角亡国，又曷贵焉？

洪吉臣

载之，仁和人。

与李小有

先生此录，于诸众生，为慈悲父，为清凉月，为返魂香，为阿伽佗药，为广厦千万间；于诸佛菩萨，为法王子，为医王孙，为真法乳生，为真法供养，为真光明幢、普渡船。此即更仆不能数其功德，只有盥手焚香，锦囊什袭，公之同人、同志而已。

胡　澂

静夫，致果，休宁人。

除夕与顾与治

以仆往者灾木，而虞山、石湖二老，于皇、伯紫、澹心诸同学，不吝诠序之，独先生未有一言。比玉有云："捡一年中诗稿，冬馀之乐。"仆非敢自谓可存，若借品题，以归我黄山白岳间，夸我父老，平生愿足。

○静夫深心读书之士，造语自别。

顾锡畴

九畴，昆山人。

与李小有

孟子谓齐王恩及禽兽，为重且难；功至百姓，为轻且易。宋哲宗盥而避蚁，程子以为，推之即帝王之要道。古圣贤设法教人，如睟〔晬〕盘示儿，取象在此，取义在彼。今使夫人偶然朵颐鼎俎，染指血腥，辄如冤识游魂之啼呼其前，而刀山剑林、焰（焰）炉沸镬之追其后，心常悲苦，心常怖惧。则推而居家，推而居乡，推而君上治民，乃至治刑狱、治军旅，所应悲苦、应怖惧，固有什百千万于此者。当是时，将亦不棒喝而悟，不忏悔而改，于以破天下夙习，而共游慈云法雨之内，不亦如转丸千仞、决水百丈也哉?!

张元辅

相宸，□□人。

与李小有

跳丸冉冉，蕉鹿忙忙，方为蜗角之争，而不顾蜗涎之竭。试问身心性命，安顿何地，茫然不自知也。行善之人，如春园之草，不见其长，日有所增；行恶之人，如磨刀之石，不见其损，日有所亏。夫其长、其损，他人莫能知，而清夜扪心，端居深念，风雨晦冥之际，昏极忽明；利名营攘之馀，倦极忽返，心珠一朗，智镜四开，未有不历历自知者。一事错而流祸无穷，一念差而种毒不小，一言舛而贻害莫救。其谁知之？其谁知之？盖亦勿思而已。

〇危语悚人。

王光承

玠右，华亭人。

与吴六益

自《三百篇》以后，千馀年而有盛唐诸子；自盛唐以后，八百馀年，而有弘、嘉诸子；自弘、嘉以后，七十馀年，而有今之作者。盛唐诸子，本于《三百篇》而变之，譬之齐、晋受封于西周，虽帝制自为，不尽奉上法，要其宝玉弓矢，颁自天朝，固强霸之盛节也。弘、嘉诸子，本于盛唐而推广之，譬之田、韩、赵、魏，受封于齐、晋矣，然能自称王。今之作者，又本于弘、嘉而流衍之，譬之信陵、平原、孟尝之属，又受封于赵、魏、田氏矣，虽专其国政若二君然，然秦、楚诸王，终以人臣目之也。

彼人也，我亦人也，《三百篇》固不可为，吾岂不能分符盛唐之下，与李、何诸子搴旗相角哉？而乃朝承北地之纶，暮绾信阳之绶，蛇行蒲伏，为其家老。平原、信陵不可得，而至为建信、长安诸君，浅之乎为丈夫矣！同社诸子，皆持此意，各自立家，而足下尤为杰出。浣读《华苹集》六卷，高雄而深广，蔚跂而苍凉，有函盖山川、噏缩日月之势。其于近世名流，略似献吉，而实不从献吉来，盖得唐人之大而生其威，诚

《风》《雅》之虎豹也。

夫魏勃果才，何不走长安上书天子，而局趣辕下，求谒东齐之相国哉？即欲见齐相，亦持刺直前可耳，乃旦旦而扫其舍人之门，因鬼谒帝，宜乎灌将军以勃为妄人也。学唐人者，走长安之类也；学弘、嘉诸子而袭其馀论，盗其賸馥，是扫舍人之门之类也。吾恐北地、信阳，又将以为鬼物而逐之也。足下方且为淮阴、酂侯，抗车曹参之前，而何有于属吏哉？嗟乎！天下之士，不能立家，而碌碌廊庑之下者何限，且有未明而扫魏勃之门者矣。

〇一篇设喻，字字警确。规橅（古同“模”）七子，倚为高曾者，视此废然返矣。

〇议论既确，而行文亦洋洋洒洒，必尽其致而后已。

赵明镳

珍留，虎林人。《炙輠集》。

答周五溪

远惠诗赋，不我遐遗，把臂入林之语，仆何敢承？但所谕文采之说，援指水木，累累千馀言，恐后学不得其旨，徒深望洋，奈何？愚意直指经典，精妙如老子，幻宕如庄周，玄永藻丽如杨雄、司马。若使文不附质，文岂足征？故铅黛饰容，而盼倩生于淑姿；缛采利言，而绮辨本乎情性。然张衡尚摘史、班之外滥，傅玄犹讥《后汉》之浮烦。学者无恃，何适而可？大君子其尚指陈而开示之。

〇珍留集中，皆洋洋大篇。尺牍仅此一首，镌之以见一斑。

臧懋循

晋叔，吴江人。《负苞堂文选》。

与吴左兆

不佞入郢后，仅再得允兆书，岂真以鳞羽之艰，抑为华歆终非幼安友，遂作割席计也？允兆落落莫莫，有林下风，诗兴胜情，亮当不减畴曩。第儿女婚嫁，并在旦夕，恐不免卖屋之耗。嗟嗟尚平，将如五岳何！

不佞于文章家，本懵昧无所解，而心甚笃好之。每思男儿处世，不纵横万里，便当上下千秋，以垂不朽。纵尘念未能断绝，姑且鸡肋于无竞地，乘其暇图之。顾自通籍以来，忽忽三载，所夙夜者，率吏胥应酬事；即有小小篇什，亦无当一斑两斑，徒为夜郎王面目耳。公孙伯珪有云："昔谓天下事，可指挥而定。今日视之，非我所决。"不佞固无类是乎？

〇晋叔得元人杂剧三百馀种于麻城锦衣刘延伯家，与汤海若去取，得百种行世。元人遗音，赖此不绝。晋叔固是韵人，尺牍多有可传，以其年次少前，故不能备录。

上潘司马

昔贤之义，不以知己易感恩，故有谓"日受千金之贶，不可为知己"者。某何人斯，有此于明公哉？别来载离寒暑，每一望旌旄棨戟，埭牙于三山白云，虽不胜其注仰，而礼数隔绝，音徽旷远，不敢轻易辄通其私。顾寸铁皎然，未尝不思为知己死也。倘明公不察朱亥所以不谢之意，而责之国士之报，谓某负心，则某有立槁耳。敬属竖子奉候，并布区区。

陈子壮

秋涛，南海人。《南宫集》。

柬孙念先

黄慎轩初入馆时，皆摹《十七帖》。此卷以李北海之骨，而运以米颠之意，又是一变格，非若今之怒目张拳，皆草窃之馀也。昨夕梦为君侯作《天然研赞》，觉而不遗一字，甚异。不知君侯信有此石否？书奉一噱。此研在他人为上驷，若出自君侯则次之。盖咫尺端溪而失之遥，闻声而相思，恐蓬莱别岛，非海岳袖中所能招致也。

〇情致超忽。

与凌茗柯

十载穷途，再叱蹇足，门下尚不废青门之送也。是时日色为昏，人意俱惨，而仆以得归为荣。有味子卿之言："会当从此别，且复立须臾。"归来岁月，殊觉须臾之难忘也。门下意义，入人胸膈中，世间之显晦荣辱、离合向背，举不得而间之。从古未有不为真人，而为名臣者。比出搜材于东鲁，入决筹于琐闱，功名向盛，而神理漠如，固非季咸所能识太冲莫胜者机耶。山中世事俱落，娱亲课子而外，独我友朋，如怀饮食，不拟作京贵牍也。

〇持论卓卓。

〇隽上之气，直逼晋人。

余大成

集生，江宁人。《龙湫残梦》。

答友人

积如许岁月，历如许风涛，酬对如许不同心而同事之恶知识，而所奉之为先得我心之同者，其人忽复聚首于如许岁月、如许风涛之外，当不知各出何等手眼，动何等齿颊，掀翻何等世界，乃了毕此一日相见一回事，而相见法亦只如此如此而已。始信古人或千里命驾，不妨兴尽；或交臂默默，别复相思，亦各有以耳。

◯气欲吞云梦。

◯远峰一抹，正足人思。

答心灯

前有简，劝居士所编集且勿刻，及见居士回字，颇有不然之意。请直以念中之谔谔，易口上之诺诺，可乎？裕非谓居士所见处不是，只谓居士执见处灼然不是耳。请用譬喻，反复浅言之。

譬如写字然，自蒙童时，便学写“上大人”，只这一个“大”字，谁不会写？为什么写不出王羲之底“大”字来？岂是蒙童“大”字少一画，羲之“大”字多一画耶？又为什么张旭无日不写字，直待闻鼓吹而后得笔法，见公孙大娘舞《西河剑器》而后通神，此处正好着眼也。

又譬如学打拳然，先学躲法，后学扑法。若单学得扑人，不学得躲人扑，一扑扑去时，蚤扑倒自家也。何以故？以彼人学得躲法，不受我扑故；以彼人正躲时，便顺手有一扑扑我故；以彼人扑来时，我不学得躲法，便遭彼扑故。所以说教拳师，传尽拳法，到底藏了一拳，谓之防身拳，留打徒弟故。既藏了一拳，便不须与拳师交手，须是多会几个武行者、浪子燕青，多扑打几场，方信得过。

适见来教云：此事须自己信得过。恐是关了门，在自己屋里，与自己撕扑。他日出得门时，蓦然撞见燕青、武松，未免自己要做蒋门神、任原去也。况所谓自己，须如长沙云："尽十方世界，无一人不是自己。"又如大随答僧问"如何是学人自己"，乃云"是我自己"。居士这个"信得过之自己"，还是学长沙收尽十方世界，为自己之自己乎？抑是将学人自己，合着大随自己之自己乎？或是居士独自一个，便算做自己耶？若是自己不学得长沙收尽十方，却又不舍得个自己，送与大随收去，只怕还十分信不过，奈何奈何！

又譬如秀才做时文，自是本行，却专要做拟程。饶尔做得体式丝毫不差，毕竟人家不肯把做真程文看，不妨且做了考官，再做程文也不迟。所以杨雄文章妙天下，只是不该做《太玄》，要拟《易经》，惹得人家把来覆酱瓿去也。

◯近金圣叹一派，早已先自先生开之。

◇醒悟快论。

◇此段就其所为"自己者"而辨之。

◯结处不作收拾，都如快马奔腾，全无空阔。

雷士俊

伯吁，泾阳人，家维阳。《艾陵文集》。

与郑廷直书

尝笑今知名之士，日投刺拜谒，饮酒高会。其人之奇杰者，初亦博学雄才，升古人之堂。而奔走驰逐，屡年平生旧所读书，尽皆遗忘，新者无一字属目，遂碌碌空疎，无异于天下之庸人矣。岂不可鄙哉！

〇说破绷曳名士病根。

与周盛际

皇朝政治，历三百年，而国史未具。足下欲仿朱子《纲目》而为书，甚盛事也，然弟深以为难。其在己之所难，而可得自免者，一曰公，一曰明，一曰才。三百年以来，人有邪正，事有是非，我一一如其人与事以书之，不狥爱憎，不循毁誉，斯之谓公。邪正是非，何定之有？今朝夕与处之人，目所亲见之事，详审熟思，区别犹未能当；况数百年之后，相与论数百年以前君公将相，积累繁多，更仆不能数，而传袭又久，事失其真，尽断以一人之见，能无差谬乎？苟无差谬焉，斯之谓明。然其人非有德则不能公，非有识则不能明，斯公与明之难也。邪正是非，口讷者犹不能自为之辞，若举而载之于书，使其邪正是非之状，与其所以然之情，曲尽旁通，粲然如见，则齐于马班、韩欧矣。千百年而一见，斯才之难也。

足下好善疾恶，出于天性，而文词雄杰，辅以章民、光升，此三者或不足为患也。而有厄于时势，非己之所得为者，虽孔孟亦无能为也。古者使臣奉勑编纂，其书之所必资者，间遇阙亡，下诏购求，辄逾年岁，然后能备。今二祖列宗之实录，与公卿大夫之臧否，馆閤所藏，疑多不存；他有存者，散在郡邑。欲以草野贱士，而购得于一旦，知其不能也。若购求不备，但以《从信录》《吾学编》一二书，分合成帙，则脱略遗失，为天下笑。至于事迹散乱，类次而抄写，则有工役、纸笔之费；礼乐刑政，条绪多端，必良朋晨夜群聚讲求，然后前后贯穿，义理确当，则有饮食、屋居之费。此数者，岂不足为难耶？

◯吾友盛此公谓："当于黄昏欲黑时读史，与他大家一场糢糊也。"观此，则其言非矫。

再答周盛际

诗文不专思致虑，则不能工。一专思致虑于此，则其中之憧憧扰扰，比一切声色货贿而更甚。故诗文为心之累不小。足下释此而事道，如蹈汤火者，离去炎热，得休息于清凉，乐何如之！

刘廷谏

咸仲，通州人。《雪菴初集》。

与缪西溪先生

今岁舆论称平，南北翕然矣。其相传有一二未当人心者，即前所谓"一定之题"是也。从来惟空怀平气，可以一日，可以百年。盖空则无先入之见，平则无据胜之形，因物付物，如数而止。才有题目，便觉入之则是，出之则非；胜之则相安，不胜则愈激，人品、职业，俱不能不落第二义矣。如某也处，及问其所以处之故，则曰"某言之不合也"，则曰"某疏之相左也"。夫言之不合，疏之相左，要亦不过各抒其已见之所至，而于以质之考功之法，皆无当焉。是亦不可以已乎？刘氏治《春秋》，向主公羊，歆主左氏，父子天亲，不妨彼此，又奚必合天下之人为一人，合天下之人之口为一人之口，而后为君子哉？

且今之所谓君子者，非敢曰非君子也，第必欲天下之君子与非君子者而一一君子，君子之势则安能？苏文忠岂非君子也者，而考亭至以为"得行其志，祸必甚于安石"。夫天下而皆考亭其人也，犹不能不与文忠异，而况其凡乎？一枰之上，三百六十黑白子，出乎尔者反乎尔，正恐此亦一题、彼亦一题，将来题目之为害，更有甚于今日者矣。

◇人人如是，登三咸五矣。

◇此为平心之论。

◇此亦一题，彼亦一题，明局竟矣。

与倪鸿宝

我辈兄弟，以神相往者且十年，而乃一闻问也，语不尽于赫褫〔虒〕之馀，意乃藏于应酬之表，针锋共逗，水乳为缘，此亦古人论交之第一佳话。佳什称许过情，且感且愧，殆不觉颡汗涔涔若雨也。里有放妇，齵齿而笑，蓬首而搔，而朱之粉之、衣之被之者曰："吾以怜昔日之好也。"受而忘其醜，一至此哉！年丈之于弟将无同？

又

小集一册，去岁曾言之，今究竟不能自割其醜，必欲乞一言为重。昔宋子京自谓五十后，奉诏修《唐书》，细读古人文字，回看五十年前作，媿汗欲死。弟学术媕浅，率尔应酬，既非中弘外肆，发于持满之馀；又匪一纪十年，成于深湛之后，随意抹扫，蝉噪蛙鸣。此其媿汗欲死，且当数倍子京，宁待细读古人文字，回看而后知之？而究竟不能自割其醜，斯亦弟之愚也已。

虽然，村留神遇鲁班，则深匿不出。问之，曰："卿善图物，吾不敢以貌露也。"弟谓村留亦愚，苟得公输一图，人将贵而重之，真面目毕见于世，良大愉快事，何以匿为？今日者乞灵一言，见之者不曰"北鄙刘郎之物"，而曰"上虞先生所品定之物也"，不将贵而重之乎？弟又何敢效村留之知，而究竟自匿其醜也？

〇“村留”当作“忖留”，自忖而留其醜耳。古之寓言也。

与孙北海

我輩束发受书，便思服官，然至服官而道路转修，学力转难。站定脚根，展开眼孔，无论邪正之界，先欲分明；即至显晦之途，亦须放下，而后可以居身，可以立朝，可以垂世。君子之所不可及者，宁第曰“官也、官也”而已乎？千里之行，始于庭际，愿言好为之。谷风之妪，颓然放矣，见于归者而秣马诵箴，娓娓无忌。彼姝者子，其能不实厌且憎，而有遐心？刘子将无同？

与刘简斋

放废之人，归来况味殊不恶。沐酬眠食，日与丹铅蠹鱼，相濡以沫。因欲将铨司旧事，摘刻成帙。然非借海内钜公一语，青黄沟断，亦蔑以济。而又性与人殊，雅不从名位起见。要必如所谓“私心向往，针锋水乳”其人者，而后因之以生色。明公其无意乎？彼弃者妇，蓬首垢容，中闺羞与为侣，而犹取于归秣马事，以对人曰：“吾向者宛宛婴婴。”如是，斯不亦可笑之甚乎？！

徐　增

子能，吴县人。《九诰堂集》。

与申勗菴

近日学诗者，皆知竟陵为罪人之首，欲改絃易辙者，又不深谙唐贤之门庭堂室，复相率而俎豆王、李。譬如乌衣妙士，一旦而服高曾尘腐之冠裳，鲜不笑其败落者矣。然余于此日有深幸焉。世人每安土重迁。夫唐人之诗，犹祖宗之甲第也；王、李之诗，犹子孙在外，别治平室一区也；钟、谭之诗，犹子孙不肖，寄人庑下也。今之复事王、李者，犹公侯之子孙贤者，思复旧业，幡然去人之庑下，而仍依止于别治之平室。吾谓人不思更动则已，既有更动之劳，何不少加拮据，竟归祖宗之甲第堂构，依然坐而有之之为当也？

〇善喻。

又

唐律至杜子美，愈觉其难；至白乐天，始觉其易。人情所趋，势不得不尔。子美诗铿锵磊落，譬如高山大川，苦于登涉；乐天诗坦荡真率，譬如平原旷野，便于驰骋。于是人皆畏杜之难造，而喜白之易与。自长庆来，乐天桃李，种无隙地，而不知乐天诗，学正不易也。

余尝谓：学白诗，如顺风扬帆于江河，须得把舵人子细方得；不然，其倾覆之患，反甚于石尤，广大化主拯救不得，奈何！今之假口诗者，往往金铸乐天；持诗教者，又往往集矢焉，恐乐天两不受也。夫学乐天之难，不难于如其诗，而难于如其人。乐天胸怀淡旷，意致悠然，诗如水流云逝，无聱牙诘曲之累。能如其人，则庶几矣。

〇吾友方尔止，欲合子美、乐天而一之，则尤难。

又

人每以参禅当一件事。若当一件事，则参禅罪过不小矣。尝见忙人忙到不耐烦，便思无事，即无事亦忙；又尝见世间闲人，闲到不耐烦，辄思作一事，即有事亦闲。惟会此，则城市如山林、朱门如蓬户矣。

张　芳

菊人，句容籍，家江宁。

与黄俞邰

足下《石经考》，极似六一公文字，用心极细。若闭门无事，以五车藏目，各加是正，勒为小论，所谓发微蒐轶，考异订讹，俾端临、夹漈、长睿诸公，失其通博，亦当今一快事也。非俞老，其孰能之？

菡生向未披衿，固已通梦。心太平菴之九十八种，如芝草玉英，不自人间；向来所见数种，大抵廿年前花想云思，香才艳世。迨日研月濡，归极清微，则又抽玉匮之隐嶙，沥金壶之奥赜，渊乎玅哉！可能以一二见诒俗士耶？伯玑《爱琹馆集》，真似其先伯玉风流。东南如此两叜（古同“叟”），何向来皆未之遇也？

〇菊人欲引菡生于清微渊博，菡生已谢世，悲夫！使天假菡生以年，其造就应不止于是。

又

心太平主人，不意遽殁。“异书求易得，名士寿难延”，此弟近日悲囦菴句也。吞声零涕，岂必在定交之后哉！

〇菊人可称一往情深。

又

午秋捧檄不前，卧痾荒寺，每忆石交，清言玅旨，洗涤声利之想。至玄亭萧远，摊书永日，此真叔度名裔，岂复蹩躠尘器者，所可望其项背乎？

弟以困人，膺兹残徼，疲黎褊邑，短袖难旋。虽游蚁自娱，餔肝博誉，竟复何味？宁如登江夏之故第，刻烛雠书，分筹聊韵，万石、三台之贵，当不与易哉！

野史亭以元子传，月泉社自吴翁昉，今古岿然，久而愈烈，果畴荣而畴贱也。钱牧翁旧朝遗寀，赖有选诗，俾煨烬复光。今此翁尚存，宁无续编？如石斋、念台、愚公、伯玉、穆如、文寺一流，可为谷音乎？《初学菴集》，闻已刻传矣，盟翁能为弟多方觅得一部否？穷徼僻邑，饮食药饵，了无可应；矧见闻之广，引领著述，有如饥渴。

〇菊人真以山水文籍为性命者。

又

客夏在衡阳，得捧教尺，如清风习习，涤我歊蒸，何移情至是也！读《自寿》《除夕》诸诗，温雅丽密，不忍释手，诗品在次山《箧中》、伯原《谷音》间。俞老方壮龄，进步已如此，盖天授特高，又资学力，当独秀江东，匪阿私也。

弟少年于此道，为花鬘所缚，几入魔波旬。得执友如何大心、王藩室二君，劝以诗文必宗杜陵与庐陵二家，廿年中摩抄(同“挲”)二家，断烂其本，志力强固。复旁及后山、剡园、长庆诸家，以为学杜不当类其声态奡兀处，正如近日虞山公之指。然大抵廿年以后，咿唔制举，未能一意为诗，习其变化。惟壬午、癸未，居忧杜门，甲乙之间，世当鼎革，此时有数十篇，朴宛沉痛，尚可与言；其馀涉笔，聊纪岁时。若《宜江集》，陈坌未净，靦颜饷人耳，何敢当过相推许耶？

近日陈伯老有字见规，以“唐人风神韫藉所在，真我师也，常目在之矣”。牧斋集四十本，所云碑版与辨难之文，弟反复读之，诚如来教。先辈读书立言，有本末，通古今，未有逾于此老者也。

与陈伯玑

近传吴门金圣叹，分解律诗，其说即起承转合之法，亦即顾中菴两句一联、四句一截说诗之法也。弟久信之，今得此老阐释，可破世人专讲中四句之陋说。而王、李一派恶套诗，大抵不明于此说，以至邨学究垒气猜声，涂廧（古同“墙”）缀扇，往往使人捧腹也。但圣叹以前未闻于艺苑，为人大概，想伯老必稔知之。其人评辑诸说家，大有快辩，而传〔傅?〕以禅悦，故能纵其才情之所至。独《左》《史》诸评，尚未传到，不审宗趣若何，弟深欲闻之。

◯菊人亦圣叹知己。此札圣叹不及见矣。

与李小有

陈希夷谓吾家忠定，一生辛苦，如人家张筵，笙歌鼎沸时，中庖火起，赖子扑灭。今先生甘淡泊，耐勤苦，享福惧有馀，简身惧不克，利物惧畏难。呜呼！由是心推之，其功业之所就，亦有不可胜道者哉！

尺牍新钞卷之九

响山 梅磊杓司、白门纪映锺伯紫/选
豫仪 周在浚雪客、周在梁园客/钞

龚鼎孳

孝升、芝麓，合肥人。《三十二芙蓉斋集》。

与纪伯紫

弟仗芘，布颿（同“帆”）无恙，于中秋后一日抵都门矣。铜驼萧瑟，一往愁人，松桂北山，不胜林惭涧愧之甚。悔此小草，困倍飘蓬，惟时咏“京雒多风尘，素衣化为缁”之句，以自忾惜耳。感念知己深情，何时能去于怀；尘海茫茫，求我同心人，何可一二得也。

固老晤间，业将台札手致，殊极恋恋故人。诵老社翁九岁时诗，共相击节，觉王子安未是俊物耳。浮云黄鹄，合并何时？想欲知弟近状者，故以告。

○字字隽永。

又

江流无声，故人欲别恋恋，燕矶百尺，遂为千古销魂之地，而知己情深，觉桃花潭真浅矣。别后惘惘，如有所失。此间寥寂，都不堪破愁，惟一园（菌）次，足当寒山片石耳。寄示古体诗，遂成绝唱，笔力雄劲，吞吐大江，而怀抱更自苍远。合十二绝读之，萧萧飒飒，河梁风日，千载犹新也。

◇多情人语。

又

久候台驾不至，知为雨阻也。长歌之妙，烈石崩天，时而玉勒轻裘，时而冰车铁马，酒酣耳热，如登谢朓峰头，搔首问青天矣，奇快何可言！明日雨不霁，尚不能放舟，定候知己过话也。

又

大雅寥阔，以先生为典型。十载神交，隔年遥和，得参气谊，匪自今兹。伏读近诗，惟恐其尽，寄怀苍远，含叹悽深，金石相宣，鬼神可泣，性情风格，直据最上一层矣。必传之业，赞服何穷！赠弟一篇，推奖过至。附特进之咏，与五君而并存；知仲翔之心，得一人为不恨也。应酬小辍，当操土鼓以谢金镛。拙刻二种，拾渖《花间》，不免为大雅罪人。附去一笑。

○随手而落，都作七宝光。

与方与三

子长足跡遍天下，而其文始奇；子美夔州以后，而诗益老。子厚播迁非人之境，而诸记与山水并传；子瞻海外之游，直云奇绝快平生，则儋崖万里，桄榔一宿，竟是笔墨间纵横光怪之所变现。舒亶、李定诸人，皆著作之功臣，而杖屦之益友矣。然此皆游方之内者也。

足下奉侍两尊人与诸昆季，破帽铁鞋，寒沙苦月，指圭景外之星辰，问鸿濛前之天地。凡所经涉，关河形胜，风土人物，方言往迹，险谲奇剏，率世人耳目所未经，亦意想所未设。如华严国土，身云涌现，层层剥换。子云握椠，累油素而难穷；博望凿空，惊蒟酱之乍见，不足方斯汗漫、状彼嵚岖矣。

今幼安浮海之船，已归故国；初明梦中之路，顿失天涯。回思关吏闻鸡，柴车出塞，感飘零于绝城，聚悲喜于一家。短咏长谣，当歌对酒，迷离呜咽，已如一小刦之不可追。诗卷长留天地间，溅泪惊心，感花惜鸟，与故人好友，流连情话。历数昔遊，顿还乌鹊之星，再睹觚稜之日，颂国恩之浩荡，悟天道之平陂，此不当与古人仅较工力于含毫拂素之间也。乃其顿挫音节，镵划苍凉，写难状之景如在目前，摭稗官之言都归大雅，置之古人中，故当高踞《浣花》一座，岂止与玉局老人，抗轸而交绥乎？

独是足下既返玉门，而汉槎犹淹留沙碛。读其篇章凄丽，哀动心魂，子山之赋江南，孝穆之序玉台，殆无以踰。才人薄命，有识同悲，中郎所繇寄赏于焦桐，昌黎所以兴嗟于穷鸟也。

○人世之惨，无以踰此。

张民表

武仲、武匡，林宗，中牟人。《原圃集》。

与闫审今

邪佞造祸，殃及死忠之人，千古同痛。离乱伏苫而后，执辔击节，当迫为奇用，徒悲无益也。泛苦海者，无意回头；任砥柱者，计惟袖手，吾不知所终矣。

与周元亮

兄可自遂其高耶?! 仆常窃自忖：为自己身家做官易，为朝廷、百姓作官难。身家之计，不过攀缘。攀缘之法，不待出口。从来取富贵利达者，岂其一二人耶？若乃尽忠报国，行志安民，媒忌招尤，因而委弃身命者，岂其一二人耶？默容之明哲，卷怀之君子，知其无益于世，何必茹荼为甘。足下之志，吾知之矣。

与钟蟠菴

元亮索文举堂联，书去，烦转寄之。碑文尚需时日。老人苦作书，自爱手腕。他时仁兄成名多寿后，自知之也。

与秦京

夫天籁迫于自谐，物情极其所发。风蓬雷殷，谷响林振，鸟鸣虫啸，花落水流，无动不韵，则无声而不诗者矣。舜曰："诗言志。"仲尼曰："诗者，志之所之也，情动于中，而形于言。"庄子曰："诗以道性情。"故知下语自合真符，赏音不从外契，岂其商兑于古今之际，裁比于文句之间乎？

杂体滥觞于醴泉，拟古新丰于历下，莫不穷研丹素，切响浮沉。譬宋人刻楮，田客鸣鸡，徒肖形声，都忘神理。又或痛鄙摹仿，直率胸臆，谓楚羌吴侬，俱标掇为诗篇，流传于乐府。遂使街谈巷议，强协采风奏雅之音；末学肤受，谬称击壤濯缨之说，不亦过乎？盖情之所动，因辞而明；志之所至，体物而会。苟塞情而摭辞，违志而捋物，合之则假象莫助，离之则逸说夺本。诗之道蔽，有自来矣。

◇立论如此，宜先生独树一帜于词坛也。惜全稿俱没水中，小子虽为刻遗诗，千百之十一耳，乌足传先生哉！

孙承泽

北海、上林苑籍，益都人。《退谷集》。

与梁玉立

诗文之事，莫妙于易，莫难于老。

又

吾辈读书，即不能穷极理奥，决不可事禅悦，以助颓澜。吾辈作诗文，即不能力追大雅，决不可袭噍声以堕恶道。

〇大儒正论。

王 岸

王屋，初名泽久，字春脚，河南兰阳人。《遗稿》。

与薛谐孟太守

今春晤王雪肝武林，始知圣天子矜念中州士女，借寇之意责颇深。夫以亿万不获一之贤守，重以士女不忍失之悃款，中州又方蠢蠢多故，圣天子顾能听其挂冠长往也哉？第室有嘉宾，主人为洒扫，设牛酒，案榻帷帐，供给之具甚盛。客用故辞去，主人必闭之窟室，绕以灌棘，曰：“我不忍失嘉宾。”弗听客去。其意良厚，其留客之法，未敢以为譱（古同“善”）也。弟岸此日尚未白尊事结局，急思一晤，倾吐牢骚。而以将资无术，沉疴日厉，望安道之庐在目中，竟不能一行其庭、见其人，良为怅然。

再与薛谐孟太守

岸顽钝孑立，天人同废，不从湘流，即荷戈扞魑魅没世耳。昨有新额，舍逋弃疆场，暨鼠窃守藏应戍者，馀许输锾自赎廷平，日近千金，序地增倍。噫！以之责用墨狗彘行获谴者，直尚廉甚。如歼二十日，不畏疆（古同“彊”）御之穷措大，奚道而能庇圣天子之宽典。譬诸临窭人子以刃，曰“畀余拱璧虵珠者迺舍”，若知不免矣。

与 某

鲁子家曰：“有求于人而即其安，人孰矜之？”明乎工求人之故者，宜朝宴叩其阍，拜于庭，为丐趋烟、贾走市，弗足辟也，期物存焉。而侧肩是惮，则如勿期。然畏执事，曰：“相闵耳，宁实有负也？迺弗能余间，而渎以要我，将坐待命。”复畏执事，以为不饥渴君惠，或曰：“人实急，我奚急也？吾弗能为粱肉，立于门而待顣颔者。”进止心战，摇摇焉，如昏征失道，南北东西，罔识攸奔。之情之态，求人者知之，求于人者弗知也。

足下业矜约而可其求，乃数日者不闻命，非不获间，则昔人所谓“微君之故”矣。歼深嫌再三不告，而实未尝敢一刻忘君之惠。故致书左右，非要也；以明我有求于人者，不敢即安之意也。情披语直，唯足下察之。

◇写尽情态。行文在左与韩之间。

◇语意三叠，而不见段落之迹。

◇有气骨人，到底不作柔语。

答座师潘昭度中丞

承戒“著书忌愤世语”，爱歼良至。然著述，往志也，惧弗克遂矣。柳子厚曰：“凡为文，以神志为主。”歼忧患馀息，神志衰丧，其奚能穷意于文章，矻矻自苦？就间有啸咏，不过触凄风冷月，怀土自伤。夫鱼鸟细者，尚喻卑峻浅深、巢堀重闭，况厈危败之魂，悸迨曲木，明哲保身，顾下羽鳞之蠢族哉？

且愤世，尤非庸人之所得苟焉者。观诸古人，著湘流之赋，悬龙蛇之书，激楚慷慨。千古下读其词者，犹为之拊膺扼腕，志意酸怆。彼实有大屈于中，而痛哭于竹简者也。或以凤伏鸱翔，才杰罔容；或以兔死鸟尽，功高见背。用是不平斯鸣，悲感异世；非然者，匪妖则谤矣。如厈，德不彪于里闾，智弗越于臧获；滥竽一第，空蝗粱黍；无皋陶之才而慕其功，有胡建之罪而凉其罚，幸甚！何愤之可言，而发祸毫端，使后之人复有悼惜嵇子者哉？

○王屋以辛未成进士，为滋阳令，廿馀日触藩王获谴，未竟其用，世共惜之。遗文无多，予为梓之秣陵，然不足以尽王屋矣。

复钟百里令君

伽罗慈俭，居然贤妇也，犹不免妒。妒已未足，甚至妒及诸王朝士之有妾媵者，况其下乎？详绎桓夫人“我见犹怜”之语，政深妒李妹之辞也。何也？弗知其易怜也者，焉用妒之矣？足下自以蛾眉招尤，如不孝厈，焦氏所谓“深目黑醜，众人莫取”耳。

○短章如此，犹不落窠。

刘　绘

字子素，一字少质，光州人。《嵩阳集》。

答李给事同野书

覆浆虽甘，谁注玉缶？掷果虽艳，谁登华俎？去妇有壶才，而难与妖姬争饰；老骥识道路，而难与新驹共轭。弟如理筝者，锦荐玉柱，音调清越，而遇操刀者一割，兄虽爱音，恐鸾胶神膏，无能尽续矣。弟以此裂弹冠之肠，决叱驭之想，种豆养鱼，别究生业。即今天中之南，潢水之侧，桑烟松雪，四时称快。盖以志虽未伸，而道未有屈也；愿虽未偿，而义无所阙也。名虽不华，而行未有淖也；位虽未跻，而情无所蹶也。

弟狂语还谢，恃在心知，当有殊听。

〇子素文章雄健，立朝铮铮有声。为世忌疾，仅以重庆守罢归。予惜其才，又属中州典型，故虽名次稍前，亦破例入之。

与吴太守劝除酒禁书

伏惟君侯，英达和粹，万节解应，握符连城，化行黄泽。政未朞月，威动千里，上下相和，商农率利，童子不狎，埜无垂白。令之若风烈，禁之俨霜凝。虽子产豫贾之革，西门投巫之化，未足踰也。

近以民风不淳，渐入奢靡。游徒嗜酒，丧其本业，且致酗德日富，斗杀为姦，使俗尚淫渎，科令氾滥，为害殷矣。台下盛心，悼风化之浇秕，悯农贾之失绪，迺下令禁市人不得卖酒。欲开黎甿彼昏之志，崇君子令德之懿，使哺糟啜醨者复醒，倒冠卧瓮者知悔，盖至美之清政也。以故百姓敛德，庐井肃然，皆争捲旌帘、匿瓶罍，覆蔙醹、货麯蘖（通“蘗”）。竭青田之水，空云安之春，垆无遗樽，巷乏行榼。不惟禳除酒祸，且令百姓省钱寡费，各思其职，勤纤啬之务，薄荒秽之乐。里中士人，虽久不相见，无问新识故好，揖逊顾唉，一语而退，礼接森森，交际恬澹，如登太皞卢英之世，可谓遐哉返淳矣。但于不肖辈，则甚有不便者焉。

不肖才非豪俊，量复迂陋，既不能辨邹阳之清浊，又不能效杨雄之滑稽。宾筵载接，媿王瞻三术之奇；微礼若具，乏陆纳二升之器，诚未足与议酒也。但年方强仕，自堕丘壑，入孙吴已无术，逃黄老而匪晚。故玩《周易》大耋之嗟，效风人今乐之趣，赏情东园，听歌北里。或逐童冠之风咏，而寄兴壶觞；或追父老之杖履，而情味酒乡。将谓偷闲以学少，非敢恶醉而强酒也。

今适酒禁方严，则玉椀尘封，牙筹土暗。锦筝金斝，幽于东序；枉矢哨壶，束之高阁。且使歌童啸侣，潜踪于曲巷；燕姬蜀女，不见于当垆。于是门无方来之朋，坐乏不速之客。好事悬车，绝屐齿于苔阶；稚子候门，取飞虫于蛛户。使仆辈对兰菊而切佳人之怀，持蟹螯而发生事之叹，固君侯之所宜动心也?

夫食马赐卮，秦军有赴难之义；持觞回酒，阴铿有获报之仁。倘君侯纳仆之言，以除酒禁，使百姓修腆洗之用，举德馨之祀。仍整垆停壶，列罇置觚，开河阳之桃花，披神州之竹叶。使士和农交，商通贾惠，利和而生众，本末以相资，熙熙而往，攘攘而来，烟连于六街，气蒸于三市。或睹周京之台笠，或听武城之絃歌，散春声于楼馆，飘酒旗以丽天，兹非太平之盛事耶?!

◇一段言其令行禁止。

◇一段极言酒害。

◇此段方及不便于己，滑稽之尤。

◇方直陈禁之无益。

◇方明白言酒禁当开。虽游戏之文，而一篇步骤丝毫不乱。

侯方域

朝宗，商丘人。《壮悔堂文集》。

答张西铭

闽漳事已悉。西铭清识至德，本末瞭然，亦不必屑屑与角逐也。某窃谓，朋党所以报汉，而汉亡于朋党；道学所以扶宋，而宋弱于道学。此其故在上、在下，固两失之。然欲为调停之说，则君子不取。盖与其失身无益，不如终守道也。

数年来庙堂艸野，感离离之山苗，叹郁郁之松涧，位置失次，以致鸣镝在郊，烽烟匝地。诚宜大破藩篱，收拾材贤，同舟戮力，亦已晚矣。而当路乃坚报复恩怨之旨，借忮刻为孤立，以耸动人主。而夙负处士，更有咄咄持空函以邀之者，不止闽漳一辈。说者亦必愿西铭，针汉士之褊狭，药宋儒之阔迂，刓方就圆，与时消息，不识果遂以为可否？

昔者胡伯始之中庸，辛幼安之旷达，其初皆享盛名。而后乃不徒无济于时，且甘心丧其生平。某深愿西铭之鉴之也。贵乡虞山之争枚卜，长洲之去国，为数年来极有关系事。长洲已与日月争光，天下所观望者，惟虞山与娄东耳。语云："行百里者半九十。"西铭必有以处此，敢因明教而僭及之。

◇是。

◇此似为周五溪而发。兑漕一案，不在五溪。

◇真切之言。

答孙生书

域附白孙生足下：比见文二首，益复奇宕有英气，甚喜。亦数欲有言，以答足下之意，而自审无所得，又甚愧。

仆尝闻，马有振鬣长鸣，而万马皆瘖者，其骏迈之气空之也。虽然，有天机焉，若灭若没。放之不知其千里，息焉则止于闲，非是则踢之啮之；且泛驾矣，吾宁知泛驾焉之果愈于凡群者？此昔人之善言马，有不止于马者。仆以为，文亦宜然。文之所贵者气也，然必以神朴而思洁者御之，斯无浮漫卤莽之失。此非多读书，未易见也；即读书而矜且负，亦不能见。倘识者所谓"道力"者耶？惟道为有力，足下勉矣。

足下方年少，有馀于力，而虚名无所得如仆，犹不惮数问，岂矜与负者哉？然则以其求之于仆者，而益诚求之于古人，无患乎文之不日进也。呜呼！果年少有馀于力，而又心不自满以诚求之，其可为者，将独文乎哉？足下殆自此远矣。

○直是昌黎。

○全乎八家，又不用《史》《汉》。

与陈定生论诗书

诗坏于钟、谭，今十人之中，亦有四五粗知之者，不必更论。救钟、谭之失者，云间也。云间有病处，则深中今日之膏肓，即一时才调绝出之士，亦尚未免。盖钟、谭所为诗，虫鸟之咏；云间所为诗，裘马之气，大段固自不同，要不能无过。后惟陈黄门、李舍人，力自矫克，归于大雅。然而其流风终有存者，三吴祖而述之，辄爱不能割。故今日能知云间之失，则才调绝出之士，不患其不进矣。

今夫日月与山水者，天地之色也。光者，日之色也；阴者，月之色也。山之色，烟云互变；水之色，澄碧相接。若尽欲刊落而空之，举目黯淡，何古何今？无怪乎风人才子，不肯服也。顾今所为色，大率皆借也。借何可久？天然威施，又何必借？若其本不西而东、不南而北，藻绘雕饰，徒自苦耳。故必洗尽天下之借色，而后天下之真色始出。此惟足下心知其意耳。

往中州有吴伯裔，惜未大成，死矣。王相国铎，材固博厚，气固雄拔，求之章法，不能无间然。近如贾君开宗、徐君作肃，皆老宿，卓有所见；宋君荦，英英欲起，照前映后。惜足下未得尽见之也。贾君论诗，欲“清空一气如话”，仆曰：“是固然，更少气象不得。”阊阖冕旒，固属气象；水鸥风燕，得意容与，容非气象耶？推而至于太原真人之褐〔裼〕裘，曲江仙吕之彩笔，任城豪饮，斗落参迴，玉门愁月，练白霜皎，皆能以其气象为气象。当其胜绝，变动难拘，是惟心知其意者触通而已。

◇确。

◇先出此一段，折倒众论。

◇精。

◇具眼。

◯论诗入微，行文欲化。

与任王谷论文

仆少年溺于声伎，未尝刻意读书，以此文章浅薄，不能发明古人之旨，然其大略，亦颇闻之矣。

大约秦以前之文主骨，汉以后之文主气。秦以前之文，若六经，非可以文论也；其他如老、韩、诸子，《左传》《战国策》《国语》，皆敛气于骨者也。汉以后之文，若《史》、若《汉》、若八家，最擅其胜，皆运骨于气者也。敛气于骨者，如泰华三峰，直与天接，层岚危蹬，非仙灵变化，未易攀陟；寻步计里，必蹶其趾。姑举明文，如李梦阳者，亦所谓蹶其趾者也。运骨于气者，如纵舟长江大海间，其中烟屿星岛，往往可自成一都会。即飓风忽起，波涛万状，东泊西注，未知所底，苟能操柁觇星，立意不乱，亦自可免漂溺之失。此韩欧诸子，所以独嵯峨于中流也。

六朝选体之文，最不可恃。士虽多而将嚣，或进或止，不按部伍。譬如用兵者，调遣旗帜声援，但须知此中尚有小小行阵，遥相照应，未必全无益。至于摧锋陷敌，必更有牙队健儿，啣枚而前；若徒恃此，鲜有不败。今之为文，解此者罕矣。高者又欲舍八家、跨《史》《汉》而趋先秦，则是不筏而问津，无羽翼而思飞举，岂不怪哉！

顷见足下所为杜周、张汤诸论，奇确圆畅，若有馀力，仆目中所仅见，殚思著述，必当成名。然亦少有说，觉引天道报施汤、周处，稍陟覼缕。行文之旨，全在裁制，无论细大，皆可驱遣：当其闲漫纤碎处，反宜动色而陈，凿凿娓娓，使读者见其关系，寻绎不倦；至大议论，人人能解者，不过数语发挥，便须控驭，归于含蓄。若当快意时，听其纵横，必一泻无复馀地矣。譬如渴虹饮水，霜隼博空，瞥然一见，瞬息灭没，神力变态，转更夭矫。足下以为何如？

◇二语已尽。

◇确

◇所谓“了然于心手”者。

◇确。

◇确。

◇议论都本之艾千子。

◇皆从自得中说出，正如披裘觉煖、握冰知寒。

◇更妙。

叶秉敬

敬君，西安人。

寄吴宾墀

今之文，诚好奇矣，仆以为实未尝奇。今之谈文者，辄曰“必无奇矣”，仆以为实未尝真识奇。

夫文者何也？如织新锦，必不可带腐丝；如画水墨，必不可带俗笔；如奏钧天，必不可唱野腔山曲；如调鼎鼐，必不可放酸酱败醯。今曰“必无奇，必无奇”，则是抽烂茧、沤脆麻，可组龙衮；著胭脂、堆金粉，可画辋川；蛙鸣蝉噪，可以鼍鼓辟廱（古通“雍”）；而五溪蛮不乃羹，可以蒀薉俎豆也，必无之理也。故曰：“言之无文，行之不远。”

既曰“文”矣，焉得无奇？如其不奇，是不文也。第奇自有平正之奇，有衺（古同“邪”）祟之奇。今之严于正文体者，正欲去衺祟之奇，归之平正之奇，非欲去奇而归之不奇也。今人才脱卸一领蓝袍，便作老先生话，说平说正，老头巾气，大是衰飒豪气。且自己烹龙炰凤、鼎味要汤，而教人断肉餐虀、野芹为贡，仆不能为此瞒心语。

○机轴从李斯《谏逐客》得来。

○不是印板六朝。

答沈玄海

自昔挟伎俩荜门中，妄希长袖，乃今世之虮事，便尔捉襟，大似黄杨遇闰年，止堪退寸耳。左右并是疑人，询以疑事，愈长疑塚。宁自凭虚億，犹可偶中，岂容以舌涩音悭，讨声口于雪衣娘喉吻也。

○读书人不可无此见。

寄郑冏卿峥阳

以敬之才，止堪老于文字菟裘，而滥竽水部，刮老龟背，何时成毡？顾芭蕉非有慧耳，却能听雷；葵藿虽无明眸，翻能看日。不肖所耳而目者，有已成事在矣。有如豨膏转轴，穿不可方，则犹赖千里之远，惠我好音。远望林间高卧，如张司空归洛中，得羊公午桥庄，栽花植竹，日与故旧乘小舟携觞遊钓。幸分半晷之暇，损手尺以度我。

○蕉闻雷展，雉闻雷生。

与姜神超

原稿谅多点窜，幸付我，使知所裁。昔邓夫人伤颊，补而益妍；不佞之颊，政赖足下为白獭髓、琥珀屑耳。

〇使事如此，方是妙手。

启黄鸣谷座师

敬之所以感吾师者，非徒以青云其身之为快，政以龆年认字以来，洎于弱冠，蚤有志于圣贤精义。如鱼猜水冻，犹涩其行；狐听冰坚，未前其步。偶以暗合于师，方敢自信不疑，而又得从容以侍函席，奥旨玄言，开关启钥，踏翻千古窠臼，指点一派舟航。此情此感，故在世情荣华外耳。

〇使事冷韵。今人尺牍，辄是一派烂熟字面，所以令人望而欲呕。

与永平程萝阳

肥如钜国，得荷洪庥，万顷玻瓈，人均满腹；千（一）林翠黛，众藉息阴。去燕咫尺，洋洋颂声之载道者，塞于都人士耳中久矣。春风既暖于卢龙，旧盟不寒于鸥鹭，故桑梓之芽蘖，靡不思托红锦氍毹，以霑馀燠；望浓阴蔽芾，以冀驰担。若孔大博君者，素所受知翁丈者也。平生慷慨，侠骨崚嶒，口不言钱，举却阿堵。今有所挟而来，思以润渥途邸，而费大不赀，涩囊如故。夫其庖下冰鳞，声应冯驩之铗；樽中醽醁，芳陪陶令之花。斯为润涸，倍于西江。涔苗赖于甘澍，非藉沛泽，何以滋之？于其行也，祇附候忱，并代摅依依故人之况。幸惟垂鉴。

答张参戎明初

翁丈腰不落之剑花，弯常明之弓月，风动金鼓，雾湿铁衣。人倚长城，国叨砥柱，声名藉甚，喜而可知。昔镇三衢，地方安静，士有投石，山无伏莽。弟当其时，方且液涸墨池，香销蠹字。而翁丈辄垂一时之青眼，称百代之鸿儒，见片毛即云吉光，听半响即云《韶》《頀》，投壶饮酒，弹琴赋诗。即今回思，犹如昨日，莫云过去，便是前生也。嗣是别去，各在一天。长安会逢，知交重聚，不肖寂寥于郎署，翁丈萧条于客邸，爱莫能助，把酒为欢。一去汴梁，又成阔绝。

兹以宦游之倦，枕漱石泉。何幸大将之旗，近开东海，盐官咫尺，保障声闻，踯躅山林，未能走贺。乃承惠问，骈锡佳仪，多情若斯，令人感慨。但惭无以报，如何如何？聊书诗箑，并小刻，奉似郢政。以翁丈爱琴，俚句新作琴语，可资一噱也。使者为言尊意，欲招小艇一游，并促长安之棹。弟以绿竹青松，结盟已固，留连眷恋，未忍割离。叹出门一步为难，望海上一线如天涯也。蜃楼佳气，徒劳梦魂，嗣容努力，勉图握手。

◇从军丽句。

○敬君、孟旋、子卿三先生，俱西安人，皆以制义铎海内，而古文词亦皆岳岳。一邑一时产此三贤，真是异事。

方应祥

孟旋，西安人。

柬李衷一

当今道德文章，竝推主盟，如先生所谓“揭日月而行天，其间欣附气类，以跨踔乎一时”者，犹之长庚、启明，分末光以司一隅者耳。国家经义、制科，经义于士，犹之矢也；制科取士，犹之罗也。的有所不必中于矢，而后明制科之大；鸟有所不必入于罗，而后见经义之尊。夫日月之行，经天之中，不知其光彻六合之外，故非天所得尽也。李先生不肯就一第，而士与取士者之重，乃两伸于天下，岂与夫长庚、启明之嘒嘒昼夜，仅为司而无当于普照者哉？

答费无学

千秋之业，抑而就一时之制，光怪骏憍，跆藉靡上。里中儿未见骆驼，而诧马背之多肉，又何责焉？

徐日久

子卿，西安人。《别集》。

柬吴伯霖先生

小园初起手时，便约法三章：花木之无长进，须人奉承，高自鼎贵者，俱不蓄。

与闻子将

丈夫处世，止须自裁，政恐上辘轳时，自己把握不住。若更瞻前顾后，因人行止，陋矣、陋矣！

与谭友夏

兄近日作文象意否？象意是好事；极不象意，亦是好事。

复闻子将

做秀才时，最难耐者提学，却是一个。今来作县，相牵制者，遂十数人，皆能以咳唾为风波，即顷刻变霜露。弟今俨然见效矣。闭门待罪，视山中静坐掩关时，心事何如也！虽是非得失，未必渠所能制，亦难道得“此中无碍如往时”；即到得如往时，初无大益，只增人嗤笑耳。

复友人

仆好读书，恨愚；好山水，恨俗；质任，恨弱；坦怀，恨疎；乐从遊当世名公，恨见人辄面热。惟喜功名而数不偶，则不恨耳。

与方孟旋

读史得小心之说，此是戏论耳。今之见效，正患在不能大胆。兄知我者，故遂披露以告吾拙，幸勿示人，令门外汉亦复来窥吾底里也。

复翁子远

今有一事相长，只穿衣吃饭间，有尛文章在，兄无忽过。顾求之人间闲语，恐不甚济事也。孟旋先生，在事内人，渠常说“事内人诚而不明，事外人明而不诚”，可自记取也。

与本学王广文

弟率意任情，本之愚暗，虽循例不能无轩轾如此，要未足窥诸兄万一。但念是非本无所定，期于自得，则虽以鄙人之偏见，于以为他山之石，则有馀矣。连日酷暑，又为漕事被上司煎逼，念为诸生时，读书甚乐。幸传语诸兄，毋轻放过，不及时受用，行及矣。

〇以人之轩轾为喜怒，心中无自得者。

与王遂东

往闻有能文之士，曰张以谥、曾大羽者，今始知是青浦诸生。不肖未见其人，然念之不置。幸台丈自拔之，不必使之知出弟意；知之，更多事矣。

○如此荐牍，亦自踞胜地。

与韩鹏南

所举诸人，多不识面，却不知此衷何故不能已已。昔长公有言："见人饮酒，则为之酣适；见人病已，则为体轻。"而况才名之士，得奋焉自拔，不忧屈抑焉者乎？窃见台丈旷度逸才，必先怀此志，故敢以所尝畏服者，剖心相告。

复黄经甫

未中时，闻道县官难处，辄不谓然，便对人发许多议论。正如谈无鬼者，鬼辨亦穷，而世间实是有鬼。尚口之人，可笑如此，今报及矣。足下天才骏发，决无此业，然亦愿识之，无为世辈所揶揄也。

○世间不着鬼者几人？肯着鬼者又几人？

与两学师

葛文宗《文体八义》见寄，真是从刀山剑树中，将这个身子，逐一试过，见菩萨相者，非可以语言文字目之也。已录一通，揭示明伦堂，使诸生共知向往。

复陈子金

生祠之说，不知何自来，近已严为阻止。弟在此四年，他且弗道，只如修造一节，自远至近，自大至小，真是无处不经手脚，却从来未曾附一姓名。每见省下牌坊，雄壮牢固，乃考其岁月，都无百年旧物，而名字已漫灭，绝无可考，徒有危石稜层欲坠，使行者恐怖。以此见得，这些断然无用，只有方寸地，庶几可觅不朽，或海内有知己一二人，堪为异时话柄耳。兄以为何如？

◇可为太息。

王相说

鞠劬，泰州人。《自选尺牍》。

覆盐台邓

老公祖有见于灶苦商困，此真课逋之本，而实弊隐之标也。盖灶皆自苦、商皆自困耳。譬如士子进文场，多携童仆护持，护持之术愈工，而挤杂之势愈盛，愈欲前而愈不得前。使煮盐者如其应出之额，支盐者如其应入之额，则利且不可胜用，何困何苦哉？然此入骨之病，已不可除，去其太甚，在老公祖料自了了。谬蒙下询，敢讳迂疎，谨率笔数言，唯祖台笑而置之。

〇真经济语。

〇止是看得天下无事。

答道学辛全

读《养心录》，知足下之于道深矣。不佞愿效刍荛，少为删之。《易》之冠经，《论语》之冠书，《道德经》之冠诸子，《通书》之冠诸儒，《孙武子》之冠兵法，为其简也。简则后来不得以伪杂者溷之，而于醒世捷、传世远，亦立言者之责，应如是耳。

〇所见甚确。

严首昇

平子，华容人。《濑园文集》。

答江陵诗社八子

未有今人不慕古人，而有所获者。要其慕古人，正非优孟古人，譬如司马相如慕蔺相如，非有一毫相似。且慕古人，未必不过古人，如武侯自拟管、乐，岂但管、乐而已哉？然学古人可也，学学古人不可也。

与王明勗

神交二十三年，垂老相见，荒城夕阳，顶趾竝有沧桑之感。秋厓六诗，书笺报命，聊写山中苦状，出门三百里，便非本色矣。我辈自是一个头面，作出十八罗汉，不遇故人，不识为何人也。

又

人生极难处分者，惟得志时事耳。伯王不动心，便是圣贤尽头学问。若区区不得志事，甚容易了。舜、禹生平轗轲艰难，不知多少。夫子不以此服舜、禹，独服其有天下不与，所谓“忍痛易，忍痒难”也。老兄学问深厚，逆来顺受，一切归之造物。天下事不但得丧不由人，祸福不由人，即善与过亦不由人，付之无可奈何已耳。

◇妙论。

与王季豹

人有不为，而后可有为。历数古今，断未有靡事不为，得成一事；亦未有无人不交，能得一人之力者。弟自分才疏意广，病正坐此等，以自砭，因为仁兄砭矣。

又

此辈小传、小叙、小记，颇足开颜。倘授以帝王本纪、名臣列传，便阁笔矣。与之言性言天，能亹亹到底；与之议天下事，能缕缕指掌、连牍不尽乎？譬如小匠筑斗室，石桥竹径，厝置如意；一旦委以未央殿、承露盘，应袖手尔。而顾轻薄前辈，凌厉一时，去井蛙几何也？

与陈子贞

献吉之文，体气俱全，形迹都泯，居然两京。而理事、兴致，无一足存。此塑古文之像者也。

〇增字者为增塑法，减字者为减塑法。今人无古人文法，但有增字、减字法耳。

又

人之有诗文，犹其有儿女子也。才不才，亦各言其子，它人子何可爱哉？

答华藩（壬午）

盥读手书，摹写旅次萧条，如谑如叹，笔端有诗画矣。贵贱苦乐，迭为之，亦复何伤？七十年琼宫瑶殿，一旦而荜门圭窦，均是人生快事。近日造物，将乾坤作一部出像庄周脱胎接引，故使殿下现种种而说法耳。

与高彙旃

楚史未了，时刻在心，邮便不妨时时檄催，以当鞭策。唐人云："能事不受迫促。"若昇者，则常因迫促得能事耳。

与黎耳菴

土室各成，有投老意，顾弟与兄，自殊绝也。老兄宦遊十馀载，息机山中，如傀儡然，逢场作戏，已乃裹入布袋耳。弟则炫玉不售，因以韫椟者乎？一咲。

与魏织仙

王子至，得接手书，不啻亲见，喜慰喜慰。世界如一场筵席，暴客猝至，主人不知何在。座上大班散去，先生觥筹兴阑，颇足自慰。小子辈总未即席，何以堪此？虽然，不应又顾而之他也，一丘一壑，愿与先生共之。

与陈斗翔

富贵必归故乡始快，而《高士传》中，往往多侨寓者，至死不愿丘首。盖井里亲旧之间，非淡寂人所宜尔。客渚宫时，恨不速归，到此求复坐败庐、食姜韭，与共人谈天下事，何可得也？

与陈小有

傅筑公书来，知曦侯先生一门遇害，弟将为此翁服三月矣。此翁卓行古道，人自不得不以古道待之。往读《史》《汉》，见独行士，动鬼神，格异类，至遇虎狼、盗贼无所伤。窃笑当时风气所至，虽虎狼、盗贼，咸有独行意。今日恐不尔。覩曦侯事，使人不敢以为善自待。江河日下，虽盗贼亦有然者。附便不既。

与钱彦林

某穷而著书，近二十年，卷帙高三尺许，强半皆妄谈天下事。顾以款段自甘之才，生当孙阳不到之地，毕竟无施。顷乃挟持来京师，遭故人黎耳菴于路，见驴背种种，云近世士大夫，槩不喜此，此非钱先生不可。棲迟白门，刺书漫灭，独来请谒，良有以也。不然，长安米贵，乡里亲旧，槩堪弹铗，何独亟亟大贤之门？且贷金于幼安，而乞餐于靖节，岂计之得者哉！

梅　磊

杓司，宣城人。《响山文集》。

与周栎园

避暑山居，了无一事。搜败簏中，仅有四家集，因重为评骘，请先生质之。北地奇肆矣，但语病率易；太仓博大，而格苦不高；新安工练，而气嫌不逸。至济南，有意钩棘，仅貌其句，于古人之法，全未有也。不知太仓何以心折，真阿好耳。要之，皆不及北地远甚，以北地能疎、能使气也。近见守鹿门、震川门庭者，排挤太过，无乃蹊田而夺牛乎？先生具眼人，平心持论，以为何如？如其未善，不妨往复开示。

与兒耘

客有过余，问诗与制艺孰佳，余曰：“制艺佳。”客问故，余曰：“诗能穷人，制艺能富人。请问富贵与贫贱孰佳?”此虽一时戏语，实切己之论也。汝辈自夸王谢门风，究与饥寒何与？可深思之。

又

昔朗三兄尝言：吾守先季豹、禹金公家法云：闭门读书，与开门结客，不可偏废。不读书则根本不立，不结客则闻见不广。至守身立名之法，又云：交富人，不可与之称贷；交贵人，不可丐其竿牍。我既无求，则士气自壮，而彼之骄慢，亦无繇生，成己亦所以成人也。今时名士，皆一切反是，岂不可惧、可叹！

与周栎园

昔人云：吴、李以前，畫实而近俗；荆、关以后，画雅而太虚。自元人一以唐相高，无论六法，宋人几无生活处。先生所示诸画，尚留得一半在。要之积习成尚，风会使然。噫，岂惟画哉！

余　怀

淡心，莆田人，江宁籍。

与周栎园

风雨孤菴，归情如雾，回首西湖，未免作天际真人之想。嘉函竟成画饼，顷亦即还吴门矣。古人取石压髗，今则取石压囊耳。时无裴宽，岂能使张徐州扬眉吐气耶？言之可为三叹。刲股诗，得大篇，真可压倒群作，此君藉以不朽矣。在吴门耑望旋帆，倘得方舟并驾，同归秣陵，亦一快也。

顾　源

字清甫，号宝幢，江宁人。

答太初索画

眼前国土，笔底江山，不假一毫气力，总是现成受用。莫学他头上安头，今年在这山里坐禅，明年向那山里结夏，打算到腊月三十日，看你有什么公据。道人今在纸皮墨点上通个消息，无滋味中也有少许盐酱，一一透得过舌根，管教你入骨入髓。

寄云溪枯木寒泉图

既云出世，当有出世事。这断纸残墨，要作何用？若向这无用处，讨著巴鼻，转一切事而作佛事，借错认《枯木寒泉》，也莫去寻枝摘叶。云溪他日，得其精而忘其麄也。

刘 城

伯宗，贵池人。

与陈伯玑

仁兄以著述大业，每札见教，故弟凡通候，辄欲率胸怀请教，而作邮者，必匆遽相督。恾惈数语，定不得了，前后如此，殆非一次，真恨事也。

拙诗请正。近状益不得佳，出口都无好语。因念子美老来诗律渐细，即此岂后人可及哉？

云子何遽乃尔，痛绝痛绝！平论殊不苟且，大抵此兄胸有本领，醞酿颇深；偶及纤尖，无伤大雅。其于世事，久在即离远近之间，与世之有岳岳者不同。故所收人与诗，亦小有出入。要之不损云子本来，不足为讥也。

凌世韶

苍舒，歙县人，家江宁。

与罗瑕公

嗽麺小过，火证复攻，苦月馀，今渐平矣。饥饱凉燠，皆足为衰老之祟，危矣此身乎？频损惠贶，何以堪之！秋气已至，当完公逋也。

沈　灏

朗倩，吴县人。

与罗瑕公

山窗寂历，林雨萧凉，仁兄摊书下帷，愚兄弟愧无将悃，方切徊徨。韦刺史不云乎：“何时一尊酒，远寄风雨夕。”令人黯然不能读也。读新什，青莲不足称天仙，摩诘不足号禅那矣，羡羡！陈先生见委作无声诗，须速速付生绢，令泼墨兴云，现东南奇山水，一博轩渠，何如何如？

尺牍新钞卷之十

豫章 徐芳仲光、江左 吴晋介兹/选
豫仪 周在浚雪客、周在梁园客/钞

顾若璞

和知，钱塘人。上林署丞顾友白女，督学黄寓庸长子文学东生妇。《黄夫人卧月轩合集》。

示诸儿

予自万历丙午归汝父，遂涉历家事，廿有六年，中间辛苦备尝，风波遍历。予惟是兢兢业业，蚤作夜思，罔敢失坠，以无误祖宗立法，以无贻父母忧者，岂好为是劳哉？亦缘汝父生十月而祖母见背，至我归时，贫与病合，处世艰阻，事非一端。且弥留之际，止嘱终事惟俭，善教汝辈，以继书香；善事祖父，以续己事亲不终之罪。我固一遵先志，较前十三年中，更翼翼小心，如临深履冰，常恐折足而覆先人之业。至于祖父逝后多少风波，寡妇孤儿，所不能对人言者，未易一一数也。

予于壬子生灿儿，于甲寅生炜儿。两儿止见其生于仕宦之家，长而居处晏如、衣食粗给，几不知有困苦事。岂知而母之拮据卒瘏，以仅免漂摇之患者，二十六年如一日也。今幸儿辈俱长成，婚嫁已毕，重任有托，我责稍轻。故以分为合，析汝二子，使各庀其家事。夫吾岂不欲劳我逸汝，俟绳祖武哉？良亦有所见而然也。

九世同居，时旌其义；二难孝养，并以德称。第情不隔而事或暌，丰俭之异尚，多寡之各适，好恶之不相符也。人情异同，其数多端，岂能一一如我之所愿？况人情习久则慢易生，慢易生则嫌隙起，是故离则思合，合则思离，离中之合，合中之离，不可不致审也。喜两媳贤哲，能俭约守祖制，及我年力未迈，一一清分，使知家道之艰难如此，世务之艰难如此，各自成立，以渐进于礼义，庶无内顾之尤，亦鲜永终之敝，岂必合为是哉？若夫一丝一粒，皆自我数十年勤劬困苦中留之，则所以谨守而光大之者，更于二子有厚望矣。

○闺阃中有此等文，真可风世。

○行文竟是大家。

○真卓识鸿文。

与张夫人

家妇丁，从余读唐人诗，其寄灿有云“故有愁肠不怨君”语，几于怨诽不乱矣。与灿酒间，绝不语及家事，时为天下画奇计，而独追恨于屯事之坏也。且曰：“边屯则患傍扰，官屯则患空言鲜实事。妾与子戮力经营，倘得金钱二十万，便当北阙上书，请淮南北闲田垦万亩。好义者引而伸之，则粟贱而饷足，兵宿饱矣。然后仍举盐筴，召商田塞下。如此则兵不增而饷自足，使后世称曰以民屯佐天子，盖虞孝懿女实始为之，死且目瞑矣。”其言虽夸，然销兵宅师，洒洒成议，其志良不磨，夫人许之否？

与　弟

夫溘云逝，骨铄魂销，帷殡而哭，不如死之久矣。岂能视息人世，复有所谓“缘情靡丽”之作耶？徒以死节易、守节难，有藐诸孤在，不敢不学古丸熊画荻者，以俟其成。当是时，君舅方督学西江，余复远我父母兄弟，念不稍涉经史，奚以课藐诸而俟之成？余日惴惴，惧终负初志，以不得从夫子于九京也。

于是酒浆组纴之暇，陈发所藏者，自《四子》经传，以及《古史鉴》《皇明通纪》《大政纪》之属，日夜披览如不及。二子者从外傅入，辄令篝灯坐隅，为陈说吾所明，更相率咿吾，至丙夜乃罢。顾复乐之，诚不自知其瘁也。日月渐多，闻见与积。圣贤经传，育德洗心；旁及《骚》《雅》词赋，游焉息焉。冀以自发其哀思，舒其愤闷，幸不底于幽忧之疾。而春鸟秋虫，感时流响，率尔操觚，藏诸笥箧。虽然，亦不平鸣耳，讵敢方古班、左诸淑媛，取邯郸学步之诮耶？

◇女子能读此等书，岂非异人？

◇女中大儒。

周　庚

明媖，莆田人。诸生陈挟公承纩元配。

与仲嫂

居诸忽忽，不觉春深。久客云何？必有以也。度兄平日神情，非遊则病，遊可也，病不可也。惟喜装束有先君方书存耳。但以悠悠落落之致，陶然于山水诗文之间，谅可勿药。嫂动定清胜何似？对父母兄弟，至乐存焉。庚不能《竹竿》“淇水”之诗，其能已乎？

〇雅淡绝俗。

其 二

庶母遗诗，记向在阿母笥中，惜不及载之以归。古人矣！人不可作，其音亦亡，泫然涕之欲来也。嫂更大索之，偏于不切紧处，庶几一遇，存其缺略，是亦径寸珊瑚也。

其 三

感念化者，欲为陈立传。以之才之美，无子无年，搦管垂毫，惟闻猿哭。是以更端而未就，当续成之，敢不诚于陈耶！

〇秀绝。

〇真觉他人笔墨之烦。

其 四

六姊乃凶死以去，好不可为，岂不信夫！生为姊妹，聚首无多；归与为邻，相见益寡，岂非生人之憾耶？业成数言，私为位哭之。昨见阿兄告文，更为切至。死者有知，可无冥恨矣。

〇绝去脂粉，真色无双。

其 五

《三国志》经嫂所点定，庚应穷其赞辞，但不解于古人何所厚薄，只觉此心为刘。

〇正使一篇大论无此妙。

〇市儿意中语，何以为文人极笔？

其 六

亭虽不玄，水能虚白。假吾兄养啬工文，地以人重矣。嫂况肯来，庚当出城作主也。

其　七

东郊清且闲，宜为调身善地，可无阿兄注《马蹄》《秋水》耶？

〇正自不能删却。

与兄无声

诗自致穷，兄乌得富？兄遊，乌得不贫？贫而且病，有繇然矣。遊稿竗极矣，独怪登大雷而无书，何也？

〇舌如鹦鹉。

与夫子

不见古人久矣，大率为诸女儿所败。今大者独依祖母，以避吾严，小者各发付诸乳。一室深山，清虚已接，不无文字之缘，当缮写以正。

〇想其胸中何等！

其　二

城不如郊，郊不如山。徙之西林，诚善也。山静日长，惟君自爱。

〇不尽。

其　三

《离骚》之所以妙者，在乱辞无绪。绪益乱，则忧益深，所寄益远。古人亦不能自明。读者当危坐诚正，以求所然。知粹然一出于正，即不得以奥郁高深奇之也。

〇深识，非闺秀所能及。

其　四

《林媛松石图》，已见岁寒之志。钦其至性，以一绝风之画首矣。亦不敢展玩，恐风雨悲鸣也。

〇字字挟悲鸣之势。

其　五

供白衣者，谓其宜男也。顶礼三年，生女益众，始知佞佛求福之愚也。德音莫违，便是致祥之道，抑供之不必有所求耶？

〇正论不落宋习，总由笔高。

陈锺琠

石丈，晋江人。《密菴初集》。

畣黄若木书

日阅邸报，见某公枚卜事，深为怪叹。杨龟山出处之际，君子讥焉。家希夷先生曰："名将成，必有物败之。"王子明、寇平仲，起手都做出伊、周事业，后来委靡不济，只是恋一个相。王嘉祐曰："丈人不若未为相善，相则誉望损矣。山中读书时是草藁，至戴纱帽时是謄真。整整做出一篇大文章，与今后人看，如何可草草？"锺琠常以此意求之，无论今人，恐古人亦不一二见也。

〇今人皆向人面上起草稿者。

畣孙本芝公祖书

锺琠生具一种迂肠拗癖，尝妄谭以为，自孟子后，近二千载，心性、天人之旨，无一人解者。眼见前后诸贤，多函胡不了，又今人动排击禅、玄二门，其实非确有所指，第附声沿响，大肆谩骂。尝笑之以为如听讼然，不详稽两辞，何繇审克？

锺瑛尝深坐空山，夜阒更阑，洞开曲室，严设三四座，奉孔、孟于上，襍（同“杂”）置老聃、释迦于侧，小子锺瑛骑邮其中，畅彼我之怀，通往来之窾，随拈一义，周折平章。因以知余门之说长，而禅、玄之旨，未始不可互参而共证也。凡此，皆锺瑛迂拗所在，以是绝去依傍，掉臂单行。如谢康乐山遊，持刀斧磔剪荒径，凿声冲冲然，亦云艰哉！此意或二三知己可共明，未敢对外人道也。

游英州观音岩示弗人

英山突兀竦诡，仆最爱其入手处。譬之名家，伸纸将画，偶尔落墨，点污纸上，遂以势成之，幅图完好：为峰峦，为草树，为人家，为昆仑楼，或为禽鱼，为云气往来，为马而飞空骋辔以遊。察其起止，有伦无理，不可以常法律也。

◇奇喻。

与慧林和尚

花之敷坼（拆），鱼鸟之哀乐，风日之争让，农渔之单偶，烟水之奔缓，陌上叱牛声之生熟，觞茗之行止，此皆文心所佐助者也。而仆今覈诣若何？惭愧惭愧。

与曾弗人

湞阳峡，是造物迂肠拗笔所作者。峰头部署，俱于不必安处，硬然安之，耐人思索。大约如古逸书，斑驳错落，骤读之，神理不属，似生似斜，似脱似欹断；一再思之，却极完稳，欲为咨补一二字，觉无下手。天地间乃有此种怪物。

与友人

李卓老云："烂熟百篇时文，入场学一謄录生缮写，此是也。老生愁苦经营，一字必求其合，半句必极其稳，刻画之过，转入俭狭，则立败矣。"是言也，骤闻之，恶其猥屑，然回念身在号舍中，檠火明灭，双瞳凝睇，思索未到，画角密移，不得不服其言之确也。

与　友

庄子曰："古之至人，其寝不梦，其息深深。"沈涣曰："昼观之妻子，夜卜之梦寐，二者无愧，方可言学。"张九成曰："耳目为礼乐之原，梦寐即出处之验。"善读书人，只就梦寐一事，仔细思量，便识圣贤下手要路。

与　友

心和而出，且为声为石〔名〕，为妖为孽。"声名""妖孽"四字合说，真顶门一针。

与同社

时文至六朝，淫矣。使其寻声合吹，如转圜千仞，乘溜而下，则其去宋元填词、传曲，不一二舍尔。抑使其厉而挽之，建安、黄初以上，则犹决东海之波，屈注华岱，戛戛乎其难哉！

唐初诸公，坐视今古，斟酌情文，因其绮丽，泽以雄浑；本其繁富，加之坚栗。当其时，如子产听郑国之政，非必尽反子皮所为也；第使都鄙有章，上下有服，田有封洫，庐井有伍，而国治矣。是故其诗则有沈、宋之正宗，其文则有燕、许之钜手。人知沈、宋橐籥于曹魏，不知其权与于陈、隋；人知燕、许陶铸于马、班，不知其规模于颜、谢。萧统曰："推〔椎〕轮为大辂之始，层冰乃积水所成。"剥复消长，中有至理。排斡〔斡〕元气，存乎其人。有志者所不甘坐而塞默也。

与张士弼

仆性护醜，虽有所作，秘不示人。如海神与秦皇帝相见，约曰："我貌寝，勿图我也。"足下信手信心，一有诵说，任人抄绎，百里内外，朝脱藁而夕传嗳也，若烽火之召然。仆之去足下，不啻倍蓰，而责其相及，是使威施与贲获斗力，能不忧其绝脉哉？

◇亦是快事。

王思任

季重，谑菴，山阴人。《文饭》。

与冒辟彊

向辱翰贶，因冗极热极，不能应教。兹俱如命，勉为之以呈，第珠玉满前，自觉形秽，奈何？仁兄异才仙品，故是艺林中飞将，佇看横绝海宇。不佞近日不解时文，亦不敢看时文、言时文矣。每对时文，惟有口诵"阿弥陀佛"而已。仁兄得无同慨耶？

○谑菴临文，无字不谑，然却有极大、极正经文字。

又

寿文难动手，而在海内祖孙父子，鸿钜名卿，更益悛悛退矣。恭喜尊公衮衣东借，节钺匪遥，奉太翁太母于铃阁，朝夕视膳，仅一衣带黄河也。任到浔阳一日，即往星渚为御史作篋片。既是老兵，复称贫道，段干木之旗，播蘷武之鼓，日日簿书，与悔气尘年、弋阳腔、服色团帽为伍而已。使者到，正从庐山还，留之八日，始得完事以报命。文字觉不恶，但金笺寿诗，非任之所能，不得已而为之者也。

○金笺写八寸三分寿诗，真是厌事。不解世人何故以此相尚。

简徐玄仗

尊教挚诚感切，但所云下逐客之令，罪主家无赦，则有必不可谢、必不可绝之客，将奈之何？又云不得已，姑行之，客去即翻案。弟中夜思之，犹觉未稳妥，于客甚恨，亦于百姓甚怨也。居官日短，做人日长。况弟不比台翁，起家牛医，戴笠下马之盟，颇有其人。又弟情软，不能作冷面，来则必见，见则必欸。计其往来路费，察其特来经过，不妨以血诚告之，或请或不请，情礼必当尽之，但竭吾厚薄之力。如有放便事关说，亦委曲从之。过我心许，妨我官箴，则密求相谅，或亦不取其恨也。台翁以弟视弟，再求酌教，恳恳。

◇此事近日通套，然宁拒之，断不可为此刻薄事。

简赵履吾

秦淮河故是一长溷堂，夫子庙前更挤襍，包酒更嗅不得。不若往木末亭，吃高座寺饼，饮惠泉二升，一鱼一肉，何等快活也！

○西湖宜夜，秦淮宜秋。然泛西湖者，必在日中；遊秦淮者，必在盛夏，诚所不解。

简米仲诏

越人嚼笋，闽人嚼蔗，渐老渐甜。不想奉崔、魏诸公，主何意见？就中少年新进甚多，今日银艾，明日就想犀玉，邀呵过棋盘街。尚书阁老，是个孩子，难道有大半世做去？早早回家，有何意趣？打“选官图”者，不上五六掷，就到太师，出局矣，忙些什么？

又做官如游山，一步一步上去，历过艰难，闪跌几次，方知荆棘何以刺人，危险何以惕人，幽奇何以快人，转折何以练人。渐渐登峰造极，方得受用。今一见山麓，就要飞至山顶，山顶之上，又往那走？此皆不明之故也。年兄终日太仆，决不转动，譬之山腰看人从高跌下者，暴痛绝命，可怜可笑也。若弟，又鲇鱼上竹竿，可笑之甚矣。

偶发名言，不是妬口也。我两个老人家，终有意意在。

◇最明切之喻。

与许伯伦论文

虱必车轮，蚁必牛斗，而后耳目之官，各极其用。曾以此看小题，一字之冷，通章热血，呼吸尽来，此真小题也。如仅以小儿之颖，挖空生语；头巾之学，饾货杂张；不则霸王叱咤，豪叫一番；苏秦纵横，演敷数带，虽玄黄炙毂，纸动戈飞，吾无赏焉。

施闰章

尚白，宣城人。《双溪草堂集》。

与蒋虎臣

夫诗以自然为至，以深造为功。才智之士，镂心刿肾，钻奇凿诡，矜诩高远，铲削元气，其病在艰涩。若藉口浑沦，脱手成篇，因陈袭故，如官庖市贩，咄嗟辐凑，而不能惊魂駴（古同“骇”）目，深入人肺肠，寝就浅陋，其病反在艰涩下。

蔡復一

敬夫、元履，同安人。《遯菴全集》。

与刘侍御

仆独木易风，危矶难水。始以蕉弱，受修竹之弹；既而拭唾，逢羿彀之怒。束身待黜，何能勉树，如大雅所奖期乎？虽然返璧，心承已重。

与黄石斋吉士

先辈有言：官必有事，馆阁人便当理会相业，不然则为忘其事而虚国恩矣。书之于业，弈之谱、医之方也。执谱与方，必无国工，然未闻国工之学，而去其方与谱者。姑以兵言：赌墅而费人也多矣。今士未尝为谱与方，姑妄言之而妄听之，骤以国赌，而寄人生死之命，可乎？语曰："习方三年，无可医之病。医病三年，无可用之方。"此善喻也。

与杨衡毓

别谕云云，私所扼腕。语云"流言"，流之所行，周公亦谨避之而已。流必自止，日月宣朗，亦何假于风雷哉?!

与毕东郊郧抚

"聪明不及前时，道德日负初心"，虽退之语，而台臺为我拈出，遂令汗出透背矣。外典有言："利刀割泥，泥无所成，刀日就钝。"良可惭叹。

又

庄诵《征信录》，老伯母真笄栉伟丈夫也。是开名世以祯国家，岂偶然哉！台翁以第一等之人，兼三不朽之事，解绂则六载彩衣，贻芬则百年彤管，天人之际，得全全昌。即授简如云，孰若自昭前者之大且永乎？

弟以不敏，借研聿当执御，荣施曷量？然伟丈夫之母，必得丈夫之言，方无惭色。而弟也，夸父之弃杖，且自挝蜍志矣；即欲絷帨其辞，以赘槐眚，恐王母之山不受也。不独刀笔羽檄，情田未耨，而负羊公鹤之嘲，有何徽音，可当三青鸟乎？谨拜而藏之，容兵事稍定，勉効一言。庶赖赞佛之虔，以忏挠栋之罪。

与孙玉阳楚抚

梦与人战者，角敌甚苦，而不知敌者之亦已魂也。天下一身也，奈何一身中，而六凿相攘乎？薪火相推，而人材国事，俱受其敝，嫠恤有心，匪独同调之私嘅矣！台臺山立难摇，玉磨更莹，所谓“何伤日月”者，但怅星福守而旋移、雨膏收而难下耳。无力攀辕，忍言秣马？

又

不肖观近事，水火之势，数年一复，其胜愈甚，则其复愈速。方胜之日，即有不可居之势，而使饱帆风者，莫之察也。臣子何足言，而以剖落受之人材，以空虚受之国家，谁生厉阶，忍负君父！天定胜人，台臺休复不远，所望岳镇八风，海平万壑，相皇极之化，而消偏陂反侧之争，天下犹可为也。敬因返岫，豫祝赐环。

与王崑璧中丞

不肖舍豢岭，入贵筑，承积坏之馀，于疾为瘵。身既庸医，而奇穷不能具药物，以意治之，黔病未动，而医先病，反以其病病黔。主人责其不效，逐医宜矣。

与顾桐柏

南浦龙光，锦江鱼字，影移音间，梦路苦迷。易水治兵时，台臺鸣珂卿月，只尺天喉，而修候未能，若或掣之。乃知舟近三神山，风辄引去，非虚语也。

与长沙府

曩拜瑶华，藏袖经年，字不灭也。豢衡相望，远莫致之，惟遥想紫芝，引领轸中一星，心随飚往耳。新化陈令治安，曾见所著《贞言》，及古诗数首，类贞恬士。又闻武昌县，方其骑驴赴补选，步行投谒，买飥饦过午，则虽未卜其有为，而似有所不为者也，故为之缓颊。今闻宝庆道府议处，岂其县政不可耶？抑宜古而不宜今也？其乡绅阳生白公祖，有书极颂其贤。子民或从厚道，而阳公祖清介甚，又素不轻言者。门下有真闻见，幸直示，庶得自省，而免失言失人之悔。

○陈君字镜清，会稽人。初为武昌令，作《寒溪寺留壁》六诗。后谭友夏为之记。孟登曰："公为德化令，有父子兄弟讼于庭，赐父、兄座，与之茶，而令其子、弟拜于堂下。入公门忿，出公门惭。又以知其为政矣。"此似镜清补清化后，又有谣诼者。敬夫先生留心良吏，广为谘询。呜呼！可于近今中求之哉？镜清官卒不显。有诗名，近黄心甫始渐为之刻布。

答刘学宪

承教大刻为黔画者，真是老农谭稼，粒粒皆苦；国医处方，剂剂皆中。所恨牛种无畜，药物不全耳。实心做事之难，惟同病者始知其痛。回风赋谢，未罄欲言。

郑崑贞

十师，龙溪人。

与减斋

对簿只弟一人，绝无证验，丹笔不知从何注脚，谳我者亦甚难耳。狱户日增，暑气冤气，互相薰染，咯出红痰，如围牛火中，迫取其肉，衰病之躯，安能独存？冤对已到，神僧惟有还受，况尘劫凡夫哉！遊蜂逗纸囱，一时不能自由，姑作是观，庶镬汤尚可避热耳。

林　章

初文，福清人。茂之尊公。

答黄序宾太守

乍脱缧绁，如风出篋，更思翱翔霄汉，周览八极，舒十年之积愤，寄千载之旷怀，不复能踡跼屏息，逐燕雀盗食篱薄之下，又以天地为囹圄也。是以过名都则思登眺，逢丽地则思征访，彷彷彿彿，若梦中入华胥也。奈何三楚之精神已灭，六朝之脂粉尽消，江汉风流，不堪一叹。嗟夫！园囿之兴废，洛阳之盛衰也。此岂独吾徒行乐之感哉？

与李如真书

某名教罪人，不可为长者言。然长者有道之士也，宁忘向者为御车时乎？

与何维圣将军

绛侯得罪，袁盎恕其过；魏尚获戾，冯唐愬其冤。仆无绛、魏之名，足下有袁、冯之谊矣。

与丙卿大来

鲁朱家以一言出季布，匹夫之名，遂重天下。仆非有季布之罪，二君何难为一朱家？语云："善人在患，饥不及餐。"仆固非善人，然足下能朝食乎？

答许参军

维扬为豪杰之都，然而仆数过之，怀中之刺敝焉。足下安所闻及穷愁耶？

与　某

士之不幸，昔固有之；如仆不才，乃今所无。嗟夫！仆信不才，然实冤也，难为言矣。得从宽罚，岂不感恩？然放鸟于笯，犹缚其翼；纵马于逵，尚絷其足。上不可飞，下不可走，静言思之，徒自悲已。凡羽驽蹄，不足为惜，足下怜我，亦令我媿。

又

秋色易分，客踪难合。薄开北海，恣赏西风。

慰　友

十载宦游，未成题柱；百年伉俪，乃作歌盆。悲哉足下，何以堪此！

林　嵋

小眉，莆田人。

与张公亮

与先生相隔千里，抠衣无从，正如成连弟子，操舟入海，还顾林筏时也。人之情，固有同床连屋而久不相移者，反自得于江山千里之外。譬如礼佛者，合掌持呪，终日拘营，自失者久；一旦离去，游行山谷间，朗怀豁开，反觉佛在我前。其为开益，岂徒形相接人而已哉！

嵋于先生，潦倒思忆，幸而不为郑阶蔡席，假馆授餐人耳。其与开怀见佛，宁有异哉？嵋年少且贱，无一可传。未尝学道而怀仙佛之心，未尝出世而厌市井之俗。此自嵋家和靖，处世多僻，生来带此种子，不自知其狂疾耳。

〇想见得意疾书。

寄杨复师书

僻左之地，每讯动履，或云补官某处，或云谪官某处，或云未曾补官，尚在某处棲止，如是经年，不觉哑然自哂矣。念此世界，亦是野马奔尘，随飘随止，何足厝心？唯是生平知己，颠倒思忆，眠寢之际，尚觉有吏散衙清，师弟执手，谁能禁不生情哉！

今年读书，虽未能穷尽古人，亦粗涉其大意。若年过三十，所求不遇，便作一只布袋，负生平所著，遍走天下，向长安酒垆上，寻我一二知己足矣。归来仍守一园，只于破壁中掘土几尺，埋其遗籍，令后来得此，编简残缺，荒荒莫理，安知不为曩代所贻哉！默默此意，谁与语者？

每自思念：奄奄乡里中，有持一杯酒，从座中亟赞曰：

"慕子久矣，子真好学者也，子真能文者也。"此何益之甚，而径称知己矣？况我师生，生来具此夙契，来官此地，揖我而超越于侪众之中，退之之接何蕃，中郎之揖王粲，无以异也。山水相阻，裘葛相易，欲办芒鞋竹杖，江右相寻，尚须俟之数年以后耳。总之相晤有期，未应默默也。

嵋性本蹇促，不与妻子为缘，若得少营一山，置书千卷，蓬发不洗，坐卧其中，蛩吟蛙唱，声影相从，宁复知有人世拘束事乎？奈天不可祝，坏墙漏屋，儿女相襍，啼饥啼寒，声出篱间。以此相苦，非但幽心韵事，剥丧无馀；即进取一念，亦且释去七八，仅留二三矣。始叹人世自有易卜之欢、易酬之愿，奈何戚戚徒为虚羡乎！

〇粗服乱头，起势最脱。

◇一味自得。

◇真读书人，胸中亦多如此。

◇自家迂想写出，即成妙文。

与张公亮第二书

先生诗文，实为海内第一，士之无意涉笔则已，士之有意涉笔，自当远涉千里，求一面质。区区驰一使，则亦慢且疎矣。函丈之间，不胜慨悚。上之不能寻山千仞，与通人达师，洗药问性；次之不能买东郊数亩，引酒歌诗，率其妻子居焉。乃兀守一室，时一弄笔，投于箱箧之中，不遇知己，谁见称颂？恒恐年寿不终，诗文无传，身没之后，坟高三尺，累然草土，将无下惭才鬼、上媿顽仙者乎？

窃念古今文人，人人矜大，谁肯自引自咎以相下者？伸方寸纸于私室之中，毋论能与不能，皆有振翰摩天之势。嵋不幸而才力甚钝，然而十为文，亦岂无一二得形似乎？危苦之旨，艰深之辞，徒充箧笥而已。是以偃蹇已久，声名寂然。安得哲人君子，吐韵投心，然后晦贱至死而无悔焉？山皋之鸟，虽无益于人世，忍使之哀鸣马首，逐掩不救乎？嵋于先生，不惮千里而往质之者，欲求一言以为政也。

〇有寄托，有感慨，其一种横发激昂之致，不伦不绪，不整不乱，草草一读，总使古今淹熟文字，无处安放矣。

刘体仁

公勇，颍川卫人。

与纪伯紫

惊蝉辞树，前别殊草草。弟八月始还里，都门半岁，无一佳况，自厌尘俗，不堪具道也。

北地有贺宣三者，家世为老儒，宣三建函楼，藏书万卷。昔曾为之赋函楼诗，昨相见京师，已授为丹阳尹矣。此君留心风雅，耳社翁名固久，酒酣耳热，有恨不执鞭之慕。弟告之以托交最久，且言可致相晨夕，宣三大喜过望，起立跪拜，冠缨沾酒盂。弟不善饮，是日亦为尽一斗。当此时而有一知向慕吾辈者，如一闻佛名号，便为第一希有，便是慧命不断。弟亟许之，老社翁其有意乎？弟恐老社翁，画叉头月有数断，馀且贮筒中，岂肯复出门一步乎？然弟已妄许之，不敢不以是为请，幸酌示之。

廖孔悦

傅生，江宁人。

与纪伯紫

上巳对名花，奉候至日暮。不见好朋来，佳节竟虚度。

○以诗代柬，昔亦有之，难此一气如话。

张　惣

僧持，江宁人。

寄周屺公

别后三接手札，山川千里，知两人心未尝隔也。几番提笔，欲作一书，几番阁下。诗有之：“长疑即见面，翻致久无书。”如写我衷矣。

弟入夏以来，在家卖药，非视疾不出户。然未能医人，竟先自病。而所喜者，因病得闲，因闲得静，不特境寂，亦复心清。虽不能读书，闲取一二册观之，颇觉明了。惜乎不得如吾兄者，一为晤语，吐其胸中所欲言。且忆昨秋舟中、山中，风雨烟波、晨夕晦明中，各持一卷，互相披剥，两月间快对，真如天际，了不可多得也。八月后，渐次凉爽，能乘兴扁舟，来清凉木末，坐萧寺黄叶间，十日谈乎？望之望之。

与周栎园

绿阴深处，舣舟载酒，相待久矣。主人翁须亟来，借芰荷风冷然醒之。否则一片清凉，恐彼终付瞌睡中耳。

与友论历下竟陵书

今之论诗者，始焉多尸祝竟陵，久之且俎豆历下，彼此互观，正可相辅。而一人之身，前后每自相诽诋，甚有入室而捴其戈者，中心大不可问，恐风人必不如是也。

仆且不遑究历下、竟陵得失之归，而独思今之为诗者，仍之以竟陵则不可，矫之以历下，又虑复剿其似，何以服天下才士之心？无已，其必折衷于孔子乎？

从古论诗，未有善于孔子者。孔子之言曰："诗可以兴，可以观，可以群，可以怨；迩之事父，远之事君，多识于鸟兽草木之名。"仆向所谓"未有无所为而作者"，此也。诗苟不本于性情，苟无关于风教，不作焉可也。

龚 贤

半千，江宁人。

与胡元润

画十年后，无结滞之迹矣；二十年后，无浑沦之名矣。无结滞之迹者，人知之也；无浑沦之名者，其说不亦反乎？然画家亦有以模糊，而谓之"浑沦"者，非浑沦也。惟笔墨俱妙，而无笔法、墨气之分，此真浑沦矣。足下兄弟，世其家学，沉酣梦寐于枯毫顽石间者四十年，吾竟不能窥所至。夫未离阃阈，而谈五岳之奇，虽称亦谤也，余何敢！

程正揆

端伯，孝感人。

与恽香山

绘事家，多为笔墨使。道生是使笔墨者，所谓"其愚不可及"也。

与胡元润

作画不解笔墨，徒事染刻形似，正如拈丝作绣，五彩烂然，终是儿女子裙膝间物耳。足下笔墨各有别趣，去蹊径之外，油然自得，盖能超凡脱俗者，恐未免下士之笑也。

林嗣环

铁崖，晋江人。

与纪伯紫

大诗影摇千尺，声撼半天，而一范之靖穆，可典可谟，为经为传，尽扫叫嚣浮莽之气，方诸古人，难得比似也。恨紫老既不生温陵，复又不肯贪闽天，百世之师，仅握两日之手。子春移我情，更搅我心也。少选欲来阁上，可否？为询阁主人相示。

与胡元润

萧疎数笔，必意思横阔乃胜耳。孙可之称高锡望文，“序事说要害，在樵宜一二百言者，足下能数十字辄尽情状；及意穷事际，反若有千百言在笔下”。知是解者，吾告以画，兼为近日假云林喝一棒也。

梁以枬

仲木，宛平人。

与纪伯紫

道驾早出，何时返寓？弟方自外归，偶有斗酒，雨中无事，窗外青梅一株，梅子累累，正堪与道兄一论当世也。相去咫尺，幸着屐过我为望。

胡　介

再见。

与纪伯紫

昨岁鹿车至湖上，正弟颠倒忧患之中，神意惘惘，却不知作何状。后又饥驱渡江，促迫而去，椅（倚）樯回望，不胜怅结矣，想知己或同之也。别后南北异踪，静思畴昔，心迹皆驰。读老杜“世乱郁郁久为客，路难悠悠常傍人”之句，戆叟、旅堂，想不免实下三升泪矣。

频年奔走，戆叟归隐之计，粗有成就否？近履何似，家室各无恙否？弟淮遊之装，止应逋累，月终故人见招，为入闽之行。刀头镞末，倒行逆施，曾为浪子偏怜客，想能知我困顿之状也。

张二严

再见。（前名“张可度”。）

与侄瑶星

昨诗佳甚，喜其直吐胸臆，无纂组之烦。寓中得一刻清闲，亦可印证学问。去年八月作《屩筏传》一篇，送侄一览，可为我修饰一二。人生在世，一场懡㦬，大限将到，光景无多，聊为蛇足之语，以存雁过之音。侄也达，于教我乎何有？

与房大生

淳于髡，莱人也，仁翁过其地，得无有罗襦芗泽之思乎？当今诸侯不下士，万使君乃有二客。使君固佳矣，而二客翩翩，何以厌（“压”古字）倒齐人，令管、晏敛手？不然，鸡鸣狗盗，两先生起而傲之矣。一咲。

○时瑶星、大生，同客万开来莱州幕中。

汪　伟

长源，江宁人。

与纪伯紫

连日阴雨，有失晤候。尊公大作，高怀逸韵，自成一家，不屑屑规仿前人，亦去前人不远。其中浅深老嫩，似学与年进，则浅与嫩者，似可删也。孝子之心，恐未忍如此，容再商之。原拟携入都门，途中戒严，虞有遗失，谨赍上，存之家庙，俟弟差归日，再作料理，不敢负当日相知之雅也。

翁德洪

纤若，萧山人。

与丁大声

诗至今日，盛矣。士畴昔束制科令惟谨，非已显贵，无赋诗者，先进亦甚诫后生勿为也。近时秉笔之士，力能进退古人，及先进诗赋古文辞，若生杀权；其已所著作，则旅以为相见礼。故士之欲走名誉者，类皆的的为之。蛾眉宜长，蝉鬓宜薄，例尚使然。为之者众，虽欲无盛，不可得已。

曩予与王叔卢在白下，凡燕会必赋诗。两人者酒酣，叱蛟童引纸，贯袖相对，疾落数十韵，掷笔顾盼。彻侯在左，妖姬在右，词客山拥，百乐停耸，意嘐如也。还归而不敢持示我大声一篇。洎有所征拟，与大声群进单答，非咀抹百过，不敢呈出手。夫人不畏嗷（古同“叫”）哗奋战之三军，而畏手搏者一夫，闻者鲜不以为惑矣。予于白下何壮，于大声何怯也。嗟乎！以天下之盛若此，以予亲与白下之盛若此，岂真无所别白爱慕于其间者哉？无所别白爱慕于其间者，其遇大声也，当不若是怯。

王　铎

觉斯，孟津人。

与栎园

洽公吾不知为谁，其画全抚赵松雪、赵大年，穆然恬静，若垕德醇儒，敦厖湛凝，无忒无恌。灯下睇观，觉小雷大雷、紫溪白岳一段，忽移入尺幅间矣。

〇予以樊会公圻画呈先生，极蒙赏鉴，谓为“江南一人”。误“会公”作“洽公”。予欲会公竟作洽公，以志先生知己之感。

莲池大师

袾宏，钱塘人，本沈姓。

答王弱生

来书云：世累所羁，不能一洗凡俗。然世未足称累也。世间法，如为子而事亲以孝，为臣而事君以忠，乃至人伦庶物，一一与道非碍。所贵者，任理随缘，无心顺应而已。科场近，且自一心举业。登第之日，发大誓愿，必不以富贵利达，负其所学，期如古昔名臣，是谓济世；必不以富贵利达，迷失正念，务了明此一段大事因缘，是谓出世。如是，则士大夫皆可即宦遊而参禅，不离俗而入道者也。幸留心焉。

〇予生平最厌禅和子语，然读《莲大师集》，不禁心折。莲大师一生只是说本分话，不弄虚脾耳，岂不可敬！

答钱养淳

来谕道念、家缘，两战未降；今但于婚嫁等事，随力随分，一无强为，即与道念无碍，不两战也。若于观心契合，便即下手；必待俗缘了，则无时可了。

与严天池

人生闲忙，亦有分定，必待极闲而后办道，终无日矣。忙里取闲，得一时空，便收拾散乱之心，摄归正念，久之自然有得。

〇禅家只录莲大师一人，看他本分老实，与臣言忠，与子言孝，何等痛切！今日禅和子，调嘴弄唇，徒自露其醜耳，故皆删之。

答孙无高

抱疾穷山，虽相念，无便通一音问。顷闻世缘已偶，甚慰。得书又知，在世缘中不忘信力，尤惬远怀耳。盖处世须是随缘，不必断尽世缘，然后为道；但外顺人情，中存智眼，久之自有所得。

与秦任南

修行亦不必烦劳，要紧在得自本心耳。然不可见恁么说，便拟拱手现成。所谓“摄念体究”者，不可忽也。摄念体究，亦非二法，摄之不已，心将自明；正体究时，即是收摄。但肯信行，俱获大益。

与蔡坦如

读书、当家、求子，皆人间正事，但要不为所累。然三事非能累人，人自累耳。何也？读书虽做举业，至于得失，委之前缘，不生喜戚，则何累？当家虽营生计，而随缘随分，过得即休，无求富心，无好胜心，则何累？求子虽“无后为大”，而不娶者乃为不孝，帝王亦有无子而藩枝入承大统者，岂无娶妾之资乎？有无不以动心，则何累？

又复当知此三事者，虽曰正事，亦实虚幻，如水中月，如梦中境。即于是中忙里偷闲，时时省觉，回顾正念，一朝惑破，方始帖然矣。

与黄彭池

夫病从身生，身从业生，业从心生。心空则业空，业空则身空。身且空，病安从生？愿空其心，即大忤意事，亦付之如梦如幻，如泡如影，怡然坦然，不以介意。但回光内照，不惟却病，而道从此入矣。

朱吾弼

密所，高安人。

示　弟

一札寄吾弟，不暇长语，第谓做官当如将军对敌，做人当如处子防身。将军失机，则一败涂地；处子失节，则万事瓦裂。慎之哉！

张 鼒

侗初，华亭人。

与姜箴胜门人

杜门不见一客者，三月矣。留都散地，礼曹冷官，而乞身之人，其冷百倍。然生平读书洁身，可对衾影，即乡曲小儿，忌谤相加，无怪也。独念国家所重者，人才；君子所惜者，名行。今设为风波之世局，令小人得驾为陷阱，而驱局外之人以纳其中，纵不为斯人名行惜，其如国家人才一路何？人才坏而国事坏，国事坏而士大夫身名、爵位，与之俱坏，吁可惧也！

不佞归矣，有屋可居，有田可耕，有书可读，有酒可沽。西过震泽，南过武林，湖山之间，赋诗谈道，嗟堪自老。官居卿贰，年逾五十，而又黄门弹事，止云文章无用，恐滥金瓯，不减一篇韩昌黎《送杨少尹序》，嘻！可以归矣。况又朝局以为庸縻（通“靡”），而天子以为才望，即宗伯墓门一片石，他年邀惠悖史，不称好结局哉？可以归矣！

谛观年来士大夫风尚，愈趋愈下，鳃鳃惟异己是除、私人是引。楚人为楚人出缺，秦人为秦人营迁，不论官方，不谈才品。目中岂复有君父，而堪以服天下、挽世运乎？足下讲臣也，朝夕对扬重瞳，须留一段光明于胸中。即不宜轻发，以逢时忌，而因事陈规，婉词微讽，当有旋转妙用，莫负此千载遭逢也。吾辈口不宜快，而心固不可不热。二疏已上，速去为幸，扁舟已买江上矣。

◇然未有心热而口不快者。

刘达生

与余集生

世间极认真事，曰做官；极虚幻事，曰做戏。而弟窃愚甚，每于场中见歌哭笑骂，打诨插科，便确认为真。真不在所打扮古人，而在此扮古人之戏子，一一俱有父母妻儿，一一俱要养家活口，一一俱以哭笑、打诨养父母活妻儿，此戏子乃真古人也。又每自于顶冠束带、装模做样之际，确然自道一真官，天下亦无一人疑我为戏子者。正不知打恭看坐、欢容笑口，与夫作色正容、凛莫敢犯之官人，实即此养家活口、做哭做笑之古人耳。乃拿定一戏场戏具、戏本戏腔，至五脏六腑，全为戏用，而自亦不觉为真戏子，悲夫！

王若之

湘裹，山东人。

柬　友

幼童使学歌优，便成弃物。异日上之止习其业，次则千姓奴，下则残疾乞丐。坏人子弟，莫此为甚。且讙谑跳踉、献笑争妍之辈，日在家中，更自有极不便者。忝在素交，故极口相告，已之何如？

柬　友

足下陡欲向学，志甚善也。荒废之久，须如病者倒仓，尽去旧恶，乃可进以新美。

倪元璐

再见。

与甥徐云吉

王融谓其甥孝绰：“天下文章，无我当归阿士。”今天下之诗，虑夫有我，而又归云吉也。

与 某

以法正诗，不如先以聪明正法。以聪明正法，是使钝士不敢言法；使钝士不敢言法，是使慧士不敢言聪明也。

尺牍新钞卷之十一

温陵 黄虞稷俞邰、侯官 许珌天玉/选

豫仪 周在浚雪客、周在梁园客/钞

宋之祯

弱虞，六安州人。《慧观堂集》。

柬刘肖华

老师横被恶语，当事不白，祯得报时，头发上指，目皮尽裂。盖从古留犊载石之贤，原无完美，何至造无根之议，设不必有之事，而中伤若此？乃中伤我师者，皆不得死所。“仰面唾天，自污其身”，佛之说，信不欺矣。

答顾惺涵

晋安烦剧，知不足以辱妙解，而人情物态，稍稍不可以理论。委蛇嫌于尚通，鲠直嫌于任戆；迁转于不通、不戆之间，又嫌于失主。大约一介自别，八风不摇，便是涉世家数。无端臧否，我止以木鸡消磨之耳。此不佞千虑一得，亦足备高明采拾否？

寄真存古

足下观物如朗鉴，而守口如覆瓶；防身如履冰，而爱人如冬日。同堂勿昵为腹心，共胞勿轻与肝膈。寻常宴会，上之勿议及朝家，次之勿语及臧否。不佞常与诸同寅，一谐一谑，皆为后日诽谤之资，殊可鉴也。

〇真实语，仕路中人，日当三复。

柬吴中阳年兄

初年丈有龙门之命，适不佞弟得赐休沐，既弟谒选春明，而年丈以艰归矣。吴水无鱼，峄山乏雁，弟与丈共胞乳者，何能堪此疎越耶？弟生不造，一麾入闽，妒忌横集，未岁馀，罹先君之变；又岁馀，有破甑之嗟。世路羊肠，群情荆棘，弟从此与波涛绝矣。

弟常言为理官者，退避则两台心嗤，独任则藩臬侧目。戈戟攒于腹心，寇敌伏于堂奥，倘非才如干将，而养若木鸡；守如处女，而识若渊龙，则一分作用处，便有一分阻挠。此自年丈独解，何竢不佞烦聒。不佞重伤于虎也，今日不觉谭之色变矣。

复李劬云

南中曹事稀简，清议沓杂，即一燕饮、一登涉，亦有操月旦而弄讥评者。千乞为朝家自玉。

〇举步危途，不独南中为然。

柬路带河

当今瑕瑜杂沓，泾渭混淆，百姓以为鸾凤，而上曰鹰鹯；两台号曰循良，而民称蟊贼，其苦思盖难言之矣。年丈今不赴炎而就冷，第吾侪显晦工拙，原有一段作用，承上不妨缜密，而与众不妨宽和；莅下不厌严肃，而训士不厌频烦。从来信步登天衢、直截列台鼎者几人？不佞情关胞膜，不自觉其言之娓娓也。

柬陈父母

台臺遇事风生如发机，谳狱得情如观火，旧直指微有龃龉，亦有自说。凡起家县令、致身臺省者，以并州为庄田，以故役为线索，每每遥制新令之肘腋，而阴操其短长。老父母槐棘之下，堂皇之上，两造鞫理，岂尽持平？此中必分曲直，直者不任恩，曲者善造谤。彼得时则驾者，闻一誉，如以水投石；闻一毁，如太白入染。虻聚成雷，从轻轴折，无端媒孽，遂令发冲，衅起于宵小之传宣，而毒中于请托之牴牾也。言之真堪扼腕。

○为令者不可不知。

柬王赤江

近见当路诸公，以索瘢为报复，以追捕为连章，胞膜排挤，奸良反复。惜在名，则坏其平生；惜在官，则斩其株类。人各有心，道路唯目。又何如不佞露帻披襟，箕踞趺坐，耳不闻群诽，目不亲朝报，手一编，花数本，偃仰棲迟者之自愉快也。

复何六阳

张江陵太有权，而政府之无权也，自江陵始。孙立亭初为冢宰，杜绝贵人请谒，而冢宰之无权也，自立亭始。今议论沓杂，索瘢已甚，竟令圣天子耳目壅阏、人人猜疑也，亦自今日台省始。不佞持局外观，棲岩饮谷者，似快活逍遥几着。年丈其首肯否？

柬许青亩

门下廉如永夜对四知，慎如千钧引一发，不佞耳目俱全，路人祷颂未歇。熟悉乐只，宁不厌心？第欲纵观事略，撰作图画耳。一片苦心，万家春蔼，断不令江淮没没也。归当遣问以报。

招王鹿柴

诘朝肩舆过我，无问雨旸。弟不治具，如茅容之饭林宗；翁勿唱驺，若王弘之酌靖节。

柬胡见可

台下品如东箭南金，才若披霞门锦。以文章饬群吏，自不兢不絿；以肃官常，用恻隐涤诸疑。应且读且怜而渡彼岸，此无竢老生之常谈，莫助皋繇之石画也。第凡官日练日熟，理署日做日生。不任事而两台难刮目，稍担繁而藩臬为裂眥。阅一陈案牍，经数夕而未得终篇；辨一大积冤，檄十移而不能完局。衷知有当道豺狼也，而不敢撄其锋；耳悉有凭社狐鼠也，而无计捣其穴。甚者突未黔而讯我奸良，面未觌而操彼黑白。此中须有四顾踟蹰之审，方可离此恶窠，脱彼苦海。

昔人有云：理官有四苦：马不歇蹄，手不停批也，苦则劳；俸难餬口，而镪不入署也，苦则清；讯谳心血为枯，贤不肖同袋而受也，苦则焦；明扬则恩归两台，而暗摧则怨敛四府也，苦则冤。不佞已被伤者，今日谈虎觉色变矣。且闻包山、霅溪之间，风景清远，其俗敏柔而慧，其民颉敖而阴持上人之长短。柔则易亲，慧则多锐，敖则干纪而犯刑。晏子御者之妻曰："意念深矣，常有以自下者。"惟深惟下，此入佛入魔之良剂，而度世超世之善规也。

娓娓阔幅，聊资座铭。盖不佞以同源之谊，兼缁衣之好，与寻常枌榆者不等，故其语无伦次，而意极谆恳者如此。

○弼虞三十年前为福州司李，至今犹有道其善政者。当时得罪一显者，遂致罢归。然显者又当代贤哲，后亦悔之，而弼虞从此不振矣，惜哉！

叶　甲

白生，莆田人。《师石堂集》。

与方八公书

正疑此数日何鱼书寥寥也，云横木户，月压柴床，昔日佳朋，渐为风雨。昨接尊笺，使人喜快不可言。世情之深浅，交道之厚薄，如立水中，高卑自见。今日不与文士墨客游，彼亦不我遊，无益，适自取辱耳。

自放榜后，似山大摧，如墙大坏，如人之忽盲，如天之忽无日月。然自悔文章不投世好，时命不逢，忧之无用，惭之甚愚。楚项埋骨于江头，虞姬遮血于马上，世俗者咲之，壮夫怜焉。然贤达有万不称心之事，只以一杯酒消之，亦作僧作佛之要诀也。

日者以来，闭门无事，呼倡优徒隶之辈以为朋，结屠狗椎埋之流以为侣，狂謞浩叫，发散齿颊，衣带麴尘，袂襶酒气，卓乎以此为乐也。间或稍醒，则又箕踞读一二古人诗，聊当呜咽。近又结纳丽姬，狎媟名媛，寄性情于芳粉之家，托绵绪于香胭之手。相对则作连理之歌，离别则制相思之曲，神容彷佛，思理芊眠，浩乎不知有功名富贵之乐也。

无声前有手书见教，仆时答之不详。今思身已落井，谅不能救人，欲面晤一快所谈，又奈何入山作楚天孤客也！入山之计，无声果读书乎？果避世乎？避世不宜与功名之士为伍，读书亦当与销落之流为俦。斯虽戏谈，实多妙论，幸为我达之。

吾八公当此时不我遐弃，知八公根器厚矣。刻草若成，叙文宜以今日盛名者为冠。苏公以为“凶衰不祥之书”，奈何可弁冕也？贵恙近如何？幸加餐饭。

◇起句脱。

◇拈来即合。　意亦犹人，但觉入口新俊。

◇江左馀芬。

◇一时所见，贵且快意，

与家太守书

方庚午战未败时，亦谓富贵吾所自有，人定胜天，岂有迟我十年作贵？昔人谓杜暹读书不得作官，西楚勇伯不得作天子，尝始不信，乃今知之。丁卯之战，罪在人，不在天；庚午之战，罪在天，断断不在人。

昨长修报甲书曰：“吾辈抗志云霓，拖光星汉，固自常分。傥不能鸣珂帝阙，即当注籍仙京，采柏上之芝，餐神粪〔瀵〕之水，豹隐深霞，翥翔云上。斯言可与知士道，难与俗人言也。吾党悟头极高，灵根极慧，宿缘既彻，世味亦透。不比乡村老宿，至头白齿落时，犹挑灯呻吟苦诵，以为“石压笋斜出”，捲土重来，为其口实也。上不能临川祝逢逢，入山呼飞飞，图县白泽，符称天水，以致暴富；次不能侯门沾升斗之欢，眼有千穿，筋无一撮；次又不能长贫贱，苟免一世，以图此生顽死，为之甘心。唯有披发入山，作僧作佛，逍遥于冷风凄水之场，游戏于千里万里之界，朝食葡萄，夕采苦菜。傥或懈怠，委颠骨于虎狼，饱骸骼于貔鼠，灵气上下，从云风聚散，或在琼苑，或在阆宫，望故邦族姓，若云屯然。有时仙缘未净，谪坠凡界胎中，想生来必复懊恨，如今日作老秀才时也。言念及此，为之忾然。

再寄方八公书

甲顿首：向接手书，自秋至今，已垂冬矣。橙橘将悬，寒梅若发，光景日鲜丽，自叹贫贱人，易凋易老耳。半夜闻鸡，不知何志；天泥界分，亦不知此中，果有何物主持其侧否。不得已，再申旧好，建立旗鼓，以雪前冤，非欲表异殊尤、私翔杰秀，以号召于众。闭门造车，聊观合辙，不比一切少年，作无用之浪名，以播弄里耳辈。恬不知耻，已属有量，况又从而表著名声，吾八公以为果何等也？

近日床头，何所选述？要当托根深细，净息微渺，然后进而求于古人，自必不远。顷者学士家，口称弓矢，号曰“习射”，依古制统有二义，一以观德，一以著威。今儒者读数首滥时文，必无德可观，此一也。流人聚哨，以巨亿万计，武臣将帅，无可如何。乃欲以文士猥儒，持一矢以退敌，虽三尺童子，亦知其可笑也，此二也。近见一二盛其衣服，辄称破的，而“大贤”“圣人”云云，便安置舛谬，真汉儒所云“无廉耻之大”也。未知有识之士，亦见到此否？

令兄章弢及林子将，近况何似？灯影酒席之下，恋恋有故人之思，何日共乘车过我乎？寒风悽恻，日夜相怀，明河在天，增我愁气。

与周无闻

聪明聋聩，志气崩颓，身且多病。越离外郡，如猛虎出山，虽一啸能致风雨，然终为牛犬咲也。

方 鍨

章弢，莆田人。《红琉璃》。

寄永阳黄维乙书

一宵奇兴，逢逢蘁蘁，凌霜渡雪，脚跡了不可收，小童不能从，仆盖造其最巘。寂寞者移时而追及之，询其步则已廿馀里，为所居山之东脊尽处，而杜鹃已报夜分矣。小月微茫，深寒心肺，人境杳然。已乃随月下半山，得老石，四面松杉周之，旁楸下绕，隙不见月。碧色铿声，可扪可歌，齿小休咯咯，不觉于于睡去。非见非闻，毵稠有句，俄为松涛搏起，徘徊东白，寻梦不可了。

○似晚唐人孙、刘诸作。

林 简

子山，莆田人。《房江集》。

寄周无声

病居无事，拟建一塔舍于东山之阿，广可容数十人，高惟与松树并。秋冬之交，见山鸟往来不绝，颇称佳致。贫未能也。

○别有会心。

又

承教台驾即入漳矣，仆当附一劄，致黄可远先生。仆尚欠清源、巢云二诗，到清源，万无浪笔形吾短也。

又

泉中陈石丈，简之故人，亦天下士也。近刻有《定山》《霞圃》《紫塔》三集，《紫塔》不甚佳，独《定山》《霞圃》所载，皆记杜牧之不及也，往当求之。

又

佳诗及诸集，既不肯刻矣，索仆弁言胡为乎？承命仆敢不勉！但仆尝忆客岁序刘后村诗，时三易稿，几不能存，岂非江溪见海而退乎？笑笑。

又

别后无佳事，唯编次《古今人表》一书，可千馀卷。安顿次第，与班兰台相去不多，独于魏武帝一人，尚费斟酌。考亭云："魏武'名世奸雄'四字，自是千载定评。"然仆终爱之，不忍与司马昭诸子争雄也。

◇公道话。

又

《逸周书》是千古庸书，胡天下文人争为怪异？盖繇中间讹字甚多，读者不能以句，遂目以为奇书。如使得阅郭景纯《海上篇》，不知当若何惊喜也。甚矣儒生之寡闻！

○书之如此者甚多。

又

古诗十九章，惟兄裁定，并为我草数言于前。但道仆是偶然成者，非慕乎古人，而刻刻乎"十九首"也。杜子美作《秋兴》，偶然八首，后之"怀秋"者，不敢为七，仆深忧之。但恐子美见之，当亦忧如我等也。

周 闻

无声，莆田人。《白湖集》。

复许又米书

闻自开春，三日暴寒，在死法中。自正月二十三日，至二月十三日，不省人事。天外归魂，则见老母摩足，妻子饮泣，宾戚纷纭，为吾后事；黄冠巫咸，奏鼓骇骇，于时身佩符图，更饱桃茢，耳盈咒颂，载鬼大车。自此人理已无，岂大丈夫之面目乎？不觉失笑，令屏去。虽气急镗镗，心明口短，以手指妻子曰："取纸笔来，吾尚能书。"以老亲后事属伯氏，文章后事属又米。

不料生理垂残，回光复续，日渐一日，毒气骈发。医者咸云："风入经络，决排无路，亦其理然耳。"内辅参苓，外附丹石，痛入心脾，展转反侧，喂汤啖粥，如食疾孩。甫闻新蜩，载离床褥，自谓庶几免矣。而肺气不平，如闻河决，守口有笙竽之声，开口见珠玉之滥。眼中滚滚，花在雾中；耳畔洋洋，人立涛里。时当袭葛，独曳重衾，两足夜分，非人不暖。牢骚荒舛，喜怒不恒。悲夫！齿发苕华，居然有为之日也，而精神骨法，已成老翁，尚何望显亲成名、不负盛世者乎？

◇叙事不可无此致。

◇摹写尽情。

张壬则

督大，长泰人。

复王縠子书

唐宋去且千岁矣，磨蝎为退之、子瞻患苦，若将终身；今又以其患苦，患苦后人。人之得之，纵无庸庸福，亦必有炗炗（古同“光”）名。然骨弱者口哑而啖堇，骨强者双足走千万世，磨蝎虽狠，不及追矣。

仆古袜线也，僵之索，蓬转于场；马之汗，雨洒于路。疑其祟由磨蝎，然私心犹以为非，其骨可以植而起也。足下拨云翳，眷不少衰，而信安徐令公，至为逢掖倒屣。今何时，顾有中郎倾王粲乎？

仆尝妄语：才人者，天地以为筋骨也；才人之文章，天地以为气血也。杀运开而兵燹起，金石彝鼎，化为灰烬；高台曲池，倾为平壤，而经史载籍，下至稗官杂说，罔有不传。搢绅先生，忠死、孝死、寇盗死，独文章之士，颠连江海，织屦吹箫，变姓名，易服色，未尝或死。天之自爱其气血筋骨何如哉！故心魂方魔，文将悟之；鼻息方鼿，文将通之。强欲灭之，安得而灭之？徐令公智者，可与道也。

仆命不犹，长守寂寂。仲华笑人，恬不知媿。尝欲赍具负书于贵人之门，而阍者恒如鬼蜮、伍百之徒，锋钜厉于太行之貜。叶公徒好画龙，天下士将自处于怪物，往往裂刺废归。昔何元静赍绫文数百，一日辄尽，心奇其才，然实不敢效之。夫饵于海者，丧鲸鼍之伟，而获鲖贪鳙躁，则怒而弃其纶。有信天翁焉，立于海滀，鱼前则嗛之；不然，未尝骪骳以实其口。呜呼！不妄动，至静也；不求天，至强也。是鸟也，真可笼哉？

〇督大好学嗜古，每落笔，自成一子。遗予一集，予目之为章大力后一人。惜名不出里闬，世竟无有知之者。

朱泰祯

冯仲，莆田人。

报曾长修书

读近日作，取裁江左，至劲洁流逸，仍不失汉家风，乃为善之。手教纚纚，论文章之沿流，指群萃之得失，人无遯貌，各见其心。下里杓人，倖膺大训，西北不昼之地，顿扬四照之华矣。

当今之士，实质既衰，繁文用炽，柔筋脆骨，剽窃子史。猥以施、嫱之姿，而蒙方相之服，市井纤儿，竞相駴诧；及其褫去，依然妇人。《诗》曰："维其有之，是以似之。"未之有也，又何似焉？乃一二有识者，究乱生之所由阶，遂欲焚燔子史，禁锢闻见。是犹为粱肉不可以疗病，而并弃粱肉也，岂不哀哉！

窃谓作文、选文，皆当以力量为主。力量之充，由于识见；识见之沉，由于存养。韩文公百代宗师也，观其言曰："吾学之二十年，非三代两汉之书不肯观，非圣贤之志不敢存。"此可以观公之识养矣。是以其为文也，如捕龙蛇、搏虎豹，急与之角，而力不敢暇。发而为奏疏，则天子不敢夺；出而为辞令，则强藩不敢侮。呜呼！此岂一朝一夕之故哉！

足下锐然欲起百氏之衰，奏一匡之绩，识力存养，殆为兼之。弟实瞢且馁，善病畏人，才啬自天，巧非长卿而迟过之，速非枚皋而拙过之。持是以当大敌，则胆怯而神不善。神不善，故文无识见；无识见，故遂无大力。斯则郑卫之曼音，而非堂庙之钜奏也。

○冯仲以名孝廉，不得捷南宫，抑郁而死，遗集亦未传世，共惜之。

○笔意稜稜。

〇雄厚之气，惭〔渐〕逼大家。

〇透过帋（同“纸”）背。

与某同年书

某忝叨同籍，念久处隐约无穷时，素屈指吾党声气中，夙称幽燕老将，两臂能开八石弓，据鞍顾盼而意气不衰，尚隐然有勒燕然、封狼居胥之势者，必首推年台。即昌箕、能因诸子，未足方幅。今能因既飚去，昌箕与弟雌伏，而年台乃以圣天子破奇格，收茂才异等之士，独炤耀三百年后先史册。李赞星所云“好马不入队行”，诚哉是言也。

即日东云鹤起，西县花侵，恭逢年台凫舄初飞，彼都人士竹马欢迎之候，某以川途修阻，缩地无术，唯延首粤岭云霞，沥酒西南相贺。

敝盟弟黄季黄，敝业师之子也，阨于数奇。今季黄亦年少有儁才，家贫落落，不能治生商贾，挟策餬其口于四方，遨遊两粤间。因其行也，敬附数行奉讯，并为介而见之于年台，倘不以其言为鄙且轻，愿进季黄而庭教之。渠非敢有私竿牍，独唯是西土人士，有延师而教其子者，幸不惜牙馀及之。念敝盟弟以一片之影，越万重之云，寄如线之命脉于弟之片纸，此何异于坠千仞之渊？非年台乌获之力，舒千寻之绠，引而出之，必无济矣。提挈寒生，亦年台意中事，愿少垂盼焉，即弟身沐鸿波曷啻矣。临楮神驰。

〇有气势。

〇壮采凌云。

〇荐士之牍，恻恻动人。

上施四明公祖书

窃闻物扃于所甘，士扃于所守，故出则为鸣鸟，处则为饿麟。岂以其珂雪之皜皜，而蒙夫温蠖之汶汶者哉？今某者，下邑之杓人也，乡党自好，大与时阔。其为文也，喜为素秋，毋为华春；宁博鬼哭，不求人嬉。是以十载辕下，与穷为期，而固守幽拙，未尝间诣郡朝。兹乃不能捡（古同“检”）情自封，修嫱出之具，猥晋而遡诚铃下，思欲一识韩荆州。羁寓丹霞，为日滋久，苏子弄锋于桂玉，冯生弹铗于车鱼，穷纪竺寒，叹河清之难俟，岂不悲哉！

孔融守北海时，志士邓子然告困，融曰：“吾安得爱斯釜庾，以伤烈士之心？”夫三子者，所求同，而所得异。由此观之，士安有穷遇哉！穷遇之命，不悬于天，而悬于君侯。寒谷之律可回，鲁阳之戈可返，云寸而合、泽尺而下矣。刘勰云：“秦女嫁晋，从文衣之媵，晋人贵媵而贱女；楚珠鬻郑，为薰桂之椟，郑人买椟而还珠。孰为媵且椟哉？不肖即为秦女、楚珠，亦何怨也。唯君侯垂督焉。

〇骈体中历历落落，最似李供奉。

◇君相不可言命。

◇伤心哉！

方拱乾

坦菴，桐城人。

与陈伯玑

久不得伯玑消息，读近诗，彷佛其八九，终耿耿也。古人交之深浅，学问之增损，率于诗中见之，盖其寄托者静而专耳。辞墓诸作，真恺宛厚，已踞上乘。向曾以“痛”之一字告兄，如此则痛矣。

应酬作，亦堪压倒时流，但未免“名”之一字，横据胸中耳。性情之极，应酬亦归性情，如“惠子白驴瘦，鼎湖瞻望远”，所谓左之右之，无不宜之也。吾辈究心此道，当时时体会一“传”字，消除一“名”字。传之必可名也，名则未必能传，此中甚微。长安非诗地，老夫则舍此无以为生。所作年来转多，恨不得兄一面商之。解人不可多得，每诗成，惟有自起舞。或者将来有知己，所谓“不需名而若有可传”者也。

仲儿亨咸，近稍长进，其使草曾见之乎？欲录近作数首呈政，但不知从何处录起。诗必阅其全，令其人经历兴会，了了纸上乃佳，所谓“寄托静专”者，此也。容以今年诗，全抄一本寄白门，兄向儿育辈，取笑之可也。呵冻作字，已长，终觉不尽。

吴山涛

岱观，歙县人，家钱塘。

致周减斋墨

未能祭墨，先为墨所醉矣。近有墨名“覆面卧”者，言其黑也。别归寓楼，拥襆瞪视，老险麋作队未散，摩娑古香，又不止覆面之足以喻其黑矣。携存一丸，耑以上贡寿阳，太真初入，不为六宫所妒否？咲咲。

徐延寿

存永，侯官人。《宛羽楼集》。

与周减斋

昔方孟旋、魏仲雪两先生，同宦金陵，接引多士，是以海内名流归之，如庶禽之朝异鸟。迨仲雪奉督学之差，方先生出祖雨花台畔，时乡试届期，仲雪握孟旋之手言曰："弟行矣，而今岁有一名士，不入棘闱，皆兄责也。"方先生还署之次日，即使人大索四方士之欲应试，而不能得者，务使群才无珠遗玉摈之叹。嗟乎！两先生欲造就后学若此，是以数十年来，闻风者增感，仰止者兴怀，声称何奕也。

今之两先生，则吾师以一身系之，古四方之士，闻风仰止，不复遐追前喆，抱生不同时之慨。棘闱已迫，度遍索士之欲应试而不能得者，吾师定不后于方先生矣。

许 友

有介，更名眉，字介寿。侯官人。《米友堂集》。

与周减斋先生

章侯花草册，忽觅又不得，令人背热。数当迟见一日耶？容细搜以请。

又

荣木画，容再留作五日而后别。共二十四幅，当併日卧坐此中，亦须一月快遊。遊毕，友躬赍于赵也。

又

无翼之言，市虎之播，真堪摇天倒海。嗟乎，吾师尚有心于友耶！友骨寒心死之人矣，适家破身辱，百意俱灰，善且懒为，但恨无深竹矮茆，藏此骸骨，尚敢取罪戾当世？若不肯镌平原，心结少伯，不敢向吾师前，作此骄子弟喃喃之语。师谅之。

又

吾师秋月澹面，春风扇人，不觉潦倒屏榻间，抱醉而归，人生乐，屈一指矣。承惠教二诗，适从村外晚归，吹灯快读，眼光欲响。敬服敬服！

又

陈叔度、赵十五，同乡人，复同社，死不能为之葬，真当愧绝。顷拜捧摇函，嘉言懿事，光浮纸背。又同乡、同社人，当以五福炼作珠环，百灵和为兰蕙，纪仁人君子之用心也。二翁有子而无知，于泉台风月之晨，有拱手而含笑耳。

〇有介落笔，极肖陈仲醇。

又

斋头秋蕙，竟发一箭，自贺必有佳话，既而吾师诗文至矣。文字、山水之间，真不负人也。王宰以半月方得水石，友自今日始，闭门可数十昼夜，作云烟归袖主人矣。先生真移我情耶！

又

一卷已卧遊半月，每至佳地，则脱车停桡，梦寐于斯。友亦不廉矣。

又

夜来梦寐，在溪云山月之间，总为诗画塞破屋子耳。病窗无事，寺茗作供，日开半卷，或能酿出一二句好诗，报答吾师，未可知也。佳笔见赠，拜抱于怀。村妇无文采，插满髻山花，虽不见好，亦不见丑。敬谢敬谢！

又

别荣老画去，如一故人远行矣，是多一相见也。纸佳极，当集诸子，闭门为师作山水花卉，十日内可报命也。野篱寒菊，必欲得佳咏，幸破闷为之。候教之心，奚啻望江瑶柱。

又

觔筋肉缓矣，当借此安车良马，故昨向师乞笔。自知若小儿，见饼饵而喜，涎垂至地，便作啼索状，竟忘于礼体之宜不宜矣。巨细是友要药。作小楷者，则如丑妇明镜，虽不敢相近，然亦不得不时有一照也。

又

前进别不敢言别，知先生必返白门，山水之间，必来追随杖屦，故不向此中多一酸楚也。别之次日，登舟湾上，行李萧落，独处六十馀日，方抵虎林。御河水涸，八闸肃闭，所历山川，一石一树，一邮一镇，沽一壶黄酒，市一筐蟹鱼，无不回想侍左右隔灯夜话时，使人肠结鼻酸，但自起而自欷耳。抵家但馀满面风尘，故乡城郭已非，向之翼然縦組者，今则叠叠凌齿；兼以飓风之后，坊观庐舍，颓委殆尽。家人面如尘土，恸哭伤心，告诉债主凌辱，伍伯索饷，真如刀锯刻刻受也。

近来朋友亲戚，已绝往来，酒茗聚谈，竟若瑶池王母之宴，安可得耶！寒家之屋，前后左右，已分数姓；友所自居者，仅此屋十之一，主人反为客矣。每常见炊烟相乱，鸡犬声闻，一屋竟成一村，嗟乎，亦异哉！云客无一见客地，客至巷边门外，立茶数语而别。盖自屋典他人，岁月未至，不能取；居他人屋，岁月已来，不得留也。遂成蜂巢蚁穴，一孔而自容，友舍云客往来外，复无至友。

海鲜薪米颇贱，实无买者而贱也。一日西舌、瑶柱，市上如山，鲜香明脆，三十大钱可满筐篋。谋于家人，适家中不见朱提颜色已十三日，既而典衣易之，饱飧五六次。稚子群来争啖曰："此何名，何以数年不得见也?"则友外出时，稚子皆不知有此物，家人不敢以此引其馋，亦无暇及此也。先生闻之，其信然与否?

尊体千宜自重，定力如先生，自不待嘱。忧患著述，今古亦有不同。并愿先生且焚研瘗笔，暂为枯木，以保雪霜，自有春来，旋荣雨露。友临启可胜瞻注。

陈允衡

伯玑，建昌人。《宝琴馆集》。

复朱遂初先生书

使乎远临，伏蒙谆示，不啻亲炙提诲，但愧衡蒙瞽，无足以当诱掖之勤。前辈著书，拘牵脱漏，老伯一言，使后学开警，感快何如！大抵《潜谷》有钩纂之功，而无生动之气；《苍厓》详于事实，而略于人材，然二书自是并垂天壤，在善读之耳。

不肖鄙意，妄拟专取明事，成《类略》一书，以人才为主，以事实分类，使观者因事实见人才；或一人而兼数事，取其事之大者，载爵里始末，用小字注明爵里，详在某卷某卷，庶乎一人之数十事不紊，一事之数百人亦不紊也。吾学《续藏》，分类不备；《献征录》之以官分，人物者之以地分，俱于事实无关。即人才都晦，如治兵、治河之人，即采其生平论兵、论河之切要者，载之传后；文章、理学之人，即采其生平论文、论学之切要者，载之传后，皆以小字夹行附见。微踵《事文类聚》之意，而视《世说》《语林》部头稍阔。《纪录汇编》，及诸见闻小史，亦俱欲采入，以志前后尚论之异同。

所恨不肖衡才识闇弱，学力未到，不能奋手笔，评断三百年之是非；又家贫旅泊，不能致僻书，与延缮书之士。未审十年内外，粗有次第，仰求老伯裁定否。实恃总角受知，犹子及门，异于泛泛，时求指南，自非同志二三先辈，不敢言及，自取诟厉也。

张可仕

字文峙，以字行，号紫淀，江宁人。

与姚寒玉

前闻一染纸，便得白粲三十钟，仆之搔首问青天者，不可乞庾釜耶？愿请世尊所食之馀，益我晨炊。“谁握麒麟笔，都乘鹦鹉车。莫将乞米帖，认作绝交书。”此豫章老友曹洞山句，附博一笑。

答龚芝翁

先生吏隐人间，心棲天上，所以颐神寄志者，诗歌也。迩来精进，逾臻神化。遥思啸咏之处，天雨百宝，间错纷糅，但恨不得诸大弟子，如紫淀道人者，领诸才士而为上首，梵呗咏歌，以赞诵大导师之微义。不佞弟于此道，亦不敢不以自任。倘得厕于高岑、王孟之列，佐李、杜而敷衍大乘，以教后世，悠悠世路，舍我其谁？先生当不以为狂妄而斥之也。

韩　诗

圣秋、固菴，泾阳籍，三原人。

除夕与伯紫

病目殊甚，不能出户，但闻风雪瑟瑟耳，不知岁之已尽也。前夕饮无老家，歌吹喧呼，时方地震，座中皆未及知，而岑寂者知之。乃叹世事大约如此。是日又闻一友之亡，不胜哀悼。人生直如寄，非痛饮即念佛，此外无一事可为也。弟今岁无钱买肉，亦不必买，祀先只用蔬果清醑；亦不出门揖客，此戒已三十年矣。我辈念一年内何所为，轻轻弃去，转盼衰老，自己事作何打算？即儿女婚嫁，亦是百草头上露耳，到用着处，都用不着。安得杖人在此，一痛快言之？

黄景昉

东厓，晋江人。《瓯安馆集》。

与黄明立

顷亦刻近诗数帙。离群索居，久违绳削，里中亦复鲜以此道相质正者，冥趋狂驰，恐从此为大雅所弃。求先生鉴定，得一言，使知省改。年近四十矣，修名不立，头颅如许。日披阅郑大白宫赞遗集，慨然叹息：清新俊逸，故自本色，而亦微有才未尽量之感，都缘平日因循酬应，神有所分。此公尚尔，况昉之最驽下者乎？然使昉若改从时贤，坠今吴楚诸名流派中，则亦有所不屑。惟鲍叔知我，始敢略吐其胸怀耳。

答周减斋

芬依德宇，庆衍慈闱。世外幽贞，粗获全其母子；民间琐礼，未敢闻之君公。何期蘧使之遥临，伏动风人之雅咏。伏披瑶栉，光垂琬琰之章；兼觏银钩，妙极风云之势。惟台下弘爱人之德，罔靳遗羹；乃膝前具知子之明，恒怀恤纬。重播无彊（通“疆”）之颂，弥深不匮之思。薇省雄藩，在昔首尊岳伯；幔亭胜事，于今高宴曾孙。盖将老吾老以及人，庶几亲其亲而至善。五百里侯服，且在邦域之中；千万年春秋，永効冈陵之祝。尚图躬谢，曷任神驰。

与周减斋

东方生有云："丈夫相知，何必抚尘而遊，偃伏以日数哉？"谅夫于先生虽未荆识，而庇其德宇，讽其佳吟，若有送抱推衿，默相通于形气之外者，诚不能自解也。

抄有拙句数十帙，敬尘清览。目下风雅寥落，惟先生实为正宗，既不可过泗州不谒大圣，又不肖腐心此道，颇亦有年。知己难逢，流光易谢，亦高渐离所慨念畏约，愿自出其匣中装时也。先生案牍之暇，时赐批绳，倘稍有一言几乎道，勿吝教音，一题及之，感且不朽矣。

前亦有啍张林宗五诗，仗所善蒋生以进，不审可置之珠玉之侧否？奉晤未期，临楮曷胜翘跂。

宋征舆

辕文，华亭人。

与张薇蓋

从兰谱中，向慕有年，幸覩光仪，殊慰饥渴。盟翁道风映世，一聆教益，尘土尽浣，那能不作天际想耶？拜诵大著，冰心玉骨，觉"暗香浮动"之句，尚落摸拟，得名作而梅花之情性尽出。一卷氷雪诗，避俗常自携，敬珍之笥中，朝夕讽咏，以当把晤矣。

填词一道，弟尤梦梦，大约长调为难。蒙示新词，格高气老，合子瞻、鲁直而出之，自不作南宋诸公语。而盟翁欲于辛、陆自置一席，得毋欺我乎？弟向曾仿钟氏作《词品》，尚未问世。兹以匆匆理装，未遑坐松风阁上，一吐胸臆；又恐盟翁障扇割席，笑元规尘汙人耳。心痗日甚，未能搦管，大集序言，容舟次撰成，觅便寄上。

陈台孙

阶六，山阳人。《蜃舫集》。

与陶菴

山野之人，懒慢自废，睽别四载，未得图晤江干，辱我公垂念殷笃，时切远问。每接云翰，恻恻落落，不异当年握手时。读“昨梦俨然千里驾，前归亦只数行书”之句，又不禁黯然魂销也。

弟以仲冬至白下，得尽读《榕》《卮》诸集，左顾右盼，如见曹、刘。大雅未坠，必有英绝领袖之者，舍我公，自难其人矣。我公今年正四十，少壮几何！相逢皆老，未免欣慨交心。靖公征望武夷诗，漫作长歌，聊当忭舞，语言肤率，存其意可也。

弟迩益好醉，自著《楚州酒人传》，远近同学，俱有长歌相赠。得鸿篇远惠，糟丘生不朽矣。

陈　焯

默公，桐城人。《涤岑集》。

与姑孰同人书

闻采石太白，祠宇复新，当事者来，诧为盛举，招弟夜遊，弟亦欣然欲往也。其祠旁旧有捉月台，宜乘此时，别署嘉名，一洗从前之谬。盖世俗言太白在采石，因醉泛舟，见月影俯而取之，遂致溺死。其说甚诞，不足信也。

按：李阳冰作《太白草堂序》云：“阳冰试絃歌于当涂，

公疾亟，草稿若干卷，手集未修。枕上授简，俾为序。”又李华作公墓志，亦云“赋临终歌而卒”。然则“捉月”之说，正与杜子美食白酒牛炙而死者同矣。

欲以此告某君，闻其所赏新词，颇用“骑鲸仙去”为眼目，骤聆鄙言，不但不从，且恐大拂其意也。殊不知太白衣宫锦，泛舟往来采石，即此一事，已足千古；骑鲸捉月之有无，于山川何损益乎？公等宜急更之，勿令后世淹雅之士，笑姑孰无人也。如何？

答王涓来

承问坚元礩近状。弟与此君相距三百里，不知其他，但取其能饿耳。世未有不能饿，而可为高士者。若使此君亦仆仆公卿间，丐盘餐裘马，自鸣得意，是子真乞威斗之宠灵，靖节希江州之肉食矣。以云遗民，年兄其许之乎？

又

《国雅》之选甚善，但一言奉规：宁严毋恕。近见纷纷操选政者，大约以爵位之崇卑，为篇次之多寡先后。友人潘蜀藻笑曰：“此直一部有韵之缙绅便览，非诗也。”仁兄主持斯道，自应特出手眼，谅不使西河沿洪家，与妙选争纸贵，骚坛良有幸矣。一笑。

范印心

正，河内人，温县籍。

都门别友

四诗字字针砭，使人读之，泪涔涔下。前二诗烦作小楷，书白笺之正面。炎途触暑，百疾待人，诵冰雪之句，念海内正人，不我遐弃如此。因用以自救，生全之功，不在参苓下，不止借火齐木难，压多宝船已也。

与周减斋

载奉色笑，未及快谈。闻体中小极，知薄寒中人，当已霍然矣。佳刻偶思繙阅，幸尽检以付。子公之食指动矣，毋令染指而出也。

万代尚

开来，长治人。

答林可任

先生以再来人，拈第一义，即禅即教，离有离空，非独古德面目，俨然如在；更令正法宗风，照耀天地。区区世间文字以为不朽者，何啻鸡子之视凤响也？

弟宿业深重，未能拔足，值此多故，筹画为劳，思欲一瓢一饮，百念放下，随堂粥饭，作一本色道人，宁可得耶！荷蒙慈诲，示所撰述，愚鲁之资，莫窥玄要。而醍醢醍醐，人知悦口，便当商之群贤，倡梓流通也。仰食法乳，微妙希有，岂是拙词所能赞诵？缘欲就正，辄草一序，惟示南车，敢忘北面。

答王伯驭

兰芬注臆，樾荫被躬，鸿翼虽稀，凤辉时览。太夫人康吉胜常，宅眷安燠多庆，祈纾内顾，无廑清神也。

胡生以强仕之年，溘焉化去，孤儿盈室，少妇在帷，自非木石，能不凄然！捧读来翰，哀思踰幅。才闻鹤唳，辄弔士龙；未绝广陵，翻思叔夜。挂剑秋高，碎琴音切，以古准今，未为多逊。某于胡生，虽无十年之雅，颇有一日之知。自叹人亡，惧生家难。即为申明告诫，极力护持，亦足令孟尝息泪于雍门，季子弛哀于嬴博也。敬此裁复，以慰远怀，幸解惓惓，兼恕草草。

约友人

庭月可中，壶冰入座。豆花雨歇，正宜挥麈之谭；桑落杯深，愿续弄珠之句。敢告前驺，布席扫室以俟。

罗孚尹

瑕公，滁州人，家江宁。《箨壁稿》。

复聂能之长者第二书

献岁融和，注望仙凫，翩然而集。南郭之芳遊未远，低徊香阜筠松；北山之往事可追，髣髴辟雍钟鼓。相期圆泽，三生石上无生；再晤参寥，新梦泉边昨梦。念携手之一豁，感分背之无悰，谨下榻扫门以俟。

袁于令

箨菴，长洲人。《音室稿》。

与安公

公询老夫近况耶？昨题斋中一联曰：“佛云不可说不可说，子曰如之何如之何。”老夫近况，如是而已。

尺牍新钞卷之十二

侯官 陈润龙季、东淘 吴嘉纪宾贤/选
豫仪 周在浚雪客、周在梁园客/钞

王亦临

穆如，江宁人。《虎鼠斋集》。

与罗瑕公

春寒渡江，又添玉台人一番苦思，瑕公所以不肯出桃花洞口耳。何日来谷中，别谕容遣报。

又

阔别久矣。中秋后数日，放脚过尊斋，即兄归田之日也。愿言之怀，殆不可胜。弟此番幸获，适遭其唾耳。如兄者，所谓妾姊高邈，不似鄙薄苟然，然弟自以受教下风为愿也。来句已不啻百朋之锡，乃重损酒赀乎？弟自不敢以常格为辞，月内诸冗毕，即待兄于古松流水之间，贯一瓢快说平生，何如？望之望之。

周 圻

百安，抚州人。《尝实堂集》。

与王寿格

足下癖印不下仆，所藏虽未如仆向时之多，精卒三千，胜疲兵十万矣。仆所藏，多散在贵人家。足下慎守勿失。展此帙，如入金谷园，颇思吾家三径五柳也。

与毛文山

仆生平诗，多为零星小册，欲汇为一集，卒不能；今并零星小册，并不能存矣。足下爱我诗，欲尽书生平诗归之。途穷日暮，拈笔如五石弓，仅书五七句就正。是何地书，是何时书，足下他日展此，应有馀慨也。

与李小有

露筋祠，稗史实称“鹿筋”，土人至今称“露径”。自欧文忠赋《憎蚊》，始以为贞女子死于蚊。过其地者，感慨之至，低徊不忍去，相谓古贞女委寒烟蔓草间如此矣，从而歌咏之，历数十世不衰，呜呼盛哉！

太史公曰：“其言不雅驯，缙绅先生难言之。”“露筋”盖无所考，疑则传疑，又曷可诬乎？然援旧闻、验民风，三代如一日也。嗟乎！幽贞之迹，虽漫无可考矣，犹将歌咏之，彼松筠纪节，而馨烈确可征者，又何如光赫哉！仆集祠中诗，若文梓之，烦先生为我序。

与高康生

康生足下：大江别后，七夕后始入三山。当事若以万里之行为未足者，复进之以杭州。杭去三山，千五百里，獠寇腾掷，接壤潮赣，视事之日，便荷戈城头。自念宿世积何辜愆，独种得危城？因缘甚深，举足便得，无烦企及。倘世间名酒异书，时花美女，种种欢喜缘，亦复如围城所种之深，亦复举足便得，无烦企及，岂不甚善？既不然，则俨然食息胡为者？

城上柝声，与晚鸦竞噪，秋莹点点月如霜，毒矢如蝟毛。孑然一书生，念两尊人远在数千里外，妻孥复旅食榕城，元润、星子皆难相从，忧从中来，泪涔涔下，怀中刀点点寒承，如血如雪也。仆即木石，宁能堪此？夜登城楼，得诗四首，康生取读一过，知有凄然不自禁者，幸并示蔚生。

〇纵心独往，胸中绝无尺牍家一字半字，数十年来，安得不以此事推先生？

又

往返万二千里，知与弗知，咸曰弗返；已见弟卒返，咸曰：“蹇拙哉！不宜返卒返。”然既蹇拙矣，欲求不返，胡可得？然以为返而少憩，不能胜弗返，或庶几有以慰卒返也。

甫匝月，卒有杭州之行。杭州近江右，土瘠民悍。瘠而悍，盗丛焉。江右馀孽，又蔓延于杭州。以故杭州视邵尤难。当事者旧弗慊弟，其言“曾全邵，会当再试杭”，诡语耳，实欲汩之。贱眷之在三山者，艰偕行。星子督豚儿甫有绪，元润将适莆，咸弗随。其随者，仍同困守樵川八月之伯祥耳。

菊月三日，缆解水逆，重九日甫行三百馀里，十日抵延平，十三日如临汀，尚未知何日至杭州也。价返，恐欲知弟近况，聊寄一语。

〇山水游记手，写作《行路难》。当于咄咄逼人处，寻其本末。

又

每展画册，见蔚老以性命应我，使人惶汗。画式一纸，康老便中，为我索同人新作。蔚老不相弃，不妨再为我作之。不能作官，随人穿鼻，终日作此没要紧事，每每自笑。然不如是，则弟死于蛮烟毒雾中矣。康生怜我。

又

南国贤书，翘跂久矣，意我康生此行必得隽也，乃贤书至而康生复康矣。是日与伯祥相对，黯然凄然，不乐者两三夕。即丙子下第时情况，正不尔尔也。虽然，韩夫子岂长贫贱者乎？康生此时有悲秋之感，则三山九曲，尽可舒啸。惠然而来，是所深望。盖闽属此时已成康庄，无复豺虎纵横；若如去岁今时，则不敢折柬相邀矣。

〇绝无笨笔顽墨。

〇风流淡宕，顾盼皆有馀姿。

又

“雁到何峰忽自还”，望武夷诗最多，只此便足压倒元白；岂惟压倒元白，即唐人集中，如此句，未易多得也。家君七袠(通“秩”)，弟不敢求世之所谓“显者之文”，一二知交，知家君深，得一言，幸缄寄，借光集中不少。文选烦足下订其讹字，即一圈一点，皆烦订正。足下案头所见，暨足下雄文，岂无可以入弟选者？特不留心相寄耳。古人成一书，多赖良友之力，愿足下勿忘。

〇气格在晋魏以上。

与王先生

仆久于东南，颇识东南士。而东南士，颇知有王先生折节下士、声满天下，又颇知仆为王先生至戚肺腑交。仆度东南士，必有欲借仆以识王先生者，遂誓之众曰："吾与王先生约，不以一字为人作曹丘。"东南士信之，亦遂无一人欲仆作曹丘者。然仆实不与王先生约，王先生且喜见东南士。仆为此言者，惧取厌于王先生，且恐为累耳。今仆为先严慈襄大事，事毕，策蹇行矣，则此后去先生日远，通问益艰，东南诸同人，亦不能以此事强仆矣，遂敢为蒋孝廉作曹丘。

孝廉于仆，称莫逆交者二十年，真人真品，弟肃然敬之者亦二十年。来探禹穴，讬耳，实有所望于王先生。仆肯为人作曹丘，度数月以来，书且盈尺，人且满王先生阶下。仆既皆绝之，而独专精毕力于孝廉，则孝廉可知。仆肯为人作曹丘，即王先生不爱客，以仆故，必少加以礼貌，即不过费，而积数十人以累王先生，累亦滋甚。仆既专精毕力于孝廉，王先生亦或以盈尺之书，满阶之士，专精毕力于孝廉也。孝廉以吾两人能专精毕力也，遂毅然行，吾知孝廉此行，必有当矣。

◯通篇全用翻跌，不正说一语，而正意更警策。尺牍求如此生动者极难，而在荐牍中则尤难之难矣。

◇前俱作迎接势，甫正数句，便又两作逆势，真如翻澜倒海。

与济叔论印章

仆沉湎于印章一道者，盖三十馀年于兹矣。自矜从流溯源，得其正变者，海内无仆若。间尝谓：此道与诗同。宋、元无诗，至明而诗始可继唐；唐、宋、元无印章，至明而印章始可继汉。文三桥力能继古，然未脱宋元之习；何主臣才能自振，终未免太涉拟议。世共谓三桥之启主臣，如弇州所谓"陈涉之启汉高"者，其所以推诩主臣至矣。然欲以一主臣，而束天下聪明才智之士，尽頫首敛跡，不敢毫有异同于间，勿论势有不能，恐亦数见不鲜。故漳海黄子环、沈鹤生出，以《欵识录》矫之；刘渔仲、程穆倩，复合欵识大小篆为一，以离奇错落行之，欲以推倒一世。虽时为之欤，亦势有不得不然者。三桥北地，主臣历下，子环、鹤生，其公安欤？渔仲、穆倩，实竟陵矣。

明诗数变，而印章从之。今之论诗者，虽极口诋竟陵，然欲其頮而为黄金白雪，百年万里，亦有所不屑。今之论印章者，虽极口诋漳海，然欲其尽守三桥、主臣之“努力加餐饭，痛饮读《离骚》”，凛不敢变，亦断有不能。故漳海诸君子，甘受人“符篆”之诮，毅然为之、死而不悔者，彼未尝不言之有故而执之成理也。

仆尝合诸家所论而折衷之，谓斯制之妙，原不一趣。有其全，偏者亦粹；守其正，奇者亦醇。故尝略近今而裁伪体，惟以秦汉为师。非以秦汉为金科玉律也，师其变动不拘已耳。寥寥寰宇，罕有合作，三十年来，其朱修能乎？次则邵僧弥、顾元方，次则万年少、江皜臣、陶石公（碧，晋江人）、程穆倩、薛穆生。诸君子往矣，存者独石公、穆倩、穆生耳。然三君各有其长，亦有所偏，求其全者，其吾济叔先生乎？先生能以继美增华救此道之盛，亦能以变本增华救此道之衰。一灯远继秦汉，而又不规规于近日顾氏木板之秦汉，变而愈正，动而不拘，当今此事，不得不推吾济叔矣。

又

绝去甜俗谿（通“蹊”）径，是济叔本色；空夷浩渺，更可见济叔胸次。我与济叔，俱家江上，见此茫茫，百端交集矣。

又

夜来与冠五小饮，遂尔大醉。灯下任笔题尊册，不觉无伦无次，知不免大方胡卢也。薗次一段，自觉琐屑，然古人文字，偏于极琐屑处，写得其人须眉生动。不肖虽非其人，窃有志焉，知公不以为嫌也。

又

君有所不足于市石耶？汉玉之外，妙莫过于市石，冻则其最下者耳。不肖蓄老坑冻最多，亦复最善，两年以来，尽卖钱糊口。买者但欲得吾冻耳，岂知好手镌篆，便亦随之去耶？彼买冻者，即得妙篆，势必磨去，易以己之姓名。故市石之形，百年如故；冻入一家，则矮一次，不数十年，皆侏儒矣。不肖冻章无一存，而妙篆反因市石，巍然如鲁灵光。诚哉汉玉之外，妙莫过于市石也！足下苟爱惜妙篆，当永永戒镌老冻，专力于市石。

又

故乡酒，奉一壶，同济叔隔墙泛蒲，亦是我两人一端午，亦当我两人一还家也。趁热急饮。

又

此中见大作者，俱有南阳刘子骥之思。不肖惧唐突，不敢作包揽里长，若不拒，便褰裳濡足，桃源洞恐成河西务矣。

又

贱造烦质朱公，虽不欲先生透露消息，然又恐先生不实实说破。如此薄命，万一落得一两句不好话，既无救于性命，徒多数日愁苦，则不如说明，博渠几句甜言，落得眼前快乐也。一笑。

答黄济叔

先生云：近日作印章，不必用意，自有配合之妙，得之不孝之诗文。谬矣谬矣！不肖之诗文，近日少少曲折如意者，从先生之篆之镌、之诗之画、之寥寥数语札子，种种悟入耳。为此言，似吾两人交相誉。吾两人岂交相誉者？第不孝微窥先生所作，半月来实实更进数层；不孝动笔，亦实实略异往昔。所以然者，吾两人交相动耳。

世间绝技，源流总同。世人所以不可传者，无他，坐使人无所动耳。不孝得先生一字而心动，先生得不孝一字，度亦未尝漫然于中。交相动，则交相引于幼渺不可测，恶有所谓誉哉！今人满部诗文，大套印谱，细细搜寻，总如疲牛拽重车入泥淖中，何处使人动？及读班、马诸传记，便欲哭欲歌；见《云汉》《北风图》，便乍热乍冷。拾得古人碎铜散玉诸章，便淋漓痛快，叫号狂舞。古人岂有他异？直是从千百世动到今日耳。先生以为然不？

又

既在滥泥中，愈动则身愈陷。愿先生立定脚跟，自有瓜熟蒂落时。同汩洪流内，不能援落水罗汉，以此自愧也。

又

祝由科有徙痈法，此公得之矣。每以尊事语人，谓人取名字，当极癖极古怪者，方能免祸。客曰："不然。须取极平常者，庶祸发时，尚有济叔一辈人顶缸耳。"一笑。

○济叔以同人姓名下狱，亦异事。

与林铁崖

伯敬、友夏，只是好新，落笔遂不顾所安耳。他且勿论，即如《穆天子传》《汲冢周书》类，凡缺字，类作□。武王《几铭》："皇皇惟敬，□□生垢，□戕□"，亦缺文也。两君目□为"口"字，友夏云："四口字叠出妙语，不以为纤。"伯敬云："读口戕口，竦然骨惊。"不知《几铭》与四"口"字何涉？岂三代时，便学作钟、谭诗耶？即此已可笑，何况其他。

又

居官而论门户，已足笑；作诗文而亦论门户，岂不可骇？至父子作诗文，而分别门户，岂不尤可骇？王百穀以诗文名海内者三十年，诗亦醇正典雅，至其哭袁相国之墓，白王仲子之冤，行谊有足多者。有父如此，亦无愧于其子矣。乃其少子留字亦房者，略有才情，走入魔道，附予乡马仲良，窃名于世。近见其诗刻种种，无一语及其父；同时诸名彦为留序诗者，体留意，亦未敢一言及其父。若百穀生前负大辱于世，留不屑为其子，故推而远之者。诗文即不同调，何致自昧于人伦如是?!

仆故曰：万历中以门户分别，忍于推远其父者某；以诗文分别，而忍于推远其父者王留也。以法论，留当首诛。先生方操选政，如留者，应在必黜；即不黜，求以仆此语，载之留诗之前，使知伦理中有此等禽畜。

与胡元润

索弟书者，但求旧连四纸，便堪挥洒，绫缣皆不敢书。王荆公作字，未尝轻用缣帛，独于佛语用之，大有理。千丝万丝织来，一笔两笔涂去，弟诗即不恶，字即不劣，亦不敢造此恶业也。

答张鬫筏

此来已不见紫淀老人，痛甚痛甚！迟迟不敢晤足下者，恐触人琴感耳。大觃且留为雪中沽酒拨闷之需。紫淀之集，虽有孝翁诸丈在，然弟事也，未敢以之让人，行将与足下订之。小阮何往？空使人作松风之梦。

答范文白

祝培之以七十老人，于径寸牙牌上，书《桃源记》，细发为行，微尘遮字，更留其下为作图，真世间奇物。原记固疑佛疑仙，此器亦似神似鬼。刘子骥见之，畏此局促，应攒眉而去，不复生问津想矣。此中人傲然魏晋以上，未免夜郎自大。鸡犬桑麻，放旷太过，借培之之力，略略约束之。报应之理，固当如是耳。一笑。

复余澹心

填词一道，在昔为难，于今尤甚。徐青藤尚有“杂出乡语”之诮，汤玉茗亦来“音韵不谐”之讥；郑若庸、张伯起，后人极诋其开类书之门。诸君英英自异，后人尚苛求若此，况下焉者乎？

近日新词竞出，非不靡靡可听，但宾白益工，词曲益艳，其去元人日益远。读广霞君《集翠裘》，觉马致远、乔梦符，一灯犹未灭也。纯用本色，绝去纤巧，广霞君不屑与世人斗巧争能，只欲以“本色”二字挽回风气耳。

三十年来，弟最心许者，钱塘沈孚中之《息宰河》。孚中名乘，虽未登峰造极，而一落笔，便欲证入元人三昧，狠心辣手，近日博山堂、粲花斋，皆不及也，石巢又勿论矣。惜其早死，未见其成。使天假此君以年，沉雄老靠，或亦不减吾广霞也。闻此中有解事优人，竟成演此，旗亭中不乏双环妙女，广霞君遂欲呼天下词人为“田舍奴”矣。如尚不行，当呼来，以一卮为广霞君寿。

与梅杓司

画册得足下佳跋，少文卧遊，真令众山皆响矣。谢谢！拙什憔悴之音，不堪入钟吕之听，幸足下痛加弹擿，得师一字，感过百朋矣。容入城时，面聆教正不尽。

与胡元润论画

一水一石，藉以辅理性情。今人画，但贡人以喜、导人以躁妄耳，与性情何与？仆三十年此道，见他人画，漠无所动；见元润略一涉笔，便匆匆移情，仆不自解也。世人妄争坛坫，赞毁纷如，如元润者，当别置一座于青莲花上，毁既无庸，赞亦不着。昔人欲藏书名山，以待其人。字句纷纭，非名山所耐，惟当藏此一丘一壑，庶两相惬耳。后世必有知元润者，元润自爱。

又

古人设色见素，今人设色见彩。惟元润能悉其故，幸以语我。

与张宗绪

梨而核、而根、而干、而盈把、而径闱，凡数十年，始杀青而任刀笔；竹由孙而龙钟、而斧、而沤、而粉泽，凡经三十五手而成侧理，始可供印氏；人而稚、而壮，凡数年而辨之无，又数年而尽识字，必十馀年始解文义。乃灾梨而镌秽字，造纸而印淫书，解文义而逞淫邪之笔，具双瞳而读非圣之书。成诸天者，如此其艰；用之人者，如此其亵，吾所不解。

又

古人云：有一语而伤天地之和，一事而折终身之福者，切须鉴戒。今之为淫书者，岂止一语一事？岂止伤天地之和、折终身之福？漫然为之，全不知警，哀哉！

侯玄泓

研德，嘉兴人。

与友人论诗书

诗之为用者，声也；声之所以用者，情也。《豳风》《二南》《二雅》《三颂》，或出于妇人小夫，冲口率意之作；或出于元臣硕老，讽谕赋述之言。泳泆休明，抒写道德，情盛而声自叶焉。遂登乐章，歌荐朝庙。此天下之真声也。若夫情曼者其声啴，情抗者其声厉，情危者其声烈，情豫者其声扬，是数者，虽诡于和，而情之所激，皆足以铿锵律吕、感动鬼神。《相鼠》之诗，其声率；《山枢》之诗，其声迫。迫且率，而仲尼不删者，为其情真也；真故不讳其微，有激极而和之势焉。此亦声之亚也。

六季三唐，刻镂组绘；南北二宗，披猖率埜，声情交叶，什无二三。何大复常谓唐初四子，音节可誦，子美调失流转。予初韪之，然究其所撰《明月篇》，声浮于情。学者从是，矫宋元之过，相与规步音响、趋摹格调，而天下之情隐者，亦大復为之戎首也。数十年以来，声盛者情伪，情真者声俗，两家之说，戛然不入，而其不谐真乐则同，终成其两伪而已矣。

林弘衍

得山，侯官人。《退耕堂集》。

与就园

诗以道性情。《三百篇》，皆情也；如《江汉》《汝坟》，尤情之至者。若缘情绮靡，必至无情矣。大作皆现前本色语，实不经人道，实无人道得半字，而又字字入情、字字合法，此所以难也。薄醉长斋家自度，儿辈自了汉，应当此一喝。笑笑。

宫伟镠

紫玄，泰州人。《春雨草堂集》。

与黄维章

得五果卷，飘然作茹芝商山之想。卷字盈千，窥其神思，殊不厌覼缕。再呈一卷，求书舒元舆《桃源画记》，并加跋语，留为异时佳话。

张缵孙

宗绪，钱塘人。《志孟编》。

正同学书

近来文字之祸，百怪俱兴，往往创为荒唐诡僻之事，附以淫乱秽亵之词，谓为“艺苑雄谈，风流佳话”。甚之曲笔写生，规模逼肖，俾观者魂摇色夺，毁性易心，其意不过网取蝇头耳。在有识者，固知为海市蜃楼，寓言幻影。其如天下高明特达者少，随俗披靡者多，彼见当世之所谓文人才士，已俨然笔之为书，昭布天下如此，则闺房儿女，败简越闲，未尝不为文人才士之所许。平日天良一线，或犹惴惴乎畏鬼畏人，至此则恣肆无忌，公然心雄胆泼矣。若夫不读诗书，未闲礼法，以暨黄童红女，幼弱无知，血气未定，一读此等词说，必致凿破混沌，邪慾横生，抛弃躯命，毁蔑伦彝，小则灭身，大且灭家。

呜呼！兴言至此，稍有人心者，能无不寒而慄哉！且人心之祸，酿为风俗；风俗之坏，积为兵戈、盗贼、水火灾厉，其应如响，读书者可按牒而稽也。

我辈夙愆难消，多致有才无福。时时以忠良正直为心，事事以利人济物为主，尚恐功不胜过，得罪衾影，独忤鬼神，奈何取圣贤经传之字画，谱妖魑淫祟之声容，其为侮慢亵渎，不且万倍于狼藉覆瓿者乎？祸天下而坏人心，窃恐千劫难悔，可不痛哉！可不惧哉！

王仕云

望如，歙县人，家江宁。《四辰堂稿》。

与罗星子

文章声气，皆伏戈矛。见道未深，责人太甚，皆是病根未断处。我辈风雨鸡鸣，政须时时提醒。

与高康生

弟见闻謏谫，矇瞽曷知。北望泰岱，未陟其山；南睇沧渤，未涉其涘。眎鹿毛之非玄，讵胡眼之化碧。然而嘤嘤学响，宵夙有怀，颀然而长，每托梦寐。况夫见班识蔚，望气知铦，桃岸芦碕，差云咫尺，无烦问祝者乎？

鸿文一卷，宝色陆离，垒玉之膏，汤汤沸沸；崐岗之燄，熊熊魂魂。至乃破儵忽之支离，固混沌之扃户，藏郁于畛，拔根于元，殆于凝雪漱风，千古不落。足使见者玉楼起粟，银海生花。而狂瞽如弟，谬为弁首，譬彼小鼦，坠泥佛头，多见其不知量矣。

与　某

直以行己，不过失官；曲以从人，乃至失性。此两失者，宜何居焉？仆奉家大人之教有素，颇知所自处，足下勿过为我虑也。

宗　灏

开先，兴化人，江都籍。

与黄与权老伯

当晤公郎时，神色黯淡，言及长征，措语索莫，心窃忧之。忽传京口之信，再得愿老之书，玉楼作赋，确乎挽青鸟而上矣。几年得一同调，百岁得几知心？热血洒人，明眼照世，乾坤大事，欲藉匡扶；吾道因缘，悉资维属。一旦溘焉长逝，伤心刺骨，痛何可言！窃谓天道至今日，真不可问矣！望老伯夺爱，以理以数为解。侄辈后起，何辞于责？息壤之言在耳，所以报圯孺吾兄者，从今日始。

王　琯

玉吼，江宁人。

与纪伯紫

琯去秋之后，愈觉憔悴，义命自安，亦已久矣。然有不能安者，孤雁飘零于云表，穷猿踯躅于木末，槁壤之蚓，稻粱之凫，皆得而窃笑之。嗟乎伯紫，天下许大，何处容吾双屐？吾且逝矣！

钟文明

蟠菴，祥符人。

与闵伯宗

人生受命付才，有如捏土为瓷，瓶罂、杯杓，各有分数。设杯杓而求纳瓶罂之水，不待智者笑之矣。独有保持谨守，不自扑灭，则一耳。若足下者，高山大泽，藏用无涯，弟且不得而摹拟之，敢穷其底奥耶！

葛一龙

震甫，洞庭人。

与邹满字

昨奉候，不及见。见佳画，喜而欲狂，乃登阁开窗，盘桓徙倚，指天南霄色，如君（均）州窑，红紫闪烁炙人，比之兴尽返者，所得不既多乎？伯紫兄扇，领教。才情如此，千古少年，自不可及，况今之翩翩得意者耶！心定作报，惟恐老年才尽，无能为耳。为我致意：把臂入林，当有一日。

又

今日种竹，值此好雨，此君有福，福及主人，大快大快！但晴时须洒水叶上，如此数日，叶叶皆青色不变矣。大作妙甚，雨如此，正好弄笔。不得侍为弟子，奈何？

失　名

与东乡令同年孙养冲（孙公滁州人）

江上钓矶，拭之如镜，日夕引领笙鹤，一问醉翁起居，而年丈靡盬所在，鸡黍不遑，使我停云之思转深。年丈豹文久蔚，鹄仪一举，小鲜美锦，景行式在，望古遥集，实惟斯人。匡山嵯峨，蠡水扬波，是其不言而蹊、无字之碣矣。如仆退遂衡门，鱼鱼鹿鹿，文冕蛾眉，则微尚弗屑；桔槔行汲，又力所不任。假令蠹鱼无脉望之期，则蜗涎鲜自濡之策。非藉云中泰豆，六辔两骖，恐逐日蚩氓，不复有循崖憩影之处耳。

玉茗汤先生，词坛尊宿，三齐五金，咸出其冶。计年丈自公之暇，造膝定殷，麈尾馀屑，双鱼之腹，甚可贮也。拜垂一字，是在蹇修，使弟他时曳裾怀刺，不为生客。齿牙之惠，过承筐矣，惟年丈念之。

尤　侗

子展，吴县人。《西堂杂俎》。

遗亡友汤卿谋书

弟别兄七年矣。一日不见，采萧犹叹其久，况死生契阔哉！然思兄而不见，见阿雄如见兄焉。今阿雄又殁矣，弟永无见兄之日矣，悲哉悲哉！

论者辄云：天道无知，伯道无儿。弟不谓然，天盖以忌才为道耳。既能杀才人，必能杀才人之妇，岂不能杀才人之子？

覆巢之下，必无完卵。老苍毒手，和盘托出，非假梦梦也。所不可解者，鸳鸯双打，兰蕙齐焚，孩抱中物，何不并束一棺，使父子夫妇，同登鬼箓，方见斩草除根之计，而又片时懞懂，漏网七年耶？然正多此七年，襁褓者能行矣，呱泣者能言矣。发渐垂，齿渐长，目渐识之无，手渐解涂抹矣。白头老者，且喜弄孙，总角故人，亦欣得婿。乃于千丝万缕、缠绵系恋之中，一刀割绝，痛入心脾。

七年之泪，枯而复生；七年之肠，续而复断。此弟前生三峡未了哀缘，重现此销魂迸血之报。始知造化小儿，天资刻薄，颠倒世人，其忌才之心，发之益迟，受之益惨矣。独怪兄之灵心慧业，非侍书天上，即修文地下，何不稍示神通，冥加庇护，顾容阎罗老子，轻勾眷属，何其葸耶？岂以刘安鸡犬，尽室登仙，不欲令儿子堕五浊界中？抑夜台寂寞，有归来望思之悲，携回膝下，作大家团栾头也？

闻阿雄病革时，儿啼曰："母在此。"又惊曰："有衣冠而发者呼儿去。"然阿雄八月而孤，未识母也。彼衣冠而发者，其兄也耶？彼时父母之灵来，儿之灵去，忽然相遇，气血感动，不觉呼出，有天焉，而非人为之也。果尔，则兄之呼儿去，似矣，而弟窃谓此舐犊之爱耳。庭坚忽诸，若敖馁而，毋乃闇于大义乎？弟每过兄家，必见阿雄。客秋从长安归，阿雄出揖，见其崭然头角，宛有父风，喜不自胜。一旦相夺，如丧重宝，中夜徬徨，愤恨填臆。故以前说，归怨于天；以后说，致咎于兄也，兄得毋哂为呵壁故态耶？

弟年来穷愁益甚，一意学佛，但苦无入手处。宿德有云：割爱第一。今哭阿雄，又增修持一病。然过此以往，水流花落，总不相关矣。所极不忘者，野屋双棺，佳城未筑。然篮城龟市，自有定数，兄勿为恨。他日生刍一束，重哭兄于白杨青草中。生别死离，乃为究竟，则信矣。弟永无见兄之日也，并求见其如兄者，不可得也。可奈何？奈若何！

○寄死友书，惟王元美遗宗子相及此，为二大都。愤懑之极，无人可诉，故就鬼陈词耳。屈子《天问》，有问无答，置书怀袖中，至三年而化碧。

○晋庾亮有《追报孔坦书》，复亡友书者，仅见此。

○子展惊才绝艳，曾动天听，亦不可为不遇矣。

上沈旭轮师

如长江秋注，千里一道，极汪洋之观；如危峰绝壑，穿倚河汉，径路俱绝；如空山月明，遥天鹤泪，清旷无尘；如蒲团入定，炉烟细袅，能资人静悟；如铁骑疾驰，笳鼓竞作，时增悲壮；如疎簾午风，雅琴徐抚，有和平之乐。此吾师三十篇之大概也。愿与世人共识庐山面目，勿云后遂无问津者。

与周星曙

虞长孺曰："天地一梨园也。"今日正第一出拍扳门槌，大家厮混耳。但脚色全副，丑净说白，一味打诨，殊耐不得。设使祢衡打鼓，桓伊弹筝，马融吹笛，王维搊琵琶，大苏唱"大江东"，柳七歌"杨柳外"，自成韵事。

与钱紫韬

人固不可无年，亦不可无姿。假使冯唐、颜驷作《白头吟》，何如陇西公子，挽角荷衣，赋《高轩过》？左太冲名重《三都》，群妪一唾，未免委顿，终不若潘安仁挟弹洛阳，女郎萦绕，载果满车也。紫韬一身而并二美，文心既丽，襟情之咏，复尔清新，岂非天生异宝，为江东独秀耶？

与　友

士君子世乱家贫，出无左右之援，居无升斗之储。会从屠酤儿游，贵且快意，安能对燠糟板搯、龌龊嗫嚅之辈，寻章摘句，数米量盐，在小儿女子手中乞活哉！

谢人馈药书

仆风月膏肓，烟花痼疾，同马卿之消渴，比卢子之幽尤。忽启双鱼，如逢扁鹊，赠之芍药，投我木瓜，紫苏与白芷同香，黄蘗共红花相映。虽云小草，即是大丹。月宫桂树，窃自姮嫦；台洞桃花，採从仙女。一杯池水，堪资丈室之谈；半七神楼，顿醒钧天之梦。肺腑能语，羊叔子岂有酖人？耳目发皇，楚太子为劳谢客。

与　友

岁行尽矣，风雨凄然，纸窗竹屋，灯火青荧，吾不知佳趣竟安在哉。雁裘质矣，何有狐貂；鱼釜空矣，何有羊羔？昔人诗云："风力欲冰酒，霜威能折绵。"今也无酒可冰，无绵可折，悲哉悲哉！何以卒岁？

来集之

元成，萧山人。《南行偶笔》。

与吕范伯韩重生同年（癸未）

公廨之后，荒园一区，约及十亩，蔓草滋露，乱畦吟风。家僮数人，仅饱淡饭，无他干事，命各执耰耡，以习劳其筋骨；运桔槔，以动荡其机智。未尝带根而移芍药，亦未尝辟麝以护牡丹。但以秋崧冬芥为主，凡姜韭茄瓜、虎爪羊眼之类，咸辅焉。依期布种，依期收刈。暇则叉手巡行，见螳螂之攫食，听蝼蝈之长谣。火班猫（斑蝥），若农夫之恨田鼠；除蛴螬，如渔人之恶泽蛇。扶弱去侵，滋乾候熟。青映厨头，香生锅底，或鲜或腌，或蒸或晒，咸有其方。庖丁鼓刀而进，则有“传语本官今日断屠”之善谑；佳宾枵腹而俟，则有“烂蒸去毛，莫拗折项”之叮咛。味其旨好，分饷寮佐；偶有羸馀，犒及舆皂。瓮虀充溢，园史公当大有之书；涧藻克修，《小尔雅》收风人之句。三飧之饘粥有恃，五味之调剂得宜。诗肠能瘦，非食肉可肥；士俗难医，以菜根而疗。虽万钱下箸，五侯合鲭，未见其彼饱而我饥；虽盘飧置璧，鱼羮置锦，未见其彼有馀而我不足也。故人视我，其享受不亦侈哉？

〇元成有《秋风三叠》剧，直入元人之室，固是异才。

胡宗仁

彭举，长白，江宁人。《知载斋集》。

与钟伯敬

公询寒门诸子弟，敬以名字相闻。弟宗信，字可复，以字行；世所称雪村者，名宗智。耀昆、起昆，仆之子；玉昆、士昆，雪村子也。皆学画，荜门昼掩，茗椀炉香间，阁笔盈案，妄拟堆笏满床。昔人一门五贵，七叶蝉联，想如是耶？公闻之，得毋喷饭？

〇长白有《知载斋诗》，惜元润家贫，无力梓行。

胡玉昆

元润，江宁人。

与栎园

抱疴伏枕，几至不起。远勤下问，衔佩殊至。兼辱诗卷、朋樽之惠，展帙长哦，启罂浮白，不知秋风吹堕白日。

○画中逸品，金陵独推元润，每对之，尘俗俱尽。予赠诗有“贫能坚旅骨，交足世寒家”句，可想见其人。

唐 际

仲午，江宁人。

与王锺淑书

凡百可忍，惟闲难耐，索居顾影，戚戚寡欢。安得立千尺峰头，右当广莫之风，左揽沧溟之日，呼吸而通帝座，被发而下大荒，一吐胸中幽愤；否则与二三知己，聚颜一室，酒酣耳热，博得一场嬉笑怒骂，愁销寂破，犹胜坐困一室，咄咄书空也。

与徐闻復书

天外毛羽，复入樊笼，长夏如年，惟闲难耐。日闲日病，日病日贫。病较霍肥，贫输丐富，每一兴怀，徒郁郁耳。

张明弼

公亮，金坛人。《萤芝全集》。

候蒋八公座主

一行作吏，情出僶勉。习骥厉驽，既非所任；娇心饰貌，又违所安。以是中寐怀惊，方餐怵虑。私念我辈，即不能赤羽白旗，振武安之瓦；长弩远缴，射聊城之书。犹当追随法师，汎滥七经，诛讨群纬。洒唾则金石之音著，落墨则山川之气动。何乃踽踽荒邮，匍伏末阶，作书则蝇棲纸上，吐言则鳖咳席端，宁不负此须眉耶?!

李昌祚

文孙，汉阳人。《真山人前集》。

与易曦侯（甲戌冬）

俗儒初受句读，蒙率成习，躭于苟安，希章句训诂之华，足以欺世而炫鬻。积之二三十年，尘土数斛，坟筑胸臆。当其握笔申楮，割襞旧所揣摩强记之陈言，幸一当以免勤劳。譬则书卷，其傀儡也。吾铺绩而用之，陈设于前，以诱人喜，似提掇其线者即运动，俨然似人，然而皆木偶也，直戏之耳。此岂学道辅经籍大丈夫之所为哉!

彭而述

子籛、禹峰，邓州籍，新喻人。

与就园

“为人谋而不忠乎?”曾子每日一省。为君谋而不忠，宰官一世不一省。古视人如君，今人视君不如人。做官一生，不及曾子一日，只箅斗筲俸，深博吾先师一“噫”字考语而已。“噫”字可作谥否?年翁幸有以教我。

○禹峰之诗，足以推倒一世，行文亦岳岳自异。

与　某

语曰：“鸷鸟累百，不如一鹗。”言冲霄之举耳。若夫鹗也，羽铩毛弊，盘窜林莽，即一鸱鸮，噪而啄之矣。里閈卑俗，本无知识，成败论人，宜其姗笑。兄但储养毛羽，此不足较也。

丁　遂

霁怀，江浦人。《鹿园稿》。

示　儿

凡故，皆有夙因。薄故旧者，其人不长，是以圣人重故。

○霁怀、莲侣两先生，当时有“双丁”之目。后复有菡生继起。丁氏固多才。

又

人身如树，这一点慈爱之心，便是根荄。由本及末，由榦达枝，总是这一个生意。偏枯者不仁，残伤者立槁。

夏□□

华岳，孝感人，时为陈州守。

与蒋养庵父母

两雏初谒台端，归即驰书不佞。鼎曰：蒋明府岳峙渊清，谡谡劲松下风；鼐曰：浴日涵天，汪汪万顷陂，“真父母父母”云。不佞读已，举手加额，吾梓里，何幸有此父母！又爽然自失。不佞亦父母乎人者，安得子弟见之而爱、爱之而敬若斯耶？只自照而自惭耳。德性赋之天定，涵养系于功深，不佞俱阙然，何足以方大贤长者哉？

吴 第

日庸，晋江人。

竟陵署中以诗代家书寄弟

不久成归耳，聊先报数行。真看衰相见，肯为热官忙？酒可留新酿，花须蓄晚香。西园松下竹，早设竹方床。

〇此体大异，诗亦潇洒无尘气。

沈光裕

仲连、种莲，宛平人。《詟詝》。

与 友

前人著《剪灯馀话》，遂以此妨瞽宗之祀。一朝臣于公会处出此书，亦为物类所鄙。此不过唐小说之流，而识者犹惜闲检如此。今书肆邪刻，有百倍于画眉者，其迹近于儿戏。其见存于射利，其罪中于人心士习，祸且不可言。唐臣狄梁公，奏毁天下淫祠，当世伟之，至今犹令人闻风兴起。然淫祠之害，及于愚氓；淫书之害，洊于贤智。吾不知辅世长民者，作何处置？

〇当与张宗绪《正同学书》并传。

与 友

凡著书，如小品，及教后学，独得自喜者，不妨略加圈点，以标新意。若经制大编，以呈君相、质师友，传之天下万世者，一用圈点，便成私书，转瞬异同蜂起矣。李卓吾、陈明卿，皆不能免，近日尤为滥觞，可为著书家一大戒也。至施于自作诗文，尤为不可。昔言“三分诗，七分读”，以为笑谑；

若无一分可观，而加十分圈点，谬亦甚矣。

吴宗信

冠五，休宁人。《屯溪集》。

与栎园

得定山先生诗，不及待归，辄于道上读之，驴背上欢喜欲堕。

又

宋人亦以十九日为重阳。偶得“花寒今十日，酒冷古重阳”句，先生和之？

又

南中风气甜美，易使人无骨。公郎趁少年，宜早归北地，以太行千仞，坚其柔脆。吾家黄山，而意勃勃（致每）：只在黄沙白草间。

与周雪客

赵孟白先生作《齐人》文云：“励名行者，不以饮食为细；畏清议者，不以妻子为愚。”二语不知提醒多少醉梦人。我辈为八股，不能开导人心，扶翼世道，虽艳如花、热如火，只堪覆瓿耳。

吴　晋

介兹，江宁人。

复汪舟次

读吴埜人诗，想见此老彳亍东淘，空墙落日，攒眉索句，路人作鬼声，唧唧揶揄时。昔宋登春见谢榛诗，唾曰：“何乃津津谀贵丐活！”展此老诗，竟卷如入冰雪窖中，使人冷畏。

与林铗崖先生

作客山阴道上，遂复数月。念先生去住，至今犹未定，但觉千岩竞愁、万壑争泪。

与林茂之前辈

先生以望九之年，犹灯下书蝇头字，行数十里，不仗扶老，所谓不神不仙，以著作结为大年者。

与周园客

栎园先生谓金圣叹评书三四种，“总是一枝笔”，此语惜圣叹不及闻。盲人无识，尚欲争学此一枝笔，岂不可嗤？仆又常闻前人论画，运笔专主中锋。石田老人曰：“八面锋一齐都来，尚了不得，如何说中锋！”此可为文章法，愿与园客共参之。

魏学洢

子敬，嘉善人。《茅檐集》。

答唐宜之

先生信道真笃，如针就磁，如婴恋乳，不复堕苦海；最可怜悯者，弟耳。弟之好书，如世人好色，暂时割绝，到眼又被缠绵，今古文字，无一不足贪者。忙忙一生，未知何日恬寂。顷展憨山《经解》，及读先生来教，意似跃跃欲亮矣。已预愁明日此时，不知光景何似。道念无根，真堪悲泣。

〇子敬患难时诸书，俱已传布，仅录此一则。

周体观

伯恒，遵化人。

答池州刘德舆修志书

贵池不可以久阙志，兹属劳于门下，志之幸也。今读所裒集，备极旁蒐，良史之才，未之能过。窃谓门下以世学之博，当父母之邦，云物山川，不忍有所放失，命意周至，训辞典雅，其用心良厚。肰实逊于华，缓夺其急，详略之间也。田赋力役，官师食货，重民事也，未免束于成法，而论说弗著；狃于时宜，而开成亦未之讲也。自上下下，导之成风；自下上上，由之成俗。其间递升递降，隐然于革薄从忠之虑，宜在作者。至于人物考，备诸外典，名实相宾，天下之口系焉。《周官》小史，外史之遗也，网罗未富，其失也简；择识未审，其失也腴。淹如江李诸君，号称“恪史”，而于志论则为歉然，亦可以审其故矣。若夫以国门之悬，通于研亩；稗官之守，比于家乘，尼尼焉为一时之书、一人之笔矣。知阁下为一代巨手，自尔卓然，而区区之见，尤愿有以纳之也。

朱　徽

遂初，进贤人。

与张修崖

金陵托处，地迩芝兰之室，情深缟纻之欢，睠想风期，卓然千古矣。别后道路纡徐，季夏之望，始抵都门。长安尘土，重以山居既久，野性难驯，丰草长林，徒深麋鹿之恋；钧天广奏，其奈鶗鴂之悲。秋风蓴鲈，终期与素心人数晨夕也。

魏大中

孔时，嘉善人。《藏密斋集》。

答吴生白

富贵利达，萃于长安。东西南北之人，竭知毕虑，寒于是，暑于是，风雨晦冥于是。而台臺以一介之使，为微累其生平之恬，世安得此长者之言而诵之？不肖所以愈心折而不能自已也。

观天之道，厚禄每与厚德相配。如名山揽胜，优游岁月，横看成岭，侧看成峰，景过卧思，尚有馀味。苟非然者，如登浮屠，蹑级而上，悸急喘乏，已觉困顿，一霎及顶，眼界虽宽，实无馀地可以驻足，疾趋而下，势所必然。履上星辰，坐镇雅俗，以此易天下可矣。不肖薄德，又弗论也。

答方孩未

莳名花者，侦其蓓，见其且蕾且放也，日几几焉，且沽某酒，且觞某客。而盲风妒雨，夜半陡作，瓣瓣沾泥矣。盲者、妒者，不知夫开者之光景，原无多也。当年过从，俯仰欷歔，宛然在目，弟岂意至今日耶？则弟之去已晚矣。

答王中讱（时为容城令）

忠愍墓祠之举，功在千百世之人心。作成人才于不识不知中，嘿嘿有所兴起，此济世第一义也。锡山复出一名儒，国家复得一正人矣。

答游肩生

去小人正如拂尘，旋拂旋有。独太阳当空，尘不为害；狂飚捲地，而举扇障之，则何益矣？台臺所以属望于正法眼也。乖崖热心救火，而忮者且以为乖崖罪，耽耽者又将执乖崖，为世之为乖崖分疏者罪。怒涛怪浪，立海滔天，以迄今日，而犹滞于荒凉寂寞之滨。每一念及，不胜咄咄之诧，反以长安珠桂釐虑［，不亦细］耶？

付浄儿

富贵之途，君子小人之所共处；富贵膏肓，亦君子小人之所同病。直己而对小人犹易，曲意以调君子正难。我不乃易人之所难，难人之所易耶？拂衣之志逾坚，第俛入俛出，恐不成为出处，直须时焉耳。

答萧元恒

朝端每为一二倡邪说而有餤者所坏，其人岂非庠序间所称能文章之士耶？标新竞爽，而好用其心于离跂仄阨之场，戛戛乎纤薄谿刻是务，安得不诡于正？然则其轧茁者，其所以嚣竞者也。

士之束书不观而荒于嬉者，害止其身；其能文章者，害乃在天下国家。衡文者日阅数十百卷，皆束书不观而荒于嬉者之文，得一二标新竞爽之文，安得不亟赏之而亟拔之？孰知其贻害于天下国家者，竟斯人也。

南国士习，争骛于文，而特重知言者，以司文章之命，知必于新爽中，尤择其不诡于正者，而后赏之，而后拔之；异日之立朝者，问为安定先生之门人，而造福于国家者宏也。

尺牍新钞附录

说明：甲、乙两本，均无王士祯（禛）尺牍；《中国文学珍本丛书》本有九通，在熊文举后、纪映锺前，附录于此。

王士祯

贻上，阮亭，新城人。《渔洋集》。

与汪苕文

嗟乎苕文！昔与同人，翱翔京洛，入则接席，出则联镳，睥睨时流，上下千古，意气何盛也。自鄢陵读礼，颍川引疾，周量、家兄，同时出使，弟既风尘憔悴，悽怆江潭；兄复放废支离，退归吴苑，又何衰也。

昨者芜城暮雨，官阁孤檠相见，悲喜真如梦寐。尔时旧愁新感，触绪纷来，对此茫茫，百端交集。窃思百年之中，良会有几？毋论旧游，云散不可复得；即如此夕，剪烛听雨，共话长安旧事，老父稚子，欢若一家，岂非人生极乐？而今风流人远，伤心事多，人孰无情，独能堪此？

嗟呼苕文！忆弟客秋，病卧羼提阁中，几殆者数矣。病中百念灰冷，所不能忘者，自老父老母之外，惟诸兄暨吾苕文、周量数子，惧不得复生相见，则愿来世得为眷属。今世之指天誓日，号称“朋友”者多矣，恐合离死生之际，缱绻缠绵，如吾两人者，未必多见也。

卜邻洞庭之约，数载于兹，灵威丈人，实闻斯语。比闻欲裁去李官，深惬麋鹿之性，便当一瓢一笠，从吾兄于七十二峰之间。此愿不遂，为当奈何！

将出都与茗文

天涯兄弟，晨夕过从，谊同手足。一旦晨风零雨，天各一方，人孰无情，能不蕴结？况复梁生出关，独念高恢；伯牙辍弦，无忘钟子。禛虽不敏，愿附古人。南指广陵之潮，北眺华阳之馆，睠然惜别，惄焉增忧。惟冀音旨虽遥，而神明不隔；山川虽阻，而鳞羽时通，则千里不异，比邻两地，无殊揽袂。

比辱七言二章，音调缠绵，情文惋恻。苏李录别之什，元白神交之篇，以昔准今，若合符节。从此竹西明月，常同希逸之思；东阁梅花，独咏少陵之句。惠而好我，何日忘之？外绫卷并，当袭以絁尼，藏之梵夹，使天下后世，知吾两人交谊如此，不独以文章相稺、谀闻相矜耳。

答陈其年

得来书，知近撰《妇人集》，采乐卫于宫闱，表殷刘于螓黛，文流佳话，快覩其成。家兄西樵，向撰《燃（然）指〔脂〕集》，揽撷古今闺秀文章，殆无遗美，十年以来，至百六十卷；又撰闺中遗事，为《朱鸟逸史》一书，盖取《汉武外传》中语，亦十馀卷，正可与尊著相发明。幸录一副相寄，用致西樵，属其以《逸史》副本南寄，各以见闻，佐其未逮。如何？橐驰（駞）行，雄丽挥脱，玅有意寄，即录《神韵集》中矣。

与程昆崙

林茂之先生，今年八十有三，文苑尊宿，此为硕果，亦岿然老灵光矣。顷相见，询其平生著述，皆藏溧水之乳山中。诗自万历甲辰，未付枣梨。茂翁贫且甚，不能自谋板行，行恐尽沦烟草。今人黄口才学号嗄，连篇累帙，便布通都。此老负盛名七十年，至不能传一字于后世，可惜也！弟意先检点其近作，约好事者人任一卷，积石为山，集翠成裘，大是佳话，顾同志寥寥耳。

复张友鸿

回首燕市，秋风淋漓，击筑潞河，晓月怅望停帆，才如弹指间事。而两年契阔，千里间关，当弟留滞京华，兄方相羊林壑；及兄遄归江左，弟复奔走邮亭。相须殷而相遇疏，讵我辈一握臂觌面，亦定为造物者忌耶？

弟自仲秋婴疾，委顿几殆，赖慈荫，得更生。阅除目，始知年兄得滇南。点苍山色，昆明池水，寻庄蹻之故迹，弔伏波之遗烈，读万卷书，行万里路，自是我辈本色。顾六诏初开，五溪乍辟，风烟屡易，瘴疠为忧，药物当携，舟车可念，此吾党故人，宵旦反侧，而不能已耳。然燕公得江山之助，端明传海外之文，以古揆今，何必有间？会使碧鸡金马，尽入奚囊，洱海峣山，咸归载笔。异日者，锋车北指，驿使南来，文章老于远游，功名表乎绝域，此又文人之极致，而吾党之快举也。

弟卒卒薄〔簿〕书，意兴都尽，独诗文夙债，未能蠲除。庚子新诗，遂至二百馀首，风格颇复长进。昨偶过京口，游三山，得诗四十许篇，亦能自豪。天能困我辈以束带折腰，而必不能困以千古之名，与手中三寸不律，彼狡狯何益哉？今聊寄过江近诗，及馀四五种，以当晤对。大篇相忆，情见乎词，慷慨缠绵，令我泪堕。南望九峰三泖，才若咫尺，献岁谒直指，可以上元前后入吴，得一解带流连，未可知也。

与顾修远

日日无暇，不得一把臂，奈何！文选楼刻《文选》绝妙，绝佳话。前有箫〔萧〕维摩，后有顾辟疆，弟得左顾右盼其间，良快、良快！

与友

陶弘景入官，而松风之梦故在，此自我辈性情。仆游京口三山归，云岚泱漭，泉石喷薄，真欲脱屣轩冕，卜一枝之隐于竹林海岳之间，至今数日，犹梦在江天叠嶂中也。

与减斋

袁伯修中郎，同过董元（玄）宰，伯修曰："近代画苑诸名家，如文衡山、沈石田、唐伯虎辈，颇有古人笔意否？"元（玄）宰曰："近代高手，无一笔不肖古人者。夫无不肖，即无肖也。昔人云：'厩马万匹皆吾师。'又云：'吾与［其］师诸人也，毋宁师诸物；吾与其师诸物，毋宁师诸心。'"此皆及云间论画之语，而足参微言。

又

元次山自谓与世聱牙，因号"聱叟"。其编《箧中集》，当天宝、大历之间，而不列高、岑、王、孟辈，盛名之作，独取沈千运、孟云卿数人，"如（譬）古钟磬不谐里耳"，良非虚语。杜清江编宋末逸民之什，为《谷音》，幽忧怆郁，多非诗流恒格，五言如："不烦歌《敕勒》，并欲案《丁零》。人烟正摇落，楼笛颇清圆。”七言如：“美人十日跨驴出，黄叶堆门云雪深。忽忆梅花不成语，梦中风雪作江南。江陵白鱼如研玉，挂帆独去风日寒。洞庭濯足一尊酒，夫君不来空白云。”此例殊不减《箧中》风格也。

传统文化修养丛书

尺牍新钞（全三集）

二集 藏弆集

（清）周亮工——选编
乔继堂——点校

上海科学技术文献出版社
Shanghai Scientific and Technological Literature Press

藏弃集序[①]

粤稽书名四库，类有千端；集擅三都，义非一族。纂华林之丹檠，文体弥新；综玉圃之绨缃，才锋逾整。谣歌骚赋，摅壮采于篇章；颂表箴铭，运英裁于述作。伤迋（往）则旨深于哀诔；切今则议蔚于论策。以暨《九章》《七启》，靡非才子之流；洎乎《宾戏》《客难》，大有风人之致。语其变态，巧历不能窥；测其繁恖（思），哲匠莫能算。

今之𤆍（赤）牍，盖其一也，彼夫体制，可得言焉。则有事关军国，语晰机宐（宜），驰骋尺幅之中，商搉激随之外。刘谷一纸，贤于十万之师；国侨单词，以弭两大之衅。申盟讲信，吕相绝秦之书；排难解纷，鲁连聊城之矢。此其大者，可得而言。若迺密亲蹔（暂）隔，懿叐（友）长离，感时物以流恖，对景光而结想。尹班契阔，寄辗转于数行；乐卫暌违，叙苦辛于一介。赪鳞苍雁，时达璚函；变燧迴曐（星），快传芳讯。

至若裦回风日，源本山川，驻征骥而申毫，托飞鸿以寄意。登大雷之岓（岸），即有报章；答鄮令之函，无非实录。高峰幽岫，景列楳溪；细石遊鱼，致穷桐水。乃有脱略苛繁，极陈情愫，竸（兢/矜）夸萝月之下，探讨松桂之间。僧虔命子，加申《劝学》之篇；诸葛戒甥，无取穷庐之叹。

---

① 此序文，《陈迦陵俪体文集》卷六作《周栎园先生尺牍新钞序》，文字多有不同。今从《藏弃集》原刻，必要之处以［］补出。隶书古体字等，亦如《新钞》，均予保留，并随文括注今字。

复有倾筐志慕，伫轴幂心，经北渚而忆应刘，坐西园而裹（怀）申穆。凌峰採药，惟知己之同心；流水桃蕚（花），念伊人之宛在。故山可过，王裴之逸韵常畱（留）；还剡何期，支谢之清言未绝。

乃若指陈经术，扬抡凬（风）骚，申盇（盍）各于联篇，发绮悤于残竹。孝标《类苑》，足代萱苏；弘景名篇，堪充林壑。更有青牛帐里，红粉楼头，攀桃李㠯（以）悲来，顾绮罗而泣下。歕（吹）箫公主，啭雅怨于朱脣（唇）；织锦姬人，表劳情于纤手。

凡斯之类，皆藉于书。时则冀北名流，江东文士，阮元瑜之书记，久已流传；萧大圜之尺牍，益为脍炙。爰乃襞此赫蹏（蹄），命兹侧理，胶东河北，竝驰五色之牋（笺）；大令中郎，互竞连珠之格。尔其为体也，或磊落㠯见才，或嵯峨㠯植旨；或首尾以温丽，或缔搆之缜密。或文辞简要，情片语而已该；或悤理淹通，气百函而逾厉。或临池详慎，细蟠楮里之蝇；或握管飞腾，横跳天门之虎。铿锵可听，塗山之玉帛万重；藻缋堪观，夫城之云霞十丈。入刘家之《世说》，即是兰苕；登萧氏之高亝（斋），无非琬琰。

晚近以还，此凬不嗣，原其流弊，厥有三端。顾、陆华宗，潘、杨妙族，金貂翠珥，望若神仙；坐褥隐囊，犹为卿相。寒暄笔札，都由《吕览》之门生；故旧书笺，尽出桓温之幕客。且也贵僚雍雅，惟传论性之篇；华札翩反，争讳言情之牍。其有拟繁钦、应璩之书，效邢邵、崔㥄之札者，呵为小子，目㠯外篇。其所为难一也。

且夫燕函越鎛，各有便安；秋奕獠丸，悉由习俗。鲛纨自丽，不欢北辙之主；狐毳虽温，难悦南辕之客。今者单门寒畯，缝掖素流，只工制举之书，但慕集贤之院。即使才同孝穆，文类子山，无益身名，徒资口实。加之遭逢踽踽，罕西园北府之遊；徒侣寥寥，乏华屋渌池之彦。行谊不足㠯供铺叙，爵里不足㠯寄选择。其所为难二也。

古者飞书驰檄，[尽篷戎旃；] 记室军谘，雅多才俊。[两军相遇，必以辞令为长；] 一使相将，尤㠯语言为尚。今则车书既一，羽檄涔消，诮刻楮之徒工，识雕蟲之无益。其所为难三也。

肰（然）而，壘移代换，何㔺（世）无贤；璧坐玑驰，孰云非宝？此新都夫子，既颜丽制㠯清裁；栎下先生，复选鸿文于赖古矣。嗟夫！曩游不再，自古为悲；后聚难期，于今所叹。匪劳音驿，莫慰幽忧；不事笺缯，奚通缱绻？遂乃领诸家之秀采，薰以名香；录百氏之芳华，装之异锦，县诸通国，付彼典签。

康熙六年岁次丁未春王正月

阳羡陈维崧撰

莆昜（阳）峨长宋轼书

目　录

卷　一

卷　二

卷　三

卷　四

卷　五

卷　六

卷 七

卷　八

卷　九

卷　十

卷十一

卷十二

卷十三

卷十四

卷十五

卷十六

附　录

藏弆集卷之一

　　　周在梁园客
豫仪　周在浚雪客　钞[①]
　　　周在延津客

赵南星

梦白，侪鹤，北直高邑人。《忠义公文集》。

与吴復菴

星，赵鄙之野人也，而我公国家之宝臣也，星相去泰华部娄不识也。而公乃过听，不以星为陋，假途海上，先三日而惠之以数尺之书，若曰："某取之友籍久矣，今且见之。"使款门，门者谓有公书。星疑且骇，启函读之，乃叹，乃喜不可量，既而乃惕然以省。无何而公已至，则倒冠以往，辄忘其齿位之卑，与公剖心而盟，不敢自它。而公遂结以朱颜，若数十年编席之懽，杯酒深言，夜分乃罢。星于是乃益叹，乃益喜不可量，乃益惕然自省。

夫星赵鄙之野人也，而公国家之宝臣也，其相去泰华部娄

① 本集及《结邻集》各卷均此，故下不一一。

不识也。而公乃诎指而交于星，此铜鞮伯华之行，而公行之。故叹夫天下固贵公之言，而公亦自贵，岂妄许可哉！且亦何私于星也？意者星结发组修，无大罪盭（同“戾”）章彻，故喜不可量。夫公业已许可星矣，脱异日以穷、以老，而有不肖之心，为溾涹孅疵之行，天下之为禽鹿者，非一人也。无宁使人谓我而故不肖，而害吴公之知人，是倍不肖也。故惕然以省。

然则公之贶星者至厚也，星何以报恩？惟深自砥砺，无敢自舍。异日者，公为国春秋，星篮名焉，曰“其人与余善”，则星之幸大矣。尚冀公矜其忓愚，而时督惎之也。

◯真《国策》文字。

◯回还宕往，极文心之妙。

答傅商盘

足下英妙寡二，而德谦自将，此夫天奉之者也。翰林固公辅之区，而公辅之罕，良亦由之。白章首句，非仕非学，于世务不获通涉，竟不能深，垂头塞耳，作妇女之捡押，谓之“相体”，而德业坏。以文章为职业，朝种夕获，不暇研思极览，屑凑粉饰，人人如一手，而文章坏。二者非豪杰，鲜克自拔，惟足下努力。

与邢子愿

得《来禽馆集》读之，清美自其本色，而愈益博洽矣。此当必传。吾兄以高才早起，悉用之于此，宜其过人。世言虞卿以穷愁著书，不知穷愁必不能著书，著书必不能穷愁。人生饮酒一醉，尚忘天地，怫乱其思，而斐娓其言，何暇他虑也。

◇过来人语。

与　友

兢兢业业，常如养病之时，则可以却病矣；兢兢业业，常如省过之时，则可以寡过矣。

〇可铭座右。

示　人

知天地神人，顷刻不离，自然常存敬畏；知祖宗父子，荣辱相关，自然爱惜声名。

又

悟一妙义，若甘露之清心；得一善文，若彩霞之悦目。吾有何忧?!

又

士之高明者，多逞而之禅；士之穷愁者，多逃而之禅。吾道之中，岂有不足者乎?

又

存心令一念不妄起，惟有真心；出意令一言不轻发，惟吐真意；作文令一字不多下，惟明真理。宜以此自勉。

又

世之欲为善者鲜矣，即时势不得为，鬼神亦默相之；如得为，则其福可知也。世之欲为恶者多矣，即时势不得为，鬼神亦阴责之；如得为，则其祸可知矣。

冯 琦

用韫，琢菴，山东临朐人。《宗伯集》。

寄山阴王相公

天下事平心公道，便自可了；而两端互执，相待成摇。用题目作文章，因文章生题目，譬如称物，莫肯平衡，此昂一分，则彼增其二；彼昂其二，则此增其三，毕竟不平，何时可已？且上有政权，下有公论，不务纯意国事，常假借而用之，用之则有意，有意即失平，用政权则政权坏，用公论则公论坏。上与下相疲，而中贵人操其两衡，异日小臣欲求内阁持一政不可得，大臣欲求士夫建一言不可得，则今日之所厌，恐更为异日之所思耳。

◯机轴全得之陆宣公。

◇老杜云："受谏无今日，临危忆古人。"老臣忧国，常有深识远虑。

与徐云衢同年

步有迟速，只是一途；花有早暮，不过几日。长安众卉，争欲先春，藏之窟室，温以火力，未及二月，烂熳盈枝。一开之后，生意斩绝。然则为花计者，宁早开而速毙耶？迟开而久延欤？

丈人仕近二十年，曾见有年未强仕，而至宫詹者否？前辈给假，有以六月而还朝者否？弟已就道矣。父母不能不离，而又不能离；子息已是难望，而又不能不望。荣进已过，而又将复益之；福力已折，而又复损之。如此情悰，如此病态，丈试以身处之，可复入国门否？

◯人人知之，人人如是。

答赵心堂司寇

今天下嗷嗷朝夕急矣，其本原在主上于群臣，相疑相厌，与之争胜，如弗克尔。譬之药然，无论甘苦、攻补，入喉即呕；而今且拒不使入喉，药且不入，何论有效？上拒天下士大夫至此，故市井之子操牍而入，貂珰之群乘轺而出也。来教所谓“厝火未发，厚毒大溃”，忠臣有心，谁能不忧！

◇正于垂绅正笏中，见其妩媚。

寄杨梦山太宰

宋人有议论而无事功，今人有议论而无议论，故其品弥下，而其害稍浅耳。今朝议复兴，诸老在风波撼摇之际，而阁下方披襟散发，卧桃花岭上。此如振衣云表，下视人世，尘埃埜马，足一笑也。

○大手笔用力清坚，不徒以致语取胜。

答郝缙云令

客自南来者，未尝不问公治状。间有谓微伤严忌者，未知信然否？然仆有闻，不忍不告。

凡为政，真宽、真严，皆可为；惟似宽、似严，不可为尔。似宽犹称之曰“长厚”，即有忌者，中我犹浅。有如以严搆怨，人有假严之迹，以搆我疑似之间，皆罪案矣。

◇所见既确，故下笔划然。

答张斗枢

古人困则思，劳则歌，穷则著书。愿足下勉之。赐环赐玦，仆碑立碑，上在宸衷，下在士论。惟修德广业，静以待之尔。

◇与裴晋国“生老病死”四语，皆正人之言、大臣之度。

答钟侍御

古称救荒无奇策，姑无论云奇，即有奇，安所用之？凡荒政，在早与不早、实与不实。舍是而求奇，犹金弓玉矢，不当用矣。

来谕所谓“蠲之当在未征收之前，赈之无在既死亡之后”，是言也，岂东省敢专承之？即著之简册，传之天下后世，皆被仁人之赐。

〇自行自止，绝去刀尺。

与王辰玉

诸什别才别学，似不从人间来。足下之于诗也，人之有仙、草木之有竹也。

与人论文

大作笔苍语健，绝不袭人口吻。但思致稍有渗漏，格力尚未浑全，时有卓绝，不无利钝。若论万全之策，当更别求进步处尔。凡文字必欲匀称，非是平常，即锦绮之类，亦须全匹如一；非谓布帛宜匀，锦绮遂不必匀也。

◇不为惊人之论，然非深于此道不能。

吕　坤

叔简，新吾，河南宁陵人。《去伪斋集》。

上座师龙江相公

秉政，识人尤为第一，和衷最是难事。今之当事者，皆取附己为贤。愚以为疏密之间，便是辨人品一大题目。夫纳贿者，非金珠币帛之谓也。我喜谀，则人以称诵为贿；我恶谤，则人以弥缝为贿。我有所喜，则人以荐引为贿；我有所恶，则人以排挤为贿。我有所欲行，则人以将顺为贿；我有所好尚，则人以趋向为贿。此之为贪，甚于金帛。能不为沾沾煦煦、饵言卑辞者所中，可谓无欲矣；无欲，而后能辨材。

◇一语斩然。

答孙月峰

禅家滋味，最易滞人。明道虽有“淫声美色”之讥，毕竟意念口头，带些禅气。岂惟宋人，晋唐以来，缙绅沉酣此中，援儒入墨，《四十三章》之后[1]，大都诸大部经，多此辈所撰。吾辈若不叛孔子，即博涉此书，为羊枣、昌歜，有何不可？近见邹南皋亦浓此味，恐其叛道，作书戒之。

弟少读书兰若，禅家六籍，亦所饱谙，然亦不为所蠛。兄晚年不必苦心于此，只将高僧语录，如断际、中峰、六祖、大慧、赵州数种，简明直捷，所谓“教外别传”南宗正派，以为醒困之助，未尝不可也。

◇文人学禅，如此已足。

○每读子瞻“猪肉龙肉”之说，为之粲然。

答康庄衢礼部

夫世情皆薄郡邑而羡庙廊，不知庙廊之政，皆行之郡邑而止；郡邑之政，皆达之庙廊而终。拮据于守令时，纤毫不废，乃轻熟于部院，后受用无穷者也。庶几夙夜，以永终誉，仆更为知己望之。

答董定宇文宗

古人“体悉”二字，最好玩味。夫曰“体”，可谓视人犹己

---

① 原文如此。揆之上下文，“入墨”或为“入佛”，《四十三章》或为《四十二章》。

矣；不“悉”，则非达观之体。请为举似：昔有一选君，南人耐热，暑不挥扇，四司郎汗流浃背，皆袖扇不敢挥，此何尝不“体”？而忘人之体，未必与我体同，则“不悉”之说也。夫既视人犹我，又知人不皆我，则“悉”矣。治心至此，又何喜怒之易动哉?!

顾宪成

叔子，泾阳，无锡人。《文端公集》。

与友人论学

孔子赞《周易》，删《诗》《书》，定礼乐，修《春秋》，俱是述而不作。只“中庸”二字，是特地拈出。毕竟“中”字还是述，惟添个“庸”字，乃是作耳。由春秋以来，二千馀年，诸子百家，纷纷竞起，都有一种可喜可愕处，能鼓舞人搜求病根，只是无奈何，许多聪明才辩不肯庸。乃知这一字，真是照见天下后世学术之弊，预为点破，万两千觔，十分郑重，不可草草看也。

◇具眼拈出。

与周仲纯

所需架头书数种奉上。人有福，方肯读书；书有福，方遇肯读者。今人与书，可谓两相遭矣。

与李修吾漕抚

足下尝谓“富贵功名，都如梦幻”，乃有好古董一癖，何也？此以视求田问舍，则有间矣；其为累，等也。且所谓“古董”者，在我而已，我能做百年的勾当，便是百年的古董；我能做千年的勾当，便是千年的古董；我能做万年的勾当，便是万年的古董。彼世之所谓“古董”者，何为哉？一落形器，天地且不免有时凋毁，而况其他乎！亦可哑然一笑矣。高明以为何如？

高攀龙

存之，景逸，无锡人。《忠宪公遗书》。

答钱昭甫

丈夫坎壈在一世，精神在千古。今人谓身后名，此何足道？直是一点灵光，可对天地，即与天地俱无尽也。吾辈保此无价之珍而已。

与　友

人心战战兢兢，故坦坦荡荡，何也？以心中无事也。试想临深履薄，此时心中还著得一事否？

○此打不破之“敬”字。

又

读书如吃饮食，吃得又要消得。凡人有一副知见在胸中，最难得道。

别　友（绝笔）

仆得从李元礼、范孟博遊矣。一生学力，到此亦得少力。心如太虚，本无生死，何幻质之足恋乎？诸相知统此道意，不能一一也。

缪昌期

当时，西溪，江阴人。《从野堂集》。

答沈君聚

弟前以山水文字之胜，独归年丈者，盖亦有说。昔人谓州县之职，徒劳人耳，若夫绣衣持斧之使，襜帷所指，风棱横薄，遂使闲云走而野鸟愁，幽花羞而弱柳怯。故不如关门令尹，管山管泽，便管渔樵；握牙握筹，亦握不律。厨传可以供宾客，楼船可以荡中流。又年丈所居，呼云啸雨，正在潇湘衡岳间也。丽藻相宜，风流自赏，其此地此时乎？年丈又何让焉。

答周季侯

武康好石、好水、好竹，又得好大令；大令有好文章、好政事，真所谓"新妇配参军"矣。讼庭稀简，囹圄空虚，散衙之暇，栽花饲鹤，摊书理咏，不知潘安仁当日有此快活否？每想仁兄乐境，令人飞飏。

适沙县兄入都，津津沙县之好。其衙斋背面皆山，山皆有竹，竹下皆泉，幽兰丛于堦前，丹荔槎于簷际。更可喜者，週年案牍，止得四十馀事，事无越诉，诉无匿情；岁课几三万，咄嗟便了，无纤毫挂欠。主人以一时坐堂、三时卧阁，而上官以为天下精勤吏也。由此言之，武陵桃源，处处不乏，仙都去人非远，香案即在琴堂，世固有两武康哉！

答李孝廉广霞

不肖支离沓遢可笑人也，譬之不才之"散木"焉，庄生所谓种种寿道，无不备之。独不幸而逢国王之大猎，缯（通

"矰"）矢并发，狗马齐奋，而此散木者，蒙茸障蔽于其侧，遂恶其碍而去之，是故不免于斧斤。夫猎者期于得兽，而竟以灾木，岂猎者之意乎？则散木之为散木，自如耳。若门下更以其有用也，而文之以青黄，是又益其灾也。仁兄玉瓒黄流，自是国宝，而漫被青黄于不祥之木，亦不愿仁兄有此迹矣。

邹守益

谦之，东廓，江西安福人。《东廓先生集》。

答周道亨

远承手教，询以儒、释之辩。此惟升塔至相轮者，始能别之。若仆，方从塔中拾级以上，其何足以语此？然亦常闻父师之教矣。

吾儒之教，若三间正堂，圣圣相传，洒扫以为世业。圣人不作，而堂无祖矣。老氏入其左角，指天画地，曰："此吾之堂也。"释氏入其右角，指天画地曰："此吾之堂也。"于是堂中之人，眩然迷乱，而不知其真。后之儒者，欲恢复圣人之道，则亦入居中堂，洒扫以复其旧可矣。乃割其左以归老，割其右以归释，而圣人之堂，遂决裂而不完。盖二氏之言，其合道者，固吾儒之道也；至于拂经而畔道，则以所居之偏，无以履大中而由至正焉耳。而概指言以为老、释之道，虽其合道者，一切禁忌，若相污染然，是割吾地、弃吾兵粮，借盗而助之攻也。

若象山之为禅，则亦群声倡和之病耳。禅之学，弃人伦，遗事物，而象山之说，乃从人情事变上做工夫，此岂可比而同之？善乎赵子常氏之赞象山，可谓不随人悲叹者！其言曰："儒者曰其学似禅，佛者曰我法无是。超然独契本心，以俟圣人百世。"吾辈今日之功，亦惟求诸本心而已矣。尽其心以事亲谓之孝，尽其心以事兄谓之弟，尽其心以事君谓之忠，尽其心以交友谓之信。句句步步，从实地上做工夫，此孔门忠恕之教也。

今天下俗，相驰于功利，相靡于词章，若流荡之人，东西奔逐，而莫顾其家。间有觉其非，而反求诸身心者，则群訾之以为禅。遂使来学之志，莫知所从。狃于习俗之同，则畏难而自诿；怵于禅学之似，则疑忌以自沮。道之不明不行，奚足恠（同“怪”）也？呜呼！彼其功利辞章之学，固不近于禅学矣，其将谓之圣学乎？身心之学，固近于禅矣，然而为圣学者，将外身心而求之乎？

勉矣道亨！及时自励，无蹈疑畏之弊。将师友所传、家庭所习者，日省而月试之，若登浮图之顶，至其巅而后已焉，则楼台亭榭、沟渠粪壤，昭昭乎无能逃吾明矣。

◇寔（同“实”）理妙喻。

◇原道之论。

◇了义即成佛，人何尝不从实地上做工夫。

答杨淑文

疲精瘁神，以骛朝市，如蜗牛升壁，涎枯而不知止。敛聪收明，以慎屋漏，如虬龙藏渊，芳饵不能动。故善学者，爱其身以为万物之主；不善学者，轻其身以为万物之役。

○真道学语。

答余相之

向在南都，有疑圣人之功异于始学者。仆答之曰：“王逸少所写‘上大人’，与初填硃模者，一点一直，不能一毫加损。”问者为之大笑。然遂谓初填硃模者，与逸少便是一律，亦似未莹。

○讲学不腐气。

与唐荆州

近会舜渠司成，互言所病。仆谓初入朝市，恒惧纷华挠素志；而渠谓久住山林，不得良友，生意不免萧索。因相顾以叹古今两项症候，躭（同“耽”）阁了多少豪俊。安得繁剧如常定，岑寂而常充乎？

○穆然长思。

与贺义卿

秋初虞卿约聚东乡，东乡士夫毕集。于淑以造室亦至，颇悔向者不识学问之味，有多少可愤恨者。因告之曰：“昔人以旅枕一梦，遂决志从仙。今诸君奔走官辙，数十年亦已寤矣。犹思复入枕中乎？”在座皆大笑。不识义卿静观，亦思超于尘坌之外，以了此生乎？抑犹未免流恋枕中滋味也？

◇当下指点。

顾大章

伯钦，尘客，常熟人。《遗稿》。

启尚书王公

刑部系奸细绝无影响者可二百人，司官明知其无辜，皆高庋不问，恐得罪原参衙门也。顾公署山东司事，查前之二百人皆饥庚〔瘐〕死，存者仅五十馀人耳，乃以此启尚书王公。公为叹息，即日会同事者原雪之，止留真者三人。

以大章一人之命，易五十人之命，大章尚便宜；况以一官易五十命耶？

○如此心肠，又做出如此文章，虽与日月争光可也。

别同志绝笔

云阳市告了假，才十日耳。弟不屑为妻孥计，吾兄亦不必为弟身后名计。但念古人有托孤之谊，故聊复及之。

丁乾学

天行，自菴，顺天宛平人，原籍山阴。《遗稿》。

与　客

公典试江右，以试录序获罪，逆阉百计构隙，必欲致之死法。有密报公者，公为此复之。

等死耳，死佞，宁死忠乎？搦管之时，早知尔尔，又何可向刑馀之人求生，而羡狱吏之尊耶?!

又

词臣以文字得罪，生死惟君父，肯以贿全头颅哉！

米万锺

仲诏，友石，顺天宛平人。

与　客

公居京师，与珰邻。珰求公书翰再三，卒不应。已又属其私人，谓公即少曲却，上卿开府可得也。公为此谢客。

仆即欲富贵，少年时稍垂项没肩，上卿开府，遂已十数年。今老矣，岂有三十年共姜，垂老献笑者乎?!

鹿善继

伯顺，乾岳，直隶定兴人。

在职方上叶内阁书

时事之坏，由于债帅。诸贵人入其债，而请求于职方；职方自爱其官，不得不徇诸贵人之请。今幸得一忧国奉公、不狥情面之人，反奉“不得违阻”之旨。胥天下以职方为市，永无不债之帅者，自此一言始。勿谓违阻之司官为易得，勿谓去能违阻之司官为小失也。

○叶公初得书，怒其刺己，既乃屈服焉。此等尺牍，一往有真气，于帋（纸）上可想见其人。

复太宰

孙公督师，公请从。时吏部缺司官，太宰坚以属公，公不可。

相公一日在师中，即一日在幕中。善继髯须如戟，肯回头作吏部郎乎?!

孙奇逢

锺元，直隶容城人。

上孙阁部

左、魏诸君子，清风大节，必不染指以庇罪人，此何待言？独以善类之宗，功臣之首，横被奇冤。自有胸心，谁不扼腕！惟桑与梓，固浮丘旧履地也，遗爱在人，不止门墙之士，兴歌《黄鸟》，能不慨然！

昔卢次楩，一莽男子尔，谢茂秦以眇布衣，行哭于燕市，谓元美等曰：“诸君子不生为卢生地，乃从千载下哀湘而弔贾乎？”李献吉在狱，何仲默致书杨邃菴，求为引手；康德涵义急同调，至不自爱其名。浮丘、廓园之品，固当直踞献吉，次楩何敢望？某无能哭诉，尚负惭于茂秦。阁下功德前无邃庵，怜才扶世之感，稍一斡旋，且有出德涵上者。况诸君子以道义臭味之雅，受知于阁下最深且久，岂无意乎？

〇锺元抗志理学，宜其扶义击佞，培养正气。

答友人

来教以贫为苦。古来圣贤一流人，皆从此一字磨练而出。君如信得及，只当下立清愿外之想，便是蔬食箪瓢嫡派也。

〇可为愁苦中人破涕。

朱之冯

德止，勉斋，直隶顺天人。

遗子弟书

公为宣抚，寇陷城，公南望九叩，从容写遗疏并家书，解腰带自缢死。

嘱吾弟、吾儿：用心报国恩。读书须读经世书，呫哔之学无用也。吕新吾先生《呻吟语》，不可不读。我以死报国，此心慊然，"朝闻道夕死"无二也。勿以为念。

孟兆祥

允吉，肖形，直隶交河人。

与　客

癸未，公子章明成进士，客有贺公者，为此复之。

家事小获，何能博国事大失耶！

（甲申之变，公自经死。章明同妻王氏，亦从容就义。呜呼！公之志，早定于此两语矣！）

〇两语耳，却是一篇大文字，与子陵答侯霸书，并足千古。

金　铉

伯玉，直隶顺天人。

与友人

每事思退。三百八十四爻，未闻有“退，凶（同“凶”）”者。乾乾不已，惟进德修业为然。

〇说出大道理，可补《易林》所不逮。

与陈幾亭

近因深切自反，觉于道概未有闻，故胸无定见。意欲将删述之业，少待几时，且刻刻作切己工夫，将来或有所闻；复折衷群言，以就正于世，庶不致自误以误人也。

数月来，家君居北，家母寓南，两地悬悬，此心殊不宁贴；又米盐琐屑，皆躬自料理，亦不得静坐读书，以见日新之益。只得随时随事，警省提撕，遇行有不得处，一味自反，颇觉得力。乃悟千圣之学，只在修身；修身之要，只在慎独。此亦学问常谈，而弟却是向来未见底意思，甚矣根之钝也！明眼导师，何以为之鞭策乎？

与友人

省言，省笑，省笔札，省交游，省妄想。所不可一刻省者，居敬读书耳。

又

天之生人，不许其生一事，盖声色货利，皆非性中所得而有也；又不许其避一事，盖天下国家，皆非性中所得而外也。今人皆反之，兄谓如何？

汪 伟

叔度，长源，江宁籍，休宁人。《文烈公遗集》。

遗笔示子

我生不辰，丁此国难。讲读之官，既无事权，可以为朝廷；位卑言高，一得之长，亦不见用，惟有一死以自靖而已。尤可异者，继室耿氏，少年节烈，矢志不移，乃于城将陷之先，恬然从我而死。遂题于壁曰："身不可辱，志不可降。夫妻同死，节义成双。"吾乡擅名者，不独赵昂发夫妇而已。吾儿读圣贤书，须以忠孝自勉。

○凛凛有生气。

梁以樟

公狄，确斋，直隶清苑人。

答邓孝威

发舟在旦暮，期明春为吴陵遊。湖田几畛，春雨半犁，作十日平原也。《旅怀》诗凄婉幽宕，入人甚深，携归湖上，与寒流古木相赠答，亦可自傲其不贫耶。

◇翰牍佳境。

刘理顺

湛六，河南杞县人。

训 子

二曜光华，人人仰其尊高无匹。抑知野马尘埃而上，云溃羽没。人世艰危，莫极于此。而日月在中，独往独来，逍遥莫驻。盖能处人所不能处，方能做人所不敢做。刀山剑树，学人安身立命之所也，尔曹识之！

○观先生此书自命何等，宜其从容就义，烈烈在天壤也。以是知世人沦堕，皆其自取，何复动见怨嗟？

沈光裕

仲连，直隶宛平人。

与程穆倩

䱒议金屼，为何胤也；䱒表韦珠，以刺时也。此等皆谓以文为戏，其实入于不仁之甚，而不自知也。丈夫不有令德丰功，至于文字流连，希贤饱食，虽无显辱，亦有隐耻。而复丧志于细务，营情于庖俎，诚重名教之罪，必召神明之恶。诵读之士，以笔为田，遇此等如蝗螨病稼，必除驱之，秉畀欻火可矣。

○一往隽异。

○周彦伦《止杀书》，宜细读。且齿白佛像、蛤蜊观音，非徒仁心，实俱佛种。

申佳胤

孔嘉，素园，直隶永年人。《端愍公集》。

遗札示子

行己曰义，顺数曰命。义不可背，命不可违。吾受国厚恩，誓以死报。

◇四语定足千秋。

万　表

民望，鄞县人。世袭指挥，后官至都督同知。《鹿园集》。

与　子

公遇倭，身中流矢。

我家世以战功死王事。我身不任兵，晚年添一箭瘢，不亦美乎?!

◯喜其无文字气。

沈懋学

君典，宣城人。《郊居遗稿》。

与汤伯御孝廉

文章、器识，自古后先之，而君子且曰“文人无行”。夫行，本也；文，末也。譬之木然，根枝花实，一气贯通，岂文人必无行哉？独其博物夸多，摛花炫彩，众不及此，便觉气骄，凌铄时流，雌黄古道，虚名标榜，引以自高。总之气小易盈，无当于用。及其不达，漫曰“忌才”。嗟夫！忌才者古今有之，即使不忌而置之高位，天下事岂骄恣者所能任耶？今之以富贵骄人者，无智愚皆鄙之；文艺骄人，亦犹是也。

◇一语折倒。

申涵光

和孟，凫盟，直隶永年人。素园先生子。[1]

与周减斋

杜沂水广柳，不致久羁异地，先生泽及泉壤矣，敬谢敬谢！但从此便鸿为难，音问愈阔，把臂将何时耶？

承教以古文词相勉，光胆小才窄，不愿寄人篱下，而又不能自辟径路，恐亦望洋而返。《犹龙传》已脱稿，然亦不能尽其万一。少年时文章声气，非必真心好之，大半名心所使耳。渐当水落石出之时，颇厌苦。

此生得真知己数人，足矣！死者不可复生，生者相见，又是不易，茫茫斯世，谁可告语耶？惟先生知我，故敢及之。

朝宗才气雄冠一时，然事鲜情实，行之未久，而好者已倦矣。此道之难，先生"宁质"二字，真救时良药也。弟近日喜读《涑水奏议》，亦是此解。作人、作文，总非至诚不可。彼浮华者，朝露耳！

◇俯仰古今，under徊欲绝。

又

去夏辟暑晋阳，与襄老快聚月馀。每饮，必细问周先生动履，并饮食嗜好，无不周悉。又遍观书画题跋，踈快宜人，种种自辟庭户，俨然元亮先生在胸臆间。他日相见，执手一笑，如旧识也。未晤先生，未睹沧海，自是生平两阙。策蹇东行，

① 目录作"端慤公子，聪山兄"。申佳胤（《明史》避雍正帝讳作"佳允"）号"素园"，甲申之变殉节，谥"节慤"；入清，赐谥"端慤"。

数日可并了之。

◇风味宛然。

与杨犹龙

凡人弹驳之诗文，不必其才果及我，在旁易见美恶。言之不受，因而不复敢言，于是誉者在膝矣。足下之诗，清森秀朗，笔有馀闲；比之于古，则高、岑流亚也。弟何能知足下诗？妄为丹铅，而足下顾俯听之，足下于是为不可及矣。

○全宗大雅，不事纤诡。相其命笔，非无意为此者。

高尔俨

岱舆，直隶静海人。《古处堂集》。

与致虚妹丈

昨宵乐甚！碧天一色，澄彻如昼。又松竹影交加，翠阴被面，月光落酒杯中，波动影摇。吹洞箫数阕，清和婉妙，听之怡然，响绝馀音，犹绕耳间不退。出户一望，空旷无际。大醉后笔墨撩乱，已不复记忆。今晨于袖中得纸幅，出而视之，则所谓“笔墨撩乱”者也。然亦殊可爱，以为有骀荡之趣。把笔效之，不能及已。因即以昨日所就者请正。

○大似坡仙承天寺访张怀民一则。

藏弃集卷之二

魏裔介

石生，昆林，贞庵，直隶柏乡人。《约言录》。

与　人

禅学亦不可不看。不看，或疑其高远精妙，有过于吾儒处。看后，则知其高远者，未有实地；其精妙者，非吾儒之所谓精妙也。

〇看过者堕其云雾中，不看更堕其云雾中。先生所以偲偲虑之者也。

又

人即道也，有所未知，须借师友发明。然师友极难其人，若非其人，反为所误。不如仍向方册上寻觅，由周、张、程、朱，以达于孔、曾、思、孟，则庶乎其不诱于他歧矣。

〇师友、方册，均不可废。

又

“终日乾乾”，可谓自强不息矣；而夕尤“惕若”，盖严之于白日，恐怠之于昏暮也。此圣人吃紧为人处。古人清夜不媿，正此意也。故孟子“息夜气”之说，虽为下等人说法，然唤醒最切。学者须于此处，时时体验，勿作大言以欺人。余近扁所居曰“惕菴”，每以此自警。

又

《五经》《四书》，《纲鉴》《性理》，圣人之道备矣，学者如布帛菽粟，不可须臾离也。玄学如药物，尚可藉之以养生；然读圣贤之书而有得者，如血气平和之人，无所用之。至于释，则道之害也，故程子比之“淫声美色”，正以人易于陷溺耳。

〇正色导世。

又

日之出也，阳气行而阴气息；日之没也，阴气行而阳气息。自子至午，阳之积而盛也；自午至亥，阴之积而盛也。即一日之间，阴阳消息如此，而况于十年、百年乎？然气化不能有阳而无阴，而君子必抑阴以扶阳，是以天道无不可为之时，人事无不可尽之日。

又

袁了凡曰：“《书》言‘天难谌，命靡常’，又言‘惟命不于常’，皆非诳语。吾于是而知，凡称祸福，无不自己求之者，乃圣贤之言；若谓祸福惟天所命，则世俗之论矣。”

余尝因了凡之言而考之，孔子曰：“人有三死，而非其命，己自取也。”孟子曰：“夭寿不贰，修身以俟之，所以立命也。”李邺侯曰：“君相不宜言命。纣曰‘我生不有命在天’，此纣之所以亡也。”然则人不能自修其身，而徒以进退得失诿之气数者，岂得遂为知道哉？

蔡復一

敬夫，元履，同安人。《遯庵全集》。

与何相公

向者引王文成上杨邃庵之书，而致于张江陵之任，欲相公进为伊尹。今犹是心也。

江陵之难为也，人难其时、地，而不肖难其才志、胆识。《孙月峰集》云：“人言隆庆时，江陵序居五，而大用舍、大兴革，必待之决。或曰：‘岂以其势方张乎？’曰：‘非也。此老胸中人物多，形势熟，识见透，人自出他范围不得。’继者不思江陵所以能操权之故，而憾权之不我归，过矣。”愚谓月峰此语有味也，相公以为何如？

议论与任事，实相低昂，议虚而任实也。虚者日重日胜，而实者日轻日诿。晚宋之弊，不意于今见之。且头绪太繁，褒贬太易，臆断太锐，害中外非小。相公能无计所以主持挽回乎？

○当时相业如江陵，而讥其权势；事功如新建，而病其禅寂。嗟乎！世亦何利于方领矩步之儒而用之？

与李斗初

翼轸共星，河山各地，寻久睽之约，而又有几合之离。所以牛女限于“盈盈”，风人跂乎“河广”者也。与周丈聚数日，形影相依，绪言难吐。追寻已落梦境，亦正如五年前别兄时耳。稽驾刿舟，一入宦场，便为碍事。“进贤冠俗人”，定不虚矣。澧于三道有优暇名，弟居之殊觉劫劫，虽缘新冗，亦是才具相悬。董允欲效费公，岂可得哉？

○平常酬酢语，通体雅隽，不可多得。

答温青霞侍御

小雪后二日，阴雨霏霏，病榻苦寒也。而忽有阳和之气，自天而下，惊问则台臺午魄临焉。邻六花之候，而拜五丝之贶，至人冬爨鼎而夏造冰，于今见之。抑阆苑日长，故春秋八千，则今虽寒律，从仙家际之，安知非尚蹋草嬉舟之日哉？大贶藉手，转申蒲觞之荐，神忆梅熟，心与雁飞……

◇妙语可摘。

与毕东郊

粗笺未足仰展墨妙，犹冀以名笺锡之。菩萨瞻佛光无厌足，想弟亦如是。

◇喻自深雅。

与商等轩

闻当事者，意在持平，而不能尽自主。然其心终有嗛嗛，而公论亦如雨淋萤火，不尽晦灭。

与谭友夏

自爱其诗文者贵少，爱人之诗文者贵严。必严，而作者之精神始见；又少，而观者之精神，与作者始合。且吾辈终日献酬人事，神明如珠，岂能从万斛泉中涌出？滔滔莽莽，趁（古同“趂”）笔而为之，岂能尽满作者之意？而何以接天下后世之眼？子他日为我精选数十篇，令其可传足矣。

◇景陵当持此论。

与徐匡岳老师

鍮能赝金，而真在火。尽天下圣学、禅学、仙学，火之以名与官，而其真立见。

〇刻奥似子。

与郑大白吉士

天下一大弈场，而古今则其谱耳。国手不拘谱，未闻其初之离谱而自国手也。夫能穷古今经济之谱，则未有如翰林者也，以弈天下有馀矣。

〇妙腕从心。

与刘衡埜

《郧约》三卷呈览，虽布谷之舌徒勤，而越鸡之卵难化，即不肖罪案矣。

答冯文所

承委《集》序，骤闻骇然。旋思之，翁丈假此接引，使后世或知有不肖，此石尚归脤意也。

古之序文者，非必力敌。皇甫士安，岂能重左太冲？梦得之序子厚，犹自为梦得也；非昌黎《集序》，乌有李汉哉！然远慕曹子建者，至托于梦中属序；而道宣欲序《法华》，韦驮为请于诸佛，许之而后涉笔，则某今日之缘更胜矣。容以仲春花时呈草。

因家叔欲还，作书数十通，甚疲。刘南昌日发百函，何绝人乃尔！然晋、宋书尺，率不过数十字，亦差易出手也。

◇自嘲自解，又谑又雅。

答邓虚舟

谢康乐所至，伐木开道，以取山水。含清阁乃从枕席收翠嶂碧流之胜，且炮声铙响中，杂出渔歌牧唱，斯更奇矣。兄云非隐非吏，意在仙宫洞府，足当之也。

辰郡挂山头，而敝署甚陋，觅一坐处，稍置花木，不可得。有亭在寝室后，弟雅不能与妇孺居，意殊邑邑。欲张景物以敌兄，如乐天、微之在浙，互夸杭、越官署之胜，岂可得哉？

诸天合食，以饭色为福差别。弟与兄雅俗判然，所著之地亦不爽。世儒虱处裤中，谓无天宫佛国者，真可咲（古同“笑”）也。

◇似《归田赋》中语。

◇佳事雅语。

赵宧光

凡夫，江南吴县人。《寒山集》。

与　某

不肖伏处山中，四三年于兹。以家大人襄事未厝，卖宅营葬，野鹿园已属之乌有先生。世人耳目，目为无赖。以不肖自视，谓贤于平泉。古人有卖身营葬，奚独我哉？

○可以风世。

孙出声

振铎，山东潍县人。

与张薇蓉

先生索书，弟何书？以先生深于《易》，僭以此书相质。然门外人说屋里话，其中谬误必多；又点污先贤之壁，陷大愆而不知。如蛾赴灯焰，未尝不求明；蝇触纸窗，未尝不求出。先生何以教我？

◇小喻自佳。

董斯张

遐周，浙江乌程人。《吹景集》。

与韩仲弓

措大略知把管，便以睨傲人。如卑田院乞儿，沿（同“沿”）路唱《杨花》，自以为激楚奇唱。

又

居家骨肉，未能免阋墙。乃欲以“肝胆”二字，骄语朋侪，偷儿获廉名也，吾谁欺？

○看破世情。

又

山林语易俊，台阁语易丑。野人对田里景物，粗知下句，至兵戎慷慨之气，佩玉雍容之体，摇手莫辨，辄云“都可废却”，是珠《风》而砾《雅》也。

○须果办此，不然，又不如不办之为安也。

高　澂

宗吕，自称“石门山人”，福建闽县人。

示　人

文至牵饰比偶，犹之留须眉（古同“眉”）以傅脂粉耳，吾不为也。

顾梦圭

武祥，江南昆山人，官布政。

与人

北河櫂船者，邪许之声，曰“腰湾折”。此今人以喻两司官也。

〇汤临川云：“一官半职懒踌躕（通“躇”），三言两语难消受。”同此愤郁。

黄甲

晋卿，江南江宁人。

与友

皮相之士，不足以求人才；夜粲之人，不足以论国是。伪凤悦楚，真龙惊叶，盖自昔负鉴裁之难焉。

王永吉

中讱，江南无锡人，壬戌进士，时为定兴令。

复孙锺元孝廉

金不于此处用，便为天地间无用之物。

（魏廓园先生在难，拟赃五千。孝廉孙君醵金救之，谋于中讱，王公立出百金，作此以复孝廉。世论高之。）

〇男子语，堪为钱神吐气。

段一洁

玉鉴，直隶长垣人，家祥符。

与吴介兹

野梨酸涩类枳，断桃根接之，稍可啖；再接之，三接之，甘脆远过哀梨。可见人不可不相与好人也。

安致远

静子，山东寿光人。《兰雪堂集》。

与周栎园先生

世局沧桑，海内名宿，或山修河阻，徒廑思存；或枫叶霜花，难留硕果。独先生以未老之身，司命风雅；而小子以方壮之齿，托分编民。廿年结想，自分如迷影阿閦，不可复过。乃一旦登堂握手，亲炙威仪，夙分累劫，夫岂偶然？自晋接以来，琳瑯满怀，锡自天上；觞咏交错，梦入仙游。倒屣投缟，前修以为美谭。不知先生吐握襟期，于古人何若；在致远循分内省，几自忘其身之为今人也。

但自念于诗文一道，既无师授，又少专功。垂髫棘试，七战辄北，帖括有鬼，笔墨无灵。性复恋爱光景，不耐闲寂，以致生计憔悴。甚至门无长须，才惭颖士；室乏胛指，笺谢天公。又所居近古剧城，是汉张步所都，斥卤荒凉，人多椎野。寻常驴足所到，东西则营陵、广固，南抵朱虚，北绝溟海。週迴二三百里中，皆桥舌骚雅，汩情庆吊。愤悱既绝，思韵随枯。

人生心力几何？一荒于制艺，再困于贫，三辱于独。而先生犹以为孺子可教也。譬如幽草，触日彩以怀新；相彼慵鱼，闻雷声而思奋矣。

比读《赖古堂诗》，情浮其貌，意胜于法，远想长思，径致独绝。年来七子浮龄，息而复然，止须此老笔深情捄（同“救”）之；致远惟从三千之后，奉扬铎音而已。

◇制艺之锢人，甚于贫独。

谢惠《尺牍新钞》

昔人之评山林宫阙者，曰壮丽，曰奇峭，曰幽邃；而李勉于灵隐，独叹为标致。“标致”二字，前亦无人拈出，后亦无人雷同。若此选之亭亭秀出，盖亦书中之灵隐也。

与方与三

明日端午，是敝乡孟尝君生辰。足下且以一诗，为此公妆点，不必为文吊湘累也。新诗一帙，是入春所作。《秋心草》一种，是旧游记，皆青郡五六十里中风物，一丘一壑，愿先生知之。

兹有一异事。近闻郡城颇不觉，麦浪如云，黄花徧垅，一夜霜飞，腰镰者已满野矣。弟有麦田数十亩，却幸而免。询之老农，云麦太稀薄，阴寒易散。始知威令极严冷时，穷措大也有讨便宜处。可叹，可笑。

◇可解人颐。

与李象先

象先不知何等人也。弟发未燥，即闻象先能道前生事，事良奇；长，益习象先名。乃相去不满三舍，知声近二十年，欲见无从。以为此人非人间世，不能无物色，或当瞥见于葛洪川畔耶？昨于元袭斋头，才得一把臂。始知朋友相遇，有缘有分，迟蚤一日，俱不得耳。

近读大作，森奇夺目，胸〔夐〕绝常言。当置兄于次梗、茂秦间，恐犹羞与绛灌伍。无论文字，烟穗金环，亦便是千古一段佳话也。

◯青州盖有三才人焉：寿光安静子，古而妍；诸城李渭清，博而丽；乐安李象先，奇而宕。予皆得纵睹其著作，携之南归，谁谓青州使者贫哉？

与王半石邑侯

铁骑数千，如雷轰海怒，蔽空而下。我公持无孔锤，击涂毒鼓，夺婴儿于罗刹口中，不意一文弱长吏，具如许神威！

又

杜紫薇极爱李长吉，而当时无效长吉者；元微之极爱杜少陵，而当时无效少陵者。今日只为胸中有了王、李、钟、谭四字，触著便是；无他，只是今日识力，远出古人下耳。

又

晤千乘李象先，知我公有选于鳞七言律诗，恨某未得快读也。今人谈诗，齐、楚号称两霸国。然常以为竟陵之诗，不能与历下并驱，非敢阿其所好、左袒维桑也。

某亦常选历下七言律诗，除却“中原紫气”“黄金风尘”等语，集中风致委婉，不愧古人者尚多。谭无论已，退谷诸律，除静者、灵昧、幽寂等诸本色字，便觉无诗。即云间极推历下七言律，以为千载绝调，恨其选历下诗，犹多色相语。岂惟历下，七子皆然；岂惟七子，诸家诸体皆然。以为推尊历下，则可以；为善爱历下，则不可也。

想我公之选历下，非如云间之选历下也。即某之选历下，或亦未必如我公之选历下也。若伯敬之史胜于文、文胜于诗，则又今日之所未暇及者也。

◇论自平允。

与寿光李乾一

孟翁诗即不全佳，亦有一二语解意者。年近七十，苦吟成癖。村居有此等人，亦足消遣晨夕，幸勿以常情遇之。兄之才气翩翩，如锦石春花，烂焉盈目；中有一支离叟，摩娑吟眺，亦是云林一幅淡墨图也。

又

某君读书穷士，蔴衣草履，内负至痛，即非素识，宁能为石人耶？敢以谋之门下，费君之财，成君之义，亦不至作折本事。若只向几庸众人讨生活，世间寥落失职之士，自当置之首阳峰头。

与蔡漫夫

钟、谭常苦王、李不韵，弟亦苦钟、谭不韵。王、李整而不韵，钟、谭碎而不韵，其为不韵一也。弟于近代，甚爱袁中郎，及陈大樽。然中郎妍捷而近佻，大樽闲丽而近靡。若夫蕴藉风雅，合比兴之微言，寄音思于逸韵，其当上溯信阳乎？但弟与古人，有羡慕心，无效法心。安吾拙，亦安吾愚，不敢临模他人面孔也。

又

前辈云史书不好读，卷帙浩繁，损人神气。弟直以为伤人怀抱，每读未数幅，忽而裂眦，忽而皱眉，忽而破涕为笑，忽而转喜为愁；甚至于以手爪代斧钺，以姓名代面皮，掐痕斑剥，害同蟫鱼。一卷之书，七情互易。不得已，则以诗话、画苑消之。弟读书，正如浪子入烟花场中，不知流荡何所。

与刘生

异端是天生异端，圣人是天生圣人。释迦脱胎，即下堂走七步，上涅槃堂中说偈；老聃生而白头、能言。若我先师，语言行步，与常人无异，活到七十多岁便死，只是完成一个平常人而已，有何异哉？

又

作景趣诗，当以韵致胜。正如昔人论画小树，简于枝柯，繁于形影。欲如文君之眉，与黛色相参合，则是妙手耳。

与李奉倩

九巷旧遊地，每四五日一梦至其间，寄想昔年，真是饥思瑶柱、渴望江梅也。

又

承谕弟《秋事》十首，过于悽惋，信然。唐衢、桑苎胸中，不有极愤懑处，自不至以哭泣向人。

〇非真英雄，人未许作儿女泣啼。

答刘友生

聂生至，伏读手札，知有终窭之叹。嗟乎！足下故相国家，有腴田三千顷，僮仆数百指，岁一不登，抚心蒿目，尚费经营；支离如弟，更复何言？即日冬威逼人，嗷嗷八口，只似在纥干山头耳。居常自分，年过三十，若尔不得直如胸怀者，便当效昔人故事，蓬首躬耕烈日中，以致素封。咄咄安生，时已及矣！长贫贱矣！跳丸逝波，老冉冉其将至矣！计然一牧豕奴，三致千金；怀清台一老寡妇，权移人主。始知此人皆旷世豪杰，具有深心妙用，转移造化，以行我法。龌龊竖儒，固不得执毛颖以傲牙筹、耕砚田而鄙汙邪也。

又道所著《诗经辨韵》初成，欲得弟一叙。历下亦略聆绪音，终以未见其书为憾。弟尝授《诗》至郑卫，淫风十九，心愤其不然，欲作一书辩其说，而力未暇。延陵公子历聘上国，而叹卫多君子；郑以蕞薾，介在强大间，力能自全，先后有桓武、子产诸人，皆一时贤公卿。何以委巷流连，淫媟宣骄，形为话言，恬不知非而弗顾耶？又其所谓诗者，虽出于妇人女子之口，皆其国之士大夫，采其言而成文者也。即有之，彼何以略不为之忌讳，而乃此唱彼和，扬波助餤，以待观风者之採取耶？美人邂逅之什，尽属男女；狡童思我之章，全为婚媾。彼油油禾黍，遗恨姣童；满堂目成，追思彼美，而一则悯宗国之丘墟，一则祈神明之妥侑。若泥词害志，夫又何别于郑卫耶？故知《风》之当尽废注而从《序》也。嗟夫冤哉，《三百》尚已！

太史公曰："《离骚》者，犹'离忧'也。"离者乱也，忧者愁也，当离乱忧愁之际，无头无绪，若断若整，忽而哀郢，忽而问天，忽而惜往日，忽而悲回风，忽而怀沙行吟，忽而抱石沉湘。此其为文，犹可以句栉而字比乎？譬如今有人焉，枯槁憔悴，死期已迫，吊影寒潭，以写牢愁；画字断壁，以鸣哀怨。而从旁乃有一人，以臆为断曰："是人中心之曲折离合，吾尽知之也。"不几于愚而且陋乎？而况于生不同时者乎？善乎冯开之先生读《骚》之言曰："惟当扫地焚香，冯山带水，不借入于人间，竟远投于芳草。而考亭朱子，又为之逐断分晰曰：某也兴，某也比，某也赋，此何异于《三百篇》之郑卫，泥于词而尽为淫风也？

故不如尽空其说，而归之于韵。韵，心声也，由心而著为声，由声而有其意，使万世之下，读之玩之，咏叹而淫佚之，古人心之所在，未尝不可以意逆而情合也。

昔宋晁氏谓近有一僧，能以楚声读《离骚》。楚声可以读《离骚》，则非楚声之不可以读《离骚》也明矣。彼十五国之诗，不又当以十五国之声通之乎？吾知《辨韵》之书出，而汉笺宋注，可以尽废矣。足下生辕固里中，固当努力风雅，以绍绝学。药生令兄，闻已须髩（古同“鬓”）如银，醒虹堂中，顾曲辨挝，犹昨日事耳。回首已经八载，令人焉得不速老也？

◇千古快论。

与李乾一

春行尽矣，连日做何等事，读何等书，见何等人？弟于中庭满贮缸水，每晨起拾落红数片，荡漾其中，便觉流水桃花，曲曲仙源，如在目前。

张　坛

步青，浙江钱唐人。[1]

与沈甸华

弇州为晋人解嘲，称“宋儒褒衣讲道，无补于亡，何责于清谈误国”。仆谓不然。文公立朝，仅四十日，此后即羁窜无定，至殁犹禁人不得会葬。此何等时，而犹厚责道学之延国脉耶？江表诸公，自宰执以下，挥麈而谈清虚，而所谓“神州陆沉，中原版荡”，当时已归罪王彝（夷）甫[2]，安得借此为解

① 钱唐：秦汉时期县名。唐武德初，因避国号讳而改为“钱塘”。原书沿用旧称者，今仍之。

② 《藏弆》《结邻》二集中“夷”字，或因避满人讳，均作“彝”；人名如伯夷、王夷甫（王衍），亦皆如是。今仍之，并随文括注本字。

也？敢以质之高明。

〇自是正论。

何栋如

子极，子充，天玉，江南无锡人，家秣陵。《南音》。

狱中与友

在诏狱，写单索饮食于外，譬如祖宗之显灵；家人送食传单而进，譬如子孙之祭享。

〇见古人诗文，有极朴极奇、千年不宿者，必是此种世代远，而气格自高耳。

金□□

文甫

与　人

往时在狱，闻人救援声，脊梁上竟一日有力。

郁伯仁

履臣，江南华亭人。

与　人

书生为人，亦为文也，先定草藁，而后真焉工矣。

王相说

鞠劬，江南泰州人。

与宫紫玄

秀才要中两榜，如一日定于两餐，少一餐便饥，决不可耐。中后做官，如饮酒，兴会所至，不妨多数行；或主人意懈，或席有骂坐客，便可拂袖去，亦不少个甚。

○似袁中郎笔墨。

孙承泽

北海，退谷，上林苑籍，山东益都人。《藤阴劄记》。

与　友

章枫山先生薄词章之学，谓："治世用之，不能兴礼乐；乱世用之，不能致太平。"此为笃论。每见前人文集，多可充栋，其中每有读至卷终，求一性灵之解、关系之论，了不可得。不知何以遽行灾木。昔赵忠毅南星得《四部稿》，一览即散之村妪，良有以也。

又

文章华丽，文章之病也。秦少游，文士耳，犹曰："吾文铢两不差，但以华丽为愧。"夫前人愧之，后人侈以为工焉，则人心浮而世道下矣。

高　皐

康生，江南江宁人。《萝栖集》。

青州道中复周栎园

十年前，闻人说黄河之险，心甚骇然。及扬帆而过，汹涌尚不及长江十五，但风景较惨澹耳。途中稍动悲凉，辄念栎园先生不置。便如行山阴道上，千里蒿莱，不为荒远矣。况重以手翰，黄花晚驿，疾发瑶函，遂与冠五、雪客，喷饭不止。故人相见时，欢乐不可言；故人未相见时，欢乐尤不可言也。留于北海堂前，一契斯语，何如？

又

无才之人，固不必惜其不忍；若无气之人，乃更无用教之以忍也。子房当日，不但大索不获，为老人珍爱；即误中副车，亦甚入老人心眼矣。何也？天下有气之人，多不能忍；亦惟有气而忍，则气不妄动，留为可用。若无气而忍，天下安用此忍为哉！不然，三家村中，岂少唯唯进履之人，彼老人亦将赏而目之，曰“此孺子可教”耶？

〇乃知孺子可教，不取长跪进履，正取其愕然欲殴也。若一呼便为进履，便是无气人，安足教哉！

与纪伯紫

古人立言简至，虽曰用意深厚，亦曰气运醇庞，留所未尽，以待后人之剥换耳。此又造化全副本领，合数千百年操觚染翰之人，共为一篇文字。如以古人作冒，后人作项；古人作项，后人作腹，前后相为浅深详略者。不然，后人之言，仍是前人之言，岂不雷同可笑？然使后人之言，竟非前人之言，则此数千百年中无限之人，遂有无限道理，不又令人无所适从也哉？

○一眼看尽古今书本不大繁多。

与吴冠五

辞取达意，即一口道破，岂非千古至快！何取费不必费之心计，以自苦于繁浩乎？不知古人数句之文、数字之句，亦必有无限机锋、无限蕴蓄，而后其意始几几得达，而犹不能尽达焉。非如三家村中，横口便说我欲穿衣、我欲吃饭，便可谓之达意也。不然，吾师岂特地轻轻便以“辞达”二字，约尽古今操觚执笔之人哉？

与吴介兹

文章之道，同归殊途。迹其标流，虽有千态万状之不同，而其体势规格，正未始大相悬绝也。但随其理，随其事，随其气与势，逐节变化之，使其正侧机警，前后浑成，遂似有无限不可举似之篇法耳。譬之弈棋，枰则止此枰也，子则止此子也；横道、直道，止此横道、直道也；以至对局时之四角、中间，布成大势，止是此四角、中间也。其间一子略易，便异前局；况易一子，必至易数子以至数十子；又况先之布置于四角、中间者，已自有不止于易一子、数子者乎？

○绝不修辞，结成异彩。此风水之相涣、云霞之舒卷也。

与振公

文章贵卓然一家者，能以己意构造，言所欲言，不似袭人牙后耳；非必姿度气格，千篇一律之谓也。善作者虽有意规摹，杂用诸家之体，犹是一人撰制；而况笔之所到，偶与之近似者乎？譬之画家，或画山水，或画人物，或画花鸟，总是一人笔法；即同一山水，而时用荆、关，时用倪、黄，赏者未始不望而知为一也。然则学士家，又何必拘拘守定一格，而后为自成一家言哉？

◇必如此，方谓之通才。

与杨永菴

一切谀诵上官、铺扬吉会之文，俱宜少变其体，使从乎简质。不然，尽革而不用，亦一快也。吾独怪彼此寓目，即复弃去不睹之帙，而必繁其笔札，专专焉奉一记室司之，若以为不可易之规者，此何为乎？世间金珠犀革，丹漆羽毛，一切市卖不可充用之物，终年不去人眼目间，不知其何故也。

◇文笔无两。

答林那子

止《大易》“寂然不动，感而遂通天下之故”，便具如此妙相庄严。止水明镜，其理现前，说得霏霏花雨，遂令闻者不觉信心、不觉欢迎耳。一切世尊费尽唇舌处，止是要人欢喜、要人信心而已，其中固无多也。不然，何故不一言两言道破，而必亹亹数百言，以至于数千万言而不惮哉？然则佛不过千古一大文人焉耳！

王　衮

补之，幼迁，初名滚，山东益都人。《四虽轩集》《慧叶轩集》。[1]

与杨八丈

仆性好啸咏，若为诗者，而苦无诗恃，才啬气钝，一也；

① 此处目录作“山东益都”，正文作“青州益都”。青州即宜都，今从目录。

无诗资，家贫生事单薄，不免时时驱心策虑，以图口实，二也；无诗日，束发制义，遂沦苦海，濡足灭没，逾拔逾坠，三也。窘蹶饥寒之中，亦复一二发为声响，以抵吟呻。噫！岂非“知之者不如好之者”哉？汉武胎牲贪暴而好仙，梁武躁竞盈胸而好佛。夫二武根器，去道何啻千里！然积嗜濡心，久躭薰性，是固不可以拂拭振麈而去也。

冬日无事，偶检新旧作，书为一帙出正，足下幸教之。

◯幼迂以雄俊之才，杰起青齐，惜乎不遇于时，郁郁而没。新建徐巨源，尝叹当今诗人惟黎美周、王幼迂耳。幼迂诗最富，予至青，搜罗已备，会当镌行之。

与王定宇

念亲家为六诏遊，意不能无惘惘惜别者。然窃闻其地山水清丽，气候常如吾家三四月时。蓬莱阆风，何必不在人间？人生岂如林下果蓏，而以移根为苦耶？

◇冷隽。

与萧纯玉

翁兄十年不见弟，宁知弟一旦老羸如此：头白眼花，掀卷历字，如在烟雾，惫矣，无能为矣。幸吟讽之兴，老而未厌，数月间箧辄满卷轴。如蚕作茧，虽日缠缚，当其作时，翻以为乐。至后了结云何，姑付之不可知而已。

◇旷怀达语。

与高平仲

闻广陵之命，举手称庆。仁兄固是木天藜火中人，岂宜复辱以簿书之事？然从古名臣功业，切靡剔历，未有不自州县始者。长孺之淮阳，长倩之三辅，固无论。如今世刘忠宣，例入玉堂，而自乞补外，以彼经纶满腹，岂肯拘挛燕中一尺地，皖皖然作土偶人哉？愿仁人无自厌薄。

若末弟老矣，发种种，无能为矣。且夫造物者既有意困顿我，我乃跃冶炉中，誓为莫邪，徒自不祥，其如造物何？今将复遊燕中，聊觊絃謌（古同“歌”），以为三径资，资足则拂衣归矣。

中贼之后，家四壁立，以燕中之食玉炊桂，谁能徒手往哉？窃不自外，谨重茧其使，而谒之仁兄台下。盖山阴九万笺，非王逸少不办此举，且弟亦但向谢仁祖乞食耳，念仁兄必不我拒也。

○慷慨纵谈，掀髯抵掌。

与王冲孺

君欲邀仆出，仆意亦尔。仆之从君，如驂之有靷，岂敢自外。

李长祥

子发，砚斋，四川达州人。《天问阁集》。

与王双白论佛书

足下佞佛，请与足下言佛。

或以佛圣人也，圣人安可以不学？学圣人，安可非之？然必我中国之无圣人而彼有之，往而学之于彼，乃可耳。我中国之圣人何如哉？尧、舜矣，禹、汤、文、武、周公矣，孔子矣。或尧舜禹汤文武周公孔子之道，不及佛，乃弃尧舜禹汤文武周公孔子而学之于彼，则可耳。我尧舜禹汤文武周公孔子之道，又何如哉！解之者又谓：佛、老之与孔子，其道同。仆又惑之。夫异，则去此以就彼，宜也；若其同也，直学之孔子足矣，又何必佛哉？

今足下虽缁衣，每与仆言，皆圣人之学，未尝一字及于佛。然与仆言则圣人，其在灵岩与诸佛氏之徒言亦圣人乎？亦圣人之言，是居佛之居，縠佛之縠，职佛之职，人佛之人，而奋其干戈，以与相向也。与之相向，必不能居其居、縠其縠、职其职、人其人，则必不言圣人矣。不言圣人，而与仆之言，则又必于圣人，其为足下之言者，难乎哉！

或本学圣人之道，而于佛之地姑言佛；或本学佛，而于仆姑言圣人。不然，或学佛于在灵岩时，学圣人于不在灵岩时。又不然，一人之身，有一学佛之心，又有一学圣人之心。学成之后，能不谬于佛，又能不谬于圣人，诚与、欺与？专一与、杂乱与？

有人于此，适万里之远，求其周行，坦然向去，未有不到者。乃顾望东西，荒莽驰骤，虽穷奔白首，何有了时？故温陵李氏，甘心左道，宁诛死而不敢窃名于圣人。其意以为，已得罪圣人，而又得罪佛，是终其身无成也。若是之定志，圣人之所取，而惜其用之于佛。以足下之贤，岂温陵之比；然独不能为杨朱之泣，则亦何哉？

且足下之于佛，有见乎、无见乎？见之矣，是乎、不是乎？考亭氏，外佛之学者，谓“其精者，我已有之；其粗者，则我之所不屑道也”。“我之所不屑道”，以言其粗者，是也；若“其精者”，亦彼之所谓“精”者，安得等之于我，而谓其我之已有之？夫讨贼者，必知其贼之所在，而后乃发兵讨之；佛之言，亦云然。或知其贼之所在而不讨，与不知其贼之所在而讨之者，其罪倍也。今之贼，盖知之焉而不能讨，则亦已矣，又反为贼；反为贼，则亦已矣，又掩其为贼之名，而曰“我圣人之徒也”，其谁信之哉?!

当今之世，数天下之贤者，必不敢后足下之名；足下于天下之贤者，亦不肯自后其名。乃顾瞻于圣人与佛之间，使天下之人名之以“圣人之徒”，则佛名之以“佛之徒”，则圣人孔子曰：“执御乎？执射乎？吾执御矣。”足下何执乎？

仆文字人也，圣人之道，本无所窥见，然不敢为无本之学。每读眉山长公、王荆公之文，未尝不叹服；而以其沦没于佛，则恨之，随弃去。今佛之蔓滋，甚于往日；学者之悖叛，又甚于往日；吾道之晦蚀，抑又甚于往日。虽吾之道其晦蚀，不关系于佛，然吾徒不能守之，而又逃之，其贤如足下，则又依违焉。呜呼！岂其然乎？仆之与足下，罪矣！然其言妄乎、否乎？愿有以复我。

◎纵横之文，难于诚实；透出之文，难于刻入。如此大篇，犹难。砚斋真旷代才也。

◇温陵亦自心服。

◇可补考亭未尽之论。

◇辨析曲尽。

嵇永仁

留山，匡侯，江南吴县人。《留山堂尺牍》。

索梵林画

昔先中散避难亳郡，土人名其居阯（古同“址”）为“嵇留山”。仆虽无山可留，还忆巢由未尝买山而棲，则游屐所至，何处非仆之青山乎？仆近字“留山”，以此。恨无王右丞手腕，写《辋川图》，流传千古。然而知己命意，或能暗合山川。敢求梵师，以绘风绘水之手，点染峰峦，门前五柳，井上二桐，依稀茅屋，彷彿竹篱，位置一披发读书之野人，又不啻赠十万买山钱也。

◇便逸。

藏弃集卷之三

宋懋澄

幼青，江南华亭人。

与蓝痴

丈夫遇世不平，片时只语，转祸成福。如作传奇，一过便了。使经年动气，便令元亮促眉。

与白大

我于女子，不能忘情，亦不能久癖。譬如黄鸟，山中逢鲜花荫木，辄税羽施声，须臾便翻然数岭，心境两忘。得大舜衫果之意。

○无罣碍语。从来英雄，谁能打破此关？

龚鼎孳

孝升，芝麓，江南合肥人。《三十二芙蓉集》。

与唐耕坞

片飘（同“帆”）河上，折柳情深，浮云为之四驰，白日黯其欲堕。一别之后，便尔各天，中间榛棘牵衣，风波满眼。幸仗知己之庇，以秋仲抵国门。一落缁尘，双眼欲塞，无论笔墨之缘，萧索谁语；即荆、高酒市酣歌击筑，亦阒其无人矣。

入春以后，人事稍减，尚拟闭户却扫，粗理旧业，以无负诸子北山之盟。惜此间无同心，互相商搉，迪我未能、匡诸大雅耳。

◇河梁之后，得此凄断。

寄邓孝威

长安寥落，同人雨散，菌次长贫，圣秋善病。草土残人，长斋杜门，生趣都尽。而珠桂之累，时来侵迫，如空山老头陀，尚欲开堂接众，苦可知也。久不获通讯知己，非缘稽懒，忧患之馀，笔墨既废；而亦以日日乞归，谓故山聚首有期，剪灯听漏，胜于鳞沉羽浮耳。不自意枯树寒灰，起之病颣，责以驰驱，诚惧末路摧頺（古同“颓”），贻羞同志。何以教之？

◯眼前语入其手中，皆成雅丽。

复胡彦远

井梧一叶，秋到长安，夜雨怀人，依然春月松关之梦。正不知故人遊屐，尚滞风尘，虽仆之羁绊，命驾难期，而音驿寂寥，宁非恨事！

忽披尺素，忻欢弥襟。末俗滔滔，友朋道尽，不意深情至性，四海一知己。晚合于长安酒炉，漏永灯青，竹床药灶，时闻太息，如对古人。乃至殷勤芳渚之缘，料理白头之约，知其身絓世网，而心托青霞，似曼容薄禄之非虚，谓子光结邻之宜早，幽贞高韵，映拂霄宇。此中人语，固非缟纻所能喻，亦金石不尽宣者也。方托兴于抽簪，遽蒙恩于弄印，控辞不可，肩任殊难，终惧无补苍生，惭负良友，拄笏西爽，时时遥呼江东季鹰耳。

秋岳、圣秋，暇即过从，啣杯叙心，均切停云之想。作书及此，漏已二十下，秋月乍霁，云物甚佳，搔首青天，星汉迢迢，如见我彦远也。

○清婉隽永，饶有远韵。

答朱近修

姜子子翥，潘子双南，从巢湖破浪相访，手出足下书，披情真素，抒怀散朗，读未彻，如见近修矣。

近修之诗，向固尝读之，谓非汉魏、初盛不道。今把读全编，复包括古今，不规规乎一家之言，则自道性情，极诗之变化矣。古文词读未终卷，史论尚矣。其诸大小文，顿挫曲折，皆意到而笔随，窿隆诘屈，句廉磕触，靡不澹宕摇曳，以抵于适得所止而止焉。至于自写数十载之行藏，山巅水澳，僧庐茇舍，饥寒偪侧，瘦妻弱子，真啼强笑之情状，或偶有记注，忽留千古之是非；或典册高文，不遗渔樵之琐屑。文益奇而格益变，格屡变而情迭出。庄生云“天籁”，靖节谓“称心”。竹肉之传声，化工之貌物，庶几似之。

夫风水相遭，至文成焉，正以二物者，置之方圆、委折，罔不笔肖。故古人谓“天下文章在是”者，真也；真也者，文之所从生也。文之至而适得其真焉，为可堂之谓乎？辄因二子而偶陈所见，或不同于世人之知近修也。

○淋淋漓漓，透过纸背。

○字字秀上。

许　友

有介；更名眉，字介眉，又介寿。福建侯官人。《瓯香馆集》。

与林铁崖使君

春雨膏腻，柴门阒寂，每到黄昏以后，檐溜灖灖，碧桃垂丝，开落古巷墙下。废卷而行，百思无着。此诗怀人恨事，迬迬（古同“往”）生焉。

适高子云客走银鹿，胸裹一束败纸。拆其函，朱丝小格，书累累若篆籀，蝇头蚊足，文奇事险。细读之，为先生赋侍史邓猷《絮铁行》也。先生向以情义自持，故所遭奇，宜也。余奔而谓高子曰：“夫铁与絮相悬，不啻万层。义之所至，情之所移，遂使絮无异铁。”高子曰：“嗟乎！究且铁化为絮矣。絮不自知其为絮，妄与铁抗，铁势终衰，不复作坚意。”余曰：“不然。是絮化而为铁也。絮之者，铁汉子也。使絮而非铁汉子也，焉能以肤体而絮铁也？”高子曰：“然。铁、絮合而千古之谊存焉，今而后知竝心一曲，马尾截玉之不诬矣。”亦附一诗请正。

〇铁崖被逮北上时，铁索盘项间，苦寒相触。侍史粤人邓猷，左右手日夜互举，勿使加项；又裂衣絮铁使温；不得温，又引肌体温之。凡五阅月。使君见放，猷当归，猷竟不归，与使君棲迟湖上者数年不忍去。同人义之，为赋《絮铁行》。

罗　燿

星子，江南江宁人。《诗虎堂集》。

答胥荐公

三晋归，萧然无藉。适承来谕，深契鄙心。前抵白洋淀，寓一茭室，题曰“譬斋”，自是坦然矣。“三譬”之说，虽出诙谈，实寓至理。持以自处，得失穷通，咸可齐致。盖况而每下，何往不适？足下慰我，视我之自慰何如？

施闰章

尚白，愚山，江南宣城人。

与彭禹峰

长安尘土中，忽见中原伟人，诸子逡巡，髣髴虬髯客值李公子时也。此道广大精微，无所不有。温柔敦厚，诗教也。近日北音噍杀，南音浮靡，历下、竟陵，遂成聚讼，可一抚掌。

弟才本弱劣，人皆目为清俊。窃努力为沉郁雄高之作，而不敢以矜气出之、躁心乘之。昨读近诗，皆洪钟大吕、金戈铁马之声。见猎心喜，辄拟奋臂大呼，当偏师一面，未审大将军收我否？

分手之时，夜阑酒困，仰天为歌，迨诘旦走笔追送，车骑已渡桑乾矣。公视其言虽不工，亦足豪也。顷与张、许诸君子班荆赋诗，酣歌屡夕，一时声动长安，以不得先生建旗鼓为憾。先生行矣，潇湘云梦之间，波涛拍天，鼓角动地，风萧马鸣，极目万里。于此时横槊磨盾，短歌见志，即不及曹氏父子，当虎视王粲《从军》诸什。

南风之便，幸不惜双鱼，以开蓟北愁颜也。寒曹如冰，致缺晨待，言之只增愧悚。

〇予尝笑谓禹峰生来体大，饮酒量大，赋诗胆大。禹峰闻此，亦自抚掌。

〇意致亦似建安。

复顾见山

九疑在几席间，获戾不少。硁硁如故，甚矣愚山之愚也！

佳什直逼古人，公馀多暇，当更努力精进。剥去近今皮毛，不必尽求好看，便是杜工部堂奥。此语不敢为时贤道，年兄必深知之；而弟复云尔，实恨有志未逮。当今同调如见山，亦安能多屈一指耶？

寄余赓之先生

历下山色抱城，泉声满郡，差强人意。兵燹频仍，书籍灰烬。所问济南先代旧家，如李于鳞、边廷实、殷正甫辈，子孙存者绝少。殷氏诸生一二，边氏无读书者。于鳞之族，止一童子李潆，已青其衿，且碑于鳞之墓，为文以祭。祭之先一夕，梦五丈夫皆古衣冠，伟然见过，若言谢者，而以黄纱笼其面，未通姓名。及造其墓，则五塚，盖自其先三世及李驹墓皆在焉，则五丈夫也，为之惊异。若许殿卿，则后人不可问矣。临清谢茂秦亦然。百年之间，凌替至此。盛名难居，馀泽易斩，良可叹也，亦可惧也。

◇幽感灵通，实有此理。

◇在昔李、杜已然，可为浩叹。

与同门李嵩岑

缙绅先生行古之道者，年丈一人而已。行至高，谊至笃，而官辙独远。天之待素心有道，类如此矣。然居官恬淡寡欲，至断酒肉，作苦行僧，亦复何地不可？才足理剧，而廉不爱一钱，虽荒服蛮陬可格也。苍梧弟所旧遊，山川云物，足以愁人，而不甚苦瘴。夏秋骤雨后，岩洞鸟兽百物之毒，皆流入江水中，慎勿汲。有冰井泉，独甘洌，以元次山得名。余尝就而饮之，作《甘井行》，忘其身在岭表。此足以濯尘缨、沃清吏矣。

○似子瞻小品。

寄丁药园

记单车出关时，遣致不腆，得报书，读之肠裂。及遊武林，与尊仲氏谈谳，怅望朔风，愁不可耐。不谓北辕复返，既得为中土人，又得濯积尘于西湖上。此乐泠泠转如蓬岛间事，虽累重费烦，不啻蚉（古同“蚊”）负；经营过此一劫，抱膝支颐，长吟朗咏，百城不与易矣。

夫鸩毒积于晏安，智慧生于忧患。古人之能所不能者，皆其堪人所不堪者也。吾兄啮雪边陲，累易寒暑，其诗之啸风雨、泣鬼神，当视昔过倍。老杜《出塞》诗，臆度语耳，岂能与身亲者絜痛痒哉！

弟辱有草木之臭，数年来亦曾有句见及否，便中幸示一二。顷病且益拙，捉襟露肘，不能助万一。结友如我辈，所谓“缓急无足恃”，真鄙人耳。士贵知心，要之皦日。戋戋为寿，其郁积诚不能自陈也。

与陈伯玑论景陵

往读《伯敬集》，不数叶，辄掷去。譬如体羸人，不敢尝苦寒药，恐伤元气也。昨承寄到，适在笱舆中，更无他书，遂至读尽。其文良胜诗，宁不厚不浑，不光皝，不周详，而必不肯俗。其手近隘，其心独狠，要是著意读书人。可谓之偏枯，不能目以肤浅。其于师友骨肉存亡之间，深情苦语，数令人酸鼻，未可以一“冷”字抹煞。史论诸篇有别解，笔力从《左》《国》、秦汉中来。次则题跋铭赞，蓄意矜慎。其序赠之作，稍涉泛滥，毕竟为应酬所累。韩昌黎一生赠序文字，仅十馀篇，洁不惹厌，又是何等辣手！

大抵钟伯敬之集，如橘皮橄榄汤，在醉饱之后，洗濯肠胃最善；饥时却用不得。然当伯敬之世，天下文士，酒池肉林矣，那得不独推为俊物？善读其书者，心目中尝存一严冷不屑之意，其去俗自远，不数读可也。伯敬谓后生学中郎不成，不如学于鳞；吾兄又谓近人学于鳞不成，似不如仍学伯敬，并是救时之言。诗岂从二家出？舍二家宁遂无诗？真能诗文者，华不俗，清不弱，别有本领。今之为诗文，所谓“不诚无物”也。曹能始非远胜伯敬者，评伯敬“清而有痕”。伯敬力辩之，而不能逃此，又于鳞所谓“天实生才不尽”也。兄固好饮橘皮橄榄汤者，走笔报贶，或以佐下酒物亦可也。

◇伯敬闻此，心折目瞋。

○动开口詈竟陵者，当闻此公允之论。

又

前书谓伯敬文字，止是不肻（古同“肯”）俗，此“俗”字勿轻看。今人之所谓波澜光燄，结构事实，以为必不可无者，高眼看之，总是俗处，愈好愈俗。古人文字，不轻易讨好，好在其中。近惟晴鹤翁晓此，下笔又不易言，非好学深思，清浊总无着手也。

《青原昆卢阁记》，前嘱其勿遽刻，乃竟灾石矣。闻之闷甚！速语公霖，其志铭稿，且藏之；文集序，亦不必太忙。虽伯敬志魏太易，其文非可必传，而伯敬谓“必诚必信，勿之有悔”，盖慎之也。弟亦待心清气定时，斟酌无憾，正为报石庄先生地耳。私心且不欲与伯敬比，但恐志大才踈（古同“疏”），未免为闻者掩口，一日尚存，不敢废学也。

卢象昇

九台，江南宜兴人。

寄训子弟

古人仕、学兼资，吾独驱驰军旅。君恩既重，臣谊安辞！委七尺于行间，违二亲以定省，流氛未静，艰危备尝，此于忠孝何居也？愿吾子弟，思其父兄，勿事交游，勿图温饱；勿干戈而俎豆，勿弧矢而彝鼎。名须立而戒浮，志欲高而毋妄。殖货矜愚，乃怨尤之咎府；酣歌恒舞，斯造物之僇民。庭以内悃愊无华，门以外卑谦自牧，非惟可久，抑且省愆。凡我子弟，其佩老生之常谈；惟吾一身，自听彼苍之祸福。

寄训室人

余为官一十三年，历部郎、郡守、监司，以及治郧抚楚，日惟国事苍生为念，不敢私其妻子，未尝有负军民。室鲜冶容，身无馀物。今任讨贼，艰苦万端，成败利钝付之天，毁誉是非听之人，顶踵发肤归之君父。惟愿作吾匹者，体吾心，以媳代子，笃其妇规；以母代父，敦其家训。务使两亲娱于堂，四稚习于学，吾愿足矣，他何计焉？时大寇西遁，督旅入关，寄此相勉。

答陆筠修方伯

今日居官，何啻堕于九渊！不佞兵马之厄，与门下钱粮之厄，其劫数真堪比隆。乃不佞又以兵马而兼钱粮，举数千万如狼如虎、张牙露爪之徒，环伺于饿佛之一身。此佛既未能脱胎换骨，尚在人世间；又未能投体舍身，依然活地狱，其苦可名状、不可名状乎？观此则丈所处，尚在九天，清恙宜霍然，归心宜淡然也。天之生才有限，以丈品识经济，定不令之逸，而令之劳；今日劳以中原，他日将劳以四方，其劳渐久而且甚。时事固然，是用为吾丈解，幸毋我迂。

◇当时景况，可悲可泣。

张可度

季筏，罽筏，江南江宁人。

与周减斋

高、岑、王、孟之诗，无一字不脍炙人口，然皆一往而尽，一丘一壑，耳目易盈。若少陵则千岩万壑，云霞生焉，虎豹伏焉。陈继儒尝题杜诗后云："兔脱如飞神鹘见，珠沉无底老龙知。少年莫便轻吟咏，五十方能读杜诗。"亦道得一半。

胡玉昆

元润，褐公，江南江宁人。

留柬减斋

真意亭中，草深一丈，几如败寺退居。然小池空碧，远岫间青，荆簾木榻，茗椀炉香，亦自消受不浅。此人之所弃、天之所留也，先生固安之，仆亦愿先生安之。

〇老友衷肠，曲挚如见。

罗孚尹

瑕公，江南上元卫人，永阳籍。原名光玺。《箨壁稿》。

与减斋

不佞生长下里，所谓垣规瓦压，无出头时，顾独好作诗。今老矣，贫病侵寻，且日手一编，揣摩涂乙，家人谇语，付若罔闻。客秋有感于先生之言，"此事须自己生前料理”，遂似石坠怀间，日夜思量，芟繁就简，刻成小本，多寡只在道州、东野间。然已如造阿育王浮屠，材具易办，舍利难求。刻已又思量多买陟釐，便如铁门限八百本行世；却又似辟栈道、通西南，既无长卿之难蜀，又少博望之凿空。恐此生终无满愿之日，而况为吾亡友，现丈六金身、光明相好者哉？呜呼难矣！

张子晋兄，名潜，别号曲林，华亭人也。住东门外，环堵不周，苦竹无烟，常卖字、卖文、卖画，以供朝夕。所著诗篇，根极理要，敷愉自得。时笑谓仆曰：“呆子愿以糟粕腐气，作十里雾，埋杀世间学钟、谭者。”即所尚可知已。廿年以来，颇惠长笺，动至溢幅，洋洋洒洒，不馁不矜。仆已背成小卷，特录呈数首，使呆子姓字，稍稍见闻于天下，而后从容为曲林著作计，未晚也。然其年已六十五矣，危哉！

○瑕公诸札，亭亭秀出。

◇语趣。

与无怀道人

开甫以孑然一身，走雁少猿多之地，茅屋几椽，沙照妻孥之色；竹篱半曲，雪埋釜甑之烟。二十年老友，将何以为情也？

○秀色可餐，大似晋人。

与冯若采

楼居受用天气，看春夏过接处光景绝微。

○二语抵一篇诗序记。

与竹峰

寇氛未靖，生死之外，又添出一重生死，所以久离法席也。嗟嗟！生死反手尔，安得一重之外，更有一重？假令一重之外更有一重，则千重万重，有何休歇？

某俗子耳，前偶读天童书，颇有自觉轻快时。闻老和尚在渠堂上，亲吃一棒回；不识于某轻快底，有同有别么？

◇无限枝蔓，皆从妄想生来。

与卓莲旬

从虎踞一带，到石城门，驴背上听蛩吟四埜，真古人所谓“虫思草无边”也。华严无边世界，径从耳孔里现出。

〇别有会心。

又

弟新居之中，无华堂而有净榻，无夜读而有朝梳，无花饮而有竹饭。

〇秀句可摘。

又

十竹俱活，对坐翛然。念我莲旬，仅以二物持赠，政如泥蛙拱立，从天谢雨。

又

对大江而饭，胃气达目，眼山川则腹豁谷，饭比常加倍。古人以乐侑食，能有此江光石韵、松声竹响耶？

〇袁六休有云：“名山如药可轻身。”此更以之作平胃散。

与丁菡生（《致江上数峰》跋）

弟偶畏小女之挽须，偷坐一处，虽去家不一里，无残纸笔墨，遂以硃题数语于卷末，取报命之速也。佛头著粪，弟决不敢当，聊于佛脚下效虫鸣可耳，又何知华藏海之广大乎?！贵体违和，想不得之江上数峰，得之闺中三艳耶？一笑。

又

见潭边美人，吃饭濣衣，皆用荷风，未免生妒，可奈何?！

〇引入浣纱溪头。

又

庭壁加垩，非饬（古同“饰”）观也，以妥此君之影也。盖爱人者，必兼爱其影，如汉武致李夫人之魂，黄鲁直设东坡之像，如是而已。

与罗元玉

吾辈作时艺，如业屦然，屦无十日之寿，而业之者亦只计其售尔，不问之十日以外也。作诗、作古文词，若铸宣铜，虽售只一时，而作者之心，则无有不欲其久远者。

〇俚喻，却极有会。

徐菊知

若瑟，淡止，江南上元人。

与赵止思

选词复上，大率情致婉丽，似春莺唤柳者，则甲之；气味高古，似秋鹤闻空者，则乙之。此亦“女郎晓风残月，将军铁板唱大江东去”意也。

〇欧少丽语，苏多壮调，《花间》妙手，所以独推秦七。

吴宗信

冠五，江南休宁人。《履心集》。

与周园客

白门为风雅渊薮，官其地者，咸爱与布衣遊。布衣之士，往往傲兀于公卿间，不少为脂韦乞怜状。仆尝闻文太青官南光禄，署国子、鸿胪、京兆四篆，一时风雅之士，趋之如归。傅远度，秣陵诸生尔，有诗云“纱帽山人文太青”，当时艳传之。

今日官非太青，客非远度，词人墨客，一见乌纱，摇尾乞怜，无所不至，无怪乎乌纱视此辈为奴隶也。与其见面而轻，何若使之闻声相思？某公虽颇有爱士之名，吾辈不可不有以自处。

◇标致语。

◇劝得此辈回头，功德大似须弥。

与靖公

昔日遊此地，荒凉风味，如嚼谏果，久而自甘且香。今与乃公遊，正是日暮途穷，不得不倒行逆施耳。

与吴介兹

人心非复混沌不可。何以言之？傀儡亦作聪明，天机泄尽矣，若何、若何？

◯数语中，有一篇议论翔褁（古同“裹”）其中。

代柬叶中秘

某寒士也，囊书从军，原非获已。不料捷径中，冒雨倖进，念此灵枕，鼾鼾睡去。梦理难明，孰吉孰凶？先生知我，几时报我黄粱熟耶？某谨奉教。

代谢刘秉三先生荐幕客

苦为蟠冗所刺，求与老年翁片晷闲话不可得，烦衷胜于溽暑矣。昨者有致弟言曰："此间非做官，实当官。"斯言酷肖。弟受事未及两月，回视当官之状，如一部万病回春药方，无所不载，究竟于医罔效。顷承翰教，知老年翁爱弟之深。相得益彰，弟岂无意？第念针毡难以久坐，又何敢借捉刀人为床头生色哉！风月而思玄度，容有待，何如？

失　名

答方孩未侍御

某天下庸靡之才也，出不足当一虫之吟，归不足当片鳞之伏，而执事期以集梧，望其致雾，不亦左乎？然既奉高贤之诲，谬托清流之末，以为方处驰骛不足之时，自当黾勉，获济所期。若审分知难，则裁桑剪术，绰有馀裕，何可浮沉户限，为阳鱎秃鹫耶？

夫人能弘道，圣哲所希；遵养时晦，英人所哂。尊教所云"深觅难窥，惟庸藏拙"之语，此直蚯蚓而窃沃土者耳，乌睹神龙哉？自古似无此木偶子房、刍狗文若也。当今世路鸿僩，师济盈庭，然而节著维清，才称英绝，仰君宗于圣朝，保艰贞于秕政，如执事与青涧，可以为国家奏康济之勋者，亦少概见。而青涧仅登启事，尚阻弹冠；执事盘桓山谷，非熊未梦，岂治平之有待耶？胡其濡滞也！圣朝侧席，昇平不远，搜遗老，求旧学，以润饰太平，舍执事其谁归哉?!

〇体气高妙，似孔文举。

答夏邑彭孝先

某历落踈蹇之士也，艳情古学，而未尝钻厉；倾心壮图，而不改弱劣。行年及立，自顾茫然。如足下谬採浮声，奖其赘行，此如家有和璧，而勤问碱砆。使石能言，能无惭负耶？远承尊公喧慰之诚，又辱足下绸缪之论，言念音徽，增其菀结。

读所寄文，冲深雅练，辞意兼长，抽拔妙实，竟日弥永。鄙意尝以作文之旨，径情取达，则寡抑扬之致；委折持态，则鲜雄峭之气；采饰为工，则以涂泽见诮；虚素成体，则以伧朴被嗤。要使曲直互理，文质错陈，运用之功，亦非轻造。足下之才，固是超乘而上。以足下爱我深，故录其平日之言，冀有独得之论，嗣教不远，发我蒙覆耳。

◇挚虞《文别》，钟嵘《诗品》，辖字束句，寓目写心。

答胡学博

再辱赐书，谬以风雅之任，见推下走，弟怦怦焉震其说。然鄙志所属，敢为知己道之。

国家右文之化，几三百年，作者间出，大都视政事为隆替。孝宗圣德，俪美唐虞，则有献吉、仲默诸子，以尔雅雄俊之资，振拔景运；世宗恢弘大略，过于周宣汉武，则有于鳞、元美之流，高文壮采，鼓吹休隆。当此之时，国灵赫濯，而士亦多以功名自见。至万历之季，士大夫偷安逸乐，百事堕坏。而文人墨客所为诗歌，非祖述长庆，以绳枢瓮牖之谈为清真；则学步香奁，以残膏剩粉之资为芳泽。是举天下之人，非迂朴如老儒，则柔媚若妇人也。是以士风日靡，士志日陋，而文武之业不显。

贵乡钟、谭两君者，少知扫除，极意空谈，似乎前二者之失可少去矣。然举古人所为温厚之旨，高亮之格，虚响沉实之分，珠联璧合之体，感时讬讽之心，援古证今之法，皆弃不道；而又高自标置，以致海内不学之小生，游闲之缁素，侈然皆自以为能诗。何则？彼所为诗，意既无本，词又鲜据，可不学而然也。

夫居缙绅之位，而为乡鄙之音；立昌盛之朝，而作衰飒之语，此《洪范》所为（通"谓"）言之不从，而可为世运大忧者也。弟慨然欲廓而清之，学既荒浅，地又卑薄，不能为乘高之唱，一返正始。今天子绍启礼乐，以应缉熙，斯道之兴，可日而待。以足下之才，主盟坛坫，弟敢不奉敦槃以从事耶？辱承下问，故忘其愚陋，妄为之说。

○持世之识，经世之文。

○鱼肠犀甲，炮击龙骧，使操弱旗靡戈者，作壁上观。

○引批景陵者多矣，独此壮采宏文，探源星宿，如太原公子裼裘而来，自令望者色夺。

答黄仲霖

经生家言，既弃去，当让后生。弟作诸生时，便不甚道也。足下举笔，恐不能免褒刺，俱是雁行，易生嫌恠。此甚细事，可听人碌碌，足下其亟罢之。弟非瞻顾宦格，实处己之道耳。

尊教所谕两生，窃坛坫馀光，刺刺不已，弟久已厌憎。然自有天地来，不能绝此种如青蝇。然不使其集衣噆肤而已，若与相逐菁溷间，举手便秽。自古名流，不免此一段拖沓耳。鹰鹯之逐，尚有大者，张网何人哉？愿与足下相长益，弗怪其诞率也。

○又雅又脱，不是印板晋魏。

与夏彝仲（时夏为长乐令。）

两接声问，兼采流传，知足下为政精勤，振颓剔弊，虽古之循卓，何以加焉！然某窃有一得之愚，献于左右。

盖古之言治道者，曰："为政去其太甚。"又曰："一张一弛，文武之道也。"方今法度凌彝（夷），风俗险诈，岂能以结绳革嬴秦之绪哉？然方今之势，如人有七年之病，必宜舒徐涵育以起之。若欲以三年之成，责于期月，虽仲尼有所不能也。且物来无穷，而我力有限，以简御烦，则无挂漏之患；以逸待劳，则鲜疲竭之忧。是故宓子贱之弹琴，名不损于巫马期之戴星也；平阳侯之清静，治不减于武乡侯之综核也。

足下负非常之才，固当试之盘错；然要当使力常馀于事，不当使常馀于力，迺为可久之道。夫操履洁白，士人本行。然清之实，不可不勉；清之名，不可不避。古人所谓"清畏人知"，乃保身容众之要道也。贪黩之人，非唯好利，亦且嫉善，犹盗憎主人也。立乎桑濮之间，而哓哓告人曰："我共姜也。""我伯姬也。"彼淫者必将群啸之、谤污之而后已焉。夫廉犹白璧，然不善藏之，苍蝇营营而来矣。

若夫诬讼越告，律有明禁，然而不能尽绝也。舍郡县而上诉，我固曰："使我不得治其民也。"下之所深疾也；绝其上诉之路，彼亦曰："使我不得治其民也。"亦上之所深恨也。至于官局有守，如农之畔焉。若勘别邑之田，理别邑之讼，此鼓怨遭尤之道，断断不可受也。孔称"不谋其政"，正谓此也。

○于古法中独见跳脱。

与戴石房

高秋萧瑟，病在荒庐，玉札见投，启函神远。鄙方歌《蒿》，君复悲怙，何天降割，适同其运哉？吴会、云间，舂粮之境，晨炊暮铎，隐辚烟树。乃敝邑则僻壤，而珂里固名都也。弟今年三适吴矣，而未闻足下亦在苫次，生刍杳然，弟则非人哉！

忆曩时受知京山先生之时，皆在英妙；今来屈指，十有三载。白日如驰，冉冉将暮。足下英姿伟度，犹为叩牛抱膝之歌；弟则行将簿书之役矣，寂寂笑人，何以自遣乎？

足下弘我以大道，进我以喆人，任重道远，岂蹇足所届？要之，其人自有天授，非可强也。古命世之士，必弘毅渊默，不为人先，而弟轻躁好议论，一不似也；必宽深不测，外物不能动之，而弟性多愁激，小物玩志，不能移情，二不似也；必沉幾先物，四应不穷，而弟迟缓寡智，每多事后之悔，三不似也；必广大博揽，弘收众长，而弟疾恶太深，不能容物，四不似也。

石斋先生尝指弟为“有规简之叔夜，无锋棱之文举”，此皆古之英人俊士，弟何敢当！要其形似之间，不过此辈后尘耳，安能等而上之耶？惟俟学问稍充，渐弃其骄心惰气，于世少有见闻，然后退而匿影，读老氏之遗经，拜庞公于床下，庶几得足下所云“浮云物外”耳。若方驰骛而默悟至道，此圣人合内外之学，非浅语所敢期也。足下既负大略，又通宗趣，必有身世咸宜之用，幸有以教之。别谕已命之傔人矣。

◇情似婉而愈笃，气以郁而弥芳。

◇寒暄如此，真为丽则。

与张庶常

漳浦之狱，元老保全善类之心甚笃，此足下左右之功也。昨已持笺伸谢。但此时圣怒方深，进谏之方，解释之机，元老必有妙用。鄙意偶有所及，敢为商之。

大凡进谏于君者，惟申救最难。盖人主所最恨者，人臣之有党；而申救者，必将称人之善。是故称其忠良者，必以为护私；称其直谅者，必以为翘过；称其枉抑者，必以为市恩。自古纳谏之难，而因谏以相激，至于不可言者，比比是也。况执正道、奋谠言，与人主争曲直者，谏官之事耳。至于大臣，当从容讽解，使人主之意渐释可也。

昔李元礼等系狱，陈仲举上疏力争，盛称其贤，而并仲举策免，东汉之祸，遂至决裂。宋神宗时苏轼下狱，吴充力救未释，而王安礼以微言解之。夫盛怒之时，遂折其意，未有能胜者也。以可居之罪归人臣，以有馀之地处人主，则其情易动，其气易平。

今主上之深怒漳浦，疑其聚党植私，为海内倡率耳，但当乘间言。某生长山草，孤介寡合，素无交游之助；特其文章，时为人所称说，一时朝士，见其守清节、有文名，群然惜之，于某实无倾盖之雅。若罪之，无益，而重疑天下之心；赦之，益以见其圣度之大，而群论自息。至于供引牵连，出于舆隶之口，恐不足据。如此则上意未必无转移也。巽言纳诲，以默回当宁，机不可以预设，然大旨不出于此。

弟之鄙塞，非足以上赞渊深；而不避其辞之繁者，拳拳之怀，不能自已也。不敢具书以渎元老，谨以商之足下。

○极正大文字，持论、行笔，渐似欧阳公矣。

◇格心引咎，大臣妙用。

◇中间代作一魏晋小疏，是何等开阔。

上黄座师

前读大疏，及得彦升书，知吾师东山之志弥确。在今日观时自处，自当以此为正，稍为舒徐，再理前请耳。

某前有弹冠之言，而后有搴裳之论者，大君之知遇，当报之以有为；执政之恶声，当守之以不辱。吾师所以持之甚坚，而寡识者，有薮泽之视也。主上不世之圣，名世之生，又岂偶然？舍我其谁，可以自信；翼亮之勋，吾师度内事耳。运机通塞，不爽旦暮，其如苍生之汲汲何?!

○尺牍中言朝事，前辈中极多，而不能如此英卓。

金　彩

字贯华，江南吴县人。

与西林

流光迅速，人寿无几；世事无常，顷刻变幻。一簾之外，与我公看尽世人蝇营狗苟。

与升公

为儿子时，蚩蚩然只谓前亦不往、后亦不来，独有此身，常在世间。于是读《兰亭序》，亦了不知佳定在何所。殆于三十四五岁许，始乃无端感触，忽地惊心：前此犹是童稚蓬心，后此便是衰白相逼，中间壮岁一段，竟全然失去不见。而后咄嗟弥日，渐入忽忽不乐苦境。夫既以无法可施，则莫如付之度外，任其腾腾自去。何得将如此苦事，刻刻置诸怀抱，终日愁老以老、怕死而死也？公高朗，想不昧此语。

藏弃集卷之四

曾楚卿

元赞，福建莆田人。《棠坡集》。

答吴浮弋座主

邸中无甚佳况，但妻孥无累，僮仆甚稀，饭一盂、蔬一盘，坐度朝夕。读书之外，稍以馀力酬应，较昔年营营珠桂，似觉安闲。然病亦时作。可见造化于受用一路，绝不肯轻以畀人。人在世法中，决不能多取造化之赢数，以自厚奉也。

◇使人之意也消。

杨循吉

君谦，江南吴县人。

与　人

予观诗，不以格律体裁为论，惟求直吐胸怀，实叙景象，妇人女子皆晓所谓者，然后定为好诗。其他饾饤攒簇，拘拘拾古人涕唾者，亦木偶之假线索，吾无取焉。

大抵景物不穷，人事随变，位置迁易，在在咸然。古人岂能道尽，不复可置语？清篇新句，目中竞列，特患吟哦不到耳。

◇如此甚微，岂特清浅而已。

朱一是

近修，浙江海宁人。《为可堂初集》。

谢友人招入社书

仆自踬踪遐外，感悸时风，归隐濇溪，畊先人旧田，苟活八口，交游亲故，罕觏颜形。断木弃沟，不复可材；腐萤息草，恶能远燿？乃辱足下赐书，援入祠坫，不鄙卑废，许与同声，大良上喆之林，俾执鞭属鞬从事焉，雅意慇懃，甚盛、甚盛！

然仆僻痼愚衷，窃私有请。不知足下今日云云，求其实乎？抑夸其名乎？以足下束修自好，歌《伐木》，燕嘉宾，必实也，非名也。仆则恐恐，惩前谬误，同因噎废食之愚，不敢即前，猥以夸名，献规足下。

仆小时经书甫脱口，粗晓拈管，即从里中能文十一人游，日月省试，讲评津津。厥后稍辍，仆乃肇启观社，始七人，继十有六人。当是时，仆不知何气何声、谁同谁异，繄惟式鼓式儛（同“舞”）、将翱将翔，麟光豹文，炳炳子墨而已。若者实也，非名也。

及夫社书遐传，国门衒价，方州万士，群舌一称，谬齿微名，表树东国，人宗萩匠，忘形下交。于是声通六宙，友揖众流，高坛结盟，华堂列宴，河联百艇，路绎千舆，挽臂论心，薄云指水，罔不籍署仆名、座参仆席。其究文无半页，道托空谈，费掷货财，縻销日月，甚至借交压仇、估文掩慝，门墙分搆，水火交争，驾虚飞文，连类攘击，翻手俄顷，刺心终生，谤延同群，怨宿异日。

仆本公虚，靡所依附，风飚波动，萋菲不免。如不系之舟，当市河之冲，悠悠泛泛，宁有感召？而东西磕礅，来往嫌憎，若不引避，必至破碎没溺而已也。不宁唯是，究其弊，有难底极者。盖野之立社，即朝之树党也。足下不睹东林之害乎？万历中一二大君子，研讲道术，标立崖畔，爰别异同。其后同同相扶、异异交击，有好恶而无是非，急友朋而忘君父，事多矫激，人用偏私。始则正人开端，继乃邪正参引，后且邪人薮匿，而百不一正焉。即正人，不为邪用者几何矣？

道术流为意气，意气流而情面，情面流而货赂。狐城鼠社，蔓引茹连，罔上行私，万端一例。遂致事体蛊坏，国势凌彝（夷），局改时移，垣垒不破，害深河北之贼，罪浮东海之波。仆每观世务、溯祸源，未尝不叹息痛恨于先朝君子也。吾乡有高识者，谓仆曰："中国之大，亿兆之众，独无一物。"仆骇诘之，曰："人心耳。"为之发噱。呜呼！先朝一二大君子，讲学明道，其流乃至于无心，岂止老庄变而申韩，荀卿之祸沿为李斯相暴秦哉！

今日之事，尤多骇异。朝之党，援社为重；下之社，丐党为荣。官人儒生，忘年释分，口言声气，刺列社盟；公卿及处士连交，有司与部民接袂。横议朝政，要誉贵人，喧哗兢逐，逝波无砥，颠倒爚乱，蹶张滋甚。不唯汉衰党锢，召乱黄巾，将至唐季清流，祸投白马。谈之变色，听乃寒心。

仆躬在横流，鉴晰极弊，移风易尚，志有未能；推波助澜，义所不出。足下以出尘之上才，树特立之娇节，古堪尚友，归有馀师，亦何必置酒张筵，鸠群合类？嚣嚣哓哓者，未必不以夸名应也。伏惟不憎唐突，熟思而慎行焉，幸甚！

◯有鲍、庾之盛艳，间以晚唐孙、刘之笔，踵事增华，又为创获。

◯汉人能以文言道世事，此又加以奇隽，故是晋魏之长。

◯唐人最淋漓文字。

◯一代风俗之变，于此可见。

◇归断于此，一篇正旨。

与吴仲木书

刻事自醜文拙，又值岁俭，拯八口不暇，暇计千秋乎？吾辈学道，“虚名”二字，其为扰害，过于富贵嗜欲。未能即除，亦须渐淡，如负痼疾者，次第退去。若不自治，纵意以甚，其疾大不可也。

仆近日在万冗蝟毛之中，自反常若惘惘，惟此而已。牧云主法天童，别时，以不及晤足下为恨，欲在近地化供香积。太白山中，食指满万，但祈吾辈给饘粥十日耳。乞提唱诸同志，有以慰老人悬悬。当厄之施，岂直法门大护已哉?!

◇“虚名”原以对“实祸”，慎之哉!

又

从古以布衣客居、安贫乐道者，莫如邵尧夫先生。然考其终身行事，惟至诚待人，最近人情而已。司马温公居洛，依《礼记》作深衣幅巾，谓：“先生可衣此乎?”曰：“某今时人，当服今时之衣。”温公叹其言合理。人情之所宜即为理，先生诚不欲异乎时人也。其出行不择日，或告之以不利则不行，曰：“人未言，则不知。既言则知之，而必行，是鬼神敌也。”春秋祭祀，酌古今礼行之，亦焚楮钱。伊川怪问之，则曰：“明器之义也。脱有一非，岂孝子慈孙之心乎?”又曰：“吾高、曾，今时人，以笾豆簠簋荐牲，不可也。”合数者而观之，先生准乎礼，未尝不宜乎俗。

先王制礼，本人情以立极，渐降而为今时之习俗。习俗虽非礼，要合于今人之情，即可为今时之礼。君子但去其太甚耳，不必甚矫异也。故以楮钱之陋，亦随俗行之。近世士大夫，丧葬大事，多有行古礼者，人反讥其不伦，行之亦不久，究不能移俗。如先生所为，岂不至今无弊哉？

先生教子伯温曰："汝固当为善，量力以行之。若不量力，虽善，亦不当为也。"此语近年身试之，始知其妙。又曰："善人故可亲，未能知，不可急合。恶人固可疏，未能远，不可急去，必招悔吝也。"呜呼！世之有识者，不急去恶，或能知之；其不急合善，便谓求善不勇。要之，急合亦有悔，非深悉人情者，能垂戒及此乎？

又先生过友家昼卧，见枕屏画小儿行戏，以诗题其上云："遂令高卧人，欹枕看儿戏。"盖熙宁间也。《击壤集》中，遂不敢载。谨慎大都如此。吾辈略能诗文，往往轻率，每自惩艾，不能痛改。习气之痼人，总由学问未至也。

仆客居梅里近十年，岁月蹉跎，德业不进，且性质疏诞，多不近人情。读先生书，愧汗浃背。纪此数端，为知己告，用以自讼，亦欲诸同人广先生之训也。

◇可为今时人箴砭。

◇是《中庸》"素位而行"注脚。

与顾修远书

修远足下：自与修远高会虞山，距今八九年耳。事在转瞬，便如隔代。人生大都如梦，无如此梦最恶。之死而生，艰难奔窜，备极惊怖，急求出此梦，尚未得也。

仆性不喜禅，偶于被贼时，僧服脱祸，因而不改。生平又疾世人，凡事为其貌而亡其实，已服僧服，于是强学禅以实之。久而似有得，觉其理与儒近也。往时学儒，拘牵文义，竟堕云雾。今去而求禅，则反近。如繇旁窦得窥堂皇，但未入而处此耳。诚恐处此无日，所见犹虚，为儒为释，阅历终是梦境也。

间尝读坊本辟疆园诸书，知修远擅鉴人伦，为时衣被，其功甚大。从古人才，类有大君子为之鼓励主持之。故汉季许子将不废月旦，虽以曹孟德之雄才，得其一言，沾沾自喜。况修远雅望，什百子将，为薄海北面宜矣。

去岁过鸳湖，有求友者，就访于仆。仆曰："吾浮屠也，夫何知？必也修远乎！"其急见之，幸示以各地之英髦，力为鼓吹咸集，置大樽于中衢，使人皆满饮而去，真修远事也。

◇无粉饰自欺之言。

与龚在田仲震书

南湖别来，时序忽忽，陶分禹寸，惜之无从，双髩鬖鬖，唯有对镜叹老至耳。遗世之士，百务屏除，岂谓社事纷纶，犹复牵累。

弟生平最不耐试场拘苦，幸谢兹事，已八九年。梦中时复黑衣蓬首，鱼贯呼名，惶恐珥笔，往往曳白，不成文字。觉而悔恨久之。今日复言社事，是亦此类，盖白昼之恶梦也。岂秀才习气，本自夙生，至深极固，竟不能忘耶？

中夏与陆讲山期变此习，作文自诟，如释氏持五戒，断断不为。心绝不已而形于口，口不已而著于文，亦已甚矣。迺者浙西诸兄弟，通声十郡，就正宗工，以夙昔之故，强弟为介。弟不能坚拒，复布书代丐请。斯又沉沉入梦时耶？刘伶之断酒，陆机之忍笑，虽极禁制，卒于自犯，在田仲震且谓我何如也？

◇人人意中语，又复引入胜地。

◇隽绝。

尹民兴

嘉宾，宣子，湖广嘉鱼人。《蓄园集》。

与门人赵尔锡

诸作清扬婉洁，从崩山掀石之后，忽为汀汀泜泜者，水德之所以具神奇也。

◯造意简至，有一篇议论在中。

与李灌溪

乙酉仲春，见三昧先师于虎丘，约入玄墓酣之不果，距今十六年而始遂焉。夫气应志，若水应蠁，水有纡迅，必无逃蠁之才；气或动静，必无叛志之理。君子贞其志以俟气之至焉者，此其一端矣。世民若蟳蝣不语夜，遑知其他？

◇士衡《连珠》语。

示侄士顶

凡读文章，毋即逆故。易俗移性，行于不知之间。新者既昌，故乃散亡。

与凌苍屿

扬之水不流束薪，此言浅学之士，踬于细故。若使长津硕浪，岂以微梗屯流者？我辈当求其深广，以御卒然之冲。

◯格言最警。

与婿王原朗

既斋矣而又贪酒，以素弱无力之肠，储慓悍刚强之味，宜乎不胜而作疾也。人即牛首蛇身，总不为怪；惟一边人身、一边牛蛇，则怪矣。斋而又酒，此平分人蛇之身也。不如化条毒龙，身长三百六十丈，啖尽兕象虎豹之群，还有小小功德在。

○洞庭托旨，往往如是。

与马尔采

水能寒能热，变化其用，故能制火；火不能，故臣仆于水。今思变化之用，不可一法受制于人。

与门士徐叔子

金贯华，才与之语，如在闇室睹蒸烛之光，情变郁陶而发其喜矣。

与门士姚天遒

荆江终日行，不见一人，昏乎里道遐近。途有虎，缆夫愓，甫帆而楫，楫未热而帆，不可以一风治也。沙市奋盛，卒归苓落。天下未有盛而不苓者，苓即其盛。故瓦砾者，宫馆之馀也；罙(古同“深”)洼者，台沼之馀也；丘坟累累，士女如云之馀也。盛枯之相害也久矣！吾辈宜处乎漠，故无而不闷，有而不交。

◇正使子山《哀江南赋》不能出其模范，不能如此峭拔。

与申天石

时文者，往而不返之物也。鱼从河入江，则问江鱼矣。老夫河鱼也，将以何答江鱼乎？

与沈玄雪

天下几有登岳涉海者，而耳闻如是，心信之矣；未有以其不见，而遂疑人间世无海无岳者。此可以得仆与台下不见而闻之妙矣。万木方凋，雪霜交併，木亦不预知有萌孽之会也；而人知之，曰："某木以孟春荣，某木以仲、季春荣。"当此之时，木尚自疑，而人不疑木，知四时之气者定也。

◇只此一意，前后两证之，遂成奇观。

与释任菴

泉涌沙衍，鳞见于陆。庸夫居荣，乘水之壮也。

与友人

不肖五十五年，于今二三年中，始成诗歌，内乏雅德，体骨饥寒，亦安能为云霄海岳之吟者？顾孤愤酸辛之情，跳走不住，溢而成声，切而成韵。当斯时也，岂复计其和平温厚、起承转合，遵古诗君子之宪章者？昔华周、杞梁之妻，哀至不拦，冲为痛响，遂至感动地轴，堕陷城隅。令两女子自图其哭之善，营度口吻，以与十七八女娘竞其咽咽呜呜，则且不足以感鲁国之郊人，而况动摇天地哉！肤肉声鸣之外，夫亦别有存焉者矣，岂专柔润藻巧，而后始为天下之诗人乎？怀抱斯言，非足下不足以吐此，故略陈固愚，幸惟裁察。

◇人人首肯，人人颐解。

侯一元

二谷，浙江德清人。《江右稿》。

与陈闇窓

夏初严氏事起，勾稽至今，民为之敝。数月以来，日从诸公发堳坞之藏，纪胡椒之籍，盖中座憬然，追存于故友也。盖方其隆隆时，瓯江张子，独攘臂纵饮，醉睨其间，每谓其酒徒曰："此一场戏，竟当作何状下场？吾与君辈，方且观之。"嗟乎！今戏则下场矣，乃瓯江亦竟偃然不得而观也。昔人云："俛仰之间，已为陈迹。"岂不信然！以公知瓯江，故涉笔及此，不足为他人道也。

与彭教授

仆才不逮古人，平生藤萝之性，思自断割，以寡其过。

张大復

元长，江南昆山人。《梅花草堂集》。

与　人

太学生三万人，嘘枯吹生，坐召党锢之祸。故《易》曰："涣其群，元吉。"不涣不足以治天下。又曰："君子以同而异。"不异不得为君子。后生不解事，漫附清流，妄生气节，而上之人，又开衅门以召之。今日之事，吾未知所税驾也。

与季弘

夜来以足下论脉，殊悔十年不读书也。安身立命，谁切于此？世之君子，自谓"耻一物不知"，即浮屠、老子、外国之说，或能强记；而浮沉、迟数、尺寸之候，未有闻焉。偶沾一疾，举吾亲与吾身，付之脉者之五指。此寒此热，此死此生，彼是相持，而吾茫乎莫能自明其所以，夫与圈牢之养何择哉?!

与朱白民

吾等自是天壤间讨便宜人，即不敢自附清名，不可不谓之清福。如此受用，更一传、二传。倘带夹杂，基德荡尽，吾后世必有不可知之祸矣。教养子孙，甘心埋没，庶几小损愆尤，斯吾等今日讨便宜之上策也。

赵　宽

栗夫，江南吴江人，官按察使。

与杨君谦

读书了了，见古人著述意，自恨下笔不及。

〇他人不肯说出。

范允临

长倩，江南吴县人。《轮廖馆集》。

与王辰玉

别兄乃在霜寒木落时，今四月飞花矣。昆明池水，望娄江杳在天外；衡阳之羽，低徊不度碧鸡，顾安得帛书而系之？缺焉闻问，职此之由。兄得毋中散我耶？乃怀想玄度，时在衣带间，不必指点明月耳。

弟所居最号荒壤，二三青衿，椎鲁鄙俚，日对之作村学究面孔。又其地风气不常，人情薄恶，炎国冰山，倏忽万状。所言名花异鸟，奇水佳山，四时丽景，婉媚娱人，徒虚语耳。且去家万里，音信杳然。客夏一疾，几至不起，皮肉枯腊，骨仅支床，阎罗老子，以为无罪，幸免对簿。然为赵简子拉之而听钧天，实射熊帝所矣。

人生如花上露，奈何恋恋五斗，从荒徼绝域，以性命博一官乎？兄他日出而相天下，幸语主爵者，以此地为迁客戍徒，作一片圜扉可耳。方且风酉之乱，日苦兵革，不能悉之楮笔。露布一通奉鉴，读之知其状矣。

◇亦属常语，而风致异人。

◇八字，蛮烟瘴雨，如在目前。

范文若

香令，江南上海人。《博山堂集》。

与苏大尹

大都仕宦，亦系宿缘。同地同官者，有鱼鱼雁雁之雅；先后同官者，有鹈鹈駏駏之谊，非偶已也。鄮最小，而不佞累于鄮又最久，虱肠虮胃上，渔蚁网，佃兜玄，难哉、难哉！

当事者念马首之瘃，量移南曹，犹之归麋于山，放猿于谷也。泠泠乎掣韁锁而行，至岘山，问制鄮者为台下。夫以不佞之败于齐，蹶于越，诅于楚，纰缪不少矣。天方授楚，我有二天也。台下假之襆而覆我短，是美锦也。

昔者黄公，我准其绳而试之，未尝有所更张。我台下勿庸庸，勿贱贱。萧得曹代，鄮固萧之封邑也。邑褊而顽，彼无丝绣之德，我有并州之思。大絃小絃，以为我子，譬父老子弟，井里树间，不佞甚愧。琴床花部，台下百逾不佞，竚征黄矣。

勇役某等，南掉而随不佞之榜，旋北归而迎台下之轺，弗论其朴忠可使，此劳劳可念也。我之旧鸿，公之新燕，念之哉！

◯冷韵幽思，是一种品外异书。

◇妙句。

◇趣甚。

邓 韨

文度，江南常熟人。孝廉。

与 客

噫嘻！文之敝久矣。文莫粹于经，圣贤以其精蕴而形诸辞。辞可以已，圣贤必无事于作；作焉者，不得已也。诚知圣贤之文不得已而作，则文非载道而该治具、劝戒，可以无作；圣贤志之所至，而其文出。所谓“浩博而纯正”者，言之必有伦而不苟，陈之于世，灿然若引星辰而上也。其无所不究，贤者识其大，不贤者识其小，乌有支离泛滥、诡妄放荡，而不宅于理者乎？

三代而下，放臣、弃妇之词，读之尤足以兴感者，性情也。今之为文者，无古人之性情，与其所遇之时事，辞与意，皆以谀为恭，以泰为约，导侈饰怨，悲乐之无度，浮烂而无法；语畅也而实逆，语工也而无度。人言西京之文近于古，不知坏古人之文者，杨子主人有责焉。

马世奇

素修，君常，江南无锡人。

与堵廉生

吾人各各只管我所以待人，更勿顾人所以待我，久之，当不漆胶而固。气运异常，往往事出意外，须令自立太极，勿为阴阳所役也。

天地间感应事，未有神奇于孝行者。此何以故？盖天，人之始也；父母，人之本也。反其本，则反其始也。故《益》曰

“惟德动天”，言孝也。非孝无本，不谓德也。宇宙中天地生气而已矣，向其所生者顺之，悖其所生者逆之。顺其气则气应之，故天地协应，鬼神効灵，无足怪也。况于天之福善，使其人寿而康，其子孙贤而达，又岂不可必乎？忠孝之气，直上清虚，如矢中的。于是知古忠臣孝子，与造化呼吸应感者，殆以是也。

○犹存先辈风范。

○天柱地维，不折不缺，赖有此等人、此等文。

与吴子往

家中随分应酬，尤悔日积，但征色发声之间，皆为煅炼琢磨之助，亦自得力。因知直方之士，动静一体而成。静中有毫发私念搀和，便不能直；动中有毫发世情粘带，便不能方。愈直则愈方，愈方则愈直，妙处真不容言。

目前见兄多有无事生事处，或因用工烦恼，或遇佳境贪恋，或修业而又虑累德，或修德而又虑遗业。此事皆非“主一先难”之义，甚乖湛然之体。要于此处洒洒落落，始觉自在。至于静中不可空持硬守，必须涵泳圣贤之言，使义理津津悦心，方得天机流畅。兄试体之。

答孙子啬

莫轻视此身，三才在此六尺；莫轻视此生，千古在此一日。有志之士，当自求入火不焦、入水不濡之道。得大安稳，乃为胜义。而欲世界之不水不火，不可望矣。

○当头棒喝，为钝根人说法耳。

与王具茨

丈夫处世，即皆寿考，不过百年。百年中除老稚之日，见于世者不过三十年。此三十年，可使其人重于泰华，可使其人轻于鸿毛，是以君子慎之。

〇说得悚然可畏。

答祁长洲

夫人处浓酽之地，假境界扶翼其假精神，侭自过活，得遂终身，迷失其宝藏而不自知也，可奈何？

〇刺骨浇背，发人猛省。

葛一龙

震甫，江南吴县人。

谢阮太冲惠序

弟诗虽十六种，然焉敢以灾木？虽玄晏之不可泯，当先刻序文行世。使世之人不知山中虎豹何状，想如罔象之珠，不可必得，能不快乎？

成　性

我存，江南和州人。

与　友

古人眼界大，见得远，虽至可惊衒之事，视若寻常；其实原亦寻常也。武侯以王佐之才，受顾命之重，但云“先帝知臣谨慎”；曹彬下江南，成莫大之功，但云“勾当公事回”。昔人有善政致虎渡河之异，或问之，但云：“亦偶然耳。”今人梦得一钱，至旦还笑；掷骰遇采，逾日未忘，视此固何如哉？

〇极旷达，却极寔落，不堕蒙庄熟套。

倪天枢

臣北，江南桐城人。

与方尔止

足下才高意广，宜屏交游、敛神气，以备他日国家之用。

〇前辈语。

王命新

又新，山东汶上人。

与　友

有讽公为其子营采芹者，公以此复之。

进，始也，而求诡遇乎？是以进僇弃子弟也。

〇简婉可佩。

释本昇

天岸，江南金坛人。《偶菴集》。

与浮弋禅师

草草官舟，未尽欵曲，一别三载，言之惘然。千里赠遗，逆耳之言，当为第一。禅和子参禅学道，不可如新媍（古同“妇”）子。盖以新妇子禅，见人便害羞也。然律身不可不如新妇子。若不如新妇子，则奴颜婢色，无廉无耻，丧尽平生矣。

近日江南列刹相望，白拂红衣，皆是此等辈也。念吾弟英年壮志，决不可作此虫豸，不待予言。然言之，正见知爱之深，无嫌聒絮。

○偶菴五言诗，闲淡工緻，在王、孟之间。每对其人，如鹤病菊清，尘思自远。

陈周政

子鹍，蝶庵，四川营山人。《蝶庵存稿》。

与周栎园[①]

前人之途尽矣，徒取其剩泊而馂之，虽其书充栋，不中劖钱祭鬼。

又

鄙诗一派，实自《国风》来，他不愿学。盖诗以言志，而志不可言，则不得不借鸟兽草木，以灭没其辞而存亡其旨，使读者自得于牝牡骊黄之外。孔子教小子读诗，于末句叮咛如此，则鸟兽草木果鸟兽草木哉？即如“关关雎鸠，在河之洲”，八言而诗已毕矣，即不曰“窈窕淑女，君子好逑”，我知其美所配也；“参差荇菜，左右流之”，八言而诗又毕矣，即不曰“窈窕淑女，寤寐求之”，我知其有所求也。盖诗有所祖，奚祖？祖伏戏也。立象以尽意，画卦以尽言，此无声之诗也；必咏《关雎》，风斯下矣。然伏戏复有所祖，奚祖？亦复祖鸟兽草木也，不但“远取诸物”为然已。

---

① 甲本原作“与周元亮”，乙本作“与周栎园”，今从乙本。卷七纪青“示儿”原作“与儿”，同一处理。

今《三百》屡变而为近体，鸟兽草木，半为古之韵士借作影神，半为今之呆儿造人黄册，靡有孑遗矣。则试取芳躅清言，奇闻僻事，或为吾捧砚，或代我捉刀，或揽若菱花，或削如桐叶，张公酒、李公醉，是又下古之鸟兽草木，无以异于先天也。仆于李义山、苏子瞻、杨用修征之矣。鄙稿不能望背项也。玄晏恳于围炉篝灯之时，非为江南才子，夙仰元亮之名，而熟我之生平素心学力，莫元亮若也，当急为老夫濡墨。

〇源本之论，奇快足解人颐。

又

庄子云："《易》以道阴阳。"夫阳画奇，亘浮于天，令人自睹昭回钩曲之象；阴画偶，点缀于地，使人莫寻沙水龙穴之形。故《周易》首乾，所以制坤也。先儒以阳为君子，以阴为小人，此之谓也。而又云"有君子不可无小人"，则又有男不可无女，有乾不可无坤，至当不易之论也。

不佞之论诗文也亦然。文，阳也；诗，阴也。文心之所至，诗能言之，能尽言之，能反覆言之，能洋溢言之，能恑幻言之，所以代天而有终阴之职也。故兴观群怨，皆一一委之于草木鸟兽，而不敢正言之。臣子之谊，当如是也。《离骚》萧艾兰芷、龙蛇虹霓，其著矣，不得已也，无可奈何之词也。若夫文之为体，如雷之奋迅，搏击从心；如云之卷舒，起灭如意，何用幽深？何用隐谲？童子研墨，冥心一往，起而疾书，光恑烂然。文在是，诗亦在是矣，又何不幽深、不隐谲哉！

乃大纱帽以诗之体为文，至不可读。枵腹之子，奉其乌纱，忘我赤字，此金简也，此绿文也，而抑知其为麒麟之楦、髯簿之皮乎？夫文至于孔孟，至矣！《论语》化矣，丘明追之不能及，废然而用巧；《七篇》妙矣，《国策》追之不能及，废然而用奇。大纱帽不孔孟之是学而谁学乎？

吴宏

远度，江西金溪人，流寓江宁。

与周雪客

仿书与临帖，两途也；若认作一道，大谬。临帖丝发惟肖，无论矣。仿书但仿其用笔，仿其结构，若肥瘠短长，置之牝牡骊黄之外；至于引带粘断，勿问可也。若留心于所不当留，枉费一生气力。皎若太阳升朝霞，灼若芙蓉出绿波，于美人何有？而远近皆以为比，固知人情在阿堵中。

钱栴

彦林，浙江嘉善人。

与人

胡梅林总制东南，英风凛凛，似一莽男子；而一切章奏，皆公手书，何小心谨密也。韩魏公曰："入麤入细，才是经纶好手。"天下事，宜宽缓者，焦燥不得；宜仔细者，豁达不得；宜委蛇者，直遂不得。圣贤经世，先料理本地，使包涵深厚，然后张弛应变之具，当机即发，而不违累黍。曾子易箦曰："吾知免夫！"免何事？子张临殁，谓申枨曰："吾今日其庶几乎！"庶几何道？陶周望曰："此是吾儒一重大公案，鲜有得其解者。"余谓孔子曳杖而歌，便是撒手就行光景。觉得曾、张二子，尚费些子拟议。

王家屏

对南，浙江山阴人。《复宿山房集》。

答杨给谏

欧阳氏深诮阳城，谓“不宜有待而言”。夫有待而言，信非也；必无待而言，则将不度是非、不择可否，而率意妄谈天下之事，轻诋当世之人，以斯为直言敢谏，即引裾折槛，其果得与古之忠臣烈士，相比节而并誉否耶？语云：“不扣自鸣，钟鼓为妖。”诚使国家有大疑大难，群情所危；大姦大回，众论所嫉，义激气奋，斯虽不俟终日，而抗言无讳可也。苟徒以言责所系，不容无言，或掇拾陈编，或承望权地，或挟持胸臆，或剽掠风闻，论事则连篇累牍，条例纷纭，轻变祖宗之法而无忌；论人则巧文丑诋，攻排百出，甘为善类之讐而不辞，斯皆起于操得言之权而急于有言，不顾义理狥名节之过也，安可概以“无待而言”，遂谓尽职哉?!

◇台谏流弊，数语道尽。

答蹇中丞

军机重大，将士苦寒，必须钱粮稍有赢余，乃堪调度。若拆（称?）薪而爨、数米而炊，但可以赡五口之家，非所以立三军之命也。承教覈减额饷，岁省一万一千有奇，在台臺自毫厘而节之，不可谓不损约；乃以国家之广大，而与士马争一刍一粒之利，裁削于匙箸之间、槽枥之下，亦大穷乞矣。

○明季困政，半为书生纸裹识见所坏。

答王督府

议论烦多，病虽在内，而举动犹豫，罕有定见、定力，事无钜细，辄形奏章。不知边臣之所请，即言官之所评弹者也。我欲建事功，而彼乃藉以作文字；我退让不敢颛制，而彼乃躁率务为敢言，转相牵缠，亦有由矣。《春秋》之义，重臣在外，有可以便国家、利社稷者，专之可也。不肖所望于台臺，自今事有当举，慨然施行，无频奏请。奏请数则议论多，是自绊之道也。辱爱下询，不忍默然，惟览而掷之。

◇所见即卓，下笔有南山不移之槩。

答张明诚

毁誉是非，周、孔所不能免。只要内秉虚平，却不嫌外专裁断。裁断到恰好时，毁誉终较少。若犹不免于毁誉，而我之裁断不差，虚平一念，到了无缺玷也。弟此言，正如躄夫论步、败军语勇，徒取讥笑；道义骨肉之前，不能不倾倒耳。

章　贞

载庵，含可，浙江会稽人。《云门别集》。

答安静子

罢官为客，萧槭穷秋，空堂梧叶，谡谡作白杨泣。瑶什忽颁，顿觉满室春晖，触人怀袖矣。空同骨雄而近粗，大復色秀而伤弱。若夫体被文质，情兼雅怨，佳集可云尽善。即日有历下之役，便而携充行李，红叶满箧，不必青萍作佩也。

陈　璜

琪园，浙江临海人。进士，寿张令。《旅书》。

与　友

诗虽有为而作，然古人多以自写其性情，或遇物兴思、即事生感，原非以讥嘲非刺为能事也。曲士小生，不知古人赋诗之意，谓流连风景为平淡无奇，索解于解之外，曰“某句刺某事，某章刺某人”。温厚和平，荡然无馀，遂开憸人以反中之隙，不曰讪谤，即曰轻薄。于是天下以诗为畏途，则皆解诗者之过也。至于字句多引前人之诗，谓某句某字本于某人，亦过矣。盖多读书，则落笔自无杜撰，岂责其为某人之句字而用之哉？若夫训解意义，附会当时之事，则所谓郢书燕说，极坏诗体，一概抹却可耳。

◇从解诗说出关系，使人笔墨悚然。

◇可破牵拘之习。

藏弃集卷之五

刘宗周

念台，起东，浙江会稽人。

答孔文在

迁善改过，即此便是第一圣谛。盖为良知是鉴察官，瞒不得他一些子故也。闭户读书，是极好事，政不必往来征逐，在体面上做工夫。试事在即，有得失一番可勘，幸勿得蹉过，何如？

倪元璐

玉汝，鸿宝，浙江上虞人，家会稽。

与郑超宗

五作甚佳，然其意在于力挽时趋。握大物甚固，不得必不已，此亦病也。时华之不谬于理者，不妨稍收。而时一撒手，大踏步其间，志不在元则必元矣。凡物至精，即不易识。此道中障眼法，不可不知也。

〇曹公将战，如不欲战，所以必胜。

骆问礼

子本，浙江诸暨人。《万一楼集》。

与叶春元

因歌者之便，特进一言。屠、汤二君，在谢事之后，故假小技，以遣其壮心。以门下之精蕴，当思绍述尊公之未尽；岂甘心于红牙板，消尽岁月耶？曾闻王凤洲先达，以《艳异编》馈人，而复分投赎归，亦必有不得已者。幸珍重之！

李日华

君实，浙江秀水人。《紫桃轩集》《六砚垒集》。

与鲁孔孙

士人胸次，止贮虚空，不留别物。不得已，则书味、酒味、画味，听其一氤氲而已。

与王季延

东偏书屋闲旷，久堆积落叶断木。窓雨洒淅，簷日曝蒸，忽产丹芝百茎，的皪可爱。芍药旧栽，奴懒失灌，今岁作花如钱，蒨艳有态，人反称奇种。因有金陵之行，舟车盘礴，冠盖晋接，手不执卷者弥月，胸中番（用同“翻”）觉空快。随意作应酬文，不受古人徽索，洒洒我成其我。此数者，皆以不经意得胜趣。天下事，何贵力求也？

与谭梁生

仆初读书，如群儿觅果，手口相就，辄雀跃自喜。已稍知拣别；已又好为征引，攻剽匿端以困人。若治果者然，得常果，削皮剔骨，香蜜杂醖，令人得味，不识为何物；得异果，即略其棘喉蜇吻而夸陈之，令人得果，又不知为何味。读书、著述自豪者，十九或出此也。

仆今日始得啗果法：遇沙烂鲜腴时，一染指得甘津，嘿嘿自咽，何暇为人拈出；其拈出者，悉馀滓弃物也。余偶缀之，儿辈不知，强梓之，得无以吐核置人口乎？

又

槲叶道人，与仆遇于少室之西崦，告仆曰："秦汉以还，天地气浸薄。今天下无黄金尽镠，无白璧尽珉，无明珠尽玑，无骐骥尽骀，无鹤尽鹅鹳，无美人尽粉泽，无才子尽横弄笔墨。"此语亦大可会。

〇自是快论。

又

尝疑天地气化日薄，众生福缘日减。古者连城之璧，照乘之珠，瑰玮奇丽之物，不可复得。即如服御，秦伏陶、吉光、阿锡、空方之类，亦难经目。以至唐人所重飞刀缕雪之脍，宋所造团龙浮乳之茶，其法悉亡。近则珠池所采，率系沙砾小玑，重铢以上者，即目为瓌宝。而陶厂所藉苏摩罗青，其国已告竭久矣。

又如无藉气化，出于人心结撰者，如《花间》《草堂》入谱之紘索，《灵枢》《素问》应手之针灸；鱼龙角觝、偃师木鸢之神巧，弹碁、格五、蹴踘之秘戏，其事不复可问。岂从此精奇妙丽，日渐消蚀而不可挽耶？

偶阅道书，九天先生降王方平宅，书牍遗龙女曰："汝谪以来，月轮周围，已减一寸矣。更减一半，汝得复还本处。幸自努力。”方平问故，先生对月屈指曰：“自垂象以来，至黄帝时减若干；自黄帝至唐尧，又减若干；自唐尧以至三代渐减，至今则愈减矣。减之又减，以至于无，则天地毁。不但是也，即世间声色滋味，莫不渐减。如人自少至老，精神消损，顷刻不停，亦复如是。人皆不觉；以真人睹之，若日影过庭，分毫不差耳。”以此说印仆所疑，当自了了，不复可置叹也。

与鲁孔孙论画

王叔明《会稽书屋图》，树石酣郁，云气蓬勃。如在千岩万壑中，忽一段开霁处，作精屋数十间，屋左右，巉削之石，飞溅之流，若相映带。此叔明极得意之笔，神营心构，不必取之现境也。予尝谓古人绘事，如佛说法，纵口极谈，所拈往劫因果，奇诡出没，超然意表，而总不越实际理地，所以人天悚听，无非议者。绘事不必求奇，不必循格，要在胸中实有，吐出便是矣。

◇甚是、甚是！

又

佛云“众生怖空”，以其莽荡无着落；欲其证入，则如丧身失命也。不知诸法从空出，亦向空灭。盖法有起灭，空常晏然，何可怖也？

今画家亦多怖空，以自造则结想难就，仿作则蹈袭可厌。素楮横陈，直是无可措手处，安得不怖？不知此坐平日观人妙迹，徒知草草阅其气韵、笔法，而于布置处，不甚留心故也。

古人于一树一石，必分背面、正昃，无一笔苟下。至于数重之林，几曲之径，峦麓之单复，借云气为开遮；沙水之纡迴，表滩碛为远近。语其墨晕之酣，深厚如不可测；而定意观之，支分缕析，实无一丝之棼。是以境地愈稳，生趣愈流，多不致偪塞，寡不致凋疎，浓不致浊秽，淡不致荒幻。是曰灵空，是曰空妙。以其显现出没，全得造化真机耳。向令叶叶而雕刻之，物物而形肖之，与髹工采匠争能，何贵画乎？

◇善读书人。

又

法书、名画、古鼎彝秘玩之类，士人享用，当知次第。如汉凌烟阁中位次，圣主自有灼见。若仅如俗贾，以宣成窑脆薄之品，骤登上价，终是董贤作三公耳。

又

临本伪书画，亦有不可尽弃者。大都气运神采，虽远不逮古人，而布置脉理，自有可寻者，在善学者融会而领之耳。吾闻煅者，炉迸金流，则撮合沙土，不听失去龠合，冀因此淘炼，或可复睹完金也。今书、绘二事，出古人手者，劫火销铄，仅存千百之什一，可不为迸炉惜此沙土哉？

黄洪宪

懋忠，浙江嘉兴人。《碧山学士集》。

复徐少宰

命中当有毁誉，即使木偶人，皆能造孽生事；奚必青琐、兰台之客，而后能弹射乎？故不佞于诸君子，不惟无怨言，亦无愠心。

〇昌黎月宿直斗，六一唇不附齿，皆是骨相上带来，怪他嗿訿（古同“呰”）不得。

卓　彝

辛彝，浙江钱塘人。

上沈何山先生书（戊寅）

今天子平台召对，日进百执事而淬励之，人虽至愚，咸思鼓舞自励。然天下之大，百执事之众，必欲尽受天子之深知，则天子之深知，亦不足贵矣。盖天子所宜知者，不过一二人；既得其人，则当尽举而委之，以听其所欲为。今政府片地，朝进而夕告罢，是用之之时，未尝有深知；去之之时，亦未尝有深恶也。

且今之为政府者，未能远如姚崇、近如张江陵，为国家救时宰相；大约清慎自守，惟恐或失，以获重罪。是为人所用之人，岂用人之人乎？何以得用人之人，使用天下之人，以成天下之事欤？

恭惟先生志清涂炭，虑周安壤，彝虽山邑腐儒，以议乡兵一事，片言投合，遂得厕足门下。转弱为强之术，闻之熟矣；至于知人用人之道，未得缕举以相质。谨以寸椷自陈，幸悉衷相语。

◇识踞何等，腕力亦遒。

诸九鼎

骏男，浙江钱塘人。

与胡彦远

棲水一别，白露始寒；征迈以来，天根忽见。冰花结岸，雪霤挂檐，日与一二交契，同棲土窟，铁炉炙兽，金缸列钱，讲抽玅（同“妙”）绪，都失霜冻。兴至情洽，握椠如飞，诗文杂生，积已成帙。恨不令旅堂叹赏，坐是白鹤不鸣、淫鱼勿逝尔。

近颇有独善之怀，闻马塍之西十里竹内，有庐屋欲售，归当置之。牧豕植橘，种鱼伐荻，上事老父，下慰豚弱。方斯冬日，园菜经霜，取以作葅，蒸作金钗色雀芋鸱羹，槐火煨熟，如软石髓。寒花数丛，白玉一片，持浊酒，阕清琴，殊不知葛天之缅邈也。闻絃赏音，必在知我，如何如何？

既久不见，略述近志，即便南还，兹不多具。

与严灏亭

自别关头，倏焉隔岁，言念道范，靡日不思。鼎比年无状，酷懒著书，似江淹之才尽，类扬雄之口吃。径前蒿长，甑里尘生，以此寂寂，时恒闭户。长夏无事，偶取同人诗歌，繙而读之。窃叹西泠称才薮，迩年以来，风气日上，云变霞蒸。此如问璇玉于重壿，採椒花于丽水，固已睫不及收、手不暇给矣。

然十子一编，既苦其隘；通郡数编，复病其烦。今特费蒐罗，勒成一帙。实以诗缘各代，体不一家，“三百”“十九”，各具源流；七言五言，代有升降。合之恐形迹之易拘，离之又矩矱之不立。使必执汉魏之五言，以求唐代；守开天之近体，遂废晚中。至若取色泽则遗弃夫性情，传神骨遂不谐夫声貌，凡诸偏识，讵属大成？

兹选所登，尽祛斯弊。亦以我郡多才，人能具体，故楂梨橘柚，各有其良；上下纵横，无微不极也。执事若不锡以一言，加之连璧，则彫林朽石，何以发其光华；韫玉潜珠，何以增其异采？昔太冲著赋，邀士安以驰声；彦和成书，藉隐侯以腾誉。况西陵为车骑之乡，诸彦尽交游之侣，岂可不经平子，近舍我公？伏祈展瑠离之砚，锡以片词；舒绿沉之毫，增其品价。是所不图也，实所深望也。

〇刘彦和一种难其融朗协节。

复　友

省教，知訏士已往严陵。严陵是仆旧遊，江水综碧，夹峙苍崖，人行云影之中，舟在岚翠之里。地比邓林，夙多奇木；人同蒙叟，半住漆园。固是岳内之名区，浙水之渊薮；不独桐君採药，子陵披裘，足堪凭弔已也。足下未得同行，实为惋惜。

与　友

鸟之飞也迎风，鱼之游也逆水。此如大事当前，须以身入，方得就理。若回身退避，鲜不摧败。洗心退藏，此是平日言之，临事殊不尔尔。

孔自洙

文在，浙江桐乡人。

答释鹫圆书（释为唐存忆先生长孙，名彦敫。）

古人有云："出家乃大丈夫事，岂王侯将相之所能为。"师以王、谢名流，半生慧业，而一旦飘然远引，立断葛藤，真不媿古人所称"大丈夫"矣。但既已出家，便是无事人、大死汉。庞公言："此是选佛场，心空及第归。"必到心空，方为究竟。未审吾师已证心空否？心空之后，又须知有法空。赵州云："'佛'之一字，吾不喜闻。"此是何语？从今以往，便当一条榔栗，直入千峰；更不宜拖泥带水，将此姓字流落人间也。

计 东

甫草，浙江嘉兴籍，江南吴江人。

与某贵人书

今天下最贫者，莫如士。向闻阁下散金结客，今见阁下悋（同“吝”）财慢士，亦可谓识时之尤矣。但不肖读史迁《货殖传》，载我家文子之言曰：“凡物，贵之征贱，贱之征贵。贵出如粪土，贱取如珠玉。”今士之贫已甚，独非征富之时乎？即为阁下货殖计，何不稍稍出其金钱，结纳一二坎壈失志、魁桀非常之士？若居积然，以备阁下一旦缓急之用，于阁下大有利。不然，当凄风焚絺绤，必待炎威至，乃挥汗而采葛，亦拙于计矣。

〇旨趣类《战国策》，文则不肯强同。

与丁药园仪部

阁下至宋，仆昨亦自柘来。过长沮、桀溺古墓下，慨然久之。生而耦耕，死而合葬，求友若此，复何憾？然深念溺之学力，远不及沮。沮则谈言微中，令人自远；溺未免客气，揭揭然示人以不广矣。

仆求友吴门，深爱既庭落落穆穆之致，若与偕隐，彼沮我溺也。留宋中复得一恭士，不减既庭；独恨居隔千五百里，不能时时过从。嗟乎！隐既不易，偕隐非贤妇即良友耳，更不易得也。旅中无可为知己道，聊一及此。

〇再读《鲁论》一过，知此评为不易。无论溺言来孔氏之攻瑕，即丈人止宿、楚狂趋避，俱不免稍有沾滞。

答友人

蒙让仆以不即席和合肥先生诗，且不赋诗赠行，即仆亦自恨其恝然也。但仆客岁久客山东，谒孔林，登泰岱，遊眺累日，欢喜太息，终不敢成一诗。诸公视我《齐鲁遊草》中，未尝有此两诗题也。题重大，愧力未能举，作而不称，不如不作。仆不敢草草作投赠先生诗，亦此意耳。安得静坐读书，养气十年，沛然补此等诗，以示公等？

○推重合肥先生至矣，妙于不言。

丁 澎

飞涛，药园，浙江仁和人。《扶荔堂集》。

遗宋玉叔书

仆思蜉蝣之羽，翳鼌（古通“朝”）采以扬辉；玄驹之步，印扶柯以展路，守微处促，知所托者然也。是以东方薄抚尘之遊，孔淳尚披襟之素，雅量相勗，道贵知希。况仆获罪被放，不自衡决，尚欲恣汗坟籍，以昭示来兹，直蒙蒙如未视之犬，多见其无知耳。

始仆遊长安，顿忘固陋，独与黄门、法曹诸君子，共推挽玉叔，比调迭唱，以庶几接嘉、隆之轨。何意转盼，遂起翕訾。呜呼！身名裂矣，尚何惜空言，于世争一日短长之效哉？故自获罪以还，京师诸贵游，咸以仆为戒，见仆一刺，如避荆卿匕首。间有寸牍相通欵，书中何如？启缄数行漫灭，殆置蕴楮中，惟恐螫其指耳。若是则矜然诺、托妻子，且不可以旦暮，安望名山大业、不朽盛事，而欲攀附其人以传，惑亦甚矣！

顷仆道经卢龙塞口，卧槛车中，不省玉叔之莅兹土也。遥见瓯脱外数悍骑，挟弓弩而前，惶悸失色。忽下马并车揖，相持而哭，慰问加湌良苦。仆夫、侍者，皆泣下。顾玉叔感怆之诚，岂真惜仆为人哉？惜仆之文耳。逮处塞上未浃岁，辱书三反复，勗以庄生之言，安之若命。或者恐仆一旦冒霜露、委宿莽，困顿贬死于沙堆雪窖之中，谁能相知，复收其文者耶？此怀德音以谋不朽，中郎所以发悼于林宗也。

夫研精殚思，作者诚难；扬挖裁定，传亦匪易。杨子云当世轻其书，惟桓谭以为绝伦；龙门氏殁后，其书稍出，待杨恽始得宣布。夫以二子抉天人之秘，穷古今之变，勒成一家之言，犹必迟以岁时，更阅贤智。况仆位非执戟，等好事之讥；罪同腐史，不足偿前辱之责，其相须者不更殷耶？

仆念生平述作，间多播传，掎摭利病，恐为季绪诋诃。退而自考，亦颇勿爽，虑他日发委齿眊，业终不竟。凡散在人间者，非及时裒辑，久益零落。凡诸同学，相与聚而谋曰：“定子文者，非他人，必宋先生已。”将使曲沃之匏，弗见鄙于屈穀；零阳之石，终发音于夔子。《戴记》“苾乎”之词，《诗》人“惟好”之叹，复何憾于此哉！

昔端叔与李校书，生平不得往来；及见其文，未尝不抚膺而叹。况仆交玉叔，又生死而骨肉者乎？已矣荒陬，请从此决！览风沾袂，情不尽言。

◇用笔最有节制，人知其盛丽，不知其严简。

◯建安以上，西京以下。

与孙赤厓

移居东山冈，动定小可。种得一畦菜，颇似南中蓴味，脆滑过之，特差薄耳。若戎葵、苍耳，皆可采食，此间人不识也。但地苦寒少雨，必挽辘轳引西涧水灌之，乃得悦泽。坻中沙确，每以两手代锸，十指皆作老秃翁。削牍久废，固不惜汝；所愁夜卧时，谁为搔背痒也？

◯如画家工于设色，必不滥施朱碧。

寄答计甫草

朝发石头，布帆无恙。郧中之遊，大可快意。仲衡、恭士诸君，绸缪雅好，酬接不暇，犹令人想郭有道风味。皂帽归来，潦倒中，不图复见如此。不然，人自敬丞相、长史，疲倦欲死，不顿使张君嗣笑人乎？

与九弟燊

弟与驰黄合刻乐府古题诗歌，十年不见，此益进也。繁缛中多得新警，正似月支氍毹，大小相杂，以细好取贵。西昆诸体，世近颇大好之，要皆纤秾嬛脆，悦泽有馀，风神不足。益以张、王幽峭语，便奕奕生动，心劘骨惊，乃复佳耳。

闻弟更欲弃去，固是进诣；但省弟才藻，远得嘉州，今惟大復，庶或近之。茁彼初英，独抽新楚，亦足以孑立自豪也。少陵俱以拙胜，其《公孙剑器》《丽人行》等篇，复惋婥乃尔，良由才大，固入手都好。空同倔强，亦欲傚义山诗，老去愁来，硬入风调，殊乖本色。故才分所近，宜就其所优，劘而切之，纵不大合，渐臻上境。若矫枉而出，磨炼虽工，性情愈远。此学邯郸者，曾未得髣髴，复失故步，当必至匍匐而归耳。

大凡体姿舒秀者，饶逸曼之容；骨制耸峨者，多清劲之响。斯合则双美，离亦独妍。设必务揽兼长，沉雄与轻俊并举，是欲令西楚之喑哑裂瞋，向琐牕中喁喁作儿女子语，不笑英雄欺人哉？惟弟省察而裁幸焉。

〇体制出入士衡、彦和间。

答施尚白

流火乍飈，顿辔宣郡，远获信来，始得省报。翔西渚之修鸿，驰东方之雅俸，宠渥滹尘，膈倾天际，绸缪欵至，何其洽耶！

曩者传麾下邑，税驾敝庐，给以钟秬，贶以素衣，使士行有母，匪烦截发；王霸遗稺，藉免蓬头。塞外遥闻，中心轸结。当友道土弃之日，而重敦古人之谊若此，固泫然不知涕之沾臆也。

薄过宛上，摄登西堂，就瞻贤叔，具悉动定。湖西丘壑之隩府，赣江绕其南，武功峙其北，夕搴青霞，朝挹玄露，庶几不忝巾车之遊。来示目疾翳明，闭息恬摄，少弛胜赏，未畅襟期。何异任公子钓大海之滨，饵不过虾鳝，系无出鲂鲤，不亦虚紫渤、负沧波哉！

仆以鸿毛之力，而担千钧之负，削跡梁宋，断靷渑淄，尘车生耳，造谒殆遍，萃朱提之无术，耀丹臒以何期？素发失缁，金骨改脆，寻绎生平，莫可彷彿。回念日车之挽，能几何耶？醴陵自言，常慕长卿、伯鸾之徒，所与神交者，惟陈留袁叔明而已。知音洵寡，当不我欺。

今将历三江，跨洞庭，泛彭泽，越匡庐，与吾兄抵掌于萧滩群玉之间。探书葛坛，穷雷崖之旧踪；採药棲梧，寻玉虚之奇跡。濯清泉则瞰何君风雨之潭，披层阴则蹑子真烟云之岭。箕坐嶂亭，举酒枫阁，睇鱼梁之若浮，望九疑之如带。然后命丝竹，发浩吟，餐柏脂，吸沆露，玩齐物于蒙史，味无生于天竺。两人相对，目逆心许，所谓“惟迟君来，以晤言消之”。快遊良会，何可再得？

人生如寄，一日不足当千载耶？虽溘焉朝露，速化为幸，至谓仆濯尘湖山，转如蓬岛间事，呜呼！诚未易言也。无论司空戒籍，版筑难了；便得释蟁（同“蚊”）负、纵猿槛，放归旧山，丘园顿改。慈母抱杼，操作中夜；弱女未龀，寄食贩履。孑行道中，亲串不视，乡里窃笑，讶为异物。天地虽大，安得南山之南，以容抱膝乎？虽保琴书而守妻子，亦足羞矣。

寄怀诸咏，披襟拭素，足怡我情。和光岳楼、酬青桂篇二首，别笺呈诲。殆既秋之蝉，吸露饮风，其吟喀喀然，但足取其扼咽耳。

朔雪始零，预期握手。先裁往报，统惟鉴省不尽。

◇写情使事，皆极鲜异。

○以赋笔为文笔，固是风雅之音。

胡 介

彦远，旅堂，浙江钱塘人。《河渚集》。

答彭城万年少书

徐青藤遗文，待中郎始著。与石篑留连东越，亦恨相见晚。读元、白神交之作，少陵梦李之诗，知千古人贤相遇，流湿就燥，出于天性。文章有神交有道，不苟然也。

每与同人，讽览隰西道人诗词翰墨，使人心折。“庾信平生最萧瑟，暮年诗赋动江关”，唯吾年少可不负此语。然则虽与兄生不同时，亦有“我不见古人，古人不见我”之恨。况把臂一堂，倡酬间作，至今读倡和诗者，人人谓如出一手。憔悴之子，媲嫩姬姜，疑有神功矣。

今我辈年齿日大，时会难知。兹方杜门落拓时，宜以平生著作，稍加芟葺，多写副本，以备水火盗贼之虞，以俟后之知言者。与兄宿习深重，了此亦是平生一事也。弟介状。

为沈长公与报恩和尚书

苕行时，数行奉候，想已彻大座。兹有同社沈某，高才介性，素为同人仰重。久有弃家入道之志，因缘未偶。兹尚平婚嫁粗成，而又值垂暮之年，将决计为之。而矢志皈诚，必得真正导师传持慧命者，始一心北面。夙仰报恩宗风有日矣，知介久侍瓶锡，属书奉谒。

黄粱梦破，虽黄金屋、白玉堂，止同粪溷。况老骥伏枥，困若缚鸡，没柴少米，儿啼女哭，亦复何乐？此事虽不可按牛头吃草，然推门落日，顺风扬帆，大千苦海中，亦赖有菩萨出手。彼众生全身火坑，为积业所扇，不无回头转脑。若菩萨者，必待其钉桩摇橹，则漂堕益无已时矣。

曾为浪子偏怜客，不觉言之切切，知和尚自有盐酱也。

复秘书院王铁山相公

介自成童，辱我师拔之单寒之中，于今二十六年矣。遭时不偶，无一善状，以报台知；止以简身硁硁，少答知己。昨冬又以父母妻子之计，不自成立，毁形策蹇，远走四千里，以自托于师。是并其所为硁硁之微，俱失之矣。乃吾师不以为嫌，而接遇之诚，懽如夙昔；且解衣脱赠，折简相存，正使人感愧交并矣。

前月养病邢署中，又接到手书，并《麒麟店见怀》之作，知吾师不特不以为嫌，且念之深而教之切也。展玩诗趣，及濒行教诫，介已深喻台旨。忍忘爱护之盛心？特介自信邪正之性，天秉不移。介之病，似病在不广大，不在不清疏也。昨燕邸愁病，情事至苦。乞儿得美酒，暂解冻肌，一再唱莲花落，以报当垆，此中正无足深论也。吾师慧人，知莞然一笑耳。

报龚总宪孝升

天雄使者还，捧读手翰，慨然真恻，不减龙松寒月、木榻荒鸡时也。至楮尾“星汉秋霄”数语，更使人深《梁州》《曲江》之感，惝怳久之。因叹介与阁下投分之深，情性之契，疑有夙因，并不能自喻也。燕市十旬，适馆授餐，频繁朝夕，琼窗解珮之谊，亦同于《缁衣》矣，感佩何如！昨寒闺家报至，亦欲乞夫人画扇，以当拱璧。介南还敝庐，鹔鹴百结，笑立镜台，亦藉此以为南金之献也。一笑。

介为天雄节使挽留甚诚，遂淹迹经时。昨还邢襄，正值使人北上。因忆兹冬，知己初度，南北隔轸，羊裘芒屩之子，不得升珠履之座，良用怅然。拟为长歌，以佐引满，使者倚马，扣槃难成，亦雅不欲以尘土语唐突西子也。俟归河渚，麋鹿之性渐还，或当以狂言惊坐耳。

谨附致开州紬二端，极知粗陋，非所以御绣衣；倘他年芳渚之约不虚，白头之期永好，不妨存贮，作长卿涤器之裈，少君操作之服。墙头桑下，过酒炊羹；灰蒴龙鳞，著书学道，践祝牧负戴之言，遂箫凤双飞之愿，想亦御史大夫意中事也。介之为御史大夫寿，不以纶扉，而以泉石，亦以捉鼻不免，毋烦助澜；夜语长生，别有私祝耳。非介深悉心期，不敢为此祝；非先生定交物外，亦不易受此祝也。一笑一笑。

与吴骏公先辈

昨坐对竟日，见先生神意不佳，幸善为眠食。五浊亦名缺陷，既落世网中，顺行逆行，冷煖自喻。要之，古庙香炉，酬偿本愿，我辈唯以不负三生为大耳。从来慧业文人，皆道人之名根色相未净，转展迁流者。故世遇率坎坷多故，正以助发其回首拂衣也。

介此行稍有诛茅之藉，亦决策长往矣。每诵唐人“不待管絃终，摇鞭背花去”之句，叹曰：“英杰道人不当如是耶?!”尘缘颠倒，心迹背驰，云山待人，而马齿日大，想先生有同慨也。介以十日行矣。感知己契重，谊若平生，兹日斜歧路，转觉怆然。惟万万审时珍重。

与曹秋岳先辈

麋鹿之性，淹迹京华，自应发病，而病发不已。从万苦中，忽忆东坡“有甚歇不得处”语，转却一关，遂尽绝人事，髀不跨鞍、足不踰阈者，几二旬矣。杜门服药外，日炷香阅《楞严经》一二卷；饱饭后，经行松下数周，遂过却一日。顾影自笑，竟似兹仁寺一挂搭僧矣。车驰毂击中，暂得身心寂灭之乐，大幸大幸！

老杜集谨还邺架。祈简到，介旬日行矣。近诗幸多书惠教，警严老气，时人无以媲太仆矣。

与孙豹人

人如豹人、彦远，而四十寂寂，东掷西抛，求衣求食，向卖菜翁求生活。嗟乎！虽有千秋万岁之名，何与我事耶？为之太息。

踉跄渡江还旅堂，佳宾满堂，市儿亦满座。笔墨之累，与积逋环而攻之，言之徒为故人当食之叹而已。但舟中作得焦获先生一诗，颇似可传，差足以报焦获十年知重之意尔。望先生有以赠我也。

〇思则凄惋，韵则淡折。此等书牍，尚有苏、黄风味。

孙国敉

伯观，原名国光，江南六合人。《鸡树馆集》。

与胡长白

偶读白乐天和刘梦得《终南秋雪》，诗云：“遍览古今集，都无秋雪诗。阳春先倡后，阴岭未消时。草讶霜凝重，松疑雈（鹤）散迟。深光莫独占，还对白云司。”“秋雪”者，以终南高深，迄秋犹积雪耶？抑秦地早寒，甫秋而早飞雪耶？题甚佳，惜诗不副，又未见梦得原倡何如。敢求足下写《终南秋雪图》，以传将来，见图何以知是秋雪，须用匠意消息之也。

◇结想在缥缈峰巅。

复董玄宰

唐橅（古同“模”）晋帖，如虞永兴、褚河南，皆青出于蓝。况以先生之笔，橅唐人哉！昔人谓右军书《兰亭》则萧远，书《曹娥》则悲悯，殆寄心于腕也。先生临鲁公，顿欲将鲁公生平秋肃之气，一笔摹出，不独以波磔为工。闻鲁公生前，尝遇陶八，授刀圭碧霞；遇难后，遂仙去。试问先生走笔时，有蓬勃来笔端者，仙耶、人耶？

◯微于论书，却自子瞻跋唐六家书悟出。

答陈木叔

陆叔平山水花卉，但力摹宋、元便妙极。文弱疑于无骨，骨秀在藏。飞燕掌上舞，止是筋脉自运，观者赏其韵已耳。女三为粲，再欲着一语不得。

◇无笔墨处。

答文启美

辱下问石经中缺《孟子》。或唐大历、乾符间，《孟子》七篇，尚未列学宫耶？宋神宗元丰七年，以孟子配食孔庙，亦可想见。敢以臆对。

孙汧如

阿汇，江南六合人。伯观先生子。《释冰书》。

与　某

鸟以山为卑，而橧巢其上；鱼以渊为浅，而穿穴其中。人之得鱼鸟者，反多在巢与穴之中。乃公自谋，虽甚密乎，然安知非自杀之道？

◯深于道德之言。

慰刘宗伯下第

贵郡九华奇秀，初不入《江上名山志》；巢湖亦江淮巨浸，而不入《禹贡》《水经》。山川有知，宁不感愤！

◯只说其地山川不传，为之叫屈，并无一语及宗伯，高简似晋魏人笔。

与张尔唯先生

诗、字、画，争好一扇中，大奇。昔人有三绝名碑，而出三人手，可不愧死？笔墨事，近如道上遗金，人人思拾取；而不知其所自，主者一到，则皆敛手退矣。先生信笔墨中之主者。

谢恽道生

以先生大手笔，作如此小册，是犹遣孙吴、韩范，与田舍翁斗室中也，罪过罪过！

又

今人好奇，以奇为美；无所见奇，则谓之常人而忽之矣。不知了得君臣父子大忠孝，只叫得“伦常”，何处用得奇着？《书》曰：“彰厥有常，吉哉！”又曰：“王立政，其惟克用常人。”古之所谓“吉士”，常人也。近世蒿目时艰者，咸愿得奇人而用之。《书》谓“常”为“吉”，则“奇”为“凶”矣，可不慎欤！

◇使人陡然一惊。

与顾与治

檀弓，檀姓、弓名，而遂以之名书。其朴如此。不烦题以美名，而其书遂足千古。今人工于题名，所以拙于著书。

〇专于门面上做工夫，世多此辈。然金玉其外而败絮其中矣，乌乎欺？

陈九经

江南盐城人。

复焦澹园先生

九经，高士也。耿天台先生校士江南，首拔之，重其行谊。岁大比，礼聘应试，陈至期迁延不入，仰卧澹园。先生怪，问讯之，陈作此以复。

九经家世，谨勅敦厚。自叔斗南登第，家风遂衰。此非吾叔意。人心不一，凭藉恣肆，有浸渍而不自觉者。有识方为抱恨。九经不敏，敢助其澜而扬其波耶？

（一甲科问于莲池曰："世间何等人最作孽？"莲池曰："公等中甲科七篇，头老先生为最。"其人愕然，自揣生平未必至此。莲池喝曰："谁说你自做？诸凡倚势作威者，上帝降鉴，悉坐公等。"于是缙绅之徒咨嗟太息，不得其方。陈明卿独曰："方寸不恶，五官谁敢？所患己实恶而藉口亲戚，反开脱罪之门，上帝深怒耳。苟朝夕计过，孳孳积德，彼倚势作威者，明神有赫，孰能逃乎？"）

藏弃集卷之六

陈继儒

仲醇，眉公，江南华亭人。《白石樵稿》。

复钱公

仆老矣，塞耳闭口，以度居诸，师孔氏之循墙，学彭篯之观井。捧读诸刻，重以慨然。王筠云：“未见七叶之中，名德光重，爵位相继，人人有集如吾门者也。”其我公之谓欤？

〇虞山先生曰：“仲醇通敏俊迈，短章小词，皆有风致。智如炙輠，用之不穷。读诸尺度，仅其一斑耳。”

复周伯孔

使者五千里授书，每读一集，如洞中流出数片落花，沿流穷源，朱霞青嶂，杳不知其所之。不意晚年复作老渔，遊入伯孔集中。嘻！岂其梦耶？

与刘丈

弟书中不能作蠹鱼，山中不能作麋鹿；而行遊天下名山大川，如鹍鹏之怒飞，又不如刘先生，仰惭碧落，俯愧白髭。

复陈州尊

我公尚书第一人，而不入木天；卓异第一人，而不入铨地，凡有识者，皆为不平。虽然，某尝有云：“美酒速饮而无味，积薪在高而先焚。”有道者，当不以此置怀抱中矣。

与顾冲庵先生

俞君悬弧男子，仆闭门钝汉，先生乃欲比肩而见之，得无以飞瀑望止水乎？暂墓颇坚，入林未密，即白犬黄犊，往往舐衣恶其骨臭，何所施面目而谒司马门也？

与庄禹门

一命之士，留心利物，皆有所济。兄仁者，自不待祝。眼前尽有无限好事，岂必三公九列哉?!

◇三公九列，更当何如?

复周丈

久盼梦兰消息。昔闻之陆文定公：“男女止服健脾药。万物皆生于土，勿用热剂，恐伤元气。”此言极正而有验者，敢以此効螽斯之祝。

与王季重使君

以我公干霄限日之材，而与劳薪积薪同事，世谁有剖血以明王先生者？虽然，战胜而不与同贺，后日亦不与同弔。尺蠖、潜龙，皆我公绰绰馀地，屈伸宁在眉睫哉？

与李贯之索海棠

新结草堂三四椽于白石山，欲艺名花。性不喜赏灯、种牡丹，皆金屋红绡事也。闻兄有极红西府海棠，及奇梗海棠，能见惠否？人老树小，东坡翁见之，不觉一笑，则有道可知也。

答费无学

圣贤能事天，故能回天。豪杰能事人，故能使人。以足下而欲北面仆，真田将军神道设教耳，宁不愧死？

与王青溪

刘生穷绝，其文妙在水中择乳，空外转身，不衫不履，不入作家伎俩，真逐贫文也。

“人心不润而燥，具有炎上之意。”妙哉斯言！勿谓天高，地以上即天也；勿谓鬼远，人以外皆鬼也。台下亿万司命，如此血诚，不化为霖雨乎？比闻停刑释囚，皆在热审前先行之，台下无虑帝且鞭策老龙矣？

◇雨不从土龙出，当由人中龙耳。

与钱公机山

司马温公云：“立心清恕，而体质稳重者，乃福德贵人也。”则吾丈之谓矣。“开卷有益，积善降祥”，此八字，弟尝以此自勉，并以此告知已。《国朝名臣言行录》，及《宋朝名臣录》，当日置案头。以善养人，则自无异同；以豪杰自待，则自然同中有异。望之、望之！

○“为善最乐，寡过未能”，并此二语，均可为坐联。

答熊使君

朝习士风，如弈争劫，弈非国手，劫复连环，将奈何哉？

吾兄志在忠孝，不在温饱，此弟所素知；且赋性介洁，狷而不狂。朝野得一正人，所关非浅，弹冠相庆，又不独在兄矣。衙门官级，元是雁叙以推，非蚁附而上。安分即是安命，做人即是做官。爱惜精神，潜求经济。

昔之择交，在论邪正；今之定交，在论吉凶。吉凶何在？心地之厚薄是也，举动之躁静是也。愿兄审之。

答钱抑之太史

梅道人墓，此武塘面上眘，得吾兄与令君苐除群秽，点缀精舍，一坯之土，不置落市儿牧竖手。此老片纸，价值饼金，而骨白草青，几不若不识字人丘塚，殊可叹也。

○道人墓尚存；荆、关、董、巨，一坯土亦无可觅矣，真可叹也！

答钟公

大丈夫何事不可为，岂必向干萤老蠹中，束此七尺哉？第蠖屈龙伸，齿先舌后，非特立功之善物，抑亦卫生之哲言也。

与都季雅

丈夫须眘落地，便以此身同长矢往矣，岂若鹿豕终日相聚？

○“身同矢往”四字，令人酸心。

又

长卿四壁，足下四壁都尽，便须寻一变更。雀之化蛤也，剑之化飞龙也，英雄雌伏而化为九天九地也，大都醯鸡秋虫，则终止瓮灶间耳。足下之腹笥天经，乃竟老于蒯缑，不向陈大夫一吐气，宁何之乎？

答朱平涵相公

国事如下碁，原无预策胜负之理。首揆正如当局。亚相正类旁观，多言不可，坐视成败亦不可。惟择其吃紧一着，最有关系者，略点示之。非特大服当局者之心，而碁有转危为安之处，此我公入相事也。

我公清如水，能洗刷世界；直如矢，能剖判世界。乡愿求媚不能媚，难悦之君子；小人好动不能动，不为已甚之仲尼。清到底，直到底，将来书帕之陋规，调停之故套，轰轰烈烈，洗刷剖判一番。以此报君父、报朋友，原还数十年前穷翰林本来面目，异日作史，与伯彝（夷）、杨绾同传，我公真其人哉！

与汪先生

门下何所剽仆？若以菰芦有陈生者，即蒲团灰坐，不觉为知己肠热。

复吴子野

不肖授经弇州者三年，非壁观老僧，则庙见新妇，见客日少，闭门日多。至吴兴诸贤豪，则又井底望北斗矣。此中知有子野先生，即如读《吴世家》便知有季子。每欲赓和来美，往往困疟而止；然村讴田鼓，终当以本色劝酬。

与郑孔肩

两度入西湖，为客所迹，约略翠微间，如展画册，一饷烟云耳。

答夏畦子

先生有道长者，衣冠眉发，飒飒皆古意。度竹溪、桃源中人物，应不过如此。

答沈征梅

太史公久卧田间，殆类于右军誓墓矣。今世往往以口语碎人，海鸥墉隼，一矢混下，况太史身居妒妇之津者耶？鲈脍可飧，鸡肋何物，丈夫故自有千秋耳。

答李本宁先生

曩老先生杖国之年，欲拟一言奉祝，而绘天图海安所措思，以此逡巡，不敢作六合赋耳。若不肖，蟪蛄春秋，何足当当世第一大人先生？丽至六言，侈至十二首，字字皆神龙颔下珠，亦字字不肖额上泚也。不惟传诵不已，贻示子孙；即幸而挂名尊集中，千秋以下，羡慕不肖为何如人，可谓真不朽矣。

答闵康侯

瞰高忌盈，天道也；吹瑕索瘢，人道也。若使逗入此网，无论天人交责，即对妻子、勘魂梦，其能安乎？

与庄赤雉比部

往德祖归，奉手札，布衣之谊蔼然。嗣后欲遣相候，念山泽淡话，正如蔬笋，不堪作绮筵供养耳。仆五十矣，负锸营藏，已无复朋从之思，蔗境弥甘，槐宫已觉。但多文字缘未除，更欲闭门谢客，收召浮气，付之霜降水落之乡。不知何以教我？

○槐宫容易觉，蔗境不常甘，总付之霜降水落而已。

答李少参

年已知命，无复世怀。台下乃以经世许之，正如土龙致雨、木鸢御风，只增具眼人破颜微笑耳。

与朱公平涵

世界如棊，此是常语。但满盘镳铲劫，何时事了？移嗔转怒，至及局外袖手旁观之人，则先生与陶石老是也，可叹！乃知孙登笑而不言，叔夜闷然而返，非出世法，是深于处世法耳。不风之波，开眼之梦，皆能增进道心。况以门下读《易》高人、知命君子当之，为贾生哭，为接舆歌，两者安所取焉？

〇先生年八十馀，卒于茶山之精舍。自为遗令，纤细毕具，预刻时日，贮箧衍中。其井井如此，宜乎动笔皆有道之言也。

答戴悟轩使君

一命之士，苟有心于爱物，于物必有所济。兄拖水带泥，而心事如青天白日。比之口净而身秽者不同。大约无不可与人言，便无不可与阎罗老子言也。

与戴醒轩

愚夫妇生圹已筑久矣，一健之外，不望他荣；一书之外，不望他事。但书贾所刻秘笈之类，皆伪以弟名冒之。念此曹贫，不能救正，听其自行，多有极可笑可厌者。弟之不好名，此亦足以见其一班矣。

〇秘笈是冒眉公之名以行者，今人多不知。

答费无学

槲笠荷衣，茅焦土窟，青山未尝拒人，人自拒青山耳。英雄回首，即是神仙；麟阁拂衣，何妨鸥鸟？愿足下三思焉。

复邹丈

惊弦中钩，宜以为惧，不宜以此为喜也。“择交”二字，即风波不生，亦是儒者家常茶饭。若今日，弥觉有味耳。

与王逊之

昨见两得温旨，君恩浩大，此亦地下之所喜也。风波之世，约束仆童，早完国赋，为保家第一。聪明先之以孝，富贵济之以宽，古人历有明训。此老侄所长，不待嘱矣。

复闵康侯

某少狂，好谈击筑舞剑荆卿、隐娘之术。因家贫多病，不任侠，已舍少年场，为大人游，则腰领须眉不任媚妩；已读竺乾、柱下之书，欲蹑影高山，讫命破钵，则不任食色约束。迟回偃仰，年届知非，渐老渐实，惟有低首三家村学究中，差觉无誉无咎耳。吾丈何所取而先施及之？

〇肯说三分老实话，便占十分便宜。

复乌程闵康侯

仆老矣，销声遁影，愿作空山扫叶不可得，栖栖人间，如惊雀拱鼠。

答邹公履

今名士皆掇拾捃束，虽奇，亦百衲衣；非若足下，独运杼轴，首尾千尺锦也。关尹子云："贤愚心愈明，则交不睦；是非心愈明，则事不成。"此非独施之朋友，实家庭间混沌谱耳。

柬王季重使君

不肖五十外人，日求减塑，而四方以增塑求之，如何、如何？

与屠赤水使君

先生慷慨满怀，经术贮胆，坐令神钩、赤精匣而待老，可胜浩叹。

又

《昙花记》，痛快处令人解颐，悽惨处令人堕泪。“批判幽明，唤醒醉梦”，二藏中语也。若近有新声，亦望见示。懒病之人，得手一编，支颐绿阴中，便是十部清商也。

与许郡侯

长安中颠倒，一至于此！此于我公，分毫无点。夫以父子、兄弟最亲，而同床不免异梦，以众生爱憎、取舍各别故也。台下第付之梦中呓语而已。

复冯文硕所大参

黄山草昧，初落潘髯辈眼中，不若九华秀绝，青莲多所品题，故是老耆宿耳。

与张丈

吾兄不骄不謟，而贤主人不忮不求，自是两相得也。新官如入暗室，久而自明。但笔底留人，甚于刀上剑头。上念鬼神，下念子孙，则生路宽矣。

〇先生动笔皆格言，所谓“全身入香海中，无处不透入香水”，非望洋者可同日语也。

上方二府

北运仰仗仁覆，体恤调停。如良医之救沉疴，慈父之护爱子，虽由清恕，实出经纶。谢玄屐屐，各得其任；孔明灶井，皆应尺绳。今观台臺，而知古人之非远也。

与赵凡夫

我祖为人灌园，不若仆得幸于赵先生。若使稻衣縠弁，日从寒山中饭犊扫叶，贵于王公多矣。

与董思白

公有三无：笔下无疑，眼中无翳，胸中无一点杀机。此三者，皆公寿征也。

孙　谋

燕贻，五城，江南江宁人。

与邓玄度

前虽一苇归白下，梦魂犹在姑苏。寒山夜半踈钟，海涌峰头半月，犹依稀耳目间。即醉君侯之德，至今未醒也。

与傅远度

远度足下，骨气文章，不可一世。但锋太锐，不虑不脱颖，正虑脱颖后何以处之耳。远度视余不薄，故以相问。

○无惭忠告。

孙　石

介臣，江南江宁人。

与罗瑕公

虚度流光，倏忽七十过二，屈指当来，真雪溪所谓“旦夕人”尔。腊月三十，刻刻挂眉，加以病骨尫羸，百不堪任，虽目前应酬，以至笔墨之类，皆从谢绝；而淹淹气息，犹似不能支，今只得一切放下矣。念珠一串，弥陀四字，紧遣朝昏，无复作第二念。想痴呆之极，然岁月催人，怖畏惊心，不得不拚取作一痴呆汉矣。先生婆心信诱，将更有以开示我耶？

○老人语，如见其咳唾感伤之状。

张大侯

五正，江南江宁人。

与唐次璜

足下敦素草至，并前之妒足下欲死者，真如李文饶于白少傅，开椷即好忘嫌怨也。

○气味全之乎晋魏。

王亦临

穆如，江南江宁人。《虎鼠斋集》。

庚辰下第后与罗瑕公

流三千里，纳赎三百金，放归矣。所幸风雅不衰，故交聚首为乐尔。

○谻语解颐。

余　怀

澹心，江南江宁籍，福建莆田人。

与姜如须

足下丙戌以前诗，未免钟、谭习气。然学钟、谭者有习气，骂钟、谭者亦有习气，是以仆不学、亦不骂也。大抵我辈为诗，须以古人之格律，行自己之性情。即供奉少陵，亦不可拾其牙后慧，况馀子乎？此所谓“宁为鸡口，毋为牛后”者也。

〇快论殊畅人意。

顾天峻

开雍，江南昆山人。《静观堂集》。

答王平仲

捧读新作，凡命意、造局、遣句，色色警绝。但细索之，微有心手不相凑处。古今名家文字，沸涌喷激，如八月海潮，一收即为安流；耸峻层叠，如万点蜀山，一转即成平地。丈更试思焉。

顾　�

英玉，横泾，江南吴县人，家江宁。《寒松馆集》。

与友人

遭搆去官，宦无赢橐，亲老子弱，忧患无涯。而年逾四十，血气向衰，常恐改节易操，终为小人。顾兹敝庐，矢松自厉，庶几晚节无愧古人。

〇先生品洁如冰，罢官后犹坐小楼中，授徒自给。金陵人至今能言之。

陆 深

子渊，浙江上虞人。《俨山文集》。

与杨东滨

唐桥夜别，情感万端。深南来一行人，皆赖尊庇粗适。轻舟软舆，上下山水间，如在画图，不知身是迁客也。入闽尤胜，大都丹崖碧潭，随处而有。身在横嶂绝壁，倚天卓立，白云英英，卷舒其下。每恨不强东滨来此，为之怅然。

履任正当木樨盛开，山中老树，有两人合抱，繁阴蔽天，清香数十里。愧无少酒量酬之。公廨在山椒，四围紫翠，直一指顾间。后有小园，方亭流水，时时燕坐，耳目清静，可以忘老于此矣。知之、知之。

○景中隽语，可当一段游记。

又

辱厚情拳拳，即病祟听退矣，感感！道理天地间甚大，仕宦没溺人最深。此古人现成话头，烦东滨为我大书，榜之座右。草草附渎勿罪。

与 子

吾转官事，自有定命，断非人谋可与。望人荐引，防人挤排，此等意念，一毫不可；留置胸中，便成妒忌种子也。吾一生官资，十馀转，皆未尝有所择。今官清燕，可以省事，可以养生，亦可以寡过，吾未厌也。知之。

◇有许多蝇营狗苟。

◇可谓知足不辱。

董光宏

君谟，浙江鄞县人。

与王逸季

不佞闻娄江之渊，有二龙焉，下上天门，熠熠变化；更佐以诸龙子，薄日月而挈天地，具区为掀。乃诸龙子中，足下鳞甲尤奇也。吴之灵气，方十七宇内，而又割其强半，以畀乌衣之衜。造物者无乃汰而私耶？

不佞家东海滨，时亦敕水鞭潮为戏。然老矣，帝犹靳其云雨，时令处壶中，又处人指甲间，不免秃尾。每望诸足下，挟丰隆、驱列缺而渡三山，头角为耸也。顷玄白到，又盛言足下肝肠气谊追配古先，令不佞益神爽飞越。

玄白于仆，石交也。愿因玄白，以交逸季，刑马沉璧，棒盘血为盟。然足下之国大，不佞方风鬟憔悴而牧雨工，敢备鞭箠之役。倘以足下神灵，不终鱼服，他日珠宫银阙间，扬鬐而潮海上之倏忽，足下与玄白首之，不佞尾之，噏哈元气，犹能一沛埏垓也。

与邓定宇先生论文

大要今日之修词者二。有祖咸阳，称西京，句栉字比，而侈以为商周之鼎者，则于鳞、子威诸君子是也。有发舒吐露，内足于意，外足于象，不必为秦汉、唐宋，而未尝不秦汉、唐宋者，则遵岩、应德诸君子是也。两家强项而不相下，若晋楚然。

然吾以为，与其为于鳞、子威也，无宁为遵岩、应德乎？盖才有所难兼，体有所不可具。能穿杨者未必能扛鼎，能视垣者未必能射覆；能搏虎者未必能呼猿，能解禽者未必能调马，技所限也。井幹章华，而施之俎豆则拂；前拥后劲，而睹丘壑之丽则骇[①]，体所殊也。秦汉唐宋虽殊，总之独造首创，神理所极，各有至焉。秦不必袭周，汉不必袭秦，唐不必袭汉，宋不必袭唐。而明之人，必欲云仍而祖之，得无令诸君子笑地下哉？

〇不独论文斟酌至当，文亦可称雅则。

◇故是通论。

归有光

熙甫，震川，江南太仓人。

与潘子实

顷刻山中发万峰，得足下读书处，徘徊惆怅，不能自归。深山荒寂，无以晤语，意之所至，独往独来。思古之人而不得见，往往悲歌感慨，至于泣下。

科举之学，驱一世于利禄之中，而另成一番人材世道，其敝已极。士方濡首没跡于其间，无复知有人生当为之事，荣辱得丧，缠绵萦系，不可脱解，以至老死而不悟。足下独卓然不惑，痛流俗之沉迷，勤勤恳恳，欲追古贤人志士之所为，考论圣人之遗经于千百载之下。以仆之无似，至厪诲语累数百言，感发之馀，岂敢终自废弃！

仆又窃谓，经学至宋而大彰，今宋儒之书具在，而何明经者之少也？夫经非一世之书，亦非一人之见所能定。而学者固

① 此处原文为“前拥后劲，而施之俎豆则拂；井幹章华之丽，而丘壑则骇”，文辞颠倒，意不连属，因参别集以改。

守沉溺而不化，甚者又好高自大，听其言汪洋恣肆，而实无所折衷。此今世之通患也。故欲明经者，不求圣人之心，而区区于言语之间，好同而尚异，则圣人之志，愈不可得而见矣。足下之高明，必有以警愦愦者，无惜教我，幸甚！

◇“赚得英雄尽白头”，从古已然，特八股为最苦耳。

◇“求圣人之心”，一语定穷经之极。

与顾之载

儿子日渐长大，早晚乞常告谕以忠孝大节，及进退揖让出入之际，须有法度；仍禁断不得与外间人遊，恐渐染浇薄之风。仆在四千里之外，而家室露居荒江之滨，万非得已。此虽亲爱而莫能知其深者。愿足下深加顾念，视如家事。此古人之节也。其朝夕饮食、洒扫诸不能周谨，儿子当受其责，此亦所以教之耳。

安亭地僻，家信不能通，乞足下于某处附信，惟欲得“平安”二字而已。

○昔人云：“学之所益者浅，体之所安者深。”人之爱其子弟者，宜念此语。

◇想见前辈不苟为诡异处。

阮自华

坚之，江南怀宁人。

与集之从孙

诗岂时流贵人、时文名士所能为？以子之才，不思单出独树，自致千古，日与某某相倡酬，波流汩没，吾悲其诗之日下也。

董以宁

文友，江南武进人。《国仪集》。

答祝医书

足下提药囊来毗陵三月，以余与贤从有旧，数过余。余家贫，不能资刍米佣赁，致足下襆被入质库。书至，知责我哉；及发书，而所责者乃不在是，窃敢以书报焉。

天下有业成而人信者，有业成而人不信之者；有业成而人不信，信于其所信之人者。琴如旷，弈如秋，射如基，丸如僚，相如姑布，吾信之，吾则告于人曰："子必试之。"何者？不欲掩其能也。即琴不必如旷，弈不必如秋，射不必如基，丸不必如僚，相不必如姑布，吾善之，吾亦告于人曰："子姑试之。"何者？无所关于大也。

至于医，则虽有秦越人、仓公之术，而忽称于无疾病之人，以求必试，其或不怒予言者，则以为谑矣。况术之有医，如吾道之有师，能与不能，动关乎人之身心与性命，择之者慎，固不轻信于人之一言。今欲以其所甚爱之子弟，姑试于不甚信之人而学之，并欲以其所甚爱之父母与子弟，姑试于不甚信之人而药之，非甚冒昧，不敢以请；即请之，亦不应矣。

然师者，犹余之所得而知也。余果信之深，则有先生大人言之不信，而余必欲其信者焉；人果信余之深，又有不信于先生大人之言，而信余言者焉。若夫医，则非余之所知也。今即日告于人曰："斯人也，秦越人、仓公也。"彼且不信余，而又安能信足下哉？

足下之医，必工于医，皇皇求之而未得其人，数也；人皇皇求之而不遇足下，亦数也。人与足下俱皇皇求之，而吾欲参一言于其间不可得，又彼其人与足下之数也。乃责以不能引荐，至愤怒而言之，亦过矣。幸姑俟焉，必有遇者。

○一篇数十折，愈折愈化，开一步处，正其紧一层处。

◇前后得此一振。

◇开一步，一字一折，愈松愈紧。

◇此折愈工。

寄方坦菴先生书

宁嚄落无所表见，谬以诗文，为当世贤人君子之所推许，大人先生之所奖借，怦怦焉不安于心。及闻阁下在扬州，每对客辄倾倒于董生，谓当世无出其右，至以不得见董生为恨，而询其生平，及其面貌与其性情焉。长公学士，及龚子仲震、邹子訏士，陈子其年、赓明，先后述阁下之言，宁闻之而骤惊焉，已而窃自喜焉。

其惊也，谓宁之诗，遂足当阁下之倾倒如此也，未必然也；其喜也，谓阁下而亦倾倒于宁如此也，将当世贤人君子之所推许、大人先生之所奖借者，未必皆过也。因自取其所为诗，覆阅之，亦复自得，渐忘其媸，非复向者之怦怦不安矣。

既而思阁下之所以许我者，必自有说。阁下许之，而宁不晓然于所以许之之故，是阁下知宁，而宁反不自知，将贸贸焉自去其所长，微独负阁下之知而已也。龚子之言曰：阁下之亟称于子者，尤在五言古诗。邹子之言曰：子五古与七律，尤为阁下称服。二陈子则曰：古诗五律，子尤见称于阁下。独学士语宁，与龚子之言差合。

宁之孰得孰失，亦未尝不自知之。及传闻阁下之言，或所许者在此，或又在彼，宁于是复怦怦焉不自安也。或阁下过于奖进，漫举之而皆非真耶？或传阁下之言者，未必皆信耶？或阁下语学士者为真，而语诸子者为泛耶？

宁嚄落无所表见，将终其业于诗文。愿知阁下之所深许者，以合乎宁之所自许者，庶乎其有进焉。适研斋李太史，过江奉谒，冒昧附书，伏赐教益。

◯文贵灵转，但灵转之文易为飘宕，而难为古劲。此篇回环曲折，几于神化，而运之有腕力，故为至文。

◇笔笔昌黎。

◇自家原有定见。

与倪闇公

今之谈诗者，邪说渐消，无不知攻竟陵者，而其弊即在于攻竟陵。知其俚鄙而学为华靡，知其纤曲而学为率直，联篇累牍，诩诩然自号能诗，卑者忘格调而竞风华，高者离性情而言格调。是学竟陵而诗亡，攻竟陵而诗愈亡也。犹之功令既严，无不知摹先辈者。然知浮华之掩理，则趋于枯寂矣；知怪僻之累体，则趋于平庸矣。浅者有波澜而未老成，深者有理会而无神化。此其弊，亦即生于摹先辈。譬如古人已往，为土木以像之，衣冠是而人非矣。乃优孟复过而笑之曰：“是不如我之能笑能颦、或歌或泣也。”呜呼！将遂得为古人乎哉？

◇道破诗文之弊。

与弟季友

是行也，将遡长江，泛鄱湖，逾梅岭，而渡南海之涯，至惠州，凡四千五百馀里。有惊涛怒浪，鼋鼍鲛鳄出没之无常；盗贼险虞，风土淫恶，蛮烟瘴疠蛊毒害人之可虑，吾奈何听汝去哉？

且先人在时，怜吾与汝而计安全之，动虑事变不测；或晨夕离左右，即不欢。自吾父亡，母夫人尤欲吾、汝常在目下。吾间以事适百里，必叮咛慰劳，谕以戒行路、速归期。出数步，复命之回，回而又谕之，又遣婢再三传语中门外。至期，则具鲜食以待；不至，则皇然以望，惕然以忧。以汝幼，则视汝间往亲串家，亦遂如吾适百里。汝或不即侍寝，则檠灯数漏，卧席不安。嗟呼！汝念之乎？汝固向者怀中、膝下之身也，一旦跋涉数千里外，置之风波盗贼、烟瘴蛊毒之中，先人有知，夜台愁望，则所谓"嗟予子，嗟予季"者，岂异于存日哉！

况吾父之亡，以汝属我曰："尔长兄，善视之。"洎母之亡，又属我曰："尔终善视之。"吾时实应命。而今乃不能振汝，使汝不得已，而邀先人之遗德，以待振于故人，则汝之冒风波盗贼、烟瘴蛊毒之危而去者，非惟吾听之，直若吾之驱之也。

然吾既不能振汝，而沈君以异姓兄弟，欲振之，具书词迎汝，则汝之去，初非乞怜于行路之人，以为先人辱。而吾又不听汝去焉，则似绝之所往，而吾益不安。用是涕泣送汝，亦唯望汝每事必念先人，致戒于舟车行李之外，复慎起居服食，谨言行，择交游，制情欲。不忘危险，而后出于危险，以免于前者之所虞，因得早归，告无恙于祠墓，庶犹可慰先人，而不至重形吾不孝也夫！《诗》曰："嗟！予弟行役，尚慎旃哉。"汝念之，何待陟彼岗兮而始念之？

◇真起得势。

◇序述家常语，妙在不饰。

◇潆洄曲折，所谓匠心。

○由深而入浅出，抑扬曲折，似无意为文，而已臻文之化境。

龚百药

介眉，琅霞，江南武进人。《毗陵文选》。

与吴玉虹书

药白，玉虹足下：两日偕曹子、二应，颇纵游观、诗酒之娱，几不知有他事。辱枉顾，失迓；翰到，又淹裁答。顷始展读，知足下乃不弃愚钝，而命之为某当事寿序。仆窃以为，此种文不患不能作，患作而不能佳，故不如不作之为愈。无已，则必变俗为古，置之古文中，而不觉其恶焉也，庶乎勉为之耳。

仆生平于诗文之道，无好名之念，惟日孳孳尚论古昔，折衷得失之林，以明斯道之必有合焉而后止。苟谓贬其所学，易以欺世取名，则反有所不能。性也，岂可强耶？前饮次，忆与足下论诗文极快。然犹虑足下不察仆所以论之之意，而疑其言之过当也，故复为足下言之。

大抵仆所以论诗文者，乃与时论大异，如足下云，“文章不可以无体”是已。虽然，仆所谓“体”，非足下所谓“体”也。夫文章不尽于体，其体亦不定，不定中自有一定之体在。譬之置阵然，奇正相生，如循环之无端也，孰得而穷之哉？此仆之言之，所以异于人之言之，而非拘拘形似者之所知矣。故规矩，方圆之至也。设有匠人焉，执规以为规，执矩以为矩，以为他器则不能也，而曰“吾如是足矣”，可乎哉？设有匠人焉，执规之圆以为圆器，执矩之方以为方器，而曰“吾如是足矣”，则夫器之精粗美恶，一切置之勿较也，可乎哉？且使器之方者，古人有为之者矣，而今日必不可以为圆；器之圆者，古人有为之者矣，而今日必不可以为方。是拙工也，可谓之巧者耶？且又使器之方者当为方，而今必改之以为圆；器之圆者当为圆，而今必改之以为方，是僻工也，可谓之中者耶？嗟乎！此皆大匠之所不取也，则何故哉？失于不知也。

故读古人之书，观古人之行事，亦然。或同之、异之而皆非，乖其用也；或因之、革之而皆是，中其宜也。故为诗文之体，亦然。其採之也博，其择之也精，其养之也纯，其出之也神，若是者无他，惟其道而已。古如左丘明、司马迁、李白、杜甫之徒，其体何尝无所师？何尝非左丘明、司马迁、李白、杜甫之自为体也？今为文与诗，而不欲学数君子者之所为则已；必如数君子者之所为，而后可谓之文、可谓之诗也，而后为愉快也，则必求数君子者之所用心以为之。何尝不学数君子者之体？何尝非吾之自为体？则吾之自为体，何尝非数君子者之体也？能如是以为体，不亦善乎？否则过也、不及也，失钧。

足下以仆之言为何如？以仆言为不可，仆从此对足下默矣；以仆言为可，愿时时相与讨论切磋，不无少裨足下。足下其审思之。

◇是作诗文本领，非过高之论。

◇四层翻尽千古文章之病，其势更风飞电掣。

◇他人于此即合到诗文，不能著此一层矣。

周积贤

寿王，江南华亭人。

与陈其年

足下颍川旧族，江左名流，三君同尘，二方高世。藏书善卷之洞，伫见花开；赋诗玉女之潭，还惊鱼听。珊瑚七尺，非惟金谷之园；玫瑰千重，宁止曲阳之宅。固当笑南金之寡和，讶岛人之绝絃。况复剡溪非远，子猷乘兴之船；山阳可通，仲悌相思之驾。东都道主，便多慕德之宾；西邸文人，或有求名之客。是臭味也，其不然乎？

仆比年病患不时，离忧多暇，天地为小，江海不流。遂乃息羽于千里之内，垂翅于多士之末，既井臼之匪逸，亦蹑蹻之徒劳。而卖书无力，佣笔兴谤，时有弋者，无静柯之可棲；身为榜人，冀安澜之可托，风教所期，惟在足下。且夫檇李山下，为种、蠡者几人？石头城中，凡导、安者几辈？坐新亭而陨恸，过西州而怆怀。马首东西，川原南北，寤寐忽见，胡宁可言！浮沉之怀，若斯而已。

将以明春，迄于三载，编竹为室，广不过身；藉草为裀，厚不蔽膝，散发其上，匿影其下。既失蛟龙之伍，仍非鸡鹜为群。元卿荒草之迳，是所师心；子通终日之关，差堪尚友。小人固鄙，不敢自文。至其异乡赋别之篇，昔日咏怀之作，虽词非金石，难居作述之科；而心有风雅，非无鸣跃之性。勒之宛委之山，非敢望也；供诸羽陵之蠹，岂不惧欤？杜元凯之碑，一山一谷；庾子山之赋，五存五亡。私心痛之，无能为力。足下念此，宁无慨然？

秋风加厉，塞雁初来，后遇有时，行矣努力！

◯集中绝少骈词，喜此无饾饤之习，故特存之。

钟震阳

百里，玄洲，江南宣城人。《偶居集》。

柬臬司

他令所艰者，钱穀、刑名尔。越多重案，株蔓之馀，鸿罗鱼网，诚有如台翰者。此辈出门时，姓名乡曲，判若更生；宗党姻连，贩为奇货。跡者执南辕问晋，悬马价问牛，每一当之，头须为白。

与仪封令君

捧犹贤草，知陈蝶菴素相倡和。此君才、酒俱壮，殊足念。

◇七字可入《世说》。

与某公

河以委蛇，故能远；山以陵迟，故能高。彼卓绝之行，与激诡之声名，可以物身，不可以理世。唯唯阿阿，媒妁之口也；淅淅沥沥，灶妇之形也。生欲两避之而就一我，世亦两无处焉。究与世恐不免，亦听之已耳。

〇诸牍思韵矫异，似一种子书。

与某兄（庚辰）

治天下有才，乱天下亦有才。未有如今天下，即以治之者乱之。筹略出庸人下，舌本乃踞周孔上。人相对几席之近，而心相图已在雁门之间，可笑也。表里晶莹，不为此阔大虚浮之言以警世，如我师，真国之巨人。蒸灵郁异，继起有兄等，天之报老师者不薄矣。

与某弟

波红天黑，以叶舟掀播其中，几不知所届。眚无远山而横见妒，额无於菟而面相漫，人世原如此，未足异也。金之难辨者，谓其有鍮石也；使鍮不混金，则亦何害于鍮？人不自信，动引遭谤被谗之古人，与己之招尤，互相解卸。窃恐非鍮非金，傍以为何如物也？

迁武林者一月，湖光到门，山翠欲滴，不知何年一穷其胜？

藏弃集卷之七

王　履

安道，江南昆山人。

与　人

仆游华山，见奇秀天出，乃知三十年学画，不过纸绢相承，指为某家数耳。近始屏去旧习，以吾师心、心师目、目师华山。

○以为儒、为禅、为趣，无所不妙。短章能如此，自为极品。

又

先正言文章当使移易不动，勿与马首之络相似。余游华山之诗，敢谓轶昌黎而配少陵？庶免乎马首之络之弊而已。

王　衡

辰玉，缑山，江南太仓人。

与袁了凡主政

捧读尊函，先生赠我以道，所以待我者甚不薄，极感极感！惟是居尘出尘、即事炼心之道，固衡称稔闻也。明知情有所著，蓬宫瑶池，与厕溷原无二相；而根性顽犷，习与性成，如滃雪蛆、作蓼虫，焦闷且死。接客未数语，而背如猬刺；读书未数行，而急欲完卷。嵇中散、陶元亮之乐更无有，而所云懒着衣冠、读书不尽解者，病更倍之矣。此对真人前，不说假话。姑俟琢磨客气几分，乃敢称先生弟子耳。

◇将自己病痛写得入趣，是尺牍好手。

邵　宝

二泉，江南无锡人。

与同里新贵王大令

天下最亲民者，惟守令。虽圣明在上，而一二贪残居职，民之不得其所者多矣。故一邑有循吏，一邑受泽；一郡有循吏，则一郡受泽。其功德比于君相，似小而更密，似赊而更急。大略教化为上，宽仁次之，综核又次之。严于驭役，而宽于驭民；亟于扬善，而勇于去奸。如卓茂以治最封侯，其教民有云："律设大法，礼顺人情。吾以礼教，女必无怨；以律治，女何所措其手足乎？一门之内，小者可论，大者可杀也。且归念之。"数语温恻动人，致治脉理自见；律、礼二字，亦见醇良、酷吏下手分门处。观卓鲁之治，令唐虞三代，犹在人耳目中。究之，只退火尽耳。一些名根，不足与于斯。贤其念之。

◇梦入华胥矣。

又

昔王文正云："朝廷榷酤至矣，东南民力竭矣。"此真宰相之言。如平准、均输，间架、陌钱，及青苗、手实之法，皆于中世行之，令元气坐索，国本虚耗。倡此法者，及精言利之人，皆不令终。何则？利必有害，其数然也。当刘晏以养民理财，算无遗策，而后亦以冤死，史犹以为精利所致，况其他乎？今兵饷不足，水衡频竭，如张咏、周忱，善均节之可也。倘有谋及此，便非气运之福，又当善为酌行。所为贤者，更当尽心时也。

〇笔有劲气。

与胡莲渠侍御

唐马周代陈便宜，以白衣立致宰相。一布衣言天下事，如指诸掌，至动圣君击节叹赏如此，非存心经济、积诚所至乎？大略熟练世故、欲治天下的人，则词理自别。

夫奏疏似属空言，比见之行事者，宁无别乎？不知善念满时，鬼神已知。况行事只施济下民，而奏议则转移主意，得采一善，视自为善者已更难、更难，况格主心乎？一人有庆，四海永赖，其为祸福，宁可计者?! 是以林机议缓蜀赈，祸至灭门；马默奏除投海，天赐儿女。王安石议复肉刑，父子冥谴；王仆射请贷僟（饥）夫，神报相位。

祸福之应，其显如此。但以天下生全、万世太平为心，则宛转虚活，自有窾窍；击邪为正，定无虚憍。不然而左右手、轻重心，论事过当，议人失实，当其偏于所执，亦自实见得是，然已祸天下不浅；又不然而矜名矜气，致天子愎谏、权贵褊衷，害事亦甚不少。此皆直道，尚恐有失；若借事权、报私怨，植邪党、排正人，逢上意、希奥旨，则更不可言，报亦更惨。

言事有款有情，单剀切不得。唐德宗之称李泌云：“朕言当，卿尝有喜色；不当，尝有忧色。虽时有逆耳之言，而气色和顺，无陵傲好胜之志，直使朕中怀已尽，而屈服不能不从。此朕所以喜得卿。”此可为得言之神矣。故词不必文，文不省也；不欲多，多难竟也。朝廷生一事，则民之不得死者多矣。此中外便宜，一切报罢，有以为圣相也。宁为哑给事，切莫作矮人看场，最宜留意。

〇佛心婆口，是一则功过格。

〇古今全局，和盘打算。

周立勋

勒卣，江南华亭人。

柬人中

文当规摹两汉，诗必宗趋开元。吾辈所怀，以兹为正。至于齐梁之赡篇，中晚之新构，偶有间出，无妨斐然。若晚宋之庸沓，近日之俚秽，大雅不道，正不必置针砭也。

〇故是通论。

与秋士

讬美人于君王，寄良媒于哲辅，淫思幽怨，实始《风》《骚》。吾曹置蜡之篇、散钗之句，或吟秋雨，或悼西陵，本非大雅所讥，岂为盛德之累？

〇勒卣纵情倡乐，丽思逸致，居然可想。

与伟南

文人浮薄，古今所疑。轻毁前贤，非轧侪辈，吾党深绝，实鲜斯尤。若矢口标榜，有“寥寥馀子”之言，“卿当第一”之语，虽以一时取快，终非雅士所宜。若乃子玄篡向秀之书，延清攘希彝（夷）之句，事同挟盗，非独轻浮。巧者勿矜，拙宜自勉。

张　溍

子晋，曲林，江南华亭人。

与罗瑕公

弟牢落半生，痴怀不改。在南中数年，得一穆如，以为至快，不意因穆如又得仁兄。自北行以来，深忧穆如文不通俗；不意黠奴，遂能振拔乃尔，此殆“真能作贼”。闻信喜跃，是日与王锺老浮白大醉。憾不即至眼前，共倾酒瓮。幸为我致声王郎：人事酬应，稍与和光，使世不称矫激即可。慎毋与一种虚气之人，多嚼酒肉，跟随仆从，损却平日家风。

目今世道日衰，贫贱之士，居常自许德业不让孔颜，经济必跻管葛，文章直凌班马，风谊可追鲍雷；及其得第，旁人视之，全不相应。今日穆如出头，望其一洗此习，多蓄馀力，以应事会。若精神气力，耗于无甚紧要之处，将来好事当前，便难发付，不可不蚤计也。

弟望穆如之甚深。狂奴故态，不禁潦倒，仁兄能不为之一笑乎？

◇人己两得，所以为难。

◇厚道远识。

邓汉仪

孝威，一字旧山，江南吴县人，泰州籍。

与袁箨菴

承示诸笺，得吴梅村太史奉赠四诗，风流婉约，真如张绪当年；又如商女隔江，唱六朝新曲，可妒亦可怜也。至读曹秋岳先生“老泪霑歌板，归装俭秫田”之句，又为黯然。世有一代才人如袁令，而竟乏司业酒钱之赠乎？可为世道叹，并可为游人戒矣。

◇文士关切语。

答黄九烟

先生落落高踪，弟辈乐其真，时人恶其冷。今已无伯通之庑下，安所得杜陵之草堂耶？只须移家渡江，向九龙峰依阿垣，最为长策。

○晋人语态。

与刘津逮

弟与申子凫盟，素未谋面。乃凫盟寄江南友人书，屡屡称弟不置。弟岂忘情于凫盟者哉！

凫盟寄托高远，所为诗，苍浑之中，乃复秀润，此正河朔所少。盖太行、滹沱之间，风气刚劲，诗不难于壮，而微患莽。若凫盟者，真矫然独出者矣。

弟夙昔为诗，怕落齐梁人声口，累年北游诸作，颇雄健，绝无绮罗花草气，其得之山川之助耶？恨未缮写，不能呈足下，并寄凫盟读之。

与孙豹人

竟陵诗派，诚为乱雅，所不必言。然近日宗华亭者，流于肤殻，无一字真切；学娄上者，习为轻靡，无一语朴落。矫之者，阳夺两家之帜，而阴坚竟陵之垒，其诗面目稍换，而胎气逼真，是仍钟、谭之嫡派真传也。先生主持风雅者，其将何以正之？

○今日诗家，公道之论。

唐汝询

仲言，江南华亭人。盲而著书。《编蓬续集》。

与某

窃闻玉石相糅，三閭所以痛心；牛骥同皂，梁客为之扼腕。夫志士之不能群于庸夫明矣，迫而合诸室，犹且掉头而去，况迫而合诸简册乎？

仆偶客邗沟，有事于杀青。闻有千里馈书者，取读之，则《云间人物志》也。其传先达，暨当代名公，无敢置喙；独“异人”一款，收仆与某伯仲，仆忿然废寝食者三日。

仆之与某，吾乡五尺童子，咸知其非伦矣。先生取而合之者，谓其文词足敌耶？清修互竞耶？著述堪比耶？是三者，某未尝有也。特以盲废而合之，则先生真皮相士矣。

作史者贵知人，合传者贵定品。人不知而传，品不定而合，遂有挽途人以剧谈，延彝（夷）跖而同席者矣。腐令合范、蔡而传之，以智辩相埒也，均为秦相也；先生谓其折协摺齿而合之耶？虞、舜、项籍，俱列本纪，以尝宰割天下也；先生谓其重瞳足附耶？古今称文人者，必曰扬、马，以有词赋相当也；先生谓其口吃而相承耶？然则左丘明之失明，渐离之矐目，子夏之小冠，俱可合而为传；行汲之躄，晋之步将，齐之膑，献璞之刖，俱可驱而同堂。晏婴之六尺，孟尝之眇小，武安之貌寖〔寝〕，郭解之短矮，俱使屈节而从侏儒；防风之骨节专车，长狄之身横九亩，皆令卑身而事西伯侯；高股有黑痣，桓温面有七星，光武日角，叔夜龙章，俱遣约为昆仲。阳货、孔子，俱列世家；习凿、支离，俱称词伯。是皆先生作志大意也。

夫不求人品，而索诸形骸，陋矣！无外史之笔，叨外史之任，多见其不知量也！先生之书，既已梓矣，言之无益；但求毁去唐生一板，不与某列，幸甚！

◇合诸简册，胜于合诸室，妙妙！

○笔光墨焰，顿作五色陆离。

○从李斯《谏逐客书》化出，无其一字。

纪 青

竹远，江南江宁人，伯紫尊人。《桦冠子》。

与尔斐

簪缨之士，卑者为荣膴，高者为勋伐。声名一途，又卑、高二种人汤头引子，药剂中断不可少者。至于所谓千秋万岁后，非无聊则愤激。

○令杜预一辈人意消。

与艾清嬴

老枭与雏鸢分鼠，鸾凤与鸡鹜夺谷，梧椅与荆榛让荫，粪草与芝蕙蒸蚀，范忠宣云："非惟不可胜，兼亦不足胜；不惟不足胜，虽胜之不武也。"今日之事，与此意同。

○似陆士衡、葛稚川语。

示 儿

奔车之上无仲尼，覆车之下无伯彝（夷），性之者也。孔子家儿不识骂，曾子家儿不识斗，习之者也。丹朱不应乏教，宁越不闻被箠，语其变也。裴晋公有言："吾辈但令文种无绝。然其间有成功致身卿相，则天也。"叶石林云："后人但令不断书种，为乡党善人足矣。若夫成否，则天也。”今之人，但知教子弟取富贵耳，非真能教之读书也。

夫子弟之贤不肖，岂在穷达哉！有富贵而陨其家声者，有贫贱而振其世业者。汝不见若乎？老大夫起家钜万，终夜握筹，尚在针头上削，佛面上剥；二子久制泗滨，泠泠一击，刹那尔。汝又不见若乎？占籍单苦，百荼俱茹，高视阔步，思做天下第一流。富贵家儿，不如人且不可，何况贫贱家儿？汝勗之。

◇滔滔皆是。

〇江南败子负人债，期以父没入棺击磬时偿之，谓之“磬响债”。

张一儒

彦先，江南江宁人。《懒眠斋》。

答武仲宣孝廉

读书清缘，真不易得。若机趣不生，虽终日闭关，政不如饮酒赋诗，登山临水，时有会心，乃出读书之上。古人之书，亦是机趣所到，偶尔肆笔，遂足千古。今人苦心摹画，已落声闻；若更参妄缘，或反失之矣。余驾部轶才，弟宿所钦服，为时所役固宜。乃委弟代斲，岂膏粱既厌，而反思藜藿耶？

◇自是名论。

程　邑

幼洪，翼苍，江南上元籍，休宁人。

寄嵇叔子

永嘉山水，在越地为最。足下建节以来，继王谢之芳躅，登临所历，吟味必多，当不使山水之乐，独让古人也。

弟谪吴门时，曾接翰教，此时大刻未成，索邑叙言，至今未睹全豹。数年来簿书之暇，怡情笔墨，凡丘壑鸟兽、风雨花草、城郭园亭之所触，同僚、属吏、绅士、山人、墨客之所感，忧喜愉快，咸寄乎诗。其得之心而应之手者，必有轶于古人者矣。

君家昆季入都，问知近况，布衣麤食，不减寒士。人无所求于己，己无所媚于人；己亦不求于人，亦不责人之媚己。余闻之惊甚。今之为外吏者，不求于人固难；而能使人不求于己，此必不可得之数也。足下何以得此于人哉？世以威凤祥麟、甘露醴泉，为国之瑞，使吏贪而民贫，此数物即数数见焉，何裨于治？使天下之有司，皆如足下之无求于人，其为瑞也，不亦多乎?!

十年前，与足下作赋论文，掀髯鼓掌、狂歌饮酒时，私心揣足下服官，必为伉爽豪华之行，孰知类深山学道之所为哉！足下其勉旃，慎终如始。

〇有议论而不减韵致，固是雅人。

与门人叶九如

不佞忽动念：安得万间屋，以居无家者；挟纩无算，以衣无衣者；积菽粟如恒河沙，以食无食者。掬大海水，涤尽人心之垢；借五丁力，凿平人心之险。足下留意古道，想有同心。然此如精卫填海、愚公移山，徒空言耳。虽未必有是事，不可不存此心；否则，鄙吝何由得消也？

〇善言如药石，未必愈疾，去其太甚耳。

严首昇

平子，湖广华容人。《濑园文集》。

与唐月麓

文章一道，一人开之，众人尤而效之，非众人之过，而一人之过也。夫我则为文，而他人得以袭取学之，毕竟非至文耳。且我则为此之文，而他人得移之于彼，无亦于此有不甚真切焉者欤？自古文章所在，未有能免于流弊者；其能免于流弊者，则必其立于不可及与其不可假者也。

〇确且快。

与沈公绂

三十年，士子好名已甚。方圆在千里之内，前后无百年之久，井底自鸣，何裨胜负？汉季天下名士至数万馀人，今日若相似，然毕竟过情不祥，旋踵辄败。论者以此执咎声闻，想当尔矣。古人皆不得已而有名于世，故其名克称厥功；以视虚声处士，若苍素不相疑耳。

〇刘四骂人，人不恨。近日名下恨严子不得，真足发人深省。

与刘秉三

“惟士与女，伊其相谑。”衲衣辈遭遇文人，如士女然，不戏谑不止。苏公所云“借禅以为诙”，亦习气耳。予因思《传灯》载一千七百人，自王侯下逮薪粲，皆得证果，独文人不居一焉。阿难以多闻见摈，《华严》以多闻致戒，古今文人，莫不谭禅，终不得禅；容有作仙，无作佛者，其口业应然欤？

○禅中何尝无文人？裴、白、苏、黄，皆文人耳。假借四大以为身，是真语，即是谑语。禅之不废诙，自往劫已然矣。

与薛谐孟先生

前代诗凡累变，大概过宋、元远甚，独不逮唐耳。适赖有先后诸大家，勦持厥衰，适足以衰诗。自诸大家以外，又毕竟无一人足以言诗者。虽郊岛、仝贺等辈，时或复生，譬则浍清河浊，君子务取其大矣。四十年内非薄先辈者，踵相接也；卒与先辈同无是处，何哉？

天下事，不矫既往，不成更始，其常势也。然而江河日下，后不如前，正坐是耳。贞元而降，作者思以凌古人而无术，乃至左驰外道，成彼一时。嗣是以后，宋人亦复废唐，元人又思救宋，避溺得焚，愚不可瘳。

明初四家十子，因循元习，直待成、弘，乃正厥始。是故成、弘，矫宋若元者也；矫宋若元，不得不返之大历以前。于是歌行优孟李杜，近体临摹开元，是则全是，非亦全非。诗存诗亡，同在此日。降而嘉隆，抑又甚焉。南岸起而议先辈之后，则宋之废唐也；复州之尾南岸，则元之救宋也。毕竟宋能变唐，不能并唐；元非药宋，与宋同疾。

嗟夫！信阳师心，北地证宗，既已梦中占梦；七子投诚于二家，后人操戈于七子，将无以燕伐燕？八百年来，无有是处，抑何艰欤！

与江州黄子

士子生当平世，夙夜强学，靡事不为，胸中求一阔然，不可得。迩来周旋风鹤，有突莫黔，无可干之禄，无可读之书，饥寒非累，生死未卜，邂逅只在山中，放弃全如海外；举趾则登峙临流，启口皆悼亡思远。一人之身，一日之间，而古诗人之遭遇、之性情殆备，欲无诗，得乎?!

〇将诗社作大铁围山，何处容修罗洒血？吾羡吾平子已。

与华阳

以匹夫徒步之子，蓆门绳枢、竹床土�之间，细丝高竹，未调于耳；琼花怪石，不供于目，以逮好鸟丽人、高僧名士，莫缘为侣。此外惟江山风月，可得有耳。然而登高临流，或无其具，良宵令节，不知将至者有之矣。诸如此类，皆所谓“诗料”也，而皆无有，而皆恃此支离顑颔之心。诳空而为诗，辟之则文人谈武事，地间人谈天上，中国人谈海外，无望其言之亲切也。惟是怨贫伤老，终日书怀，弥望一色，无足观耳。

与刘长御

国家功令，初不以诗取士，士大夫不以此轻重人才。凡此居然作诗者，其于诗，非真如嗜酒好色，不能自已于性情也。或少年好名，精神大半耗于干禄之学，而复以其绪馀，分风流一席。不然则有荐绅先生，劳于王事，昼锦之馀，万全孙谋，然后以其既衰血气，应酬山水花月之间。之二者以外，则又有布衣之徒，其始学制举艺不成，退而学诗，思挟以涉四方、遊大人，不得已而从事，无惑乎于此道概无闻也。

〇确当处稍中忌，然受者要当自省一会。

与白生

布衣诗非工不能存，荐绅但有诗辄存。是故诗在荐绅辈，可传者什一，布衣固居什九。今日则论其达不达，后世则论其工不工也。且夫名誉所在，当时则闻，殁则已焉者，往往然矣。亦有能得之后世，不能得之当世者。端木之声，愈于仲尼，而颜曾俎豆居其上；白居易鸡林赚句，梅圣俞西彝（夷）

织字，王昌龄、高适、王之涣，咸被管絃；数者，李、杜所未及受享于当世，而千秋后，诸子之视李、杜何若也?!

与周彝仲

窃尝有言：诗，厚物也，刺常似美，美不似刺；怨常思群，群不思怨。谷风无失其故，行野无失其亲。诗中天地，不在人间。

与秦兆谷

诗，浅事也。古今世无治乱，人无愚哲、男女，皆足以为诗。然君子之得与于诗者，莫不有其遇合焉。青莲高趾，少陵失路，襄阳穷而后工，右丞达而后工。假使数子易地，即皆谓不幸，即皆不必能诗。辟如苏子卿晚年从容汉陛，便碌碌无所表异；然则啮雪咽毡，节旄尽落，固子卿所谓遇合也。

与王季豹

仁兄所处，天人名实，一切非弟可比。大约才兼志颐，肝肠过热，靡事不为，无人不交，此病似非小可。我辈之身，非乡里亲旧之身；四十以外之年力，非千条万缕之年力。思之思之，则得之矣。

仁兄亦思李白何如人，刘全白犹以无所成名为惜；夫子又何如人，党人亦复惜之。古人不为穷大，不治甫田，用心颛笃，而作事近著如此。

与陶仲调

近日房选，概无可观。大约子舆氏“地丑德齐”四字，可以尽之。主司怯于功令，以得一才人为惧；士子亟于干禄，遂以克尽其才为忧。而君家兄弟，独倡和湘南，古文奇字，终始不渝。此则有为有守，古贤者事乎？！

与文木生

弟丙子冬，曾将前七子一派名手，细细去取，只觉四簋满前，无下箸处。大抵如燕赵丽人，流观无一不佳；实实欲捐金为我有，便觉无一可者。此选诗之难，难于作诗也。

复王子京

入冬拮据此两大篇，摩揣高深，刻刻与先生周旋也。寿文例如梓人作室，动口便须吉祥，忌讳颇多。儒学碑记，如坐皋比解训诂，作老实语，博趣不得。须经先生点定，便如东坡册诰，皆有生动意矣。

与李共人

诗人之妙，却有得气之先、知幾其神之美。《三百篇》终日忧乱，皆从人所相习不察处以为怪异。如“日有食之”，“正月繁霜”，“莫肯夙夜”，“民之讹言”，“彼宜无罪”，“此宜有罪”，皆后世家常事，皆以为不可救药之忧。若唐人流离琐尾，啼号满纸，已落第二乘矣。

〇可解说诗法，亦可解忧时法。

与王澄川

史称“家徒四壁”，某并四壁无之。平生尺牍，强半皆匄貣（古同“贷”）之文，一夕尽焚，畏为后世蝜蝂口实耳。正苦米贵，家在首阳，赖先生捐俸，始一举火。因思徐穉、闵贡辈人，不可得而衣食，彼岂或有姑射辟穀之术哉？仲子恶能廉，则某今日之谓欤？一笑。

与刘公言

仁兄才思，敏妙高广，自是今日第一座位。但须及时读书，克尽其美。古今无无益之书，何可胜读？务在得其要领。大略《通鉴》、二十一史，为古今大头脑；《十三经》，为圣贤本领。二书如人生之有室家，全力经营，无了手日。此外百家诸子，概作亲朋过客应酬，随缘踈密可也。

与刘云门

陶公终日为儿子虑，虑及僮仆、衣食、诗书，何其真也。将儿子贫苦愚拙，种种烦恼，都作下酒物，何其达也。近情之至，忘情之至。

与陈斗翔

天地父母，某月某日，甲与乙为友善，上下四旁，莫不并见，可谓至交矣。“君乘车，我戴笠，他日相逢下车揖；君担簦，我跨马，他日相逢为君下。”何其相许之廉也！古人贫贱之交，无过望于富贵如此。分金赠绨，已是后世人事，何况王贡弹冠？

〇古人不轻责人，故多全交。

又

朋友一道，惟贫贱则然，无责之于富贵；安乐则然，无责以患难；生存则然，无责以既死。取长略短，厚往薄来，则可交尽天下，受用朋友一道，

〇最讨便宜法。

与　人

香严悟道，则遥礼沩山；沩山大慈，恩逾父母。当时若为我说破，何处更有今日？康节学于李挺之，请曰：“愿先生微开其端，毋竟其说。”此意可思也。

〇此意最妙，所以大悟、小悟，时时呈露也。

赵贞吉

孟静，四川内江人。

与李生

足下之志大矣。乃徐察其量，则似以虚为实，得少为足，此又何说也？

夫步象蹠者，不由兔径；恢大业者，必宏远图。昔古公欲大周业，必迁于岐山之下居焉；陶朱欲富其积，必处于定陶天下舟车财货辐辏之处。然则士之欲追古圣哲，而求得其所为道，取财畜德当何如耶？

乃若足不出于百里，目不接一胜友，抱兔园十数册故书，握举子活套，以雄长于目不识一丁之人，偃然自大曰：“吾以斯文自任，前无古人，后无来者。”有识在侧，奚啻笑河伯之泊于秋水，叹沟浍之盈于屋霤矣！生谓之然乎，其不然乎？

雅闻生少年尝习静山寺，奉母养志，文史自娱，俯仰今古，盖吾乡郡丹山之雏也，岂不爱念？嗟嗟！人亦有言：年近三十，忧老将至。世事易缠纠，光阴易懡㦬。忽忽淹留，壮老逼人，打入凡俗队中，亦不难矣。可不省哉？可不畏哉！

◇妙于取喻。

◇“良时不早建，忧来逼我身”，同此感慨。

与唐荆川

公才名甚高，易为人忌。布衣草食，穷饿蓬藿，人尚计较，有言纷纷；而况兹行，有县令负弩、诸侯屏息之势哉，可不加意谦下？以郭令公、曹武惠之事自处，非以媚世，乃以善世也，乃大乘法门也。

恐相见晚，故先道此。又知公早自知，而仆之言之，聊作印证耳。如何？

〇厚德人语，更具身分。

与督学管慕云

水涸根枯，方寻依真实，古人佳处，用意深处，时时见之。以此新知，遥思旧侣，停云影里，流水声中，岂无舟车，吾将安访？公欲知仆，正尔法堂草长也。

〇旨是宋人，隽异是晋。

与韩吏部郎书

闻先辈每用夹摺存袖中，随所闻见，随即札记。问君子得君子，问小人得小人，以多者为的，而又自以平心断之，且又贵其不露也。平居惟有读书可长内智，问人可长外智。二智并用，可得大半，然后俟其位至用之。

夫俟之亦未易也，其要在善处同僚。昔闻马溪田以告赵八墩者，惟在众中不见众，讲事不以气凌人，不谈长官短长，不说他司利病。最不可者，以诗文之工、闻见之博，先独取一二轻俊合己者友之，以他人皆为椎鲁不堪比肩，群居独与此人翕翕訿訿，过从杯酒，旁若无人，他人则终岁不一过也。诸如此类，言之不尽，其毒甚大，可一省之。何如端凝简重，忠厚仁恕，平心泛爱，与物无忤？此“俟之”之道也。

◇学问人语。

◇嘉、隆七子，正坐此病。

宋登春

海翁，应元，鹅池，直隶新河人。

与人

仆幸以才力之诎，故得沉思苦吟，审于性情之正，以求归于温厚和平。彼倚马千言、挥霍词林者，方伤于所恃，能无穷大而失其居乎？

○说诗正则。

又

文中子谓北海黄公善医，先寝膳而后针药；汾阳侯生善筮，先人事而后卦说。余未善诗，先性情而后文词。寝膳、人事，性情也；针药、卦说，文词也。

○平语以引喻形起，令人喜玩。

读某君诗与客

作诗何为者，而令七尺躯，津津谀贵人丐活耶？

乔　钵

文衣，直隶内丘人。

答　友

夜半过午门前，万籁俱寂。猛思日中百亿生灵，今归何处？人世升沉，如此而已。

○刹那间发人深省。

张四维

凤盘，山西蒲州人。《絛麓堂集》。

寄孙淮海

积久不奉教言。追忆昔游，非不宛然在目，而岁月渐迈，知已天涯，览镜自观，形容非少矣。每阅古纪传，诸奇伟磊落、表表自著当世者，方其抗行奋迹，著论纡谋，固烂然盈帙也。数幅之后，世代顿异，翻帙以思，则已窅然远矣。今我兄弟所勗念者，固此数幅内事耳。而聚散靡常，少壮易过，每静言自念，辄恻然有疚于中。

○含毫邈然，凄感心脾。

寄王后峰

以门下介然物表，视世事若将浼焉，仆私心岂不高之？但以幼服圣训，遊方之内，觉伦理天性，不可解舍，褊衷不能无望焉耳。

夫物莫不各自有恃，所恃者固，则物不能夺之。岂惟圣贤见道真确者为然，虽嵇康之于锻，刘伶之于酒，固泰然以为得所寓，而人莫测也。是以举世嫉其放弛，而有识者亦或亮之，知彼非徒矜尔。

仆尺寸士也，不足与鸿洞之观，而亦窃有以自恃者。但阔别久，不得与门下剧谈，而又非尺翰可尽也。秋荐在期，大器晚成，必有震越人观听者。谨拭目以竢。

○世间一等无意味人，只是不具癖性。

寄高相公

某仗麻茈，年来居山，屏嚣茹淡，神情转健。乃于中秋拉一二姻友，泛湖登山，得《水经》《山海》所识诸异迹，宛然可验，数百年乃翳没草莽中；而俗丘冗刹，多表表著词人颂述。因叹世士识奇者固寡，而灵踪乃亘宇宙常存，不为损也。古人之道高寡和、功大招尤者，往往而是。而夸毗利势之子，间窃时值，播弄声馟于寰区中，亦何以异此也？

◇具此眼光，可见庐山面目。

李　楷

叔则，岸翁，陕西朝邑人。

与孙豹人

《列子》有云：“人不婚宦，情欲失半。”弟不宦矣，儿女之情，未免作苦。然亦思求一易简方法，十一应酬，十九观心；稍有放佚，则游览山川，诵读诗书，以蠲夫分外之妄想。此自供之案，不妨知己前委细详陈者也。

伏念好学勤苦、千秋自命者，吾里则圣秋、穉恭，与吾兄差相彷佛。弟不才，阑入此中，衰年智短，不敢以此自任。所愿以心学藏拙，文其不文之名，而自适其适。静观已往之作，其善者如鸡肋，其不善者如蛇足。欲听其或存或亡，而又不忍以佛谛观之。名即为浊，与财色食睡等，直该扫除净尽。而二三好我，不知何以教之？

夜来观古人博雅之流，于书无所不读，而证入道理处，未必精到。使无鬼灵，便当断灭，而言之所垂，昭昭不灭，是其精灵，亦复常在。嗟嗟！种豆得豆，习气在于文章，生生世世，终是一慧业文人。即有猎师，能断虎豹之命，不能掩虎豹之文；又譬之风虽猛烈，能驱倏然之云雾，不能改日月之光华。何况于心能有理会，此中受享，断断有鬼神不能奈何者，但在专心致志，不可作两橛人尔。

晓起无事，念老兄为文，见圣贤之理，具书奉谂。幸有报章，惓惓切切。

〇即从文字之不灭，证出性真之不坏。沙里淘金，犹有二相。

孙枝蔚

豹人，陕西三原人。《溉堂集》。

示　儿

受人之辱，最是有益事。读书做功业人，胸中皆不可无所奋激。若夫学为圣贤，学为隐逸，并“奋激”二字，绝无用著处矣。圣贤受辱，惟有一惧，惧我有以取之也；隐士受辱，惟有一喜，喜人之不知我也。嗟乎，辱之德大矣哉！

又

被里作文，枕上看书，此是熟境。席上赋诗，山头走马，此是险事。吾生平得失之处，告儿知之。

〇冷煖自知。

郝　敬

仲舆，湖广京山人。《小山草》。

与田肖玉

爽利汉生死临头，一似等闲；蠢笨汉闲坐，一似负盐车上太行的老牸。

又

真能不被物引，方是闲人。兄看世间，何物可羁留得我住？我可以羁留得世间何物住？逝者如斯，贪便是痴。

答某僧

日用间多少欠缺，却说六合外无量世界，此尔家为愚人排道法耳。然卤莽裂灭，实自此始。圣教不越人伦庶物，纵使六合外有无量世界，与人无干。人，只了人事；生天地间，只了天地间事。天地亦大矣，何苦定要小他？毕竟何曾小得！

藏弃集卷之八

刘　绘

子素，少质，河南光州人。《嵩阳集》。

上大司徒梁公俭庵书

进士绘，顿首死罪。绘不佞，不能敬奉德教，以顺下陈之心，绘恐以不肖之故，有伤于门下之度也。绘以进士，分大司徒观政。国家之法，以新进者多下邑草莽之臣，不习典章，令观大臣举事。庶他日有所法程，可寡过尔，未先授以职事也。

昨澍雨竟日，进士以仆马未便，遂未到部。随有健吏持札相唤，进士方与客对，即辞客，冲［雨］沾濡来见，初以为必有明训教旨，便当勇受之也。不意门下据案不答礼，声色两厉。进士以庶司在列，不能当面数之责，略为辨论。以为一揖不至，未成过也，门下何动气若斯？此所谓覆羹之失，而致翻海之怒；毁瓦之咎，而发破山之威，窃亦为门下不取也。门下怒愈甚，环视两旁，指为冥捍不识事体，公肆傲慢，令曹吏勒疏（同“疏”）参劾，进士始长揖退。见同年友，但瞑目沉心，而笑曹吏之忘识矣。

夫进士未受职，旷何职也？未受事，败何事也？曹吏虽黠，不知所主何意，所加何辞，所摭何事，所议何罪。圣主高居法宫，宸览诸大臣章奏，见大司徒奏囊，必虑以为军国何大议，边圉何大策，内庭何大计，象魏何大令。发而视之，则参一未到进士尔。绘惧此琐细事，乃厪圣主当何出丝纶、下明诏哉？是本欲成进士之材，而损门下爱士之德；明进士之过，而累门下容人之量。

绘闻仁不弃物，礼先厚施。以不肖之始进，望门下有以全之，不虞其辄弃之也；以不肖之狂悖，望门下有以教之，不虞其辄摧之也。故不教而怒者，礼之暴也；不宽而伐者，义之惨也。且举一言而伤国体之大，非忠也；薄一士而动群情之猜，非知也。愿门下察之。

昨闻周司务，同郎吏二三人，皆短绘于门下，谓绘多言戏媟，俯仰亢倨，出入不循榘度。嗟哉！以绘之行，诚如左右之言。但绘且思之，以绘之志行，欲免于左右之譖（同“谮”），必不可得也；以左右之志行，欲相合而矜之，亦必不可得也。谚曰：“女入宫见妒，士入朝见忌。”夫宫妒者，必名姝也；朝忌者，必奇士也。绘虽亡奇，然自左右眂（视）之，必骇顾而叱焉者也。

昔黄次公却督邮之譖，而全许丞之名；龚少卿拒功曹之诽，而得王生之力。孟公不顾尚书之期，而司徒马公优之，位跻列侯；士元不理耒阳之事，而相国孔明原之，权登上将。此四人者，岂徒以疏阔媮（同“偷”）慵哉？性有能不能、人有遇不遇尔。是以孔门设教，列为四科；班史论人，注为九等。善人难以入室，狂狷可以成章，不有巨德，何以造陶成万品也？

门下又让绘曰：“观汝年已踰三十，何不省事若斯？”嗟哉！嗟哉！绘生八九岁时，颇具知识，能属文，乡里缪指为奇。今三十一岁矣，不能于此时光扬骏业，为国家济一事，逐队南宫，厕于释褐之末，尝自丑恨。力倦神疲，时或目不辨朱紫，耳不聆音理，随口应答，健忘而（如）耄，而自不知其故也。但仰方今圣主御极，六合一家，虽有奇杰，何能自表？此正马卿、杨雄所谓“仪、秦无所骋辨（通“辩”），贲、育难以事勇”者也。故如文子弱龄，能御衷甲；甘罗十二，凭轼下赵。子房以童年报韩，仲华十九而为佐命。古者英哲不尠，假并生斯世，则亦就抠衣鼓箧之业尔，岂能遽奋青霄之上耶？绘文不能猎取上第，名不能横四海，则宜为左右之轻且斥。绘亦以此淡荡而困于自悼，常恐终无树立，而自委于末行也。

绘且筹之：绘居宛、汝之间，其俗子弟多好猎，绘往猎家，见名鹰于未猎时，凝金眸，垂云翮，毳毛剥落，倐然如鹜，徘徊绦镟之系，若病且死，啖以翠鸟之肉不厌也，饮以乌梅之液不甘也。一旦脱鞲而飏，乘迅风而起也，竦翼而翔于碧落，其神俊莫能当之。于此之时，信大鹏避路，孔鸾惊举，野无狐兔之迹，林乏燕雀之羽。何也？以其才力得纵，而精耀气涌也。以绘之不肖，傥辱纳而教之，当有鸾凤朝阳之志，肯以名鹰自况耶！若终不加爱而与进之，绘闻智士不违心以干禄，烈士不忍诟而丧名，高雁伤空弦而横透云幕，神驹惊虚箠而灭影昆仑，今九州之外、五岳之巅，可为旷士棲神寄足者无限，肯终阻门下之条约，而有污印韨哉?!

狂愚敬勒通记。外《孤鹤赋》一篇，并具志意。览辞喜怒，惟其裁察。

○于文章中能见气节为难，而见之于尺牍为尤难。

○得之先秦。

○如银河之落九天。

○出入枚、马之间，六朝靡丽，八家踈率，皆不得以拟之。

王惟俭

损仲，半庵，河南祥符人。

与刘澹如绝交书

仆少读刘孝标《广绝交》之论，每怪其说，以凶终隙末，季俗即偷，而投缟赠纻，古道尚在，五等之论，于是为过矣。及历观丰约，熟睹初终，然后知雨云之乖，未拟其反复；衡纩之旨，仅得其百一。独往之士，所以去冠绅之党，即鹿豕之群，而不欲与世俗之数数也。敢毕其愚，惟吾子裁焉。

间者吾子不遗，猥赐玉趾，一揖下阶，抗颜登舆，仆为之愕然。因忆曩岁北发，仆曾随例一饷，非有韩豫章之多绢、袁鬲令之营誉也。而撝付去信，独成其高，是吾子信嗛嗛于仆矣，仆宁无一言以相遗乎？子昔在阳城，行李之往来，无岁无之，慰藉恳恻，筐篚重沓。仆岂遂乏藜藿之羹，缺鹑褐之被，而需故人之惠也者？交自尔也。而不腆之私，辄蒙斥去，不亦过乎？

比见实过语，以吾子客岁卧病，仆不之存；嗣有书疏，仆不之答，盖有怼焉。吾子误矣！无论濒发之嫌，义宜自踈；而子地当清简，官惟柄爵，沦落如仆，通书何言？平生孤操，其谁谅之？至病苦侵寻，人所时有，而交即多情，势难奔问。彼徐孺子之絮鸡遥临，范巨卿之白马突至，此等情事，古有几人？吾子之病，尚未逮此。

而子是之责，仆又有以诘子矣。夫羁旅之苦，必不惨于圜扉；寒暑之疹，必不痛于死亡也。先富平非子研席之好，而年谱之笃乎？往者刑馀煽虐，摇惑宸听，缇骑从天，陨越无地。秦晋密迩，匹马匪遥，吾子曾具数行之书、遗五尺之信否乎？

非独此也。重茧入都，委顿抵狱，榜掠惨肤，桁杨施体，橐饘不充，虮虱相弔。当此之时，韩长孺之灰冷，益之以溺；江文通之泪尽，继之以血。吾子曾具数行之书、遣五尺之信否乎？

非独此也。天未悔祸，溘焉捐馆；炎暍政酷，尸虫欲流。黄职方与子之年谱略同，而乏其故交；何户部与子之研席有异，而又非周戚。匍匐请救，旦夕怔营，貍首具美，蜃炭有腆。藉干送往，谥于具尔；阳域非僻，岂其罔闻？吾子曾具数行之书、遣五尺之信否乎？

非独此也。灵輀就道，故国是归，丹旌素旐，天意凄其云阴；葛茀柳车，行道分其雨泣。棲魂南郭，途未半舍。子于此时，以计事再过里矣，鬼而有灵，将日夜望曰："庶抚我乎！"吾子曾不肯枉咫尺之路，弔襁抱之孤。子于交情，其谓之何？

倘先富平据当路之冲，逢姬姜之戚，即道途修阻，子必不尔。而于跬步之间，靳于一往；衡纩之际，过为分明。孝标立论，置之何等？而以区区之疾，责望于仆，何轻重之不伦也。且居己于伯起之清，而居人于仲父之秽，益仆之所不受矣。

吁嗟澹如，于斯绝矣！浮沉异路，永离隔矣！馀暑未已，兼之积病，横臆为书，不复求文。谨白。

○江左体能有风骨，胜于率然拖沓，以为秦汉、八家者。

○有几层婉娈，却伏几层纠击。如张子房，虽若妇人女子，而中藏博浪椎秦之气。

◇重楼复阁，曲尽层巅。

◇剥蕉折笋，直刺中肠。

◇以前俱作盘马弯弓之势，至此则五色披离矣。

张民表

法幢，武仲，武匡，林宗，河南中牟人。《玉鼓亝集》。

与甥朱敬之

尝读《礼》至“寡妇之子，非有见焉，不与为友”，心疑寡妇子何罪，而轻绝之若是。已而深思：孤无教则易败，圣贤为危言提激之耳。甥不幸而孤，宜有以自见，毋令人摈之不与友也。

○善于解经，藐诸孤一警枕也。

侯　恪

若朴，木菴，河南商丘人。《眠云阁集》。

与彭君宣

攻诗务遡《风》《雅》，为文当法秦汉。今人不观江海而羡蹄涔，不览华岱而夸拳石，不爱秦松汉柏，而取蟠曲盆盎中物，可谓有心眼者否？

示　儿

勿争不可得，勿抗不可久。

○本分省事语。

王　铎

觉斯，河南孟津人。《拟山园集》。

与周减亝

岁月渐深，不晤为歉。辱承华讯，愧感集怀。向者敝庐分咏大作，高秀之气，轶于尘表。风雅一道，今归栎下矣。无由面觌，渴思惄如。

又

仆酒人也。花时多暇，同知己披观古图书汉篆，搦管快吟，肴核错至。酒一再行，醉矣。白眼望苍旻，翛翛然有出尘想。不知古人一石后，与此何若？

又

仆老矣，晤对清阴，浣花扫叶，亦可乐也。回思促促金华中，不当为之一噱乎？

又

余书酒后指力一轻，如作山水墨画，笔过风生，诗歌从无意中辄得。壶卮间寝，深卧言疲，命为勉作数字，不异枯鱼之索矣，如何如何？

〇虽小幅，纵笔甚醒。

又

牛首白云梯，松音鸟语，江声云影，登高骋望，颇无尘事相扰。此地书画相宜，选地莫此若耳。

与巩鸿图

曩于浣花菴，见国华先生诗书，皆携古意，非薄狭时流，为之起敬。今相聚于公园，举尊畅叙，甚惬怀抱。时藕华蕤发，竹音清拂，轻风徐至，好鸟无声。良晤如此，不为识之，他日相聚，思此景况，知非梦境矣。

〇轻秀，文安公所少。

与张玉调

律吕精彻，皆协元声，冥合鬼神，格感上下，匪曰细故。众人以歌喉从事，不制性情，此所以白尽梨园头，食而不知其味耳。年翁平章焉。

梁云构

匠先，眘居，河南兰阳人。《豹陵集》。

寄蒋老师

西出井陉，惟有万叠荒山、千壑皴地，来与马首相寻。遵汾逾霍，马怠车烦，即间有吟兴撩人，亦为街鼓驿柝消尽。东达嵩洛，反入蔗境，少室云烟，小堪迟人。劳薪之士，于此得脱帽。一笑。

与吴隆孅

前日轰饮，毕竟东西俱帝，谁肯作扶馀仲坚？绫扇龙翔凤翥，伯仲右军，即与我十石火齐，不易也。

彭而述

子篯，禹峰，河南南阳人。

答王大愚

自君家文安公殁后，茫茫海内，而述遂无一知己。颓唐纵酒，生意都尽。除夕之夜，接洛下来书，令人叹文安不死。虞仲翔有言：“天下有一人知己，可以不恨。”不谓北海亦复知世间有刘备耶？

《大愚集》允矣大家，有才如海，畅所欲言。读赋骚、乐府、古体近体诸诗，雄古奇奥，奔放幽逸，远驾汉魏，近逼三唐；尖侧廉纤，一毫不以犯其笔端，独成噌吰之响，四海虽广，指不多屈也。传奇如武帝帐中见美人，能令死者复生；又如杨广上巳遊西苑，杜宝撰《水饰图经》，人物自动，钟磬筝瑟，自能成音。徐渭、卢柟拜下风，桐城、荆溪馀子，直楚伧耶！鄙谚云："奴见大家心死。"然欤、否欤？

前儿辈自弘农来，为言大愚玮瑰拓落，酷似文安公，令人无复优孟，果不诬哉！何时跨马东周，一如河朔故事？不陈思夺邯郸生之席，则虬髯之遇太原，谨避之耳。一诗附函，不尽覼缕。

马筠初

风篁，河南卢氏人，思恩太守。

与施伟长

咸欢（驩）以南，螫毒昏霾，飞鸢鸟也，跕跕堕水；人寿几何？金石非永。中州甜枣佳瓜，行足怡性。恋恋鸡肋，诚恐宝圭丹砂，不驻颜矣。

陈希稷

简菴，河南夏邑人。《溪南草堂集》。

与郭静涵

投跡僧寮，遂踰浃旬。静夜一灯，心神俱豁，性灵之际，觉稍有进。盖因思人生贵闻道耳，使予不幸早岁得时而驾，则用世事业，亦可想象，不几终身不知有此一段进境乎？砥砺有心，虽去日苦多，然自此十年闭户，或尚可收桑榆之效。时光电掣，今遂四十岁人，惜阴而往，真无容一息自恕。

甥虽云年力方富，然五十岁亦在转瞬间。高堂衰母，尚时劳筋力。甥赋性爽豁，心手明敏，伦物之际，亦时见至性。而口绝雌黄，不轻论过失，即此便可入道。但学力未深，操作不常，释卷三日，便尔浮躁之色盈于面目，似志气犹未静者。锐其力以持久，静其神以养心，循次研精，当有一得，是在甥自黾勉焉。此友朋劝导所不能益，师长呵挞所不能董也。一生成就，只在此一二年间。故为此娓娓之论，以相告语。倘能三复寻绎，则言岂在多。

◇淡语足人长思。

◇即鲁直“三日不读书”之论。

周文炜

赤之，坦然，江西金溪籍，河南祥符人。《四留堂稿》。

与　友

夏邑彭君宣，曾见一老姓家，裱一败轴，有“学吃亏”三大字，是顾文康公笔。近闻郝敏公少宰令曾祖智菴先生，尝揭此三字示人，乡人即以“学吃亏先生”称之；瞽宗之祀，亦即书此三字于木主之后。

嗟夫！居官居乡，恒能持此三字符，天下无难处之事，无难处之人矣。智菴公一传为大令铭燕公，再传为少司农君万公，三传为今少宰敏公公。子姓皆能以文行著，却从“学吃亏”三字培植得来。亏不可不吃，吃亏不可不学如此。

◯高康生评：“吃的亏，方做的事。老氏五千言，不出此三字。”

示偖文大士

果惟枇杷，秋而萌，冬而花，春而子，及夏而熟；菜惟苦菜，生于秋，更冬历春，至夏乃成；五谷惟北方之麦，种于冬，历春夏始粒。今人中备四时之气者，吾不知凡几；予所见，皆粤中一岁三熟之稻耳。

予尝言：失志之士，得秋冬气多者，其人必能于身无失；得志之士，得春夏之气多者，其人必能于物有济。吾辈即不能四时之气俱备，若能由失志以至得志，毋令四时之气少失其位焉，斯得矣。

〇汪舟次评："以四时之气定老少，即以之定穷通。人生于此，谁能自外?"

〇认得一"时"字，最微最确。

与婿王荆良

今人无事不"苏"矣。东西相向而坐，名曰"苏坐"；主尊客上，客固辞者再，久之曰"求苏坐"。此语大可嗤，三十年前无是也。坐而苏矣，语言举动，安得不苏？若使宾客端端正正南向，主人端端正正北向，观瞻既正，礼仪自肃，毕竟也还说几句正经话，做几件正经事。吾与偖家沦浊水，来作吴氓，当时时戒子弟，勿学苏意，便是治家一半好消息。此风略一传染，便不可医治。慎之慎之！

〇吴介之评："真正风雅。今人误解'风雅'二字耳。"

又

老夫生长于汴，至今不能改汴音。有以"饼伧"嗤老夫者，老夫不耻也。以老夫所见雪苑沈氏，东莱姜氏，上自主人，下逮僮仆，无不婉转其舌，造作吴音。彼方自矜其韵，老夫耳之，如六月痱子，惊满身千万刺，抓搔不得。

◯吴冠五评："每爱灵均'余不忍为此态'，一语道出至性。"

与贾徙南

每晤陈旻昭，时时有绝妙语，足解人颐。今日旻昭语予曰："某巷中一舆夫，无人不羣，独生平不肯任妇人。有呼为妇舆者，辄拂然曰：'吾此肩岂肩妇人者。'人辄笑之，而舆人终身不改。"乃知人苟能孤行己意，虽贫而舆儓、贱而乞丐，亦强他不得。

今之肩天下事者，亦只是男、妇不简择耳，甚至偏有欲肩妇人者，甚至求肩妇人不可得，求其近妇人而肩之者。呜呼，舆儓不若矣！吾与兄冷眼观之。

◯吴野人评："此舆夫，当为作传。"

示侄婿冯伯宗

吾往往见贪吏之子孙甚盛，廉吏之子孙却受贫贱，心甚疑之。既而思：夫人既已名之曰"贪吏"矣，及其身，人人唾骂之；千百世而后，人人亦从而唾骂之。彼既身受此报，天亦恕之矣，故不甚责备其子孙。夫人既为廉吏矣，及其身，人人歌颂之；千百世而后，人人又从而歌颂之。彼既身享其福，天亦已报之矣，故不甚照管其子孙。

至于世俗之论曰："贪吏宽，廉吏刻，故子孙食报遂异。"吾不谓然。吾未见真能廉而行事反刻者，刻亦是不廉之一端；人第误认不受贿为廉耳，不受贿才是廉之一端，岂便足以尽廉？今举于乡者曰"孝廉"，若如世俗之论，则孝廉尚未仕，何贿可却，而美之曰"廉"耶？故知"廉"之一字，所包甚广。今之廉吏，皆贪于廉之名者。贪于求廉，其人已在贪廉之间矣。夫天下之真廉吏，未有不宽者；刻则毕竟不廉。

君已出为民牧，宜以予言，日三思之。

○林镇崖评："惟恐其刻于人而廉，岂反以廉故得刻耶？"

示长孙

吾往往见咬指甲人，必令甲上无一毫馀地，甚至血出而后已。其人非贫即夭，不则必尅及子孙。盖自己身上物事，尚一些容留他不得，则其生平事事求尽于人，可知矣。事事求尽于人，而欲求富贵寿考，庆及子孙，何可得哉！

○安静子评："昔王半山作文，每嚼石莲子，以助苦思。莲子尽，或咬爪甲至血出。元泽夭折，于此可验。"

又

有精神人短命，只是欠厚重；厚重人短命，只是欠精神。精神是天赋的，厚重是学得来的。孙勉之。

又

雷之击人，有误乎？先儒言雷从起处起，偶然当其起处，岂不是误？然偶然偏当其起处，或有些些缘故在。

○李清渭评："世间一切不偶然之数，皆从偶然中出。"

示　侄

升不受斗，言拘于量也。究竟升子还受得一升。天下倸有一合容不的东西。

示　儿

尔位一方之长，尚欲从日者算命耶？我所不解。位一方之长，何善不可为，何恶不可作，此命日者尚能算耶？我尝言：

中进士后，便当丢却八字五星，让与穷而不遇，无力为善、无力为恶者算。

◯李象先评："打破此关，即证佛果，不止旷达夺晋人之席。"

又

乘醉乘兴，往往失言，既而悔之。悔而百计挽回之，究竟费尽气力，岂是挽回得来的？何不于乘醉乘兴、高谈阔论时，略谨慎些子？

与泉弟

人当收闭之年，而犹务名开发，大不祥也。少年人无一点少年气，春行秋令也，尚且不可；老年人无一点老年气，冬行春令也，危哉危哉！

阮汉闻

太冲，河南尉氏籍，会稽人。

与歙医洪参岐

仆素懵医，然王道、霸道，固习闻矣。夫王醇而霸驳，王缓而霸捷也。独不曰"补泄兼"乎？补即王，泄即霸矣。聚和平徐嘘即王，荐猛厉急攻即霸矣。或先培后劫，或先劫后培，即王而霸、霸而王矣。东垣似王，未尝废霸，矧在中原；河间似霸，竟亦归王，矧在四裔？故真王即霸、真霸即王。

今医所称王，实全无干涉之参苓；所称霸，乃立见徂丧之堇葛。若之何互反唇也？彼初不识其真，是以相习而舛。顷谈学术、事功，何以异此？足下所著书，固非使人问方而后病也；虽然，灵心消息，一准于人中之天，而天竟难凭矣。试观今兹运气，与轩岐时，同耶、否耶？冬而春，春而冬，燥而湿，湿而燥，阴阳相易，五行何由乘权以嬗化耶？按支干以定位，曰今岁某一行为君，粤稽厥候，他一行畸胜而据其旺，然则定位者君、畸胜者君乎？又况其人于岁候外，另受毒淫乎？而药性阴阳，明暗向背，一一与天人隐密针芒合乎？

仆尝谓天必不尽八尺表，表外感通，则二帝三王，第称羲农之稷契；医必不离方寸匕，匕中解悟，则名家历代，但似尼泗之关尹。参岐勉旃！幸思一注蠱虫，遂迟三十年仙籍。

〇歙人洪参岐，以医名吾梁，著有《医衡》，王雷臣为复刻之。其子绍岐，亦能世其业。

〇论极灵快，足使腐医缄舌。古人焚青囊书，盖从方本上来者，必非名医也。

刘体仁

公戢，颍川卫人。

与友

却千金而不顾者，决不是咬菜根人；坐怀不乱者，尤不是枯木寒岩人。予尝持此论，而不学者，未之信也。读文山《旅怀》知之。倘犹不知，定不解执刃前抱者为真妬矣。

〇深一层论，而理实确。

唐堂

叔升，江西金溪人，河南祥符籍。武解元。

与高蔚生

旧闻三原来阳伯，近见徐州万年少孝廉，自诗文画之外，琴棋剑器，百工技艺，细而女红刺绣，粗而革工缝纫，无不通晓。此是何种慧性！我辈十指虽具，乃如悬槌。

闵派鲁

曹夕，伯宗，冯姓，河南祥符人。溧水令。《遗稿》。

与高康生

何元朗云：文衡山先生在翰林，大为姚明山、杨方城所窘。时昌言于众曰："我衙门不是画院，乃容画匠处此。二人只会中状元耳，更无馀事。"衡山之名，长在天地间，今世岂更有道着姚涞、杨惟聪者耶？

钱虞山先生云：王雅宜名宠，字履吉，以处士终。其兄守，字履约，以进士抚治郧阳，而履吉已前死。死后数十年，履吉名满天下；而人之犹知有履约者，以其有履吉为之弟也。由此言之，科名奚足重哉！

周　圻

百安，江西抚州籍，河南祥符人。《尝实堂集》。

与镜菴

镜菴足下：仆读足下诗，窃有叹焉。唐以后未尝以诗取士，士之为是者，自适其性情耳。性不乐是，即置不为，未尝有人督之使必为也。自仆有知识时，见前修能为诗者，数十年间，一二人而已；千百里之遥，一二人而已。然而能者则必传，不能者安于不传，而不强为其可传。

二十年来，则人竞为诗。工为制举业者，必兼为诗。即上不以此取士，又无人督之使必为，而士若非此无所容于世者。

春风马上之气，既不以易五七字之荣；即致身通显者，他皆不屑与绛灌伍，独一列姓名于诗刻中，与寒士杂错其间，则听然喜遑须縻。是风雅之盛，莫过于近今，宜有可传者矣；而卒无可传者，仆知其故矣。

仆尝见富贵人，与其子若弟之为诗也。《风》《雅》既未尝接目，唐人姓字亦未记三数，稍知声律，骤而号于世曰："今之工为诗者，莫予若。"而一二饥饿之士，辄群相荧瘐曰："某也真大贤也。读书目数行下。其为诗直接《风》《雅》，汉魏尚有所不屑，何况三唐。"是人或于群集之间，间为戋戋之言，以自盖其丑，而荧瘐者又曰："某也即席得数千言，使小儿望而舌桥。今之为诗者，直无如某若。"于是数年之间，其人裒然成集，遂遍寰宇。仆常退而疑之，既而叹曰：吾知其故矣。是皆聚贫贱士之所为，而见蔽于富贵人与子若弟如此也。不然，则吾尝皓首于此中矣，求一言之合，卒不可得；即幸而得，求其裒然成集，卒未能。何彼途之易，而我路之难耶？

仆又尝见近今贫贱士，所汇布之诗矣。贫无事事，假声气、鬻金钱，借风雅、媚权贵，裒集富贵人与其子若弟之诗，为之镌布。某贵，宜首宜广；某贵不某若，宜次宜简；某昔贵而今谪，递简之；某昔贵而今黜，亦骤黜之。其于富者亦然。惧世有以窥其微，则间列一二寒贱之士，使读者不之疑。甚有望门托足者，希诸公馀沥以自润，则就宦其地者，次第列之。于是拥高牙大纛者，无不家汉魏而人李杜矣。仆未见拥高牙大纛者之能为诗如是也，是仆所谓聚贫贱士之所为，而见蔽于富贵人与其子若弟如此也。

足下家徒壁立，甚工诗，而世之镌诗者，未尝称足下一字。勿论人不欲传；即传，亦必冒大人先生之姓字，而后可传。今足下之诗，不见蔽于富贵人与其子若弟幸矣；欲与富贵人与其子若弟，骤有声称于世，岂不难哉？嗟夫！以足下之才，岂不能致身通显，使茕嗁之士，借其一字一句以为荣？而为此岑寂，徒存数卷之诗，与迂阔无当如仆者，较而藏之，曾不若窃贫贱士之所为者。骤有声称于世，亦何益哉？

史公言“藏之名山，传之其人”，无聊语耳。仆未见名山之藏，出而行世者何书、其人谁氏耶。足下之诗，藏则藏矣，仆以为终不若拥高牙大纛者，不必名山，自有其人之为乐也。

嗟夫！世之工为诗如镜菴者，尚不能骤使其传，而所传者，非赝为之，即富贵人与其子若弟之诗耳。富贵人与其子若弟，力能使世传其诗，而不工为诗；贫贱之士工为诗，而力又不能使世传其诗。而富贵人与其子若弟，窃贫贱所为之诗，一时骤传，久而疑之，又久而因其人并弃其言焉；则近今之诗，终亦何由而传哉？

〇高康生评：“笔笔转，笔笔应，空中结构，几于化筋脉为烟云矣。神明于八家，而自出机轴，世之貌七子者，有此宕折一笔否？”

◇无为虚步。

◇温犀秦铜，妖魔毕见。虽然，不顾剥人面皮耶？

◇既可下泪，又可解颐。

◇双绾，俱见腕力。

〇有一字涉欧、苏否？谓之欧、苏可，谓之周先生之文亦可。

与黎媿曾

家国光至否？寒士投清官，如水晶盐贮玉壶冰，滋味虽薄，气骨转彻，正未易与肥肠满脑人道也。

与李象先

文章愈有品则愈无权，仕宦愈有权则愈无品。

〇文品、宦品，二语道破。

与帅公裕

杌上肉耳，而恶梦昔昔嬲之，闭目之恐，甚于开目。古人欲买梦，近日卢德水欲选好梦做。仆既无梦可选，无钱可买，而念室中凡所与俱者，正未必有佳梦可卖。以此连夕不能贴席，但危坐求无梦足矣。

足下为我得佳梦，来为我庆，此意可感也，辄成一诗以谢。“可怜凭梦寐，便欲望生还。”足下读此，当有潸然泣数行下者。以此当买梦钱，足下折阅矣。

○每于写愁处，只令人发笑，想先生心中固无愁也。

○南柯、邯郸，想亦不值一钱。

与　某

足下所注《杜诗约本》，一味求切求实，不事钩深索隐。仆每见誉人著书者，辄曰“似郭注《庄》”，盲人缘此，遂欲与作者对垒。若足下此注，不过因世人不见杜老真面目，直以杜还杜耳。但“约本”之名，不甚惬鄙意，欲更之曰“杜还”。

老杜被学者挦剥殆尽，又被注者摘索无遗，不得不褴褛筚路，逃之无何有之乡。直遇足下，始得咏“生还偶然遂”也。勿论自来诗文书画，直当以笔还笔、墨还墨；而注古人者，更当以古人还古人。得一“还”字，杜诗从此无事矣。

仆昨谓朱振公使君：安得聚半岁粮，闭此君于深山老屋中，俾早成此书，使杜老“直从巴峡穿巫峡”，使我辈从羌村邻人后，早作墙头观耶？振公亦为失笑。

◇注书者知“还”之一字，则虽作千万言，不厌其繁。

◇“还”字好注脚，此便是以杜还杜。

与陈龙季

仆在闽八载，已绝生出仙霞之望，何意今日，遂成归客？诸同人赋别洪塘者，百馀人，中独缺足下。询开仲，知足下微恙，不能出郭；足下即恙，度别仆，尤当扶掖至。足下其有难于临歧者乎？开仲为予言，足下无所嘱，惟《嵩山》一编，是足下数年来止酒罢剑、性命以之者，命仆序，仆急纳之袖中。

布帆已挂，离索倍增，晚枫堆岸，残月满林，鸟兽悲鸣，江声鞺鞳。众客既去，独存足下此篇，就灯读之，觉《骚》意筑音，凄然满耳，益深仆并州之感。足下其善于别仆者乎？不然，何众客既去，足下乃独依依逐仆也？急索笔为一序，以报足下。

记仆入闽，行馆未定，即为诗以哭尊公大江先生，出闽而复为足下序。八载炎方，始终为颍川父子耳。放笔黯然，惟足下有以教之。

○语多情少，转侧皆韵。

◇一幅“江天晚泊图”。

◇无端作想，思绪弥长。

◇又起一波收拾。

与方与三

既书拙作奉祝，复取与足下旧诗，录于文后。弟为君家所赋诸诗甚夥，颇有散逸者，亦有稿存而不欲尽书者。其不欲尽书之意，以君家一门父子兄弟，略出长技，与栎下生一人角，人赋一诗，便已盈帙。弟即聚精力以当之，终是孤军，疲于奔命。稍存不尽，使世之视龙眠栎下诗者，谓栎下未必旗靡辙乱，但全师未尽出耳。古人非十万不可，弟录其半、逸其半，以前锋小队，示不欲战之意。若背嵬之劲，尚隐隐在纸背也。

幸一笑置之。

◇文人绮语，乃至如此。

◇清流宕折，忽起一峰，有水淡山峙之奇。

与高康生

足下素不敢涉江，今乃渡河，勇真可习哉！近青即骈邑，穆陵关在其南，声音之近，得毋动故乡思乎？黄沙白草，冷月酸风，虽不宜江以南客，未必无小益，幸于马蹄踯躅时悟之。相见在即，喜次于睫。

答高念东

两过珂里，俱以急行，不得作竟夕之饮。俗吏纷纭，自觉可憎。然酒清且旨，欲饮便饮；谈野而旷，欲吐便吐，虽半晌乎，犹胜彼低头深揖作乡饮酒礼者千日万日也。

别去为敝门士留芭山书舍，出柏瘿醉我，遂而达旦。醉中为赋《柏瘿歌》，字如乱，句如吃。醒后取观，不识为何人作，哑然一笑，即复掷去。然稿即存，亦不堪使先生见也。

文坛秽杂，弟鉴于千子“文妖”“文勦”之说，思以一选正之。去取无当，所见又不广，以患难后，此兴遂阑。刻虽四五百叶，目亦未编，序亦未成，有首无尾。弟之著述，大抵如是耳。幸先生教之。不一。

周亮节

靖公，河南祥符籍，江西金溪人。《醉耕堂集》。

与高康生

前辈一言一事，皆须小心体认，心地略略明白，再开口不迟。昔人云：“一担黄连都吃了，方可说甜话。”今人皆是吃甘草汤便开口者。

周在延

津客，河南祥符人。

谢许子韶画鹘

天地中间，号物有万，手边眼底，何不可画？乃先生必深入化窟，搜括尽情，择此雄俊，方充君眼。使我才展尺辐，便如生鹘当面，直掠过来，不得不作燕雀之避。神矣哉！先生技至此乎?!

藏弆集卷之九

王锡爵

荆石，江南太仓人。

与赵定宇

凡事遇发舒处，慎毋忘霜降水落时。什九在心，什一在口，则豪杰而圣贤矣。

龚鼎孳

再见。

寄广陵宗定九

友人入都，持示瑶华，兼拜芳咏，捧览珍重，如挹清晖。美人贻我青玉案，不待诵停云而踟蹰、托梁月以缱绻也。京雒风尘，怀抱为之不佳。琳琅妙丽，属和未遑。出山泉浊，此亦其一班矣。草堂无恙，新柳依然，绿酒朱絃，啸歌自适。独南国榜花姓字，自陈士振外，吾党知名之彦，阒其无人。

吾兄旷世逸才，不亟登之承明著作之庐，而沦落嵚嵜、蛾眉未娥，使《子虚》《凌云》，遂为千古仅遗，真令人扼腕于文士之数奇耳。益砥千秋，伫张赤帜，愿勿过为郁郁也。

弟经年索米，境况萧然，无曼倩龙蛇之才，而负稽康禽鹿之性；怀丙容薄禄之志，而兼子云守拙之癖。近虽渐为世急，然韵不谐俗，终当决策长林耳。

〇落腕便如颗颗珠。

方拱乾

肃之，坦庵，江南桐城人。

与田雪龛

生平未写照。今年遇钱塘戴葭湄，称当今写照第一手，必欲为老夫写。写竟，葭湄曰肖，诸人同曰肖，老夫揽镜亦曰肖。因其盘礴凝注，浑洒疾徐，而悠然觉此道之通于诗文也。葭湄之言曰："于静处得什三，于动处得什五，于有意属笔时得什七，于偶一触目焉，而具相貌于胸中者得什九。"此言易解也。又言曰："貌本圆而以方写之，貌本长而以短写之。写者方、短，而肖者圆、长。"此言难解也。老夫曰："是所谓神也，诗文诀也。"

千古善写照之文人，莫司马迁若。试读其《世家》《列传》，开口一二语，便令其人终身瞭然；及逐节逐句，境绝峰生处，转令人茫然，而终归于瞭然。是神在笔先，在文字外也。若夫诗之为道，则犹之自写照矣。自写照，而假他人须眉乎？他人须眉即佳，自肯受乎？

昔有论《史记》者云："每于人疵处，阙略处，极力描写。"要知疵处、阙略处，人之馀也。"馀"者神所寄也，所谓"笔先，笔内外"也，所谓"以动写静，以方短写圆长"之说也。然则作诗文者，独举馀乎？馀只可以出全，不可以摄全也。全之神注，借馀以出之。譬如写照之必不能舍须眉颧颊以为神，而但曰须眉颧颊不足以为神也。文之有词藻，诗之有格律，须眉颧颊也。曰如何为汉，如何为唐宋诸大家，如何为六朝、汉魏，如何为初盛中晚唐，须眉颧颊之妍媸老少也。不能貌者当学貌，而肖不肖置勿问，不几令诗文诎丹青下耶？

阁下于诗文深，日与葭湄周旋，敢以此相质。

◇顾、陆不传之秘。

◇《南北史》何以云佳？亦是于琐细处传神。

与李子发（研斋）

山庵连床，纵谈诗文，甚畅。子欲舍诗而专心于古文词，意良善。辨论往昔近代，自宋景濂而下，皆置品题，衡量亦当。然老夫生平不敢轻言古文词者，慊慊未向世人道，今与子细论之。

夫古文词何昉乎？原本《六经》，尚矣。下此而祖祢《左》《国》，步趋班马，亦人人言之。然则就《左》《国》、班马论，而《国》不如《左》，班不如马，亦未易低昂也。又下此而群趋八大家，以为凌班马而略《左》《国》。殊不知八大家之于古文词，犹之诗家元白于汉魏、盛唐也。六朝骈丽，令文体靡极；昌黎一起而洗之，所以有“文起八代”之称。究竟昌黎岂叛《左》《汉》(《国》)、离班马，而一味以冗长敷衍之句为佳乎？即八大家中，其门庭各别。柳与韩异，三苏父子兄弟亦异。老苏之纵横擒放，纯乎《国语》《战国策》，何尝与七大家同乎？此古文词之必以《左》《国》、班马为宗，不易之论也。然假《左》《国》，假班马，袭其形貌，遗其精神，曾不如八大家之能畅所欲言。历下之授异己者以口实，职兹故，而转为八大家殴矣。

老夫所以愿子之先正体。正体者，原本《六经》，祖祢《左》

《国》，步趋班马也。体正矣，则在遡作者之意，而代出其精神。此其中有为己、为人二端焉。为己者何？论也、说也，小而志记也；为人者何？墓志铭也，祝辞、哀词，政绩文章之叙与赞也。为己者工拙无论，大约毕吐己意者工，欲欺人而遂自欺者拙。有所欲言，而上下天地古今，以供其指挥成文藻者佳；胸一无所主，而剿袭陈言，故作茁轧掩人耳目者拙，一望之而瞭然矣。

若为人者之工拙，又复难言。人以贽帛来，而我迺以笔端写戈矛，当是世间不祥人，应来鬼责，势不能不作过情之誉、违心之语。情过心违，而尚言文乎？若夫心躭腐鼠，而不难污蔑古人，以悦乞文者之意，甘戾圣贤，又不足道矣。外此而奏疏，又介乎人、己之间者也。为国家大是非，生平大经济，不得不直摅胸臆，以命千秋。至若排击讪詈之文，必欲求胜，而不准于理，不顾乎成败，则犹之欺人欺己而已，是皆不足语于文者也。

子曰："辞达而已矣。"善达者，莫如江河。长江九曲，昆仑千折，自然波澜，岂一味顺衍乎？老夫常曰：古文词，作者未必其欲传，而文到至处，自然可传；若有一欲传之意，作者先病。诗则作者必令其可传而始作；若无一欲传之意，作者先病。此诗文之同异甚微，非细心放眼人不能会，子以为然否？

◇昌黎若在，亦应首肯此语。

◇历下于文章不无遗憾，正作此语。

◇洞瞩流弊。不易之论。

方　文

尔止，嵞山，江南桐城人。

答施愚山

字学不明久矣！今世所共推者，贵乡梅氏《字汇》耳。弟尝谓梅氏解字，而竟不知有《说文》，大可异也。

譬如会、合、今、佥、命、令、仑、食、仓、俞等字，俱从亼（亽），取义亼（亽），音“集”，三合也，自当另为一部，与“人”字绝不同，而误入人部；鬼、畏、禺、禹等字，俱从甶，取义甶，音“拂”，鬼头也，自当另为一部，与“田”字绝不同，而误入田部；旌、旗、旟、旐、旃、旆、施、旅等字，俱从㫃，取义㫃，音“偃”，象旗形，自当另为一部，与“方”字绝不同，而误入方部。服、朕、滕、艘等字，左从舟，自当入舟部，而误入肉部。

共、具、兵三字，下从廾，又音“拱”；其、典、冀三字，下从丌，音“几”，与“八”字绝不同，而误入八部。

囟象人脑形，囱象窗牖形，回（囘）从囘象水流形，与“口”字绝不同，而误入口部。声（聲）首象磬簴形，壶首象壶盖形，壴首象鼓簴形，寿（壽）字从老省，与“士”字绝不同，而误入士部。巢字上象众鸟形，巤字上象马鬃形，与“川”字绝不同，而误入川部。

厺字从大，从凵，饭器也；参字从晶、从㐱，古星字也，而误入厶部。粦字从炎、从舛，鬼火著人足也，而误入米部；者字从𣥂、从𠙵，象飞鸟形，而误入老部。

甲字从𠇮，象艸木未坼形；申字从丨、从臼，取两手执策申上之意；畀字从臼、从廾，象四手予人之意，而误入“田”部。

审、奥二字，中从釆，釆音辩，取分辨之意，而误入米部；采字从爪、从木，取采意，而误入米部。曼字从冃、从横目，取蒙昧意；最字从冃、从取，取猛进意，与“日”字绝不同，而误入日部。

尢，小大也；疒，病人也，二义绝不同，而并为一部。冄从𣬛，象须形；册从𠕁，象策形；冓从冓，象造宫室形；冎从骨省，与“月”字绝不相同，而并为一部。

於字从𠂭，象乌形，而误入方部；丁字从个，象人形，而误入一部；燕（燕）字、魚（鱼）字从火，象其尾形，而误入火部。

以上种种谬误，总之梅氏不明于大小篆之义而已。不明于大小篆之义，第就隶书点画多寡分部，其悖于古者多矣。

承问《字汇》得失如何，不敢不以正对，实非有意苛求前辈也。幸谅之。

与梅杓司

来诗温雅，可歌可咏。但“饑”字用作飢饿之“飢”，似尚未稳。饑者，谷不熟也，《诗》“饑馑荐臻”，《论语》“因之以饑馑”“年饑”“齐饑”之类，俱从幾。飢者，腹中馁也。《孟子》“可以无飢矣”“飢者易为食”“飢渴害之也”“飢饿不能出门户”，俱从几。故飢在四支韵，饑在五微韵。今押微韵作飢饿之“飢”，虽于文理无大害，然非古人分韵之意矣。

方氏孟式

如燿，桐城人。父大理卿大镇，弟兵部侍郎孔昭，山东布政使张秉文妻。

读徐媛诗与妹维仪

偶尔识字，堆积龌龊，信手成篇。天下原无才人，遂从而称之，始知吴人好名而无学，不独男子然也。

方以智

密之，愚者，江南桐城人。《稽古堂集》。

与友

士以读书明理为业，犹农工之刀耜也。志道、游蓺，外内一致，张弛鼓舞，全以此养之而化之。文章即性道，岂曼语哉？

进德必居其业，立诚用在修词。《大畜》“日新”，道寓于器。会通典礼，赜不可恶；效天法地，道不远人。所贵振衣挈领，播种培根，一树全仁，何碍葱蔚？吾尝曰：《诗》《书》礼乐，扩充之灰斗、优游之桑薪也。会心开眼，乃第一义。发为手笔，挥洒天然，力能考究，取资证据，仲尼不厌叮宁罔殆。子思曰：“吾尝深有思，而莫之得也。于学则寤焉。”见性之人，学问视为衣食；中材出楔，古今即是参苓。子弟少年，先洗温饱面目，敦《诗》《书》，悦礼义，门路坦坦，好古砺志，庶免波流。故专就读书一门，列其博约之概，书示弟子。古今大矣，随人所好，殊途同归。吾祖父相传中和正论，汝等勉之。淡泊真实，其本也；闲雅潇洒，其度也；枕藉今古，征举咏歌，其饮食也。

又

白安石师曰：“朱子教人，半日静坐，半日读书，有错行之用焉。鬼神通之，精神之极也，有翕辟之幾焉。”圣人表“中”，正以与万世化。诸子各出一奇，以与天下争，达士遣放，自怡耳；才士标新，博趣耳。策讽必中隐情之利害，琦辨必用惠秉之颠倒。读书知言，主仆明矣。读圣作，当虚心以从经；览百氏，当化书以从我。察其两端，由中道行，中备四时，随其环应。（惠秉者，惠施、公孙龙也。）

与　人

《学易斋稿》曰："世以庄、列寓言，而寓实始于《易》。"方圆《图》《书》，万变毕具，初未尝言理言事也。画前画后，非造闭解闭之所出耶？龙狐牛马，杞苋梯茹，皆象教引触，不作譬况者也。化而言之，曰法身，曰牛车，曰醯眼，曰六臂，曰千手。摩尼宝珠，随人变色。破尘经卷，龙树入海（澥），嗅而知之，果恃鼻乎？如椰子大，贮万卷书。天在山中，《大畜》之象，乘云气、骑日月，惟达观者方可与语。

又

书不必尽信，贵明其理，或以考事，或以辨名当物，或以验声音称谓之时变。则秦汉以来之所造所附，亦古今之征也。即如《素问》《本草》，业者沿加，岂可以汉郡名而疑神农？周公《尔雅》，学者随时增益，自是通训，岂可以"张仲"而黜之不列《十三经》乎？《周髀》"捐闷夕杰"，畴人传之，寔乃有用之度数、天然之至理，禹之所治，不可忽也，何疑吐哺中无商高乎？若嗜浅恶深，一切疑之，永叔疑《文言》，象山、慈湖疑《系传》，至今郝京山、何玄子，信文王八卦，而疑伏羲《先天图》，岂不可笑？

与周农父

金门颊胲，据地求容，固不如蓬蒿也。决绝之高，流遁之卑，枯寂太苦，雄诞大放，皆所不能，依然读书耳。攻木继声，不在争帜，英气傥葛，当以考究收之，永社泽园之志业，岂可不遂？《类略》奉教，是书生之道路也，加详为望。

申用嘉

美中，经峪，江南吴县人。文定公子。

寄啫前赣守金赤城公子

尊大人虽年位不副，而清名载在人口，崆峒高而章贡深，自无可憾。第四壁萧然，何以为窀穸计？廉吏可为而不可为，每于二三寮友念之，辄为废食。

〇古道照人。

申绎芳

霖臣，江南吴县人。美中先生子。《静成斋集》。

与栎园

昨日先生欲访徐子能，绎芳以子能所居僻远，且病不能肃客，可不往。先生必拉绎芳徒步往信心菴，与子能握手归。今日先生又纡途哭虞山先生，必拉绎芳过拂水山庄。念子能今年五十有六，两足不能步履者数年，贫病以僧舍为家，所选近人诗名《元气集》者，虽已刻数家，竟以贫不能卒业；所说唐诗已成集，竟未付梓；自著《而菴诗》，亦无能出而问世。子能度非久于人世者，先生当为传其书，竝作一传以传其人。拂水山庄，实名园也，一石一木，位置楚楚。拂水从山际落，遶园而入河，皆妙极天然之致，绝不似他园以人力粉饰者。庄中只一扁额，更无联句；而尤妙不以“园”名，想见此老风致不凡。今虞山既归道山，此园恐渐就荒芜。先生既至其地，亦宜为一纪。虞山在时，亦未尝令人纪，或有待于先生也。绎芳得附名于传纪中，庶不负两日从先生杖履。

〇子能著诗，皆可传。予欲为之梓，力不能副，徒有把其书浩叹耳。

王豸来

古直，庭一，浙江钱塘人。《鹿堂稿》。

与林铁崖先生

清河君将归吴门，前携去二卷，幸付小伻，并乞为制小序一首，为清河君尊重，以彼有题赠诗，将付梓也。美人如名花，惟恃培养。然培养之方不一，或为灌溉，或为疏剔。灌溉之与疏剔，材格相什伯也。人但尊灌溉而薄疏剔，不知壅肿拳奇之疾，即为灌溉所致。世多皮相者流，又谁为肉食者？诚可鄙哉！知先生向有疏剔之任，故敢以此相烦也。

〇以疏剔生之，胜于以灌溉死之。

与叶元礼

徐仲光曰："吾侪如鸟中子规，自是愁种。"则昨夜之痛饮悲歌，正月上三更时分。杨椒山喜鸦而恶鹊，曰："鹊报喜近于谀，鸦报凶近于忠。"则我辈之声声是泪、字字是血，又何必尽人生憎哉？嗟乎！催花莺燕，固易近人，大抵入巾帼性情者居多。霜寒风厉，何日得阳春气候？虽不欲为子规，不可得也。

〇善于言愁。

高　兆

云客，福建侯官人。

与汪舟次

《唐诗正音》，《唐诗品汇》，固当置案头；然《诗归》，亦不必定在焚弃之列。伯敬诗集，无一篇佳者，而论诗颇有合处。鸟不能琴而能听琴，鱼不能歌而能听歌，况贤智之士乎？但易牙知味，不必山珍海错；师旷审音，无事仙乐梵曲。伯敬取讥，独在好异耳。至如《唐诗选》《正音》之约，与《品汇》之博，三书自须时一参看为妙。李选、顾选，如任公子一钓而连六鳌，伯乐一顾而空冀北之群，要是高手毒眼；高选则如周时劝农之官，遇丰年而观美稼于万顷之田也，美利于是为至广矣。诸家优劣，垂老始辨，足下以为然否？

孙枝蔚

再见。《溉堂集》。

与弟实夫

弟书屡到，奈何说贫不止耶？谋贫家如谋弱国，用急着，则当效诸葛之治蜀；用缓着，则当效孟子之策滕。熟思兄言，贫不足忧也。然如溉堂措办八口之法，又万万使人学不得。正如李广将二千众深入时，无论胜败，要不失为战将，然亦可为太息矣。言本自悼，而若自誉，弟闻之，将笑我乎？抑怜我乎？

张明弼

公亮，琴牧，江南金坛人。《萤芝全集》。

上孔玉横座师书

某作令岭南，病短甚多，殊非所任。往者见老师尝语人曰："如公亮者，讵可作令？"虽老师之偏爱门生，然门生此时，犹未知师言之审也。今者吏二年，乃知老师之知门生，胜门生之自知也。

门生有病短非所任者五：一曰天性婞直，好憎易发；曲意矫情，酷非所能。二曰骨体不媚，易于忤人；腰如磬，声如虫，非其所耐。三曰繁文碎仪，皆所脱略；即候安之札，通知之牍，匪徒不先，亦且莫后。四曰好恤其下，而不急其上，无势者方幅酬答，有势者决不听其凌驾，即撼山触柱，不顾头项。五曰性厌烦杂，如畏炮灼，每听鞭笞如急拍、讼诘若聚蚊，即为摇心动肺；或吟未就而朱墨交，文不成而胥吏集，亦似坠身冰天而入炽炭。

有此五病，而无一美；有此五短，而无一长，其得绾铜章经岁，亦已过幸。兼岭南风旨，与齐鲁、吴越相远。某既不肯倩一竿牍、邀一齿牙，又生来不识钱谷铢两之数、金钱美恶之差。猥隔情涂，蹇纡俗径，无能巧取金犀翠羽之珍，银瓶八尺，珊瑚半寻，以供事其上。凡他人之假藉，皆虚声为眉目耳，岂有结心系肠之实务？其忮者则已置毒不死，诡言有刀圭之赠矣。上猜下挠，思弃帻度岭，作丹徒之布衣者，无月不二三发，亦无月不止。

嗟呼！某止则止耳，生来无墙堑于胸中，激之则不可，事去则心空。若夫指与为水火者，虽强为笑语，焉知其中心似我，遂不挟弹怀石，议人之后哉？既无结心系肠之当路，又所与牴牾，皆饶材美智、凭高藉深之人，不可穷其堑阱。此某所以上不望登云霞之肆，涉通要之津；次亦不望如长离之朱草、苍梧之八桂，坚其根柢于炎州之野。惟日夕膏车脂楫，以待放逐，愿从我老师，以蹑三茅九子之游也。

夫目不生于面而生于足，则咫尺无所睹；星不缀于天而在屋霤之上，则巷陌不耀焉。吾师居四方之走集，其地如浮山，人踏之则大地俱动，故某向以布衣声满城内。若岭南，则人之足下、而屋之霤上也，虽有笼云负日之气，甘霜受霰之心，辟之目不处面、星不处天，亦谁为见之、谁为传之也哉？某倘不冒陈之我老师之前，更向何人一尽其积郁乎?!

◇文人习气，说得尽情。

◇古藻陆离。

◇取喻诙奇。

答徐勿斋太史

门下奖借过甚，以弟为江鲍、李杜，合为一人，殊非弟所安。弟所长者，惟是视世事若有若无、若失若没，逢境静神适之馀，辄能信颖直书，不加窜点，无墙篱于胸中，有澜洄于纸上。粗足当虫鸟之鸣，聊自快耳；岂遂敢馀子当代、拍袂古人哉?!

○坡髯乐事。

与黄石斋文铁菴两先生

自亥子秋春，获游两先生龙坡，巴渝妄奏，亦近云门；菉葹下质，暂亲琪树。自谓生逢叔度，目识文山，熏明天发日之香，饮吉云青玄之露，便当荡玭吝、达深远，若良马见影而即飞，霜鹰下鞲而辄中。

不意隆天重地，缩泽收膏，神鉴其骨，鬼芟其额，桂长萎于搜香之日，玉恒没于访璧之年。遂使郭隗陈台，空悲白骨；燕王旧里，徒望黄金。兼以卯成之昏旦，霜炎之冻炙，巾带寒烟，饔飧冷露，猿啸未闻，而肠枯寸寸；禽声几听，而泪迸双双。日吟赵壹之歌，岁下张升之恸。至于云径时瞻，星台莫涉，虽涉影畏响，接梦通魂，如先生辈，而燧变霜回，天隔地绝，辟弭无时，负墙莫听。嗟嗟先生，某宁匪人，能不悲哉！

忆昔时两先生尝举年陟语，顾谓某曰："良工不剖，必有泣血以相明者。"夫请而得财，贞士不屑；谒而得爵，志人不为。然自有科目以还，方寸之表，无以量专车之胫；一目之罗，岂能尽弥天之翮？是以婢仆之诗，期取信于公卿；才子之称，或猎声于宫禁。《日五色》之赋，杨于陵补案于李程；《阿房宫》之篇，吴武陵预呈于崔偃。扬之者无其罪，当之者亦无所惭，止留声名一途，用壮文士之色。

乃今者，某屡际而屡失之，而我先生辈，泣血相明之志，徒奖风流，莫成气类。君坐之许不验，我辈之赏无征，又何容复推郑庄之毂、齿何武之牍哉？先生辈籍践渊海，冠负日月，无趾者借为车乘，涉遥者待为津梁。渊云数万，并入宫墙，寒进一夫，何当臬雁？

然某闻南方大荒有树焉，其名曰柤稼櫃，以东西南北枝，敷张自辅。某虽不肖，愿窃备大树之纤枝，以观三千、九千年之花实。即当步跰壮征，脱屦函席，服勤终身，惟勿以失眼自悔也。

○烹字炼句，虽踵事徐、庾，别成新响。

◇凄凄冷冷，如听雍门琴声。

○别有疏宕之气，拂拂行墨间，不堕六朝窠臼。

◇借彼古欢，抒我心曲。

与金冶王

一第一官，于七尺甚轻。然士当落拓时，或授名贤之顾，或蒙大恩剪拂，天若不以一第一官了之，必无以灵具眼人之眼，而快有心人之心。世将谓此辈穷士，可听其自生自死、自寒自热，而终不肯回其半眦、落其一毛。故韩淮阴何能必封侯？不封侯则漂母之识不传；郭汾阳何能必拜相？不拜相则李白之知亦没。故穷士所以颓挫扼折，而终至青云，此非必一人伸诎之常，或亦具眼有心人之神灵，所变化也。

〇歧路之悲，穷途之哭，非自哀也，哀其无以答知己也。

与　人

东坡曰："无事此静坐，一日当两日。若活七十年，便是百四十。"此语有本。南唐徐知谔尝曰："人老七十为修。吾生王家，穷极欢乐，一日可当人二日。年三十五，其死乎？"至期果卒。夫无事静坐，则一日可当二日之长；穷极欢乐，则两日翻成一日之促。是则吾意能造长造短，不在司命也。

〇瑰丽中忽得此省净之牍，更为高唱。

与盛灵飞

君疑乃公亦能得良士耶？此如人掩目而射白黑，时或中之，原非目力之所取也；又如虫食木叶，偶近一字，君谓虫真能识字，过矣。

与　某

汉取吏但曰"廉平"，今改为"廉能"。只一"能"字，毒了多少百姓。

〇试读《汉·酷吏传》，中无一痴拙人。

与　弟

侥倖一第，本属迟暮；虽在花前，亦有霜气。

〇老杜云："富贵应须致身早"，同此感叹。

蒋鸣玉

楚珍，中完，江南金坛人。《怡曝堂集》。

与李孝廉宾斯

两君能用材矣。要知古人、今人之说，自己不曾说得几句，则我性忘之也。忘我事人，故非经史不为功。若自己胸襟流出，其物必浮，其色必嫩，其味必隽，其出手必轻，其着眼必醒，其游思必从未有至有。其得句动人，如哀絃之移亢志，而急鼓之震衰脾也，音虽木而无哑韵，质虽古而无黝光。盖有性则有情，有情则有文，此皆生于我者，我深思即得之耳。架虚行危，分眉划目，目前尤所宜究心者也。

〇子言隽句，脱然出之。

◇对抄撮经史人，不得不如此说。

◇深于此道之言。

蒋　超

虎臣，江南金坛人。

答扬州司李王阮亭

昨一接侍，碧海仙人，飏采朝暾，一指顾间，言清旨远，所谓"遇钟离意，謦咳俱成丹砂"，生平庆快，得未曾有。

伏读佳咏，潘江陆海，神理奔会。治走尤所慕者，在弃闺阁而接蓬瀛，因山川而悲民物。才人末后转关，愈真愈违，实难物色。昔人有言："去杖观力，洗铅辨色。"如公之力，乌获扛龙文九鼎；如公之色，冰肌雪里，不食世间烟气者也。词门狼藉，得公少振宗风，一洗齇腐。京口有伧父，饱读书，如憹牛啖豆，独不善风雅。乃欲绘天画日，为公家论序三都，求宜男之术于石女之门，不亦异乎？附笑不一。

张　芳

菊人，鹿床，江南句容人。《旅中涉笔》。

与　人

吕纯阳乩上云："世人欲见吾真，不如行吾道。不行吾道，即日从吾游，何益？"此语可印心宗。方悟仙真之在劫浊，有若闲云野鹤，隐见不常。惟精思学道者，始万有一遇；否则，即留题尘壤，止如凉雪渗入红炉，所云"莫认仙人手中扇"也。

与乙青实先

昨舍弟已行，仆自此释东顾之虑。晓来上摘蔬亭，坐云衣阁，见涛白山青，霜凄苔冷，抚我家旧物，复醒却十年魂梦矣。闻道在壮龄，清悟苦不早，念同人当此，必有触绪憬然，不肯棲迟偃仰者。昔瞿昙唤文殊师利曰："何不入门来？"答曰："我不曾在门外，何为教我入门来？"诸同人于读书、学道，勿分内外二见。如詹山佛乘法师，所谓"不提时读，不读时提"。

世间声色货利，非必如猛兽爪牙，直是长空雁影耳。要须以弘道心，滋种道智，虚以扩之，勤以入之，一切循习皆见天，则斯文章、经济，无往堕庸人坑谷矣。昔嵇中散采药遇仙，既别，闻岭半有鸾鹤啸声，知是向人。仆与诸君，勤勤探道，亦希如中散之一遇耳。若以仙人难遇，徒效世俗结香火缘，得毋为樵者所轩渠耶？罕譬之言，想大雅宏达者，当悟之于文外也。

与郭幼隗

昔蔡江门先生尝云：神仙拔宅后，应悔不飡人间烟火。幼隗三十年名宿，揩拄世变，师友零落，年逾五十，诛茅一区，将母其中，吟诗送老，无亦悔向来不饱食为庸人也？然令幼隗不数奇，则诗文之道，亦不大昌于世。生平孝友，因数奇，骨益坚，福益厚，子祝母哽，弟扶兄醉，融融怡怡，蒸于家园，岂惟学与年晋兼德与时劭也？

与黄俞邰

束带荒江为下执事，簿书扰其神，鞭挞荧其魄。不能如古循吏教其民，徇俗违己，病患交集；又不能忍，卒然得过，诮让随之。已乎已乎？其与于佗（他）事受谴者，亦无几焉耳。

窃尝退自循省，以不能其官，早被镌降，是妾男子受恩未久，便自负乘，何施颜面？有如七年之中，竭其驽钝，都无奇效，不待弹文之下，毅然引去，家徒四壁，实所惬心，而况今者止蒙疎玩之名，覆其不能之实乎？俞邰兄其亦可以为弟贺矣。

且夫讳穷求通之情，古人与今人等耳。弟自天禀受，原无用世之才；与物因缘，绝少欺人之术；生来骨相，总非富贵中人。而捧檄之时，欣然安遇，弹丸一邑，治以虚闲，簿领粗停，观颐养疾，因时忝窃，忽到于今。设使游刃剧繁，或被狂氛于岩邑，又令初篮早岁，竟如未定之衡南，即欲剖素鲤于湘波，系青鸿于岳路，与俞部数相闻问乎，必不能矣。

独是待罪以来，记忆向来所读《六经》诸史，或诵其篇简，忘其训诂；或识其事迹，遗其姓名。故书不复温焬，新得无由生长，以至先世之懿孅，家传未成；师友之奇光，埜史未述。长此抱恨，无可告言。自今解绶以往，其益多闻而约守之，精知而勤行之，庶乎有见于天地之纯粹、古人之大体，而天下后世之于我，听其论定焉可也。

黄子之为经神史圣也旧矣，其亦爱我而道之，发其蒙，助其孤，浸灌而裨益之，使不勚于衰晚乎？

陈　焯

默公，江南桐城人。《涤岑集》。

与减斋论古文

三秋客怀，蹇产无似，得侍琴簧永日，纵谈古今，盖屏居以来未有之乐也。夜归，静绎先生绪论，自两汉迨唐宋，片言品骘，洞见作者心髓。及近日二三名流，号为古文巨擘，不特其精神气力，一当衡量，翲忽靡爽；即彼立言之隐，或诚或伪，幽僻难窥者，亦不觉尽入先生目中。以此司人伦之鉴，更何烦照乘悬藜哉？叹服无已。至云近日为八家之文者，才偏识小，不能颉颃前人，而欲以振起斯道之责，归之小子。此自钜公积爱忘丑，然在鄙薄，其何敢承！

窃谓今之为八家者，非能为八家也；其不能为八家者，以其斤斤为八家而欲似之也。东坡云："未识庐山真面目，只缘身在此山中。"夫根本《六经》，取裁《左》《国》、三史，驱役老庄、管韩，而无其迹者，此八家之真面目也。吾人但穿穴经史以立其体，游泳百家以神其用，久之滔滔汩汩，下笔不能自休，虽不为八家，而八家之面目具是矣。若规规焉篇摹句拟以求合，则吾身已入其牢笼，罕能脱越跬步，何异抚五老之嶙峋，仰三叠之曲折，而曰是即庐山也乎？

且夫抉六籍子史之奥，各抒所见，跌宕成章，不必尽属八家也。唐固首推韩、柳，而次山、復愚、习之、可之、持正诸子，岂遂无一言之合？宋固首推欧、苏、曾、王，而伯长、师鲁、子美、少游，以及刘、晁、张、陈之徒，其卓然可观者，亦未尝多让。苟能採精而遗麄，存醇而去驳，之十数君子者，皆能为吾文之助。必欲株守八家，以为此外无文，则信如先生"识小才偏"之说矣。

三十年中，古文一道，半归豫章。豫章之文，必以千子为祛领，茂先、士业、巨源、武子为眉目。然千子立教，在神气而不在字句，虽八家复起，不易斯言。及览其所自为文，则于《六一集》中，颇多沿袭，或有直写数行者。岂略小观大，固不以是为嫌耶？武子学未成而早夭。茂先文多段落，揆之天衣无缝，未免有间。巨源于序记短文，幽秀磊落可喜；发为长篇，气苶不属。求其波澜老成、周匝无罅者，则士业较有独长。先生尊选中，去取多寡，似已隐寓甲乙。使学者深观而得其矩矱，斯道之振起，求之赖古堂一编，有馀师矣。黯瞀如焯者，一知半解，敝帚千金，聊自怡悦而已，何足道哉！何足道哉！

○文能御气，字字句句，皆浮纸上。

◇自是正论。

◇诸子自在八家函盖中，然可以此破拘墟之见。

藏弃集卷之十

熊文举

公远，雪堂，江西南昌人。《荀香集（剩）》。

奉许老师

门生某记春明观政时，曾附奏记于赵尹。时方东阁弘开，以罗英俊，不肖以风尘之贱骨，自远于蓬观之清荣。夫肃肃宵征，实命不犹，彼妇人犹能安之，而况读书研幾性命者乎？惟是文采不售，簿书未习，已拟乞恩山中，读书十年，然后远仿古人四十强仕，未晚。而功令森严，迫之北上，求贤无术，遂领合肥。是固冲邑，而以钝根踽质当之，集木临渊，其濒于险苦而迫于孤危，不知凡几。而今亦忽忽其朞月矣。

老师知今日为令之难，而江北令之尤难乎？十羊九牧，政出多门，既不能缩地而南北其趋迎，又不能分身而左右其区画。夫以四郊多故之时，闾阎之吮膏糜血，已愁靡孑于周馀，而草泽之挺险揭竿，又且震邻于鸣吠。此即真得元次山等落落邦伯间，犹不足吐万物之气；而况以痴騃硁踽之子，处多凶多惧之地，救过其不皇（古同“遑”）者乎？古之君子，迟回于拜身之匪易，其自由、求而下，即漆雕开，犹不敢以能仕狥其师说。往读书浩叹，以为犹是洁身乱伦者之流，乃今而信圣贤相成相许之远且大也。

肥城去故园千里，待罪以来，一力自随，寒署杳如僧舍。《采薇》以靡室靡家，而告哀于君父；《北山》以偕偕士子，而致怨于贤劳。不肖伤之，复愧之矣。维是师慈咫尺，膏雨遥披，正欲耑力以上候新禧，偶逢羽便，遂不觉呕其薪胆。种种孤睽，悠悠远道，惟恃有老师二天在上，时其启迪，奉若南车，或不至一行与断梗同飘也。凭颖悚切。

◇予亦为令者，读此不禁谈虎色变。

候黄东崖先生

先是十年前，某伏抑菰芦，从房刻读先生之文，吸露餐霞，如生天上，以为是苏子所谓“天人”也。即得一瞻拜下风，度非夙世具有灵根，末繇想望。向后以衣食奔走吴越楚蜀、湘汉瞿渝之间者数年，眼到足穷，抱此悠悠，无可告语。

不意庚午之役，幸出敝座师郑太白先生之门，遂得因缘，以姓字闻左右。及闻名姓，而后敢以芜陋之文贽，私心揆于先生，则瀚海星河之涔蹄一滴也。乃先生不惟进而教之，而且勗以名通，望其远到。是时敝座师以不肖可与言文，欲引之藜灯末座，此自举主嘉与门生之常，而先生惠然欢赞，不厌再三。知己哉国士！金石可镌，高谊不泯，蓬观匪荣，誉言为宝矣。

既而先生斩然在衰绖之中，未敢向青门扳别。不肖寻偃蹇授一邑子而去，一行牛马，惨瘁三年，中间屈折挫顿，大非人类所堪。虽然，业已如是，且奈何？明发有怀，所耿耿者，先生长安马上之延盱（盱），明烛深樽之教语耳。

郑大白师不竟皋夔，奄骑箕尾，抱梁木哲人之悲，不独西江弟子。敝社友江介子，往返庐阳，出先生传读之，奕奕丰神，宛然如画，交情生死，直揭层宵。先生妙墨灵文之不磨，即敝座师孤情绝照之不朽也。为洁瓣香，时时南望痛哭："吾师乎，吾师乎！何以不憖遗于彼苍而幸得此于先生乎？"

洍水寒吏，诸不自聊，辄有彭泽弃官之想。彭泽，不肖之乡先生也。俛首风尘，如槛猿圈鹿，故炙鸡絮酒，迟之自今。弟子不才，何所逃罪？更闻吾师清绝一尘，贫馀四壁，世兄又弱龄渺渺。昭兹来许，掩映青箱，生则苏黄，死犹张范，非先生之望谁望乎？

因风踸悬，酸切不胜。小刻数种，附正宗工。风雨如晦，鸡鸣不已，寒吏虽铃下马通哉，附云托骥之思，固未尝少顷谖也。内召有期，调元久注，期精鼎食，式慰岩瞻。

○声出金石，却又掷地可得。

○情致绵渺。

与闻子将

十馀年纸窗竹屋，凭风托臆，固知文坛之上有闻子将；而流浪孤根，弗获写兼怀于左右。辛未北归，过金陵，读行卷猎，不谓柯亭之竹，亦获赏音于中郎。遂觉夔渝巫峡一段深愁，不付之鹃啼猿梦。盖文至者不傅，约者乃贵。岂有羹玄之意，藉多风雨之思，今古茫茫，海天一碧，翻笑五百年后，子云为复欺人耳？

晤柴式縠，有道朗然，如坐春风。方介绍之为烦，乃云章之忽贲，始信点苍虽隔，声谊遥孚。如此风尘，犹劳想似；文心不湛，芳韵堪搴。淑人君子，盖司隶之威仪，而归周之台笠也。昔人万户为荣，一见且然，而况千秋大业之相商确者乎？此道满天下，黎丘横行，欲求其还耳目鼻口之位置，且不可得。

仆本疎庸，又曹牛马，其于蓍簪跻履，已誓绝口弗谭。而夙业堕深，遇海内有心人，又不觉其期期格格，抱冥契而畅玄风，挽弱流以归正始。有子将先生在，步武夔龙，激昂班马，自旦暮事，而又何忧乎？存笥菅蒯，有待青黄，匪苍绿名章，固不能增荣瓦缶也。附侑荒函，犹然措大，伏惟存鉴，曷已翘跂。

〇传闻子将《无誉垒杂识》，颇多独刱之论。惜乎未见其集，不能藉光一字，为之怅恨。

汝阴与人

孤署凄清，寒灯未烬，听鹤声嘹亮，响入云霄，谯鼓殷殷不起。此景视华子冈犬吠如豹，远火明灭，为复非遥。

又

东坡与荆公帖，求其赞扬少游，使有闻于世；又于孙莘老坐上，赞叹鲁直，谓其驭风骑气，与造物者游。予每念此，想见乃公眉宇英英，真欲搅长河为酥酪，不谓之佛不可也。

〇殷殷汲引之念，千载下犹令感泣。

又

人言县令为俗吏，予不信也。即予迎送轺车之暇，纵遊野寺邮亭，乌巾白帢，远想悠然。山僧老农，皆得持楮板，索诗题字；村氓里妇，勃窣雀鼠之争，数言剖析，欢喜踊跃而去。此情景，视长安软尘十丈，钝骑蹀躞，铨弊蝟毛，吏胥窟穴其中，以目瞬眉扬为狡狯变幻，缉事虎冠，耽耽几肉，何止粪壤之望玄宵！

〇此亦惟许先生自道耳。作吏，俗固可厌；自以为不俗，而沾沾自异，语言、眉目皆欲自标其不俗，尤可厌。

又

“伏波将军困于壶头，曳病足土室中以望贼，左右哀之，莫不为流涕。定远侯在西域二（三）十年，年老思土，上书自愿生入玉门关。彼封侯，富贵矣，然戚戚无聊犹如此。其他盈满鯍脆，畏祸忧诛，愿为布衣不可得者，又何可胜叹哉！”

此陆放翁之言，予读之每为汗下。因忆昔年与舒鲁直上公车，候南宫榜放，鲁直一日语予曰：“我辈终日眼穿一第。天下大乱方始，异时倘膺百里之命，一旦在围城中，仓皇无计，思为穷秀才，何可得？”予笑而答之。后在合肥，万骑攻城，一身如叶，回思鲁直之言，未尝不抚膺流涕也。

〇庚辰计偕，同人竞以时论问人。予谓：“日者此时但看命，当刑戮者，必尔高标。”众讥予言之过当。未几，流寇猖獗，死事惟庚辰诸君子最多。嗟夫！不幸而言之中矣。

与里人

庐郡被围时，邻郡侦探至城下，予从埤堄间，磨盾鼻作答，一手双挟朱、墨二笔，运腕如飞。此时一往勃勃，真觉骨嶷气涌。因忆己卯春，陈大士一日过予寓云：“昨夜闻济南陷，偶作家报写一‘之’字，侧看似天边一行飞雁。”予笑乃翁胆在何处。韩魏公生平不以“胆”字许人，此老盖留以自赞。

〇诸经皆可补，惟胆无药可补。补胆惟有读书。

与　人

杜正献公尝为诗云：“老来楷法不如初，试向闲斋习草书。落笔何曾见飞动，雕章早已过吹嘘。”公楷书端劲如其人，逮暮年始学草书，犹庄严不苟如是。我辈东涂西抹，身心收摄何处？愧之愧之！

〇家大人生平不作草字，年已望八，示予兄弟字，虽甚匆遽，笔笔皆仿颜平原。前辈事事不肯苟且如此。

又

杨新都以博学自负，著《丹铅录》，开卷引王融故事。后胡应麟作《丹铅录》，引王�传自序，证其以元礼为元长，落笔便错。至晦伯《正杨》，则又几于两家争讼矣。始知多闻阙疑，自是读书法，何用抵死与古人磨牙。

〇既有《正杨》，复又《正正杨》，纷纷聚讼，皆好于蛋中寻骨者。每读此等书，头辄岑岑痛。

又

陶汰俗气，舒写郁怀，未有如临摹法书者。于规矩绳墨之中，寓变化曲折之妙。当其意得，如风行水上，荇带依依。秦淮海尝叹后人弃百事而学书，至于终老穷年，疲精神而不以为苦，良有谓也。

〇临摹古帖，是消累遣日第一快事。

艾南英

千子，江西东乡人。《天佣子集》。

答郑超宗

古文大家不用人一字，不写人一句，纯以淡、以朴胜人，经久百年，其文如新。此董思白所谓"文莫妙于澹"，弟更广之曰："文莫奇于澹。"年兄试取前辈名家尽阅之，未有堆古语、写时套，而不至于腐者。王元美、李于鳞古文尽抄《史》《汉》，是以臭腐。欧阳公赞东坡先生之文，谓其"洗净面孔与天下相见"，其意亦与此同。年兄不河汉此言否？

〇千子于此道，实有摧廓之功。

徐 芳

仲光，江西南城人。

与高自山

唐人诗如陈子昂、刘眘虚，其近体中，有时气韵如古诗者；而必无古诗中，声调反同近体者。盖近体出于古诗，而当古诗时，未尝有近体，时代固然。吾辈学古诗，远者苏李、十九首，近者陶、谢。六代靡曼，亦奚取乎？

今大作中有古体，起四句纯用律句，又有起末皆律句、中有古体者，是半古体、半近体也。谓非古不可，然遂谓之古可乎？此得失之分，最宜剖晰者也。又诗谓之律，其义取于法律，拟议之严，铢两必称。就中偶句，间有借对，斯皆今人泛滥苟且充塞之病，虽曰小疵，然一字之谬，足以累一句；一句之驳，足以累全篇，又安可忽其小，而不为简汰哉？历观古名人诗，未必八句皆工，而断无一句不稳者。惟其稳而不尽工者，亦工也。斯又细微之失，所当加意者也。

大抵诗之道，以气格为上，而结构亦不可遂轻；以性情为先，而声响亦不可遂废。词莫陋于缛赘，而径率之句，亦不可谓之自然；境莫玅于目前，而凡俚之言，又不可名为真至。韵而不靡，朴而不麄，淡而不枯，工而不诡，使事而不流于杂，谈理而不堕于迂，模古而不伤于痕，蹈空而不病于凿，情文兼至，格调双谐，虽有作者，不能易此也。

今友道丧久矣，诗文传阅，取美批评烂圈点，互相诒炫云尔，能以劘切进者绝少。而吾自山又以裒然称诗人者如是，即有小失，弟不言，谁复言之？是负自山一日之下问小，而负自山之十年苦心静力大也。是以不避罪责，敬倾膈而进焉。

◇可作二家诗评。

〇论诗止作商略之言，不争家数，最不厌德。

◇斟酌调剂，归于雅则。

又

古诗之变为律，兆于陈、隋，或于贞观之间王、骆诸子，至沈、宋则严矣。其初尚有微细出入，后遂截然不可乱。虽以摩诘、少陵，号称名手，能于此中各极一诣，不能取其格而变之也。譬如人之五官，姣好奇伟，姿态百出；至于眉上目下、鼻纵口横、耳凹颧凸之状，则虽醜蔑与宋朝等；反是则谓之非人，而美于（于美?）恶无间矣。其所谓姣好奇伟者，原在此五官中，而无事于变也。

〇读仲光先生牍，逸气所行，自生姿态，是真本事溢出，不似他人扭捏。

◇笔有馀妍。

与汤惕菴

长十留滞，忽复六月，大涯逆旅，凄苦可知。夙昔傲岸硁固，视阿堵间物若粪壤，千百不前，挥斥不遗馀力。今乃落拓奔走，役两眶十趾，向千里外不知谁何之人，戋戋琐琐博草鞋钱，诚可愧笑！然严钓、郑卜，古人数当其穷，亦必假一途自活。夫饥之驱人，犹可忍也；债之驱人，无容遁也。弟一身所负，自应一身了之；而此外嗟来，细思又非我事，则舍堪舆一技，更将奚适哉?

〇文人之笔如是，人见其贫，我见其富。

答竺菴和尚

三山亦一佛地也。雪峰、黄蘖，刹竿相望，今亦继踵有其人乎？荆棘自荒，云水自富，知卷土携来，得意如许也，如杖头琐俗，则又乌足挂齿？颓堕无比，每脱粟飰（古同“饭”）后，斗室静坐而已。或随意小策，与烟云树鸟，稍一酧（同“酬”）对，便自竟日，不复知人世有禅可学。虽有善棒喝者，此等顽人，恐都无着手处也。

◇二语抵一首游记。

◇洒然自远。

答陈先寔

所示“三难”，备尽读书苦境。虽然，书诚苦，尚与乐半；舍是，徒苦耳。

客有造舟于渚者，水落渚收，委如败木，群啁之；春泽至，帆而栍之，飘乎千里矣。吾兄患舟之未具耳，不患渚之弗泽也。帆且栍焉，完舟以俟其可也，

◯文心活脱，音节便尔顿挫。

章世纯

大力，江西临川人。《章柳州集》。

与刘士云

费无学曰：“坐高僧于前，万累尽矣；立美姝于侧，万累亦尽矣。”彼者理极，此欲极也。故博弈者，亦夫人之所以尽万累也。

与黄雷岸

以馀行辅一行，以馀意辅一意，进言于一朝人，听我以生平，故不信不可为说。

与陈伯玑

道高则势孤，势孤者求和弥切。故行过一乡者，征士于乡；过一国者，征士于国。非独情亲，势亦使之。夫物之求类，本乎性命，草木犹得类而茂，而况于人乎？

○即应求语，镂划尽致。

与陈士业

小人之伤君子也，自古而是矣，何其迹之相复与？然小人为利于君子，不可不知功也。黑常阴为德于白，深谷之汙，功在高山。小人不攻君子，是不相明也。故君子之于小人，远之而已；远之不得，以道远之。如月印于川，其相近入也，未尝相近入也。邵子曰："君子之与小人处也，横逆相加，恐惧修省，而后道德生焉，义理成焉。"《诗》云："他山之石，可以攻玉。"此之谓也。

○子家求如此幽杳毕出者，绝少其俦。

与万茂先

三人之立无阴言，二人则有矣。故与人言于堂，毋与人言于室。高山可望，毋为窥井。

示门人饶子正

古人有言曰："但常无祸，不常有福。"身以生为常，富贵其寄也。夫福禄富贵，岂独不数得哉？亦不宜有也。故国之善庆，家之吉祥，皆不欲多。今日一得，皆异时一失。犹之观花，遇其增益，岂不绚哉？然所增者，后之憔悴也。陈大士举子而不乐，问之，曰："多子孙甚善，然异时者又多一哀乐事矣。"故福者人所惧不来，或又有来而惧者。不欲造得以生失，知得失之相成也。

行周行者，亦乐其坦耳。适有高山在前，将促步而登之；登百尺，必下百尺。登降之数，增减相平，无得于高也。而我已踊膝茧踵，徒以为足楚矣。人之生哀乐以自伤也，何以异此？天之生我，以害我也；生我者固生我以死，是徒为死也。刻木为神，神已成矣；而析之，然则非成而以为成也，成而以为析也。故天地无恩而有毒，万物无乐而有苦。

◇不身经者不知。

○钩深而出，又曲曲以取之，方是著作才。

又

惺峩不为固业，无根本之财，人曰："不为子孙地乎？"曰："君称是言，是谓我子孙非肖也。"天之生物，与之以养，在其身中。虎豹之养，在其牙与爪；麋鹿之养，在其性嗜草乐旷；鳄鱼之养，在其尾；鹰隼之养，在其劲翅钩喙；鱼鳖之养，在性安水。各以所能而食，取之身中，用之不穷，未尝有饥而死者，未有复为之谋食者也。

吾之业子孙者，亦在其身中矣。生而与之智慧，此经营之本矣；教之艺能德行，皆良田美囿矣。吾所与子孙者，善伺者不能窥其藏，善盗者不能劫而请求也。终日用之不尽，尚以付后之人，吾又安营业乎？君所称者，是为六畜言也。六畜依人而养，虽有自养之资，废而不用，失其天财。一旦去主，无逾宿之命矣，岂不哀乎？

梅林官于徐州，既归，橐无存金，人曰："何不为子孙？"曰："人之生也，各载养而来。子孙之禄，自在子孙，无禄者不生矣。"饶老曰："父母苦身作谋，以为子孙，然而安为之者？皆宿有负也。吾性不乐营综，或无负于子孙乎？"奉新老人，一日尽散其家积，合室争之。老曰："财我之财也，我之财以为我。尔人也，吾为人也哉？”其子曰：“父信耄矣！散财于人，以为我也；身之子孙，以为人也。”曰：“既尔矣，安得不人之？财施于人，是化财也。化朽物为美德，吾得之以存吾身中，是为我也。”

〇“业子孙者，在其身中”一意，有于《诗》《书》以前，则《燕翼》《垂裕》等篇，可毋发明。宋高祖之留耕藉，房彦谦之遗清白，真觉多事。

与徐巨源

爵非一列，位非一等，尊之上，犹有尊者。务高不止，然故不离为下也。己虽俯人，其所仰者，亦犹岑岑然在其前也。故爵必无尊，有卑以补之；位必无贵，有贱以概之。故无爵者全于尊，无位者全于贵。

〇粗服乱头中，有连珠节奏。

与陈孝逸

汪锡予曰：“吾所与友，有高行者也，未若其多闻见者也。”高行其自有也，闻见可相告语矣。大善不可饷人；善之可得饷也，则言为将也。故善求言者，与王者分天下矣。

与苏武子

自隆者，人短之；自短者，人隆之。均有一隆，在己，不如其在人也；均有一短，在人，不如其在己也。

〇令人读之，如梦得寤，如醉得醒。

与人

生而富贵，富不足乐，贵不足荣。富独为贫者丰，贵独为贱者荣，名实皆见焉。草何云生？生所无也；木何云长？长所不至也。宿已有之，则非生非长。

与酒人论酒

明月在夜，清露依随。气施于酒，使酒味倍。

春之曦朝，乱花竞时，或红或白；黄鸟于飞，鸣声上下。气施于酒，使酒味倍。

炎晖在远，清风至座，一来一去，掠我衣裾；时轻时重，似有欲无。气施于酒，使酒味倍。

独出自高，上有盘石，下有流泉，琅琅玱玱，声生石间。气施于酒，使酒味倍。

清沼在僻，中有香荷，鱼旅而行，浪文交过，水明浮天，时有白云。气施于酒，使酒味倍。

埜天浩荡，山家倚亩，农歌唱答，均节略似；而有道侣，静言引觞。气施于酒，使酒味倍。

女不成妇，童弱而慧，颇晓律吕，声彻而清；意不为人，如将自乐，杂笙与箫，倚而和之。气施于酒，使酒味倍，

○幽异之极，又逼出一篇富丽文字，觉六朝人真真板煞。

曾 裕

升伯，江西吉安人。《遗稿》。

与邢孟贞

别兄以来，取古人诗，以己意汇集，盖欲自选还自读也。选法无他，但诵上句便知有下句者，皆删去之。

○可见其诗品。

与苏武子

闻足下游京师，仰见天子宵旰求言，日召平台，慨然感

奋，拟书欲上。会有以口舌得官者，非其人，足下愧以例己，遂不果上。嗟乎！士有志于当世，幸而遇圣主，怀书走千里、达辇下，谓可旦暮见天子矣；乃愧而自止，匐匍以返，斯何意也？令人主闻之，不益动深长之思哉？惜乎足下之不上闻也！

〇意最深曲。

傅占衡

平叔，江西临川人。《湘飒堂集》。

病中与陈兴霸兄弟书

衡不孝不天，大罚既降，笃病濒亡，神爽顿失。枕中肠九迴者，三事而已：一先父马鬣未高，二老友索居难觏，三则狂矣。太史公何人，而衡亦敢言“身殁而文采不见于天下”乎？虽然，天下察声别味者亦少，但得一二不妄点头之知己，读吾文终卷不卧，足矣！

曹子植称丁敬礼，真美谭，可念也。当今定衡文者，舍兴霸、少游其谁？少间强起蒐旧作古文，曩尝自烧大半，馀亡几。无力缮次，只取乱后杂著凡二十馀篇，呼小儿誊出，亟亟奉寄。适游公大来，因举相际。公大固一时无多人物，眼明手捷、舌不媚者。然誉之“闯古人阃域”，勉之“入大家行伍”，衡犹半疑之，衡不敢居。两兄试投晷隙，略定好恶。苟离道法、堕凡俗者，应时汰落，使知去留。亦欲及神精未消亡时，亲见成书，间饷知我深者，谑浪笑傲，流传人世。万或二三十年后，尚传人口，突得一蔡中郎、袁石公者，幸而竟显，大风飞鸢，登数十丈，虽拽之不下矣。即不尔，遭一名文盛必传者，吹毛求疵，贬驳辩论，以予文入其书，彼为衡岳，我为紫盖，姓名不泯于后世，私心亦甘焉。

嗟乎！刻无用之空文，冀浮烟于身后，达者之所笑也。强进太牢，爰居高翔而不食，况以草具劝人乎？且苫庐块枕，战气方深，以礼以时，辑诗古文不宜急。然不孝兄弟二人，衡尤被先君笃爱，提手置膝，庄诲谑化。初以一第见期，中以立言见勉，晚节恣其贯穿淫湛，竟不举时文一问。虽知衡数奇无侯骨，然四刖足而无愠色责言也，怜之劳之，勉以大业而已。

悲乎悲乎！衡至不孝，徒以笔墨稍灵，父子相乐，忍坠文章与秋草同腐、寒萤共散哉？行年四十一，设使寿如杜甫，不过二十年弄声韵。中间坎壈万变，雨露霜雪，都未可知，亦渐衰无力办著书矣。若不幸如柳宗元、杜牧辈，可惧矣。倘藉庇病愈，快走健飰，还如曩时，专温旧书，却新书，束沈韵于高阁，庋秃笔而罕御，如张丞相苍老百馀岁，反饮乳自养，优游厌饫，晚年有进，别著一种精微简易文字，使识者以夔后之少陵、海外之东坡相况，岂不伟哉！此事在天，当疾甚溃乱中，辄不暇远念，但区区以眼前诗文为念耳。

家有敝帚，享之千金。同室相语，不觉倾尽至此。愿无笑其騃狂。

◇笔有馀妍。

◇却新书，有至理，不可不为读书人言。

陈孝逸

少游，江西临川人，大士先生仲子。《南邨集钞》。

答家伯玑惠茗墨

平叔归，审长兄已居白下，又拜茗、墨之赐。蔡君谟不能饮而能玩，吕行甫不解书而解啜，虽潦倒，亦或风流有致。

○用事雅妥。

又

来谕“饥驱不可耐”。夫饥孰若弟者？今岁授书山中，居然村学究行径，打鼓排衙，日日不废，将以为后年计。但此途不效，便须空院乞食。昨戏题座云：“托钵差强，却笑饭尝不足；冲冠恨短，休言发则有馀。”是不为痴山僧影堂耶？

虽然，时时念吾兄，殆似不恤其纬者。伯玑蠡郡之志，为复云何？一动足，费踰《葩经》。弟听此，舌吐头颤，虽措大皮腔，不识世间大度支，然兄尚能落豪为俭否？闻吾兄又举一男子，不敢论勋，而敢分快，但属善视之。骨肉之际，房帏之交，贤者自有玅用。隋皇帝匹马走出宫门，乃烦高公控谏，非英雄也。

◇一语黯然。

◇取喻奇谐，出人意表。

又

弟讲帐日微，聊以为技穷养亲之地。喜岁老岁贱，粟可不避纥头，蔬可不避菜根，而胸坎舌腰，并能安之。始悟古今人材，大半为美满如意所坏。世不之恶养其七尺者鲜矣。处仲、元子辈，正是不耐淡薄一念耳。

○钟退谷云：“英雄作事无巨细，寂寞豪华皆有意。”世上啖荠儿与纨绔子弟，谁复解此？

与临川十二子

“名与位皆可致，其年不可及”，则羡乎少者之辞也。“古者之学，耕且养，三年而通一经”，则需乎少者之辞也。“少年纵意用笔，取快于一时，末路未有不懊悔者”，则警乎少者之辞也。由警知需，由需致羡，又何以测其所至哉?!

○笔如曲镀。

与傅平叔

同一身胸，有相去万里者。上古野夫游子，冲口吟咏；后来墨士儒生，刿心制作，才如龙虎，曾莫时似。《三百篇》高入青霄，有妇人焉，我辈媿死矣！秦汉而下，载籍极博，资粮特多，反不若古无文字人，殊不可解。

○姿致历落可念。

又

世道衰微，多以士大夫少奋发矫厉之志，但求和光入俗、期于寡祸而已。故节败才靡，皆由此出。今之文士，于持禄窃誉则有馀，而于拨乱匡败，则鲜有一焉。岂尽《诗》《书》之罪哉？许汜谓陈元龙“湖海之士，豪气不除”，先主问：“君言豪，宁有是耶？”因诋之卧君地下者。先主闻“豪气不除”四字，已是腐儒之谈，欲按剑而起矣。

夫士可无豪气耶？士不可无豪，犹文不可无英。文无英气，则五代、宋末老婢作声是也。人无豪气，则曹蜍、李志辈，狐狸所嗷是也。使执政而惟豪气消尽之人是取，则人才坏；主司而惟英气消尽之文是尚，则文体亦坏。

○至论卓识，勿认作骯髒莽语。

又

君谓退之长者，而作文赠人，每于中寓讥评，大失厚道；则彼受之者，岂不汗媿耶？文士踵其习而诋毁者多矣。升庵谓韩诗“久钦江总文才妙，自媿虞翻骨相屯”，“以忠义自待，而以奸佞比人，开轻薄之门”。此语大有理。余谓韩柳以前，文章之士失之谀；韩柳以降，文章之士失之傲。谀固耻矣，而傲亦非德。乃竟以为气节，至云“自占地步”。地步可自占哉？

但自不失所守则可耳。

○极平心语，可以息人之喙。

又

足下谓少年时，读《六经》《左》《国》《史》《汉》之书，未见浃洽；中间泛滥于诸子百家、稗官小说之流，空费日力，而旧业顿衰。逸尝有其喻：《六经》《左》《国》等，则吾之故交姻旧也；而诸子百氏新出之书，则吾之近亲新知也。不能敦旧而务广交，其人必薄；不能温故而徒务博见，其学必衰。吾辈锐于读书者，尤当以为戒耳。

○流览泛观，学人通病。及兴阑味薄时，真觉《六经》《左》《国》，恋恋故人也。

又

君谓名士老而读书不辍，只足救空疎之蔽耳，未必上马横槊、下马赋诗，弓燥手柔、草浅兽肥之致也。至如时艺一道，尤格格矣。宿名之士，沦其旧学，竞逐新妆，固必失步邯郸，匍匐而返；即不然，而坚持故操，半言不入，其势亦必渐就荒芜。君此言大是，正欲为君作譬，以广君之说。

名士愎陋，如老年将卒，生平熟于射骑角力，虽口陈古法，凿凿有据，能使少年摧锋，闻而自失；及至披甲上马，引强射生，投石跃涧，则筋骨已怯，精力销耎，而不能与无纪律之市人徒手搏者，盖其势也。若其自恃宿名，虚怀尽丧，视新进之士，虽厚薄浅深，不可同年而语。然初学者自知不足，逢人辄问，正如狭邪佳丽年十七八时，专心请益，故唱虽娇涩，未成音律，却更多姿。而此老大不嫁者，久擅歌场，善于度曲，然见非己法，即谓不合，虽古调逼真，其如面目可憎！何哉？前辈名愈久而气愈下，故其口吟手披，远过后进，而足当群疑众难之冲者，良有本也。

今之号为宿名者，半坏于趋竞，半弃于自是。幽燕老将，殊非气韵沉雄，冷落门前，且并其琵琶旧曲而忘之，岂非敖与惰相长、克与伐相乘耶？

○少游笔下多秋冬之气，然天真烂漫，正自灿发可观，在尺牍中可以掉臂孤行。

又

兄《临川记》，弟矢办力写两部，别寄其人。此亦当阳沉碑水中、太史藏书名山之意。冀后有知心，如复见一荀伯子。

○荀伯子曾作《临川记》。

又

梦平生，因哭平生。兄不屑俗下文字，亦应一輓。慈意僧未知生天，未知尚游地府。人命如哀家梨，弟近颇有悟，殊以其脆为甘。杨诚斋居都门，日日收床束担，非作达也。兄试答之。

○平生，少游兄也。

○人琴之痛正深，勿认作旷怀语也。

与友

古人于朋友当言路时，每每以尽言相责，如昌黎、荆国集中可见。东坡贺杨龙图启云："方倾耳以听，愿续书《谏苑》之篇；若有待而言，或能著《争臣》之论。"此类甚多。傅平叔曰："吾乡徐子弼先先，送徐寒泉应征北上诗云：'莫谓盛朝封事少，竚看风采慰相思。'正古人之旨也。"乃知齐人以蚳鼃律孟子，虽不中道，定远尘俗。

答吴元望

足下古道卓然，是孝逸畏友，文章在耳、气谊在目矣。新息所云“爱之重之，愿儿曹效之”者也。

弟性好直，然而年三十，始解自媿；又十年，始知交游中多吾师，处处可惮。颇觉千古贤圣愚凡，不必生来异路，大都学者歧之以见盈；一盈而迷濛其天，浅则漓，甚则灭。弟自恨幼狂，曾不肃省，到今日惟有个“难”字恍然眼中耳，尚与足下勉之。

诸门士何辱奖许之至，然乎、否乎？岂弟所望哉！冰毬美满，秀影一襟，尔时须索数公过心远庐，少分此老霜气也。

◇痛喝毒骂，我辈各好检点。

○少游诸牍，止是骨气不同。

与孔登小

别教云云，发缄大笑。黄涪州万金良药，以啖庸人，客未以为可也。陈生不能作如是举主，即使能之，孝廉公何故篡寒措坐毡，令具饭宝？带经燃松，亦君家故事，而效弟之两髩萧萧、一帐喃喃乎？平叔适他出未归，其念足下，犹夫逸之三载一日也。月幌风帷，相思甚苦，孔先生知未？

与蔡允恭

馆寄苍烟落照间，山光可悦，人面无欢。允恭知其故乎？细数年华，无非恨处，学道蹉跎，不能问岁晏，未成为丈夫也。古人惜分阴，允恭勉之。

答傅度山

廿载来坎廪栖迟，迂人睨之以为狂，豪人相之以为谨。身不盈六尺而顽艳作，目恒在狂谨之间。自视楚楚须眉，取次老大，安能割裂委蛇，供世怨欣乎？

〇少游每一落笔，便觉霜锋雪刃槎枒行墨间。

答李石台

人生卧鼓边亭，横金京辇，不过二三十年。酣谐如意，一朝盈缩，有识伤之。石老天资卓尔，办作英雄，沙堤黄阁，付与同人；玉鲙丝蓴，收拾在我。如蜡屐能着几辆，临川可为辋川。社有渔樵，室有濠濮，昔贤所谓“须为尔时将得去”者，计皆此后事也。

仕宦归来，本不宜唐突以如是语。或者烟霞中野客，放言如唾，使有道君子闻所不闻，起凄冽于耳畔，有罪矣，未必无功。恃爱而狂，恕之恕之。

〇热心快口，一往豪骏。

又

林鹿豁猴，久疎道诲，非敢妄相解免，曰“士前为趋势”；懒甚而僻，僻甚而草野，所谓“臣之罪臣犹知之”。恃大度君子，别为一格优容，遂不自过也。

接翰教，耳闻心戒，盖已多时。藏名山而沉逝水，无不可者。文章一炬，口语三缄，今日禽鱼，皆识此意。弟逸虽蒙狂无似，忍忘台翁生我之至训乎？率尔报慰，并谢德爱之深。

〇平常酬酢语，如此隽异。

答木立和尚

公本一世人，何处更着穷苦措大，而时时存之，舌腹牙峰，岂与其洁耶？抑自有循循之妙用，无不可教者耶？逸实不能自信，何敢信公之于我？

逸陋乡僻产，无从得书而读之。比先友平叔逝去，目中无复解人。仲升、惟易、登小诸子，皆不得时聚。彼诸子所长者，治经术有本末，为人卓然真实，独立不惧。若使之往受我公绳削，亦未必遽能也。

至如逸者，资诣不足望下中，而胸气未融，慷慨善怨。怨而不欲吐一声，以憾天地，郁噫噤龂，隐隐难平。此岂有学道之分乎？每念读书数十年，浑未有要领，便如《庄子》一卷，仅作文字欢喜，问其得力，无有也。近慕我公，思有所商质，即今似枯蚕干而不出，又无一榻可以延公。此际是真愁苦。公应知之，公应谅之。稍俟从容，当有邂逅耳。

施　男

伟长，江西吉水人。《留髡堂邛竹杖》。

与徐巨源

余最嬖方棠陵语。张昆仑山人曰："君诗固嘉，而鲜情实。如无山称山，无水赋水，不欢而悒，弗戚而哀，情实安丽？"答曰："风人婉辞讬物。若文王之思后妃，岂必临河洲见雎鸠耶？如祖饯，宁必携百壶酒，而云'清酒百壶，惟笋及蒲'？若据情实，老酒一瓶，豆腐面觔，俱可与粘泥柳絮，收入眉山夹袋矣。"闻者殊深捧腹。

吴　晋

介兹，介受，受兹，江南江宁人。《退菴稿》。

与王隆吉

北地文官菓，果非人间物，香甘雪嫩，每一含咀，不忍直下，令人有奴视杨梅鸡豆之想。栎园夫子有“结伴同为湖目冷，层绡剥出蕙心香”之句，今始解其妙也。

○“不忍直下”四字，是知味人语。

与埜人

天以贫德人，人不德贫，而至谓天困人，天何辜?!

○大道理，非以偏取胜。

与张杞园

尊大人合传，跋得数语请教。仆故不善属笔，足下索之至再，勉强塞白耳。昔海神与秦政约曰：“我貌寝，勿图我也。”仆于足下亦云。

○无端突兀，不必更解而已至。

藏弃集卷之十一

钱谦益

受之，牧斋，江南常熟人。《初学集》。

答唐训导

谦益启：累辱过存，未获接奉。复蒙不鄙，赐之书教，欲推避以文墨事。衰迟失学，无以承命，叹息踧踖，蹙然累日。门下兄弟以雄才博学，掉鞅艺苑，所著《古今诗解》，各出手眼，务为世之承学启聋发聩，其为功于斯文也，可谓专且博矣。反覆来教，穿穴数千载，及论本朝诸公，而以王弇州为依归，殆以为至于斯极者。门下虚怀下问，不惜取道于瞽，仆虽固陋，亦尝奉教于君子矣，安敢閟其所闻，不一二陈道于左右。

夫文之必取法于汉也，诗之必取法于唐也，夫人而能言之也。汉之文有所以为汉者矣，唐之诗有所以为唐者矣。知所以为汉者，而后汉之文可为，曰为汉之文而已，其不能为汉可知也。知所以为唐者，而后唐之诗可为，曰为唐之诗而已，其不能为唐可知也。自唐、宋以迄于国初，作者代出，文不必为汉而能为汉，诗不必为唐而能为唐，其精神气格，皆足以追配古人。其间为古学之蠹者，有两端焉，曰制科之习比于俚，道学之习比于腐。斯二者，皆俗学也。然而文章之脉络，画然如江河之行地，代有其人，人有其传，固非俗学之可得而乱也。

弘、正之间，有李献吉者，倡为汉文、杜诗，以叫号于世，举世皆靡然而从之矣。然其所谓“汉文”者，献吉之所谓汉，而非迁、固之汉也；其所谓“杜诗”者，献吉之所谓杜，而非少陵之杜也。彼不知夫汉有所以为汉，唐有所以为唐，而规规焉就汉、唐而求之，以为迁、固、少陵尽在于是，虽欲不与之背驰，岂可得哉？献吉之才，固足以颠顿驰骋，惟其不深维古人著作之指归，而徒欲高其门墙，以压服一世，矫俗学之弊，而不自知其流入于缪，斯所谓“同浴而讥裸裎”者也。

嘉靖之季，王、李间作，决献吉之末流而飏其波，其势益昌，其缪滋甚。弇州之年既富于李，而其才气之饶、著述之多、名位之高，尤足以号召一世，然其为缪则一而已。今观弇州之诗，无体不具，求其名章秀句，可讽可传者，一卷之中，不得一二。其于文，卑靡冗杂，无一篇不偭背古人矩度。其规摹《左》《史》，不出字句，而字句之讹缪者，累累盈帙。闻其晚年手《东坡集》不置，又亟称归熙甫之文，有“久而自伤”之语。然而岁月逾迈，悔之无及，亦足悲矣！

夫本朝非无文也，非无诗也。本朝自有本朝之文，而今取其似汉而非者为本朝之文；本朝自有本朝之诗，而今取其似唐而非者为本朝之诗。人尽蔽锢其心思，废黜其耳目，而唯缪学之是师。在前人犹仿汉、唐之衣冠，在今人遂奉李、王为宗祖，承讹踵伪，莫知底止。

仆尝论之：南宋以后之俗学，如尘羹涂饭，稍知滋味者，皆能唾而弃之。弘、正以后之缪学，如伪玉赝鼎，非博古识真者，未有不袭而宝之者也。缪学之行，惑世而乱真，使夫人穷老尽气，至死而不知悔，其为祸尤惨于俗学。二十年来，亦有知訾謷李、王者矣，学弥犓而识弥下。若近年之谈诗者，苍蝇之鸣，作于蚯蚓之窍，遂欲以一隙之见，上下今古。公安袁小修尝叹息曰：“少陵《秋兴》，元、白《长恨》诸篇，皆千秋绝调。彼何人斯，奋笔简汰？此辈无心，所以昧〔眯〕目。”贤哉小修！其所见去人远矣。

嗟夫！古学一变而为俗，俗学再变而为缪。缪之变也，不可胜穷。五方之音，变而为鸟语；五父之逵，变而为鼠穴。譬诸病症，愈变愈新。自良医视之，其所由传染，要不离于本病而已。谁生厉阶，至今为梗，岂能不追叹于献吉哉！

门下力学摛文，卓然有志于古学者也，故敢为门下诵其所闻。愿门下于《古诗解》，壹本古人为解故，而尽削妄庸附会之语，庶几古学粲然，复明于世。其为功于斯文也，谁能尚之？

昌黎有云：“蚍蜉撼大树，可笑不自量。”仆学殖荒落，文笔衰退。于文墨事，诚不足以当蚍蜉。顾其从事于斯，深思而详说之，盖有日矣。如世之叫嚣跋扈，撼前修以要名者，自分无有。惟门下裁而教之。某再拜。

◯诗文正论，当宗虞山。

◯陈士业曰：“嘉、隆以来，帖括剽窃之陋，流入古文。负名之士，好以秦汉相欺，字裁句掇，荡然不复知所谓真古文。吾党忧之，乃以唐宋八大家，力挽颓澜。盖谓摹秦汉之失，或至舍体气而专字句；而唐宋诸大家，无所置力于字句之间也。齐人先配林而后泰山，晋人先虖沱而后河，若韩、欧者，固所由以适秦汉之路矣。”论与此合。

◇弇州病榻间，时手东坡集不置。又题震川像曰：“千载惟公，继韩欧阳。予（余）岂异趋，久而始伤。”至此，弇州盖已自悔其少作矣。

◇以王、李为俗学，则彼方居然以大雅自命，别之为缪，为王、李之儿孙者，亦伏首无辞矣。

答徐巨源

谦益再拜巨源世兄畏友足下：丧乱已后，忽复一纪，虽复刀涂血道，频年万死，师恩友谊，耿耿余怀。自惟老病残躯，淹延馀气，仰惭数仞，俛媿七尺。邮筒往来，握笔伸纸，辄复泪渍于衽，汗浃于背。声尘寂蔑，与吾巨源积不相闻，职此由也。

长益伟长，深悉存念；文孙继至，损惠手书。嗟乎巨源！瞪目相视，尚以为有口有目，可以比数于人。巨源蓄我良厚，而仆之泪渍汗浃，绠縻涔淫，殆有甚焉。古之人不死于千金而死于一言，不死于黥奴夹食而死于上尊养牛，则仆之所当草野自屏，引决以谢知己者，在此日矣，何以恤我？我其收之，巨源终何以命我？今日文长，且置是事，姑与子言文事。

当今俊民鸿生，所在蔚起，倚阁举业，枕藉经史，古学之兴，骎骎乎葭吹琯动矣。其中淄渑流变，朱碧错互，恒思之丛，冯藉坛坫；黎丘之鬼，雄长桓文。非有高名宿素、老于文学者，为之建旗鼓、申誓命，别裁其真伪，格量其是非，奔者东走，逐者亦东走，将使谁正之哉？仆老而耄及矣，皈心空门，重自芜废，当今之世，舍我巨源其谁?!

仆尝观古之为文者，经不能兼史，史不能兼经；左不能兼迁，迁不能兼左；韩不能兼柳，柳不能兼韩。其于诗，枚蔡曹刘，潘陆陶谢，李杜元白，各出杼轴，互相陶冶，譬诸春秋日月，异道并行。今之人则不然，家为总萃，人集大成，数行之内，苞孕古今；只句之中，牢笼《风》《雅》。今人之视古人，亦犹是两耳一口也，何以天之降才，古偏驳、今偏纯？何以人之学殖，古偏俭、今偏富？何以斯世之文章气运，古则馀分闰气，今则光岳浑圆？上下千载，吾不知其何故也。兼并古人未已也，已而复排击之以自尊；称量古人未已也，已而复教责之以从我。榷史则晔、寿，庐陵折抑为皂隶；抨诗则李、杜，长吉鞭挞如群儿。大言不断，中风狂走，滔滔不返，此吾巨源他日之忧也。

窃尝谓末学之失，其病有二：一则蔽于俗学，一则误于自是。九经六艺，炳若丹青；律数小学，具有谱牒。今不为爬搔搜剔，溯本穷源，经学乱于蛙紫，史家杂于秕稗，众表竞指，百喙争鸣。苍耳蒺藜，罥之皆能刺足；鹿床乌喙，食之便可腐肠。至今为梗，实烦有徒，故曰“蔽于俗学”。以挽近为准的，以讹缪为种性，胸中先有宿物，眼下自生光景。于是逞臆无稽，师心自用，章句聊尔，先已订其雌黄；旨趣茫然，便欲褰其疵颣。斯则病在膏肓，魔入肺腑。牛羊之眼，但向一隅；蟪蛄之声，终违九里。孟子曰：“自以为是，而不可与入尧舜之道。”良可愍也，故曰“误于自是”。此二病者，流俗之人，项背相望；而世之君子，以斯文为己任者，殆亦未能免也。

今诚欲回挽风气，甄别流品，孤撑独树，定千秋不朽之业，则唯有反经而已矣。何谓“反经”？自反而已矣。吾之于经学，果能穷理析义、疏通证明，如郑、孔否？吾之于史学，果能发凡起例、文直事核，如迁、固否？吾之为文，果能文从事顺，规摹韩柳，不偭规矩、不流剽贼否？吾之为诗，果能缘情绮靡，轩翥《风》《雅》，不沿浮声、不堕鬼窟否？虚中以茹之，克己以厉之，精心以择之，静气以养之，如所谓俗学之传染，与自是之症结，如镜净而像现，如波澄而水清。于是乎函道德、通文章，天精（晶）日明，地负海涵，彼欲以萤火烧山、蜉蝣撼树，其如斯世何？其如千古何？

管子之伯齐也，作内政，寄军令，然后能悬车束马，制令支，斩孤竹。此古人内治之道也。

去年为周元亮作《赖古堂文选序》，颇及巨源、千子之绪言，辄录一通奉览。斯文未丧，来者难诬，在吾巨源勉之而已矣。巨源新文，高明广大，气格苍老，所得于忧患者不少，良欲抉擿利病，以副来请，而非衰耄所能及也。

古人合葬，题不书妇，今曰“暨配某”者，空同以后，不典之辞也。佛门文字，非贯穿内典，不可聊且命笔。南北二宗，是宗门事，与教下无预；性相二宗，是教门事，与宗下无与。惟清凉五教，用顿教摄宗门，此别自有说。今以性相判南北宗，非也。凡此，皆无预于文体，亦不得不一简点，以为反经之小助耳。

干戈未息，关河渺然，天涯兄弟，聚首何日？婵媛文事，代西窗一夕之谈，此所谓“溺人必笑”耳。覼缕长言，具在别楮，鸿羽不绝，愿闻德音。丙申二月十七日，谦益再拜。

〇虞山求友之意深矣。寥寥宇宙，无可与言，不得不向巨源一倾倒耳。今巨源与虞山皆没矣，斯文一线，有继起而主持者，日夜望之。

◇曲尽今人之病。此尚为王、李而言，下此卑卑，不足当虞山訾议矣。《艺苑卮言》《胡氏笔丛》，极有此病。

◇詈得痛快！

◇求之古人尚难，何况近人？

◇近人多不知。

复徐巨源书

顷者不揆狂瞽，抵齿文事，叫嚣隳突，都无伦次。巨源不抵之于地，披襟采纳，又从而郑重奖许，开示引诱，通怀若斯，感叹何已！

巨源之言曰：“当虞山之世，未有以斯文自任者也。”巨源知虞山之深者也。然巨源之知虞山，固不若虞山之自知也。仆之马齿长矣，下上今古，刿心鉥肾，亦不啻三折肱矣。晚而周览中区，旁皇顾视，迢然自引，愿以此事推巨源者，则固有其说矣。

窃观古人之文章，衔华佩实，画然不朽，或源或委，咸有根底。韩、柳所读之书，其文每胪陈之；宋景濂为曾侍郎志，叙古人读书为学之次第，此唐宋以来高曾之规矩也。宋人传考亭、西山真德秀读书分年之法，盖自八岁入小学，迨于二十四五，经经纬史，首尾钩贯；有失时失序者，更展二三年，则三十前已办也。自时厥后，储峙完具，逢源肆应，富有日新，举而措之而已耳。眉山兄弟，出蜀应举，盖已在学成之后；方希古负笈潜溪，前后六载，学始大就，皆此法也。

去古日远，学法芜废。自少及壮，举其聪明猛利、朝气方盈之岁年，耗磨于制科帖括之中。年运而往，交臂非故，顾欲以馀景残晷，奄有古人分年程课之功力，虽上哲亦有所不能。况如仆者，流浪壮齿，汜滥俗学，侵寻四十，赁耳佣目，乃稍知古学之由来，而慨然有改辕之志，则其不逮于古人也，亦已明矣。夫学不逮古人，而不自知其不逮，则愚也；明知其不逮古人，而不欲自仞（通“认”）其不逮，则妄也。语曰：“文之佳恶，吾自得之。”又曰：“后生可畏，来者难诬。”夫其不逮古人，既已自知而仞之矣，又或舍己之知而假人之知我以自蒙，抑且夺己之自仞而假人之知我以蒙世，愚、妄并用，眉目易位，旋而思之，又爽然自失也。

丧乱馀生，讨论旧学，蒐集一朝文史，州次部居，取次命笔，一夕而燬于劫火，知天之不复假我以斯文也。残灰馀烬，示现宿因；水涸山枯，回向佛法。因观世间语言文字，如空花，如嚼蜡，如虫蚀木，如印印泥。以耽空扣寂之人，守旁行四句之典，马、班二史，唐、宋八家，如梦中物，如寐（呓）中语。顾欲于此时点勘诗（韵）笔，主张艺林，镂缘影为文章，界虚空为坛墠，不亦诞乎？不亦荒乎？仆之自知审矣。抚心问影，重自忖度，不敢以斯文自任者，职此由也。

嗟乎！巨源知我不可谓不深矣。以巨源之知我，而不复谛审其所自知，譬如水母以虾为目，俄而失虾所在，诧曰“我在，目将安往”，不可为一笑乎？在劫波墨穴中，无豪易高耳。又倚恃巨源辈宿名巨手强有力者，以号令天下，乘间抵隙，馀分闰位，江淮之朱弓赤矢，南越之黄屋左纛，唐公见推，其谁得而禁之？仆固心知其不可。“臣犹知之，而况于君乎？”此亦一善喻也。

巨源谆复示诲，期以弘长风流，鼓吹大雅，而又汲引同志，如李文孙、黎愧曾一二俊人，以相佽助，则仆窃有以自处矣。其以仆为斗杓，为帝车，芒寒色正，杰然而出世乎？则仆固将趋风望尘，曳踵而却避。其或以为谀闻朴学，禀承师说，粗知古学之源流、文章之体制，与夫近代之俗学，所以偭背规矩者，使之背行除道，称娖而前驱，则固不得而辞也。

养由基之射，穿杨叶百步而射之，发无不中，楚人观之曰：“可教射也。”西国有诮人说法者曰：“贩针儿至针师门卖针耶？”以仆之固陋，苟不见弃于世之君子，见誉则为古〔楚〕人之教射，见笑则为西人之贩针，亦要有以自效而已。此其说，在老马之识道也。夫纵马而识道，老马之智也。悬车束马，制令支，斩孤竹，则桓公、管仲之为，而非老马之能也。仆今自比于老马，负辕长鸣，以须悬车束马之役，不亦可乎？巨源引子美之诗，“不薄今人爱古人”，以谓爱古人易，不薄今人难。如仆斯言，引绳批根，厚自破庰，法行自近。此则薄今人之尤者也，巨源将毋代我张目耶？

西垂之岁，委心空门，刊落浮华，销归真实。汗青头白，已付前生；甲乙丹铅，尚烦后哲。若复张皇涂抹，久假不归，不惟贪习文类，犹结馀因；正恐外论虚词，终邀空果。发兹诚语，借以忏心，是则系表之言，亦通人所悉也。

老不晓事，言必由衷，非敢矫志鸣谦，为恭简牍。光岳如故，丹青未沫，当仁不让，巨源勉旃！若曰先河后海，前辉后光，如欧阳子之于子瞻，所谓“付以斯文”者，仆固不敢以此薄巨源，而亦非巨源之所以自命者也。山川间阻，接席末由，起废发蒙，谨俟后命。谦益再拜。

◇古人为学，实有次第、有源本，始能肆应不穷。今人所谓“白头纷如”者也。

◇后人不及古人，实以帖括为累。

◇亦伪学所必至。

◇绛云楼之火，后世之恨，不在咸阳下。

◇先生晚年逃禅可也，诗文多用佛语，亦是一病。

◇虽随手生波，却与前极有照应、极有关锁，虞山于此处不凡。

◇文孙名在天下。愧曾黎士宏，汀州人，后来之秀，的推此君。

◇此亦水尽石出、木落归根之论。

与陈伯玑

寒灯竹窗，繙经送日，虽复胸次萧然，不奈老景寂寞。每咏孟襄阳“白发青阳”之句，辄顾景自笑也。顷知即日返棹白门，岁暮作客，兼复善病，归时拥炉煨芋，消遣旅怀，却胜参苓药物也。尊府君志文，待料理行状见付，便当命笔。遣银鹿封致，亦不烦躬扣也。

与介大师

别后有《奉怀》一首云：“寒窗簾树一条冰，灰陷炉香对病僧。话到无言清不寐，暗风山鬼剔孤灯。”偶简残稿，书之聊博老兄一笑也。

与方尔止

夏初陈伯玑来，得奉翰教。尔时江村遇盗，五月披裘，愦闷之馀，草次裁答。秋深还乡，收召魂魄，繙经馀晷，卒业佳刻。始知今日诗坛中复有此人，欢喜赞叹，语不能悉。扇头二十韵，聊陈鄙怀，虽潦草不工，然大意尽此矣。

仆学贫才孱，本非诗人。中年得闻先生长者之绪言，颇知近代俗学之谬，而指陈其所以然。如弇州定论，标于采诗之小传者，实深知弇州之晚悔，援据其遗文，确有来自，非苟然而已也。流俗痼疾，传染膏肓，眼见方隅，横肆诋谰。摇头掩耳，付之不见不闻，不则楚人又将箝我于市矣。捧诵来教，似不以鄙言为纰缪，有意疏通证明之者。此番扬搉，实诗家慧命绝续之关。以只手障东逝之澜，非巨灵仙掌，谁能任之？幸哉，吾有望矣！

又

《荔支酒歌》，可为此酒生色。若铁矢果能治聋，便当寄信岭表，乞栎园酿数石，作兜玄国中大庆贺筵席，与兄烂醉百日也。

张可大

扶舆，江宁人。《庄节公遗稿》。

示鹿儿

览汝所作四赋，颇有俊语，然终是第二义。惟穷经可以明理，读史可以广识。士人为学，大有向上事在，毋为镂心雕虫，蹈昔人所讥也。

又

场屋失意不足忧。若失意而忧，则得意必骄矣。但肯埋头绩学，下帷奋志，见些道理，立些功课，尽其在我，即不得意，何憾耶？等而上之，学问到周、程，事业到韩、范，不过儒门中几个好秀才耳。一失足间，便隔千里。老人期汝，在此不在彼也。

张　遐

瑶星，江宁人。原名鹿征。《松风阁集》。

与　友

墨之陈者，愈久愈佳，一落砚上，隔宿辄不可用。此如人之才智，蕴于胸中，毕世不腐；才做过事，不堪重提，如效田单火牛也。

与陈原舒

《宣和画谱》，称诸葛武侯能画，故八阵图之形势，见于分布，粲然可观。马援聚米为山谷，定是好手。此岂濡毫砥墨、规唐橅宋者，所能梦见耶?!

答陈非白先生

承示静坐要诀，信是尘涂津梁。但名相繁多，门径差别，本欲求静，劳扰滋甚。不如圣经“知止定静”数言，为有巴鼻也。只如《易》之“自强，艮止”，《诗》之“思无邪”，《书》之“安汝止”，《礼》之“无不敬”，守定一语，朝提暮儆，眉毛厮结，打成一片，纵不能到佛地位，要不失为躬行君子耳。先生以为然否?

◇老实本分之语。

答姚寒玉

近况萧瑟，念之怃然。然从古无享安逸之圣贤，无富且贵之神仙。吾辈得天厚矣，知复何言？

〇也是无可奈何之语。

约游琅琊看欧梅

梅花可赋，况经往哲栽培；柳色将舒，亦藉游人啸咏。矧晴云如画，披拂不寒之风，而春水生波，映带初弦之月。期以八日，集我同人，吃东坡之瓜子炒豆时，复欣然认六一之“路转峰回亦云从”也。勿云醉翁之意不在，当知酒不厌多；肯携宣城之句而来，看取诗如有助。

〇韵甚。

与周栎园论文

仆赋性驽下，文字一道，茫无所窥。顾心窃好之，每一披展，足痹不起，如橘柚间虫，寝食树中，身惹香气，惠风鼓荡，冀得化为春驹、凤子，以娱耳目。

窃尝思之：文章者，天下之公器也。颇怪时贤，自分畛域，矜其一得，恃已傲人，至于肆口毒詈，戈鋋满纸。噫！可畏也，亦可丑也。

夫宇宙大矣，道学弘通，同此世界，而沾沾曰：“此为北地，彼为公安。此为豫章，彼为云间。”袒左则诎右，诋后而护前。数墨寻行，守残画界，方隅割裂，罪在斯人。夫仁者见仁，智者见智，仁智即是中行；文家言文，质家言质，文质归于一辙。士人读书，上自典坟以臮（古同“暨”）冢竹，旁及竺乾之书、瑯环之纪，稗官谐史之所载，野人遊女之咏歌，并蓄兼收，无非圣谛。而复沾沾曰：“某某《左》《国》，某某六代，某某八大家。”立身籓外，以诟室中；复陷身笼中，以诟域外。知二五而不知十，亦太狭小矣。

夫文无定体，遇事则形；学无耑家，词达而已。《诗》云

“敦厚”，何尝无《相鼠》“投畀”之词；《易》号精微，亦不碍“负豕”“丧牛”之句。《春秋》比事摛辞，未逮丘明；乐教易良论音，或逊师旷。意或可以逆志，文不可以害辞。旷观则片片旃檀，拘墟则在在桎梏。岂以寒泉可食，笑江海之不清；拥肿为奇，嗤芝兰之尠韵也哉？

居恒窃叹世人颠倒，迷惑不解。大道坦然，有何蹊径？而于吾道中分立老、释，老氏尊老，释氏尊释。乃若于释教中，律门言律，宗门言宗；于一宗门中，复分五叶；于一叶中，复立种种荆棘。总以我见横生，成心难化，一知半解，裒然自是。今之文人，得无类此？倘肯观其会通，溯厥源本，以心证心，无可不可，岂肯守木客之巢居，便为广厦；安埳蛙之穴处，不睹青天乎？

先生贯串百家，提衡一代，单纸只字，海内所尊。拙作冀蒙指示，如不可教，便当掩聪塞兑，与深山野叟，同安顽钝。不敢効诸君子，借交游，立门户，化笔墨为戈矛，令有识者笑吾徒之不广也。

髡　残

石谿，又字介丘，湖广武陵人。

与陈原舒居士

人生堕地来，便上了此一本戏文，有悲有欢，有离有合，自圣凡贤愚，皆不能出此戏场圈子也。只要你做到灯尽油干时，方才脱手。我佛菩萨说，生老病死苦，总是戏场内事。只是眼明底人，轻轻挨过，都不要认真；地狱天堂，可喜可惧事，都如我个毛锥子画出来相似。古德云：“譬如画师，画作地狱变相，自家看了，自家害怕。”所以说“三界唯心，万法唯识”，“应观法界性，一切唯心造”。达摩大师，到觅心了不可得，才把目前幻境，看时如红炉上片雪，却才拍拍手登堂竖拂，与人说东说西。这是了事的子弟，却把前头底悲欢离合，都做了最上一乘法说，要与后头登场底人，抽钉拔楔。

童求来，持手札，说近况病苦。此亦老僧家常茶饭。但我原道，人开场做了好戏文，末后不奈此苦；若以道眼返观，那片不是精底？人生各赋一种性气，造化能使渠啼笑无端。若以鄙见观之，道人实未减风流，何至乃尔？

眼昏久未作答。偶晴窓下，书尽此纸，所谓“曾为浪子偏怜客”者也。此字存笥中，胸不快意时，出看一遍，管取猢狲子不跳也。呵呵。

答张瑶星

别后忽忽而夏、而秋、而冬矣。过去底事，已如隔世宿梦。现在则一日奄奄一日，未来底，虽寒热更新，要且不过是痛一上、痒一上。我自观我，如此而已。造物既开了此个戏场，不得不弄这一场傀儡。这伙傀儡，实是无知；若是有知，则换手搥胸，窜下戏场去也。石秃如今不耐观此戏，唯终日打瞌睡而已。若我松风道人，则自有饮中之天，且道与瞌睡汉，是同、是别？

周栎翁久闻下车矣，不敢以方外人闻问。然此翁具法眼者，自以麋鹿之性，不责于人类，倘或晤间，幸道踈略。王元翁以见饷诗，书一册为名山藏，使人复见古人。而尊跋称心而言，道谊温温，虽灵运、次宗，无以过之，但愧石秃难为远长老耳。

与郭些菴中丞

忆与翁十馀年前，朝风夕雨，咀苦分甘；最后为吴越行脚，一分手去，又十年矣。掀髯吟哦，握手俯仰，才一瞑目，即现在前。山河大地，何曾间隔？

近传翁为真头陀矣。世间都为俗情限隔，分僧分俗。若能出一头着眼，妻子儿女，法侣也；良友知己，法护也。以法印心，以戒制行，以慈悲接世，观一切好恶境缘，如幻如梦，则容膝之所、衽席之间，一大佛国也。舍此他求，则心外生心矣。翁意亦谓然否？

石秃数年来，借牛头一坐具。今年祖龙一炬，佛书经相，衣具器物，化为灰烬，依旧是昔时一丝也无底人。行年亦近六十，天壤孤独，又加以病，苦可谓至矣。造化善能矢上加尖，若非胸中有个百炼丹头，几化异物去矣。担雪老人之便，匆匆附此，以达近怀。

道　韶

雪藏。

与介公

吾师病疥，想不大妨。四威仪中，忽然摸着痒处，亦是快事。种种怀想，总俟入山聚首消之。

余大成

雹士，集生，江南江宁人。《龙湫残梦》。

答王元醇

来教以谓尘世浮荣，原属梦幻，梦中之荣无足羡，梦中之辱何足忧？果尔，是正醒时，正荣正辱时，总用不着；总驱而纳之梦幻中，乃成佳境也。

请举一络索相质。如教中云：中方有国，梦觉常半，以梦为虚，以觉为实。必欲反其实而归诸虚，则所云西南方有国，常梦，五十日一觉，以觉为虚，以梦为实。又将挽此五十日之实，而归诸一日之虚乎？其奈东北方有国，常觉无梦，设身处此，虚耶、实耶？且何去何从耶？

窃意道兄所见，灼然以睡为梦，以醒为觉；灼然不知睡底是阿谁睡，醒底是阿谁醒；灼然有个梦境中之荣辱，又有个觉境中之荣辱；灼然荣时有个羡底，辱时有个忧底。却乘他忧羡正闹时，硬差他向别处辬避去，辬避不及，蚤相随来也。先德云“大睁着眼，只管说梦”，殆谓是耶？

道兄不识从何得此戏论，千里遥掷，如把一堆渴睡虫，望着人鼻孔里直撒将来。而此郎当道人，直得喷嚏一声，且喜同到华胥相见了也。

○凡谈禅，最忌有文字气。余之取此，正以其有文字气也。

盛时泰

仲交，江南江宁人。《城山堂集》。

报秦淮渔父周隐翁

执事尝以仆虽不第，他时犹可作冷淡广文。仆昨见诸广文，朴蔌陋劣，不可名状，跪拜御史前，起伏俯仰，不中礼节。不知天下孝廉中，乃有此一种人，岂少负奇气者所可为？仆即不能如古之贤豪，然仕隐之分颇明，倘遂所愿，便以岁序之资，筑园城山，终隐不出，优游暇豫，何所不可？

夫士生今世，孰不欲一涉通津？然而文章之美，难兼山川；书画之赏，不备声伎。又况修短不一，故人往往得此失彼。非造物者靳人，乃人自难求备于造物耳。仆生长都邑，少弛负担，得以殚力铅椠，肆志登览，与夫题评赏识，少窥毛发，至于琴心剑侠，往往遇之，非不幸也。又何必低眉俯首，取容一时，然后称快哉？

舟次丹阳，将蹔止大城山，作此奉报。倘能乘麦风而披襟，一到林樾下耶？

◇合前语读之，可称豪达。

与陈京兆书

始仆与足下同为诸生，志气诩诩，不意为明经也。及足下领乡荐，教鄱阳，令上饶，倅京兆，贰广平，致政而还，谓可叙我平生，优游以老。不期仆以序应贡，是时自愤以赀益田，可得不出，然而赀入之后，具酒食以饷乡邻，游郊圻以资谳狎，遂使橐无留金，家多贷镪。于是妻奴见愠，友朋相责，仆乃慨慷激烈，谓当一游上京。遂以仲春六日，遵江浮淮，渡河越漳，历滹沱，过乐水，以至于涿。

及抵京师回，期月之间，其所经不啻二千馀里，大都沽村浆以为酒，荐稷秸以作席，炊半麦以代粮，烧巨枝以益烛。旷野多风，柝声未报，行人嘈嘈，语不可听，马惊于厩，犬吠于室，饮多不醉，思如之何？于是寻簷独步，慨想行路之难，雨则泥淖没胫，风则沙尘眯目；寒至侵肌，冷令缩项，饥不可疗，倦不能息。意欲蹔止，仆夫在门；心将载行，舆人告憩。遂使垢蒙衣襟，虱生裀褥，黧颜槁面，恍如囚役。嗟哉盛生，胡为乎来此哉！

既而弥节之后，时有遐想。滁有庶子之泉，濠遗观鱼之乐；经太丘则思仲弓，历封丘则怀高适。汲多竹书，淇留鄘俗；安阳由韩，邯郸入赵。中山、涿鹿，昔所称许，自古及今，宁无一人如仆者耶？然皆形灭影消，宗湮家没，徒使名姓标于缃袠，乡梓纪于图史，塚墓半颓，丰碑将浸，此亦良可悲矣！

夫士以七尺之躯，生盛世，上不能如古石户之农，凿坯而遁，弃南面之荣，捐乡相之位，以取高天下；次之又不能负鼎迓衡，致身辅佐，使竹帛流勋，鼎彝振响。顾乃俯身章句，终年呫哔。夫三年一举士，非有殊制也，而乃难于登天，此岂有司之过哉？或由习之者不力尔。

及昨渡江，时当觐限，见方岳而下，联镳接轸，盈于道路，鼓钲之声相接，旌旗之影相连。仆叹之曰："此岂所谓三年一举者耶？"彼未必皆素有圣贤之德、伊傅之才，与夫管鲍之略、孙吴之术，乘风云，假雷雨，以一试之力，得至于此；仆独非人，而犹落落如此耶？

是以自入都以来，遍游燕市，寻击筑鼓刀者而饮之，苟足自活，便可经年。若少能给薪水之费，则去游太学，以须次举。倘终不成，然后隐身城山，徜徉恣睢，睥睨骯髒。若拘以黉宫，束以县邑，则家虽贫窭，誓不肯屑。

夫执鞭之士，仲尼不羞；抱关击柝，孟子所许，仆岂以此二者为不足哉？顾自忖素乏乡曲之誉，又无唇吻之巧，奔走不给，俯仰失度，直性愚衷，恐不堪之也。春风乍暄，客楼殊寂，寤而作书，万不叙一。晤期可卜，当同得欢笑尔。

○从司马子长《报任安书》化出。

与卢公玉田苑卿书

秋色渐深，郊居颇惬。昨跨驴沿淮水，见潮痕都退，岸柳萧萧，近摇落矣。望钟山红叶，与黄屋相间。出上方，抵田舍，农夫收获，是处场作，鸡犬相迎，失其所主。入门向夕，深林虽未脱叶，野圃已有初花。畸人邻叟，闻至相饷，酌酒笑谈，陶然共醉。既而独坐，群籁尽息，时闻钟声度自木末，天河挂于簷际，繁星灿于户外。徙倚中庭，夜半未寝，挑灯取书，适得老氏，展玩数章，恍惚如失。乃思畴昔坐园亭，登鸡笼，相与辨论，穷玄入微，未尝不跂足北睇。

谨以薛氏《集解》驰上。王生有言："床头素书，《老子》及《易》，过此以往，罕尝或披。"予每读而奇之。执事昔为贵卿，佩服孔周，今返初服，覃心大道，私心甚乐之。倘终厥事，实所愿焉。相去虽遐，形响可接，如有可教，幸数相闻也。

杨端本

愚甫，树滋，陕西临潼人。《碧梧阁集》。

与曹禹疏

君诗高古清奇，不减邺下。陈思、魏武，君其苗裔耶？余于关西夫子，但师之而已，不敢祖也。

又

宦者幻也，如登场作戏，当真不得。选场既不佳，而物力复不具，才尔登场，左顾右盼，计无所出。虽有遶梁落尘之音，其谁听之？徒令观者掩口而葫芦耳。

答王幼华

登岳须日晴朗，少憩山荪亭下，然后往陟。由谷口至青柯坪，皆可肩舆；千尺幢以上，峭壁峻壑，足受石窟，手挽铁绠，人不能代其力矣。君来，需者一杖、一芒屩，余自随之。济胜之具，君所自饶，勿逡循趦趄，似昌黎恸哭遗书也。

与王伯贞

陶元亮去五斗米，归来瓶无储粟；仆去官三日，即扣门乞食矣。幸三径未荒，旧栽绿柳成围，侭可徜徉其下。莲华峰上，松风谡谡，自足发人清寤。世事但问之渔郎，不烦桃源人计忆也。

周　铭

鹿峰，江南上元人。《市隐园集》。

与林二史

来教云："自服官后，日在尘埃中。"此宦游习语也，然"尘埃"二字，亦不得混过。天地庶物，皆尘埃也，则皆路也，安得不谓之道？故君子仁义以为路，是亦仁义以为尘埃也；仁义以为尘埃，是亦尘埃以为道也。天地有疾，以圣人为医；庶民有疾，以循吏为医。足下正在尘埃中做名医时，幸勿草草自待。

答康小范

词调者，乐府之变也。乐府之体，有行有曲，有引有操，有吟有弄。然行、曲主乎人声，引、操、吟、弄主乎丝竹，皆不入俗，而乃变为词调。昔人谓李太白《菩萨蛮》《忆秦娥》，及《清平乐》为词调之祖；不知隋炀帝已有《望江南》。第《望江南》，以词起调者也；《菩萨蛮》，以词按调者也。《清平乐》本三绝句而已，宁复有词？《草堂诗馀》，以丽字取妍。即号为"诗馀"，然而诗人不为也。来教亦大同小异之说，但此中有起调、按调之分，未知确否？

与龚半千

足下卜居，必曲曲远城市，令人求半千者，不能径直而得半千之面，足下诚高矣！衡门之蒿独茂，寒谷之云不飞。足下以不衫不履之身，寄情笔墨，一抒其胸中磊落嵚崎之致，此种种笔墨，皆足千古。足下故曲曲远人，而人益曲曲求之。虽余懒人也，亦未免破此癖，且重贪辜焉，奈何？

与门人朱四均论史

古今之论子长者多矣，惟子由之言曰："疎略而轻信，浅陋而不学。"斯言似矣。然犹有说焉。

作史之学，若精于採择者，其所取必狭；而求理之太详者，其为文也，必多疑而不敢肆。故学问之泛滥者，其兼收并蓄之际，必有所不暇择；而脱略于意言之表者，其汪洋浩大之气，自不可得而制。然则子长之轻信，乃其所以为博；而其所学之浅陋，乃所以放言高论而雄肆一世也。

左氏之文，多出于诬诞；而退之之文，时或畔于理。噫！执圣人之经，以律文人之是非，此后世之所以无全人也哉？莱峰常持此说；予偶论史，亦遂及此。

陆　灿

湘灵，本姓钱，江南常熟人。

与杜三苍略

终岁衣粗食淡，大谓不堪。若衣不蔽体、食不给口，则粗与淡若将终焉。衣不蔽体，食不给口，大谓不堪。若梏拳在身、盘水加剑，而趣和鸩药，则衣食又不暇计。堕落一层，警悟一层。人身难得，闻道甚难。鸡三鸣、钟数点，此处大须猛力提持。

与绣闻弟

岁暮远行，使我当餐而叹，累日不怿。细思之，男儿堕地，皆有分齐，绝裾而行，与牵裾而别，都非了事人也。黄山谷云："凡有日月风露之乡，何处不可寄我一梦？"解脱月菩萨说："眷属绕前，而常乐远离。"夫知所寄之为梦，而以远离为乐，何处不逍遥遊矣？前涂珍重。不又。

与门人吴仲武

不于佛门下手，定不能于儒门立脚。今轩儒轻佛者，谓佛只主一"静"字耳。不知深山静坐一二十年，尚是系马桩。即如篱下猫狗，未尝不安静；撩下一片骨头，即时忙乱。故佛门全以操履锻炼为主，不可但坐死水也。

寄马章民

令郎将命来虞山，趣弟序尊稿，草草付之。令郎云：年兄僦庑以居，赁驴而出。审尔，此大耐官人也。王梅溪、罗一峰家报，以巍科为可惧。前涂千古，恐渐不闻老友此言。若弟则新衔柳丝丈人、桃花渔父矣。

与子非熊太白

读《庄子》，不必据篇义立解，中间逐段读之，自成一篇小文字。凡读古人文字，切不可上下牵解。错简脱文，非可以今人心眼补缀。即如"汤之问棘也是已"，此句上下不相接，竟投去之，不必如时人，定欲贯串也。此读书之法。

与宋荔裳

昨过栎下先生，阅所藏弃画册，目不给赏，情不给目。辟似如来掌轮中，飞一宝光阿难右，即时阿难回首右盼；又放一光在阿难左，阿难则又回首左盼；最后出一光，定光也，乃兄所作记。

汪舟次云：栎翁遣一吏走扬州，趣兄为此文。兄谓之“姑徐徐”，吏叩头：“不得文，徒手归，必得罪。”兄戏语之曰：“汝如此煎督，我作一篇极下文字去，必打煞汝矣。”今阅兄此记，文佳绝，岂当坐吏有所私耶？不然，此吏亦巨眼，得不遭主人笞，殆是萧颖士奴，非张子布帐下小儿也。

又

闻日下颇苦萧瑟。兄与弟，卦之《旅》也。朱晦翁云：“不知圣人特地做一个卦说旅则甚。”弟意圣人说一卦，说终身，亦说即事。吾人一生，皆旅也。以踪跡言，则吾辈大半旅耳。卦说“资斧在巽上说”，甚妙。旅中不能无备御物事，只次第去，便是风行水上。此法不敢独用，并以为岁馈，何如？笑笑。

与孙孝则

朱文公云：“陆子静之学，自是胸中无奈许多禅何。”夫禅岂有许多般哉？晚年则不然，赋诗云：“了此无为法，身心同宴如。”至无为而禅字亦无，何多之与有？

杜祝进

退思，蜕斯，湖广黄冈人。

与黄坤五

祝进认字五十年，今读先生《昌谷转身注》，始笑从前未开眼也。如此看鬼地位，居然水洗混沌、钟打黄昏，使人容易谈“平”字不得矣。

藏弃集卷之十二

萧士玮

伯玉，江西泰和人。《春浮园集》。

与赵景之太史

人胃气强盛，以饮食杂试，皆能纳受；弱者稍投以不合，病辄立见。余以近人诗，合者少，不合者多，类皆推置不观。非薄今人也，直以胃气素弱，投其所忌，将恐伤之尔。

夜来听雨蓬窗，得先生诗读之，遂尽一烛。盖以无累之神，合有道之器，宿荤涤尽，入口不滓，久而味回，渐益入佳。似此，且可宽胃以养气，岂惟不伤而已。

○取喻隽远，如与卫、乐诸人共语。

与顾与治

近来石公诸人，虽家人语，亦强为作达。此盖矜其所不足也，前辈何尝如此？文生于情，人皆知之；情生于文，文人亦未易知也。

○谁能便以太上自居？勉之可也。

与范池州

治不先教化，虽敏如黄、赵，总不离俗。

○“大雅”二字甚难。

与黄石斋

至人无欲，然不能不饮食。六金奉上买米。弟从不结区中之缘，兄慎毋为绝物之行也。

与钱牧斋

坡公晚得朝云，竟是一禅悦之友。情之所至，一往而深。然情非深不能忘。“满堂兮美人，忽独与予兮目成”，此是千古情至之语，即是千古歇情之方，特未可为不及情者道尔。

某偶寄一言，原为游戏。弟既已登场，喜笑怒骂，亦须扮演酷肖。痴人见为何太认真，不知此政老曲工游戏三昧处也。

与黄闇斋

弟且行矣，剡溪雪棹，随兴行止。然布帆已挂，且顺安澜而望五老耳。缅惟远公遗锡，陶刘高风，烟岚犹昔，钟磬依然。开先有雪桥师，栖真阐法，大畅玄风，庶几唐人所谓“嗣响”者。顾此道谭之如剥笋，护之须如爱竹。佛法金汤，嘱累宰官，毋令波旬，乐得其便。若弟与梅公、晋卿诸人，徒有其心耳。人固不可以无势也。

○三札轻怜痛惜，多少调护。清泉白石，应为感恩长谢。

又

匡庐惟九奇、香谷、佛手诸岩，据地最胜，以能受用谷中一带佳木尔。古树千章，屯云宿雾，阴晴昏晓，设色悦人。

近闻孽髡，见利忘山，思尽赪而付诸咸阳之一炬。昆明劫灰，波沸岳顶，一幅洪谷子得意画，取投烈焰，良可惜也！且蓄养数百年，绵亘数十里，深山大泽，实生龙蛇。羽毛之属，窟穴于中，尽林而焚，何所逃匿？惊禽骇兽，并命一朝，谅属仁人，必怀恻隐。宋曹公斌（彬）冬月不治垣墙，以蚁虱蛰伏，惟恐伤之。今乃烈山泽而焚之乎？伏乞严下一令，力禁止之，德之休明，泽及草木。如其不尔，后且有为北山之董狐者矣。

○当与杀渔阳鼓吏者，同一诛殛。

又

山之佳木，如人之有美髯也。然髯之绝伦，多弗克令终。天池诸髡思赭其山，其亦髯为之累乎？今匡君若咸阳望救，其亟与之约法三章，以为匡君护此髯也。

○着痛热语，以戏谑出之。

与刘晋卿

三石梁诗，毕竟难和。每于杜集见有怀李诗，而李集绝无一酬者。司马对副卧龙公，惟有坚壁不战，此前人第一胜着也。明年到匡山九奇，不可无记。开先、雪公，海内耆宿，当以身为床座，力护之。

◇正复开一方便法门。

又

春浮最安而乐，一官至卑而劳。辞其安乐而就其卑劳，所谓“河内，三论之下也；身，三论之上也”。索其下而弗听，索其上而听之，弟之近况似此。书此以发千里一笑。

○会讨便宜。

答李梅公

今夕何夕，谁能遣此？听汪生歌发水面，似浔阳琵琶声也。谢夫人定有柳絮之句索和。兄岂招我守岁，乃是望我解围耳。我不容兄独快活，且教一夜髭须，被上被下不得安妥尔。笑笑。

〇情景绝倒。

与许石门

虞山、秣陵，云树相望，秋水兼葭，徒劳瞻溯。近事大可忧，弈局濒危，正须国手。兄行且坐而论道，留侯将何以用高祖也？弟为俗驱迫，出非本意。北路梗塞，进退维谷。陶弘景永明中，求禄辄舛，遂为入道之缘。安知造物非爱我，借此以为劝进之资乎？

〇道世事俱用影语，最致。

与葛屺老

世议如聚蚋一器，世局如风帆无柁。或割垒自卫，而鼓发狂澜；或从岸旁观，而指视乱听。自非命世之大人，必不能剖破藩篱，而作中流之砥柱。某故以老师之出处，卜世道之安危矣。

〇世局人情，数语已尽。

复余集生

性懒为人作致书邮，得之于天，良不可强。盗有伐皋陶之塚者，久之抱头而出，视其面如削瓜，那复为得人也。一笑。

与冯邺仙

南滁之矢，希即速发。渠成亦秦之利，不独郑也。鼠入牛角，转身颇难。劈岳导河，端有藉于巨灵仙掌矣。

又

嘉猷入告，薄海腾欢。江左彝（夷）吾，入为禁中颇、牧矣，从此高霞流潦，揆分已悬。刘安世不敢一札及司马相公之门，惟相公不忘安世尔。然私心所幸，雀（鹤）勒在月氏，遥礼其师，师即为引手。倘此诚可喻，则异香成穗，摩顶受记，时时在大慈加被之中矣。

〇止觉舌本自在。

与聂云阁

见子真，使我怀古之情益甚。莫往莫来，情更当如何？弟心衰貌改，已非故吾。特知己一念，炯炯如观河之见，至老不昧尔。

〇虞翻之感，今古同情。

与寨云

众苦所集，众生堪忍，弟辈固可怜悯矣。然众生病愈，我病方愈。此世界刀兵饥馑，功名富贵，文章理学，种种传变，症候不一。病人未得痊可，医王大须攒眉，想亦难得少忧恼也。年兄见此，将毋笑调达入狱，身不求出，翻问世尊何日来乎？

〇以功名富贵、文章理学，与刀兵、饥馑并论，明眼慧识，卓然不群。

陈际泰

大士，江西临川人。《太乙山房集》。

与袁特丘

假归，沉酣酒食文字中。酒甘而文字苦，继而多焉，则苦者不可解，而甘者视世之所谓苦者更甚。一行作吏，此事便废。假使废却酒事、文事，专理簿书，似更优闲也。弟入盱四十日，瘦消过半，而荆大彻日日叱骂喧豗，翻觉精神大壮。此亦优闲与不优闲之效也。吾特丘以绝世之才，与超世之识，称为人祖、为人师，时时有得意事，当不快耶？则当不肥耶？

〇谑处可醒。

汤显祖

义仍，海若，江西临川人。《玉茗集堂》。

答门人吴芳台舶使

海刚峰在南，尽裁官吏费，省至二千馀，不佞见而知之。魏见泉在边，岁节互市费，积至七万馀，以为修堡之资，不佞闻而知之。二公卒称名臣。吾弟市虽小，不妨以大人自为也。宦东粤者，清浊皆易见，吾弟勉之！

罗万藻

文止，江西临川人。《小千园集》《横秋阁集》。

与过君断

适欲修问，而敝宗名优，持筌板之具，奏技贵邑。其意欲得年兄，领袖此段风流。弟以为世界中，崇积数千年富贵功名，皆如此辈所为。然此辈登坛作歌舞等事，亦无不真出精神。如圣贤豪杰持性情入世，虽幻泡微尘，亦图所以不灭。然则虽真实事，固当作剧技等观；虽剧技等事，亦可作真实观。年兄持两观行世，用之不穷。弟借此辈作书邮，亦愿年兄寓此意也。

与陈兴霸

尊公传，拟数日而后脱稿。盖数十年贫贱兄弟，有许多相对悲寂掐于喑咽之时。此段謦欬，虽贤昆玉，有不及闻不能绘其志意者。故存其大节，别详见闻所轶者，使人因不肖之言，想慕所不尽。若铺扬鸿伟，以光此传，愧才有不及逮耳。统惟鉴其草率，幸甚。

◇读龙门史传，全贵得此意。

与管弼亮

仆厚求天下之文，而卒未敢以“能薄”许人也。五金之所以能薄者，以其坚与其密也。五金生于土，是土之粹结者乃为金。而金之能薄，非薄也，厚之精者也。故天下之为文者，不可不为金。

○深于言厚。

与李小有

足下以三十年名士，既不第，以贤良高等补为令，二三知己，颇心荣此行。而足下顾以生平制艺，属不肖弟为之言，勤勤焉。嗟夫！此意复令人悲尔。

夫人生莫亲于心，莫悲于心所经苦之处。生平裂筋绝脉、独出性命之物，粹于八股，虽已知己效于人，犹不能遽释以去；况时将置之不复知，而卒应功名以起？念当觅名山大川之灵，酬此耿耿，以少年情炎斗进之气为之，而晚以穷愁自见之意传之。嗟夫，足下此意，复令人悲耳！

○说得浮名与性命相关，无怪山鸡之自爱其羽也。

○目已痛痒，不觉触动。

候倪鸿宝先生

场卷视往科，精气稍益挺动。向老师所教机锋光燄诸物，颇复飏出。同辈举谓可元，不肖亦私心自喜无憾，而摈落如前。揆之气类，则吾师失志之时，亦不宜为藻得意之日耳。

◇实有气类相关。

与某公书

年过半百，日月如流，功名不立，老大之悲，其何能已！日与外人接，亦自常；静夜独居，未免拊心长叹耳。果能无，人亦自甘之。自反生平，虽介然一夫存宇宙，于天文乐律、军政财用，无不加心，求为可用。至于今日，亦尽自信以为实有当于事宜。而扼之下位，如是而言不悲，亦强说也。

一身不足惜，顾以宿有时名，而成立如是，不能不重为名累。名于人不亲，而附于身，即并当为之护惜，犹马惜锦障泥，而况于人乎？假令如三代、两汉时，亦可不恃甲科。今则倚此矣，不得此为地，终不可行。上之人虽力破成例，而下之守例也审，终不使乡科得居甲科上也。言及此，不为自伤，亦为朝廷伤之矣。

台翁知己也，欲有为于世之意同，故累累诉之。

李明睿

太虚，阆翁，江西南昌人。《大椿堂集》《四部稿》。

示学思

文无定体，五经如《易》与《春秋》，岂是今人文体？《诗》《书》则又异矣。若《庄》《骚》，则又奇之奇者。佛经至五千馀卷，岂复与吾儒同？彼王实甫、罗贯中、施耐庵，又岂拘拘于一例乎？得此，便知作文之法，要纵横烂熳，出入变化，使人莫测其起止乃可。汝宜勉之。

陈弘绪

士业，江西南昌人。《鸿桷集》。

答梅惠连王在明论文

弟绪白：合一世之人，取圣贤之语而规度之，其中者不能什之三四焉；合百世之人，取而规度之，其中者则什之五六矣；合千万世之人，取而规度之，其中者则什之八九矣。一世之人，无以异于百世与夫千万世之人也，然自一以至于什、百、千、万，其为世也愈多，则其为中者亦愈多矣。

今夫商高之测天也，推之出地者几何度，推之入地者几何度，然后赤道之所在可得也；竖亥之量地也，极之于东西者几何里，极之于南、极之于北者几何里，然后方舆之中可得也。求赤道之所在，而不能推之于出地、入地之度，而妄意之曰："此赤道之所在也。"是瞽者之谈象纬也；求方舆之中，而不能极之于东、西、南、北之际，而妄指之曰："此方舆之中也。"是跛者之谈里道也。地之上、地之下，非赤道也，而求赤道者，必验于是焉；东、西、南、北，非中也，而求中者必验于是焉。

为文亦然。圣贤之语，《六经》《语》《孟》而已。文之有《六经》《语》《孟》，犹天之有赤道，而地之有中也。然而其词微，其旨奥，度之者未必能遽中也。于是博之于子史，以弘其识；广之于诸大家，以究其理；纵之于稗官小说，以尽其变。子史、文集，与夫稗官小说，非经也，吾取圣贤之语而规度之，而固于子史、文集与夫稗官小说之是求，亦犹之乎求赤道者而推之于地之上、地之下，求方舆之中者而极之于东西南北也，凡以期得其当而已。是故合之一世未已也，而合之百世焉，合之千万世焉，然后圣贤之语，其微者显矣，奥者彰矣，庶乎有以中之矣。此为文之则也。

宋之文人，深于经学者，王介甫、欧阳永叔。是两人者，依孔孟以摛词，本虞夏商周以立说者也。介甫之告子固者曰："某自百家诸子之书，至于《难经》《素问》《本草》、诸小说，无所不读；农夫女工，无所不问。然后于经，为能知其大体而无疑。"而永叔之答宋咸者曰："经非一世之书，而传非一人之能也。使学者各极其所见，而明者择焉，十取其一，百取其十，庶几不至于大缪，可以俟圣人之复生。"夫必驰骋于百家诸子，与夫《难经》《素问》《本草》、诸小说，必采择于学者，而十取其一、百取其十，是亦弟前者"合之百世、合之千万世"之说也。如是以为文，则于古不悖也，而于今亦必传；其不必尽传于今者，今人之闇也，而非吾文之咎也。于道不失也，而于时务亦必合；其不必尽合于时务者，时之敝也，而非吾文之咎也。

嗟乎！谁其当于古而传于今、准于道而宜于时？此昔人所称，"吾虽为之执鞭，所忻慕焉"者矣，今乃于两兄遇之。读两兄之文，其于圣贤立言之意，宛然如口授、如面印，无杪忽毫厘之不中也。盖两兄之胸藏，并包无穷，真能合之百世、合之千万世，以成一家之言者，其无所不中也固宜。

辱翰示，反惓惓以不见知于今人为惧者，何哉？无乃两兄之过为自贬耶？两兄之文，传于海内，不为不盛矣，特未遇于有司耳。然遇不遇，与文之传不传，固无与也。盖世有共传其文，而不幸而不遇者矣；亦有幸而遇，而世不传其文者矣。昔者杨子云之在汉也，以沉博绝丽之才，奏赋《甘泉》，至为天子之所惊异，可谓遇矣。然至其《太玄》之作，当时未有识之者，仅一桓谭好其书，谭之外仅一侯芭耳。此所谓幸而遇，而世不传其文者也。苏明允在宋也，举进士不中，举茂才、异等皆不中，可谓不遇矣。而欧阳修、韩琦亟称其文，于是老泉之名遍于海内。此所谓共传其文，而不幸而不遇者也。今两兄，特未遇于有司耳。风云之合，一旦相披，则世久已尊其述作而识其姓名，岂待遇而后传哉？然则两兄于古今之际，复何疑乎？

弟资质鄙陋，仅及中材，虽有志于古人，而实无当于作者。有志于古，则未必遽遇于时；无当于作者，则又未必能传于世。既无子云之遇，又无明允之名，盖两失之者也。然其不能至乎作者之域，是则才之所限，而其有志于古，则自少至老，不敢变也。虽其肱之三折、足之三刖，而其所以自持者固在，世其如弟何哉！

兹者读《礼》之暇，亦欲取子史文集，与夫稗官小说之书，传之于千万世者，穷日夜之力而讨究之。以求如介甫、永叔之所云者，庶几发而为文，于圣贤立言之意，或有中焉。他日，或可以请正两兄之前也。

○读此，只须于旷渺无际中，寻其意思之所在。士业意在规讽两君耳，而偏令于旷渺处求之，令人不觉自得之言外。规讽人，固宜如此远也。

◇空引一大段，不似他人抄撮类书然者，止是笔气踈纵耳。

◇如白云在霄，舒卷自如。

◇数句便收拾前之一大段。

◇又已逗出后意。

上黄中丞

绪闻古之君子，其行己也，高难进易退之风；而其用人也，欲求易进，而实不欲其易退，与所自处，若方圆枘凿之不相谋。今之君子不然，方其未进也，延颈企踵，如恐不及；迨其得而患失也，虽复人言屡至，弹文丑诋，而犹望温纶之勉留、当途之私庇。至人才用舍之际，漠若于己无关。有告之者曰："某擅某长，某能某事。"则必咨其出身何途，非夫资格之卓卓者，则必姑听而且姑置；即其资格卓卓，非素之狎暱（同"昵"），与所通财贿者，则又必姑置之。幸而用，或喜怒一不当意，毁誉一入其耳，若遂不可终日于吾前。呜呼！数十年来，士大夫荡然忘媿耻之情，瑰类杰士惘然于知己之难遘，而甘老畎亩，以至寇盗灾变之纷纷者，职此之由而已。

若夫军旅之事，尤非寻常之才之所可胜任而愉快。绪闻人君命将，避正殿而诏之，斋三日而后遣，入太庙而躬授斧钺。其获居是任者，类有腹心谋士若而人，通粮奋威若而人，权士游士、爪牙羽翼若而人，下至时日鬼神、药饵饮食会计之委琐，又有方术法算若而人。诚得其才，虽指顾咄嗟而有馀，否则积岁月而延访，而犹苦不足。是故古之人，其梦寐皇汲于此也，如溺者之呼岸卒，如痿痹者之问医，如行迷径者之求侣。溺必待父母而后呼，医必待卢扁而后问，侣必待故旧而后求，匪狂则愚焉而已。是故古之人，当其用才师中也，未尝责之以儒者坊表，未尝察之以曲谨廉隅，以为遵坊表、饬廉隅，如金玉之可玩而不可饱，如驺虞鸑鷟之可悦而不可驱。吾方鼙鼓相接、金铎相向，矢石甲胄相往来，又安得去彼而取此？

昔者齐桓知宁戚之能，将任以政，群臣谗之曰："宁戚卫人也，去齐不远，君可使人问之。问之而贤，用未晚也。"桓公曰："不然。问之，患其有小恶。以其小恶，忘其大美，此世所以失天下之士也。"乃夜举火而爵之卿。呜呼！大臣用人，诚若齐桓于宁戚，尚何寇盗灾变之足虑！

弘绪获奉謦咳于兹，四旬矣。执事受朝廷非常之遇，势必图非常之报。窃谓图报之大者，莫甚于用人。今执事扼南北之要，控舟车之冲，耳目所遭，计当有度越于常。绪且获举觞幕府，为执事得人庆。乃几几日夕，而竟杳莫之闻也。岂执事求其人而未之得与？抑有其人而不足当吾简拔与？抑所谓遵坊表、饬廉隅者之容有未至与？愚陋贱吏，不足测量高深，然私惧倥偬汹涌之时，闻风裹足，为害封疆滋不小。

昨胡职方所荐某某，黄尚宝所荐某某，执事诚加之亲试，如果无所短长，麾之、谢之，未为不可。若但逆揣夫持刺而来者，必无豪杰，则执事固未能开阁以揽英贤，吐哺以速宾客，士又将何术以至执事之阶庭耶？执事素以难进易退自命，顾执事在位一日，实师中人才系属之一日也。惟执事其亟图之。

○此等文，以为原本八家，却不规规定是八家。浑浑浩浩，自行自止，得之于己者深。

◇一挽千钧。

◇前路泛论已尽，此处规到中丞。妙在反松一步；松一步，正紧一步也。

◇断得倒。

○到底用擒法，笔无渗漏。

与吴众香

季夏雷荣予持手札至，兼荷以新刻《孙可之集》见惠。此书与《刘蜕集》，俱雠较精密，剞劂不苟，诚案头佳本也。

唐人之集，散忘（亡）而不传者，什之七八。其不足传者无论，乃若卓然见于韩柳文集，如退之所称之侯喜，子厚所称之吴武陵，一以为其文甚古，一以为可追西汉，两君著作，必有大过于人者。今其集俱无存矣。欧阳公《艺文志》，载有吴武陵书一卷，而他氏之目，则俱无之。若侯喜所作，则虽《欧志》亦已不睹其名，独其载于《英华》《文粹》者，仅仅未绝耳。二人见推于韩柳之文，彰明较著如是，而其集俱不免于散亡。其他泯灭者，又何可胜道？幸而孙樵、刘蜕诸人之书，尚存于今日，则何可不急为流布？虽其流布之于今日，犹恐传之未久，终归散亡。尚（苟）听其隐显，任其完缺，则其散亡也必矣。

仁兄于唐人诸集，随得随刻，使微者赖之以复显，残者赖之以复全，真快举也。然弟则谓，不独唐人之集当流布也，宋世之集，其传于今日者，盖亦可数矣。姑举一端者言之。宋之古文，始于穆伯长，伯长矫杨、刘骈丽之习，力以韩、柳为宗，其后遂有苏子美辈典雅之文出焉；而尹师鲁、欧阳永叔，翕然一变于古，则皆伯长所开也。然伯长不特长于古文而已，《先天》之图，秦汉以来未发之秘也，而康节得自伯长；《太极》之图，周孔未尽之蕴也，而茂叔亦得自伯长。则是宋之文统与宋之道统，皆自伯长倡之。伯长之文，必非无关系之作也。今其集亦竟未见于世，而端临《通考》有《穆修集》三卷；而近日焦弱侯太史，亦列其目于《经籍志》，与端临卷数正合。则是其集固未尝亡于海内也，特未有好事者为之流布耳。

嗟乎！古文之存于今者鲜矣。藏书之家，秘之而不以示人；剞劂之家，求之而不可遽得。两者不相为谋，则是古文终无流布之日，可叹也。即伯长一人推之，其馀可知。故弟以为宋世之集，亦不易得，而况于唐人。唐人之集，如孙樵、刘蜕诸人之尚存者，犹且隐显于时，而况于侯喜、吴武陵辈之著述乎？望仁兄留意，广为搜罗，次第授梓，当必有起而助之，以成千古之快举者矣。

因事漫及，颇觉琐琐，一切寒温，不悉惟谅。

〇止是说话自然，故实不似他家牵引旧事也。

〇风神得之欧阳公。

与雪崖

诗与禅相类，而亦有合有离。禅以妙悟为主，须从最上乘，具正法眼，悟第一义，而无取于辟支、声闻小果；诗亦如之，此其相类而合者也。然诗以道性情，而禅则期于见性而忘情。说诗者曰："情动于中，而形于言。言之不足，故嗟叹而咏歌之。"申之曰："发乎情，民之性也。"是则诗之所谓性者，不可得而指示而悉征之于情。而禅岂有是哉？一切感触，等之空华阳燄，漠然不以置怀，动于中辄深以为戒，而况形之于言乎？是故诗之攻禅，禅病也。既已出尘垢而学禅，其又安以诗为？

世之离禅与诗为二者，其论往往如是。弟窃以为不然。今诸经所载如来慈悲普被，虽其跂行蝝息、蠉飞蠕动，无所不用其哀悯，况于君臣父子、兄弟朋友之际乎？语情宜莫如禅，而特不以之汩没其自有之灵光耳。然则诗之与禅，其所谓合者，固有针芥之投；而其所谓离者，亦实非有淄渑之别也，要在人之妙悟而已。

上人早负雄伟非常之才，遭时不幸，既弗获珥笔而立丹墀，又弗获拔剑而驰绝域，乃去而隐遁之桑门。日中一飱，树下一宿，泊然与世相忘，而独不能已于五七言诸体。承示《静寄轩集》，挑灯遍阅之，或惊飚骇电，突起于咫尺；或古洞阴崖，屹峙于左右；或龙蛇虎豹之出没，或松篁灌莽之吟啸，此岂无情者之所可得而托哉？昔三闾大夫以楚同姓，睠怀宗国，顾阊阖而不见，望长树而太息，于是有《怀沙》《哀郢》之作，以抒写其感情淋漓，历十馀载。雪菴和尚，怀袖其篇章而不置，读辄哭，哭已辄又读。诗耶、禅耶？亦何其相合之深耶？今上人虽已着僧伽黎，而腰间宝玦，固在山巅水澨，憔悴行吟，必有抚卷而涕泗霑襟者矣。

病骨支离，漫为评次，幸勿轻出以示人为祷。

○议论才情，如逢源之水，掘地而出，可谓当今无两。

◇二语正自微于谈诗。

○深于言禅，即深于言情。以佛为深情人，余意如此。读士业此牍，快有同心。

◇有“山雨欲来风满楼”之槩。

复李公（司李）

昨所得张遐事，偶得之槜李李君实讳日华者杂著中，伏承下问，谨备录于左。

君实云：太极之理，人知本于《易》，而发明于周元公，以为元公之说，与伏羲画卦同功。然考东汉张遐，则已先之矣。遐字子远，馀干人。尝侍其师徐穉过陈蕃，时郭泰、吴炳在坐，穉曰：“此张遐也，知《易》义。”蕃问遐，遐对曰：“《易》无定体，强名曰太极。太者，至大之谓；极者，至要之称。盖言其理至大至要，在浑沌之中，一动而生阴阳。阴阳者气也，所谓理生气而气寓夫理者是也。”蕃顾炳曰：“若何？”炳良久曰：“得之矣。”观遐之言甚精切，且不曰“动生阳，静生阴”，而云“一动而生阴阳”，更自有理会处。

君实之言如此。考范蔚宗《徐穉传》，竟未及附载张遐姓字。惟《饶州府志》有之，其叙次论《易》一段，较君实先生所记颠末稍详，君实想亦据郡乘拈出者，他无可考也。

太极之理，宋儒矜为不传之秘，岂知东汉高士，已有剖摘奥义如张遐者。夫偰公列篪之忠烈，在胜国抚攘之际，身死而名湮没，犹曰时势使然。乃若遐之品行照耀于一代，得孺子为之师，又得陈蕃为之荐辟，而二千年间敝郡学士大夫，竟不知元嘉有此名贤。弘绪每过孺子之祠，仰视炉篆，俯挹湖波，睹征君孑然据南面之坐，而曾不得一侑食之弟子，辄为低徊竟日。

倾老公祖阐发幽潜，表扬先德，俾公一门死贼之奇，既已揭日月而光天壤矣，窃意明经大儒，与仗节孤忠，两者并重。诚得乞灵片檄，特制张君之主，配享祠中，俾知宋儒道统，实渊源于征君之衣钵，亦千秋之快举也。夫以严子陵之特绝，而侑食者，则有方干、谢翱，皆异代之名贤；若遐则亲受业于征君者，又非干、翱之比。山川胜事，待其人而后传。文章风节如老公祖，人神共深属望，弘绪谨拭目俟之矣。

《饶州府志》，别录一纸呈览。诸容踵悉不尽。

◇风流好事。

◇引事俱幽异，不是一味通用者。

答张谪宿

读兄佳文，深心厚力，卓然无所依傍。小序草率应命，图水火者，未易肖似；绘风云者，难为形摹，恨不足以尽兄文之妙也。所刻《何心隐集》甚善。弟尝与诸友论前代异人，其在世庙之末者，心隐、邓豁渠两人而已。然豁渠固负豪气，而祖死不葬，父丧不奔，见黜于名教，儒者不录。心隐生平所为，皆忠孝大节；即其诡讬乩巫，阴去分宜之相，不烦批鳞请剑，而大奸忽尔败，觉其作用最奇，真能以忠而成其侠者，非豁渠之所敢并也。

心隐之文，尽于兄之所粹，其轶事见于杂记诸小说者颇多。兄能博采而汇集之，以尽心隐之奇，亦一快事。弟又闻心隐之门人有吕光午者，浙之大侠也。其人与文之奇，不减心隐。心隐尝以金数千畀光午，使走四方，阴求天下奇士。光午携蒯缑，衣短后之衣，挟健儿数辈，放浪湖海，穷九塞，历郡邑。所至凡缁衣黄冠，与夫商贾驵侩、佣夫厮养，以至椎剽掘塚之流，备一节之用、擅一得之长者，皆籍记而周旋之。以故心隐所识奇士，尽于海宇。心隐死，陈尸道傍，有二人犯相国之怒，仰天痛哭，收其遗骸，为之掩葬者，其一乃光午也。今其文不知颇有传于其乡否？其乡之人，颇有识光午之姓名者否？

天下承平无事，士之负奇而槁项黄馘以死，淹没不传者何限？其人在当时，已不免姗笑于里巷，而见侮于褒衣博带之俦，何况于后世。使后世无兄辈好奇，为之表章，虽其奇如心隐者，亦且奄忽与草木同腐，又何有于光午之辈乎？吁可慨也！

兄之交游，遍于天下。或有能知光午者，幸一访之，求其遗集，以附于心隐之后，更快事也。

◇字字皆受元气之推荡，不可作易事。

◇有如此笔，方许作如此慨叹。若徒以慨叹，世不乏如此慨叹者矣。

与王友书

辱手示，知抵江州。念符生朱灿遍满大千，无处可托七尺。前辈谓“避暑须向汤锅里去”，然则避乱，亦正当向剑戟丛中去。若必待屋舍阡陌、良田美地，然后携妻挈子而往，政恐为捕鱼人所笑。东坡寓居惠州，纵步松风亭下，足力疲乏，思欲就林止息，而势不能前，良久忽曰：“此间有甚么歇不得处？”由是如挂钩之鱼，忽得解脱。一切境界，大抵如此。觉“桃源”二字，悞人不少。桃源，须我辈经纬而成，岂有天造地设之壤土乎？世无王无功，所谓“醉乡”者，真不知其相去几千里。无功在，醉乡亦在，又何烦垒糟为丘、注酒为渠也？

◇实有至理。每思甲乙鼙鼙靡骋之际，便觉此语为确。

◇山林人胸中无布置，与牧竖樵叟何异？每叹朱桃椎、苏云卿辈，负许大经济。

与朱蔚园太行

东陵何足传？政以种瓜而传。今维扬瓜洲镇，邵氏子孙，尚有伛偻而治畦者。假使当日五等荣华，再延一二百年，亦决归于灰飞烟灭，未必能绵亘如是之长也。把锄抱瓮，终其身而不悔，已足报答祖先，觉诵读犹为第二义。昨诣弥俱，听其叱牛之声，过于钧天之奏。村居自应以此为法耳。《民书》二卷，足补《养馀月令》之遗缺。附上《典记》，此事讲究益深，喧嚣益不相涉，便是拔宅云中之候矣。

○读此，真能开胸愈疾。予于集中，不能不首倾心士业也。

徐世溥

巨源，江西新建人。

从宫詹钱牧斋求宋集书

今天下之有牧斋先生也，文章丰采，为世所宗，天下之士，思一望见其颜色者众矣。古之君子，于当世先达伟人，莫不汲汲焉愿与纳交。然或有一见而不可得，欲致书而无由。今不肖之于先生也，知其名在垂发之日，而通家在未生之前，岂非厚幸？然自己巳春，奉教以还，不通问者又三年于此矣。

夫以世所愿见之人，幸列通家之好，而不通问者辄三年于此矣，其踪跡不可谓不疎；乃不肖服膺之意，固未尝少有衰者。昨冬得读先生诸古文辞，李先生祠堂记，冲澹曲折；徐绍虹墓志，雄逸奇变；书陈敬初诗后，辨驳严畅，稽考详贯。盖考覈之文，古人犹难之。君家纯中与浦生墓志，则子瞻之状幼安，昌黎之写郑群，不是过也。其馀味无溢美，文不揜实，而往往错综逶迤，顿挫感慨，未尝有数行径直率易之文。是今之为古文者，殆以牧斋先生为最精已。又从方伯昭度潘公、黄黄石诸公，知今天下之藏书，惟牧斋为最富，则与不肖之好，大有同焉者。

家大人驱驰四方，所至惟收典籍，所藏不下二三十车，往往为诸兄弟持去，其归不肖者，仅五之一。后稍稍收殖，数岁之间，于所宜有者，殆已有之。顾集苦不能备，凡可致者，必力致焉。不则假贷录之，未尝玷阙人少许，故人亦乐假之。非敢曰吾必能涉焉，以为犹贤于声色狗马者之为；又性于他玩好不宜，故于此道贪而不止。

窃闻大笥所藏，有毕仲游《西台集》，苏叔党《斜川集》，原父、贡父、奉世三集。此三集者，世所希有也。以世所希有，而吾必欲有之，或以为好事。以五君子之精神，几将泯没于世，幸遇大君子，而不公诸同好焉，吾知先生之不忍也。敬因秦淮书估之便，奉求贷录，明夏缮还。如以为不信，则此书其息壤也。悚息悚息！

○凡大家之文，其来也洒洒然、落落然，不苟为同，不苟为异。

○其力可将千军万马寂如无声，不得但以为暇逸。

黄国琦

五湖，石公，江西新昌人。

与周栎园

来教“今天下无不诗人，今天下无一诗人”，此与邵天津“删后无诗”之语，直是针锋相对。琦于是有一言干先生。三山曹氏，选十二代诗；虞山钱氏，选盛明诗，皆因人而录其诗，非因诗以存其人。恶滥已深，断不能行远。先生眼精手狠，何不取两书而痛删之，去千存百，去百存十，甚至去十存一。余师陈幾亭先生常云，“涉世受用在一‘恕’字，读书受用在一‘刻’字”，此义非先生不能守也。

又

双茧远贻，定非方物，以先生之一丝无取于青也；或亦方物，先生以山紬惟山中人之所宜服，故破俸而购自市中者乎？因念世际沧桑，满天兵火，如渭川千亩竹，安邑千树枣，江陵千头木奴，今仅见之龙门史中。青齐之出檿丝，尚得因之以实尚书所藏，然则青犹古之青耶？

〇尺幅中有秦汉之雄藻。

又

吾乡王于一，才人也，竟以穷死；然其所为诗文，亦竟得力于穷中。何也？诗文有生境，古今人所不到，不开于跳跃叫笑、庸庸得意之人，而攒眉蹙额、几不能自存者，反得以一往之气，而犀利其锋。然则先生梓于一遗集，传才乎？抑以传其穷也。

又

尝于先生之拜玉菴中，阅数君子姓名。当其剥督疏而咬定牙根，一味强项，不惜功名，不惜性命，不惜一家眷属，真可拜也。但古人为朋友死者有矣，至举身家、性命、功名，一笑而尽掷于先生之前，尔时诸君子自视为何如人，抑视先生为何如人也？弟于是知拜玉菴中，先生非拜数君子，直先生自拜先生也。

〇闽臬长程仲玉先生，司理卢兆义先生，皆以力争予狱死，予作拜玉菴祀之。

又

承惠野人诗，其澹远处，殆学陶而未至者。然下笔一路萧疎，无半毫朝市烟火气，真有野才。先生刻其诗而行之，岂胸中无野趣者所能耶？

〇野人名嘉纪，维扬东淘人。予为刻其《陋轩诗》。

又

监司之不可为，莫甚今日。然出部院大臣而事之，出博涉今古之大才人而事之，当无不可为乎？昔秦皇帝驾海鞭石，城阳十一山低头而受呵叱，尽向东行；独青之牟州一山，昂首孤立，秦不能驱。则青有先生，当亦牟州自况矣。

又

万栭（古同“柳”）一庄，已为众水所府，不独饱江流也。年年栭覆屋巅，今年鱼游栭巅，而佃人之夫妻子女，且半塞饥鱼之腹矣。望秋之获，既难责之冯彝（夷）君，而任土之贡，空雪涕于石濠吏也。奈何奈何！

又

先生于吾乡伯玉萧公，极称其手笺之妙，谓其能移魏晋人之风味于近今，诚知公也。然弟习公久，熟公生平。公以佳公子而少负异才，与碣石舒公为结发交，先陈艾而开豫章文社之宗，成名进士。官京职，从未一涉外任，以身试艰难；南北陆沉，又未一蹈危机，以身亲兵火。快哉公也！似另有一福才之天地也。然不幸世雄于赀，使公受用太过，一切移江左人习气于江右中；又不幸无后，而为之后者，大破碎公，使公夜泉之眼不关。是岂福才之天，又为祸富之天乎？

昔眉山大苏，家瘘贫，但才空一世；其子过，乃至父事梁师成，为千古唾骂。似福才之天，即为祸才之天矣。公不幸两有之，公将安处乎？先生手公遗篇，展卷忻然，掩卷得无废然？

又

明闯之围汴也，城中食尽，兵惟饭人；城外食尽，贼亦饭马。且闯目饮羽，于是决黄河而灌之。余友王雷臣，时以直指监汴军，大刷舟筏，夺数十万汴人于河伯手中，迄今海内功之。琦谓城中有一张林宗，未能救出，使乘瓦而枯为人腊，虽数十万人之全活，恐未足多也。

〇想其命意何等！

又

吾辈读书，且莫问所读何书，先应自问对书之人为何如人。尝记文太青先生之生平，岁三百六十日，非大疾病，不荒一日；日有十二时，虽冗极，必割取一时。心眼并行，多则数卷，少则数十叶，起止皆按日铅定。其是日遇奇人、谭异事，或值风日怪变，及闻好友进退生死，咸笔之书巅。此其人有一日不读书，有一日读书而不自问者乎？于是新城王季木、上谷贾孔澜、上虞倪鸿宝三先生，皆奉此为读书之法。先生今坐大业堂中，日拥万卷；至对书为何如人，先生想久已自问乎？

〇全争上截人语。

又

花一也，往往种于幽人静室，视种于大姓名园，更觉香深。甚矣，花非无择也！今先生以幽人之致居官，以静室之心待事，盆梅有知，当不及春而始香矣。主臣。

〇觉昔人“忘情学艸木”之语为妄。

倪灿

闇公，闇昭，江南江宁人。

与栎园先生

诗、文异道，鲜不谓然。然文自二《典》以至《左氏》，皆简劲朴直，无伤宕往。而《离骚》一篇，祖构《风》《雅》，实开后世驰骋之端。观贾傅《过秦论》，纡徐委属，复而不复，篇法实本《离骚》。今迹其弔屈原、赋鵩鸟，殆非与《骚》无会者也。自是之后，昌黎、庐陵，以及眉山父子之文，似与《骚》体绝远，而不知其源则一也。然其所以往复百折，而不离乎其宗者，岂好为是繁复之词哉？曲而尽，婉而多风，不过与《诗》人一唱三叹之旨同，而前后浅深详略小异耳。岂如后世之论，工于诗者，未必工于文；赡于文者，未必赡于诗哉？先生之于诗与文，固有兼才者也，敢以此质之，先生以为然否？

〇以《离骚》为开后世文章风气，昔陈明卿有此论，而未畅其说。自非痛读《离骚》，安能解此？

藏弃集卷之十三

曹　珖

葆素，山东益都人。《大树堂集》。

与房恒泰郡倅

枯朽老农，日愁干旱。春行尽矣，惧沟壑之不免也。幸杨柳枝头，下垂碧绿，率苍头採以供食，舂（舂?）少谷豆，投以沸汤，名曰“碧绿粥”。粥味冲然，时当厌饫，未尝不捧腹笑也。农人望雨，恒受困于造物。其于耕耨之外有别料，口腹之中有别味，非凶年不知有此。三十年老友，敬举以问。

〇清风高致，可与槐叶冷淘并传。

副宪房海客与李太宰宋九青枚卜下狱驰候

凡意外事，着手不得，自有不必着手而得消歇处。小人造意穷时，筋骨露时，自家违拗不过时，便是不必着手得消歇处也。知亲家意况坦然，常在事外耳。

与赵岐阳宫詹

仆遁跡人世，造物又故遣二竖相随，呻吟之中而身得闲、事得简。日求静不得，病始得之，病何负于人哉？山人苦繁，甚于苦病。病实未尝苦人，惟人世一种繁文缛节，日衍日多，令人神疲意销、支应不下时，苦不可言。此叶少尹所以闭门谢事，至于足痺也。张竦曰：“人各有性，长短自裁。子为我不能，吾效子亦败。”各听其适而无相嫌，可谓平等世界矣。

王象春

季木，山东新城人。《嵖湖集》。

与钱牧斋

五方之民，言语不通。弟谓一地有一地之音，何必桥舌相效？近世相尚靡靡，在江南风土冲柔，固其所宜；而北方轩颧鬈髭之夫，亦勉尔降气以为南弄，岂不可耻！弟本声气之自然，矢为齐音，宁仍吾伧耳，不顾兄之诮也。

○妙在写得发笑。

又

丈夫不得手划天地，名垂竹帛，二毛渐生，行且草木腐矣。秋实萎落，朝华谁采？语之积喉间者，有如腰鼓，若非扯淡狂呓，何以度日生活？愿贵人与得时之人，少开文网，勿成诗案。

◇开口申眉，问有几人？

与弟

嵖湖莽然田�，无复烟波，盖逆贼刘豫填之也。尝观炀帝凿河，徽宗筑堤，至今享其利。盖人主即为荒淫之事，终有帝王气象。若刘豫填湖，便贼头贼脑，杀绝韵致。予每一到嵖湖，辄起鞭骨之恨。

◇奉承得妙。

与王损仲抚军

于鳞先生白雪楼有二。其初归林下，卜地鲍山，在王舍之东北隅。鲍，一卷石耳。下有叔牙城，即大夫采邑。于鳞当日笃重友谊，慷慨侠烈，或慕叔牙之义而卜邻焉，未可知也。末年又筑楼于城中，湖上碧霞宫之侧，许殿卿赠诗，所谓“湖上楼”是也。今已为富豪马厩。

于鳞身后，不第堂构失守，并禋祀绝续。蔡姬乃其侍儿之最慧者，不减苏老朝云。至癸卯已七十馀，尚存，在西郊卖饼。弟闻之，急往视，则颓然老媪耳，因而泣下周之。

嗟夫！我朝文人天福之薄，未有甚此者。先生有意，当觅湖上楼基，一为修葺，俾存其旧，即祀先生其上；觅其族子，青其衿，俾主祀事。于鳞不朽，先生不朽矣。

◯济南当日词坛，于麟而后，应推季木，然却绝不效颦于鳞。

又

昔人诗、禅并称，尚存大雅。以今观之，诗社酷似宦途。端礼门竖党人之碑，韩侂胄标伪学之禁。谈诗者拾苏、白馀唾，矜握灵蛇，骂于鳞先生为伧、为厉，为门外汉。此辈使生七子登坛时，恐又咋舌而退，且自恨其声喉之不响矣。

与刘公严师徒

秋雨初霁，竞秀争流，登北极台瞻眺，不禁叫绝，几欲乘风八极。我公之画，跨轶古今，但久秘的稿，只以录本示人。仆今乘高纵目，乃尽得翻阅真谱，独恨难袖取耳。

◯季木诗，有“不法临淄兼北苑，但凭济水望秋空”，乃知季木前身亦是画师。

李开先

伯华，中麓，山东章丘人。《闲居集》。

与 人

古来才士，不得乘时柄用，非以乐事系其心，往往发狂病死。今借此以坐消岁月、暗老豪杰也。

○虞山曰："中麓自陈罢归归，畜声妓，征歌度曲，为新声小令，搊弹放歌。所著作，词多于文，文多于诗。蒐辑市井艳词、诗禅对类之属，多士大夫所不道者。"读此札，益悲其志矣。

蓝 田

玉甫，山东即墨人。《蓝侍御集》。

虎谷上石淙书（司寇公命作）

伏惟晋位太宰，窃为天下庆。而不敢奉问者，匪敢效刘元城不通司马公之义也。时事多端，每一把笔，辄长太息而止，又不欲琐琐作世俗寒暄语。是以因循至今，失礼殊甚，负罪殊甚！近于咨文中始见陞少保，益庆位之愈崇，而志之可大行也。

山中屡闻忠谠之言，近者留王昂一疏，尤为人所传诵。不闻唐介初贬之时，潞公有此也，执事于是乎加人一等矣。然介虽贬，数日之间两转，未久而复其殿中侍御史。今王昂既不获还之青琐，则推荐超陞，在执事笔端焉耳。他日秉史笔者，书此一行，岂不足以照耀今古哉！每恨李文达近称贤相，然恶罗伦沦落以死，摈岳正坎坷终身，而极贪之陆布政，反得超擢。今文达之富贵安在哉？

一时快意可略也，前辈影样之多，后人是非之论，可畏也；一时私情可略也，天下指视之严，史氏纪载之公，可畏也；一时极荣、极贵、极富可略也，每日光阴之易去，过者不可复补，百年岁月之无多，往者未必可追，可畏也。且用舍之间，士风所系，扶持正人，则善类庆而士风以振；奖进邪人，则善类沮而士风以颓。窃恐有奔趋富贵、譫談利达之人，相见之际，非称功颂德之词，则乞怜求哀之语，未有以直谅之言，达于听聪，以古人功业望执事者，故某敢布其愚焉。

〇《初钞》中，陈士业《与（上）督师阁部［书］》，尝引用此书，当时只知为王公作。今读《蓝侍御集》，始知侍御奉司寇公命，代虎谷为之者。侍御，少司寇大劳公冢嗣也。

〇文致如风水相遭，不尽沦涟。

邢　侗

子愿，山东临邑人。《来禽馆集》。

答山阳郭令

寄来毾㲪，细好无比。有衣有褐，可以卒岁矣。邑人捣纸，竹乎、楮乎？败鱼网乎？妍妙辉光，上拟伦色，下亦不减澄心者，可将数番至。

〇其音清澈。

张凤翔

蓬玄，山东堂邑人。《石药集》。

与王飞白

余年已四十二，鹿鹿无所自树。十年读书，所作何事？与其半浮半沉，讨得大官到手，何如独来独往，留得面目向人。

飞白视予，岂苟且以赴功名之人哉？

又

仆生平孤行己意，他无所异于人。惟担子着肩，则前后左右，皆无所见。

答杜友白

久不闻问，梦寐为劳。我辈举事，先已抛此进贤度外，当说便说，当做便做，不得做便去。坦心白意，信道直往，视一切千藤万葛，一斧断去，有何纠缠？渠方播弄，我已熟睡矣。

〇胸怀朗朗，游行无碍。

张尔忠

肯仲，山东潍县人。《焚馀摘稿》。

复吴抚台父母

天下无不可为之事，第患无可为之人。豪杰于此着手，圣贤亦正于此着情。吾夫子与黄老，中情只争得个冷热，局面即分个大小，究竟黄老是吾夫子范围中人也。知其不可为而为，原是顶礼，不是嘲笑也。

〇透极，可以折二氏之角。

来　仪

紫峩，山东临朐人。《八柱山房集》。

与　友

古今人笔力绝好处，只是径行无碍而已。作文、作字、作人，总以此法为最上。禅家云："谁束缚汝来?"此语妙极。人苟去尽沾滞，一生受用无穷。

○不必问其胸怀果然，只作文字观自妙。

傅　国

鼎卿，山东临朐人。《云黄集》。

与吕参政

载蒙青眼，见委白描，本可一挥，何须三日。偶缘小冗，不获操觚，有迟命期，无所逊（同"逃"）罪。但章句起家，颇读循良之传；军旅未学，何知韬略之书。昨属代斲，黔驴之技已穷；今再续貂，画虎之媸毕露。所望覆藏，恕其迟劣。

卢世漼

德水，山东德州人。《尊水园集》。

与程鲁詹

仁兄云：纱帽、儒巾二项，俱带气息，而山人又不干净。至欲得不拏腔、不作势，不管闲事、不弄精魄者，饮酒高歌，脱然于世故之外。嗟乎！此活佛真仙也，安能旦暮即遇？亦付之想像尔矣。弟懒不读书，又好买书，老鼠搬生姜，为可厌耳。

又

弟从三月二十五日下城矣。痛定思痛，不堪着想。已而酒醒梦回，月残风晓，恍然有省，觉说贫说梦，犹是世情。直扣到末后一着腊月三十，方是了手。因想仁兄浮系在京，半上不下，作何底止？此时该自寻出身之路也。五十馀年老兄弟，骨肉有加，肝肠相映；不比世味朋友，不关痛痒，不管死活，终日征逐游戏，以好纱帽相局骗也。仁嫂仁侄，俱是绝世聪明，试将弟语细细商量，且看何如。弟语伤苦，然而回味甚甜；亦知仁兄忙热之极，送一碗橄榄汤耳。

◇此老下语，每每水落石出。

与沈无回

弟近来苦心痛，盖嗜酒所致。然亦有一种郁盘碍膺之物，撇脱不开者，酒居十之半耳。

又

老弟兄相会，一句是一句，一杯是一杯。

○忠厚洒脱，老态颓唐。

与程正夫

久病阽危，馀光尚在。忽忆往时士大夫，门户葛藤，殃及社稷，堪为痛哭。固知虚意气、假名节，乃是杀人毒药。而人又狂醒不已，可叹也。

又

仆所抄《世说新语》，去标目，存故实；略玄黄，取神骏。萧萧肃肃，令人一读起立，从此不敢以“风流”二字加之。

○真乃别具眼孔。

又

仆生平于五言律，不敢以千里畏人；才至七言，则自惜袖短，纳手知寒。

又

天下事，无论作文、作人，只以老实稳当为主。唐诗之妙不可及处，皆极妥极真，而清微变化，天趣溢出，所以独擅千古。一至李长吉，便觉面目青黄，况极丑极歪如卢仝辈者乎？某于诗，元无才无学，然“稳妥”二字，非曰能之，愿学焉。

与徐元叹

病中读唐人诗，因愁劳之馀，不欲以拂逆语撄怀，单取一种娱悦容与之言，以消暇日。

○不如此公能自行胸臆。

又

与元叹谈，殊不沾滞，如风吹水，适然而已。

○足散人怀。

与赵仲启

仆不知禅，不好禅。偶阅《石门文字禅》，特爱其文字耳。就中题跋一部，尤可爱，乃尽录之。异哉此僧！遂欲与东坡、山谷、放翁诸先生，高揖端拜。天下事讵可以族类论耶？然每至悲凉呜咽、慷慨激烈处，辄见其涕出泪流，肩摇骨涌，盖尊宿中一片有心人也。不欲自私，公之于兄。竟读之后，有所得，幸以相示。

○洪觉范称“禅门马迁”，只缘胸中有一段不可磨灭之处。低眉枯坐，便了禅家宗风耶？

与张子襄

弟生平性僻且惰，每以本业为离局。当做秀才时，便跳而匿诸古。复流荡不能读大书，史外馀文，非经非子，零星琐碎，聊以自娱。又腕中有鬼，不解临池，握指如槌，运笔如杵，丑拙苟简，略似字形而已，则今所刻是也。然远道传书，附寄一本，为同心喷饭之资，亦何所不可。

○妙在不自掩饰为夸语以欺人。

又

偶阅古乐府，兴之所至，辄檃括为七言。捣碎古辞，差排近体，不伦不理，无着无落，何异取山龙华虫为袒服穷袴，讵止天吴紫凤、颠倒短褐也哉？幸教之。

○自家嘲笑一番，翻得佳胜。

又

夜来之饮，人酒俱佳。今日得足下诗，诗更佳，开箧一吟，又是一醉。

○人酒、诗醉，拈来都妙。

与叶润山

道理外无文章，德行外无言语。吾辈既为圣人之徒，奈何读非圣之书？来诲韦弦，铭诸焦腑。素园和律，僭评一番，盖形迹至此脱尽矣。如欲付梓，即将吾两人手评元本，直刻之，凡圈点涂抹，一毫不改，方见吾两人求正于海内有道之念。不似世人一伙骄贵朋友，互相标异，不肯以一丝破绽示人也。

◇每在一字句间，刺入心骨。

与陈幼仲

点定《唐子西文录》，已付梓人，特奉览。仆于此道，既有土炭之嗜，而甘苦酸醎，与世道迥异。无端刻画，强令人观，面孔离奇，几同恠物。然虚心平气，默考旁求，有一得焉。心思献之古人，告诸朋友，斯所为“风雨鸡鸣，而不容自已”者也。

◇最喜“献之古人”一语，旷杳之甚。

刘鸿采

松皋，若承，山东长山人。

答文登令解宅平

书生据案伊吾，莫不以泽民为口实。迨一通仕籍，则魂神梦想，皆以台阁清华为着足处。究其所以为“台阁清华”者，非诗酒清谈，则门户犄角而已。此身既与民阔绝，而此心复与民漠然。回想“得志泽加”四字，与己了无干涉。此等颠连困苦世界，亦安用清华台阁为哉！

不肖谬谓现世救苦难如来，定生在铜符墨绶中，一低眉则大慈大悲，一弹指则无量功德。我公如不信，请略一留心，近则期月，远则三年，东海之滨，人人合掌顶礼，咸颂曰：“琴堂之上，有九品莲华宝座，一大菩萨现宰官身，说法其上。”彼时我公方自信，方信不肖之不诳语也。如何如何？

◇先须位置“清华台阁”四字得好。

◇诸长令各宜发愿，行大方便，勿令宝山空回也。

刘孔和

节之，山东长山人。《日损堂文存》。

与友人论诗

古人雕镂精刻已极，今人反混沦雷同。如《檀弓》中范冠蝉绫之歌，取意巧肖，今人如何做？故凡诗不有淋漓痛痒处，妄儗（古通“拟”）自然，皆伪品、下品也。

简则能古，真则能永，写性情则能奇，无定格则能细，不强作则能成品。

诗以自乐自解，不论工拙，俱有可传。诗以奉人，不论工拙，皆是下品。

《诗归》不无偏处，然予所见数十家选诗，无过此者。大率钟、谭心细，有闲工夫。

宋、元诗味薄，亦有数家可观者，终是排布处多，含蓄处少。风气囿人如此，可叹可叹！

用事有直写上者，即非书簏，亦是誊录。古人用事，多影借，死事用的活。且影借则不露，褒贬抑扬，俱藏于此，如“江上徒逢袁绍杯”也。

冯　源

白山，山东诸城人。

曲阜家书

学者有志，则世务不亲，滓浊不生，清虚弥来，鼎开丹熟，定当有会。读书之事，名实各殊，总之天瞒不过耳。无苦心而天以为苦，无积学而天以为积，必无之理。就此作德作伪时，已将后来识破矣。

三弟为先人之少子，为两兄之爱弟。率子侄攻苦，弟之责也。秀才出名，便是不中消息。人定胜天，理殊可信。名贤之助，万不可阙；交游之事，万不可涉。每见为名士时，结纳声气，赠答云合，比升沉分径，至亲踈绝之矣。言之令人慨叹。毋言假意气的是祸根，勿言挥霍的是贫苗，勿言豪杰的是狱讼音耗。汝兄以“清慎”名斋，非祈有益，只求平常清和无事之人足矣。愚兄老矣，吾弟勗之。

◇理或然，然亦不尽可凭。

○《颜氏家训》，柳玭戒子，逊此简切。

高　珩

葱珮，念东，山东蒙阴人，淄川籍。

与周减斋

二李之集，架上未有。向来亦爱积书，李寇陷京，而燕中者失；谢寇陷淄，而家中者失。始知茂先三十乘，亦复癖类和峤；嘉则数万卷，止益昆明池底灰，不复作缥缃猗顿痴想矣。

淄城陷时，薪楚并是诗书，泥淖则以为履，战斗则以为甲。前二日闲居，偶忆此事，因忆及京中书，因忆及初晤公时满地书，转忆及保障会城之功，乃得句云：“诗书劫到真成胄，钟鼎缘差亦类竿。”为之三叹不已。而良书适至，不减慈恩《梁州》诗矣。

○一切杀风景事，经文人之笔，无不可传。

又

忆公初拜乌台，弟亦甫入词林，抠衣龙门，公方买书满地，回首犹昨日事也。后于京邸，过承会存，然未得清酒三升，娓娓松枝麈为惜耳。敏公年兄南还，急攫新诗数册，后以无别本来索，还之，至今以为恨事。

弟虽素不知诗，而于时贤中，心仪者三人，公与芝麓、梅村也。龚如金鹏劈海，奇健无前；公与吴则真长仲祖，一代宗雅，卓然正始之音。数年来，每忆“不仙不佛不封侯”之句，辄为莞然。“公侯且置”，李北平自为解嘲。若出世是吾辈屋里事，何得向散花天女受记莂耶？咲咲。

老公祖久宦南服，异人接踵，想已发明向上事矣。弟亦孜孜向黄冠，无大効参，究未得手。当策蹇问道熊轼下，或不惜发覆示之乎？

〇念东先生家居盘阳，每风日晴和，自跨一驴而出，遇嘉石浓阴，即系驴而卧，见者不知其为先生也。

髡残

再见。

与瑶星

时光有限，正要于歇脚处讨下落。诗已做到如此，付之后世子云，把布裙高束，楖㮞横担，不顾人，直入千峰万峰去。千峰万峰，只在脚根下。不是离群而索居，但要自己心迹高远，眼光透亮，不被五欲八风之所摇撼。目前荡荡地，富贵荣辱，恩爱烦恼，把来如红炉上片雪，又管甚么悟不悟死也生也。

又

服食起居，吾人自有分段草料。唯有富贵人，受用了，澹薄不得；热闹了，冷落不得。不得则谓之失，得失之念，常转胸次，故每学道，不能悬崖撒手也，

袁楷

茂林，陕西凤翔人。

与黄维章

年兄负海内重名，所居舟车相望之地，户外之屦常满。古

人云："有一世之名者，其辟世良难"，年兄之谓矣。若弟介在西鄙，非世所指名，不待韬晦，便同沉冥。似弟所处，又差胜年兄也。

少年读书，错认"隐"字，直以不仕当之耳。今知隐固大难，如龙蛇之蛰，无从觅其飞跃，不独荣我以禄不可，虽成我以名亦不得。此岂易易者？然吾辈不可不勉励也。

○棹楔上，岂得轻榜此字？

康范生

小范，退思，江西安福人。《遗稿》。

与在菴

世间所最难降者，文人之心耳。负气则多上人，舞智则必戾物；而其案头所鳞集者，淫词稗说，鲜不增长邪念、杜绝善萌。至先正格言，概视为迂俚，不一寓目，盖其说不足以胜之也。自足下感应之书出，人人不敢不寓目、不忍不寓目焉。乃知寻常语句中具如许玅谛，即文人之心亦将降矣，况其他乎？足下之功，真不在禹下也。

王若之

湘客，山东益都人。

与王锺湖

诵千手千眼，何若慎十指十视哉！

○真道学语。

答　友

与此君谈治术，蝉不知雪，空奏号钟于长耳耳。

寄友人画梅

花中巢、许，世外佳人，俗墨杳难彷彿。况仆钝手，信笔扫圈，岂有合乎？惟其不肖形，或许曰“略可”。

〇想其标致。

答诸舜豫

所谕书画，搜笥中，仅得十种。前此尚有十数卷册，两载遨游，悉咀嚼于陈蔡间矣。因想吾夫子皆不及门之叹，或是饥饿散失。圣贤且尔，何有于微物哉？漫发一笑。

◇达语非谑。

复汪斐仲

两次来京，即两次感病，二竖反似贤，不欲主人之妄出尔。

〇只是不正用一笔。

李焕章

象先，山东乐安人。《遯山堂集》《爽韵居集》。

答葛童子

村居无赖，邮筒及门，发而读之，则子近十七艺也。晾昔则进矣，但气象沉郁，如走深谷密箐中，山岚江晖，名花异植，辜负不少。子宜自念，譬之铸器易其款，譬之制锦易其式，斯善矣。三妇食桑，食知所变，正在此时。

〇幽峭如晋魏逸书。

答赵卓子

叶使君心耗军国，犹念及蔀屋之畦，可谓剧不忘道、劳而能学也。弟入春来逐卖菜佣，溷跡城中，不捉笔久矣。足下复以此见讬，正钟离云房闭关后，犹忆刁斗声，可笑也。草草复命，恃足下巨灵手在。

与夏苍璧

兄之官绥宁矣，诵“南天不见云”之句，襟期当何似也！当兵火初定地，须细心经画，勿只闭门纂集，使彼庸妄辈，谓我辈困于三尺之绶也。

〇古峭之笔，时复嫣然，所谓“虽在秋冬之际，不废枫霜”。

与章载菴先生

段成式《易解》呈览。此子横手书，先生当竖目看也。

又

家兄工骚赋而短于记传，思齐娴小牍而困于长幅。长林马嘶，霜天鹘击，各有所快也。

与顾宁人书

郡中足下枉驾，云曾于曹濬之斋头，见章所著《乘州人物志》《李氏八世谱》，“大有笔致，逼似古人”，何推奖之过耶？既读足下《涂中集》八首，剥去皮毛，独存筋骨，当是王临川一派，宜足下读《乘州人物志》《李氏八世谱》不厌矣。

足下去金岭驿，章北归，以我山左故迹、故事相质。来札孟尝封邑般阳，不当名薛，薛与滕近，《孟子》篇中“齐人将筑薛”。此足下泥古之过。汉淄川郡，即今寿光；今淄川，即汉淄川郡所属之般阳。孟尝封邑在淄川，今寿光地，墓在寿光西四十里朱良镇。后人以淄川之般阳为淄川，如以琅琊之临沂为琅琊，乐安之博昌为乐安。孟尝封邑，偶名薛国耳。不然，今肥城有薛王城，考其地去滕颇远，当何说也？

来札营丘在临淄，今营丘、营陵俱非。此足下泥古之过。太公初封齐营丘，即今临淄。齐三迁，一蒲姑，今博兴；一营陵，今昌乐；后又迁临淄。统名营丘，后改临淄，而营丘之名遂废。

来札潍水今呼淮水，古雄字似淮，当是点画差讹。此足下泥古之过。伏生授书曰：“潍淄其道。”欧阳生、兒生、张生诸博士，岂考究之未详耶？史韩淮阴破龙且潍水上，以淮阴故，如浙水因钱镠曰“钱塘”，姚水因曹娥曰“曹江”，笼水因颜文姜曰“孝妇河”也。如以雄似淮，则潍水在今潍邑西，不闻古作雄县也。

来札“孔子虽圣，亦人尔，何能泰巅千八百里外，观吴门之马”，足下未深思，故有此疑。曲阜城有吴门，直吴，如苏州北门曰“齐门”之类是也。

来札景公墓，在临淄东南十二里，淄河店桓公墓旁；又曰在长白山下，今长山境内。又云周景公墓，景姓稀少，更无多为官者，必景延广。延广陕州人，后晋出帝，与桑维翰同时，非周臣，又不当曰“周景公墓”。考《五代史·周列臣传》，景范邹平人，世宗显德中官宰相，显德六年罢，故云“周景公墓”。墓在邹平，今割入长山界。在临淄淄河店者，春秋周齐景公墓，非周世宗景公墓也。

来札临朐西十里逄山，俗传逄萌隐处。史逄萌浮海，归隐大劳，东莱守聘不出。又萌都昌亭长，墓在今营丘昌乐地；又都昌，昌邑也，皆与临朐远。史夏东方诸侯逢伯陵，居青州，旧城在郡西二十里马山，李于鳞所谓“龙斗马山之阳”是也，距逢山四十里。逢山以伯陵，非以萌也。

来札黄冠别说，劳山有吴子宫，是吴子夫差请《灵宝度人经》处。《春秋》“吴伐齐至艾陵”，艾陵，齐南境。今郯城去劳六七百里，甚为牵合难据。足下未读道书。道书云：“许旌阳弟子吴猛，东昌人，入劳请《灵宝度人经》。吴子，吴猛，非夫差。道家所居皆曰“宫”，不仅王侯也。

来札泰山无字碑非始皇，乃汉武时物。别史始皇移徂徕石，命李斯篆文，如琅琊罘罘碑，因阻暴风雨大怒罢。此可信者。汉武何故立无字碑？未敢以足下言为是。

来札俗以丈人为“泰山”，唐朝元（玄）宗封禅，张说婿韦晤扈驾，以说婿，增三级。后帝忘其故，问群臣，伶官黄緟（幡）绰曰：“泰山之力也。”因以丈人为“泰山”。不知春秋时，已有丈人峰，孔子遇丈人荣启期处也。未敢以足下言为是。

来札太公封营丘，地泽卤，人民寡，因上古封建，各有其国，未便夺其地，遂就其隙封之，非不置太公于上游也。古史万国，商三千，周千八百，当伐纣时，不知其如何变置。殷都朝歌，千里内不免改王畿为侯国；周都镐京，千里内不免改侯国为王畿。涧水东，瀍水西，皆诸侯，营雒后，能各守其地乎？王以东方诸侯，附纣者众，故封太公以弹压耳。足下乃过信《货殖传》，未敢以足下为是。

樵生于山，习于山；渔产于水，习于水。苌弘因职而知乐，郯子以祖而知官。故敢竭其狂，以备蒭荛，幸足下谅之。章顿首。

○象先博洽，前可比升庵，后可比晦伯。

◇可释碑套并神主之疑。

李澄中

渭清，山东诸城人。《岱遊草》。

与陈弓良

昨道经莱芜，土衍沙坟，亦自楼阁相望也。范史云为之宰，何至尘甑鱼釜，为古今穷人之冠？弟以措大而穷，不谅于乡人；史云以县令而穷，名满天下，世间不平之事，莫此为甚。余有诗曰："那能不作莱芜长，虚号人间范史云。"乃知人间不惟富贵有命，穷人名实之间，亦有造物司之矣。

◇悲深。

与刘子羽

减斋先生，甫至吾邑，即讯境内风雅。夜半敲门，僮婢错愕。启户而使者踵至，一见懽若生平，相知恨晚，赠书赠言，倾筐倒箧，雄辨高谈，夜分犹不忍散。昌黎曰："身在贫贱，为天下所不知，独是（见）遇于大贤，乃足贵［耳］。"弟亦可以消虞生之恨矣。当此士气凋丧之秋，不意有此佛位中人为之调护。

○昔人所以重知己而轻感恩也。

蔡宗襄

漫夫，山东潍县人。

与　某

以诗文、山水为度日生涯，以辟支、声闻为逃死后户，古今来才人名士，大约出此两法不得。只好一叹。

○文人学禅，皆是聪明种子所使，非关最上。

程康庄

崑崙，山西武乡人。

与陈大士

古之为文者，变如庄周，哀如屈、宋，洁如马迁，专如杨雄，皆不相规跡，卓然有以自命。今日之文，虽以先辈大家为则，然当用其意与法，不当学其腐与庸，而遂以为先辈大家也。惟足下制举之文，清奇刻削，能发前人之所未言，二百七十年以来，少有其敌。天下用其麟角者，已能乘坚策肥，致身富贵；而足下守其道弥笃，教天下益不能已，固足以畅仆之所怀来矣。

足下所为古文辞，恢弘肆衍，雅俗间出，则与足下之制举业，所谓“清奇刻削”者稍异，虽贤者固不可测。然以足下之才，即为庄周、屈宋、马迁、杨雄、唐宋八家之文，无所不可，要不当趋世俗之所艳。足下之于时文，世俗之所矜者，足下不以听也；足下之所有者，又必世俗之所无也。何独至于古文，而取世俗之嗜乎？仆愿足下以拂于耳、背于时者，自坚其所守，而务返乎醇一不偏之理，臻于茂美。天下后世，必有知足下之文者，亦以大贤之所许为贵耳。彼阘阘藆细之言，岂有当哉?!

〇谁敢向大士前为此语？然大士之于古文，天定之矣，不能改也。余交大士，每见《太乙集》，辄欲焚之，欲藉以为报耳。

徐日久

子卿，浙江西安人。《论文别集》。

与秦西汀

前日郎君至此，见英英可畏，作如此父，真足欣喜。小儿在上海，时年十四，初捉笔学文字，或云又是一徐子卿。彼时弟即语云："须强似子卿，方可如子卿耳。若尔时便只子卿面孔，必且不逮。"今因我跌蹉，两年间便全然失却初况。虽父子至情，奈已言而中矣。前日曾归考见黜，然弟为此子深幸不恨也，但视令郎稍不能过意耳。吾侪天涯兄弟，正赖此辈，可以缔交世好，安可忽哉？此事谓兄意所欲闻者，率尔附及。不尽。

◇语意不习见。

方应祥

孟旋，浙江西安人。

与钱御冷

朋友之间，性命倚毗，譬之四至之风，鼓于空中，脆者可炼之使坚，结者可导之使散。一切芳秽，洒之荡之，和之揉之，可使一切摄入众香而不二。

今夫饥之于食也，渴之于饮也，以喻朋友之交，天下固莫有切于此者也。世知饥者、渴者之倚毗其性命于饮食，不知饮与食，实亦倚毗其性命于饥渴。饥渴、饮食，分为四物，各相为偶。性命悬立饥渴饮食之中，不翅无偶，且复无物。

太空冥冥，无求无与，而真倚大毗，于兹出焉。庄生之所谓"天籁"，相取于所不得已者也。此于何地，更立道义之名，择而处之以自为，又分而畀之为人计也哉？附籍以还，弟所鼓于台兄四至之风，以实其饥渴之腹，自知而乐之、而不厌，特口不能言之。

陈龙正

惕龙，幾亭，浙江嘉善人。《合集》。

示 人

念念好生，乃立德、立功、立言之本。可使万物各得其所，故德贵；美在于独擅，恶尔，德乎？除天下之梗，扶天下之柔，故功贵；一姓勋高，一路啼号，罪尔，功乎？子闻之思孝，臣闻之思忠，故言贵；自文其心，鼓簧一世之嗜慾，诬尔，言乎？不心爱人而心不朽，鲜不以恶为德，以罪为功，以诬为言。

高道素

玄期，浙江秀水人。《景玄堂集》。

复陈居一

展箑披香云，开函读宝札，不啻如面谈矣。所云夏中尊候小剧，旋即清嘉；而里中传闻不讳，狂走相探。此事大可笑，然亦无他。此乃天明知旷达人，不恶闻此事，故特借此辈浪言，以资吾等笑剧；又仍恐吾辈忘记此事，阴若使此辈提醒我耳。兄以为然否？

高永清

澄甫，潋腑，江南无锡人。

将归与仲弟

离家数年，今幸归，已抵吕城矣。从数千里还家，不奈此将到未到之百馀里，反使人心头闪闪忽忽，尅时袖占，即物取识，无数忧叹之状，不堪为吾弟说也。

〇唐人所谓“近家心转怯”，正是此等情形。

冯肇杞

幼将，浙江会稽人。

与减斋先生

沦落既久，耳目都惯。尘沙扑面，只似春风；毒务侵人，亦如沆瀣。

〇涉世人无可奈何语。

藏弃集卷之十四

侯方域

朝宗，河南商丘人。《壮悔堂文集》。

癸未去金陵日与阮光禄书

仆窃闻君子处己，不欲自恕，而苛责他人以非其道。今执事之于仆，乃有不然者，愿为执事陈之。

执事，仆之父行也。神宗之末，与大人同朝，相得甚欢，其后乃有欲终事执事而不能者。执事当自追忆其故，不必仆言之也。

大人削官归，仆时方少，每侍，未尝不念执事之才，而嗟惜者弥日。及仆稍长，知读书，求友金陵，将戒途，而大人送之曰："金陵有御史成公勇者，虽于我为后进，我常心重之，汝至，当以为师。又有老友方公孔炤，汝当持刺拜于床下。"语不及执事。及至金陵，则成公已得罪去，仅见方公；而其子以智者，仆之夙交也，以此晨夕过从。执事与方公同为父行，理当谒。然而不敢者，执事当自追忆其故，不必仆言之也。今执事乃责仆与方公厚，而与执事薄，噫！亦过矣。

忽一日，有王将军，过仆甚恭。每一至，必邀仆为诗歌，既得之必喜，而为仆贳酒奏伎，招游舫，携山屐，殷殷积旬不倦。仆初不解，既而疑，以问将军，将军乃屏人以告仆曰："是皆阮光禄所愿纳交于君者也。光禄方为诸君所诟，愿更以道之君之友陈君定生、吴君次尾，庶稍湔乎？"仆敛容谢之曰："光禄身为贵卿，又不少佳宾客足自娱，安用此二三书生为哉？仆道之两君，必重为两君所绝。若仆独私从光禄游，又窃恐无益光禄。辱相款八日，意良厚，然不得不绝矣。"凡此，皆仆平心称量，自以为未甚太过；而执事顾含怒不已，仆诚无所逃罪矣。

昨夜方寝，而杨令君文骢，叩门过仆曰："左将军兵且来，都人汹汹。阮光禄飏言于清议堂云：子与有旧，且应之于内。子盍行乎？"仆乃知执事不特见怒，而且恨之，欲置之族灭而后快也。仆于左诚有旧，亦已奉熊尚书之教，驰书止之。其心事尚不可知，若其犯顺，则贼也；仆诚应之于内，亦贼也。士君子稍知礼义，何至甘心作贼？万一有焉，此必日暮途穷，倒行而逆施。若昔日干儿义孙之徒，计无复之，容出于此。而仆岂其人耶？何执事文织之深也！

窃怪执事常愿下交天下士，而展转蹉跎，乃至嫁祸而灭人之族，亦甚违其本念。倘一旦追忆天下士所以相远之故，未必不悔，悔未必不改。果悔且改，静待之数年，心事未必不暴白；心事果暴白，天下士未必不接踵而至执事之门。仆果见天下士接踵而至执事之门，亦必且随属其后，长揖谢过，岂为晚乎？而奈何阴毒左计，一至于此！

仆今已遭乱无家，扁舟短棹，措此身甚易。独惜执事忮机一动，长伏草莽则已；万一复得志，必至杀尽天下士，以酬其宿所不快。则是使天下士，终不复至执事之门；而后世操简书以议执事者，不能如仆之词微而义婉也。仆且去，可以不言；然恐执事不察，终谓仆于长者傲，故敢述其区区。不宣。

◇不俟深言，令人无所自存，那得不恨？

◇文章全争险境，用意不能复厚。

◇忽开胜境，使人大快。

◇气煞人！

与王氏请藏经书

足下瑯琊世望，以文业锐自振拔，仆闻之久矣。前岁曾一见于共城，又一年而揖于相国宋太保之馆，皆匆匆别去，无由相为款曲，以深习足下。然窃望足下之威仪，而听其一二绪言，已测知其非寻常胄荫中人也。

友人贾开宗者，尤数道足下之贤不去口。是岁之春，开宗自江南还，方病谢交游，忽一日冒大风寒，跨其驴出西门去，曰："吾将过朱襄访王君。"开宗老矣，常自负其学，又阅人多，虽泛爱，其实胸中有次第，不妄昵近人者，足下必有以得之矣。又三日而归，以告仆曰："吾向推王君贤，未足尽王君。王君纯孝人也。吾阴察之，见王君于其先公之书册栝棬，皆谨守未尝辄启。以视世之朝没其亲，而暮倾倒其箧笥，欲尽得之；或更妄意其先人为显官，扃藏未必尽书籍，而必欲发视者，何啻径庭也！然有一于此，所宜公之天下，子不得私诸其父者，吾将偕太史李公往诚求之，而不知其许我否也。盖王氏之先公，异人也，为御史，奉命巡江南。江南完盛繁富，多珍产，公一无所取，独捐其俸金千四百锾，请《藏经》若干卷以归。郡之僧有定空者，尝买得田氏之废园，欲改建为禅院，建阁而藏经焉。此江北数千里所无，而今适有之于百里之内。意者西方之圣人，将显其教于兹土耶？吾将介定空求之。"仆应之曰："信如足下言，王君固孝子也，必与，何疑焉？盖其先公请之以归者，欲广其教也，必不扃之箧笥之中。王君其有不欲广之者哉？"

或云足下将构三楹之阁，于其邑之隅以奉而藏焉，疑未必肯与。夫足下不欲广之则已，果欲广之，与其构阁于一邑，何如与定空，而使创梵宫焉五都之衢也？且足下之所欲广之者，非广佛教也，广先公之志也。佛教自在天地间，岂待广耶？无远何近，无小何大，无少何多，无暂何久？梁武帝兴之而不必增，周武帝灭之而不必减。贮其言于金匮石室之中，未必重；投之于水火尘埃，亦未必亵。此固足下之所不能与，而定空之所不能受者也。惟是先公之志，不可以不彰，而足下之所以继之者，不可以不推而广。今使十人传之，较之千百人传之，必有间矣；十人传之一乡，较之百千人传之一方，必有间矣。然则足下虽已构而藏于其邑之隅，犹当毁焉而送诸通衢之梵，而况乎其未也？

又此《藏经》之大部，计卷以七千馀，计簏以二十，非可怀袖提负以来，瞥然而止于梵宫。足下诚许之，定空必告于众，而戒车牛以迎。所过之地，田夫竖子，皆将携妻引儿，呼朋招类，而奔走讙譁以竞观焉，谓足下有功于佛。既至，仆虽闒陋，亦当勉竭其生平万有一得之文，薰沐而拜述为记，以付定空，勒之于碑。使四方游者、居者，又皆稽首而赞曰："此《藏经》者，故朱襄王公巡察江南，一无所取，而独捐其俸，请之以归者也。今王君乃能继遗志、垂不朽焉。呜呼盛哉！"

或足下岁时欲瞻礼，则田氏废园之址，尚有胜地，可建为精舍，流水蹲石，点缀其间，甚与足下之慧业宜。仆辈从太史李公之后，皆得以清言奉晨夕。即先公闻之于九原，岂有所不可也?!

仆闻先人之贻其子孙者有二，如国封、田宅之类，苟非变故，所当固守，不可以尺寸与人者也；如道德、事业之类，所当宣之而弥彰，恢之而弥广，公于天下，必不可吝秘者也。可以守而不守，不可以秘而秘，其失维均。至于佛书，则又超脱于彼我之外，是究之足下未尝失，定空未尝得；而可以扬先公之显名，诚莫此为便。足下其审处之矣。然则仆谓足下必欣然与者，自信操左券而得之，而非億中也，仆闻之贾君，足下固孝子也。

◇气槩不凡。

◇数句作一气读。

◇神气最足。

◇奇论，正论。

◇层层引入胜地，有令人不得不动者，真大手笔！

◇风采亦可畏爱。

与王仲凫论物命书

承示獐见杀于犬，为有天命，反覆而申说之。噫，足下之言过矣！

儒者议论举措，虽自知不及，要不可不以孔孟为法，古人所谓循循然，莫不有规矩也。此一大圣大贤，固达天知命，然未尝肯轻言之。孔氏尝一论命于子服景伯，所以广贤人之心、塞奸雄之口也。孟氏论莫为莫致，以生战国之世，思有以杜绝天下之篡弑力争者。至于夭寿不贰，则归之立命，固了了引为己身之责。盖此理轻言之于人事，必有所不可；若加之于物，尤为不可。

夫物之隔绝于天也远矣，其名冗而数繁，气薄而力浅，决不能无介以自通。凡所以爱惜而长养之，摧抑而夭折之，皆人之所能为，物之所不能自主，而尤天之所不知也。譬如小邑远乡之百姓，其或得所失所、欢喜忧戚之状，人君岂能一一耳闻而目见之哉？恃有郡县之吏也。人君惟不能一一耳闻而目见，故托之郡县之吏；天惟不能一一耳闻而目见，故生物而託之人。此子思子所以反覆慎言“成物”也。“成”义甚大，不仅与“亏”与“败”对，凡有以驱除其强暴，制用其材质，安全其弱小，使之各适于自足之分者，皆是物也，皆人之所能为也。

仆读古人之书，自孔孟至于杨雄、韩愈、欧阳修，以及程颐、朱熹之徒，上下千百年，卒未有以易者。足下忽发为汗漫悠忽之言，人猝闻之，亦甚平常而该括，未之深察。乃天下物之能杰然自立者寡，而放废待命者多；人之庸惰者多，而自强知道理者少。苟群倡足下之言，谁不好逸而恶劳？谁不任便而脱禁？强者暴者，岂复可驱除；材者质者，岂复可制用；弱者小者，岂复可安全哉？引而伸之，触类而穷之，则人事之功息，天道之统惑，物生之害滋矣。甚矣足下之言之过也！

且此一獐者，本非犬之敌明甚。足下不审其量，而强使为友，既死又以为天命，何也？假使足下谨视而远藏之，獐必不死。即死，而于其深山穷谷之里，丰林茂草之乡，乃其命也。今既委足下之手，而犹使犬得以杀之者，果其命耶？抑足下之所以爱惜而长养之者，或非其道也？凡此，皆天所不知，而物又不能以自言。随宜区处，而有以周夫蠢动之命类，儒者用心所不废，故仆不惜与足下以小事详言之。

〇书在欧、苏之间，有开阖，有照应。

◇晓譬甚明，立言方有确据。如此说书，故自不厌。

◇深于性命之言，借物发议耳。

与宋公子牧仲书

某叨受太保先公深知，尝援其难。公子又不以仆为不肖，数下交，质以所为文业。仆窃见郡中自吴、徐二三子凋谢之后，近二十年，绝无有清才标映如公子者，尝心口叹颂不能置。今有所欲言，伏惟公子听之。

仆闻之贾子曰："诸人以太保既薨，有愿公子出而于结交天下贵人，一如太保在日，以为克似太保者。"窃谓太保在日，乃天下贵人皆愿一当以交太保，非太保之交之也。今论者顾欲公子求而交之，以为克似太保，此不惟不似，而固已相远甚矣。往郡中贵达子弟，固有然者，然皆以财力自雄，周旋良苦。今公子善病，体不任衣。太保清节，仆之所谅，未有厚赀贻公子也。所谓“财与力”者，公子自审能之乎？破其业以致贫，劳其身以致病，而徒博一交结贵人之名，仆窃谓公子不取也。

抑人之所谓“克似其先”者有道，不可以不辨。有以卿相之子，世为卿相，而不必不辱其先；有以卿相之子，乃甘为一介之士，而足以光益其祖父者。若公子不深察其道，即如诸人所云，亦不过仿太保在日，存其门户方幅，外似之耳；非谓公子遂真似太保为宰相也。公子之家，昔为宰相，今为秀才，何可强同？顾舍其力之所能，可以得其真似，而必出于不可得之数，以为聊似其外者，何也？

夫克似之道，在于守道读书。公子才气超轶，何施不可？愿且朝夕自爱调病，病愈之后，以诸人所陈交结之财，多收古今书籍；以交结之力，闭户力学而笃行之。如此一二十年，亦不必不似太保；即不然，太保亦必含笑于九原，决不以公子甘为一介之士，遂以为不克似之也。

◇后之“克似其先有道”者，此已引其端。

○笔意舒卷自如。

复倪玉纯书

与知己别来十年，而此生遭际，慨当以慷，乃有出于契阔之外者。窃念士君子夙夜终誉，必有所以自立，而后彝（夷）险一致。足下曩者，左右娄东，宁犯清溪之不测。盖名义至重，久不置祸福于胸中矣。持此念以处世，且历千劫而不毁，而况此聚散浮沉之迹乎哉？！

远示郎君佳篇，喜其英绝。承命勉为一序，自惭固陋，虽欲有所发挥而不能。不过以少时闻之文正公者，还为郎君述之，冀郎君留心黾勉，异日得以继文正之家学；而仆亦不至殄灭其师说，借以广其传，则至愿也。

〇尺幅中具有见解，颇不寂寥。

毛先舒

驰黄，浙江钱唐人。

与芜湖萧尺木

仆往闻吴子锦雯，时时称芜湖萧君尺木先生，亮节高致，博雅之宗也，著书满箧，亦时县国门，见推于世。仆虽未获觏止，而心窃向往。后得读足下所著《杜律细》，统宗渊雅，惊叹河汉。然曩读杜拗体，便作拗读，久之口适。今如高论读之，平仄虽谐，未免反聱牙也。怀疑未释，亦欲正之，而苦无繇。缘日获晋谒，兼罄面谈，而不复乘此一吐胸中之懑懑，亦何贵乎？

窃谓“律”之为名，政取协律，第有正格，亦有变调。对骈而调谐者，此正格也；对参差而调拗不谐者，此变调也。故太白律、对时参差，而子美多拗体。此是开天之盛，变化已极，而杜、李雄才自喜，故往往跌宕常法之外。是则杜律自有拗体，不必纯作顺读也明甚。

倘谓诗必入唱，一乖平仄，便妨歌咏，似又未然。夫唐诗虽入乐府，而作者綦多，彼歌工所采，政当取利喉吻者耳，不必篇篇入唱歌也。就令悉入唱歌，古既有拗体，庸遽无拗唱耶？如今之南北曲，亦有不尽合宫谱者，而伶人之妙，往往巧于正衬转换，以谐其声，又何论古之拗律耶？盖古诗歌法，今失传已久；竹肉之微，殆难臆测。汉魏《郊祀》《铙歌》《相和》《乌生》《气出唱》等篇，皆可歌舞，而今读之，艰奥之词倍于杜。即太史公云："古诗三千，而孔子删为三百，皆弦而歌之，以合《招》《武》。"斯则不可以容拗者，宜莫如《三百篇》。然而《小戎》险涩，《周颂》诘屈，其间数章，殆复无韵可寻，足下又将作何等读，使悉谐稳也？

夫古《招》《武》之诗，而每不嫌拗；子美之作，未必篇隶乐府，而必求其顺。故仆窃谓足下为过。况三唐作者，失拈与拗句，又比比而有耶？借如"洛阳一别四千里"，"四"字北曲既未尝作平声。且北曲韵，乃北方偏音，四声不备。以律南曲，犹且扞格；取以证杜，岂云确然？而乐府如四五工尺之读，岂堪作据耶？

"闻道河阳近乘胜"，"近、几"义通，音未必通，而遂谓"近"音"几"，又疑于未然也。云"乘胜"，则"乘"是"趁逐"之义，自应作平；若作去声，则是车乘耳，"乘胜"当是何语，至于展转相缘？

又"宵雅肄三"，"宵"自读"小"，"小"未必读"宵"。既因"宵"读"小"，而谓"小"可读"宵"矣，又因"小、细"义同，更谓"细"当读"宵"，何耶？"编、辫"义通，音又未必通也。既因其义通，而谓"编"可读"辫"矣，又因"边、编"音同，而更谓"边"当读"辫"，何耶？

兵革皆军旅所用，故彭羕骂先主"老革"，解同"老兵"，讵谓"兵"即可音"革"耶？"黑"本称"卢"，而博子六是黑，故亦称"卢"，讵谓"六"即可音"卢"耶？"遴"本读"吝"，不得缘"遴"而为"邻"亦读"吝"也；"员"可读"陨"，不得缘"员"而谓"雲"亦读"陨"也。

凡若兹者，未能悉举。总以传相蔓引如此，则何仄不可平、何平不可仄耶？设有好奇之士，起而蹑足下之后，取杜律之谐者，而稍变其平仄，直谓杜作悉是拗体，都无平调，彼我交擿，乌知是非？不如拗复还拗，正复还正，亡事纷纷也。

子美诗之大家，而唐近体，又义存清显，非若古诗骚赋，以取奥衍为工者。况唐人即为古诗骚赋，亦多用常音，不钩玄隐。而谓子美作近律，乃险寻曲叶，专欲钩奇，岂其然欤？

先生博洽殚闻，发挥大雅，蒙窃有惑，未敢苟同。前徒小叩，未竟鸿响，故敢陈书左右，以悉鄙衷。迟闻玉音，以豁回乱。

◇不必深解，止如此说，便令人人意折。

◇此汤临川不顾拗折天下人嗓子也。

○以今人论古，止以今事通之，往往臆合；必欲博引典据，反成穿凿矣。

◇辩折之文，令人发笑，正是辩才无碍。

梅之焕

长公，湖广麻城人。

与蔡君弼

曩在长安，与许制台论故辅江陵事，因知寓（同“宇”）内有蔡先生者，当江陵盛时，几以忤触得罪；及灰冷鸟散，其子且远戍炎荒矣，又独抗疏以排群喙而护呵之，卒以此龃龉于时。私心窃叹曰：“此天人耶、古人耶？安得当吾世而见之？”及入粤，而始知老成典型，固伊迩也。

善乎谷风先生之言曰：“江陵在时，举朝争颂其功，而不敢言其过。及其既败，举朝争拾其过，而不敢追其功。皆非公论也。”孰知前此为利，后此为名，乃深于为利。而为台翁者，反见为迂阔而远事情。然世界若无此一种，则人心、世道，扫地尽矣！

翁自用翁法，宁知后学晚进，犹于风马不及之处，阐发其幽光乎？昔之炙手如某某辈，今安在哉？昔之溺灰如某某辈，又安在哉？而翁台固独巍然如鲁灵光，则彼辈之所巧窃为名利者，亦太廉太短矣。冷煖世路，举目堪悲，安得借翁台榜样，为悠悠者一开眼乎？

仰止高山已久，因杨商老之便，附此代面。相逢何必曾相识哉！

〇事可传，文亦可传。

程正揆

端伯，湖广孝感人。《清溪语》。

与减斋论《老》

老氏非孔子不知，孔子非老氏不让，此为东周，彼遂西渡，犹龙之龙，其在是乎？荀子曰："知诎而不知伸，非知老子之知者。"考《高士传》云："孔子至楚，见老莱子，问答皆礼事。"即老子也。夫子学礼年十七，为周景之十年，老子时二百五十岁。夫以二百五十年之周流经籍，不出一书，此心岂仅以五千言了者哉？及遇十七岁之子，而中土非老氏有矣。强而著书，则五千言之幸，老氏之不幸也。

◇创见，有别趣。

与石溪和尚论《庄》

《庄子》一书，是说道理样子，如铸钟磬者之有土模也。若竟作道理说，犹向土模上求声响也。庄周自庄周，郭象自郭象，石溪自石溪，注不注，会不会，有何于涉？一部《南华经》，离奇反复数万言，关捩在蝴蝶上。庄周生平受用，亦只在"栩栩"二字，仍是说梦，到此即欲不作梦说，不可也。

几篇闲文字，爱煞多少人，谤煞多少人，都被此老谩过。和尚作《庄会》，实是庄会和尚也。识得和尚意，即会得庄生意；会得西来意，方许去说道、说理，无不可也，不然便走样矣。

◇予请增一句，曰："端伯自端伯。"

与石溪和尚

和尚禅偈，奈予不识字；旁有注脚，奈予眼昏；命侍儿读之，奈予耳聋，苦哉、苦哉！仔细检点将来，大约是教人莫参禅耳。杖老人曰："得之于鉏斧石头滑。"龙三三曰："依旧是香严上树语，却上了和尚钓竿也。"

○先师曰："予欲无言。"

答友苍上人

手教至，如空谷闻足音也。家内说话，字字亲切，非身在个中，那得此爱语三昧？但说到罗纹结顶，槌胸顿足，叫苦苍天，虽然如是，何须恁么发急？兄叫苍天，不知苍天却叫谁也。嗄嗄！

遊黄山一段公案大奇，令人生快，又使人生妒。天童曰："到此方知普门。"曰："那个是我的。"此二句，信是不经人道。可惜题向黄山妙高处，画蛇添足。何不书在聚宝三山、十字街头，岂不惊人？大家畅快，更觉谛当又谛当耳，如何？

◇不必深论禅理，但拈此奇语，便发人悟头。

与减斋

韩退之力去陈言，"粉白黛绿"，《史记》中语也。李长吉不经人道语，“绣幕围春风”，古乐府句也。作家难乎哉！退之“下视禹九州，一尘集毫端”，长吉“遥望齐州九点烟，一泓海水盃中泻”，诗中警句，然不过是会说大话耳，亦是一病。《三百篇》中，何曾得此等句？

又

从古作“昭君怨”者多矣，惟王叡一绝云：“莫怨工人丑画身，莫嫌圣主强和亲。当时若不单于嫁，只是宫中一舞人。”咏马嵬事者多矣，惟郑畋题云：“玄宗回马杨妃死，云雨难忘日月新。终是圣朝天子事，景阳宫井又何人？”妙在说正经话。又牧之《赤壁》诗：“东风不与周郎便，铜雀春深锁二乔。”《乌江》诗：“江东子弟如豪俊，卷土重来未可知。”妙在作不必然之想。皆见用意翻奇之妙。

〇诗话妙喻，可为作诗枕秘。

与夏振叔

足下不远千馀里，特制此卷索书，意谓予在山水间，心手必闲故耳。不知闲人忙事更多，每日晨起，洒扫几案，位置花石，客至或棋或歌；天气和暖，散步寻僧，煮竹笋野蔬，饱飡累日。那得磨墨拈毫，作冷淡生活日子也哉！今年园中杏花独盛，灿熳盈庭，坐卧其下，偶忆此未完，始信笔为足下书之。是日微雨，无客过，亦一幸也。

〇咏唐人“莫道野人无外事”，会得此意。

与舒五公

居长安者有三苦：无山水可玩，无书画可购，无收藏家可借。予因作《江山卧游图》，以拂元规之尘。约成三十馀卷，皆为好事者持去。案头偶存是卷，因题寄吾兄。兄居山，而仆以云烟贻之，大似向江边人送水。虽然，山穷水尽，未始不为居山者开生面也，且以见仆居长安功课如此。

◎尺牍以趣为绝，趣而又韵，非高手莫办。

复何省斋索题石公画菜芋

石公不向钟楼上念赞，却要床脚下种菜，大似磕睡汉思量捉虱子咬。吾兄见境生情，忍耐不禁，忽地迸出本地风光，片时解脱。大好机缘，只累及不相干人，硬差判断，无谓无谓！乃勉强应付二十八字将去："青春花陌绮罗筵，抛撒珍珠不直钱。一阵菜香芋正熟，五更酒醒却流涎。"

◇即此一段公案，可参出《楞严》一大部。

朱泰祯

冯仲，福建莆田人。

与友人

念六日，闻里中有新贵，报者杂遝彷徨，竚听载起载行。嗣力辈持全录至，不觏芳名，辄为抚案者久之，搔首踟躇，望洋气缩。天实妒才，不应既跋其前、复疐其后也。然璿璧合菁，终非泽名之秘；桂椒韫馥，不为园林之实。发芳凿颖，存之其人，讵昆仑大而瞳子小、逼目者众而远瞩者希也？张乐洞庭之野，鱼鸟闻之，高飞深入；人卒闻之，謼呼舞蹈，岂谀人而迕物？亦殊性而异音。今帖括家累累载道、拍肩相随者，尽鱼鸟乎？抑犹有歌呼舞蹈而号曰人者乎？诚有之，亦可无贰无虞于声气之交矣。

◇隽妙似葛稚川。

宋珏

比玉，福建莆田人。《浪道人集》。

答黄若木

披寻来诲，情迩意遐。原聚合之所繇，陈既往之大谊，策进止之不移，期因宗之无失，大较神理以寡役自全，形骸以解营弗牿，静躁异宜、亡存殊应者也。前者婉娈昕夕，商确行藏，盖已沥肺剖肝，念符道契。兹复揭微奥以取大，掇偏独以证同，用勤纸墨，毕露衿蕴。何高谊之弗衰，而离怀之更切乎？

仆疏散靡所比数，志意又少投分。幼不习事，妄意高期；长更痴愚，动逢阻折。加以时命艰危，道理厄促；力惫支贫，终岁勤动。壮心销于哀悼，瘦骨立于号踊。尝恐奄忽随化，宇宙空生，长无称于没世，又何述乎来祀也？独欲得知己于一人，庶独为之不耻，酬接弥日，对面而失；游聚经宵，出户不思。间有片语通心，卒然襟契，意谓久要可期，终身长托。曾未旬载，乃异路而分驰、殊轨而各进者矣。道之不同，谁则能谋？意所难堪，真不可强。何圣贤之所云，乃终未之先见耶？

既以苫凷（同“块”）之馀，获交足下，稍一还往，顿豁神情；翩而归依，并融骨肉。此哀彼叹，冥合暗联，亦犹趋蹶动心、影响副物。至于譔次综作，妍媸赏摘，若议而后言，億而奇中，评证今昔，进退人伦，考订然可，论说是非，虽专博斯别、意见互持，终归于途歧、致于虑百，此又何也？

仆闻之：病形百状，呻呼之声不殊；忧愁多方，嗟嘅之声则一，矧同病而吟、齐忧而叹乎？至若郢质存而斤运，钟听在而弦弹，故仲祖让真知于刘尹，彝（夷）吾等生成于鲍子，盖伤知音之难为逢、相求之或不值也。

方今世情险窄，几乎无交，此足下所共知见。仆前者著《原友》《衡交》二论，仰思古人，俯陈今变，亦庶几推世态之所藏，极物情之必至矣。足下亦慨然于亲串疏绝，欲论之以广孝标，岂非有感于面合而腹排、阳欢而阴咄者？不独如曩所指数事而已，便即今证，并存空言，倘亦操镰除道，以希荆棘之彝（夷）；捧土塞津，而望江河之返也。

使回附报，不尽欲述。论文之旨，别具不次。

○今人有更尚江左者，晋魏劲隽之气全失。读比玉牍，故使流风不坠。

○字字清妍。

又

足下疎散之性，每与吾同。五日犹同醉醒，六日遂能买棹入山，此吾所未信也。七日同方生觅足下，并问行藏，家人言外出未还，当在太函馆左右。见齐繇，始信踪跡在虎溪、桃花源前后矣。

八月饯方生于东山，念足下殊不已已。亦感曩岁遥集之举，沙饼空花，屈指于今，春秋载易。诸所营求，妄生动作，如烛于风，如冰于汤。勿云“故吾”，吾失吾故，颠倒痴愚，起堕相因，盖廿馀年犹一日矣。离彼三道，灰然有生，所贵我生，岂不有贵？等兹痴人，仅馀智慧；等兹俗智，仅馀摆脱，而复施智慧于无用，因摆脱而牵缠，安在贵我生耶？

三复来教，先获我心。入山之计，吾亦自定。馀子悠悠，委难倚着，情缘相结，永无出离。但仆之意，以为山林深密，大隐所棲，去住无常，白业难结。帏房之恋，吾所素无，恩爱之牵，比复为甚。不有勇猛，安能解苦恼而方便哉？故足下飘忽一行，无所顾问，吾所深服而远逊者也。然闻之足下，前在宜门步武之间，不能自决，诺诺尔尔，淹有旬日，良繇可欲不见，心不能乱，所谓“无家之易出家”耳。吾宗果来，吾且与偕。先观形胜所存，然后裹粮相从，采药茹芝，一唯君命。此实仆之素心，非即景而作答也。

嗟夫！岩林寥廓，何者会心？知己非遐，畴则可语。舍故旧而他求，谁能如足下者哉？枯毫败纸，草率裁复，心所欲言，百不尽一。但两心各炤，安事多宣？苟对境双迷，言之犹不尽意也。

◇取径幽迴，亦如武陵溪行。

◇得之佛乘，并其引笔亦似。

邓汝高

原岳，福建侯官人。《西楼全集》。

答同年李子璞孝廉

长安羁客，不自意得从足下为侠者遊，每一开尊相对，两腋习习风生，岂所谓臭味者乎？被放以来，潦倒奔命，视七尺如一枯髅。廓落兮而无友生，惆怅兮而私自怜，时于落月停云，想见颜色耳。

足下自隽才，一第当奈足下何？即相国折节下士，足下据右座，称上客，醉则拥陈姬，挟一册高卧，风情固自不恶，孰与不佞兀坐书空苦哉？

荏苒岁月，束装在近。为问郭隗先生，黄金台上，犹有收骏骨者乎？则不佞且至矣。

与徐惟和孝廉

不佞抵吴，则已闻足下北矣，为之踯躅于横塘烟雨间，意极惘惘。既入燕，便访足下于酒人群，绝无踪跡也。居一日而何尉来，乃知素车白旐翩而南者，卿耶！为之绝地大叫，发上指冠也。

尊君素强无疾，何以遽至此？且天既不慭遗，又何巧令与足下左？使足下抱终天痛，神理荼酷，岂真有不可知者乎？不佞日买苦酒三十铜钱，潦倒燕市中，恐终成一薄劣相。幸勅从者扫斋头一片石，待不佞归也。惟起骨立，如少年绝粒僧，不至号恸灭性乎？

〇笔笔停顿，笔笔惊翔。

又

数日乃得简出，然亦苦酬答。每一挟册，不能尽了，已复投书起矣。蠹鱼殊酷，欺先生久客，将西楼藏书，饱噉无馀。昨乃搒其种，聚族而焚之，恨不能极吾兵威也，恐复窃发耳。恶诗书扇头奉惟起，当为吾缄之箧笥，不敢怨也。

〇昔人有作《讨蠹鱼》露布者，此为大书特书之笔。

与王百榖

不佞由闽入燕，间关水陆，以日计者三月有奇，以程计者七千里而遥。寄悰写怀，动至盈帙，大约多怀土惜别之什，故题之曰《越唫》，聊以比于“作劳”之歌，庶几于记里之鼓耳。不便敝帚，而且以灾木，百世之后，所不覆之瓿、投之溷、浮沉之水，则实借资于金玉之言，苍蝇飞不百步，附骐骥而千里矣。

〇叙事笔墨轻妙。

与陈振狂山人

吴维镐抵燕，道足下客越消息甚恶。弟固知临邛令不办此，乃令马卿几典鹔鹴裘，奈何奈何！

向嘲足下如山中鹿，不肯跬步出闾右；今当益就长林，老白龙江上矣。北征稿已竟，今便传一部去，试科头读之，浇以斗酒，亦觉耳后风生，何必陆大夫千金装哉！

陈氏小孺已下车，病后头颅髡然，发茸茸如还俗僧，可怜也。

又

芊江上辱祖饯，遂握手不忍别，依依此情，何可为喻？既发舟，东风健甚，楼船西走，如骑快马。南望钓龙台，仅仅拳大，吸江亭乃在云雾中，而紫气勃勃铄人。知陈先生诗囊，固自无恙，即东登日观峰，北登黄金台，恐此紫气长在眼耳。

黎士弘

媿曾，福建长汀人。《托素斋文集》。

与栎园先生

奉上画册，系弘同里吴生凤起所作。吴生故名家子，少弃诸生而画，有声名郡邑间。弘为儿时，亲见其凡得虫蚁之类，皆各穷极根原，睇听终日；又惧失其精神，屏息敛气，潜身草木之下，细察所为动跳搏击之状；间思趣不属，又自以其身动跳搏击之，必尽其意而后罢。使古人可信，此生不轮马腹中，定入虫胎中，无疑矣。后有阴生者，卒业太学，偕往金陵者三年，仅为勾画此数纸。阴乘间请益，拍案竟起，曰："不过数十金饭乃公，乃欲使吴生卖画耶！"即觅舟以归。阴雅重其人，属属致意，生宁穷困死，终不肯续一笔也。

嗟夫！吴生所为半生潦倒于此者，岂不欲有旦夕之名哉？今死未三十年，渐有不能举其姓字者。独惜吴生生长僻地，未得见当世之大人巨公，一从订其可否；而里巷闲人，又无足以传生者。今先生书画之董狐也，特为致此，举似先生。先生许以可传，则确乎可传矣，使其既死之后，犹能取正于当世之巨公大人；先生以为不可传，则必不传矣，亦使其知此半生学力，皆归无用，退将自悔于幽冥之中。是得先生之一见，可传与不可传，总皆于此生无负也。画计十二帧。

〇借寄画做一篇大文字，意意所讬，似不止言画。

〇几层悲叹，几层爱惜，皆从怜才一念发出，足令孤寒心死。

〇山迴涧转，曲尽人心。

林古度

茂之，那子，福建福清人，家秣陵。

与邢孟贞

弟庚戌岁客遊燕，与尹澹如论人才之难，澹如曰："天地造化，那得许多功夫，孕出许多才人？只这几个老子在世上转。"其间闻者大笑，弟独心是之。

以弟所见闻文人才士，不克尽于世者多矣。古人取五色囊，探白玉环，前后影迹灼然。故千百年上之人所撰述行事，千百年下之人，犹大相似。颙为魏武帝尚书仆射，刘公幹目之北土之秀；劭日诵万言，不甚雠较，谓"误书，思之更是一适"，官国子祭酒；象之在唐诗人中，奕奕有声名。此三子皆非常人，足下岂其转世耶？何克相肖也！

俗人论，"不过目前少一尚书、祭酒耳"。彼颙、劭、象之传至今日者，宁有以官贵哉？唯其有之，是以似之。弟于足下，益信澹如之言不谬矣。

〇大道理，读者略其迹而会其意可也。

李长日

化舒，福建长汀人。《咏怀堂集》。

与黎媿曾先生

仆不敢自欺也。历观古今垂不朽者，不曰宿根，则曰积学。仆生二十七年，始学为诗；再三年，复有意于古文词。且汀郡斯道落落如晨星，呜咽寡和，无所师承；加以疾病饥寒，昏惰交游，种种来败人意，而欲肆力于诗文，以求合乎古人，不亦难哉！不亦难哉！适自取其诟厉也。

常私念此道，非入山数年，发愤向学，以上下千秋为不朽计。徒俯仰里巷间，而思其可传也，则自欺实甚。今尚有郗嘉宾其人，肯为戴安道办百万隐赀者乎？此段迂想，每念及，不觉哑然自哂也。

仆具诗文之癖，又不肯安于固陋，与里巷小儿跉踔于一时。唯有惭愤无极，行见其与草木同腐耳。此后唯思得东郊数椽，积书数千卷，坐卧其中，手自披剥，然后大肆其力，以成一家言，庶此生精力，得稍见其要领。不知能遂如其愿否？幸先生之有以教我也。

〇自讼自惭之言，听之真挚。具此虚怀，何患不登峰造极。

何乔远

镜山，福建晋江人。

与庄应曙

君为诗，将生而对人读之乎？抑死后任人读之也？生有庄应曙在旁曰："吾诗如此如此。"若死而任人读之，则必使吾之意，通于千百世之后，俾观者自得之，尚可从旁曰"吾诗如此"耶？

〇可见前辈直亮之谊。

黄文焕

坤五，维章，憨斋，福建永福人。《觚菴集》。

与陈若孟

鞅掌为顿，心眼具堕。取古人书作盥洗法，公庭之上，不须头岑岑远望西方也。

复陈昌箕

从折腰来，舌与心半不复存矣；眼耳神明，交遁而辞去。兄犹以为是旧维章乎？既已愦愦，而犹敢操笔品文者，自附于不识曲之听歌声，亦能点头视拍、鼓舞而起也。

睠怀下问，不可无以对；不敢言文事，请言俗事而已矣。畴昔居乡，见戏傀儡者，村妇相戒有孕者勿往，鬼能夺人胎，可惧。深思之，用宝为文戒。夫人亦有胎焉，胎不结，文不湛；既已结矣，胎在于胸，而又惧鬼物以夺之。兄之参破，其已久矣，仆即欲吐心相商，齿间缩缩，君之馀耳。

〇妙在不说明，不独有味，亦发奇彩。

答许玉史

生平谓战胜之业，只有章法。此中山川前后排列于其间，鬼神奔走趋候于其际，一声号召，水行石立，电走霜飞，莫不争至，万举而万当焉。世谛茫昧，造作语句，群见饼饵，馋嚼相矜耳。

答谭服膺

弟某十年老妇，在此作灶下婢，气息不得放。赖司李公左右之，以毋陨于沟壑。胸怀约结，自视不复为人。坐而自念，人生不宜浪享虚名。天地鬼神，实交忌之，冒虚名者，必龃龉于世。考之千古，往往如是。

弟某不幸以八股一道，使世界共知有维章，方将深自惩创，谓此数篇文字，是生平仕宦厄塞之胚胎。乃鼎翰复盛有称述，诵未竟缄，惊蹶汗浃。悚惧之馀，既复低徊，世人谓我“吸川长鲸”，先生乃题之曰“澄泓潭水”。胸之所存，笔之所往，被君道破矣，既志惧，又志感也。

◇甚矣知己之难也！

与同年黄可远

都邸寥落，虽处长安车马中，缩首自闭，正如空谷。数数往返者，独老年台耳，清言旨理，罄此俗吏哉！

驱蹇就粤，附郭之途，孑然孤处，与影为两，呼月成三。仆仆道侧，仰面察颐，俯面顺旨。至于簿书之际，穷簷隐痛，两造微情，静与之对。以芸窗时校练揣摩之法，呕血施之，纵不能十发而十中，犹可八九。若调停巨室，奉趋上官，则虽心煎髓竭、眉落发枯，未易几也。

答阙允命

台丈惓惓下问，吏骨已俗，文心遁走久矣，其何以复虚怀？少俟号召神识，向高旷处大叫数声，乃敢拈笔品题也。

文章之道，别无他术，要使五岳可摇，星河如覆，世界民物之中，或掀髯而笑，或放声而哭，自然通体透亮，满盘周匝。其不尔者，总是小言耳。

◇终日尘溷中，不能不作此想。

答同年龚鉴猩

本无龙跃虎卧之佳观，但有鸦涂蚓结之恶道。乃谬见许于年台，名实乖反，得不握笔心惭耶？米元章字学工深，犹谓“做官签押，便令字有俗气”。况十年老吏，俗障千重，何堪鸿观？谈笔法者曰：“有功无性，神采不生；有性无功，神采不实。”佳绫晃耀，愈令拙笔逊其神采。评字品者曰：“如美人临镜。”涛笺幅上，又深恐恶札之无盐唐突也。

◯用笔如此，令人可想见其书法。

答伦五知

马牛下吏，闯入麟凤之区，山负则惧，山仰则愉；水饮则热，冰竞则企，两者交战。所日夕以祈者，当代伟人，匡扶其不逮，而翼厥步趋，庶几无訧。典刑在瞩，瞻注无穷。民瘼已极，汔可何始？念之神仄也。积悰内涌，望风耸怀。

复方章弢

胸中万斛烟霞，一入城市，滚滚遁去，但换数斗尘而已。须向清溪，方堪洗却。客屐杂沓，此助尘者也。玄屑则无，尘屑则有。坐侧固无玉磬，使有玉磬，便当击破。有如此景况，安能拈笔商文心哉?!

黄　瓒

赞玉，希菴，福建永福人。坤五先生子。

与赵得心

今之文士，莫不厌故而喜新。瓒以为文章之道，从无新也，有新皆故，故即新也。故莫如岁，四时递迁，周而复始，人必曰“新岁”。故莫如月，哉明渐生，一钩初县，人必曰“新月”。一切及时之果蔬，亦何非故者？而皆以为新，只是能改换耳。能改换则能新，是新原在故中也。文章之道，岂不然乎？知此，可悟《鲁论》“温故知新”之说。质之吾兄，以为何如？

◇拈出觉耳目一新。

林嗣环

起八，铁崖，福建晋江人。

与吴介兹

昆山张元长云：“作文如打皷，边皷虽要极多，中心却少不得几下。”予谓皷心里，但少不得几下耳，却多打不得。以打皷边左右时，其下下意，都送到皷心里去也。今人之文，高者下下打边，呆者下下搥心，求其中边皆甜者，乌有哉？

○善于议论。

与栎园

向见君手订《虞山诗人传》，心极爱之。诸传皆妙，经君手订，尤足重也。后闻虞山继诗选之后，复成《吾炙集》二尺许，皆平昔知交之诗。见吾辈一诗，有当其意者，辄用片纸手录，归入集中。以八十馀老人，尤殷殷好学如是，而世之黄口无知，犹相与訾议之不休，多见其不知量矣。虞山殁后，此集不知落谁何手，必湮没不传矣。虞山与君不薄，当留心大索以传。眼前风雅，第一吃紧事也。望之望之。

○老而好学，惟虞山耳。

嵇 僎

仲举，江南吴县籍，家江宁。

与弟留山

从虎林归，停帆江上，又得饱看金焦一日。归过瓜埠，登大观楼，邻寺钟磬罢响，万籁无声，静望江南，诸山如镜奁中物。得句云：“江平疑世静，月冷与心空。”此时此地，恨不与吾弟共之。

藏弃集卷之十五

孙金砺

介夫，浙江宁波人。《文钞》。

别卢太史书

古人朋友之道，内相表正，外相揄扬，故声誉不起，归其咎于朋友。今人反是，当面输心，转眼诮讪。世儿反覆，古人早有同悲焉，然亦不足怪。人之度量相越，譬犹器也，虚大者所蓄必厚，浅小者加以仓粒勺浆，有覆溢焉耳。君子之德，譬若高山大川，于物无不容，无所不见，适以成其大、见其高。小人之初见胜己也，未尝不知慕。积慕生畏，积畏生忌，畏忌之心积，而仇毒之机成矣。

乌乎！六经之道大矣。从而事之者，非一人、不一世。凿井求泉，进止存乎其人。已则瘠矣，而怪怒绕梁之人，岂不冤哉！岂不冤哉！未闻翳桑之饿者，剸刃鼎食之赵宣；软怯之叔宝，遗恨有力之乌获也。

◇已下连引几个譬喻，错落变化，得蒙庄神髓。

◇又开。

与王惟夏

辱足下以近诗见示，仆读之终帙，有动于中，忽而嬉笑，忽而叹息，忽而叫若号呼，甚且继以涕泣。座客见仆笑亦笑，闻仆叹亦叹，或亦泫然顾仆而泣。诘之，云："不知其所以然。"恶！仆之忽笑忽叹甚且泣者，惟足下诗为之也；座客之或笑或叹且泣者，仆为之也。足下之诗，足以移仆于忽笑忽叹忽泣；仆之或笑或叹或泣，足以移座客于皆笑皆叹皆泣者，皆本乎情为之也。

夫凡物之不足以动人者，虽刀锯鼎镬临于其前，华衮玩好陈于其后，执夫人而语之曰："尔试为之，若是则得诸此，不为之则得诸彼。"有必艴于色，不则披身走耳；既而存焉者，百不得一也。何也？以夫不足以移其情也。

夫情之所移，诚有不知其所以然者也。嗟乎！以足下之才名日有于四方，白首黄口，几无不知念其姓氏。而时之欲依以扬声者，载贽致慇懃，奔走络绎于道路，四顾足乐已。使之簪笔柱下，风流可睹；而兀坐穷经，孜孜焉取？今天下所谓文章之士，而雌雄，而甲乙之，殊可悲也。即迟其遇已，又出无端之忧患，以挠其志意，使其湮郁骚愤不平之气无所讬，而一寄之于诗，以动人之嘻笑、叹息、涕泣，不又诚可恨也夫？

虽然，君子之于患难也，不以其道得之，虽与之会，而无所婴于心；其去而过之也，若疾风恠雨之骤于空庭，若岚霾瘴雾之翳于深谷，少则开霁焉而已。君子患夫身之不立、名之不章也，事故之来，无故加之而何与？所可惧者，名日盛，望日益重，知交日益以众广，其仰而指之也，必益求备。

吾与足下皇皇战战，视听言动，惟期寡过斯已耳；笔墨之事，其馀焉者也。恶！君子之欲立其身于最上也，夫亦难矣哉！

◇以下如江河之决，西汉中佳处。

◇要知通篇主意在此句上。

◇映带诗作收。

冯 震

青门，河南祥符人，伯宗子。

与雪客

去除夕七日，守短檠坐至夜分，寒光惨淡；微风出入树间，悲鸣悽响，彷佛渐离之筑。无愁人对之，亦当愁，况弟愁人乎？因以大白驱之，能无效刘伶颂酒德乎？

答高雨吉

弟学书颇废笔，筒中所存，未甚老而秃，但欲以一笔易一画，何如？虽然，同一画也，更愿世兄作《长江万里图》，不愿五日一石、十日一山也。

唐时升

叔达，江南嘉定人。《嘉定四先生集》。

与曾长石编修书

作诗之道，非难非易。易，故《三百篇》多出于野夫游女；难，故成一家言者，代不数人。若仆之懒慢废学，非曰能之，间尝从事于斯，而得其彷佛焉。譬诸组织，一经一纬，一玄一素，虽由女工之手，而必成于杼轴，疎密轻重，各有其度，不可违也。能取古人之言而吟讽之，嗟叹之，久之知其言之所以然，又知其言之不得不然。由是而得之杳冥之中，出之恍惚之际，不规规于古人，而自与之合。如是知不为作者笑矣，乃其神而化之，则存乎其人耳。至于是而又不能无得失，则如迴飆之挞，赏音者知之；劳薪之炊，知味者辨之。若夫轻心掉之，怠心易之，昏气出之，矜气作之，此皆词人所当反覆也。

今兄将有黼黻一世之用，虽所为诗字字珠玑，亦何裨益？然借以发舒其意气，陶镕其性情，则养任重道远之望者，乌知不在此乎？

◇四语佳。

弘　储

继起，灵岩和尚，江南通州人。

与石谿师

近因禅林气象，飒然如秋冬，生意不复作。皆由衲子无心胸节烈，随风而靡，一味喜人叹誉；略加针砭，便掉头不顾。如石公之宠辱不惊，始终崛强，闻见固不易得也。久悬之榻，不知何日四棱蹋地？一苇可航，正是时耳。隐禅南来，幸不吝指教，不致虚费草鞋钱也。

◇缁素通病。

大　嵩

友苍。

与介丘师兄

峰峦峭异，鹤不停机，水西可当一面。入院后，山头踏开草径，岩际波引春流，虽水落石出之势，尚自摇摇，而牛背铁篴（古同“笛”），或可横吹也。再留得顶笠荷锄之人数辈，相与品字支铛，掀翻云雾，便可安心作投老计耳。惟是回望牛头老子，目朝云汉，横卧大唐，真不啻霄泥之隔。所苦白纸频封，千里相寄，实难于问津也。

小力旋，附此相闻，并慰法爱。惟望调适道体，应时顺物，使竹柏交荫，烟雨濛濛，座上之石，无令其魄处可也。

贺　裳

黄公，江南丹阳人。《蜕疣集》。

与管君售

裳白君售足下：自斩蛟桥畔，暂得连镳；射虎墩前，遽成分袂。方期扪鹤之遊，竟爽钓鲈之约。嗣后星霜几易，尺素尤稀。缅思仆少时与足下辈，一船书画，常浮笠泽之烟；万壑松萝，闲踏钟山之月。车乘薄笨，接俊士于龙门；担具樽罍，慰良朋于马厩。雨中看石，戏被槲叶之簑；寒夜苦吟，互拥芦花之被。浪笑不休，持杯没帻；剧谈无已，炊饭成糜。共言此乐可常，岂意于今不再。况社中诸子，悉已云翔；我辈数人，独嗟雾隐。

仆更频遭歉岁，卒遇悯凶，避债无台，埋文有塚。频歌魏武之诗，壶敲已缺；久失钟期之听，琴破不修。笔畊则苦遇石田，心织而多成贝锦。所幸桑麻虽少，杞菊犹奢，尚得折桂煎泉，牵萝补屋。半规凉月，偶分隔巷之诗声；一径浓阴，久借邻家之树色。松风晚奏，可代鸣絃；桐露晨流，足供濡墨。适逢名酒，暂慰良宵；常想误书，得消永日。

至若读张水曹之篇什，如听丝簧；对柳司马之纪游，若临山水，则倦亦忘疲，饥尝当饱。近更以藏书不广，恶札堪羞，更思题绅带以纪言，种芭蕉而习字。至于一端纯锦，或遭剪授丘迟，然而五色斑毫，尚未付还郭璞。略陈近况，以代晤言。独憾兰亭之集无期，竹林之遊不继。所祈良夜蟾明，重命攀嵇之驾；寒溪雪涨，还乘访戴之舟。援笔酸辛，临风呜咽。

◯读数卷清远文字后，忽一逢此，如空山无人，偶闻丝竹，那得不令人神怡。

◇文中具有画意，抵过唐赋一则。

与陈生

别后数日，竟舍筏就陆。时月彩渐沉，星光欲滴，对残灯而盥栉，凭欹案以铺餐。盈漏犹鸣，疎钟未歇，暝行许久，曙色如开。霜铺石滑，候厩吏以同驱；露涨津迷，唤渔郎而问渡。寒塘寂历，不闻鹭鸶之鸣；荒堑萧条，未见牛羊之出。俄而炊烟漾日，酒帜摇风。黍场雀噪，见鞭影以惊飞；麦陇雉潜，听铃音而突起。频经峻坂，屡陟危冈；偶逢红树，半晌停车。忽见白云，移时策马。既而征鞍已倦，客路犹迂，离离乱影，鸦翻落照之中；呖呖哀音，雁唳浓云之下。羡栖禽之先止，怪驽骑之不前。烟笼孤树，月中遥望疑人；风撼危柯，露下惊闻似鬼。欣逢邸肆，得解骖騑。沽醪节旅况之辛，枕剑作长途之卫。追思在足下斋中，卧披画帐，坐伴炉熏，听奔涧之泉声，赏横窗之木影，何可得也？更图聚首，勉益加餐。

◯悽锦哀玉，横集笔端；秋菊春兰，纷来腕底。至于若断若续、如烟如歌，似雷塘之路，烟雨迷离，不知身归何处。

◯纯以诗肠，结成赋体。

代从孙圣朝上两学师祈蠲贽书

某夙遭不造，生覯悯凶，悲类小同，遡音容而未识；伤如根矩，过学舍而凄其。慈闱圣善，画书之荻，还以供薪；小子穷愁，燃读之糠，半将膏釜。仰视星星华发，行届六旬；頫怜踽踽孤踪，渐临三十。萵荆不具，安望牵丝；飦粥何来？惟资拾橡。四壁萧条，併乏当垆之偶；一囊羞涩，兼无露宿之车。就井栏而习字，白石成缁；反衿袂以题书，素衣变皂。偶尔千言之奏，幸邀一日之知，获厕黉游，俾偕棘试。升安定之门堂，式观礼法；拭龙亢之讲席，薰绎德音。诚知鼓箧之仪，当展进脡之敬；其若承筐之志，不酬悬磬之家。矧今担簦负书，既自感深行李；抑且炊桂食玉，尤先虑切司饔。伏望特赐包荒，曲加轸恤，恕匡鼎勤佣之日，贷兒宽都养之时。衔恩宁减于餐花，报德必期于顾印。敬陈哀悃，伫荷慈涵。

◯以锦心绣口，写其壁立釜悬，穷愁人都不寂寞。

与从子天士书

乡城相隔，向未知吾子之深。近日为竹林之遊，始知足下负有至性，论有本源。夫非常之人，岂常人所能识哉？愿足下毋自郁郁。

亦何独足下，古数有之。韩王孙一市不知，一女子知之；谢惠连其父不知，从兄知之；王汝南其兄不知，阅十馀年，其侄始知之。骨肉尚尔，况外人哉！维物亦有然，柯亭之竹，爨下之桐，荆山之璞，岂惟无过而问之者？盖将骎骎不免。然率为至音奇器，始之诋而辱之者，既且交口誉颂。是以知足下之必有得于后也，愿无郁郁。

然仆亦有一言，愿为足下进焉。世之龃龉足下者，以疎节不媚耳。今欲足下荏苒筋骨，甘柔言词，伺察人颜色，度足下不能，仆亦不为足下愿。独恐世弃君平，君平亦弃世，将高卧丘壑，渐趋于枯槁，此仆之为足下虑也。夫士生于世，其陋者以富贵相期，浅者以文章自足，仆则谓当以济世安民为念，不若究心经济之学，宁有具而未用，无待用而索具。今足下齿方壮，正积风负翼之日也，幸自勉旃，以远大者为期。无以仆狂言之。

贺　宿

天士，江南丹阳人。

答文友论文

文章固宜高深，亦贵正大。如洞庭之月，峨眉之雪，诚遊观之美。然欲建都会于此，拥千官，朝九译，共球狱讼之所受成，条教号令之所敷布，必有所不可。故古人有削其靡曼，以趋峭洁，而文始高者，柳州是也：此善于进者也；亦有贬其佶倔，以就显易，而文益奇者，昌黎是也：此善于退者也。

仆又尝戏论：水莫奇于瀑，然不可以舟。曷若江河湖海，其幽则产珠贝、藏鱼龙，其显更可以利漕溉、通商贩，为观钜而其功尤伟也。仆为此论，诚井中之见，冀履高岸者，援而出之。惟足下不吝剖晰而教诲焉。

与邹訏士书

仆僻居一隅，为文无所师承，惟就纸上得师耳。然其始不知揀择，犹昧者之登山，其间触崖壁、堕壑谿者有之，盖途穷始返者屡矣。后乃知有坦行之径，而才庸思拙，往往恨手不应心，心不追眼。若足下，直如跨鹤而行，一举遽造其巅，顶摩星辰，云霞烟霭，出于履舄之下，俯视一切不屑，故事半功倍。始信天授有限，何可企及？

仆遊于世久矣，凡当代宗工钜匠，生平未尝轻为褒誉，以此名抑郁而不彰。然终不能自悔，以随声附和；至意所不许，虽古人，犹著论非之。今乃折角于足下，愿益努力日进，以慰故人之望。

与友人论乞志书

志铭者，所以垂不朽也。因其文辞之美，吾亲附之以传。此当属之文人，不必定托之高位。计古今地下之石，何止万亿，而流传耳目者有几？每见辇金以求显者，其人或不尽能文，或诿之门下士。其门下士，亦岂真得韩、欧遗法者？不过袭耳目间熟习语，略参以状中事。文成，显者或点定数字，或仍其本、无所窜。封示其子孙，如授拱璧；究其所得，不过葬录送。时人或指而目之曰：“此某大僚之文也。”旋即弃掷，仅供覆瓶之用，于亲何益乎？仆谓其人生平不能文者，位虽尊，文亦可以无乞。志必如庐陵，始求之可以无憾；不则宁缺之以待能者耳。

〇訏士文境如是。

与陈赓明论琴书

琴之为器也，通于道。然圣贤以此平其性情，后人以此纵其淫靡。如长卿辈，固已失琴之本意矣，然犹心手相应。至今日所为《琴谱》，仆观其词，皆俚鄙；又有但传指法，无篇章者。夫情生于文，目无所触，则心无所感；既无所感，则亦无所思；既无所思，手何所应？徒记其疾徐轻重之繁声以娱耳。此优伶之事，君子不为也。如有能传古调、操雅音者，仆亦当就学矣。

〇诸公可以罢絃也。

堵廷棻

芬木，江南无锡人。《雪堂自钞》。

与王玄炤

往从陈老莲西湖书画舫，为作梅花八帧，粉红萼绿居其二。红梅一株垂古壁，直浸流泉，复矗而出，作浓花数朵。水中有花影，红艳浮动，沄沄绿漪中。一黄绿小鸟集旁枯枝，斜窥丹蕋，欲啄更停，若闻水鸣而却顾者。萼绿一枝斜出，一正面花，微侧作视下态。从以上半朵俱覆下一水仙，枝叶半在纸外。二花参差仰笑，若明月深竹，湘君对影，微闻叹息声，正不知商略何语。

旋授余水墨昙花法，一瓣作一起伏，用半浓笔勾如铁线，急用水墨从线外晕开，逐瓣一晕，故无滞笔，盖手捉两笔也。外旋用水笔，沄沄淡去，衬出白瓣，淡去。故其花若落墨，若不落墨，有不即不离之妙，而雪月之光自出。勾瓣须用力，不作呆圆，证此甚难也。

华光曰："四十年画梅，近觉瓣稍圆耳。"始知乱抹胡圈，全是野派。家藏徽宗《纨扇图》，粉花绿枝，宛转窥映，而不失老铁之性。又从项氏见朱筱，潇洒数株，夹墨梅一株，旁题曰"墨梅朱竹"。予窃摹仿与可迹，亦有渍墨作花者，但枝不甚文。杨补之未见其梅，但见山水小帧，花叶勾折细劲，亦用墨晕，严整中有气韵，即其梅可知也。大抵梅花能，而众卉可游刃也。

○昔人谓剪"永兴"字以分给众人，无不如愿。余意欲碎摘此牍隽语，以分赠倪、黄诸公。

◇萧散简远，觉画之神韵俱动。古人题画诸诗，逊其入微。

与吴冠五

近人论史，有可通之作诗者。其语曰："或一语可当数语，或一字可代数字。或百千言不能形容，而三数言令人击节；或详之数千百言，反纡而抹之过半，爽达有馀味。或长言一气而易尽，或短语不能使人卒读。至以一字为句，风雷竞起，全体俱竦，则运字之妙，不可穷诘。犹之书法变化成家者，各自得力，不能喻人矣。至于无字句处，往往可以言接，则又以文断为佳。如书以燥笔见空为奇，画家以虚处养神者也。”弟每有此等触悟，乃信古人观舞剑斗蛇助草法，真了不异人言。

◇六经之文，多是如此；作诗尤不可不知也。

汪　琬

苕文，钝菴，江南长洲人。

与王筑夫

琬启：自去河间以后，每入逆旅，辄发先生文，读之惊叹不已。中间如蔺副使、郝太仆传，胡孺人寿序等数篇，尤有卓见。琬少孤无藉，数年以来，复为利禄所驱，虽尝以其馀日，亦有志于经史之学，而茫乎未涉其涯，汶汶乎未测其底里。此儒者之所悔恨，而贤士大夫之所不屑教诲者也。

今夫通邑大都，莫不有万家之衢、百物之肆，上有珠玉绮绣，下讫器用服食之类，煌然杂然，取之具足。于是行旅之人，挟金而求货者，毂相错，趾相踵，袵袂相联，各得厌其所欲而去，可谓繁庶矣。然使游闲无资者过之，则虽旁皇叹羡于其间，犹无益也。今琬之于经史，才不足以究古人之微，识不足以穷古人之变，而又有簿书以累其心，往来酬酢以劳其力，朝诵夕忘，一无所得。辟诸无资之人，亦徒旁皇叹羡于衢肆之间耳，又安能厌其所欲哉？

先生则不然，其才足以究古人之微，其识足以穷古人之变，而又无簿书之累、酬酢之劳，故能一志凝神乎此，以求得圣贤之绪言馀旨，而陶然自乐于环堵之内。及其发为文章，气厚词丰，如风雨之骤至，如日月之四烛，如尊彝俎豆之渊然邃古，而实可以利物济用，其亦无愧于作者矣。

《诗传》有之曰："《干旄》，贤者乐告以善道也。郑氏谓卫文公臣子建旄乘马，数往见贤者于浚邑，是为好善。故贤者有善道则乐得而告之，情无所恡。"琬既迫于公家之事，不能匍匐数百里，以与先生相见；而其区区好善之心，犹欲自比于干旄之大夫，愿先生有以告我而无恡也。文集一册，并纳还。琬再拜不宣。

俞琬纶

君宣，江南长洲人。《自娱集》。

与方孩未

"几个春来无泪痕"，千古断肠语。宁我肠断，勿断人肠。以我辈人令人作《妾薄命》词，使后人肠断，奚以我辈为矣？弟扇头二咏，一丽春词，一伤秋语也。唯兄知情，惟弟爱情，敢为人作楼东赋乎？正遣人来，乃兄惠至，即以附去。如新诗呜咽，不能展观，容且属和。

◇我辈钟情语。

与同年某

每于月底花前，言念风采，言念款谊，独步百迴，渺焉神往。及逢驿使，动笔写怀，辄未数字而裂纸嚼去。盖临风静想之神，过于晤对，巧于梦寐，才落笔而真失耳。

年丈雅爱吾书，弟不能谦，惟感年丈能爱吾书为知己。乃别来泼墨数升，尽归椽曹两廊架上，与屋梁尘、窣堵雨，絜结为团，而竟以归鼠之腹。架上者之薄命，与爱者之有情，相忆而缘浅可叹也。然机缘虽浅，作合有神，长夏初秋间，愿以新作草书数箑，以当长安蕙纕之赠。

家兄名某，倘不揣投刺，幸门者进之。彼无他肠，但于都中敝止，每以辱顾时曾望颜色，别来瞻恋无已于怀耳。彼临歧受缄，跃马而北，弟深羡之，羡其见年丈之早于见弟也。

春云引思，谷鸟牵愁，遇有青鸿，幸有以慰。

○写事能自出手笔。

安绍芳

懋卿，江南无锡人。《西林集》。

报　友

事遂至此耶？良可慨叹。费长房失符，当奈众鬼何！

失　名

吴应箕，次尾，楼山，南直隶贵池人。《楼山堂集》。

与沈眉生

古文一道，弟尝历览弘、正以来作者，窃有未满。盖本之经术者浅，而能为世用之言寡也。然其集具在，有体有文，未尝不可鸣国家之盛，视之今日则又远矣。

今为文盛之时，而不知其衰实甚。高称秦汉，而骈丽尚不及六朝；动言韩欧，而俚质又直如注释。且过情之誉，盛气之诋，辄盈篇幅。兄试观今之作序者，有不似作论赞乎？作论策者，有能条畅根据乎？作传记者，有切事情乎？作章奏者其言剀切，而拟制诰者其词简正乎？此无论秦汉、唐宋，视之弘、嘉诸君，真有司隶威仪之叹矣！

弟尝阅今人之文，其援引铺衍，似古人才学所不及，不知所以不及古即在此，盖真与不真而有体与无体异也。故不揣稍欲自振，虽不敢上拟古作，决不敢下效今人，盖弟亦尝肆力经史而出入于八家矣。又不欲袭取一语，覈其体制以归于清洁，庶几自成一家，然实未能也。

雷士俊

伯吁，陕西泾阳人，家扬州。《艾陵集》。

与王于一

送临侯先生序稿呈览。先生百世人豪，固无藉于斯。然弟向之尽心力而为之者，亦敬慕之至耳。文章一道，弟甚疎懒，独于先生不惮烦，至于再、至于三矣，又何必待人求作？且文章亦非求之而遂可作，作之而遂能工也。

与李艾山

弟今春始学为诗，近日读杜集，不敢轻作，废者久之。不能自止，执笔为此，又作以赠能诗之人，可谓不知量之甚者矣。虽然，鹏蜩异飞，亦各循其力之所至，何必相愧乎？敬录以进。

与孙豹人

衰绖而与宴会，贤者所议。仁兄读古人书，岂不爱人以德乎？然阔别经旬，思得一晤，暇时过访，留坐说礼，煑蔬炊粝，见赐以丧食，弟自不敢辞也。

又

曩晤，会有他客，数语别去，过访又不相值，诚交游恨事也。偏检《诗源》，得读佳篇，《金山啸月楼》诸诗，雄健有工部风味；

至“贫来怜义仆”等句，更为深刻，钟、谭睹之服绝矣。

大抵钟、谭论说古人，情理入骨，亦是千年仅见；而略于音调，甚失诗意。诗以言志，声即依之。钟、谭《诗归》，譬之于人，犹瘖症也。虽不尽如此，然古人好诗，一入其选，则作如此观。《四家诗选》，可救钟、谭之偏矣。

又

筑夫素心人也，仁兄招饮，一尊一簋足矣。且俭薄所以居患难，古之道也。

又

妆奁过盛，或仁兄爱子，情须如此，而律以往来之礼，不应独厚如此也。惊愧兼至！此后一切飨婿省女诸事，乞痛为节约。缘我辈纳身穷途，作事不可不量力。而道已在是，与其畏见笑于乡人，不若求免讥于贤者也。秀才酸言，却亦至当，仁兄终不听从邪？

与张六息

仁兄到家，计已半月矣。内有儿孙牵衣嬉戏，外有玄圃辈把酒谈谐，快心何如！

弟白首一室，但书债未了耳。尝思好书与好酒、好色，同是一癖，家产坐此荡尽，而好之不止，胸中至死无悔。然明知而不能戒，言之可笑。

家姊衰老，何日得见？慎食眠，省恼怒，惟此之嘱。

又

陈言夏《诗选》，最盛举也。然郡城人情薄恶，弟与筑夫谤议不少，若复行此，又为诟讪者树的矣。凡身处泥涂者，不愿人之独洁。人情不甚相远，仁兄亦当鉴此也。

答王筑夫

入夏以来，弟器皿簪珥，俱归之质库。然弟终不肯向人一言者，仁兄可思其故矣。我辈处今日，惟有“痛自裁减”一法。竭忠尽欢，古人所戒；今日并未尝忠、未尝欢也。察言观色，自知之耳。

与施愚山

士俊白愚山足下：去岁十二月望后，小儿从城携足下临行所留札至，才知月初仙舟已挂帆而西矣。志失气塞，恚闷久之。

士之务结纳以要名者，一乡一国，皆不乏人。彼名于世某能诗，某能文，某能诗兼能文，而考师友渊源，立言卓尔如古人，一乡无之，一国无之也。时或有一二能诗文者，与之遇会则拱手，宴则举杯，彼可亦可、彼否亦否而已，背辄置之去。则犹涂人之遇涂人，既多且汎，略不省记。而能者与能者遇，始不必识面，又不必有人为之绍介，见则坐语移日，深相倾动，感而泣下，乐而忘疲；一日不见则思，去则念兹在兹，不释于怀。虽出处道异，贵贱分殊，而合若符节。彼有相倾动者，不因纤介耿耿也。缘此，往冬仓卒定交，足下既乐得仆与筑夫，仆与筑夫亦以得足下为幸也。

《观海集》序，仆自索作之，然不敢措笔，昼食夜寝，辗转于心者两月，今春始书之成篇。文未必佳，抑不可不谓经营之苦矣。仆往冬曾补作一送序，此体韩、曾多规少颂，乃古人忠告之义，创于颜、仲二子。序中聒聒，非欲足下忽于事势，轻争之而轻为之，胸膈须蓄此意，乘机伺便，可争然后争，可为然后为。苟其说行，有功于世不小。二稾具呈。

足下何日至广陵？仆虽穷困湖滨，构有草堂，又空悬一榻。如賁蔬炊粝，雄谈数朝夕，亦甚快事。辱在知己，不禁交浅而言深也。士俊白。

◇比比而是，写出便堪大噱。

答李屺瞻

施尚老久已到家矣。贫士赠人，但有文章耳。竟无一字及之，深为怅恨。然文章务在工而可存，不论迟速也。尚老或喻弟此意耳。

陈　舒

原舒，浙江杭州人。

与儿建中

我病是贫根，贫不可却，则病不可除。略有升斗，便鳞鬣动荡。若不至钩腮干挂，还可自濡，不必忧我死也。

答程司空（为石谿大师画）

公此画所谓“人中天”，在石公果位上应得者，他人便消受不得也。谕某题数字于上，却不带将猫鼠升天耶？多幸多幸！

黄虞稷

俞邰，福建晋江人，家白门。海鹤先生子。

与陈孙瀔

数年来，坎壈困抑，忧谗畏讥，有累纸不能为知己告者。

兼以两遭刖足，贫病颠连，几无人趣。秋风萧瑟，出愁入愁。年已过壮，顾睬此身，茫无着落，中夜思之，竟夕辗侧。遐想先生磨墨盾鼻，拂笺毡面，飒飒作书，意气飞举。人生得此，亦足以豪。下睬夫蓆舍面墙作苍蝇声者，真如神龙土蚓之不可齐量语也。

◇写来好笑。

与冯讷生论读书

宋之议论说事，无过三苏；简质平淡，欧、曾所擅。此犹世所称耳。他若后山之洁古，放翁之苍郁，同甫之创辟，止斋之典实，及元道园、曼硕、石田、巴西，皆严而有法，未可废也。论诗者不及宋、元，然宋多入情，元多雅调。学者取裁于汉唐，取资于二代，其法也；为文阃奥于六经、《史》《汉》、八家，而以诸子为园亭别业，亦何不可？食五谷者，将屏置海物邪？知不然矣。

再与冯讷生论读书

经者，经之以天地者也；史者，纪之以日月者也；子、集，参之以三光者也。经、史，醇乎醇者；子、集，疵而间夫醇者也。削其疵，存其醇，于经史何害乎？尧囚舜死，百家不能无伪，亦第信其醇者而已。如以一端之谬，遂举子、集而尽废之，则亦将以位明堂而退《戴记》，侈神怪而削《左氏》，传货殖而黜史迁，统曹魏而摈涑水矣，其可乎？

儒者作用，见前而具，此体用合一之言也。然世间何事非用、何事非学？学正所以善其用也。兵、农、礼、乐，正宜酌古制今。名数固为粗迹，然舍名数，又何流之可考、何精之足究耶？今日正欲同志之士，分任以汇其全，如安定先生教学之法。否则，自非圣人，穷大失归之病，正自不免耳。

论真数语，足与无大师相发，吾党所宜奉为箴铭者。所谓“作真勤学人，以淡声色货利”者，正谓有生以来，四者何能遽断？正以此真心淡之。于此径深者，于彼径自绝，此下学钝根致力之法；而曰“姑作”者，亦谦让未遑耳，不得曰“当仁不让”，而病其辞也。不读书亦可入道，世自有此上根。第弟反察，不敢自欺。况紫阳教人用虚于实，若必屏弃，乃可入道，则经史可糟粕，歌咏亦玩物丧志者矣。总之，世有不读书入道之人，即有读书入道之人，殊途而同归，百虑而一致者也。

吾辈读书，当置身书上。以有主之衷，出而应事，无废事矣；入而读书，无难书矣。盖能真见道，则艺即道也；不能真见道，道非艺乎？读书不仅作文人，弟前已及之。任道固吾辈分内事，然任道之心贵勇，入道之心贵明，守道之心贵坚，求道之心贵虚，四者未可缺一，而要不外读书、穷理耳。

前举宋集，第以略著者言之。他若石徂徕之正大，王元之之简质，汪浮溪之藻丽，杨诚斋之详赡，周益公之温醇，家四如先生之奇奥。诗若西昆之骈丽，不殊温李；石湖之清颖，可方钱刘；紫阳杂兴，有子昂之风；皋羽歌行，入长吉之室。他若陈造、戴石屏，及四灵等，俱不媿作者。元若黄文献、柳文肃，亦彬彬大雅。余庭心规模三谢，萨都剌庶几唐音。陈众仲、吴渊颖，文皆有法，世固不尽称之也。

承问，再举以奉询。直谅之道，今人所难，乃独见于吾兄，受益多矣。即此更订金石之交，故敢以狂瞽之言陈之，以候再教，非敢为角辩也。

◇可补前人所未及。

冯肇杞

再见。

戒弟书

人要知自己痛痒，然后知人痛痒，人亦知我之痛痒。见吾弟一往矜骄之气，觉人人皆不是而我独是，故满身荆棘，无处可容。若使人人自以为是，尽以我为不是，不惟不是者固不是，即是者亦不是。终日纷逐于是非之场，无有了期，究竟不过着衣吃饭，有何益处？愿弟时体认吾言，平气以待，少破人我之见，自然彼此痛痒相关，安于无事，罗刹化为佛菩提矣。

房天驷

大生，江南江宁人。

复王总戎（玉璧）

贤劳王事，行边良苦。然秋空绝塞，画角声馀，正大丈夫壮怀淋漓际也。辱来札，顺复不一。

〇有一篇长歌在内。

与万水部开来

弟孱怯士耳，不能投石超距，出塞入塞。若许挟五寸弱颖，油素数尺，从诸子扬扢风雅，逊心不朽之图，则弟方壮，犹是十年前长安酒楼上房十郎也。

复新城王子底

齐贾还，索有远函，并《香奁》二册。快读之，益叹古道雅怀，声色满纸，离思咏歌，风流未散也。但惜不见令弟贻上所为三十章，又续十章，次第聆双鬟发响，何羡“杨柳外晓风残月”哉！

○金弹抛林，致何爽越！

高 岑

蔚生，江南上元人，康生弟。

与栎园先生

谱牒唐宋以来画家源流系次，及其所论著，以为画史，如诗话、诗品之类，世固不乏。即董宗伯诸人，亦皆各有编辑。由其所说，肄而习之，宜人人虎头、家家摩诘矣。而及其临素命笔，则一切诠谛，皆无着处；止是自家料理自家笔墨，一往与境会者，为有变化无端之妙耳。辟如举业家，规规奉昔人典则，如公输授墨，庖丁奏刀，伯牙进操，闻钟揣籥，以为摩画，岂复有文哉？适足以资村学究之传钵而已。

岑偶与从子雨吉，行雨花木末间，见其山势逶迤，冈峦相连，平沙远树，互相错连，最有画师不可措手处，何必非荆关不传之祕？因语先生所集近代名家画册，极一时之盛，其间千状万态，皆从此中悟入。幸假数册，与之一观，将以印其所见，不愿守此为蓝本也。

◇画家与文家，每每相通。

高　遇

雨吉，江南上元人。康生子，蔚生侄。

与冯青门乞笔帖

弟作画，以甫离书室，仍惯用湖颖。世兄锦绣之敝帚，即可为弟丹青之利矛。幸贮以惠我，毋谓中书不中书，遂弃之也。

○甚有致。

王　岩

筑夫，陕西长安籍，江南江都人。

与雷伯吁书

佳集刻成几何？闻季征欲助刻赀，蚤成固善。但仆有一言：吾兄此事，且宜稍缓。天地间至宝，自有鬼神护持，虽欲沉霾掩蔽，不可得也。此特就文章一事而言。若吾道所当成就，盛德大业，有不止于文章者，不必沾沾自见也。刍荛可采，勿以为妄。

杜　濬

于皇，湖广黄岗人。《茶邨集》。

复谢仲玉

阔别十年，远枉书问，感叹不已。中间谈及故乡兵火萧条、田庐荡析之状，殆一字一泪，甚矣吾兄之老而善悲也！孔北海云忧能伤人，弟敢谬献狂言，少宽左右，何如？

尝窃以为，人虽修伟，立地不过五六尺；极人之力，造为楼观台榭，拔地而起，不过数十丈。于此有人焉，登峰而下视，其高一倍，则人物如蚁，楼观台榭如蚁垤矣；又高数倍，则墨然无所见。矧以无穷之高，而下视旷绝之卑，所见但茫茫一气而已。此茫茫一气者，终古如一也。然则极世局之变迁，尽人情之悲喜，总不能越此地上数十丈之畍（古同“界”）。诚穷高视之，除茫茫一气而外，别无所见，又何有所谓古今理乱、平陂往复者哉？

愿吾兄如此高着眼，则知人世之纷纷扰扰，忽啼忽笑，说成说败，举可怜也。弟流离困苦，殆倍于兄，独以开得这只眼，不至罨杀在几片屋瓦之下。此身尚在，岂偶然哉？非相念之深，不传此道，聊当千里奉寄一剂宽中顺气散，不须草根木皮也。一笑。

◇即《南华》“苍苍”之说。

与施尚白学宪

侯朝宗，后出才俊，而根柢不坚，火色未老，尤好作妄语，以行己意。此最文章家无品处，不知先生以为然否？

○此论与予合，足使朝宗地下心折。

与陈伯玑

维扬久聚，不意吾兄一日别去，遂挈家径归西江。弟不能归之人，翻恨归者为太恝，谛思始自笑也。

尊选评点精切，惜墨如金，弟所愿附不朽者。乃因循至今，未及料理报命，与豹人诗志，几成两负。其故何哉？大率诗名弟所好，懒惰亦弟所好。第好诗名如鱼，好懒惰如熊掌，是以相角而懒惰胜也。然弟积懒日久，如人顿顿食熊掌，过多生厌，必将有时而取鱼，则弟之勉搜敝帚，觅便奉教有日矣。并发千里一咲。

宋　琬

玉叔，荔裳，山东莱阳人。《安雅堂集》。

借笑隐和尚水轩纳凉书

仆性畏热，避之如仇雠，以市廛喧隘，故逃之舟中。阳乌为虐，湖水如沸，若大白鸥乡，几无安放四大处。佛阁左侧，水槛芙蕖田田，与绳床相接，每坐其间，思为叶下游鱼，那可遽得？倘蒙见许，此夜便携枕簟，信宿清凉国土。须菩提于意云何？

〇白鸥乡，湖舟名。

约王仲昭张郧仙看花

永兴寺老梅，花中之鲁灵光也。仆亟欲一往，而门下以花信尚早为辞。不知花之佳处，正在含苞蓄蘂，辛稼轩所谓“十三女儿学绣时”也。及至离披烂熳，则风韵都减。故虽怪风疾雨，亦当携卧具以行。仆已借得葛生蹇驴，期门下于西溪桥下矣。

藏弃集卷之十六

曹尔堪

子顾，顾菴，浙江嘉善人。

复鲁将军璧山

读来教，知为老僧后身，语语参悟，胜于临济劈头一喝矣。况高牙大纛中，为众生救苦救难，出诸锋刃刀剑之下，岂非真实修行？不必坐蒲团、数櫁子，枯对佛灯前。而虎头之为此者，使人知凌烟阁上，自有如来也。容勉缀数行，以附于合十回向之弟子。不知大法王，肯容笨汉分一席地否？

与沈禹锡箕陈

漂泊覃怀，淹留匝月，高斋密迩，累夕传觞，使游子获所依归，庄舄执珪之吟，仲宣登楼之赋，可以无作。临歧道旁祖帐，不忍言别，能无折杨柳而销魂、赠将离而挥涕乎？

十五日抵武陟，憇公馆，感使君之贤。翼日渡河，届荥泽，白茅蔽野，黄流啮岸。回首河北之隰桑有沃，椑柹深阴，风土敷腴，眷念不置。十七日至郑州，州倅乃宗弟，以秋曹左迁者，为之载酒东郊三里。阴氏水亭，莺啼柳巷，鹭集莲陂，解衣幕地，为竟日遊。《诗》云："东有甫草，彷彿见之。"十九日过中牟，二十日入大梁矣。问吹台之废趾，吊宋寝于平芜，欷歔欲泣；况忧患之馀，求侯生而不得，不禁悲愤之填膺也。

役旋，聊述遊踪，以慰惓念。续南皮之良会，未知在何日耳。

〇叙得疎疎落落，大有雅人深致。

李万宗孝廉

炎日滞黍丘，累地主周旋，河朔之会，似迈古人。而清泉朱李，冰井甘瓜，未知何年可续，能无邈若河山之叹耶？辱手函远存，馊篆无斁，当南阳抱膝、《梁父》高吟之时，而典裘卖麦，捐惠过丰，尤感古人之厚意也。二笺勉涂附正，此中陶泓，不良更甚其拙。拟赋一诗志感，而鸿旋颇遽，从容当践此言耳。

〇雅极。

裴晋卿纳言

浪游匝岁，拮据甚艰。旧冬踉跄还里，亟为售产计。而先业甚薄，同于车薪之杯水，不审空中楼阁，亦有遥望如霞之日否？凡有可为地者，万望垂如天之翼。

〇苦情，不忍读。

宋荔裳观察

邯郸傀儡，聚首达曙。吾辈百年间入梦出梦之境，一旦缩之银灯檀板之中，可笑亦可涕也。

〇惊鸿游龙。

又

留连湖上者几及两月，山水面目，数十年常在目前。此来独称快意者，有荔裳暨西樵、铁崖诸公，诗酒倡和，为人间乐事。况皆以奇祸得免，天复安顿之湖山之间，不愈感彼苍之赐耶？弟刻下放棹言旋，望若河汉，回首不禁惘然。

○怆然中有馀韵。

王猷定

于一，江西南昌人。《遗稿》。

与友论文书

足下之言曰："文以气为主，古人岂欺我哉？"呜呼！子可谓知文者矣。然知其一，未知其二也。

夫秦阿房之高且敞也，鲁灵光之岿且焕也，临春、结绮之侈且丽也，杨子之亭、葛氏之庐之幽且阒也，亦甚不同。乃其为之也，楹簷榱杙，则无不同也。故耳目四肢皆具，始可以为人；根荄枝叶皆备，始可以为木也。然则辞固有体，而气乃行于体之中者也。古人为是言也有所兼，后人泥其言而不察，亦已过矣。

夫剑之下型，未能断蔬，及加之砥砺，可以刺犀甲；镜之下型，不能见日影，及分以玄锡、磨以白旃，可以鉴须眉。然则体亦为文之砥、锡也。夫体何自出？理而已矣。张文潜曰："理胜者，文不期工而工；理愧者巧为涂泽，而隙间百出。"此犹两人持牒而讼，直者操笔，不待累累，读之如破竹，横斜反覆，自中节目；曲者虽使假词于子贡，问字于扬雄，何益之有？

故气之充，充于立体，而体之所急，急于明理。仁义中正之旨，理乱得失之林，灼然见其本末。而后静虚以澄之，精明以致之，优柔以畜之，广博以贯之，范古以弘之，峻洁以行之，宛转以畅之；有承蜩之专，有贯虱之巧，有解牛之神。故天下见其言，望而可畏，究而不可测，隐然长江大河，一泻千里，而滟滪、龙门，时时激发奇壮，旷然大行九坂，造父飞辔越之而行空也。而其大旨光明，如陶冶耒耜，不可一日而阙；如黼黻丹黄，可以一望而晓，岂非体具而气足哉？不然，何以上古圣人有辞，中古圣人又起而续之，而后先进连缀，如出一人哉？

至于丰玉荒穀，不能相兼；春华秋实，不能相擅。杜预有"武库"之名，君子谓其"锢疾"；韦昭穷《周礼》之义，君子谓其"疵旷"。房辉远称为"五经库"，无益于时；殷践猷号为"五总龟"，无补于世。是固其得于天者各有长，而资于人者必不足也。

拜手裁答，足下试寓焉，其以予言为然否？

◇能使人望之果腹。

◇三峡倒流。

◇落落最有奇气。

与黄维章

杜老不能庇人，手画万间，已令千古贫士欢颜，况勤恳笃挚如先生者乎？一寸感私，勒在昆仑之第一峰矣。

○裁作短章，又如此劲峻，文人何所不可？

白玉奇

元美，江西金溪人。《兰台集》。

与曾首士

苏子喜人说鬼说梦。筭命非鬼非梦，忽生哀乐，诚鬼梦之尤尔。李君去，姑令妄言之，君妄听之。

〇曹丘作尔语，故自达。

与荆石

古人刀剑钩冠之饰，非通古今、别然不然，尚不能佩。况吾辈以声气感天下，欲于数千里外，倾人心胆，苟非有道德文章为之本，不犹刀剑钩冠之难服乎？则得群无敌，似难卒至，然既有足下呼之，又可徐收矣。

〇说得“声气”二字有本，方不是浮词动人。

陈允衡

伯玑，江西建昌人。《爱琴馆集》。

与栎园

尊朱之说极是。朱子晚年，谓“一部《论语》直解到死，则其中或有幾微之未安者”。后儒一一尊之，非朱子之志也。娄子柔常曰：“昔者闻通儒之论，以为圣人之经，宜存众多异同之说，以待读者之自得。且汉人去古尚近，学有承受，其说决不可尽废。明初儒学之臣，不能将顺圣主之德意，而狃于所闻，一切抹杀，此与介甫之私学何异？今之举子业，自当以朱传为宗。若好古博雅之士，似宜斟酌古今之间，不容守其固陋而已。”子柔醇雅之士，而其言若此，讵好异哉？

〇郝仲舆《考亭或问》，毕竟可思。

复愚山先生

承手示论《伯敬集》，言言刺骨，手隘心狠，真定评也。大略其所处，在中晚之际，复为党论所挤，当时以大行拟科，忽出而为南仪曹，志节不舒，故文气多幽抑处，亦如子厚之不能望退之也。党论以“十乱”呼之，与邹臣虎诸公同列，皆好学孤行、不肯逐队之士，几同子厚见累于王叔文矣。此其隘之之繇，难与王、李争昌盛之运。且与同乡李翼轩先生不合，翼轩《大泌》一书，睥睨弇州、南溟，然类书成句，未能解脱。伯敬直欲以单辞片语，贯革点睛，视此累累者，皆糟粕臭腐耳。此先生所云“心狠”处。

庄生之言：“兵莫惨（憯）于志也。”“冷”之一言，其诗、其文咸主之，即从古人清警出，如东坡《留侯论》“且其意不在书”，史迁赞留侯“意（以）为魁梧［奇伟］，乃如妇人女子”，此皆是冷处。岂以专近寂寞，不用事、不换字为冷乎？石仓所谓“清而有痕”，是伯敬癖于冷之病，非史迁、东坡之冷也。先生以为何如？

“不俗”之说，尤为至言。曾记与楚中曹弱生论书法，衡谓某某今日草书，可谓登峰造极，曹云：“我但觉愈登峰造极，愈俗耳。”此是禅家三昧，难以言诠，即来翰见示“愈好愈俗”者也。然今人功力未深，遽求不俗，遂流为李贺、卢仝之鬼怪，与夫郊寒岛瘦矣。贺之出于《离骚》，郊之原于汉晋，此岂一切不学者所能然哉？

伯敬之究心经史、《庄》《骚》，以宦为隐，以读书为宦，其人实不可及，而于友谊尤笃。徐元叹、张草臣诸君，绝不师古，附和景陵“灵朴”之说，日趋俚弱，致伯敬独受恶名，词场诸公，无不相习讥刺，何哉？蒙采鲰生一言，而穷其胜致，岂不令景陵地下愉快？衡非偏有景陵癖，往与牧斋曾面相折衷。尚乞高明有以教之，幸甚幸甚！

○读书最有眼力，惟眼冷，然后能辨古人冷处。

○年来以骂钟、谭为能事，今有稍知折衷者；此更独推伯敬，洵有确见。

寄窦德迈宪使

衡昔避乱新安，所传喻麋法，私得之程方旧人，而折衷于去尘，颇穷其源。倘藉顾盼，重理此事，故人隐于酒、隐于鍜，衡将欲隐于墨，或近乎老氏守黑之旨。既以自娱，少取赢馀糊吾口，犹之卖药、卖卜也。其许子墨、客卿，一蹑屩担簦而来乎？

戚 玾

缓耳，江南泗州人。《龙花坛世一书》。

与盱眙令黄仲丹

五斗折腰，已非英雄本色，况意外不虞，为友邦受池鱼之过，非战之罪也。区区鸡肋，挥手谢之，东山赌墅，岂久淹者哉？但恨鲁诸生抱膝闭门，甫得一知己，又为苍苍者妬而远之，吾道孤矣。

拙腕原不解书，信手无法，负损纨茧，愧如之何！赠栎老十章，东颦自丑，不识远可升赖古堂，近可尘岸园笥否？

私有请者，盱弹丸也，小有山川之致，唐宋来令尹公，率多名贤。故人流寓地，必纪述以志，况父母其土者乎？鸣琴之暇，或兴会所至，登高临清，把酒赋诗，不朽之业，岂能让之南宫？独为玻璨左右间馀石，得人如存永诸公，同游岁月，倡和诗歌，扫苔而勒之，亦千古一时也。

夫吏何俗之有？彼无文章、山水、朋友之心者，弹冠则喜，解组则忧。黄先生执耳词坛，鼓刀岩邑，出政令于风雅之馀耳。夫中有所主者，则外有所轻，得兔亡羊，适为痛饮苦吟之助，乌足芥云梦之胸耶？

许有介、高云客，未能识荆，不无天际真人意。幸为致声，积怀如缕，尚思一拜手倾倒，庶不负经年知遇之幸。嵩辰不远，统俟三称。红树白露，郡斋秋满，可胜怅结。病腕股栗，不能作楷，应恕阮生礼法之疏也。

〇不为雕刻，自是雅宗。

黎遂球

美周，广东南海人。《莲须阁集》。

报谢伯子

别承良规，以弟英风太露为戒，因住复深思其说，生今之时，谓恐以此忤犯时忌，取死耳。弟历遍江淮燕代，觉比来流氛所过，其间士大夫遭之者，或奔逃而死，或献城犯法而死，岂尽以此故？其果有英气者，则战斗而死也，又孰吉孰凶？且夫人身百年间，修短同归一死，以万石君之数马足焉而死，以灌夫骂座焉而死，杨恽“种豆为萁”之诗取死，固也。马援贻书教子，诫言人过，即以是书言人过取咎。天下亦安能尽得趋避乎？求其无失吾所当然者而已。

〇磊磊落落，孤行己意，上则文举，下则太白。

报刘生民

承谕空同诗文，诚如尊教。弟则谓其诗所以让杜者，在往往套用其语耳。若文章之气，亦未大备，岂足以当退之？仁兄试观退之全集中，何尝有一篇袭人常格，用人唾馀？或以法相祖述则有之。如长吉“飞光飞光”，从西汉乐府中来，人皆不觉。退之《佛骨表》，亦从西汉奏疏来也。然岂必有叔敖者，在其衣冠哉？如此则人人皆可为，何必优孟子云“所谓有人姓孔而字仲尼”是矣。《太玄》准《易》，此非姓孔而仲尼乎？要之，《太玄》固自有真得，若徒袭《易》之皮肤，当不传矣。

前朝诸大家，如元美多用子长，晚乃变而为苏长公；于鳞意在修词，步趋盲史，亦各有得失，皆此之故也。仁兄亦从其议论之所自起者而观之，则知文章之道，存乎其人，此其所以传尔。诗之传，则以韵趣胜。故唐之诗人，如宋之问辈，其品卑下，而诗乃不可没，彼各有所得之趣也。桑濮之风非乎？此其旨又悉之《三百篇》。

仁兄上下千古，必知其故，弟年来徒放言尔。季重先生以李白见许，又谓过之。果如来教云云，当之媿甚，然亦冷煖自知而已。

〇粗服乱头，不衫不履，全是自己真面孔。古之传人，多以此也。

◇又一子云知己。

与郑超宗士介

黄牡丹之会，诸君子皆灵蛇在握，人人自以为当得大将。何意漫吟如弟，遂为钱牧翁首拔，以获仁兄重赉？视昔者“明月夜珠”之句，若有馀荣。虽易书遥寄，可否一出公评，与延誉奖借者，又自有别。惧无以当于诸君子之心，则滋悚然而已。然他日过廿四桥，诸游人且争看影园咏黄牡丹，状元不独可以免太冲委顿，而且以道人落魄时，借扬州梦一幻邯郸痴想，正不必问孰者真假也。

〇赋黄牡丹诗者数十人，超宗、士介，铸金卮，约寿诗。状元糊名，易书驰使数百里外，请定于虞山。虞山甲乙，回拆视之，状头黎美周也。至今传为盛事。

答尹昌庭

吾人游世，如一叶扁舟过巨洋者，旦夕风波，安能保其不起？然须定安，常静坐以听其息。若左右欹仄，辄倚伏迁就，则倏焉东倾、倏焉西覆，颠倒之祸，反从自己甚之。

弟近来每署二语以自观，曰："天空海阔，孤月独明。"尝夜泛大海，见风雨骤作，一边波浪，亦复有一边安澜者，惟阔故也。云雾汹涌，若撼天然，不知月在天上，清光一毫不损。从安澜处视之，觉黑风黑浪，不过自起自灭；清光之处，未尝稍变，惟空故也。窃谓从此识破，便可正色立朝，反安心入锯人板中。故年来所遭，绝奇险而可怖者，惟安心听之，无不止息。

仁兄道德坚固，知当更有所以益我。居今之世，以贿焚身，此庸人皆能知之。若名为累，殆有甚焉。试观蔡邕至欲逃亡，而复以人皆识之，次且却止，然则反不若名不出乡里，而面目使人难忆者之为便矣。

◇长年三老语，足觇其定力。

◇又是定中之慧。

宗元鼎

定九，江南兴化籍，江都人。《芙蓉集》。

与汪蛟门

记鴈声梧叶，楼下传杯，顷刻三素，春云缥缈，度元君之驾矣。阿太蓝桥，遥补玉镜之贺，须致之雀屏中。

◯予与定九交最久，每对其人，澹如菊，澄如秋水。同人中，惟定九可称静者。今观数牍，已令人鄙秽全消，不待更接千顷也。

与萧灵曦

览《芜城风雨图》，觉烟雾溟濛，隋宫如画。及读新诗二阕，又柳阴路曲，流莺比邻，那得不听清歌、唤奈何也！

与　人

余性不喜烦，与人对终日，即病；或饮酌数夕，亦然。或值势利毁誉之场，几如溽暑置身赤日下。此其器，沉沦于山林岩谷固宜，而移家于穷乡僻壤，亦此意也。其居邻亦习知予懒，余闲居亦未尝至柴门外。或客至，或入郡，始一到门，不则数月兀坐草堂而已。昔杜生三十年未尝出门，孙轸问之，杜指门外一桑曰："忆十五年前，亦曾纳凉其下。"余未尝不向慕之，惜乎不能也。

又

性最喜书，值兵火，无一全帙。然残篇断简，与古人交，朗颂其佳处，不必问其首尾从来，亦自快人意。

张贲孙

绣虎，浙江钱塘人。

与谢全州论文书

某再拜，奉书献菴先生阁下：先生过听研斋之言，以作者相推；枉驾蓬庐，出仆所为文数十卷纵观之，先生复深相许可，以为研斋先生之言不谬，是过矣。夫北宋迄今五百馀年，不少文章之士，其文为世所传诵者众矣，仆未敢以作者相许也；而先生与研斋先生称仆过甚，仆未敢以为然也。第述仆与研斋平昔论文之指，各有不同，惟先生折衷其说。

研斋之为文主艰难，仆之为文主平实。研斋曰："文不入险出险，不传也。梁木之材，出于平原沃野，拱把焉，伐而为薪矣；不材之木，挺危岩，长绝壁，耸壑干霄，而匠石不敢顾也。桃李之实，三日而拆，十日而芽，三年而荣，十年而败且死；松柏之实，三年而拆，五年而芽，三十年而荣，千百年而不败，遇霜雪而不凋也。本之深者其叶茂，植之固者其年寿也。"

研斋先生之言，为上智言也；仆之言，为下学言也。仆之言曰："三代以后，言有枝叶，非圣人之言也。泰华之高，不得弗高，非累积土石以为高也；江海之深，不得弗深，非浚导泥沙以为深也；云霞之变，不得弗变，非呵气成蜃、喷雾成虹以为变也。

"自司马氏好奇，文之始衰也。然上自五帝，下迄建元，中间二千馀年，君臣将相贤愚得失之故，为文仅百三十篇，不少新奇怪异之迹。司马氏好穷极奥秘、钩深索隐则有之，司马氏无容心焉。昌黎宗之，格法少殊，其原性道、辨儒佛，言本孔孟；其为指也，正而不佻，直而不诡。其他干进之书，怼时愤俗之词，好为引喻，以伸其激抗悲楚之情，赴其抑扬进反之节。

"为文益工，伤朴益甚。故后世学昌黎者，分为两宗，大者师其正大之指，小者嗜其怪异之习。趋大者难于见长，趋小者易于增美，风会然也。临川、庐陵，纷然竞起，唐宋以来，遂有八家。八家之中，两宗互见，要之，内之必本于艰难，外之必出于平实，其道一也。"

先生闻仆言，若有合于心。复博询近今所称作家者，一为常熟钱宗伯牧斋，一为南昌王处士于一，一为商丘侯文学朝宗。南昌、商丘，仆友也，其人已死。常熟固在也，又长于仆四十年，仆何敢深论？第辱先生垂问之切，仆又何敢深讳？南昌之文颇雅驯，其失也拘；商丘之文颇雄肆，其失也莽；常熟之文博奥而尽变，其失也杂。南昌、商丘，游乎方之内者也；

常熟，游乎方之外者也。故南昌、商丘有摹古之形，而常熟则能以变化行之。然其内之不能悉本于艰难，外之不能尽出于平实，其失一也。

若先生垂问所未及，以仆所闻，作家颇多。仆尚欲竭其愚瞽，悉为论列，以竢先生定其说。第仆有所大惑不解，而往往与研斋先生深论之者。世儒不能学古人为文，而第曰“拟古人为文”也。拟古之病，至济南而极，拟盲左，拟腐迁，绳尺步趋，不敢踰越。夫古之美人，西施、王嫱，其最著者也。凿今人之眉目，求之合于西施、王嫱而后止，肥者削之，瘠者增之，其不能以美观，亦明矣。然则八家之外，后而千古万年，必有九家、十家，极于数十百家而不止。而第曰“八家、八家”，是方隅之见也。

拟古之癖而弗返也，有一意之未合于古人，必求为波澜以益之；有一意之或过轶于古人，必就其斧斤以琢之。极其至工，至梨园子弟而止矣，非能自为颦笑也。是何异盆沼石峦，不盈径尺，而欲比泰华之高、江海之深也；嘘釜甑之气，而欲吞蔽日月、呼吸风雨，与云霞同变也。

夫文者，华也；本者，实也。汉人之文，能以文言道俗事，故不可几及也。先生其取仆所言，集五百馀年以来，所称作家而进退之，毋徒与时人较长短也。某再拜。

〇文势浩浩落落，有大家矩范；论文亦能自抒己见，不拾唾馀，故自可传。

◇评骘诸家，皆能切中。

◇妙论可以解颐。

上龚周两先生乞葬胡彦远书

今年夏，六月三日，钱唐处士胡介死。介年四十九，无子，老亲白发，抚尸而恸，死无以殓也。友人沈生、陆生辈，经理其丧事。讣闻吴门，某与前御史姜公哭之恸。伏念介少有高志，立名节，寡杂交，遨游公卿间，名誉甚盛。所至贵显士大夫，无不欲争识介者，而介独彝（夷）然不屑，以明其孤介绝俗之行。独称述合肥、大梁两先生不去口，是介于两先生有知己之感，非流俗所得同明矣。

某又深有动于心，为之言。夫处士不达，困顿贫贱，夭折以死，命也；死无棺椁含殓之具，暴露旷野，莫为揜埋，亦命也。子孙或断绝，或有而流离失所，弗克飨祀，祖宗血食斩焉。茫茫幽冥，无丘垅庙社可依之鬼，盖不知几千万矣。何况志节旷达之士，随风雨上下，飘然江海，何所不自得哉？独生人缱绻之怀，如送远客，不胜恋恋耳。

况生有盛名，死有传述，死亦荣焉。或生蒙疚累，毁誉间错，及其骨已朽矣，后世读其书，慨然想慕其为人，恨不生同其世与之交，惜其才而悲其遇，不知涕洟之何从也。是以前年金陵顾与治死，去年南昌王于一死，死之日，伶仃悽楚之状，与介同。而与治遗文，为施愚山先生所刻；于一遗文，为周先生所刻。介独诗文散失，亡可传者。其生平笔札，颇有奇气；无大著作，未能自成一家，不克与其名相副。是介生有盛名，死竟泯没也。再迟之十年、二十年，故交垂尽，及于后世千古万年，无复知所为介者，是介竟死也。

两先生坐间有上客，死而无闻，岂不痛哉？故某以为言。愿两先生买山间半亩地，助之揜埋，题曰“呜呼，钱唐处士胡介之墓”，俾石碣所垂，不至芜没。是两先生怜才爱士之盛心也。某再拜。

寄杨司李秦中书

与足下交十一年矣，而足下罣吏议、为罪人，匍伏待命者，于今八年。去年冬，与足下同策蹇驴，自京口龙潭江岸，至于石城，冲冒风雪，冰脆地滑，在泥淖中，十步三蹉跌，污垢满面，皮肤皴裂。暮投逆旅所，向火对燎，仰天而吁。留石城浃旬，放舟下，次于弘济，飓风大作，江豚迎拜，白日昼晦，惊涛拍天，湍激澎湃，声闻若雷。与足下投山僧乞食，相对愁叹。历三日馀，波平日出，晴江如镜，顺流而还也。

今又历一年，事乃得白，西入关，归秦中。仆与足下同患难久，有兄弟妻子所不及知者，惟仆与足下自知之。倘不胜侮辱，一旦奄然，气绝以死，非仆送足下，则足下送仆耳。今发白齿危，幸俱克保视息，于其事白而还，自此隔绝，不复共寝处矣。念后追前，涕零如雨。足下既去旬日，使仆惘惘如有所失。不得与足下语，为书以寄之。

足下居官以能称，有强干之才，遇事敏断，案牍弗留；又济之以仁人长者之怀，以威行其惠。足下既去官为罪人，有歌思者。然足下恃其能，多傲上而凌下，以是中搆至论死，几不得白。今既白矣，足下犹怏怏。以足下居官，不得备上考，入备天子台谏，乃詈吏议去官，以是足下终怏怏。足下亦忆囚首屈膝、北面对簿时乎？断狱之官，故相诃督，箠掠盈庭，呼号惨痛，堂下人人惴惧，足下气愤而色变，词格格不出口者屡矣。纳足下于圜土之中，与盗贼为群，伛偻罄（通“磬”）折，以相欢笑，是足下数滨于死也。足下之不死，幸也！

足下既不死，而八年以来，断狱之官，观察使晋州卢公极刑死，乌程姚公伏法死，汴梁张公、三韩刘公病死；江宁司李李公、钱公、董公，安庆司李朱公，苏州司李王公，并伏法死，直指李公亦病死。夫足下以囚首屈膝、北面对簿之罪人，论死而不死；断狱之官，南向危坐，方执法而入人于死，乃先罪人而骈首，藁街累累，相枕藉以死。死生之际，难可逆料如此。

仆与足下所严惮畏惧，而惟恐获罪之官，今十九皆登鬼箓矣。足下尚怏怏不得意，不已过乎？天地间阴阳、顺逆、往复之理，无小大，一也。八年以来，忧愁困辱，屈不得伸，是亦孤舟遇风、蹇驴冒雪时也。今事白而还，江平浪息，扣舷而歌，何所不自得，而足下尚以为怏怏耶？

前去二千馀里，西入关，过华阴道上，山高插云，河流如带，飞鸟上下，翔集林木，如迎归客。足下顾而乐之，又不啻放舟江流时也。仆恨各天，再见何日？漆沮多鱼，达于大河，其时时放双鲤东下。

○悲凉感悼，大有汉人风味。若仅以为八家之文，未深知绣虎者也。

◇照应有情，点缀秀蒨，读之使人怡然神悦。

与门人戴大矩论文书

不见足下九年矣。初足下从仆学为制举文，才十二岁耳。仆蒙难去，未尝与足下深言。汝兄某，从仆为制举文，取高第，成进士。仆去后，足下数易师，辄行行弗服。每忆十二岁童子时，闻仆言与时师异，过于高妙；又从汝兄转述论文之指，益神往焉。如秦皇听徐福言海外蓬莱三神山可至、神仙可求，不得身至其处，则欣然慕之。仆乃今以为误也。

昨闻足下言“读时师所为制举文，则欲呕”，过矣。管子言：“惟直木能求直木，曲木又求曲木。”今之主司，无直木焉，展转相求，趋愈下。其为文，求圆满庸熟耳。比于物，如蜣螂转粪然，从衢路中求牛粪，转之为丸。竭其精力，择粪之至醇厚者，日夜而守之，以粪为命，转之为丸，自上阪至于下阪。丸既成，穴土而藏之，环子孙而攻之，聚族而餐之。丸尽，然后决窦而出，奋翅而飞翔于青天之下，集于华灯之馆，呜呜而鸣。以是为工力之既充，得吾志而行吾道也。如神龙之守珠然，其不崇朝而泽四海也同也。

今吾子曰："窃闻师言矣，欲如秋蝉吸清露而棲高树也，欲如山蜂采群花而酿膏蜜也。"是大不然。时方求蜣螂之粪，而吾子独以秋蝉之露与山蜂之花当之，非不芳芗而馥烈也，与蜣螂之粪大殊矣。足下其一弃仆向所言，转而求之蜣螂以为师乎？某白。

〇制举文字，原不能过高观之。欧、苏集中可见，不得专咎今人也。

谢良琦

石臞，献菴，广西全州籍，江西安福人。《醉白堂文集》。

与应仲谋书

前年使者从虎林归，辱足下赐书，念仆孤立无与援，欲仆于天下士，及平生亲故，少见峻绝。仆非敢如此也，以足下之相知，犹尚言此；况世之眈眈于仆，亟欲得其过，以肆其谤讪者哉？就欲作书还答，会遭谗贼，致烦白简。既苦待理无暇，又词中所引，且云仆与游客某某相结约。窃念诚如此，将足下之说，可不辩而明也。

仆性本孤寂，少时在里中，里中儿相与谈游侠意气，仆便不屑意。及长读圣人之书，颇知其道，以为士君子立名砥行，莫先于自重其身。故往往严去就，慎取与，不苟为然诺；然于蓄道德、能文章之士，则又笃好而深慕之。盖仆生平所恶，止是浮薄不自爱重之徒，而非谓交天下士，当尽用其严冷也。逮后遊宦南北，所见天下士不少。不肖者且勿论，即士大夫，亦类不能如仆之所期。仆始叹息失望，便欲独寤寐歌，不与世交接，顾犹未敢决绝。此皆足下所深识，仆岂好为崖异崭绝者哉？

今足下又以此教仆，肰则足下谓今天下士果何如也？自古大圣大贤，其生也不偶，则守其道，独行而不悔，此士之常也。今则不然，不别贤愚，不度才德，皆傲然自命曰“遊”，其平时相对，慷慨叹息，则必曰“遊道”。呜呼！何其怪异者欤？以仆所见，其人大率依阿澳涊，挟持凉薄，不过希望人恩泽。居恒剽窃章句学为诗，学书；又学为大言，矜诩其同姓同里之达官贵人，或自言与达官贵人某某交厚。昏夜向人乞怜，得请，则再、三至不已；不得，则肆意诟骂，同遊无赖，一唱百和。当官者畏其奸，不耐其絮聒，勉强承受。当时惟不肖者为然，近者士大夫莫不然。嗟乎！足下谓此辈果何如，而谓仆能堪之耶？

仆于此辈虽拒绝，至平生亲故如此辈者，亦繁有徒，自始仕至今，亦数过从矣。仆离青溪后，在江南三年，近日待理又二年，从无一人见问。或道涂相遇，皆侧身趋避；不避，亦不交一语。近闻仆事白得仕，又相顾色喜。嗟乎！足下谓此辈果何如，而谓仆能堪之耶？

然仆之遭谗贼被罪，以至于今日者，其祸亦原于此，足下之教仆者是也。仆生平每自谨饬，不敢有所缺陷。独见亲旧见仆如此，以为刻薄寡恩；不肖者见仆如此，以为落落难合，逢人便谤议，舒泄其愤恨；士大夫见仆如此，以为自尊大，闻人妄言某某仆遇之厚，遂轻相信，罗织以为罪状。嗟乎！仆诚不愿有此，患生于疾恶太甚，而世之蓄道德而能文章者少也。

以此益愤愤，便欲扫迹灭景，自投深林；又念遭际清时，不忍捐弃。且半生苦心述作，未有成就，欲与当世贤人君子，讲习讨论。乡者得二三人，近又得一二人，酒杯议论往复，肝胆呈露，不假胶漆，自然䜣合无间。足下谓仆于天下士，果一槩峻绝者乎？抑亦有所推择也？

足下之教仆，皆足下厚爱仆之意。特仆深恶此辈，欲一尽言之耳。足下得仆书，倘不以为过，或者其辗然而笑耶？

○此篇几于尽情尽态矣，笔下却极宽舒，意思却极含蓄。长江大河，风日流丽，真是文章旷观。

◇此仆意中语，亦常笔之于文。今见石臞此篇，代仆发泄尽，文可以不出矣。

尤 侗

展成，江南长洲县人。

上龚总宪书

使士终身不遇知己而不用，或误为不知己者所用，二者皆无足惜。惟是遇自己矣，上欲援之而阻于格，下欲攀之而悬于势，逡巡却顾，而时已去、机已失矣，使知己有不获用士之憾，使士有不克効用知己之羞，斯则天下所大痛耳。

今有畜千里之马者，以驾盐车于九折之坂，旁人不识也。伯乐过而识之，其马凄然长嘶，伯乐亦潸然流涕，乃告其主曰："此良马也。"又稍稍语其旁人。然是马也，风霜憔悴之形，厓谷颠踣之状，皮相者无一取焉。且田野之子，农行三十里，贾行五十里，乘千里马安之？虽其旁人无能以千金市之者，设有圉人牧吏，饰以金羁，络以玉勒，骑而致之长安大道之东，洛阳小苑之西，星飞电跃，光采炫燿，左右叹羡，价增十倍，然是马也宁老死于九折之坂，而不愿为圉人牧吏所得。何者？伯乐之一顾，而思为之用也。

今世所谓"伯乐"者，舍阁下其谁哉？揽四方之纪纲，秉百工之刀尺，文章经济，赫然称当代一人。而犹倾心于下吏，肯首于愚生，褒尺寸之才，扬纤毫之美。故长安四方之士，邮相传说，莫不慕阁下之知侗为特奇，而幸侗受知于阁下为独至也。

然侗之年已踰三十，踽踽于卑官、棲迟于绝塞者，三年于兹矣。今秋一病五十馀日，假使三日不汗、七日不食，则卒然溘霜露、填沟壑，虽欲常侍门墙，岂可得哉？又使掌铨衡者，计其年限，等其资格，授予远方一丞，则侗必流离坎壈于山巅水涯之外，终不得奋其舌而昂其首。否则，南山之南，北山之北，侗将常为农夫以没世，而玉堦方寸地，讫不敢望焉。侗固已矣，独使长安四方之士邮相传说，以为有知己如此而士尚不用，有士如此而尚不为知己用，相须何殷，相遇何疎，有不慕者转而为叹、幸者变而为悲哉？

夫才难天生，而器由人造。豫章之才，莫不知其良也；荆山之璞，莫不知其贵也，然木与石默而不言。一旦有匠焉，斧之锯之，曲之以为轮辕，方之以为门户；有匠焉，琢之磨之，雕之为杯斝，饰之为佩环，而木与玉终无言以自明焉，徒使建章之欂栌、明堂之碔砆，笑人千载。而其时即有卞和、郢石者见之，亦相与悔恨而莫及，岂不哀哉！

然马之遇伯乐、木之遇郢石、玉之遇卞和者，十有八九；其不遇者，偶然耳。顾与其流涕于未遇之时，悔恨于不遇之后，不若马之善鸣，木与石之能言者，脱田野之足，去拙匠之手，不为圉夫牧吏所得，与欂栌、碔砆所笑。故以狂瞽之言，陈于知己之左右，幸悯而察之。

◯变化相马之语，能使宿事一新。

◯仍以喻结，彷彿邹阳、枚乘诸书。

周　荃

静香，江南吴县人。《自香池上集》。

招栎园饮

仆所居园，虽无奇观，然是顾青霞宿构，颇为闲懒客所称。石不奇，映以老梅颇有致；树不多，参错以石颇有映带；池不广，然垂柳拂之颇如縠。室不甚幽，然不燥不湿，颇可坐卧。室中所悬画虽太旧，然是李营丘手迹，董文敏三过而三跋之，颇为识者所赏。酒不甚清，然是三年宿醖，多饮颇不使唇裂。主人虽老，然不惫，颇能尽夜奉客欢。栎园以公事至，虽忙，然颇可偷半息暇，一徘徊树石间，看旧人画，听老夫娓娓谈吴中逸事以佐饮。天下无不忙者，况服官？然天下事亦忙不得许多，偷半息暇，且过我饮为是。

〇老死此中，足矣。

袁于令

令昭，箨菴，江南吴县人。《音室稿》。

与　人

辱君虚怀好问，谨以四语奉助：名誉，人之贼也；安逸，道之贼也；聪明，诗之贼也；爽快，文之贼也。

王士禄

子底，西樵，山东新城人。《十笏斋集》。

与林铁崖书

仆性本狂简，然辨眼能识奇人。向在湖上结友，窃以先生为第一。约而言之，先生之异人者三：须眉奇古，略如李伯时所画罗汉相，则异在容貌；下笔落落，为崥岘俶诡之词，出入于孙樵、刘蜕之间，则异在文笔。每当谦会，竹肉间作，或值徜徉山水之际，时而意得忘言，则如释迦拈花、达磨面壁；时而快论陡发，则如春雷奋蛰、奇鬼搏人，则异在性情、语言。先生自谓："自乡人卓吾老子而外，谁堪相儗者！"故仆《奉怀诗》有云："李老推前辈，林翁蹑后尘。百年还二子，兹地足畸人。笔墨狂奴态，须眉古佛身。"窃谓先生有颊毛之似也。顾仆以疎慵颓放、嵚崎历落可笑人，以荷先生于畸人中，识其小异。记先生过我湖楼，抵掌千古。既而见谓："先生幸自爱。天下虽大，如吾曹者，落落数人耳。"仆每维兹语，真有仲翔一人之感矣。

比闻先生由褚堂移居湖干，结跏拄颊，晞发披襟，与两高六桥相晨夕，况味当不恶。又闻彼中当事，颇有一二，肯为营旅食之资，此其所遇，过仆远矣。独闻先生经营舟车，尚思一出，仆不揣愚昧，私谓不可。以先生强项，自审能化为绕指耶？以先生古貌古心，自审能不吐不茹、乍迎乍拒耶？以先生突兀支离，自审能截鹤续凫、适时谐俗耶？有一不能，即方驰驱王路，仆且将遗书相劝曰："先生其休矣！矪林卧方床，烟霞可恋；缨组何物，足以相牵耶？"

忆先生与仆语，"每自恨无威光"，察先生之意，不过以一处隐约，便为市儿里妇所狎玩，追念升沉，不能不时有斯感耳。然吾曹所为"威光"，岂车前八驺之谓耶？古来仅有位甚高，仪观甚伟，车服呵殿甚都且盛，而其人奄奄泉下，比于曹蜍、李志者；又有裋褐不完，糠籺不饱，而歌声满天地，为水火所不能伤、魑魅所不敢害者，此其威光又何等耶！况舍人争席，正有道之所贵哉？先生傥果有向意，一读仆书，亦可忻然一笑，脱辖而折轴矣。

◇模写酷肖。

◯铁崖落落穆穆，土木形骸，正是中散一流人。世无山公，谁复能启事者？此西樵之所以有是书也。

王士禛

贻上，阮亭，山东新城人。《渔洋山人集》。

与友人

观夏珪此画，苍洁旷迥，令人舍形而悦影。但两接处，墨与景俱不交，必有遗矣。惜哉！云护蛟龙，支股必间断，亦在意会而已。右徐渭书夏珪山水卷，语极隽远可思，非特书画而然也。仆尝论诗文，有句断而意连，文缺而旨属。故能文者，不关组字练句，而反于无字句处迴翔笔墨，盘礴意气。噫！未可为寻行数墨者道也。

◇真是解人。

与汪苕文

顷阅除目，乃知足下迁兵马司，为之罢酒抚膺。升沉固无足较，然使我曹得五湖三亩之宅，笔床茶灶，称江湖散人，假之数年，俾就删述之业，岂不甚盛？即不然，而上林莲勺，闲曹冷署，托迹仕隐之间，此复何与人事？而造物者必欲挫之簿领，劳之冗剧，屈指振古以来，文章九命，未有坎壈若斯之甚者也。前书来，欲买屋洞庭，此语不遂，灵威丈人固不许汪生独卜邻邪？仙舟当以何时北发？道路舟车，都下食指，皆可念。奈何奈何！

纪映锺

伯紫，江南上元人。

与栎园先生

远林易箦时，以其诗藁付映锺，两年来适辜负其意，惟置之案头，不离左右而已。昨先生语及，遂欲刻而传之，远林从此不朽矣。然远林不独工诗，又善啸。诗则可藉枣梨以传，而啸不可传；传其不可传者，非得先生绘风之笔，不能播其遐徽也。倘以谐声之字，谱其天籁之鸣，一披楮素，如畤龙吟，阮籍、孙登，间世接武，正使一切聋哑人，从远林既逝后，听之如半岭惊闻、众山皆响矣。此调不弹，惟远林振之，惟先生扬之，岂独啸而已哉?!

〇晋人有《啸旨》一书，然书传而音不传矣。远林乃能嗣遗响于千年之后，亦一振奇人也。

汪　楫

舟次，江南休宁人，家广陵。《悔斋集》。

寄栎园先生

读度穆陵以后诗，楫意不欲先生与近人较也。人苦为气质所限，涂朱抹粉，都不得当。屈先生为王、李家言，宁不迥异，然楫终不欲先生与近人较也。《赖古》诸集，何尝无气色?若于天然气色外，更欲小试神通，怖诸作者，未必不传。但添出一分气色，定挫过一分性情，于方寸终不愉快耳。

〇舍性情而专求气色，此后世王、李之流弊。

杨继芳

仲延，直隶南和人。《颐中集》。

与　人

昨奉直指檄，谓："朝廷治罪，生者霑恩矣。至有身毙囹圄，魂啼夜月，往往因而为厉，殊当悯恻。州邑其出示谕之，择日唱名释放，以示优恤。”仆今日造册提名，逐牌唤出，出饭浆纸钱，以资冥路，秉诚慰谕。观者如堵，隐隐亦若有听闻者，阴阳无异理也。

（直指何人？此举大奇。身死囹圄，并幽魂亦不得出，实有此理，只是世人不信耳。记此一则，以见仁人君子于庾死者，尚复垂恩；而残忍刻薄者，偏欲将生者毙之于狱，何其存心之不同也！

唐末允宰相张文蔚、中书舍人封舜卿奏，“名儒方干生前不遇者十有五人，赐孤魂及第”。赐孤魂及第，释孤魂出狱，皆人意想事，均是菩萨心肠。）

李日华

九疑，别号竹懒。〇再见。《李太仆恬忘堂集》。

与董献可茂才

仆以修《条例》《备考》，住贡院中，空阔幽寂，颇协素心。删削吏牍之馀，时或篝灯，偷读古人之书，意味浃心，有欲起舞者。大都古人不可及处，全在灵明洒脱，不挂一丝，而义理融通，备有万妙，断断非尘襟俗韵，所能摹肖而得者。以此知吾辈学问，当一意以充拓心胸为主。

门下赋才极高，炼学已苦，到古人地步，实是不难。不知平日，颇亦于性灵上简点一番否？门下藉此断绝往来，试于一物不容之地，时时勘验，作何境界，是何滋味；瞥起瞥倒，是谁转换；没巴没鼻，作何料量。不妨如是勘较，晨昏以之，势穷力极，必有爆然迸出一段光景，为君受用。视之饱蠹食而钻牛皮者，千万不同。此非诳语，幸门下信之。

〇初集中及此集前卷，所载先生尺牍，皆从杂刻中搜罗者。顷孔文在从先生嗣君会嘉，索全集贻我，始得尽窥先生之秘。选事将终，得此火齐压多宝船，为之作喜竟日。

答吴临川本如

世事悠悠忽忽，不知何所底止。日执手板，随人短长，何如把茅盖头，支折足铛，煮糙米饭，饱餐快嚼，而究幡风话也。丈天机迅利，道眼明白，岂亦以浮虚梦幻为实境，而置尺寸其间乎？弟于名宦，素如嚼蜡。近因病目，谢绝人事者三月，默坐静参，极知富之不如贫，贵之不如贱，动之不如静，有用之不如无用。恨不即灰心绝念，岂可复添火益薪哉！

昔吕纯阳下第而遇云房翁，传授度世之诀；白香山炼丹庐山草堂几就，忽鼎破炉翻，而翼日忠州之命下。征召之不及，安知不欲送我于青岩翠壑中，了三生业障耶？且弟之谫劣迂疎，何益于世？

年来潦倒，特为亲窃禄耳。若丈瑰玮淹宏，上人怜念。闻日来两院有一会揭赴部，以扶公道，丈与金溪丈首列，而弟亦与也。此固为国敛才者自致其惓惓，而吾辈何所与知也？身为傀儡，入石火光中，而线索付他人之手，果何欣、果何厌也？

庐阜天下奇绝处，李生近能折松当麈，为衲子谈，为道人谈，为无町畦之谈。丈过此，为一罊其抱乎？

〇先生通籍三十年，家食者已过其半，故落笔皆难进易退之言。

寄吴沔阳养晦

不佞褊衷如矢，门下坦道如弦。匡庐之遭，自谓一合意，可鸣镝以破群邪。不知奸革迴遮，谗语乱下，未虚兔窟，而弦断镟伤，俱归沦落。下惠取黜之道，其验如此，又复何言耶？

然不佞细观物理，百途扰扰，万变营营，只是造化一戏。

吾辈时当进用，正是其所饭之塗、所羹之尘耳。一旦值其既倦，势不得不弃遗而拾瓦砾，此宁可置一念其间哉？门下襟怀廓彻，道眼无瑕，久已觑破此关。不佞方复及此，亦犹谈刀贝于贪夫，夸蛾眉于淫士，语倾诈于险流，申明洁于贞女，采椒益兰，援珠并玉，重增一番欢喜缘耳。

不佞仕不期钟鼎，隐不羞市尘，纳屣归来，实与屠沽为邻。读书弹琴之暇，闲出窥里中少年纵饮，攘臂鼓掌，咀嚼狼藉。迨其既醉，号呼叫骂，恣行胸臆，不复知简，而人亦以其凭酒，敛衽避之，然而心弗许也。而鼻餂之狸，尾摇之犬，方潜其几下，偶投一骨，斗争狺狺。不佞熟视，慨然曰："世态具是矣！"然不佞不屑与若辈为徒，亦不敢与若辈较。何也？以造物者方羹之饭之，而忘其尘与塗也。我两人意，岂有二哉？！

○先生四上章乞休。

○朝廷有"孝思恬致"之褒，故即以"恬致"名堂。读此，可得先生居朝梗槩。

柬东岳水部石帆

作邑吏，借事炼心，亦是人心得益处。然征科敲朴，讯鞫逢迎，件件是一炉猛火。善用则煅铄日化，不善用则金气日消，盖亦魔佛关头也。安得高明如丈者，日临其侧，为之鼓籥抽薪，嘘寒戢焰，以调自然之火齐乎？

丈英灵廓彻，具不世之资，年来坚忍研玩，亦几至透脱之地，他日一出，必当目无全机。然丈今处无事，切当有事；弟适任事，又当应之以无事。孟子言养气则曰"必有事"，言用智则曰"行无事"，盖气用本处易散，所贵暖性不断；智用涉实易留，所贵烟烧不着。此固古人炼事炼心之密旨也。

弟每与丈谭，辄不能自禁其狂言，丈又因其狂而取之。故不敢不自竭，以待材择。

与石梦飞

苏、黄诸君，每读书得一字异义，必以相告；于食物得一味可口，辄以相哺，盖为道谊深重故耳。足下屡修此于不佞，而不佞媿无以报也。

〇真是乐事。

柬岳石梁

年兄佩斯文正印，为八闽司衡，彼中山海诸奇，且争妍以俟采择。忆垂髫时，与年兄遊胶庠，捧学使檄，则惕然戒心；得其片语嗟赏，则欣然志满。今且身为此官，视向日景象，何异泗上长纵观秦皇帝时也？真儒生极快心事。藉令兄竟掇京卿，建中丞节，不小纡途辙，何以有此哉？

旷隔之久，极欲一把臂。奈病体尚在静摄，日从青芝赤箭间作生活，即蠹简且绝翻，酒囊则高挂壁耳。知荣发有期，不胜怅结。

〇上而主试，下而视学，真人生快事。

藏弃集附录

说明：《藏弃集》甲、乙两本所录颇有差别，乙本抽改较多。今将乙本抽弃者附录于此，作者、篇目均依原卷次排列，以两存其貌。唯影印本页面较小，眉评多有未能识别之字。

—卷之二—

胡　介

彦远，钱塘人。《旅堂集》。(在本卷安致远《与李奉倩/又》之后。)

与林铁厓

伏枕闻里言，如投之参蓍温剂。但村酤自斟，断虀不备，寒士风味，未易承爱。非铁厓古处，能不惊座而起乎？

答刘逸民

横逆之来，偶动肝气，弟亦常同此病。然寒潭不为过雁留影，天心不为疾雷加劳。此即履道之素，养生之旨。道人见已过此，旅人敢复用臈（腊）月扇耶？

与程仲玉宪长

昨偶觅得玉茎兰二盆，寄呈署斋清供。此闽南所产，知非宪府所乏。昔人云："譬诸草木，吾臭味也。"不妨藉此存我辈臭味。他日携归南郭堂中，荣荣窗下，亦庶几如见故人也。

〇楚楚有致。

与金梦蜚

经年之别，亦须匝月盘桓，非击石火、闪电光，一见可了也。杜工部之于许主簿曰："坐对贤人酒，门听长者车。"旅堂断虀画粥，一味荒寒；独所藏斗酒，几入圣位，能无关长者之怀乎？午后襆被一条，且过故人，同操黄连树下琴，何如、何如？

与魏县

朔风走马，尘土满面。忽逢临邛故人，解骖适馆，坐之胡床，浇以名酒；兼以文生秀慧，翰墨之气，荡人怀抱。是何减刘、阮饱胡麻之饭，张骞泛星汉之槎也！恨以驿使频繁，不欲久停安邑，以费刍薪。缕缕之怀，当于罨画溪头，再图倾倒耳。

与申凫盟

怀想君子，比于饥渴。昨冲炎驰马，虽得握手清诒堂下，时体方委顿，偃仰在床，寸心未尽，前路日斜矣。嗟乎！襄阳异昔，东武谁吟？坐语桑间，独拜床下，同风相遇，疑别有千古。兹百里相望，眇若河山，况异时千里之思耶？未识嗣音，率尔展讯。

与刘太守

秋清如此，旧山桂子，时形寤寐。麋鹿之性，望长林丰草，如执热以濯。踯躅马蹄，自伤误我矣！知门下与节度公之风高谊厚，然尽欢竭情，昔贤所戒，况托教爱之末，异日中原奉教，亦有日乎？马首欲东，归思不可收拾矣。鉴亮鉴亮。

与杨犹龙学士

长安十丈尘中，每过玄亭，辄有高山大泽之气。入座披对，古心古貌，使人自亲。不见君子，几不信人间功名得意中有如许人物也。辱君子下交，忘年忘分，有布衣昆弟之雅，此意尤今人所不一二见也。康生南下，再辱惠书，兼拜远赠。昔人云："相去万馀里，故人心尚尔。"先生义深缟纻若此，心勒之矣。

—卷之三—

徐　芳

仲光，拙庵，江西南城人。《悬榻编》。（在本卷杨循吉之后。下周崇极随后。）

与林涵斋书（讳之蕃，一字孔硕。）

涵斋生平，人品、文章、事业，俱臻绝顶，无所歉。独年踰始衰，未有嗣续，为可虑耳。而涵斋贫且介，无明珠十斛，为后宫娉婷之具。如必待齐姜、宋子以为之母，吾恐孔、释抱送，必寘诸空桑之腹而后可也。故尝窃进刍荛，以为芝草醴泉，根源正不必择，事求其可已耳。而涵斋果以此得。殷洪乔谢晋武生子，谓"臣无勋而受宠赉"，帝笑曰："此事岂可容卿有勋。"如今日者，弟于涵斋，岂得无微勋耶？喜极辄复诙谑如此，想当一笑。

答苗九符邑侯二

郡城无一不可厌者，迩日乃大系人梦思，则以陶彭泽故。忆此时楞华阁畔，莞尔亭边，荷吐香红，竹函古翠，公馀静对，亦不减北窗高卧时。高人到处有羲皇，宁必栗里也。欣赏晨夕，惓焉于心，乃倦鸟逢巢，遂大恣其懒癖。近小楼无别课，惟酣鼾熟寐，访图南于睡乡，问蒙庄于蝶野，溟濛惝怳，若或遇之。至周公之封，华胥氏之鄙，则尚窅然不能得其径也。以是流连一往，阁外步地，经旬未尝涉足。

大篇至，矍起捧诵，昏沉始破。然又以叹编珠贯璧，引腕皆珍；织锦裁纨，挥毫成彩，公自矢廉，至此殊贪。弟辈夙怜公贫，到此又不能不羡其富矣。往钱勰知开封，苏子瞻乘其据案时遗之诗，勰操笔立报。子瞻曰："电扫讼庭，响答诗筒，近所未有。"盖文俗之难兼久矣。彼固偶尔酬和者。如以鞅掌盘错之身，理骚坛唫（吟）笑之业，李贺之奚囊日满，唐球之瓢团不虚，若贲皇先生，则何数开封矣！

答苗九符邑侯三

道无东西，头头皆是。如印印纸，纵横翻覆，皆得符契，段太尉倒用更胜正用也。又如策马穿城，南北东西，是门可入；纵使三叉路口，不免狐疑，要之十字街心，绝无淆谬。解此则苦县、漆园，固是一鼻两孔；即鹫岭号释、尼山称儒，亦是沙从锥画、水向犀分，强立门庭，割裂混沌。而况一身之中，四体五官，妄生分别，以齿劲而憾颊舌之委虵，缘腕灵而笑腓踵之顽钝，亦见其支离乖隔，举肤而遗里矣。

圣人之"无可无不可"，于有可有不可见之。适莫，非可也；模棱灏预，非无不可也。接回示中参看数段，语语入妙，开人悟头如许。至犹龙《南华》一段注脚，尤为点睛得髓。如此至言要道，非明府，安从闻之？

答苗九符明府五

全部瀑音，再一展读，虎凤争跃，《韶》钧迭鸣。始信

“学士词宗，将军武库”，王子安当日耦拟，最为确当。李太老云“读之可增十年寿”，芳谓“读之可省十年书”，未知其孰是也？

周崇极

无所，湖广黄冈人。

与盛休菴

承谕当忍耐，我辈不得意事，正是分内事；若得意，反为分外矣。实话，实话。

—卷之六—

蒋鸣玉

楚珍，金坛人。《怡曝堂集》。（在本卷开头。下傅占衡随后。）

复陈寒山

一代宗工，千秋哲匠，抱九仙之骨，翻七叶之书，暂借福星，哺䄡敝地。吴门一晤慈颜，欢喜无量；又承屡贶，感愧滋深。窃念十馀年来，貌苏公而尊子固，虽未获置身齐鲁，而滴滴在眼、活活在心，挑破鸳针，绩同金篦。以是而进三千、七十之林，拟托君子，比侪籍、湜，亦兰风之幼习、葵日之性倾也。

比者进访两公郎静室，寒潮在门，明月挂壁，螺纹绣鬘，冠玉拖绅，蹑肩谷之云松，点分窗之砚露，收览众妙，发为文章。至于几上縢书，目所罕见；鸿文积笥，等富陶朱。弟方抠衣之不暇，而过蒙俯接，益尊而光。此皆推慈台之谬爱，未见下士生平之诵法也。远承再贶，益愧先施。缕缕之私，容岀布候。

寄家中族戚

台区肩山趾海，蟠腹于攒岩大壑之间，峰如蓬植笋生，又如环连衣结，岗峦不及展布，绝顶不欲低徊。民生其间，巢居土食，累石为阡陌，依天者为天田，靠泉者为泉田，裁蹊幅涧者为坑田。此外资生岁计，不过伐木石、烧薪炭，出海系缘取鱼。又四维皆矗矗干霄，骈胁之士，疾行不及百里，汗踵摩肩，所负不及百斤，并无牛马舟车，可代肩挑步担之业。盖三代荒徼之馀，古人以为谪所，良不虚也。

玉袜线短才，使处之大郡剧邑，必有偾辕失足之虑。今地与人宜，赖以藏拙。惟是垂白之亲，来此不惯，日夜思故乡稻鱼蔬菜；又衙舍寂寥，不能见伯叔兄弟，时话农桑风景。以是中心怏怏，日赋归来。兼刑厅为道涂之官，到任三月，两至杭州，往返动六百里，视伯叔兄弟优游闾里，诵读清闲，新甑炊香，家酿早熟，伏腊之馀，父老相携，稚儿左右，天伦乐事，望之如神仙佛国。惟有梦寐华阳，神遊桑梓，遥天手额，愿祝新年多福多祺而已。

上黄海岸房师

十月之中到台。台民顽卒悍，海瘠山荒，一望巉巉皑皑，谁能煮石餐松？到即委屯田疆理而区画之。每月一至杭，往返六百里，猱升猿引，蛇曲蜗延。徒为奔走道路之官，不获侍家父母，求一味之甘，以娱旦夕。衙署萧然，亦复如昔之食麦粥青菜。庶几砥砺生平，仰求不得罪于师门、佛门。而才术短浅，福慧未生，尚祈老师多方进接教诲，虽同一视，冀有殊恩。身在遥天，神依法座。

与陈式匡同年

兹有专启者：敝同盟举人吕霖生，现署昆山教职，慷慨引大节，天下肝胆士也。治弟偕之北，三结靷矣，非徒博闻强识当益智之丸，赈乏周贫为续命之缕；而动引古人、高谭气节，非贤豪长者不与游治。弟执鞭其后，鄙吝消除，不啻日对鲁连、太白，蕴义生风，振激流俗；又不啻睹樊将军之拥盾而治怯，席桐江一片白茅而疗心疾也。北归以小女字其幼子，盖石交而骨戚者也。

闻其捐赀修学，分俸赡贫，至米麦皆取之家。室人交谪，不以为恤，然业已局促为辕下驹矣。青袍角带之间，谁复以天下士目之？昆之人士赞之者盈万口，而无繇上闻。四郡官评，年祖台为当衡之主，恳祈留神特揭，并吹嘘于诸公祖前。岂惟吕君衔结有日、治弟戴德无涯矣。

◇写得霖生须眉生动。

与张幼青

地之俗官，官之俗人，遂使牛马走，不能借幔亭一树清芬、半瓢西冷（泠）水，坐沁诗、裁瘦骨。仁兄清虚日来，神非不王，直是世间清福。满拚十分与清人受用，即带三分不快，亦是诗酒风流罪过。

至于弟辈，仆仆山缝水罅之间，瞿瞿一俯一仰之际，虽复如廉将军善饭，形神不束，机趣槁如，强健竟何益哉？在此滋过生灾，寻省终日，恨不对有道仁人，为之匡救百一。

拙稿刻者皆不成帖，字差句误，仁兄犹不避点污清几，为之刻画，使分眉列目，生绀发于枯骸之上耶！

贺宁海令公考满

比于制锦，锦成而文彩陆离，贵人岂知其难？机中少女，经千纬万，不知费十指上多少工夫。然被君子之身，为时黼黻，则虽劳亦无所恨。亲翁莅此海邦，荒旱交瘁，积逋盈万，良法苦心。当此三年政成之际，诚为心力交致，弟辈望之如登天然。翘首锋车，惟勤月指。

与何无咎山人

风雅登坛，儒林列传，昔未有能兼之者。匪性功之不能并妙，才品之不能偕全，良繇地灵有限，匪光岳气通、山水会聚，不能夜抱九仙、朝垂百尺，卓然以文章品行，踔千秋而凌一世者也。

居常读台臺汲古堂著作，方之李，当夜郎以西；絜之杜，须夔州以后。寻常点染，皆成珍绝。然私心向往，尤在凤鸾之跱，不踏凡间一寸俗地。孤情独炤，炯炯林泉；旷志怡怀，悠悠天地。世间第一流人物，第一流诗文，岂非天性灵峰，杰然撑维系曜？汪洋海若，浸浴三光；山水之奇，笃生瓌玮。异哉！造物位置奇人，与位置奇山水，苞精蕴秀，巧合如斯耶？

俗吏偶通名姓，不我鄙彝（夷），宠以佳妙。顾瞻金玉，愈动光仪。不知何时得随杖履，步篇章末句，为生平一大快事也?!

○楚珍不妄许可者，读之想见无咎。

与陈寒山

伏读大序，如眉云鬘彩，顿出光明；寻常皇甫先生，更增重《三都》，为《六经》鼓吹。况寒山百代才人，《寒山集》千秋自命，大珠小珠错落，盈筐盈斛，而不足为后进点染生光泽，知无是理。虽然，古今来序传而文不传者何限？狂喜之馀，又发一番惭愧矣。

吴丰占

年翁遊闽，八闽之士，意爇朝飞，心灯夜炳，吐媚扬晖，发声振采。此即儒林相业，为国家作养人才；匪徒茂先博物、龙津石鼓，区区见志记云尔也。台李称无事，然蜗巡螺转，苍岭东西，雁山南北，云牛马走，信不虚耳。

家　书

凡人省过为难，省其难知易犯者。过亦各有其时也，如初做举人，往往得过于此数条，故摘出戒之。一，约束家人。新来投靠，多系逃奴，生性不改，后有是非。吾家衣食非薄，不能养游手好闲之人。只旧时粗蠢数人，亦足勾用；不必多收，以贻后患。

一，慎择朋友。凡趋承门下之人，志在借名图利，再无落空奉承。一鱼一肉，俱是将虾钓鳖；一话一言，俱是构械藏机。又有一种耳报之徒，捕捉风影，妄传新事奇闻，一日走十数家，则说谎数十件矣。山人清客，攀亲扯旧，一实九虚，自称在行，密刺隐事。如此畸人，毒于疫魅，门庭简静，不见为高；苟无可避，淡淡应之，得其蚤去，胜一帖清凉散矣。万不可托他一事，受他一瓶茶、一袋香也。

吾无日不愿读书，以读书多益少损，塞眼藏身，虽市嚣卒伍，展卷深山。意吾子必得此性格耳。凉飕静户，正好研思玩味。无论圣贤字字精深，即如三代以下好名，名莫大于文名，文名岂不读书人袭取得？诗画法书，皆以文人借重；不然，人以名其艺，艺岂足重一代哉？子果欲立志为一代文人，凡忧悲喜好、惊愕动静往来之端，悉当以读书为主。夫我不暇，又安得功夫与俗子罄折咳唾哉！十二时中，除调理身体外，一切隔断红尘，乃可拱揖千秋间人物耳。拥书百城，左顾右盼，明牕净几，书画自娱，豪吟静理，兼仙佛之长，获风流之乐。以是而称少年受用，真堪欣羡。若坐迎宾馆，伛偻赤日，拜送纷纭，轿马如织，忘其本业，已为可惜。劳劳亭上，衮衮尘中，臣仆《骚》《雅》，有是理哉？

官途险恶，觌面山川，妬成乐败，犹为常态。五聚之场，水土异性；一日之内，更变不齐。书生孺子不察，以为直行胸臆，与人无患；不知虞我网我者之不必我雠我怨也。褒讥第一宜断，讽咏亦勿示人。得时人不可嘱讬于求，失意人不可挺身从井。灌、窦之失势推尊，牛、李之因时奔走，洛蜀、荆温，何代无之？所恃交人而不交事，交事而不交私。无私正己，是万世准绳；慎独怀刑，则一生人己把柄也。如有意立名立功，功岂腐生尺寸，名为祟祸偏多。官居文苑，职在读书，清虚淡薄，退然善让，天且佑之，何况于人！

◇初入仕途人，不可不明此语。

◇无奈一辈人，乐此不为疲。

◇真□（刺？）骨格言，人当书绅。

示　人

看书须从书隙中看人。如上下参差不合，及远近炤应关生，题中字有奇异可疑、折拗难解者，皆书隙也。从此看人，自有奇情异解。统《四书》中话说，相似相反者，一一参看，为同为否，如磨勘文卷，如何不下某字而下此字，如何不说彼意而说此意。间有文害辞、辞害志处，正是吾人急当着眼处。“大疑大悟，小疑小悟”，此之谓也。

毒何必周、来？奸何必杞、桧？自吾壮年所遇，有须直如悬针、曲如挂钩者；眶如点漆、睛如滴血者，光如束炬者，蓝如靛、赤如硃者；走如风影、鸷如跼伏者；流盼不定，蟹视、虾视、鹰视者；大笑无情、一怒骨青面白者；唇皮撕动、日月角起筋如线者；须眉毫脱落者，通身毛如蝟磔者；牙重板齿外露，舌尖小如豺、伸缩如蛇者；一语沉思、转顾左右偷觑者。以形验性，大都阳亢阴戾，而死于兵、死于法、死于夭折者，十不免二三焉。习与之居，不见为异。清夜追思，或撄鳞万乘，或摧残一本，或草菅人命、鱼肉地方，桓、文搂伐，馀、耳凶终。家居而鲋入鲋出，密迩而为府为城，遭诸途不能迴车，接诸席不能割坐，且有宁逢乳虎、不愿再见此人者。不幸与之同时、同地、同官、同寓、同谱籍，虽事以鬼神之礼，加之豢扰之方，然幕身为燕、束茧为蚕，设无乡之黍肉，注不溢之江河，泾渭合流，淄渑内辨，非十分识学，奉以周旋，则愚而受傀儡之提，竞而贻鼎趾之祸，狎而得犯，为罪日多矣。

古之言事君者，以阴阳人道为二患；言运命者，以五刑六疾为二危，故仕宦难成而易败也。然有善败者焉，害取轻，怨取寡，谤取薄，罪取微，辱不及亲，累不下子孙；败犹荣，败犹救，败犹得全、终免者。善败非败，善胜也。失势如惊畜之坠空，戢翌（翼）若归鸟之集木，心既无惭，咎亦可引。迩者弹丸之邑，前后踵败，案赇累万，长系数年，耳而目之，曾不之怪，曰："夫夫，乖性也，线才也，因缘为利也，不善事上官，宜其及也。"反躬循省，亦未见其啜冰霜、严法律，耐烦忍性，正己和衷，则七年之病无医、十年之臭如故。辙辙所争远近，绳绳不易古今，求善败之败不可得，况善胜者乎？

待人接物，是德性、学之征。四相未除，定生欣厌。欣少厌多，凌愚则我损其德，蔑智则人益其仇。计日所厌，何止一人；积旬成岁，仇成樊棘矣。温言霁色，曲谨泛施，以礼自处处人，而绝不以责人，恐衅起于尝羹、赏遗于割肉，老忘帷盖、近忽蓍簪，况移床远客、蓬跣迎宾，青白在眼、高下在心，以为无失色失言于人，以自隙也，噫危矣！

与小人交，如鬼业缠人、丝萝漫地，若不力为城府，溃溃不知所底止。

豪杰作用，皆有所本。如孔明之淡泊宁静，关公、岳武穆之好《左氏春秋》，其人皆实有所得，不是剽窃蹈袭上来。张睢阳之言“目不识人伦，焉知天道”，此等语，皆是其中实实有得处。

飞者翼也，而力在尾；行者跗也，而运在气。不用之为用大矣！

◇不须更读□人言。

◇此等人尤足畏。

◇此是平心之论。

◇为之一慨！

与人论文

文章有心联络，则廉隅不生；任意飘扬，则陡削不起。是在作者散出思整、流出思停，吐舌伸牙处能提缰握索。

用事更难于情景，作诗有之，文亦然。如灯影，只可取魂，不可取影。

吴稚云谈文曰“放笔闸”，溃河决峡之说也。三字极可思。

傅占衡

平叔，临川人。《湘帆堂遗稿》。

与徐仲光先生

十年梦寐，一旦偿之，欢幸何似！惜尊体小极，未畅清言，摄榼相从，则行窝已返旆矣。寻于家万子先生所，获奉分寄诗册，与少游交读翫躭，遂忘浃月之暑。诗虽大君子著作一班乎，而比兴微远，音旨瀞深，教义之昌明，践履之笃实，皆可从见。合两生笔力，未足赞扬不朽盛事也。沮溺狂歌，殊惭草野。

昔闻萤有并蜚而望天者，遥见行星出没，以为己类也，欲呼而追及之。星却行以待，既近则星光绝大，无着萤处。星谓萤曰："汝有明而嗜飞，亦吾类也。然附而行则不及。"于是载萤星颠，行益加速。萤乃自喜，稍稍远去，下堕山头，薄林端。人犹疑其星也，既而萤也。倘是谓乎？腐草微明，何以塞台命哉？惶恐惶恐！

◇奇喻，妙喻！

—卷之八—

宗元鼎

定九，梅岑，扬州兴化籍，江都人。《新柳草堂集》。(在本卷开头。)

寄仪部王阮亭先生

七月既望，曾具诗筐，并副启一通。时缺翔鸿，空怀尺鲤。然而花枝酒筹间，听吴娘唱"零素断纨"之句，计程天外，应已过钟吾道中也。

桂月初，接公犹手翰，篝灯夜泊，犹念秋水伊人，当代昌黎，得为东野知音，此生顾已足矣。张敏交情，梦中寻路，宁止望江云于日暮耶！

诗话六则，鲜洁齐纨，香飘赵縠，颍川仲伟，不足擅美于前。巴人俚语，何幸获此！东原二诗，蘅皋白露，莲浦绿波，可谓薰班摘宋，读至"含悽咏江练"，适令人一吟泪流也。魏阙高寒，调和珍重。

又

数月来又疎音问矣。独宿禅菴，夜长心静。历计一岁中，前后寄书共五函，寄书人未必俱到。其最初有"犹梦淮南旧烟水，半间茅屋读书人"之句者，乙巳冬杪札也。次又有"留得崔峒诗句在，寒山影里见人家”之句者，丙午试灯日札也。次则四月浴佛后二日有札。次则五月有札，中四句有“半夜犹裁牍，逢人便寄诗。不从中路转，也到玉京迟”之句也。次则季秋扇面诗三首，结句有“只因曾重参寮选，又寄秋风第四函”之句也。而缕缕重复及之者，以前数函，或有到、有不到，以见寄书之难，而此衷不敢一刻忘文字之知也。

《红桥百字令》一阕，录稿寄政。望建礼之暇，一赐和章。

寄王西樵先生

记茱萸湾北，霜月维舟，清酒素心，骊歌酬和，村牕雪夜，回首兹时，又成往事矣。当先生之在维扬，或数日一谈，或经月始面；东原七十里，书札时通，此衷觉相离不甚相远。迨归历下，山川绵邈，始悔从前何以不朝夕相依也。

湖舟判袂后，即返东原，至今不复入郭。非懒于巾柴车，因赏音既归，论诗兴减。《南史》、《世说》，解颐何人？《花间》、《草堂》，是为何物？程邨博学，远隔江东；豹人雄赡，饥躯无定；西崖妙才，不复常到。以是甘心索居耳。

腊月二十日，雪中忆间岁此时入郡，是晚寒甚，到即相留，拥炉火于客亭中。时有送云液二小瓶，开樽尝试，酒间座客，分曹说令，限以典雅，各举数百事。时沉醉，旋想旋忘，因以笔记掌上，漏尽方散。月光如水，澄澈四际。归寓犹写寄京雒知己书，天将明始卧。次早醒，视掌臂间，墨斑斑如古竹帛。此景此况，人生不易多得。

今年此夕大雪，则寂坐于东原草堂中，与文江燎松柴相对，浊酒一壶、残书一卷而已。因赋二诗，并录于后。时乏齐州驿使，仍以此札寄至金台，入家报中。然写书是新春前一夕，不知书到何时也？今岁广陵大雪三次，连山接水，尽如琼瑶，平田邨落之间，断往来者旬日。开函见此，应必有忆江南雪中人诗句矣。

岁端将近，福履与梅竹俱新。广陵布衣，不胜瓣香敬祝之至。主臣。

寄周栎园先生乞为亡友白英刻遗稿书

鼎再拜谨奉书周先生阁下：向承询及方生苞诗文，入夏来，手自编辑遗稿七卷，寄上，敬求大序垂重。倘可以发梓，则伏望先达为之行世焉。

鼎叹今世之为交道也，生则与之遊，殁则已焉；荣通则日相近，困瘁则若不相闻焉。然而于世俗颓靡之中，犹以苞之遗稿为念者，以当代有大贤君子，能挽古道于今日也。

鼎往读韩昌黎传，见其与洛阳孟郊、东郡张籍相善。二人名位未振，昌黎不避寒暑，称荐于公卿间，而籍终成科名。孟郊既不得第而卒，昌黎与李翱，犹为之称道于郑馀庆，使之葬送赡给焉。《旧唐书》张籍、孟郊传，不列之于“文苑”中，而附之于昌黎传之后，以为张、孟非昌黎则名不彰，而天下皆于此知昌黎之好士，如是其真且笃也！

苞昔为先生所知，收入门墙。使苞身尚在，必为门下诵读诗书、效法仁义之士。今既捐馆舍有年矣，则遗稿之传于世，正当世昌黎之任也。其集中字句，已重加校正，凡文不雅驯者，不入是编。冒渎威尊，惶悚敬献。（苞字白英。）

—卷之九—

徐允禄

汝廉，江南嘉定人。《思勉斋集》。（在方拱乾后。下诸人至盛于斯随后。）

与陶逸则

予将以取道之说复子矣。吴人有适京师者，路遇异人，谓之曰："子今仡仡，甚劳苦。吾有术于此，子且瞑目。"于是为之施符水、诵密谛，其人但闻木杪风飒，不须臾张目，已至京师矣。后在贵人坐，贵人遍询客以江淮之险、齐鲁之俗，诸客亦竞酬对，其人瞪目不能出一言。何则？亦取捷之患也。子谓我甘心学瞪目不能出一语之人耶？子可以谅我矣。

示　人

桑献征尝谓予言：其家祭先，酒饭献毕，祭者即于祭考旁，陈说近时家事，以及亲友家事，又次及时事。旁立者见其望空呼爷娘、祖父，喃喃不已，无不叹者。予听之，而知其为慈孝之家也。

徐　缄

伯调，江南山阴人。《岁星堂集》。

上钱宗伯

先生盛称宋景濂、归太仆之文，缄乡者亦尝略观之。今因先生之言，于南昌人家借得《学士集》，反复览观。窃以为，唯圣人之文，言理则极其精醇；即以文章言之，其神妙亦如化工之肖物。此六经、三史之所以争光日月也。降及后世，《战国策》，太史公，为文章之圣，绳之以大道则乖；濂雒关闽，微言大义，椎析毫毛，其词则缭绕平实，于文章无当焉。岂非周孔之不可阶而升，挟泰山者不能复超北海耶？

今景濂乃欲起而兼之，取理于程、朱，而掞藻于欧苏、迁固，惘惘然以为古之作者莫己若也。不知其不能媲美古人，弊正坐此。今其集具在，凡序事、议论宗《史》《汉》、八家者，皆卓然可观；而言理之文，自附紫阳、明道者，则皆卑茶熟烂，老生学究振笔，绰然有馀。由此观之，二者之不能合併也决矣，景濂之不及古人明矣。遂欲县此为质的，使后学咸宗焉，缄不能无少惑也。

杜 濬

于皇，茶村，湖广黄冈人。《变雅堂集》。

与栎园公言黄济叔所注六书

有久欲白先生者。故人黄经济叔，生平尝论定六书二十卷，自谓颇极苦心。尝以求序于濬，濬观其书，一正诸家踳驳附会之陋，洵为许氏功臣。今济叔死，而其嗣子谨愿力田，然废学已久，未必能护惜此书。濬乙酉至东皋，欲索得之。行复自念：赤贫无家之人，既力不能为付梓以传；又东西遊走，万一放失其稿，或久闭笥中，徒饱蠹鱼；又或仆婢窃之，以易饼饵，则故人心血，翻澌灭于吾手，罪过不小。踟躇而止。

兹惟济叔既尝幸交门下，荷栎园先生恩分不浅；而先生又尝深赏其篆刻之技，赠以奇文，以为直跨文、何而上。济叔在日，每酒酣则出以夸其座人，谓周先生一代法眼品题如此，谁复能易只字者。语次复及昔日患难相同一段情事，则泫然而泣；已而更大笑，以为非患难，不得遇周先生也。

夫以济叔平日感先生破格如此，则其死后亦必蒙先生悼惜可知。悼惜之效，诚莫若为传此书。盖先生声华位望，欲传则传，非若濬之有其心而无其力也。繇是言之，使济叔有知，不以此望之栎园先生，更谁望哉？

濬尝窃伏叹先生古道独行，谊笃死友。如向日于林宗、太冲两先生，近日于孟贞、于一、与治诸老友之遗文，皆不计有无，表章之不遗馀力，初非待人言之也，则今日又何待濬言！

然濬仅能言，则亦为其所能为者而已，虽蛇足可也。况此书是正经史，嘉惠来学，较文人别集，更为切用。先生以斯文为己任，谅在他氏犹孜孜不遗，矧济叔乎？惟先生旦晚留神，则济叔生平得附知爱之末为不虚，而士之刳心述作者，亦恃交道以无恐，甚盛轨也。倚装率削不尽。

〇计草甫曰："□□子瞻求韩魏公□（葬?）董传书。"①

〇想得曲尽，不独文情之妙，亦见交情之真。

〇欲行三折，始而□（矜?），继而悲，终而喜，摹写入神。

◇寻味无尽。

与蒋前民

韩退之云："无善名以闻，无恶声以讙。"此言命定，无与人事。昨闻之友人，有细人谤仆，老弟代为不平，谋欲众辱之。此甚不必也。仆试举一事。

昔于一在时，数至金陵，随身一书箧，舍馆定而谨藏之，启闭皆不令人见。家兄弟与仆咸疑其所藏，一日乘其醉熟，相与探其箧，则其中仅有一巨卷，乃手录仆诗数百篇，圈点之密，类上第举子所刻闱中牍。家兄弟顾仆，而叹于一之知音，一至于此。于一又有一夹袋，每赴讌会，遇有佳果核，则取而纳其中，他日逢余，辄出以相啖，知余所嗜也。袋中有方策，每听余剧谈中有可采，辄掌记之，以为难闻也。

---

① 苏轼《上韩魏公书》云："近得秦中故人书，报进士董传三月中病死。……其为人，不通晓世事，然酷嗜读书。其文字萧然有出尘之姿，至诗与楚词，则求之于世可与传比者，不过数人。此固不待轼言，公（韩琦）自知之。……轼与之故旧在京师都数人，相与出钱赙其家，而气力微薄，不能有所济，甚可悯也。公若犹怜之，不敢望其他，度可以葬传者足矣。"眉评影印模糊，故引及之。

老弟试思之：仆何以得此于于一哉？此皆往因前定，有此岂得无彼？若谓谤我者为不当，然则如于一之好我，又岂当然者耶？可以一笑而释矣。惟知己如于一，虽属往因，不能不感。书至此，不觉出涕。

盛于斯

此公，玉郎，南陵人。《休菴遗稿》。

与刘焕於

血性男儿，必竟认真一项，必不肯泛泛悠悠，作一概宽皮袋。若蕾蕾浊浊，没紧没要，终是世界一无着落人。

答某

自恃者，害之随也。牛以角而绁，马以蹄而羁，虎以爪牙而死。惟凤则有喙而柔，麟则有角而肉，龙则法力焉而能屈伸。

与同人论古

毛遂出万死一生，而卒不死；李同出万死一生，而卒不生，然其功皆足以存赵。彼十九人者，竟何益于存亡之数哉？碌碌因人，真同堂下之狗马耳！

与纪和元

几堆红叶，一带寒流，料客子羁途，不容不登楼怅怅。

别吴君一

行鼓棹矣，把酒各天，风云在念。

徐　汧

九一，勿斋，江南长洲籍，吴县人。（在本卷张芳后；下一人随后。）

与李映碧

灯下阅疏传，顿足搥床，所不能蠡测于渊海者，真欲自废。但病聋聩，无繇执鞭弭从事耳。如此辄别，当使终身有面墙之憾也。二集非竭数日坐卧不复能了。衡困中得此，自是黑地晶光。载此过三湘七泽，当使鱼龙避路、兰芷让芳也。谢谢不悉。

释正嵒

豁然，南屏大和尚。《谷鸣集》。

鹿门居士

古今大梦，不知迷误多少豪杰。若具弄丸手段，不妨就里许打彻，如登俳场，虽锣鼓喧天、粉黛满眼，只消一眼觑破、一线扯断，则当处是个空花佛事、水月道场。不然被幻境牵抽，岂有自繇份耶？

示波停禅子

近日禅和子，未见真师，曾无实悟，疑将一毫置于太虚、一滴投于大海，便目为全岳全湖。生前遇境，尚无措手，何况眼光落地？此辈全仗平日付得人多，替他庄严盖履；临终预作死偈，愚诳聋俗。不知一生妄谈盘若，请问拔舌狱中，亦能诳得琰魔阿旁否？盖此辈一向好为人师，虽一等同人出世，不知临机为人，如金鎞刮目，差之毫厘，便瞎却人眼，厉害非小。此古之豪杰不免，况今龌龊辈耶？朽在千佛阁打破疑关，便一眼觑破此辈，虽未出世，恨不一帚扫尽；单求一两个原生家，具以盛真狮子乳耳。

—卷之十一—

钱谦益

受之，牧斋，江南常熟人。《初学集》。(在本卷开头。下数人皆随后。

示从子求赤

王龙溪云："举业不出读书、作文两事。"读书如饮食入胃，不（《有学集》作"必"）能盈溢输贯，积而不化，谓之"食痞"。作文如写家书，句句道实事，自有条理；若替人写书，周罗浮泛，谓之"沓舌"。于此知用心，即举业便是德业，非两事也。

赵浚谷子有儁才，不课举业。其婿李廓菴怪而问之，浚谷曰："吾见近年举业日敝一日，故不欲儿曹为之。"廓菴曰："近年举业日盛一日，乃以为敝，何也？"浚谷曰："子试举近代举业之佳者以示余。"廓菴检得十先生稿，瞿昆湖《子使漆雕开仕》一节文字呈上。浚谷看讫，问曰："此文佳处何在？"廓菴指其讲"子说"处云："即其不轻于仕，则他日之能仕可知。即其不安于未信，则他日之能信可知。此皆前人所未发。"浚谷曰："吾谓近年举业之敝，正指此等处也。子之悦之，只悦其当下一念，岂暇推及他日？他日之信不信，夫子岂能预保而预喜之耶？荀子《非十二子》，有漆雕氏之儒，毕竟斯之终未能信，流为曲学。使夫子预保而预喜之，是为漆雕氏所卖矣。圣人不若是愚也。即如近日抚按奏吾乡灾伤，若极叙目前冻馁流离之状，天子必恻然怜悯蠲赈。乃云：‘若不蠲赈，他日必为盗为乱，国家且受其祸。’以祸怵之，而恻隐之心薄矣。又如言官论高中玄，言其刚愎褊急，无宰相度，彼亦何辞？乃云：‘他日必为秦桧、李林甫。’中玄素以豪杰自负，不可一世士，以此目之，彼岂心服？他日柄用，其恣睢不平之气，必有当之者。吾老矣，子当亲见之。”已而部覆陕西灾伤，得旨果无蠲赈；而隆庆间，高公以阁学涖吏部，首考察科道，黜向时言事者，一一如赵公言。

甲子春（集作“天启初”），汤临川之仲子大耆，偕朱如容掌科游长安。如容盛谈时艺，称临川文如杜诗，无一字无出处。坐客有面折之者，曰：“《左传》阴饴甥曰：‘小人戚谓之不免，君子恕以为必归。’临川君子实玄黄二句，文云‘周师人，君子怒可也’，改‘恕’为‘怒’，有何出处？岂时文应使别字乎？”仲子曰：“尝有人问家先生，家先生曰：‘君子如怒，乱庶遄已。吾此文引《诗》语对《左传》也。’”如容鼓掌曰：“吾谓无一字无来处，岂非诚证乎？”其人俛首而去。如容语余。先辈文字，不可轻易弹驳如此。

魏裔介

再见。

与申凫盟兄弟

犹龙遂作古人，山川俱为削色。堪恨世人怜才者少，泛泛而置之，令后世有心读其遗诗及文，不知泣下之何从也。虽然，失职而志不平，岂尽天之为哉？贵昆玉笃友朋之义者，无俟余言之毕，愿椽笔作传，以垂示方来耳。《溯洄诗文》二部奉览。

学道之念，何刻可忘？山中如有所得，希信示之。今天下饮食之人甚众，若长安尤为声利角逐之薮，仆虽居势权之地，未尝不日加猛省，诚恐堕落坑窠中，为海内大贤所耻。

◇文□学术，□特真□。

与杨履吉

生平良友，乃令先公与蔚州魏环极。清化抱疾，竚望调摄平善，以遂西征；不意溘然，令人五内崩摧。始得信于陈滭水，再得信于殷伯岩，复得讣音于吾子，而后敢以为真也。为位而哭，梦魂如有所失者弥月。复值亡荆之丧，赴弔迟迟。今炙絮耑奠，舍弟并匍匐以往。其祭章文颇有愤懑语，在令先公未必有此意。友朋相念，为此无可奈何之词，灵爽不泯，闻之稍为破颜耳。并冀藏之笥中，不可令忌者见之，以来其谣啄〔诼〕也。

○先生交道之古，于犹龙墓志、祭文见之。读此书，更诵山巨源、刘孝标之□谊也。

与蔡子虚水部

都门得朝夕晤对，以谈素心。自台驾行后，便有离群索居之叹；赖有康侯，差不寂寞耳。

足下真气迎人，恬退自怡，虽不得铨曹，而桑梓雅望，莫不归之。昔人以四衙门不宜做，即有激之说，然在今日正自有深味也。势之所在，易于沾染；且任重劳心，何若闲曹冷局，以江山烟云花鸟为供养哉？

前所云《赵忠毅公文集》，此诚希世之珍。吾乡自宋广平、魏郑公后，惟有此老；李赞皇诸人，皆远不及也。夫长于忠节者，未必文章尔雅；文章尔雅者，未必道理纯至。若忠毅公者，可谓兼之矣。当明之季，使得行其志，天下何至遽坏？今足下慨然欲重新其事，赵公有知，岂不感于冥漠！惟是公尚有《闲居择言》，及《史韵》一书，乃其一生学问切至。守先待后之大关键处，而刊落不入，则后世谁与见之？此则有烦于高明商酌者也。

◇读之可涤□缘。

与李龙衮掌科

曩者东行，竟未及握手相送，殊为媿歉。云树之思，方与日积，捧读手教，能无怅然！尚阳堡人食其力，固有太古之风，况有叠嶂长河，烟云供养。昔管宁、邴原，皆尝避席辽左。愿足下上友古人，则去国怀乡之思，自可澹然矣。

今长安如张坤安等者，非不位极八座，而溘然长逝。若于旷远之地，而能存心养性，求其道之在我者，朝闻夕死无憾矣。胸中既已洒落，亦岂有遂死之理乎？待一二年后，朝廷自有恩典。昌黎复入，子瞻北归，当令长安再见完人耳。

心绪烦冗，不能为诗以寄远人，辄抒其鄙陋之见，亦夙昔所窃闻于先正也。

◇□圣贤自□立命之□。道学语，以至诚恳切出之，便□然可思。

陈玉璂

椒峰，江南武进人。

与贺天士

仆尝读韩昌黎文，至其为柳子厚志铭，未尝不废书三叹也。有曰："平居里巷相慕悦，酒食游戏相征逐，握手出肺肝相示，指天日涕泣誓生死。一旦临小利害，反眼若不相识，落陷穽，不一引手救。”嗟乎！何古今人有同慨耶？

足下向遭谤逮狱，有锡山某者，足下友也。仆曾为足下言，希为足下暴白，数叩不答。又如江都某者，亦足下友也，仆曾以数金嘱致足下度岁。物虽无几，不足言，然所云急难时也。至足下出狱，云“无有”。嗟乎！此二友者，足下尝向仆称道，所为“出肺肝相示，指天日涕泣誓生死”者。嗟乎！何古今人有同慨耶？

足下见友道如此，亦可作绝交书，敬谢二客矣。近见足下犹往来不绝，倘以为待友之道宜如是厚耶？不则以为如昌黎所云“平居里巷相慕悦，酒食游戏相征逐”，而原未尝责以他事。如是，则天下之友皆可友，又何择乎此二友耶？

孔子曰：“择其善者而从之。”朋友之道，在乎能择。苟其能择，友必有用；苟不能择，不如无友。伏望足下反复孔子、昌黎之言，慎所以自处，毋纷纷与俗同也。某白。

◇此论最快。

◇可铭可箴。

董以宁

再见。

答陈其年

承谕题《九青图》，知足下于小史种情益甚。此固吾辈失意之人支离潦倒之所托也，仆向者亦常久溺于此；而温艳之体，又平日所优为，遂不禁欣然为之。

及命笔，而儿子牵牛，适以所读《孟子》来请讲，不忍叱之去。因与讲“君子以为犹告”一章，讲毕，命之复讲，颇能记忆不遗。仆喜，与之果饵。次子方三岁，见其兄得食，亦倒持书册，向仆咿唔，以冀与食，而苦无字音。仆为之失笑，乃又益喜。有长者过焉，偶以告，随问牵牛年几何矣，曰："是其生也，当辛丑之始秋，故以牵牛名，今八岁耳。"长者慨然曰："嗟乎！使尔早生子数年，得入尔父怀抱，其乐不更胜于今日哉？尔惟他有所溺，故得之较晚。然犹幸免于大不孝者，赖吾子勇以自悔耳。"

仆因念足下更长于仆五年，于少保公为冢孙，于处士公为冢子。生子事大，虽支离潦倒，不宜更有此无益之好。遂终阁笔，不复为足下题《九青图》。宁顿首复。

◇此近迂腐，□是肝膈至言，陈□□一人之□，谊其婉□如是。

胡周鼒

其章，卣臣，江南太仓人。《葵锦堂遗集》。

与李辛水州侯

予于公而知文之相成，而道之相合，有由然也。弇州领袖词坛，历下而外，惟与兴国吴明卿唱和最多；而太原相国行传，出于京山李本宁之手。楚江娄海，道映焜煌。郭景纯曰："包山、洞庭、巴陵，地道潜达旁通。"岂地脉果有相通者耶？我公之才，不在明卿、本宁下也。娄人士辱我公嘉惠之意，敢不勉！

与马汉翔

世未有抱才如足下，而不得取青紫、显功名者。玄静之遇有时，崔驷之年方壮。昔人云："美才应自料。"此之谓也。

陈龙岩

孟象，福建惠安人。

与程石门

贵筑萧寺，破座高谈，策马郊别，而绛驺已远。惟恨无情峦巘，遮吾望眼，不啻刘豫州之伐树望元直也。诸兄弟奎联璧合，俱在红云高处；独弟孤掌单丝，侧身夜郎，呼拜随人，抚髀泣下。

邹祇谟

訏士，程邨，武进人。《远志斋文集》。

与陆荩思

仆当十四五岁时，读《花间》《尊前》诸集，即能为词，辄成帙，自觉瑰丽可喜。年二十馀，始为诗。见诸先辈云："欲作诗，不可作词。词与诗虽同源异派，然为诗妨者必词也。"以是久弃去不为。及观黄鲁直、张文潜之序晏叔原、贺方回，则或以为"有诗人句法"，或以为"能文"，而惟是之工意（意，工?）词不特无妨于诗，且亦无妨于文耶？是以仆与阮亭偶篡《倚声》之集，取其不倍于古人者而录之，岂欲以是当诗与文之衡哉！

虽然，作诗之法，情胜于理；作文之法，理胜于情。乃诗未尝不本理以纬夫情，文未尝不因情以宣乎理，情理并至，此盖诗与文所不能外也。词虽小道，欲舍是，亦无由。足下试取唐宋诸家观之，有为文人之词者，有为诗人之词者，亦有为词人之词者。夫以词人为词，此不能以文与诗之法为词者也。故技至周、柳、鲁、晁，犹不免优伶之诮。吾辈今日，亦从文与诗之绪，以及其馀可耳。至于音声分刌，乐工已失宗传。欲遽以南北宫调求之，是今人乡社童子，所歌之《鹿鸣》、《四牡》也，何如不闻之为愈哉？

夫宋人能为文与诗者，前有欧、苏，后有辛、陆。足下试取诸词，一为寻绎，即其情理难合之间，可深得用意所存矣。曩读足下《巢青阁词》，知足下能知作词之要。而徐野君《词统》一书，又能尽古人所长。足下即以仆此言告之，何如？

◇□□其妙。

◇□言可□声调论□所未及也。

答贺天士

辱书勤切，盛推誉仆以文章之事，且奖且诱，谓其事半功倍，直欲以古人望仆者。仆何以得此于足下哉？毋乃以古人厚期仆，而又以今人所貌许者，姑尝仆而中以所喜也，岂足下所宜待仆者哉！昔韩退之之为文也，凡人笑之则以为喜，誉之则以为忧。使仆竟喜其所忧而忧其所喜，则亦非足下待仆之意矣。

夫古人之置力于文者，无不先求其所甚难，而后徐得其所甚易。当其收视返听、力蹶志沉之日，何敢自以为易哉？行百里者半于九十，中流不进，与望洋而叹者等耳。河出昆仑之墟，其所并历者，千七百渠，而后有龙门、砥柱之奇。今徒徜徉沟渎以内，而欲以蛙蛭之观等之，其遂能为穷水之源者耶？虽然，去沟渎而涉江河，惟是不中休与不却行者，能无所不到耳。舍是不问，而谓有坐致万里之能，虽欲进诸尺寸而不可得矣。不益为退之之所忧哉？

足下与仆从事于文章有年矣。足下欲为其所难，而谓仆独得其所易，遂已一举造巅，俯视一切。誉之非其情，拟之无其事，仆方且重以为忧，而未敢遽以为喜也。“努力日进”，仆所受教于足下者，斯言而已。

◇□论精当。

○□文字。

陈允衡

伯玑，江西建昌人。《爱琴馆集》。

复施愚山先生

（略。文同甲本《复愚山先生》前二段。）

李　清

映碧，江南兴化人。《澹宁斋集》。

与李竹西门人

仆幼闻一先达言，谓冯具区读《孟子》至“沈同”章“夫士也”三字，辄咀味不置。已入棘闱，适遇“子贡问士”题，遂用之以冠南宫。乃予所味，又不独此。若移“仁人固如是乎”于“在弟则封”之下，则索然。得是解也，可悟文家实而虚之、板而活之之法。若移“王子有其母死者”二语于公孙丑之口，则又索然。得是解也，可悟文家叙事兼议论之法。然予味他人所未味，而兄又当味予所未味。读书妙诀在自得，又在自尽耳。

与吴伯登

偶读《王凤洲集》，谓“以文章泄造化之秘者，必困阨，必夭折”，辄哑然失笑。“红颜薄命”之说至阴丽华而大翻，

“才子数奇”之说至燕许手笔而大翻，故弟欲以斯言鼓舞之也。但恐精竭神愁，何虞才丰鬼忌？虽然，不朽者立言耳，即困即夭，犹为之，而况不困不夭。此昔人所以生生死死于文字间也。兄以为何如？

与卫承叔

近见某友论文，谓模范大家，不宜作小文自娱。彼《毛颖传》《黠鼠赋》，非耶？凤凰自尔振响，亦不可无黄鹂数声弄睆桃夭；松柏自尔耸幹，亦不可无嫣花数丛扬芬风细。若小文尽屏，几何不以庄读为倦？故犹欲以笔歌墨舞一醒发之也。高明以为何如？

与宗子发

去策论而复八股，非时艺之去珠复返，乃古文之逐客久悬也。不肤浅则滥恶，仅可与阳五伴侣倡和，而犹高哦大家、明诵唐策，其为大家与唐策苦孰甚？此韩柳、欧苏与陆宣公所以群哗上帝之白玉楼，而请逐无绝声也。有逐则有归，不归，时艺谁归？今而后八股之不易，其问金城矣。

—卷之十二—

方孝标

楼冈，原名玄成，江南桐城人。《光启堂文集》。（在本卷李明睿后。下一人随后）

上黄改菴先生

标拜白。昔杜员外，与闾丘博士同年，其孙甫，后遇蜀僧，犹相与侈其祖父蒙恩之盛，至形诸咏歌。苏端明少闻《庆历圣德诗》，后出欧阳公门，以得见韩、富诸公为幸，而讬之文章。夫闾丘与杜，仅同年，非官同、庚同也。韩、富诸公之于苏，乃名贤，非其先人之友也。向使二公当日，得遇其先人同年之友，又官同、庚同，而当桑沧移换之后，《蓼莪》永痛之时，如小子今日之与先生，则其欣慨又何如也?!

小子犹记戊辰之岁，才八九龄，尝襁负从先君后，见诸父执。麟凤山川，俨在云表。时执犹子礼拜于前，诸父执或怜而抱持教诲之。四十年恍恍如昨日事。先君暮年家食，尝为小子辈，述金马连镳之乐，及海枯摇散之悲，曰："当时三十三人，意气岂不伟哉！今几何时，而某某亡，某某存，某某年几许。"至先生，则指曰："是与我同庚尤厚，今远在数千里外，若何?!"或泣下。小子辈侍其傍，未尝不叹前辈交道之古。且思何由使诸先生之存者，与先君再一把手，以慰其洄溯，而不可得。

前年小子入闽，先君犹嘱问先生甚殷。不及而归，先君已捐舍，痛哉！今小子来三山，遍询先生杖履，知者或寡。及见余穆如，始知福祉有相，著书教孙，强饭自乐，不觉悲喜盈胸，百端交集。见先生如见先君；见先生不见先君，不见先君犹幸见先生如见先君。此岂甫之诗、轼之文，所能尽其情状者哉！

即思褰裳拜几下，而为他务阻。敬勒八行，申瞻慕。惟先生身经鼎革，而硕果岿然，当为道自珍，为交游自珍，为后进之典型自珍。龙马精神，松乔日月，虽东山绿野，醉白平泉，不专誉于前史矣。戋戋之仪，不足道。然酌醇礼、歌小词，进称万年寿，犹子礼也。

◇写出前辈交谊，令人□感。

与谢献菴

仆致力于文，亦有年矣；然于今之文，罕寓目焉。而独诵足下之文，日以继夕，盖仆之倾倒于足下也。

仆昔未交于左右，西川李研斋，亟向仆称其人其文。后获遇之董文友座上，见足下岳立宏声，意气轩豁，信其人矣。然而见征歌命酒，则和声怡气以为乐；论及诗文，辄仰目视梁上，傍若无人，心窃疑之。归向研斋急索足下所刻论纪数篇读之，粲然有则矣。然窃妄以为未尽。后足下初自都门还，仆问都门为文人几何，曰“一二人”，仆又疑之。以海内之大，都门之盛，为文者奚止一二人，而他岂皆不足道耶？及昨过毗陵于薛仔铉家，得所留《醉白堂文集》二册诵之，而后知研斋之非阿也；足下之目，当仰视梁上也。

海内之为文者止一二人，而其他果不足道也，何也？足下之文，非今之文，古之文也；非特古之文，古之能合理学、文章而一之之文也。仆尝谓天下有文，有所以文。文者，文也；所以文者，理也。古之圣贤，初非有意于文，不过理积于中，而文著于外耳。韩、欧之文，犹或裂理与文为两物，而足下则无之不合，故仆倾倒于足下也。

然仆愚人也，日诵足下之文，则日求足下之文；日求足下之文，则心契于足下之文者至多。而亦有一二未尽契者，毋敢自隐，几欲来见质之，相去咫尺，为故人留。仆亦有文数百篇，过岭道险，不能多携，仅持其近所作数十篇，而苦无记室，容觅人缮写就正。盖今之以文自任者少，以文自任，而能合理与文如足下者尤少，故望者深也。唯足下教之，庶几令仆得由韩欧以进孔孟，而令六经之文，再著于今日。则足下之道为不孤，而仆亦得因指示，以自信其学之非诬。临纸悚息，不尽不尽。

◇写得出。

再与谢献菴

别足下一年，距足下百里，思即一见不得。乃欲寄书，又恐足下既贵，未必忆畴昔，故不敢。及见足下与友人书，称仆，怜仆之遭，且问仆近所为文若何，用是感激，遂两奉书左右，冀足下之闻而教我也。乃俟命逾旬，而一答一不答；又答非所问，犹不答也。

或者曰：足下遗仆，抑疑仆耶？不则足下专职事，不暇文章耶？既思之，恐皆不然。何也？足下遗仆，不交仆矣，交之不称之、悯之、问之矣；既交之，又称之、悯之、问之，则足下不遗仆可信。舍曰疑之，何疑也？或者见仆以凶惧忧患之身，困石据藜蒺，图奉亲安；又不忍弱弟之穷无告，为之走四方，乞怜称贷以助厥成；近且遭先大夫之变无以葬，老母老，又无以供水菽，故不远二千里，数换舟车，犯峻岭，狎湍滩，与怪石猛沙，争呼吸之命。南方殊候，寒热切肌骨足病人，皆不惜。而近在百里间，是必有不入耳之言，来相于谒。足下既尊显人，贵自利耳，何朋友为？故不若预绝之也。

然又思足下学道既有成，岂世俗比？且仆与交，正足下困衡时，每言及人情闪烁炎凉，见足下辄恨恨，握拳捶案上有声，怒骂为非类。岂一旦履亨，遂忘之而蹈之？必无也。

《传》曰："三代而上，治出于一，故礼乐达于天下。三代而下，治出于二，故礼乐为虚名。"先儒曰："彼知政事、礼乐不可不一，而未知道德、文章之尤不可使二也。是以古之君子，虽修职事，亦勤文章。彼盖知职事即文章、文章即职事也。足下既受民社，岂能复如畴昔繙长编、弄柔翰？然古人有穷达不易之心，而后有无入不自得之学。仆见足下自任素甚力，而今不然，恐其有易之心，而无自得之学，是以如是其汲汲也。

且仆在闽三月，见闽之事，曰乱不可，曰治亦不可；闽之当事，曰不可有为不可，曰可有为又不可，良苦。延犹僻郡，别驾犹闲官，倘自此愈尊愈显，愈难有为，何不及此犹得肆力以成昔之学，而进可有裨于国，退可有益于后世耶？

仆虽騃，不足当足下之宾校执友，而犹可为劝勉之人。诚有望足下成之于前，而仆得倡和之于后，以无负足下交之、称之、悯之、问之之意，幸甚。若又不答，或答非答，足下负仆，仆不负足下矣。

李以笃

云田，湖广汉阳人。

与程石门

震泽、洞庭间，昔人非宦游仙谪不能至。兄五日一山，十日一水，春而之楚，秋而之吴，其游历不可谓不遐矣。

朋友之合不合有数，虽圣贤不得以尽必。故有一见而喜者，有一见而怒者，有一见而爱慕畏服若将终身者，此不可以品地声望论也。今吴、楚、越、豫之知名士，无不愿交于兄而无有异旨，其交好不可谓不广矣。如此，非有一如江如海、盖代未易之才，为之辉映而领袖，则无以服天下独立不惧之士之心。而兄振笔所至，牢笼百态，镂刻万物，大者高、岑、王、孟，小者亦放翁、山谷，目前所见，未有伦比。加以云心冰眼，兼收博採，一时掞藻之士，恒视只字以为荣，其才具不可谓不大且当矣。

语曰："巧者不过习者之门。"又曰："忘己事之已拙。"笑他人之未工，弟今日之谓矣。况以兄游历之遐如此，交好之广如此，才具之大且当如此，岂复留遗憾为他人议论地哉？即所为议之甚精、论之甚深者，又岂复有加于兄之上哉？而弟则以为兄交游太滥，手眼太恕，时日太促。有此三者，皆能使真诗不出。当时识者不之感，后世识者，或因以致惜而致咎也，可奈何？

—卷之十三—

胡周鼒

再见。（在本卷李焕章后。）

与周二为表兄

昔贤述怀感遇，览古赠人，不得其平则鸣，同调相怜则和。今其人与事电灭灰寒，而篇章生动，有海风吹之不断、明月照之欲来者。诗盖天地一灵物也。

吾兄再走京师，应选成均，名益显，乃益肆力为古文词，而发舒其志意。年来石马荒凉，铜驼芜没，悲云雨于王粲，横虚笛于马融，或沧江日晚而停棹，旅馆灯残而赋梦，情弥深，意弥苦，而诗亦弥工。今取吾兄诸体读之，悲壮有气，沉郁多思，波澜不穷，纪律自细。

夫读《离骚》者，思善鸟而怀香草；达琴理者，开贞心而赞优德。方吾兄名动辇下时，设谒紫宸、纾献纳，致身青云之上，犹掇之也。且下诏求贤之日，当途推毂，亦欲得郄说以为贤良高第矣。即顷颜阖在野，时来使者之求，曾不肯投步歙肩，顺风流响，而人涉卬否，林卧如故。崔骃曰："絷余马以安行。"吾兄之谓也。读吾兄之诗，能不唏嘘长叹哉！

与钱闇生

吾闻北海徐幹之言曰："幽微者，显之原也。"稽（嵇）康曰："吾昔读书，愿得并介之人。"然则道映清衷，而后得通人之心极；理契元声，而后信遇奏之有时。倘舍学而愿智未必达，畅流而捐本，未足贵也。

足下载志宁壹，著辞安雅，緢以年岁，不折不挠。自此而往，赞国华，扬芳秘，如吾娄前辈之震烁显荣，要亦取诸其怀而足尔，而又何叹于遇合之际哉?!

与赵振公

读足下之诗，发函伸纸，朗若披霄。李白霞举之风，相如凌云之气，旷代仰追，轩轩不堕。足下既早照圭璋，跨观天路，遭逢景运，抒吐英芳，与輶旗贵客、车马大宾，咏宝刀，铭长铗，千英万杰，推让俊才，而翩跹罇俎之侧，覃怀缃图之内。论古则九品在心，思贤则三秋入赋，玉琴高张，新词手掣。且驱马京宛，浮櫂江淮，东眺海岱，南望潇湘。既入目而登心，辄抽毫而染翰，其风徽雅尚，以视邺苑清吟、兰亭觞咏，又何让焉？山林之士，折芰燔枯，妄谓诗之为道，穷愁乃工，畹晚乃进，睹兹英华境会之交全者，犹玄圃积玉、炎洲聚桂，不自知其穷涯，而追叹为神仙之域矣。

与佛果和尚

读和尚语录，击碎虚空，打翻巢窟，从不思议中，流出玉浆；向大千法界，重迴宝炬，无一语不为人发意叶、开心香者。所谓丰干坐虎豆图收虵，不过寻常举动，而云门吃茶、赵州吃粥，便是无上风规。今日古堂赤髭，亦骑得象王狮子，真为苦海船师矣。学人辈读此等语，不能解黏去缚，且效释迦嚼六年麻麦，再向不死亭前指出香楼可也。

与　人

吾闻扶风有帐中之秘，江左贵青箱之书。必谓《孝经》写本，不须曾子家传，文举斯言，亦非通论。

与州守白林九

我公英察内敏，高迈龚黄，弘奖人伦，汲汲于大教之本，视文翁、杜翁叙经饬行，又何多让焉？仲宣详论儒吏，及览其《荆州文学记》，谓刘君建泮立师，五载之间，负书荷器而至者三百馀人，侈为雅论。今我公裁牒征科，案无留事，偶迨其暇，开学宫四坐之迷，扬博士胡簋之训，而整襟肃履者继踵，所执笔评骘之文，辄已成书，何导化之神速乎？良由真气渊塞，激天感人，盎乎若寒崖之春，湛乎若清川之月。岂徒起敝扶衰，烝烝文治；即娄江一衣带水，鲛人龙伯，当亦感公精诚，式廓灵海，委输地络，以仰助文澜矣。

—卷之十四—

龚鼎孳

再见。（在本卷侯方域后。下二人随后。）

与余澹心

饥驱无赖，复走淮阴，正尔挂飒，遂虚当驷。笔墨聚首，固有定缘，然佩茝搴兰，义同私淑，不待壁垒相望，而已旗靡辙乱矣。佳篇下被，珠玉同辉，雪艳香温，庾新鲍逸。仆何人斯，获兹珍赠，便欲倚樯属和？而一舟如叶，意绪萧骚，俟有鸿便，或当琼报。云子、雪儿，千秋绝对，我正耐此妩媚耳，其如逢彼之怒何？率勒布复，不尽瞻依。

◇芝麓自道。

又

正苦河鱼，无繇把臂，清秋伏枕，瞻望为劳，稍闲即当力疾趋风函丈也。风雅坛坫，正须与海内共推公。误及小巫，弥令色沮。秋岳如须，笙簧艺苑，一时吴会，壁垒崭然。足下执牛耳其间，左提右挈，屹焉葵丘，亦何有于邾莒之赋哉！

拜诵长歌，事与辞俱堪千古。黄绢幼妇，不独曹娥一碑，擅长汉魏也。屡思和韵驰报，正复如黄鹤楼阁笔不下耳。

余 怀

再见。

与龚芝麓总宪

前作诗送程翼苍赴国子任，中有句云：“芝麓三年作此官，乌台松柏拥琅玕。”再为今日再掌宪纲之谶也。伏惟先生负元龙之气，挺名虎之才，道迈张苍，格高刘瑀，绛驺清路，赤棒横街。齐高帝云：“御史大夫，职为宪司，以威裁为本。”刘孔明云：“居此官者，必使蕃邦敛手，豪右屏气。”先生为国栋梁，作时零雨，岂非千载一时耶？

《古诗六十韵》书册寄奉，虽炫璞郑氏、献凤楚门，而“雌霓”之辞，必见赏于元礼；“江春”之句，应手写于燕公，心乎爱矣。书不尽言。

与杨炯伯

昔梁武好佛，群臣书疏，称“皇帝菩萨”。王莽兵败，率群臣至南郊大哭，令天下诸生旦夕会哭，善哭者除为“吁嗟郎”。此皆读书者所未知，拈出以当一噱。

答周栎园先生

风雨中匆匆判袂，真使西子笑人。到嘉禾，了无异人意。因思司马长卿，生平有三知己：一为缪为恭敬之临邛令，一为眉如远山之卓文君，一为雄才大略之汉武帝。然三人者，必推临邛令为第一。非令之重客，卓王孙安肯召饮？文君安得私奔？非得卓氏之家财归成都，杨得意安得荐之武帝、奏赋为郎哉？

今世固有长卿，亦或不乏卓文、汉武；所少者，临邛令耳。秋水画船，当复念我。

孙汧如

再见。

与人三则

利不可以义求，害不可以道避，故小人之行愈坚。简父兄之尊，而崇宾客之礼；薄骨肉之恩，而笃朋友之爱，其敝皆起于好名。名故亦足以害道。

司徒以“以土会之法，辨五土之物生：一曰山林之民，毛而方”。毛者，不光泽也；方者，不圆活也。三字，写上古风俗朴茂如画。

水性就下，悬漏卮注水则下滴；至漏舟，则水又上行，安在其就下也？盖水惟从虚处流耳。惟性善下，所以就虚；惟虚，所以能集物。学问之道，亦如水。

徐　芳

再见。（在本卷朱泰祯后。）

寄木公四

道兄将来大意，将深山乎？抑高座乎？如有意深山，则茅蓬尺地，何处不得？二三蒲蔬之食，安往不办？如必高座以举堂头之职，则一举趾必携数侍僧，一驻锡必备诸职事，兼四方之衲子麏至，六时之宾客蝇聚，非大丛林之地不能容，非众檀施之力不能给。而时当艰苦，人尽退息，虽有其心，谁敢冒然任之？故弟以为道兄将来所处，尚宜审择。

道兄今日，有宜深山、不宜高座者。道兄不尝学《易》乎？《易》之为书，原不必多，只此“潜龙勿用”四字，上自王公卿士，下及崖栖谷汲之子，无有一人能踰越者。勿谓方外无龙，方外之龙遂可不知潜也。方外不知潜，不名为龙；方外之龙而必竟其用，泥沙之困，葅醢之厄，必及之矣。

且夫曹溪，龙而祖者也，其受衣黄梅，宜可崭然立见头角；而四会之隐，韬光匿影，与猎人起处无少异，油油然周旋于虾蛸鳣鲔之间也，可不谓潜乎？懒残，龙而圣者也，其在衡岳，不自知其圣也，役可执，执焉而已；而且餐馀之粒，可以疗饥，粪汙之傍，可以托宿，非深于潜者能如是乎？使于其时而有不堪岑寂之心，自号于众曰：“我圣也，谪也。”诸方之物色犇走，必将闐然而至，不但失“用晦”之意，而其胸次亦浅躁极矣，何以不测而神哉？懒残之衡岳，亦懒残之庑下也。

今道兄之人，固懒残入衡之人；而此日之时，又曹溪韬衣之时。然且峨然高座，使天下指而目之，可乎哉？夫高座方外之见而飞跃者也，而道兄曰：“吾如是，可谓潜矣。”无乃于六位时乘之义，推之有未广乎？

秉烛以匿影，逃暑于烈日之中而更疾驱之，岂惟无益，无乃滋甚？此语在他人不敢言，即弟亦几番踟蹰；然终不容不言，盖亦有愚忠在，惟道兄察之也。

《易》又有之：“括囊，无咎无誉。”夫名者，庸子所趋，高人之所避也。道兄之于名，一日千秋，两得之矣。此避之弗获之日，尚近之乎？《高士》、《神僧》两传，其说详矣，奚庸弟多赘焉？

◇□口相劝，□此公至□□□□。

寄黄维辑

弟尝有言："科名一途，于人祸福相半。"世多咤之，而识者无不韪焉。究之，则祸之数多，而福之数少，非直半也。且夫科名亦何能祸人？人自祸之也。名以是立，学以是行，忠孝之志以是成，仁义之施以是溥，如是而科名于人，何可少乎？如直以为富贵之具而已，小之宫室妻妾、舆马声色之娱，日蝟集以骄佚其心，汩溺其志气，使日远于清虚高旷之域，负才而不克自振，盖十六七矣。而大之，乃至播虐以植殃，黩货以召寇，干盾酖虿之气，蓄极而必发，以自焚其身，波及其子孙，近而乡里无所容，而远为举世所僇笑，岂不大可惜乎？使是人者无科名以佐之，彼虽有意，将不得自遂焉。如是而曰科名之祸人，奚不可也？

且夫贫贱人之为恶也，及身而已，其罪与狱，可自按也。富贵人之为不善，一人虎之，百人从而狐焉。其所以窥窃搬弄于不见不闻中，以炀（饧?）吾之明，而借丛于外者，至不可方物。虽日取而训饬之，犹恐门庭之远于千里，况复倡而翼之。而其怨毒之所注，百人当之，抑一人当之乎？夫以一人之身，而当百人之狱，其又何赎焉？弟故又曰：科名之于人，祸数多而福数少也。

古今来以富贵取败者，何可胜道。即弟之身，生三十六年，观当世之所谓科名者几何人？其兴废喧寂、荣枯得失、善败是非之故，概可见矣。然则吾辈之所以自处，断断在此不在彼也。

◇□□□□□一家能□千家怨生，□功名百世，□（冤?）有□目而无宁间，危哉！宜各书此篇于座右。

汪懋麟

蛟门，江南江都人。《百尺梧桐阁集》。（在本卷林嗣环后。下一人随后）

柬周栎园先生

懋以《吴中游览》一集奉正先生，不蒙摈斥，称之曰“新”。夫陈言务去，古人且难，况庸劣如懋耶？今人为诗，率有意求新，然学步未成，鲜不匍匐而走者矣。尝读《少陵全集》，其摛词掞藻，如古锦旧璧，精英内涵，纵绮罗珠玉，不敢与之较色泽也。盖其极朴拙处，正其极新异处也。懋学诗有年矣，近岁以来，专志于杜，学朴拙尚未得，敢遽言新耶？辱先生教，自愧矣，抑知自勉矣。

柬王阮亭先生

扬州六朝繁丽之地，旧迹百无一存。惟平山一坏土，为欧阳公游宴之所，堂五楹，高踞蜀冈之巅，古木蓊郁，六月不暑。俯视江南诸山，拱列簷下，一郡之巨观也。兵戈以来，堂渐圮，有俗僧变堂为寺。懋窃恨之，而力未能挽。会先生初莅兹土，振扬《骚》《雅》，暇时与宾客载酒红桥，出乎山下，和欧阳公《朝中措》词，有“平山堂下（外）又东风，寒食柳濛濛”之句，都人传诵，真不减六一风流，而惜未见此堂也。今倏忽五六年，懋兄弟与郡之同人，力图修复，为文以告四方，一时和词志盛者，接踵而至。又值先生出京师，视榷清江，邗沟淮甸，一水盈盈，风雅旧盟，依稀未远。堂虽未成，可无一言为诸公倡乎？传花命妓之游，已虚左以待矣。

周在浚

雪客，河南祥符籍，江西金溪人。

复何匡山年伯

古今至文，虽大有力妒之，终不能靳其传。其不然者，虽大有力者极振之，终不能冀其必传也。长吉之集，投之厕中，伪语耳，其实今传者，恐即厕中之别本。文人慧命，非妒者所能断也。

家大人好索宋元秘本，在闽中，得谢在杭先生钞本宋元集三十馀种，究竟无甚足观者。即王元之《小畜集》十二册，自《竹楼记》外，馀皆卑卑不足录。

近日豫章太守，刻千子、文子两先生集。罗本不以古文名，而强为之搜索；艾所增，非遗稿也，皆其不欲存之稿。而无知者妄为增益，但欲博“搜讨遗失”之名。岂知地下人，反因之抱愧于永永哉！承老年伯下问，敢以臆对，不知以为然否？

与鹿峰兄

苦心场屋人，临期左顾右盼，有许多放不下处。若是省事汉，如赴欢场，如对小敌，则神气自王。

示弟龙客

先辈云：“光阴快而学力钝，应酬多而读书少，深为可痛。”由今观之，岂不诚可痛哉?!

—卷之十五—

胡　介

再见。（在本卷雷士俊《答王筑夫》后。）

书诫尔慈

《汉书》绵密周致，《史记》便有单刀直入之意。此即《史》所以度越《汉》处。人之为人为文，当学《史》，不当学《汉》。试观古成道人，与命世英雄，阔阔落落，一生止办一事，而其人已千古矣；正有单刀直入之意也。若以有限精神，东涂西抹，成得何用?!

与开远

开远近读，知味否？读书要知书味，如人饮食，须知饮食之味也。人生十五六，正是聪明怒发时，此时下得一分苦心，胜后来万万也。常思挨肩擦背，都是读书人，如何便得出人头地？尝看人登七层塔者，先人一气，直踞巅顶，地步高，眼界阔，晏息早也。念之念之。

与钱允武

颇思扁舟过从，觅古人话言，消此寂寂，会尘网羁人。春夏之交，山翁禅师住道场，当了南园之约。道人中如大雄、山翁二老，真今时之“古尊宿”也。皜菴与同人请其重兴道场，比至，两兄不可不亲近之，并出一手，助扬佛事。本色道人，亦如沅江九肋鳖，不当轻易放过也。比晤潘天老否？渠四香阁中，亦有掣风颠汉在，曾物色之否？

与费皜菴

契阔日久。西湖半席话，殊未尽怀端，怅怅。长安弈棋，尚未胜着，池馆寒梅又成雪。时序如流，河清难俟，想同一黯然也。道场之举，闻之叹慰。我辈肠未尽冷，不能不与人相关。然从空花泡影中，浪縻时日，虽高名厚实，自道眼观之，蜣螂展丸耳。视与世上真人，共成多生胜事，其间岂易问道里哉！

胡周鼒

再见。（在本卷黄虞稷《与冯讷生论读书》第一书后。）

与吕赓娱

足下解经析疑，快同劄竹；为古文诗歌，下笔不能自休。所选诸文，学者取正，虽字久漫灭，流传未已，不啻以骆驼膏打断碑者；又如瓠卢（芦）《汉书》，海外珍重。视子云《法言》，富贾仅赍钱十万，愿载于书，不足道矣。

与田孙若

读书在明取舍，舍则吴起临战，一剑可以不御；取则欧阳见碑，驻马三日，未能相忘。然后发为文章，雅而驯，古而不杂，龙超虎视，气静于行间；角吐宫函，律谐于句里。足下传矣。

与　人

士君子之遇合诚难矣！方其未遇，天下嗷嗷以待之，无舍瑟求工之想；迨其既遇，天下愉愉以依之，亦无载鲍蒙讥之陋。足下勉之哉！

仆尝与足下论列往事，一言忠孝，眉舞色张；一指佞人，索敲呼剑。无违心之吐茹，鲜俗之毁誉，其志行足以易风俗、明人伦。一朝立朝事主，勤公家之忧，而损百姓之害，清畏人知可也，即惟恐人不知，亦可也。世德在前，步趋不远，且遇于十年以前可也，遇于十年以后亦可也。苟能修身，何患不荣？足下勉之哉！

庚辰都门与友

韩昌黎上书宰相，后代议之。不知东方曼倩以上书自举，待诏公车，拜大中大夫、给事中；枚少孺亦上书，自称枚乘之子，天子大喜，立拜为郎。后世封驳有专官，宰相不开馆见士、面受谏书，而天下无大言之士，朝廷因以少敢言之官。阳为人主悋脂泽，而阴使世道成拥肿，可乎?!

与　人

儒者称人之善，于其生也，不敢有隐；于其没也，不忍有遗，匪系乎言之文不文。太史公自叙极详，犹忘字曰子长；颍滨为长公志甚辨，未言寿六十六，况侧闻风听者乎？予故以弗克辞为惴惴也。

与方人文

足下骋六经之奥府，探百史之至赜，凡西州漆书、羽林遗集，流览必周。正似弥（祢）衡观碑，非石尽字灭，鲜有漏佚。

庚辰与同年

董仲舒以修《春秋》为博士；孔臧得自乞太尝（常），专修家业，不愿就御史职。古人辞俸读书、乞官精学，又或载赐书、开史局，随宦辙以自便。聘朝臣为掌侍，国家宠除史职，而未有取一代典故，奉诏成书者，何其疎也。

与辛幼推

癸酉之役，弟以糠秕前南国，而足下峨然空冀北之群。苕遰（同“迢递”）七年，始复潦倒一遇。《三都》未出，伧父遗讥。即士龙兄弟，且乏虚怀，“瓻馀”之号，将无感慨系之乎？

—卷之十六—

陈维崧

其年，江南宜兴人。(在本卷陈允衡后。下二人随后。)

与余澹心

客冬浪遊三泖，子建、尚木诸子，俱勤言念。每当文酒之会、衣裳之集，啣桮奋袖，仰而赋诗，未尝不思澹心足下也。

仆年来落拓萍踪，幽忧奇疾，初明作表，惟解思乡；向秀陈词，只馀感旧。一枝之棲未定，六月之息何从？春中即有长水之行，然而开府江南，不胜哀怨；参军河北，但益苍凉。是以过士衡之墓，无暇言愁；读陆倕之铭，弥工叙恨也。

文旌何日东来？姑苏三月，花飞草长，平乐之酒十千，当垆之姬三五。如圣野、如须辈，慨焉畴昔。古人云：“虽不得志，亦且快意。”仆岂须臾忘此者哉？

小范初拟卜居阳羡，近因徐淑之书，遂泛鸱夷之棹。足下得一良朋，弟辈失一胜友，能无妬乎？钦迟良翰，以代萱苏。

◇香艳是其年本色，喜其眉目疎秀，无六季气息。

刘体仁

公㦷，江南颍州籍，河南永城人。

与曾庭闻

今之人不知书，却是快事。弟知好之，而老钝废学，正如桃子不熟，为“枝头干”耳，岂不可叹！所喜时得诸君子不见摈斥，间聆绪论，虽空虚自愧，亦如《金刚经》所称于阿僧祇劫得值那由他，诸佛悉皆供养承事，无空过者，庶作将来根因耳。读近文，如霜鹰下空，神骏无比；即苕文，亦不敢复强项。倘归涂忆及不肖弟，当贻一篇，以为秉烛之勉，将附以不朽。

何　平

公达，匡山，大兴籍，江南嘉定人。《竹罂斋集》。

与　人

君子内无旁福，外无旁祸。一“旁”字，足为君子写照。若我有召祸之事，则祸在其中，而非旁矣。

苏惟霖

潜甫，湖广江陵人。《西游札子》。（在本卷张贲孙后。下二人随后。）

与袁孝廉

向来累聆仁兄言句，意其有所恐惧忧患，将落异路门头。仁兄亦意弟空腹高心，不落在无事甲里，便流为无所忌惮。各有深忧，不能出诸口；非不能出，不忍出也。此事非可以口语争，非可以有争入，待之而已。

弟十年来三回九转，阿兄不与我说一字，但誵讹处节节征破，相似处节节温养。甫得个入路，将大和会一番，舍我而去，弟所为“泣尽继之以血”也。昨者长安夜话，默觉仁兄进此一格，不胜悲喜。河头一语，便是拈花一会，从此大王路上各各证去。现业有浅深，习气有厚薄，自行自到，所谓“如人饮水，冷暖自知”而已。

◇□士大夫□□通病。

◇即此便已□破矣。

与寒灰奇公

春初接手书，拈提师子尊者公案，喜师大有活机，非复柳浪相别面孔，遥空顶礼。恨各天南北，不得面承针劄也。雪照来，知师近与诸老禅提唱武林深处，想益精进。桶底脱时，幸通消息来。

与董太史

不佞早年善病，亦复惊心化者。一条懒筋，抽脱不出，而当事者，必欲捉鼻从事。居常自念：四大即不坚牢，大事不得入手，半世心知，才一等待阎胡子，不肯稍移定本。若使圣人见怜，便与一笔销除，放此懒牛，归之大泽，便是万物一体之洪慈。而今未可必得也，可奈何？

答章衡阳尚玺

鹤林之遊，真耶、梦耶？忆先子瞻闲书贝叶，放鹤绿雪之间；周濂溪掩关独坐，碧涟自赏；孙过庭、大慧诸老，龙蛇蹴蹋，棒喝交加。彼一时也，山光吐媚，雪韵呈葩，鬼物在傍，合取狗口。数百年来，岚翠不改，流风犹存，仰观俯视，尽人感念，盖古今之不及，而盛事之难再也。孰谓吾两人者，于震涛漭滉之中，一叶上下，披篛横棹，上无千古，下无侪类，直待山鬼夜号、市儿掩口，斯又数百年来之一时矣。吾乌知子瞻诸公之时，其境致人情，不如今日哉？清福而兼不朽之事，上界神仙犹悭之，翁台得无易视也。笑笑。

答李酉卿方伯

我辈皆四十岁矣，来日无多，浮名几何？接手札无次，不致念于知己之难、害己之巧者，以弟论，害我则无之，盖世未能害人者也。一官之滋味无几，若做了一会，得一相爱之友，作一篇极酷烈文字，祖之春明门外，还馀得几年栽花养鱼、睡起如意，既无炎冷逼心，终鲜称讥伤胃，岂非上界神仙所不能兼者，而我独兼之乎？顾容易不可得耳。人既割断我不得，我又自不肯割断。五六十岁，头出头没，畏首畏尾，有老死他乡，顾妻恋子，眼光不落而已，岂不可痛哉！

熊非伯侍御

客夏在京口，独坐小楼，于时烟雨濛濛，四山头白，左顾则鹤林，先子瞻读书处在焉；右顾则北固，狠石峻峋其上，孙、刘策曹地也。感念今昔，睠怀时事，廿载故人，一时和雨俱到；而肝胆可共，与我同无心者，指不数数屈也。呼斗酒凭几自劳，继以悲歌泣数行下，遂援笔取案头一簟，作急书数语。泪在眉睫，奚儿相顾愕然。敝郡一老衲云：“人生景到真处、情到逼处，而能忍泪作干眼者，是无热心，可以作贼，章惇、王敦是也。”弟之所以思兄念兄，不能置兄，对手札娓娓，知兄之不能无泪也。

与董太史

结念山泉，倍思有道，于明公特甚；偶见萧民部，亦为道惓惓不置。故知世间自有此一种相思，既非声色，终远势利，则直归之曰："无事道人，作无意味之想而已。"

日者理装而南，收拾松菊已，即当携一药裹，一老衲、一苍头，一《易》，从白门趋三山，了湖上宿债。明公有闻，应不作生客观也。羽便先此附讯，并致扇二、拙刻一为报。

或曰："华亭书画噪寰宇，布鼓过雷门，今犹昔也。"余谓不然，怕人笑语老衲，所以不如弄猢狲者，使明公启缄一笑，不乃人世难得之会乎？灵山会上，笑的笑，骂的骂，合掌趺坐的，只恁合掌趺坐，各各无碍耳。冗中百不得一，何时抖抖屎肠也？

答曾太史

自出春明，病日益甚，旦晚请告，必得请而后已。眼底故人，冷落几半；二马催迸，惟恐不速，乌得不为是汲汲？市人所争驰者，无我辈分；我辈所自恕者，阎老子所按籍而求也。"即今休去便休去，要觅了期何了期？"古人吐心破胆之语，愿与仁兄共图之。

答雷太史

《河漕近刻》，盖其分布将吏，节制河臣，己兀坐河干，既无一人可谈，又非时刻可以责成功。劳心焦思，计无复之，乃日记其事若言，以遣时日。旋呻吟数语，皆牢骚不平之景。而仁兄以为法为禅，虑人盗去。夫衣中之珠，人所具也。我所有者，我之本来，不能以毫厘分人；人本具者，个个圆满，不须借毫厘于我父子兄弟。各各不相知，各各不相到，而欲盗之也，虽负舟挟壑之手，不能无问探囊之子矣。何也？以此物本是大盗，更无能盗之者。若尽兄之神力，盗得弟三分，则他人可望三厘。倘犹未也，则大地穷子，政恐不能盗也；盗则割截支体，弟谈笑而从之矣。

答袁公

弟已差人去乞假，只待北去人回，始得入郡中，并访仁兄于油河之曲。龙湖芜甚，一无可观，归之次日，即顿舟其中，惟有芰荷翩翻、鸥鹭上下，犹迎旧主，对之泪盈盈落也。盖前此北之燕，则惟恐不到燕；南之楚，则惟恐不到楚，为有人焉，以系远怀。而今触目离索，别出一般现量也。

昔人云："别家易，别朋友难。"弟今自见哭家易，哭朋友难耳。《说不得》《不可说》，二诗凄宛之极，情见乎词。有欲与仁兄谈者，虽云儿女子事，却是心大不安了处也。统领面尽。

答雪照澄公

人世朝露，转盼隔境。此中有良友可依，兼之四事粗备，便办十年之力，解悟修持，双毂并急，即未必彻底悟去，再来当不费力耳。

吾与师俱壮而将衰矣，学道人不得，未悟为悟不得，将心待悟不得，谓悟后之人异于悟前之人不得，坐在无事甲里更不得拖去。有事门头，绵绵密密，放旷自在，方有少分相应。眼见多少实心为生死人，将心等待，拟心作苦，空来一番，费商确也。

病且暑，秋爽当得面晤。

钱 栴

彦林，浙江嘉善人。

示弟仲芳

承当大事，只要一只脚跟站得。使此中□有些自满，不知何故，便脚软手重起来。斗伯比料屈瑕之必败，只“举趾高”三字。此三字，说尽□人中外矣。几许涵养，才能足缩。缩如有循也。弟识之。

◇阮太冲先生阮汉闻自署其室云：“高眼界，硬脊梁，脚跟莫动，撑□（儒?）风长。”道怀佛性长存，亦是此意。

王道通

晋卿，江南嘉定人。《简平子集》。

柬严永思二则

少有情痴，每当夕阳西下，平芜天尽，一望浩浩，嗷然失声。竟不知此时此情，得自何所也。

岁月渐老，霜花逼人，我既难往，子又不来，迢迢驿路，空生青草耳。

示 人

只今三四里外小事，尚尔误传，况此千万年前谤书，岂实录？只可师其善行，慎勿摘其过端。不然而攻发前辈之隐，文致古人之罪，不有横祸，必有奇穷。

传统文化修养丛书

尺牍新钞（全三集）

三集 结邻集

（清）周亮工——选编
乔继堂——点校

上海科学技术文献出版社
Shanghai Scientific and Technological Literature Press

结邻集序

昭阳李 清映壁譔

余每盼今世有一人焉，爱文章如真性命，访才人如佳山水，则几叹跫音绝于空谷，而今乃得减斋先生。夫先生之游览四方也，闻于闽、于齐、于吴，皆手不释卷，矻矻然。且闻矻矻又皇皇，如有求。夫所求必于所嗜，而所嗜独文章。又念文章一途，惟幽人名潜与潜，及陈人骨埋与埋，为千古长恨。而眷想慨叹，慇勤郑重，尤于焉汲汲。不求何获，其谓斯乎？

若鸿飞何慕，当不谢图居于橐宠；若孤鼋有知，当不谢及第于橐助。而所谢必尤贵，则孰贵于明扬我文章者？夫合生死并扬，此文章之所以不见而毕见也，怜才哉，先生乎？于今几即！

如余兹日者，行年七十，疎慵固陋，而先生犹垂念，故知独取余未刊不知姓名一录，刊其名于《书影》内，以不见惓惓，则他所垂注可推矣。以故赖古堂文选未已，又有尺牍选，且《新钞》继以《藏弆》，《藏弆》继以《结邻》。或曰：观止矣；余曰：未也，观备矣。李氏之龙门高，然登其门而不见斐然；王家之莲花池丽，然入其池而不见苍然。若先生于兹选，备矣。

虽然，先生之为文也，谢六朝卑弱，追秦汉古健，故所选之文如其文；独尺牍三选，何春花与秋实竝收？夫古文，则明堂之崇台巍观也，故必欲典重而简朴，所谓“栋梁王家松柏独正”；尺牍则邃室之幽花异草也，故不妨妍媚而蔚纡，所谓“天下桃李尽在公门”。信斯言也，将尺牍与文选分耶？曰：不分。或兼採理学家牍，则尚质，然质不削色；或广罗文学家牍，则尚腴，然腴不伤体。

且科名不题，官爵不署，惟录其地里、姓氏以传，盖将去俗而返雅也。夫是选之俗而［返］雅亦然。故能以雅观成巨观，则谓尺牍与文选仍异名而同源焉可。虽然，望渤知归，是皆归源于先生文章矣。余蠡测蛩吟，以服膺哓哓，未知当否。是为序。

宛平杨彭龄商贤譔

减斋先生辑有尺牍《初集》《二集》，余弗及序；《三集》成，乃得而序之。

先生语余曰："尺牍，古辞令之流，自有文辞以来，《左氏》《战国》，汉魏晋宋，下至禅宗，亦各其致焉；后之君子为之，亦各其敝，吾无取焉尔。""敢问先生辑著之意。"曰："壬寅之夏，吾适有肌肤之疾于长夏之日，而弗堪也。于是取尺牍之可喜者，以消永日而遣吾疾。好事者请吾广之，集遂得三。"噫！先生识度，在文辞蹊径之外，斯所以可爱而可传也。

余告先生曰：一家之言，能备万物之情者鲜矣。尽万物之情者，必求之众，《诗》之《国风》是已。斯集也，姓氏以数百计；三集有加，其为人众矣。以情则情异，以言则言殊，其为变多矣，故有可观者焉。其所与言，非其懿亲，即其胜友，又所肝膈倾吐处，乃语之真者。凡语之真者，能言莫及，而况又在能言之士乎？微独先生爱之，其孰不爱之?!

今集所载，常者经人物，怪者动神鬼；琴瑟之纯古，筑缶之悲凉；其合则三代之言，其离则变雅之志。是故游夏之雅论，狂狷之峻语，隐逸之放言，以至浮屠老子、稗官野史之轶辞，丛杂烂熳，感人有至者焉。先生不次年代，不起义例，佚荡以罗之，傲睨以裁之，怡笑以领之，动色以拔之。

文辞，小道耳；尺牍，又其小者。然先生之本怀识趣，去人远矣。虽然，其微指不尽在书。昔孟云卿、沈千运、王季友诸公诗，高作少，寥寥数章，与全唐大编争光比烈，则元次山《箧中集》之功。今海内穷年著书之士，被光景而名彰，微先生，彼犹有其书。惟是负才抱异，其书未成，将遂名灭响绝。今一旦著其姓氏，如许男、曹伯与召陵之师、首止之会，得以一卒一旅，耀武上国，名著春秋，先生其仁人之用心也夫?!

黄冈杜　濬于皇譔

古人论著，必有指归。指归之所存，深者一见得之，用其指归，以考其词义，一往无碍，则“破竹”之喻也；浅者不能即得，而游于指归之内，好其词义，因以得其指归，则“攻木”之喻也。以此历观古今论著之道，而总其文章之派别，曰“辞命”，曰“叙事”，曰“议论”，略有三种；而归于有指归而传、无指归而废，则一而已矣。

尺牍者，古辞命之流，而兼可以叙事、可以议论者也。故他文惟言其所当言，而尺牍可以无所不言。在文章中，譬之官守，其犹言路欤？宜君子重之。顾世之论辑尺牍者多矣，征博则臃肿支离，涉趣则雕饰小巧，甚至于下走之清谈，与市佣之雄辩，杂陈而并列。原其心，岂不欲投浅学之所知，狥流俗之所好，使纸贵一时之为愉快哉！乃其为书，竟亦不显，何也？惟减斋先生，以博稽之暇，尝一蒐订尺牍，镂板未竟，而四方求者已接踵于坊间，争以先覩为快；及书成，而日传万纸，想望《二集》，益甚于《初》。

今《三集》将出，缀文之士，探其成否者，又如饥渴之不能少待。先生何以独然哉？惟其指归之不可易焉耳。指归安在乎？在于以忠孝为主宰，而慎独为忠孝之基；以诗文为辅翼，而好学为诗文之本；以朋友为砻砺，而克终为朋友之极。其馀幽事相关，若溪山云月之言，风人善谑之语，未尝不间加采撷。然其为用，乃余所谓“引而游于指归之内，使人好其词义，而因以得其指归”者也。噫！先生之用心苦矣。

夫以先生之学，使独著一书，以辟天人性命之理，明古今升降之数，岂不孔易？而先生以为无益也。夫《六经》在世，如挈日月，尚有不能举其篇目者，况他书乎？惟尺牍，则操觚之家，鲜不寓目。顾自百年以来，一二前辈名人，恃其笔舌之俊利，多为偏宕之辞，宇内靡然从风；而古先圣贤，以暨诗文大家之绪言笃论微矣。先生用是，随流逆挽，斟酌一时之群言，而折衷之于道，一再论定；喜人性之本善，幸古风之可复，至于三施不倦，而遴拔益精、评骘益切焉。盖至是而举一世之士，深者浅者，俱得其指归之所存，则先生著书之心，不于是选旁寄而曲畅乎？

嗟乎！盖余尝与先生私嘅，斯文之患，相循俱谬，而莫知其所以救之之方者，有二端焉。断自袁、徐以来，词学之患在尚虚；夫人而知之也，今人以尚实矫之是矣。然不实于工力，而实于脂腻饾饤，捃摭满纸，面目都非，何况神韵，是尚实而转益空疎也，又一患也。断自姚江、龙溪以来，理学之患，亦在尚虚；夫人而知之也，今人以尚实矫之，又是矣。然不实于践履，而实于趋利好势，争竞执著，牢不可破，而绝无旷达之观，是又尚实而转益浮薄也，此又一患也。

今观先生是选，所登或详或略，有宾有主。其于虚、实二患，不言所以救之，而救之之道具馀矣。是尤愚心之所深快也。属先生选成，以余为知言，命言其端。余惟不可不言者，惟其指归之所存，乃其书之所以有益于世，与其所以独显而必传。若夫选中所载诸赫蹏之古雅清新，一洗恶札，则以先生之衡鉴，辩之深矣，余不论可也。或问“结邻”之义，余曰：“意先生将与同人共古研而敦石交乎？余何足以知之！”

虞山钱陆灿湘灵譔

昔者孟子生于邹鲁之乡，庄子生于宋梁之境，其地相去非数千里也。孟子，孔之后劲；庄子，佛之前茅。以东西两圣人庑而祀之，皆千万古之大贤也。而是两大贤之书，读《七篇》者，凛然发其仁义之性；读《内外篇》者，淼然遊乎道德之初，各以其书，孤行于世。而惜乎当时两贤，既不克过河而相见，又未尝有削札为刺、寓书于简，相往复问难之言。

昔人所谓"庄、孟相见，必有可观"者，余既不得而观之矣。后数百年，而司马氏子长出，乃取两贤，叙之于列传。当时《七篇》未列于学宫，故仅与三驺、淳于髡、慎到、荀卿之属，同时竝论；《庄子》则仅载其《渔父》《盗跖》《胠箧》三篇之目，以为牴孔子之徒，亦但曰"善属书离词"而已。是两大贤者，其人不具论，即其书目，亦待太史公始愈传。故其人往矣，其言久而愈新。又数百年，而眉山苏氏父子继出。老泉既自谓得力于孟子之文，而颍滨为子瞻行状曰："公读《庄子》，喟然叹息，曰：'吾昔有见于中，口未能言，今见《庄子》，得吾心矣。'则是孟子、庄子，又得苏氏父子亦愈传。

今执人裾而告之曰："吾将使孟子、庄子、司马氏、苏氏之言，合而出于一人之手。"岂非天下快事哉？然而不能也。又告之曰："吾将使孟子、庄子、司马氏、苏氏之言，散而出于数千百人之手，而合之为一人之书。"又岂非天下快事哉？然而又不能也。其不能者何也？天下即不能有孟子、庄子其人，而或幸而有孟子、庄子其文，无司马氏传之于前、苏氏父子学之于后，即孟子、庄子过河而相见，日削札为刺、寓书于简，相往复问难，其遗言绪论，篇翰磨灭，亦必不能附于《七篇》《内外篇》，以传到于后，如今无疑。

然今有其人矣，世所称"减斋先生"是也。先生之于尺牍也，凡三选，而《结邻集》始成。先生之三致意于尺牍者，何哉？夫尺牍者，文章中之一体也。文章之体制各别，而宗旨亦异。号而读之曰“尺牍”者，迺两人相与言情论事，虽异地，若对面可以传知，久之而娓娓入人之深者，他文莫之与比也。即以尺牍之一体论之，其亦有不同者。凡公之事，自下而上曰“状”，位等相以往来曰“移”、曰“牒”，或下以私自达于其属曰“笺”、曰“启”。惟是既非公之事，而又无候问请谢之仪、四六比耦之套，号而读之曰“尺牍”者，迺两人相与言情论事，虽异地，若对面可以传知，久之而娓娓入人之深者，他文亦莫之与比也。

自晋魏以来，列于《选》体，司马子长《报任少卿》一书在焉，皆未可以尺牍概之。惟有宋以来，分类编集者，尺牍之多，莫多于子瞻，而亦莫妙于子瞻。余尝以谓：子瞻之文，司马氏之本纪、世家、列传也；子瞻之尺牍，司马氏之论赞也。读司马氏之论赞，则愈思本纪、世家、列传之为文；读子瞻之尺牍，则愈思子瞻全集之为文。则尺牍之选，诚不可以已也。

夫天下固未有文字如苏氏之出于《孟子》《庄子》，卓然成一家之书者，焉能必夫尺牍有如子瞻之妙者乎？不能必其如子瞻之妙，而亦未必无数千百人之中，有数十人如子瞻之妙者；又未必无数十人之中，有一二人更妙于子瞻者，特存乎求之博而取之精耳。求之不博，则常得之近而失之远；取之不精，则常恕其瑕而蔽其瑜。先生不然。先生曰：“吾以数年之心力，聚天下之为名尺牍者；又加以数年之心眼，随得随选，或已选而复删，或初弃而重登。要以有关于世道人心、仁义道德之旨，而下及于杂物撰德、情事议论之妙。”盖求之不可谓不博，取之不可谓不精矣，余读之而叹曰：“有是哉！”

以孟子、庄子之两贤同时竝起，在数千里之内，不幸而生于战国之世，山川间隔，声气不通，遂毕世而不相知。文章离合之势，岂不视天下离合之势为盛衰哉？今吾辈幸而生于一统之盛世，操三寸之管，尽数幅之纸，不胫而走数千里之外。又加以京都、省会、郡县四方之交，辐辏而日至，既握手道平生极驩（通“欢”），别去而离索相问讯，晦明风雨，语念相闻，天南地北，如吾乡闾族党也。夫一堂之上，聚数千里之人如其乡闾族党也，岂非天下快事哉？浸假而几案之间，聚数千里外之数千百人之手、之笔、之舌，如与其乡闾族党相与娓娓翻覆情事而不厌也，岂非尤天下快事哉？

虽然，数千百之人在数千百里之内外，其地虽远，当一统之盛世，如其乡闾族党也，固一幸也。然而造化之精华日溢，文章之风气日上，不有人以收之则散，不有司马氏、苏氏其人以收之，气力短而意味薄，亦终必至于散。而此所谓“数千百里之内外之数千百人”者，度未必有如孟子之《七篇》、庄子之《内外篇》，以孤行于世；而仅仅藉先生之是集，以传姓名、文字于世，不尤幸之幸欤？然则先生三集之成也，岂非柳子厚所谓“思报国恩，独惟文章”者欤？

《易·彖》曰：“萃，聚也。”《传》曰：“大宗以收族也。”“结邻”，其比物比（此？）志也欤？结则不散矣，此余所以测先生是集之旨也。

康熙九年岁次庚戌重五前二日赖古堂汇梓

凡例二十二则

砚字“结邻”，卫公佳话，原其取义，实贶文心。盖文人讬契于篇章，则翰墨日依为左右。故周旋几席，无非侧理千张；晤对终朝，止有隃麋数铤，亦犹之乎砚也。况《鲁论》垂训，著性美于不孤；唐句抒怀，快天涯之若比。邻之为义，更切应求；集以命名，适符赠答。

尺牍原取通怀，纵谈何所不可，而尤以扶翼世道、规正人心为极则。然每见世之刊刻格言者，袭彼常谈，赘若故纸。语再设而不灵，听习玩而生厌。是集既为进言者审端，更为受言者措意，凡训迪后生之篇，垂示子弟之语，必取其倍常警策者，急为登选。徐幹《中论》而后，独著箴规；颜氏《家训》以还，让其旨趣。

尺牍有选，断自数十年以来者，以隆、万之前，归、茅而下，一二大家制作，昭然无事表扬，但欲模范后进，终恃崇尚前修。近如顾泾阳之醇至，冯琢庵之名通，方孟旋之幽奇，曹元甫之婉秀，皆各自成家，必借光全集。《昭明》录赋，首重杨、班；《正宗》列文，还推贾、马。但使钦其姓字，无不奉若典型，然亦必搜其未经剞劂者，始入之简编耳。

稽《诗》《书》之垂训，以忠义为首称，然与其发为文章，孰若见之行事？故远而周蓼洲、高景逸，近而刘念台、马素修，皆表节烈于一时，庶振馨芳于千载。仰其洁志，堪与日月争光；被其高风，遂使懦顽廉立。况本正气为嘉言，复有文词炳炳者乎？安得不急标之以为世范。

尺牍抒词，原起来往；片言悉意，更重友生。若使交情不著，则虽寄远奚为？孝标绝交之篇，止是讥其凉薄；长公葬董之乞，不独恤其生存。故集中如冯琢庵议婚孤儿，徐荆山请赙亡令，皆足维持末俗，期于敦笃同声，固鱼素之光辉、鸿音之慷慨也。读者尤当秉兹高谊，勿仅溺其英词。

释氏之言，儒者不道，前所裒集，未甚录存。患难叠经以来，宗旨遂觉有异。故东坡海外而后，文字半属逃禅；摩诘辋川之中，诗章多如拈偈。彼名贤之用心若此，则野老之讬旨宜然。适张君僧持以所抄诸释子札见贻，揽其宗趣，颇释尘撄，遂多录以示世。然亦取其言下了了、斩断葛藤者。若但袭梅子之机锋，妄当正觉；假木樨之诠谛，肆扇魔氛，岂为所炫，吾知免夫。

文章本不一家，流弊因之迭见。尺牍亦尔，众体宜分。李于鳞之砺齿謷牙，不免以艰深而文浅易；汪伯玉之字栉句比，遂至以绳尺而掩风神。王百穀动摹《史》《汉》，蓝本无多；陈仲醇矢口林泉，清言成习。此皆翰词之秽迹，抑亦烟墨之狂澜。虽使起诸公于今日，犹然剩技堪呕；况复沿故态于当年，安见新裁足式？凡若此者，不独《解嘲》《七发》，经数拟而不鲜；总以著说千言，本浮夸而未至，槩所不录，作者宜严。

文人契阔，动赖好音，下笔寒暄，难辞叠句。但春花秋月之述，亦有妍心；隔岁经年之思，非无异制，时而间胜，未可求多。其馀率臆所成，不免千篇一色，或以数句之累，致伤全体之瑜，间为逸去，要之偶然。至于词有复繁，意有重出，亦或稍乙，不过数篇。敢曰槩讥子建之高文，岂至轻易吕公之一字，选之尽粹，览者勿疑。

尺牍之传，莫贵简雅，故右军竹素，以数字足思；伏波翰音，以少言倾听。若阡陌既多，则入之不辨道里；甘苦毕备，则咀之安见芳嘉？长篇剌剌，览者倦矣。故前集每于一二长篇，已镌而复去之。继思尺牍谋篇，本为古文正体，子长之报任安，足见司马椽笔；明允之上永叔，无非苏氏鸿章。是集选遴，兼恣浩博，多收巨制，以续大家。

寒暄习语，重出厌闻，是集在所删割矣。而论诗论文之牍，不免稍赢（古同“羸”）。议者或以数见不鲜，则选者究竟将存何等？不知刘勰《文心》，全部俱明体制；钟嵘《诗品》，数卷止释声情。是以千古之名流，不出两家之辩论，况乎裒集，能勿赊存？

诗人尝称戏谑，史家亦传滑稽，故庄言虽可训俗，谐语亦可讽人。东坡居士，时通喷饭之笺；山谷老人，数见解颐之牍。两公高致，千载宛然；近代以还，遥闻足式，但取无伤大雅，何嫌偶涉稗官。

江左雅尚骈丽，唐初犹袭馀芬，宋代以还，始卑声律。前集之选，不甚甄收。既思由秦汉而六朝，增华原于踵事；本昌黎以起八代，还醇不废彫章。是集但汰繁音，犹存丽则，务使齐梁艳体，还埒美于西京；抑将王骆瓌篇，更争高于盛世。

竟陵矫公安之纤弱，人知复古，不无首功。而后来同声附和，极力交攻，见之染翰者不少，徒令具眼者欲呕，故概为删简，不稍迟躇。至如钱湘灵、贺黄公之是正其谬，则钟、谭之功臣也。人非至圣，安能每事尽善；则言匪《六经》，岂遂一字无訾乎？存之以为斯事商略而已。

词尚辩驳，事起凌竞，前例所言，亦几详切。而是集所载毛、柴往复之篇，原主相成，非为犄角。远则朱陆同异，要于各救所偏；近则何李较商，曩已并存其是。两公诗说，亦正相同；三牍论申，不一而足。故列柴于前，即系毛于后，正使往复相生，庶见机锋对触。（毛、柴诸作，嗣刻《四集》。）

海内人文，数十年以来，大半彫谢。以豫章而言，大士、千子，既物化于前；士业、巨源，复溘然于后。傅平叔、陈少游、王于一、徐仲光继没矣，以至中州之侯朝宗，越中之孙介夫，闽中之陈开仲、徐存永、许有介，毗陵之董文友、邹吁士，亦复后先并作古人。但长卿身后，犹馀《封禅》之书；桓谭世殊，独表《太玄》之草。诸公遗文，或有存者，同心搜逸，尚其望诸，勿谓大雅之云亡，遂使斯道之绝响。

身既沉沦，著书不能自见；才虽英异，折玉亦遂无闻。是以奇编时出敝簏，佳构或等碎金。伯玉久困，非击碎鸣琴，则雅章几于奔散矣；长吉夭亡，使尽投溷厕，则丽句竟赴销亡矣。故是编于专集之未显扬者，或数篇之仅散见者，片羽旨佳，亦为录出。瑶篇书首，必纪芳名，以见予表章之素云尔。

制举之业，扶翼圣经，论辨之家，纷纶众说，《二集》亦略载数篇矣。以予近有《制举正言》一编，探王、唐之壸奥，耑设成书；追弘、正之风裁，另申鄙见。故此集凡在论制举业者，多在所略。

史家有论，其来久矣，创始于马迁，宏开风范；增华于范晔，大畅标流。以至欧阳五代之书，颍滨三国之论，要皆因人以论世，或且论世以知人，其间藩域甚宏，必当疆隅另立。尺牍虽无所不通，大略以抒怀为正。若曰连类，襍（同“杂”）引非奢；傥竟博综，体裁并失。故诸公贻惠之篇，间有涉史论者，槩所不录。

从来尺牍之选，多以充腹笥、供书钞也，予选非然。故翩翩书记，难篡其只词；琐琐赠酬，靡移其半字。然有一篇止论一事，如毛驰黄杜韵之争，方尔止字学之辨，千言反覆，不外一端，《二集》已登，终于复去。至如天官舆地，潮汐象爻，统括止若类书，节取有同策略，即使另为耑集，尤当确有折衷；况乃牵入清裁，不几等于赘设？

理学之书，为文章所首重；儒林之彦，多崇餙（古同“饰”）以名高。是集惟取其确有会心，庶藉以砥兹同志。其馀剽鹿洞之陈诠，开口无极太极；拾紫阳之赘绪，妄分北学南宗，此犹禅门，惟披旧案，徒使圣言，湮于芜秽。末学弗著精思，费纸何为？尽芟不录。

文各有体，名遂相从，笃之之与笑峰，法俗偶异其称，标举谁知所适？要以文字为之正断，斯为名称两得其宜。故风雅之作，仍书以旧名；禅喜之篇，必标以法讳，各从其类也。始知儒名而释行，自终觉其不伦；释号而儒言，犹强为之附合耳。

《新钞》《藏弆》，次第镌行，但取流通，不禁翻刻，亦既详告之矣。而无知者取其大半，攘为己有。人非郭象，窃向秀之书；子岂淮南，集八公之作？伊可恶也，谓之何哉！继思悬之国门，总期彰我朋友，但中间妄易姓字，遂尔湮没高贤；又且更改集名，并致弁弃元本，殊非选者之意，大乖作者之心。故禁虽不必，窜则不可也，因于是集严饬之。

康熙九年岁次庚戌重五前一日赖古堂识

目　录

卷　一

卷　二

卷　三

卷　四

卷　五

卷　六

卷　七

卷　八

卷　九

卷　十

卷十一

卷十二

卷十三

卷十四

卷十五

卷十六

结邻集卷之一

周在梁园客
豫仪 周在浚雪客 钞
周在延龙客

刘宗周

起东，念台，浙江会稽人。

与 人

去此矜己之言，与短人之言，戋戋之陈言，悠悠之漫言、谑言、绮言、流言，终日无可启口者，此即“不睹不闻”入路处也。

〇此教人慎言也。此选遂遵先生言，去此种种之笔。

二

人言之及我者，盖亦寡矣；幸而及之，亦引而不发，讥称、进反之间，使人思而自得之，良工苦心，吾自不察耳。甚者或示我以意，意不可匿而征于色，吾目击焉，而亦意喻之，意喻之而复意阻之，使人之抱意而来者，转失意而往。拒谏饰非之态，亦何所不至哉？

〇妙在是刻绳自己。

三

天之所以与我者，甚美且富。如子弟承父兄基业，既有良田广宅，又有百物器皿，又有珍奇玩好，又有诗书礼乐，无所不备。于此而不能守成，至于一一荡尽，身受饥寒，岂不辜负先人，为不肖之甚乎？人生具有仁义礼智之性，一似好家当，纵或汩没了一端，却又有一端。如有时不见恻隐之心，便须有羞恶之心；有时有不见辞让之心，便须有是非之心。四者更隐迭见，一见则全体皆见，终无由入禽兽一途去。似上天曲牖，扶持安全，较之祖父荫佑，尤为百倍。于此而不能及身承受，必欲一一戕贼而后已，虽天亦无如何者，哀哉！

四

薛河东二十年治一“怒”字不去。常见得治不去，便是他过人处。

五

每遇怫意时，即须诵《孟子》“三自反”章，我必坐一项在。且孟子盖为学圣人而未至者言，若吾侪小人，直是自处横逆，自处妄人，于他人报施平等耳，不知又经几十会自反，方得到君子不仁无礼地位，正是乡人亦不易及也，可愧哉！

〇良箴可佩，莫以学道人语视之。

〇道学人刻论，真有可味。

六

好佞者，唯恐人之不我佞也，时以其意挑之；即有时而我规矣，亦取其近于佞者而收之，佞乃愈集矣。好佞人者，唯恐人之知我佞也，时以其意覆之；即有时而知我佞矣，亦取其远于佞者而佞之，佞乃愈工矣。此之谓相得益章。

◯世人习态习心，何所逃遁？

七

上士乐天，中士制命于礼，下士制命于刑，小人制命于欲。

八

才开口便佞，安能动人？才措足便轻，安能立德？

九

心放自多言始，多言自言人短长始。

方应祥

青峒，孟旋，浙江西安人。《青来阁稿》。

与严印持忍公无勅

老举人会试，譬之卖古董人，其货愈钝，所持价日高；其价愈高，所售之道更日钝。惟有终日吃饥着冷，与之相守而已矣。或曰：子以短日载兹长货，曷贱卖之以济目前？吾知此人必不肯，何也？货固无贱，与相守之我又不肯贱也。贵卖不得，贱卖不肯，有法于此，惟一舍而已矣。夫轻价易舍，高价不易舍也；所卖之货易舍，卖货之我不易舍也。夫惟能讲于舍之道，我不失货，而货亦不失价，两俱售于天地之间矣。

日在武林，欲求舍之道于我二三兄弟，而未得间也。今弟且行矣，其何所示我，令翛然于此中哉？

◯孟旋先生人文稍前，其集亦世所共有。近吾年友李庚生督学浙中，刻先生合集，多未刻稿，因摘入此中。世人当快见所未见也。

〇孟旋年五十，始博一进贤冠，然观如此笔札，岂是以老孝廉终者。

复方长逸汪雨若

得于人跡少所往来，而吾足能不由我发动处，并习百许日，胸中清虚旷荡之致，汩汩欲寻觅纸笔作缘。此即平日涉猎古人，追随良师友，真实光景迸见之兆。

〇真是有得之言，说得如许奇凿，止是性光透露。

与熊太峡年兄

友人王玉生过弟曰：此行取道富沙，君侯熊先生子同籍也。士名一业者，过富沙而不获通姓名，熊侯以为憾。子有所欲相问以邮我乎？范穆其者，时俱在坐，意亦同之。以弟当兹顑颔苍葭之深，两君眷然起我西方好音之寄，快裁此缣，附诸行李。长者居常不鄙方生，开椷一笑，客到意中也。

〇如此荐书，即甚恶游客者，展之亦必眉舞。

与徐元晦

须眉皓然一老翁，而厕选人，爱我者，诲少涂饰，以免见者之駴（古同“骇”）。弟心感其意，而不能从也。为解人之说者，乃更以此赏弟之任真。然任真又非弟所得当，弟实习懒而然耳。涂饰之法，每三五日一施，夜对老妻婢子，手巾裹腮领，睡不得宁，腹笑不可忍。药不中用，未得须黑，面肉班剥，领袖滋腻，五色蓬蓬，恠（同“怪”）状蜷蜷。譬老妇人抹粉愈甚，灶君形相愈以不掩，不但害妍，且以增丑。三十年秀才面孔，一部《青来集》公案历然，饰于何有哉？所以决意本色向人。兄当崩痛，不应为淡语相蒙也。

○染髭镊鬓，古今通病。先生质实，道其本色，可发一笑，胜王僧虔多矣。

○一幅老人染须图，读之使人失笑。吾乡王半菴先生，常向人言：“吾不负须。”以应童试时不曾拔，做官时不曾染。会稽陶石篑先生壮无须，晚乃得数茎，雪色矣，自笑曰：“吾生平不知须乃有黑者。”

与孙不伐

“老骥伏枥，志在千里”，古人此语，须具此胸肠者读之，知味不浅耳。不然，击碎唾壶，比之酒人之骂坐而已。嗟乎！酒人而骂坐，不犹胜于不饮而醉，不敢骂而反唇者哉？大抵自古有意气人不得于世，而渐入于境之老，其与人未有不多怒者也。佛则免此耳。

○老人终日强言道，以降伏其习心，究不能出此圈子。

与陈元朋

古今处愤地而极愤之致者，莫过于屈平，悲鸣之不已，而至从彭咸之遗则，《离骚》诸篇可按也。凄恻宛转，广谕旁撷，未尝一言明指其所愤之事，直道其所为愤之人。太史公为之传，然后揭其郄之因乎上官子兰之辈，屈子则有死而必不挂之口也。愤之极，亦寓乎厚之至，《骚》之所以通于《诗》也。故曰：“《国风》好色而不淫，《小雅》怨诽而不乱。若《离骚》者，可谓兼之。”此可得君子所以处愤之道矣。夫我为深山大泽，而任龙蛇之搅拿也；为百围之松、千丈之柏，而纵凌风暴雷、繁霜冻雪之击剥也。孰与厚望人以君子长者，而藉其全我为功德哉？吾道不非，天意有待。如元朋其人，而永寘之宽闲寥廓之地，天下无此神理也。循当卧起委顺，以听天之定尔已矣。

○青峒先生在明万历中，文与品皆绝然自竖，于此见其忠厚之至。

〇是厚不是愤，善于读《骚》。

与钱彦林

小戎属隶，三载浮沉，主爵者习其数马之无似，更而试之以问礼。譬之兼病聋瞆之人，倏使观火，倏使审音，任畀变迁，课其绩效，懵懵一如官之非为我辈设也，夙自分于天刑之莫可解矣。

〇极其苍雅。

〇看其自叙升迁，何等笔墨。

与虞卿

书来具见感愤之意，非造物冻凝之极，安得有此惊雷之鸣？吾弟起蛰吉祥，即此赫蹏为葭琯矣。鸟之习飞，决不藉旁边之扶掖，冯其生气，以自鼓自舞于空虚之中，九万里之风，皆其怒而飞之一念所橐籥也。生物之以息相吹也，此岂更有以其息吹之者哉？吾弟指端，抟挽鬼神，应于个事后先关节，无复疑虑。谛味来旨，抑有未能信彻，所谓“致远恐泥”者耶？诚之不可掩也。瓦之坯，竹之箕，死鸡之馀骨，啄木之跨步，总吾心光明焄蒿所现露。世人掘地得泉，而以为水专在是，无论失全于水，即此一勺不成受用耳。漫书此语，肯费精思，有以复我。

〇超超远胜，几于郭之注《庄》。

与汪敦伯

读敦伯长笺，牢骚之致，中具本色。我辈胸怀旨趣，政于世界不讨便宜处，别有饶益，一切勦语死架，俱不涉影响。虽然，空中篙子，政难撇弄矣。

与茅君若

朱橘苗三十本驰去，种宜疏土不甚近水者。绿叶凝烟，火珠累若，差足柳浪菊英，并供清赏，犹是友生草木臭滋之时承于晤对也。

◯深于理解，自能有此韵语。

曹宗璠

汝珍，惕咸，江南金坛人。《崑禾堂稿》。

与詹月如同年

弟两辱年兄赐惠，无间阻修，兼以手书珍重，慰恤倍至。虽祁奚之护叔向，方进之营萧育，不是周也。岂弟赋材蹇劣，时与阨会，以寒温两函，罹此大难，是使鸣鸟断咮、双鲤刳鳞。而风人勉金玉之音，卫武冀远猷之告，皆入展氏刑书矣。权珰煽虐，罗织士绅，西曹无敢平反者，司寇且移疾去，尚复何言耶？

昔龙门、柳州，皆以俶诡倜傥之材，婴幽囚困踬之遇。愤懑无所发泄，覃精文章，思洗厥耻。恐世或不信，则援引古人，如文王羑里，彝（夷）吾槛车，条侯呕血，魏其病腓，邹阳上书，望之对簿，更生赎死，子云投阁，以为囹圄桎梏，贤圣不免，欲自解脱。嗟乎！身既辱矣，嚣嚣语人曰：“吾贤圣之徒也。”不重为腐儒俗人笑乎？然二子亦竟以文章显，世无不诵其才而悲其遇，与贤圣相颉颃辉映。

如今文章不及二子，后世断断诵其才而悲其遇不及二子，独囹圄桎梏同二子，则其可悲可涕，愤懑无聊，视二子之抚膺古人者，当更何如也？是以苫块馀生，招魂召魄，流览传记，思为辞章，而根实未沃，膏泽不耀，方在戛戛其难之境。又窃自思维：罪废以来，姓氏灰冷，海内贤豪，日益沦隔，纵少有著述，而名山寂寞，其人渺茫，终不获传布，此欧阳子所以抚《艺文志》而叹息者也。

昔太白蜕藁于当涂，子瞻呈牍于潞公，寄托得地，声施至今，岂非斤斤难遇之人哉？年兄英髦奥学，龙变虎蔚，犹衣裳冠冕、宗器琏瑚。弟每思叩首阶下，一以谢琼瑶之报，一以商青牛之业，盖重有托也。博山僧归闽，便候起居。簟头一章，非申吉甫“穆如”之颂，聊附唐民“击壤”之义云尔，惟年翁教之。

○惕咸以辛未进士，初知黄岩，与太守左调吾乡之封丘，所至有廉惠声。以通寒温，两同门为逆阉罗织，成大狱，时论惜之。

与吕子传同年

仆读《选》至孔璋，才学足以著书，而美志不就，未尝不废书而叹也。夫士壁观湛寂，遣相离言则已矣，苟有奇之必抒，何卮言之无当？麒麟、凤凰，无所用于世，而见者以为瑞，况文章写性灵、晰造化，上继风雅、旁摭子史者哉？乃有其才者不及作，作者不必才；即才与年相偶，竟作矣，世必多方困抑之，坎穴难出，旅巢独焚，天亦似故奇其遭而降之怒，以快妒才者之意。此其人百死一生，出其所镂心抉肾，以俟后世之知我者，究其传与不传，则又复有幸不幸也。嗟乎！今世数架书，皆零落之馀耳。刘歆发愤于文学，欧阳寄慨于《唐志》，良有以也。

尝忆司马长卿，有文君拂笺簪管，而天子使使求遗书；王昌龄、王涣之、高适辈，集饮旗亭，伶妓哀吟，皆出己赋，何文士遭遇之盛哉！今士颠踬困穷，名不出闾巷，一时达人，智反出伶妓下，则何说也？岂作者才真不及古人耶？抑世不崇文耶？又岂著述繁芜，天实厌且憎，故天祟之不已，又必荡为灰烬耶？皆不可问也。

仆自忧患以来，颇窥作者之旨，间有著笔，不自收简。亦以名微援寡，交游落落，当吾世而无知我者，又可望之不可知之何人哉？纵复成帙，终归湮没耳。然尝窃以自勗：三都伧父，振声皇甫；柳州羁旅，发耀昌黎。苟附青云之士，一人亦足不朽。惟年翁手揆天章，胸衡冰镜，龙门高峻，人伦所宗。仅录诗文二卷呈上，岂敢云伯喈矜枕函之秘，谈割汉腴；永叔发废簏之藏，文移宋习。亦曰一日苦心，千秋远契。其传与否，惟在年翁铨定间，犹仲尼之壁履、昭明之黼黻也。

○高冠长佩，气体有如陈思。

◇为之浩叹！

◇极拟古人发愤之作，而才足以副之。

○诚有不可解者，不得不搔首问天。

与史筑岩同年

吾辈修洁自好，辄横罹罗网，时为之耶？抑命也。然年翁姓氏，炳列昭雪之案，天下想闻丰采。昔萧相请室，绛侯廷尉，张敞亡命，安国徒步，皆复伸眉承明，纪功太常。年翁袭跡古人，龙骧豹变，所以问字屦满、闻声蹝倒，虽橐装尽散，而座客常满也。

若弟者，周鼎不再出，韩灰难复然。知交寥落，种秫旱枯，门前寡可罗之雀，盂中无乐衔之圣；鸡骨支床，虫吟涤砚，阳节不耀，壮事蹉跎。已矣，长与世辞矣！数年来难丧婚嫁，百无一措，于一二同人，贷斗粟以煮薇，分馀明而照席。未能支厦，况足买山？亦功令严切，当途之人，方餂糠及米，安能脱粟布被，以养故人宾客乎？

清明先后，当与年兄湖上盘桓，一吊子瞻故迹。山水如故，子瞻之可传者，数卷书耳。当年富贵患难，不与春梦婆同烟销霞散乎？日月流驶，壮发渐凋，不识于古人中置位何处。言之恻恻，勿谓邢子才西山片石，与岘山碑有优劣也。如何、如何？

◯并春梦婆亦归烟销霞散，宁不可叹！

与刘念先同年

千古此湖山，得年翁为主人，遂觉长公杖屦，呼之欲出。夜来香浮竹叶，醉晕梅颊，惟丽人分捧心之忧，长眉锁黛，微睇徐流，大与消渴生相宜。湖中不必舟大，渔舠从南山放北山下，碎碧十里，酒铛诗砚，笙簧鱼鸟，黼绣林峦，代一日忏课，晚照散绮，水气侵衣，如在霄汉上也。独坐孤山，见岫中缕缕出云，有如旗，有如马，有如车轮，又有马折一足，其真耶、其幻耶？令客诵《天问》数阕。此处士故居也，而鹤不还，何哉？夜寒肌粟，辄曳杖归。桃叶梅桩，霏露浥浥，撮饮不减金茎仙掌。坐李氏楼，月巡簷宿，空水澄鲜，冷浸心碧。旷然天遊，殊胜静坐数息时。敢献之左右，共咀嚼清供焉。

◇想见此公遊山水记，当不减鲍、谢。

◇写得翠色出，笔笔似子瞻。

◇大似子瞻纪承天寺一则。

与张群玉同年

夜来联袂湖上，羽觞吸月，相和而歌，忼慨悽怆，盖无俟为变徵之声，而霜华簌簌落也。吾辈岌冠奇服，纫兰茎，带矩衡，不获簪笔承明之庐，剖珪云台之上，仅从渔舠樵径，绿斲山骨，碧撷水纹，天乎人耶？虽妖艳在侧，纨袴为群，同堂燕笑，欲泣无声。何则？孽羽之禽，虚弦可堕；孤根之桐，弭轸即悲，其中心之所积然也。

是以渡江之日，罔两责景，既不能秉耒躬耕，又不能垂簾卜肆，复不能废居征贵。冯铗未弹，阮途先恸，亦何处为平台之遊耶？倘邀天之缘，得聚终岁粮，便当与妻子别，入土室，持方寸油纸，荟撮古人所长为覆瓿事。

年翁去巴蜀数千里，携百指，日再飧，萍寄葛附，瓶罄罍耻，安得不忧？吾辈亦何敢望步兵厨，日有酒五升，得如黄州画，又钱日二百五十，便可一意著述矣。菊径馈浆，醉看云心出岫；草堂送炙，饱吟秋兴凋林，不可谓二子之不遇也。侏儒饱欲死，臣饥欲死，今赤白囊交驰，天岂真以采薇了吾子哉？

伏读杂著，写难状之景，申欲永之志，分刌幼眇，韶勺雕虫。然窃恨年翁以此才不登明堂、升清庙，徒以感愤不平之鸣，附《国风》《小雅》之什，是犹娵隹之珍髢膏沐昭阳，而为逐妇之饰也。贫耶、病耶？有国者之耻耶？千载而下，必有知之者矣。临歧黯然，意不尽言。

◇经汝珍一字一句，皆极香艳之致，却无一字袭六季。

◇古人极败兴事，皆吾辈极适意事。吾辈亦当留几端极败意事，使后人叹为极适意事足矣。

与史鼎如同年

入秦稽，与两年兄干旄先后渡江，正如聃策牛蹄，而尹关昼扃；嵇飡石髓，乃积径云封，何遇之多畸耶？日汲鉴湖水，参玉版禅，但措大腹中含蔬笋气，征发于诗，便成千古酸餡，何处得黄州烧肉一医之？

前在西湖，不敢作诗。每到天然空翠处，辄令摩诘含颦，米颠缚肘，凡碑碣间物，皆如雁苇虫叶耳。山水胜于诗，固非诗之所能传也。卧湖亭上，冷月浸被，竟夜不寐，疑是坡仙作俑，山灵移文见督，勉就二章，刻之篁竹间。竹老则字满，可斫去为薪；但得入水臼舂作纸，则真奇遇矣。录呈郢削不尽。

◇眼前故实，入汝珍手，便另具一世界。

◇今人强欲以诗敌山水，宜其每敌辄北也。

◇趣至此乎?!

与于惠生先生

仆先人尝校中秘书，遊作者之林矣，不吊两世幼孤，其事痛于谈迁。今家集所留，皆秦王火馀也。仲蔚之荒圃，鸟雀慵来；子厚之藏书，精灵化去，深惧先业凋零，勉尔鞭心举业。寂扣山鸣，湛楼水观，研旨必铿孔壁之管絃，踬艳必考镜亭之玉尺。龙元夜半，凤赤午初，草木陨而见本，风水涣而成文，亦几直接无言之系，而宏设象之波矣。擢肝抉肾，盖二十年，精亦少耗焉。然体则不古而今，法则不奇而耦，六经减峻，语录伤芜，是应制之篇，非儒林之传也。迨鸡刀初试，虎市旋成，鲔篇不投于京兆，保障未屹于晋阳，而江生有飞霜之书，邹子悲白虹之奏矣。夫纂明道统者志也，诠次古人者学也，瘏叹牢愁者时也。丁时之穷，而风雨雷电、山川草树、珍禽怪兽、歌舞战斗之事，皆以助激昂之胆，况古人之诗赋乎？

顾仆尝闻性命之旨矣，贵贱生死，犹日月寒暑四时行也，何足感于灵台？其音和以平，其节澹以柔，曾氏金石之歌，苏门鸾凤之啸，若翱翔于《咸池》《箾韶》间，不知今日为何代也。乃骚情操响，错落吾指间，达人不讥其褊心耶？仲尼阨于陈蔡日，匪兕匪虎，率彼旷野；老氏以青牛卒业日，犹若畏四邻，彼圣人何忧之深欤！譬之水，澄澹汪洸，瀇滉困泫，其性然也；双峡束怒，则涌湍跳沫，湔涛臬灂，激为悲鸣，其地使然，则时为之也。悔少专精八股，心刺刺若痛。今尽弃去，已睹二毛。以弩末之年，而图碑扐之业，吾见其日不逮也。琬琰未集，晞露忽倾，速朽而已矣，造物其孰能怜之哉？

简丙丁得诗文若干首，仅列作者门庑；升堂入室，志敢不勉，以绍先史公之成劳。祈先生评削之。望渤知归，仰华作镇，求寂寞之响，须披陆金；聆正始之音，繇锵卫玉。切指日而相期，怅遡风而独写，统惟法鉴焉。

○惕咸为前会元讳大章者之孙，以力学克振家声。
○金石鼎彝之气，错落尺幅间，真一著作手。
◇具如此眼界，如此胆识，安得不空行一世。
◇千古同悲。

与倪鸿宝先生

生固非遗落世务者，举足投网，毕志挂瓢。客秋登匡庐绝顶，耳目濯江而延白，肤发织树而归青，摘星如茄，饥肠欲冷，亦宁知人间有宠辱事哉？时复垒块未尽，以诗歌浇之。自兵兴狱起，垂二十年，士夫图荣利、务苟免，精锐销软，不肯言文章。萧敬范尝笑文士“仰眠床上，看屋梁”，千秋万世，谁传此者？乃放逐之人，释惭解愠，相依为命，敢贡之师台。昔王隐著书，必倚庾公；孔闿成文，先呈谢朓。亦犹夜壑鱼龙，仰谷王之沫；培塿松柏，伫岱宗之云尔。倘不吝教，更赐新刻数种，得以膏沐仪型，幸甚！

○真是作赋手。

与吴乐一同年

弟璠足玉两碎，泪血齐枯，已矣！天山有箴矣。昔石氏思归，萦情观阁；潘子闲居，毕景沼池。无论窭人物力不继，即此有待为烦；累心未尽，亦惟蓬荻为居、鼯鼠是伍。苟可垂钓牛涔，亦有濠濮；才足采薇蚁蛭，即具首山。鸟鸣聆独絃之琴，叶落见七盘之舞；读书兀坐，嗒然若忘。每范釜尘生、梁爨莫热，辄击缶吟哦，日久不觉成帙。有节奏，无宫商，未知犂然当人心否耶？

届秋拟过元（玄）武湖，倾将军武库，倒中散玉山。移床而俟江谢，横槊以拟殷刘；瓮阴未移，唾壶先缺。年翁欲吐三江，定不河汉斯语耳。

◇镂划天真，心手有适谐之乐。

与于惠生先生

望夜宝蚌全开，寒蟾欲堕。已就寝，空床浸水，梦肠舞藻，惝恍在羲图空白内也。仍复披衣，徘徊闲除，中有所得，写为《月赋》。昔惠连典则，允称盛制；大復深于言情，生微于析理，虽各具致，竟不能与之较力矣。古今人不相及，宁止一事？侧理横陈，便有一时代画于胸中，五百岁后文人，又何处自豪耶？言之慨然。

◇胸中雪亮。

高攀龙

存之，景逸，江南无锡人。《高子遗书》。

答周来玉

懋迁有无化居，即大禹救荒之法。如刘晏等善理财者，不脱有无转输。但民间转输易，而官府难。何者？官府谋国之心，不能如大户谋利之真也。天下事皆当顾日后，不当徇目前；惟救荒只当顾目前，不当虑日后。民既无食，近患已在目前，远忧岂在日后耶？

○文章有真气，便堪与汉宋并传。

周顺昌

景文，蓼洲，谥忠介，江南吴县人。

与文湛持

弟行只在此两日内矣。一生向志节一路着力，是弟不济处。故出门便与宦官作仇，毕竟以此辈结局，然亦不可谓非天之所以成我也。此时工夫，正欲使怨亲平等、贪恋俱忘，急消却一段愤激之心，欢喜顺受，方是宝地。至于掀天揭地事，亦不在多，弟临时尚可做耳。

又

弟已就逮入县署中，一腔愤泪，万种爱缘，俱化作铁肠石心矣。只是昨朝之变，意外理外，今进退两难耳。然大丈夫猛拚一死，何事不可做？末后一着，定当俊伟。顷已托朱完天与兄商之，但不知天能成就我否也。

又

弟生平为人，决定做第一着。今日之变，已贻累不浅，若再复逗留观望，是举其生平而尽弃之矣。况生死祸福，自有定命。弟此行方欲以一身之胆，消诸君子之隐祸。如德仲、德升之言，可谓爱我，非知我也。何如何如？

王 佐

佐之，浙江嘉善人。《南牖日笺》。

与门人程楚石

东郭公尝云：“古人惜阴，一刻千金。一年之间，有许多金子，既不卖人，又不受用，不知放在何处，只是花废无存，可惜可惜！”此虽戏言，殊当自警。

○劳生负百年，阅此为三叹。

○口头语偏不俗，其故难言。

与门人卞伏生

释徒背一包袱，与其师同行，问师如何是佛，师曰：“万性不染，自性如如。”问如何是罗汉，曰：“万缘未绝，刻苦修行。”曰：“如此，觉佛容易。我不如即做容易得的。”师曰：“果如汝言，汝便是。”师取袱自负之。其徒安然前行四五里许，愈转愈思，性缘犹存。师觉其转念，笑曰：“包袱还是汝背。”吾儒今日讲学，虚悟成见，皆做容易者之类也。

〇知解宗徒，掠虚汉子，总无与于道。竖起脊骨、脚脚实地者，觅一个不可得。

〇其徒亦不可及。

又

白璧之瑕，人孰无之，又孰掩之？是故君子宁为人所指点，不为人所包容。蔽覆遮羞，无由洁净，此犹穿窬小人也，而曰学，焉取矣？

〇古德云：“尽乾坤是个眼，汝向甚么处蹲坐？”我不知作穿窬小人行径者，何处寻没眼处蹲坐。

顾宪成

叔子，泾阳，江南无锡人。《小心斋劄记》。

示　人

天机至巧，侭你如何算计，那算计处，恰尔曲投其机，躲避他不得。人眼至尖，侭你如何弥缝，那弥缝处，忽已早落其眼，哄骗他不得。

〇深于天人之际，要当寻其不愧不怍处安在。

朱廷旦

尔兼，浙江嘉善人。

示　人

释氏有言曰：“身为床座遍三千。”夫床座岂易为哉？居最下之位，而劳者待以安，走者待以息，牛羊践之不加怒，尊贵履之不加喜，此即《易》所谓“厚德载物”也。今世人虽骨肉至亲，稍稍蹴踏，辄有愤心。己则终日跳梁，而怪人动色，不惟不能载物，而且为物所载；不惟为物所载，而且咎物之不善载，吁过矣！

邵尧夫曰：“吾人为善，当量力而为之。”此语最深。夫物过其量，不能相继。忠厚长者之名，亦不宜多取；且生平肝胆有数，岂容轻易许人？

○唐人有句曰：“忘情学草木。”岂独草木之当学哉？

周积贤

履道，原字寿王，江南华亭人。

与朱伯虎兄弟

大父相国，父二千石，而衣不完、食不餐，非仁人不为也。蝼蚁争粟，蛟龙馁于渊；鸡鹜争粒，凤凰饥于山；鲧、兜争功，舜、禹吟而不言。不知足下何以能然？

○绮纨壮气丸。

冯 琦

用韫，琢菴，山东益都籍，临朐人。《北海集》。

寄杨密云盘石

风池令德雅望，溘弃宾客，至今念之，若刺于心。孑然一子，生十年矣，年嫂又多病，计独有结婚名家，倚以自存。此子之视外家犹父也，外家视之犹子也，则遗孤可立，而逝者长无憾矣。我二三兄弟在都下者相与计，有女未字者乎？不敢以远为解，而皆无之。

昨得知吾书，始知丈有次女，年岁相若，门第相若，兼之夙昔同心、境土相接。丈若惠而许之，兼为羽翼训迪，以视其成立，是公子无父而有父，风池虽死而不死也。杨焦山之殁，王大司马实以女字其子。吾丈高义，岂出大司马下耶？风池世德古心，固宜有后；推以天道，其胤必昌。吾丈为女相攸，计无踰此。敢密以请于左右，报可而后敢问于葛氏尔。知吾书附览。

〇古道交情，文章质雅，见前哲风范，非时流可及。

〇存此一则，知前辈之不死亡友如此。此道今人弃如土，为生者言耳；待死者，更尘沙之不若矣。

高 珩

葱佩，念东，山东益都籍，蒙阴人。

与周栎园

旌节已西，不知熊轼下，尚有离离三寸麦苗否？晤抚军藩伯，想已代绘监门图矣。此断不敢复有所望，但希诸公祖大慈大悲，知今岁之苦，已胜往年；恐秋稼之枯，再加春稼，不可不早为沟瘠计耳。昔人所云“老年有疾，后愈减于前愈，后症重于前症”，良可念也。

〇如此牍，能如此简至，难得难得！

又

人人日望天下太平，不知畅则平，郁则不平。雨露固令人畅，不知郁塞之久，雷霆尤令人畅。亢旱固当停讼以恤民，古人决滞狱而甘霖立降，尤所以恤民。然则阳春脚，固即霹雳手哉?!

赵进美

韫退，山东益都人。

与孙沚亭相国

读公《孝山杂记》，简而有法，洁而多姿，上追《考工》《尔雅》，下亦不失应劭、郦道元。其文之工，足以传远，而其实则父老子弟，所终日耳而目之，里巷诵说，无异物、无异辞也。昔云元气之融结为山川，而山川之奇，莫不有所钟以自见。“孝水”之受名旧矣，自王元美先生城之，又且百馀年，传记所载，碑版所垂，非不众多也。而工且信者，不假于异邦之人，而卒出于我公，则吾孝乡之山川，诚亦灵矣哉！

〇沚亭先生《孝山杂记》，最有法则，可与《水经注》并传。

与王贻上

竹西烟月，江左风流，吾贻上以一奚囊收之。古称“吏隐”者，优游金马门，从容侍从，讽谏人主之侧，未有束带磬折，日亲爰书、临两造，而游戏办之若此。

美不佞去国万里，踯躅僻壤，闻见孤陋，墨池尘封，虽夙习难除，间一握管，而偃蹇自放，总非故吾。贻上枉函问讯，揄扬溢实，及反覆读近集数过，乃知贻上殆自道也。

盎鱼江湖之说，取喻甚快；无已，更进言之。夫人赋形造物，五官四肢，位置皆同，而妍媸各别，性灵各具。今有人于此，欲颠倒五官四肢之位置，自为新奇，不可也。若谓位置同而媸妍无异貌，性灵无异用，亦不可也。

诗文千秋之事，彼门户相角，论议相胜，徒自苦耳。黠者矜独运，庸者逐于波，其失一也。时名易袭，论定难掩。自明季能成一家言者，推而至于泰始、黄初，离合异同，大檗可见。近世公安、竟陵，排击历下、瑯琊，不遗馀力；虞山指摘，并及何、李，几于棘手骂座。然杜少陵诗中大成，而推服六朝、唐初人不容于口。自今视之，六朝、唐初人，何如少陵？公安、竟陵、虞山，著作具在，又何如北地、信阳、历下、瑯琊乎？此语独可与吾贻上道，亦愿与贻上共勉之。

婆娑瘴乡，意兴都尽。瑶华在前，不觉见猎心喜，娓娓至此。

◇坡公最鄙《文选》，而少陵则往往推崇《文选》，未可执一论。

宋　琬

玉叔，荔裳，山东莱阳人。《安雅堂集》。

答尤展成书

昨岁经过珂里，奉访云亭，一慰怀想，聊申契阔。徒以王命严程，仆夫敦驭，遂使暂违叔度，遽别真长。沧江白云之望，清风明月之思，与时俱永矣。

年翁抱桓谭之绝才，负嗣宗之神笔，文园著作，有类马卿；骑省闲居，聊同潘岳。西郊宴喜，陆大夫之优游；南国簪裾，王右军之觞咏。以视夫风尘鞅掌，跋涉关津，固将使丛菊笑人、女萝含诮矣。

弟承乏越东，滥膺浙土，自惭敝帚，何当长风？正恐渤海称烦，淮阳难卧，倘贻知己之忧，讵解劳人之目？惟是探奇禹穴，选胜秦峰，叔夜山亭，几存断柳；子真旧井，独酌清泉。缅怀古以洗殷，庶褰裳其不远。然而屋梁落月，时念故人；谷里鸣琴，睠言同好。幸家季之忽临，属芳缄之远讯。捧读翰音，如闻玉欬，喜荷交并，不知所云。家季天涯兄弟，垂倾北海之樽；客里年华，共对西窗之话。既赋遄归，率尔言别，极目江帆，永怀耿耿。

○丽则是荔裳所长，近则一归于大家矣。

结邻集卷之二

李世熊

元仲，福建宁化人，释名寒知（支）。《寒支初集》。

与林守一

暮春抵秋，嗣音邈然，风尘梗阻，概可知矣。七月内接手书，云兄欲荐某自代，某为惭叹累日。故人厚幸，欲令朽楠败株蒸芝呈瑞者，则不如使醜石乖崖被藓自蔽矣。

某一亭如掌，潆带溪流，春夏涨潦，筦钥遂付鱼鳖。所爱两株树、一茎草，晨省郁然，乃庆昨来无恙。残书数册，结束如将远行者，后客踵来，前客负而趋矣。意绪窘浅，灶下儿度之以为鄙拙也。故人知我，是亦不可以已乎？李固之戒黄琼，张楷之望樊英，此犹平世之常谈，某不为此引嫌也。

黄石师四诗，曾倚和之乎？烽火载道，絮炙皆累，欲走梁山，一动无从也。惟临风号咷而已。

答周栎园先生书

不肖枉为俗儒，今为俗僧，如失道逋儿，骤入异乡，循篱傍壁，不识安身何所。设此乡无指导归宿者，此儿立填沟壑矣。然此逋儿，或有天幸，倏有长老，习其乡言，审其父母师友，悉其故业，呼而慰之，遂于异乡措置安稳，得自成家，终亦不怀故土。此儿于乡老，何机何缘，实亦不可思议。

今者道师之于不肖，盖由俗儒而识俗僧，如就异乡而安措本乡人。顾帖括之业，已腐而不灵；诗赋之坛，复志焉不逮。然而乡人述之，先正引之，即道师亦道之，如实有文行焉者。事即不虞，何遂至此？乃知沤花影内，一切声闻色相，悉是幻妄构成，类如此矣。惟道师以再来人，偶见文士，身为说法，所至惠风开畅，令诸人事，胸洞目明，意芽抽变。此与雨花点石机神，何二何一？

近世老宿，乃谓文字结习，非关正觉，窃不谓然。使诸祖仅以不立文字立教，引人入黑漆漆地，宗风之微久矣。惟有二《楞》《维摩》《圆觉》《华严》诸大部，渊藻华妙，包络俊秀敏异之徒，故虽以韩“原道”于前、欧“正本”于后，终不能使宗风抑而不振者。此文字维持宗教之力也。

今之总持文字者，非道师其谁属乎？人天瞻注，伏惟珍重。所委寿言，阁毫累月。草鼓松风，蛙吟龙德，韵致岂能相属乎？勉强应命，亦自彝（夷）好云耳，工拙不复论也。别示广搜文字，丧乱已来，水火盗贼，四经残毁，及皈空王，益不存忆，下问付之永叹而已。要之，不肖非所以程贤，亦何敢妄有衡论也。临楮瞻溯。

〇相其用笔，似规模佛乘家言而为之者。坡公小品中，多此种。然苏则竟用佛乘体，元仲则仍文人之笔也。

〇近来主张宗门者，力扫语言文字，是自家推出一重障碍山也。文殊曰：“此方真教体，清净在音闻。”语言文字亦何负于宗旨哉？但恐诸方运粪入，不能运粪出耳。以文字三昧回向般若，须是世间好男子始得。

答黎媿曾

粤寇蹈藉归乡，去草庐仅三四十里。八月初旬，某已辞墓入山矣。去年此日，亦扶携二耄，踰险偷生。烽烟逼户，入视菽水无恙，虽造次间，犹洒然也。今日耄父孑影于前，疢儿被缞于后，号则父伤，默则衷裂。同一乱离，而今昔惨苦，复如霄壤，能不悲乎?!

拜赐函仪，乃在九月十七；后此三日，则不孝生辰也。徂秋值此，山廪不充，老母犹市酒一尊，剥鸡子一枚，瓜子一盒，呼赐不孝曰："维儿良辰，式食庶几。祝儿百事团圆，宜子宜孙。"如斯二事也，慈言萦腑，美逾千驷，何时忍忘？今乃剪楮爇篆，进远朋之锡，忘空而泣奠，悲夫悲夫！贪此食息何为乎？

先母墓，离寒庐五里许，日常展视。自避寇来，旷省越月，蓬蒿郁长，狐兔纵横。造物既夺人所生，即寻常扫茔，犹多方扼阻。古之狎扰豹狼，扳涕松垅，即极酸楚，可不谓天幸乎？

洒涕之馀，略展新集，浮香隐秀，栾棘为舒。吾汀自郑仲贤后，风雅喑哑七八百年，谢披启振，今当以属足下矣。来书云未有名字，正恐盛名累人，他日欲盖不得耳。《三都》自足千载，谬谓玄晏引重之，玄宴之言具在，闒薄不振，以弁《三都》，不亦恶乎？况于不孝，五内崩摧，心毫不续，啁噍之响，更无常声。以此冠玉，譬薤蒿而倡丝絃、绖苴而导文锦也，观者得无讶不祥哉？重承雅命，俟收召魂魄，当试为之，未敢刻期以报也。遇羽附谢，祈鉴离忧。

○寻常酬答中，有此妙笔妙墨，真异样奇珍。

◇树欲静而风不停，仆本恨人，心惊不已。

答雷震㝢

三年阔袂，万事崩裂，每接良友贻言，如闻云中之瑟，虽破五十絃，犹畏其栗烈也。风气凄苦，楮毫泫涕，若或使之矣？

别来寒缩如蝟，乞为白𩔖之牛、亢鼻之豚，犹虑不免。兄乃狎虎豢狼，摇丸弄矢，哲愚度越，如霄与渊，能相及乎？悲哉时见，悮用其才，遂撄楚毒，自史册以来，所未见也。贤不料虎，巧乃执狙，今古所同戒矣。

承委以列传之文，生平为叙事之言，蹇涩不畅；向曾为乡人题石，未载其延师训子一事，竟怒索还润笔者。因笑追马模班，同于买菜求益，自此诅誓，不为传志，亦适得藏其陋拙耳。然纪叙如兄韵言，时见可以死矣。何庸懦笔，晦其昂藏，使威灵叱唾乎？教来，某正苦疟，旋有殇儿之变，继又妇病滨危。苦海漂人，生趣萧索，如时见者，今乃娱啸云间，俯视吾徒恶业，不啻彼蒙难时耳。挽诗妄踵来韵，独不敢为谀死之词，亦欲造进鬼德，使幽心开悟，不与鸷猛程能，是某之迂愚也。

曾异撰

弗人，福建侯官籍，晋江人。《纺绶堂集》。

与卓珂月

三岁取士，名为收天下豪隽，当事者舍经义而外，弗阅再、三试闱牍。偶有通达慷慨之士，不以为触犯忌讳而不敢收，则谓是“淹滞老生”，反不如疎浅寡学者，庶几为“髫秀当时之彦”。夫人士皇皇禄养，不幸处今日，而应制之策论、之表、之判，且不可为，况嘐嘐然而诗歌、而古文辞？此与博弈好饮、不顾父母之养者，不几为臧穀之亡羊乎？

虽然，古郁郁不得意之流，且有不得已而至于饮醇酒、近妇人者矣。足下之失意，未至如古人之甚，然在人士中，则亦不可谓之得意者也。足下为诗歌，为古文辞，无乃醇酒妇人之类乎哉？夫明明不朽之业使人不敢为，而相戒为博弈好饮之类者，时为之也。且使人士不得已而为之，而怆然自喻于醇酒妇人之类者，亦时为之也。且饮醇酒、近妇人者，在今日富贵利达士大夫，以为是得志而不可不为之乐事。此夫事之极猥庸而不足道者也，然处于千古英雄，则借以行其痛哭忧畏，而消泄其无可如何之感愤。

愚尝谓：酒色鄙事，今古人亦不相及若此，然则醇酒妇人，倒行而借用之，则亦穷愁而著书之类也。故夫《离骚》《天问》者，屈子之醇酒妇人也；《说难》《孤愤》《五蠹》者，吃公子之醇酒妇人也；《史记》者，司马子长之醇酒妇人也。虽然，之二者有异焉。夫沉冥酒色，与夫立言著书，固皆不得意而穷愁者之所为。然而饮醇御女者，此古人极苦之心，不出此极乐之事，则蹙蹙无所之者也，苦而苦者也。著书立言者，此古人极苦之心，而行以极乐之事，翱翔而出，无所不之者也，苦而乐者也。

夫穷愁著书，此其说始于捐相位之虞卿乎？吾谓虞卿之穷愁，不系于相位之捐与不捐也。使虞卿不得行其意，而郁郁于卿相之尊，则其穷愁也更甚。于是舍而去之，捃古摭今，纵心独往，放愁埋忧。此如羁人怨妇，幽闭一室，忽而脂车秣马，涉水登山，极目所之，而幽忧去矣。嗟夫！若虞卿之类者，穷则穷矣，而其立言著书者，乃其不穷于穷，而行乐于牢愁之乡者也。故夫屈子之书，怨极矣，不极怨则不极乐；吃、腐之书，愤极矣，不极愤则不极乐。使此数子者，而不为《离骚》，不为《说难》，不为《史记》，则其穷而无所之，当更有甚于求死不得者，又安得不出于饮醇酒、近妇人者之所为哉?!

夫饮醇御女，此古人极苦之踪，而今人倒用之以行乐；著书立言者，此古人极苦而极乐之事，今人泥“穷愁著书”之说，而但见古人之苦。然则今人事事为古人所欺，足下以为然否？

○珂月与弗人并时，真可颉颃。

◇即虞卿当日未必如是，而立论不可不如是。

与申青门师

性不能谄曲，于文章之道，未尝以一笔媚人。末世子弟，狎于佞师，稍一引绳，则愠然见色。虽信心直遂，或能得之于其父兄，而不能得之于其子弟；既不能善事其子弟，而又不可过求于其父兄，使之尽舍其子弟而信我。至于曲徇则不能，直行则不可，欲去而彼未尝有显然之过则又不情，而又舍此则无以为养，是以载色载笑，而中实郁郁。凡此，皆加疢益疾之道。是用每中夜而思，偶一省视，须眉业已皤然矣。

○真情一一写出，便成至文。

◇苦在究竟与“佞师”不远。

与林守一

闻足下再游吴越。夫古今才士而好游者，莫如司马子长。吾观其自叙历览之奇，未闻求一友、访一士。吾谓子长而与一人交，必不能成《史记》。无论馀子不足交，即使更有一子长而与之交，亦必不能成《史记》。夫其独往独来于千百世之上下，使有一人焉在其目中，皆足以碍人之气，而挠其著作之权。柳子厚不知此意，偲偲然诋退之之不作史也。使退之而作史，无论人非鬼责，吾谓非而责之者，必自相友善之子厚始；而其他之大得意则大骂者，又勿论矣。足下往矣，虽不以交游，且以游获交，虽欲不交一人，终不可得也，慎之哉！

◇独创之言，从前未发。

谢潘昭度师为母立传书

异撰于本月初三日清晨，蒙吾师特差马上急足，垂赐母氏节孝传文，异撰谨对使四拜开函，母张氏亦敛衽顿颡谢。异撰始跪而读之，母子相视，泪涔涔下。至谓母氏得徼祖母垂没之一顾，母可以报地下，母涕下不自止；已复破涕开颜，以为肺腑中真至之语。盖自前者直指公报命请旌，母未尝稍为色喜，似谓其事近名，诚有如吾师论赞中所云者。垂赐鸿文，乃使小子藉以色养如此。

夫世之乞言以荣其亲者，难之矣。或身当有道君子而不文，其人文矣，又或品琐言轻，不足以信于后。自司马迁、班固，帝后王姬而外，未尝传妇人。刘向为《列女传》，范氏踵之，《后汉书》始有“妇女列传”；然而蔡琰流落失节，亦附传中。愚谓作史者，即不忍没琰之文而慧，附记中郎传，亦无不可，何至使与班昭、曹娥同列？范晔作逆，虽义例分明，犹为彤管之羞，矧其混慁如此？所谓传之非其人，则言轻而不信也。继此诸史猥滥，独重诸文人传志。唐宋四大家，苏既不长于叙事，传状志铭，独退之、永叔为多。宗元叙段太尉逸事，其刻画生动，无论永叔诸志，几欲追子长而掩退之；然而《梓人》《橐驼》诸传，皆感事寓言，传志行状，不少概见。岂其人既失身，恐其言之不信于后，故求之者少耶？此异撰所为当吾世，则汲汲然求吾师之一言为重也。

〇数折而下，一语竟往。章法之奇，从《左》《国》诸家得来。

与张友有

唐以诗取士，或曰“诗莫盛于唐”也。仆谓唐之能为诗者有之矣，而其可与言诗者，三百年间，吾少见其人。夫唐以诗取士者也，唐以诗取士，而谪仙、少陵，顾不在科目之中，然则唐之开科以诗，特为禁锢李、杜二人而设也，吾不知其所言者何诗，而所取者何士也。使一代应举诸生，而尽李、杜其人，则三百年间，号为主司文运者，安所得入彀之士而取之？不反谓当代无诗，而令三百年人士，以李、杜文章为戒乎？吾读唐人诗，其佳者大抵抚事感物诸什，而其应制锁院之文，欲求一语之不令人呕哕，竟不可得，则非唐无诗，而以诗取士，故无诗也。

自唐迄今，或又谓宋益卑卑，至今日而大振。岂非以宋犹兼声律制科，而今日之为诗，脱然无科举之累乎？然而今诗之能为累者，又有之矣。其一为词坛之诗，闲民无所得食，而建鼓树帜，投赠于王公大人之门，以自鬻其身。命题分韵，逡巡嗫嚅，趦趄蹩躠靡骋，郑重其言，甚于唐人之应制。而达官显者之褒弹进退，遂为彼人肥瘠枯润之所关。此其得失，亦与人士之科举等。其一为词林之诗，虽其人雅负雄博英异之姿，曳足木天，遂有“馆阁”二字横其胸中而不得出。强项之士，稍不受其羁绁，则摇手相戒，以为判体离宗，而教习者亦因而去取于其间。则其拘而多畏，亦与科举应制者无异。

若夫舍二者而外，惟其人之能为则为之，不能为则止。能为之矣，惟其意之所欲为则为之，不欲为则止。此如剡曲雪舟，乘兴而来，兴尽而归，或千里命驾，或到门不入，任其所之，而行止惟我。斯则今日之诗之所以超然无累，盖前代之金注昏，吾世之瓦注明也。足下工于诗，其以予言为然欤、否欤？

◇说得大惊小怪，真异样奇文字。

◇不尽其词，使人自得于言外。

与丘小鲁书

近况何似？来书谓在“愁病”中，此二字是我辈读书、著书资本。若在快乐猛健中，正不知增多少风流兴会，未必于静功无损也。新房稿殊少佳者，此辈束之高阁，既为得气之人；置之案头，又徒糜费吾日子。闻吴人有战蚁之戏，界色别类，扬旗分垒，使之列阵而斗，观其胜负，以为笑乐。读房书者，正当作如是观。寓心目于猥琐凡滥之物，此亦耐烦之一法耳。

〇上下百年来文章雄杰，应推此君。

与余赓之论作令

宣城夙称善地，风物文章，足以抗衡诸国，又无吴下佻巧轻靡之习。盖以其地介于大江南北之间，故其民醇。闻彼地之士大夫，亦颇敬畏其官长，非如他郡邑之掣肘者多，未可以卧而治也。昔人云："十年宰相，不如一日县令。"弟以为：十年昔日之县令，又不如一日今日之县令。以今世时事日非，稍有展布，则全活者大也。

前有往都下者，经吴、楚、燕、齐之治，云民情吏况，无复可着手处。此语亦不尽然。夫苟以清正为主，我能一毫不取，无论不必狥士绅，即贪戾之上官，亦不至求多于我。弟见近来县长吏，每直指使者入境，奔走如颐指之仆隶，承奉等争妍之婢妾。直指公行台，县官倩人排设；直指公燕会，县官身坐庖厨。蒸鹅蒸鸭，口含人参；献裳献裘，手授刀尺。甚而僚友相向，彼此相绐，巧者求过，拙恐不及。

予尝谓：使今之为长吏者，以其奉事上官之精神，将顺父母，则虽大舜、曾参之孝，亦不过是。要惟身为奸贪，故不得不垂首仰面于彼；我诚处脂不润，便可省许多曲意谐媚伎俩。然恃其清而傲上凌物，则又不可。做清官，自是我辈分内事，藉此以意气加人，似谓一"清"字，而为官之事止此，无乃太自菲薄，而非吾侪所以自处乎？

弟衰病弃人，已作山人行径，不复想经世事。但愿友朋中作好官，行好事。昔人云："友者，我之半身。"弟谓我与友一也，但使吾兄得十分行意，得志泽加，便与弟自家做官何异乎？

○论事之文，不独难其质雅，更难其辣。

◇摹写备极丑态，然实有不尽于此者。

与陈昌箕

诗者，其人之史也；诗以述游，又其人一时之史也。吾至其地，而交某人为某诗，游某山水为某诗，以某事与某人唱和聚集为某诗；且入其疆而其风土之丰瘠，人民之苦乐，与其当事者之政治得失，亦具见于是，又非特一人之史也。然而纪游之诗，至今日而难言之矣。

夫今世之游者，不尽如吴季子之历聘四国，必如齐之婴、郑之侨、卫之蘧史，而后定交也。然不能无交游，则不能无酬接应对，因而有得已而姑为，或不得已而强为之诗。夫相见以为脩贄之贽，馈遗以佐筐篚之实，谳饮以偿酒肉之债，于是而不识一丁者，胸破万卷矣；持筹钻核者，挥金如土矣；河麋微尰者，乌衣王谢矣。其四境之监司守令，虽赃污狼藉，皆羊不入厩、粟不入怀矣；虽重赋民流，醉人为瑞，皆阳城抚字、桑麻被野矣。虽有势者奸如山不犯，皆强项之董宣、破柱之元（玄）礼矣；虽巧诋击断，渭水尽赤，皆解网泣罪，民自以为不冤矣。若是者，皆以诗借交，而于当事之显人为甚。

闻足下将游清漳。足下故善诗而好交，游其地、选其人而与友焉，不然则宁无友；选其人、选其事而为诗焉，不然则宁无诗。慎毋得已而姑为、不得已而强为之也。

○诗之不必为者多矣。上者可以养高，次者亦可以遂懒。

陈锺琠

石丈，福建晋江人。《密菴初集》。

答张麟符

仆思学问，上须寻性命不易之理，次则究国家有用之业；舍此，俱是简策上生活，不足多也。今人涂抹口耳，写得数语清通，便自为慧绝，岂有太上之想？或偶出所见，亦是聪明业种，非关太始、子瞻所云“龙肉”也。

与　人

老、庄才了得一二分，他只说得洒洒落落，其实到头总用不着。要知此中有大把握，非徒以洒洒落落为也。若涉世上，他偌了得十分。

春秋之事，如凄风苦雨；作《春秋》之志，如景星庆云。

林之材

伯栋，福建晋江人。

与栋园夫子

公欲为材娶妇，此甚不宜于材也。材之妇，须自天降与，庶可无亲戚往来。即天降矣，亦必如董孝感之妇，月织缣三百疋；又必如谢端之螺女，日日为材留食，而临去又留壳储粟，粟常满，始足材衣食。不然，即梁伯通、陈仲子之配能偕隐者，自材视之，亦尚蛇足也。

陈奎辉

克韫，福建长乐人。《金碧集》。

与人

韵趣不衰，达人亦多幽人之致。戴月披星，灵雨春郊中，不减山林景色。文移谳牍，疑难开发处，可当文字风流，在以有心对之，莫放过耳。世间蹉跎人，出处漠不关情，虽日置丘壑中，有何意味？

林　嵋

小眉，福建莆田人。《奚道人初集》。

与夏彝仲书

嵋不肖，落落姓名，未尝一挂乡人之齿。狂不自已，遂投书于先生之前。山野之人，肆其狂言，不意先生能少容之，一岁之中，口我不置。即平昔交游，亦有相知未尽，一旦得之先生，此岂流俗所称“知己”已哉?!

自念少长为文，亦经几变。譬之字学之家，朝习子敬，暮习元常，求其屈折点画，一一肖似，得乎？僻左之地，既无师授，终年濡首，自苦难周。时从郑牧仲前请曰：“文章之道，如何得跻古人?”于是踞床引臂，刺刺不休，灯青火白，纷吾左右。而嵋亦自喜有一言之得矣，然而文采不彰，声名未立，诵《考盘》《涉涧》诸诗，则又凄然不能终卷矣。

丈夫得志，自当日驰数百里，舍马步行，相其战斗攻守之地。不然，亦须治十数大郡，各尽所怀，以少効其施设之方。

至于薄酒短歌，以自终老，虽云时命，徒自安于无能之分耳。嵋之伏处自叹，亦既有年。语曰："后时歌泣，耻累君子。"一旦引而进之，毋累先生知言哉？

莆阳距安昌，道不满二百，秋冬之交，当一趋见。但恐学问粗疎，无为受教之地耳。

〇小眉负奇材，以千秋自命。惜年甚少，竟不得死所。而遗文狼藉，竟无有为之收拾者。每念之，辄为悲怆。

释道盛

觉浪和尚，福建浦城人。《天界禅师全录》。

示室中诸子

善学鲁男子之闭户不纳者，则能作柳下惠之坐怀不乱。今人动辄欲学超佛越祖之谈，绝不学了生死性命之行，真是自暴自弃，为背驰之人，深可哀也。

杖人先教人学一乞儿行，然后大事可成。彼乞儿六亲无靠，骨肉无情，六根败缺，艺术不能，无片瓦卓锥之祖业根基可赖，求食不得充饥，求衣不得遮体，到处遭人摈斥。此身无所安生，虽极苦不伤、至劳无怨，却也风寒暑湿不能侵，荣辱得丧无足感。至于功名富贵、利欲恩爱，既已不来寻他，他亦无可系恋。惟有丝命是存，却似个避难英雄、潜机奇杰；又似个参禅慕道，舍身命学行菩萨行底汉子。只恐有些子偷心不断，使能撒手甦来，却是无人奈得他何也，又何富贵能淫、贫贱能移、威武能屈，与夫生死危疑能变乱其性命哉?！能行如此丐儿行，则又无事不可为，无厄不可度，无蕴不可破，无法不可行矣。

古人示三种行：一奴仆行，二畜生行，三粪草行。能行奴仆行，则已皈命于主人，只唯主人之命是从，故难舍能舍，难戒能戒，难忍能忍，难行能行，难止能止，难入能入。至于畜生行，又进于无身命之可惜；至于粪草行，又进于无物我之可忘矣。今人有能取法一二于此者乎？即知识，亦须别具手眼勘验，如地理之穿海过峡，或起伏隐微，或如草蛇灰线、马迹蛛丝，必要求其真正气脉，不可为形势变乱，而失其真龙之结作也。夫如是，岂可轻易入此法门哉？诸子须着精彩始得。

◇古德只要与人尽情翻转习气，故设此榜样。

◇觉公开导人处，最透最醒。

◇我正在行粪草行。

与某居士（辰庚）

居士各人本分事，不假借分外一毫也。平时不依名利恩爱，则依文字理解；不依文字理解，则依玄玅（同“妙”）知见。凡佛祖机缘公案，皆是依通识揣，又安能蹋翻圣凡、生死窠臼，显发本分机用哉？

如近来江北富贵之家，流贼未乱时，则奇衣美食，华堂娇妾，金宝珍玩，车马侍卫，喜人呼老爷、相公，跪拜叩头。及贼将临城，则求穿奴婢衣，作乞丐状，住破屋，用恶器，损其容貌，敛其仪态，痛恨人叫老爷、相公。何故？怕贼识其富贵美好，欲索他珍宝、伤他性命也。即贫贱人，平日喜富贵，不能得假；至此日，有以奇异衣服换其垢弊者，亦必叫唤驰走。何故？恐杀害之祸及身也。

殊不知贼乱时之富贵珍宝，只能招贼兵害我四大幻身；太平时之富贵珍宝，最能招贪欲，害人万劫慧命。世界之荒乱，尚有静平之日，而自心之贪欲荒乱，一念陷其心性，则随业轮转，千生万劫，堕落异类。惨杀之苦，无处可逃，自非逃于佛祖域中，闻解脱法，参超悟禅，又孰能免一切生死业惑哉？

◇说得氷冷。

与某公

世间法牢笼矗，出世法牢笼细。如笼好鸟，用竹丝笼、瓦礶（同“罐”）食，固不解脱；更用金丝笼、玉礶食，亦不解脱。竹丝笼，人轻贱他，易破坏，不甚牢；金丝笼，人珍重他，难破坏，更坚牢。主人不肯打开笼，自又不能撞破笼。尝有一戏论，最痛快。

昔有一八哥能人言，在笼中不能出。忽闻人传西来老达磨，善救人迷情，一日达磨经过，八哥叫曰：“西来意，西来意，你教我个出笼计。”达磨奇之，即曰：“你要出笼计，除是你脚逼直、眼紧闭。”鸟大悟。少顷主人来呼八哥，八哥已僵死笼中矣。主人大骇，急开笼，取置掌上，对人悲叹，欲埋葬之。囫地一声，奋然飞去青霄之上，叫曰：“西来意，西来意，谢你教我出笼计。若非忍死吞声这一场，安得我绝后重甦辄飞去。”

公等天资奇拔如好鸟，毛羽音声，令人可爱，所以不求入人牢笼，而人千谋百计，必欲捉入牢笼也。使诸公以愚鲁自晦，收神入心，如死猫头，自无人著价，何知希之可贵哉？

◯坡公《黠鼠赋》，意亦如此。

与某公（癸酉）

昔在麻城，与李孟白诸公聚谈，梅长公曰：“请问和尚，如此世界坏极，人心坏极，在佛菩萨以何慈悲方便而救济之？将来毕竟如何底止？勿以机锋见示，幸明白一提醒之。”予亦好笑，乃以手作样曰：“太初之时，如一锭大圆宝相似。”梅公疾点首曰：“开口便就玅了。”予曰：“这一锭银，十成足色。

及斩碎来用，却块块是精底。或人见其太好，乃过一道炉火，搀一分铜，是九成了也。九成银尚可用，再过第二手，又搀一分铜，是八成了。及第三、第四，乃至第七、第八手，到如今只见得是精铜，无银子气矣。”梅公曰：“然则如何处之？”予曰：“如此则天厌之，人亦厌之。必须一并付与大炉火烹炼一番，使那铜铁铅锡都销尽了，然后还他十成本色也。”梅公曰：“如此，则造物须下毒手。”予曰：“不下毒手，则造物者不仁亦无功，而天地之心皆亡矣。”梅公与李冢宰诸公相顾曰：“噫！不知我辈还有能跳出此造化之炉锤否？”

○梅惠连寄书竹关曰：“世界为红炉，逃在那里去？不如香烟上瞌睡著。”

○善谈禅者，如演小说；则善作小说者，亦是谈禅。

○欲免造物毒手，须受和尚钳锤。

与某

古今文章之士，似与道德性命无甚关系，然而往往有为乾坤吐气。若无此一笔，便不能使千古英雄一段精光，永永流传于天地间。此诚所为不朽盛事，非虚语也。如太史公文章第一不必论，论其传项羽一段。昔人谓高帝《大风歌》，与霸王《垓下歌》，各自写出帝王兴衰气象，盖谓其语足并也。余独谓：垓下是何等时？虞姬死而子弟散，匹马逃亡，身迷大泽，此际亦何暇更作歌词？即有作，亦谁闻之而谁记之欤？吾谓此数语者，无论事之有无，应是太史公笔补造化，代为传神。首二句轰轰烈烈，感愤千状，是造物之逼杀英雄，直使风云失色而天地无光；后二句，怨极悲极，到此处，饶他盖世好汉，至于无可奈何，只有一悲愤以作结局耳。此与下文“天之亡我，非战之罪也”一语，正相映带，然后将英雄丧身失命时，一段气既，谱出全神；而文章之事，亦可以不朽于天地之间矣。

○以介曰："聚石点头，待月取影，何如呼起古人，让我批断。"

○原评云："余读史几十年来，未有拈解及此者，可以使项将军下拜龙门生，叩首九原也。"

○觉公数牍，惟此首不属禅宗，然禅宗正复在此。

与纪伯紫居士（甲子）

杖人尝与梅长公云："真有骨性人，被世界磨成；真无骨性人，被世界磨灭。"如此世界，在吾子亦可谓备尝其风味矣，可能谓有骨性人被世界磨成者乎？果遮世界能磨灭其人乎？速须猛自提起，勿一差二误，寻救手不着也。如作巫师人，要去捉鬼，先要有藏身法，使鬼捉我不得则可。自古未有不立身于不可胜之地而能胜人，且不为人所胜者也。立不可胜之地，是何地乎？早不寻此安身立命、不为生死所侵处，终无以自胜也。况我期子有向上事在，可不破釜焚舟以自图之？

陈　衎

盘生，福建侯官人。子涓、濬、润、泳，俱有文名。《大江草堂集》。

答徐存永

文章书画，于才、法双擅，而后有光燄。既有光燄，又欲其老且拙焉，方可传。夫老且拙者，非黯然狭啬龃龉之谓也，第就光燄中磨洗一番，去其剩字嫩句而已。此衎点缀是编之意也。昔人云："后世谁相知定吾文者？"今吾两人日日促膝，便得一吐衷曲，不少回避，作者忘其工，观者忘其陋，相知在形迹之外矣。

答方道衡

闻欲注《春秋繁露》。此书气魄不似西汉，六朝人好伪书，或其一也。然注疏极难，如仁兄之绝学则可，不然岂能措手？盖海内民俗风土，皆当覈实，不但经史综博而已。王荆公注《豳风》，以“八月剥枣”为剥其皮，后过钟山，见民家以杖扑枣，始悟其非。洪庆善注《九歌》，以“櫹钟”为“箫钟”，后有蜀客，以《广韵》示之，始知“櫹，击也”，与上句“緪瑟”正相对，盖缘原文字错而谬承之也。朱子注“伯牛有疾”，发许多腐论，亦身未至山东，不知北地人家炕、床皆置牖下者。伯牛所居，未必宽厂，牖下卧疾，夫子即自牖与诀，时当遑遽，情势必至耳。若如朱子所见，觉圣人举动，费无限周折，岂非隐怪之流亚乎？此四方风气，皆所当知。而本文亥豕，尤当雠校。若夫李善精详，不无遗脱；师古警厉，乃有重复，故注书大非易事也。至于郭象注《庄》，刘孝标注《世说》，郦道元注《水经》，皆另出机轴，妙绝今古，或仿其意，可乎？

承开诚下问，笃至感人，谨陈所见，不敢隐藏。伏惟鉴亮，悚息悚息。

◇扑枣用“剥”字，极古雅。剥，落也。

李陈玉

石守，谦菴，江西吉水人。《退思堂文集》。

与　友

士君子亭亭矫矫，要为人所畏，无为人所鄙。夫鄙何来？持身之苟，居心不净也。遇鲁仲连、李太白，使人不敢言名利事，当思其不敢言者何也。

示子弟

握管控絃，不过贞烈之门；囊金韫玉，不入彝（夷）齐之室。世间污秽之事，犹来耳边者，必我之质地未净，故使人犹得而意之也。临深履薄，可无惕然？

与门人

初入仕，便宜作罢想，勿大奢愿。万一蹉跌，浓郁薰心，如何耐得冷淡？身者心之馀，官者身之馀，可进可退，可大可小，可卷可舒，可荣可寂，将焉往而不得哉?!

复朱尔兼

我辈生性喜著书，著书又恐无杀青之资，所以日就散佚，使天下后世快心人恨不一见，亦缺事也。仆弱冠时，曾有数种书，思得一当时之士，为之行远，而开口告者，百无一人。积渐数年，原书俱亡矣。笔谈墨艺，颇无虚日，不自爱惜，随手飘落，化为酒家瓿甚多。顷见尊刻，触我旧时之痛，极思以此身作当时妄想中人，为台兄一了此债。

与　人

君子举事，无为人所激。孔明适吴，知孙仲谋可以言词动也，故诡其对，而仲谋砍案矣。若夫公瑾则不然，蒋干往说，无从开口，还谓瑜“雅量高致，非言词可动”。夫曰“雅量”，曰“高致”，必非言说可知。魏刺客与先生语，见孔明蹦厕而走，此岂有声响之接哉？真气相逼，奸形自漏。子瞻乃备载公瑾“苏张”诸语，以为蒋干折服在此也，盖亦胶矣。夫惟言词难动，然后不为人激；不为人激，然后斡事贞固。故雅量高致，不过沉着坚定而已。

〇公瑾迎干，一语已逆折其气。干留连宴饮，终无所言，心折公瑾矣。称瑜“雅量高致”，公瑾不为干动，干反为公瑾动也。

与孙武迁

相文之法，云汉忽热，北风忽凉，傥然而接见其须眉冠服焉。十行之外，见其寝处，知其嗜好焉。是故能刺我瞳者，其人魁杰；能移我情者，其人俊远；能约我视听者，其人贤圣。物之相遭，在乎无意而意动。蕤宾之出，爨下之响，我之忽热忽凉，是其人之天相遇也。余尝以此相邦国之士，迟速不同，十射而九中焉。夫天下之大，天下之士之众，法亦应无逾此者矣。

与　人

范文正以天下为己任。一邑之事，有时尚不能任，安问天下哉？客曰：“范文正亦只作秀才时如此。”此言虽谑，令人猛省。

与陈敬舆

代而晚今，士鲜淳讷，浮夸自炫，讥刺为能；尊己而卑人，党同以伐异。是故言名士，屠沽市贩也；言社，探丸击毬也；言诗言文，长竿远牍也；言派头、言门户，渡江之道人、选夫之女子也。甚而恣肆刻核，一切妄作，野史邑乘，杂记条考，种种无忌，口舌示雄，尚不识尊亲字。其为处子也，哗制诸姑；他日为妇也，必贱恶于诸姒矣。

若夫淳讷者不然。其道反躬，其神内敛。视天下之事之难，不敢妄说也；仰视屋漏，自讥者多也；行无一寸，喙长三尺，所必耻也；胸未忘利欲，而高举仁义，所不敢也；内行多缺，而言性命、言气节，能言之鹦鹉、登场之咢国也；一亩之宫不治，谈经道济，数他珍、卖伪方也。

故取士于今日，必以独行无时誉者贵，以墨墨无口匏者真；而其人之文、之品，亦大略可见矣。

示　儿

凡人气象语言，必要与从前绝不相似，乃为变化气质。如伯恭之卞急，忽然和缓；周处之强暴，忽然沉挚。若旧时气习，一毫尚在，仍是鹰眼可憎、狐尾未断也。此有四炼法：一遇熟境，作厌离想；一遇熟人，作恭敬想；一遇熟事，作庄重想；一遇熟知解，作劣恶想。

〇家塾各写一通，为子弟座右铭。

与朱吉人

弟尝谓文章一道，惟三种人，五脏六窍，便于涌流。其一为孝弟之士。天下至文，性情而已。若夫至性至情，吉祥所集，天可老，圣可孩，鬼神可泣。六经之作，大抵皆孝弟之流液也。其一为谦下之士。和顺积英，虚听多闻，师友所集，百川咸归。黄中所以象通理，柔嘉所以咏清风，盖文为风性，巽为风钥，谦者巽德之光华也。其一为真素之士。巧者气伪，可惊四筵，未可以惊独座；奢者气淫，风云月露，取之外至，而内流者不出。陶渊明、韦苏州，不过一真率耳。然困千古学人，若反舌无声，岂非浓可至、淡不可至乎？是故君子清洁以养神，廉静以治气，躬修德行，以实其言而昌明其理，不求为文，天下之至文生焉。足下于三者，备矣。

〇读此则临文下笔时，先须自问是何等人。有功名教之言。

示儿辈

余弱冠为诸生，谒邹南皋师，座客有举乡先生别号者，师曰："此先达也，宜加以'先生'二字。不是教尔迂阔，凡人口头不谦谨者，知其胸中放肆，目无前辈，其人一生人品事业，无规矩准绳可知。"时予亦误举前任邑大夫别号，师复回头顾曰："此父母也。吾等祖父，曾为其部民，纵未必称循良，新学小子，加以等辈之称，文献之邦，诗礼之家，岂宜有此？"余与座客，面皆发赤，心服长者忠厚之教。今日见有刻书，于前辈皆直呼；于彼公祖父母，皆直书其名，若史例然。夫史者，天子之书也，故皆书名。然《春秋》于贤大夫，尚有书字者。有何必传之业，徒为长厚所讥？为记此，以戒尔曹此轻薄之习，愿汝曹无相效也。

〇后生小子，不可不戒。

〇今人文字，动欲占地步，读此愧死。

复叶臞仙同年

作吏至今日，岂但牛马？弟硗确之器，袜线之材，每一退休，一回痛哭。向时作秀才，恨不得一官事主。今业已事人之事，而怀想齑粥时风味，有如隔世，望松菊图史，真天上之乐也。

结邻集卷之三

徐　芳

仲光，拙菴，江西南城人。《遗稿》。

答钱牧斋宗伯（辛丑）

屡日俗客在寓，斗室喧沓，欲一肃奏记不得。间复承宠集，文席亲切，得以备闻古学矩要、当世大事。归来惝怳，若捧盂水以观沧海，握拳石而指华岳，既喜得见天下高深之至，扩其胸眼；复俛而自废，嫌其细琐之已极也。

仆少负薄志，壮罹多患，摧悴连蹇，迄归堕弃。虽有读书怀古之思，而生长僻隅，数罹兵燹，典籍荡尽，腹枵气馁，神智日竭。无当世钜公名人，相共扬激，开其黯罔，指示途径，因循拘鄙，日复一日。其怀往切积，独欲一进于先生者，以先生之学，非近代一切文人之学，而仆之所取镜当在是也。而先生不加唾弃，曲意引接，嘉言屡锡，称许过当。此岂以其不足深教，例答之乎？抑仆如是之文，乃遂有当于先生哉？

小儿之学步也，始而寸移，继则偲徙，若前若却，一蹶一起。幸而数武之远，偶能自致，则其长者且拍手欢笑，抚摩奖惜〔借〕，探枣栗而竞掷之矣。非步之善，止此进止周旋之节，小儿未暇及也；幸能是，是亦足矣。其所未至，姑徐之以责其后也。先生今日之所以进仆，亦犹是也。仆虽不敏，安敢不益勉焉，以求无愧于他日也。

◇善写细事，笔笔可爱。

答竹关禅兄（庚子）

接手教，云“本师浪杖人讣至，必往举礼”，弟窃有惑焉。道兄名高天下，而天界道场喧沓，非幽贞秘息之地，虽大贤坦履，万无他虑。然鸿飞冥冥，是我辈今日事。窃以为袁闳土室，不应筑于廛市，而彼烹芝饵术者入地肺，何必更过咸阳之都也？

古弟子之于师，命曰“心丧”，时地所隔，为位而哭足矣，不必赴。方外之礼，又当有脱于俗内者。道兄虽曰受具浪师，而浪师高足满江南，高座拄拂，半经付授，此番讣报，张皇趋走，当自有人，奚必道兄之至而后礼可举也？

夫名之所在，忌亦生焉。今天下畸人，十九归佛，本欲借以逃名，而名之所趋，得佛益噪。又复有浅妄之辈，扬诩之间，疵衅萌伏，将来不少。私心议拟，道兄今日愿且为渊明，勿遽为远公也。弟且不愿道兄之竟为渊明，而遽为远公，无乃失浔阳本色耶？道兄谓之何？

◇莫谓出世举足便无荆棘，正为出世举足便多荆棘也。所规极正。

与林孔硕（乙巳）

弟生平百无一长，独堪舆一技，遂臻神妙。亦如涵斋之画，其始非以求食，而卒食焉。是天悯其穷，使不遂至于困绝也。涵斋之糊口以手，弟以目，所谓“近取身”，尚赖有此也。

◇无意中便入趣。

答刘子淳书（癸卯）

道兄不罪疎阔，教命辱及，惓惓偲偲；非道兄，无从闻此语。然就中委曲，亦有难已于一言者，如来示所云，实皆影响不知心之语。其最可笑，则权子母一事。

夫所权子母者，非以贫无可治生，而藉什一之息以自给乎？此于事诚俗，然生之不可不治，尽人然矣。石可点乎？字可责乎？吸蜂可成饭、呕丝可供织乎？而子敬之囷可常指，仁祖之食可常乞，吉则奉母之粟，可尽索之范仲淹；凶（同“凶”）则欲举之丧，可尽仰给于故人麦舟之恤乎？若然，则必化肤成羽使无寒，化肠成筋使无馁，化妻孥僮娣之属，为陈仲之狷、黔娄先生之介烈，却衣食以死无怨谪，而亲戚友朋宾客之至者，以尘飰（古同“饭”）涂羹饱之；吉凶婚丧，尽出圃中之种璧、坪上之种金，应之而后可。又不然，则去尔妻子，绝尔朋友，废尔岁时享祀、男女婚嫁，孑立孤往，以吹道上之篪，趁木兰院之斋钟，或庶几耳。而不然者，称贷既不可常，干泽又非吾事，幸有杖头之赢、额中之息，与众权之，出之原非强人，收之亦非踰分，不犹愈于仰面之劳、叩门之屈乎？

弟今所苦，正以四壁仅存，无子母之可权耳。非权子母之伤洁清，而遂戾于道也。《周礼》一书，周公运用天理烂熟之书，而其所列财赋之掌，十居四五。《大学》明德修身，而生为食用，于平天下之道，三致意焉。夫圣贤之学，切近人情，而有济于用如此。彼以财用琐俗不宜言，而束手坐困者，此迂儒之论，所谓“远于事情”者也。然弟实无是也。

自昨岁青毡方尽之后，复有先兄小女、舍侄文侯之变，骨肉惨急，谊无坐视，前后襄助，动费不赀。生平未遇真仙，无掷米成金之狡狯，无张燕公冥中之数十垆，为之鼓铸钱币，何处得阿堵间物，盈溢筐箧，而子之母之？责息苛急之说，胡为乎来哉？甚矣小人之妄诞不根、好为谤诽如此也！权子母，治生之常，贫士为之不足笑；独怪无其实，而竟滥其名也。

◇在他人有万分不能及处。人高其才华，我独推其身分。

◇忽归大道，真学问人、真经济人语。但恐安石之新法，藉为口实耳。

答黄石菴侍御（甲辰）

来教讽绎数过，酸风凄雨，飒然而集，不但披示所及，即诸未及，亦能以意会之。嗟乎！吾辈于今，固天地间一种苦物，如蔬虀果匏、草荼木蘖之类，赋质已定，不可如何者也。然以数百年沧桑仅有之遇，锋镝豺虎，风霜剥蚀之久，凋残螫啮，不可数纪。而吾两人一息尚存，吾两人之家，亦尚未至尽罹惨厄，即此邀天之庇多矣。其他艰难穷窘，横逆挫顿，种种之遭，皆分所当然，无足深诧者也。

道傍之李，其得免于寸寸拆摘者，本以肤骨酸涩，不堪啖嚼之故。若必与上阑朱樱、驿骑丹荔，争荣竞爽，不但乖其故性，而珍玩之下，齿牙随之，其祸乃滋甚矣。且我之不能为彼，犹彼之不能为我也，弟所以易悲为愉，而转以为石菴慰也。

◇非曲为之解，实是如此。忧苦中读之，令人心气都平。

答萧明彝（戊戌）

明彝今日拂且乱矣，然彼苍深心，吾侪夙植，皆于此征，明彝亦姑取为动忍之资可乎？夫动忍之资，何不可怡然受也？宗不云乎：瓠苦连根，瓜甜彻蒂。吾侪今日既不幸而为瓠矣，以苦胎苦，其数固然，虽欲易以甜瓜之甜，其可得乎？则谓今日种种之不齐，皆明彝茹荼之根，滋而蔓之可也。以彼易此，尚当不屑，况甘如环，安见瓠之不为瓜也？

东郊佳胜，神往已非一日，但宠召先期，反落色相。倘山中猿鹤，不以俗驾相摈，松下露葵，当随便为明彝饱之耳。

◇婴儿落地便哭，想亦为胎苦耳。

寄王斌为孝廉

往范尧夫麦舟赠友一事，千古称之，以为不可几及。然彼自具故人之丧耳，使非曼卿，亦未必然。今弟辈以倾盖之身，而得比于曼卿之列，使生免吹篪之困，殁无委壑之忧，此等高谊，视古人不更有进乎？陶元亮乞邻得食，便以冥报相期，弟于今日当何所云？

◇陶公之言是实话，不是哀语。然实话更哀。

寄张武仲年兄（戊申）

读手教，为哑哑笑不得止。昆仑层期之国，有大鸟焉，飞则遮日，能吞食橐驼；海上有虎鹰焉，其身若牛，能飞捕虎豹。彼其道遇鹭鹚，虽聚数十百辈，尚不足以充其一咽，肯碎碎焉啮其脚间之筋肉乎？鹭鹚幸甚，而割之者尤廉甚也。然今天下肥皮厚肉之人不少，而吾辈一二兄弟，受骨偏瘠，武仲之穷，既不能保微肉于鹭鹚脚上，而弟之拙，复欲削馀金于子午针头，可笑亦可悼矣！

此间旅处六月，山水间无一钱之入。曾有自嘲诗云：“生计世已无，谁能为死计？青鸟飞入雪，看来是白的。”举向武仲，亦应哑然笑也。

◇世人便欲于筋上刮肉。

与某上人

云门和尚，说法如云，绝不喜人记录其语，见必骂逐曰：“汝口不用，反记我语，他时定贩卖我去。”今号为“大和尚”

者，纷纷语录，自记自刻，若惟恐人不贩卖者，异哉！

○“大和尚”可以已矣。

寄沈仲连年丈

遥悉近履安坦，吾辈今日，即此是福。若环堵萧索，是本色，亦即分内。缘难死之心，易露之骨，直是生成穷本领，如苦瓠根，终不能结甜瓜蒂。弟别十八年，种种艰虞困辱、凄冷险阻之遇，分之十数人，尚堪销魂丧魄。若使彝（夷）齐作总裁，范丹、梁鸿诸公为分校，举放天下穷人榜，弟之名次，不落三数下也。

寄张蕙嵘副宪（丙午）

方寸灰冷，遂有土室袁闳之志，而尘债煎逼，担亦未得遽释。支应疲苦，汤火等困，计无复之。惟子午一针，可以资生逃俗，兼义在食力，人己两无愧也。已拟新秋发棹，脱笼健翮，大有云霄万里之兴，南北东西，无向不可。

往时名人方伎，寄迹不必精专，如子陵之钓，岂在丰鱼；伯休之药，未必瘳病，其于致趣，蜓水点缀而已。若弟于此道，好之既出于性，诣之又彻其微，不类高人之寄迹游戏，受其直而怠其事者。有士如此，以充今日之堪舆先生，盖亦可也。弟与足下不得言者六岁矣，而舍堪舆外，又无可言之事。满纸蔓絮，辄复如此，足下应为一笑也。

◇仲光不仕高隐，以堪舆自名，其志足哀，然其术则已臻圣境。

与周栎园同年一

两日小有人事往来。赐到《字触》，灯下细读，尽数十纸，如雨之汗，如雷之蚊，皆为忘却。昔人读书获一义，如获一珍珠船，栎园锡我何多也！

天下大文章无着奇处，从来异书，多是零碎本子。大禹《山经》，周公《尔雅》，荒唐琐屑，古圣毕收之矣。不可谓识小非道、多学而识非学也。

弟尝拟辑一书，名曰《字广》，自《说文》《正韵》而外，凡奇诡谐合，与于声音点画之数者，无不收采，零标碎撷，大略皆杨文公衲被之属，而义类稍广，手不给目。得栎园是书，便觉可废；即不然，直作一謄录生，已坐得六七矣，其快且何如！

小序佛头之粪，骥尾之蝇，一惧一喜，两念方战，未知其孰胜也。向属文选序拟上，枯肠浊腕，岂堪丛笑？不敢如李夫人覆面到底者，知栎园一见即弃之也。

○仲光每一札，必以韵语结之，自是晋人风致。

与栎园论字学

生平资性浅僿，不能读艰深奇奥之书，而尤荒于字学。如《字母》《说文》诸书，每一展卷，头辄涔涔痛不可忍，因遂置之。以为字取成文达义理，适于时用而已，不必点画微细，尽合于古。杨修得《尚书》古文，书讯刺字，并皆用之，当时称为怪人。夫《尚书》古文，已不能通于汉魏之世，况今日乎？如必取数千年前之古文原委，与今文铢铢较议，若者合，若者缪，则周冢玉文八十字，合李斯、叔孙通两人，仅识其十，其不识者亦已多矣；而显节陵之科斗书，以张茂先之博物，竟不能辨。秦晋、周汉，相去非远，而书法悬异，则已如此，又安见文之今者为今，所谓古者果遂古乎？世儒屑屑以上世遗文，评议天下之字，而责其必合者，亦见其不达也。

故尝窃意：字学之妙，不在正诂，而在旁通。正诂前人已详，无庸以碎益碎；旁通触类引伸，其蕴甚宏，其用甚大。吾辈读书识字，固当于其宏且大者求之。年来《字广》一辑，意颇在此。栎园已先得之，照乘之珍出矣，草际飞萤，亦奚以为？辱下问，愧其无以应也。

因又有积疑未剖者：字画如《易》，离合变化，不可典要，往往于正诂之中，寓旁通之妙，如梦刀得州、失禾增秩之类。约其大旨，不出象形、会意数者之间。推此，即水皮为波、三牛为犇，其说亦似未可尽诋。谢石生宣和、靖康之季，介甫《字说》盛行于时，其学未必不出于此；惜其书罕见，不得其全本读之，以考其得失也。

妄意介甫之谬甚多，不在《字说》。后世之苛求不已者，正以当日崇重太过。而苏、黄诸君之笔舌，夙为天下学士之所倾向，一经拈剔，嘻笑之传，甚于怒骂。介甫之徒，虽百十手口，固不能与之争，其废焉宜也。若论介甫之精心博识，著作无不工者，未必《字说》一书，偏尔纰缪。其所以为说，亦固出于六书之中。至于支离穿凿，即许氏《说文》，亦有不在介甫下者，而世奉为金科玉律。

介甫之书，世无见其全者，徒以一二字之沿袭指摘，句读小儿语及《字说》，便加排议，所谓“有幸有不幸”也。此语从不敢闻，以栎园胸具千古，因以其所疑质焉，又不知是书于世尚有传乎？其旁见杂出，栎园博涉之余，亦别有所得焉否也？

旅舍喧沓，心绪复当溃乱，小序语不成次，聊以恭命发笑而已。

◇近世方尔止、顾宁人，多有此议。

◇予尝云：介甫《字说》，定有可观。惜哉其不传！予杂见于诸书者，仅二十四五则耳。

◇曲畅其说，字字令人首肯。

与栎园三

文选序，欲待数日闲静之力，淘汰胸次，使脱粟之麤（同“粗”），差堪比于麦饭豆粥之列。而时日无多，复不能得，潦草供应，竟成半米半沙之炊而已，不知年翁竟吐之乎？抑将转付庖人，去其沙以进乎？

载观古人为文，一篇止论一事，不更以多端杂之。故其言各有原委，而开阖（同“合”）变化，一论自成一局。近世为文，不察其指之所在，惟欲其多。论文则必兼其政，论政则又颂其学，过情之誉，浮蔓之言，错然并进，而惟恐或漏。譬之村伧召客，攒果集盒，千家一色，不待其出而逆知之。故文品日卑，而不免为识者所哕，反不如夹杂之沙，虽棘齿而尚不至于臭腐也。

年翁生平在人耳目，即文章一事，扬扢有不尽者。烦引肆及，挂一漏万，反恐真至之言，等于例套，故尽删之。年翁于古，当不病其略也，何如？

◇出仲光手，即寻常语，亦往往引人胜地。

寄答寿昌卓公

大诗日臻高洁，《楚歌》十首，尤萧然遐寄。但愚以为首尾二首，似在可阙，以其首尾太分明也。且足之即十，止于十而阙之，即一首中各具千百首，则奚必十而十之乎？古人之诗，有如是起、如是止，而人卒不能寻其所从首尾者，此真能起止者也。谬意如此，幸勿狂而笑之。

○今人秋兴，必不敢作。七首、九首，亦大可嗤。

答西昌秦令公（甲午）

古名臣之以循吏显者，莫盛两汉。史册所记，若于曼倩、朱仲卿、何君公、卓子康，此数公者，皆以守宰致位公卿。然当其时，声称之所以烜赫于人、流及后世者，不以公卿之故，而以守宰，则是守宰之所获不逊公卿也。而黄次公为丞相，或以为功名反损于治郡。夫郡守之不敢与丞相齿也，亦明矣，究极其重，在此不在彼。

今门下处东海桐乡之地，而力行曼倩、仲卿数公之事，则是数公之名与实，门下悉取之也。斯其所得，较世之宠利碌碌者，果孰多乎？而他时虽位致卿相，一如数公，人之称之，未有不首于今日之西昌者也。

夫道，在我者也；利害祸福，在天者也。古来端人正士，孤行一意，危言劲节，冒人主之忌，犯当涂之怒，卒能以功名老，无纤介之累者，时时有之；而彼喔咿谐世者，乃或失焉。天下事岂尽知计所能及哉？汉武之世，诛责数及宠幸，而汲长孺之抗戆，乃更见重以“社稷臣”称。繇是言之，利害祸福，信在天而非人可必也。

◇信哉有命！君子落得为君子，小人枉了为小人。

陈弘绪

士业，江西新建人。《石庄初集》《二集》，《鸿桷集》，《遗稿》。

与鲁尧臣

尧臣足下：仆与尧臣交二十年矣，南浮闽海，北涉渔阳、上谷、齐鲁郑卫之墟，东过钱唐、历会稽，足迹几半天下。求其慷慨侠烈如吾尧臣者，指实不容数屈。不独其人难遘已也，文之高古灵秀，义味无穷，而变化莫测，使读者如对《左》《国》《檀弓》、马迁、韩、苏诸书，则三百年来，吾犹未敢以六七计也，而况于一时哉？仆然后知曩之期待于斯世者过厚，而人与文如尧臣，洵矣其未易卒逢也。

嗟乎！如尧臣而尚困于诸生，主司不以目迷方叔为惭，同辈不以黜落刘蕡为耻，而知尧臣之深如仆辈，又复屈抑蓬蒿，不能效孔文举之论盛孝章，山巨源之荐阮仲容，而坐使之穷愁于螺江龙洲之间。天之生尧臣者何心，而阨之者何意？操尧臣之予夺者，可以慄然而悔矣。

◇好文字。

与张天生

《宋文鉴》尚批阅未竟，不欲草草成之。诚以古人之批阅，皆能与其书并传。宋之谢叠山、娄迂斋，近时之唐荆川、茅鹿门，皆以著书之精神而为批阅，其批阅亦即其著书之一种也。若其草草塞责，漫加之以点抹议论，则是古人之精神，反因我之点抹议论而湮没矣。夫点抹议论，本以显古人之精神，而其弊至于反使古人之精神湮没，则不如去其点抹议论之为愈。此弟所以迟之而不敢轻耳。兹因小价繇金陵至阊门，附此转寄。不尽缕怀，嗣当再悉。

◇若细论之，无论批抹，即一点亦有难下处。

复济仲

济仲尊兄足下：仁兄之端方侠烈，弟目中真不多见也。暌离以来，弟夙疴大作，邪火宿于三焦，从臑会腾跃而上贯于颅顖（古同“囟”），如焚如灼，如烟之迫于瓮缶，如沸汤之陡泼。医者投以黄芪、甘草，其势益甚；复以凉、泻诸剂进之，亦徒夺人粱穀，罔有少效。今且五十馀日矣。坐是杜绝酬应，避匿厌原山中，庶几需之岁月，冀可霍然也。

承示勾章海错，弟闻之馋涎委地，即拟扁舟东来，饱噉大嚼，以果生平茹虀食茶之腹；复为贱恙所苦，言之但有朵颐。

虽然，弟且有海错于此：尝试展仁兄佳文读之，其雄伟也，则巨鳍之鼓鬣为山，飞沫成雨；其悍劲也，则蝤蛑之钳蛟斗虎，鲎帆之乘风冲涛；其绮丽也，则丁班之陆离，鲂鲆之五色；其奇快也，则江珧柱之云腴露膏，蛎房之脂凝雾结；其鲜秀也，则车蛤之美舌，白鲥之雪形。弟朝而饔、夕而飧（飱），未尝或离去之。仁兄有以悦弟之心，更胜进珍异于樽俎之间，只以悦弟之口也。且夫蜃市鳌峰，龙宫贝阙，变化千万、荡心骇目者，仁兄之文，靡不俱备，又何必舍此而别求东海之大观也哉？弟把佳文，以当卧游焉足矣。

◇谈之尚令人朵颐。

答梅惠连

捧读翰示，反复淋漓，何其文之奇妙而窈折也！仁兄借神仙之说，以论文章之遇，而弟请即以神仙之事，复于仁兄。

世之所谓“仙”者，亦论其得仙与不得仙耳；至其升天与否，可勿论也。果其得仙也，升于天而蹑云御风可也；即不升于天，而岩棲谷处亦可也。何者？彼其为仙者，固自在也。其所以为仙者，何也？仙之道在于得丹，而丹之得，在于得其所以成丹之法。日魄月华，玄珠白膏，与夫五金四黄八石之类，皆丹也。然是数者之类，非即丹也，烹之炼之，融之合之，而后九转七返之神物见焉。苟其不能烹之炼之、融之合之，则虽有是数者之具，而丹亦决不能以成。然其不能烹炼、融合也，而其为丹之具，则固未尝不同也。

世之为丹者异于是，徒习闻乎日魄月华、玄珠白膏，与夫五金四黄八石之为丹也，而实不知其为何物。伪采之而伪造之，而亦以号于人曰：是其九转七返之神物也。呜呼！其得丹耶？其不得丹耶？其有不自杀杀人者否耶？设使其人别有假诡幻妄之术，足以排空虚而凌阊阖，升天则有之矣，其以语于成仙也，可乎哉？夫刘安之鸡犬，其所舐啄之药器，此真丹也，非伪也。是故不独刘安仙，而鸡犬亦仙；其鸡犬即不升天，而已成其为鸡犬之仙。至如左吴、王眷、傅生之徒，亦尝附安而升天矣，然而安之所谓药器，固未尝得而舐之而啄之也，虽升天何益？

今海内群而效仁兄之文者，果其烹炼、融合，而得仁兄之所为丹法乎？抑徒舐啄于仁兄之药器，而为仁兄之鸡犬乎？抑又伪採之而伪造之乎？无亦伪採之而伪造之者之多也。彼以其俶诡幻妄之术，幸而富贵，亦如左吴、王眷、傅生之徒，幸而升天，究至沉沦销灭，与草木同腐，其不足以语于仁兄之鸡犬明矣，而又何羡于其升天乎？

呜呼！守圣贤之统，明先王之道，上之增华天地，次之辉映古今，此仁兄真丹已成之候也。排空虚而凌阊阖，直听之而已，而岂仁兄之所急也哉?!

〇从一端推出无限层曲，黍米中具许大世界，绝世奇文。

〇笔如车轮转，又复飘飘欲仙。

◇一一应前，分外奇观。

与友

古之善为文者，内有已足乎己，不得已而后其言随之，故其文有馀于气，而无萎苶不振之忧。气有宽赊急促，而法生于其间。班孟坚、苏明允、曾子固之徒，法主于宽赊，一篇之中，往复详赡，而人不以为冗；左丘明、公羊、穀梁之徒，法主于急促，峻洁自守，绝去支词，而人不以为滞。其他如司马子长、韩昌黎，出入于二者之间，而并臻其奥。是数君者，虽其所得之法各有差殊，而其气之渟滀蕴崇，汩汩然探之而靡穷、用之而莫殚，则自有文人以至于今，未之或异也。舍气而徒求之于法，其短才者，既有叔敖衣冠之诮；而无才者，或不免于刻鹄画虎之讥。然古人之规矩尺度，未尝不存于其间也。

今之为文者，吾惑焉：内无所得于己，而外欲有所饰以欺于人，杂取经史子传之语，排比栉次，截割以附于篇章之内。及循首尾而观之，或前后畔越而不自知，或颠趾倒置而冥然罔觉。盖并古人之规矩尺度，去之以至于尽，而其于宽赊急促之际，求其"气之充乎其中而溢乎其貌，动乎其始而应乎其终"，如昔人所云者，岂可得哉！

夫今之为此者，乃不古之咎，而非过于学古之咎也。而世之小儒曲学，反指为足下及江右之流弊，不亦过欤？今足下之文，与江右之文具在。足下所云"原委次第，瞭然可循"，非虚语也，而小儒曲士，不察而概讥之。因李斯而罪及于兰陵，缘宰我而并憎乎洙泗，吠影无端，弹射四及，此则弟之所不解者。嗟乎！盛衰相激，理势宜然，易俗回风，是在足下大力挽之而已。

◇法生于气，固无一定之法。汉人之文若无法，而气脉隐隐相属，此深于法者。

与刘怀峰先生

仙者适性之名耳，凡自适其性，而不役于尘俗鞅掌者，皆可以仙名之。而适性之乐，惟隐逸者得之为深。夫其仰而登于高，而挹揽之无尽也；俯而瞰于深，而溯洄遡游之靡穷也。烟云之与浮沉，麋鹿之与出入。较之轩冕组佩，逐逐尘俗鞅掌者，其为乐也，盖不可同日而语矣。则其以许由、巢父、介子推、陆通之流，而目之为仙，宜也。然是数人者，其于隐逸之事，皆生而好之。彼其视轩冕组佩，惟恐不脱去为快，故能自适其性为独深。

至于负大用之具，不幸而不见录于时，不得已而后托之隐逸，其于轩冕组佩，固未尝一日而忘也。虽其托之隐逸，而无聊不平殆甚，是故忧憾愤懑、怨恨思慕之心战于中，而是非毁誉、炎凉升坠之态怵于外。彼其仰而登于高也，峰峦若为之增其憭慄；俯而瞰于深也，波涛若为之助其勃怒冲涌。烟云有怆恍之色，麋鹿尽萧索之群。是其所谓山水者，皆其焚和滑真之具也，又何适性之云乎？

然则隐逸者，虽可名之以仙；隐逸而无聊不平者，其去神仙之道远矣。惟其负大用之具，不幸而不见录于时，而又能消释其无聊不平之感，以自适其性者，斯真隐而仙者也。先生殆其人乎？

○细思叹老嗟卑，其失也倍。

与友

仆生平无他嗜欲，声色裘马，间涉焉而未尝好；彝鼎玩器、法书名画，好之而未尝溺。溺而不复返，惟图史为然。虽其所藏，未能如鲁壁汲冢、羽陵陶穴，顾世所称说瓌文秘册，笥箧中所不可少者，亦稍稍备之矣。

家世清贫，无从得重赀购坟典。家大人早岁颇留心焉，为曹郎时所入俸，悉以付之书贾，稍至万卷有奇。万历丙午，弗戒于祝融，数十年来访求于南北者，一夕之顷，化为灰烬。家大人进孺子教之曰："汝知之乎？夫物忌多嗜，欲忌无厌。书者物之清妙，而嗜欲之静远者也，多而无厌，造化且弗使为吾有，况其他乎？"仆不肖，悚然于家大人之言，念凡物之为我有，皆非我有之物矣。顾躭僻成性，弗克自治，数年来颇违家大人之戒，好而溺，溺而不复返之。故其所聚敛，盖又多至三万卷有奇矣。

虽然，吾安知今所有三万有奇，更数年后，不又如向者一夕之顷归之祝融乎？即幸而不归之祝融，安知吾子若孙，不弃之鼠蠹，畀之豪家大族乎？则幸而吾子若孙不弃之鼠蠹，不畀之豪家大族，安知更一世、二世、数世，不沦于乌有也？

隋嘉则之三十七万卷焉而亡，唐乾元之七万馀卷焉而亡，宋弘文之二十万卷焉而亡。彼以人君之尊威，殿阁之崇邃，守之曾不能一瞬，况以仆之琐琐三万有奇乎？其好而溺，溺而不复返，以违家大人之式，真惑之甚者也。然仆之所藏者，仅以自娱耳，他非所知也。

○全体八大家，出笔即是。

萧士玮

伯玉，三莪，江西泰和人。《春浮园集》。

复钱阁下

完刻藏本，不肖虽有其心，每念出世希有功德，必副托于椉（同“乘”），愿再来之人，浮屠合尖，不能不望之于两足尊矣。先经而后律、论，较正必属名宿，一一谨遵台命。容台一园，悉皆道力庄严；半山平远，非所敢望。夫生天宫者，以得闻鼓音即为福缘，况身兜率内院，而敢以狭劣自弃乎？某有惟力是视，以不负尊委耳。

○伯玉尺牍，皆有味外之味、韵外之韵。

与杨寨云

兄高卧于无伴坞，弟浮沉于南容台，轨迹有行藏之异，通识无隐显之殊。远志小草，各局所安，均未能得之濠上也。经云：“利刀割泥，泥无所成，刀日就损。”苟能按指发光，则无处非游刃之地矣。我自调心，亦止可与兄道也。

与田中丞

道上逢小汪，青衫欲湿，宛似白公听琵琶浔阳江头时也。问其所之，将入吉而投田中丞。我谓如此可以不穷矣。昔人买骏骨，千金不惜，况此子久擅燕台之誉乎？每念郭令公、寇莱公乃足办贼，其手段原自不同，故欲以小汪相试耳。

◯谐语，韵语。荐没紧要人，只索如此。

与钱牧斋

梅公往北，某虽留滞于南，南中风景，大异往昔，情怀益萧索。妄意买一妾，少资陶写，然仓卒难于得人，不免苟且塞责，空有其累，宁复得佳味耶？乃知苟之一法，除居室外，都用不着耳。闻翁近得佳人，故是才子，盖缘宿世精进，乃能获此秀媚，以是益自咎前生修行之不得力也。

两奉手教，殷殷笃挚。庚桑思见老子，日夜无间，但盛暑远涉，重趼难进，不能无待于清秋耳。近事难道，不足道，不如不道也。

◇买妾但须苟完矣，便自胜人。

又

咄咄怪事，玮为眠食不安者月馀。世议迫隘，蛇蝎一器，聚发狂闹，正人君子，必不见螫，子瞻诸公，累见于前事矣。然困阨之中，无所不有。天佑正人，穷而愈明，谛视往局，亦未有不获护持而安全之者。所云如国手棊，不烦大段用意，终局便须赢也。然国手亦已苦矣。顾翁当此际，亦惟有弘以达观，付以宿因，庶无往而不平耳。

玮一官无所事事，而能使此身不得自由，亟图扁舟一往见翁而不得。季弟家来候，欲与言者，可与之言也。

与蒋盘初

区区鸡肋，职卑务简，颇与才称。昔人云："偶寄一微官，婆娑数株树。"此则披榛出门，排草入室，在人不堪其忧，弟差不改其乐耳。想仁祖欲知弟近况，寄此以发一笑。

○韵绝。

与詹月如

弟非盛寒不出，实病甚不能出也。纸窗夜雪，因念号寒之众，不减啼饥，而此中冷铺，惨于寒狱。昔人云：“此时即佛出世，也救不得。”惟公等可以救得也。其严出一示，力禁五城自此日起，至二月初旬止，不许各铺锢一平民；即于所空福堂，随就地面，暂移茕独无告、宛转就死于冰窟雪窑者以实之。则此出彼入，俱可少缓须臾之死。此不过费诸老数点墨，遂立起枯胔而肉之矣。偶得一善，即思入告，皆体好生无已之心也。

○以好笔祈请行好事，岂不可传？

与钱仲驭

弟事事认真，骨体不媚。真势力，假声气，全不为动。一肚不合时宜，必不为世所容。独兄爱此古董，摩挲之不置，所谓“一人知己，死不恨矣”。

与友人

知杜门穷经，不敢相扰。绝利一源，用师百倍，弟且从壁上贺战胜于钜鹿也。

复卓去病

相别凡几易裘葛矣！心衰貌改，已非故吾。老冉冉其将至，惧修名之不立。如翁五经纷纶，几夺大春之席，叔孙穆子所称“不朽”，翁已身有之矣。然至精之器，非群粗所接。弟虽非夔、旷，闻絃赏音，粗知雅曲，诸书决不可不令弟尽读之也。

南铨如退院僧，日煨折脚铛罨糙米饭耳。酒资三金奉致，此懒而残之所馀也，知已可无以官物见饷为忧耳。

结邻集卷之四

张　萱

孟奇，广东博罗人。《西园存稿》。

答钱简栖山人

间者曾著《答客詈》，及前后馈贻诸君子求多之说，儿辈欲请而焚之，谓有德于人，愿忘之也。今得足下来教，则前书又当悬之国门矣。头颅可知，光景有限，何所希冀，而割国课、养私交，以博逶迤之虚名哉？况诸君子所为“宿昔故”者，特知有关吏耳，非知有张孟奇也。关吏一罢，张孟奇即日事请谒诸君子，有不掉臂而踰垣者乎？

夫张孟奇自为张孟奇，诸君子自为诸君子，诸君子何负于张孟奇，孟奇亦何负于诸君子哉？嗟嗟！束发游海内，三十年于兹，阅历多矣。世态物情，不勘自破矣。郑当时之置驿，孔北海之开尊，何益乃公事？

◇此论极刻，而不伤大雅，是有意思人语。

答亲友议婚

先司徒及先太安人，生平不问卜、不推命，男女婚姻，一言即决，亦不待媒妁之往复也。故儿辈结褵，并未尝先求庚帖；儿辈八字，仆亦仅能记其某年而已，其月、日与时皆不能详。小女今十六岁，辛丑生，其月、日与时，亦不能详也。庚帖，造命也，命曰“造”，便当造之。必欲得小女庚帖，乞迟数月，俟有精于推命者，令其造一八字，极富、极贵、极多男，方送来如何？一笑，一笑。

◇全不认真。趣绝！

答陆仰泉太守

恭捧佳刻，心目顿开，寝食俱废，始而喜，既而悔，终而且悲。盖盲者获视，痿者复起，安得不喜？束发而游，辄征逐于口耳之末，茫然无所归宿者六十年，安得不悔？而今已矣，人寿几何，又安得不悲？第李延平既老，而后为朱考亭高足弟子。萱虽不敏，亦尝奉教于大君子矣，不知尚可以白头从门墙，作一问字人乎？

复念先贤有“宁为真士夫，不为假道学”之语，心窃疑之。夫真则俱真，假则俱假，萱未见假道学之可为士夫也。台下亦见真士夫而非道学者乎？

伏读台下柬萧玄圃少宰书，修则齐修，止动归止，及汉人以经术饰吏事，浅乎睹矣，不觉四体投地。夫经术真则吏事真，吏事假则经术假，何待饰、亦何能饰？汉人不闻道，正坐“饰”之一字耳。卓哉先生之见，岂小儒所能识乎？

◇世俗强作晓事语，真为可笑。

答僧方明

上人尝访我于吴关，今又能访我于西园，三十年绨袍之恋，与契顺之访雪堂老人何异？第园公凿坏久矣，亦以老病相寻，不能以筋骨为礼，一切宾朋，皆已谢绝，蓬蒿满径，即数千里命驾，不敢一面，故亦不欲为上人破戒耳。

上人僧腊几何，乃复作行脚？日下遊道甚难。昔人视朱门如蓬户，上人见访园公，是以蓬户作朱门矣。里中朱门不乏，且多利齿儿，其噉名如噉蔗，上人锡钵不至寂寞。第嘉桑树下，不宜三日宿耳。偶得卖菜钱，聊佐剡溪雪棹，固不必见戴安道也。

◯可补《世说》。

答钟赞宇观察

承翰教僧方明募缘事，门下之护持名胜，亦笃挚矣。此事已经二十馀年，弟犹忆计偕时，曾过峡山，笑诘方明募缘所得，作何功果。渠云已修某处某处，此即饰词。第题簿者虽十，践约者恐亦不能二三。僧原以此给人，人亦以此给僧。彼此交给，佛菩萨且置之不问，我辈又何必复问耶？

◇彼教中广大法如是。

与陈元朋进士

去冬急足以疏请侍养，入长安，曾具数行驰不腆，为木天主人陈元朋取酒，不意故缄空返也。七月既望，督学陈公始以翰贶至，繄我元朋，乃屈首铜墨乎？木天主人何人也，荆溪为三吴山水最佳处，何必遽废啸歌？夫腹即负腰，腰即负舌，第元朋不负元朋足矣，又何必拥一条冰、饵清凉散也？弟既废弃，然蠹鱼之癖，老且益笃。研且凹，笔且冢，独恨僻处荒陬，如来教“所欠有心人瞪视，慧牙人弹舌”耳。

嗟嗟！世网可惮，诚如来教，第人自罹之。弟之有今日，非有于今日也。荆溪、浒墅，一衣带水，元朋亦试询之于人乎？生平嗜书，书则满载矣。古人谓居官即木枕亦不须作，抄书亦风流罪过，其然，岂其然乎？

答邓虚舟观察

台驾何日锦旋？数日前偶从宝安市衆者，得足下驷马桥状，彤盖金鱼，雍容甚都。然犹未悉建牙何地、趋装何日，第云方有事于土木，罗浮秋色，得无邀彩笔而枳丹毂乎？

弟日来病与年争胜，志更与病争胜。抱瓮腰镰，即勤四体，本来慧业，尚未唐捐。极欲勉布一言，以抒怀贤狗知之臆。第贵人昼行，呼诺满前，歌钟满后，田讴牧唱，不宜旅陈耳。倘馀霞散绮，不以幽谷枯岩而赍及之，则精光未铄，五步之内，尚能令前茅目逃也。

衡岳佳志，想已盛行？馋眼欲枯，非一日矣。小词一幅，粗箑二柄，街头莲花落也。近况如此，差亦不恶，故令儿侄辈书上。

◇自谦之言，皆成异彩。

复刘冲倩

时以《问世狂言》见示。

仆尝谓今人百病皆有，惟狂病独无。何以故？未见火而思避焚，未见水而思避溺，谁其能狂？藉令举世而皆狂也，党于何有？又安所争？王伯安曰："破山贼易，破心贼难。"仆亦曰："破众人之党易，破自身之党难。"何以故？面也，心也，口也，足也，皆自己一身也。今人面一党，心又一党，心与面争矣；口一党，足又一党，足与口争矣。一膜之内，转瞬变之，而欲人之不党乎？而欲人之不争乎？

故仆又尝谓：君子不党，今人亦不党；君子不争，今人亦不争；今人无真君子，亦无真小人。何以故？面如心，心如口，口如足，足复如面，彼此角立，向背胪分，可暂可久，可生可杀，其争乃决，而其党乃成。若今日乌合，明日兽散；今日倒戈，明日凭轼；今日为君子，明日为小人；今日为小人，明日复为君子：名之曰党，冤矣；名之曰争，又冤矣；名之曰真小人，则冤之冤矣。故今人特患其不能党，又患其不能争，直须一剂大承气汤，乃为因病发药。若足下之平和散，仆恐其因药而发病也。

◇有此等透快议论，总是世趍（古同“趋”）日下。

示儿辈

余尝谓古今奇玩，皆有神物护持。收藏赏鉴，皆人间清福第一等事，获享清福，能有几人？以二百金宋板之《史记》，易驯鸽一双；百馀金名窑之鼎，博歌楼一笑者，此皆前贤之哲嗣，而后俊之翅材也。彼岂不知清福者？亦自不能享耳。况匹夫无罪，怀璧其罪，大中丞之赴市曹，大将军之窜万里，非《上河图》、哥窑瓶为之祟乎？语曰：“多藏厚亡。”又曰：“慢藏诲盗。”嗜古者念之，能不慨然？嗟嗟！此等清福，惟风尘外人，乃能享之。毕一生之心力，罗四出之奇珍，重货而厚售，巧取而计夺，只为厚亡诲盗之资而已。

苏子瞻有云：“书画奇玩，年来视之，不啻如粪土。”此有激之言。周公谨尝为《云烟过眼录》，后人谓其能空诸爱恋贪着之想。第今缙绅逢掖之家，有毕一生而过眼无半点之云烟者，抑亦神物之所忌乎？

余藏书画处，以“云烟过眼”名。凡我子孙，能令云烟常在阿堵间，不至如苏子瞻身世之感，以前人所宝爱者为粪土，则清福家传，一日当十日也。

◯子瞻《书六一居士传后》曰：“吾与物，俱不得已而受形于天地之间，其孰能有之？今居士自谓六一，是其身均与五物为一也。不知其有物也，物有之也？居士与物，均为不能有，其孰能置得丧于其间？”达观妙论，与此篇相发明。

与区叔永

宋大观初，蔡京欲盛行王安石《新经》，故诗赋之禁甚厉。时宰相何正献公执中，遂以御史李彦章之疏，追夺杜甫、李白二公官职，而力诋秦观、黄庭坚辈，以戒天下之为诗赋者。余每拊掌：此大晓事宰相，真四公益友也。

居常叹恨李、杜二公，皆我辈面孔中人，止多拾遗、供奉官职耳。当其身，何不蚤自免去，成就一个诗人？而身后始幸见夺，嗟亦晚矣！夫诗，天地所秘惜，鬼神所护持，今人所谓耗尽一生精力，终身不可必得者；一得之则三旍不足为贵，万钟不足为富。壮哉杜、李二公！身前则占断一时，身后则占断万世，令它人不得少有觊覦睥睨于其间。此何等生活，尚欲以拾遗、供奉，横附二公赘疣乎？

余故不能诗，儿辈数人，粗好纸笔，往往欲起而为诗。余每独立，辄呵责之：汝辈岂满身是胆、福力齐天乎？何不觅一易成就、太稳便生活，徼三旍、取万钟，温饱身前，乃横取今人终身不可必得者以自苦为？叔永其自爱，今晓事宰相故不乏也。

◇宋政和中，大臣有不能诗者，建言诗为元祐学术，不可用时。李彦章遂论陶潜、李、杜而下，皆贬之，因历诋黄、张、晁、秦等，请科禁；何清源遂修入定式，诸士庶习诗赋者，杖一百。真千古笑柄！

◇可为今人作诗之戒。

曹履吉

元甫，根遂，江南当涂人。《博望山人稿》。

与张北海吏部

台臺正席清通，铨管海内，而陈人竟不谋便足称贺，是古来高谊，独有邻范叔一事，而王贡弹冠，亦作熏轑世态矣，岂通论哉？奈时事不同，即入山已深，尚须握粟出卜，而长安竿牍不测，更为寒心。且闻近来诸公，八行中俱作哑谜，即所状寒暄，俱费回环射覆。封题仅盈寸许，如郭汾阳截藏之纸，似非全盛文物所宜。然小心敬戒，固亦不得不尔。

不肖弟既已北山习隐，岂复子墨强走京华？坐是空有梦驰，绝无腕裁左右。兼以向时同遊，目击亲切、中心不欺者，上可以告之圣君，下可以告之朋友，无所不竭，正不令不肖弟知；而在弟请悉以臆，亦无所不知。大抵言者未必为，而为者不必言，此“天地、鬼神、道义”数字，尚留在有心人一辈间。二仪之所以不毁，五伦之所以不缺，初不争擎拳于毛颖君也。

◎元甫先生诸牍，笔墨傲异，全无蹊径，别有胸怀。

◎王季重先生一字“遂东”，为当涂令，元甫先生极受其知遇，因更字“根遂”。前辈之不忘师资如是。

寄吴玉符

足下之为诗，此亦天下有目者之信矣，而必欲征信于不佞之言，再勤耑使，洒洒骈言，在排比之外，别见精能。披襟骤当，愧不敌快，即拟挥数字。属三日中客子与公会交集，急不能作。兼不佞赋性钝而且僻，凡有妄作，即小致孤怀，亦听其自至；不尔，即呼之不应。乃冗剧中彼尚未来，而使者苦不能再候，故且以数行付之。或知不佞之无足征信，不如其已，留拙手以待尊卷之行。倘必欲命之，再俟刻来携归，足下当取道敝里，不佞无所逃于面迫也。

◇为文自是如此。妄作者，强就之耳。

与阮坚之先生

词家相标赏语，求其人真实不愧，古来所少，亦绝难工。

第作者以其所赏，写其胸中一段虚悬佳处。每手杜集，投赠诸什中，赞一人自有就中惊人语，固非少陵不能耳。

辱先生惠高篇，“搔首天门”“长空大地”等句，若此下着一逊让，便有三分不识羞。要见此道沉着抑扬之变，已尽逢人点定，自不求异、不苟同，妙句横溢，即离非泥，令当者不暇计其所安，而只惊造境之所至。即先生后先诸名人，岳岳骚坛上首，无所虚左，乃移其最下解于菰浦中人。苟识境之所会，出虚悬以惊人，吉纵徐得其所不安，而亦不谓非其情也已。故但有识志，而不及逊让可也。

○气味深造，浮艳不敢犯其笔端。

与唐君俞

小简何以遂引珠玉？早知走笔而庄用之，再将足下风调，口多微词，蓦然转入，令读其诗者，既自叫绝；又于引中，想足下之披襟而绝倒，即拙简不能摹诗之神，乃能摹人之神。庄篇而戏点之，漆园之妙，固在寓言什九也。

与文学刘旭

韩昌黎飞笔为形容赞说，用“天地”“大江”等语，往以为文人但取开章混茫耳。今把兄手书满幅，新文数十篇，快跃不可名。更欲学作韩语，了无从状。乃悟古人率突处，固意有所极，翻恨吾足下与此公萧条异代，无能品目之也。

弟与足下居比邻，有耳早于目，即微宜生言，已久往矣，兼宜生言；即微旭书若文，已意中貌一旭矣，兼书若文复自貌。不肖弟平生好奇，占星望气，乍得果当其人。此下更能下一语自喻于君前乎？

与征君秦京

维时有秦京足下，厥系匪细。近代少真山人，遂多假诗人。假诗人掇拾馀人口汁，遊诸君门，人既在门，诗便入市；诗既入市，人逾不在山。此其诗品、人品，固无足论。

今即高之颂京老，真自有诗，真自有山。屏迹女阳村墟数十里外，邦君欲有问，辄遥过其庐，非是则不得见焉。然此诗家自了诗，人中自了人，如禅家自了汉耳。不佞履吉所奉京老者，不在是。

◇韵詈。

◇极写颂京老一段，以“不在是”三字掉转，便是极写京老。

与阮太冲

人之所见，类不能同；若世趣之所去就，见不同者鲜矣。于此有人，超世独立，而自矢不为流俗见者，见之亦如见所常见之人，果犹未免为乡人也。以足下之学博而精，才捷而正，论辩而当，而谓世无能好之者，此宜不可信。即足下之人，矜检多风，恢拓多度，而又触机警绝，列眉指掌，此的的是盘错之用，而谓世尽妒之者亦不信。

乃文章之事，今后世自分明无疑，而独疑足下之世莫能用，此即不宜妄薄一世人，谓其尚不解妒，要其独立者可知也。足下方且振衣千仞，而角觝中人，乃操衡纩而程其后。嗟夫！浮云之事，不必远指烟灭，即里左右，一时济济舆论，寂寞身后，恐未有计。而头上此老破世趣外一格，置乃公于今后世分明无疑之途，盖其所予，在此不在彼明矣。

向来所以妄薄一世人，尚不解妒者，谓其只以今人量今人，不设以身作后人追今人。诚作后人追今人，肯当面错过古人后世之今人，而让此无限遥赏与后人与？此履吉所以得当足下，有亲见杨子云之感。重言嗟叹，不足为喻，又不止于自针砭流俗乡人而已也。

◇高萝栖曰："予尝为周栎园先生序其诗集，□（意？）实如此。"

与冒伯麐

前晚出东郭，坐雨中一夜。晓霁挟一形家，尽姑孰北界诸山，达于大江，寻支龙而南，从土人得冈峦小径。时雨歇，水溜长松根下，都成涧道，行人草屩与驴迹，踏涧中水石子，其声淙淙有韵。追想自来游里中诸山，此境未有。投至疾行南条界尽，西山之日已没半规，幸月出，复乘夜返，以鸡鸣入城。合计一日夜，凡百五十里矣。就枕一觉，正有馀倦，而见赠佳篇适至。

冒先生行天下，阅名人多矣，乃于姑孰偏好弟，而又好其最偏者。读至"雕龙绣虎"，置勿敢道。"尤怜雅性绝偏颇"句，履吉不觉失笑，不审成得何偏而云然邪？虽然，麐老于此处作相法，不谓之千古知言不可。凡麐老诗行后世，今以雕龙绣虎相推，人未必信；但说其人之偏，则断无不信者。计此诗之工，翻以咏偏得传，而所咏之人，亦藉以传其偏，则弟之行后世必矣。

诵竟诸篇，服既起敬，惭亦鼓倦。展转行吟，天风和而旭景生，又不知与昨行松根涧道中，仲季所得孰为多也。

◇风气似与钟竟陵一，而苍异欲出其上。

陈子壮

集生，秋涛，广东南海人。《秋痕》。

与欧嘉可

以吾嘉可而尚淹乡书，无乃不及格之病，抑过殉法之病与？文体一解不如一解，曩之为恠僻泛滥者，今改而尚卑浅庸腐，此法必不能久。然此时与嘉可论文，何异对管氏三战三北之日，而或与谈兵法，有掩耳而走耳。广州轻薄成群，不知何地可置嘉可。若游大人以成名，索侏儒之一饱，贤者不有以自处耶？即画地穿研，亦有以大拙为巧者，其谁能代灵氛之告哉？

岁云暮矣，念清斋煮字，风景可知。谨割俸一金，远致此意。舍弟少年高才，能文章，犯昔贤"三不幸"之虑，以师友代父兄，舍嘉可谁望焉？

◇置辞婉妙。

◇文极。

◇简至。

与黄逢永

伻来，闻玉体日胜。且发手笺，云"摆却殊草草，烦恼炼菩提"，此治身大药也；"人至不好名，公等将何施"，此治世大药也。吾尝幸汉贾谊、唐刘蕡之不遇也，使其当轴，其所对策，未必能以传。故二子者，以不遇遇也。若抱大药于海滨，不转令人思二子乎？乡闾之事，医者非病，病者非医，然自不容袖手而傍观耳。

柬张涵月

识得此意，则鸡猪鱼蒜，逢著即吃；生死病死，时至即行。识不得此意，则郭令公历中书二十四考，广成子住空同万八千年，均是添重公案耳。与长者期不至，此子可教否？

○辞气壮阔。

释函昰

天然和尚，广东番禺人，本姓曾，癸酉孝廉。《丹霞录》《栖贤逸录》。

复李田叔居士

贪嗔痴，自公有之，亦可自公无之。所谓无者，譬之四支断，不复用之，方为真实；非可待其既灭，而谓求之了不可得，何难复起乎？昔有俗士，问天堂、地狱于智藏禅师，藏曰：“有。”士曰：“曾问径山和尚，皆云无，而师独曰有，何也？”藏曰：“居士有妻乎？”曰：“有。”“径山和尚有妻乎？”曰：“无之。”藏曰：“他道无即得。今公若果求起处不可得，则当不复有矣。若在有中而谓其无，只恐掩耳盗铃，他日瞒黑面居士不得耳。”

◇此中殊有至理，莫当做和尚糊涂语。

屈大均

华夫，翁山，广东番禺人。

与龚柴丈

幕府多暇，出寻武灵武安战陈之遗迹，恨平生学古兵法，不得当此黄沙白草，一展所长。徒饮酒赋诗，以送岁月，致千秋之下，以词人目我，岂不伤哉？不如足下闭门灌溉，为于陵仲子之所为，犹得全高士之节。

昔人遭时不偶，则退而为高士。闻足下新家清凉山曲，有园半亩，种名花异卉，水周堂下，鸟弄林端。日长无事，读书、写山水之馀，高枕而已。此真神仙中人。仆劳劳边塞，驰骋无益。已矣！行将归与足下为老圃矣。

◇意殊壮激。

林向哲

十叟，福建莆田人。

与侯官高云客（兆）论诗书

前接足下书，喜慰累日。深幸风雅一道，藉有同心，因为足下陈古今作诗大意。

古今论诗者，无虑数十家，然未闻有得于作诗之大意也。作诗之道，莫备于孔孟，何待外求哉？夫子言"兴观群怨，迩之事父，远之事君，多识于鸟兽草木之名"，孟子"以意逆志，尚论其世"之语，学诗之道尽矣。《诗》本三千，删之至三百，则选诗实自夫子始也。《诗》之出于宗庙、朝觐、飨燕，固无论矣。然其间里巷小民、女子所和，得夫子存之，遂可与典谟训诰、爻象仪曲，并垂为经。

今学士先生所冥搜苦索而成者，反使世间为可有可无之物，则何也？盖学士先生所求者，不过于体制、格调、音响，而不得圣人所以作经之意云尔。得其意者，即如春秋卿士相见赋诗，断章取义，足以联好达情。今轻用其诗，赠送不情，仅同于充馈遗筐篚之具而已，岂不鄙哉？谢安石闻怨歌诵"为君既不易，为臣良独难"，出席流涕；羊昙过西州，咏"生存华屋处，零落归山丘"。此二事，千载闻之，犹为感动。今人遇此，作述怀述感，未必能动人如是。无他，不得其意，而耑求之于体制、风调、音响故也。

前代诗过于宋、元，嘉、隆之际，历下振开元、大历之律。滥觞既启，沿袭成风，正以其好为比同，使人厌弃，反不如晚唐之才情逸致，为可喜也。公安、竟陵，相继起而攻之，各相左袒，递为雄长。盖前代事之不可为也，成于门户；而诗之不可为也，亦肇于门户矣。至于近日讥吾闽之诗者，又岂知吾闽者哉？

◇论诗之正纯。

◇可为叹息。

王 宣

元佐，福建晋江人。

与黄莲峰文选书

先生仕而处至剧，探万卷，读千篇，矻矻犹未已。虽然，使先生以嗜学劬书不已之心，待天下之贤，而其心之不忘不已，殆有甚焉，则天下岂复有遗才哉？

仆寻常读昌黎上宰相书，辄厌薄之。一日读程子与韩公、范公泛舟，有属吏谒韩公，求荐举，公不悦。程子曰："公为州太守，不能求人，顾使人求君也乎？"韩公无以语，愧且悔久之。使今之内外百执事，皆以程子之心待天下之贤，亦能如韩公之媿且悔，则虽上书如昌黎，犹当尊荣推挽之；而况于道谊高峻如陈公甫、陈剩夫、胡居仁、陈茂烈辈，顾不能识其人，听其老死于山林不用耶？此事自李文达、彭从吾诸老没后，都无人主管。俗吏腐儒，恣意横流，在今日会当有任其责者。先生仕而知学、学而知道者也，其何以辞为？

赵世显

仁伯，福建闽县人。《芝园文稿》。

致友人宜兴酒注子

昨拟以义兴酒注相遗也，注忽见梦曰："吾事公久而且昵，兹去公而他也，公能无时时念我，且时时来盼我乎？第来，吾必为公倾倒矣。"予应之曰："新主人坐客常满，子往矣，予将面子时时也。愿子日与青州从事，迟我于河朔之间，予终不吐弃子。"注唯唯。今特命长须进之左右，惟左右所指挥之、倾注之，幸甚！

○一切得失幻缘，皆可以一梦寄之、一梦销之。

郑　磊

三石，福建侯官人。

与酒徒陈天亮

酒徒得酒所矣。翁子守天台，举天台之酒以醉一陈生，何求不得？但恐渊明重觞忘天，吾兄重觞忘故人耳。陈生醉后，亦能赋新句乎？幸以教我。台州傥寄天台竹杖至，吾便来观赤城霞。

释元贤

永觉禅师，福建建阳人，宋大儒蔡西山后。《鼓山寱言》《鼓山晚录》。

与　人

今人见诸佛，便作奇特想，于自己便作下劣想。不知诸佛只是本分的凡夫，凡夫只是不本分的诸佛。分内珍宝，掉头不顾；分外艰苦，甘自承当，哀哉！

又

旌旗蔽空，尸骸遍地，此吾之悲也，非吾之忧也。白刃环躬，饘粥弗继，此吾之穷也，非吾之忧也。所忧者，魔鬼入室，祸起萧墙，将来之事，有大不可言者在耳。昔魔向佛誓曰："我今不奈你何，待末法入你门，著你衣，吃你饭，称你弟子，以坏你法。"佛曰："汝坏但自坏，吾法不坏也。"今日自坏之状，靡所不有，虽曰法不可坏，而法门破矣、化仪灭矣，虽佛亦且奈之何哉？

◇须知儒门亦有此辈，为忧方大。

又

博山来禅师谓余集生曰："宗门中事，贵在心髓相符，不在门庭相绍。若实得其人，则见知闻知，先后一揆，绝而非绝。若不得其人，则乳添水而味薄，乌三写而成马，存岂真存？故我意宁不得人，勿授非器。不得人者，嗣虽绝而道真，自无伤于大法；授非器者，嗣虽存而道伪，反自破其先宗。有智之士，当知所择。"愚按：博山之言若此，可谓真实为大法者也。今其嗣虽少，而世犹仰之如麟如凤，视近日之妄授非人、反辱先宗者，又奚啻霄壤哉！

◇理味深至，不独讥切付法者流。

答新城江孝廉

疑之之念，固为觉体之障，有志者因其势而善用之，则反可假之以为破障之术。故求悟者必贵疑。夫人心之机，不凝结，必不能开豁。如隆冬闭塞，实酿泰元。若气泄而不完，则其发生也必无力。故贵疑者，贵其疑则凝结也。法界之源，不深研，必不能远到。如雪夜孤军深抵蔡城，擒元济于榻上，岂为分外？若以披靡之卒，遊其外藩，望蔡州若天上矣。故贵疑者，贵其疑则深研也。是知疑为悟因，悟为疑果，殆若暗之必有明，而吸之必有呼矣。至于疑而悟，则悟且不存，疑于何有？正足下所谓“忘之则一”者是也，岂更忧其将忌作药哉？

◯平理写得透辟，便是奇文字。

计　东

甫草，江南吴江人。

与同年钱湘灵书

昨足下称某钜公好士，但不当以某人与邑子某，并致倾倒之意，恐失天下士心，甚善甚善！仆向客中州，亦遇某公相待颇厚。而仆意怏怏，不久辞去者，观其厚仆，与彼中一老伧无异，仆耻与为亚；且以某公衡鉴，非真知士轻重者也。

桓宣武在江左，气势塞天地，幕下一袁虎耳，与伏滔同被宠遇，每呼“袁伏”，袁以为至辱。韩淮阴能俛出屠中少年袴下，而郁郁耻与哙等伍。夫绛、灌功名，在当日亦颇著矣，然与淮阴同为列侯，共朝谒，则淮阴必不甘。岂绛、灌反不及屠中少年乎？高下在心，自有默默不能平者，固未可为不知己者道也。悲夫！然士既以不能自立，降志依人，亦何所不可忍者？袁伏同呼，哙等为伍，亦安之若命而已。我是以思楚狂、陆通辈之不可及也。

◇此亦有心人。

◇平心论之，自当尔尔。

又

昨与足下论交，谓贵盛之交易隙，而穷愁之交易欢，信然。乃足下啧啧魏其侯、灌仲孺相从于死一事，谓："丈夫意气，不当尔尔耶?"仆退而思之，足下言过矣。

夫当日杀魏其侯者，灌仲孺也；灌即族灭，不足以报魏其，而足下以仲孺为有意气乎？两人既皆失势家居，意皆默默不自得，相与结驩如父子足矣，灌既贤于引去之诸客矣。灌仲孺自许男子，何苦以过丞相为重，且以丞相之过魏其侯为重？使侯之夫妇，市牛酒洒扫以待丞相也，丞相即不来，亦何足轻重？何苦再过丞相，必责其一过，饮酒极驩，以重魏其？

夫田、窦之隙，自田、窦之欲交驩始也。由是观之，灌仲孺乃一庸妄人耳。以是为意气，我恐足下未审于穷愁之交，即未知君子之交矣。礼曰："君子淡以成。"使仲孺当日不翕望丞相热，则可谓能淡矣；两人虽极驩，无害也。

○史公云："灌夫亦倚魏其而通列侯宗室为名高。"盖一肚皮纯是热闹，故必以丞相一过为重也。千古而后，却被甫草道破。

与门人吴诩书

庄子与惠子之交最驩也。庄子平生之交盖少也，惠子没，庄子乃寝谈著书，欲以不死其友也。故于《内篇》第一篇，两举"惠子谓庄子"结之，于第五篇亦然。其馀或叙惠子为相，而己往见之；或叙同游于濠梁之上；或叙己妻死而惠子弔之，责其不哭；或叙惠子死而己过其墓。凡己所与问答论辨之人，惠子外，无几人焉。乃其卒篇则盛诋惠子之书，"道舛驳而言不中"，凡曲叙惠子怪诡之说，数百言不休；且以"惜乎""悲夫"三叹惠子，以终三十三篇之意。若今人不得其解者，必以庄子毁其好友为负友矣。呜呼！岂知庄子、惠子者哉？

夫盛称其友，至溢其实，使不信于天下，不传于后世，此庸人之所为，非所语于长者也。足下明于此义，则可以读尔师之《钝翁类藁》与《说铃》矣。

◇意本如是，用庄子、惠子为证据，便觉色相一新。

答汪钝翁书

承教以东文字中，不宜轻有感恩之语，如《顾天石诗序》云云者，且曰："丈夫不宜轻受人恩。"甚矣先生教予之切，而爱予之深也！顾东之为此，亦自有说。

徐仲车，宋所称"节孝先生"也，盛称华州崔太守之恩。及考其受恩之实，亦平平耳，但云"崔公能使予身不劳，而亲有以养也"，其言亦深可悲矣。虽然，不身历其境，又乌知其言之悲乎？使予今日亦若有华州崔太守者，在我吴一二百里之内，怜而客之，使岁有所贮，以养我母，不致劳我生以奔走衣食，逐逐于寒暑之时、水陆之道，读书励志以长贫贱，浩然自足，岂非大恩哉?!

齐北郭骚，结罘罔，捆蒲苇，以养母不给。见晏子，乞所以养者，晏子与之食粟府金。及晏子见疑于君出奔，北郭子谓其友曰："我闻之：养及吾亲者，身亢其难。"卒以死白晏子而归之。范文正公在睢州，孙明复屡上谒，范公厌之，语曰："少年何不勤于学，而好游若此?"对曰："亲老家贫，若月得钱十贯养母，即不出矣。"范公为补教授弟子，春秋使得廪饩，如所须之数，遂不复见。后十馀年，闻泰山有孙先生，经明行修，有司荐于朝，则前睢州上谒少年也。嗟乎！彼北郭子、徐仲车、孙明复三人者，非天下豪杰哉？犹以亲之故，受人之恩，况于东哉！

夫受恩不报，非夫也。不幸若北郭氏之报晏子，可哀也已。即幸而若徐节孝、孙明复，不至以一死报崔公、范公，然必若徐之笃行、孙之力学，始为不负知己，然则报恩诚不易，而受恩良难。先生之言，其信然也。然小人有母，未知所以为养，今有如晏子、崔公、范公其人者乎？东感之、报之，当不后于所称三人者矣。

◇章法俱有大家风范。

与某友书

世之称知己者，其最则怜其才，称誉之，援植之；其次则深忌其才，而必欲杀之；其最不能堪者，视其人无足轻重，任其自生、自死、自贫贱，且老于天地之间，一不介于胸中也。魏相公叔痤，荐公孙鞅于惠王，谓王若不能用，必杀之。鞅曰："王不能用臣，又安能杀臣？"夫天下能杀才士之人，即能怜才士之人也。故凡欲杀我者，皆我知己也，可感也。杜甫之怀李白也，曰"世人皆欲杀"，亦谩语耳。彼其时，知李白者，有几人哉？我是以叹知己之难得，而我才不足以致知己之欲杀，为可愧也。

○绝好议论，然予以为衰世之言。

○能杀才士之人，盖知才士之不为我用，又不欲为他人用，故杀之也。若不能用才之人，便是不能杀人之人。公叔何明于知鞅而闇于知惠耶？

与王筑夫书

"行乎其所不得不行，止乎其所不得不止"，子瞻自述其为文之乐，亦仅举其半耳。于方骋笔汪洋恣肆之时，而忽焉沉然以止，人莫测其何以止；于意语俱尽、山穷水竭之际，而忽焉波澜怒生，曲折层叠，使人眙愕，莫知其行止变化之妙，乃为文章之至乐耳。若不得不行而行，不得不止而止，则是我之行止，若有所制之者，更何乐耶？今之自命为知文者，泥古法而不化，每藉子瞻语为口实，予故为足下辨之。

◯如此方谓能读古人书。今人论文，未免赵括兵法耳。

与李屺瞻书

唐荆川养疴家居，柯双峰语王遵岩曰："应德死矣。"遵岩方饭，投箸哭失声，后乃知其讹也。遵岩贻其母弟京师书曰："唐之凶问曾不实，度京师亦必有传我死者矣。"果然。语载遵岩集中。

我侄炳，偶举问予曰："炳闻荆川以词臣被锢废，读书宜兴山中，十年不出。遵岩二十五作吏部郎被黜，三十一再起参政，罢去，终身不复振。度两先生当日，于读书为文之外，无他嗜好，且遭逢坎壈失意，与人无患，与世无争，何天下尚共诅其死，若不欲使其长生久视于天地间者耶？"予应之曰："汝不见汝里中之富家翁乎？彼自丰于财、俭于家，未尝妨于世、攫于人也，而人必憎之，一岁之中，必屡传其不祥之事。及按其实，无有也。亦独何心哉？"

夫富于文章，富于学问，与富于金钱等耳。有多获者，必有少取者矣。多少相耀，多者必见妒于少，人之情也。岂特人也，天亦然。汝不见文章九命乎？我独怪天既以文章、学问之权，慨然委之间出之一二人，使多取焉，复从而妒之危之，有远不如唐、王两先生之遭逢者，天又何心也？"足下善言天，其教我无吝。

◇文人无事，常将此等意思回环于胸中，忽以为理本如是，忽以为咄咄怪事。

与宋牧仲

甲申三月初，都门一别三年矣。私念天下之大，人才之众，求丰采言论可敬爱，才略兼文武可将相，彷佛严郑公、李赞皇辈，当今如宋子牧仲者，东目中实未多见也。而布衣失职，坎壈无聊之士，忍辱好奇计，勃勃有飞扬之气，能上下千古人物事会得失成败之数，及经世救时之大略，若古王猛、马周辈者，天下之大，如东比者，亦不多数。

人非东，莫知宋子；非宋子，莫知东。顾可使两人三年不相见闻，传言而自疑阻也。东今者以叫阍事留国门，倘事无可为，将舍而南游，泝大江，叩门于宋子。遥计临皋亭前、吴大帝祠下，将必有计子吟啸之声，与江涛澎湃声相上下矣。足下见此书后，幸蚤寄报章入京，嘱令弟中书君相示。东再拜。

◇真正古文气脉，不徒以其夸人也。

◇平写甚壮，由于气足。

与陶菴

前岁春间在都门，有娄东某氏者，作《正钱录》，攻摘虞山老人，吹毛索瘢，不遗馀力。东徐语客曰："仆自山东来，曾遊泰山，登日观峰，神志方悚慄。忽欲小遗甚急，下山且四十里，不可忍，乃潜溺于峰之侧。恐得重罪，然竟无恙，何也？山至大且高，人溺焉者众，泰山不知也。"客跃起大骂。然昨闻吴梅村先生，盛称东言是也，敢以质之先生。

○厚道之言。

钱陆灿

湘灵，江南常熟人。

与吴介兹

弟连日病疟，诵"子璋髑髅血模糊，手提掷还崔大夫"

句，竟不愈。自诵弟诗数首，便梦疟鬼跳踉偃仆，捧首顿脚而去。因思李白已嘲杜老“饭颗”，此必其族种李赤者。紫姑神处，逐臭多年，今方出头。弟方逢其所怒，故接淅行耳。而不知者，遂谓弟诗与杜老争黄池之长于病乡，则吾岂敢？

答同年计甫草

投金渚上，冲寒犯雪，展磨镜之诚，古人之谊也。接来教，似不能不为旅人匏系，凉凉穷窭虑者。弟因思古者井田而外，另有士田可考，则居有食也。出则必有师，从师遊者，即从师食。《史记》谓孔子养弟子三千人，固不足信，然弟子从孔子出遊历国，其势不赍粮，而食孔子之食。孔子何所取之？取之列国之馈遗也。故晏婴谏齐景公勿用，孔子曰：“游说丐贷，不可以为国。”是其证也。当是时，士居有士田，而出则非从师则仕耳。士穷而在下，多仕于诸侯之国；诸侯之国不能尽收之，则又散而仕于列国之大夫。

今弟与足下，居既无田，而出又不仕。将从游以求食耶？则足下方有濑水之痛，而弟之心丧者，又数年于兹矣。昌黎与李习之书曰：“孔子称颜回箪食瓢饮，不改其乐。彼人者，有圣者为之依归，而又有箪食瓢饮，足以不死，其不忧而乐也，岂不易哉！”若弟无所依归，无所取资，则饿而死，不亦难乎？夫昌黎之在当时，其汲汲于图其穷也固然，然犹有陆宣公为之师，又有张建封、裴晋公诸贤为之知己，卒能不死于穷饿，而卓然成一家之言。若弟与足下，复何望乎？复何归乎？事之所无可如何者，皆不足复道也，惟静以俟之而已。幸自爱，勿多谈。

◇引据俱奥异。

◇此疾痛呼父母之义也，亦古人风烈，非一味肯俛仰于人而已。

与邓生

闻方为令子开笔觅师，大不易。此事与宗师教人参禅恰相反。教人参禅，先须塞断渠悟门，如银墙铁壁，令渠自寻出路。若教子第，第一要开导他悟门，眼中金屑，亦不可著，况瓦石乎？今之俗学坊刻，瓦石也，足下其慎择之。

又

《诗归》乃仆二十年阅本，足下既欲阅之，留案头可也。但景陵二公纰缪甚多，今略举一二，以资隅反。

古诗如“□生垢，□戕□”，一诗数□字，乃古方空圈，盖缺文也。今误作“口”字解。近见周栎园先生辨之矣。许由《箕山歌》，谓“予钦明”，钟云：“钦字下加一明字，即敬字上加一聪字也。”此“钦明”字，出《尚书》第一行，不之知也。魏武《短歌行》，“沉吟至今”下，有“呦呦鹿鸣”四句，今欲删之，欲续反断矣。谢灵运“美人竟不来”等句，评曰“无须眉气”，则《毛诗》《离骚》，止可闺房提唱矣。《六忆》诗“忆食时”，是忆美人食时，故下文云“临盘动容色”，今解作“食眠时忆美人”，何啻天渊矣？《君不见》《行路难》之体如是，以套抹之矣。刘瑗《左右新婚诗》“蛾眉参意画”，俗本误刻作“叁”字，评云“三意画，居然聪明人”，后学承讹，吴人至有赋“三意眉”诗者。老杜《公孙剑器行》“浑脱”者，剑器之名也，今以“浑脱浏漓顿挫”六字连圈矣。凡此杜撰，剧可喷饭。其他如《当垆曲》“明月二八照花新，当垆十五晚留宾”，古本止此矣，今忽增“回眸百万横自陈”一句；薛能《长安道》诗，刻《许昌集》，今改作“此路去”，而于本题上先加圈批。其不深思精考，疑悮后学，未易缕指。要须得古诗、唐诗旧本较雠之，乃可读也。

◯读书要此着眼，非为捉人破绽。

与吴岱观

犹忆丁丑年春，灿以访旧至湖上，君家兄弟，读书灵隐山中之涧堂，遣苍头导灿入山。薄暮叩扉，月光已映林端，君家兄弟篝灯吟哦，辍笔墨戛然而迎，相与披衣一笑。沽酒人出，踉跄入呼："涧桥上虎!"推窗视之，三乳虎跳跃，已作咆哮势；两老虎蹲踞不动，毛发森矗，目光如火炬，有戒心焉。吹灯拒扉，裹衣而睡，夜半闻啸声，小僮阿吉惊堕枕头下。次日与君家兄弟，步步踏虎跡上，韬光题姓字年月在竹上，事如昨日耳。

辛丑初夏，再过湖上，再至灵隐，再访涧堂，堂已倾欹，但馀壁落。一僧雏拄门而应，微曩时君家庋阁笔砚处，及予卧榻、惊堕枕头处，皆茫无所向。旅葛旅葵，苍凉一望，汝目汝面，如在我眼旁。三叹而出，坐涧桥上戏语同行，乳虎想已老，老虎想已死，桥之上下无一跡。吾兄仕宦秦中，苍浮飘泊广陵，余独来履叶扪石，怅怅然，惘惘然，如寻失落物事。上韬光竹已见数十世孙，即有镌字，皆他人姓字年月，无我分。当时阿吉绿发鬖娑，覆额儿也，而葬黄壤已二十馀年矣。

人世聚散，便如春梦之瞥然无踪。灯下戏场子弟，又在他家搬演别出去。波斯匿王，追记三岁时，谒耆婆天，经过恒河水，六十年间，水流如故，不能不自伤发白面皱也。何时与兄重话西湖上，正恐似两老仙坐瓠芦中，谈沧桑往劫耳。

◇信手书来，都有远致。

与雪坊上人

兄年少精警，机锋圆辩；书法、画品，俱欲火攻华亭，又其馀耳。闻弟出山后，兄即荷老人印付，黄山、白岳之遊，助发胸襟，长进多少，不似弟为黄杨木禅，健羡健羡！但须立志坚决，得师友之力，不肯一刻放过乃佳也。

古人如老南和尚，徧参诸方，闻石霜、楚圆之名，特地去访。及到石霜，颇闻其有不可人意处，南大不乐，徘徊山下数日。又思量既到此，须一见而决，揭簾欲入，又不舍得下一拜。如是者三，遂奋然曰："有疑不决，终非丈夫。"径入，才启口，便被石霜降下他，终身事之。此便是求师样子也。

宗杲与法一为友，中州丧乱，同舟下汴。杲数视其笠，一怪之，伺杲起去，得笠中一金钗，取投水中。杲还色动，一叱之曰："汝一钗之不忍，而望汝了生死耶？我已投之水矣。"杲起，整衣作礼曰："兄真宗杲师。"此便是求友样子也。

花山禅大于海，师友边精诣破的，何待予言？言之者，鞭影也。其勉旃！

○宁可与有志气人相骂，不可与无志气人说话。此二事，最与学人警策。

与汪舟次

弟尝作一年之诗，至岁除欲烧之，不果也；明年岁除，又欲烧其一年之诗，并烧前几年之诗，已而皆不果也。徐而自解之曰："留待后人为我烧之。"每谓隋炀帝"好头颈，还自家斫"，此血性男子语，所以博得做个诗中浪子。弟之不能自烧其诗，诗之所以不逮古人也。而足下与野人，犹欲过而存之，亦姑息之爱而已，岂爱弟之深者乎？

○栎下生则尽烧之矣。能尽烧其诗，而诗复不逮古人，正不如稍稍姑息之。

答徐甥问诗

吾甥朅来千里，问诗于老舅？媛姝以一闻为足，河伯以秋水自多，吾甥皆无之。要之此事，勤学而多为之自工。师承古人，莫如老杜。非谓诗之能至于老杜也，其法度家数，较严于初、盛诸家。用一字如关门之键，立一义如军门之令，其门户开阖，对仗精整，所谓“晚节渐于诗律细”者也。律诗无论，其绝句，数首中必五六首有出句、对句，此犹律中之律也；其五古、七古、歌行，中间必有数联，有出句、有对句，此则古中之律也。故曰“诗律细”，此老杜非专以律诗为律也。

子于古诗，多不置出句、对句，则无古诗之律矣。并于七、五绝句，首首散行，不一二置出句、对句，则并无律诗之律矣。此说诗必讲律也，然有本焉。黄山谷学杜，所谓“江西诗派”者也。其甥洪驹父、徐师川问诗于山谷，山谷答驹父曰：“见诗叹息弥日，不谓便能入律如此。然望甥不以今所能者骄稺人。老杜作诗，无一字无来处。文章最为儒者末事，然既学之，又不可不知其曲折，尤当用老杜句法。若有鼻孔者，便知是好诗也。”其答师川曰：“读书须一言一字，自求己事，方见古人用心处。”又题卷云：“上蓝生诗，词气甚壮，笔力绝不类年少书生。意其行己读书，皆当老成解事。”又云：“老舅年衰才劣，不足学。师川有日新之功，当于古人中求之耳。”山谷之教其甥如此。知山谷之所谓“入律”者，所谓“曲折”者，所谓“老杜句法”者，所谓“读书己事”者，所谓“学古人而日新”者，诗之关棙尽此矣。虽然，岂惟诗文哉？吾甥更进思之。

◇看“律”字细。

◇答甥问诗，即引山谷答甥语答之，现成得妙。

示　儿

作文之法，有题句在此，而题意在彼者。赵简子谓诸子曰：“吾藏宝符于常山，先得者赏之。”诸子驰之，无所得。小子毋恤曰："得之矣。"简子曰："奏之。"毋恤曰："常山上临代，代可取也。"无毋恤之智，则求符于常山而已矣。虽然，义有两登，如鸿门之剑，项庄欲取之，项伯欲蔽之，意乃俱在沛公也。隐隐跃跃，乃见机器之妙。

〇读书作文，眼最要明。

又

善射者，愈射则箭垛愈大；善弈者，愈弈则碁局愈小。于文亦云。

安致远

静子，山东寿光人。《兰雪堂集》。

与蔡漫夫

人常谓，天宝二十年离乱，只成得杜老一部诗集。自丙子以来，十馀年中，将偌大一个乾坤，反覆播弄，几番整顿，始有今日。不知尚有少陵野老，睥睨其旁否？有其时，无其才，亦是天地一大缺陷。

◇劈空竖义，如何落想！

结邻集卷之五

万时华

茂先，江西南昌人。《溉园集》。

与李小有

贷酒浆者捷得之，货鼎彝者非千金不享，知造物位置仁兄不浅。

陈际泰

大士，江西临川人。《己吾集》。

与李小有

近日为序文所苦，日二三首，甚念台嘱，会当了此。然序名士之文，正尔太矜。夫文岂矜之所得而工者哉？矜不得工，而适以自难。此种实话，小有先生听之，当不河汉也。

◇文人同叹。

罗万藻

文止，江西临川人。《此观堂集》。

与友人

过贵州，辄蒙相知款曲，而弟去岁颠连之中，感此为尤深。然自甲戌之别，至昨不过四载，而地方荣悴顿殊，岂富贵繁丽，所以用地气者已太过？抑一时名士如林，山川转换之意，更进一局乎？

台兄光景，颇似不同前，而气体高悦，不改其翩迁，殆山川相之矣。至近作疏密有致，而别着手眼处，针线全自学问中来，则地气不能转换台兄，但台兄为地气讨一转换耳。

○“地气太过”，见道之言。先辈云：“东南文章太盛，亦是天地一病。”处此者，可以悟矣。

章世纯

大力，江西临川人。《章柳州集》。

示　人

我求富，人能富之，又能贫之；我慕贵，人能贵之，又能贱之，则人之二权俱得矣。我必于贫者，人不能富之也，又非能贫之也；我必于贱者，人不能贵之也，又非能贱之也，则人之一权亦亡矣。故不慕所无有，则人失其所以相操，此自立权之道。

○权不可一日在人。

又

宗老有言：再世皆弱，其家必绝，为其气之近尽也。

又

教兄而可以及弟，后者常听于先矣；教子弟而以及奴仆，下者常听于上矣。[1]

又

言也者，身子阳也；行也者，身之阴也。阳便善，阴便恶。故虽有汗漫险邪之人，口未尝不称说道德也；行以为己，又未尝不安从僻违也。

◇恶人僻行险道也死近。

又

体骨难实，我知其虚。闭目冥坐，即如无身；清夜听声，举体皆彻。以此言之，其中空也。

又

中庸之士，载之高势，则贤先见；处之污下，则不肖先见。品固有以势高下者矣。

又

天以功名富贵福人，不若其以性情福人也。性薄情淡者，嗜欲希少，则受享之地博矣。故性之裕物，万物皆在有馀之地。

◯善养性情，所以承天。

又

制是器者，常为是器之神，故知精神之久。

---

① 此则与初集章世纯《与门人饶子正》第六则接近完全重复。

又

五星相及，遇其所好则行迟，气有以相留也；当其所恶则行速，气有以相驱也。故畏恶之情大矣，微至于草木，高至于日星。

〇人慎毋为气所驱，此中甚微。

又

立事而不效，设术而不应，是福德不优，身之鬼神不足也。医者亦以己福愈人矣。

〇己福不足自愈，安愈人？

又

妇人有奇名，即不必与夫以吉矣。善在平常，福在静事。

又

物恃险阻以自全。人之险阻，乃在其腹。使无是者以自藏，尽见之势，则必制于人矣。

〇大力自注曰：“予以怛衷，无备于物，物或伤之，言此志感。”

艾南英

千子，江西东乡人。《天佣子集》。

初答临川张侯书

别老父母后，从巽甫令君接台谕，即欲作报章，而未得转致别谕于地主，故迟迟未复。比详达台嘱，方拟削牍上陈，而地主已捐俸相赠，因束装放棹，于归涂便奏也。本应躬叩，缘荣行已逼，人事匆匆，而不肖弟亦尚有文债未毕，速旋虎丘毕之。计抠谒必羁半月，又度不一月当谒贺治所，目前班荆酸话，不必缕缕也。

老父母文章经术，照映江左，曩时辱收不肖于声气之末，今又得仰庇邻封。方此之时，交游朋旧，莫不诵道德、进声誉于前，而不肖独由古人之义，每进见，及退而语人，必不以谀，而以规、以劝。盖知老父母为圣贤、为豪杰，则必以圣贤豪杰仰待老父母耳。不肖前对谢象老曰："张受先不患不廉，不患不勇，所欲更益之者有三言，曰择交游、慎举动、却名誉而已。"今老父母且莅事矣，不肖所进仍如是也。

夫临川之政，尚未见于施行，而太仓之民，家尸户祝，操此为券，不卜可知。临川之政，不肖未敢预言，而太仓之政，则不肖愿更端焉。

夫古之圣贤，莫不廉以持己，勇于任事。然亦有廉于持己、勇于任事，而不至于圣贤者，何也？知人之明，事先之哲，不如圣贤耳。盖不肖之乡有邹南皋先生，以直谏清节闻天下，居乡受讼牒，必侦其不平者，诤之有司。然而门生食客，山人星相，族子狡仆，时从其中上下其手，先生势不能不寄耳目焉。有司面从而实应且憎矣，故南皋先生之谤不少。及今捐馆，以宫保、总宪而家业不满千金，然后南皋先生之心迹明。不肖之乡，先时又有罗近溪先生者，笃交游，明理学。门生有一长，喜见于色。其讲学子弟，有缓急千里来叩，必以其身任之。或诤之抚按，或诤之他省抚按。然终不免以热肠受谤，又终不免以广交受欺。至先生捐馆，家贫不能具棺，而后近溪先生之心迹明。夫两先生者，可谓廉于持己、勇于任事矣，而不能至于圣贤知人之明、事先之哲，不如圣贤也。

今日太仓之政，老父母已中分太仓州尊之权，而讴歌讼狱者归焉，得无寄耳目于人，如不肖所虑者乎？推而之于临川，亦如是也。不肖于临川之政，未及早知，而先举太仓之政，以告焉者如此。虽然，愿老父母守之以恕。今日老父母为乡绅，则上侵太仓州尊之权；老父母为临川，若有欲为老父母所为者，则将任之乎、禁之乎？彼亦言之有故、持之成理，任之则不可，禁之则不恕。然后知圣贤于学问之际，兢兢乎难言之矣。

不肖行矣！不叩潭府，既恐以口腹混台严，又恐以私进语言，贵治部中缙绅豪右，以中伤疑不肖。想默解此意也。虎丘尚有旬日留，即入武林，当与台旌相后先也。

○此书机锋大似《国策》，持议严正，则何愧一篇语录也。

◇此老不轻薄人如此。

○绝不傍借一语，而文章自古，自非近代人气味，此真本事也。

◇受先后来毕竟以此累，几致殒身。千子可为苦口矣。

杨以任

维节，澹馀，江西瑞金人。

答程望尼

正思与台兄商今古之业，而尊函适至，吾业可成矣。端简诸公，学问经济，旷世无两。但其中一二大事，复与所见所闻不同。盖读一人著述，便足移人性情，随人脚跟，终无独见，如身在瓮中，跳脱不出。须另换一副精神，另出一番手眼，方得耳目一新，识见亦长。所以读书莫妙于能取，尤莫妙于能舍也。门下真读书人，故以此相质。见旻昭，并以语之。

◇惟苦心读书人，始能出此语。维节殆自道也。

孔大德

登小，江西金溪人。

与桂宣季

胡仲醇昨托家明允兄，持画易松，大是韵事。弟受易，亦韵事也，然不无黯然者。以弟山居离索，每读书之馀，有一二快意，及古今种种不平事，辄捉此老问之。此老不答亦不嗔，然洁清秀挺之气，拂拂撩人，使人欣竦奔会。今别去，弟失此良友矣。义当呼小奚，扫月下花径，出桑落酒，与此老为平原十日之饮，然后以安车蒲轮，送之仲醇氏未晚也。言之如何？

〇白云禅师偈曰："山前一片闲田地，叉手叮咛问祖翁。几度卖来还自买，为怜松竹引清风。"正可奉似孔居士。

傅占衡

平叔，江西临川人。

与陈少游

作文不足豁千古雾濛，使读者眼光一闪，何足浣染笔端。

曾　畹

庭闻，陕西宁夏籍，江西宁都人。

答李屺瞻书

蒙教。泾阳人谓畹不近人情，然畹之不近人情，岂犹夫人之“近人情”者哉？天下之人，软媚滑熟，奔走于豪贵家，缩颈伤气，纳交左右，一意谀佞。主人之所是者，委曲以鸣其是；主人之所非者，委曲以鸣其非。天下之人，以为如此而后近乎人情也；畹以为必如此而近人情，必不如此而亦非不近人情者也。

记畹束发从先大人遊于吴，与天如、受先、维斗诸先生，先后抗行。其时金沙诸子，谓艾东乡不近人情，欲以豫章之乡人而攻豫章，谓此事非曾子不可。举而谋之于畹，畹顿首谢曰：“千子即可攻，非畹之可攻也。小子畹与千子有同里之谊，其近情与不近情，虽畹不获深知。然观其于程朱训诂之旨，固自有得。”

方今天子门户有禁，立社有禁，畹初纳交天下士，诸先生无我谋也，遂别去。当时有怪余不近人情者，至今三十年以久矣，毋怪乎今之人，谓畹之不近人情也。顾尝语人曰：“畹口吃吃似邓士载，性卞急似王蓝田，轻诋似谢灵运，纳诲似王处仲，放直似张徐州，要皆合于古人，不与今人合也。”泾阳人谓畹之不近人情，何其似知我也?!

畹行矣，然终不敢以不近人情而不复言者，以屺瞻簉仕之后，得毋歉于学乎？欧阳永叔得韩文于尹师鲁，亦举进士后。屺瞻乃谓今之视诗文者，如瓦釜然；今之视能诗文者，又不啻如伧父然。此言出之市井则可，出之屺瞻则大不可也。屺瞻早掇一第，以富强之年，肆其力于诗文，抑何所不至？而终日变动，不自爱惜，居不安而食不饱，而徒以不近人情之言，塞畹之口，乖天下之望，畹甚为屺瞻惜也！他日之人，以屺瞻为不好学，而又以屺瞻与曾子交遊久，曾无一言以好学进，天下后世之视畹为何如？而视屺瞻又何如也？

〇汪苕文曰：“通篇以不近人情立案，开合变化，段有段法。”

〇子瞻以诗文为习气宿业，前代尚然，况当今乎？则屺瞻亦非无见者。

◇当时同人，极服庭闻之不阿附以成名，然庭闻不应，后遂有张某起而应之。同一乡人也，人品之悬殊若此。

◇倔强似退之。

答吴四书

丁向垣举子文，仆再四反命不敢为。足下以向垣之意强之，谓“他人之言，不足以垂后世，子何可使塞下事不传也?”语绝可听，至于再三。仆不得已而为之。里人既缮锦帐以进，向垣极口称谢，闻有指其旁者曰：“此讥君也。”向垣不再反顾，用笔抹杀以宴客，以简贱于仆。噫！仆岂众人所得而贱简者耶?

接札，果然归咎于足下，闭门而询之，宜也。虽然，仆之为文，结构起伏顿挫，皆髣髴古人，不肯饰词以欺天下，要使天下之人，闻其言而咨嗟感慕而后已。此何足为众人道？但其谓仆有讥弹之词，不宜直发其隐，此尤可笑。齐桓公谓叔牙曰：“何不起为寡人寿乎?”叔牙奉爵而进曰：“使公无忘出如莒时也，使管子无忘束缚在鲁也，使宁戚无忘饭牛车下也。”桓公辟席再拜曰：“寡人与诸大夫，无忘夫子之言。”信斯言也，人臣对君，亦非谀佞之所宜出，况其下乎?

且向垣孝友之事最著，天地鬼神，阴牖其衷。既使仆之文有以见于世，苟有肝心者读之涕沾袍，惟恐其腕下格格，不得雪白，乃其所见在此不在彼。此洵非众人之过也，固亦其文之不至也。

昔杨雄所为经，门人侯芭谓其过《周易》，而班固用以覆瓮；韩昌黎大奇之文，世人大怪之，小奇者小怪之。他如薛大顺文有气力，擢第为武人作书奏，军中传以为笑。仆不逮古人远矣，何足怪哉！

◎贺向垣举子文，见于庭闻集中，是必传之作。乃悮指其为讥刺，所谓“大得意则大骂”也。

◇汪苕文曰："好句法。"

○体力甚健。

◇汪苕文曰："此处极似退之。"

答　人

伻来正弟小恙后，精神惘惘，耳聋目眩不能语时。甫定，取来稿削方笔墨视之，乃观察胥徒也。是其人能倾乡里者耶？能倾民社者耶？能倾国法者耶？未可知也。

余虽不敢以西土之人，度山东之吏，然而庶人工商之业，虽贱而可以长年，未闻刀笔筐箧之中，有仁寿焉。所当与日者奉祠弟子之文，同日绝之者也。若以足下之命不获辞，为之祝曰："五福之先为寿，六极之先为凶短折。"其寿也、凶也，吏自为之，而非自天为之也。吾无以为若寿也，为之祝曰"考终命"而已。夫吏莫富而贫，吏莫康宁而忧极也，天将以福报之。吏舞文弄法而弱，则六极之事皆备，天虽锡之福，而吏不受也。吏不受，而曰"予攸好德"，日取士君子之文而乐诵之，其何辞于考终命乎？

○非其人不肯为其文，自待不薄。看斯文关系不小。

○文多奇致，足警胥徒。然吏正有可自寿之理，独不见于公之门高乎？此文又一说也。

陈孝逸

少游，江西临川人。《痴山南邨集》《遗稿》。

与徐仲先

仆问平叔：后代四六之文，俑于东京，遂开六朝，信乎？平叔曰："不然，《书》见之矣。尝读《咸有一德》，于'克绥先王之禄，永底烝民之生’等句，悟四六所从起。”予乃急应曰：“子言起我。且如《周书》，除八诰诸书外，如《君牙》《冏命》《微子之命》《蔡仲之命》，凡属朝廷策命之文，皆近此体裁。始知诸文字程式，自有原委。而后世诗歌，以为不当杂乐府、填辞语者。虽雅俗致辨，不得不尔，然自其初论之，实亦一物而屡迁耳。”

〇通儒之论，不似小家，顿生区别。

又

从平叔造游公大原南，家平生在焉。平叔论古今《春秋》家，聚讼纷纷，皆因夸大而然，则自孟子“天子之事”一语始。仲尼大圣，当六艺残缺之馀，慨然整理，特取一鲁史修之，何乃言天子之事？若谓诛赏予夺，拟乎大权，则细考其书，褒贬之辞甚微，何有干权召议？因其书止于鲁史之旧文，求其说而不得，则又以为以天子之事与鲁，而鲁周公之后也。因见其天王出居，宰咺书名，王不称天，则又以为《春秋》以天自处，而《礼》所谓群臣“称天以诔”之义也。夫行天子之事，尚且招罪；以天自处，益无忌惮矣。

公大、平生力辨平叔：“子不畏诸君子在天之灵耶？”予微笑不答。公大曰：“少游定云何？勿但皮里阳秋也。”仆曰：“吾将壁上观师。君有言，则逸固傅生左袒，请为君畅道之。以圣贤而修起旧文，何其正大；以匹夫而操持赏罚，何其迂回。原其失，在于不知文字之褒贬，本不当与衮钺之诛赏，同例而观也。夫褒贬者，公论也。后之有史才者，值事编年，苟非阘茸庸佟，亦必自立义例，有所升降。班氏、范氏，尚未缺如，况以孔子之圣乎？孔子修一鲁史，即为‘天子之事’，则司马温公、朱文公成《通鉴》《纲目》，予夺百代，可谓‘上帝之事’乎？如云孔子予夺权衡，至公至当，可以上承天道、下法帝王，则凡作史者，岂皆颠倒是非，如委巷之谈乎？立史之意，原自如此。但史非尽善耳，故读《春秋》者，夸大其辞，未有不以其说自贼者。”平叔之论，非惟实获我心，即起孟子于今日，何独不尔？公以为然否？

◯正明允之论，使不能置辩。然明允一论，文笔之奇，千古所不能没。古人好文字，正不得以命旨过当而轩轾之，此古人身分也。

答刘千里

刘先生亦知豫章有陈孝逸乎？逸亡赖，少同阿兄兴霸读书，从事进士业，十七八年所，不成，老冉冉将至，遂复弃去。兴霸喜谈兵论剑，抵掌天下事，酒后耳热，辄骂古伪豪杰不中一文钱。意欲带国家将军印，树功名如王新建，一吐三百年儒生气，其志也。后乃以悲愤卒，庶几哉不负素期矣！

逸本无足言者，自乙酉谢故袍，棲迟穷谷，颇抉发先代贤硕源流芳泽之所处，使其精神焕名山、俟来者，则琐琐所为功，身亦有小披写数种，远莫能致。顾念千古以上之人，千古以下之人，风流韵采，犹有旷世而相感者，何必腕目交贽，然后为知心也乎？

读长翰，依稀想见其为人，浩魄邃衷，望光知愫。恨与斯人同时，而不得骑马把臂，共世外之山川，其为咨嗟怅怏何如也！江汉英灵，平生拜手，岂其地气使然？所谓“乐取气类”者，天性矣。

◇慷慨之气，俱异于一味粗豪者。

与朱太寰

频加分袂，代乏村塾者数载，痴山非字，竟是会稽王矣。犹忆六七年前，尚似一豪人，呼鹰古垒，截虎平川，满怀英壮，抹除不尽。而今髩丝面影，差入镜中。已乎哉！思与公作天台采药翁耳。

答竺庵

我公八面玲珑，无物不了，辄敢写其近概，情见乎辞。自念书卷痼疾，把弄无休，虽我公有命，不能作愚懵神仙也。然和尚诸笔，骚雄洒脱，为美女，为将军，又何以故？两家且自平善，勿多言。

○作别调，真有一种异气当人意中。

与　某

极详近状，又于尊集中知吾兄百罹罗罟。征夏侯色者，当于霹雳碎衣之际，肉视虎狼，冰顾鼎镬。出入吉凶，莫或害之，丈夫哉！

与杨本张

今年叫断舌本，依然臣朔。惊樵乱钓，此地实有之，然无关乃公吃著事。昨有柬逸者曰："将军百战身名烈，毕竟新息壶头，不如少游下泽。"盖嘲弟以塾师为一场职业，似炊者劳薪，不办作闲也。逸则愚矣，却笑诸公草草，饭未必足，则又何也？敬闻之吾兄，求其一解。

○笔下古趣生动，令人别有赏会。

刘遇奇

崛膺，翕庐，江西庐陵人。《慎馀堂文集》。

与新登第友人

前辈有云：高官显位，如着新鞋袜，外面好看，其中有不快活处。我辈处今日而登一第，政大类是。然世人莫不欲着此新鞋袜，非有它也，总是在天地间作穿鞋袜人，亦须从此一过；否则踪跡遍天下，到底是不识好样子鞋袜人。但此新鞋袜，即爱之惜之，不过半载几月尔，过此又有好样子矣。须是穿新的样子，牢定脚跟，依然作旧的受用，此中亦自有快活处也。

〇打诨语中有手笔在焉。元人杂剧科白，未始不与左、马同一法力。

与同门李云浦令尹

弟为诸生时，闭户读书，不喜逢迎，见人辄畏。昔人谓“做秀才时如处女，要怕人”，差可不愧尔。然归妹愆期，有迟归之叹，犹不免见人含羞。但念此等妇，纵不能克拓人家业，亦不至败坏人家事。弟与兄为一母之女，固有同心也。但兄处难处之家，萧然寥寂，作无米之炊，更觉棘手。然渐次养活此一家人，使一家人受主母之福，则主母亦受彼苍之眷矣。若翁姑以上或不亮之，杂然绳之，则付之适然之数可也。弟见此境界，欲蓬头垢面，作闲散之老妇。但恐有迫而起之者，则不知向谁门第托身。家事败坏，到处皆然，殊可忧尔。

与友人

南雪见日即化，北雪异是，冰凝如铁，虽承风日，亦未见有簷滴聚流也。意雪本寒气结于半天，下而为雪，既成此光洁之品，不欲复混而流于尘堑秽沟之中。此雪品也。吾兄端亮清迴，迈乎流俗之上，从此冰壶玉壑，益励其操，愿光洁自如，成此上品。

〇文至不必以理路绳之，斯为妙品。

黄国琦

石公，江西新昌人。

与李小有

夫子长贫，又在客中，乃有厚贻，是绮园而损商颜之芝矣。其腹果然，其中慊然。

徐　芳

再见。

答罗搏上先生

正伯令孙，每试出人头地，可喜！读其文，居然鸡群鹤也。虽资学弗凡，亦缥缈峰头别有衣钵在，但恐他日压倒眉山，有亏孙顺耳。吾师竟当退一步，以让之可也。且天命在吾，吾为眉山足矣。

老师诸试艺，久已诵而评之，缘病未获寄致。迩来寻索，不知入谁氏箧矣。慢藏有戒，文不与焉。独吾师之文，其媒盗乃更捷于金珠贝玉也，异哉！

〇仲光之笔胜人者，在一爽然。爽者不难于一泻千里，而难于千里回万折。此予所以独心醉于仲光也。

答傅瀛宾（戊子）

弟赋性浅褊，于当世之务，又复闇昧弗达，向来嘐嘐哓哓，非敢自鸣孤激，亦以同室之斗，义无坐视，究竟丝发奚裨，只添一种罪案耳。扼豺虎之吭而夺之食，为念虽切，识者笑其愚矣。自昔皆然，不止今日也。且夫楚狂沮溺，春秋之最冷人也。然味其言，非天下冷人也，而正天下之热人。热极矣而无如何，则不得不归于冷耳。极热必极冷，此乘桴之所以叹也。

◇惟冷人能作热语。今人但能作不冷不热语耳。

与王公宪

憩龙山灵，望年兄杖履久矣。不意以邻士栢酒，遂失拥篲，及犇峰骋望，而羽驾缥缈已在云间矣。

昔有士求仙者，犇走延竚，十年不遇。一日入山，仙人坐树上，士狂喜顶礼。瞥而美人过其傍，士回眸眺之，而树上之仙忽从此失矣。弟之事类此。弟于年兄坐不知，士既遇仙而眺美人，此处负弟一着。然士遇仙，虽失仙而得美人，要不为无见。弟无士之得而徒有其失，此处负士又不止一着也。

与陈公奏

积雨已自恼人，况是空山独客？不有溪寺一行，此年春色，又付流水矣。惕庵小寓甚佳，他处寻求，未必更胜，固宜安妥小住，择善从之，无草草也。

每笑吾辈藏身，自谓已固，然使人踪跡立至，亦不可解。韩伯休卖药于市，自谓逃名，岂意名在小女子口，然则向来二十年，皆掩耳之铃耳。故近来别有解脱门，无秘密法，止有安闲法。不住色声艳闹之场，即秘密也。有时槁木枯坐，有时野鹤群遊；静则土室袁闳，动则五岳禽向，此安闲法也。仆患难以来，心病尤甚，因病觅方，不过如此已。

◇解脱门，即是秘密法。

寄林孔硕

弟旦夕待尽之人耳，颠连摧惫状，不足琐述。盖尝总大致计之，一岁之中，图史之傍一，山水之间二，馀皆绳床药椀，据而有之耳。是人于天地内，知复能几年活？然所永矢弗谖者，人尽闹即不敢不寂；人尽腴即不敢不枯；人尽傲而笑，即不敢不呻吟；人尽康庄而驰，即不敢不连蹇。盖所不可知者，居易俟之；所必不忍渝者，守死以之而已。如此者，诚不自知何如。举向故人，果有一当焉否也？无限积悰，思一自致不得，适栖公南还，喜而附此。

◇直是无可奈何。

寄答块江曾二槐

家本贫约，自庚辰倖第，官绅之费，日以繁困。入闽之后，穷窘益增，行者栉于寇盗，无尺布之馀；居者括于兵戎，无粒米之积。流离饥冻，举室嗷然，存活既艰，弃捐未忍。加以先人送死之役，墓隧之费，凡皆亲友过念，佐而恤之。例微托于沿门，义无伤于摇尾。

若夫人间嘑蹴，户外肥甘，持此颇严，未尝一滓。自以挂籍方外，终不敢靦面人间，况颇负生平尺寸之节，遊当世大贤之门？馀生已非其心，毁行将何以忍？故虽故知旧好，当路亦有其人；赠麦解骖，达者亦有其义。而摧藏辟匿，弥远益深，沟壑未忘，守死而已。此又区区小谅，无足向高人道。所以细琐一及者，欲先生知其辛苦砥砺，不敢辱故人以负地下之意耳。

嗟乎！人生数十年，波颓丸跳、沤起电灭之状，亦诚无几矣。前者若已罢之剧，馀欢了无可寻；后者若方争之棋，苦算亦复奚益？寂与喧相毂，荣与落相征，成与坏相循，悲与愉相倚。瞿昙氏所谓“幻想影泡”之旨，以理推之，断断其不惑矣。知足下不河汉此言也。

答汤惕菴（丙午）

祝、颂同而亦小异。颂生于爱，祝生于爱且畏。爱其人之利己而愿其长存则祝，畏其人之利己者去己而欲保其长存则又祝。祝非有益也。知其未必有益，而必且祝之者，则其情之至也。三多、九如，造语皆极荒唐。三代以上无谀人，六经之中斥佞语，而圣人且存之者，许其情、察其诚也。后世不得已而颂，无所爱、畏而祝，是名“套举”。套举斯可已矣。

来示所示先世寿屏之文，后人且以苴履，事实有之，然其子若孙亦可知矣。且非其人之行不足以传，则文者之言无足重也。如以退之、子瞻之文，而颂裴中立、范希文、司马君实诸公之人，其言固至今存，未有读之而不知劝者也，何为不可？如惕菴今者，固卓然可颂之人，而自我辈同人以逮里党童叟，其爱而私之，而愿其百年，亦皆翕然出于至诚。假令有退之、子瞻其人，操觚属辞，称扬徽懿，以表一时缁衣之好，岂不盛乎？惜哉！此事大难。

而惕菴且别有怀思，怛然引避，甚者以为浮言套举。欲用维扬已事，一切炬火待之，则虽有退之、子瞻之文与人，亦将踧踖而不得进，况其卑卑无足轻重者乎？然以弟平心折之，言之套者固可不烦，而果其情之诚者，亦不可以概。抑古有两无字碑，一生平多瑕，无肯操笔；一功德甚崇，不胜纪述，因俱阙之。

夫真颂祝之言之不易，自昔然也。而使丰功大业，与无堪齿录之人，同一废置，亦过也。人情日异，不但人世快心之事，遇之便觉神伤；且脂竭髓枯，无从更为润泽。终老长计，坚守贫拙而已。不俭必不能贫，俭小事、不俭大事，贫亦终不能守。而习俗既久，尚文侈而憎朴啬，非如守戒行僧，硁硁硁，蒙丑诋，甘笑骂，孤立矫持，万万不可。

昨者手谕恳到，语语药石。谨特为拈出，与乡党亲友，日夕诵之。

〇于此等小事，显出大文章。

〇残唐晚宋，有此等情事，无此等文章。

与郄陆奕

弟以愁瘁积久，感伤心之疾，每夕烦苦不寐，呻吟之声，恒自梦魂中起。或突闻一言、触一怒、注一思，方寸中辄如健足人踏舂杵，上下捣撞不歇，直有一物欲向心窝中跳出，听之霍霍有响。当此之时，举体闷眩，如将殒绝。谋之医人，谓是心血枯尽，非药力所及，若不亟加保护，将来恐有膏肓不测之虑。因大怖畏，持硬面戒，后此一切应酧（同“酬”）笔墨，以及文字著作之缘，尽行戕断，惟晨夕小楼伏处俟命而已。盖我所以应人之求者，原恃此身。今心病成，身将不吾有矣，若又横加戕斲，以性命狥情面，知者不为，贤者亦不忍也。

且天下伤身之具，酒色而外，莫如文字。愁令精竭，思令神竭，长吉之死呕心，视长卿之死消渴，更早更速。弟生平心血呕已尽矣，则凡以文字督我者，皆酖毒我者也。幸陆奕为诸同人徧喻之，后此勿更以文字酖我，则真知我、怜我者也。

◇文人垂老，多有此病。

又

昔人以西子泛五湖，姚平仲入青城山，为千古英雄、丽人第一结局。以其韬遁最早，不留末后一段示人也。弟谓此亦各有时数，不必尽同。譬之燕饮，终无不罢散者。幸而宾主款洽，揖让以退，善矣；不幸而主人倦酒，或有猖狂骂座之客，中席而起，则抽身以退，亦其固然，奚为不可？必澳涊踽踖，与非我俦类之人，狼藉终事，以为善于结局，谬矣！且虽坐无欢，见容之苦，未必不甚于见逐也。陆奕今日事，正类此。白头老妇，色衰神瘁，尚复脂粉膏沐，与少年行争妍竞态，听轻薄子之品题目笑，亦复何味？此其宜为逃席之客久矣。自不能割弃，幸有人焉，引而出之，断羁截勒，以游于超逸放旷，此真爱我者也，又奚怏焉！

班婕妤罹飞燕之谤，求供养太后于长信宫，遂终奉陵园以老；韩蕲王既罢枢柄，跨驴携酒，从一二奚童，纵遊西湖，绝口不谈兵事。此两人者，于初终炎寂之变，可谓淡然自适者矣。然后之称女德者，未尝不推婕妤之贤；考古名将之令终者，即莫不尚蕲王之达。两人之结局如此，又岂出五湖、青城山下也？

夫陆奕之困诸生三四十年，亦已久矣。其所以束缚其身心，屈折其颈项腰膝者，不啻绦笼网罟之牢络拘制。幸而去之，犹鸟之翀汉、鱼之入渊也，可贺孰甚焉？今日为陆奕解：为西子、平仲不成，为班婕妤、韩蕲王可矣。若复留连系恋，以弃置之身，重希礼遇，无论今日事势，非徒口之所能济。即令事有可为，是长信退老之人，而乞怜于赵家姊妹；为蕲王者不之西湖，而走秦长脚之门也。故弟窃以为不可。

◇于才情纵宕中，独有一种逸气游行，无艰难迫促之状。

◇读此悚然。

寄李太虚先辈

往先生有命，以作传之役见属，非敢忘之。以枯索之胸，梦砚日久，又苦贫俗交驱，不得不以青鸟小技，博饭于外，犇走疲茶，此事都废。昔顾凯（恺）之画，必天日清霁，凉炎交适，乃登层楼之上，闭户去梯而染毫焉；非其时也，未尝轻着一笔。画小艺耳，其衿重不苟，尚复如此；况文章千古事，先生之传，又一代最有关系之作，可于尘浊喧沓之际，草率就之乎？其逡巡愈久而笔愈不得下者，亦矜重之情然也。

载观古之善为文者，其称引诵述，皆不务为溢誉，而必以其人之生平相度，虽轻重详略之各有其法，要使传者无讥，而受之者不怍。故言出而信服于世，譬写生者，色之黔皙，肤之丰癯，躯干、髯发之短长多少，一以其人之质还之，而神情韵度，始可进而求也。郭令公命周昉写其婿赵侍郎从之貌，以示其女，便呼赵郎；荀勖潜图钟太傅像于新宅之门，二钟见之，即感恸废宅。无他，其状貌逼真，虽欲不喜而哗笑、悲而凄咽，不可得也。

今之为文者，铺张涂缀，不度其宜称之何如，而惟夸是务。言诗则王孟避席，论文则韩欧比肩，征品业则姚宋范韩之不足言，语学行则曾闵周程之无以过。如写生之家，眉目肤体，略无肖似，惟作一魁伟之躯、妍好之面而已，虽其子弟至亲，尚茫然不自辨识，况可出示他人而传之于后耶？故近世之文之不古若，以其好誉而格卑也。而使不出于是，又无以餍其人之求，甚或以此得过，故作者苦焉。

若先生者，固深于古文词，而具千古之识者，世俗浮谀之言，知不以此相督。故昨所拟稿，不敢枝蔓其辞，而微参以史断之例，所不知者阙之，盖将以求先生之真，而期为可述也。且人之所以传，原不必多，得一二大端之卓然者，而其人已不朽矣。寇莱公为宋名士，惟是澶渊画策一事；而天书附会、烛泪成堆之类，前史亦并记之，以其不必讳也。先生之生平，高出于俗甚多，而今日所痛惜、后世所感叹而不能已者，乃在南迁一议，故特为详列焉，所谓“从其大”，而馀可以不琐琐也。

惟是处境甚恶，日在尘浊喧沓中，求如凯（恺）之之层楼、暇日，经营极致，固不可得；而手笔庸下，则其才分有所限矣。呈向先生，其堪受大匠之绳削否也？

◇就一喻言，便作几层折，以尽其意。

◇画理史法，于此具见精能。

◇正意如此，前之一大篇，盘旋此意耳。

答静菴（己酉）

弟十年前过吴门，持刺访一二故知，阍人辄报曰："江北去矣。"问何时归，曰："两三月。"弟笑曰："告尔主人勿忧，便在江南，我亦不暇寻；便十数日，我亦不能耐久候也。"自是所至不复投一刺，有以看山枉顾者则报之，召则赴之而已。盖此时显者之家，门首各有一江北去之老阍人，持一副硬面皮，向四方宾朋相抵塞。就令阍人冒罪入之，而穷冬花果园中，安得更有桃李枣栗之零馀未咽者，以待他人之乞索乎？则往将益困，不如存我怀中之刺善也。

所命两俱无着：近者久已不通剥啄，远者闻迩亦厌客，授意阍人，盖有先我而困者矣。弟不敢以己所不欲者施人，自谢责而反以一纸套书，为远道之襆被累也。至论今日长策，非沿门一钵，则必于陵仲子、严君平、韩伯休、东湖、苏云卿数子之间，择一术焉。虽艰苦而犹不至失己失人，且可以得食而不困焉。惟道兄自酌。

◇写得有趣。

◇道尽近态，知此可慝奔走之劳。

彭士望

躬菴，江西南昌人，家宁都。

示儿婿

少年须常有一片春暖之意，如植物从地茁出，天气浑含，只滋根土，美闷春融，绝无雕饰，自会发生盛大。今之少年，往往情不足而智有馀，发泄多歧，本地单薄，专力为己，饰意待人，展转效摹；人各自为，过失莫知，患难莫救，殖落岁逝，竟成孤立。千年之木，华尽一朝，良可惜也。

〇少年不可不知。

其　二

今之少年，私相讲习，成一学术，或稺而儿嬉，或老而世法，或好名而争忌，或角慧而夸奇，或狎亵而成顽比，或怨谤而致寇仇。凡此数端，俱足以消磨岁月，剥削元气，所营在分寸之间，其失有千里之谬。长而能悔，去日已多；骋辔求归，为途已远。坐是灭没，十八九也。何如出门之初，即持履错之敬，人必求其胜己，言不畏乎逆心，恒自反其才之所不及，而无讳其力之所不能；以谦为基，以厚为城，宽为之居，坦为之行；无以爱憎败其德，无以智诈汩其灵，惟勉勉以求益，非汲汲于知名，夫是谓之造小子而成大人。

〇真苦口良药。

其　三

少年所兼擅者，时日、精神，物力、境地。父母俱存，衣食粗给，血气充足，年力优富，人生快事，孰逾于此？而攻取之者，百端并出：有初开之嗜慾，有乍尝之势利，有杂至之人情，有尖出之童慧；加之有欲速成之父兄，语之以间杂，使之以碎细，训之以诡滑，坚之以强狠，以此为持家之秘奥，而误用其聪明；有不端方之师长，芬华以诱悦，意指以逢迎，耳目以室梏，才具以陷溺，以此为入世之纩衡，而杀人于诵习。奕世相传，群盲互引，浸润沦胥，莫可殚极。又其甚者，生长世禄，践历仕宦，见闻益阔，机智益深；交游益多，摧陷益横。罟穽密于笑谈，戈矛铦于拱揖；口语则冬雪夏零，形容则乌雏鹄白，诪张为幻，阻深若渊。势日益崇，身日益贱，国破家从，君亡名戮，载籍所记，比比然也。此皆先入之为主，既已差于毫厘；及后事之备尝，仍窃取其故智。士习不更，气运不变，童蒙不朴，师讼不衰，厝火积薪，恬卧其上；煮鸩淬剑，甘食其中，靡哲不愚，可哀也已！

○此辈满眼皆是。

其 四

少年胸中，最宜分别涂向。有千古之涂向，有目前之涂向，有不终日之涂向，而其中甘苦难易、成败美恶之分殊焉。骤语之以千古，既寥阔而不可信，而至之者非一蹴之功，其事劳苦，其境寂寞，其味苦淡，其名沉晦。此非有上智之根，百折不回之力，不世出之人师，不挠惑之父母，置之庄岳，屏绝众咻，沉酣于古今之圣豪，鉴阅于常变之理事，示成败如别色，稔得失如过筹，冬可不炉，夏可不扇，水则资车，陆则资舟，如是者亦有年，亦既庄庄其能立矣。而后与之出而遊世路之炎蒸，周人情之庞伪，观山川之险易，考风气之劲柔，纷投之而不厌，卒试之而不惊，歆诱之而不乱，撼辱之而不移，如是而其人始可任将相、属大事，退亦足为振古希世之人豪。而其父母师长，亦必为令名之归，俯视世荣，蚊蚋鼓闹，犹粪土也。

而世之人辄好言“目前”，忧衣食，畏刑戮，耻卑贱，惭谤议，大则望科目，小则志诸生，以优于乡而安于室，如是已耳。其子弟志意之欲就乎此者，分涂而趋，亦何足怪？其资秉之迈越者，使之贴耳艺文，眠蹄帖括，习于软靡烂熟之辞，设为酒肆优扬之具，剪削才智，就一诸生。科岁并严，日迁时样，省门之令，铄金沸汤，一字误触，身家靡烂。就使洊跻科甲，待次宰牧，逋赋横征，层累叠出，火烈四扬，驱之入瓮，仰药自系，屡入见闻；囚縶破家，便为轻事。前所为忧贫耻贱，畏祸惭讥，而匍匐赴之。幸得一当者，思避此患也，身日富贵，宜避之者日远，而就之者反近。不惟近之，而更入之，入之而更不得出。向之欲求安于目前者，今反不如负贩舆仆、昏愚不肖之子弟。号为读书，滥厕胶序，挟持釜钟，招摇市里，征逐嬉游，歌呼博塞，蜉蝣朝夕，醉梦死生，其所为不终日之计，犹胜于吾之目前也。此所谓剜肉做疮，饮药发病，求稳胜而适以自戕，皆“目前”之说误之也。惟访之于被罪释归之人，危机交迫之际，而后知吾言之为痛，他不知也。

◇领略大难。

○纵笔所之，俱成不刊之论。

其　五

少年切己之事，无过读书交友。而友不泛交，书不徒读，当求其真益实用之所在。书之经，读十三焉；书之史，读十七焉。史之治，读十三焉；史之乱，读十七焉。而古今之人与事，其见之于书者，言其人之甚肖，不过如灯影取像，就壁而摹颧颐；言其事之极亲，不过如家缘簿录，按籍而稽条件。其神明出语言文字之外，变化在鬼神意象之先，书不可得而悉也。其他之扪籥闻钟，以为日如射覆然，不必读也。道德之友，与之俱焉；经术之友，与之行焉。经术宜古，与为居焉；经术宜今，与为行焉。而才识之体与用，其取之于友者，观其体之所具，挥锄不顾，能铢视问鼎之三分；观其用之所优，屐履得宜，能冲折投鞭之百万。其气量有刚柔动静之分，干济有奇正经权之异，友不可得而概也。其他之画鬼魅、说龙肉以自神，如抟影然，不足交也。而其要尤必反之吾身。吾为水火，而燥湿自就；吾为龙虎，而风云自从；吾鉴空而形无蔽匿，吾表正而景不偏邪；吾爱骏骨而千里之马来，吾式怒蛙而万夫之乘至，则身之不可不立也。此吾为子弟之秀而实其腹、虚其心言之也。

◇此为取友之极则。

曾传灿

青藜，江西宁都人。

与周计百

还山抱痾痔虫馆后者，已阅数月。主人甚瘠，客寄终不肯去。子瞻之言，今犹未验，而又复为宵小所侮、雀鼠见欺。草野之名，横入案牍，意者雷颐虽澹，泽忿难惩，纵疽不发背，而疮自绾肠耳。

◯笔意亦颇效坡公。

答刘石潭

寄居古刹，玉麈清泉，日虽不乏登眺，而松风竹响，时助人哀。过客久稀，老僧高卧，樵苏不爨，负喧而已。远承惠问，感愧如何！

结邻集卷之六

李春芳

子实，石麓，江南兴化人。《文定公集》。

示诸子

汝父叨居高位，日尸素是愧，而况敢私及儿曹？恩贡一途，宜留待寒士。汝辈虽不得一第，犹可博一荫，可速来吾处，勿考也。所以不使汝辈与考者，恐当道知为吾子，或以此滥畀，则予之不嘱犹嘱耳。且寒士而泣玉者，可伤也。谆切谆切！

〇此数言，可以惊天地、动鬼神，安得不为大臣子孙极其繁衍、科第极其绵远有本哉?!

示子孙

伭翁已蒙圣恩留用。仕路之险如此，为臣子者不可不自慎也。我连日感此，正有山林之想，顾君恩未报，不欲言退，自今益加慎畏。汝叔侄当体我心，交际不可太泛，出入不可太勤，杜门静守，以全我令名。他日洁白归山，死且瞑目。

〇真挚之气，直欲透过纸背。

李 潜

启美，原名询，字士美，江南兴化人。《叶闻斋稿》。

复陆雨侯第三书

再接手教，欲小儿圆融处世，惇睦亲族。夫“圣于和”者，惟柳下惠能之，鲁男子便不敢学。儿辈庸才，识性未定，专务圆融，将流于邪僻而不自知矣。族人贤愚不等，漫然亲近，恐薰染秽习，又无馀闲读书，二事均未敢以之训子也。又云：“百足之虫不僵，有无翼而飞者欤？”人生立德可以不朽，未闻恃足可以不僵者。蝮伏不飞，则亦已耳；必借翼而飞，一旦失恃，反遭弹射，且见嗤于无翼陆行之兽矣。弟居恒教儿耐冷，禁儿趋炎，今未能遽然相反。极知先生为弟防患之苦心，然穷通有命，祸福任天。近有人语弟云：“某某工媚者，何以皆败？”弟告云：“党类先摧，主盟随蹶矣。”若积不善之人，未有不灾及其身者，无为弟过切焚堂之虑也。

◇又为今日处世之箴规。

答生心上人书

诸方释子颇多，潜独驰神几席者何居？亦重师严守毗尼、博通经论耳。二者曷言乎可重也？曰异时修定修慧，作圣之基也。今惟闻大兴土木，又手书达予，一言之，再三言之，以为予有同好乎？不知愚见窃与师异：师伤寺圮年久，曰本自现成；师慕桥楼整饰，曰陆地起风波；师算檀施数有二千，曰半文钱不值；师谓施者分厘升合，必安顿于千稳百当处，曰谢你费心；师谓人生难得大好事，曰好事不如无；师谓不朽功德，曰不过报在人天，如幻速朽；师谓督率心苦，曰自取之也；师谓欠六百馀金之债，曰向债主道：贫衲待他生割肉舍身；师计将来之缘，曰莫动妄想；师谓居士不可不一相扶持，曰休要拖累平人。师心服否？大众闻言俱心服否？服则不须向外驰求，端居寺中，便获安乐；不服则李子孤峰独立，冷眼遥观，大众与师持疏沿门，虽到赵州八十，恐犹未能驻足也。

◯一味抛下，未知便是禅真否？然以针砭俗师，真可当痛下棒喝。每见大和尚举动亦复如此，岂彼法与世法同乎？抑别有说乎？

李 清

映碧，心水，江南兴化人。《澹宁斋集》。

示子孙

岁丙午，予谒先文定祠，因忆《宋史》中有巧合三事，此王凤洲盛事述耶，抑奇事述耶？亦盛亦奇，乌可无述？

宋李迪繇状元为宰相，谥文定，寿踰七十，盛矣。先文定如之，姓氏同，科名同，宰相同，谥同、寿亦同，此一奇也。宋王溥以宰相致政，父母俱存，盛矣。先文定如之，故归田敕云："繇状元为执政，冯京不愧首科名；以宰相而养亲，王溥见荣于当世。"夫从状元登执政非难，独执政后复致政，正儿孙济济，不能识时，而犹父母俱存为难，此二奇也。宋庆历癸未科入相者六，为吕公著、王安石、王珪、韩稹、韩绛、苏颂，盛矣。先文定主试隆庆戊辰科，入相者如之，则沈一贯、朱赓、张位、赵志皋、王家屏、陈于陛、于慎行也。如之乎？曰："过之，彼六而此七。"此外八座十五人，卿贰三十八人，开府二十人，方伯十九人，馀衣绯悬金者，通计百五十馀人；以节义、文章、事功著，又不在此类。盖自隋立制科后，其芬华鲜俪，而况宋庆历，此三奇也。亦盛亦奇，二美俱兼，乃笑凤洲分述盛、奇，犹只美而非双美也。虽然，吾又因家荣而思国庆矣。

◯记为谈佐，直堪使四座动容。

◯得人之盛如此，正所谓“大臣以人事君”。

与周仲驭

读《请谥逊国臣疏》，则微显阐幽，金石并永；读所撰《逊国记》，则铁骨丹心，日星重揭。然言者有心，行者无力，有说焉。盖缘当今读书辈，自做秀才之臭腐时文，与居官之断烂朝报外，俱付诸羲黄前事，梦梦不可复识。故骤与之言，如对盲人，举手东西，不知凝眸；若反覆论辨，务求必胜，则又如鸟语之呢喃，闽话之诘曲，益纠缠不可解会。厌则凭几欲寐，妒则欲摽而出诸大门外矣。甚举稗官野乘，未付秦火之齐东，而奉若蓍蔡，锢闭忠良，因其腹枵，遂成耳食，可叹也！年翁拟作《逊国史》，读书种子，赖以不绝哉?!

◇装点语，俱雅极。

与朱全古

生自寒荆亡后，始躬理家政，彷彿赴童子试时。夫童子所苦者，作文难耳。然举塾师之腐训，时文之滥套，演读数过，如描摹影本者，依样画去，尚可成字。若生悠悠忽忽，从不问家人生产，而忽欲筹斛较瓶，规裳度屦，对婢仆作絮语，懵耳愦耳。此与“之无”二字，手指未能，硬捉案头，刻烛催句，竟搔耳摩腹，喀喀不能吐一语者，情状何异？罪不至此。

◇善于摹写。

与张西河

往读章格菴疏，谓“天下人才，半污贼庭，存者当硕果珍耳”，固也。然珍彦于朝，尤宜搜逸于野。鸲鹆能言，人爱其慧，然未作笼中教鸟，而不知挟能言之舌，以无由矜慧者凡几；蟋蟀能斗，人爱其健，然未作握中豢虫，而不知挟能斗之距，以无由矜健者又几。人才跧伏草茅，而鸣跃无期类此。但惘惘妍媸，惟声是和，是孟尝出关之群鸡也。想当以“情面贿赂”四字，药铨曹二竖耳。

○辞旨俱妙，令人爱煞。

又

昔欧阳原功修宋、辽、金三《史》，以为一时三大制作，皆出其手。乃今日亦有当修三：一日记故事，一千家诗，一杂字。或曰：此皆兔园册备抄耳，何言修？不知世间之书，必至田父、山民、村姑，皆能家絃而户诵之，方为必不可少之书。而今之不解读是者几？恐尘封三《史》，实难与争胜，奈何置为成书，而谓一字之增损，皆所不能？若汰芜益奇，以新书镂行，使世间无不读书咏诗，又无不识字之民，快孰甚！以视元人抑郁牢骚，无所见才，而托之词曲小说以炫目者，何如何如？

◇不可不存此论。

与庄雷臣

客鸿至，两接尊教，俱以假馆祝。敝邑近苦饥凋，市鲜醉瑞，有酒食先生馔，半恶草耳。忽闻方伯之子，宗伯之婿，欲屈首授徒，则诧为异闻。谓非瑶池之沥，不足染指；阆苑之果，不足充肠，如爰居闻钟鼓惊走。况某村居日久，与俗客颇疎，当其兴盛，咳唾皆钦，书绅未已，恨不刻心；一朝羸寂，人情万状。丞相之长史已去，而欲无附之张君嗣为介绍而进之，是失委也。虽香吐鸡舌，若飘风逝耳。幸垂宥不一。

◇善戏谑兮！

◇极寻常事，极寻常语，落映碧手，便有味外之味。

与沈苍屿

弟谓天之福善人以有后，苦鄙人亦以有后。夫鄙人者，虽富拥千头，而一毛犹靳。若令《渭城曲》日唱于高卧，则上帝尤忌其清闲，而日思拂乱之，此所以人而螽斯也。夫“则百斯男”，乃皇家之独庆，而公卿士庶人之大苦。贸宅未已，又为市田；市田未已，又为娶妻；娶妻未已，又为蓄奴婢。是名“而翁”，其实乃仆。以一仆供数十主役，劳乎、逸乎？尤可笑者，老而多情，又诞一无影之儿，易箦犹惓，盖棺乃辍。故曰“大苦”也。想启函时，亦当破颜耳。

○一人向受恩者言：“来生当为尔父。非为父，不能曲折报恩也。”恶谑大足悟人。

○贪赏其字句之新妍，几忘其旨趣之危苦。

又

吾辈数载分手，一朝促膝，犹恨身非形影，有动辄离耳。河干握别，几欲零儿女柔丝，不得已，以男儿戟须扫之。然归舟后，犹作移时恶。彼昔人所云“黯然消魂，惟别而已”，犹后之也。若良朋相对，方笑语声哗，而每一念别，则咫尺阶前，已情惨阳关。乃知别意在别境之先者，尤为黯然也。翻恨文通《别赋》，犹未寻味及此耳。

○补文通所未及，直可另作一赋。

与归悬恭

近接某绅札，荐某友相访，见其为严亲乞言，累牍不休。弟谓真孝子也，遂晓夜缕思，赠以序言。不意分袂后，又欲乞孔兄少许，乃䩕然笑。昔人谓索文之使，毒于催租，今又识赠文之费，奢于嫁女。虽然，毕竟所嫁者丑女耳。若好文如好女，行见白璧黄金，络绎君家，其又何费焉？

◯今人类借文章、行谊为乞食之资。然犹知借文章、行谊者，圣人之教也。

与毛子晋

阅汲古阁储书，洞心骇目。昔夜郎王僻处井底，终身不见汉大，故诧雄自如。若与高丽启民稽首隋帐，傍千官而觌百戏，其不从骇羡之馀，旋化懊丧者几希。弟今日者，无乃幸而不为夜郎，又不幸而为夜郎乎？

小记、小序各一，聊识藏书盛事，皆芜辞也。若酒瓿足覆，恐君家所储，尽皆醍醐，翻以近旨为福过，不若裂而焚之，转深知多之感于此日耳。

◇设喻无所不有，止是学富。

与丘近夫

弟偶读《西京杂记》，至明妃出关事，辄叹。然彼盲目人主，尚解诛毛延寿，犹是怜色心苦耳。它年墓草内向，无乃感此一念耶？若以卞子相石两工，当延寿前身，睉乎、妒乎？谁诛者？此抱璞之士，所以欷歔于怜绝也，苟偕延寿诛犹幸。夫至偕延寿诛犹幸，而士之不幸更何如?!

又

承示大刻，以六朝骈丽，寓八大家典则，二美合矣，岂非君研精斯道者深乎？若帖括、簿书，古文之忌器也。而某往以一身兼之，故入斯道不深。且又斜趋于《虞初》《文致》等书，以身为逐艳。元美慨想于韩、欧，义仍企叹于曾、王，皆以残年同尽，欲追末由，此某所以无其才而有其感也。若君则否，既以少俊鼚气，蝉蜕于帖括簿书外，以耑力古文辞，况指鹄惟端，有中必洞，遥睇竿头，所进靡底。善乎郦道元之论山也："既造其峰，谓已踰崧岱，复瞻前岭，又倍过之。"可见山境与文境，俱以百折千绕无顿足为佳；若顿则不佳矣。行拜新篇，以券鄙言耳。

○可见唐宋大家之学，后人无可訾议。

与宗子发

数日内贵恙想已霍然。但淫雨积时，未知君家十亩，亦居然无恙否？拙刻三首，已浼陆悬圃斧削，望更为削之。此非貌言也。盖人第知落纸淋漓，顷刻数百言为至乐，而不知纵笔薙剪，顷刻数十行，亦为至乐。自知犹尔，而况旁观？昔元复初有作，虞伯生为削百二十字，而复初亦以精当叫快。此文人乐境也。鄙意犹是，想能赐正耳。

◇祖龙一炬，更是大痛！

◇快事！

与兰之氛

昔梁武帝与魏使临放生池，问使曰："彼国亦放生不？"对曰："不取亦不放。"是即达摩"无功德"之微讽，而惜乎出使臣口、入人主耳，皆能言、能闻，而独不能参也。弟昨晚挑灯夜读，见一蛾绕烛飞，则驱之；驱之将生之，非怜其眉。已晨起，复见一蜂集于壁，则扑之；扑之将死之，如憎其尾。因思蛾自飞、蜂自集，于吾有何怜憎，而生之死之，颠翻乃尔？忽忆使言，恍惚有得。彼"不取亦不放"，而此"有驱斯有扑"故也。夫人终日践地，不知践死几蚁，然不云"吾杀"，无心故耳。可见观生傥于有意，不若观生趣于无心之为得。无心则杀蚁亦生，而有意则生蚁亦未为生；生动而杀旋伏矣，此蜂之几死于扑也。

○是儒、是释，止是天地间妙理。

与艾山弟

承示吴鹿友诗序，为击节不已。方今白面书生，幸竽〔纡〕朱紫，遂不识丹黄为何事。读弟所言，洵若辈药石也，当不使伏腊侍郎，于今接武耳。至“援引李杜以印今贤，如风行水上，一拂即过，而不必以两两比勘，极吾所言为佳”，旨哉言乎？昔宋云使外国，入山窟十五步，见佛影，然当遥视则众相炳然，近视便瞑然不见；已渐渐却行，复见容颜挺特，乃悟影之妙，妙于形也。故吾谓游名山以前瞻，睇美人以半遮，而读佳文以不尽，皆当作观影解耳。弟然吾言否？

又

昨以拙作请政，蒙赐窜削，如遇指南矣。昔丁敬礼有言：“文之佳恶，吾自得之，后世谁［相］知定吾文者［耶］?”虚哉怀也，又失哉言。若使敬礼当日明举定吾文之曹子建，近语同志使知，远告后世使知，相与竞丐呵摘，去其恶而底于佳，甚善；乃云“谁知耶”，虽曰从人，未免护己。此愚所以不敢为弟隐功也。吾文有媸，赖弟以不见，妪乎、儿乎？无唾亦无掷，想当刮目相看耳。

○每见真才人、真名士，定有此等不护短之论。然必心有所勇服，非一概虚心也。

示诸儿

近书与平子兄，以《澹宁集》请教，谓取义于汰，此非无说也。即如有宋文士，当推东坡、山谷最，然究竟吮毫时岂能尽佳？故精于选而芜于集，皆穷搜者过耳。乃知长吉表兄投厕疑爱，其何云憎焉？若儿辈解此，但举我生平篇牍，或散落亲交处，未经手订者，获即焚。岭南一炬，珠宫皆灰，荡靡犹可，而况荡芜？若爱其羽毛而益之赘瘤，愿儿辈弗以憎为爱也。

◇不但能匿其丑，更令人想投厕之编如龙宫珠贝。

与元子玉

近阅坡公小集，每为莞尔曰："戏言哉！"而追其没也，则梁师成以一阉竖，辄称公出子，又呼公"先臣"。不意身后有此绝倒，无乃公生前之弄笔所召乎？乃一时文禁，卒藉以解。子长之《史记》以甥传，而公之文以出子传，然后知伊文始终"於戏"，而不难以出子分甥之功也。虽然，彼有置父书弗读，而以覆家瓿者，若乃出子耳，一叹！

◇真坡公嫡血儿！此不能得之于过辈者，而得之出子。天下事，岂可尽料哉！

又

承示所咏明妃诗，甚佳。然一时之丹青，以丑图丑，图固失实，而千秋之歌弔皆佳言。佳言亦溢真，且君奚取前人歌弔之馀而为之媵句也？弟偶读《前汉书》，见昭帝时以宫女赐鄯善新王，祖横门外，盖已先明妃行，而容仪不著，姓氏俱没，谁怜焉？无延寿可恨，遂无恨延寿以怜宫人者。故弟谓延寿犹明妃功臣，而不以及君。若举歌弔不及之宫人，而形之吟哦，使千载冷骨，一朝芬颊，君其功首乎？弟亦与分焉。乞嗣示不一。

◇千古如此类者甚多，不能无叹。

与徐述之

弟偶阅二书，为哑然笑，谓昔之盗璧、盗城仅虚言，而今之盗书乃实事。噫！若罪岂止笞。其一为钱岱《晋书纂》，本从陈臣忠《晋书诠要》中出，而今遂掩《诠要》为《纂》；其一为陈其愫《经济文辑》，本从张文炎《经济文抄》中出，而今遂掩《文抄》为《文辑》，亦云盗矣。若二子者，果潜心二书，汰芜增华，或仍其名，或书其实，则精神所湛露，虽曰附见，原自孤行。且安知不后来者居上，如孔子删《诗》订《礼》，而传删传订，独不传作，几令作者掩长是也。自掩乎？抑故为之掩乎？愿二君味此。

○盗书之罪，大于盗璧、盗城。盗璧、盗城，不过止于一贪；而盗书则断人慧命，其忍极矣！忍之罪，大于贪。

与木宿上人

承教谓果报云云，不爽锱铢。然愚窃有疑。一谓世间畜生道，皆系宿业。但自劫灰已过，重开混沌后，想慈悲如佛，亦应普降金鸡。彼鸟兽蠕动，与人并见者，胎业何所？犹帝王赦佛不赦否？一谓近世名公钜卿，皆老僧再世。但佛法未入中华时，彼麒麟、云台诸雄彦，又种缘何所？亦是前身炼行僧，一念偶错，自西方远堕，来享人间巨福否？愚意未明，乞以示我。

○在佛亦自有说，而文字特妙。

与顾修远

弟居恒自念，谓世人秘书之罪，高于焚书。诚见此书一秘，或剥于鼠，或残于蠹鱼，或飘零于儿婢之风轮线帖，不传则绝矣。因叹《抱朴子》数卷，犹流传至今者，当不以伯喈帐中之秘为功，而以从伯喈帐中抱去数卷者之为功也。惟弟与年翁，皆欲为其抱者，故有书必借，有借必抄，有抄必还。息壤在彼，当永坚斯约，遍传诸同志；慎勿效颦伯喈之言，曰：

“惟我与尔共之，弗广也。”

○为借书者开一方便。我辈不积书人，赖此文之功不小。

与陆悬圃

承教谓某友人诋钱牧斋所作某行状，用“老公”二字。此非独“吴老公，薄心肠”一语也。夫王轨曾捋周武帝须矣，谓“可爱好老公”，有本者如是。譬如江海浩大，虽恶草枯胔，皆入洪流而不沾。沾则垢腻，而不沾则蜕化。夫此牧斋不作某墓铭乎？“阿婆虽老大，犹堪压倒三五少年”，亦本诸唐也。是故不善用之，则好女殊堉自妍，然学妍亦丑；而善用之，则阿婆老公似俗，然入俗亦雅。何也？其学、其才高且博则然，不高不博，宁弗用。故以规后人之效颦，则真颦；而以讥此牧斋之作俑，则非俑也。君以为何如？

○少所见，多所怪。有映碧之博闻，方许折衷文字。

与陈子韶

承示《越王进西子论》，甚佳。然君第知勾践能用其妍，不知实用其愚。否则吴太子可生，吴国可有，其不尽吐勾践阴谋，党胥攻嚭，思固吴室于金城者几希。虽然，有太子友在，彼何觊焉？夫以褒姒长舌，佐骊姬狡心，则置友于宜臼、申生，亦其揣摩所必及耳。乃知西子佐越灭吴，实痴人而非俊物也。不然者，越王何能沉西子于江？然则沉其可乎？曰：否否。彼范少伯之去长颈乌啄主，而为陶朱公老，无乃鉴于沉江一举，而谓佳人之鸟尽弓藏在是耶？叹叹！

○议论深曲，揣出情理，有虚虚实实之妙。

与徐述之

承教谓“天道福善祸淫，何以间爽”，曰：有故。桀、纣有时叫屈，则问高洋、刘晟何以令终；元载、崔裔（胤）有时叫屈，则问李林甫、秦桧何以令终；王甫（黼）、鱼朝恩有时叫屈，则问曹节、仇士良何以令终。虽然，渠何屈？盖世间有快必有郁，若叹愤可废，则尽人尽事皆歌舞，而歌舞亦久而成厌。故天亦间与漏网，存叹愤一线。此贤君而绵祚，与良臣而延龄，所以独昭歌舞于尤快也，否则索然矣。无乃天道不测，而妙正在斯乎？敬复不一。

◇附会老天，觉有道理，正天之所以为大也。

陆廷抡

悬圃，江南兴化人。

与宗子发

文章家予不甚嗜者，北则济南氏，南则晋江氏，盖一以其僻，一以其衍也。二公才不同，而学亦异。济南所法西京以上，晋江则宋之南丰氏而止耳。方予不嗜晋江文旹，亦甚不嗜南丰。近则知嗜南丰矣，因复知嗜晋江文而抄之，而惜乎其嗜之不早也；然其不嗜济南文也犹如故。非不刻意求之，虚心玩之，而其终不知嗜也犹如故，岂济南所法者深，其造亦深，而非如晋江之易测耶？然济南所学，自《檀弓》《左氏》《离骚》《庄子》，以及子长、贾谊、孟坚之书，予见之，颇皆知嗜，不似读济南文者何也？源之颇悉，而曾委之不知乎？是殆不可解也。

足下好古士也，其初不嗜济南、晋江也，皆与予同。近则置晋江不道，而颇津津济南氏之文。夫济南者，予初不甚嗜，而今犹不嗜者也；晋江氏者，予初不甚嗜，而今已知嗜者也。足下初与予同，而今皆反之，是又不可解也。孰得孰失，足下定之。

◇顿挫大有古致。

○震川先生目济南文曰“不通”，吁！尽之矣。

顾九锡

思澹，江南江都人。

与何御六

尝读欧阳子序梅圣俞诗曰：“诗愈穷则愈工。”此不可以不辨。盖穷于穷者，必不能工诗；而不穷于穷者，诗乃工也。夫穷于穷者，其气已穷，而欲其不穷于辞也难矣。惟不穷于穷者，既不得而穷其气，斯不得而穷其辞。如吾御六，夙推风雅，翩翩佳公子也。当流离播迁之后，大非昔年，而意气磊落，常有吐弃一切之思。故其于诗，自尔潇洒出尘，有飘飘凌云、冉冉欲仙之意。然则御六殆不穷于穷者欤？

○诚为至论。

梁于涘

饮光，江南江都人。

与李小有

回首都门，总成梦幻。大抵人生只论命，不论文，纵使文章有价，亦是偶然凑鬼神之趣，其实冥冥中梦梦也。多积德，少读书，莫离时文，淡情得失，造物或者怜而收之。

○如此说来，连人事亦在天命中矣。

黄　经

济叔，江南如皋人。

与某大令

吾兄寄斯世斯民之命者非一日，岂复厌有司之繁俗，而轻视匹夫妇之家事者哉？匹夫妇米盐琐亵中，有天理、人情、国法在，况其大者？愿吾兄勉之。

陈　毕

天耳，陶菴，江南扬州籍，河南孟津人。一名滜。《留耕堂集》。

与王山长

古人以诗书养气节，今人以诗书为文章。古初谟诰，无多语言，而人品自立。晚周以降，语言日繁，而人品反无以自见，遂以为气节之不尽出于诗书也。然天下焉有真能得诗书之理，而气节不浩然卓然，与古人颉颃者哉？观足下此卷，其欲置之于丘壑者，将谓婴、杵之志已酬，犹当奉其身以退，为天下所不可少之人乎？吾诵其言而窥其意，知足下以得力于诗书者，大异乎今之人也。

〇天耳以《留耕集》寄我，近在白门，不得见其近刻，亦缺陷事。

宗元鼎

定九，梅岑，江南江都籍，兴化人。

与汪舟次

理不谬摇其枝，字不妄舒其藻，舟次此文至矣。仆虽雕琢一二字，昔人所谓“犹是玉之本体”也，幸勿讶。

○梅岑尺牍最多，见寄迟，故不能备载。

止所知娶某姬

此食针一斗之祸母也，过里烧里，过市烧市，已见于前车矣，人谨避之，君汲汲图之，危哉！

○此物大足畏。

陈台孙

阶六，江南山阳人。

与减斋

丝泪毁金骨，吾惧见此君泪之丝丝也。

○丝丝之泪，毒如雨倾者。

与林铁崖

此君殆鸟之曲颈铓距者，兽之方啄钩爪者，鱼之哆唇锯齿者，非惟彼族中畏，吾亦畏。

吴嘉纪

宾贤，野人，江南泰州人。

与汪舟次

此子喜其胸中无一字，尚可教，所谓“净洁白氎，易为受色”也。

○蚩蚩者正悔其胸中多字。

张　琿

韫仲，拙存，江南宝应人。

与阎百诗

每念吾辈壮盛，智慧渐去，若古所云年少奇才，必近其人，资其颖发，是还元秘术也。今得百诗，吾知幸矣。

汪　玠

长玉，江南江都人。

与陶菴先生

佛未尝不以嗔恚化毒龙，愿公刚以制之。

○正自难。

李 清

再见。

与夫山和尚

近接某友札，谓仆矻矻把卷，无乃太劳。及往过某家，非握筹则较斛，殊昼无宁晷，已闻插竹洒盐拂衾裯待者，复暮相竞也。嗟乎！彼之矻矻，又一劳耶？

昔某木匠误勾阴府，阎罗命原勾人送回。原勾索赂不肯行，匠无物可与，念故人沈万三生前最富，向彼贷之，万三叹曰："汝木匠也，向送我入棺，曾见我能携一物来否？"又某宦姬侍甚多，忽阎罗遣勾者至，诸姬环绕无隙，不得入。勾者惧罪，向诸姬求之，诸姬曰："汝去，我自送来。"若齐宣早闻此，彼货、色二念，其索然冰消久矣。未知今人闻此，消乎、长乎？请追味二事。

◇此与自求押倒之言，俱可当清夜钟，莫作妙谑看过。

吴 绮

薗次，江南江都籍，休宁人。

复宗定九

得良书，咏新词，怀抱为之一慰。"书笔共画眉忙"，此语真艳绝千古。

黄 澍

仲霖，次公，劬菴，浙江钱塘籍，江南休宁人。

与周栎园

弟以癸未夏，别章侯于燕，明年从金道隐邮筒，得章侯札子，并书画篁子，意存谆戒，惟此老自无雷同语耳。己丑过虎林，从南生鲁署，见章侯为作写生图数十种，雄奇凸凹，谓募人而断其腕。吾党当为老迟惜此腕，不令复作；若令复作者，恐遭龙雷鬼物收摄。兹先生又以四册相示，弟见章侯画乃益夥，如见章侯蓬首赤体，右手持酒杯，左手抓头足之垢，撅口张目，谈天下古今事。此而不遭龙雷鬼物收摄也者，当有神气元命护持之。弟薄命人，章侯一点一画，俱历兵火，不复仅存，异日不向生鲁乞图，即向先生乞册耳。

陈无竞

鸿烈，榕菴，江南江都人。

示 人

取人之直，恕其戆；取人之朴，恕其愚；取人之介，恕其隘；取人之敏，恕其疏；取人之辩，恕其肆；取人之信，恕其拘。所谓人有所长，必有所短也。可因短以见长，不可忌长以摘短。

〇见人一无所取者，直是不恕耳。

范 涞

原易，晞阳，江南休宁人。《咙言》。

示 人

前辈常教人静坐，姑浅言之。人身静时少，闹时多。试看每日早起，触目即视，触耳即听；心无所触，亦思索终日；应酬扰攘，未有停刻。及就寝，又梦或数十年之前，千百年之外，无不遍历。夫以七尺之躯，方寸之灵，如昼夜多闹何？寿由此促，过由此增，何有于学耶？故教人静坐，乃收心之法、向学之渐也。

○晞阳先生《咙言》，皆实实足以提撕人心者，绝不作道学面孔，所以足传。

又

人心不可忙惯了。如平时起居饮食，本无甚事，亦若有忙冗者以夺之，只是忙惯不自觉。

○忙人一贴清凉散。

又

忆前辈有云："如今世间，无有怕人的人。"此言殊可猛省。《五子之歌》"民可近，不可下"，孔子答子张从政"无众寡，无小大，无敢慢"，此犹以在上者言之。观前辈此语，则知君子于平居应接，无一敢下、无一敢慢者矣。

又

宋儒有言："自家犹不能快自家意，如何他人却能尽快我意？要在虚心以从善。”余有转语：自家犹不能快自家意，如何快得他人意？要在实心以求自慊。

又

学问、事功、人品，俱以晚景为难。

黄　奂

伭龙，江南歙县人。

与　人

得共把酒，便是别筵，冷月炤（同“照”）杯，行人自黯然也。

〇冷然。

又

嫡妾相乖，古今一辙，但我不当以我身及我之神情，入彼乖局中耳。无论尊谕所称大经济如王丞相、谢太傅，即近代王新建之经文纬武，戚大将军之灭寇歼倭，而终不能调伏其两夫人；然亦不为两夫人累，裔（胤）嗣终无恙。大要以得异居为上策，必欲同室，转见事生。兄但以镇静御之，切勿两头讨好，切勿弄小小伎俩。我之伎俩线索，久已在其掌中。将常时相昵之情，相狎之态，一切抹入东洋大海。只以至诚正气，定其风波，千顷不挠，八风不动，然后使之各居，亦非难事。若以我身杂其唇舌中，如兄所谓“絮沾泥，油入面”，则两家相闹，愈有兴头，岂容有各居之时耶？兄盛德人，阿子天自佑之，然不可无所以安之之术也。

〇伭龙与潘景生同富时名，著述甚富，皆未付梓。此吴東三所抄者。

○王文成五十外，朱夫人死，始置妾，生子未数年，文成即没。故门人于《文成年谱》生子之下，门人注曰："非朱氏死，此子何由生哉?"文成畏妒妇，亦大异事。

释元志

硕揆，江南盐城人，嗣灵隐住扬州上方寺。

复吕子愚

十年不见我子愚，得闻"手札"二字，不啻空谷之足音矣。及于来使前展手索，却成意到句不到，途路消耗，固如是乎？然与其使殷浩空函作世谛流布，又莫如驰书不到之可以定沩仰宗旨也。笑笑。

复韫诸侍者

香象渡河，摆脱铁锁而去，苍蝇则涶（同"唾"）可沾矣。药师庵，公之涶也，亦公之铁锁也。为象为蝇，公其自处，我不能加一言于此喻之外。

○强作解事者，必谓铁锁易脱，涶实难除。

王　岩

筑夫，江南宝应籍，陕西长安人。

答李平子

承谕陈君言夏诗选，吾兄为索仆与伯吁之作。仆自废退以来，声影刊落。古之君子不得志于时，既无由致主经国，功德流天壤；又无由发挥语言文字，润色治平，光辉制作。而徒托肥遯以自藏，则夫汲汲以高蹈自见，亦或可以不必也。即一啸一咏，聊自怡悦于山岚水泽间，亦不欲轻以示人。若一二同心，相与唱酬，则“我负子戴”之言，又无庸遽闻于世。况所作者，既非公孙曲学阿世之词，岂无《小雅》闵时病俗之论？集而传之，则南山之诗、蛰龙之咏，小人皆得以媒孽君子。古人身隐则名不可闻，为是也。《易》不云乎：“不易乎世，不成乎名，……确乎其不可拔，潜龙也。”仆今所自处如是，吾兄以为何如？

承谕与伯吁互作小传，今亦未可。仆与伯吁同心之言，每为流俗所讥，今复为此，适足滋诟厉耳。馀详伯吁书，不更及。

〇词旨宏达，可采入《高士传》。

孙枝蔚

豹人，江南江都籍，陕西三原人。《溉堂集》。

谢家无言

溉堂拙集，过蒙痂嗜，抄成副本，不烦小胥，深感此德，无以云喻。暇日间览子山之文，辄重滕王之序，所云“阳都旧藁，百不一存，江陵三卷，重遭军火”，吁嗟哉！身后之名，不亦危乎？至于李、韩诗文，半为庸俗所乱，则又毒过祖龙、恶胜洪水者也。今此拙吟，既懒手抄，几将乌（鸟?）散。慷慨酸苦之词，复非世所乐闻。而贤仁垂念周至，且复急同捕亡，蔚所未虑及，便已先之。有同刘沔编缀东坡之集，无待李贺补作会稽之歌。笃交如此，实足激扬颓俗，岂止惠爱雕虫？援笔有谢，衔珠无忘。

〇间以俪句，而不伤筋骨，绝似晋人；齐梁便不得拟之。

与汪舟次

弟游况不足道也，但从令兄处，得读近所作《西山纪游诗》六百字，老来气衰力竭之时，甚望而畏之。足下意何不善至此，直欲两《北征》、二《南山》矣？几月不相见，作此惊人伎俩，真不虚却远游也。

吴野人诗格日长，其意便欲多毁却从前诗，弟谓却似不必也。譬如舂米，精粗不同，要之皆是米，粒粒从辛苦中得来，何忍弃之？若是稗子，则断不可存耳。足下以为何如？

○立论宽平，不似今人一味骂人。每见大和尚，开口便说“这不是、那不是”，只是胸中无所据耳。

示儿燕

冬买葛，夏买裘，为学当如是；裘宜冬，葛宜夏，为人当如是。

王道浚

若谷，江南仪真籍，江西丰城人。著有《元机精蕴》《天官辨疑》《读史管见》《学古有获》诸集。

示人

“忠厚”二字，谈何容易？公而不私，又能尽己之心，尽己之力，乃可谓之忠；损己利人，又情文俱备，始终不倦，乃可谓之厚。今世人所谓忠厚者，非软美即懦弱愚闇，胥失之矣。

○今人但将圣贤立论，字面注疏明白，便可翼经，便可希圣。

又

世间但有好胜人，无慷慨人；但有积怨人，无感恩人；但有炫才人，无怜才人；但有邀福人，无积德人；但有为生计人，未有为死计人；但有为近计人，未有为远计人；但有忧妻子人，未有忧父母人。间亦有之，可不谓贤乎？

◯刘邵之志人物，不能如此简尽。

释弘储

继起，江南通州人。《灵岩和尚集》。

复徐昭法居士

苍眉饭僧上岩头，两日阴雨客少，山堂如太古。苍眉语语入道，乃相与语昭法，则语语情至。故我尝言：古今无不情之佛菩萨也。苍眉曰："昭法过月半，文成到山，昭法之文不可得也，山僧何辞？但山僧不自寿，人寿山僧，山僧不受也。昭法知我，秖以我两人交情，成昭法之文，至文也。提着我为法门，为师长，为诸方龙象，不惟夹襍昭法之文，我所不欲也。山僧识廉耻、知痛痒者，倘昭法阿所好，必摘其长而忘其短，不免逢诸方之怒，以累昭法。在今日，无廉耻、不识羞者多。故唐宋佛法盛时，唱道者刹竿相望，诸宗师岂尽皆贤？然有畏忌，不敢妄作，一有不善言，公论屏绝。二三十年来，变易祖法，何尝有一点正知正见？小民不足论，卿大夫亦从风而靡。昭法爱我，自领意于语言之表也。珍重。

◇可想其文之妙，亦可得作寿文法。

◇此当时佛法所以盛矣。

◇此退翁平心之言。

复顾螺舟居士（索题小照）

客吴门如孤云，乃复念故人之客吴门者；乃复以古人之寄托，以遗故人，则真古人之怀也。道影倦笔，不能壮其色。

○有古致。

与宝云潜

人呼我继起，我则喜。“继起”两字，是先师老和尚郑重记我者；且在当日直呼二字者，惟我天童翁，惟我三峰先师。先师乙亥入灭，不闻痛切呼声三十年矣；师翁壬午入灭，又不闻痛切之声二十三年矣！只壬寅腊月夜，梦中又闻两声，至今痛彻肝肠。人呼之，焉不喜？

称“继公”，我则怒。非恶其辞忽，“公”之一字，非我有也。人称我“大和尚”，我则怫然。我生平无大福，无大慧，无大势，无大力，何“大”之有？称我“老和尚”，我则当之。年逾六十，不可谓不老也。且老与病为邻，与死为邻，至于晨香夕灯，涤残除秽，皆老和尚事。彼虽尊称之，我则以为警策。

且如今之为师者，必欲为法子谋祖庭、谋大刹，尽震旦国祖庭、大刹占尽，犹自不足。此痴人愚人昧昧者之所为也。使其子若孙，果是祖师明纲宗、行祖令，虽牛栏神庙，后代不得不祖之。回心自看子若孙，道眼不明，行实有愧，将三涂之不能免也。尸位祖庭，日聚千万盲徒，益增其丑，不必不必！

病榻偶闻此等事，书以寄汝。言虽不文，实是阎老子前一道铁案，以后著述，用其意传之。

◇说尽禅和丑态。

汪 楫

舟次，江南江都籍，休宁人。《悔斋集》。

与竹关大师

今之歌喉，必推吴侬；北曲辨字，必准中州。有人焉举此技而归之西江，未有不揶揄绝倒者。乃《中原音韵》，著自周挺斋，周则高安人也；为之镂板行世者，则永新人也。挺斋自言，此书为青原萧存存而作，盛称存存辨订乐府音律之讹，极为精当。而青原曾元隐，又有“投水屈原才是屈，杀人曾子更何曾”之辨，并为挺斋所推服。

挺斋后序又云“尝游江海，求能正音顾曲者，无如吉之多士”云云，则事实发源于西江，而青原有此韵人，尤不可不入之志中，为山水道场生色。昔陈眉公阅《吉安志》一过，辄大噱掷去曰：“吉安止得两韵人，一总抹却，他可知矣。”谓志中不载作《路史》之罗泌，作《鹤林玉露》之罗大经也。作者阙此，未必非理障所致，适足见其不广大耳。吾师其以愚言为然否？

〇杜于皇云：“西江理学节义之乡，素不会词曲，一会便为汤临川，使作者尽出其下。”并舟次此札，大为西江吐气。

华 衮

龙眉，江南江都人。《春草堂尺牍偶存》。

与孙阿汇先生

史公游遍名山大川，始能著述。以文人笔墨，借山川灵秀之气，激宕而成奇。展先生画册，若游我于黄山三十六峰，泛我于武彝（夷）九曲。二十年游山之兴，于兹一慰。然此特先生拳石勺水耳，至求先生气魄神蕴所聚，则又在东岱西华、南岳嵩恒之间。他日访先生于龙蟠虎踞中，作五岳四渎一巨幅，借以卧游，不越江左，得了向平之愿，觉卢敖杖跡所到，犹仆仆多事耳。

〇气体高华，无论画习气。

结邻集卷之七

赵南星

梦白，侪鹤，直隶高邑人。《忠毅公文集》。

示　人

济天下之大事者，必至公至密。公而不密，则有显祸；密而不公，则有阴谴。

○密而不公，所谓阴贼也，安得无阴谴？

又

《论语》之文，和平冲雅。如楚狂衰凤之歌，庄子所载，乃其全文，而《论语》删之；若“迷阳迷阳”等语，断不可溷入《论语》中，知此则知文体矣。

○圣贤之文，只是明白正大。

又

或曰：闻毁誉而不动心，何如？曰：非也。君子闻毁而省其有过，闻誉而虑其不符。

又

一儒者言：为学须将世间一种热闹世情，痛自割舍，求澈底干净。夫既云热闹，如何割舍？惟见的道理真，性分定，吾身大，视之便如苍蝇逐臭矣。孔子曰“无恶也”，此之谓也。

〇先生议论，类深入一层。

又

无所疑而知者，必非真知；无所苦而乐者，必非真乐。

又

鹤，仙禽也，然乃嗜蛇。诗人称鹤，有言及此者乎？贤者之短，自宜隐之。世人殊不然也。

〇世人称鹤，偏称其嗜蛇。其有不嗜蛇之物，亦硬差排甚嗜蛇者，悲夫！

又

独立于万物之上，乃为有志；能屈于万人之下，乃为有养。

孙廷铨

道相，沚亭，山东益都人。

示　人

考之上世，理学不名，同异不攻，有巢似匠，神农似医，轩辕似博士。此在后世定不列儒流，而古圣人乃仆仆事之，盖理足者不辞馀也。道至老聃而后名，说至庄生、列御寇、孟子然后攻，性学至陆、朱然后穷。何也？其说好尽，故穷也。荀况谈仁义，而李斯得其道以杀人，此在异端犹不可，儒林乃自异哉?!

王崇简

敬哉，顺天宛平人。《冬夜笺记》。

与　人

昔人为亲求作志铭，必于能文而言可传者，初不论官之崇卑也。如韩、欧、曾、王，及明之景濂、震川、遵岩、荆川诸集中，其人以文传者比比。而世人寡识，但藉显贵，不论其言足传与否。或假他人为之，取见任官尊者，以炫赫世俗，不知转瞬而已无闻矣。

〇此为辱其亲矣，顾反以为重耶？

孙承泽

北海，退谷，上林籍，山东益都人。《砚山斋集》。

与　人

高忠宪景逸先生言："我朝学脉，惟文清得其宗。百年前宗文清者多，百年后宗文成者多。宗文成者谓文清病实，而不知文成病虚，毕竟实病易消，虚病难补。今日虚病见矣，吾辈当稽弊而返之于实。"忠宪之见卓矣。

文清有言："圣人作经，皆写其身心之实。"孟子亦曰"仁之实，义之实，智之实，礼乐之实"。盖道理在天地间，无一不实。实有何病？惟不言性善，而言无善无恶；不言知行合一，而偏言致良知；不师大中至正之程朱，而宗师心自用之陆子静。近世学乱于虚也，实始于文成矣。

〇先生之言，往往与忠宪合。

又

文清言："窃怪后人于朱子之书之意，未能遍观尽识，辄逞己见，妄有疵议，剿拾成说，寓以新名，衒新奇而掠著作之功。"此数语，似逆知后有文成而预道破者。

〇讲学断断不可日立一名目。立一名，树一敌矣，此所以讲学之纷纷也。

又

虚病、实病之说，医家有之。虚病者，谓其气血之虚也。实乃邪气所在，实即病，故用下之，非谓气血之实也。气血充实，何得称病？如《大学》所言仁敬慈孝信，实理也；切磋琢磨，实功也；亲贤乐利，实效也。文清所言率是，可为病乎？可言消乎？如以承气汤，加血气充实之人，消其气血，是庸医杀人耳。吴草庐一生孜矻经书，晚年乃悔之，此无病而服承气汤者也。

〇虚实之论，此为切透。

又

道理、文章，原是一事。道理明，则文章在其中矣，如朱子之文集是也：疎豁高朗，条理井如，以其得于极深研几，故又沉着痛快，天下之至文也。文章正，则道理在其中矣，如欧阳子之文集是也：风雅之音，典谟之体，昔人称其"简而明，信而通，引物连类，折之于至理"，殆非过语也。

又

学人之读书，犹弱人之服药也，元气渐复，乃见药力；气质渐变，乃见书功。如吕伯恭性卞急，读《论语》至“躬自厚而薄责于人”，豁然病除，不复卞急。朱子称其“善于变化气质”，实善于读书尔。

○此为大医王。

又

陆五台师事僧人达观，出署即赴寺讲佛法，一时竞尚禅诵，以附合太宰。太宰殁，后人请祀乡贤，督学伍容庵袁萃不允曰：“五台佛门弟子，宜祀维摩庵中。”陆为吏部最有声，止以一事之谬，遂来身后之讥，惜也！然有儒其名而佛其实，居然俎豆夫子庙庑者，何与？

○当时讥容菴好辨；如此论，却亦正大。

魏裔介

贞菴，石生，昆林，直隶柏乡人。《兼济堂集》。

与辨若弟

凫盟兄至都，几一月而归，临别作语云：“极闲人至京师竟作忙，然则极忙人可知矣。”晨钟初罢，使催人赴东华道上，霜风凛冽，自非壮士，能不怀忧耶？

○词旨高旷。

与孙北海

向所著书，今已告成，谨装一部请正。然著书系劳心之事，春日亦遂缘此作十馀日病。每思过晤，辄以疲倦不能往。今此书上下关系数千年，祈老先生详阅教之。茫茫宇宙，高山流水，此外正未敢多示人也。

〇先生著述，独贻吾师，真可称知己。

与彭士报

今之为文者，病于浮蔓，漫无式度；其知式度者，又病于枯寂，藻彩之不露，是之谓疲苶。惟昌黎无此失，虽眉山父子，亦未尽袪此也。程昆仑好讲程式，此得作古文之准绳矣，而时发为光影、露为锋锷，木之豫章、刃之干将也，吾是以叹赏不置焉。

〇陈子逊曰："眉山文，亦有浮蔓之病，谁人敢道？"

与杜子静

恒郡百年间风气，乃生此五七人。老亲翁抱利器而郁郁不得志，弟空为扼腕，亦付之英雄一泪而已。悠悠苍天，奈之何哉！然而丈夫无价之躯，似当求夫善养之术也。晦翁大贤，犹自留心刀圭，吾侪何得遂视为异学哉？望之。

〇爱友之至，情溢于词。

答满城令余论山

昨秋杪，得晤芝眉，聆厥謦咳，知为古之遗爱。又知留心学问，非一日之积也，故以拙作请正，不谓大贤见许，施之庠塾。春初北上，风雪载途，停车郭隗故里，询及门下学道爱人之政，诸童环侍，实徘徊不能去。兹读《玉川义学记》，及灵雨感应事迹，作而叹曰："异哉！当吾世而有慈惠如此。"即考之简籍，亦未多见也。愿门下始之终之。世宁有见知于天，而不见知于人者乎？

若仆以樗栎之质，居重大之任，自先帝在日，已投之以鸿钜，今又何敢卸责？而才疎志浅，难以报称，抑以自尽其心焉耳。兰札誉扬过矣，所愿大君子鸿渐凤翥，为国桢幹，则太平立睹也。

◇古昔时盛事。

与邢州史太守

德业由人造，而文章必自心生，古人递作，不相袭也。若以游、夏之德，合以班、马之文，抑亦可以为成人矣。怀此有年，徒劳寤寐。乃承褒奖，谓可媲美坡公。仆于坡公，无能为役，若心之所向往，则亦不敢不勉旃也。

老祖台江左名宿，大雅模范。但邢州久属鄙陋，今乃得所瞻依。彼宋广平、郭守敬、刘秉忠之流，今人独不可嘐嘐而慕之乎？是在作养而成就之。公署高吟成帙，想不后于历下也，愿以他日请教矣。

与真定胡太守

日者乡人至京云，“雨泽霑足，秋禾茂盛”，皆仰藉贤公祖之福庇也。又庙堂之上，有“夏税秋粮，依时征收”之令，从此黎元有歌咏太平之日矣。然良吏不举，则有司不劝，而铨曹逆料天下之为吏者，曰“恐开钻营之端”，是何其薄待天下之人也？生以为在外之连帅方岳，宜弘其远猷，以雪斯耻。

〇陈椒峰曰：“不敢以不肖待人正直忠厚。”

答高衮文

西踰太行，北抵黑山，笃鹡鸰之义，叙棠棣之好。遥峰远岫，收入奚囊；烟树红霞，掩映马首。壮哉游也，生平之盛举矣！读台札，青鞋布袜，逊心何已?!

陈　第

季立，福建连江人。

与　人

不求之心，而求之相；不卜之行，而求之命；不要之德，而要之葬，是自疑也。疑则惑，惑则昏，祸福之言始中矣。言祸福者纷纷，世之所以乱也。

○语有本原，不徒非讥流俗。

又

孰轻孰重，虽伯彝（夷）所揣，而人必付之衡；孰多孰寡，虽原宪所程，而人必付之量。非以其无心耶？故化人无心，则端默而天下取信矣。

○似士衡《演连珠》语，而化其练，更为动人。

又

于人有福则悦幸，有祸则恨叹，彼福未必增、祸未必去也，而德之者至矣。于人有祸则悦幸，有福则叹恨，彼祸亦未必增、福亦未必去也，而怨之者至矣。戒哉！

沈光裕

仲连，种莲，顺天宛平人。

与金道隐

武林山水融结，布置天然，兼得幽旷，本自佳境。如他处，则幽或偏迴，旷或疏散。今湖山萦照，近如几席间，而四时朝暮云树之致，又揽对不穷，故为胜尔。然亦以近人，觉太平易，每为俗游点破、墟墓挤之。揆厥所由，白、苏二公，实开色相之端。即以稍掩本来面目，功过半矣。重以钱镠建炎，踵事凌杂，人夸胜事，实山水之不幸也。梵宇丹碧，画舫歌鼓，多不如少。况有兴必有废，兴既诲俗，废必增悽。嗟乎！文明设而大道漓，礼乐纷而天德隐，区界类然，岂但一湖山而已。

○偶然写景，引出一大篇文字。

孙奇逢

锺元，直隶容城人。《岁寒居集》。

答　人

古人论行结交，流俗绝不讲此。凡相与称莫逆者，纯以声势相高，酒食相悦；以诗文相倡和，儒雅风流，亦不多见；至于孝弟忠信之人，礼义廉耻之事，绝未尝过而问焉。此友之一伦，所以日晦于天下也。

取友之道，原本在身。此身为不孝不弟、多愆多尤之身，而能取极孝友、无愆无尤之士，千古未有。身分愈高，所取之友益寡。管仲独许鲍叔“知我”，尼父谓“知我其天”，其义自见。然此处却不是立崖岸，“尊嘉矜容”四字，要时时玩味。

○锺元之集，颇多正论，惜不能备载。

又

陆象山当家三年，自谓于学有进。此正可想施于有政，是亦为政，全是孝友真切处，莫徒作米盐凌杂细碎观也。

杨彭龄

商贤，顺天宛平人。

与所知

闻贤兄弟欲卖宅远徙，不审果否？食指不益，又无他故，即一旦轻弃先人之庐，甚不可也。《礼》："焚先人之室，三日哭。"谓先人歌哭游处之所存而弗忍也，无故而去之而忍乎？

不肖自丧乱来，捐背乡井而南，假林氏之宅，有坡池亭榭，高楼疏堂，为宴游寝处之适者数年，去之不复念。惟先人之旧庐，每梦至其处，井灶依然，觉未尝不流涕沾席也。贤兄弟他日得无蹈鄙人之恨乎？且好事者，于昔人之一井一宅，志其处以示不忘，况先人之庐乎？当念之痛之，重之已之。

○质雅中便已感人。

与慎上人

师，佛氏之徒也，比乃买田宅为业，窃闻而疑之。夫释氏之教，以空诸累为宗，故释迦以下至阿难，皆乞食为业，不亲耒耜、履南亩；而师遂有田宅，何哉？又闻释氏不三宿桑下，其于身世浮云耳，然所谓双树、祇园者，屡见于其书，又何也？岂田宅亦有不可少者与？

吾今与师计之：无田宅不能备风雨，不能具饘粥，既食于人，又无以食众。今夫田宅有以备风雨，有以具饘粥，不食于人，又有以食众。斯二者将何从？将去田宅与，抑有田宅与？吾道本乎人情，彼释氏者岂独异哉？具此类推之，于吾道也可以过半，吾师其思之。

◇起得脱尽时气，有汉人风骨。

答汪敦生

读所示诗集，其可欷歔者十有八九，不觏欢愉之辞，可谓悲矣。敦生以避地故，移家千里，至无以将父，所在留滞，谁不为敦生悲者？但敦生既自悲，慰其意者，又从而悲之，展转幽忧，增吾兄之郁，而益吾兄之疾，失朋友之职矣。于是思所以广吾兄，吾兄其听之。

吾闻之：心有所夺，则无所立。在上夺于富贵，在下夺于饥寒，是以无当代之功、后世之传。古之君子，知其故而反之，以学道为主，故能有立。嗟嗟！敦生无意于后世之传斯已。夫敦生无意后世之传，何以致力于文辞若是？是敦生有意于后世之传也。敦生而有意于后世之传，而不学道以自拔于世情之外，汩没穷愁以终其身，吾见敦生之文辞且日以退，而无以致后世之传，而岂不惜哉！吾兄以为何如？观兄自题诗集曰《倦游》，岂有还里之意耶？若然，大善，吾与子孺日望吾子。

〇气味压倒时流。

〇真得韩、欧之意，而出之以心裁者。

答李彝卿

拙文聊示同志，遂为不知己者诟病。承相慰之厚，但以弟或有介介则不然。诟病奚所恤，浮誉奚所喜？立言甚难，知言尤难耳。汉唐以来，文章正统，代不过数人，在当时知者亦少。司马迁在而《史记》未振。刘向、扬雄不相遇。韩、柳两相知，李翱、张籍当知韩，老苏知欧阳，欧阳知苏氏父子，彼此相知而已，未闻人人知之者也。欧公以尹师鲁能识人用意深处，此外欧未尝更许人。张耒差能长行文字，当知苏；偶观其文，语多意少，其文如此，其于东坡自然行止处，恐未尽识。岂独文潜，使韩、苏相遇，恐韩所谓“辞严义密”者，亦有时不之识也。一代文章之宗，两相遇而犹恐未能尽识。文章难知如此，而望人人知吾文，不已疏乎？因事肆笔，吾兄当有感乎其言。

○如此用笔，似任率而实精整。拉襍而出，飒飒有声，最为奇文字。

与潘江如

弟厄白下，兄困吴兴，不意吾辈之穷至此！而兄更憔悴有疾，临别尤为惘惘。兄有子可教，不为不善；又乡居颇静，望调养自爱。诗人之穷，莫如杜老。有刘会孟者，读其诗、论其世而羡之，自以不及，是又穷于子美。使子美困馁道路时，得知数百年后有闻而羡之者，当为破笑。吾辈之贫而安，焉知不有相羡者？可善自遣。

○平处亦劲朴绝俗。

答施愚山先生

长公至，得详动静。书屋停手，更复挠以尘杂，使人惘惘。其故皆本乎贫。居世不苟，自然至此。家居不易，无已且游乎？姑以接长岁月，何如？

论文归之学识，可谓本论。但襞积为学，立异为识，又非先生之所谓学识也。龄欲趋下风，每有假年之叹，又苦为病挠。天下不如意事，往往而是。作几句冷淡语言，亦复不遂奈何。

○气味真到极处，便生□□□□。

董国祥

福兄，直隶隆平人。

示　人

事可以寄吾明道善俗之意，则不必高坛坫、列旗鼓，以自异于时。盖世道之衰甚矣！吾性吾命，或言之以为耻。间有能自异者，又务为标榜，中未必足，而外则欲其有馀也。崖岸立而分畦畛，畦畛分而滋同异，同异滋而生水火。其始争于宁僚，其终毒于国运，此亦近代君子之通咎也。

夫学者，天下之公器，使人异之，不如使人就之；使人疑之，不如使人守之。吾无为逴俗绝物之行，而天下已不能不群然趋向，如器竹之必范、器土之必型也，斯可以无憾矣。

申涵光

和孟，凫盟，直隶永年人。

示人

宋人评驳古人，自孔门而外，无一得免，于同辈则极口推奖。近时李沧溟选诗，古人中百不取一，七子泛滥之作，所载累累；至于题白雪楼者，无不俱存。党同伐异，此自学人习气。然又有信耳厌目者，远人则慕之，恨不一见；同里共学，讥诮而不及。总皆褊心所使，圣贤必不尔。

〇沧溟选明人诗，凡寄赠沧溟并咏白雪楼必录，真大可笑事。卒也，其选不传。

乔钵

文衣，直隶内丘人。

与人

凡人不到著书处，不知胸中之无识，但落笔，古人皆已道过。

〇憾不生千载上，出一二人不经道语。

魏象枢

环极，山西蔚州人。

与人

薄于朋友者，薄亲戚之渐也；薄于乡党者，薄宗族之渐也。

〇渐何可长？求归一厚而已。

又

俭，美德也，仕路君子，崇尚尤急。去一分奢华，便少一分罪过；省一分经营，便多一分道义。慎之哉！

又

为人作墓志铭，不填事迹，则求者不甘；多填事迹，则见者不信。其至无可称述，不得已转抄汇语，及众家刻本以应之。辟如传神写照，向死人面上脱稿，已不克肖，况写路人形貌乎？吾愿世人生前行些好事，做个好人，勿令作志铭者，执笔踌躇，代为遮盖也。

〇此东乡之所以讥弇州诸公也。

王克生

孟桢，半石，山西阳城人。《怀古堂集》。

答安静子

绛帐归来，灞桥风雪，应满奚囊矣。来教殊豁人意，于文字中种荆棘，是以文字为葛藤也；于禅悦中起波澜，是以禅悦为浮沤也。必朗月投怀、直绳为腹之人如门下者，而后可与之娓娓也。

○赞人如此八字，省易写出。

王弘撰

无异，山史，陕西华阴人。《砥斋集》。

与刘孟尝

润生向赠一鹤，弟构一小亭居之，拟颜曰“独鹤”。此亭不肃杂宾，非吾臭味，不得坐谈其中。非元亮、幼安之流，不以书此额。今以求足下，想当不拒耳。足下若自矜，谓弟仰书法之妙，则误矣。一笑。

安致远

再见。

与刘生

见隽人能令己隽，见痴人转令己痴。近况那得不恶？家止蓄一疲蹇、一老奴，足跡所之，不过一二十里，所遇皆屠儿菜竖，辄以某家之千车粪、百斛麦，横将矜夸。彼似未知吾门有端木赐，足为勍敌者。恶态丑语，冲耳迎目，如覩地狱变相，无复生趣。每思兄台，便是众香国中闲禅散圣也。

李澄中

渭清，山东诸城人。

与刘子羽

桓宣武有言：“人不可以无势，我乃能驾御卿。”我辈牢愁侘傺，不惟不能驾御人，求为人驾御，亦且不可得。悲哉！庾子山之赋枯树未至也。

周体观

伯衡，直隶遵化人。《晴鹤斋集》。

与陶菴

读先生诗，如登长石山，无草木，但长金石。

申涵光

再见。

示两弟

高年而无德，极贫而无所顾惜，两种人不可与较。

○凫盟以理学训其两弟，端愍公尽节后，皆能立身扬名，无愧前人。

又

该作道学事，不必习道学腔。

又

静坐自无妄为，读书即是立德。

又

可以一出而振人之厄，一言而解人之纷，此亦不必过为退避也。但因以为利，则市道矣。

又

真理学从五伦作起，大文章自六经分来。

周在延

龙客，河南祥符人。

与　人

既已息此凉树下，遂不愿是树一叶损。

澹思子

江南太仓人。

示　人

凡民在世，所以生不齿于人道、死必沦于异趣者，无他，只为见得自家的苦，不见得别人的苦；见得别人的不是，不见得自家的不是而已。若能于此二言着力挽回得转，孔子必曰："吾徒瞿昙，不目外道。"

〇见得自己不是的，寻个来？

李长祥

研斋，四川达州人。《天问阁集》。

与响山人书（梅杓司）

杓司足下：尊作冲和雅当，真不愧名家。愚言诗得二义，曰入，曰变。

所谓“入”，如过宗庙郊坛、皇都华屋，其动之于目，大约门壁墙垣、宫殿台阁。若深居奥室，罗积贮藏，穷天极地之所有，不见不闻之所在，非身入其中，则不能了然于心，一一名状。乃未尝身历，覩其门壁墙垣、宫殿台阁，以为宗庙郊坛、皇都华屋之在是，则失之者多矣，此不入之患也。

既入之矣，宗庙郊坛、皇都华屋之内，凡所有者，俱了然于心，可一一名状，当脱去其故步以出；不能出，将固闭于内，一顽块耳。既出之矣，乃回顾其所谓宗庙郊坛、皇都华屋者，而留连不能去；既去之矣，犹有影之溺于其心不能化；既化之矣，不复更有所谓宗庙郊坛、皇都华屋也，犹之顽块耳，此不变之患也。

愚在越城，见杜于皇为友人作跋语，有“悟转”二字。诗不悟不能入，不能入则不能转，转则变矣。此意与予合，敢以质之，并望质之尔止。

○如鲛宫蜃楼，本无定质，而意象一新。

与董文友龚介眉书

仆尝言：碑与传志，文之大者。夫碑当别论，志根乎状，传根乎志。状则人子之作之者，以乞铭于人，即有文饰，揆之以光显其亲之心，无罪也。志则以载其人之世系，生死之年月日，葬之丘原，后昆之方来者，如是止矣。其在大人先生有功于国家，有大恩德于斯世，有景行之贻，为世之法则，则录之。传则遂取裁于此，以为是可以传者也，与传之云尔。无其可传者，虽状详，不得以志；无其可传者，虽志详，不得以传。

今之为传者何如？即志矣；为志者何如？即状矣。又谀焉，志且加状矣，传且加志矣。无不生有异征，无不幼敏应对，赋物无不捷；成人壮长，无不善事亲；其得仕也，无不公廉，无有不神明震服者；罢退之也，无不以抗言上官之获罪，无不以其不相悦之人病之者；死则无不以任事之过甚，亏之以死。其于妇人也，无不操井臼，无不以解服饰、充贫窭，无不识大体，无不以正相夫子，教子女无不如男子。读近代老名公文集，传、志总如此。不如此，人得之不喜，作之者亦必不为其不喜者以拂人，且必不为其不喜者以失己于人。

故文人必有其心；论人之文，必论其人之心。心之不正，发而为文必不正。以不正之心为不正之文，以不正之文为古文，远矣。

◇说来好笑。

〇作史而取之志、传，必无当也。

范文光

仲闇，四川内江人。（《初集》卷七作“范文荧”。）

游苏门与友人书

苏门踞泉上，势类覆釜而童，通体皆石，亦复小有崄崎。乃知寻径扪萝，诗言皆过。即“崆峒危峰”之句，亦不尔也。然登其上，西山揖青，澄泉俯绿，云林烟树，平楚苍然，咸来给目。苏门盖不自用，而能善用物。故百泉之上，蜂房蚁阁，泉至不胜其力，竟无锥凿及之。能保山年，苏门其不愧孙登，应加稽生一等矣。

〇或数经革易，不无斩伐之阨，未可执今以证古。然写景固游记妙手。

〇空同《苏门》诗：“危峰县户牖，积石喷鸣泉。”

夸蛾斋主人

吴人。《桐下听然》。

示　人

以天下人视我，第一无用人；以我视天下人，无一有用人。世界原无真人品，贵则大贤，富则小贤，贫贱则庸愚而已。问何以庸愚，曰贫贱也；何以贫贱，曰庸愚也。偶然有一件好事，有一句好话，都被富贵人轻轻掇去出名用了。所以说人情如锯木，一层薄一层；世味如药渣，一次淡一次；元气如冶银，一回低一回。

又

识一分医，增一分病；知一分地理，迟十年葬亲。天下事，率坏于强作解事。

乔时万

君开，处后，江南上海人。

与杜幼安

余初不解诗，见伯子喜为诗，悦其音韵之谐，泠泠可听，而又无所得诗。间取《关雎》《卷耳》诸什讽之，依其吟咏，不减歌《商颂》者之声出金石也。既学为举子业，遂日堕云雾中，止不敢旁瞬一字。然私自疑怪：圣人出语，如鸿爪偶留，舟剑已去，就其言下数言可了，何至如许饶舌？佛大弟子，如水投器，如是我闻，止传佛语，从不添设一字。夫子之意若曰，乃人人欲作优孟，大是异事，曾不如曩时歌金石者之犹足谐耳。而又我言我志，当不堕拔舌地狱？所恨长既无成，幼复不习，率意吟咏，纸笔遂多，不忍尽弃，惟吾子教之。

◎风味全无一毫文士词人气，乃能杰出文词。

示子弟

古人一日之食，每计一日之功；今人一日之功，止图一日之食。营营苟苟，惟酒食之是议；悠悠忽忽，借博弈以犹贤。肆一醉于崇朝，飞千觞于长夜，虽云胜会，亦觉废时。尔辈当铁门限拒客，石心肠读书，以此十字箴，祛彼二种习。

◇十字当书之家塾。

又

与人善而轻信其医，是以身命试；与人善而遽延为师，是以子弟试；与人善而滥与为婚，是又以家门后嗣试也。故圣门教人，必因不失其亲。

朱汉征

方黯，江南昆山人。

与李小有

弟前此半月，日想白粲甜浆，如胡麻沆瀣；又想日光树影，如铜盘楮叶。种种妄念，今已度不可得，渐安之矣。计唯扃户不出，秉烛穷经。犹记王霸、夏侯胜，并从狱中受尚书，弟且用此了吾曲台之业，安知此极暗极器、与溷厕为邻之斗室，非吾洞天福地乎？弟且骎骎得意，口学夜郎王：汉何如我大也。

◎无聊中尔尔，最令人读之生感。

赵宧光

凡夫，江南长洲人。

与人

大抵文人之言，未可作实义看。至于集叙，溢美为主，况好恶又夺而去之？夜气清明，万分中所存者，盖不多矣。而欲据一时片语，以定高下，坐见其梦中说梦。李端叔序《韩偓集》云：“咀五色之灵芝，香生九窍；咽三危之瑞露，美动七情。”高秀实认作“真好之偏”，曰“劝不得也，劝不得也”。若余评此文，则曰“总之吃不得”。一笑一笑。

◇令人发笑。

又

自狗其文章，如慈母之怜少子，从腹心抽出，不觉自怙其短。是故非严训，不能别子之贤愚；非虚怀，不能辨文之好丑。唐郑守愚诗：“若教嫫母临明镜，也道无劳红粉施。”名言哉！

顾咸正

端木，江南昆山人。

与李小有

弟与仁兄，才不敢望百一，而伏枥之感，约略相似。世人望我辈，几似桃花源中几百岁古老人。然弟窃纵览古今英雄，从强仕后飞扬踔厉，较诸骤盈骤涸者，反有长康啖蔗之味。因念宣圣“四十无闻”语，只为后生下钳锤耳。老而好学，惟孟德与伯业，炳烛继日，犹不患迟，况未至炳烛者乎？曾答友人诗有云：“燕台骏骨犹生日，汉殿峨眉未老时。”自悲自慰，亦自厉也。

◇较伏波“老当益壮”语，尤为警策。

诸　昙

诸九鼎，字骏男；一名诸昙，字铁庵，钱塘人。《铁庵集》《清乐集》。

谢谢仙臞写小照

昨烦神笔，兼饫珍馐，感愧交并，称谢何似！仆以蒲柳之姿，在风尘之内，嵚崎之貌，虽未似乎汝南；土木之容，竟已同于中散。有惭佳士，敢费写真；实愧殷生，遂烦图貌。乃辱伸毫拂纸，握管凝思，因使生面顿开，颓颜忽起。光犹在面，如逢鸾手之奇；颊未曾毫，已过虎头之伎。昔少文得图于晋帝，世以为荣；兴宗见咏于王维，今犹为美。以仆方彼，自谓过之，何者快意取于当前，而绝艺难于再见也？今于明旦，便欲补图，既已出之尘樊，便须置之丘壑。但仆性好奇服，心仪古人，仰祈被以明月之裳，着以远遊之履，素书一束，童子二人。比之白云之乡，吾将老矣；庶几流水之外，自谓过之。

〇此等题，得此等雅制，真堪保秘艺林。

〇取致高淡，取境萧远；似庄似谐，如规如讽；砥卓识于尘区，导闲心于物外，亦何必无功序渊明文，始称达人高致。

徐　枋

昭法，江南长洲人，勿斋先生子。

与姜勉中（如须先生子）

尊翁先生赠言，此弟久怀于胸，急急欲吐，以藉不朽者。

尝窃论：太史公文章，非异人异事，不以措手。此非独其文章之妙，独绝千古；即其择题拣料，亦迥非后世所及。如尊翁先生之大节，正当世之异人异事也，正今日作文者之好题与料也，第患无太史公之笔以摹写之耳。虽然，敢不勉！

◎人以文传，文以人传。作者不择题，人、文俱废，岂不当自慎重耶？

张　灏

彝令，长公，白于山人，江南太仓人。《学山园集》。

复钱牧斋宗伯

猩红之罽，狐白之裘，盛夏被之，不若絺绤之适也；文茵之车，朱幩之马，临流乘之，不若騧綷之利也。已矣夫！芳柯可眄，秋水幽深，吾将老于此中矣。

◎最似葛稚川。

释通忍

朝宗，江南常州人，姓陈氏。

与慕菴方司理

赵悦道云："默坐公堂虚隐几，心源不动湛如水。一声霹雳顶门开，唤起从前自家底。"以此观之，公堂前亦有佛法。冯济川云："公事之馀喜坐禅，少曾将胁到床眠。虽然现出宰官相，长老之名四海传。"以此观之，公堂后亦有佛法。既公堂前、后皆佛法，何必向深山穷谷，始好参禅；无事闲居，方堪学道？

居士莅任福州，正其时也。山僧书此作贺，非将佛法做人情，要使人情皆佛法耳。公堂前底还之赵公，公堂后底还之冯老，只如正坐公堂时，“朗如明镜当堂炤，不动形声应万缘”者，是甚么人；行履处忽然觑透，不但佛法、世法，一念圆明，而赵老、冯公，亦一时收下。何也？彼既丈夫君亦尔，岂肯让伊以独贤！

〇合下一牍观之，总见无在不是。禅理岂独宰官、军旅哉？

〇予既录理学正论，则释子之言，在所必删矣。然释子之言，颇有提醒人心处；能提醒人心，则于世道未必无补，亦安可废哉？

复沈司马

军旅中有佛法，不可更说佛法也；军旅便是佛法，不可更说有佛法也。横按镆铘，扫除孛彗，静以应动、动而能静者，自然直破巢穴、坐致太平矣。镆铘者，当人之智慧力用也；孛彗者，根尘中之影响也。巢穴者，起心动念之根株也；太平者，本来之现成活计也。静以应动者，二六时中、直据本分之作用也；动而能静者，千应万变，而不昧乎本命元辰也。虽然，依旧只是军旅中佛法。若夫军旅便是佛法，贫道不敢搀行夺市，待护法扫荡猺氛时，当面领大教也。

徐　增

子能，而菴，江南吴县人。《而菴集》。

与陆陶孺

六朝诗，人辄以金粉薄之，而不知六朝人诗，譬如绝代佳人，盛服浓妆，而丰神自在。昔石季伦以玉声轻者居前，金色现者居后，绚如云锦，灿若霞光。使蒲团枯衲见之，亦当六魄无主。若责其不效西子淡妆，则可；而薄其金粉，则不可也。世人皮相，良可痛也！

今弟读仁兄和赵倚楼《昔昔盐》乐府二十首，字字艳丽，初不损其清真。人尽道陶孺贫士，室中人不免躬操井臼，诗却直是石季伦珠围翠绕，仁兄其诗豪哉！

〇要知真艳丽，即是清真，未有不清真而能艳丽者。西子洗净面皮，与世人相见，清真耶？艳丽耶？

与王正吉

千古来文笔，负奇绝之气者，无如子长之史传、子美之歌行。如项王酣战，怀公醉草，历落顿挫，不可止遏。吾党贫贱，多由气不能振。欲振其气，莫若读二公诗文日百遍，使此身俨然有五岳三山气象，指下风雷，何虞不压倒一世哉?!

释行冈

千仞，嗣南，涧问禅师。

简纳纳道者

顺风扬帆，果然便到彼岸。余以为，岸无彼此，风有顺逆。顺处极易失足，唯于逆处猛着一篙，乃为吃紧有力。若只趁风使船，忽然浪起波翻，失却一苇，尔时且于何处安身立命？足下幸勿认此岸便为彼岸也。

别来又经旬月，到岸既久，消息必（通“毕”）竟如何？又比来风景，殊觉不顺。昨得函云，一札业已触热作客去矣。秋风大起，恐难禁一苇之东下，则在世境为逆者，在君家或反为顺。然则顺逆岂有正性哉?!

○作文人之笔看，大有机锋。

蒋鸣玉

楚珍，江南金坛人。《怡曝堂集》。

示儿

名士门庭，决无繁褷。二三知己入座，以瞻仰仪德为先，问答闲雅，举止清芬。若有餂及时事、琐及米盐、探及臧否者，以随顺语泛应之，以坚忍默对之。

○看名士，深于今人一层。

与人

嫌重起于矜身。若上可陪列百神，下可同卑田乞儿，此人岂复有纤芥胸中？净秽自他，亲疎恩怨，有一不遣令去我，皆嫌地也。有嫌地则生心，心生睫转，人世杀机，从此始矣。

又

“状元”二字，二十年驱遣不去。昔人验此，最为得力。阳明先生云：“脱却衣服，依然是几根穷骨头。”此岂有烦我驱遣，而十年、二十年贴骨乎？

又

范文正楷书《道服赞》中，有“宠为辱主，骄为祸府”。骄不在宠，有长即骄，有恃即骄，有年即骄。骄之祸，捷而大。凡自以为刚毅方正、直言奋发，及指画古今、好为人师，皆骄之病本。楚解周天格谒其座师，师曰：“人能恕我之贪，不能恕我之傲。诛傲百于惩贪。”余闻之，汗三日下。

〇老氏所箴，以此为首。

贺 裳

黄公，江南丹阳人。《载酒园集》。

与人论诗

《西清诗话》，称少陵用事无迹，如系风捕影。因言“五更鼓角声悲壮”，乃用祢衡挝《渔阳操》，其声悲壮事；“三峡星辰影动摇”，乃用汉武时星辰动摇，东方朔谓“民劳之应”事。余意解则妙矣，然少陵当日，正是古今贯串于胸中，触手逢源。譬如秫和麴蘖而成醴，尝者更辨其孰为黍味、孰为麦味耶？

〇善于设喻，情理皆有形似。

又

诗家宗派，虽有渊源，然推迁既多，往往耳孙不符鼻祖。如郑谷受知于李频，李频受知于姚合，姚合与贾岛友善，兼效其诗体。今以姚、郑并观，何异皋桥庑下赁舂妇，与临邛当垆者同列？始知凡事尽然，子夏之后有庄周，良不足怪。

结邻集卷之八

余大成

集生，電士，江南江宁人。《残梦》。

答吴五印

承手教，自居于好懒好闲，好无益之书，好无益之戏，又好折人之过，尼山亦莫如之何。意者是其短乎？自不佞视之，道兄之短，正道兄之长也。虽然，以为姜桂之性，老而愈辣，所自挟者若是则已耳。设使天地多事，复生一更老、更辣之怪物，出而相挺，其势不得不与之相敌。敌之如或不胜，则将如之何？又或就此姜桂之自谓老辣也者，取而付之大火聚中，眨眼之间，灰飞烟灭，无复留有老辣之遗体，又将如之何？觉尔时开眼合眼，一场懡㦬，便是自家也莫如之何，又不须尼山莫如之何矣。语云：“日进前而不御，遥闻声而相思。”思之思之，鬼神通之，或复转胜于觌面之呈、交臂之失，正未可知。勿更云“别后相思复何益”也。

〇口头机锋，文人馀习，而禅宗密谛，隐隐在中。

答马半加

我辈从八股头中做改行生意，所难者，断不在四句伽陀中，搀旗夺皷，便了一生事耳。佛印有句云："只见悟心成佛道，未闻行脚读诗书。若教孔子超生死，争表瞿昙是丈夫。"我辈诗书馀习未净，悟心门头未稳，孔子、瞿昙分疆列界处，契券尚未交明，遽尔开口，安知非识心纸墨中之残膏賸馥乎？反不如分韵骚坛、引杯文社之为本等行头矣。

○作门外猜疑语，也道得一半。

陈丹衷

旻昭，涉江，江南江宁人。

与宗开先论画

昔人每着一笔，皆有千岁之姿。其于此道，盖吕梁丈人之忠信于水也，故能移观者之性，若思若寻。春秋之笔，一时交集，而不知其所动；今夫入丘林，见境大异则勇。作画不奇辟，以生人之勇，将有所畏耶？足下昨所示画册，可谓奇秀矣。大米袖中物不能自保，幸矣此册不为余攫也！

○涉江奥异之笔，于此仅见一班。

与周减斋

昔人写花鸟极体物之妙，画鱼便忌鳞鬣分明，才分明即出水死鳞矣。当如烟树荒冢，急雪行人；又如图潇湘夜月，漫没绵渺，始得其漾花吹絮，如忘江湖之乐耳。从先生得见舜举此卷，身坐溪涧傍，不作江湖想也。

○涉江善于体物，宜其笔墨妙天下。

傅汝舟

远度，江南江宁人。《七幅菴集》。

与卓莲旬

仆论列三代以来诗人，为《桃都集》。中所辑，皆三千年间快心之句，于三百年中，得先生一人焉。夫瞿塘三峡，瞬息千里，作纵横文人之观，它溪涧非不澹荡也，而势不杰矣。琵琶羯鼓，其声脆以亮，祢擿昭怨寄怀焉，它丝管非不嫋如也，而兴不酣矣。刀剑弦矢，断无留痕，杀人三百步，雄才壮士，性命宝之，它器械自见长也，不如此之锋铦矣。糟丘麯蘖，引人着胜地，欢然一醉，陶然千古，它饭食特令人饱耳，乌能似此味之甚快乎？擅文场之心者，必发高怀之致者也；操笔陈之雄者，必纵墨池之态者也。先生诗高且纵矣，孰快于是！孤愤多，笑傲多，幽艳多，俳宕多，化人泼墨，何所不可？此可与才士道，难与名人言也。

吴国贤

一所，江南上元人，介兹曾王父，《白土山房稿》。

示门人

往见嘉、隆士夫，立心行事，大能忠厚。其发为文章，必原本六经，综贯两汉，以及唐宋大家，故雍雅蕴藉，尚煦盛世和平之福。今之所谓文章家，一意刻薄，小慧争高，此树一议，彼效其尤，便辟叛道，冀解人颐，遂至翻古人极不堪之事，以为难遇；鄙古人最至当之论，以为迂阔。每展一卷，险削剽劫之气，如从纸上作刀剑格斗声，噫可骇也！文章关乎国运如此，酿结日甚一日，悠悠江河，将何底止乎？

〇一所，吾受业吴晋字介兹者之大父，学行渊雅，四中式，皆被乙。例得贡，不就。读书吉祥寺，授徒四十人，束脩尽以市书，贮大楼中，任弟子取读。更以馀钱付主僧，以给弟子不继膏火者。岁读五经一过，人称其笃行。

胡虞逸

澹喜，江南休宁籍，上元人。《述酒亭稿》。

与杜于皇

向高素之士，夸说势焰，譬向不关休戚者诉痛若，徒自口角热沸，而听者耳根，冰铁不知。彼原不为卿面作计，奈何鬼手捉人臂耶？冷眼如先生，当已早为觑破。

〇澹喜为吾友高蔚生外甥，隐居鸡鸣山侧，吟诗送老，世无知之者。所著有《述酒亭诗》十馀卷，家贫不能梓以问世。无嗣，稿藏蔚生家。

与林那子

知命人之奉天，如孝子奉严亲，虽楚挞交至，而饮泣顺受，其亲必自霁威而抚煦之矣。予每罹坎壈，初无怨尤，故九死之馀，尚芽生意。倘非侧席于幽人静者，如先生二三人，以任运守约之道自相薰习，几何而不为天之戮民哉？!

与　友

昨闻足下谈某先生事，座中似有微讽语，此何意也？古之君子，闻忠孝节义之事，有三思：思效法，思赞叹激扬，思惭愧勉策。今之君子，反生三疑：疑闻而传者或误；疑或别有所为，未必从此起见；疑或出一时之激烈，未必中心所安。此辈此病，皆因骨寒胃弱，胆薄脑枯，全无生意阳明，如何望他长进？

〇写出世人刻薄，只是自己心地不净，便不信世间更有好人。

与弟致果

服药攻疾，必以谨食忌为吃紧。譬之一方不靖，既以良将克之，随以循吏抚之，自然祸乱不作。若服药而啖不宜啖之物，是益疾也。大抵病人所嗜食之味，多养疾而不养身者，最宜防检。如幽昏之后，必嬖谐媚之臣，但爱其足供一人玩弄，即不利于社稷生民，所不恤矣。君子康济一身之理，岂不通于天下国家哉?!

◇病中调摄，宜于反其嗜好，真是难事，故忠言每每逆耳。

与某师

才向诸佛门头问路，便要亲近善知识，远离恶知识。倘导引有差，进步茫昧，则百劫千生，失陷到底。譬大路在西，错指东走，若是蒙愚慢钝汉子，还可赶上唤回；若是精灵强执之士，脚力健，腰缠富，草鞵牢，一往无前，因错越走，越走越远，越远越错矣。

〇须知世人终日泣歧，亦是悠悠忽忽。

与婿高蔚生

余天之幸民也，两耳洞然，而一耳不顺；两目瞭然，而一目不睹。其洞然者以属垣，不顺者以收听；瞭然者以烛物，不睹者以反观。外郭不亏，中运独朗，挟此游世，不亦宜乎？

〇从缺陷中看出便宜来。

与孙公调

杜子怡云谓予曰："谛观世人，少有明明白白过一日者。"此语大有省发，兄思之。

○哀悯世人，真实痛切。

答友人

吾兄于兵燹不靖之时，弃母出家，邪师许矣，诸佛所不许也，自心亦未尽许也。何也？以学佛不必定要出家，而弃母则绝成佛慧命之种。故兄今日，宁可不成佛，断不可不成子；以世有不成佛之子，断无不成子之佛也。名才放，字今抛，师命之乎？自命之乎？从来祖庭有如此油口顽皮法派乎？亦大无味极矣。

逸与老兄有知己之素，兹拈一诗辨惑。或尚有人理在，当速负一团一钵，归环川，慰老母，择近地之有泉石林水者，结茅焚修，往来定省，亦便事也，亦补过之道也。不然，令活母饥冻、想念以死，又等兄成佛度脱生天，有是理乎？深省深省！

○但求心之所安，则儒理、佛理，两不能越。

李　敬

圣一，退庵，江南江宁人。

答王贻上

东邻之女，美而一目眚。西邻之子，倚户窥之，见其美不见其眚，从媒氏求焉，则宛然眚者也。西邻之子，不咎其不明，而且重尤媒氏之罔己也。足下向见仆章句，亦从户隙瞯之耳；若再索全集，则售者见矣。幸速为掩覆之，毋徒使人诟足下为媒氏也。

〇真好笔，便是昌黎，便是先秦矣。

罗孚尹

瑕公，江南上元卫人，寄籍永阳，家白门草堂桥畔。原名光玺。《箨壁稿》。

与刘公勇

士子不读《五经》而读《楞严》，正如禅子不读《楞严》而读《庄子》耳。

〇瑕公以望八之年，著等身之书。今岁已归道山，抚此遗墨，不胜惋叹。

与妙意老人（宜之）

偶见子昂着色一幅，峭壁立千仞，下有栈道盘入，才数折，即不可得见；有一人勒马于数里外，仰面注视，如入云里。仆谓此《蜀道图》也，变李将军之法而为之。初看疑其赝，细看竟成底纸。呜呼！古人心血喷唾，经历日月，始成一画，亡一画如亡一身，安得有千万亿身，为庸夫俗子之所磔剥也？

与简道人

或云：欲事当以渐减。如炎摩天，意喜相抱，或执手遂为究竟。其次如兜率天，两相笑语，遂为究竟；化乐天，共相瞻视，遂为究竟。至他化天，但闻语声，或闻香气，遂为究竟。下士曰：此非薄浅也，正是深妙。

与孟景沂论医

足下善用补中益气、八味地黄二方，此古之《周礼》井田也。夫古道诚难行，然举世医人，动云“药不执方”。呜呼！彼尚不知古人有何方，古人立方是何意；其间多寡去取，的是何见；而行之万祼，不畏三光之明，不伤百姓之元，的是何理。乃漫凭药格之有无，手指之勤倦，非不执方也，径不用方耳。辟之诊者，先不知平人之脉，又乌知病者之脉哉？

与周减斋

尝思古人《祈招》之诗，何等简奥有意味，今人连篇累牍，莫逮也。且因事关祈父招，遂以“祈招”命题，何等新奇，不知者乃共诧以为凿。嗟乎！不典不雅，不凿不奇。杜诗韩笔，人云“字字典”，我只觉“字字凿”。倘能知其凿之妙，政可不问其典不典耳。今人胸中，只为有个“典”字，所以不能读韩、杜，并不能读古诗书；纵读亦粃糖瓦砾耳。善读者日而月之，星而辰之，山而水之，触眼即见其新，固不待穷索而始得其力也，

○萝栖曰：“予尝谓著书立说，最要杜撰。”此可与知者道。

与栎下论风俗

少陵云：“风流儒雅亦吾师。”“风流”二字，谈何容易。吾里之士，徒取乌衣燕子，吴宫花草，一段些小风流，称为六朝佳丽，靡曼自失。士夫既如是矣，渐流及于闾阎，甚有谓金陵人，即卖菜佣束一把菜，亦有六朝风致，岂不可慨！愿与有心人，以敦厚挽浮华。

◇此语亦未尝不韵。

蔡祖庚

莲西，抑庵，江南江宁人。

与石谿禅师

顷闻卓锡寒家，原拟归聆法诲，罄我阔悰。适遇西江道侣邓君，善阿堵之传，因偕坐荒园，闻雪庐中，话及庚辰之冬，雪峤老人过寒家乡庄，夜深作画。时某甲络索老人归去时状，老人吮毫漫答，吃茶便行，十年后示寂雪门，果有“吃盃茶坐脱去了”一则机缘。邓君便拈笔为某作《侍坐老人图》，仍属某必求大师景。俗夫小影，何敢轻辱挥毫？但念既已妄追雪公之杖履，又获坐石老之烟云，则这个钝根面孔，得度有分，岂非大善知识之所悲悯，而乐为点缀者乎？薄附溪毛，聊代信香一炷，伏惟慈鉴。

〇叙述楚楚有致。

又

尝语眷属云：“我等今日原从费本得来，向后即不望生利，断断不肯折本。”正与手教“未出母胎”之旨相合。然经大导师一番提唤，更加一番警策耳。当家病危，早已闻山中么魔，复有煽邪说以摇动清规之意。必须大家商订，严为惩创，金刚一杵，岂为此辈姑息耶?!

〇冷水浇背。

复友人

詹雷磵、龚文思自尊署归，备悉茹蘖饮冰之况，及掣衿露肘之虞，乃知今日作吏苦，又数倍于十年之前矣。年亲翁宦况萧然，自无他虑，而蒭荛之诚，欲为一得之献者。

大凡居官致十年之久，万人颂而或不能满一二人之欲，万事善而或不能免一二事之偏。灰线草蛇，莫非衅窦。风裁似当剂峻为和，持法似当以宽为猛；僚寀绅衿，以及左右奔走，似皆当少示坦平，俾生爱戴，则邪谋可不弭而自戢矣。不识高明以为然否？

○久于官者，不可不奉此言为药石。

程希孔

望尼，踽庵，江南江宁人。

自简

自家座上，终日无客，是客贱我也；人家座上，终日有我，是我自贱也。故客至不即候门，客去不常闭户，求免于贱，岂可得哉？

○先生逢夏即闭关，不轻就人。读此令人羡双足尊。

王仕云

望如，过客，江南江宁籍，歙县人。《四辰堂集》。

答龚勉之论堪舆

承先生赐风水一书，挑灯夜读。初谓此理在有无虚实之间，今展转思之，断不为堪舆家所惑矣。

窃笑里门素封，酷嗜青乌之学，无端势占，无端力夺。迨力不及夺而势不能占，则百计阴侵，必谓祖宗父母葬得佳地，便可富贵子孙。信然，尧舜之祖墓必佳矣，何朱、均皆不肖生？孔孟之先垅必吉矣，何子思之后，鲜有闻人？窃料瞽瞍、姒鲧之砂水必恶也，不应特生受命之舜、禹；大禹、成汤之龙穴定真也，胡为反出亡国之桀、纣？世称《葬书》，推郭璞为第一。按璞为王敦所杀，自用其术且如此，况遵其遗书者乎？

至于葬死必合生命，一父一子，犹之可也；生六七子者，必合数命而后葬，兄嫉弟合，弟忌兄同。以一葬期之年月日时，合数子不一之生命，必至停棺暴露，风雨水火，灾祥莫测，是终其身无葬期矣。

先乡贤公曰："从天理上卜地，不必向丰城口中觅顽然块土。"小子守先人之治命，止取高燥，勿令水浸棺、土亲肤足矣。孝子仁人以为然否？谨辞。

〇风水不必信，亦不必全不信。大约积德之人，必获善地，所谓"天与之也"。强以人力图之，何可得哉？

张　芳

菊人，鹿床，澹翁，江南江宁籍，句容人。

寄钟孝虎

先生大雅扶轮，英绝领（古同"岭"）表，金竹之标鲜长翠，玉茗以尚白能玄，是真迥秋水于伊人，徒令怅春心于一方者也。弟以孱材，谬先结绶，五稔于今，其效可睹。每念环山春晚，孤襆清言，香生研滴之云，气喝浮杯之月。尔时朱髯健骨如峰，元常活花在笔。家大风先生，复以辋川之简远，修净名之清泰。至其挥毫落纸，尤雅好我辈之疎狂。而云矫磐石，皆江皋第一主人；门窗榻几，咸渊渊留金石声。迄今读先生暨槐翁、家大风《无事长相见行》，真是舞袖翩翻，乱插花向晴昊也。洵当年快事哉！

〇于雅丽中能作放笔，淋淋漓漓。

寄李三石

客岁夏五，得闰三月内手教。其时弟方在雁峰之麓，中暑键户。闻苍头至，开椷（古同“缄”）快读，不自知烦疴之去体也。得句云：“北向好风山覆却，南还远信鸟衔来。”追思向来与二三同人古处交道，感叹久之。大抵友朋朝夕笑言之乐，正如声色靡靡，蹉过几劫，不复知友朋之艰难。迨相去岁时，睽以方域，资以困衡，使其居焉无与咨、行焉无与辅，然后恍然太息于久要之在是，震风凌雨，毋相悖负，是为难耳。来教所云“志向因之益励”者，真久要不忘之言。即弟五载湘南，中间索处何限，始知良朋难得，而向者等闲蹉过，为可惜也。

〇菊人之为人，诚所谓“兰味莲心”者，故一落笔，亦淡如秋水。

寄胡云矫

弟命本飘蓬，束带岩疆，望里门似在天际。自室无莱妇，每顾跉竮弱息，满目凄然。人世宦游，真有何乐？曩者致一椷于记室，以儿女百年为觍缕，念荆布遗骸，未遂丘首，神伤实甚。经年拮据，始克令小女随殡北还，素笄麻衣，归依蘐（同“萱”）树，弟方拭泪涟洏，正未敢以亲迎为请也。

迨客岁舍弟至署，乃知老姻翁过爱，不以弱女衔哀在室，俾就团栾。舅姑之命，又敢辞焉？第方离远宦，未饬礼仪，破涕为懽，实所不图耳。弟于此女，怜其相依贫贱，云衣阁畔，能琅琅诵七字诗，得俪凤毛，于愿已足。但愧拙宦，不减当年，每景通门，颇惭攀附。老姻翁为安定名裔，诎财崇谊，得毋喜其操作而前，可以举之青玉案乎？则鹿车追随，实事美一时、风高千古矣。

〇字字清丽。

与缪中实

春初兴言理棹，不及造厀（古同“膝”）一卮。记阁雨凄疎，花灯晻薆，虽练净烟霏，愁绪横塞，抽丽制中得意句读之，慨当以慷，恨无旖旎双鬟，檀痕珠串，飞遏江云耳。别时恍惚如梦，蜡屐到门竟去，尤难为怀。千五百里间，竽箸沉浮，裲裆冷燠，悠悠兀兀，以月为年。独端居取《秋蕁堂集》，浏连往复，髣髴遇佳人于烛下，拥名士于花前，观侠客之弄丸，听仙翁之啸树。因而思我道兄，赋心诗律，词品才峰，无不涵养情文、含咀声节，独其意思之所栖托，如寻幽梦，如觏仙霛（古同“灵”），不觉突兀于楮墨。

若《感遇诗》曰：“好名应自素心知，只厌庸疎不厌奇。”一再读之，喟然远念昔人，游览山川，撰成《史记》，爱奇也；寂寞汉季，嗜酒著书，好名也。否则阉然行媚，何渠不得快意，而低眉铅椠以老乎？晋人云：“使我有身后名，不如即时一杯酒。”此又贸贸，但以名为身后之知，如世所称“三不朽”。而不知古今一种嵚崎渊颖之至性，前有高岸，后有深谷，自吟自啸，自矜自惜，于其中所谓“顾影娉婷无限情”者，初未尝阔迂为身后之计。而吾谓非真好名爱奇，则不能为也。因搦管为道兄草秋蕁堂序，至数百言。恨孄（古同“懒”）于作字，俟相见时，同佳集并上，而略一引端于此。

〇造语新清，是唐人妙境，较晋代之简隽、坡老之天真，别有一种风韵。

〇清丽是其本色，更饶幽峭之致，极驰骋而不流于宕。往莿人诸牍，皆裁答妙手，而此尤其独出者。

与黄俞邰

绕树一枝，至俾老母远涉，而此地又有水荒，将来尚非吉土。故都可怀，当仍卜居南郭，否则良常仁畏之间耳。臈（古同“腊”）前又有吴越之游，支离飘泊，贱骨应尔。弟尝怪少陵欲还嵩雒，扁舟可径到，而自夔涉荆，自荆涉岳，自岳涉衡，屡迁其地，何耶？云月莺花，是处常新；憎喜暄凄，是处常变，盖亦有所大不得已者，而迫之使屡迁矣。

来教至，知减翁又罹无妄，惊怛不能已。比当路者之衡鉴，不知亦采听三代之直道否也？鑫山竟化为异物耶？弟近亦有哀挽朱槐里三诗，诗成辄作数日恶；以此，挽方老诗，每拈辄废也。

○菊人牍惊才绝艳，此篇又从简雅中坚其秀，光景为之一易。

纪映锺

伯紫，戆叟，江南江宁人。《真冷堂集》。

寄傅青主

仆闻太行之右，有傅青主先生，奇士也。为文磊落峭峻，如其人，如其地，怀想未之见也。甲辰冬，得见寿髦、投予二诗，盘空硬句，推倒一世，举坐为之动色。更读其我诗、紫芝赋，俱不从人间来。寿髦真先生子也！

寿髦复向予言：先生入山或数日，必授一书，程其课读。归问不得要领，乃严责之，得则喜；得而能指其孰为是、熟为非，遗略文字，窥见言外之旨，乃大喜。即使习一艺，亦然。以是寿髦博物多能，思精而气超，虽天资高彻过人，要亦先生真实之教也。

长安风雪，墐户枯坐，得寿髦而与之上下其言论。兴酣耳热，出步河滨，栖乌哑哑不下，层冰为之不寒，岂非数十年旷事欤？

古人父子济美有矣，张、曹、房、杜，俱无人撑立门户。而狄梁公子光嗣，为地官，克尽厥职；李西平子愬，雪夜间道，偏师入蔡取吴元济，兵不血刃，真能克家儿也。文章将相，原鼎足天地间。先生、寿髦，又何憾乎？于其归也，书此以报先生，并以志吾乐。

〇无时手滑腻之气，棱棱层层，最有品骨。

张 怡

白云，原名鹿征，字瑶星，江南江宁人。《栖霞集》。

与楚云和尚

霪雨兼旬，苔侵灶额，晨突无烟，数息宴坐。因戏吟曰：“万绿阴中置此身，三旬九食未为贫。若能辟穀应轻举，谁与名山作主宾？”拈呈吾师，乞一转语。

又

昨坐孤峰上，俯视游人，劳劳攘攘，瞢瞢缉缉，不知忙个甚么。立脚稍高，便觉纷纭可厌，况碧落上下视野马乎？经云“世界众生，如一器中聚百蚊蚋，啾啾乱鸣，鼓发狂乱”，真可痛也。午馀当过丈室极谭。

与友人

承示郁溪先生《易解》，钩深探赜，良工心苦。然《易》道易简，《记》曰：“洁净精微而不贼，深于《易》者也。”今就斗室之内，有宾有主，有尊有卑，或语或默，或动或静，何处非《易》，何时非《易》？若但求之于阴阳五行，而不求于乾首坤腹、坎耳离目之间，恐似宋人之楮叶也。《皇极经世》，先儒奉为拱璧，举圣人所不知不能、不论不议，而知之能之、论之议之，广矣大矣。然窃自念七尺之躬，百年之内，子臣弟友之间，多少欠缺，未能无憾；而侈言元会运世，无乃非自卑自迩之旨乎？夸父逐日，只自困耳。

来札云："此事须住山二十年，尽绝人事，真实参求，始有入处。"无论尘劳扰攘，不得如所愿；即如愿矣，此二十年中穿衣吃饭，出入起居，应人接物，烧香换水，又作甚么理会？窃恐鹞子飞过新罗了也。辄献狂瞽，知不河汉。

○不是谈《易》，竟是谈禅。

与周减叁

承命搜求山中碑碣。止据《金石考》所载，今仅存者，陈江总栖霞寺碑，唐高宗御制征君碑耳，然已非原本矣。其他竟无觅处。至于石上题名，及所勒诗偈，盛仲交《小志》所载，复十迷八九。

尝求其故，大约有三：石脉潜长，人自不知。曾见天开岩一诗，犹有数字可辨，皆中分为两，盖石骨长于中，故字形移于外也。又藤萝日滋，尘土日益，多被埋蚀。而石有长，亦有消。昨至岩下，一巨石崩殒数段，横塞径上，去秋未之有也，则知无时无日不有陵谷。而昔贤欲立碑山上，一沉水底，以为不朽，毋乃见与儿童邻耶？又所存字画完好者，石质必细润，受抚摩而麄疎者多漫灭。此如人之温克多寿，而粗豪多不永年，亦至理也。

何日入山，当面印之。寺壁岣嵝碑，杨时乔摹者，附一纸去，幸辨之。

◇所辨甚微。

◇臆度之论，但有至理，遂似确有典据者。

与姚寒玉

新茶少许，山中所产，弟手制也。道兄试于挥毫微倦时，汲取永宁泉，烹而啜之，两腋当亦作梅花香。宋宣仁后云："指挥建州，更莫造密云龙，拣好茶吃了，生得甚好意智。"瑶道人此茶，正是益智金茎，不数他密云龙也。一笑。

黄虞稷

俞邰，江南江宁籍，福建晋江人。

与吴山宾（讳非，贵池人。）

今世风雅坛坫，不乏主持，独实学一途，几成绝响。足下潜心六艺，流览百家之传注，而复家有藏书，倘于绛帐之中，勒成一书，析先儒之异同，阐往圣之精奥，成一经不刊之典，以式后学，继往开来，厥功伟矣！

仆之先人尝言："不变者道，不朽者经。"道非一家私物，经非一人私义，以为《大全》《集注》，尽扫百家而归之宋人，又尽扫宋人而属之朱子，不知郑司农、郑北海注《周官》，十异其五；刘向、刘歆父子治《春秋》，或主左氏，或主公羊，不相为也。紫阳、金华，夙称臭味，而读《诗纪》耑主毛公，不必与紫阳同。尝欲以近代理明义精之学，用汉儒博物考古之功，而迁延不果就，以迄于大故。

仆亦有志于是，冀留此读书种子。而末学之士，各是俗师，轻非往古。彼义疏之雅故，象象之微言，不堕虫鱼，即沉罔象者久矣。然宇宙至大，岂无白云楚望其人者，抱经林薮，潜持运会，但同太常之口授，即为鲁壁之遗音。足下居迩星源、彭蠡之间，计必心识其人，幸以薪火相传之绪，共一昭明。仆即不学面墙，亦思怀铅椠而从事也。汾亭在望，我劳如何！

○博约一致，乃称通儒。

与倪闇公

近代著作，可观者不少，然弟所服膺者，三家而已。《列朝诗》以风雅寓史学，浮山《通雅》以名物传精神；《新钞》《藏弆》两集，以性命道德之精义，文章问学之微言，而寓诸寒温之绪语：皆世所不可不有之书，亦世所仅有之书也。窃谓《列朝诗》汪洋如海，《通雅》蕴积如山；《新钞》《藏弆》之经纬条贯，自成一书，亦当如大川名渎，委输贯注于天地之间，钟阜匡庐，不必列于四望，而出云雨、现怪物，居然名胜者也。

○萝栖曰："屈指当今，约略数家，非漫然推奉也。"

与计甫草

读足下与栎下夫子书，谓吴人有为《正钱录》者，足下喻之，如遗溺泰山之上，山高且大，初不知也。善哉喻乎！虽然，即使其真能刻削巉岩，镌磨丘壑，究与岩岩何损？仰而唾天，自污其身，只益其愚而已。因忆得一事：当归熙甫先生时，有朱检讨者，诋訾其文，掷之于地，至目之为崔信明水中物。王凤洲先生尝记之。今熙甫先生姓字，揭日月而行中天，彼朱检讨者，即欲为长庚、启明，分末光以司一隅，亦不可得。为斯录者，何以异此？姑与足下俟之而已。

○但引一事为证，不必更言其人。

与罗以献

张澹翁当初度日，偶过旧书肆，遇洪觉范《石门文字禅》，喜甚。归语其内人曰："今日酽酒肥胾，以供醉饱，放箸无馀，粟且不继。孰与名花一瓶、香茗一盂，足娱吾萧辰邪？"内人笑曰："是不若花、茗之为乐也。"澹翁曰："然则子且脱所爱，以庄严文字禅矣。"内人欣然质簪珥，博书归，读之终夕。及通籍时，尤苦贫，其内人复割画叉钱，鬻《法苑珠林》以称庆。曲江宴罢，袍笏归来，然双椽，尽一编。漏五下，起，衣冠与同辈候座主门，犹袖一册，背人私阅，如举子槐黄期近，将踏省门者。昔人云："天下惟有福人方能读书。"必如澹翁者，方克称《洪范》"向用"之义。

〇张菊人罢官后，并四壁亦无。文人作吏，能自刻苦高品，无第二人也。

◇韵事、好友，真堪纪传。

与减斋先生

南董既往，世间史笔，宁复可信？仆尝疑《南史》所载诸帝，如宋之前、后废帝，齐之郁林、东昏，其淫酗暴虐，浮于受辛履癸，无复人理。及考《宋书》作于沈约，《齐书》作于萧子显，皆承纂〔篡〕弑之际，欲为道成、衍讳其恶，故不难为故君甚其词耳。凶人点染被害之家，宁有好语？两造陈词，亦决不目怨家为西山、柳下也。先生目光如炬者，必有以辨，祈教我。

〇天下之恶皆归，端木已切戒之矣。然正史家之失，方可尚观千载。

高　阜

康生，江南江宁人。《萝栖稿》。

与周减斋先生

寒家敝垣上薜萝，见者多赏其初夏展放时，新绿如染，叶叶鳞次，微风过去，作碧波千万顷。而某更领略秋冬之际，霜深宇净，落叶满庭阶，如在万山深处，令人意思孤远。因意此萝为先君手植，至今三十馀载。先君见背已二十馀年，犹令某对之肃肃，不敢作凡近想，生我之教训，固何时已乎?！敢请先生为书“萝栖”字，以宠其居，志不忘也。

◇胸中别有领略，下笔自成异观。

答周雪客

承示“三苏文字，全从《国策》中得来”，多有可议。盖以战国纵横，阴谋权谲，其言不本于道德，非儒者所宜称。然其文字博辩，变化无端。师其笔意，可以曲畅事理，眉山亦取其文字焉耳。尝谓文字之佳者，相其形气，如天地之有好山水，入眼快心，忻然神赏，何暇更及其他，况以彼之笔意，而抒我之事理乎？彼鹅湖、鹿洞诸贤，非不中有所见，而言词庸沓，不足起其势，又何以卓烁古今也？

或曰：眉山之论，亦有类于权略者。以予言之，岂独眉山之权略不可废，即《国策》之权略，又岂可尽废乎？善乎司马子长之言曰：“战国阴谋，亦有可采者。”

◇以此衡量古今人文字，百不失一。然恐世更有不知庐山真面目者。

又

读书学道人，第一要根器。根器一分，进步一分；根器十分，进步十分。如淮阴胯下，与子房同一忍辱，止为胸中有见，虽无赖少年，皆可师资，何必圯上老人然；伪游云梦，一女子能缚之，亦由其根器止能感召市井耳。使孺子可教，安在无如老人者，深为指授也哉?！

○可见天下无不可益我之人。彼唾面自干，犹是度外置之耳。

答　友

读大作，本是一层分作三层，须看其合三层为一层处，何等透快，何等淋漓！如画家皴染设色，凡用几层笔墨，而观者止见其苍翠欲滴、烟波万状耳。

示遇儿

禽之鸦凫，兽之犬驴，以及蛩蝉蜂蝶之细，皆世人所甚简贱，而诗家往往不遗。五字、七字中，偏若藉此族类，以助发其灵思，增长其气色。可见天壤间一切含生，皆与慧业文人，实有交涉，若有离之不得者。何况人群，岂可轻为傲忽，而莫之泛爱乎?!

〇从来未发，说出遂成至理。

与蔚生弟论画

画山水，虽与人物、花鸟不同，然贵得其神气，则细大总无二致。尝见陈章侯画络纬娘，项前二须，腾腾隆上，如一身全力赴注于此者，自根致杪，不得径以湾直举其妙。傥山水家具此手笔，则一切峥嵘萧瑟、变灭不定之景光，无不逼出矣。

予冬日坐明窗，窗格内纸仅三寸许，日光射蛛丝影飘其上，度可二寸有馀，细尘微封其上。隔窗视之，其窈袅纵送、屈身自如之状，并尘封若有若无，一一肖似，真有画家所不能措手者。吴道子、李龙眠诸公，想当从此悟入。然则工画者，岂必远求蓝本，专事临摹为哉？即有事临摹，亦须先得此意为贵耳。

〇昔人论画，有“以灯取影”者，亦是此意。

示门人周龙客

偶遇一友论文，言八家之文，纵使极工，满纸筋骨而已；

至于声响色泽，固无取焉。不知此种文字，原非小小法力之所能尽，而反谓其哑然无声、黯然无色哉？观其处处赴节，岂不是声？以此言声，声莫宏焉；字字按义，岂不是色？以此言色，色莫显焉。且夫天下之言色，未有不推南威、西子者矣，夫岂青黄赤碧之谓哉？淑秀秉于天然，而精泽溢于肤表，见者或以为舜华，或以为渥丹耳。然则举世皆登徒，又孰知色之正处哉?!

〇香以女儿为上，则知色之正处，端在何等。

与黄俞邰

凡今人一切嬉戏之事，古人俱收入学问中。如琴瑟不离于御，歌声若出金石，即今之吹弹度曲类也。古人以此等调养性情，涵育德器；至后人，遂流为淫荡之具。以故言学问，则过于拘苦，今之道学先生是也；言嬉戏，则至于荡闲踰矩，今之浮荡子弟是也。安得起先王于今日，而合而一之，则世之人，既不得轻言嬉戏，而学问亦不至于槁情灭（灭?）性。古乐复作，大道宏通，岂非至风流、至大雅也哉！

〇先圣一切制作，未有不本人情者。

与周鹿峰

《庄》《骚》二书，昔人推为合璧。然读《庄子》，不待解其意义，已妙其声音节奏，直欲缭绕半空。言逍遥，便如鲲鹏之独运；言齐物，便如天籁之自鸣，令人一上口，已觉举体欲仙。读《离骚》，不可不解其意义，须细认其前后重叠、左说右说处，全是一段忧君爱国之念，缠绵不解，欲挽回无从挽回，欲舍置不忍舍置，自叹自解，直有无可奈何者。故篇中薜荔、芰荷、兰茝之类，前后数见，虽似复说，其中浅深，各有不同，正不可作一色看。不然，但聆其声响，则不免与词赋小道，同一标流矣，岂得谓与日月争光乎？以是知古人著作，主于声音者，偏要深其意义；主于意义者，偏要亮其声音。岂至如后世作词曲者，但取有腔有板，而文义都俚，庞眉老人述旧事，但期意思显白，而词气错杂、不堪入耳者乎？

◯一样好文字，两样看法，总见古人著作有过人之才力。

与吴冠五

人情事局，都坏于末世之尚圆通，故有识者多谓当以方正持之。如狄梁公，人有以“模棱两可，全无持操”为病者。不知梁公全是以处骨肉之间者处人国，化其成心，留为吃紧一着用耳。彼幸幸自负者，托名于立朝贵有风节，一味激烈，不顾人情之所安，不但无济，以之召衅有馀。而不学无术之人，至以此等处国事者处家事，蜀洛之争，兆于聚族三数人中而莫之稍解。此犹两手自相攫搏，两目自相忤视，而谓彼之实甚也，岂不哀哉！故人之处世，不可过生分别。

◇世人又未可以此藉口。一部廿一史，是非茫茫，谁为之折衷者？

结邻集卷之九

释袾宏

佛慧，莲池大师，姓沈氏，浙江仁和人。

与闻檀菴居士

古德赠人以言。此行入仕，莅政已在旦夕，护法一事，试略陈之。盖闻“佛法外护，付与王臣”，但今之护法有矫枉过正、处置失宜者，遂致缁侣乐于庵居，苍生哭于原野，释子荣其鞶带，儒生褫其冠衿，岂不大可伤哉！惟我居士素仁者，今当以忠君爱民，为处官之正务，次乃及于护法。护其理，不溺于其迹；护其正，不牵于其情；护其贤者，不护其不肖者，是之谓真护法也。尚留神焉。

○本色语，遂成名隽。惟此老能说正经话，又何尝不是禅。

卓发之

左车，一名能儒，字无量，一字莲句，仁和人。《漉篱集》。

与黎尔瞻

古之真人散圣，或隐于吏，或隐于医卜方伎间，必有一种不伦不脊、若灭若没之致，令人不可测识，不必正襟盛饰，闭目匡坐，为世指名也。即如词赋家，江潭之有三闾，昌谷之有锦囊，住往乱如复乱，若风吹云，观者但如穆王之挟飞仙而游于广寒之天，与之默存焉可耳。

先生吏隐旧都，既妙于词赋，乃复于药石之中，而讽劝错陈、庄谐互用，其亦有《风》《骚》遗意耶？昔思邈入龙宫，得禁方三十有奇，而不肯尽泄，乃杂以他方千百，流通世间，明眼人当自向此中认取耳。

○佳文之在世间，正如禁方襍他方中，谁能认取？

与钟小天

仆少年得句，深自秘惜，不减长吉贮锦囊中情事。甲寅之岁，自南中归里，简数年藏本，则仓皇转徙时，为苍头狼藉都尽，一时愤惋，殊不自堪。然自此顿识文字性空，嗣后所得，随手掷去，十馀年来，遂不复留一字。本是悭业，翻成舍因，如庞公沉金汉水时，了无顾念态，文章宿习，藉此划除一空。

○读此如太真含玉咽津，可解烦渴。

与区叔永

我辈游览之情，不钟于世间走马斗鸡喧阗驰逐之地，而每于荒烟野草，追寻往事，斯亦奇矣！乃至歌儿舞女，亦复舍置目前妖冶，而独系念于骨朽魂销之莫愁、桃叶，何耶？盖慧业文人，情轻而想重，故往往结契于无情处。如论交则以山川为良友，嗜癖则以草木、金石为性命，正谓目前可以告语之人，皆不可告语；而山川、草木、金石之不可告语，乃真可告语耳。

○用乐府意，翻作一乐府。

与潜夫

客谓予："吴姬十五，歌喉艰涩，道字不正。而一线孤香，如春蕋初绽，去零落时尚远。若铜琵琶铁绰板唱大江东去，则意思都尽，感人似薄。"余笑谓客："迩来只解寒山文殊、拾得普贤少时儿女子语，英雄语都不复作，但听儿辈为之。"

〇翻案见奇，深有至理。

徐日久

子卿，浙江西安人。《论文别集》。

与余式如

尝观草木之类，有色焉，璀璨绚烂、奕奕动人者，则咸共欣赏，诧为殊异。然第可瞪目相对，取适光景已耳；每人手掐之，则中之所存，断与文采远不相肖。此名实之际，未有或辨之者也。若夫色之至者，厥惟青、赤，试原本所以为青、赤之状，于色何有哉？就若似若远之质，以水火变之，工巧剂量，又初非有意于为色者而不知其然，青与赤于是焉在？盖余尝学文二十年，一日见种靛者，而得其说疏如此。

乃今之学士家，哆口谈文，穷工极态。此如文章黼黻，极青、赤之变，而未始思，未始有天青、赤之原本。一班耳食之士，趋而效之，运厄风漓，偏多弋获，亦若济贫子之枯肠，与小人之诡遇。于是焉更为之说以相压，使夫钻研揣摩、劳精费力，究竟不得与铺张撮凑者同捷，其又谁甘之而谁信之？悲夫！祖龙之虐焰，万万不能烧烬六经；而由今无改，窃恐世界灵光，不免销铄于文人之笔舌。其为业障，可胜言哉?!

〇能言至微，知文章与纪事同流。

复钱长人

天下事未到手时，俱如洋海茫茫，无可济度。若步步踏实，渐渐理解，自然有安顿处所，不忙不闲。今乃云“学问无他，只是一捨”。窃谓有识高人，从旁议道，一语尖利，心眼豁然；及至当局，却又是眼中花影，自己不着。吾侪用世人也，除是撒手便休，无复置说；若犹在世，则自富贵功名、是非荣辱，迟早轻重，自须寸步着眼，善抱之犹恐其脱，而敢云“捨”？若止像世俗所言，拚得做去，则如人履险时候，势必至自己攒办，只顾这个，别的原带不起，又非“捨”之谓矣。

◇用意甚深，细味之始出。

又

忽见花间甚灼，取其最红者掐之，汁乃不红。其染红之至者为红花，花则未始红也。至染色之初，浓汁尚弃之无所用；至洗之漉之，而后真红始出。然则红者，花之所未尝有也。为文而不加以洗漉，求其艳如花，难矣。

◯即前文采之说而言之，加爽捷。

答　孙

尔问“其默足以容”。余记王阳明年少时，见一僧端坐，不视不语三年矣，阳明至其前喝云：“这和尚只管眼睁睁看甚么？口吧吧说甚么？”僧不觉张目而逝。正是外面关得紧，里面越是炒闹不过。若是含元气的人，真是放了就罢，寂然太虚，随他天翻地覆，此中侭宽着，侭勾旋转，何曾有些子绊碍而不能容哉？如旧义反说“见容于世”，不惟看这君子不像，且于文义亦远。

◇紫阳自是正解。借一说发出妙义，未始不可。

◇为世所容，亦是大手段，不可轻看。

寄易茂才

《日录》可谓大备，“媿文不称，只益吾丑”，虽然，何害？文之不至处，可忽乎哉？余曰：“方孟旋持论次骨，余承其弟畜，则窃谓不如无言。”孟旋笑谓余是“且藏拙”，盖余生平之欲得便宜类如是。然余尝读史，观古人行事，终是讨便宜为第一义；宁独文学，宜作此观。余之出门之日，便遭倾跌，缘此法失也。世之谓余文者，如是乎？

复友人

日常无事，则携壶酒毡单，一人往楼上畅饮，醉即偃卧于纯阳之侧。此公幸不言不动，不以礼数绳人，而可以为侣。江涛前后无际，为洗发一切恶梦因缘。醒来无事，真是此身在霄汉上，更有何者是相辱耶？

◯像教本以作人敬惮，而亦取于容我恣放者。用此法供佛更得。

与　人

宋儒有言：自家犹不能快自家意，如何他人尽快我意？要在虚心以从善。范晞旸为之转语曰：“自家犹不能快自家意，如何快得他人意？要在实心以求自歉。”余宦游渐久，痴愚认真，虽家资寥寥，人所共见，幸于骨肉之间，不能无望，即余亦中自歉然。今读此语，殊觉斩截。但思宋语，终含元气；如范之转语，却似秋冬矣。

◇体认格言，另是一意。

与李萍槎

弟谓李瑶圃还真，足下谓“真”字好难说。弟谓说到真处，除是精金，无些子渣滓，此便是入火不热、入水不濡的手段。吾侪相与，得见有成色的人，虽分数不同，尽堪寄托。如今世态，不止将铜作银子，直是纸钱楮币，通行得去也。

复梅惠连

弟犹忆二十年前，困苦至极，死活不得，终日作文，终日烦恼，又终日不住。成文俱不敢示人，即示人而随发赤，以为遭轻薄者不可耐也，遭赞叹者亦不可耐也，或不幸而遭铺张谈说之士，尤不可耐也。乃今天下之言文者，初不内量其力所能为，外度其人之所可受，欺心造业，称引前辈。而按其实地，堕鬼国尚不自知，亦可悯矣！

◇冷煖自知之言。

与龙无字

兄名字未彰，当事者向未知有无字，此弟之过也。然兄于堕落苦海时，不自救而呼人救人，即此见胸怀一节，杨兄已如命致之文宗矣。

◯此等牍，又如是短章，而用意深厚，自度度人，字字有层曲，只是见地灵透之极。

复龚与嘉

一官局身，便于友近聋，于文近瞽。

◯文人自家嘲笑，诚耶、伪耶？

示　人

世间生知者尚有，若生而能学者绝少，生而能困者绝无矣。古来惟舜一人足当之，此外如勾践辈，则已是矢在弦上，不得不急。岂是他生来会得如是，只看他不可以共安乐，便见底里。盖生而能困，这一种坚忍之性，不是大圣贤，便是大奸恶，决非寻常等辈。所以人只须学那困的，便是的。

○味此等议论，令人脊骨竖起。

与方孟旋

夜来闻三公示为部曹之法，极中吾隐疾。一夜寻味不已，乃知下根人，不但要一个有见识人教导，决须得一个有势力人打骂。不然，则这一副痴骨头，知道痛痒，在何日也?

○不肯说一句瞒心话。

与人论文

知备食料，而不知甘苦酸咸；知甘苦酸咸，而不知鼻舌心意；知鼻舌心意，而不知天下之嗜味者何故，不自信而信易牙，难矣哉!

○除却题目字，暗中摸索，亦知是论文。虽然，岂独论文哉!

又

也有蓬鬓乱发，固自佳者。若向来意在尽饰，则些子不到，便成不雅。

示　人

以水照天，天在水下，虽浅水，人更不知底里。如此亦是文字一等三昧。若水中所有，尽数搬浮水面，便不免为儿童窃笑矣。

○不但未经人道，并亦未经人想。

又

草石参差，从中看水势经行，曲折纡回，致可寻味。

与胡远志

君谓人当看内典，“若史书，都是说谎的本头，看他作甚”。弟意若道说谎，如来也是骗人。若自己有定盘心，便看史亦得。且道甚的事业，就想出世，也还是从这里透出才稳。

〇远志云：“闻此语，弄得人不痛不痒。”

复徐元晦

郎君知极进，但嘱兄切莫将父兄去教道他。小儿为此一着，至今便觉团不起、滚不出，悔之何及。我辈头颅如许，老态日甚，正望少年行随意发挥，倾悦魂梦。

与刘济甫

场事近矣，文字无他端，只是不由人束缚，亦不由自己放纵，便是佳境。

与汪岁星

君谓古人为事所迫，今世事为人所迫，所以成败相反。弟意古人学问，如种子在地，不慌不忙，待气至时，自尔发动，从土生根，母子有序，人力不同，天自不违。后世豪杰，不免急于自现，如将现成树位置移植，持根就土，无问厥初。若工巧殊常，气候偶应，则敷华结果，亦自不爽，然所徼者适倖耳。如今则似采花置瓶，取悦朝夕，拚得坏了，就换拚得，不求结果，岂有讲于生息之理，与岁终之计者哉?!

〇读此，知时代盛衰、初晚之故。

卓人月

珂月，浙江仁和人。《蕊渊集》。

与孙凤林先生

月犹忆常山揖别之后，曾寄陈昌箕兄，致一缄候起居矣。嗣闻师母老夫人之变，即草哀词附同社以唁。今屈指十三年，通问无几，疎怠之罪，可胜诛耶？则有说焉。

念十三年之前，师台之所期于月，与月之所自期，岂谓其寥落不偶，逮于十三年之久？十三年之中，日愿得一当以报夫子，而日复一日，未有善状，则月方自疑其手，夫子方自疑其目，何敢屡姓通名，致师台之屡嗔其“负我”；又何忍屡通姓名，致师台之屡为月忧哀而慰劳也？由是往往欲裁一尺素，藏之鱼腹，而踟蹰不果焉；往往欲褰裳溯洄，望见颜色，而踟蹰不果焉。又往往跂足而远视，冀赤舄之蹬然而出山，化成天下，施于我土，而不意先生之亦踟蹰不果也，抑先生不念此苍生耶？

今庙堂用人，其位置之当否，虽不敢知。然月以诸生言诸生之所习，则自《四书》《五经》之外，今且举宋儒所著《小学》而颁之学宫，五其书、六其经矣。月岂不谓此乃敏德兴行之盛典？而独怪建此议者，似未尝读《四书》《五经》，併未尝读《小学》者也。未尝读《小学》，故妄谓此中必多奥妙珍重之辞，而不知其即采《四书》《五经》之绪论；未尝读《四书》《五经》，故以村学究之文理，齐东野人之故事，而妄谓其可与《四书》《五经》并垂。夫内篇既出于《四书》《五经》，是枝指悬疣者；外篇又出于村学究、齐东野人，是鱼目狗尾也。

且夫驱秀才而为村学究、齐东野人，则其所以位置秀才者，亦可悲矣，又岂但百僚之位置草草乎？则达人君子，安得不自位置于乌山之侧、鹊梁之上、桃坞梅坞之间乎？然师台苟出而图吾君，为鸾凤之鸣，为鹰鹯之逐，则天下事，亦何至于不可为也？如遂乐于自位置而已，则师台持论，必贵知希而贱行义。月之皇皇无君，日愿得一当以报夫子者，未必为夫子之所首肯；而月之寥落十三年无一善状者，必为夫子之所疑、所嗔、所忧哀也。抑文中之门，不可无房魏其人乎？或出或处，月将何途之从？月是以不敢为《乐志论》，以崇师台之隐；亦不敢为《感士不遇赋》，以躁小子之营，而惟师台之所指南。

近刻《然疑草》一帙，虽屡迁其道，以至于斯，而仍未卜其与功名之近远。此月所谓“自疑其手”者也，亦惟师台之所指南。又附之以《八鬟诗》《中兴颂》各一帙者，昔少陵赠花将军伎人云“此曲只应天上有”，说者以为讥其僭侈；昌黎越在蛮荒，乃穷思毕精，扬励“元和圣德”，以赎罪过，然则二公虽为欢愉之音，而其云蔽长安之怨，雪深瘴岭之愁，无乎不在。师台其以是观之，或不以为《诗》近于淫，《颂》邻于谄，而贳其唐突大君子之辜乎？

◇忽就目前所见之不平，极力抒写一番，想见胸中垒块，触手淋漓。

◇当世无人议及此者，足见卓识。

◇前就势便作议论，都未明叙，此反补出。文无定质，随其所宜。

◇莲旬曰：“但得如此，方称知己。”今世为我辈忧哀者，不无然疑，而嗔者大半矣，皆不足为其知己也。

李日华

君实，九疑，浙江秀水人。《李太仆恬致堂集》。

约同人刻未见书

吾辈荣名素澹，杂嗜无关，所用漱涤神情、开益智虑，唯是松光竹荫，滑几恬薰，消受三馀，横陈一册而已。昔李文饶叙平生快意事，以为无踰读未见之书；裴晋公抄《汉书》未终篇，以为永恨。彼所谓“魁礨丈夫”也，是皆濡吻富贵之膏、盛色旂常之树者，而犹嗛然欲厌心于是，矧余辈游斯息斯，方与蠹争食者哉？

顾今天下号慕古者众，书亦稍稍尽出，而三吴泽国，转输良便，少缩饔飧之馀，无难耳目之及。有如品目显著，简帙重大，且竞为国门之悬矣。唯夫庾词隐笈，单乘孤诠，咀吮多海错之奇，杂陈骇遐方之睹，诡同鸡吐，贵等蛇衔，往往袭珍椟内、匿耀帷中，有者弗传，传者弗广。今夫抽珠玩月，绝意荆山；击筑飞霜，忘情法部，专愚沉痼，莫之与瘳，亦可悲夫！诚令汇萃玑璘，编贯条理，各登所善，递相灌输，存古人之大全，垂宇宙之绝业，欲饮则人人适河，索照而家家取燧，宠嘉无限，表树庞宏，不亦烂然群玉，而洋洋雅奏也哉？余愿博雅君子图之。

○辞与旨协俱，令人神飞色舞。

与王穉方孝廉

不佞黯浅疏昧，不自揆度，辄思纵心千古，游意百家，揽其菁英，稍资润泽，不甘菌腐，薄効铅刀，悬髦垂缨。迄于今兹，发且种种矣，而修名不立，殊足媿也。每见古人巨丽铺张，则为魄惊；遇淡泊元（玄）奥，又为默醉，片言方服其居要，千转亦叹其不穷。金鼓鏦铮，耳不一受；旗辙纷互，足蹈躇蹰，徒涉万艺之林，靡有一家之树。今则顺口歌呼，随手应削，期于酬俗而已。

足下旷朗无前，鉴达空际，乃误以文人相目，不佞何敢当？但有扪心耳。世途冲冲，自轩车以至徒步，咸受辘轳，求止不得。及乎绳索一断，机运悉停，则又偃然寝乎巨室，向之驱驰，竟何为耶？尝谬谓植戟呵殿，不如一簷晴日；宫悬九奏，不如半室虚闲。足下以丁盛之年，挟经纬之具，而婴疾安处，谢尘鞅而亲缃轴，人间之劳尽释，宇宙之观不废，正天之巧纵足下，而奉以千秋也。

伏承奖借，益惠好音，固由宿昔之旧，不遗菅蒯；亦以臭味之齐，收及椒蒡也。感激感激！

◇气象一新。

与高明水膳部

不佞尝三梦入朱陵，又读《南真》《魏夫人传》，与陶华阳《真诰》诸书，郁郁芊芊，如在祝融紫盖之下，赤君旌幢鸾鹤，彷彿可邀也。无奈尘缘未谢，病后气力衰少，未能治瓢笠，问路重云。有如台丈，轶材仙韵，捧天子节，驻霞烟窟中，吟啸登临，山灵水司，悉从部勒。大则咽芝饵丹，天地并老；小亦如元次山砻石镌字，标天南之胜，垂千古奇迹，真令人妬绝耳。何者？其人无文情，无道韵，即履天都、王屋，了不相涉，不免“顽仙”之诮。正唯慧业文人若台丈，又置之仙灵境地，又不深烦以簿书，偃仰彝（夷）由，殗胜自足，乃真可妬也。

◯君实文，大约多胎骨，于道家为稚川、华阳之流派。

与戴稺宾

以扛九鼎之力运寸管，以营四海之目分位置，以布六奇之法妙出入，以鸾鹤冲云之势领超奇，以鱼龙狎浪之姿鼓变态，以漱雪嚼冰之韵归峻洁，以水到渠成之理还自然，词、笔二家，咸佩斯印。

与鲁孔孙

子瞻雄才大略，终日读书，终日论天下事；元章终日摩弄奇石古物；与可亦躭篆隶，读书谈道，非区区习绘事者。止因胸次高朗，涵浸古人道趣，多山川灵秀百物之妙，乘其傲兀恣肆时，咸来凑其丹府，有触即迩迸出，如石中爆火，岂有意取奇哉？

与　人

白石翁诗，沉卓雄快，真〔直〕闯杜陵营垒间，夺其兵符，易置变乱，无不如意。俯视中原紫气诸作者，不堪偏裨位置。乃翁之追趣洽而取名淡，不行家集，不登国选，徒于所作墨戏林峦树石、花鸟虫鱼间见之，片语挑焰，生动跃然。

人或谓翁诗以画掩，余独谓不然。今人雕镂标炫，群儿自贵，意中以为一烦枣梨，便足千古。不知篇中无语，语中无味，一摹再摹，不过糜尽数千番谷皮，即烟消雾落，不复更知有若而子矣。翁画世已有定价，如寸珠尺璧。语曰：“美则爱，爱则传。”以必传之诗，附必爱之画，是诗以画寿，非画掩也。仆于二事，亦尝涉其波流，未必能动人爱。而工力夺于读书，一洒墨即任其散落，如左师触龙之论嫁女，利其一去不返，岂顾媵哉？

◯从画中见出好诗，从题画中认出好诗，手眼真堪作对。

◇妙喻，善写难写。

与程松萝

今绘事自元习取韵之风流行，而晋宋唐隋之法，与天地虫鱼、人物口鼻手足、路径轮舆自然之数，悉推而纳之蓬勃溟涬之中，不可复问矣。余尝叹性命元（玄）虚之谈胜，而礼乐名物圣人经世之具，悉成钝置；禅宗捧喝之教行，而六度万行、三乘薰炼之学，皆委虚文；元人气韵萧疎之品贵，而屏幛卷轴，写山貌水，与各状一物真工实能之迹，尽充下驷。此亦千古不平之案。具大眼孔、大胸腑，实容古今出没者，遇此等物，乃粪埽堆中，偶获先世所遗一颗宝珠也，安暇就浮估时贩，商米肉价于早晚间耶?!

〇今人论画，但以一味糊涂粗率为高脱，其去元人气韵萧疎更远。苟辨其真伪，两家皆有得失也。

示　人

人人有一片洁白自受用地，断须他人所能分享；人人有一撇不下担子，断不能雇倩与人。其他可揽可推、任情起倒者，皆世界中事，非我事也。

又

有一席地，展布四体，便是道场；一念卓竖，便是根基；一事撇得下，便是解脱；一境抵拒得过，便是降魔；一念相应处，便是证人。如此相续，去千了百，当更求奇妙失脚重崖也。

〇不自在处，正是自在。

又

初入道人，浮游之念易驱，执念难化；稍得力后，执念虽化，浮游之念难驱。以初心猛念摄持，而后少知解脱耳。解脱邻于弛放，有不觉浮游之扰者故也。

又

山谷与王直方柬云：“子瞻明日必来，当设砚席于清凉处，多堆佳纸俟之，张武笔其所喜也。”想见古流相聚，全以翰墨为戏。其切磋鼓舞，安得不日造胜地？今日酒肉征逐，不唯声气寂寥，即求一善缚笔如武者，亦不可得矣。每一挥运，辄为三叹。

王亹

予安，浙江会稽人，茂远尊人。

与谢无可论纪载书

史笔与家乘不同。家乘者，人私其所尊亲，非详莫悉，非盛勿重，故细而繁之，小而张之，然巨笔尚有矜慎之思。若夫作史，则载多人，大书特书而已；且有载其一事而众端可废，亦有详其一事而众端具见者。故家书乘，累纸不了，而史笔欲以一二行了之。此中着眼如箕，下笔如刀，非去贪割爱不可耳。若夫子长妙处，宏篇巨册中，时有一两段闲澹没紧要处。虎头之颊上三毫，长公之旁见侧出，史笔之精神与其人之精神，波澜生动，刻画无痕，乃为至也。赵叔鸣（名寉，官副使，江都人。）有言：“昔人谓侩人宜取心肝，喻于致命处殚力耳，毛肤焉足试乎？”斯言可思，微独文章，经济道德，何独不然？

◇去贪割爱，不独作史当然，文人一执笔，便当作此想。

祁骏佳

季超，浙江会稽人，世培先生兄。

与继起和尚书

世趋日下，法运亦际秋晚矣。凡天下举一事、消一患，而求其一平如砥，无少阻格，古且难之，况于今乎？兹者消弭之役，实属盛举，而旁挠之人，彼此不无。惟二三正人，相信于光天白日之下，坚持宏愿，不为所摇，则幻影顿消，赤汉如故，宵壬伎殚，而旁挠之路绝矣。盖主盟须耐旁挠，犹之居闲须耐交谪，亦事势之必然者也。譬之越江拯溺，入海探珠，即有狂飙巨浪，惟赖舟师一人，柁柄在手，终必获济。若必求其微风不兴，轻波亦尽，世故无此江海，亦何以显长年舟师之大神力哉？幸和尚坚持无惑。

○祸起于费隐之多事，季超非党济宗者。

复沈求如先生书

承大教谓严统一事，宜以理论、以道处，不宜公庭质成。此至当至正之论。譬之一身之中，忽发一疽，宜内消，不宜外溃；宜药饵，不宜刀针。虽然，人亦孰不知之而孰不愿之哉？乃刀针之术，卒为名医所不废者，夫固有疽坚毒厚，药饵勿效，于是有不忍坐视其死者，不得已起而一决之，以延旦夕之命。然而一体之伤，固不免矣，岂愿之初哉？此盖有大不得已者也。今日之事，何以异是？

○严统一书，实属妄作。今其副墨已燬，争端永息矣。

寿启和尚

恭逢周甲，人天争祝！方且山不藏珍，海不匿实，而穷道人乃仅一画一字，仰祝遐龄，岂非近时一怪事？然向读东坡《怪石供》云：“禅师以道眼观一切世间混沦空洞，了无一物，虽夜光尺璧，与瓦砾等。”则弟之一字一画，献之知识之前，又自祁道人始矣。

○绝妙祝寿词。

致陶水师昆仲

弟久有外方之志，今乃得遂，然自惭其迟迟也。弟念吾之所不能舍者，祁季超也。弟昨已悬像陈蔬，为文自祭而别之矣。祁季超已别，则当无不可别者，而况身外之长物哉？生平玩好，原不甚多，今已尽行分散，凡相知朋友，皆随意分送一二，以谓我可舍、长物可舍，而朋友之道，终不可舍。适架中有宋搨阁帖本，昆玉五位，幸各存其一，以为一时笑柄。他日有散发披襟，曳策行吟于吼山、曹山之间，非他人，必季超子也。但梵志有云："吾犹昔人，而非昔人。"不知诸道兄，犹能识此山泽之癯否？一笑。

〇季超见地，遂超人至此。

孟称舜

子若，子塞，浙江会稽人。

答人言谤书

承示云："韩子曰：'道高而谤至。'今子谤言日闻，意子道高所致与？"呜呼！足下之言，其谀我耶？抑讥我耶？

不佞无退之之才，而同其阨，命坐磨蝎，动与谤俱。退之云"动而得谤，名亦随之"，斯言若不以得谤为恨，而以得名为喜。夫人之谤我者，将以毁我之名也，谤至而名随，则其谤我也，不滋以益我乎？顾舜则但有其谤耳，未有其名也。然名实非吾所乐有，名愈重则谤将益甚。故欲止谤，莫若避名。昔之学道者，将使坐者与之争席，而后其道为益高。今使人谤我，是犹使人知有我也；使人知有我，是我之杜德为未深也，安在其为道高而谤至乎？然则我名之不如退之者，不顾反有愈乎？而又何讥焉！

〇子塞著有《史发》《世略》《说铃》诸集，而所著词曲数种，直入元人之席。今望八矣，著述犹不倦如此，虽欲逃名，得乎？

胡　介

彦远，浙江钱塘人。《旅堂集》。

与　人

沈幼宰云：“秀才学医，如菜作齑。”予谓好秀才学医，则为良医，为名医，为时医；低秀才学医，只成就得一个庸医而已。闻子将云：“好秀才作医，尤是险事。盖学问聪明，尽是杀人利器也。”贫贱之人，何业不可餬口，而偏以人命为尝试？其情诚可痛恨。吾愿足下慎之！

严　沆

子餐，颢亭，浙江余杭人。

答嵇留山

《留山堂图》，五阅月乃克成。弟画安能留留山？乃借留山留弟画耳。然弟画安足留？往时儿戏，聊复尔尔，此事关至性乃佳。若仅辨山之深浅，树之曲直，渔汀茆屋，位置方向，犹是画苑良工；况并此未曾研讨，而俨然挥洒，宁不可愧？王宰不受迫促，乃肯留真。无论今人概不及古人，即知古人者亦少也。往在长安，尚能读书作诗，一自里门酬酢，心境俗恶，此事都废，不自知性情汩没何处，此岂可博宗匠一哄耶？

○予性嗜画，索画恒苦不足，每以不得颢亭一水一石为憾。

曹 溶

鉴躬，秋岳，浙江嘉兴人。

与杜于皇

文章家，弟近又得一人焉，为西江魏叔子。其识见议论，足与于皇相上下。弟惟见其论古诸篇，于他体未概睹，然相其笔势，必能者也。弟所以深服二子者，良以一时风气，言古文者满天下，其率臆妄作，放手野战，自以为过于古人者，既在不知文之列，可以不论；而一二泥古之士，自矜合作者，又如画家临摹，一种点画毕肖，然离乎古人之迹，自作数字，便不成书，则亦可谓不善学者矣。独于皇与叔子，既优入古人之域，在规矩法度之中，无一字妄作；而又能脱略形迹，摆落格套。如书家得古人之神，而能自为书，以妙天下而传后世，是乃可贵耳。何日枉访商量，尽发秘藏，以问剞劂，实弟志也。

◇诚为至论。

童本立

木有，浙江鄞县人。

上某先生

人生最不幸者，宠禄及身，左右交游取容之人多，敢言之士少。习焉不察，始由燕笑，而卒致祸败，不可以不畏也。务在知言，知言必先如人。昌黎谏迎佛骨，佛若有灵，必取此疏而朝夕趺诵，不以谤己而非之。牝秽如婴，犹能以违心之言，归咎宰相，以勿沮右丞敢言之气。正人正言，盖可忽乎哉!?

陈　濬

开仲，福建侯官人。

与减斋先生

夫子之德于濬者至矣，白玉四环，明珠一寸，恃有七尺身在。

徐延寿

存永，福建闽县人。《宛羽楼集》

与减斋先生

磁石虽不作意，诸所有铁，必来附。我公即无意招之，应自来集也。

乃公遂如是已乎？白羊至人杀不能作声，可哀也夫!

◇所指谁氏，殊足人悲。

蒋　玢

绚臣，用弢，福建闽县人。

与减斋

时人选诗虽恶，然亦有足采者。臭泥中生莲花，但采莲花，勿取臭泥可也。

〇但恐尽是臭泥，无莲花在。

何伟然

仙臛，浙江仁和人。

与人

深藏厚蓄，多水火盗贼之虞，天道之恶盈也。若孤贫之人，天道何所忌？而备难之以多虞，想其愤激嗟叹之气，盈而欲溢，亦为天道之所恶。故知盈之所忌，不独封殖，倘一息一念，少有过情，皆盈也。水火盗贼其伺我者，甚于藏蓄者也。

〇孤贫之人，又不许愤激，嗟叹人之生世良苦！

与吴文中

见《地狱变相图》，刀山戟林，锯磨沸镬，极刑阴惨，而此中无怖者，洁修定养士也。见而怖，怖而惕然若身处其地，一刻不能自安者，亦有意好修者也。惩戒惕于前，而忏罪除过之念，绝无萌芽，必其人所行所为，有甚于图相之阴惨，反觉刀山戟林、锯磨沸镬，为寻常事矣，则地狱亦无奈此等人矣，何况惩戒于圆影中耶？不若转画一幅《西方极乐图》示之，或不得于畏心者，庶可回之以羡心耳。

〇皆是慈悲作用。

答卓左车

快雪堂，非雪不快。但长公病疟，即字义已与雪反，安得更置之烟岚中耶？明日霁，当登山一晤，寒气沁人，坐破楼如百重紫丝障不忍出，奈何！

朱一是

近修，浙江海盐人。《为可堂集》。

与范遵甫书

王粲避乱居荆州，依刘表，后世称“依人”者，必举为喻焉。粲著书数十篇，荆州坏，尽焚其书；在者一篇，意即《登楼赋》也，旨趣浅薄。虎之一毛如此，其斑亦可见矣。依人之国，当为其国效忠，而粲一无短长，操至即随刘琮降操，他日王粲《从军诗》，指操为圣君；又云“窃慕负鼎翁，愿厉朽钝姿”，盖欲效伊尹于汤以伐桀也。是时汉帝尚在，而居然谄谀如此！此无忌惮小人，不知当时蔡邕何以倒屣迎之也。又刘桢，《赠五官中郎将》诗，亦指操为元后，比谯郡为丰沛，有文无行，令人发指。陈思王与此辈游，宜其无成，表求自试，其谁辅之？将何试也？

愚因粲及桢等，而叹虚名之无益焉。当时并王粲在荆襄间，有孔明、德操诸人，世人称此遗彼，岂粲游表幕、诸人俱隐其地耶？此后作诗赠人，无轻用依刘登楼故事，以羞当世之士，与足下共诫之。

◇自是正论，非翻案见奇，犹有《史》《汉》风神。

与减斋

“平山横古木，远水接长天。荆浩空遗笔，何论赵大年。”此修旧题杨龙友画句也。作画密不如疏，浓不如澹，近不如远，多不如少。大作家正似不到家者，惟减斋先生能解此意。

陆彦龙

骧武，浙江钱塘人。《燹馀稿》。

与许天仪

入皋亭才六七日耳，日与丽京、鲲庭，披襟散发，箕踞长松下，旷然佳胜。然以向所触热之身，忽屏群碎置凉适中，积暑激发，交战于中，辄作数日恶，吾头岑岑如入身热、头痛诸国也。亟归，觅足下所称长孺者而治之，乃长孺一老秃翁，通闭解结，未能反之于平。甚思有心斧子，为作《七发》枚生，岂如右英夫人所云“芝草与汝食”，汝亦不能来耶？

〇数笔耳，楚楚可吟诵。坡公小品有之，然无雷同之致也。

上职方李立斋旧邑侯书

龙承声教所讫，习见亮节义声、神明慈惠之治，为近古所未有，冀得一望风采，以为洗濯向化之地，于愿足矣。乃蒙国士殊遇，所呈诗古文词，往往闻之同人，谬获叹赏，华衮下儗(古通“拟”)，青云为昭。且郊劳报谒，折官位行辈以下交，容接之际，衣褐衣褐见，衣帛衣帛见。此布衣韦带之士，所难必之王公大人者，而龙于岂弟君子，获异数焉。古人知己之量，所以重于感恩也。

虽然，知己之于感恩，亦相为见者也。王公大人之于布衣韦带之士，未始不相需之殷，而或往往多相遇之疎。此豫章梓楠，必得匠石之斤削，而蔚为国祯；麒麟騄駬，必俟良乐之睇盼，而声出金石耳。若既知非朽株凡马，犹听其偃于空谷、困于驵骥，如士之忧郁穷闉者，匡坐絃歌，缨绝踵决，又不甘为沁沁伣伣之徒。苟有所求于世，而采菽不足以事亲，拾橡不足以自给，阮涂之穷，蜘蹰返辙。当此之时，有抱木而枯耳，然而瞻视仰望，犹尚有知己在，得不为之一悲鸣哉？

昌黎为一代大儒，所上执政诸书，齿及于赍用升斗之需，而屑屑于米盐凌杂之细。生平尝陋而笑之，几欲薄其为人。及躬处流离，切身为患，欲告之他人，辄面赤口吃而卒难一语。始知古人当困约之际，量而后言，盖亦投诚控诉于上所知我之人，而有所不可已也。今龙窃附韩子之节，惟执事图之。

◯较昌黎更有傲岸之气，去其琐屑寒乞之声。

◯是时骧武为诸仆辈利其财，窃资装而去，偶有匮乏耳，非能仰面看人也。

缪伯声

浙江山阴人。缪公以《葩经》名宿为上元令，有仁惠声，士民至今歌思之。

示　人

人一生爱养此身，可谓无所不至，及至回首，即此一身作楚，与我为仇，相离而不相顾。湛然师云："世间无主莫如心，忘恩最是身。"歇菴先生亦详哉其发明之矣。

事涉刻薄者，即所持甚正，亦不可自我开端。

人生五十以前，所恣意者，皆足以致病，若我有以招之，自此以后，种种相寻，不招而自来矣，即此是现报，何论后世乎。

◇陶歇菴先生诗："负心莫讶他人，辜恩最是吾身。日奉千金供养，偿伊一掬灰尘。"发人深省。

◇今人即所持极不正，亦偏欲开端，偏欲结局，刻薄性成之矣。

结邻集卷之十

黎士弘

媿曾，福建长汀人。《托素斋文集》。

上钱牧斋先生书

日者巨源徐子，不以不肖无似，猥以贱名闻之阁下，曾得读先生报章。今巨源又欲不肖裒集近文，令自通其言于左右。然弘则何人也？古文章之士，欲就正于当世有道，或负鬻其书于车前，或隐其姓氏，为人赁舂作食以求亲近，至三年五年，不复得见其面。彼其见大人先生之难如此，而又不敢自呈其无因之言如此。今弘竟聚其鄙芜之辞，公然识姓名而上之长者，则弘之妄，亦已甚矣！

弘生三十五年矣。束发受制举之书，虽间收时誉，不无自厌薄所为。赖先世之积，颇有藏书，日夕编摩，弟兄自课，约略手抄，将二百卷；为诗歌古文，亦约略数百馀纸。然亟亟乎为之，而终求一言之几乎道而不可得者，则见闻之不广也，时命之不达也。所见当世钜公有集行世者，率皆身都尊显，典章制诰之言，多出其手；名公将相，墓版碑铭，非得其文者，子孙比于不孝，非其文重，其事先重也。弘少且贱，不得入承明、典著作，又生长万山中，不接于大人君子。即使文可驾贾、班，言可凌崔、蔡，亦何能无欢而笑、不戚而啼，以一发其胸中之奇乎？

因叹史迁才高一代，其所著书，为古今冠冕，亦曰“家世史官，去秦楚之际未远”，又亲见孝武之世王侯将相伟绩丰功，登封战猎之雄，宫阙楼观之美，故其文魁奇跌荡，与事俱传。若司马长卿，才非不敌也，所著惟《子虚》《上林》诸篇，《告巴蜀》一文，馀无所表见。于其将卒，特著《封禅》一书，犹李广数奇，恨不一当单于，此自文人之习，欲用其所未足耳。史公遂谓相如卒后五年，天子果祠后土、封泰山，即推量之过也。假使弘不卑且贱，少徼天幸，蚤致通显，能一望著作之林，又所闻所见，少半史迁之时；又所接于大人君子，得如先生者一二辈，虽然文之传不传不可知，抑岂至仅以月露风云，作此寒俭无聊之语，与砌虫春鸟争其音节哉？

弘之所以自况，诚不自量，而以概乎天下之有才而不克自尽其才者，则不能不为之三叹矣。先生人文位望，当世所宗，以后进小生通辞之始，即当援引盛德，布请教之诚，而忽敢率尔发其狂谈；恃先生之广大，怜其无成，而进其所不足，亦藉以为三隅之反，望先生之复之也。敬上所著杂文二十五篇，望门遥掷，煌悚可胜！

○徐巨源与虞山先生，于当代词人，推愧曾为第一。勿论愧曾诗古文词，即尺牍家言，亦迥非时流所及。

◇总是文章之气自为，蓬蓬勃勃耳。

候李元仲业师

弘以丁未八月，裁缺离信州。十二月为家弟挂吏议，忧愁骈积之时，不获上一言起居左右，疎阔之罪，上通于天。弘一官不效，再补山城，进退周章，徘徊失志。爱我者犹妄冀其补失晨之鸣焉，正如盐车之负方增，而欲启其腾骧之路，即伯乐当前，安能使之长鸣而仰沫乎？

记辛卯北去，曾于维扬遇一老僧云：“君他日必达，但筮仕多在西江。”今草次两阶，前言如券，如缘分有限，堕地已然，真无用此劳劳为也。苏公所谓“胜固欣然，败亦可喜”，弘殆将以半生之宦趣，等一日之棋枰耳。

既已落落无所措意，所不能忘者，惟诗文一事。窃见当代作者，各有短长，似向时之病在割裂，近日之病又在粗浅，规步者仅着皮毛，短才者失之单薄。夫折腰龋齿，固足为妖，使徒奉一结颔椎髻，及单襦绝粒之人，谓足抗彝（夷）光而凌郑旦，行道之人，皆笑其不若矣。

近读老师全集，不觉俯首至地，高奇峭削，无径可寻。向冯密庵先生，曾谓吾师之文，得汉人气少，秦人气多。非此公钜眼如箕，谁能发此未发之论？读吾师之文一过，再读近代之文，真若飞仙剑侠，偶落人间，岂复与曹曹世士，数论其黑白哉！当世未有能为吾师之文者。未有能为吾师之文，则天之所赋，不可得而强也。弘宏志薄才疎，赋于天者既不敢望，而人间之言，又学之而有愿不愿焉。弘之断断无成，亦已自料之审矣。相隔万山，无因日侍尊前，以教其所不足，一官腐鼠，抱恨有穷。

尊稿已誊副本，致之栎下先生，共相订正，谋付梓人。先生近虽多事，然好文如渴，迟当有以报命。付去小稿一册，是弘理信时一二谳语，知不足尘观听；然六年苦心，犹冀其万一有存者，是又弘之妄念不已也。

〇愧曾师事元仲，闽中以愧曾、元仲并称。

〇行文得欧、苏之神。

柬尧夫兄书

弘去夏为漕事孔亟，四月江头；今春又值季虑囚，半年会省。爱憎移中，习久生厌，天下事大约皆顺嚼甘蔗，愈进而愈淡耳。

近有维扬陈山人，为当事延至。其人奇术如左慈元放，亦负建平相人之名，谓弟可以入世无累，骨法合应得仙。虽其言颇涉妄，私心窃喜之。嵇康谓仙不可学，独是目下觉得是非荣辱，止是如此，每伺候大人公卿，见车骑满眼，鼓吹动天，反作寂寞空山之想。是宿世慧根，尚未澌灭殆尽，故偶一触之，便如逢故物。他日归来，或不至草草。

山川遥隔，无因一至尊前，吐此积悃。小诗三首，令儿子录呈览笑。知风尘小吏，犹能于簿书忙杂中，作七言八句，此等胸次，殊堪自慰也。

◇非身有仙骨，正未必有此想。

与丘慎清书

慎清足下：遡（同“溯”）流上都，无过眼文书，偶得三疑事，思之数日，尽得理解，殊足乐也。

其一，他人声音笑语，一闻辄辨，即举念忆某人声音何似，皆必然可数；惟己之声音，则自揣摩不定。其一，他人面目，覩记皆真，强记者如古人见车师半面，十年后犹复识之；惟己面自少至老，宜相习，晨而照镜，顷而失之，即为生家。犹有一见他人，而私自临模辄肖者；若刻画己面，则必对镜含毫，始克恍惚。人未有一凝想，而即能自记其面何等者。其一，平生所见丽人，梦寐间尚复可想；至观画美人图，即精妍极致，当前非不奔悦，掩卷都忘。

何故？再三思之，惟一心而已。人之声，以心察之也；既已察之，则能记之矣。若己则心动而后有言，心随言出；既以一心出言，又安得有一心而听己之声乎？人之面目，非尽面目可记也，相得其神情于面目之外耳。己之神情，既不能自见，即对镜亦必正容端视。正容端视，神情先失，故从无能自记面目之人也。

人之面目易记，画中之面目不易记，生动、不生动之别，与不能记己之面目，同一理也。乃知天下无意味事，极耐人深思，人苦习然不察耳。然非天下之至闲人，安能作此无意味之想乎？知年兄闲极，又肯作理解，敬驰以相闻。

○心细如发，推见至隐，可参《楞严》“七处征心”之义。

◇又以冷淡语销之。

与林尔千

归路读纪游诸稿，皆各机杼自生，上掩韦、孟。至于赋颂之章，古人云“才大须是作赋”，又云“读千赋乃克为之”。历观近代所号为能言家者，远如杨升庵、卢次楩无论，若陈人中未免襞绩奇言，王季重颇伤谐语；惟章门徐巨源，惊才风逸，节叙横披。巨源云亡，典型久爽，何幸更得尔千也！匪独以张吾闽军，吾不知千百年后，位置尔千《回中白莲》诸赋，于《子虚》《上林》何等耳。

山城烂熳，红叶满溪，意欲拟《秋山红叶》一赋，以傲尔千，而含毫五日，谋篇不遂。人之才分相悬，遂至于此！假使尔千释不律，俯而绾半通绶，理百雉城，守五尺簿书，不识逸致闲心，能复如此否？才不才有时，传不传有命。以至忙至俗之小吏，而犹欲摭连文事，与尔千竞一日千古之谈，真可谓当车之螗臂矣。诗簏博观，戋戋匪敬，统望付典书。

○愧曾于簿书纷纭中，以文章自娱，今以循卓举矣。以文人而精吏治，信是兼才。

复李化舒

文章一道，以自立者为尊，从无有依附他人而能声施于后世者。司马之前无司马，退之之前无退之。近代诸贤，无不争唾抄袭《左》《国》者为自腐，至其所作古文词，步武欧、曾，不敢失尺寸，形骸土木，神彩都无，仆谓其弊正等耳。此又如刘安仙去，鸡犬食其丹馀，皆能冲举。冲举小，复异人，何至终为鸡犬；宁槁项死，终不愿此白云乡，安系仙人之属籍也。

仆近疲甚，偃蹇一官，仕且废学，周章人事，错虑忤心。既不屑食其丹馀，而又日以蒜汁泼面，金书玉简，将忍待他生。惟日夜候云气，看化舒飞去，得从望空遥礼，赞叹非常足已。昔人有得长生之药，不自食而强以进人者，如仆也，何以殊是？放笔无聊，引喻失义，千里外当发化舒一笑也。

示诸弟两儿

少年略赋才性，易入任诞豪爽一流。《世说》一部，为累后生不浅。不知古人胸次，各有一副本原。若止办得东涂西抹，博得一二显者好语温言，便无故而箕踞科头，希踪嵇、阮，颜之厚矣，识者笑之。大约今之所谓狂者，率皆妄耳。

〇生平见假高旷人，未有不俗者。

示两儿

向作诗苦无题，今得题亦不更作，一着笔便可得二三十纸。盖随意为快，取适性情，行固自欢、止非兴尽也。缘向名场大热，恐落笔不为元李刘白，天下不复知有我在。今偶思得如隔屋论人臧否，彼人何用得知？则茫茫四海、沓沓千载后，即沉香作像，铸铜为身，彼自像自身耳，亦复何与我事？我堕地始立名字，是他日呼人元李，呼人刘白，安知非我？正恐实认黎生，安见非他人耳。以此名心转轻，诗趣转活。诗不为名生，固可终身不作，亦何妨一日数作也。闲中念此，寻味无尽，要欲儿辈知之。

◇文人口中如此，心中必如此。此即坡公喜为醉人推骂意。

何　炯

省庵，福建晋江人，匪莪先生尊人。

与郑邑博书

惟昔韩昌黎有言："士不得为宰相，得为谏官足矣。"以生言之，士不得为谏官、宰相，得为师儒亦可矣。盖师儒之职，虽不得与宰相、谏官并，然所以成就人才、培植风化者正在此，是其职之清简贵重，非他官可比也。况师儒之职举，则他日所以为宰相、谏官者，尽出其门下，天下事何必身亲为，然后为荣且盛哉？惟祈先生以道德文章自重，则人自莫敢以师儒之职而轻先生也。

○正雅之章，可以镇俗式靡。

周　婴

方叔，初名中规，福建莆田人。

谢朱中丞赉葛

价匹越荃，声高郑纻，雪华夺丽，蝉翼惭轻。昔阿谷所遗，惟赠佩璜之女；苎泽所赐，徒归索蔓之容。未若惠出上公，恩覃下士，袗堪以表，绁可相蒙。虽使赤熛掌节，丹衢总辔，固已凉生举袂、爽起披襟。

○闽中周方叔与蔡敬夫，同以骈词名，而方叔较敬夫尤为丽则。

谢赉绵衣

云襜降授，鲜服曲颁。既辟谢万之寒，复称约融之体。遂使带绳枯槁，座改旧容；见忖襤褛，顿更新饰。自怜袖短，每内手而知寒；弥幸裾长，尚及门之可曳。

谢赉梨

上林缥蒂，未如津润之奇；箭谷金柯，谢兹融液之美。地仙可致，子横之记有征；轻身自举，曼倩之经犹信。岂徒烦餶顿释，酩酊立除；但恐石城灵实，不得怀归。哀冢珍果，见嗤蒸食；当钻念德，取小知恩。

谢生日宴

觞荐流霞，不慕青田之核；盘行擗脯，自经黄䴴之珍。某跄济玳筵，从容绮席，应同王子奏琅璈之音，有似曾孙与幔亭之会。身登云日，非假阿琼之方；寿极乾坤，还效君山之颂。

〇骈俪之词不使熟事，便自增逸。

张光世

行秘，福建莆田人。《不履园集》。

简岳石帆大司马

先生曰："客之过我者，三日便有不同。"光世不敢当先生之客，安敢当先生之三日？先生又曰："读行秘文，知行秘天下才。"则先生已许以不同，何待客三日？

虽然，光世之稍有不同，皆先生日者饮食教诲之力，三日之客，又乌可已？今既客三日，光世有不同乎？饮食如故，教诲如故，则其不同者，光世不知，先生亦不知。归白门时，故人望颜色、睹笑言，曰“何物行秘，忽然改观”，光世谢先生矣。

佳刻种种动人，各再锡数部，为先生广之。

○能于空行中见整暇，是第一流笔法。

陈肇曾

昌箕，福建侯官籍，长乐人。

与友人

偶见谢献菴答应仲谋书，窃谓其言之不无过激也。夫遊客之恶，诚可痛绝，至谓近者士大夫莫不皆然，此语亦觉过当。夫与势俱往、与俗俱波者，中人也；知势、俗之所趋，而确然以圣贤自守者，君子也。天下岂尽皆依阿溪涊、希望恩泽者流？今乡党自好之士，然诺不侵，廉洁诚直，不乏其人；即闾巷布衣，有共财、同利害，慷慨者亦复不少。而谓衣冠济济、礼义交接者，皆浮薄不自爱之徒，此言岂不过激哉?!

古士相见之礼，人道之大也。所以使人重其身，毋迩于辱也；所以使人审其交，毋迩于祸也。如所云“昏夜乞怜，不得则肆意诟骂，同遊无赖，一唱百和”，诚或有之。至云遭谗被罪，皆遊客逢人谤议、舒泄愤恨之故，吾恐客之恶，未必若斯之甚，其力亦未必能挤排污蔑之至于此也。男子生而弧矢以志四方，故欲其远涉遐揽，不局蹐牖下。乃以细人之屑见，憸夫之鄙情，欲驱天下之士，尽为於陵蚯蚓之行，亦已难矣。

今之畜养士卒，率多椎牛酾酒，非以醉饱为德，亦所以增士气也。至于养士而与持筹小吏，日计口腹之赢，此何为者？而尚自德色，谓加膝堕渊，唯其所欲，不亦陋欤！毋怪夫今之人，率以资厚势大者为雄长；而讲古尚友之士，遇之而不致其肃祇。恐世之蓄道德而能文章者，亦未必能杯酒往复、忻合胶漆也。

偶见献菴此书，有动于衷，故切言之。然仆于献菴，实未尝有所牴牾矣。

○遊客诚足恶，然禁天下士裹足不出，诚亦大难。居官闭门不见一客，亦非盛德事。宜昌箕言之切也。

释道忞

木陈，广东和平人。《弘觉禅师集》。

复栖霞浪和尚

道以情封，知以见隔，举世类然。独不慧衰风自惭，乃吾师逢人说项，曾不以云月是同、溪山各别为限，直欲混四海以为家，破町畦而一之，此岂寻常所可测识哉！

○读此札，两公法门何等开阔。世之纷纭争执者，何为哉？

周　锐

逊夫，江西清江人。

与　人

人情难过者，生死、毁誉两关。生死至无可奈何，亦毕矣；而毁誉一关，贤者未免动心。然碌碌者苟而已，不肖者自便而已，其毁誉原不计也。夫不察士之真，与人情所以不免，而定其中焉，猥听浚恒乏吹疵，以苟且不肖为超毁誉，而责贤才之俊；以瞀不畏死为超生死，而责雍雅之士，岂不冤哉！

○毕竟生死大于毁誉，无可奈何，原非了生死。

甘　亮

钦采，江西永新人。

答　人

君问耳顺，且知耳逆。闻逆耳之言，而顺斯可通矣。

○似晋人尺牍。

史桂芳

景宝，惺堂，江西鄱阳人。

与陈汝特

负人数十金，有日偿之，方不负人。但恐负天，其罪何赎？天之赋与我者，万善悉备，全面归之，方不负天。倘一善亏欠，悍然以死，无路可偿，是为终古欠债人也。

○痛哭之言，使人容身无地。

邓　渼

远遊，江西新城人。

与　人

仆十岁喜诵唐人诗，年十五始学诗，生长寒素，衣食多累。三十成进士，州县为劳。征拜御史，需次邸舍，朝请多暇，谢绝人徒，悉取《毛诗》《楚骚》，下逮三唐，细阅而深思之，神明默识，霍然悟汗。乃知我代诸公之学古人，都在形骸之外。

〇时方当王李末流、楚人崛起之会，远游此语，实为确论。

徐世溥

巨源，江西新建人。《榆溪遗集》。

寄克明上人书

稔知和尚道风孤峻，思企有年，阅历沧桑，始展钦瞩。盖汉武恨于相见之晚，蒙叟宽其旦暮之遇，殆兼之矣。日昃遄还，未伸小叩，如田、廖两生，下嵩山折花倾酒，有步步惜别之感。

浅学于道未有闻也，而自幼志之，然非同社所能知也；亦以茫昧，不敢辄与人言。窃以三乘五车，本无二谛，顾其教令不同，门径遂别。其在六经、诸子者，若求简尽，莫过《中庸》；如其闳畅，则无逾《庄子》。寓言十九，重言十七，已该三部；卮言日出，因以曼衍，遂有五灯南岳二枝、青原三叶。自老马、石头而后，如黄蘖、赤眼者几人？五家以后，如大慧、黄龙南者又几人？迩乃抄纂重刊，居然自命印祖。以弟观之，似太早矣。故尝闭口不言，遵昔贤之戒："有争气者，勿与辨也。"虽然，此风不止，使临济为曹溪之罪人者，必时贤也。叶落归根，来时无口，谈何容易乎？

一诗致虔，五绝献笑。倘以为可教，尚图襆被求比永嘉一宿也。

〇在巨源集中，别是一种。

◇此时已尽露其端也。

萧士瑀

次公，江西泰和人。《陶庵集》。

与人

李长蘅赠人以三言，谓“啬以奉天，巽以合伦，断以制欲”。能奉以周旋，可两忘于天人相与之际矣。

○泰和萧氏兄弟、父子，每有见道之言。

又

言有未行而先纪者，是违往圣之训，然余有私儆焉。意中之事，一笔诸书，若宿债之迫身，身必偿足而后快；又如负重行远，跬步未到，终非驻足之地，欲藉此以鞭其后耳。

又

日奔逐不暇，究竟于自己分中，毫不相干。殆永明所云：“向不迁境上，虚受轮回于无碍法中，自生系缚者也。”为之浩叹。

又

语云：“好形状人者，近于死者也，况讥议人者乎？”语可书绅。

又

偶忆语云：“人若于日用间，闲言语省得一两句，闲人客省见得一两人，也济事。若浑身都在闹场中，如何得进？”

○先大夫尝言：“少说得一句话，吉祥善事；少认得一个人，清净道场。”与此同旨。

萧士玮

再见。

读牧翁集示人

文之有法，如松直棘曲，鹄白乌玄，眼横鼻竖。夫苟因其固然，天地万物，俱为玅道之行也。然婴儿自旋，见屋庐转，以正告之，“尔自眩瞀，屋实不转”，彼必不信，盖未能立于不倾之地耳。仆最心折者，惟此公之文：尺寸必谨于成法，至委折奇致，不烦绳削而自合，如骇鸡碗，四面视之皆正；岂若院体书，以无复增损为法耶？

〇数读庸手漫笔之文，忽得此等牍，直觉字字不费推敲。

萧伯升

孟昉，江西泰和人。

与减斋先生

阁下高名，照耀今古，伯升方在稚齿，固已服习阁下国门之业矣。维时年力未充，如管公明不得三升醇酒，不敢遽见长者。逮及弱冠，晤王大允使君于湘江，因得尽读阁下所著诗歌古文词，心窃向往，会逢丧乱，故未遑也。年来侍竹关于青原，交伯玑于南浦，又幸以编氓故旧，伸交情于长汀愧曾黎公，每一促膝，未尝不叹阁下今日之龙门也。其汲汲于表彰先贤，奖掖后进，有古昔伟人所不能及者。私心徘徊，以为使伯升得缘先人遗绪，一拜阁下于床头，其为荣藉，何可胜言！既而思伯升樗材耳，自顾无尺寸之长，兼多难之馀，精彩销亡，何以见阁下于今日？则又未尝不感奋踯躅也。

然每读阁下选书，辄珍重之，不啻中郎之秘《论衡》。独至大选，所载某君札，知阁下垂念先太常之厚，而某妄谓与先太常交莫逆，萋菲之词，销骨毁肉，则伯升不能无憾焉。曾一白之长汀黎公，蒙公久之以台札见示，阁下之虚怀期物，伯升伏读感泣，益信阁下文章之友，与阁下及门之士，向所谓阁下之“汲汲于表彰先贤，奖掖后进”者之果可征也。

夫以阁下文章之友，伯升得而侍之；及门之士，得而交之，而独不得先容，致贱名而左右者，则伯升缘分之薄也。然既因长汀公闻于阁下矣，则伯升区区之诚，又何待先容，而后引颈长鸣，以酬知己之赐于万一哉？谨略陈固陋，并载拜上所刻先集三部、刻书六种，悚候斧正。伏楮覼缕，竟忘卑贱，伯升死罪死罪！

〇文笔质雅有馀，而波澜甚老成。

〇波折全似昌黎。

金光弼

右辰，江西永新人。《金竺山房集》。

与友

昔吾先子谓弼曰：“子识嘉、隆之诗乎？诗盛于嘉、隆，而衰于嘉、隆者也。齐天下之门畦于一途，而天下无步趋也；约天下之性情于一模，而天下无性情也。倡者用一事，用其事者遍天下，而天下无博洽也；作者构一句，用其句者遍天下，而天下无自得也。其卒格太同、调太熟，盖至于今日而几乎套矣。吾江以西，自陶潜、刘眘虚、王季友诸家来，往往超然自为一境，不共世人生活。迄千馀年，遗风馀烈，弗改于兴允矣。其于子美之气格，摩诘之丰神，或未尽悉也。盖海以内诗主同，而或脆于骨；豫章诗主独，而或格于趣，兼诣而出之实，有悟门焉，不可强也。小子勉哉！”弼魂惊而走，岂以举世所难而小子独异乎？先子曰：“不然。虽有骐骥，弗前则却；驽马十驾，所及乃止。但一门深入，山尽水穷，真境自见矣。”

受迪以来，读书金竺山中，山有灵蛇，犯者雨如注。兀坐焚香，广撷冥求，亦既有年，然以闹中故业，不得专。又尝一月以十五日忧麹糵〔蘖〕事，无暇点窜，用志既分，神不主矣。念涉世多故，颇负牢骚愤激之气，不能屈曲从人，强所不谐。中间沉升暌合之感，静攘险易之变，悒悒谁语？悉发之诗。高秋悲凉，风劲弓鸣，于境似合。积时成帙，不敢示人，敬以呈足下，惟教之。

◇平心之论。

罗 牧

饭牛，江西宁都人。

与人论焙岕

岕妙于生，手妙于熟。难在于匀，已如法矣，犹有出入不自知也。始以细心而得，终以忘心为至。

○深于格物，无理不通。

陈允衡

伯玑，江西建昌人，家南昌。《勤补堂愿学集》。

复栎下先生

承示古文未可专事简朴，深感至教。衡亦窃有所窥。如近人古文，又间有病在不能简朴者，率取类书成语，铺扬过半，借为己作，忽于中幅取其人姓名以傅会之，虽累累满纸，令读者欠伸思睡。如昌黎、荆公赠送序，短章居多，其味外之味，玩之无穷。即五言《古诗十九首》，与陶、谢诸作，不过数行而止。少陵始变为数十韵、百韵，姿态虽复横生，神韵未免顿减。非敢嗤点前贤，要亦时代升降之所必至也。

昔之北地，今之孟津，推尊少陵，然孟津不及北地，积渐又不及孟津矣。未得其妙，先趋于率，江夏“清空如话”之言，遂为粗疎借口。有识者不得不以中、晚救之，景陵谓“假初、盛，不若真中、晚”。景陵之诗或有疵，此论则深于风雅性情，殆不可废也。虞山辟景陵，而《列朝诗集》，格调总近中、晚，且多宋、元逸致。先生试一覆之，虞山之深于少陵，正如禅家从门入者不是作家，难与浅学拘儒言耳。

仰恃知爱，忘其妄诞，惟先生终教之，幸甚。

○今岁徐仲光亡后，又继以伯玑。江右风雅凋零殆尽，为之浩叹！

○论诗有得心之解，不随众步趋。

复愚山先生书

昨冬拜别，此心依驰，累夕不寐。古云“感恩有之，知己则未”，若先生之视衡，殆兼之矣。衡每自矢无繇报公知遇，惟益自勉于文章行谊，使海内始终称公取士之明，差为不负公耳。

频年恋恋东湖寂寞之滨，忍饥僵卧，不敢出而曳裾弹铗者，微欲一矫靡风，全三四钜公之知也。今先生与柴雪、晴鹤两公，俱去西江矣，回思十数年间，衡之所以事三君子，与三君子之所以期衡者，卓然以古人为程量，不啻昌黎之于李翱，永叔之于子瞻，岂徒以其斤斤自守而已也？今忽漫远离，高谈无所与陈，微文无所与衷，则衡之抑郁无聊，将有不止戚戚于贫贱者，不知先生何以为衡念哉？

柴雪公持别，低回久之。衡相与约曰："若公林居，与愚山公家食，衡或扁舟过访于石臼春谷之间。"不百里而两知己草堂相望，使陈子者仍得析疑赏奇，如追随江西时，诚稽吕佳话。惟晴鹤公卜居无定，未免益难为别耳。"先生闻之，得无重有所感耶？

〇文心萧然物外，如画家作远村深树，遥遥在人意中。

贺贻孙

子翼，江西永新人。《心远堂集》。

复谦庵先生

有人讥正人无用者。呜呼！此先生所以为正人也。世衰道微，以无用为福。吾求无用久矣，今幸得之，方以为喜，岂反为訾病耶？且大有用人，其精神不令人窥，彼所号为"有用"者，皆非正人所谓有用；而正人所谓有用，即彼所谓"无用"者也。彼且以猰貐为渭水之熊，以蝮蛇为南阳之龙，如是者既有用矣，此渭水、南阳，所以甘为无用、老死而不悔也，而彼且以为讥，则其人之不正可知矣。但其人再三申辨，则望置之勿问。以静嘿杜萋菲之口，此真长者之行也

又承谕云：族弟忠矣，于先生所作《易传》，肆为讥评。先生《易传》，毋论索解人不易得，设有解者，能别立异论，往复辨难，此正先生所亟收者，恐今日无其人也。若不能而妄讥，则患矣。原不病狂，何至于是？且其言曰："作传于程、朱之后，是谓多事。"果尔，则程、朱已多事矣。孔之《十翼》，文、周系辞，羲之一画，皆多事矣。嗟乎！经传所以不明者，皆由庸人端己守残，帖括而外，无所事事也。苟能多事

于圣人之后，是乃圣人之徒；苟能多事于先生之后，是亦先生之徒也。夫如是，则讥先生以“多事”者，誉先生者也；自诿于无所事事者，自讥者也。以誉为讥，又自讥焉，忠矣即病狂，亦决不若是矣。

◇此论极妙！商略道理，议论古人，无论当与不当，皆是学人从入之路。

为亡姊庄烈君乞诗文笺

窃惟三闾介矣，而其姊以为规；怀英通矣，而其姊以为诮。两公各有所就，即二姊亦各有所成。妇人之贤，实难测识。若贻孙者，为介未能，为通不可，全躯泉石，负惭良多。独亡姊以骂贼投江，克成先训，不但屈姊让其慷慨，即狄姊亦应羡其从容。幸逢我公，主持风化，若复不乞一字以彰义烈，将何面目以对姊魂？是敢披陈大略，仰备采择，伏祈锡以篇什，树之风声，庶几江上死蚌，犹含明月；龙门枯桐，尚抱徽音，其为功德，曷可言喻！

夫廉耻所在，死或轻于鸿毛；名教所依，言乃重于泰岳。盖其所轻者，必有所独重，而后重者始托以为重。然则公之言，固幽壤所含笑以俟；而亡姊之事，谅亦我公所醮笔以需也，曾何惜于表扬，而犹待于请乞者？骨肉之情，不容嘿嘿耳。

○脱略途经之外，最有古意。

刘光震

肩吾，江西永新人。子雷奋、龙奋，皆有文名。《翼云堂遗集》。

复赵云侯孝廉

忆门下薄游而入闽，闽固财赋之区也，入闽而逢寒毡之不肖，犹采金山者必弃石，探渊珠者必汰沙也。门下不弃之、汰之，而气味沉酣，一月若久，千秋若暂，至今念之，似仍置弟于清漳鳣堂之上，彷佛与门下解衣磅礴之时也，快矣、幸矣！

今岁南宫之役，弟遇同人，必问门下至否，以卜是科得人与否。若韩、张两公，以子瞻兄弟未到，请展试期。惜哉！其心是，其力非，而门下亦竟不至矣。拊心“才难”，宁不三叹！

弟仲冬自北徙南，入冰署则白云封户，殆足拟深岩趺坐者。虽无从作活，而神情甚恬淡寡营，幸免于过；即人不免终过之，弟亦心不愧而色不沮。唯此一节，差堪为故人道，其他非其事，且非其能也。

门下薄游之计，非博陆生橐中装，乃子长寄一部《史记》于名山大川、古迹都会间，如此则虽游不病，且有功矣。

◇清矫无点尘。

复罗纹山

开函捧诵，何年台之善自挹损至此？弟意花不必较，茵褥藩溷，总是旦夕必尽之缘，故不若看至结子时一着何如。古之行道济世，偶有所格，不得直遂，迨其后也。身荣而名立，此正结子地位，年台当无多让也。

何属乾

不息，江西广昌人。《玉尺堂集》

寄弟鼎臣北上

清才无两，屡艰一第。承询所由，犹向盲问途也。大约吾辈立品不可不真，作文不可认真。立品不真，则为君子所惜，为小人所托；作文认真，未免眼高手涩。从来名宿入场，思第一人，究成局外人，皆四字病也。此际相遇，妙在有意无意耳。刘孝则甲戌及第，柬曾尧臣曰："今科率笔为文，乃得之。"静思此语，益知相遇在有意无意矣。愚于此道，残牙钝齿，老作阿婆，冀吾弟宁为真人品，毋为真文章，斯两得之。

◯顾惜名士体面，往往失之。究竟名宿之失，亦未必尽属真文。

结邻集卷之十一

苏惟霖

潜甫，湖广江夏人。《西游札子》。

与吴浮玉

弟病苦无赖，道力未办，不无忧生之感，故不得已而有是举。人生色力壮健能几时，不以此时大作佛事，利生自利，而丘壑为高，则枯槁寂寞之肠，大雄氏所谓“焦芽别种，不堪绍圣”者耳。若不出此而避人观望，是市井驵侩心肠。岂有豪杰而算利计害，为乌纱、长命图者？弟之径情直遂，略无回互，仁兄所习也，无如病何耳。

〇世人皆认佛氏为枯槁寂寞矣。

郝承健

惟顺，玉吾，湖广京山人。

与李太史

自往年七月后，不得吾丈一讯，私心窃讶，谓吾丈遂已忘之，乃胡文源归，则谓吾丈犹时时念我也。文源出示所赠乃翁大作，鄙人庄诵数四，爱莫能置，文在兹矣，惜不能多致为恨。仆蚤乏师承，长甘自废，于兹技本不宜漫有言说。间以狂瞽之识，蠡测之见，恒思有以请正于下执事。

夫今之为文者，刻画以求工，点缀以较胜，则曰可以为文矣。尝窃思之，季子延陵之诔，才一言耳，而千载诵之，犹堪下泪；荆卿易水之歌，才两言耳，而一时听者，靡不嗔目。空梁燕泥，景寓目前；青草池塘，语涉神助。此岂专在于言语文字间哉？抑其意妙天然者，固自有在也。假令此数种语，俾后人模拟为之，即如拙工之画，衣服楚楚，而索其风神，靡然无有，所谓“与优孟无异”者矣。

仆非知文者，每羡足下博雅安肆、奇调古思，方其业举子时，已自不拘拘于有司之尺度矣；矧今以文树帜，以史业官，裒石渠之秘而博其趣，群金马之彦而极其旨，匠心独运、迥出凡流者，不知其几千万种。然仆之所望于足下者，则不在于刻画点缀之工已也。夫刊落旧说，成一家言，此最不朽之盛事。以吾丈之富于年、富于才，又富于学，其为此，特一加意间耳。

近与一友人偶谈及此，渠乃曰：“方今之时，作者大备。凡今人所能言者，古人皆已先言之。浅学之士，涉猎未周，偶有所见，便指之以为新语，不知其皆古人咳唾之馀也。”此大不然。且如汉高“安刘必勃”一事，自迁、固而下，未有发其微者；千馀年后，却被苏明允看破，作为《权书》，虽使高帝复生，将不复辩。即此推之，天地间道理，昔人发挥未尽者，岂止一端而已哉？今且不必远求，只如唐太史《窃符救赵论》（《信陵君救赵论》）、《常州新建关侯庙碑》（《常州新建关侯祠记》），此等议论，亦何曾有人道得来？试使吾丈为之，当尤必有出于此者，非仆戋戋所易窥也。

别吾丈久，无从商确，援笔不觉狂心至此。吾丈不以为妄，尚其有以鞭策之。

◯似唐刘子元之文，论亦旨雅，光景常鲜。

◇笔势震荡。

◇似有微讽于大泌。

曹胤昌

石霞，湖广麻城人。《蔬堂文集》。

上倪伯屏书

某伏草土中，读先生之书，垂十许年，以为当代有范、富、欧阳，而昌福不如明允，深用叹愧。及走金阊，泝鹿城，先生俨然在鹿城之中，而不敢洁贽以闻者，理弱也。然窃有感者：先生奇才伟负，自宜陟木天锁闼之班，而辱以五听之司，厝之万难之地，此何为者？

应龙摩天，光影万丈，天下之所仰为风雨也；而枯河束身，则佣夫孺子，皆得困苦之。且是物也，霈泽以为施生，而鳞爪亦足以触物，故威灵之隆，为螫毒所不加。文章气岸，亦吾党之所谓“鳞爪”也，剪剔而刊落之，则不足以为龙矣。

今世所称缙绅先生，相率为偶人之拜揖，息深至踵，头俯至地，而其苞苴之委输，又未始不如庖丁鼓刀，悉中肯綮，以是致高官、膺膴仕，斯得耳。若夫当世之士，推论人物，则齿唾之所不及。

先生今世之指归也，某家衡南，实知衡。衡之傍为峰七十有二，皆环翼拱服。今年春初上雨花台，则尺阜短丘，靡不俛首金陵者。先生于此日，不犹是哉？李门郭筏，固自以得到为荣华，何必求通遂称干泽与？以若所干亦有之：琅函禹穴之书，多多益善；高文奇字，落落星斗；雄谈伟论，滔滔江河。坐某百尺楼而壮其观听，亦先生云雨之施，膏我芃黍者矣。

○笔势词章，亦如应龙之夭夭矫矫，风雨百变。

与李元美

遥闻翻江坠素之馀，更有红拂党姬之遇。此虽乱离之快事，亦惧欢乐之不长。况西陵羽檄，非天台灵药之山；南阳草庐，岂丈夫成功之日？而我元美销磨慷慨，埋葬温柔，按度丽华之词，流连金谷之饮，是仆所大惑也。古来权臣握钺，雄主侧目，则有歌舞以见其途穷，田园以示其终老；亦有日暮疲策，豪气不施。彼其深宫酣舞之怀，要即祝宗祈死之意。而我元美处盛大之年，当盘错之会，岂有汾阳震世之勋，信陵招忌之的，而妇人醇酒，行乐不休，泥淖为安，忘其陷没者哉？桓元子乱世之桀雄，犹以客言尽遣婢妾，况我元美堂堂之士，乃甘腐此七尺乎？弟向坐是，今乃觉悟耳。

○规讽畅所欲言。

与周简臣

长途广陌，不问而知其清明；鸟道龙阡，相顾而难其茀塞。五都之市，百货之所贮也，三尺之童，亦得以步履于其间；而丛蚕蓊翳，即非猱鸟，不得以为升处。先生所著凡数十万言，曷尝有奇文难字、诘曲聱牙者哉？然其义类弘深，意旨洞白，是昔者伏羲、文王、周公、孔子所为进退、所为是非者也。上下数千百年之间，焜燿者以为日月，晦昧者以为鬼神。孙樵、刘蜕之文，吾以为不如子长；李贺、卢仝之诗，吾以为不如太白。吾以为不如，天下亦以为不如；虽彼四子，亦自以为不如也。先生言满天下，而化域一方，则大用其言，而小用其人，是明允所云“弃天”者之罪乎，天而弃焉。《易》以坤始，《春秋》以侯贵矣，吾繇《易》与《春秋》，以券先生异日之所就，将裴度相业、韩琦肤功，日有逼而上之，昌黎、永叔，又何称焉?!

王一翥

子云，湖广黄冈人。

与韦子寅

十三年之别，何足道哉！归心甚淡，隐计全缺，笔亦难述其苦。惟睿识天眼，必遥知其辛苦，神游我蹉跌处也。老年弟兄，未审尚一见而后死乎，抑一死而不复见乎？造化主之矣。

〇子云遂已作古。四十年相知，仅存此一札，殊为悲惨。

刘敷仁

济甫，月幢，湖广江夏人。《添学草》。

与郭无咎

足下于《文毅公集》，以家贫不能举其全部，而以礼佛诗先行。昔昌黎有子，小史传其巍科，而订较韩集，乃在李汉；坡公有集，人主为制其序，而过、迈无功。猗欤无咎！贤于韩、苏之后远矣。

呈叔父

盛唐之李杜、王岑，中唐之元白、皮陆，每阅两家之集，如见一筒之往返，真是快事！

〇响答诗筒，文人第一快事。

释正志

石人，檗菴，湖广嘉鱼人，姓熊氏，字鱼山。《檗菴别录》。

与定斋

人情于诞日、生子日、婚宦日，大会宾朋，莫不步步求吉祥称意。或率然堕一瓯，折一箸，断一钗，必藉藉疑不利；而庖人几上刳肠抉胃，血肉淋漓，则唯恐不备不丰，此之不祥，视前此不祥孰大？使有怨家左手操只鸡，右手捉刀，当吾户而磔之，必以咒诅厌害，雠之不置；而宾朋之以羊肩豕尻、炙鹅鹜来馈者，则又顿首谢不遑，此之不祥，视前此不祥奚异？至于病娆人，皆繇定业，计唯有开笼放雀、解网纵鱼，差可以消宿负。今烹宰求禳，独听命于巫祝，一祷不应必再，再不应，虽三五祷不疲也。幸而定业已满，渐有起色，则群哄谓祷功；不幸而定业莫逃，终归于尽，则寂然不谓祷过。独不思神而正直，溪涧之毛可羞。苟徒计较于卮酒一脔，以为喜怒，则亦人世间饮食口腹之流，又安能为祸福夭寿人？使烹宰可以延年，从古帝王，即以人为牺牲，何不得？卒未有至今存者。徒戕物命，增杀业，不可以已乎？

○率天下人尽不杀生，自非通理，亦有所不能。而言之透快，使人动色，则文笔之擅胜也。

○意本坡公，不见用人之迹。

答文用昭

世不乏同床各梦者，则古人以千里为同堂，万世为旦暮，非虚语也。世间无足道者，出世间法，又非可以言宣。只此数行，依然白纸。

答尹翼子

若实际地理、昼夜且无，何有三世？才道穷未来际，为一昼夜，已是剜肉作疮；况于婆娑昼夜中分人我、计冤亲，以有限之年，作无穷之业，受无边之苦，安有智者而肯自谩若是乎?!

〇清夜钟声。

〇只是个“一”字，说来最醒。

与李君

奉别以还，于今年三月，感三峰一众饥疲，不忍独饱，遂发意打饭供之，今七阅月矣。中间六个月，一日麦粥饭，一日吃面，与众同餐，总不得纯米饭入咽，而且病痛不辞，寒暑不避。是宜有人道阴阳之患，相逼而来，然天亦不以此减其算、益其祸。而世间之减算益祸者，又未必皆有以致之，则正志所为（谓）“固落得做”耳。欲言殆万斛，因大故不敢多及。

与石谿兄

担着顶上枷，是处逢人乞，生被个老瞿昙，今日舍卫大城，明日室罗筏城，平白教坏。欲似我石和尚，不出祖堂一步，自有天人送供。终日洗足坐，长夜展脚卧，何殊癞狗绝生天之望哉？鉴圆长发日，正是其时，自辰至午，暴皎日中，持一口钵，如捧将十丈珊瑚，放手不得。比饭罢归来，臂已强，踝已酸，非时食不得，路上走不得。安所来半个闲人，奔一二十里，到渡头祖送？厚福人闻，只宜哭不是、笑不是。若起一念心，责其疏慢，有以知其决不然也。

兹青萍居士还乡，与有同行之约，乃因之致意。然京口所得舟，是短是长，不能前定。若不便，须俟伊到楚时，然后见付，达左右知是何年月日？目前事无一点由人打算，尽若斯耳。

〇檗老诸札，脱尽禅和子气。我辈学禅，毕竟略有不同处。

与法子钱湘灵

予不文，既阑入沩山水牯牛队里，益不欲为文。然见文之匠心者，则又笑靥为开，如夜合花际日中也。而独不作一切文人叙跋，于义何居？乾达婆王献乐，山河大地，尽作琴声，无取者、无与者，无授者、无受者，如是而已矣。重于其中作一分剂，曰孰黯然而黑，孰颀然而长，孰巍巍乎山，孰汤汤乎水，便与须弥岌峇、海水腾波，话成两橛，何怪澄源老谓“迦叶作舞，习气未除”。

然则吾子以是编请，又许之何居？许子文之身分、之声价，已为海内所共传述，所共驰求。而欿然不以为足，必欲向己分中文言不到处，策起双眉，退求倒断；既倒断已，欠伸欬唾，莫非天倪，而后回视所为文，与电光谷响、松涛麦浪，以至空中鸟迹、水上风纹，都无二致。仰观俯察者，将贵之为得、贱之为得乎？抑描之可成、学之可到处？然则予与吾子，亦相游于曼衍，从人贵、从人贱，从人描、从人学则已矣，嗷嗷然以为是世间之文，世间之文之叙与跋，则是为虚空安耳穴也，吾子不受，予亦不受也。

〇开门落日之义，风行水上之文。

〇论文无文士气，亦是异观。

程正揆

端伯，湖广孝感人。《青溪集》。

与减斋论叶荣木画

竟陵诗，淡远又淡远，淡远以至于无。荣木画似之，每见其作断草荒烟、孤城古渡，辄令人动作秦月汉关之想。

◯楚人谈诗，乃不护竟陵；然青溪诗，实不拾竟陵牙后慧也。

与龚半千

画有繁减，乃论笔墨，非论境界也。北宋人千丘万壑，无一笔不减；元人枯枝瘦石，无一笔不繁。予曾有诗云："铁翰银钩老笔翻，力能从减意能繁。临风自许同倪瓒，入骨谁评到董源？"悟此解者，其惟吾半千乎?!

髡　残

石谿，祖堂大师，湖广武陵人。

与白云居士

老来通身是病，六根亦各返混沌，惟有一星许如残灯然，未可计其生灭。然既往者已成灰矣，无事敛目静坐，甚受用。观翁生趣跃然，随处有活计，此亦养老之一法也。菩萨留惑润生，恐堕无事甲里。石秃如累夜观优人登场，大伤目力，到得睡时，是第一安乐法，亦顾不得有事无事也。何日来幽栖，两人相对，无语亦妙，多一人则带情识了也。呵呵。

◇领会受用，俱异人多少。

作画与蔡莲西居士

吾楚湘山，层峦叠嶂，不可穷尽，目为之眩烂，足为之酸涩。若山阴道上，只不过应接不暇耳。春日偶作此意，甚近之。老杜云："五日一水，十日一石。"唯深于笔墨者知之，临摹家则未可语此也。幸有以教我。

◇应接不暇，尚被抑于湘山，故知山水无尽。

与蔡龙文论书画

书画文章，此中关捩，假于天、不假于人者也，吾道所谓“无师智”，才一拈出，自别常情。山谷云：“一丘一壑，要须其人胸次有之。若单单摹拟效颦，禅家呵为仆儿婢子边事耳。”居士运笔，所谓“腕中有鬼”，真得无师之智，将来足与逸少并垂不朽。因寄拙画请正，附以数语，莫谓老僧不曾道破。

〇龙文书家，龙象、闇公、倪子，与之并秀。

朱日濬

菊庐，湖广黄冈人。

与王昊庐

别去即于本日午后抵黄矣。目前遭遇种种，细检往事，谁非古人受过的苦？而古人处之泰然。仆辈哓哓，正不欲我辈出古人下耳。沈龙江云：“仕宦居家被人侵侮，固亦尝有是事，然毕竟是我好处。若使人望影远避，无敢拾田中一穗者，虽是快意，其为人可知矣。此一段话，可以破俗情之见，消世路之争。

顾景星

赤方，黄公，湖广蕲州人。

与汪介人

公郎异才，文气如怒涛奔马，当纵其所如，听其自止。此“水到瓜熟，火足味美”之说也。亶绝不可令作论刻文，文章之道，鸿邃难尽，一刻木，自以为是矣。论者，古人因时对症，有为而作，所谓“借他酒杯，自浇窟礌”，实与过去白骨无干。天下古今，事势万端，涉世绝深，读书极富，不能得其情状，奈何令儿辈置喙？赵括徒读父书，故赵亡；稷下学士，坐而议论，故齐乱，况才未必逮古人耶？弟爱郎君，直道所见，幸勿怪。

◇古人为论，是先有成见，偶然发挥者；今人是先有题目，而后有议论者，那得佳？

复张长人

兄之文善矣！论琅玡、历下、归安、鹿城，折衷颇当。《墨池记》在小品中尤矫矫。然有为兄规者。

近尚八大家，亶言起伏段落呼应为工，而不知行文之自然，初非有意为之也。乃家居韩柳，人擅欧苏，自刻自评，某篇几段，某处应某，此儿童之见，不足道也。相美人者，曰此段为头、为胸、为腹、为尻、为手足，是磔之矣。神龙腾空，蜿蜒变化，不知其为几段也，而曰吾一段伸、一段屈，若驭风、若籥（通“躡”）云，有是理乎？自归安、鹿城之说出，后生初学，折腰龋齿，而古文荒矣。

画竹者兔起鹘落，胸有成竹。天之生物也，具体于胎，不节节而生之。良工操斤，不无节目，而刌度先定；辨士应变风生，从容自若。今之为文，正如伧农讦讼，抵掌窃拟，往复讯答；又如婢学夫人，简言矜动，愈见躁鄙。彼真夫人谈笑说盐米，意简而言有馀。故夫段落呼应、损字涩辞为工者，是伧农之拟讼，而獠婢之简言也。观今名家，何以异是？以兄才志，扫涤掀翻，何所不可？愿取归安、鹿城、月峰、荆川评阅诸书，束之高阁，如是数年，弟虽驽，当与兄极论之。

◯自刻自评，此风十年来始见之，真大可笑事。

◯段落照应，谈文者所不能废，但不过文之一端耳。古来佳文之传者，岂尽在段落照应耶？

王泽弘

涓来，昊菴，湖广黄冈人。

与陈彻菴

晤苍门，知近况清苦。夫贫者，上天所设以待学者之清俸，而世俗人视为畏途。先生回思往日，千金入手，瞬息挥尽，意所欲为，倾囊不顾，其见地曾有如今日乎？使先生而仍如往昔之随取随足，其著作、品行，亦必不能如今日之见地超而践履卓也。

○“清俸”之称，将“贫”字作爵禄一样看，觉昔人晚食当肉、缓步当车，犹属安排。

杜　濬

于皇，茶村，湖广黄冈人。《变雅堂集》。

答王山长

承教弟“傲慢不求友”，弟岂敢如此？只是一味好闲无用，但得一觉好睡，总（用同“纵”）有司马迁、韩昌黎在隔舍，亦不及相访也。此是实语。

与孙豹人

仆近作寥寥，惟以温经为日课，盖尝窃嘅世之黄冠缁流，犹各诵其本教之经。即吾仲尼之徒，亦或持诵彼教之经呪，日限若干遍，且刻苦用心，不使间断；而吾儒之经，反终年不上口，以致圣远言湮，学无根本，风俗日衰，职此故也。仆因而思之：向使其肯以持诵二氏经呪之工，诵吾儒之经；肯以持诵二氏经呪限课程、无间断之道，孜孜诵吾儒之经，则六籍之文，曾不抵一部《华严》、一藏内景、一万大悲呪耳，计可以人人烂熟，纵未必即为醇儒，其可以免作白丁无疑矣。此其功效，较诵彼教之经，岂不尤正大直截、不落荒唐哉？

以此自念，生平经学，虽涉而不精；作文援引，仅同剽窃，可耻可叹，莫此为甚。于是不知老至，特于今年六十以后，谨择开心吉日，呼我密友及儿婿数辈，各治一器一樽，送老人上学，使其隐然监督，不容作辍。立课简易，用图久远，每日温经，不过五叶；正襟朗诵，不过十二遍，馀工酬应治穷事。倘得如此十年之工，则《六经》可以暗诵，左右逢原；作文不敢游移，作人不致时样。禄命家谓仆晚运颇佳，其在是欤？

目下先理《书经》，慕伏生之忘年；次及《诗》，又次及《易》。《礼》则寒家世业；《春秋》四《传》，曾用心一过，但经文反不熟，此易为力耳。从此黾勉，虽长在客中，所至无论人家、僧舍，必先以此意白知主人，然后展卷；不然，恐其骇笑此白头老翁，尚思应举也。大率我辈天分有限，又半耗于诗歌，今始专精经学，庶几有得不论蚤晚也。既以自勗，并以望我同心，虽以足下《五经》纷纶，无俟重理，然杜诗、《史记》，尚不厌百回读，况圣人之经哉？高明不以为迂，则鼓舞老蒙童多矣。一笑。

◇正襟之言，带以谐谑，堪为吾道箴之。

◇绝妙戏谈，绝妙正论，因想说诗解颐，定是尔尔。

◇作文作人，尽此十二字。

与蒋前民

居恒念足下之贫，而贫与足下等。无以相助，独有一说，差可以奉广。

尝记少时外翁王养所先生语仆云，其先尊君云泽公，官至宫保尚书，中间扬历，按浙抚淮，仕宦四十年，致政而归，橐仅千金。及疾革，执其子之手而叹曰："吾备位大臣，洁己率下，奈何家有千金，吾岂尝墨哉?"盖当时前辈修廉隅、矜名节，大概如此。以此推之，仕宦四十年之尚书，以有千金为媿，则一日未仕宦之措大，有十金即为至多矣，足下岂不尝有十金或至于数十金乎?又近年姚江刘念台先生，官至少宰总宪，而家私仅勾一担，人号为"刘一担"。今足下虽贫，点检室中，收拾杂碎，岂不犹有十余担乎?则是足下之富，乃尚书之所甚愧，而总宪之所远逊为不如也，奈何尚忧贫哉?

仆此语虽近于戏，然士大夫要不可不闻此风，然后知节操为足重，淡泊之可贵，而世俗之以货贿相高、惟利是务者，为去古太远也。于此时加体认，其为安贫忍苦、增气益志，受用无量。其法仆尝私用之，今始与朋友共耳。肥马轻裘可敝，此不可敝，珍重珍重!

◇平心论去，我辈固居然大富翁也。

示　儿

读二《典》三《谟》及《禹贡》之文，何等尔雅风致。至商、周之书，《盘庚》五《诰》，乃更诘曲聱牙。因知《论语》平易，正是吾夫子文章起衰，直接唐虞之统，不但道德巍巍也。知此，并可知真唐宋，优于假秦汉矣。

〇东乡亦有此意。

答汪秋涧

承问云云，可谓高人有不急之务矣。敝乡有诗而无画，屈、宋时无论，至子美、浩然两襄阳，其时画道盛行，亦不闻楚人能画者为谁。至近代二百年中，长沙、下雉、公安、竟陵五先生，以诗迭起，虽论者不一，然固已皆为词坛盟主，执牛之耳矣。独至于画，无卓然名家者。直至今日，突出两人，一为石谿禅师，一为青溪太史。前后见其巨幅长卷，云峰石迹，迥绝天机，原本古人，师友造化，未尝不叹为神品。不知何以不出画家则已，一出便到恁地！犹之西江理学节义之乡，素不会词曲，一会便为汤临川，使作者尽出其下，皆天地间怪民也。

◇开昆曲之源者，为魏良辅，实亦西江人，孰谓西江不擅词曲？

又

仆向谓诗文、书画之坏，至“俗气”二字止矣，无以复加矣。今始知有甚于此者，时气也。或者不以为然，仆为譬喻以晓之曰：时气之为物，犹之近日江闽新窑，摹仿宣窑、嘉窑款识，烧出瓷器，非不标致清雅，而其一种令人厌薄处，都自不可解。若是真正旧窑，虽复款识稍俗，亦自可耐。此非时气又甚于俗气之一证乎？虽圣人复起，将不易吾言。眼中翰墨纷纷，惟足下坚守古学，而无时气。仆故尽情言之，不足为外人道。

○“时气”二字，不可不戒，然即“俗”之变也。适时便无高品。

○旧窑赏鉴有馀，有时不如新窑之适用。

答卓火传

手教再四促传经堂诗。此诗诺足下有年，岂得不作？及见惠示李杲堂碑文，典则多风，则谓此堂只消此一篇文字便足，其馀概可无作。古人求人诗文，只求一人一篇可传，不似今人，乱促市佣，无所不有也。然使仆竟自不作，则似此段说话，只是自作游说。谨勉成二章奉去，其实虽拙作可无，况他人乎？狂言并发一笑。

◯今人求文，如庸医用药，百药皆试，以几倖一药之中。究竟虽有一二，亦混襍于百药之中为功矣。

与张虞山

蒙过奖拙作序文“多有道之言”，不敢当。此文特见其端耳，未尽也。盖愚见尝谓：男子之能诗赋文章，犹女子之能纺绩针纫，只是本等事，无容矜异；其不能者，由未受之于天，于己无与，亦犹女之拙者，于纺绩针纫有所不会，亦由未受之于天，无可奈何，正不必深愧。惟于节操大闲，则无论女巧女拙，皆不得草草也。世人能诗文而自矜，是女子之自矜其纺绩针纫也，矜所不当矜也；不能诗文而自愧，是女子自愧其不能纺绩针纫也，愧所不必深愧也。此乃至平之论，无丝毫之矫激，第斯人愦愦相蒙耳。足下知吾言，故并及之。

◇以此推之，更有何者不是本等事？

答友人

仆之论学，于朱、陆两家，总无所解，而独以涑水氏“不妄语”为宗。盖人能不妄语，则行必可言、言必可行，为躬行实践之君子矣。至论其功效，则尤为最大。试为足下陈之。

今夫家庭之有离间，妄语者为之也，不妄语，则离间绝而家和；朝端之有谗佞，妄语者为之也，不妄语，则谗佞绝而国治；民间之有讹言，妄语者为之也，不妄语，则讹言绝而天下安。以至于处朋友，不妄语则无风波；处乡党，不妄语则无争斗。作文不妄语，则不至颠倒千古之是非；作诗不妄语，则不至淆乱一时之情事。自古及今，和平之福，休祥之应，未有不由于诚实之君子；而破国丧家亡人，未有不由于妄语之小人者也。

至于一种士人，不务修身积学，而专作妄语，用自妆点。

其为丑态，尤惨于破亡，近已有为之而败者。然使后生初学辈，有所鉴戒，而妄语不至于太甚，则若人未必无功也。盖仆始者不过遭细人妄语之累，有所激而叹服涑水氏之为圣人耳。久而方知格致诚正、修齐平治之道，率不外是，则叹服益至，而从事益专焉。

但仆之资质庸下，骨力软弱，为之觉甚难；兼世道尚伪，如操千金之璧，而行于盗贼之徒，兢兢乎惟恐其失也。吾夫子称忠信笃敬，是邦可行，益赞禹“至诚感神，矧兹有苗”，岂欺我哉？足下老学，幸不惜鞭策，使益坚所守，是愚心所望也，企切企切！

○立身行己，不妄语是第一义。然始于不妄交，未有妄交而不妄语者。

○何有名士终日妄语？览此亦当自愧。

◇即此便是不妄语。知于皇晚年力学之进。

◇用成语改字处，最似古人。

复粤东屈翁山

仆知足下久矣，盖古鲁仲连之徒，而仆之同调也。兼知日者足下所与游处，有甚好仆者，亦有甚忌仆者。夫好仆者之疎，不如忌仆者之密，意足下之耳，必多忌者之言。自分长与足下不卜定交之日矣，乃兹者欢然相求，以大集序言见委，赍书造门，再四而不厌；而且书词之婉，称谓之谦，若鲁直之于子瞻，如见所甚畏者。则是足下不但不用忌仆者之言，亦并不尽由于好仆者之说，特达相知，不随流俗，其明审之识，有过绝于人者也。

夫士贵有骨耳，然无识之骨，只是顽骨。昔鲁仲连先生，惟其负绝识，不同于战国之游士，是以其骨力之坚，横亘千古，至今仰之，崭然如万丈之峰，峻削而不可及。今足下负识如此，其无乃行当接武仲连先生欤？

仆尚未焚其笔研，颇著文自娱，不序吾翁山子集，而又将谁序？第恳足下少安无躁，俟仆一日游山水快意时，纵笔疾书，文不加点，乃为合作耳。暂复。

◇序其相知之深，不用一妆点语，最难措笔。

戏答练石林

仆固好为古文，日与能古文者游，然而非今之人也。盖自周汉左、马，以迄南宋陈同甫，又新参一归熙甫而止，郐以下无讥焉。若来教某君，仆未尝识其人，子瞻所谓“直懒耳”，别无说。然颇闻人传其自满之状，殊令人致惜。大抵一时新锐风气如此，不必深论也。

独怪有一老友，年大于仆，亦复风气移人，打入少年场，不窥耆旧传，妄自菲薄矣。“吾文胜昌黎”，是何等语也？释典言：“譬如小民自称国王，徒取诛戮，为可怜悯者，何其多欤？”仆尝言：虽有绝代文章，掀天事业，一着色相，便是俗人。何则？道眼不开也，况今人伎俩可知者乎？

然此犹是庄语，仆又有一谐语，可以奉入足下杂著中者。近有一友，为仆述某公一介不与，却未一介不取，可谓“一边伊尹”，盖旧有此谑也。仆应之曰：“今某公无周公之才，使骄且吝，岂非‘半截周公’乎？”闻者莫不绝倒，直是天生绝对，必传无疑。足下蒐罗编纂多年，今始得此压卷，笑抃可知也。然从此当与足下动色相诫，毋自入瓮乃可哉！

◇吾目中亦见此人，时时闻此等语，未知于皇所指是此人否？

◇谐与讽，俱是文人胜处。

又

贻我《壮悔堂集》，美材哉！然此道之难言，全在丹与汞之分。古人没兴煞是丹，今人得意煞是汞，吾末如之何也已。

与减斋先生

闻先生欲选今人诗一部，不著选者、作者姓名，可以得真诗，又可免情面于前、息怨争于后。濬初闻而善之，已复思之，仍有未妥者。

夫人之好无名之名也，甚于好有名之名也。何则？有姓名而或录或不录，则其录与不录之故，姓名犹冒其半。今不载姓名，而颛惟其诗之存，则是其美恶全在乎诗。美者真美，恶者真恶，更无躲闪之地，有无以为荣辱，去取以为喜怒，吾见其什百倍于有姓名之选，则情面于前而怨争于后者，不益甚乎？

况衡鉴出自先生，尤与泛泛者相万，将见选方经始，而众已喧传选者之姓名，抑之而弥著。此尤好名之士，所一饭不能忘也。然则先生于当世之诗，一无所论定则已；如尚有论定，则遴拔精而人自服，何必不留姓名乎？不留姓名，则又不如留姓名矣。愚见如此，惟明察其是否。

杜绍凯

苍略，湖广黄冈人，退思先生第三子，于皇弟。《缘督堂集》。

与吴山宾书

以一身审处于古今治乱上下，苟遯世无闷，嘿行吾志，又不能已已，则必论其世焉。世者，即著书立言者之地。吾地不可为他人夺，寸步寻丈，皆吾疆土也。抗之则不必，坠之则不可，如蠖之屈，龙蛇之伸，乃富贵贫贱、升沉显晦，不同之极致也。孟子曰："诵其诗，读其书，不知其人，可乎？"弟窃叹今之碌碌富贵者什之七，碌碌贫贱者亦什之七。碌碌富贵不足惜；碌碌贫贱，假终南为捷径，亦不足惜。惟侥幸千古，横踞坛坫，使通都大邑、深山穷谷，指曰“此巨公”也，按其著作，旨趣茫然，充隐而已，我辈岂可随其倏忽哉?!

◇言之污人齿颊。

罗世珍

以献，湖广汉阳人。

与张鹿床父母

昨自矶上，乘月放棹，觉衣袂皆白云也。头陀寺里，高阁宿星汉，使君一憇其上，得听黄寉（古同“鹤”）仙人吹笛无”，恐梅花既落，杨柳方生，君且不胜故园之思矣，奈何?

与谭韶成

夜来鸣雨如注，簷溜与溪流相乱，如深山洞壑中，使人尘梦一醒，早起见萍痕涨绿，村径皆水。又孤墅如岛，抄书之外，惟与梅花共饮，幽兴人怀，忘却甑瓮皆空。此皆贫者之不足，而造化佐之以有馀。得丧物我之外，有此一种便宜处，除林和靖、陶靖节诸人，未易得也。走以相闻，能欣然着屐否?

○写得幽秀，如读一则玉壶冰。

严首昇

平子，湖广容华人。

与王季豹

初春接手书大惊，想今了此局矣。人生极难处分者，惟得志时事耳。伯王不动心，便是圣贤尽头学问。若区区不得志事，容易了过。舜、禹生平，轗轲艰难，不知多少。夫子不以此服舜、禹，独服其有天下不与，所谓“忍痛易，忍痒难”也。老兄学问深厚，逆来顺受，一切归之造物。天下事不但得丧不繇人，祸福不繇人，即善与过亦不繇人，付之无可奈何已耳。

◇绝顶议论。

与黎石龙

古云夫子恶乎长，圣贤虽无所不长，毕竟有一件得力处。因思古人之学虽博，枕中要自无多。如太傅之《鹖冠》，中郎之《论衡》，南丰之与《太元（玄）》，东坡之贾谊、陆贽、庄周皆然。公与穀相去几何，而鲁不治《公羊》，齐不治《穀梁》，何其专欤！今人于书无不读，实未得一书之力。所以古人少，今人多；古人难，今人易；古人迟久，今人敏疾，而得失焉复坐此。

诗文亦然，子美不作四言诗，太白不作律诗；杜文不逮诗，苏诗不逮文。近日如元美劝人勿作和韵、限韵诗，白云颛治五言近体，要皆以其专一，遂得精工。今人有一件不能，辄觉面赤，毕竟无一件到家，则何益矣？老氏云：“知者不博，博者不知。”

顷见马文伯孙子韦作书，钟、王、颜、柳，纵笔自如，弟笑谓：“古人何独不相兼也？”弟十年前志过于才，思得无书不读、靡事不为。迩来窃自揆量，无多望矣，曾有句云：“渐老怜心小，久阴觉岁残。”仁兄闻此当首肯也。

◇南丰得力《太元（玄）》，甚异。要见古人专求自得，不随人呼拜。

告同人助镜如上人归山书

僧寺自东京白马寺始，迄隋始有寺田。六波罗密，布施第一。爰是民之欲富者，思为僧，非僧或无以食、无以居也；僧，民之禄也。晋时待出家以上宾，隋授沙门以学士；至唐，乃有开府仪同三司者；近代给牒得优免，与官府抗礼。爰是民之欲贵者，思为僧；僧，民之爵也。

先代度僧，皆由考试，中试给牒披剃，僧亦有贤良方正、博学宏词也。后世例以输粟给牒，僧亦有算訾郎、酎金侯也。石头盛时，每数十里置一僧邮。爰是民之好名者，思为僧；僧亦有甘、陵二部，及蜀、朔及近日东林也。

其有不得志于僧者，一杖一盂，惟意所向，僧中之穆天子、司马太史，天下皆是也。盖自是天下名山，强半归僧。僧住山必峰、必岩、必阿，佳处辄为所得。老树怪石，精庐净几，入其室者，辄有异怀。爰是大人君子之不求富、不欲贵、不好名，倦飞知还者，咸思为僧；僧，又民之归也。

镜如思选胜结方丈，题曰“归菴”。匪镜如寔归，余等辈咸有归尔。余辈既愿其归，当俾其有以归，归而有以居、有以食也哉，是第一波罗密。

○不阡不陌，无起无止，真异样好文字。

○逐段有变化，又是无意。

与薛谐孟先生

杜陵，诗之圣也，无三十以前诗。仆已刻诗，皆年二十迄三十诗。少年自信过勇，好名太急，想当尔耳，用是歉然内惭久矣。

忆戊寅秋，携是诗于江陵朞年，闻荆之一二少年，摘句笑予。仆未或怍，语曰：“得失自知，不其然乎?”丁亥冬，山楼无事，简未刻诗既竣，取已刻诗阅之，如选前人诗，又如老生看后辈人诗，毫发无可欺。有任臆谬古人者，有沿袭古人者；有自矜独得，不知已为古人先得者；有意佳而未达者，有既达而好尽者。大约玲珑有馀，蕴酿不逮。尔时胸未万轴，跡匪千里，不知而作，无惑其然。今日者，匪曰日益，庶几知非，是故惭之。

惭之乃复存之，何也？当时山河未改，风景自殊；父母爱之，兄弟无故；童心成群，开口常笑。天地之大，举非予有，举不足挂予之怀，自喜自怜，旁若无人，固十年来所不再得者。若乃未老而悲，未穷而怨，天下未尝大乱，而哓哓然如有琐尾流离之音，一似得气之先者，仆亦不解何以不幸而言中乃尔也。仆以是惭之，终复爱之，踟蹰累夕，删者十三，窜者十二。先生视是诗，无作三十以前观可也。

〇绝好自序。

〇写出性情，可想其诗之妙。

周蓼恤

贞蒌，湖广大冶人。

与江宁友人

以道德文章之事，与朋友往来，未有匿避而不觌面之时；然亦有有时不觌面之朋友，以道德与文章，非今日之所急了。古人云："并道理亦有论不得之处。"真至言也！

结邻集卷之十二

何如宠

康侯，芝岳，江南桐城人，文端公后。《乐堂稿》。

答某君请谥

尊公真品亮节，一一与易名相应。但此事方在纷拏（挐），俟论定之后，当不令故人之憾遗珠耳。三台之尊，以顿迁为快；一字之衮（褒?），以晚得为荣，足下策之审矣。

〇正人不作漫语。

与池州守荐曹广文

铜陵训导曹生某者，不佞为诸生时，以道同盟、以技对垒者也。为人宏博如武库，其初埙篪鹊起，有“在昔五官陈思时”目。其仲氏孝廉，与不佞同举于乡者也，以应制玉楼，先后凋谢。此生既晚，才得一广文斋为灵光殿，不知造物之视曹氏，何以异古邺下耶？君侯高谊热肠，必能以伍哙哀曹生，亦必能以说项谅不佞者也。

〇荐一儒官，叙致乃尔，真雅人之笔。

叶　灿

曾城，江南桐城人。

与某君

诗难言之矣！三代盛时，无论公卿士大夫，即牧夫游女，皆涵育于先王之泽，而湛濡于教化之深，吐词为经，矢口成训，何容拣择？夫子晚而删《诗》，仅存十分之一，所存少而所去多，何耶？圣人造化之笔，世儒何能窥测其微旨？而逸《诗》之传于后者，又皆可歌可咏，可咀可味，门弟子皆能习之而皆能言之，则圣人之未尝一概抹搬之也，亦明矣。而至今传者寥寥，或后人遗失，或经秦火，皆不可知。当时亲受业于圣门者，说《诗》又各各不同，岂《诗》为活物，圣人固未尝执一说以定人，而人各以其意见，自筑一宫墙、别开一门户耶？

禅家有活句、死句，执其死句，则此心自然非彼心，一地不能知二地。为元微之之优杜劣李也可，为杨大年之以杜为村夫子也可；即为近日之啾啾王、李辈也，亦无不可。得其活句，则放开眼目，恢廓胸襟。永明不云乎："众生言论，皆（悉）法界之所流；外道经书，尽诸佛之所说。"而况李杜、元白、苏黄诸大家，及近日王李、钟袁诸名士，即其中不能无利钝，何容轻置拟议于其间耶？

仆痴钝人，作痴钝语，以请教于公，不知以为然否？

◇直写胸怀，如海涵地负，便是事事无碍法。

◇道理如是：知得如是，又不妨作分别见。盖分别见，亦大同于道理中。

吴用先

体中，本如，江南桐城人。《函玉山房集》。

与袁先生

年丈冥心真谛，彻悟根宗，流云泡沫，何足溷人灵台？自伯修去后，调歇絃悲，金销兰灭，揽玉霜之夜下，目旅雁之晨飞，俛仰无聊，依棲失所。吾兄即芥视轩冕，留连桑梓，于弟辈独无遐心乎？弟头颅如昨，伎俩靡他，烛武叹其近衰，冯唐未知将老；非惟藻思半凋，抑且浓情顿释，任呼牛马，孰辨雌雄？独有无生一事，终难透脱，翘首大德，指我迷津。盖弟之忆兄，正以法侣渐稀，尘坌满眼；如兄之冲虚恬澹，针芥相投，恨不获促膝论心之为快也，真切真切！

〇清润，笔墨所难。

姚　康

休那，江南桐城人。《龙戒山人全稿》《酬债堂集》，所著有《太白剑》《借红亭本草》。

答公良

弟近委顿已甚，强半山中卧；时入城，为有如火牛者见迫耳。颇欲一觅看西泠，了双眼意；亦欲一看仁兄，了八口意，今皆不能。其一足所不能，其一面所不能也，然亦不知竟能不能否。仁兄虽仙令，恐听传事版时，不如听弟此语，足发一噱。

〇叙事别异，尺牍所难。往见汉魏时人有作此等语者，不谓近代始开此径，但躭癖者少耳。

与　人

闲居适性，此福在尧舜、释迦之上。人生那得如此？切忌妄想。

刘若宰

尔明，一斋，江南桐城人。

与学人

公府衙门，椽史胥徒之养济院也；琳宫梵宇，黄冠缁衣之养济院也。士子而不经明行修，但取免徭役、持门户，是亦以胶庠为养济院也。程子所谓“浪然为天地间一大蠹”者，非欤？

〇今日又恐养济院中有冻馁之人。

方拱乾

肃之，坦菴，江南桐城人。《甦菴集》。

谢冒辟疆贺七十

不肖马齿日增，鸿爪莫定，苏卿虽返，衰颜难画麒麟；杜老未归，浪迹空占乌鹊，人伤蓬转，天纵樗生。每见年世兄孝友承家，风姿类父，言满天下，人钦班、范之传；德比古人，心念陈、荀之旧。径蒿旦启，时劳载酒相过；江水春来，屡拜分甘远惠。颇如刘峻，负愧深交；每感王孙，不忘执友。行年七十，萃贫贱富贵患难于一身，而少不如人，何况今老；时逢三五，观进退存亡得失之九德，而我躬不逮，安敢多尤。

已命儿子杜宾朋，唯自叙行藏大略；同念生平几知己，但私怜语嘿殊方。忽捧鸿鱼，兼披琼玖，厨羞载锡，海错分甘。更拜佳章，益显至德，苏、张近体，远过六代之波流；李、杜鸿裁，能畅两家之委曲。令门旧侣，因老子而追念尊君，益重我山阳之感；东海偕奔，际平时而转怀往事，愿无忘同谷之行。眉山父子已多材，而加以杜陵野老、阳羡书生，五色纷披，满堂惊异；王家兄弟皆名士，而重以龙跳笔精、虎头墨妙，千秋竞爽，当者逡巡。

白发如宾，颇愧梁鸿之老妇；青衫作客，常怜刘表之诸儿。何敢当荀龙窦桂之称，兼宠以江草庄椿之比？云霄谊薄，虽敬老为其近亲；金石情深，快知我莫如君子。拜登鼓舞，奉命殷勤，素壁高悬，来者皆欣三绝；清斋朗咏，老夫如获百朋。楮末词陈，期命袁安之驾；床头酿熟，岂徒袁绍之杯。唯愿春酒频斟，百岁分觞于父母；夜光远曜，世交永缔于云孙。临楮欣瞻，望风钦谢。

〇最似坡公。

〇用事能自抒胸臆，无词人滑腻之气。

方孔炤

仁植，潜夫，江南桐城人。

与人论诗

关尹子曰："道寓，天地寓。"舍可指可论之中边，则不可指论之中，无可寓矣；舍声调字句雅俗可辨之边，则中有妙意，无所寓矣。此诗必论世、论体之论也，此体必论格、论响之论也。韩修武曰"汲汲乎惟陈言之务去"，数见不鲜，高怀不发。

此诵读咏歌之情，即天地之情也。冒以急口婨（同“愉”）快，优人之白，牧童之歌，与《三百》乎何殊？然有说焉。闽人语闽人，闽语故当；闽人而与江淮吴楚人语，何不从正韵而公谈？夫《史》《汉》、韩苏，《骚》《雅》、李杜，亦诗文之公谈也，但曰吾有意在，则执樵贩而问讯，呼市井而诟谇，亦各有其意在，其如节奏不堪入耳何？此一喻也，谓不以中废边。

〇真读书明理之言，足夺人意。

何 采

第五，省斋，江南江宁籍，桐城人，文端公孙。

与减斋

粤东古来轮派迁客地也。坡老云：“迩来三月食无盐。”弟食有盐矣，先生肯以青州从事醉我，当撒盐为报。

〇丰致嫣然。

又

溽暑蒸人，竟如一丸封户，户外事绝不相闻。致车骑言旋，遂疎趋候，罪甚！委书赠人耶、疥壁耶？幸示无误从事。佳墨如襄公百缣，足令皇甫湜愧死。

〇一落笔便引人胜地，省斋固自韵。

又

老莲箑子，真生平所未见，况出自怀袖乎？终以未得佳句为感。俟开春为我成之，方称全璧。何物文通作公口实耶？侧理领到，明春誓不作一字，然非所论于公。三万六千场，日日以笔墨供清鉴，最吉祥事，其何敢辞！

又

花前沉醉，几吐丞相车茵，犹幸潦倒颠狂，为司空见惯，当不罪耳。石公画，何日可得耶？

又

暑天寒气中人，如小人之中君子，往往在不觉处。道体须珍摄，然亦不宜太暖。弟体中尚未平，今日更苦眩晕，札中未言及，恐烦轸念耳。触暑遍谒，正见此君皮强骨健，亦止谤莫如不争之意。公炎天寻暖处坐，较炎天寻暖处跑者何如？公亦有趋炎之术也欤？

○韵笔韵舌，省斋两擅。

又

五日近矣，节债逼人。方知屈大夫从彭咸之所居，只是躲端午耳。公当一笑。

又

数日米价顿长，举家不能辟穀，冬衣典尽，而质库又不容葛衫抵出，非饿死、应冻死矣。纵是活释迦佛，活濂洛关闽，也挨不过如此冷清。公虽无聊，尚想到参禅学道，胜我多多许也。

○为之浩叹。

又

兀兀幽居，几寒尽不知年矣。乃因豪债追呼，始忆年前无几日，通身汗下，如触翻溺器时也。穷亲贫友索历日，与追呼等。敢以此小小债累先生，多多益善。

方震孺

未孩，江南寿川人。[①]

与惠元孺论禅书

禅者，箭锋石火边事。良马见鞭影而驰，得其意而已矣。如以迹求之，刻画肖象，愈似而去之愈远。先生直捷扫除，自是能大士一流，业已目击道存矣。而又问日课于念士，念士者，所谓刻画肖象，而未必得其迹者也。使念士而可以益元孺，何异无盐？东施既痔且瘿，乃向洛神、飞燕而侈语曰："卿若何步，若何低回，若何薄頫，若何拂衣顾影。"不亦可姗笑乎哉？虽然，如元孺者，乃可以问课。使元孺訑訑云"禅已在是"，则所谓"目击道存"者，迹而已矣。

〇文人谈禅，类尔可悟。其意其实，有不尽者。

〇不作一死煞语，是禅家机锋。

龚鼎孳

孝升，芝麓，江南合肥人。

与邓孝威

道翁以吴趋之妙族，生东阳之秀里，少弄柔翰，长交倩流，琼华敷藻于外中，璧树含芳于左右。冰丝鲛雨，织子云油

① 《明史》本传谓："方震孺，字孩未，桐城人，万历四十一年进士。"左光斗、陈子升、龚鼎孳赠诗、送行诗、悼诗，均作"方孩未"；本书别处，亦均作"孩未"。此处应失校致误。

素之书；范艳班香，祧孝穆珊瑚之位。名动卿相，文满国山，兼以神检孤超，门风萧澹，清鲑浊酒，时等味于五鲭；谢米潘舆，尚待资乎三釜。而人惟菊似，客许蓬路，孔座虽登，气长横鹗；嵇疎独许，性不驯龙。卓乎孺子之遐标，不愧真长之畏友，即啸咏日盈于丛竹，而介贞弥表于猗兰矣。

尔其为诗也，远规《柏梁》，近矩魏晋，扬开扢历，上初丁晚。汉妆巫雨，宜大呼上天子之船；御柳宫烟，会特敕入舍人之院。香奁句就，步为花摇；纨扇笑迴，髻将柳绾。莫不比音八律，絜采七襄，固兼出而并奇，纷云属其波委也。若乃箫当桥寂，山高红树之鹃；角为晨吹，城堕玉钩之月。钿辕绣柱，半藉芳尘；瑶瑟翠翘，同销烟草。昭明沟古，伤流水之难回；杜牧情多，怪珠楼之似梦。固已身同秋士，赋咽芜城，飞絮飘摇，兰成自语；空江杳霭，叔宝能愁。不只阅斜日于凤台，遥题吴晋；眺荒烟于越峤，独响鹧鸪矣。

夫诗之为道，以言性情，论诗于今，尤必取诸怀抱。怀抱远者，其人必忠孝，其语必幽森，其取友必简严，而遇物必深厚。正则之想灵叫帝，愬茝雠蓠，捐玦珮于湘君，告然疑于山鬼，顿使离离清蔚，起楚水以波澜。终古而还，椒者犹椒，桂者犹桂，君子以安其霰雪，美人以烂其车旗。拾遗之困蜀哀江，听猿拜鸟，骊路肠迴于罢酒，故园眼乱于随风，乃犹娓娓龙湫，祝春姿于溪壑。解人难索，哭者自哭，歌者自歌，臣子以奉其日星，朋友以召其风雨。盖两君子生当憔悴，世隔悲欢，或含辞负屈，絮语如颠；或泛梗依人，低头忍泣。开万世柔肠之祖，最宛转而不聊；入老人失路之心，偏酸辛其有谓。长镵难托，渔父何知？其别具怀抱，有如此者。

道翁逸才旷世，少年负盛名，《羽猎》《上林》，方当搴壮。乃吾独观其意思所寄，苍茫绵邈，一往而深，似此心期，不撰今曩。吾安能再把臂于寒溪老树边，与吴陵诸子，揖《骚》而坐杜，兼索水部于季孟之间耶？

◇香艳至此，令人悔为大家。

◇正则、拾遗，对写两段，此格见之俪体，文人无所不可。

与冒辟疆

洞老至都，出示手函，一时风雨飒然，玉碎珠销，断魂千古。弟于宛君如嫂，虽缺郁金堂下一拜之缘，而玉兰花底，醉沛淋漓，犹髣髴欢场，宜扬幽蒨。至今美人云气，缭绕玳瑁之床，香魂有知，姗姗紫幄中，尚谓金兰谱中人，有为助哭申吁，泣名花而悲晓露者，不可云非弟管幅之遭也。阮公邻女之感，情至不堪，况于我辈，骨肉关情，尤宜分痛。钟退谷云："好友在四方，而造物或收之。"矧其在闺阁之中，天不怜才，遂令犀钿蝉鬟，与文士平分鹦鹉之恨。道翁其姑念玻璃易碎，能少解黄尘碧海之郁陶乎？

《忆语》大刻，钟情特至，展之不禁雪涕，沉香亲刻管夫人，不是过也。诔词二十馀言，宛转凄迷，玉笛九回，伭（玄）猿三下矣。欲附数言于芳华之末，为沅澧招魂，劈笺探韵，絮语神伤，而蟋蟀哀音，转多幽咽。属思未竟，惆怅无端，徐之必有以祝桂旗而酹翠羽，未敢忘也。

◯丽句缠绵，正使子山、孝穆犹未梦见。

孙国敉

伯观，一名敉，江南六合人。

与大梁张林宗

世之集句者，弟惑焉。沉钩而出比目，举戈而落双飞，杂取旧律中既耦之佳句，而另集成律，攘为己物，如是而已矣。

弟每思之：先喆佳联，久著诗苑，譬则文箫之与彩鸾，萧史之与弄玉，葛洪之与鲍靓，各以仙而耦者也；梁鸿之与孟光，鲍宣之与桓少君，庞公之与馌妻，刘凝之之与郭铨女，严光之与梅福女，各以隐而耦者也；王凝之之与谢道韫，窦滔之与苏蕙，赵明诚之与李易安，各以韵而耦者也。此既天生佳耦，难容生割。而人乃公行剽窃，别为配耦，必欲重婚秦玉于梁鸿，再醮孟光于萧史，强匹易安于右军，则无论伉俪非伦，非伤心于珠璧之点；抑亦摹拟多事，或血指于凿枘之讹。作者袭舛而莫悟其非，观者沿习而漫呼其号，岂不千古一大冤案哉！

弟思前人诗中，自有只句之佳者焉。古则有音律恰调之句，律则有起结不对之句，绝则有简练可对之句。余乃牵彼孤芳，觅其奇似，巧为媒妁，各遂应求，虽有移桃接李之劳，而无截雀续凫之病，岂不炼女娲之乳液，补天地之遗憾者哉？譬则上帝遣天汉中白水素女，化为江上螺，而畜于谢端之家以为耦；又若周瑜之得小乔为耦，司马长卿之得文君为耦，当其只也，若有所待；当其耦也，若固有之，岂不千古一大快事哉！又譬则林逋以梅为耦，干将以莫邪为耦，箕以毕为耦，斯又得耦之神，而遗耦之形者也。集句者甚多，而集只句为新耦者，实自弟始。中间或所耦非伦者，亦愿足下为我正之。

〇藻雅多风。

〇运笔、命意，如承天寺月下松柏影。

孙汧如

阿汇，江南六合人，伯观先生子。

与钱湘灵

昨暮有所见，见鼠方得意拱穴，为猫获之。而获不遽啖也，纵之去，复爪而回，佯伏挑之使蹶，或抛掷观其僵仆，相侮无已。鼠忽怒，掉面向猫，反怖为恿，龂唇齘齿，疾呼如詈。猫益玩，舒趾撩拨，鼠忽啮猫趾弗释，猫痛失声，亦怒，始龄鼠首，如折冰柱，而其趾亦血矣。鼠死，猫亦弃鼠弗食，而自舔其趾之渍，若悔其龄之不蚤也。锇牛以道眼、世法眼并观之，当宜何从？

〇极似柳子厚《黔驴》等小纪。

答顾伟南

前教云"内苦軅側，外苦忧患"，弟以为非多事也。方寸莫广矣、坦矣，而人軅側之物，往而不纳而返焉，而忧患起矣；益軅側其方寸，以敌忧患，而忧患炽矣。天地之大，呢訾无所容，而呼伯助乎？莫若坦于忧患。而忧患弥烈，方寸内五岳四渎，列国备焉，而仍谓軅側者，未闻道也。道汇古今治乱祸福，而通之则軅側化矣，何忧患之足云？

施闰章

尚白，愚山，江南宣城人。

复竹关老人

熊伯老寄语云云，未免病痛。近人谈道，往往骑着两头马，韁鞫不在手，名为不倚，其实已离。大师逼其穷究，是高一步法。若向脚下一棒，且问择个甚么，正恐茫无着落。择善固执，是不倚根基，止要加存养。先儒云"养出端倪"，不有种子，端倪何在？不知"养"字道得着否？近略体贴，叩盘扪烛，知所不免，今只求一肯叩、肯扪之人耳。来教以无我为过关，以因物之则为适当，此正诀也，终身被服矣。

〇今人讲学，往往误入禅家，不知禅家正不如是。

答友人论廉吏书

辱示苦节不可贞，居今之世，不宜以廉名，教督意甚厚。然弟非能廉，亦非敢以廉名。昔人云："清畏人知。"必以此见知于人，陋矣！弟何尝矫矫焉自称廉？公私征索不已，间稍自解暴，以语所亲，其知我幸也；其不我知也，默守而无悔。

有妇于此，日侍其夫子、舅姑，揭然鸣于众曰："我不玷尔帷薄。"一室之人必大笑，以为妇固然也。终岁食贫，室中虚无，有妇饱糠籺而甘旨奉舅姑，犹日诟而责以三牲五鼎之养；宗亲内外，又日迫而索以牡羜之速、杂珮之赠。谇声交至，妇必怫然谢曰："吾非倚门倡，安从办此？"非以此自多，情激势蹙，聊一云尔也。弟之所处，或有类于是。

夫吏之事有百，莫先于廉；妇之行有四，莫先于贞。妇无它能，而独以不淫鸣，固已悖矣。假令墙茨见丑，而侈然骄语其夫曰："我虽不德，而善女红，能办尔家事。"其夫有不大惭而唾逐之也哉？今为妇或不幸如此，乃不见逐于夫，又从而宠之，妇辄以骄娣姒，然以告东邻之嫠妇，去之若负涂矣。人之才志不同，未可以不识时相病也。

昨为兄治装，亦不敢不略尽。兄故知我者，幸恕此老妇。邮便还答，想复一笑。

〇尚白西江归，一船亦不能存。子辈为赋《卖船诗》，然尚白未尝沾沾以廉自命也。

〇凡数设喻，只觉其古。

与所亲

我辈既知学道，自无大戾名教。但终日不见己过，便绝圣贤之路；终日喜言人过，便伤天地之和。

〇可以书绅。

与张某

所示某公德政录、诗颂并序，甚劳捉刀，读之不免泚汗。使当事贤者身受之，目眎（同“视”）我为何如人？弟不敢谓当事无足称，然我辈立身遣辞，亦自有体，何至作如此牙舌？昔人谓“舆论之是非，胜官评之黜陟”，以舆论无私也。况汇集群言，刻为大帙，存之既久，贤否混淆。往视学山左，缙绅之子，有为其先人请祀乡贤，乞香火生者。或乡评无甚著，辄出其在官颂德之书为稽据。观其书，太抵东南人所为也。南俗善佞，度不自公始。然公长者，愿此后勿复尔。慎勿一字假仆，既不为仆累，又不伤公盛德，所谓“相爱以德”也。士日饭脱粟不一升，亦安往而不得贫也？言切而直，惶恐不宣。

〇此等书，乃亦有用得着处。

〇意正词严。

张习孔

念难，黄岳，江南歙县人。《诒清堂藏稿》。

与门侄某

一阴一阳之道，当兼造化、人事说。先儒单主造化，故有理气之说。其实至浅小事，莫不有一阴一阳迭运处。如夫妇居室，非有气之可言也，不过理当如此而已矣。汝辈体贴此意，便见得道不可须臾离，而与“一贯”之指、川上之叹、“万物皆备”之说相合矣。

〇如此理学，真有所见，不可与迂腐一例看。

又

近日看《孟子》“穷不失义，故士得己焉”，深叹其妙。己者人之自己，一向在何处，今乃得之？由是推之，人之失落自己者，不知几千万矣。人当穷时，所存者惟一己耳，乃又并其己而失之，可胜叹哉?!

○冷水浇处，令人陡然一惊。

吴宗信

冠五，江南休宁人。《履心集》。

与王隆吉

晋人云“酒令人远”，“远”之一字，足引人饮。《诰》曰：“刚制于酒。”“刚”之一字，足止人饮。弟不能止酒，而顾以“酒远”名亭，然不三蕉叶酩酊矣。愿足下于刚、远之外，别有以导我。

与朱际有

承示窑器，骤观外肤薄凛，不敢触以手，骇叹久之。再审之，内体不固，定其为伪。乃知世人不内固而专饰其外者，愚人以骤耳。世讵皆骤人哉？

○借小物语道，发人深省。

与周雪客

耳食蒟兰久矣，昨入高座寺，舌始载之。味在咸淡外，想即南唐归宗寺之淡咸齑乎？因忆阿翁“蒲笋同分三月雨，齑盐闲对六朝僧”之句，一嚼一味。

与吴介兹

予最喜萧伯玉先生之主祠祭也，与诸髡约法三章：妄谈诗禅者服上刑；肥鸡豚、畜妻子者次之；呼卢浮白，操缦安絃，履丝曳缟，类俳优者次之。萧先生之恶诗髡如是哉？今乃无僧无诗，无僧无集；无诗不可为僧，不可称善知识；甚至有善知识俗腊，走使数千里，远近征诗，为泥金屏障以为祝颂者。嗟夫！僧图作佛，固乃尔尔？此栎下先生见善知识，辄称曰“名士佛”也。

〇今日安得起伯玉，一洗禅林之秽？

程文林

瑶生，江南休宁人。《留月轩集》。

病中留别宁野四兄

昨自宛陵掖病过新岭，憩僧舍。忆前冬吾兄度岭，风雪漫天，兄挈弟扶，一行十蹶，冰花雪蕊，累累吾兄须眉间，弟顾兄笑曰：“俨似海南水晶人。”兄亦哑然应之。比虽被襆荒凉，而兴会豪举。不谓年来一病缠绵，如秋叶在条，春箨附竹，乃至于斯也！及抵家接兄手札，并近作，开函急读，病体少舒。大人悯弟，攫去不使卒业，然彷佛如见我兄，俛首凝思，含毫欲腐。嗟乎！弟病狼狈，料不能再见我兄矣。

弟非不知大地梨园，人生傀儡，但使登场扮演，毋论悲欢离合，务使各尽关目，曲终人散而后止。今弟甫开场一阕，遽尔息锣歇鼓，人生不知种孽何状，年甫二旬，溘焉朝露也。禾黍之肠，改充参术，近且并参术而亦呕矣。二亲禁弟不得读书，讵知弟身虽惫，神颇清，一日六时，若废读书，则烦忧转甚。二亲既藏笔砚，禁不作文矣，若并书卷而亦藏之，弟何乐有此晨夕耶？老亲哀弟病，时时抚弟作子规声，亲泪滴于颡，弟泪交于颐，两泪迸流，入口成血，柔肠为之寸寸断矣。旦暮望兄归，执手永诀，效眉山兄弟再订来生之缘。岂意我兄归期未定，弟已矣，不复得见我兄矣！

弟敝箧中所构应制文，经书题不下五百篇，昔欲藉之弋贵，今竟因之戕生，不覆酱瓿，即投灯焰。外有《留月轩诗赋》一帙，皆病中语也，乞兄怜其苦而存之，使弟没后流传人间。万一有悯弟哀弟者，谓程子瑶生年少食贫，甫历二旬，竟不得志以勤学死，匪独乏嗣，并未婚焉。嗟乎！生且不遇，死冀人怜，吾兄视弟能瞑目耶、不瞑目耶？吊我者比之兰摧玉折，笑我者等之夕槿朝菌，任之而已。

○冠五为予言：瑶生十五即能赋采芹，后为娶，二十即没。文人夭折，自古可叹。读此满纸哀吟，仆虽未识瑶生，亦为之泪涔涔下。

吴　非

山宾，武兵，江南贵池人。所著有《说说文引经》《三唐编年》《武兵画记》《无居诗话》《虫弋》。

与减斋先生

非顿首先生阁下：自当日言之，从先楼山襄选事，寓白水，寓星野，耳盛名，口尊衔，则先辈也；自今日言之，开宪府，临郡县，统辖所及，非则草野子民耳。

非不得志于时，不肯委于己，授徒餬口。耘人之暇，自力砚田，积有随笔。顾以分特悬殊，地复辽绝，请教有心，亲炙无自。如木中蠹，虽仰见天日，然间蒙唾馀，即犹阴霑雨露；如书中鱼，虽不惊闻雷霆，然间蒙墨绣，即犹均施衣食。

每私忆于田水月，知将来之为公安者何人；亦窃思于陈织屦，知继此之为景陵者何人。若无缘获遇于其人也，迟之身后，恐莫可得，况当世乎？则以此推之，古人书成而灭没不传者，何可胜道！彼萧恭之所讽，人多不好欢兴，仰眠看屋梁而著书，千秋万岁，谁传此者？不真笑人耶？嗟夫！穷愁如非，即不敢言著书，亦安得夫欢兴之为好也？无以自解，则亦惟寄欢兴于著书已尔，传不传奚问焉？惟执事察之。

〇山宾著述甚富，皆有用之书。惜世无由骤见之。

〇苦调羽声，情则犹是也，读之加愤激矣。

王士禄

子底，西樵，山东新城人。

与栎下论画

奇峰错互，长松蓊郁，人在云气中，嗒然相对，此际胸次，当着何想？身堕世网，几不敢谓世间乃有此境，乃有此人。

〇西樵落笔，每有远想。

又

传称范中立卜居终南、太华，岩隈林麓之间，览其云烟惨淡、风月阴霁难状之景，一寓笔端，则千岩万壑，虽盛暑使人凛凛挟纩。道生画，亦从终南、太华间得来。

王士禛

贻上，阮亭，山东新城人。

与栎下论画

乙巳夏，正在青州真意亭为先生题画册，因忆辛丑在扬州，壬寅在真州，前后为先生题画，赋诗不下三十篇，今再而三矣。将来与先生相见，未知何地。先生方罹忧患，居白门，而禛年来衣败絮，行荆棘，泓颖久废。追理前路，倏忽又四五年，感时抚事，为之流涕。先生烟云供养，虽入坎窞，而天钧泰然，自当动免于险。弟不知先生披览之下，忆青州曩昔之言，亦为慷慨破涕如禛否乎？

○贻上自是情种，一落笔，辄一往情深。

又

今春著屐京口，游金山，竟过江，小憩玉山之避风馆。凭栏四望，江流澜汗，远山渺然，帆樯历落，隐映岸侧，使人襟抱旷然，髣髴兹图间意。晴窗披对，辄复一往有褰裳濡足之想。此故先生之移我情乎？

○笔致楚楚，堪入《世说》中。

又

“《尔雅》注虫鱼，定非磊落人。”睹子韶所绘种种虫鱼，觉其言非是。

又

嘉定数君子，娄子柔号能古文；程孟阳诗工五七律绝，得《风》《骚》三昧；长蘅画称逸品，风流照映，吴人至今能言之。其时海内无事，诸老布衣韦带，不出乡曲，以翰墨相娱乐，一丘一壑，何其都也！相去不数十年，前辈风流，遂无复继。俯仰身世，可为慨然，不独摹山拟水之工也。

周明玙

叔鲁，鲁台，江南上海人，广菴尊人。《自锄园稿》。

与朱质轩

积书不读，亦坐暴殄；泛览博涉，等于漫游。王僧虔诫子云："往年有意于史，取《三国志》聚置床头，百日复徙业，曾未辨其指归。终日自欺欺人，人不受汝欺也。"山谷答檀敦礼："《汉书》最好读，然须依卷帙先后，字字读过，使一代事参错在胸中，便为不负班固。"温公言："学者于书，少能从第一卷读到卷末止。见何涉学士，案上惟一书，未终卷誓不他读。"王缑山每读书，自首至尾，矻矻丹铅，虽数百卷中，苛细笺注，不轻放一字，曰："读书与立身相似，要须有本末，非可苟而已矣。"今架上数册，稍游其藩，辄厌倦弃去，卤莽灭裂，忘前失后，何曾受学问之益？直玩物丧志耳。

〇鲁台先生积学不遇，著述盈笥，兵燹后尽归祝融，仅存《春秋词命辑注》一种，广菴已付之梓，不久行世。尺牍特先生一斑耳。

与谢益之

东晋王氏，门风宽恕，昆季子侄，皆笃实谦和，时号"马粪诸王"为长者，惟刘真长、王仲祖、许元度、支道林诸人，往来其门。右军与谢万书，亦欲教养子孙以敦厚退让，令举策数马，彷佛万石之风。观此则王、谢家法，可以概见。今人动言江左风流，若以为浮薄者然，乌足以知王、谢哉?!

〇不敦厚，安得风流？足洗王、谢千古之冤。

与许同生

人守得一"静"字，即天地鬼神，且无奈何，况身外之升沉祸福哉？若吾侪直是懒骨，非有定力以主静也；然因懒得静，亦是因跛而缓步，未始非得策。

〇因懒得静，亦救得一半。

示陆甥渭阳

赵承旨作字，虽戏写，亦如欲刻金石；其草稿点窜涂注间，皆不苟且。程伯子书字时甚敬，谓“非欲字好，只此是学”。盖涵养之功，具是进一解矣。

○大涂横抹，直是放肆耳，书安得工？

周 寰

广菴，大鄣，江南上海人。《饮醇堂集》《抱膝庐稿》。

与陈确菴

学自除嗜欲而外，又当除意见。过不出于嗜欲，即出于意见也。陶隐居撰《真诰》，仙人男女参半，独文士绝少，盖意见为累故。

○意见之累，大于嗜欲。

与季沧苇先生

先生撰辑，何止等身连屋耶？四库之奇，各以部分；十乘之藏，悉经手缮。某不敏，何幸盘礴其间，一快心目。如行山阴道上，应接忘疲；如扪索靖碑阴，坐卧不去，观止矣！特吾辈藿食人，终日瓢饮，先生杂陈方丈，皆虬丝麟脯、豹胎猩唇，纵朵颐，如饮河之腹何？

与沈贞居

腹虚气通，味淡脾固，八字不独养身要言，亦足贫居受用。持赠隐先生，亦坡公所谓“独享为愧”也。

与徐伯调

陆士衡欲赋三都，因太冲而阁笔；蔡伯喈欲赋灵光殿，缘延寿而辍翰。袁叔见谢庄《赤鹦鹉赋》，遂隐己作；魏朗见邯郸淳《曹娥碑》，遂毁其草。兰亭之会，王子敬诗不成，饮三觥；白乐天过巫山，因王无竞、沈佺期、皇甫冉、李端有诗，竟不复作。欧阳公论文，因及子瞻，乃叹曰：“三十年后，世人更不道着我矣。”古人矜慎处，正其高自位置处；其服善处，正其甘苦自知处。岂若今世文人相轻、忌名争胜哉?!

◯古人只是小心服善，便事事占地步。

与沈友圣

栟榈子生肤毳中，盖花之方孕者，名为樱笋，蜜渍醋浸，可致千里。蜀人以此馔佛，东坡以馈仲殊，诗所谓“赠君木鱼三百尾，中有鹅黄子鱼子”是也。昔王方平、麻姑降蔡经家，各进行厨，无限羹膳，多是诸华，而香气达于内外。仆凡庸，愧无仙缘，而喜揽草木英蕊作食，往往得异叶。只是天随生家法，穷饿无聊之所为，坡老所云“诳口”而已。莫将真率闲家味，说与朱门食肉人；彼食肉者，固有所不屑也。

◯妙供令人朵颐。

与赵半眉

“梵志翻着袜，人人道是错，乍可刺你眼，不可隐我脚。”双井曰：“梵志，大修行人也。”昔茅容杀鸡飰其母，以草具飰郭林宗，林宗起拜之，此翻着袜法也。弟所辑书，取其适己，只语单词，辄薰神染骨。时贤好作，才语相向，或不屑此，而弟顾乐之，亦翻着袜法也。稿本先呈，以当美芹炙背。

与贺天游先生

今日净香池馆，轻阴覆之，幸免炮炙。法融古德云：“儒道世典，非究竟法；般若真观，出世舟航。”吾辈终日炽然，内焚其和，试问歇处安在？道悟云：“任性逍遥，随缘放旷，但尽凡心，别无胜解。”此亦滚汤镬中，立地一服清凉散也。午后有以寿诗敦迫者，正王山阴所谓“六月连朝逼寿诗”。诗本舒写无聊，其魔又高十丈矣。

〇山阴自号“谑菴”，末路侭不谑。

与黄增岸

晓登毘卢阁，阁峙万松之巅，四山苍翠浮来。僧寺炊烟，缕缕出松腰，与云物相杂和。阁中栖鸽，不可数计。天风穆如，幽霭若眩，窅然而觉慈悯之覆度也。

〇妙笔曲肖坡公。

与董苍水

夜来急雨如拳，听打蓬点声，听闸上水声，如雷轰炮鍧。客枕秋眠，喧中有寂，颇饶幽况。未几蓬破，沾洒妨卧，覆以油绨襆被，仍湿。嗟乎！楼船横吹，容与中流何人哉？

〇写的幽寂，别有况味。楼船横吹人，安足知此？

与沈贲园

“佛言忍辱，道训和光”，乞八分书作斋联，更愿共守此八字，以保桑榆。

与栎下先生论画

画家老稚、工拙，俱属第二义。要须胸有万卷、无点尘，学问、文章之气，蔚蔚芊芊，浮于楮墨，乃为可珍。若不从此悟入，纵费尽描摹，徒成下品。

一峰骨磊砢矣，然气自勃郁；海岳气磅礴矣，然骨自苍竦。清閟之法关仝，犹田子方之师子夏也，稍去其结，遂尔出蓝，要皆本于北苑。如临济、沩山，总是曹溪一滴。

画有颓唐放笔而不嫌其漫，有矜慎惜墨而不苦其拘，关捩在神理，不当于笔墨求之。

〇广菴论画，每多远赏，所谓“别峰相见”者也。

与宋荔裳先生

某既作《南华经传释》，自谓参漆园之独解矣。已而寝食焉，坐卧焉，似不容更竖一义、更缀一辞。益信嵇吕所云：“讵复须注为确论也。”因信手拈其骈语，仿士衡《连珠》之式，演为百首，以庄还庄，自呼自应。如睟〔晬〕盘晾儿，随手所得，莫不厌心；又如红螺和尚钓滩时，有红虾钓出，随其所获，都成游戏，犹诗家律陶、杜之遗意云耳。

吴懋谦

六益，江南华亭人。

与芝麓先生

八音之中，惟丝最密，公文文中之琴瑟也。谦自顾，殊以疎野愧公。

与减斋

取芭蕉实，虽不得实，叶可用也。公亦存其叶可耳。

乔世埴

遗民，减堂，江南上海人。《大雅堂集》。

与潘九闳

天地有无穷力量，然一日才到午，便疾忙晦冥，以蓄来日之光华；一年才到秋，便疾忙收敛，以养明年之发育。人生才力分量几何，而事必欲做尽，福必欲享尽，知巧必欲用尽？是焚林而狩，竭泽而渔，如明年之无兽、无鱼何？

○凡事留有馀不尽，所以师天地也。

结邻集卷之十三

钱谦益

受之，牧斋，江南常熟人。

与　人

余观唐末尝录有名儒者方干等十五人，赐孤魂及第。每念瞿元初（纯仁）、邵茂齐（濂）、顾云鸿（朗仲），辄泫然流涕。唐以诗取士，如干者虽不第，其诗已盛传于后世；而三君子之擅场者，独以时文耳。呜呼！今之时文，有不与骨肉同腐朽者乎？三君子之名，其将与草亡木卒，澌尽而已乎？当今之世，有援唐故事，追录名儒者乎？纵欲录之，其何所挟以附于干等之后也？悲夫！

〇近世之士，白首灭没于时文者，不知其几矣，可慨也夫！

与顾与治（时与治为宋比玉乞墓表。）

京兆之阡，北邙之冢，高坟石阙，岿然九京者多矣。松楸郁然，碑版相望，樵人牧竖，行歌过之，而士大夫鲜有回车太息者。比玉一老书生，殁无三尺之息、一坏之土，沉埋于陈根堕樵之中，乃有如足下者，访其墓，乞文以表之。董相之陵，下马之石犹存；白傅之坟，渍洒之土尝泽。以今视昔，岂不然哉？百世而后，风人志士，义足下之为，必有过比玉之墓，回翔而不忍去者，其益以此知比玉也已。

〇前哲风流，于今未坠。

与胡白叔

曹能始见人诗卷，辄笑曰："开卷定是七言律诗，以今人习为此体。"熟烂可厌也。足下近作六言绝句，如雀噪鸠呼，时闻清蝉幽鸟之声，使人耳根冷然，前后际断，可为一快。虽然，足下其善藏之。若令纷然属和，王右丞一月满人间，又将恨足下作俑矣。

〇屈坡公之笔，为小品文字，绝妙一时。

与　人

赵文敏家藏前、后《汉书》，为宋椠本之冠，前有文敏公小像，太仓王司冠得之。京山李维柱，字本石，本宁先生之弟也，尝语余："若得赵文敏家《汉书》，每日焚香礼拜，死则当以殉葬。"后余以千金从徽人赎出，藏弃二十馀年，今年鬻之于四明谢象三，床头黄金尽，生平第一杀风景事也。此书去我之日，殊难为怀。李后主去国，听教坊杂曲，挥泪对宫娥一段凄凉景色，约略相似。

〇胸中深厚，便容易写得出。

与梅村先生书

谦益白：荒村草具，樵苏不爨。昔岘山夜宿，以乳羊博市沽，比之吾辈，岂非华筵高会乎？别后捧持大集，坐卧吟啸，如渡大海，久而得其津涉。清词丽句，层见累出；鸿章缛绣，富有日新，有事採剟者，或能望洋而叹。若其攒簇化工，陶冶今古，阳施阴设，移步换形，或歌或哭，欲死欲生，或半夜而啼，或当餐而叹，则非精求于韩、杜二家，吸取其神髓，而佽助之以眉山、剑南，断断乎不能窥其篱落、识其阡陌也。

讽诵久之，不禁技痒，遂放笔为叙引。非谓朴学謏闻，足以遂尽来美，亦聊于唱叹之馀，少报其领略。使人知天人之际，可学、不可学之介，出自心神，本乎习气，真如内典所谓“多生异熟，不思议熏习”者，庶几无幾倖其不能，而镞砺其可学，为斯人少分箴砭、提醒眼目耳。信心冲口，便多与时人水火。豫章徐巨源，规切不肖为文，晚年好骂。此序一出，恐世之词人树坛立坫者，又将钳我于市矣。不敢自秘，辄缮写求政。唯箧而藏之，不惟为魏公藏拙，亦可谓免我于死也。

与周减斋

黄子久殁二百馀年，沈、文一派，近在娄江。石谷王子，受学于元炤郡守，又从奉常烟客游，尽发所藏宋、元名迹，匠意描写，烟云满纸，非画史分寸渲染者可几及也。子久居乌目西小山下，坐湖桥看山饮酒，饮罢投其瓶于桥下，舟子刺篙得之，至今呼“黄大痴酒瓶”。晚年游华山，憩车箱谷，吹仙人所遗铁笛，白云滃起足下，拥之而去。

石谷安贫守素，胎性轻安，去凡俗猩秽远甚，已得子久少分，画品亦尔尔。昔人言子久画山头，必似拂水；叔明画山头，必似黄鹤。二公胸中有真山水，以腹笥为粉本，故落笔辄似。石谷殆可与语此。然敝里艺苑多人，画家则子久，隶篆则缪仲素，词赋则桑民怿、徐昌国。今皆寥绝无继，而子久衣钵，惟石谷得之。先生嗜书画，石谷因出其手作，就正于先生，而仆娓娓述石谷，确乎足以继子久者若此。先生精赏鉴，必不以仆言为无当也。

〇石谷名翚，常熟人。

姚希孟

孟长，现闻，江南吴县人。《文远集》。

与李司空梦白

不肖本一简册中老蠹鱼，绝不预人间事，而于理乱得失之故，日翔咏其中，饱尝而餍嚼之，第口不能言耳。偶游于牙签玉轴之间，亦未始离其畔，而有人见之者，不以为书之蠹，且以为物之蠹也，欲从而蹋杀之，此亦蠹鱼之不善藏也。今不肖行为善藏之蠹矣，并墨兵之渎，亦不欲哺糟啜醨，惟啖神仙字为脉望，行且为蝉蜕，毋为蜉蝣。俟台翁在山公之地，荡天下秋杀之气而为春融，即蜎翘庶类，饮和食德，毋累人作中散之书也。

与刘大参达生

朔方去京师辽远，后纪纲未还，而书邮载发，故于近事未免河汉。然来教所云“优昙时现”者，已括尽长安棋局。如漩观之倏而豸绣，倏而南冠，又倏而为西江老布衣，莫非优昙也。看彻此等事，则万缘总是蟭螟，百年尽同蕉鹿。惟此荩臣弼士一腔报国之忠，庶几当留天地间，与三灵相为摩荡。而收归妙明心中，亦是雁渡长空，聊为点缀，固不能扫之使无，亦不能留之为有。大慧语云：“予虽学佛者，而爱君忧国之心，与忠义士大夫等；喜正恶邪之志，与生俱生。”又云：“假使铁轮顶上旋，定慧圆明终不失。”以永嘉语为证，犹觉其有英雄血性在也。

漩观履患难，颇有遗世之志，出福堂后，商及仁兄出处，便欲就道人素志，且以告新直指，欲放仁兄早归。弟则不以为然，盖仁兄不出山则已，出则无论在边在腹、处难处易，必须少露精采，如傀儡场中，业已扮出脚色，须高唱一回、狠做一摺，使坐客动容、旁观喝采，庶不孤负一番妆束。若扮小军、妆院子，旋进旋退，便念落场，诗亦无谓也。

〇现闻先生得于禅乘，于此可见。正先生所谓"以用世为出世"者。

与宋献如

迩来布衣衿带之士，上书奏记者不一而足，大都以邸报之尘羹，为杞忧之石画，与各衙门套子何异？览不终篇，头岑岑欲睡。又见天下大势，如一积虚之人，风痰交侵，渐有痿痺不仁之象，法当用针灸，次则金石。而群医麕集，药案盈篇，无非甘草、陈皮之类。甚者欲买参蓍，而掌记者诿以财匮；欲延良医，而奔走者惮于涉远。草泽而陈单方者，疑而弗用，却而弗进。至若祷群望、赛土神，理之所无，或事之所有，亦多袖手观望，左枝右梧。守主人之囊箧而不敢动，动之恐触其怒而增其病，而不知主人之病，固已膏肓矣。

〇先生牍，每以医药为譬，而愈变愈奇。知一事而天下之理无弗全。

吴伟业

骏公，梅村，江南太仓人。

与吴志衍

过句曲，望五门紫房石室之奇；登钟阜，瞻金支翠旗之气。讲舍倚鸡笼山，俯瞰台城，飞甍驰道之观；回瞻帐殿，駊娑骀荡之盛。拜表出龙光门，列较以下，仗刀立直，望之如荼如墨如火。羽林佽飞之客，还过莫愁湖，都人张水嬉，采芙蓉，荐鲂鲤，桂櫂兰桨之乐，信江左之钜丽、吾徒之胜事也。志衍亦羡我有此游乎？

清凉寺无高座谈经，伭（玄）武湖无水犀耀甲。先臣庙画壁漫漶，无陆探微、顾野王添越公、鄂公毛发。铜浑天仪款识，皆不知姓名人，不得如徐铉、萧子云大小篆书。太学经库书简脱落，不及竟陵王子良抄集经史百家；诸生贩缯卖浆者儿，不及雷次宗、伏挺教授生徒数百。列肆桥门，多篱壁间物，无稽叔夜酒杯、徐景山酒铛。秦淮歌舫有屠沽气，不得碧玉吹箫、桃叶持檝，唱《乌栖曲》，谢灵运、刘孝标辈，作《醉人志》。衍闻之，又爽然自失矣。

凉秋独夜，危峰断云，梧桐一声，猿鸟竞啸，追念旧游，独坐不乐。世已抵隋珠，而吾犹恋腐鼠，若弟者独何以为心哉？丈夫终脱朝服挂神虎门，不能作老博士署纸尾也。归矣！志衍扫草堂待我耳。

与吴默寘

弟以此中多佳山水，受事之日，拟读数百卷书，作几十首诗；为诸生立条教，使鸡鸣讲舍，有雷次宗、伏曼容之风。顾一年懒废，牵耗岁月，负此官矣，今以此仰累我年翁。年翁经术深厚，才德十倍于弟，以此莅事，增荣益观；弟亦藉手以免于罪戾，年翁之赐也。

鸡鸣山长松数十章，弟与盘桓一载，临行傲然无送迎之色。亭前池荷虽零落，犹作数花，居然新官、旧官，笑啼不敢。而芙蓉独矜枝闭叶，以谢吾逋客，让年翁独享。不能见分，诚一恨事。然弟自有蓴鲈稻蟹、斗酒黄柑，不堪落寞，恨无繇持献耳。

失　名

与陈眉公征君

两获南问，知道体违和，旋膺勿药之喜。夫霄客冲霿，而子房称病；西圣寂虚，而维摩问疾，固知事关形器，不系神明。参苓虽非上药，恐亦高龄所宜。闻先生概却汤散，专意养静，是虽至道渊微，不妨稍资草木，以相引辅也。

仆受质隘劣，文质无底，辱在先生裁量之内，奖叹弥缝，十有二载。虽施甘硗土，难望滋荣，而托羽翰飞，分其迅疾。兹者幸采九品之评，将为百石之吏，政宜策其驽下，以遂繇来，而私心惶惑，窃有所请。

夫抱独往之志者，在于守道；弘命世之规者，在于济物。二者大小必有攸分，故严正自持，每易亢折；宏通广运，必藉委蛇。然亢折者一往而共量其心，委蛇者多方而始全其妙，故直躬而逢难，徒有令名；曲济而无成，更贻世笑。繇是观之，自非知几达权之士，不敢解绳墨而擅神化也。

仆奉教大贤，自持约束，而未尝学问，神宇躁浅。既挟嵇生疎诞之性，而又怀元礼是非之心，蹈世末流，必婴多咎。意欲思周任之戒，守老氏之言，退棲衡门，永焉问稼，虽无当高趣，而实协鄙怀。先生迨庶之资，语默中道，审时量才，其必有以教鄙人矣。

〇读世俗鄙芜之篇，安得不奉晋魏为典型？

答戴石房

再承教言，仰见善诱之怀，虽幽滞如弟，能无慨慷有披云之思也！弟意至道在于天机，精微在于神解，特以圣人御，有不能以微言轨物，要其醞酿，岂有间然？以今之儒者，每于衣冠言动，高自位置，问其所为则至鄙，迹其所学则甚疏。一醉饱之失，便皆呵诮，而日夜持筹读老庄之书，即为非圣，而门多商贾，此何说也？

至于应期命世之士，必非遗内务外，此诚笃论。然所谓“内得”者，浩浩焉无欲之谓也。若夫外迹不可齐，盖性情本异，时势亦殊，或方轨而精粹，或弘通而卓荦，此孟子所谓“归洁其身”，无欲之说也。姬公居东而恐惧，子房辞汉而逍遥，孔明鞠躬而为蜀宗臣，安石雅量而称晋贤相，就其外而观之，岂一律哉？不急急于富贵，不役役于权势，其心同也。史称“淮阴不知道，博陆不学无术”者，惟此而已。

足下所最推者，为王文成，岂非以其有得于心学乎？然其少时本好奇负气，工文章，竖节概，纵横于神仙剑器，沉寂于浮图之说，亦非袭章缝之容、守拘方之器者也。故弟见今之人每厌嫉之，稍见跌宕，亦长卿慢世之意耳。然弟之疎薄而不能进于大道者，亦于此可见。夫古之圣贤，方将哀悯之，而祈与昭晰乎自然，奈何玩弄自喜耶？

今幸承大君子之教，而学与年俱进，庶乎束身折节，而不陷于轻浮也。幸足下其终教之，以妄附于琴张、曾皙之列，使得同登孔堂，成我大矣。

○世之学汉、宋而流于疎率者，对此宁无自愧形秽？

李雯

舒章，江南华亭人。《蓼斋全集》。

答竹关

望兄东下，更不可得，相对秋风，坐叹而已。现草使归，得接手书，情长幅满，览之达旦。子美有云：“纸长要是三过读，使我夜坐费灯烛。”此言正似我辈耶？

见诸新制，苍凉高直，已臻上境。但弟闻之作诗家云：“老过则稚，高过则率。”我兄之诗，即到峰极，固当急持其后，不使转堕一境。天下人知此者少，应是我辈勉之耳。

〇规正语能如此深细，安得不倾人听？

与金长留书

太仆归里，得询先生起居，及令子无恙，差以为慰。家君既终遁穷荒，雯也复遭再刖，深惭故人厚义，退而自责，未尝不顿足而拊膺也。

先生春秋渐高，胤息单弱，今桑梓贵人在长安中，能衣被人者，皆无昔日之雅；杖马箠、衔酒杯者，朝夕在何许？此愚父子所燕居而深念者也。先生发短而心长，居于穷巷之中，不愧金石之义，其意气岂特曹丘君卿而已哉！然二子皆交通贵人，周旋缓急，在于形要，故能使声名发闻，传之史册。而先生之所急者，乃在远戍穷交、布衣下士，特时势有不便。要其志义，奚啻古人？使后世更有一太史公、班孟坚，扬微阐幽，则游侠之传，其必有金先生矣。

先生望云间之树，雯也望长安之门，皆不可得而见。所愿顺时自爱，更期三年，雯虽不才，犹当背城借一。或雯之北辕，即为先生之南辕，未知造物者谓何耳。

〇古音高振，正使时辈不能下一笔。

与王敬哉先生书

昔言别之初，自以为一年之外，再岁之内，磨砺以须，冀得一当，犹足与足下连骑西山，览京华之形胜，发激宕之壮心，出居庸，历上谷，驰骛近塞，作歌咏以扬边声，此亦文士之玮瞻也。何图粪土诸生，落度不偶，上之不能雪老父之奇冤，中之不能酬良朋之雅望，下之不能发慷慨之悲歌。当此之时，视日月其何色，顾妻子其何颜哉?!

平生每持达人之怀，以为此身为主，名遇为宾。窃笑当途之士，驰朱轮，拥华盖，顾盼左右辄生光睐者，皆是挟客势以骄人，于主人无与也。及久居卑贱，废然自失，眉目无所施，欢笑无所展，乃是慕其所宾，而愁其所主。此庄生所谓“知其不可，而又不能不为”者也。

○气体逼似陈思，非徐子所及。

○瑰丽中又复伭（玄）胜。

与沈彦深书

阙闻问者久矣！向者宠友自贵邑来，辱足下手书，綦履诗箑，衷情恳恳。属有移居之事，旋随列南行，未及裁报。计足下之于雯，凡一造室、再寓书，而差池相失，遂成间阔，中心郁绝，复何可言！

夫粤人之于秦也，舍舟零陵，旋车轘辕，不三月而已秦矣。云间去练水不百里，而一朝别去，辄五六年，良以寒士失志，行止濡涩，举步若畏影，出门如拔山，负知己之望者，复何颜当眄睐哉?

曩见雍瞻，知足下萧条之况；近闻卧子，又言足下胜事能作，气岸不衰。二君之言，皆为实录，乃知丈夫坚壮之概，足下真不愧马文渊也。

弟年少时，每思及壮，乐建功名，疏宕之性，必复中落，然后肆志艺文，角能作者。不意差跌至今，终成濩落，三十之年，已付流水。陶隐居云：“服食可期，而发容难待。”彼养生之家，犹尚如此，而况竞羡耗其神、忧愁滑其虑者耶？是以每当春鸟弄音、秋虫振羽，还视七尺之躯，乃复惭此微物，又何止仲华笑人、元长椎壁也。

今足下之齿，既非盛壮，而雯也年复一年，行当相及。不知酒杯卷帙间，能磨耗壮心否？不然，将学道怡神，求丹砂、问金鼎哉？有以教我者，其勿吝也。

◯短笳促柱，如听冰车铁马之声。

与顾伟南书

风雨春寒，桃李遒尽，昨得朗斋，少回馀妍。我辈悲凉之意，畏此艳阳，及睹离披，更伤怀抱。兄独萧条旷野之中，其将何以散此耶？北音既至，二子并捷，喜知己之获伸，弥复难于自况。身无井源之高洁，每望风尘飞动之物，若有凌云之状；及其自视，不啻若蛙黾。似此情味，终为学道者所弃耳。

◯叹老嗟卑之言，独能惊心动魄，舒章何等笔也！

岁首与友人书

忆少时带假面具，或以帕覆首，与儿辈相镇压，此乐如曩日也。而今自视，已成老翁，但未抱孙耳。每见群少年袨服陌上，跨好马，蹀躞弄影，辄飘然有欲从之思；而顾彼意色，殊不以此相许。又间岁冬春无事，喜作绮词，烧烛夜半，不能自已。今年此意亦复都尽，但见春花始发，流莺初动，一往思三十年事，历历可数。小园西墙脚下，有垂柳一株，自弱冠时见其栓植，今已婆娑其枝，掩映池上。桓宣武云："树犹如此，人何以堪！"此言正复可念耳。

◇谁能遣此？

◇一往令人黯然。

汪 琬

苕文，江南吴县人。《钝翁类稿》。

与周处士茂三书（容）

仆既见足下，饮酒谐笑，事事动人，而独未尝告仆以古学者之道何也。

仆于词章之学，本无深解。三四年以前，气盛志锐，好取韩、欧阳诸集而揣摩之，日复一日，渐以成帙。当其快意之际，舒楮磨墨，四顾无人，亦若浩然自得于胸中者。及其既成而复视之，则后先舛互，首尾断续，面且为之忸怩，而心且为之愧悔者，竟日夕不止。盖其可以示人者少矣，集中所存，皆忸怩、愧悔之馀也。不自意为足下所窥见，是宜如何规切教诲之哉？今乃不然，反用浮词相推誉，非仆所望于足下也。

仆交游衰少，然于吴门得计子甫草，于京得梁御史曰缉，今复得足下，不可谓之孤矣。前御史奖励仆过当，仆且信且疑。退而复检韩、欧阳集，伏读而深思之，未尝不叹其才识之炼达，意气之奔放，与夫议论之超卓雄伟，真有以《诗》《书》六艺相表里者，非后世能文章家，所得望其肩项也。于是仆之忸怩、愧悔，乃不减于往时，益疑御史虽名为知仆，而其实犹未尽也，岂知之而不以告耶？告之而不以诚耶？抑有所深爱于仆，而掩覆其短耶？此未易为足下言也。

足下方以灏博之学、旷达之思，迥出辈流，又能周游燕赵、齐鲁、吴越之郊，所见所闻，什百于仆。仆之待足下者，与梁御史、计子甫草无异，幸示规切教诲之言，勿更浮词云云也。

◇正是自己占地步处，正是学韩、欧处。

答陈蔼公书

仆年弱冠时，稍知学为诗歌古文词，而器识陋劣，卒无成就。一旦出仕，不习世务，数遭坎轲。于是年比四十，而精气衰耗，头白齿豁，黐然思退，不复敢以文学之事，与士大夫度长絜大久矣。不意先生过採其虚誉，谬加推许，且又纡其词，曰未读仆之文，“究不敢深信”。先生疑仆是也，犹幸仆与先生交疎而谊浅耳；万一朝夕过从，得尽读仆之文，观其行事而听其议论，则必且诮之为迂、诋之为诞为伪矣，夫岂独疑焉而已乎？然窃惟高义，不敢不报。

尝闻儒者之言曰：“文者，载道之器。”又曰：“未有不深于道而能文者。”仆窃谓此言亦少夸矣。古之载道之文，自《六经》《语》《孟》而下，惟周子之《通书》，张子之《东西铭》，朱、程二子之传注，庶几近之。虽《法言》《中说》，犹不免后人之议，况他文乎？至于为文之有寄托也，此则出于立言者之意也，非所谓道也。如屈原作《离骚》，则托诸美人香草，登阆风至县圃，以寄其佯狂；司马迁作《史记》，则托诸游侠、货殖，聂政、荆卿轻生慕义之徒，以寄其感激愤懑者，皆是也。今先生当浮靡之日，独侃侃持论，以为文非明道不可，而顾以寄托云云者当之，又谓“维道为有力”，则仆不能无疑。

仆尝徧读诸子百氏、大家名流，与夫神仙、浮屠之书矣，其文或简炼而精丽，或疏畅而明白，或汪洋纵恣，四出而不可御，盖莫不有才与气者在焉。唯其才雄而气厚，故其力之所注，能令读之者动心骇魄，改观易听，忧为之解颐，泣为之破涕，行坐为之忘寝与食，斯已奇矣。而及其求之以道，则小者多支离破碎而不合，大者乃敢于披猖磔裂，尽决去圣人之畔岸，而剪拔其藩篱，虽小人无忌惮之言，亦常杂见于中，有能如周、张诸书者固仅仅矣。然后知读者之惊骇改易，类皆震于其才、慑于其气而然也，非为于其道有得也。吾不识先生爱其文，将遂信其道乎？抑以其不合于道，遂并排黜其文而不之录乎？

夫文之所以有寄托者，意为之也；其所以有力者，才与气举之也，于道果何与哉？先生孜孜肆志于词章之学，倘又能因之以窥见大道之端倪，则虽以仆之陋劣衰耗，且将欣然执鞭之不暇。如曰"吾所寄托皆道也"，仆未读先生之文，不知其视周、张诸书，醇疵得失，相距几何；而立说云云，则毋乃近于如前之所述儒者之夸词乎哉？故终不能无疑。仆之疑先生，亦犹先生之疑仆也。尚祈赐之教诲，敢不惟命是听。

○昌黎论文，必本之于道。及其论致力于文处，不过推尊司马相如、太史公、刘向、扬雄，谓"用功深者，其收名也远"耳。道未尝不寓于文，而执文以为道，其说亦有弊。荀卿、扬子，俱不识性，昌黎以"大醇"许之，已自逗漏不少。苕老此论，自是千古人不敢说破者。

与米紫来求书赠鹤记书

琬闻古人之为文也，未有无所讬以传者。三代之文，托诸鼎彝敦卣之数而传；始皇之罘之篆、会稽峄山之颂，托诸丰碑巨刻而传。自是以后，诸凡托于金石者，不可胜数；中间零落磨灭，不为人所称述者，亦不可胜数。盖使其点画之不工，形模之不古，则购藏而玩赏之者，犹未有其人，故其传亦不及于久且远也。

唐文之简质，莫如元次山；宋文之巨丽，莫如欧阳永叔。及次山之为《中兴颂》也，有颜清臣为之书；永叔之为《集古录叙》也，有蔡君谟为之书，是皆所托以传者也。夫是二文者，上之发明祖宗功德，次之收拾前世籀篆分隶，可以爱好之物，而又自效其简质、巨丽之词，其能炫当时而垂后世无疑矣。是虽无善书者为之书，固不害其必传也。而次山、永叔，顾犹区区于此，以此知文章之家，尤不得不慎择其所托焉。

今琬学浅而才疏，议论不足以惊众，气力不足以动人，于是发之为文，往往有苶弱不振之忧，与埋没无文之惧。虽幸而得一善书者为之书，犹不能必其果传，传之犹不能必其果久且远。万一不幸，而所托非其人，则当世士大夫，曾无有购藏之以供其玩赏者，况望其不朽也哉？

去年在广陵，贻上赠琬以双鹤，琬既命画工图其事，而自为之记。然尝恨文词薄劣，未可以传，思欲托诸颜清臣、蔡君谟之徒，则吾兄其人也。伏望鉴而许之，幸甚。

○前数篇纯似韩退之，此篇则脱胎于欧永叔。

○于此等文，犹存大家规模，不肯作小小韵致语。

答王进士又旦书

琬启。比辱枉顾，命作贤姊节烈传，琬诚不敢固辞。然所示事实，不免太简，如尊大人官讳、氏族俱不书；贤姊既亡于井，何时购得其尸以殡，又不书。此皆其大者，得更赐教为幸。

琬尝思古之所谓“忠孝义烈”者，其身虽亡，其容貌动止，虽不可得而见，而其气则浩浩然、落落然，流被天壤。上自名公钜卿，下自里巷之氓，以至妇人竖子，莫不乐颂其姓字；及其有可感者，则又相顾太息，不知涕泗之流落也。故虽愈久而愈不可磨灭，相距几千百年，犹昭灼在人口耳。此岂系乎文章之有无耶？然而有志之士，犹欲奋起而为之纪载者何哉？非谓忠孝义烈之名，恃此而后可以不朽也，直以文章不能无故而作，必借他人之事而发之，以稍见其胸中之奇，而取重于后世。或所遇非其人，所书非其事，则虽有上下驰骋、瑰玮诡异之词，决不及传；或遇得其人矣，而行事不加恢奇，则其词虽传，亦决不及于久远。故尤慎择其所得而详书之。

昔李习之有盛名于唐，然独自述其所叙高愍女、杨烈妇，为不在班孟坚、蔡伯喈下；近世归震川先生，亦号东南大儒，尤沾沾自喜者，惟在作《张氏女子神异记》，亦可窥见前人之用心矣。而流俗不察，妄相推许，遽谓文章之权可以褒宠死者，几欲自比于夫子之《春秋》，不亦夸而难信矣乎？

琬才学蠢陋，使厕于李习之、归震川之列，必当愧颜汗下。然其私淑诸人者，殆有年矣。方欲借足下所示，以自传其文章，故先略道所见，伏冀省鉴不宣。

◇可谓辞达。

宋楙澄

幼清，江南华亭人。《九籥集》。

与宾之兄

斗鸡走马，蹴踘超距，纵酒好色，男子三十内，所以销雄心也，而不才子往往乱之。逃禅修炼，三十外所以销雄心也，而无赖客往往冒之。剑一人敌耳，书足以记名姓，英雄岂欺我哉？令雄心可销，虽割我血肉，犹甘之也；可销非雄也。

〇幼清先生为辕文尊人。李本宁先生曰：“幼清有封侯之才，而不遇时；有神仙之骨，而不遇师。”可谓知先生者矣。

与姜大

闻昨过吕翁，遭其雅谑，神超固是逸足。日入可行万里，何况斜曛？男儿贵自信，为语老翁，无强料人未来事也。

戏黑二

檀象掩映翁仲，至泰山之下，不敢比于岫石，犹足下之不能同我也。

〇狂态可掬。

归　庄

元公，江南昆山人。

与翁季霖（癸未）

弟以五月出，留滞江北，至九月归。昆山之人，见者皆惊，盖传其死久矣。按《五行志》，凡讹言皆属灾异，如讹言黄龙见，讹言大水至，皆记之于史。今岁地震水溢，此灾异之见于天地者也；江南民讹言归生死，此灾异之见于人事者也。不知今日史官，亦当并书之否？一笑。

弟尝谓洞庭橙橘，虞山枫叶，海滨菊花，皆属盛观。而并在一时，地非同路，势难兼得。至秋冬之交，当舣一小舟于河干，任风吹之，至东则东、西则西，连日西风紧，将吹到东海之滨菊花丛中矣，山中丹苞，朱实知已烂然。惜哉！今岁无缘，惟当梦游耳。

〇一味旷绝，脱尽文人蹊径。此笔墨中散圣也。

陈玉璂

赓明，椒峰，江南武进人。

与曹峨嵋书

峨嵋足下：仆昨至京师，携所为文数十首，谬为诸大人先生所推许，私窃自喜。以为昔扬子云著《太元》，世无知者，子云曰：“后世复有扬子云，当必好之。”仆文虽不敢拟于子云，乃不待后世而已有知之者，此其所以喜也。既又退而自疑，昔韩退之欲谒宰相，其初上书曰：“小子不敢自幸，其尝所著文，辄采其可者若干首，录在异卷，冀辱赐观。”使其时宰相一见而即知其文，当不待其书之再而三矣。今世之为文者，有敢比于退之者乎？乃仆自到京师以来，诸大人先生之能文者，一见仆文，即交相称可，饮食赠遗之礼，且以备至。仆之所遭，似过退之，不知其何以遽至于此也。中夜自思，怦怦于中，尝跃然以起，爽然如有所失，究乃愀然不能已于忧也。

仆观天下之人多矣，其人而安为泯泯无闻之人则已；既已愿为文章，其文章既已谬为当世所推许，苟不殚精竭虑，冀可传于后世，譬如三春之华，暂荣旋萎，杳无足观，则何益哉？则何益哉？杜少陵诗有云：“文章千古事，得失寸心知。”知为千古事，则必不敢轻为；至于寸心知，而后求知于人也，始无所愧。仆求诸心，究何足恃耶？求诸心既无足恃，乃谬为诸大人先生所推许，无亦爱仆过甚，望仆过奢，而举未足为定论耶？

然仆深自幸者，仆虽举进士，去授官之时，尚有六七载。自此以往，葺东郊之敝庐，命奴子耕舍旁田数十亩以自给，痛绝无益之人事，耑肆力于文章，倘得一二可传者，即不质之当世大人先生，而有以自信，然后仆之忧可已，仆之疑可释；徐以冀向之所以自喜者，则庶乎其可也。虽然，岂易言哉？

足下好为文章，平日又极称道仆文，故奉此书，以告仆意。伏惟幸察，不宣。

○文必思可传，然后不敢轻为。非深于文者，不能为此言。通篇气骨，全得力于昌黎。

◇推许之后，深自刻责。如此，不独文章追慕古人已也。

与减斋

下里漫漫，无高山大麓之奇，无洞壑清泉之美。地灵既少，人物亦凡，荆川之后，罕有以古文辞名世者。堪生也晚，无才有愿，不自度量，窃于二三同志，皇皇深程，妄思纵步学林，长驱文苑，鸠此邪许，踪先贤之后尘。

讵意南风不竞，去岁冬初，既失董生；今兹秋孟，复丧邹子。同魏文异物之痛，切昭明俱逝之悲。文友文酒自豪，沛国国山，风流尽堕。程郜恂恂，春风玉质，观其握管摛词，骎骎未已，而金刀掩铓，长河绝流，翩罢凌云，鳞摧激浪，绪业可悼。非哭吾私，每过二生之家，书桁依然，笔尘不御，老母陨绝，稚子断魂。

仰思海内爱才，莫若我公。即昨之提挈二生，何殊任彦升之二到，于襄阳之一韩？固知闻讣尽心，有异他友。同里诔挽，何足以为二子光？倘蒙大作手赐之传世之文，死而有知，诵且拜于泉壤矣。先生其有意乎？

◯椒峰古文词，俱学步八大家；而翩翩札翰，又有江左之英华。文人固未可一体拘也。

龚百药

介眉，琅琊，江南武进人。

与某生论不好名书

近远之人，所翕然称慕之，不胫而走，不翼而飞，苟期得乎此，而举他物不足以易其好者，非名也耶？君子疾殁世而名不称，富贵贫贱，去仁则恶乎成名？名者，君子之所甚急也；而子乃高誉仆以为不好名，过矣。

今夫婴儿之相与戏也，以尘为饭，以涂为羹，以木为胾，虽婴儿群而噪呼，谓之饭也、羹也、胾也，此可以戏，而不可以食也。昔者赵襄子学御于王子期，俄而与子期逐，三易马，三后。襄子曰：“子之教我御，术未尽也。”对曰：“术已尽，用之则过耳。凡御之所贵，马体安于车，人心调于马，然后以进速致远。今君后则欲逮臣，先则恐逮于臣。夫诱道争远，非先则后也，而先后心皆在于臣，尚何调于马哉?”楚人呼石未剖者为璞，郑人呼鼠未腊者为璞，楚人之遇郑贾，闻其声，请视之，出之则鼠也。齐之女有设为不嫁者，行年三十而有七子，嫁则不嫁，然嫁过毕矣。若是者，皆仆之所耻，是以不敢有此名也。仆岂不好名者哉?!

〇不明己意，大意隐隐在中。文字之气，去秦汉不远。

杨大鲲

陶云，秋屏，九抟，江南武进人。

与曹星客

对此君，觉阴寒之气不可耐，急走檐下，晴旸蔼然。与足下期，即使坐无周郎，当与顾雍割席。

与　友

经学易，史学难。史学非难，直不足信耳。读“二十一史”者，当作《琵琶记》观。

〇吾友盛此公言：“入夜宜读史，与他大家一场糢糊也。”与陶云意同。

又

阅近人诗文，不欲识其姓氏，直翻诵读，知人一案。

〇可为浩叹！

释通琳

玉林，罽麟，江南江阴人。《大觉禅师集》。

与学人

吾心眼颇平等，然因指见箕尾甚喜，观水中荇藻亦喜，纵目空碧亦喜；独对清狂不慧人，刀刁鱼鲁，殊不耐。

又

古人不期来日。余七年前过龙潭，痴立久之，妄作一念，须连筏卧游，方尽此中深致。不图兹来，果畅昔怀。孰谓来日果不可期哉？

〇今人皆知一说，不知其又一说。

与　人

病僧易病，对客人即病，稍触暑即病。然亦易愈，啜水即愈，饮雪羹即愈；极病垂帏，不见一人即愈，小病读书即愈。今日胸次愊愊，阁前书此纸未竟，海云空水，同一浩汗，群峰竞爽，凉彻衣裓。

〇写出性情，便见身份，正所谓“见身说法”也。

顾　枢

庸菴，江南无锡人，端文公孙，梁汾君讳贞观之尊人。《西畴日抄》。

示　人

千里江陵一日还，快矣，然覆舟者，饱帆也；一蹴造青云，捷矣，蹶蹄者，骏足也。盛满之戒，不特造物所忌，气运使然。揆之事理，更无以益之，则惟有损耳。

徐元珙

荆山，江南武进人。

募赙建阳令书

同疆而作王臣，谁非僚友；生死而敦夙好，乃见交情。三千馀里之旅榇难归，端有藉于麦舟之助；八十四龄之老亲尚在，更当谋其菽水之资。僭布短言，冀问高谊。

莱阳盖公某者，筮仕建阳，挈家赴任，行临闽界，暴病游仙。策名虽历五年，食禄未沾一日。修文应召，空题县令之衔；来暮方歌，竟得铭旌之耗。斧资垂尽，充药饵以难敷；含敛何来，鬻衣裘而不给。上有白头之父，胡堪泪竭西河；下皆黄口之儿，安得招魂北海？繐帐暂停杭郡，鹃血啼残；灵舆孰返登舟，孤丘望断。路歧涕泣，凄然三峡之猿；华表归来，杳矣千年之鹤。

惊宦海风云不测，义起同官；叹人生溘露堪怜，责存我辈。既属登朝载贽，纵未识面而已知名；岂无齐谱联簪，自当吊生而兼恤死。或骖騑可脱，仿古道于沐棺；或鸡黍无寒，赴高情于执绋。各捐阿堵，用代生蒭，弘朋友之情，以急朋友之难，爰屋自可进推；割朝廷之禄，以赙朝廷之官，倾囊非为过举。但得客路一灵遄返，庶俾夜台双目早瞑。倘襄事尚賸馀资，即乃翁稍娱晚景。

备棺无椁，不烦颜路之哭颜渊；问若有馀，聊代曾参之养曾皙。岂独仕籍友声佳话，实为仁人君子盛心。气千丈以干青，谁不如我；血三年而化碧，岂忘报君？嗟乎！张范非遐，左羊可作。情深埋玉，能不悲王子敬之琴；谊重断金，岂遂乏吴延陵之剑？芜辞倡首，谨告同心。

〇俳偶之文，能以意运、质秀不肤者，亦为仅有之作。

〇以古道古心出之，便成至文。

贺抚辰

黄序，江南丹阳人。《烟鬟阁集》。

弟病疟与此

人之遘疾者，始于心忘其身而病生，继则过患其身而病不去。忘身者，方其康强时，不择味而饱，不择风而裸，不择时而色，不择醒而醉，不择里而趋，不择性而喜怒哀乐，故病乘吾所弗备既至矣。悔无及，则当敛思摄形，坚持吾力以胜之。而疟尤甚。

夫疟之为候也信，患者信其信，则其去也如释缚，如闻赦；而来也如就系，如揖盗，如尾生待水，如粤人迎蛊。身未寒，早为欠伸呵吁之状以俟之；热未甚，预有探汤厝火之想以缘之。此其气已先夺矣，疟安能愈？

吾为子借箸，设数策而攻焉。一曰守。四肢百骸，我之城郭壁垒也；饮食衣服，我之侍卫虎贲也；刚果勇毅，我之干橹甲胄也。敌至，无将无迎，勿怖勿畏，坚城垒，增捍蔽，奋勇敢。如是久之，彼虽有小入而毋大创，敌必退。一曰制。方其寒时，思吾身如在咸阳望三月火，如避大热于镬汤中；暨热时，如吾身在钱塘射八月潮，如襄子决水灌智伯，如梁鸿灭灶，即其境而反持之，敌必散。一曰忘。吾拥书万卷，随心所适，若“愈风”檄，若“手提髑髅”诗，若《无鬼论》。引满静读，如登楼待敌，偃旗息鼓，敌自疑畏不敢入。一曰观。至之日，虔诵《般若经》一卷，经云“过去未来现在心”，即吾所云“俟之缘之之心”也。心不可得，何有于身；身不可得，何有于病？次念天人修罗，皆悉供养。我仗经力，疟鬼避舍。一曰疒。患此者方药千百计，倘攻补杂投，体削兹甚。今惟守一方，以养脾滋肾为主，弗期速效，要在戒容止、息游思、节劳倦，清明在躬，志气如神。弟行之朞月而不霍然者，我以头赌。

○能于此等情事，写得淋漓生动，更有何难写之情事？

◇竟如读孙吴《兵法》。

贺　宿

天士，江南丹阳人。

答陈椒峰书

伏读来翰，知足下见友人负仆谓“不终峻拒，疑待之过厚”，以仆之不能绝交为累。此足下愤激之辞，亦如公叔之昌言；以论交道，则未为尽善也。

仆性好友朋，数十年间，交于四方，未可一一数也。当年少时，席祖父之馀赀，慕古人之行事，或拯人之困、赡人之贫，固常有之，乃至今日。此友之于仆，亦世风类然，何独于此友而深责之？若责友过深，则始而同室必至操戈，始而握手必至下石，天下曾无一人可交，又何从尽得贤者而结契之也？

且人之相怨，未有不于其相远；人之相嫌，未有不于其相拒。向仆之受累，正以贤不肖之区别太明，乃知孟博疾恶之严，其于保身之道未得也。夫我之于友，不可相负；若友，则安必其不负我哉？友既负我，而遽远之拒之，则其人必生愧；愧则生恨，将有隙末而凶终者矣。惟深体圣贤忠恕之旨，得善处之方，不必杜门，不必谢客，于人何所不容，又奚责于此一友者而深绝之乎？

且当世贤者少而不肖者多，近见足下好为臧否，有类于仆曩日之为，故敢以自厚薄责之说进，惟足下垂纳焉。

◯体圣贤忠恕之旨，以交天下之人，此天士学问、阅历俱到之文。

◇和平之言，胜于毒骂。《广论》从此可废也。

邓汉仪

孝威，旧山，江南泰州籍，吴县人。

答计甫草

承翰示，漫以古文相推，且以“精深谨严”奖仆，仆何敢当？仆于古文，实未尝肆力，中年窃有浮名。近人诗文不自量，灾木者甚夥，时时强以作序，然脱稿即弃去，无有存者。如其剽龙门之馀唾，袭大家之皮毛，词在非今非古之间，气自半生半死之际，甚者妄扳时贵、谬托知音，不十数叶，辄板以示人曰：“吾能为古文，天下之能古文者不吾若。”仆不敢也，且实耻之。如我甫草，实为间出也，惟矜其愚而赐之教焉。

结邻集卷之十四

彭士望

再见，旧字达生。

与魏凝叔

昨偶忆《藏弆集》，载侯朝宗论诗文书三首，反覆玩绎，其言之至者，殆无以易。其与任王谷书中，有云：“行文之旨，全在裁制，无论钜细，皆可驱遣。当其闲漫纤碎处，反宜动色而陈，凿凿娓娓，使读者见其关系，寻绎不倦。至大议论，人人能解者，不过数语发挥，便须控驭，归于含蓄。若当快意时，听其纵横，必一泻无复馀地。”此最高之论。朝宗学《史记》写生得神髓处，全在于此。《壮悔集》有二吴、徐、张传，出没超脱，咸用此法。而愚意则又以为未尽然。

吾辈今日立言，明悉事理，指陈利弊，将救世觉民之为急，故于古今成败得失、邪正是非之际，往复留连，疾呼痛詈，犹恐疲癃聋聩之夫，藐然而不一听。苟仅数语发挥，便归含蓄，只可以动明哲，而不可概天下之中才。《孟子》七篇，已不同于二《论》；《三百篇》风雅之变，必不同于《关雎》《采葛》，世则有然。文从而变，而作文者之用心弥苦弥曲，弥曲弥厉，如天地之噫气，郁不获舒，激为震霆，凝为怪雹，动荡摧陷，为水溢山崩。夫岂不欲为卿云旦日、甘雨融风？势有所穷，不得已也。

即文字写生处，亦须出之正大自然，最忌纤佻，甚或诡诬，流为稗官谐史。敝乡徐巨源之《江变纪略》，王于一之《汤琵琶李一足传》，取炫世目，不虑伤品，其文纵工，未免携琬琰易羊皮，终必为明眼人所厌弃。而巨源更颠倒是非，罗织口语，快其私怨。虞山翁曾痛言之，属其毁去，巨源不听，未几横折。推朝宗"闲漫纤碎，动色而陈"之言，不善用之，其流必至为徐、王之失，而今已不免见其疵颣。盖文人之文，与志士之文，本末殊异。

文人志在希世取名，即深自矜负，正其巧于容悦，间或谈世务、植名教，文焉已耳，以文非此固不传也。俳优登场，摹拟古人，俯俛毕肖，观者抚手，悲愉涕出；及其既过，彼我判殊，了不相及。志士之文，如乐出虚，如蒸成菌，有大气以鼓之，一听其天倪之自动，其心与力之所至而言至焉，其心与力之所不至而言亦至焉。其嬉笑怒骂，以至痛哭流涕，无不有精卫填海、愚叟移山之诚，以贯彻于中际。其行止出没，无纂组雕削之劳，不知世目非笑之为非笑。此即立韩欧、班史于其前，肖之则赏，不肖则随手刑，要亦不能强其所不同以求必肖，况下此区区者乎？

故言必发于其心，而文亦必以其实。重心与实之所出，斯历千百世而不磨，而天下人得之为有用。此望与叔子日孳孳焉求之，而未或至焉者也。因朝宗一妄言之。

◇文章不如此，不名大家。

◇今人写生之文，只取生动，故不免失之佻巧，大家亦不免此弊。

◇巨源之死最惨，诚足太息。

◇想见一时数君子相与切摩，为有用之学。

与魏凝叔（庚子）

苏子谓“可寓意于物而不留意于物”，此不为物役，即善居心语也。近见友人立精舍于大道之旁，颇谓非此际所宜，令观者妄生觊觎。其事既成，心欲言之而口不能尽，后悔之，凡三致意。友人不为止，遂有家祸，匪为人事，天道固不欲君子今日泰过耳。

勺庭艺植，雅饬池圃，此小事，非有大过；特窥意中沾沾矜重，渐欲成癖。癖止宜畸士词客，吾辈有此，则器识不达不大。古人德业勋名，每因爱染耽着，生出大弊大害。兹不必叔子损其迹，亦自损其心而已。否则吾辈同观古今，卓荦独立，而其志乃反出申屠蟠、吕徽之下，奚可哉？

望比一室九口，寝食坐立，殆非人状。恒窃念阳羡书生，求奇鹅笼中，宛然与双鹅并坐，笼不觉小，负之都不觉重，鹅亦不惊。故腹中能容得许多人物，摆布得出，收拾得下，辄复憬然自失。此虽稗言，可以喻大，达之则颜氏瞿瞿陋巷中也。叔子宜同念之。

○诸葛“淡泊宁静”之说。

魏兆凤

圣期，天民，江西宁都人。子际瑞、胤禧、胤礼。

与　人

为恶辄败，是天地待我厚处。

○一句两句间，令人十日味之不尽，又不为杨、焦之故为艰深。

又

工以技贵，士以技贱。

又

尝爱古人“近河不肯枉使水”语，非吝此水，其一段不忍暴殄之心，直与天地生机相接。

又

人于聚顺之下，不可不存孤孽之心。

又

尔辈少年举事，每不量力，事败才思弥缝，弥过去遂觉智量人不可及。正如故入棘丛，满身被刺，求救方脱。然何如不入棘丛为高乎？

○弥过去，深中病根，吃亏多少！

魏际瑞

善伯，江西宁都人。《易堂集》。

答蔡白采书

向者伏承虚怀，欲悉文章之道，自愧心浮学浅，无以知之，然又不可不答。窃彷佛其大概，谓文章必有所以为文者。

夫所以为文者匪他，则情是也。文乃极天下之虚，变化神妙，不可方物。而所以本而发之、发而达之，而盈于天地之间者，则非有至实之物，无以相致。故夫人之涕唾、便溺也，必有气焉以充之而后出；草木之华、鸟兽之羽毛也，必有脉焉以贯之而后荣。故曰“无情者不得尽其辞”，盖曰情者辞之本也。本不立而末具焉，天下无斯物也。《书》曰“辞尚体要”，《易》曰“圣人之情见乎辞”，夫既有体有要，而见之乎情矣。故凡托为浮华彫饰，而矜诞敷衍以成其章也，是皆情之不足者也。

愚尝为之言曰：“不患文章之不工，惟患性情之不至。”盖尝观于愚夫愚妇，号泣歌舞之诚，其言初不足以为文，而其出之口者，虽圣于文章之士，往往极其工致而无以过。盖其情极意诚，精神皆赴，必将洋洋充满，心手相得，以成其章。操觚搦管之士，逆而溯焉，不可得而几也。近见某某各为古文，一者家数大备，形貌俨然，而终无所有，不堪毕读；一则勤勤恳恳，未尝为文，而英华体段，亦自不愧古人。夫而后知文之必生于情也，又何章句之足云？

○得八家为文之旨。

与子弟论文

王文恪公《七十二峰记》，凡六百一十二字，均分至少，每峰亦应得八字有零。乃提要语占去若干，叙次语占去若干，他地名占去若干，地名重出占去若干，方隅向背占去若干，形势脉络占去若干，古事形容语、起结语占去若干，几于七十二峰本位，无有一字。乃其叙次本位，宽然有馀。悬崖撒手，尺水扬波，是何法何力哉?! 作文不知法，遇如此题，任是万斛长才，相应一筹莫展矣。

古人为文，虽有伟词俊语，亦删而舍之者，正恐累气而节其不胜也。人于藜藿既饱之馀，强以珍馐，亦必膨亨而不适于体。收结恒须紧束，或故为散弛解缓者，亦如劳役之际，闭目偃倚，乃不至于困竭也。

人之为人，有一端独至者，即生平得力所在。虽曰“一端”，而其人之全体著矣。小疵小癖，反见大意，所谓“颊上三毛，眉间一点”是也。今必合众美以誉人，而独至反为浮美所掩。人之精神，聚于一端，乃能独至；吾之精神，亦必聚于此人之一端，乃能写其独至。太史公善识此意，故文极古今之妙。

文章大意大势，正如雾中之山，虽未分明，而偏全正侧，胚胎已具。作者保此意势，经营出之，便与初情相肖。若另结构，未免刓员方竹也。

古人诗文，我有力量，不忌数行直写。若规仿其辞格，苟非市井，即小儿耳。（规仿，俗所谓“套”，如李于鳞辈之作乐府及唐古风之类是也。）

古人作字，于楷细秀婉中，忽作一重大奇险者。盖其神情机势所发，无能自遏，不觉纵笔，览者亦遂怵然改观。后人见此，学为怪异，而所书不足动人，本无情兴，徒欲作怪故也。人之呵欠喷嚏，必舒肆震动而泄之，苟无是而学为张口伸腰，岂得快哉？文之段格章句长短，亦复如是。

◇真奇文字。不必读《七十二峰记》也。

◇可为今人传志之矩矱，然世终难以语此。

◇能写难写之状，彦和论文所未及。

◇司马迁《史记》、魏武帝诗，皆不忌直写者。

○自己文字好，故论文能如此之好。

魏　禧

冰叔，叔子，江西宁都人。《易堂集》。

答南丰李作谋书

仆生十一二岁，即思求友，得交志行纯笃者若而人。年二十一，则慨然愿交奇伟非常之士。嗣是友道日广，有若易堂之经术、文章，程山之理学，髻峰、天峰之节义，以至四方文人奇士，仆皆得与游，以自陶淑所不及。则又皆窥其藩篱，未登其堂奥，是以碌碌无所成立，不敢望诸君子项背。然所以恢弘其志气，砥砺其实用者，虽不能尽变其气质之鄙陋，而身受诸君子之教，则既已多矣。

足下少年英笃，有古今之志，既得程山诸先生为师友，仆所能知、能言者，足下谅无不闻。而足下谦诚恳款，致书七八百言，自道其向往之意，此诚于仆无当。仆亦何能更益足下？独仆生平以朋友为性命饥渴，而十馀年间，则尤笃意于少年卓荦之人。盖任天下之难事，当天下之变，非少年血气雄刚，不足胜任；而为涂日长，其才与学，皆可以深造，而不足量其所至。又仆交程山、易堂、二峰之人，其长者年逾六十，少年亦且四十，皆渐就老死，终恐不获得志于天下，以自验其学。

古人有言曰："火尽而薪传。"故欲火之不息，在于积薪；欲志之不灭，在于得人。顷者髻峰宋未有先生，中风暴卒；易堂李咸斋先生，病九日而死。仆益用危痛，而不意少年卓荦之人，遂得之足下。仆年四十有五而无子，绝续之间，自有天命。然居常不忧身之无后，而忧后起者之无人。是以一见足下所论著，不胜其拳拳也，不得已而欲有以益足下，则亦曰"恢弘其志气，砥砺其实用"而已。

所谓"恢弘其志气"者，人之患莫大于自私自吝、安于卑俗，而不以古人自期。故其下者志在一身一家，苟安于温饱，而上不过谨言慎行，取乡里善人之誉。夫志极其大，则安天下而有馀；极其小，则事父母而不足。何者？志气私吝，虽父母兄弟，皆视为吾身以外之人，而不与共其休戚也。然使不能"砥砺其实用"，则志高而无当，言大而夸，井臼乾糇之任，有不得其使者。故必自度吾才之所可成，而孜孜然博览古今之故，亲明师良友以讲求之，历其身于事会盘错以自试其能，而怵乎日抱处士虚声之惧。然后使之任一职则必称，为一事则必成，虽身为守令，下逮丞尉委吏，而其利国家、济生民之心，则与宰相六卿等。

仆有志未逮，言之而不能行，故欲与足下共相勉。而足下年富力强，他日如仆年岁，必当十百于仆。是故后起者，老死之所待而瞑目者也。今天下不乏卓荦之人，方其少年，焰焰然若火之始盛。既而志衰于嗜欲，气夺于祸患，心乱于饥寒，行移于风俗，学术坏于师友。及至强立之年，则委靡沉溺，而向时之志气，熸乎若死灰之不复然。仆愿足下毋以小挫而回，毋以小得而自足，以求必为古今有用之人。是则仆之所以报足下者，他固不足论也。

◇所志所言，大约似陈同甫，而尤期于诚朴。

◇作谋以己酉冬没矣，年仅二十一。易堂后劲，遂少此俊人。

与彭中叔（名任，宁都人。）

史鉴虽古人陈迹，然百法具备，识时务者，但须拣择用之，绝不消自己添一毫物事，谓是补古人所无。先儒云“读史易使人心粗”，如云“过独木桥易跌”，是要人细心读史之意，非谓桥不须过。后人误认此语，有志道学者，只看《性理》《语录》，史书置之高阁；即或涉猎，几等稗官小说而已。

伊川每读史到一半，便掩卷思其成败，然后再看；有不合处，又更思之。其间有幸而成、不幸而败者，不得徇其已然之迹，与众人之论，此正是怕心粗处。愚尝谓道学先生读史盖如此，恐今人自负才气、淹通史学者，未必如是也。又尝观龟山议燕云、河朔事，经济如许，故知道学原贵经济。陆子静所谓“宇宙内事，乃己分内事”。晦翁不能摄服同甫，若遇王文成，当无“告密结坛，以银为铁”种种辨论矣。

偶有所触，质之中叔。意谓何如，并致而康教我。

◇切中今时学者之病。

◇如此读史鉴，何必非理学之书？

与友人

足下明敏刚方，又复加意经世之务，区区卮言，献之不暇，而敢靳耶？

夫处变定难，非明智不足妙其用，非深沉不足厚其发，非果断不足应其机，虽至忠至孝，不能以无术而济。术者，君子所以成其仁，而小人所以成其恶。故明智近于变诈，深沉近于奸鸷，果断近于残忍。辟之刀剑，贼杀人者此刀，兵杀贼者亦此刀。能善用之，则操贼之刀，可以卫民；不善用之，则操兵之刀，即以作贼。

近于敝门中，择二三天资忠信者，与之讲论。盖忠信之人，患其无刀，不忧其作贼也。此书最得力者，不过三十篇。今先以五篇奉教，望细为推求，指其谬妄，幸甚！

◇万世不易之说。

与人论地狱书

君谓佛未至中国，三代以上，曾无一人入地狱者；后世死而更生，言地狱事，非诞则狃于习闻、妄生神识耳。仆谓汉唐以前，狐突见其世子，荀偃讼厉公，亦既征其事矣。且即以为自古无之，三代以下可造而有，何以明之？天下之事，莫不自无而之有。

天地何始？未始以前无天地；万物何生？未生以前无万物。人沐浴而振衣，岂有蚤虱哉？久则蚤虱生，又久之而蚤虱牝牡长子孙。今人自无蚤虱，以有蚤虱而卒不怪者，习于常也。末世赏罚失措，人心愤结，则必有鬼神焉，以泄其不平。

久之而人之耳之所闻，有是焉；心之所思，有是焉；感恩雠雠，祝而诅者，有是焉，于是而地狱成矣。蛲蜋之转丸也，丸成而精思之，有蟆而白者存丸中；治金丹者，昼夜精思，而神丹生于虚器。故曰心能生气，气能致精，精能成形。

而或曰鬼无形也，庸可执而扑乎？《易》曰：“精气为物，游魂为变。”是故知鬼神之情状。夫有状则有形，有情则有识；有形则可拘而制，有识则可疾而苦。子不见夫梦乎？梦无形也，梦人鞭之，则梦中之身痛焉；梦食珍美异味，则梦中之口甘焉。夫以形制形，故人治人；以无形制无形，故鬼治鬼。是故鬼可执而扑矣。

或曰：佛说地狱，恶人不息，说之无益明矣。曰：夫子作《春秋》，而后世乱臣贼子不止，则亦将曰《春秋》可无作耶？是故地狱之说，戒杀生之说，吾谓可补前古圣人所未及。

◇论奇而确。

◇予尝语康生：“人口头有地狱，则心中有地狱；心中有地狱，则真有矣。”万法惟心，地狱亦起于心耳。

○兄善伯曰：“从无证有，确确可据，思理最精最微；而言之显浅，人人可悟。”读此，乃知徒谓“借地狱以警人”者，犹庸人之见。

魏　礼

和公，江西宁都人。《易堂集》。

答杨御李书

古人言：“诗须有谓而作。”“有谓”者，我之真意，所谓“发乎情”者是也。流连山水，点缀花月，亦必有我一时之情之意，则此乃为我作之诗。古人已作，我可更作；我作之，他人又可更作。千万作而境不穷者，“有谓”故也。古人他人情与我合，而我竟不作者，“有谓”故也。故大浸稽天而不溺，大旱金石流、土山焦而不热，死生惊惧荣辱之端，不入其胸中，乃能有所诣而不夺吾志。草木之微，有春不能荣、冬不能杀者，天地失其权也。区区之心，窃所跂望于我友。

魏世杰

兴士，江西宁都人。

答临川王元升书

杰顿首复书元升王君足下：方今帖括，沉人心知，于当世务不知马之几足，塞耳泥首，老死牖下。间有言行谊、言经世者，则群指而笑之，以为是怪物异类也。交友道丧，亦是之由，况谁复能自得师者？

尝观奇士伟人，不生于时平有道之日，而天地寥阔、万物闼塞，则非常之士随在而有。然士无过人之力，则不能屈于人；志识不高，则不能事人。故家大人论留侯曰：“圮上之纳履，与博浪沙之击，一也。”夫士必有识而后足成其志，有其力而后可以见其识。平居读书论议可以广识，而所谓“力”者，非有毅然之气，身试于艰难险阻、危疑利害之间，则无由以自出。

足下生三十馀年，未尝一执贽有所师事；及得遭其人，而又惟恐以文字之徒进。必欲得所以事师之意，积诚于三年之久，而决于一日，则足下之识与其力，固已恢恢乎得行其志矣。杰既不能自立，光益叔父，鹿鹿年时，正恐为勺庭诸子羞。今读手书，及闻家叔父所称说足下，足下所自言得失之故，怵惕于其心，日益不能已也已。

○彭躬菴曰：“吾读近少年往复书，头森森欲呕且卧。以其中无所存，徒攀缘古人，自饰浮夸耳。似此高爽平实，尺幅内有无限真意，自益益人，最耐咀咬。”

吕　坤

叔简，新吾，河南宁陵人。《去伪斋集》。

示　人

常言而今讲学，不为明道，只为角胜。字面词语间，拏住一点半点错，便要连篇累牍辩个是。这是甚么心肠？讲甚学问？

〇后之纷纷者，读此废然返矣。

秦　镐

京，河南汝阳人。《头责垒》《如何不饮垒集》。

与某司理

王广文移铎而西，妻孥萧索，共踏火云，殊为可念。诸子衿欲勉留数日，烦齿芬一达当事。以冷官而待秋风，分固宜也。

张民表

武仲，林宗，河南中牟人。《塞菴遗稿》。

答周减斋

偶阅伍容庵、彭玉立两君《漫录评正》，于有《驳录》矣，伍有《驳驳录》，于复有《驳驳驳录》，大为可笑。记前修有言：“只管嚷作甚么？二十年后，各有一土馒头在。”此语不识两公曾闻之否？

周文炜

赤之，坦然先生，河南祥符籍，江西金溪人。《四留堂集》。

与贾徙南

每读史及诸传，不三四行，即定其人善终与否。至传末，失者仅十之一二；然不于其身，又见于其子孙矣。我辈立身行己，当于前三四行谨慎为之，毋令后之读史者，甫开卷有以定我之生平也。

○高康生曰："读之凛然。"

与　人

古人验心于梦，朱子曰："人于日用之间不思，当于梦寐之间思之。"潘上元曰："灾异所以警侯王，恶梦所以警君子。"陈幾亭曰："昼观之妻子，夜验诸梦寐。"予有四十吉祥相，其一则为凡梦俱可告人。夫至凡梦俱可告人，其去道不远矣。

示长儿

少说一句话，吉祥善事；少见一个人，清净道场。

○王望如曰："二语当之置中堂。"

周　圻

百安，河南祥符籍，江西金溪人。《尝实堂集》。

复长汀马生次京（圻）

某少时略识之无，读书才能上口，便妄意学为诗古文辞，至今三十年，未能窥古人万分一。长而游览四方，以积生结习，好与交游商略，一时同人，遂有以此事谬相质询者；久之，虽未通缟纻、奉音尘，亦莫不千里寓书，以诗古文远相印证。岂某果足以厕坛坫之末哉？亦不过一二高才寡和之彦，见所操有近己者，喜引为同调耳。足下忽复远辱鱼书，过相引重，至谬比之陶杜、欧曾，在足下杂採虚声，无暇考其蕴实，而某亦不敢自外声气，不尽言以相正。

盖今日之诗，不患不陶、杜，而患不知陶、杜之所自止；今日之古文，不患不欧、曾，而患不求欧、曾之所自来。其弊必至于天下之诗文，皆陶杜、欧曾，而实为有识者之所掩口。总缘不求其所自来，不究其所自止。始焉以陶、杜之诗袭为陶、杜，继焉以袭陶、杜之诗为陶、杜；始焉以欧、曾之文拟为欧、曾，继焉以拟欧、曾之文为欧、曾。转相仿效，驱染成风，有病入膏肓而犹自以为全人者，岂不可为之大哀哉？

惟足下之诗，知其所以为陶、杜者何在，而发为高响，殊非齐梁、中晚所可企及。因而推足下之文，必知其所以为欧、曾者何在，而吐其奇气，定非六朝、晚宋之所可妄测。某目前为吏牍所纠缠，不能殚心文事。何时脱落，麋鹿自遂，将以采一代之声诗，勒成一编，藏之名山，以待来者，藉光足下此编，当必不少也。

〇黎愧曾曰："平常叙述中，亦自浑浑浩浩，正后所谓'得欧、曾之所自来'者。"

◇高萝栖曰："从蓝本数变，而后不止失其意矣。"

复上杭刘生丽兼（金开）

当今风雅凌彝（夷），文章道丧，得足下弘明斯事，既探理奥，复深经术，乃以馀力作为诗歌古文，则异日起衰振弊，继昌黎、永叔而兴者，舍足下其谁归？！

不佞每见后来之彦，领袖英绝者，则不靳叹赏咨嗟，不啻口出，惟恐不见知于当今，不永传于来世，固无今昔、无少长，一也。而目前以沉沦世网，处不成处，出不成出，反使夙志忽忽，从风尘吏牍中，因循疾逝，自恨蹉跎，恨悔莫及。而来教殷勤，过相推许，若于不肖有嗜痂之癖者，岂非苔岑雅合，固有不爽如是者乎？然不佞之所期于足下者，尤愿以用世为砥勗，如古昌黎、永叔，以及文忠、文正诸公，皆以斯世斯民为己责，使其道日见之施行，而后举而笔之于书，所谓“天下文章，莫大乎是”，“仁义之言蔼如也”。

足下负英异之姿，笃沉湛之学，揣摩世务，研究天人，惟皇皇焉闭户以穷年，一出而应王者之求，固将有黼黻皇猷，润色鸿业，文炳文蔚之伟观，岂徒雕虫篆刻，子云呵为“壮夫不为者”乎？若乃穷愁著书，好为嗟卑叹老之言，以庶几赏音之一契，如来论所云，伯敬之于白云者，又岂不佞之所望于足下者耶？

至于高文大篇，不妨倾囊相示。不佞虽复愦然聋瞽，极力表扬，固不必以跋涉山川、浪费时日，效世俗所为，徒于大业相妨也。足下幸自爱。

○黎愧曾曰：“一泻而下，足见河流千里。”

答长汀李生化舒（日长）

仆以昔人论文，贵卓然成一家言，非以过高之论绳天下也。盖积字成句，积句成篇，而人之性情声气，于是乎协焉。故文章必至成一家言，而后文成其为文，章成其为章；犹人有一身，而成其为一身也。以此推之，天壤间有云有石，有火有金，有草木，有禽鱼，其间刚柔异质，浮沉殊体，各有不同，亦各自成其不同，未有不并重于两间，为造物所不可少者。如使其冉冉之气，而附以难转之坚，则不可以升英太空矣；使以百炼之质，而杂以炎上之威，则不可以争贵鼎彝矣。

予见太史公《世家》《列传》中，杂取周秦故实，不能不资之《尚书》《左传》《国策》诸书，然每增易古人一二字句，岂误书哉？又岂自作聪明，视古人犹有不足于此哉？亦以为我之气体，业已如是，则古人之不如是者，常足以间之。如凫鹤之不相易，泾渭之必不可淆。故稍为损益之，以就吾之节度，则虽《尚书》《左传》《国策》之书，皆我一人自笔之书矣。读足下古文词，盖真化舒之文，而非今人袭为秦、袭为汉、袭为唐宋大家之文也。敢于足下一畅言之。

○星子曰："妙舌。"

◇愧曾曰："惟化舒足以语此。"

复江宁刘生黎先（然）

良书见及，若不屑沾沾向帖括家，仅工涂泽，以阶梯功名者与之质，而虚怀下问，及于迂疏不合时宜如仆者。若谬引仆为声气，必欲与之同调，仆何人斯，敢当盛意？及读足下鸿文一集，乃始愕然惊喜，知足下留心于古文有日，其所为古文，已章章如是。是其服习于八家之学，固能窥其蕴奥而泽其精华，其于古人之道，已砼砼然言之有物，而持之有故矣。

方今大雅衰敝，文章榛芜，昌黎、庐陵之绝业，既已不振于区内，而金陵景物丽都，人士亦多风华、少质实，求其敦崇古学，以上接汉宋风规者，漪园、太初两先生后，遂难嗣响。而足下巍然振起，不为俗学所夺，不为风气所移，固仆所旦夕欲见其人与其所为文者。苟非足下之虚怀下教，仆年且髦矣，亦何由及见高文，冀一日得见足下之为人哉？

今既当吾世，见其文以庶几见其人矣，又岂徒以一见为幸已哉？则将有人焉，绍昌黎、庐陵之绝业，以召来兹于千百世，惟足下是属，惟足下是望。望之深，则其规之也当切，而不出一言以相规正，又岂所以遇足下乎？而足下又实无可规正也。率其狂瞽，以与足下相摩切，惟足下勿速成也。

凡人之欲成一事，以为足以成之矣，不敢骤以为成也；迟之又久而后成焉，则其成也不可易。视古人之成，非一旦而止，则吾之效古人，亦不以一旦而尽。循焉取古人之精气与吾之精气，相持于可久而后可有成，而古人之自言其得与勇于自任者，固不必袭其声容也。若夫所与之人，不可不严为择别。言之非人，毋论其言既失，而并使气不光伟，非文章之小疵也。如某者与艾东乡为同里，时东乡与云间，以文事相龃龉，谋攻东乡者，欲以其乡之人攻之，谋之曾庭闻，曾怒拒之，遂及某，某即出而与东乡辩。毋论东乡学业有本，非某所能訾议，而甘心人役，忍操同室之戈，其心术已不可问，又何足与之谋千秋之大业哉？此不可不慎绝其人也。

足下深于理学，理学为文章之根幹，仆岂敢有异论？独宜稍自矜慎，恐溺于章句，渐流为宋人语录，亦使文章不振。足下视紫阳、伊川之书，何如龙门、扶风哉？况理学自在天壤，彰明较著，即辨晰秋毫，亦宜以光伟雄隽之笔起之，然后不敝今古。吾愿与足下，由唐宋以进窥秦汉之堂奥而已。

凡此数者，皆所以为足下规，固非有加于足下也，由足下之意而推广之耳。文选，仆三十年来妄为裒辑者，出以示人，人多弃其所学，而从事于此，幸足下正之。何时樽酒一细论乎？

○黎媿曾曰："此等用笔，求之近贤，惟艾东乡为能。"

◇余澹心曰："三段错综而出，令人不能寻其段落之迹。"

◇罗星子曰："议论中夹带叙事，子长法也。"

与吴冠五

金秀才式祖，评侯朝宗之文曰："幸自成家，惜得名差蚤，未暇炼句耳。"计孝廉东，评朝宗文，"如以石激水，便成波折，差乏风水相遭之趣”。申隐君涵光曰：“朝宗才气，雄冠一时，然事鲜情实，行之未久，而好者已倦矣。”汪主政琬曰：“《壮悔堂集》中，书策志铭，极多奇构。宁南一书，尤酷拟史迁，可推近时作者。然宁南事皆失实，左诬魏葳，殆所不免。无征不信，其谓是欤？”杜征君濬曰：“朝宗后出才俊，而根柢不坚，火色未老。尤好作妄语，以行己意，此最是文章大病。”

予按：朝宗初学骈丽之文，壮而悔之，一规于大家，其文卓然足自传矣。惟与阮光禄、田百源诸书，及马伶诸传记，毒詈匪类，妙极形容，未尝不痛快人心。而惟憾发于群奸既死之后，遂不免于杜撰失实，致开纷纷之口。嗟夫！士君子操觚所讥讽者，既非吾之族类，论既正，又足以痛快人心，似不当刻论之矣。而事稍失实，即甚恶其人甚爱于我者，犹因其文以疑其馀，起而訾议之若此；彼以鄙俚之词，造无影之谈，以诽谤诸正人者，又当何如哉？可以知所戒矣。

◇王望如曰：“使人憬然。”

与同事

宋嘉祐中，未有谒禁，士人多驰骛请托。有一人号为“望火马”，又一人号为“日游神”，言日事奔竞也。呜呼！今且以日游神兼骑望火马矣，奈之何?!

○萝栖曰：“令人无处可避。”

与康生

桓豁鸜鹆，能入瓮中作齆鼻人语。此君之文，殆如翁中齆鼻人语，不止似疲牛拽重车也。

答何省斋

米价日腾，弟在难，食指又甚繁，即令得大轸国紫米，炊一升得饭一斗，亦苦不足。即使天能雨粟，亦必如吴桓王时，雨五谷于贫民家，富者则不雨而后可；若使概雨，则予依然日窥米瓮矣。公尚苦饥，予将奈何？

〇高云客曰："两用事，止见趣绝。"

与黄黄鹤

黄鹤楼以仙人掐橘皮成鹤，起舞而名。黄鹤峰以峰下多松花，鹤背俱黄而名。先生是橘皮成耶，抑松花扑耶？二者居一，总太清空，但恐空饿杀欲上鹤背先生耳。

与倪闇公

李君实曰："书家得一好书，如壮士拾一宝刀；得一良墨，如统军者受千艘之饷；得数行古迹，如行师佩伭（玄）女兵符。今赠君自制笔一床，小华墨一挺，憾无古迹可赠耳。君当含毫吮墨，自作数行古迹赠我。

与宋辕文学宪

敬上公江瑶柱二十枚。瑶柱出兴化之涵江，双甲薄而脆，界画如瓦楞，向日映之，丝丝绿玉，晃人眸子，而嫩朗又过之，文彩灿熳，不忝"瑶"名。余骤见之，语人曰："即此肤理，便足鞭挞海族，不必问其中所有矣。"食宜去其肉，美只双柱。所谓"柱"，亦如蛤中之有丁，蛤小则字以"丁"，此巨因美以"柱"也。味亦与蛤中丁不小异。蛤之美实亦在丁，人以其无多，故不甚咀嚼，独让江瑶擅此嘉名耳。莆人多以酱粉杂治之，又不知独存柱，安足令不事口腹人见之朵颐耶？余熟以江水，参以玉版，宋去损诸君噉之，咸谓得未曾有也。

会城初无此。谢在杭会城人，称好事者，尚云"从来未其见形，未识其味"，他可知矣。余至后，令蜑人索之梅花厂石间，间亦得之。十年以来，遂与香螺、蛎房，参错市中矣。乃知海干原未乏此，人惊以为必无，不复过而问之；蜑人以无人过而问也，咸弃之不取。闻声相思者，遂真以为未尝有也。世之瑰奇异质，人惊以为必无，不复过而问之，沦落于海沙江泥中如江瑶柱，不知凡几矣，公念之哉?!

〇安静子曰：“借一江瑶，发出如许慷慨，使无聊之士读之，泣数行下。”

与长乐同年郭莲峰

公以瓜、荔相贻，皆珂里上品，最中予嗜。但予更有请焉，欲求荔大如瓜、瓜甜于荔。

〇康生曰：“妙谑。自是长公后身。”

与何省斋

弟幼时见傀儡戏，二尺许长，线索累累，任人提弄。近则变为数寸许，以木板推之，全似自用聪明者。嗟夫！傀儡亦且渐小，何况于人？傀儡亦不由人线索，而欲自运聪明，可畏亦可悲矣！

周亮节

靖公，河南祥符籍，江西金溪人。《醉耕堂遗稿》。

与张文寺

公诗四章，即和如来数。然秦武王与乌获争雄，一举鼎而绝脰矣。

〇予弟与文寺、伯紫诸公倡酬诗，颇有自得之境，惜以去秋谢世矣。其遗稿，予方料理梓之，读此黯然。

结邻集卷之十五

唐　时

宜之，妙意老人，江南江宁籍，浙江乌程人。

与李仲章

先辈曾谓文章与时上下，而米元章论书法，亦有“时代压之，不能高古”之说，殆未尽然矣。时天气凝寒，取温水盥手，两手入盂中，一手觉水热，一手觉水寒。因微笑感悟：浅人读古人书，殆如吾冷手入此水；深人读古人书，殆如吾热手入此水也。浅人读古人书，古人将而我军；深人读古人书，古人军而我将。夫我为将，则古人惟吾所用矣。

尝观唐安史之乱，逢有子仪、光弼，殊不足定。至异日以朝仪既灰之烬，而李、郭当之，若掣其肘，何也？其所为节度者，皆庸人也。然幸值李、郭之忠义，止于无功。若以此辈庸人，而节制淮阴等名将，天下事更有不可知者矣。

〇论事为文，全以悟头为主，自是深于禅乘人。

与艾子魏

方孟旋先生与予言文章，“收得尽不如弃得尽”。夫收未有能尽者也，弃之所摄也达已，要当视其有可弃与无可弃耳。子女玉帛无所取，天下在其掌中矣。

与沈雨公

夫丈夫之有才也，如女子之有色，寻常容止，年二十，得字庸夫，昼而饱食，夜而高眠，何可恨？惟不幸而抱绝世之姿，新妆日照，香袖风飘，流涕之端开矣；纵然嫁得其人，犹有吟白头而悲感者。假使文君不遇相如，黑头之怨何如哉？

昔贾谊为文帝痛哭流涕，而子瞻病之曰："岂有立谈之顷，而遽为人痛哭流涕者哉？"子瞻独不思贾生平日读书，流览居诸，其酿泪之本者，盖不知积几岁月，一朝拨其轮缄，自然呼号倾泻，不能抑禁，又安可以为"遽"乎？今也有一士焉，三十载风窗雨夜，咿唔叫呼。其得意处，恍惚鬼神相泣，而不能邀曲江之一席。以东南半天下，文人墨士之所推许，而不能饱故园之芋栗，将为流涕乎、痛哭乎？殆非取办于立谈之顷，而子瞻亦不能忍讥其为"遽"者矣。

〇旁人听者，泪下不止，何况当人。

与何匪莪

吾辈读辩士书，心气辄逞逞；读大贤书，心折其理矣，而气犹未静。至读圣人书，不知何以降心抑志？如《论语》中论说君子、小人，凡说小人处，无一不与我辈有分，可谓切骨之鞭笞。而低徊堕泪，不敢求伸一辩者，何也？当时圣人，无以善服人之意，但从大悲心地，发为悯怜之语。是以所感之深浅，或有不同，而其不敢抗忤，则一而已矣。

〇以佛语杂菩萨语，而能辨其孰为佛、孰为菩萨，不必有其事，不可谓无其理。

与林李二君

凡处事行文，只求快亮而止。夫处今之世，而欲使操觚之士，遏其幽深致远之趣，而为湿木败鼓之音，此亦必无之理。顾今日为晦昧结轖之语者，予政不病其思之有馀，而特诮其思之不足。苟其思至于透彻，则口头话言，自有隽之不尽而味之无穷者。

夫寒士寤言一室之中，正谓山川风气，藐如河汉，穷簷幽隐，伏若覆盆；君父天高，隔于万里。而行将以一布衣经理其间，专藉此七寸管，起伏钩锼，探出古人肺肠，以为异日合辙之轨。使千百年前古人，郁而未发之精神，跃然露吾笔下，而异日当官，解天下之郁，宣万方之滞，先现其影像于此。若其临池之际，先构一不明不白之图画，即此不可告人之文章，便是不可告人之心事，又岂能达霄汉之精神，烛下民之怨恫，通九州万里之情形于吾指掌之间哉?!

○从来论文，无如此通达痛快者。

与方孟旋

大凡人与物相遭而无间然者，其间必有故焉。圣人持教中国，不欲见千手千眼之相，而寓之物以呈焉。若两相之相合，其实一体也。包牺之与《河图》，何以相遇而了了哉?

举凡臣主之相遭而无间然者，皆一人也；物与物相遭而无间然者，皆一人也。伏羲、《河图》一人也，尧舜、禹皋一人也，鱼之与水一人也。

今夫人兀兀几席之间，而不知官吏之中，有我身焉；不知将军之中，有我身焉；不知鱼虾蚊蚋之中，有我身焉。世之好饮食者，日日或自杀其身焉，而皆不知也。皆缘其愿力不一，福罪相参，不能合一耳。人有百骸无恙，或一肢作祟，或一脏为害，而人毙焉。此一官一脏，皆怨业之所凑，而愿力不能合焉故耳。故夫人一身之中，有仇雠焉；天下之大，有我身焉。气力之厚者，生子生女而禀相皆厚；气力之薄者，支一身而不足。厚者一日为数义而呼成一气，薄者为一义而寸寸皆断。见相之亏虚，听于气力；气力之厚薄，听于愿力焉耳。孟子所谓"志一则动气"也。

◇其实千手千眼，原是寓物以呈。

○独阳不生，独阴不成，夫妇止是一人。

○几于《章子留书》矣。

与易曦侯

吾取富贵第一流人，与患难第一流人，总其苦乐，不甚相远。目下各有不称意一事，胸头打搅；前尘又各有一件可贪可求之影，寄其攀援。骤指其笙歌鱼肉，而谓之苦趣，信之或有未及。若坐其打搅攀援、汤浇火炙者为乐，彼应自疑。

余曾见一吹客赞叹贵人，贵人某云："尔等看我辈，如人看火鱼，游白磁碗中。衣服之美，宫室之奉，火鱼似极人间之乐。然火鱼束缚一器之中，殊不受用，人不得而知也。"近闻一谐语：人遇虎于山中，迫而上树，虎蹲树下，势亦将上，人扼其项而骑之。虎负其人而至村落，儿童拍手，齐看骑虎仙人。其人曰："仙则仙矣，但不知仙人之苦耳。"此皆世间切身棒喝也。

天肯以富贵与人，而不肯以乐与人，非天轻其富贵而吝其乐。凡人眼下不称心，既是苦业；而前尘贪恋又是苦。因一生奔走经营，只种富贵田耳，何曾顷刻种药田哉？身外一丝一饰，重如性命；胸头汤烧火炙，如不关身。人之所求，天不得而吝；人之所弃，天亦不能奉也。人苟有以自乐，不拘何业，随寄一技，皆胜他人，而文字其最者也。然世间亦有能而不乐者，此其往因种文田，而未尝种乐田者也。能而乐者，唯见曦侯而已。

〇只做大和尚语录看，亦当在憨山、紫栢间。

◇忽说到文字上，无处不是这个。

与李小有

凡人与世界相关之疎，故于世界语言，亦无所不疎。庸人之言，既以为无以愈己而疎之；圣贤之言，又以为与我不切而疎之。虽诵之读之，亦不过作文字观而已，竟不知我与世间，宜信受何等语言，为渡身之津梁，坐视其身坠于深渊，亦可哀矣。千古圣神，原无定局，现大现小，现偏现全，现权现实，随其所遇而成境。千古语言，亦复如是，但使其言有益于世间，何必问其何时、何人乎？古人一言投契，辄作性命想。又如慈母口逢佳味，不忍遽咽，亟吐以哺其怀中之人，此何等心肠乎？然则小有之精神，亦可窥其涯略矣。

凌世韶

官球，苍舒，汭沙，江南江宁人。

简蕴公

前坐斋中，谈说生日，彷彿尚遥，不谓占却人日作生辰耶？猝无他备，薄具不足以当供，但以宝斋中有天然幽篁积雪图，大堪作寿供。不烦绘事，已作绘竟，而我念中亦具供矣。笑笑。

〇以后祝寿，但当随其人、随其地，拈取一幅作供，胜于图松柏、冈陵也。

与张景远

我师之悲，与时俱深，所谓痛剧感新，当何日不然乎？初拟问南川之渡，即宿草之阡，取近村醪醴，一酹空烟。闻彼山多石，取击之，碎其崭崭者，令石声与歌声，哀动上下，我师庶从空中来乎？其彷佛语我乎？不肖序悲忆之诗曰：“生前以神情得密，生后于形似欲亲。”嗟乎！盖数年来见稍似者，而意大恸矣。

○无端之想，见其情至。前是一篇好祝文，此是一篇好挽章。

简吴玉宗

世途千载一悠缪耳，怪事故不胜咄咄也。益明鬼神之物，正堪深人之气。屈信之数，彼以妙其权智者，早收其益。我曹屈而不能信，谁当信者？我曹信而不能屈，谁当屈者？念此乃行着痛痒耳。公解人，自能辨此。人言愁，我愁欲深，一付之澹然，遂亦澹然豁已。

○苍舒遗集，郭卧侯欲共陈涉江、张文寺、王穆如共刻之，世人将睹其全矣。

倪嘉庆

笃之，朴菴，江南江宁人，释称“笑峰和尚”。

戒子弟

君恩置我炉鞲，锻炼凡根，得休歇地下石者，皆我善知识。若以冤家视之，则误矣。

○时公忤执政，以豆案系狱七年，长子震血疏诅神，公为此戒之。

释大然

笑峰大师，江南江宁人。本姓倪，讳嘉庆。

复赵居士

高咏大函，真可剖抉门户，扫除葛藤。而本来平泯，无是无非，亦不妨于是非中荐取。惟居士于古镜未铸之前，及此镜既破之后，心眼相炤，则鼻直眉横，手持足行，事还其事，岂可偏倚哉?!

〇笑峰看破此圈子，真从前人所未发。

刘思敬

纯之，觉岍，江南江宁人。

答李退菴

从来办天下事者，必皆一丝不挂；然尽有一丝不挂，而未足以办天下事者矣。要知只是洁己边事，若谓持此遂无不可为，恐亦未敢相信者也。况洁己者多刻，于世未必有济。无济于世，而犹自谓“无愧”，即此一丝牢不可破；岂惟不破，将终日诩诩然悬诸面门，以为莫我若也。平心论之，时势日益艰，黎民日益苦，有志手援者，不在表己之无私，惟贵民社之有济。果实心济之，可以无其名，可以无其功，并可以无所洁之己，则庶几一丝不挂也已。何如?

〇狄梁公、郭汾阳何如人哉！天下事非文章气节人可办，然又未可以此藉口。

与范道安论文

火炉边偶然一语，足尽文章之能事。虽久怀于衷，苦无发露之处，适吾兄举兴公、赞伯之言，若有合也。

习此道者，先辨其是龙非龙。非龙则鱼虾鳅鳖之知，穷年不能出头耳。既是龙矣，决无赤身跳踯、磨鳞迸爪之理，必将喷薄风霆，吐纳烟雾，倾倒银河，莽惨日星，一滴之水，大于车轮，移山拔木，平陆为浸。而此神物者，或止现一角一爪，或全不现身，轰磕隐隐之中，若有不可端倪者，已令人惊魂失魄，莫敢忤视。此兴公谓“未有不云之龙”也。然直彻上下，惟一龙之所为，不闻其借势于修罗魑魅，资力于蛟鼍鲸蜃也。况风雷亦其自应，非有意求其应，此赞伯所戒于杂也。不杂矣，云雷在握矣，又不必终日驢目怵听，以亵其威。时而九天，时而九地；时而陶公梭，时而葛陂杖；或若芥子，或飏轻缕，不失其为龙也。夫然则可以超物，可以为物，以至于不可方物，而入于寥冥之域。文章之道，亦岂异是？惜不得其人而语之。无端触发，不觉言之潦倒也。

《采芝堂逸藁》，试为检出，或有绘龙非真者乎？抑有龙起云不现者乎？不妨拈示，毋谓某徒能话龙焉耳。

〇借龙为喻，昌黎数十字不为少，纯之数百字不为多，然寓意各异。

答黄学士

来教云：“尘缘鞅掌，暂求宁谧且不可得。”果如此言，必另求闲退，方可料理乎？才一姑待，便成旷日废时，将来者不可必，且把目前又丢却也。古之有成者，只要当下提持，故曰“眨上眉毛，早已错（蹉）过”。居官应酬之劳，不过镜中现影，而遂谓“碍胸”，正如病目见灯有晕，不知目病耳。定睛看时，无一事一物，不助我醒发。若云力量未充，只见许多劳攘，则亦错向境上分别，实未反求而得耳。倘误于境上会，即使有一席清凉地，宴坐焚香，而心识纷飞，亦无宁晷。即使寂静澄定，一波不兴，古人所诃“如石压草，如急流水，远望似平”，皆无益之戏论也。

〇发人深省。

又

里中自澹园先生后，遂不知有圣学。聪明才辩之士，逃于《骚》《雅》淹博，虫雕狐野，茫茫无据。吾兄崛起于斯，浩然有得，与弟辈枏析经术，直溯渊源，一切浮气之士，闻而窃笑，以为迂阔。今裒然首选，有征足信矣。措大家眼孔甚窄，见湛深学问者，未尝不逢年始愕然回面易向。无论其出于诚与否，亦足为末流中拨动之一助。

吴　绳

天一，江南江宁人。

寄周旌侄

湛痴悠悠忽忽久矣！泥金从天下，颠倒衣裳，襟捉肘见，如马骇鼓惊，狼跋且疐。伧父之态，宜其见笑于驿骑也，能强学安石围棋乎？吾家中落数十年，如古刹灰冷，又如日沦幽都，万象昏惨。余与而父果腹齑盐，摩挲青毡旧物。“廉吏不可为”，优孟知言哉？不意朽株败腐，乃复蒸出芝菌，以为瑞物。如吾侄也者，使人叹司寇公有孙，廉吏又安可不为也？

登第乐事，然吾谓能以俭素守之则尤乐。王敬美先生云："吾入仕时，见一同年，家徒四壁立，出入具办，问之，皆称贷于人。吾策其必以贿败，已而果然。"大率用不节，必称贷，贷积无偿，势难自保。如嫠妇再醮，必非以淫，多有为贫者，节败名灭，可不惧乎？吾家旧塾堂联云："藜火宜亲，勉向诗书希往烈；菜根可断，肯令忠孝负前人。"吾侄今日之遇，菜根回味，然勿劚此根，留作儿孙读书种子，何如？

○得意时作此等危言，不是退后，正是深谋。听者当如和吉之音。

吴树声

周旌，江南江宁人。

与马章民

回忆瀛台作赋时，问年丈所见温室中何树。昔梁武使人奉盈水绕殿而行，溢一滴不贷以死，奏乐其旁，终无一人闻者。志公谓"此心乃可入道"。当日古文、今文，无巧无拙，波涌云合，从何处得来？只今闭门觅句，操颐颏，竖指腕，迁延未就半纸，堪发一噱。

年丈弁冕玉堂，弟羡之而不能至。若儆润于车后马通，左闺奉刺，右阖拥帚，弟即能之，亦不欲计。惟刘淫杜癖，差足自娱。而家载类多轶没，匡壁借光，亦鲜餍志者。年丈天禄奥帙，若可共读，吾将为萧颖士仆矣。

○周旌闭户读书，不与外事。读此知其自命。

吴 珊

邺侯，石庵，江南江宁人。《凤山集》。

与张南村

不善选诗，诗之厄也。而今人争选诗于无已，诗之厄亦无已，每念及辄为惋然。今人无能定先生诗者，先生曷不自定？诗贵自定，若不自定，后必为人所定诗。吾恐定先生诗者，未必先生也，而先生诗去矣。

送桑矩斯入都

闻兄入都门，昔日风景，得如旧否？少年得意，倔强臂不掉者，最可恶。有一种寄情山川之堂奥，而殷心爵位，见豪家大贵，濡羹拂须，百态毕露，又善转语骄人，昌黎谓“足将进而趦趄，口将言而嗫嚅”。兄具心眼者，睹若辈，知头岑岑疼矣。

我辈读书，当在冷处着力。冷处着力，则热处自耐得过。又须遇一事一物，极可欣悦，辄作意外、不应想。吾身海阔天空，不着一见，渺然高寄于万物之上；及事到面前，随手应去，此逆忆之学，孔子未许为贤也。兄入都，从此酹酢处不少，识得此意，尽不慌忙矣。

◇不作道学体面语，而提醒尤切。

与 友

海寇从水路来，入门后破瓮无馀矣。适老仆妇擎饭当门，贼劈手夺去，舔而食之。老妇饿，贼尤饿，可大笑也。所惜者，张文寺《拱白居长歌》一轴，古奥绝伦，是老父一幅山居图，亦被贼劫去。遥想老父坐岔山书屋，不闻理乱，垂三十年。文寺先生策蹇过存，幅巾茗碗共对，手披白云而嘻笑之，如在天上。呼余兄弟煨铛窗前，白酒酿熟，酣饮数杯，作诗拆字，笑语如画。而今竟为东坡海外文章也，惜哉！

○ 写得幽曲。

吴　晋

介兹，江南上元人，一所先生曾孙。

柬周雪客

赵清献目一营伎，命直宿老兵呼之。兵去，清献周行室中，曰："赵抃不得无礼！"老兵从幕后出云："某度相公此念，不过一个时辰便息。故虽承命，实未尝往。"吾不难清献当下挽回，而难老兵认定清献也。此一个时辰，正从古圣贤奸邪所分关头。后人既未必如清献善自挽回，又身畔恐亦无认得定之老兵，不如耐此一个时辰，千秋万世而下，何等受用！

○谈理之文，正当如是。

纪映锺

再见。

答柏乡相公

大篇春容淹雅，笃挚剀切，以且亭方伯之人之文，跻之四君子，可以无愧。而先生怜才敦故，摧琴挂剑之感，亦概见于一唱三叹、腐心酸鼻之中。昔刘文清公，相业甚伟，乃终身不知空同、大復在，当日已愧长沙，今日更愧柏乡矣。

○杨犹龙方伯，一字且亭。

又

落笔在有意无意之间。“著书以生活天下人”一语，非宰相不能言也。

又

《素书》真伪，辩之屡屡，只意在纳履而不在于书，便已破的。又曰：或即子房所作，而托之黄石。文情摇曳，全得龙门之法。

◇此语正自破的。

与程乡大令王过客（望如，一字过客。）

程乡风土，不知何如？闻元城先生曾居之。昔有铁汉，今得过客，千载同心也。

○过客不愧此语。

龚　贤

半千，柴丈，江南上元人。《半亩园尺牍》。

辞屈翁山乞画书

足下素无知画之明，仆不欲足下有知画之明。倘足下有知画之明而重余诗，安知非重余画而并重余诗也？惟足下素无知画之明而重余诗，此真知余诗也。仆且不欲以余画而溷余诗，肯又以此溷足下哉？倘足下必欲余画，仆知足下辞家二十年，出游五万里，一至九边，再登五岳，生身南海，问渡江汉，凡世间之疋泉片石、古塚遗碑，无不考之于图，纵横之于心目。仆将乞画于足下，足下反欲涸余之馀沛耶？此仆之所以宁负罪戾，而不敢奉教也。

◯引入胜场。

与张侍御

昨晤足下，问读何书，曰："正恨无醒快之书。"曰："何不读十三经、廿一史？"曰："一览长篇，便欲睡去。"此语出之他人则可，奈何学古之士，而亦狃此近今浅陋之习乎？足下所谓"醒快之书"何等也？得无丛谈秘笈、稗雅卮言之类欤？此皆迂疏怪诞、荒淫倦怠之人，悔失学于初年、寄无聊于末路者所为，曾何益于身心？

夫六经诸史，天下极醒快之书也。倘足下与仆数晨夕，仆将与足下商订千古，日不暇给，肯使足下靡岁月于无益之篇章乎？倘足下不以余言为谬，当留连三代，究极天人。吾知足下他日再遇唐以后书，土苴弃之矣。足下与仆非泛交，故不觉其言之尽。

◇极腐、极正经语。

与周雪客

天之妒才甚矣！吟诗应有罪，信不诬也。因思我辈之穷，已定于拈弄五七字之始。天以有限造化，被前人夺尽，是以久而愈惜。我辈即从今日不识一字，不吟一句，已不可挽回天之盛怒矣。顷在枕上，勘破苍公之处分如此，因寓书于足下，各勉力作得一句两句好诗，亦不枉为天之罪人也。

◯可识半千满腹牢骚。

张　惣

僧持，南邨，江南江宁人。

与石湖和尚

接手教，知师知南邨之贫，然南邨近日却复不同。当时实不自知为贫，如在痛醉中，亦如在鼾睡中，虽雷霆迅激，山岳震动，了不觉知。迩来如醉忽醒，如睡忽寤，痛分明痛，痒分明痒，不食则知饥，不衣则知寒。第饥寒亲切处，与饱暖亲切处，一无异也。向者知耐得饥、耐得寒，今者则不必定饥、不必定寒，且愿尽大地人不饥不寒；不止不饥不寒，而且愿以无上妙味，无缝天衣，供养如来与一切善知识，暨诸生平师友，盖自南郵今日之知贫始也。此中受用，正自不尽，何烦排遣？所谓“朋友妻子，不得而知者”是也。吾师知我，幸更进以教我。

○萝栖曰：“予旧有句云：‘贫困知济世。’得南郵妙文，为之快绝。”

答陈坦山明府

蒙示交半僧妓图索题，初愕然，意不欲着笔。既复思之，翁之寄意远矣，岂仅云“名妓翻经，老僧酿酒，特向枯木寒崖作一转语”乎？南郵曰：“此坦山绝交书也。”念天下最冷淡者莫如僧，而僧犹时具侠肠；世间至轻薄者莫如妓，而妓乃多开俊眼。噫！青云竟惭黄面，乌纱偏让红颜，怪哉！

◇禆（稗）乘“妓女春风吊柳七”，为此证佐。

与徐子孺

昨见令兄《沂州种菜》诗，大似空山长老所为，奇特奇特！南郵孤介戆直，不肯向人，然夙有谒孔林、登泰岱之想，以故人当道而裹足。廉吏亦可畏也，繄可怀也！

与栎下先生

先生所著书，无不从蚕丛见丘壑，令人开辟鲜新。昨闻刻板尽付祖龙，为之骇愕。此譬之王处仲顿驱婢妾，割绝恩爱，扫除一切葛藤，非古尊宿辣手不能也。从来焚人书者有之，未闻自焚其书者也。然先秦焚人之书，而人之书终传；先生焚己之书，而书亦当更传矣。尝念梨枣未行之前，竹册繁重难致，而当日山林樵牧，皆胸中有书。近代收鬻颇易，即翰墨子弟，往往止架上有书，亦可感叹。先生之书焚，而书争入人胸中、眼中，亦一快哉！

◇喻言雅切。

王　檗

安节，东郭，江南江宁人。

寄汪舟次

客指邗沟，问素心几许，弟乃以庸庸者应，不欲一字及兄，客可知也。笠阿师舴艋破雪自暱（匿），恐见其影。弟必欲强来觅晤，良以冰蛆雪鼠，冷中生动；薇蘅菁活，风外扶摇，拒人者实能动人，远我者亦复容我。故王生能久匿一汪子，能割爱一汪子也。

◯位置一笠公，复位置一汪子，连自己位置在中，巧于占地步。

答徐旅人

尔我于困惫拂郁中，必欲事事求全于天地，其为吾两人之天地，不亦难乎？且以吾侪之纰漏万端，即使如来虚左，亦有许多不快活处。何若于方寸间自铸一天地，桃花鸡犬，一一具足。此外渔郎，更欲于何处问津哉？

◯自笑自嘲，便见大道理。

胡其毅

致果，静夫，原名澂。江南江宁籍，休宁人。

与僧奂若

震旦山水，茂于吴越灵奥之区。高僧灯续，舟壑虽邈，典型犹在。吾师负瓢笠，冒霜露，青鞵布袜，翛然独往，岂易得哉？谢康乐谓："衣食人生所资，山水性分所适。"今以所资之累，夺其所适之性，如我辈，诚可浩叹！

〇说得世人真不能解其何故。

答简庵

札至，值弟病小愈，偃息竹房，秋霖昼瞑，予思若有不怿者。读《秋原恨别》十首，凄婉多风，深浅纤妖，各极其致，弟霍然心醉矣。或曰：先生负至性，风骨磊落，方营溪南别墅，棲寻絃酒，何妮妮作儿女子语？不知古人深情一往，萧骚遐寄，不掩绝代风流。柴桑所以赋闲情也，弟肯强作解事，如梁昭明乎？一笑。

刘　然

黎先，江南江宁籍，江西丰城人。《友声阁集》。

柬曹顾菴太史

当今名擅风雅者，必曰其人长于诗词。诗与词，恶可合而一之与？东坡文章，远过淮海、山谷，独至填词，不得不逊二公一筹，盖资力各有所限也。大抵诗取其坚老，而词则取其妩媚；诗取其蕴藉，而词则取其逗露；诗取其体气之高妙，而词则取其丰致之蹁跹。譬诸神仙、天女，两相辉映，举止态度之间，必大有不同者在也。惟姑射山中人，绰约若处子，肌肤若冰雪，庶几兼二者之长。公诗词合度，殆若是与？今日舍王西樵先生而外，无以匹者。

○不独辞气轩举，其品骘顾庵诗词，亦自不苟。

与徐子立

“立崖岸”三字，书生使气语耳，自足下一番快论，遂令人心冰释。今天下乘坚策肥、凌人傲物者多矣，其意中何尝不作崖岸观乎？究之胸无定见，一遇错节盘根，遂至褫魂夺魄，而向之乘坚策肥、凌人傲物者，非真有崖岸在也；不过虚立门户，欲以鼠吓天下焉耳。庸讵知天下士，而可以受其鼠吓乎？

今山之高也，不见其层崖也；海之大也，不测其畔岸也。至于一丘一垤，则无处无崖岸矣。今之乘坚策肥、凌人傲物者，其崖岸大抵皆丘垤之类，而非山海之类也。总之，天下士未立崖岸，先审器识；器识一定，以韦布而诎王公，以诗书而轻轩冕可也。即或和光同尘，与世无忤，亦未始非大力量、大手段人耳。此中针芥，当与明眼人辨之。

○窥见深广，愿与天下士共勉之。

吴　宏

远度，竹史，江南江宁籍，江西金溪人。

与王晋升

仆闻导嘎聋者，必俯仰而指撝；启愚滞者，亦提耳而举掌。君其多方善诱之。

与减斋

此其人笔墨，依然故步，所谓“野干欲作狐声，发声还作野干声”也。

〇所谓“撑上水船不离故步”也。

房天驷

大生，江南江宁人。

与栎园

公亦不妨并存之。金玉不相伤，精魄不相妨，无损于公也。

罗　燿

星子，江南江宁人。

与高康生

食空羹而无饭具，曾何益乎？

与减斋

弇州门客多，史料诸书，未必尽成其手。故其间与前人所传，不无同异。故大司马孙公鑛，尝谓“不论何事，出弇州手，便令人疑”。作史之难如此。

汪洪度

于鼎，江南上元籍，歙县人。

与浙江上人

往往从友人处见公画，便知游一名山，梦魂犹在烟霞间也。十年牖下，弗获壮游，不意宇宙间名山，反得阅历八九。然非己物，虽闭目可彷佛，终如海外三山，可望而不可即耳。客中苦热，正思故乡，忽辱《黄山图》千里见寄，披阅之馀，莲华、云门诸峰，翠霭清凉，令我应接不暇。腐儒买得一山，便足以骄南面矣，何快如之！

倪　灿

闇昭，闇公，江南江宁人。

与　人

翡翠于飞，离其翼；狐貂之毛，躬之贼。扬子测之曰："翡翠狐貂，好作咎也。""好作咎"三字，读之使人凛然。

与　人

经云："如虫食木，有成字者。此虫不知是字非字，智人见之，终不唱言是虫解字。"君谓"此君能辨别文字"，愚意亦虫之食木耳，终不敢唱言此君能辨别文字。

余　怀

澹心，江南江宁籍，福建莆田人。《砚山草堂集》。

与杨炯伯

弟诗已得七十首，未知佳什得几，急望抄示。乃逡巡不肯出，得毋尹邢相见孙刘下阶时耶？

与友人

三百年间，于古文服归熙甫，于时文服金正希，于画服沈启南，于字服董思白，于诗则瓣香未有所属也。或者曰：“不有北地、信阳乎？不有琅琊、历下乎？此者不有公安、竟陵乎？”仆应之曰：“唯唯，否否。毋已则长沙乎？”

长沙执魁柄以奔走天下，汲引人才若不及。其为诗淡宕绵邈，有情有韵，不乖《风》《骚》之旨。或者曰：“子之论，每况愈下矣。于唐宋取香山、放翁，于今取西涯，何哉？”仆曰：“唯唯，否否。”此中人语，不足为外人道也。足下以为何如？

○论文论诗，总不随人转移。

◇汲引人才，长沙实有婆心。

与李过庐

足下选八家文，命弟每集作一序，又命作一总序。弟谫劣，其何敢当？昔宋士人置一婢妾，言是蔡太师厨中人。士促命作包子，辞曰：“我乃包子局中缕葱丝者。”弟但解缕葱丝，不解作包子。海内钜公固不乏，足下盍往求作序以冠之？不然，太师厨中包子手，定当笑缕葱丝之妄作也。如何如何？

○雅谑。

胡玉昆

元润，褐公，江南江宁人。

与减斋

贾子云：“见教一高言，如饥十日而得太牢。”今人闻一高言，如饥十日而得黄檗汤，反使含蹙。

胡禹冀

螭赞，江南江宁人。

与减斋

公嫌此君文笔之乱，冀谓此君文，如火烧干竹林，大有声音在。公以为然否？

周　铭

鹿峰，江南江宁人。

与　人

其人虽微乎，然气足畏。乌有沸波者，河伯为之不潮，畏其诚也。君其善遇之。

又

此岂悠悠可避？吾闻虎狼见逼，不挥戈奋剑而弹琴咏诗者，未见其身之可保也。

高　岑

蔚生，江南江宁人。

与周靖公

君不妨宽以居之。《大智度》所云：“譬如种种妙香，一人卖，一人买，［傍］一人在边，亦得香气。于香无损，二主无失也。”

与减斋

旻翁先生诗，所谓栴檀树，根叶俱香也。正难去取，公定之。

○闵昭著作散失，赖蔚生存其一二。

邹　喆

方鲁，江南江宁人，满字隐君子。

与陶菴

同人共称老莲《秘戏图》，奇幻无伦。喆谓佛经云“画箧巧工所成，中盛臭秽种种不净”，殆此类欤？不意老莲沦入恶趣乃尔！吾不欲观之矣。

○闻藏书富，须杂以此种，以避火灾。老莲正以此图做佛事。

樊　圻

会公，江南江宁人。

与　人

天多哀志士，福不降淫人。我辈知自勉矣！

高　遇

雨吉，江南江宁人，康生子，蔚生侄。

与周雪客

掬水所以多于海水也，为其足以济人饥渴之命也。海虽大，徒令人望洋而叹耳。今日之事，何以异是？

〇雨吉以画名，而笔致楚楚乃尔。

周在梁

园客，江南上元籍，河南祥符人。

与冯青门

仆读时艺人也，承问足下，无已，请即以时艺对。

余姚吕君幼陶淑成，应科试“友直友谅友多闻”时艺云：“无性情之人，不必与之周旋；无学问之人，不可置诸左右。”王茂远自超，“子以四教”时艺云：“六经並设，专一经已成大雅之儒；儒五并垂，缺一伦不可与斯文之列。”读书行己，尽于斯矣。

仆读时艺人也，敢即以时艺对。

〇读数语，谁谓时艺可废？

结邻集卷之十六

祁承㸁

再见。

与钱伯济

兄称初入仕途，如马行深泥，时出时没，犹未作究竟语也。恐如覆舟入海，一入终难复出耳。真正铁汉子，于平日所极便极快者，一刀两断，方能洒洒展布自如。兄何以教之？

◇不妨作此危语。

与樊致虚

古人原有仙令，而如弟则正所谓“牛马走”耳。犹幸山城寂寞，间一杜门，踞案搔发垢，信口伊吾，稍忆往业，并付墨卿，遂不复以溺自照，而欲强颜向艺苑中作尉佗，妄言“汉天子与我孰大”，不知望洋。吾兄蹄涔固自失矣。

虽然，婴儿学语，任意讴歌，旋呼旋舞，无复顾忌，即邯郸之技在侧，而彼固欣然自如。比其稍长，则歌必按拍、吟必谐律。稍有未工，面赭唇涩，纵酒政酷烈、巨觥严催，而终不肯启齿吐音者，则以稍长有求工之心，而婴儿惟天机之触耳。

惟兄以婴儿视弟可也。

◯情事如此，写得生动文雅，则存乎人之笔耳。

祁骏佳

再见。

与弟世培书

闻吾弟西台之报，不胜喜，盖非为一官喜也。尧舜之主在上，夔龙之侣满朝，古来多少圣贤端士，求遇此时、此位而不可得，莫草草看过。

不肖向闻嗲（同“哆”）有谑，有新授台中者，归而临镜见豸服，忽屈膝呼“大人”。不肖谓此真宗门一则公案也。昔日见豸服即屈膝者何人？今日披豸服受人屈膝者何人？古德所谓“人生三万六千朝，反覆原来是这汉”也。认取这汉明白，则皂囊白简，都是接物利生；绣豸花骢，都是放光现瑞，谁谓圣主临轩，非是灵山亲嘱哉？

而今日吃紧，尤在参劾一着。此中念头，公私一分，罪福不啻天壤。弟须秉持正念，凡欲参一人，不论其官爵高下、势焰何如，但只以心内照，质诸天日，我无一毫恩怨之念杂于中否？我无代人报复之意蓄于内否？我无借之以博风力否？我无借之以委责任否？数者都无一焉，真见得虎狼枭獍之当逐，荆棘稂莠之当锄，然后形之白简。然又必须明明白白，堂堂正正，如古名臣之奏议，言当其罪，义正于辞，使旁观者心平，即受之者亦心折，则真西台中大菩萨行也。至于近习参人，因一事而尽抹其生平之大节；因公事而丑诋及闺房之细行，此弟平日所深恶者，不必言也。

◇今之仓卒劾人者，举笔之际，幸三复是语。

姚士麟

叔祥，浙江嘉兴人。

与胡孝辕书

士麟顿首孝辕足下：深城凛秋，拒门俗学，俄饷续选，殊豁胸怀。于以第南朔之英人，披东府之名什，体裁爰毕，笺驳时遇，编用再绝，字发三叹，以为自梁统捐谢，隋氏已还，所称撷朝芳于元圃，问夜光于赤水者，莫不家藏帐里、人置国门。然爽夺淄渑，听淆雅郑，选不见存，存不见赏，当是神鉴不悬于日月，灵怪自匿于天地耳。三复兹选，亡论肉艳春英，气含秋幹，情援辞以赴格，律绾意以调响。至于石图金简，既抉其冥秘；蕋笈贝编，更探其坠隐。收耳视之曩遗，合心会之遐契，固已友于晋宋，何止舅甥齐梁？若乃质证疑豫，诠定舛戾，皆足符契千秋、绳约四部。乃知只言未析，猛欲万轴开函；一字之疑，不难千里命驾，有以哉！惟是赋流自此绝涸，律祖以之滥觞，韩陵石坏，悲同外史之亡；位业图存，幸藉琅书之检，云胡不彝（夷），嘅其叹矣。

〇叔祥年二十，犹目不识丁。姜孩日先生劝之读书，遂为海内名硕。睹此鸿篇，真为杰构，人岂可以年自废哉？

薛　冈

千仞，浙江宁波人。

与　人

走九州而后知天地之大，亦知天地之小；走两都而后见人才之多，亦见人才之少。

又

诱人家子弟入饮博之门，其罪小；诱人子弟入诗文邪路者，当服上刑。

陆　培

鲲庭，浙江仁和人。

答　某

天道最神，趋安反危，趋危反安，原无定局。若使人情可以控揣，则机械有权，自古劳臣志士，定不与吉祥会矣，夫吉祥又安往哉？

凌义渠

骏甫，茗柯，浙江归安人。《忠清公集》。

与潘慧晓

世间随耳目所及，一以灵心对付，当自有可爱可传、不可收拾之妙。想如女之态、花之光、泉之味，剥入一层，即浮出一层，遇之者有精粗耳。况文，又技之通灵入妙而莫能定其色味者乎?!

与萧园诸同社

世间一切丰盈便利，无过数十年，蝇翔而萤腐耳，笔涌髯枯，何益人事？而苦心者，相持以死，惟其真而已矣。尝想古人之眉眼笑嚬，半随黄土；文字立，而一种不可就之光影，时复潋滟飞动。笔与笔相持，舌与舌相转，我貌我之衷膈，十不得二三立乎？今日以指乎万年，古人遁矣，况复拾炉底之漏屑、釜底之残沛，秘为至味，不令有识者狂哕乎?!

○有影无形，曲曲能动人意，中必非无故。

严 颐

子上，原名首昇，字平子。再见。

与郭天门

某盛年购书万卷，自许四十后，得屏绝一切，肆力古人。不虞丁乱，尽付秦灰矣。后此岩棲三十年，借残拾帙，聊以销日。见闻无几，思路不开，如煮白水，火候虽久，终不成味。

○此平子辛亥春寄至者，今年六十五矣，著书犹不倦，多致数百卷。惜无有心人为合梓之者。

与张孟伦

八识手录，分疏极爽，容细看完璧。释教非空，只是一个大耳。予每将人国作“本纪”观，人家作“世家”观，人生作“列传”观，盛衰得丧，一览无馀，直旦暮事，安得不作梦幻观？如此看破一切，便脱种种苦厄，不须谈禅、读《南华》也。风鸢高低，竹马先后，便是儿辈得丧，乃至笑啼矣。

○谈禅、读《南华》者，偏欲同小儿一样笑啼。

与田伯珩

尝云：诗文如儿女，然其多至数百卷者，径是中山靖王、晋庆成王，以百子赛人耳，便不必个个贤也。既苦无多，则不可不佳；然十分去取，亦难为情。才不才，各有可爱处。老兄为我拣选，则易子而教也。

〇是近情语。张瑶星常过删其稿，予笑谓："君所删，偏是人所珍重者。尽存之，以凭后人之定我可耳。"要之，文之好丑，自难定，人亦难定。

与张孟伦

昔友有与予同舟者，安流时无人色，惴恐不住口；及风至众乱，渠安静无一语。不佞年三十即叹老，今老甚，却无叹也。贤倩东门苦厄，惟以无复望者居心，以不可知者听天耳。不佞前此遭厄时，诗较工，碁较稳，何也？心苦则细，乐则粗也。读书亦是度苦厄法，无所用心，则忧从中来矣。

〇真实读书人语，不是借书消遣人语。

与熊次侯

辛巳冬，连床旬馀，遂尔阔绝十年。"纵我不往，子宁不嗣音？"料亦古不得志人苛责故人语耳。富贵一途，弟已分形，如妇人思作男子，无其具矣；今已老妪，并不作此想也。

〇苦语令人魂消。

杜首昌

湘草，江南山阳人。

长安邸中与周雪客

寓邻北海先生，天作之合，私幸得尽观先生所藏书画，可消十年妄想。而道翁传宣，必俟订期而后观。此犹置馋人于丰肆之门，而许以明日一饱、后日一醉，非不知有厌饫在，其如时时之涎垂何？为我致先生，待下箭时涎其竭矣。

〇湘草书法、文词，卓绝一时，此其一斑耳。

黄国琦

再见。

与减斋

阅隋唐以来书志中，其类丛矣，要以跡于同，而先生《书影》之额异甚。弟眼到书中，而心已先在影中。何也？世间形生影，陶靖节之互相吊，陈思之伤隙驹，李青莲之举杯邀月，与界破青山之张三影，皆迹于形而为言。若《书影》，则卖形矣。又黄面瞿昙，以一切有为之法媲于影，则白马东来，十二部之重译，非法影乎？先生此书，逐段纪事，系作者之影；而逐事立义，又自系以先生之影。然则当时后世，读此书者，不又心在影中之影乎？

又

今之声先生之才者，如雀噪高林矣，琦独不为先生幸。韩昌黎云："动而得谤，名亦随之。"弟谓："动而得名，谤亦随之。"何也？名者，天之所用以福人，然福止归于身后耳；若身前，反以速谤。此君子之所以不贵名也。谤者，人之所用以祸人，然祸止烈于目前耳；若身后，反以成名。此君子之所以不辞谤也。

吾辈于父母乞形骸，于天乞岁月，于地乞山水，于诗书乞性情。能于文章内争得失于千秋，不能于便览中争坐位于一时矣，名也何如？

又

弟以南国羁人，而作西山逋客，香城之猿雀，当已久草

“大招”。先生蒂匡右而卓笔于两河之间，今复掩白门之扉，著书自适，“久客忘归”之诮，先生当先弟而受之矣。

与钱牧斋先生

得先生书，谓人言先生与黄生非一人交；如一人则驻颜有药，及有秘方，自应亟授，何至嗒焉相向，如当面打墙？琦以为此言非也。先生领袖人伦，声名走海内将四十年，注心血于笔尖，著书盈丈，而四海之辔心而至者，无人不奉颜色，无械不复寒温。琦闻过役其神者，神将去之。若琦，姓名不齿于当世，山川闭塞，声气不通；又眼中半字不入，胸中半字不出。此心不受此身之征调久矣，驻颜奈何？其或驻心，它不能为先効也。

◇禅、玄二宗，不外此二字。

董斯张

遐周，原名嗣暲，字然明，浙江乌程人。《吹景集》。

示　人

临文不得作好丑心，入境不得作顺逆心，对物不得作憎爱心，抱病不得作生死心。

曹尔堪

子顾，顾菴，浙江嘉善人。《南溪文略》。

再与西平令沈子佩

昨因偶滞汝南，遣力以小札驰候，原非有所求也。乃年兄疑为赝鼎，拒而不纳，殊为骇异。天下之疑其假而绝之者，以其有求耳。若一无所求，则不必同年，不必同里，凡山人词客姓名不著于人间，往来络绎于道路者，皆得以望见颜色，岂能一一峻拒之乎？

乙巳夏，弟客吴门时，于龚闻园司李坐上，见其同年罗博至虞山，其人又馆于同年周燕孙之家。及弟过郑州，则真罗博俨然在也。作小记以辨其伪，并寄闻园诗云："尽有金兰真作假，何妨萍水假为真。"在闻园以假为真，而在年兄以真作假，皆可付之一笑。

神明之宰，既摈之曲江鸳渚之外，自分可以无言。但恐年兄疑城未破，视人多假，而自认太真，故特为一剖，托郡伯金长老转达。年兄得无疑长老与冶公、年兄，皆优孟衣冠耶？今日傀儡场中，正如蚁柯春梦，百年幻泡，弹指空花，又何一非假者？其中真赝关头，谅明眼自能觑破，无待丰干饶舌耳。

◯笔致如鹅笼书生。

与尤悔菴

足下古文词，下笔妙天下。《西堂杂俎》，已登虎观、走鸡林。其所为词，供奉于内庭，流传于酒楼邮壁，天然绮艳，粉黛生妍，未许元微、杜牧独擅风流也。

弟齿既肩随，息机近亦相似，年且半百，意气渐平。回忆画舫寻春，山房听雨，如梦如幻。请从此斗笠枯筇，婆娑于支硎、邓尉之间，咽冰雪，嚼梅花，槁木形骸，愯（古同"悚"）然悟道，则青箱红豆之缠绵，檀板金尊之婉娈，皆可一齐放下。翻读平日所作小词，疑是古人，疑是前身，不复记忆，则吾两人当有嗒焉而自得者，又何俟余之饶舌也？

◇调欲绕梁。

与江右余论山

文章遇合之数，知己难，则所以待知己者更难。几遇矣，而仍不遇。所谓“知己”者，名焉耳；而待之殷殷过于知己者，未有其人也。

足下闱中之牍，屡荐而不得入彀，自他人眎之，泛泛然同于秋萍露箨过而不留者矣。乃足下携牍见示，至于涕泣，未尝悲其不遇，而殷殷然有知己之感。其气谊敦笃，所以待不佞者，几与入彀等。噫，何其有长者风欤！

江右为礼义之乡，其人率崇古道、励名节，则足下之人与文，自足以千古，未可以目前之得失论也。乙未分较之役，不得江右一人以为恨，犹庶几得遇足下以为快。何则？以足下之所以见待者，有过于知己也。夫是以愈信其为礼义之乡也。

〇于遇而未遇中，写出情挚。

〇淡荡中见其真朴。

王豸来

古直，庭一，浙江钱塘人。

与陈丈

清流酒二樽，味烈而气更清驶，我辈满怀块垒，赖此迅为驱除，有如战士横戈、侠人说剑，令人神智俱震。自来大名，殊不知刁细之外，更有此峻利佳品。拜惠后，更阑跋烛，诸同人引满尽兴，从此识醉乡道里，非复向之茫然莫致也。然而美者易尽，凡物皆然；而贪得无厌之心，又为我辈夙习。床头樽罄，不无更望于珍珠小槽之侧，其勿以我为酒徒故态，而过弃之，幸甚！

顾高嘉

南楼，浙江秀水人。

复孙阿汇

弟甫除贵邑，即有客啧啧相语曰："君此行颇不岑寂，一则灵岩山文石，一则孙阿汇先生诗文。昔允大太史所称'灵岩石中有阿汇文，阿汇文中有灵岩石'是也。"今山中涧潟闭，惜奇石已绝不可得见。幸先生时赐鸿章，开豁心目。水之圆折者产珠，方折者产玉，笔势偶折方圆，墨渖横流珠玉，今非颂橘，谁实生花？第一行作吏，困溺簿书，能令研田立涌瘾土，金石自吞哑药，又何敢作刘季绪璅璅咨议也？

李绳远

斯年，浙江嘉兴人。《属云阁集》。

谢惠丸药

南阳归客，饵精术者十年；中岳仙人，采菖蒲之九节。银丸金液，供自西洲；六草五芝，耕从北海。值禁方于秦缓，留药器于淮王。岂惟藉以蠲痾，直欲因而益寿。

而某羸同洗马，曾无洛下之名；疾异临邛，谬讬文园之卧。戴星何及，但有横琴；驯雉非能，虚闻留犊。故效垂帘之治，偏宜轻服之逃。方且解绂于荥阳，挂冠于彭泽，一餐松实，飞去天中；若引桂华，飘然云里。

而乃不垂审察，枉荷矜慈，宛转百丸，赉以壶中之秘；

光辉五色，颁之海上之香。李少君裁服神楼，便须却病；赤松子初含冰玉，遂得从风。岂必长安肆间，独寻韩叟；天台洞口，并挈刘郎。已征不死之奇方，遽解延龄之妙术。三山非远，幸望银宫；九转即成，何愁玉室。窃恐胡麻暂接，石髓难邀，空抱黄花之恩，无为白环之报。而煮砂勾漏，永谢葛洪；植杏匡庐，弥惭董奉。

〇陶、葛诸仙，俱长于丽句。读此等牍，岂不字字有神仙气？

李良年

武曾，浙江秀水人，斯年弟。

与周青士

某白：近状已悉前书。因足下询及塞上交游，辄复寓此。

仆近得一胡进士东瓯。东瓯祖某，与仆从曾祖某，同登宋羽皇榜，有世好，遂雅相善也。东瓯曾为邑令，兵乱解组，迄今二十年，足不涉户外。吏于此者，咸折节下之，东瓯坚卧不肯出。其祖、父，皆以科名在仕籍有声，而敝庐数椽，颓然野田荒圃中，艺蔬酿酒，自给而已。仆始登其堂，执通家之礼见，再拜毕，东瓯但询仆家世，论诗文，不及他事。顷之，一少年捧茗椀入室，衣冠肃然，拱揖有节，即东瓯长公，昨岁登贤书者也。仆敛容，东瓯徐云：“家贫无应门，只一老苍头，方为客治鸡黍。”仆嗟叹其风，欢饮竟日夕。自此往还不绝。

窃谓大江以南，缙绅习于侈靡，其子弟稍自振拔，辄趾高气盛，不复知古人质朴事。此毋论晚近，即百年以前，有识者讥之。而东瓯家世廉谨，不以科名自矜饰如此，是可语足下，而足下尤当广其说，以告东南诸贵游也。

◇此风足述。

◇后生不可不闻此语，然后生亦日闻此语。

与悬崖大师

自某远游蓟朔，而吾师高隐铜官，定水风幡，静躁殊已。差幸奉教以来，障碍稍除，不敢以道上车尘与山间钟磬，作分别想也。然造诣未深，毕竟居山习静，乃有进步，秋风起时，担簦归矣。闻彼中可以采茶种竹，微躯此外，复何求哉？茅屋数椽，伏惟留念，行践夙约。

○笔墨甚净。

姜承烈

武孙，浙江会稽人。

与毛大可

弟向来持论定交，唯才是尚，是以不修细行，竟成大訾（同“愆”）。今憬然悟矣，既已内信诸心，敢不上告知己。愿吾兄刊华就实，勿骛声名，耑力省察，行之数年，此中自有所得。

人谓“有所利而为善，便非君子”，此语虽高，实是怠人修行之病根。不知“利”之一字，圣贤原所不讳。知者利仁，或利而行之，实实见得仁为有利、不仁有害，故决志肆力于仁。况“自求多福”，圣贤之言，决无欺我。今谓“求福非君子”，而甘作求祸之小人，何其谬也！

○武孙事事求不愧衾影，观此，知其持之有素矣。

毛　甡

大可，又字于［一］，浙江萧山人。

谢竺兰上人书

月日。甡白：昨者秋首，吴江水清，有江东王彦字士方者，曾维舟长桥，妄投兰若，依象教而隐形，感法幢之多庇，缅维高坐，谅能省忆。今士方辞后，不通一札，而西河毛甡驰书报谢，将谓鉴形者不必闻声，而聆音者未尝接貌，此两违之道也。倘谓辞者一人，而谢者又一人，高坐善听，又不当有别识心也。去时过定陶，以是地有范蠡湖，乃为诗云："陶朱游子姓，毛遂野人名。"闻者怪之。此由谢彼容我者，不欲终自晦其所行，故微及耳。然彼容我者，逮今终贸然也。高坐闻此，莫谓此"非非文殊"乎？

仆素于内典，涣无所稽，即经涉猎，亦遴大意，实不知此中有要妙，可以为身命所抵托也。避人以来，随堂行住，不无有解，然终以为与吾少所学，在嫌微之间。譬诸叔嫂遗问、帑藏拾芥，应手而却，响入少林，若献异梦。彷佛胡僧探予以法，予告不知；饮予以水，复告不觉。僧乃挤之，谓当自省醒而按行，循溪绕流，宛夜所见。然自分无道，置不更念，逮返敝乡，仍违踪跡。

聆绪论于云门，感天衣之妙旨，晨昏提阐，偶露隙照。然而随启随闭，比之秋萤翳恋馀腐，明与暗嬗，浮沉林薄，递返于黑。此非薄要典为不足为，亦非果俗情锢灭，惽彼不知也。诚以少时所习，展转未忘，亦犹孩提诵读，虽既耄而难去于心；儿童把弄，虽渐长而不辍于御也。高坐亦怜之否乎？

先慈产甡时，似梦僧寄以牒者，既而恶之，秘绝不语。暨乙酉之冬，衣缁山中而后喜，而微语以所梦，谓从此其验也。不寤今已后，乃复展转相染，倘避人不已，当或有再造兰若者。特求如向时清风戒秋，池藕初彫，高坐弹琴，有他乡王彦者，扶病请听，则彼一时耳。

幅促有限，路局无穷，伏惟损慧，略鉴不悉。

〇之璜曰："西河出游时，蔡大敬先生送之，见壁间王烈名，因令名王彦、字士方，故云。"

〇曹顾菴曰："观其旨，似不甘心于学地者，然故是悟后语，其离合分两，故是瞭彻。西河故是抚期中士。

姜宸英

西铭，浙江慈溪人。

投所知诗书

伏承阁下以某诗为可采，特令送上者，今抄就汇为一卷如左，偕阍人以进。

或谓其诗多失志悲愁之作，方今明良在上，五辰时叙，百工协和，不宜以此渎当路之听，且重见尤矣。某应之曰："君以哀怨之诗，谓必出于衰乱之际，而盛世无闻耶？"

昔之圣人，虽道溥泽隆，而不能必民之皆德已。博施济众，尧舜以为难能。班固《食货志》，载冬时民人居室男女，有不得其所者，乃相与咏歌，自言其伤。言三代圣王，使民夜作，而燎火相共，男女皆得以其间申其郁积，而比兴之事兴矣。今所传变风、变雅者，恐不尽东迁以后诗也。韩愈谓"物不得其平则鸣"，又曰："皋陶鸣虞，伊尹鸣商（殷），周公鸣周。"或疑此数臣者，处盛朝、事圣君，何不平之有？而不愉而怨，失事实矣。不知伊尹当悔过之前，周公居流言之后，何得无怨耶？特其怨之事有大小，其用心公私不同耳。今谓盛世之必无怨者，是失人生忧乐之正者也。

然或以某之诗为自伤卑贱，而有所愤激不平，是又不可也。愚自分道之兴废有命，故尝泊然无营于世。其触物感发，不能自禁，而时激为酸楚悲凉之调，以写其不得已之衷，此亦诗人之常事，而其志或更有存者。昔者伯彝（夷）伤黄虞夏之不作，悲道衰将饿死，采薇自食，作为诗歌，义不忍与盗跖同富贵，其志正矣。然非孔子，孰知其非怨耶？又孰知其非如匹夫匹妇之自言其伤，而有忧天下之志也？故有忧天下之志，而不与匹夫匹妇同其失所之叹者，此伊尹、周公、伯彝之所同也。太史公曰："伯彝、颜子虽贤，得孔子而名益彰。"然则士非有知己者，则虽有伊尹、周公、伯彝忧天下之志，其不同于匹夫匹妇之怨者幸矣。

伏惟阁下怀道济时，深察愚知，则仆诗之所存，为怨与否，固不待愚之所自明者也。其必有以教之，某皇恐再拜。

◇平心之论。徐仲光言："我辈生如杜鹃，自是天地一种怨鸟。"

◇文势大振。

钱肃润

础日，江南无锡人。《十峰文选》。

上魏石公先生书

人生文字之知，岂偶然哉！扬子云，汉有道儒者，所著拟《易》诸篇，至为人讪笑。桓君山独知好之，谓其书胜老子。唐韩昌黎文，摧陷廓清，功比武事，时人始而惊，中而笑且排，终未有识者寥寥。及数百年，至穆伯长而后好之。然则为子云、昌黎者，亦难矣。以举世之大，数百年之久，知者仅一二人，而此一二人者，又名位卑微，分非先达，身不负当世之望，虽知之，而力不足以振之，其知之与不知等耳。

肃润生江南，鲜闻寡见。幼好学，有志经世之业。及长，为诸生数年，玉未献而足刖矣。穷愁悒郁，闭户读书，偶成史论一编，发抒见意。其书固不同于子云、昌黎，而肃润亦初不敢以是求知天下也。

乙未秋，赴及门秦对岩招，策蹇入都。都中诸君子，延为经师，俾子弟就教。方是时，足不至公卿之门，名不厕士大夫之列，诸君子交相告曰："当代有魏先生，道甚高，著述甚富，且有意扶进四方之学者，子盍稍自献乎?"肃润避席言曰："余何人，敢邀先生顾盼耶?"以故匿迹京师，挟其书未敢献，然心窃向往焉。不谓有代肃润献者，而先生竟赏鉴及之也，采入《遡洄集》。噫嘻！以先生名位显隆，分居先达，又身负当世之望，顾乃勤勤恳恳于遐陬穷巷委琐鄙陋之儒生，为之汲引，先生其知己哉！

夫子云不见知于汉，昌黎亦不见知于唐，而肃润独见知于今时，子云、昌黎何不幸，而肃润何幸也！以此见人生文字之知，非偶然也。即欲裹粮而北，登龙叩谢，奈方有事穷经，妄思纂辑成书，稍自表见；而其功浩汗，难以猝成。倘得一朝就绪，当负笈从游矣，先生其许我乎?

区区有诚，末由上达，谨托同学华鹅湖为先容，并寄所为诗三十韵以献。昔郭秀才于欧阳公，以文为贽；王汝止初见阳明先生，其贽亦不过二诗。故肃润所投，未能加二生之外也。渎冒威尊，惶恐无已。

◇起得绝劲。

〇钱宫声曰："磊落激昂，推襟送抱，具见所蕴不小。"

〇秦对岩曰："全篇精伟雄宕，不倒自家架子，绝似昌黎诸书。"

成　梁

二鸿，江南无锡人，泠溪子。《九如阁集》。

与钱础日（庚辰）

承示史论数篇，上下千载人物，而经以卓识，纬以迅机，锋芒所及，不可向迩。材博矣，出之以快；辞辩矣，要之于正。就君之论，衡君之才，大才也；就君之论，窥君之心，热心也。抱热心、负大才，而游多事之世，是以困顿无聊，抱膝长吟，往往见之诗歌。诗歌不已，发为史论，一篇、两篇不已，至为数十数百篇。呜呼！古人非处世之难，处才难。此史论，不出则已，出则有心当世者，必物色钱子，而挽之出矣。于是登临枕漱之中，无钱子；而刀剑汤火之中，有钱子矣。

呜呼！钱子独不闻乎？古人有不读史者矣，为其怒则伤肝也，为其郁则伤肺也，为其悲哀疾怨则伤心也。由是观之，君之论，无乃赘？或问“古之不读史者为谁”，则即钱子之友泠溪子也。或曰：“或出或处，或默或语，道不同，不相为谋。”泠溪子于是卷舌而退，不敢复论史论矣。

○二鸿训怀宁，贫不能归，临江为九如阁，啸咏其中。已七十，著述犹不倦也。

冯肇杞

幼将，浙江会稽人。

与　甥

虫食花叶者，其状嬰蹣躨跜，人见未有不憎而远之者，虫固不知人之憎之远之。及其化为挝木鬼车，或香须粉翅，或斑驳陆离，联翩上下，莫不见而亲爱者，非其欲人之亲爱，人自见而亲爱之，候至而行，不假智虑。故读书人若以家势衰薄，或衣履残劣，或体貌卑陋、瘦跛謇吃，种种便生惭恧，则他日富贵，必有一段骄矜之气。有骄矜之气，则其涵蕴必浅，学问亦必不纯粹，人品便落第二三层，虽处富贵，而从前各所惭恧处，偏隐隐跃露，亦缘此中原有沾滞。反不若挞木鬼车，撇然脱去躯垢，人即明知明见其从前蹩躠躘踉之状，而但觉飘飘尘表、可亲可爱而已。

贤甥辈读书者，一味读书，此外全莫萦怀；不读书者，或贾或农，一味为贾为农，亦不必自嫌自愧。即或限于运命，终身不能成立，亦必有一段自好不可解识处，自然出人头地，人亦自然亲我爱我，不在富贵利达也。

〇如读《南华》，令人意思深远。

〇从意旨朓挚中，发出如许缥缈幻怪来。有好意思，不患无好文字，此自然之理也。

冯肇楠

木伯，书岩，浙江会稽人。《青来阁草》。

与友人

今人适数千里外，所获财帛资贿，必密缄深藏以归，曰："吾以备度支也。"所鬻珠玉文绣，必约束厚袭以归，曰："吾以悦妻孥也。"所市旨醴珍羞，必注缶纳罍以归，曰："吾以宴嘉宾也。"若夫徒悦耳目而不可持携者，一过旋即弃去，盖知旅之为寄，而所以图维其家者详且切也。

生死之于人，亦犹是矣。富贵田宅，岂是将得去者？世人竭精疲形，恋恋不舍。至于安身立命处，漫无经理，一旦束装言归，行李萧然，吾恐阎罗老子笑人寂寂也。

○警人处，妙在婉曲。

◇总透一两言，令人猛省。

释慈睎

笠居，又字井人，江南江宁籍，福建莆田人。

复待菴

天上无愚懵神仙，世间安有不知文字佛祖？小悉达称西天第一世号曰“迦文”，四十九年所说之书，文之至也；末后拈一枝花，令饮光破颜，谓之“教外别传”，文之至也。香至国王第三子，领真丹大乘气象，得得西来，曰“直指人心，不立文字”，文之至也。文之至，贵辟机，贵不借，夒船长所谓“一一从自己胸襟流出，乃能盖天盖地也”。

近代之称禅师者，谁不曰“西天几十几世，东土几十几世”，究不知佛祖之所以为佛祖，动便拨置文字，而又不屑于不知文字，辄肆意著作，曰序传，曰题跋，曰书问。当落笔干涩时，多以“麻三斤”“干矢橛”等语，唐突楮墨，使作者见之，皆掩鼻之不暇。噫，良可悯矣！

虽然，麻三斤、干矢橛，果不可谓之文耶？腐烂、神奇，须其人，乃克如是耳。陈莹中谓甘露灭曰：“譬山川之有烟云，草木之有华滋，所谓秀媚精进。”则真佛祖未有不知文字者也。文之所在，道之所在，不特麻三斤、干矢橛，即德山棒、临济喝，皆文之至也。余固不知文字，实不敢拨置文字。斜日放言，慨然远想。

○寒山子诗云：“丈夫不识字，无处可安身。”现身菩萨，尚作是语，况其下者？

○文字禅宗，有一语可譬，曰：“只许张官放火，不许百姓点灯。”

左光斗

共之，苍屿，浮丘，江南桐城人。《忠毅公集》。

回陈老师

生不喜得一第，喜藉手以报老师；老师复不以一第重生，而上进之古人，期生转厚，报塞转难矣。

斗自惟生平富贵之缘染较浅，功名之习气较深，才一动念，便有浮气浮才佐之而出，而其根皆伏于富贵。迨欲以道德划除之，而欛（同“把”）柄不在我，又未免为浮沉混俗之滥觞矣。老师所谓“真心降心”“忧世练世”“择交深交”等语，真举世药石，尤切中生膏肓者。请事斯语，敢辞不敏。

○人能立身名节间者，非无据而然也。

方　文

尔止，江南桐城人。

与减斋

某人诗文，虽不足观，亦望先生教之。先生如大清凉池，无量众生前后来饮，当令各饱而去也。

王士禄

西樵。再见。

与宗梅岑（元鼎，一字定九。）

年来戢影穷庐，不复问人间升沉事，独日望我故人飞黄腾踏，将以验造物屈伸之理，观吾徒稽古之效。

乃淮浦家邮至，知南闱榜发，吾梅岑又复不第。其以疾病不获入试耶？抑或年来簾外职事者，推求点画，俾不得竟试事耶？抑吾梅岑务为奇文高格，不合于世之所谓程式者耶？抑梅岑亦既敛才就范，而珠玉之光，终不能以耀盲鉴耶？惑矣、惑矣！且同人中如孝威、其年、闇公、方鄴辈，无一遇者，岂高言如绮，有目共瞩，而一朱墨易书，遂淹郁蒙翳而不见耶？斯诚理之难晓知者矣。

吾梅岑自下第来，况味何似？淮南候暖，虽秋冬之际，谢公墪里，芙蓉未凋；新柳堂前，长条犹绿。吾梅岑步屧其间，效安石拥鼻作洛生咏，正复令人作天际真人想，何必鹿鸣筵上矜持，作三日新妇，乃为人生得意时也！独是南北悠缅，离居永久，选楼客舍，梧竹荒凉；红桥酒家，青帘寂寞，无复吾两人狂歌纵饮其间，左把陈雷袖，（谓散木、伯吁。）右拍孙吴肩，（谓无言、介夫、豹人、野人。）黄公垆畔，邈若山河，未免有情，诚有如昔人所叹耳。

弟自里居来，贫冗相缠，满城风雨之句，半扰于租吏，不特文通之笔彩全枯，且并明远之累句都尽，暾面画粥，居然一伧。异日者，与吾梅岑相遇，援紫藟，坐碧草，见索所谓“上浮戊己集”者，茫无以应，亦大惭恧矣。晏坐之馀，仅有草堂杂咏数章，敬以其四录扇头，寄正献岁。上元后，拟视家季袁浦，或能一苇见就，作旬日盘桓，以慰频年离索耶？白云在天，南心不见，临笔引溯，如何如何！

〇爱之切，故疑之备至。文情摇曳之极。

〇香艳中别有丰韵。今之擅此者，推合淝、新城耳。

与陈髯其年（维崧）

风流云散，一别如雨，屈指岁序，遂尔五更。虽中间髯经北客昭台，弟亦南游袁浦，乃舟车错互，解后无由。回思向者，画壁旗亭之旁，连床选楼之侧，不复可再。“何时一尊酒，重与细论文。”经时一咏，辄不禁低徊久之也。

自客夏入都，幸时从纬云，得髯客游崖略。比者紫云缥缈，又送良书，把读之馀，不殊与射洪握手，良慰良慰。髯依云兄幕中，宾主酬对，既复不恶；兼以其暇，吊彝（夷）门之旧墟，访梦华之佚事。大河如故，艮岳既平，悲从中来，情深一往，长歌发其慷慨，倚声写彼缠绵，古锦囊中，新章又增几许耶？

伏闻遂欲菟裘梁园，觅小妻为生子计。髯已近达夫称诗之岁，尚违陶公求火之情，此事于今，亦诚难缓，第恐竹竿鱼尾之咏，来自张公玉女之间，而紫云从旁，又复伤敝席之言，送前鱼之泣，髯旁皇瞻顾，将何以慰之？或者乐府艳词，亦传三妇；紫宫双入，并有雌雄，髯可藉以自解者，其在斯乎？

弟此来殊非本怀，所持不固，事随境迁。然使猿鹤送嘲，松菊献诮，固难援他人以谢矣。记里居时，屡空见迫，卒岁尠欢。尝雪后出为人家送葬，从驴子背上作《西樵山人传》一篇，称心而言，自谓实录。一出心迹乖反，遂使此文不复可传，每为叹绝。无虎头之黠，而有其痴，所云“嵌寄（崎）历落可笑”者，此亦一事也。髯亦痴黠半者，今聊以一本相寄，俾识此素心，幸勿以示馀子，虑且为口实矣。

伯吁、介夫，相继摧折，闻笛之痛，时切于怀。馀惟穆倩、梅岑，时得音书一至，即无言亦不相闻者两岁矣。离居永久，怅惘如何？每维黄公垆畔之言，辄不觉茫茫交集也。闻髯秋间将复北来，倘从荆高市上，得重续平山曲江旧游乎？予日望之矣

◇妙谑兼以韵笔，步步撩人。其年时有小友相随。

答冒辟疆

（予赠辟疆诗，有“姬人水槛焚香侍，秋响扁舟抱膝听”之句，杜茶邨赏之，辟疆因作《秋听图》。）

唐代好摘诗人警句，绘成图障。如李君虞征人歌且行之类，往往而有。然非所云“诗中有画”，未易见取也。鄙句何幸，乃得巢民、茶邨摘赏，愧矣！戴生复佳手，既工写神，兼工写景。观此图写巢民萧条高寄，有伊洛间意；写玉颜漂渺、秋水始波，有楚江巫峡间意。坐卧其下，钵池一勺水，直令人作荀中郎褰裳濡足之想矣。因欢喜赞叹，题数语下方，庆鄙句之得藉巢民及此图以传也。然双成之馆，明镜已尘，迷迭都梁，谁为司者？巢民深情人，得毋披图忾然，重动哀蝉落叶之思乎》是亦“秋听”矣。

〇西樵一落笔，别有韵外之韵。

刘馀清

不疑，瀼溪，江南怀宁人。子前彤、前彭、前彬，皆有文名。《报劬菴集》。

示学人

如今念佛人多，把阿弥陀佛当个聋汉，且只遍数已足即休，到纯熟时，口诵心驰，全然失照。若是这个念法，尘劫不得往生。尔若念佛，当参个念佛的是谁，则参禅、念佛，兼而有之。参来参去，到一朝爆破时，这一声佛，才有个落处。永嘉云：“有禅有净土，犹如戴角虎。”吾惟洗耳听尔惊人一啸也。

〇佛原不聋，被念佛人聒得聋耳。

佟世思

俨若，辽东奉天人。《与梅堂尺牍》。

与舌如上人论海藏

己酉之夏，道经濡须泥汉镇，舟子云："镇之南有菴数椽，有僧海藏者，坐化于此五十馀年矣。"因泊舟登岸。入庵之西庑，颓屋萧疎，树木蓊郁，见僧端坐龛中，耳目毕具，座设香花。呜呼！焉用此为哉？

夫所为"不死"者，功德及于苍生，仁泽遍于后世，立非常之业，建不拔之基，尧、舜、禹、汤、文、武、周公、孔子是也。如此僧者，得方外之术，存血骨之躯，其得谓之"不死"耶？且镇之人曰："僧素不检，好狭邪。"其所谓"斋心静业"，无有也。乃一旦留此躯壳，永证无生，其果立地成佛耶？即或立地成佛矣，乃既无绝德于生前，复无遗徽于死后，徒留此不死不活之身，以惑愚民，且谓之"不死身"也，亦诞甚矣！

刍荛之见，其是与否，惟惠教焉。

◇能持此等论，方是周公、仲尼之徒。

与非熊三弟

人不读书以自富，凭你如何阔绰，自与荣辱无干。

与韩允文妹丈

有才之人，能成天下事，又能败天下事。总是自恃其才，任意行去，遂使天下之事，从此败矣。飞蛾投火，岂料焚身？亦以照亮处走去，自然不差，而不觉亮处之误人也。

○俨若年最少，诗文最富，能为此等格论，岂小儒可几？

高　兆

云客，福建闽县人。

与　人

往车虽折，来轸方遒。自谓势擅狐鼠，理隔熏掘，而不觉身之入于祸门也。人尽如此，空增忾叹。

文德翼

用昭，灯岩，江西德安人。

与周减斋

蔡少霞参军，素不工书，公似仙人，山伭卿强使写紫绢文书，公真号嗜痂者矣。同时尚友，得聚我公著述，横之南湖小阁，与匡先生、陶征士共阅之，五老七贤，俱应点头，必以为莲花峰下，茂叔先生再来吟啸也。

《佣吹小录》，取“剑首一吷”之义。此士行竹头木屑耳，元不足览，然他日不敢不呈斤也。读书闻道，是古人极则，或语或默，或出或处，应迹而已。钜公伟人，与三十年庐中饿士，相答如响，岂尚冀有近于侯生、申公万分一耶？抑香火情深，比于傅霖、苏云卿同乡之老同学耶，为谊侈矣高矣。

〇笔致萧静如其人。

又

王梅溪自恨前生作沙黎时，食肉笔钝。弟今为先生所困，辟之三吴少年登场演剧，以一敝衣老人开场，可发一笑也。

○生前食肉，至身后犹笔钝，宜肉食者之可鄙也。

张　飏

闻子，江西金溪人。

与叔岳陶菴

冬令之后，又复值此，所谓“无处不逢乌噪，无处不逢鲍佐正”也。长叹之外，别无可以益公者。

王有年

惟岁，砚田，江西金溪人。

与减斋

戋戋之言，先生过饰之。金樽玉杯，何能使薄酒更厚也？滋之愧矣。

与　人

市瓜取大，文灯岩先生，以配“买菜求增”。今日既取大，又欲其增，吾恐有掩口胡卢者。

王猷定

于一，江西南昌人。

与　人

得一狼，走千羊，殊笑乃公之拙。

○昧于得失者，恒若斯矣。

林嗣环

铁崖，福建晋江人。

与减斋

此君曷善自谋？不能更鸣，亦如枭之东徙也，人犹恶其声。

又

公郎虽齿方茂，然如迦毘伽鸟，在壳中时即有大势，馀鸟弗及也。

又

遇于时，则扬眉若飘云；不遇于时，则拂衣若振叶。古人所谓“许务之耿光，而颜蘧之淑节”也。吾目中未尝见其人。

○公殆自道。

李焕章

象先，山东乐安人。

与　人

此所谓从高楼下乘大象，下象乘马，下马乘舆，下舆坐床，下床坠地，从地落坑者，何足惜！

王云龙

云从，江南泾县人。

与 人

《传》云："既不能强，又不能弱，所以毙也。"乃知不能弱之病，甚于不能强。君善为其弱者。

陈维岳

纬云，江南宜兴人，其年弟。《湘散尺牍》。

柬兄其年

前接兄札云，谈长益、方尔止、孙介夫，一时俱逝。继又一札云，文友已化为异物。数千里尺牍，伤逝遂居其二。今訏士又作古矣！

邹、董相继零落，兰陵旧游，酒旗歌板故地，阑风长雨，不可复寻，言之悽然，不待过黄公酒垆而始恸矣。

〇文人凋谢，比来尤甚。徐仲光又作古人矣，为之太息。

吴越彦

季舒，江南高淳人。《立修堂稿》。

寄崔正谊大令

大抵今世先达称"好士"者，直浮慕耳。甚至州县吏，假此笼络劣猾，既无真知确见，以相识拔；又不慷慨推诚，使士感激。故“知己”二字，益复难言。如赵壹顾海内无可知己，而远投羊陟，固已奇矣。乃不得见，径上堂大哭。今人闻之，鲜不以为不祥而恶之，尚肯与之作谋面之缘哉？陟曰：“此必汉阳赵元叔也。”彼此神交感触呼应之妙，千载犹堪想见。

○“结邻”之义，原取神交，故以季舒此札终卷。

已经出版的馆藏文献丛刊书目

南社丛选（上下）
晚清文选（上下）
清初五大师（三册）
古今笔记故事
清稗类钞选（五册）

已经出版的传统文化修养系列书目

诗文作法类：

学诗百法·学词百法
作诗、填词、撰联百日通
撰联指南
诗学、词学、骈文指南
联对作法

联话联集类：

巧对录
楹联新话（三种）（两册）
分类楹联宝库

古诗文选评类：

唐宋文举要（上中下）
唐宋诗举要（上下）
唐宋文醇（上下）
唐宋诗醇（上下）
经史百家杂钞（上下）
十八家诗钞（上中下）
万首唐人绝句（上下）

尺牍书信类

分类名家尺牍选粹
尺牍新钞（三种）

文史知识类

经典解题及其读法
经子解题（外二种）
经史子集要略
京剧二百年之历史
孔子：事纪与学案
十三经提纲
四书大义：附《孝经大义》（上中下）
言文对照古文笔法百篇
中国之固有道德
廿五史论纲
论语与做人
十三经概论
国剧艺术汇考